全本全注全译丛书

中华经典名著

于天池 孙通海等◎译注

聊斋志异 一

中华书局

图书在版编目（CIP）数据

聊斋志异/于天池注；孙通海，于天池等译. —北京：中华书局，2015.4（2023.8 重印）

（中华经典名著全本全注全译丛书）

ISBN 978-7-101-10763-0

Ⅰ.聊… Ⅱ.①于…②孙…③于… Ⅲ.①笔记小说-中国-清代②《聊斋志异》-译文③《聊斋志异》-注释 Ⅳ.I242.1

中国版本图书馆 CIP 数据核字（2015）第 039545 号

书　　名	聊斋志异（全四册）	
注　　者	于天池	
译　　者	孙通海　于天池等	
丛 书 名	中华经典名著全本全注全译丛书	
责任编辑	周　旻　刘胜利　刘树林	
责任印制	管　斌	
出版发行	中华书局	
	（北京市丰台区太平桥西里 38 号　100073）	
	http://www.zhbc.com.cn	
	E-mail：zhbc@zhbc.com.cn	
印　　刷	北京盛通印刷股份有限公司	
版　　次	2015 年 4 月第 1 版	
	2023 年 8 月第 12 次印刷	
规　　格	开本/880×1230 毫米　1/32	
	印张 104⅜　字数 2100 千字	
印　　数	97001-107000 册	
国际书号	ISBN 978-7-101-10763-0	
定　　价	230.00 元	

目 录

一

二

三

四

前　言

一

世上有些事情很奇怪。有的人追求了一辈子，为之锥心沥血，忙活得死去活来的目标，在后人看来未必值得；而只是随心所欲，浮白载笔，发抒真情实感的作品，却从此让作者彪炳于史册，留下了不朽之声名。

蒲松龄大概就是属于这一类的人。

蒲松龄字留仙，一字剑臣，别号柳泉居士，山东淄川蒲家庄人。生于 1640 年，卒于 1715 年，享年 76 岁。

蒲松龄生下来的时候，正赶上明末清初鼎革之际，兵荒马乱，自然灾害频繁发生，但知识分子的追求目标——科举——却没有丝毫的变化动摇。蒲松龄的家族在淄川算得上是书香世家。明朝万历年间，全县食饩的秀才共八人，蒲氏家族占了六人。高祖蒲世广是廪生，曾祖蒲继芳是庠生，到了祖父蒲生汭这一代，由于没有考中秀才，家道开始衰落。

蒲松龄的父亲名槃，字敏吾，也没有考中秀才，后来干脆放弃科举做起买卖。不过，虽做买卖，一边却继续学习经史，"博洽淹贯，宿儒不能及也"。由于四十多岁还没有儿子，蒲槃后来不再经商，拿钱也不当回事，周贫建寺，吃斋念佛，信仰佛教。到了晚年，蒲槃的家境艰难起来，却连连得子。蒲槃有一妻二妾：董氏、孙氏、李氏。晚年蒲槃有五子，蒲松龄是嫡妻董氏所生的第二子，排行老四。

由于家庭生活困难，请不起教师，蒲松龄兄弟们的教育，一直由父亲蒲槃承担。父亲的商人意识以及对佛教的信仰，蒲松龄也就耳濡目染了。

在蒲松龄十几岁的时候，父亲为他订了亲。岳父刘季调是一个老秀才，为人端方正直。蒲家托媒提亲时，曾有人以蒲家贫穷加以阻挠，但刘季调很满意蒲家的书香门风，尤其钦佩蒲槃的人品，坚定地答应了这门亲事。

顺治十二年（1655），蒲松龄16岁时，谣传朝廷要选民女充实后宫，人心惶惶，纷纷嫁女。刘季调于是把女儿送到蒲家避难。过了两年，蒲松龄正式迎娶妻子。书香门第的女儿嫁给穷秀才，穷秀才发奋以报，这是《聊斋志异》中一个很突出的主题。蒲松龄一辈子拼命参加科考，固然有家族、社会的因素，可能也有对于以身相许的妻子的报答之情！

顺治十五年（1658），19岁的蒲松龄第一次参加县府道考试，以三个第一名考中了秀才。

当时任淄川县知县的费祎祉，山东学道、大诗人施闰章都称赏蒲松龄的文章，施闰章在他的八股文试卷上批道："空中闻异香，下笔如有神。""观书如月，运笔如风。"这两个人的赞誉是蒲松龄在科场中第一次得到的殊荣，却也是最后一次得到有司的赏识，对此，蒲松龄终生难忘。

刚考中秀才时的蒲松龄，年少气盛，对前途充满着希望，似乎功名唾手可得。他日夜攻读，以求一第。为了能专心学习，他离开妻子和家庭，先是在村的东边找到一个安静的屋子刻苦攻读，继而又到朋友李希梅家的醒轩"朝分明窗，夜分灯火，期相与以有成"。他把八股文奉若神明，说："当今以时艺试士，则诗之为物，亦魔道也，分以外者也。"

不过，蒲松龄艺术家的气质此时却也顽强地表现出来。早在少年时，他就"每于无人处时，私以古文自效"，流露出兴趣的真正所在。20

岁的时候,蒲松龄与同邑的好朋友张历友、李希梅、王鹿瞻组织了"郢中诗社",相约"以宴集之馀暨,作寄兴之生涯"。这可以看作是蒲松龄文学创作的正式开始,也是他文学家天性不可压抑的明证。后来"郢中诗社"的成员都成为蒲松龄终生的朋友。从现存早期作品来看,他在青少年时代受屈原、李贺的影响很深,他不仅崇拜他们,也是他们诗歌的模仿者。在古文方面,他受庄子、司马迁的影响比较大,可以说这些浪漫主义作家的文学传统从青年时代起就给予蒲松龄以润泽和启迪。

一方面是艺术家,有着自觉的美的追求,有着对文学创作不可压抑的热情;另一方面又热衷于功名,孜孜矻矻地钻研八股,拜倒在科举的面前,这是年轻时代蒲松龄内心的纠结,这纠结实际上伴随了他的一生。

大约在蒲松龄的大儿子蒲箬出生之后,他的大家庭发生了分裂。其原因,据蒲松龄在《刘孺人行实》中披露,是来自于他大嫂的吵闹。蒲松龄的大嫂性格的确很凶悍,给予蒲松龄以很深的刺激,也成为后来他创作《聊斋志异》的《孙天官女》、《江城》、《吕无病》等篇中悍妇的原型。但这次分家,还有着深刻的经济原因。那就是,由于蒲松龄把全部身心投入在科举和文学方面,不事生产,这对于一个中落的大家庭来说是个沉重的负担。但对此,蒲松龄不愿意触及,因为在封建社会,弟兄们由于经济闹矛盾、闹分家,并非光彩的事。

康熙九年(1670),为生活所迫,也由于朋友,宝应县知县孙蕙的邀请,蒲松龄离开了家乡,去孙蕙那里做幕宾。这是蒲松龄一生中唯一一次离开山东。此行虽然为时很短(前后不过一年多),但对蒲松龄的生活、思想的影响却很重要,使蒲松龄由一个只知吟诗写八股文的书生开始面向社会,接触社会。在帮办孙蕙的公务中,蒲松龄具体而微地了解了官场的腐败和黑暗,观察到吏胥差役的刁猾凶恶的伎俩,对于人民生活的疾苦和社会各个阶层之间的状况,蒲松龄有了切身的体会。

这时他的《聊斋志异》已经开始创作,或者起码着手准备了。他在诗作《感愤》中写道:"新闻总入《夷坚志》,斗酒难消磊块愁。"也见之于他的《途中》诗:"途中寂寞姑言鬼,舟上招摇意欲仙。"他在《聊斋志异·莲香》篇的"附记"中更是明确地说:"余庚戌南游至沂,阻雨,休于旅舍。有刘生子敬,其中表亲,出同社王子章所撰《桑生传》,约万馀言,得卒读。此其崖略耳。"

蒲松龄在江南期间游历了许多地方。他游淮阴,凭吊霸王祠,泛邵伯湖,登北固山,游历了扬州,"始知南北各风烟"。对于江南民俗的调研了解,给《聊斋志异》叙述有关南方的故事注入了活力。《青蛙神》、《五通》、《晚霞》、《王桂庵》等篇之所以具有那么浓郁的江南水乡气息和风采,得力于他的江南之行。

南游期间,蒲松龄结识了一个名叫顾青霞的歌妓(后来成为孙蕙的侍妾)。她会唱曲,善吟诗,蒲松龄很欣赏她的吟诵技巧,称赞说:"曼声发娇吟,入耳沁心脾。"特意为她选了百首唐代香奁诗供她吟诵。我们从《白秋练》、《连琐》等篇中都可以看到那个爱吟诵诗歌的少女的影子。蒲松龄和她的关系很深,顾青霞死时,蒲松龄写诗悼念:"吟音彷佛耳中存,无复笙歌望墓门。燕子楼中遗剩粉,牡丹亭下吊香魂。"感情是很真挚的。

蒲松龄在宝应的幕宾生活只一年多就结束了,因为他要参加乡试以图上进。康熙十年(1671)的夏末秋初,他辞别孙蕙,回到了淄川。

由于生活的逼迫,蒲松龄回乡不久就开始了教书生活。大约在33岁,他来到毕际有家当了家庭教师。毕际有是明代尚书毕自严的儿子,在清朝做过扬州府通州知州,同当时的新贵、大诗人王渔洋是姻亲,是淄川的头等乡绅。他的家有"石隐园"、"绰然堂"、"效樊堂"等园林,藏书也很多。毕际有兄弟子侄都喜欢吟咏,喜欢与文人交往,对蒲松龄很尊重。他们与蒲松龄写诗唱和,有的人甚至还参与了《聊斋志异》的部分创作。所以,蒲松龄在毕家教书觉得很满意。可以说,蒲松龄一生中的教书生涯基本是在毕家度过的,《聊斋志异》也基本是在毕家完成的。

这一时期是蒲松龄一生中生活最贫穷,精神最苦闷,同时也是最富于孤愤精神,创作精神最为旺盛的时期。

康熙十八年(1679),蒲松龄40岁。于《聊斋志异》仍在创作过程之中却又已成规模之际,他写了《聊斋志异》序言,序中所表现的美学思想,展现的《聊斋志异》的追求,体现的是蒲松龄中年的心路历程和此一阶段《聊斋志异》的创作宗旨。序言强调《聊斋志异》有着现实的劝惩和明确的批判目标,也流露出蒲松龄生计的窘迫,在科场中怀才不遇,渴望知己的创作心态。

蒲松龄51岁那年(1690),他参加乡试再一次失败。在夫人的劝说下,他终止了这种既无谓又无望的拼搏。

在进入知天命的年纪时,蒲松龄的家境渐渐好起来。58岁那年(1697),他的"聊斋"落成了,不过当时不叫"聊斋",而叫"面壁居"。因为那房子实在太小,只能放下一张床和两个凳子,一进屋就得"面壁"。

在毕家坐馆的空闲时间里,蒲松龄除了继续撰写、润色《聊斋志异》外,还陆续写了许多直接为家乡农民服务的通俗读物,像《日用俗字》、《农桑经》、《药祟书》、《历字文》等。他在《农桑经》序言中说,"居家要务,外惟农而内惟蚕",要"使纨绔子弟、抱卷书生,人人皆知稼穑"。这见出晚年蒲松龄对农业的重视,反映出他同农民在思想上的进一步接近。

大约在蒲松龄63岁的时候,毕家为了庆祝毕际有的夫人王太君八十大寿,买了一个会唱俚曲的瞎女专为她说唱解闷。瞎女的到来,使得本来就喜爱创作俚曲的蒲松龄非常高兴,他的俚曲有了演唱者,又由于每年要祝寿,也就有了较多的听众。从1702年庆祝王太君八十寿辰到1710年蒲松龄撤帐离开毕家,是蒲松龄创作俚曲最多的时期。

《聊斋俚曲》同《聊斋志异》不同。《聊斋志异》主要是作者中年和壮年时期的作品,那时作者对功名科举充满热望和理想,由于现实的冷酷和黑暗,使他不得不在鬼狐花妖中寻找知己,寻找慰藉,作品充满了孤愤和寂寞感,具有浓烈的情感和浪漫的笔调。《聊斋俚曲》就不同了,由于大都写于作者的晚年,作者已经把早年经世致用的热情转向了日用农桑知识的普及和伦理道德的劝惩,因此,表现在俚曲中,那感情是幽默超脱的,笔调是偏近于现实主义的。俚曲虽然间亦有抒写情怀的《快曲》、《穷汉词》和游戏之作《丑俊巴》,但内容主要是"警发薄俗,而扶树道教"了。正如蒲著在《柳泉公行述》中所指出的:通俗俚曲是要"参破村庸之迷,而大醒市娼之梦",出自于蒲松龄的"救世婆心"。

康熙四十九年(1710),蒲松龄71岁,结束了四十年左右的教书生涯,回到了家里。像体育界竞赛有所谓安慰奖一样,在科场挣扎竞争了一辈子的蒲松龄"援例出贡",当上了"岁进士"。这年春天,淄川举行乡饮酒礼,蒲松龄被选为乡饮宾介,"郢中诗社"的另外两个重要成员张历友、李希梅也都参与其事。他们年少时一起共笔砚,垂老相逢,感叹万分。蒲松龄写了一首七言古诗,说:"忆昔狂歌共夕晨,相期矫首跃龙津。谁知一事无成就,共作白头会上人。"对追求科举的一生作了沉痛的总结。

74岁那年(1713),妻子刘孺人病逝,这对于蒲松龄的精神打击很大。大概儿孙们发觉蒲松龄的精力越来越不济,预感其不久于人世,于是在这年的九月底,请来画家朱湘麟给他画像。这幅画现在悬挂在山东淄川蒲松龄纪念馆里。画上蒲松龄穿着贡生的朝服,端坐在椅子上。一只手扶着椅子的扶手,一只手拈着髭须,仿佛在退思,也仿佛在向别人讲述故事。从画像上看,蒲松龄长得高大魁梧,很有山东大汉的派头,高颧骨,大鼻头,还一脸雀斑。那双眼睛烂烂若岩下电,闪烁着智慧的光彩。画像上有蒲松龄的题词,说:"尔貌则寝,尔躯则修。行年七十有四,此两万五千馀日。所成何事,而忽已白头?奕世对尔孙子,亦孔之羞。"从题词看,蒲松龄对于自己的一生很不满意,科举的失败一直使他耿耿于怀,甚至感到羞愧。

又过了两年,1715年的正月二十二日,蒲松龄终于倚着聊斋的南窗,在夕阳的馀晖中溘然长逝。

二

蒲松龄为什么要创作《聊斋志异》?

从文化传统的因素看,自六朝志怪小说和唐传奇兴盛之后,文言笔记小说的创作一直延绵不绝,明末清初还有一个小小的高潮,鲁迅说"传奇风韵,明末实弥漫天下,至易代不改也"。

每一个作家都有自己独特的叙述方式。《聊斋志异》之所以选择鬼狐花妖的叙述方式,有社会动乱,"土木甲兵之不时"的因素——它们提供了素材的背景;有地域文化传统的因素,蒲松龄的家乡淄川古属齐地,是北方神仙方术和浪漫文化的渊薮,"山东多狐狸,尝闻狐狸成精,能变男女以惑人","凡村皆有神祀以寄歌哭","习俗披靡,村村巫戏"——它们提供了文化的背景;更重要的是蒲松龄个人的因素。车尔尼雪夫斯基在《艺术与现实的美学关系》中说:"幻想只有在我们的现实生活太贫乏的时候才能支配我们。……当情感无所归宿的时候,想象便被激发起来,现实生活的贫困是幻想中的生活的根源。"弗洛伊德在《诗人与白日梦》中进一步阐述说:"幸福的人从来不去幻想,幻想是从那些愿望未得到满足的人心中生出来的。换言之,未满足的愿望是造成幻想的推动力。每一个独立的幻想,都意味着某个愿望的实现,或意味着对某种令人不满意的现实的改进。"贫穷的生活,科场的蹉跌,因蒲松龄"才非干宝,雅爱搜神;情类黄州,喜人谈鬼"的性格而展开了想象的翅膀。鬼狐花妖,幽冥异域,使得他在现实世界的抑郁孤愤得到了宣泄和平衡,正如余集在青柯亭本《聊斋志异》序里所谈到的:"先生……平生奇气,无所宣渫,悉寄之于书。……嗟夫,世固有服声被色,俨然人类,叩其所藏,有鬼蜮之不足比,而豺虎之难与方者。下堂见蠆,出门触蜂,纷纷沓沓,莫可穷诘。惜无禹鼎铸其情状,镯镂决其阴霾。不得已,而涉想于杳冥荒怪之域,以为异类有情,或者尚堪晤对,鬼谋虽远,庶其警彼贪淫。"好奇、爱幻想、深信鬼神的存在,具有浪漫的性格,是蒲松龄在《聊斋志异》里大量运用鬼狐花妖叙述故事的性格因素。

值得注意的是,在《聊斋志异》的序言中,蒲松龄在谈到其作品渊源时,并没有上接六朝小说和唐宋传奇,而是直称"披萝戴荔,三闾氏感而为骚;牛鬼蛇神,长爪郎吟而成癖。自鸣天籁,不择好音,有由然矣",溯源于诗人屈原和李贺,认为自己的《聊斋志异》具有诗的品格,与屈原和李贺的精神一脉相承。

什么是诗的品格呢? 诗的品格关乎优雅华美的语言,谐和鲜明的音韵节奏,而最重要的特征则是强烈的抒情性。《聊斋志异》不乏优雅华美的语言和新奇的意象,而强烈的抒情性则是《聊斋志异》迥异于"张皇鬼神,称道灵异"的六朝小说和"尽幻设语"、"作意好奇"的唐代传奇的重要特征。在《聊斋志异》中,不仅反映科举制度的篇章有着蒲松龄自己的经历、痛苦,"遇合难期,遭逢不偶。行踪落落,对影长愁",具有强烈的抒情性,而且在反映广泛深入的社会普遍问题之中,也莫不具有浓烈的情感、抒情的笔调。他悲悯明清之际动乱给人民带来的灾难,"炎昆之祸,玉石不分","于七之乱,杀人如麻","碧血满地,白骨撑天";他愤怒于司法吏治的黑暗,"窃叹天下之官虎而吏狼者比比也";哀叹懦弱的百姓"戢耳听食,莫敢喘息","可哀也夫";他欣赏那些敢于反抗的英雄,"潞子故区,其人魂魄毅,故其为鬼雄";他赞美淳厚的民俗民风,歌颂美好的道德,在弘扬传统道德上当仁不让,"有斯人而知孝子之真,犹在天壤,司风教者,重务良多,无暇彰表,则阐幽明微,赖兹乌茣"。他对于浇薄的民俗施以讽刺,幽默地批评谩骂的风俗:"甚矣,骂者之宜戒也。一骂而盗罪减。"对于人情的冷暖,他伤感地说:"贫穷则父母不子,有以也哉!"爱情婚姻是他描写最多的题材,他歌颂纯真的爱情,认为"情之至者,鬼神可通","天下惟真才人为能多情,不以妍媸易念也"。而抒情,在蒲松龄的笔下,浸透于他所能想象的一切生物身上,他写人与鬼的交往,写人与狐狸精的恋爱,写人与乌鸦、与牡丹、与黄蜂,甚至与老鼠、青蛙都可以发生爱情、缔结婚姻。就蒲松龄借用鬼狐花妖的意象，"涉想于杳冥荒怪之域，以为异类有情，或者尚堪晤对，鬼谋虽远，庶其警彼贪淫"而言，就其抒发的"世无知己，则顿足欲骂，感于民情，则恻恻欲泣，利与害非所计及也"的浓烈情感而言，《聊斋志异》的确是屈原精神的苗裔，是以小说为诗，是具有诗的品格的小说！

　　浓郁的故事性也是《聊斋志异》很重要的特点，无论是长篇还是短篇，蒲松龄写得都摇曳多姿，引人入胜。冯镇峦评论《聊斋志异》说："叙事变化，无法不备。其刻画尽致，无妙不臻。""虽说鬼说狐，如华严楼阁弹指即现。如未央宫阙，实地造成。"但明伦评论说："事则反复离奇，文则纵横诡变。"可以说，在中国古典文言小说作家中，蒲松龄最善于讲故事，《聊斋志异》是最具有故事性的文言小说。善于讲说故事，除去与蒲松龄"才非干宝，雅爱搜神；情类黄州，喜人谈鬼"的性情爱好有关，与他作为私塾教师的职业有关，与他"文贵反，反得要透；文贵转，转得要圆；文贵落，落得要醒；文贵宕，宕得要灵"的美学追求有关，同时也与明清之际白话小说与戏剧高度发达，叙述文学的技巧有了丰富的积累有关。毫无异议的，《聊斋志异》深受史传文学的影响，司马迁的《史记》给予《聊斋志异》的影响尤其深厚。《聊斋志异》更是在中国文言小说的系列里得到志怪小说和传奇文学的优渥滋养，鲁迅先生在《中国小说史略》中就直视《聊斋志异》为"清之拟晋唐小说及其支流"的。但《聊斋志异》所接受元明以来白话小说和传奇戏剧的影响尤不可小觑。这个影响体现在人物对话的白话倾向上，体现在故事结构的多变曲折上。罗烨在《醉翁谈录·小说开辟》中曾要求宋元说话人讲故事要"讲论处不滞搭不絮烦，敷衍处有规模有收拾。冷淡处提掇得有家数，热闹处敷衍得越久长"，《聊斋志异》虽然是文言小说，但是它也出色地做到了。可以说正是有趣而曲折的故事，使得《聊斋志异》在很大程度上消弭了其用文言叙述的传播限制，几百年来在广大的城乡不胫而走。

　　与中国传统作家生活在城镇不同，生不逢时的蒲松龄长期生活在中国农村的底层，与农民生活在一起，他熟悉农村，热爱农村，他的作品特别善于运用民俗去组织和编织情节，有着一整套关于幽冥世界尤其是鬼的说明，有着一整套关于各种精怪木魅尤其是狐狸的传闻，也有着丰富的关于自然界各种祥瑞灾异的记载，更多的则是农村中生老病死、婚丧嫁娶的传闻和规范。《聊斋志异》所记载的民俗资料，堪称是明清时代的北方农村的民俗百科全书。这不仅成为《聊斋志异》的特点和魅力所在，使得后来模仿《聊斋志异》的作品望尘莫及，也引起了外国学者的高度兴趣。《聊斋志异》早期被西方学者翻译的作品大都是民俗意味浓厚的作品。英国学者翟理斯（Herbert Allen Giles）在其翻译的《聊斋志异选》（Strange Stories From a Chinese Studio）中就说："《聊斋志异》增加人们了解中国民间传说的知识，同时它对于了解辽阔的中华帝国的社会生活，风俗习惯，是一种指南。"

强烈的抒情性所带来的诗一样的品格，丰富而曲折的故事性所具有的趣味色彩，浓厚的民俗所反映的深刻的民族心理，使得《聊斋志异》赢得了广大的读者，"风行天下，万口传诵"，其在中国文言小说史上的地位，如同白话小说中《红楼梦》一样，崇高不二，无出其右。

三

此次整理中首先遇到的是底本问题。

《聊斋志异》的版本分为两个系统。一个是抄本系统，一个是印本系统。抄本系统包括 1950 年冬在辽宁省西丰县发现的蒲松龄誊录的《聊斋志异》本、乾隆十六年（1751）历城张希杰的"铸雪斋抄本"、乾隆年间黄炎熙抄本、1962 年在山东淄博发现的"二十四卷抄本"以及山东博物馆藏 711 号抄本等。印本系统最早的是乾隆三十一年（1766）青柯亭刻本，清代以至民国所有各种刻本、石印本和铅印本都是根据此本翻印的。上个世纪六十年代，张友鹤先生在蒲松龄誊录本、铸雪斋抄本、青柯亭刻本的基础上，广泛参校它本，出版了《聊斋志异会校会注会评本》。这个版本校订精详，可谓集当时已知各种版本的大成，虽然因后来陆续发现"二十四卷抄本"、山东博物馆藏711号抄本、《异史》本等而略显不足，却奠定了《聊斋志异》各种新版本的基础。本次整理的版本以2008年中华书局出版的中华经典普及文库《聊斋志异》为依据，并在此基础上进行了必要的修订，改正了一些错字、错误标点，并吸收了近年来在《聊斋志异》版本校订上的新的学术成果。如卷一《焦螟》"假咋庭孙司马"，据《山东通志》、《清代职官年表》改为"假祚庭孙司马"。卷十一《张氏妇》"遂乘垣入高粱丛中"，依据发现的抄本改为"遂乘桴入高粱丛中"。卷八《黄将军》据山东博物馆藏711号抄本补上了附则，《梦狼》据《异史》本补上了另一则附录，卷九《张贡士》删去"高西园云"一则等。

本书的整理工作由题解、注释、白话译文三部分组成。

题解，实际就是批评。批评所要求的"一是灼见，一是审美能力"。虽然本书的题解长短不一，不拘一格，有的着重于思想倾向，有的着重于艺术表现，有的着重于本事追溯，有的着重于考订辨析，而一言以蔽之，是祈望求真。但求真不易，对于伟大的作家作品的求真尤其不易，这不仅在于我们与伟大的作家作品在理解和欣赏上存在着距离，瞻之在前，忽焉在后，也在于从心理上往往过于迷信，习惯于仰视。本书的题解，当然首先强调的是作品的好处，指出值得后人学习的地方，但也努力尽学识之力所能及，指出作品的谬误和不足之处，这容易招来佛头着粪之讥，但既然是批评，也就无所避忌。另外，《聊斋志异》是短篇小说集，题解尽量避免孤立地就事论事，就本篇谈本篇，而是把各篇勾连串合，形成一个整体，构筑体系，引导读者较为系统而全面地把握《聊斋志异》。

相对于题解，本书的注释和白话翻译相对轻松了一些，但也不敢掉以轻心。

蒲松龄在世的时候，《聊斋志异》就有了评点和注释，除了为人熟知的唐梦赉和高珩的序言外，从单篇作品而言，王渔洋可谓是最早的评点和注释者了。当然，系统地为《聊斋志异》评点和注释是从吕湛恩和何垠开始的，而目前通行的则有朱其铠和盛伟的注本。本书的注释在前人的基础上有所参照，有所提高，有纠正处，也有补充处。纠正处，如卷一《叶生》中"中亚魁"，通行本一般注为："亚魁：乡试第二名。"卷三《阿霞》"今科亚魁王昌"，亦注"乡举第二名"。按，亚魁应为第六名。商衍鎏《清代科举考试述录》第二章"新科举人……第一名解元，第二名亚元，第三四五名经魁，第六名亚魁，馀曰文魁"。卷七《梅女》"贝丘典史最贪诈"，通行本在注释中认为贝丘指博兴县。按贝丘，即淄川古地名。据明郭子章《山东郡县释名》卷上："本汉般阳县，刘宋贝丘县，隋置淄川，改贝丘为淄川县。"蒲松龄《赠酒人》诗中有"白坠声名满贝丘"之句也可为佐证。之所以蒲松龄用不为人知的贝丘指代淄川，是因为《梅女》篇影射当代时事的缘故。再如，卷九《张贡士》篇之"张贡士"，青柯亭本引高西园一则附记，认为指张在辛，通行本注释也认为指张在辛。按，此张贡士不应指张在辛，而应指张在辛的父亲张贞。《皇朝文献通考》卷二百二十三《经籍考十三》载："张贞字起元，号杞园，安丘人，康熙壬子拔贡，官翰林院孔目。"张贞与蒲松龄颇有交往，《蒲松龄集》有《朱主政席中得晤张杞园先生》、《题张杞园远游图》、《邹平张贞母》等诗文均可以旁证。补充处，如卷一《耳中人》"谭晋玄"，通行本无注，据丁耀亢有《送谭晋玄还淄青，谭子以修炼客张太仆家》一诗，称"谭子风尘里，潜居有化书。鲁门疑祀鸟，濠水乐知鱼。道气鸿蒙外，玄言汲冢馀。幻形何处解？羽蜕近清虚。万物归无始，吾身患有终。神游方以外，天在道之中。客老苏耽鹤，人归列子风。茫茫沧海上，何处觅壶公。"知谭晋玄是一个痴迷道家修炼的名士，蒲松龄所记并非空口无凭。再如，卷二《海公子》"东海古迹岛"通行本无注。按古迹岛，又名谷积岛，为崂山东侧之海岛。清乾隆《即墨县志》"山川"："谷积岛，县东南五十里，内多耐冬。"同治《即墨县志》"岛屿"："谷积岛，县东南百二十里，上多耐冬。"等等。有时《聊斋志异》注的难点不在于典章制度、地名人名、故典民俗、荒僻的字词上，而是在看似不经意处，化用典故了无痕迹之处上。比如卷六《刘亮采》狐狸回答刘亮采的询问时说："只在此山中。闲处人少，惟我两人，可与数晨夕，故来相拜识。"连续化用了贾岛《寻隐者不遇》、苏轼《记承天寺夜游》、陶渊明《移居二首》中语。如果单纯从字词的角度，因为通俗易懂，可以不出注，但若从欣赏和研究的角度，此处则应该出注，唯有出注，才可以见出蒲松龄文字之美和功力之深。如果说本书的注释较之前人的纠正处和补充处较多的话，不敢贪天之功，除了小部分来源于整理者随处留心，大部分应归功于近期学人研究的新成果，这也是在注释领域，后人一般永远居上的原因所在。

译文以中华书局 2010 年出版的孙通海、王秀梅、王景桐、石旭红、侯明、王军、王海燕、王敏等八位先生的译文为基础而加以校改润色，这大概是三部分中最为省心的部分。孙通海等先生的译文在目前的《聊斋志异》白话译文中是较为出色的，不仅在总体上达到了信、达、雅的程度，有部分译文甚至能够传递出作者的风格声色。这次的校改润色主要集中在涉及骈文和议论少数稍显不达和舛误之处上。

中华书局的周旻、刘胜利、刘树林三位先生在全书的整理方面自始自终给予了很大的帮助，在这里一并致以真挚的谢意。

于天池

2014 年 8 月 10 日

聊斋自志

【题解】

这是蒲松龄为《聊斋志异》写的序言。

有人写序言是在书成之前,有人写序言是在书成之后。这篇序言写于1679年,蒲松龄40岁,正是《聊斋志异》在创作过程之中却又已成规模之际。因此序中所表现的美学思想,展现的《聊斋志异》的追求,体现的是蒲松龄中年的心路历程和此一阶段《聊斋志异》的创作宗旨。

这篇序言强调《聊斋志异》的创作过程是"集腋为裘",非一时兴起之作;却又"浮白载笔",充满感情色彩。创作目的是"妄续幽冥之录","仅成孤愤之书",有着现实的劝惩和明确的批判目标。创作环境是"门庭之凄寂,则冷淡如僧;笔墨之耕耘,则萧条似钵",那既是蒲松龄当日设馆授徒环境的自然写照,又是在科场中怀才不遇,渴望知己的一种创作心态之反映。"惊霜寒雀,抱树无温;吊月秋虫,偎阑自热"则直然是小说家孤独灵魂的凄厉呼喊,引人心悸。

值得深思的是,作为短篇小说集的序言,本篇开首所引述的作品模式和先贤范式不是小说和小说家,而是诗作和诗人,是屈原、李贺及其作品,并称"自鸣天籁,不择好音,有由然矣",这一方面让我们感受到屈原和李贺对于蒲松龄的影响,另一方面也告诉我们,《聊斋志异》具有诗的品格,蒲松龄是以诗为小说,或者是以小说为诗,具有强烈的抒情性。

因此,这篇序言虽短,却是阅读《聊斋志异》的重要锁钥。

孤立地看,这篇序言也是感情浓烈,极具抒情色彩的好骈文。

披萝带荔,三闾氏感而为骚①;牛鬼蛇神,长爪郎吟而成癖②。自鸣天籁③,不择好音④,有由然矣⑤。松落落秋萤之火,魑魅争光⑥;逐逐野马之尘,罔两见笑⑦。才非干宝,雅爱搜神⑧;情类黄州,喜人谈鬼⑨。闻则命笔,遂以成编⑩。久之,四方同人⑪,又以邮筒相寄⑫,因而物以好聚⑬,所积益夥⑭。甚者:人非化外,事或奇于断发之乡⑮;睫在眼前,怪有过于飞头之国⑯。遄飞逸兴,狂固难辞⑰;永托旷怀,痴且不讳⑱。展如之人⑲,得毋向我胡卢耶⑳?然五父衢头,或涉滥听㉑;而三生石上,颇悟前因㉒。放纵之言,有未可概以人废者㉓。

【注释】

①披萝带荔,三闾氏感而为骚:意为披萝带荔的山鬼类的民间传闻引起了屈原的诗兴。披萝带荔,《楚辞·九歌·山鬼》:"若有人兮山之阿,披薜荔兮带女萝。"写山鬼以薜荔为衣,以女萝为带。薜荔,也叫木莲;女萝,一名松罗,两者均指香草。三闾氏,指屈原。屈原(约前340—前278),名平,战国时楚国伟大诗人,出身贵族,曾做过三闾大夫,掌楚王族昭、屈、景三姓之事。感,感触,有所感而发。骚,指以屈原《离骚》为代表的一种诗歌形式,也称"楚辞"。

②牛鬼蛇神,长爪郎吟而成癖:意为李贺对于牛鬼蛇神那样的荒诞不经的事情却纳入诗歌,嗜吟成癖。牛鬼蛇神,指虚荒诞幻的不经之事。唐杜牧《李长吉歌诗序》论其诗云:"鲸呿鳌掷,牛鬼蛇

神,不足为其虚荒诞幻也。"长爪郎,指李贺。李贺(790—816),字长吉,唐中期诗人。唐李商隐《李长吉小传》:"长吉细瘦,通眉,长指爪。能苦吟疾书。"

③天籁:自然界的音响。《庄子·齐物论》:"汝闻人籁而未闻地籁,汝闻地籁而未闻天籁夫。"这里借指发自胸臆的诗作。

④好音:好听的声音。《诗·鲁颂·泮水》:"食我桑黮,怀我好音。"这里以之指世俗所崇尚的"正声"、"善言"。

⑤有由然:有一定的原委。以上举屈原、李贺为例,说明描写鬼神的虚荒诞幻之作,有着久远的传统和理由。

⑥松落落秋萤之火,魑魅争光:意谓自己孤寂失意,犹如一点微弱的萤火,而冥冥之中,精怪鬼物却争此微光。松,松龄,作者自称。落落,疏阔孤独的样子。秋萤,秋天的萤火虫。火,指秋夜飞舞的萤火虫所发出微弱的亮光。暗喻自己凄凉、卑微的处境。魑魅争光,晋裴启《语林》载:嵇康一天夜晚灯下弹琴,忽见一人"面甚小,斯须转大,遂长丈馀,单衣革带。嵇视之既熟,乃吹灯灭之,曰:'耻与魑魅争光。'"这里化用其意,以魑魅与之争光,反衬作者与世俗落落寡合。魑魅,与下文"罔两",都指精怪鬼物。

⑦逐逐野马之尘,罔两见笑:言自己随俗浮沉,追逐名利,受到鬼物奚落讪笑。逐逐,竞求,指逐利。《易·颐》:"虎视眈眈,其欲逐逐。"野马之尘,即浮游的尘埃。《庄子·逍遥游》:"野马也,尘埃也,生物之以息相吹也。"成玄英疏:"青春之时,阳气发动,遥望薮泽之中,犹如奔马,故谓之野马也。"此以之喻污浊的现实社会。罔两见笑,为鬼物所讥笑。《南史·刘粹传》附《刘损传》:"损同郡宗人有刘伯龙者,少而贫薄。及长,历位尚书左丞、少府、武陵太守,贫窭尤甚。常在家慨然召左右,将营十一之方,见一鬼在傍抚掌大笑。伯龙叹曰:'贫穷固有命,乃复为鬼所笑也。'遂止。"

⑧才非干宝,雅爱搜神:意为我的才能虽然不及干宝,却像他一样非常喜爱搜集神怪故事。干宝,字令升,东晋文学家,"撰集古今神祇灵异人物变化,名为《搜神记》"(《晋书》本传)。雅,甚,颇。搜神,指干宝所作的《搜神记》,多记鬼神怪异之事。

⑨情类黄州,喜人谈鬼:意为自己的爱好如同当年贬谪黄州的苏轼,也喜欢听人讲谈鬼怪故事。黄州,指苏轼。苏轼(1036—1101),字子瞻,号东坡居士,宋代文学家。因反对王安石新法,以"谤讪朝廷"罪,贬谪黄州(今湖北黄冈)。在黄州时,他每日早起即出外访客,相与纵谈,客人有无可谈者,便强使其谈鬼;如有推脱,他便说"姑妄言之"。见宋叶梦得《避暑录话》。

⑩闻则命笔,遂以成编:意为每逢听到鬼怪故事,就提笔记录下来,于是汇编成书。成编,即成书。古代没有纸,将文字刻在竹简或木板上,用皮筋或绳子编串起来就是书。

⑪同人:志同道合之人。

⑫邮筒:这里指书信。古人邮寄书信、诗文所用的圆形管筒。

⑬以:因。好(hào):爱好。聚:聚集。

⑭夥(huǒ):多。

⑮人非化外,事或奇于断发之乡:意为虽然同为国人,但是发生的事情却比荒蛮边远的地方还要奇怪。化外,教化之外,指行政管理所不及的边远地区。断发之乡,指古吴越地区,即今江苏南部、浙江、福建一带。断发,"断发文身"的省语,指剪断长发,身刺花纹,此为古吴越水乡的习俗而与中原不同。

⑯睫在眼前,怪有过于飞头之国:意为眼前发生的怪事,竟比人头会飞的国度更为离奇。睫在眼前,极言其近。睫,眼睫毛。飞头之国,传说中人头会飞动的国度。《酉阳杂俎·境异》:"岭南溪洞中,往往有飞头者,故有飞头獠子之号。头将飞,一日前颈有痕,匝项如红缕,妻子遂看守之。其人及夜状如病,头忽生翼,脱

身而去,乃于岸泥寻蟹蚓之类食,将晓飞还,如梦觉,其腹实矣。"

⑰遄(chuán)飞逸兴,狂固难辞:意为当灵感超逸飞动,不敢推辞狂
放不羁。遄,速。飞,飞动。逸兴,飘逸豪放的意兴。唐王勃《滕
王阁序》:"遥襟俯畅,逸兴遄飞。"狂,狂放。

⑱永托旷怀,痴且不讳:意为坚定理想追求的寄托,如痴如迷,也无
须讳言。旷怀,开阔的胸怀。痴,痴迷。讳,避讳。

⑲展如:真诚的样子。《诗·鄘风·君子偕老》:"展如之人兮,邦之
媛也。"朱熹注:"展,诚也。"

⑳胡卢:一作"卢胡",形容笑声。

㉑然五父衢(qú)头,或涉滥听:意为在五父衢头所听到的或者是些
无稽的传闻。衢,可通四方的十字路口。五父衢,衢名。《左
传·襄公十一年》:"季武子将作三军,……祖诸五父之衢。"又,
《史记·孔子世家》叙述叔梁纥与颜氏女野合而生孔子,以是孔
子母讳言叔梁纥葬处,孔子母死后,无法合葬,"乃殡五父之衢,
盖其慎也"。《史记正义》引《括地志》:"五父衢在兖州曲阜县西
南二里,鲁城内衢道也。"五父之衢也可能指代模糊的地方。

㉒而三生石上,颇悟前因:唐袁郊《甘泽谣·圆观》载李源与圆观和
尚十分友好,圆观依据佛家因果,预知自己来生将做牧童,便约
请李源在他死后十二年到杭州天竺寺相见。李源依约而往,在
寺前听一牧童唱道:"三生石上旧精魂,赏月吟风不要论。惭愧
情人远相访,此身虽异性常存。"李源便晓得牧童就是圆观的托
身。后人附会此事,把杭州天竺寺后的山石指为"三生石"。诗
文中往往也以"三生石"代指因缘前定。三生,即"三世"。佛教
以过去、现在、未来,即前生、今生、来生为"三生"或"三世"。前
因,前生因果。因,梵语意译,这里指因缘。

㉓放纵之言,有未可概以人废者:意谓所言虽然恣意放任,也有可
取之处,不能一概因人废言。放纵,放任,不循常轨。概,一概,

全部。

【译文】

　　身披香草的山鬼，引发了屈原的诗情；牛鬼蛇神样荒诞的事情，李贺却吟咏上了瘾。直抒胸臆，不合世俗，是有传统和缘由的啊。我落寞微贱，有如秋天的萤火虫，发出的微光却引起魑魅争抢；追名逐利，随世浮沉，引起了魍魉的讪笑。才分虽然比不上干宝，却痴迷搜集怪异之事；性情近似于苏轼，喜欢听人讲说鬼的故事。听到就写下来，于是汇编成书。久而久之，周围志同道合的人寄来共同感兴趣的故事。由于爱好和兴趣，故事的数量不仅得以聚集，积攒得越来越多，而且内容也超出想象；虽然是周边的人物，发生的事情竟然比荒蛮之地更为奇异；事情就在眼皮底下，可怪异竟然比人头会飞的国度更加离奇。逸兴飞动，狂放不羁，固然难以推脱；永远寄托放旷的胸怀，如痴如醉，也不必讳言。那些诚实的人可能会因此笑话我吧？然而道听途说或许有不实之词，而三生石上的故事，却可以让人明白前生今世的因果。所以狂放恣睢的话或者有些道理，不能一概因人废言。

　　松悬弧时①，先大人梦一病瘠瞿昙②，偏袒入室③，药膏如钱④，圆黏乳际⑤。寤而松生，果符墨志⑥。且也，少羸多病⑦，长命不犹⑧。门庭之凄寂，则冷淡如僧；笔墨之耕耘⑨，则萧条似钵⑩。每搔头自念：勿亦面壁人果是吾前身耶⑪？盖有漏根因，未结人天之果⑫；而随风荡堕，竟成藩溷之花⑬。茫茫六道，何可谓无其理哉⑭！独是子夜荧荧⑮，灯昏欲蕊⑯；萧斋瑟瑟⑰，案冷疑冰⑱。集腋为裘，妄续《幽冥》之录⑲；浮白载笔，仅成孤愤之书⑳。寄托如此，亦足悲矣！嗟乎！惊霜寒雀㉑，抱树无温；吊月秋虫㉒，偎阑自热㉓。知我者，其在青林黑塞间乎㉔！

康熙已未春日㉕

【注释】

①悬弧时：出生时。悬弧，古代男子出生时的礼仪标志。《礼记·内则》："子生，男子设弧于门左，女子设帨于门右。"在门左挂一张弓，表示出生的是男孩。弧，木弓。

②先大人：死去的父亲。先，尊称已死的人。蒲松龄的父亲蒲槃，字敏吾。病瘠瞿昙(qú tán)：病瘦的和尚。瘠，瘦弱。瞿昙，梵语也译为"乔答摩"，佛教始祖释迦牟尼的姓氏，原以代指释迦牟尼，后为佛的通称。这里指代僧人。

③偏袒：僧人身穿袈裟，袒露右肩，称"偏袒"。《释氏要览·礼数》："偏袒，天竺之仪也。……律云，偏露右肩，即肉袒也。律云，一切供养，皆偏袒，示有便于执作也。"室：卧室。

④钱：指如铜钱大小。

⑤黏(nián)：贴，黏合。

⑥寤而松生，果符墨志：言外之意是自己与僧人有些联系，甚或就是那个病弱的僧人转世。寤，睡醒。果符墨志，果然与父亲的梦相符合。墨志，中医药中的膏药一般是黑色的。

⑦羸(léi)：瘦弱。

⑧长(zhǎng)命不犹：长大之后，命不如人。不犹，不如别人。犹，若。《诗·召南·小星》："实命不犹。"

⑨笔墨之耕耘：指为人做幕宾、塾师，以谋生计。《文选》载梁任昉《为萧扬州作荐士表》："既笔耕为养，亦佣书成学。"

⑩钵："钵多罗"的省语，梵语音译，也称"钵盂"，和尚食器，底平，口略小。和尚外出，只携一瓶一钵，沿途向人募化；瓶用来饮水，钵用来盛饭。

⑪面壁人：指僧人。《五灯会元·东土祖师·菩提达磨大师》："当

魏孝明帝正光元年也,寓止于嵩山少林寺,面壁而坐,终日默然。人莫之测,谓之壁观婆罗门。"后因以"面壁人"专指和尚。

⑫盖有漏根因,未结人天之果:意为由于前世的原因,自己难以得到修炼的正果。《景德传灯录》:"(梁武)帝问(达磨)曰:'朕即位以来,造寺写经,度僧不可胜记,有何功德?'师曰:'并无功德。'帝曰:'何以无功德?'师曰:'此但人天小果,有漏之因,如影随形,虽有非实。'帝曰:'如何是真功德?'答曰:'净智妙圆,体自空寂,如是功德,不以世求。'"有漏,指不能断除三界(欲界、色界、无色界)烦恼,不能归于空寂。佛教称烦恼为"漏"。根、因,都是佛教名词,指能生成或引起果报的根本原因。人天之果,指僧人修炼的果报。果,果报,梵语意译,泛指依思想行为而得的结果。

⑬而随风荡堕,竟成藩溷(hùn)之花:意为随风飘荡,竟然成了飘到篱笆外粪坑的落花。指自己的落拓不遇。《梁书·范缜传》:"初,缜在齐世尝侍竟陵王子良。子良精信释教而缜盛称无佛。子良问曰:'君不信因果,世间何得有富贵?何得有贫贱?'缜答曰:'人之生譬如一树花,同发一枝,俱开一蒂,随风而堕,自有拂帘幌坠于茵席之上,自有关篱墙落于溷粪之侧。坠茵席者,殿下是也;落粪溷者,下官是也。贵贱虽复殊途,因果竟在何处?'"藩,篱笆。溷,粪坑。

⑭茫茫六道,何可谓无其理哉:这是愤激之言,意为自己的不幸遭遇是理应如此。六道,佛教指天道、人道、阿修罗道、饿鬼道、畜牲道、地狱道。佛教认为众生根据生前善恶,都在"六道"里轮回转生。

⑮子夜:夜半子时。即夜十一时至凌晨一时。荧荧:微弱的灯光。

⑯灯昏欲蕊:灯油将尽,灯芯则结灯花,光线晦暗。蕊,灯花。

⑰萧斋:清冷的书斋。唐代李肇《唐国史补》中:"梁武帝造寺,令萧子云飞白大书'萧'字,至今一'萧'字存焉;李约竭产自江南买归

东洛,區于小亭以玩之,号为'萧斋'。"这里"萧"字,有萧条冷落的意思。瑟瑟:犹瑟缩,寒冷。

⑱案:几案,这里指书桌。

⑲集腋为裘,妄续《幽冥》之录:意为搜集的狐鬼故事积累起来,狂妄地想把它作为《幽冥录》的续编。集腋为裘,喻积小成大,积少成多。《意林》引《慎子·知忠》:"粹白之裘,盖非一狐之腋也。"腋,指狐腋皮毛,极为珍贵。裘,皮袍。妄,狂妄,意为不自揣才力。《幽冥》之录,即《幽冥录》,南朝宋刘义庆著,是一部记载神鬼怪异故事的志怪小说。

⑳浮白载笔,仅成孤愤之书:意为把酒秉笔,写下这部志怪之书,不过是寄托心志,发抒胸中愤懑而已。浮白,此泛指饮酒。浮,罚人饮酒。白,罚酒用的大酒杯。载笔,持笔写作。孤愤之书,《韩非子》有《孤愤》篇。《史记·老子韩非列传》说,韩非"悲廉直不容于邪枉之臣,观往者得失之变,故作《孤愤》、《五蠹》……十馀万言"。司马迁《太史公自序》谓韩非《孤愤》篇是发愤之作,因"意有所郁结,不得通其道也,故述往事,思来者"。

㉑惊霜:因霜落而惊觉秋天的到来。

㉒吊:这里是悲伤的意思。

㉓阑:栏杆。

㉔青林黑塞:指梦魂所历的冥冥之中。唐杜甫《梦李白》:"魂来枫林青,魂返关塞黑。"

㉕康熙己未:康熙十八年,1679 年。

【译文】

　　我出生的时候,父亲梦见一个病弱的和尚,身穿袈裟,偏袒右肩,走入卧室,一帖如铜钱般大小的圆圆的膏药粘在胸前。父亲惊醒后,恰巧我就出生,真像梦见的那样。而且,我从小就体弱多病,长大了也命不如人。门庭冷落,车马稀少,家里像远离尘世的僧房;靠着笔墨谋生,清贫萧条的生活如同和尚的钵盂。我经常搔头自念，是不是果真那个和尚是我的前身啊？大概因为我前生前世有缺失，不能修成正果；于是今生今世像飘在藩篱粪坑的落花一样不幸。唉，茫茫六道轮回，怎么能说没有因果道理呢！只是可怜我在半夜里伴着昏昏半明的烛光，孤独地在萧瑟的书斋、冰冷的书桌前，打算积少成多，搜集狐鬼故事，狂妄地想把它续成《幽冥录》的续编；边喝酒，边写作，仅用它来发抒胸中的愤懑。这样的寄托，也真是可悲可叹了。唉！我像霜后寒冷的鸟雀，贴紧了树枝也感受不到温暖；又像是对月伤怀的秋虫，依偎在栏杆里自我温暖。理解的知音，只能在梦魂的冥冥中求取了。

　　康熙十八年春天

卷一

考城隍

【题解】

在繁复的《聊斋志异》的不同版本中，尽管收录的小说在数目、卷次、篇目排列的次序上有所差异，但有一点，那就是——《考城隍》无论是在蒲松龄的手稿本，还是在后人不同的编辑阶段，一直都是放在第一篇的位置上。更值得注意的是：在《聊斋志异》的评论史上，评论者都非常重视它在《聊斋志异》中开篇的地位：何垠说："一部书如许，托始于《考城隍》，赏善罚淫之旨见矣。"但明伦说："一部大文章，以此开宗明义。"

在这篇小说中，蒲松龄不仅借濒死回生的故事讲述赏善罚淫的宗旨，更重要的是通过"有心为善，虽善不赏；无心作恶，虽恶不罚"揭橥了衡量作品中人物的价值体系标准，从哲学和美学的层面表述了《聊斋志异》所展现的理念。"有花有酒春常在，无烛无灯夜自明"，一方面暗示了故事的非人间的环境，同时体现了作者悠然自得、昂然向上的胸襟。你可以把它理解为贫困潦倒的生活中的达观从容，也可以理解为仕途不顺利境遇下的坚韧不拔，更可以理解为作者的胸襟怀抱——一种从容的生活态度。

　　予姊丈之祖，宋公讳焘^①，邑廪生^②。一日，病卧，见吏人持牒^③，牵白颠马来^④，云："请赴试。"公言："文宗未临^⑤，何遽得考^⑥？"吏不言，但敦促之。公力疾乘马从去^⑦，路甚生疏。至一城郭，如王者都。移时入府廨^⑧，宫室壮丽。上坐十馀官，都不知何人，惟关壮缪可识^⑨。檐下设几、墩各二^⑩，先有一秀才坐其末，公便与连肩^⑪。几上各有笔札^⑫。俄题纸飞下。视之，八字，云："一人二人，有心无心。"二公文成，呈殿上。公文中有云："有心为善，虽善不赏；无心为恶，虽恶不罚。"诸神传赞不已。召公上，谕曰："河南缺一城隍^⑬，君称其职。"公方悟，顿首泣曰："辱膺宠命^⑭，何敢多辞。但老母七旬，奉养无人，请得终其天年，惟听录用。"上一帝王像者，即命稽母寿籍^⑮。有长须吏，捧册翻阅一过，白："有阳算九年^⑯。"共踌躇间，关帝曰："不妨令张生摄篆九年^⑰，瓜代可也^⑱。"乃谓公："应即赴任，今推仁孝之心^⑲，给假九年。及期，当复相召。"又勉励秀才数语。二公稽首并下^⑳。秀才握手，送诸郊野。自言长山张某^㉑。以诗赠别，都忘其词，中有"有花有酒春常在，无烛无灯夜自明"之句。

【注释】

①讳：名讳。旧时对尊长不能直称其名，要避讳。因称其名为"讳"。

②邑廪生：本县廪膳生员。明洪武二年（1369）始，凡考取入学的生员（习称"秀才"），每人月廪食米六斗，以补助其生活。后生员名额增多，成化年间改为定额内者食廪，称廪膳生员，省称廪生；增额者为增广生员和附学生员，省称增生和附生。清沿明制，廪生

月供廪饩银四两,增生岁、科两试一等前列者,可依次升廪生,称补廪。参见《明史·选举志》《清史稿·选举志》。

③牒:古代官府往来文件,公文。

④白颠马:白额马。颠,额端。《诗·秦风·车邻》:"有车邻邻,有马白颠。"朱熹注:"白颠,额有白毛,今谓之的颡。"

⑤文宗:原指文章宗匠,即众人所宗仰的文章大家。《后汉书·崔骃传》:"崔为文宗,世禅雕龙。"清代用以敬称省级的学官提督学政,简称"提学"、"学政"。临:指案临。清制,各省学政在三年任期内依次到本省各地考试生员,称案临。考试的名目有"岁考"、"科考"两种。

⑥遽:仓猝。

⑦力疾:勉力,勉强支撑病体。

⑧府廨(xiè):官署。旧时对官府衙门的通称。

⑨关壮缪(mù):指关羽(?—219),字云长,河东解县人。三国时蜀汉大将。死后追谥壮缪侯,见《三国志·蜀书》本传。后逐渐被神化,宋以后历代封建王朝屡加封号。明万历年间敕封为"三界伏魔大帝神威远震天尊关圣帝君",清顺治年间敕封为"忠义神武关圣大帝"。自是相沿。

⑩几:长方形的小桌子。墩:一种低矮的坐具。

⑪连肩:肩靠肩,并排而坐。

⑫笔札:犹言笔、纸。札,古时供书写用的薄木简。

⑬城隍:古代神话中守护城池的神,后为道教所信奉。相传从《礼记·郊特牲》中蜡祭八神之一的水(即隍)庸(即城)衍化而来。三国之后即有地方祀城隍神,唐以后历代封建王朝普遍奉祀,一般称为某府某县城隍之神,视同人间的郡县长官。参见清赵翼《陔馀丛考·城隍神》。

⑭辱膺宠命:为旧时接受任命或命令时表示感激的套语。辱,犹言

承蒙。膺,受。宠命,恩赐的任命。

⑮稽母寿籍:查看记载其母寿限的簿籍。稽,查。寿籍,迷信传说
中阴间记载人们寿限的簿册,即所谓"生死簿"。

⑯阳算:活在阳世的年数,寿命。

⑰摄篆:指代理官职。摄,代理。篆,旧时印信刻以篆文,因代指
官印。

⑱瓜代:及瓜而代的省词。原意为来年食瓜季节使人替代。《左
传·庄公八年》:"齐侯使连称、管至父戍葵丘,瓜时而往,曰:'及
瓜而代。'"后因称官员任职期满由他人接任为"瓜代"。这里是
接任的意思。

⑲推仁孝之心:推许其仁孝的心志。推,推许,推重,赞许。

⑳稽(qǐ)首:伏地叩头。旧时所行的跪拜礼。

㉑长山:旧县名。明清时代属济南府,辖境为今山东邹平东部的长
山镇。

【译文】

我姐夫的祖父宋焘先生,是县里的秀才。一天,他生病躺在床上,忽然看见一个官差拿着官府文书,牵着一匹额上生有白毛的马走上前来,说:"请先生去参加考试。"宋先生问:"主考的学政老爷没有来,怎么能突然举行考试呢?"官差并不回答,只是一再催促他起程。宋先生只好支撑着骑上马跟他去了,觉得所走的道路都十分陌生。不久,他们便来到一个城市,像是帝王居住的城市。一会儿,他们进了一座官府,但见宫殿十分巍峨壮丽。大堂上坐着十几个官员,这些人宋先生大都不认识,只知道其中一个是关羽关壮缪。堂下殿檐前放有几案、坐墩各两个,已经先有一个秀才坐在了下首,宋先生便挨着他坐下。每张桌子上都放着纸和笔。一会儿,殿堂上飞下一张写有题目的卷子来。宋先生一看,上面写着八个字:"一人二人,有心无心。"他们俩写完文章后,便把答卷呈交到殿上。宋先生的文章里有这样一句话:"有心去做好事,

虽然是做了好事,但不应给他奖励;不是故意地做坏事,虽然做了坏事,也可以不给他处罚。"殿上各位官员一边传看一边不住地称赞。于是便把宋先生召上殿来,对他说:"河南那个地方缺一位城隍,你去担任这个职务很合适。"宋先生这才恍然大悟,一边叩头一边哭着说:"我蒙此重任,怎么敢推辞呢?但家中老母已经七十多岁了,无人奉养。请允许老母死了以后,再来听从调用。"堂上一个帝王模样的人,立即命令查看宋母的寿数。一个留着长胡须的官员,拿着记载人寿数的册子翻阅了一遍,说:"宋母还有阳寿九年。"各位官员正在犹豫不决的时候,关圣帝君说:"不妨让那个姓张的秀才先代理九年,然后再让他去接任。"于是帝王模样的人对宋先生说:"本应让你立即上任,现在念你有仁孝之心,给你九年的假期。到时再召你前来。"接着又对张秀才说了几句勉励的话。两位秀才叩头谢恩,一起走下了殿堂。张秀才握着宋先生的手,一直把他送到郊外,并自我介绍说是长山人,姓张,又送给宋先生一首诗作临别留念,但宋先生把诗中大部分词句都忘掉了,只记得中间有"有花有酒春常在,无烛无灯夜自明"两句。

公既骑,乃别而去。及抵里,豁若梦寤①。时卒已三日。母闻棺中呻吟,扶出,半日始能语。问之长山,果有张生,于是日死矣。后九年,母果卒。营葬既毕,浣濯入室而殁②。其岳家居城中西门内,忽见公镂膺朱帻③,舆马甚众,登其堂,一拜而行。相共惊疑,不知其为神。奔讯乡中,则已殁矣。

【注释】

①豁:突然,一下子。形容很快。

②浣濯:洗涤。此指沐浴。殁(mò):死。

③镂膺朱帉(fén)：形容马饰华美。镂膺，马胸部镂金饰带。《诗·
秦风·小戎》："虎韔镂膺，交韔二弓。"朱熹注："镂膺，以刻金饰马
带也。"朱帉，马嚼环两旁的红色扇汗用具。亦用作装饰。《诗·
卫风·硕人》："四牡有骄，朱帉镳镳。"

【译文】

　　宋先生上马后，便告别而去。他回到家中，就好像是从一场大梦中
突然醒来一样。其时他已经死去三天了。宋母听见棺材里有呻吟声，
急忙把他扶出来，过了半天，宋先生才能说出话来。他派人去长山打
听，果然有个姓张的秀才，在那天死去了。过了九年，宋母真的去世了。
宋先生将母亲安葬完毕，自己洗浴料理后进了屋子里就死了。宋先生
的岳父家住在城中的西门里，这天忽然看见宋先生骑着装饰华美的骏
马，身后跟随着许多车马仆役，进了内堂，向他拜别离去。全家人都很
惊疑，不知道宋先生已经成了神。宋先生的岳父派人跑到宋先生的家
乡去打听消息，才知道宋先生已经死了。

　　公有自记小传，惜乱后无存①，此其略耳。

【注释】

①乱：战乱。

【译文】

　　宋先生曾写有自己的小传，可惜经过战乱没有保存下来，这里记述
的只是个大略情况。

耳中人

【题解】

　　冯镇峦在《读聊斋杂说》中说："此书多叙山左右及淄川县事，纪见

闻也,时亦及于他省。时代则详近世,略及明代。"这使得《聊斋志异》中的故事在叙述之始就给人亲切的感觉。

蒲松龄由于自小身体不好,对于坐禅导引之术不仅很熟悉,自己也一直在练。他说:"榻上趺跏理旧疴,新来道念欲成魔。"(《袁子续、孙湘芷重阳见招,不果往,赋此寄之》)"卫生学趺坐,虚室生白光。"(《寂坐》)所以他在这个因练气功而走火入魔的小故事中,设身处地,从眼、耳、鼻、舌、身、意多个方面,把谭晋玄丧魂失魄的过程写得活灵活现。假如没有这方面体悟,大概很难措手。

以人体的视听器官为故事,《耳中人》与后面的《瞳人语》可谓姊妹篇。不过,《瞳人语》中的小人很可爱,有童话趣味,而耳中人"狞恶如夜叉",完全是志怪色彩了。

谭晋玄①,邑诸生也②。笃信导引之术③,寒暑不辍④。行之数月,若有所得。一日,方趺坐⑤,闻耳中小语如蝇,曰:"可以见矣。"开目即不复闻。合眸定息⑥,又闻如故。谓是丹将成⑦,窃喜。自是每坐辄闻。因思俟其再言,当应以觇之⑧。一日,又言。乃微应曰:"可以见矣。"俄觉耳中习习然⑨,似有物出。微睨之⑩,小人长三寸许,貌狞恶如夜叉状⑪,旋转地上。心窃异之,姑凝神以观其变。忽有邻人假物⑫,扣门而呼。小人闻之,意张皇⑬,绕屋而转,如鼠失窟。谭觉神魂俱失,不复知小人何所之矣。遂得颠疾⑭,号叫不休,医药半年,始渐愈。

【注释】

①谭晋玄:蒲松龄同时代人。丁耀亢有《送谭晋玄还淄青,谭子以修炼客张太仆家》一诗:"谭子风尘里,潜居有化书。鲁门疑祀

鸟,濠水乐知鱼。道气鸿蒙外,玄言汲冢馀。幻形何处解？羽蜕近清虚。万物归无始,吾身患有终。神游方以外,天在道之中。客老苏耽鹤,人归列子风。茫茫沧海上,何处觅壶公。"可见谭晋玄是一个痴迷道家修炼的名士,而蒲松龄所记并非空口无凭。

②诸生:本指在学儒生,见《汉书·何武传》。唐代国学及州、县学规定学生员额,因称生员。明清时代,凡经考试取入府、州、县学的生员,通称诸生。

③导引之术:我国古代强身除病的一种养生方法。导引,"导气使和,引体使柔"的意思,指屈伸俯仰,呼吸吐纳,使血脉流通。《庄子·刻意》:"吹呴呼吸,吐故纳新,熊经鸟申,为寿而已矣。此道(导)引之士,养形之人,彭祖寿考者之所好也。"后道教认为通过导引修炼可以成仙。道教有《太清导引养生经》。

④寒暑不辍:不受外界干扰,坚持奉行。辍,中止。

⑤趺(fū)坐:即"结跏趺坐",略称"跏趺"。佛教徒坐禅的一种姿势,即将双足背交叉于左右股上;右手安左手掌中,二大拇指面相合,然后端身正坐,俗称盘腿打坐。《大智度论》:"诸坐法中,结跏趺坐最安稳,不疲极,此是坐禅人坐法。"

⑥眸(móu):眼睛。定息:调整呼吸,使平静安定。

⑦丹:炼丹是道教法术之一,源于古代方术。原指在鼎炉中烧炼矿石药物以制"长生不死"的丹药,即"金丹"。后道士将这一方术加以扩展,以人体比拟鼎炉,"精"、"气"比拟药物,以"神"去烧之,使精、气、神凝成"圣胎",即为"内丹",而将矿石药物烧炼所成的丹药为"金丹"、"外丹"。本卷后面的《王兰》一文中的"金丹"指外丹,这里指的是内丹。

⑧觇(chān):看,窥视。

⑨习习:形容辛辣、痛痒等感觉。

⑩睨(nì):斜着眼看。

⑪夜叉:梵语音译。意译"能啖鬼"、"捷疾鬼"等。佛经中一种形象
　凶恶的鬼,列为天龙八部神众之一。我国诗文小说中,则常指丑
　恶之鬼,或喻凶暴丑恶之人。

⑫假:借。

⑬张皇:惊慌,慌张。

⑭颠疾:疯癫病。颠,通"癫"。

【译文】

谭晋玄,是县学里的生员。他十分崇信气功养生之术,不管是严冬还是酷暑都坚持练功,从不间断。这样练了几个月以后,自己感到似乎有所收获。有一天,他正在盘腿打坐的时候,忽然听见耳朵中有苍蝇叫一样的细语声,说:"可以出来了。"可是他一睁开眼睛,却又听不见了。等再闭上眼调养呼吸,就又听见同样的声音。他以为自己所炼的内丹就要大功告成了,心中暗暗高兴。从此后,他每次盘坐都能听到那说话声。于是想等到再有说话声时,自己应答一下看会如何。一天,他又听到了耳中的说话声,就轻声答道:"可以出来了。"不一会儿,他就觉得耳朵里又痛又痒,像是有东西出来了。斜眼偷偷一看,见有个三寸左右的小人儿,面目狰狞丑恶得像夜叉一样,在地上转来转去。他心里暗自吃惊,便暂且凝神注视着小人儿看他有什么变化。忽然有个邻居来借东西,敲着门呼喊他。小人儿听见了叩门声,十分惊慌,绕着屋子转起了圈儿,就像是一只找不到洞口的老鼠。这时,谭晋玄觉得神魂都出了窍儿,迷迷糊糊地再也不知道小人儿到哪里去了。从此他便得了癫狂病,不停地号叫,服药医治了半年多,才逐渐有了好转。

尸变

【题解】

这是一篇写民间所谓"乍尸"的恐怖故事。

《聊斋志异》中的鬼大概可以分为两类，一类是情感伦理型的，鬼有男女长幼之分，贤愚不肖之别，是现实人的化身，具备人类的一切伦理属性和情感；另一类是死亡恐怖型的，作为人的生命存在的对立面，与人不共戴天，狰狞恐怖，是死亡的象征。

《尸变》的艺术表现在《聊斋志异》中颇为独特。除去一头一尾各一句话外，全篇故事没有对话，情节完全靠小负贩的感觉和动作来叙述，类似于哑剧。小说调动了人的眼耳鼻舌身意所有的感觉器官去展示恐怖情趣："入其庐，灯昏案上"，"灵前灯火，照视甚了"，女尸"面淡金色"，是眼所见；"灵床上察察有声"，"闻纸衾声"，"闭息忍咽以听之"，是耳所闻；"吹之如诸客"，"觉女复来，连续吹数数始去"，是身所感；"客大惧，恐将及己"，"顾念无计，不如着衣以窜"，是意所想。在负贩"潜引被覆首，闭息忍咽以听之"和后来逃避女鬼追逐的过程中，负贩完全凭身意感觉而不是眼睛去体察女鬼的所为，逃避死亡的追逐。由于认知上的缺损和陌生感，更增加了神秘和恐怖。是篇情节的跌宕、氛围的渲染、节奏的急促、语言的逼真，令人惊心骇目，诚如冯镇峦所说"深夜读至此"，"令人森立"。

　　阳信某翁者①，邑之蔡店人。村去城五六里，父子设临路店，宿行商。有车夫数人，往来负贩，辄寓其家。一日昏暮，四人偕来，望门投止②，则翁家客宿邸满③。四人计无复之，坚请容纳。翁沉吟思得一所，似恐不当客意。客言："但求一席厦宇④，更不敢有所择。"时翁有子妇新死，停尸室中，子出购材木未归⑤。翁以灵所室寂，遂穿衢导客往。

【注释】

①阳信：县名。在今山东北部。清代属山东武定府管辖，今属山东

　　滨州地区。

②望门投止：见有人家，便去投宿。《后汉书·张俭传》："俭得亡
　　命，困迫遁走，望门投止。"止，宿。

③客宿邸(dǐ)满：住宿客人很多，旅舍已住满。邸，旅店，客舍。

④一席厦宇：廊檐下一席之地，意为遮挡风雨的睡觉的地方。厦，
　　两厢，走廊。宇，屋檐。

⑤材木：棺木。材，棺。

【译文】

　　阳信县有一个老头儿，是蔡店村的人。住的村子离县城有五六里
路，老头儿和儿子开了一家临路的旅店，留宿过往的商人。有几个赶车
的人，来来往往贩运货物，时常住在老头儿的客店里。一天黄昏时分，
四个车夫一起来到店里投宿，但是老头儿家的客舍已经住满了客人。
四个人想不出别的办法来，就坚持请店主想办法接待他们住下。老头
儿想了想，想到一处住所，但又怕不合客人的心意。客人们说："现在
只求能有个遮风挡雨的地方住下就可以了，哪还能挑挑拣拣呢。"当时，
老头儿的儿媳妇刚刚死去，尸体正停放在屋子里，老头儿的儿子外出购
买做棺材的木料，还没有回来。老头儿想到那间当灵堂的屋子很寂静，
就带着客人穿街过巷往那里去了

　　入其庐，灯昏案上，案后有搭帐衣①，纸衾覆逝者②。又
观寝所，则复室中有连榻③。四客奔波颇困，甫就枕，鼻息渐
粗。惟一客尚矇眬，忽闻灵床上察察有声。急开目，则灵前
灯火，照视甚了：女尸已揭衾起，俄而下，渐入卧室。面淡金
色，生绢抹额④。俯近榻前，遍吹卧客者三。客大惧，恐将及
己，潜引被覆首，闭息忍咽以听之。未几，女果来，吹之如诸
客。觉出房去，即闻纸衾声。出首微窥，见僵卧犹初矣。客

惧甚，不敢作声，阴以足踏诸客，而诸客绝无少动。顾念无计，不如着衣以窜。裁起振衣⑤，而察察之声又作。客惧，复伏，缩首衾中。觉女复来，连续吹数数始去⑥。少间，闻灵床作响，知其复卧。乃从被底渐渐出手得袴⑦，遽就着之，白足奔出⑧。尸亦起，似将逐客。比其离帏，而客已拔关出矣⑨。尸驰从之。客且奔且号，村中人无有警者。欲叩主人之门，又恐迟为所及。遂望邑城路，极力窜去。至东郊，瞥见兰若⑩，闻木鱼声，乃急挝山门⑪。道人讶其非常⑫，又不即纳。旋踵⑬，尸已至，去身盈尺。客窘益甚。门外有白杨，围四五尺许，因以树自幛⑭，彼右则左之，彼左则右之。尸益怒，然各寖倦矣⑮。尸顿立。客汗促气逆⑯，庇树间。尸暴起，伸两臂隔树探扑之。客惊仆。尸捉之不得，抱树而僵。

【注释】

①搭帐衣：指灵堂中障隔灵床的帷幛。旧时丧礼，初丧停尸灵床，灵前置几，设位燃灯，祭以酒浆，几后设帷。见《莱阳县志》。《礼记·丧大记》"彻帷"疏："彻帷者，初死恐人恶之，故有帷也。至小敛衣尸毕，有饰，故除帷也。"

②纸衾(qīn)：指初丧时用以覆盖尸体的黄裱纸或白纸。衾，被。《泰安县志》："既死，覆以纸被，报丧亲友，或谓'接亡'，或谓'落柩'。"

③复室：套间。连榻：并排的床。

④生绢：没有漂煮过的绢。抹额：也叫"抹头"，一种束额的头巾。此指以巾束额。

⑤振衣：抖动衣服，指欲穿衣。

⑥数数(shuò)：多次。

⑦袴(kù)：裤。

⑧白足：光着脚。

⑨拔关：拔开门闩。关，即门闩。

⑩兰若：梵语"阿兰若"的音译。原为佛家比丘习静修的处所，后一般指佛寺。

⑪挝(zhuā)：敲。山门：寺院的外门。

⑫道人：这里指和尚。晋宋间和尚、道士通称道人。宋叶梦得《石林燕语》："晋宋间佛教初行，未有僧称，通曰道人。"讶：惊讶。非常：不适时宜，不同寻常。

⑬旋踵：转身。踵，脚后跟。

⑭幛：本指屏风、帷幕，也作"障"，遮蔽。

⑮寖(jìn)倦：渐渐疲倦。寖，逐渐。

⑯汗促气逆：汗直冒，气直喘。促，急。逆，不顺。

【译文】

进了房间，只见木桌上点着一盏昏暗的油灯，桌子后面是挂在灵床上的帷幛，一床纸被盖在死者身上。再看卧室，里屋有一张连在一起的大通铺。四个人旅途中一路奔波，困乏得非常厉害，躺下不一会儿就鼾声四起了。只有一个客人还在似睡非睡之间，忽然听到灵床上发出"嚓嚓"的声音。他急忙睁开眼睛，这时灵床前的灯光把四周照得十分清楚：只见那个女尸已经揭开身上的纸被坐了起来，不一会儿下了床，慢慢地走进了卧室。那女尸的面容是淡黄色的，额头上系着一块生绢。她接近床前俯下身来，逐一对睡着的三个客人吹气。没入睡的那个客人惊恐万分，害怕女尸吹到自己，便偷偷地拉上被子蒙住头，屏住呼吸听女尸的动静。没过多久，女尸果然走了过来，像对其他客人一样地朝他吹气。那个客人感觉到女尸走出了卧室，不一会儿，就听到了纸被发出的声音。他把头探出来偷看，只见女尸如同原来一样僵卧在那里。他非常恐惧，不敢出声，偷偷地用脚蹬那几个旅伴，但他们都一动不动。

他左思右想，无计可施，心想不如穿上衣服逃出去吧。他坐起来刚要穿衣服，那"嚓嚓"的声音又响起来了。他害怕了，又躺下身来，把头缩在被子里。他觉得女尸又来到了他跟前，连续向他吹了好几次气才离开。不一会儿，他听见灵床又发出了响动，知道是女尸又躺在灵床上了。于是他就从被子底下慢慢地伸出手来，找到裤子，急忙穿上，光着脚跑了出去。女尸也坐了起来，像要追逐客人。但等到她离开灵床边的帷幔时，客人已经打开房门逃了出去。女尸在后面跑着追来。客人一边奔跑一边喊叫，但村里却没有一个人被惊醒。他本想去敲店主的家门，又怕跑慢了被女尸追上。于是就朝着去往县城的路拼命奔跑起来。跑到了城东郊，他望见一座寺庙，还听见了里面敲打木鱼的声音，就急忙去敲庙门。寺中的僧人对他不正常的举动感到惊讶，不肯马上开门让他进去。正在这时，女尸已经到了，离他身后只有一尺来远。客人更加害怕着急了。寺庙门外有棵白杨树，树干有四五尺粗，客人就躲在树后面，女尸扑到右边，他就躲到左边，女尸扑到左边，他就躲到右边。女尸更加恼怒，但是双方都渐渐地疲乏了。女尸停下来站立在那里。客人浑身冒汗、上气不接下气，躲藏在树后。突然，女尸猛然向前扑来，伸出两只胳膊，从树干两侧伸过手来抓他。客人惊吓得跌倒在地上。女尸抓不到他，就抱着树干渐渐僵硬了。

　　道人窃听良久，无声，始渐出。见客卧地上。烛之，死，然心下<u>丝丝</u>有动气。负入，终夜始苏。饮以汤水而问之，客具以状对。时晨钟已尽[1]，晓色迷濛，道人觇树上，果见僵女。大骇，报邑宰[2]。宰亲诣质验[3]。使人拔女手，牢不可开。审谛之，则左右四指，并卷如钩，入木没甲。又数人力拔，乃得下。视指穴如凿孔然。遣役探翁家，则以尸亡客毙，纷纷正哗。役告之故。翁乃从往，舁尸归[4]。客泣告宰曰:"身四人出⑤,今一人归,此情何以信乡里?"宰与之牒⑥,赍送以归⑦。

【注释】

①晨钟:指寺庙里清晨的钟声。钟,佛教法器。《百丈清规·法器章》:"大钟,丛林号令资始也。晓击则破长夜警睡眠,暮击则觉昏衢疏冥昧。"

②邑宰:指知县。

③质验:质证查验,即问取证词,查验尸身。

④舁(yú):共同抬东西。

⑤身:代词。第一人称,相当于"我"。

⑥牒:证件,凭证。

⑦赍(jī):以物送人。

【译文】

寺里的僧人偷偷地听了很长时间,听到没有声音了,才慢慢走了出来。他看见客人倒在地上,用灯烛一照,像是死了,但是心口还微微地有些热气。于是僧人把客人背进了庙里,经过一夜,客人才苏醒过来。道人给他喝了点儿热水,问起事情的缘由,客人就把事情的经过一五一十地说了一遍。这时候,晨钟已经响过,借着拂晓的迷蒙天色,道人去察看白杨树,果然看见一具女僵尸。僧人大为惊骇,便报告给了知县。知县亲自前来勘验,让人把女尸的手从树上拉下来,但是那手抓得太牢了,怎么也掰不动。仔细察看,原来女尸左右两手的四根手指像钩子一样地蜷曲着,连同指甲深深地嵌进了树干里。知县又让好几个人一起上去用力拔,才把女尸从树上拔下来。只见女尸手指头在树上抓下的洞就像凿子打出的孔穴一样。知县派差役去老头儿家探听情况,那里正因为女尸不见、客人暴死而乱作一团。差役向老头儿说明了缘故,老头儿就跟随差役前往,把女尸抬回了家。客人哭着对知县说:"我们四个人是一块儿出来的,现在只有我一个人回去,这事情怎么能让乡里人相信呢?"知县于是给他写了一份证明文书,赠给他一些东西让他回去了。

喷水

【题解】

人都有好奇心,于是凡事总想探个究竟。在公共环境中,叫考察探究,而如果进入私家领域,就不甚合法,叫窥探隐私。

鬼是不是有隐私呢?是不是也反感于窥探,进而对于窥探的人进行惩罚呢?这篇小说就是反映这方面的恐怖故事。当然,宋琬的母亲也比较冤,因为站在她的立场,她有权在"所僦第"了解所发生的一切。

小说对那个老妪——女鬼描写得活灵活现,耸异吓人,尤其借助于形象贴切的比喻,让人如闻如见:写其喷水"如缝工之喷衣者",其长相"白发如帚",走起路来"竦急作鹤步",由于动作夸张,行为诡异,在寂静的暗夜,又是白发,又是喷水,给人的印象非常深刻。小说的叙述也颇有层次:先是听到声音,"闻院内扑扑有声";接着是丫鬟看,"穴窗窥视";最后是太夫人和丫鬟"俱观之",终于引来大祸。

与蒲松龄同时的王渔洋在看了此篇故事后,认为事情不足信,说:"玉叔褦襶失恃,此事恐属传闻之讹。"大概是忽视了小说和历史的区别。

莱阳宋玉叔先生为部曹时①,所僦第甚荒落②。一夜,二婢奉太夫人宿厅上③,闻院内扑扑有声,如缝工之喷衣者。太夫人促婢起,穴窗窥视④,见一老妪⑤,短身驼背,白发如帚,冠一髻,长二尺许,周院环走,竦急作鹤步⑥,行且喷,水出不穷。

婢愕返白。太夫人亦惊起，两婢扶窗下聚观之。妪忽逼窗，直喷棂内⑦，窗纸破裂，三人俱仆，而家人不之知也。

【注释】

①宋玉叔：即宋琬。宋琬(1614—1673)，字玉叔，号荔裳，莱阳人。清初著名诗人，与施闰章齐名，时称"南施北宋"。有《安雅堂集》。宋琬为顺治四年(1647)进士，授户部河南司主事，调吏部稽勋司郎中，后迁浙江、四川按察使。详见《清史稿·文苑传》。部曹：明清时代各部司官之通称。主事、郎中均为内阁各部的属官，即"部曹"。"为部曹时"，指宋琬在京期间。

②所僦(jiù)第：租赁的宅第。荒落：荒芜冷落。

③太夫人：汉代称列侯之母为太夫人。后成为母亲的敬称。此指宋母。

④穴窗：在窗纸上戳个洞。

⑤老妪：年老女性，老太太。

⑥竦急作鹤步：像鹤那样一耸一耸地大步急行。竦，通"耸"。

⑦棂：中式窗户上构成窗格子的木条或贴条。

【译文】

　　莱阳人宋玉叔先生做某部属官的时候，租住的宅子很是荒僻。一天夜里，两个丫环陪宋先生的老母亲住在厅上，忽然听见院子里有"扑扑"的响声，好像是裁缝往衣服上喷水的声音。宋母催促丫环起来察看，丫环在窗户纸上抠了个小洞偷偷往外看，只见一个老太太，身材矮小，驼着背，白发如同扫帚，头上戴着一个发髻，大约有二尺来长。老太太围着院子转圈儿走，像鹤那样一耸一耸地大步急行，一边走一边喷水，喷出的水无穷无尽。丫环非常吃惊，回来告诉了宋母。宋母听后也惊恐地起了床，由两个丫环搀扶着来到窗下一块儿往外看。院里的老太太突然逼近窗前，直冲着窗棂喷水，窗纸被水冲破了，屋里的三个人全都跌倒在地上,但这些情况家里的人还都不知道。

东曦既上[1],家人毕集,叩门不应,方骇。撬扉入,见一主二婢,骈死一室[2]。一婢鬲下犹温[3]。扶灌之,移时而醒,乃述所见。先生至,哀愤欲死。细穷没处,掘深三尺馀,渐露白发,又掘之,得一尸,如所见状,面肥肿如生。令击之,骨肉皆烂,皮内尽清水。

【注释】

①东曦(xī):犹朝日。曦,日光。

②骈(pián)死:同死。骈,并,相挨。

③鬲(gé)下:胸腹之间,指胸口。鬲,通“膈”。横膈膜。

【译文】

天已经亮了,家人都聚在一起,敲这里的门却无人应答,这才惊慌起来。等撬开门进去一看,只见一主二仆,并排死在房间里。其中一个丫环的胸口还有些热气,就扶起她来给她喝水,过了一个时辰丫环才苏醒过来,于是把她所看见的都说了出来。宋先生赶到后,痛不欲生。他仔细查找那老妇人消失的地方,在那里挖了三尺多深,才渐渐露出白发,再继续挖掘就挖出了一具尸体,正是丫环所说的那个模样,脸面肥肿像个活人。宋先生命令家人痛打尸体,只见骨肉顿时破烂,皮肤里全都是清水。

瞳人语

【题解】

这是一篇劝诫非礼勿视的故事。

作品中的士人方栋挺倒霉的,只不过是尾随着偷看芙蓉城七郎子的新娘子,便被弄成了"白内障"。后来他诚心改悔,诵读《光明经》,于是被赦免,恢复了视力。

为什么在《聊斋志异》中其他轻狂的男子追女人的行为被视为浪漫,而方栋独独受惩呢?原因大概有三个方面:其一,方栋不是情有独钟,而是滥情轻薄;其二,他偷窥的是身份高贵的仙人;其三,更重要的是,芙蓉城新妇是已婚的女性。

故事最精彩的地方是关于小瞳人的行为语言的描写,像"有小人自生鼻内出,大不及豆,营营然竟出门去。渐远,遂迷所在。俄,连臂归,飞上面,如蜂蚁之投穴者";像"左目中小语如蝇,曰:'黑漆似,叵耐杀人!'右目中应云:'可同小遨游,出此闷气。'"状物传神,语言生动,很有童话色彩。

如果站在医学的角度,本篇又是那个时代关于眼疾"白内障"从病因到治疗的民间带有巫医性质的说明。不过,你可以视撒把土就让眼睛患"白内障"为虚诞,"白内障"又转变为重瞳为妄作,但你不能不佩服蒲松龄关于眼疾的精彩的文学表述!

　　长安士方栋①,颇有才名,而佻脱不持仪节②。每陌上见游女③,辄轻薄尾缀之④。清明前一日,偶步郊郭⑤。见一小车,朱茀绣幰⑥,青衣数辈⑦,款段以从⑧。内一婢,乘小驷⑨,容光绝美。稍稍近觇之⑩,见车幔洞开⑩,内坐二八女郎,红妆艳丽⑪,尤生平所未睹。目眩神夺,瞻恋弗舍,或先或后,从驰数里。忽闻女郎呼婢近车侧,曰:"为我垂帘下。何处风狂儿郎,频来窥瞻!"婢乃下帘,怒顾生曰:"此芙蓉城七郎子新妇归宁⑫,非同田舍娘子⑬,放教秀才胡觑⑭!"言已,掬辙土飏生⑮。

【注释】

①长安:即今陕西西安。

②佻(tiāo)脱不持仪节:行为轻佻,不守规矩。佻脱,轻佻,轻率。
　持,守。仪节,礼仪。

③陌(mò)上:本指田间小路,南北叫"阡",东西称"陌"。这里指郊
　野路上。

④尾缀:尾随,在后紧跟。

⑤郊郭:即郊外。郭,城外围的墙。

⑥朱茀(fú)绣幰(xiǎn):大红车帘,绣花车帷。茀,旧时女子乘车车
　篷前后挂的帘。幰,车上的障幔。

⑦青衣:古时地位低贱者的服装。婢女多穿青衣,因以代称婢女。

⑧款段:款段马,行动迟缓之马。此指骑马慢行。

⑨小驷:小马。驷,四马一车,也泛指马。《礼记·三年问》:"若驷
　之过隙。"《经典释文》:"驷,马也。"

⑩幔:悬挂起来作遮挡用的布、绸子。

⑪红妆:指女子的盛妆。因妇女妆饰多用红色,故称。

⑫芙蓉城:迷信传说中的仙境。宋欧阳修《六一诗话》:"(石)曼卿
　卒后,其故人有见之者,云恍惚如梦中,言我今为鬼仙也,所主芙
　蓉城。"归宁:妇女回母家探视,古称归宁。《诗·周南·葛覃》:
　"害澣害否,归宁父母。"宁,安,问安。

⑬田舍娘子:乡下妇女,农妇。

⑭放:任意。

⑮飏:同"扬"。向上撒播。

【译文】

　　长安有个书生,名叫方栋,很有些才华和名气,但是为人很轻佻不
守规矩。每次外出在路上遇见出来游玩的女子,就轻薄地尾随着人家。
一年清明节前的一天,他信步走到了城郊,看见一辆小车,上面挂着红

色的车帘和绣花的帷幔,几个青衣丫环骑着马慢慢跟随在车子后面。其中有一个丫环,骑着一匹小马,容貌异常秀美。方栋稍稍靠上前去偷看,只见车帘大开,里面坐着一位十六七岁的姑娘,盛妆打扮,分外艳丽,更是他有生以来未曾见过的美人儿。方栋只觉得眼花缭乱,心神难控,便恋恋不舍地追着看那个姑娘,一会儿赶在车前,一会儿又落在车后,跟着跑了好几里路。忽然间听到车内的姑娘把丫环叫到了车边,对她说:"给我把车帘儿放下。哪里来的轻狂小子,老是来偷看!"丫环于是放下车帘,怒气冲冲地对方栋说:"这是芙蓉城七郎子的新娘,要回娘家探视,不是一般庄户人家的媳妇,岂能随便叫你这秀才乱看!"说完这话,就从车辙沟里抓了一把土朝方栋扬了过去。

　　生眯①,目不可开。才一拭视,而车马已渺。惊疑而返,觉目终不快。倩人启睑拨视,则睛上生小翳②。经宿益剧,泪簌簌不得止。翳渐大,数日厚如钱,右睛起旋螺,百药无效。懊闷欲绝③,颇思自忏悔。闻《光明经》能解厄④,持一卷,浼人教诵⑤。初犹烦躁,久渐自安。旦晚无事,惟趺坐捻珠⑥。持之一年,万缘俱净⑦。忽闻左目中小语如蝇,曰:"黑漆似,叵耐杀人⑧!"右目中应云:"可同小遨游,出此闷气。"渐觉两鼻中,蠕蠕作痒,似有物出,离孔而去。久之乃返,复自鼻入眶中。又言曰:"许时不窥园亭⑨,珍珠兰遽枯瘁死⑩!"生素喜香兰,园中多种植,日常自灌溉,自失明,久置不问。忽闻其言,遽问妻:"兰花何使憔悴死?"妻诘其所自知,因告之故。妻趋验之,花果槁矣。大异之。静匿房中以俟之,见有小人自生鼻内出,大不及豆,营营然竟出门去⑪。渐远,遂迷所在。俄,连臂归,飞上面,如蜂蚁之投穴者。如此二三日。又闻左言曰："遂道迂⑫,还往甚非所便,不如自启门。"右应云："我壁子厚,大不易。"左曰："我试辟,得与而俱⑬。"遂觉左眦内隐似抓裂。有顷,开视,豁见几物。喜告妻。妻审之,则脂膜破小窍,黑睛荧荧,才如劈椒⑭。越一宿,障尽消。细视,竟重瞳也,但右目旋螺如故,乃知两瞳人合居一眦矣。生虽一目眇⑮,而较之双目者,殊更了了⑯。由是益自检束⑰,乡中称盛德焉⑱。

【注释】

①眯:尘土入眼不能看东西。

②翳(yì):遮蔽瞳孔的薄膜。下文"右睛起旋螺",是说薄膜厚结成螺旋形。

③懊闷:懊恼烦闷。

④《光明经》:佛教经典《金光明经》的简称。

⑤浼(měi)人:央求人,请人。

⑥捻珠:用手捻数着佛珠。珠,佛珠,也称"数珠",少者十四颗,多者达一千零八十颗。佛教徒念佛号或经咒时用以计数。

⑦万缘俱净:意思是各种世俗杂念全都消除。缘,佛家语,此指意念产生的因缘。

⑧叵(pǒ)耐杀人:令人难以忍耐。叵,不可。杀,同"煞"。

⑨许时:这些日子。许,如此,这般。

⑩遽:就。枯瘠:干枯,枯瘦。

⑪营营:往来飞声。《诗·小雅·青蝇》:"营营青蝇,止于樊。"朱熹注:"营营,往来飞声。"

⑫遂道:地下暗道。这里指眼睛通向鼻孔的潜道。

⑬得与而俱:意思是,如果我启门成功,就与你共同使用。而,你。

俱,一同。

⑭劈椒:绽裂的花椒内仁。花椒内的黑子,俗名"椒目"。这里形容
　露出一小点黑色的瞳孔。

⑮眇(miǎo):眼瞎。

⑯了了:清楚。

⑰检束:指对言行检点约束。

⑱盛德:美德。盛,大、美。

【译文】

方栋的眼睛顿时被眯住了,睁也睁不开。等他揉揉眼睛再看时,车马已经消失得无影无踪。他又惊又疑地回到家里,觉得眼睛总是不舒服。请人翻开眼皮察看,只见眼珠上长出了小膜。过了一夜以后,眼睛更加难受,眼泪簌簌地流个不停。眼里的小膜逐渐变大了,几天之内变得有铜钱那么厚,右眼珠上长起一个螺旋状的膜块,什么药都治不了。方栋懊丧气闷得要死,想想自己的所作所为,心中很是后悔。听人说念《光明经》可以消灾解难,便拿来一卷经文,请人教他背诵。刚开始时,虽然诵着经,但心中还是觉得烦躁不安,可时间长了,便渐渐地安定下来。从此早晚无事,他就坐在那里盘腿捻着佛珠诵经。坚持了一年以后,方栋觉得万般杂念都排除干净了。有一天,他突然听见左眼里有像蚊蝇叫似的声音,说:"黑漆漆的,真是受不了了!"右眼里有个声音应声说道:"咱们可以一块儿自由自在地游逛一下,出出心里的闷气。"这时,方栋渐渐觉得两个鼻孔里像有虫子爬动一样地痒了起来,似乎有个什么东西从里面爬出来,离开鼻孔出去了。过了很长时间,那东西又回来了,仍旧从鼻孔爬进到眼眶里。又听见说:"这些日子没去花园看看了,珍珠兰怎么就都枯死了!"方栋平素很喜欢芬芳的兰花,所以在园子里种植了许多兰花,常常亲自去浇水培育,但自从双目失明以后,很久都没再过问它们了。他忽然听到这番话,就急忙问妻子:"为什么让兰花憔悴枯死了?"妻子追问他自己怎么知道兰花枯死了,方栋就把这其中

的原因告诉了妻子。妻子立刻到园中去验证，兰花果然枯萎了。妻子觉得这件事儿非常奇怪，就静静地躲在屋子里等待那东西出现。一会儿，看见有两个小人儿从方栋的鼻孔里爬了出来，还没有豆粒大，竟然"嘤嘤"地叫着出了门，越走越远，也看不清到哪儿去了。过了一会儿，两个小人儿又手拉着手回来了，飞到了方栋的脸上，就像蜜蜂、蚂蚁回巢穴一样。这种情况连续出现了两三天。方栋又听见左眼里的小人儿说："出去的这个隧道弯弯曲曲，来往实在不方便，不如咱们自己打通一扇门。"右眼里的小人儿应声说道："挡着我的墙壁很厚，很不容易打通。"左眼的小人儿说："我先试着打开一扇门，要是能打通道路，就和你一块儿用吧。"于是，方栋觉得左眼眶里隐隐地作痛，好像是被抓裂了一样。过了好一阵子，他睁开眼睛一看，竟然清清楚楚地看见了屋里的桌椅摆设。方栋欣喜地告诉了妻子。妻子仔细地端详他的眼睛，只见那层膜上破开了一个小洞，黑眼睛荧荧闪动，才露出半个花椒那么大的一点儿。过了一夜，左眼里的厚膜全部消失了。仔细一观察，里面竟有两个瞳仁，但是右眼里的螺旋膜还是和以前一样，他这才知道两个瞳仁里的小人儿合住在一个眼眶里了。方栋虽然瞎了一只眼，但比有两只眼睛的人看得还清楚。从此方栋更加注意检点约束自己的行为，同乡里的人都称赞他品行高尚。

异史氏曰[①]：乡有士人，偕二友于途，遥见少妇控驴出其前。戏而吟曰："有美人兮[②]！"顾二友曰："驱之！"相与笑骋。俄追及，乃其子妇。心赧气丧[③]，默不复语。友伪为不知也者，评骘殊褒[④]。士人忸怩[⑤]，吃吃而言曰[⑥]："此长男妇也。"各隐笑而罢。轻薄者往往自侮，良可笑也。至于眯目失明，又鬼神之惨报矣。芙蓉城主，不知何神，岂菩萨现身耶[⑦]？然小郎君生辟门户，鬼神虽恶，亦何尝不许人自新哉！

【注释】

①异史氏曰:《聊斋志异》所用的一种论赞体例。异史氏,蒲松龄自称。本书撰写狐鬼神异故事多仿史书列传体例,因称"异史";而在正文后,则仿照《左传》的"君子曰"和《史记》的"太史公曰"的论赞体例,标以"异氏史曰",以便作者直接发表议论。

②有美人兮:化用《诗·郑风·野有蔓草》中的诗句。原诗为:"有美一人,清扬婉兮。邂逅相遇,适我愿兮。"

③赧(nǎn):因羞愧而脸红,惭愧。

④评骘(zhì)殊亵(xiè):评论得十分猥亵下流。骘,定。亵,轻慢,侮弄。

⑤忸怩(niǔ ní):羞愧的样子。

⑥吃吃(qī):形容说话结结巴巴、吞吐含混。

⑦菩萨:梵语"菩提萨埵"的略称。佛教用以指自觉本性而又善度众生的修行者,地位仅次于佛。

【译文】

异史氏说:乡里有一个读书人,有一天同两位朋友走在路上,远远地望见一个少妇骑着毛驴走在他们前面。他便用戏弄的腔调说:"有位美人儿啊!"又回过头来对两位朋友说:"追上她!"于是,三人一块儿嬉笑着奔上前去。不一会儿追到了,才发现是他自己的儿媳妇。于是他内心羞愧,垂头丧气,默默地不再说什么了。他的朋友却假装不知道,还用很下流的话对那少妇评头品足。这读书人十分难堪,结结巴巴地说:"这是我家大儿子的媳妇。"两位朋友这才偷偷发笑,就此作罢。轻薄的人往往会自取侮辱,真是可笑的事啊!至于方栋眯眼失明,却是鬼神给他的惨重报应。那个芙蓉城主,不知是哪路神仙,难道是菩萨的化身吗?然而瞳仁里的小人儿为方栋活生生除去眼上的厚膜,说明鬼神虽然严厉,又何尝不许人悔过自新呢!

画壁

【题解】

按照佛教的说法，世界上的一切都是虚幻不实的。"凡所有相，皆是虚妄"。一切"幻由人生"，是人心本身所产生的。话虽如此，却需要实践去检验证明。怎么检验呢？不少相信佛教这种说法的小说家便编了故事让主人公亲身实地去经历一下，穿越一下，体验体验"假作真时真亦假，无为有处有还无"。曹雪芹的"太虚幻境"是如此，蒲松龄的《画壁》也是如此。

《画壁》虽然意在说明"幻由人生"之理，但浪漫故事却美丽动人，令人神往：美丽多情的垂髫女"拈花微笑，樱唇欲动，眼波将流"；垂髫女的伙伴们充满戏谑和友爱："戏谓女曰：'腹内小郎已许大，尚发蓬蓬学处子耶？'共捧簪珥，促令上鬟。""一女曰：'妹妹姊姊，吾等勿久住，恐人不欢。'群笑而去。"虽然着墨不多，但摇曳多姿，活灵活现，给人留下了难忘的印象。

也许蒲松龄的本意的确是想传递"幻由人生"的意念吧，但这个意念远不如故事本身给读者的印象深，令人颇有"劝百讽一"之感。

江西孟龙潭①，与朱孝廉客都中②。偶涉一兰若，殿宇禅舍③，俱不甚弘敞④，惟一老僧挂褡其中⑤。见客入，肃衣出迓⑥，导与随喜⑦。殿中塑志公像⑧。两壁图绘精妙，人物如生。东壁画散花天女⑨，内一垂髫者⑩，拈花微笑，樱唇欲动，眼波将流。

【注释】

①江西：清代行省名。辖境约当今江西省。

②孝廉:此处指明清时代的举人。孝廉为汉代选举官吏的科目,孝指孝子,廉指廉洁之士,由郡国推举,报请朝廷任用。明清时代的科举制度,举人由秀才在乡试中产生,与汉代孝廉由郡国推举不同。

③禅(chán)舍:僧房。禅,佛家语,梵语音译"禅那"的略称,专心静思的意思。旧时诗文常将与佛教有关的事物都冠以"禅"字,如禅房、禅堂等。

④弘敞:宽阔明亮。

⑤挂褡:行脚僧(也叫游方僧)投宿暂住的意思。也称"挂搭"、"挂单"、"挂锡"。褡,指僧衣;单,指僧堂东西两序的名单;锡,指锡杖。行脚僧投宿寺院,衣钵和锡杖不能放在地上,而要挂在僧堂东西两序名单下面的钩上,故称。

⑥肃衣:整衣,表示恭敬。迓:迎接。

⑦随喜:佛家语,意思是随己所喜,做些善事,指随意向僧人布施财物。后因称游观寺院为随喜。

⑧志公:指南朝僧人保志。保志(418—514),也作"宝志",相传自刘宋泰始初,他表现出各种神异的言行,齐、梁时王侯士庶视之为"神僧"。见《高僧传·神异·梁京师释保志》。

⑨散花天女:佛经故事中的神女。《维摩诘经·观众生品》载,维摩诘室有一天女,每见诸菩萨聆听讲说佛法,就呈现原身,并将天花撒在他们身上,以验证其向道之心:道心坚定者花不着身,反之则着身不去。

⑩垂髫(tiáo):披发下垂。古时十五岁以下儿童不束发,因称童稚为垂髫。这里指未曾束发的少女。

【译文】

　　江西人孟龙潭和一个姓朱的举人一同客居在京城里。有一天,他们俩偶然走进了一座寺庙,寺庙里面的殿宇和僧房都不怎么宽敞,只有一个老和尚暂时投宿在那里。老和尚见到有客人进来，便整理了衣服前往迎接，领着他们到庙中各处游览。佛殿中央有一座高僧宝志的塑像，两边的墙壁上绘着精致神妙的壁画，画里的人物一个个都栩栩如生。东侧墙上画着一群散花的天女，其中有一位披发少女，手里拿着一朵花在微笑，樱桃小口好像要张开说话，含情脉脉的眼睛仿佛流波四溢。

朱注目久，不觉神摇意夺，恍然凝想。身忽飘飘，如驾云雾，已到壁上。见殿阁重重，非复人世。一老僧说法座上，偏袒绕视者甚众①。朱亦杂立其中。少间，似有人暗牵其裾②。回顾，则垂髫儿，辗然竟去③。履即从之。过曲栏，入一小舍，朱次且不敢前④。女回首，举手中花，遥遥作招状，乃趋之。舍内寂无人，遽拥之，亦不甚拒，遂与狎好⑤。既而闭户去，嘱勿咳，夜乃复至。如此二日。

【注释】

①偏袒绕视者：此指和尚。偏袒，袒露右肩。

②裾：本指衣服的大襟，后引申衣服的前后部分均可称裾。

③辗（chǎn）然：笑的样子。

④次且（zī jū）：同"趑趄"。进退犹豫。

⑤狎：亲密而不庄重。

【译文】

朱举人对少女注目了很久，不知不觉间神魂飘荡，恍恍惚惚地陷入了想入非非的凝思当中。忽然，他的身子飘飘飞起，如同腾云驾雾一样，就飞到了墙壁上。只见殿堂楼阁重重叠叠，不像是人间世界。一个老和尚正在高座上讲说佛经，有许多身穿僧衣的和尚围着老和尚听讲。

朱举人也站在这些人当中。过了一会儿，觉得好像有人暗暗地拉他的衣襟。他回头一看，正是那个披发少女，朝他莞尔一笑便转身离开了。朱举人就抬脚跟了上去。走过一段曲折的长廊，看见少女走进了一间小屋子，朱举人欲行又止地不敢往前走了。那个少女回过头来，举着手中的花朵，远远地招呼他，朱举人于是就快步跟着少女走进了小屋。小屋里寂静无人，他就上前拥抱少女，那少女也不怎么抗拒，于是二人就像夫妻那样地恩爱了一番。事情完了之后，少女关上屋门出去了，临走嘱咐朱举人不要咳嗽出声。到了夜晚，少女又来了。这样过了两天。

　　女伴觉之，共搜得生，戏谓女曰："腹内小郎已许大，尚发蓬蓬学处子耶?"共捧簪珥①，促令上鬟②。女含羞不语。一女曰："妹妹姊姊，吾等勿久住，恐人不欢。"群笑而去。生视女，鬟云高簇，鬒凤低垂，比垂髫时尤艳绝也。四顾无人，渐入猥亵，兰麝熏心③，乐方未艾④。忽闻吉莫靴铿铿甚厉⑤，缧锁锵然⑥。旋有纷嚣腾辨之声。女惊起，与生窃窥，则见一金甲使者⑦，黑面如漆，绾锁挈槌⑧，众女环绕之。使者曰："全未?"答言："已全。"使者曰："如有藏匿下界人，即共出首，勿贻伊戚⑨。"又同声言："无。"使者反身鹗顾⑩，似将搜匿。女大惧，面如死灰，张皇谓朱曰："可急匿榻下。"乃启壁上小扉，猝遁去。朱伏，不敢少息。俄闻靴声至房内，复出。未几，烦喧渐远，心稍安，然户外辄有往来语论者⑪。朱踞蹐既久⑫，觉耳际蝉鸣，目中火出，景状殆不可忍。惟静听以待女归，竟不复忆身之何自来也。

【注释】

①簪珥(ěr)：发簪和耳环。

②上鬟：俗称"上头"。山东旧时习俗，女子临嫁梳妆冠笄、插戴首饰，称"上头"。

③兰麝：兰草和麝香。古时妇女熏香用品。

④未艾：没有尽兴。艾，止，绝。

⑤吉莫靴：皮靴。吉莫，皮革。《北齐书·韩宝业等传》："臣向见郭林宗从冢出，着大帽、吉莫靴，插马鞭。"厉：谓声音高而急。

⑥缧（léi）锁：拘系犯人的锁链。缧，黑绳。

⑦金甲使者：身着金制铠甲的使者。

⑧绾（wǎn）锁挈（qiè）槌：意为拿着刑拘武器。绾，盘结，卷起。挈，持。

⑨勿贻伊戚：意为不要自招罪罚。《诗·小雅·小明》："心之忧矣，自诒伊戚。"诒，遗留。伊，通"繄（yī）"，是。戚，忧愁。

⑩反身鹗顾：反转身来，瞋目四顾。鹗，猛禽，双目深陷，神色凶狠。

⑪语论：谈论。语，交相告语。

⑫跼蹐（jú jí）：因畏缩恐惧而蜷曲。跼，小心翼翼，谨慎从事的样子。蹐，两足相叠。

【译文】

女伴们发觉了这件事儿，一起搜寻到了朱举人，对少女开玩笑说："你肚子里的小孩都已经这么大了，还想披散着头发装大姑娘吗？"于是她们一块儿拿来发簪和耳环，催促她梳成妇人的发髻。少女羞得说不出一句话来。一个女伴说："姐姐妹妹们，咱们可不要老待在这儿，会惹人家不高兴的。"女伴们就嬉笑着都离开了。朱举人再看那少女，只见她头上梳着高耸如云的发髻，上面插着低垂的凤钗，比披发的时候更加美艳迷人了。他看四下无人，便慢慢地又和少女亲热起来，只觉得一种兰草、麝香般的香气沁入了心脾。二人正在如胶似漆、快乐不已的时候，忽然间听到了急促高亢的皮靴声和铿锵作响的绳索声，接着就是一片人声嘈杂的喧嚷。少女听到声音吃惊地从床上坐了起来，和朱举人一齐偷偷地往外看，只见一个身穿金甲的使者，面色漆黑，提着锁链，拿着大锤，天女们围着他站着。使者问："人全都到了吗?"天女们回答说："已经全到了。"使者说："如果有谁窝藏了下界凡人，大家要马上举报，不要自找麻烦。"天女们又齐声回答说："没有。"那使者转过身子像老雕一样地四处环顾，好像要搜查似的。少女非常害怕，脸色吓得如同死灰一样，慌慌张张地对朱举人说："你赶快藏到床下去。"她打开墙上的小门，匆匆忙忙地逃走了。朱举人趴在床下，一口大气也不敢出。过了一会儿，只听得皮靴的声音渐渐到了房里，然后又走了出去。没过多久，外面杂乱喧哗的声音渐渐远去了，朱举人的心里这才稍觉安稳，但是门外总是有来来往往说话的人。朱举人局促不安地躲藏了很久，觉得耳边像是有蝉在鸣叫，眼前直冒金星，那情形实在无法忍受。但他也只好静静地等待那少女回来，竟然再也记不起自己是从哪里来的了。

时孟龙潭在殿中，转瞬不见朱，疑以问僧。僧笑曰："往听说法去矣。"问："何处?"曰："不远。"少时，以指弹壁而呼曰："朱檀越[①]，何久游不归?"旋见壁间画有朱像，倾耳伫立，若有听察。僧又呼曰："游侣久待矣。"遂飘忽自壁而下，灰心木立[②]，目瞪足挮[③]。孟大骇，从容问之，盖方伏榻下，闻叩声如雷，故出房窥听也。共视拈花人，螺髻翘然[④]，不复垂髫矣。朱惊拜老僧，而问其故。僧笑曰："幻由人生，贫道何能解[⑤]。"朱气结而不扬，孟心骇而无主。即起，历阶而出[⑥]。

【注释】

①檀越:也作"檀那"，梵语"陀那钵底"的音译，意译为"施主"，指向寺院施舍财物的俗家人。

②灰心木立:心如死灰，形似槁木。灰心，是说心沉寂如死灰。木

立,是指站立着像枯干的木头,没有知觉。《庄子·齐物论》:"形
固可使如槁木,而心固可使如死灰乎!"

③耎(ruǎn):同"软"。

④螺髻翘然:螺形发髻高高翘起。螺髻,为已婚妇女的发式。

⑤贫道:古时道士和尚都可用此谦称。

⑥历阶:一个台阶一个台阶,逐层。

【译文】

这时,孟龙潭在大殿里,转眼间不见了朱举人,就惊疑地向老和尚
询问。老和尚笑着说:"他听讲经说法去了。"孟龙潭问:"在哪里呢?"老
和尚回答说:"就在不远处。"过了一会儿,老和尚用手指弹了弹墙壁,高
声叫道:"朱施主,怎么远游了这么长时间还不回来?"这时,就看见壁画
上现出了朱举人的画像,正静静地站立着,侧着耳好像听见了什么似
的。老和尚又叫了声说:"你的游伴等你已经很久了。"于是,朱举人就
从墙壁上飘飘然地飞了下来,灰心丧气,目瞪口呆,手脚发软地立在那
里。孟龙潭大吃一惊,慢慢地问他,才知道原来朱举人正趴在床下,忽
然听到了一阵惊雷似的敲击声,所以走出房外来刚要看看,就回到了人
世。大家一块儿再去看那个壁画上的拈花少女,只见她头上已经高高
地盘起了发髻,不再是披发少女了。朱举人惊愕地向老和尚行礼,并向
他请教这件事情的原因。老和尚笑着说:"幻觉本是由人的心里产生出
来的,我这个和尚怎么能知道。"朱举人这时胸中郁闷,百思不得其解。
孟龙潭听后暗自惊叹,惶恐不安。两人于是起身告辞,一级级下了台阶
从庙中走了出来。

异史氏曰:幻由人生,此言类有道者①。人有淫心,是生
亵境;人有亵心,是生怖境。菩萨点化愚蒙,千幻并作,皆人
心所自动耳。老婆心切②,惜不闻其言下大悟,披发入山也。

【注释】

①此言类有道者：说出这样话的，像是一位深通哲理的人。有道，谓深明哲理。

②老婆心切：教诲人的心迫切。佛家称教导后学亲切叮咛者曰老婆，寓有慈悲开示之意。心切，过度殷勤期盼。《景德传灯录》载，唐代义玄禅师初投江西黄檗山参希运大师。义玄问黄檗："如何是祖师西来意？""黄檗便打，如是三问，三遭打。"义玄不解其意，辞去，往参大愚禅师。大愚说："黄檗恁么老婆，为汝得彻困，犹觅过在。"义玄顿时领悟到希运大师的用意，随即返回黄檗山受教。黄檗问云："汝回太速生。"义玄云："只为老婆心切。"

【译文】

异史氏说：一切幻觉都是由人心自己生出来的，这像是有道之人说的话啊。人有了淫荡的心思，就会生出淫秽的情境；有了轻慢的心思，就会生出恐怖的情境。菩萨为了点化愚昧的人，让他历尽种种的幻境，这些幻境本都是从人自己的心里生出来的。法师心怀慈悲，苦心劝谕，可惜愚昧之人听了法师的话之后却不能大彻大悟，去山林修行。

山魈

【题解】

这里的山魈，不是现代动物学分类中的山魈，而是传说中的不明山怪。《正字通》引《抱朴子·登涉篇》："山精形如小儿，独足向后，夜喜犯人，名曰魈。"今本《抱朴子》"魈"作"魁"，《荆楚岁时记》及东方朔《神异经》"魈"并作"臊"。山东民间视为恶鬼，方志中多载春节燃爆竹以驱山魈事。如《商河县志》："正月元旦……五更燃爆竹，以驱山魈。"篇名为《山魈》，篇中则称"大鬼"，可见蒲松龄只是沿袭一种说法而已，不必较真。

孙太白的曾祖与山魈遭遇的恐怖经历很短暂,但写得极有层次。首先从声音写起,是听:先是模糊不辨,是"风声隆隆","风声渐近",接着"声已入屋",后来"靴声铿铿然",变得具体。空间上则由远而近,从山门,到居庐,到房门,再到屋里,寝门,直至榻前。接着写形体,是看:"鞠躬塞入",状其魁伟高大;"老瓜皮色",写其丑陋阴森;"目光睒闪","巨口如盆",画其恐怖可畏;"呵喇之声,响连四壁",告知危险已迫在眉睫。最后是写孙太白曾祖与山魈的搏斗,惊险侥幸,幸亏山魈误以为攻击它的是衾被,在攫衾捽被之后愤愤离去——衾被做了孙太白曾祖的替死鬼。

小说最后写家人和孙太白曾祖看见衾被上"爪痕如箕,五指着处皆穿",都后怕不已。这个结尾不仅补写了搏斗之激烈,也在故事结束之后,依然保持了恐怖的张力而馀味不尽。

孙太白尝言:其曾祖肄业于南山柳沟寺①。麦秋旋里②,经旬始返。启斋门,则案上尘生,窗间丝满。命仆粪除③,至晚始觉清爽可坐。乃拂榻,陈卧具,扃扉就枕④。月色已满窗矣。辗转移时,万籁俱寂⑤。忽闻风声隆隆,山门豁然作响。窃谓寺僧失扃。注念间⑥,风声渐近居庐,俄而房门辟矣。大疑之。思未定,声已入屋,又有靴声铿铿然,渐傍寝门。心始怖。俄而寝门辟矣。急视之,一大鬼鞠躬塞入,突立榻前,殆与梁齐。面似老瓜皮色;目光睒闪⑦,绕室四顾;张巨口如盆,齿疏疏长三寸许⑧;舌动喉鸣,呵喇之声,响连四壁。公惧极。又念咫尺之地,势无所逃,不如因而刺之。乃阴抽枕下佩刀,遽拔而斫之,中腹,作石缶声⑨。鬼大怒,伸巨爪攫公⑩。公少缩。鬼攫得衾,捽之,忿忿而去。公随衾堕,伏地号呼。家人持火奔集,则门闭如故。排窗入,见状大骇。扶曳登床⑪，始言其故。共验之，则衾夹于寝门之隙。启扉检照，见有爪痕如箕，五指着处皆穿。既明，不敢复留，负笈而归⑫。后问僧人，无复他异。

【注释】

①肄（yì）业：修习学业。

②麦秋：麦收季节。《礼记·月令》："孟夏麦秋至。"秋，指农作物成熟之期。

③粪除：扫除。

④扃（jiōng）扉：插门。扃，门插关。下文"失扃"，即忘了插门。

⑤万籁俱寂：什么声响都没有。籁，孔穴发出的声音。泛指声音。

⑥注念间：专注凝思之时。

⑦睒（shǎn）闪：像闪电一样。《胶澳志·方言》："电光曰睒。"

⑧齿疏疏：牙齿稀稀拉拉。疏，稀。

⑨缶（fǒu）：一种口小腹大的盛器。

⑩攫：用爪抓取。

⑪扶曳（yè）：挽扶拖拉。

⑫负笈（jí）：背着书箱。笈，书箱。

【译文】

　　孙太白曾经讲述过这样一件怪事：他的曾祖父在南山柳沟寺读书。有一年秋天，麦收时节回家中探望，过了十多天才返回寺里。他回到寺院打开书斋的房门，只见书案上落满了灰尘，窗户上布满了蜘蛛网。他就叫仆人来清扫房间，一直干到晚上，才觉得清爽干净，可以坐下来了。于是，他打开行李铺好被褥，关上房门躺下休息。这时，月光已经洒满窗户。他在床上翻来覆去很长时间都没有睡着，四下里静悄悄的，一点儿声音也没有。忽然，他听到"呼呼"地刮起一阵大风，寺院的大门猛地发出一声巨响。他心中暗想，一定是寺里的和尚忘记关门了。正在猜想着，就听得风渐渐地刮到了他的住房门前。不一会儿，房门自动打开了。他心中非常疑惑，还没等想明白，风声已经进了屋，又听见有"铿铿"的穿着靴子的脚步声，逐渐靠近了卧室门。他心里开始恐惧起来。接着，卧室门给打开了，他急忙抬头一看，只见一个大鬼正弯腰挤进房里来，迅速地站到了他的床前。大鬼挺起腰来，个头与房梁一般高，脸面好似熟透的南瓜皮色，两眼忽闪忽闪地转来转去，满屋子里四下察看，张开的大嘴有盆那么大，几颗疏疏落落的牙齿有三寸来长，舌头一翻动，喉咙里发出"呼哧呼哧"的响声，震得四壁都有"嗡嗡"的回响声。他害怕到了极点，又想到自己和大鬼仅仅有一尺左右的距离，势必逃脱不出去，不如乘机拼命刺杀它。于是，他暗暗抽出压在枕头下的佩刀，突然拔出猛砍一刀，正好砍在大鬼的肚子上，发出了碰击石盆似的声音。大鬼被激怒了，伸出巨爪来抓他，他稍稍向后一缩，大鬼抓住了被子，揪扯着被子怒气冲冲地离开了。他随着被子给摔在了地上，趴在地上大声呼叫起来。家人们拿着灯火一齐跑了过来，只见房门像原先一样紧闭着，就打开窗子跳了进去。一见主人的情状，家人们都吓了一大跳。把他扶上床后，孙太白的曾祖才慢慢地说出刚才所发生的一切。大家一齐去察看，只见被子夹在卧室的门缝里。打开门再用灯照着一看，只见上面有个和簸箕一样大的爪印，五指抓着的地方都给穿透了。天亮后，孙太白的曾祖不敢再留在那里，背着书箱回家去了。后来，再找寺里的和尚打听，都说并没有再发生过什么怪事儿。

咬鬼

【题解】

按照现代医学的解释，人在睡眠中，大脑处于休眠状态。深睡眠状态和浅睡眠状态不停交替。当大脑处于浅睡眠时，人就会做梦；深睡眠的时候,就处于无意识状态,感觉像是在没有光的深海里一样沉静。

正常情况下,人都是从浅睡眠中醒来,但偶尔从深睡眠中醒来,大脑中负责接收信息的中枢虽然苏醒了,而负责运动的中枢仍然处在睡眠中。这时候,醒了,却不能动,只能眨眼,出气,甚至想咬自己的舌头弄醒自己都办不到。在这半梦半醒过程中,人脑容易产生幻觉,也就是噩梦。噩梦的发生,既有外界的生理刺激,也有内在的心理创伤。就外因来说,梦魇多半是睡觉时被子盖住了嘴鼻,或者是把手压在胸部所引起的。噩梦既然产生幻觉,就容易信以为真。但形成故事,必须符合两个条件,其一,要有过程、情节,其二有实据、物证。《咬鬼》从女子"搴帘入",到"飘忽遁去",不仅故作曲折——写她本来是奔着夫人去的,后来才打某翁的主意,而且对于女子的长相,着装,尤其是她加害某翁,某翁奋起反抗直至咬鬼的特异过程写得细腻入微。最后说那血证:"如屋漏之水,流枕浃席。伏而嗅之,腥臭异常……过数日,口中尚有馀臭云。"由于写得有鼻子有眼,活灵活现,噩梦就不仅是故事,而且是文学色彩极浓的故事了。

沈麟生云:其友某翁者,夏月昼寝,曚眬间,见一女子搴帘入①,以白布裹首,缞服麻裙②,向内室去。疑邻妇访内人者③,又转念,何遽以凶服入人家④?正自皇惑,女子已出。细审之,年可三十馀,颜色黄肿,眉目蹙蹙然⑤,神情可畏。又逡巡不去⑥,渐逼卧榻。遂伪睡以观其变。无何,女子摄衣登床⑦,压腹上,觉如百钧重⑧。心虽了了,而举其手,手如缚;举其足,足如痿也⑨。急欲号救,而苦不能声。女子以喙嗅翁面⑩,颧鼻眉额殆遍。觉喙冷如冰,气寒透骨。翁窘急中,思得计,待嗅至颐颊⑪,当即因而啮之⑫。未几,果及颐。翁乘势力龁其颧⑬,齿没于肉。女负痛身离,且挣且啼。翁龁益力。但觉血液交颐,湿流枕畔。相持正苦,庭外忽闻夫

人声,急呼有鬼,一缓颊而女子已飘忽遁去⑭。夫人奔入,无
所见,笑其魇梦之诬⑮。翁述其异,且言有血证焉。相与检
视,如屋漏之水,流枕浃席⑯。伏而嗅之,腥臭异常。翁乃大
吐。过数日,口中尚有馀臭云。

【注释】

①搴(qiān)帘:掀开帘子。搴,揭起,掀。

②缞(cuī)服麻裙:古代的丧服。缞,披于胸前的麻布条,服三年之
　丧者用之。麻裙,麻布作的下衣。

③内人:妻子。

④凶服:即丧服。旧时着丧服不能串门,以为不吉利,因有疑问。

⑤眉目蹙蹙(cù)然:皱眉愁苦的样子。

⑥逡巡:有所顾虑而徘徊或前或后。

⑦摄衣:提起衣裙。摄,提起。

⑧百钧:言其沉重。钧,古代的重量单位,约三十斤。

⑨痿(wěi):痿痹,肢体麻痹。

⑩喙:嘴。

⑪颐(yí)颊:下巴至两腮之间,指脸的下部。颐,俗称下巴。

⑫啮:咬。

⑬龁(hé):咬。

⑭缓颊:放松面部肌肉,这里意即松口。

⑮魇(yǎn)梦之诬:噩梦的幻觉。魇,噩梦,梦中惊骇。诬,不实,以
　无当有。

⑯浃(jiā)席:流满床席。浃,遍,满。

【译文】

沈麟生说:他的朋友某老翁,夏日里睡午觉,正在朦朦胧胧的时候,

看见一个女子掀开门帘走了进来。女子头上裹着白布,身上穿着丧服,径直向里屋走去了。老翁猜测是邻居的妇人来拜访自己的妻子,又转念一想,这女子为什么穿着丧服突然闯到别人家来?正在猜疑不定而惶恐的时候,那个女子已经出来了。老翁仔细一看,女子年纪大约有三十多岁,面色黄肿,眉头紧皱,神情令人害怕。女子踱来踱去不离开,慢慢地逼近了老翁的睡床。老翁便假装睡着了,偷偷地看她要怎么样。没多会儿,那女子提起衣裙爬上床,压在了老翁的肚子上,好像有几千斤重。老翁心里虽然什么都清楚,但一抬手,手像被捆住了一样;一动腿,腿也像是瘫了似的。他急忙张口呼救,却又苦于发不出声音。那个女子用嘴来嗅老翁的脸,从颧骨、鼻子、眉毛到额头几乎嗅了个遍。老翁只觉得她的嘴冷得像冰一样,带着一阵阵寒气直渗到骨头里去。在窘迫焦急之中,老翁想到了一个计策,准备等她嗅到脸的下部时,乘机用嘴咬她。一会儿,女子果然嗅到脸颊边儿来了,老翁乘势用力一口咬住了她的颧骨处,牙齿都陷进肉里去了。那女子痛得抬起身子来,一边挣扎一边尖叫。老翁仍不肯松口,更加用力地咬。只觉得血液从脸颊上不住地流下来,把枕头边都淋湿了。正在苦苦相持的时候,老翁忽然听到院子里有他妻子的声音,就急忙呼叫有鬼。他刚一松口,那女子已经轻飘飘地逃走了。等到老翁的妻子进屋来,什么都没看到,就笑他是做了噩梦说胡话。老翁详细地讲述了这件怪事,并说有血迹可以作证。两人一起察看,见床上枕边像屋子漏了雨水似的,全给血水浸透了。老翁俯下身子一闻,极为腥臭,于是大口呕吐起来。直到过了好几天以后,他嘴里还留有馀臭。

捉狐

【题解】

与《咬鬼》相连,《捉狐》也是一篇写梦魇的故事。

　　不同的是,《咬鬼》写梦魇中的鬼,《捉狐》写梦魇中的狐。

　　在《聊斋志异》中,人与鬼狐的争斗往往有着很大的不同:以人视之,鬼与死亡相联系,鬼占优势,人往往怕鬼,人与之相搏,凭的是胆气;人与狐相较量,"人为万物之灵",则人有优越感,故对狐可以蔑视之,玩弄之,争斗取胜更多靠的是智慧。与《咬鬼》相较,《捉狐》在故事上显然轻松愉快多了,甚至有些戏谑的味道,连文字笔调都轻灵。篇中形容狐狸"缩其腹,细如管","鼓其腹,粗于碗",而脱逃后,"则带在手如环然",妙语连珠,轻盈洒脱,令人解颐。

　　孙翁者,余姻家清服之伯父也,素有胆。一日,昼卧,仿佛有物登床,遂觉身摇摇如驾云雾。窃意无乃魇狐耶①?微窥之,物大如猫,黄毛而碧嘴,自足边来。蠕蠕伏行,如恐翁寤。逡巡附体②:着足,足痿;着股,股耎。甫及腹,翁骤起,按而捉之,握其项。物鸣,急莫能脱。翁亟呼夫人③,以带絷其腰④。乃执带之两端,笑曰:"闻汝善化,今注目在此,看作如何化法。"言次,物忽缩其腹,细如管,几脱去。翁大愕,急力缚之。则又鼓其腹,粗于碗,坚不可下。力稍懈,又缩之。翁恐其脱,命夫人急杀之。夫人张皇四顾,不知刀之所在。翁左顾示以处。比回首,则带在手如环然,物已渺矣。

【注释】

①魇狐:古代由于无法解释睡梦中感到胸闷气促的现象,民间认为是狐狸作祟,俗称"魇狐子"。

②逡巡:小心谨慎。

③亟:急切。

④絷(zhí):绊缚马足,引申为拴缚。

【译文】

有位孙姓的老翁,是我的亲家清服的伯父,向来有胆量。有一天,他白天躺在床上歇息,突然感到好像有个什么东西爬上了床,于是觉得身体摇摇晃晃地像是腾云驾雾一般。他暗想,是不是遇上了作怪的狐狸精?偷偷一看,有个和猫一般大的东西,黄毛绿嘴,正从他脚边蠕动着慢慢往前爬,好像是怕把他惊醒似的。那东西小心翼翼地爬上了他的身体,碰着他的脚,脚就发麻,碰着他的大腿,大腿就发软。等到刚爬到他的肚子,孙老翁突然坐起来,用手一按抓住了它,紧握住了它的脖子。那东西急声嘶鸣,一时间却无法挣脱。孙老翁急忙叫来老伴,用带子捆住它的腰。于是,他用手抓牢带子的两端,笑着说:"听说你善于变化,现在我盯着你,看你怎么变。"他话音刚落,那东西忽然紧缩起了肚子,把肚子缩得像个细管子,差一点儿逃出去。孙老翁大吃一惊,急忙用力捆紧它。这时,它又把肚子鼓起来,肚子变得有碗口那么粗,十分坚硬,带子根本勒不进去。孙老翁稍有松懈,那东西又是一缩。孙老翁怕它逃掉,就叫老伴赶紧杀了它。老伴慌慌忙忙地四处乱看,不知道刀放在什么地方。孙老翁把脸转向左边,示意放刀的地方。等到他回过头来,却见带子像个空环儿一般攥在手中,那东西已经无影无踪了。

蚜中怪

【题解】

蚜就是荞麦。蚜中怪,就是"荞麦地里的怪物"的意思。但到底是什么怪物?小说没有明说,也没有说明的打算。来无影,去无踪,扑朔迷离,神乎其神,小说要的就是这个效果。

长山安翁与蚜中怪是人同不明生物之间的带有军事意义的斗争,不幸,长山安翁在同蚜中怪的斗争中成为失败者。为什么失败了呢?原因是那个蚜中怪太狡猾,它对长山安翁采取了所谓的"游击战术"。

长山安翁与蓏中怪有四次较量：第一次，长山安翁取得了胜利，蓏中怪失败了。因为长山安翁有武器——戈——防身，而且长山安翁首先发现了对方，突然进攻，"踊身暴起，狠刺之"。第二次，长山安翁全身而退，因为还是他提前发现了蓏中怪，并且有路可逃。第三次，长山安翁有防备，有众人保护，还有弓矢作为防御武器，得以击退蓏中怪。但第四次，大概长山安翁有点疏忽了，他孤身登上荞麦垛顶，既脱离了众人，又没有带随身武器，且无路可逃，于是被蓏中怪钻了空，死于非命。

　　长山安翁者，性喜操农功①。秋间蓏熟②，刈堆陇畔③。时近村有盗稼者，因命佃人乘月辇运登场④。俟其装载归，而自留逻守，遂枕戈露卧⑤。目稍瞑，忽闻有人践蓏根，咋咋作响。心疑暴客⑥，急举首，则一大鬼，高丈馀，赤发鬈须⑦，去身已近。大怖，不遑他计，踊身暴起⑧，狠刺之。鬼鸣如雷而逝。恐其复来，荷戈而归。迎佃人于途，告以所见，且戒勿往，众未深信。越日，曝麦于场，忽闻空际有声，翁骇曰："鬼物来矣！"乃奔，众亦奔。移时复聚，翁命多设弓弩以俟之。翼日⑨，果复来。数矢齐发，物惧而遁。二三日竟不复来。麦既登仓，禾藁杂遝⑩，翁命收积为垛⑪，而亲登践实之，高至数尺。忽遥望骇曰："鬼物至矣！"众急觅弓矢，物已奔翁，翁仆，龁其额而去。共登视，则去额骨如掌，昏不知人。负至家中，遂卒。后不复见。不知其何怪也。

【注释】
①农功：农活。

②菽（qiáo）：同"荞"，荞麦。

③刈：收割草或谷物。

④佃（diàn）人：指农村佣工。乘月辇运：就着月光推车搬运。辇，手
　推车。场：指能满足某种需要的较大空地。

⑤枕戈：枕着武器。戈，泛指武器。露卧：睡在露天里。

⑥暴客：盗贼。

⑦鬡（níng）须：蓬乱的胡须。鬡，毛发蓬乱的样子。

⑧踊身：跳起身。踊，向上跳，跳跃。

⑨翼日：明日。翼，通"翌"。

⑩禾藉（jiē）杂遝（tà）：指荞麦秸散乱在地。禾藉，庄稼秸秆。杂遝，
　也作"杂沓"，杂乱。

⑪垛：整齐地堆成堆。

【译文】

　　长山县有个姓安的老头儿，平素喜欢干农活儿。一年秋天种的荞麦熟了，收割完毕后就堆放在田陇边上。当时邻近村子里有偷庄稼的，安老头儿因此让长工们乘着月光连夜把庄稼装车运往场上。等他们装车回去，他独自留下来巡逻，头枕着长矛在露天地里休息。他两眼刚刚闭上，忽然听到有人踩着荞麦根发出"咔咔"声。他心里怀疑是来了偷庄稼的，急忙抬头察看，只见一个一丈多高的大鬼，长着红红的头发，乱蓬蓬的胡子，离自己已经很近了。老头儿大吃一惊，顾不上想别的，猛地纵身跃起，对着那鬼狠命一刺。鬼发出一声打雷般的嚎叫后就消失了。老头儿怕鬼再来，就扛着长矛往家走。他在半路上碰见了前来的长工们，告诉了他们刚才所看到的一切，并且劝他们不要再去了，但长工们都半信半疑。过了一天，大家正在场上晾晒荞麦，忽然听见半空中有响声，安老头儿吓得大喊道："鬼来了！"撒腿就跑，众人也跟着他奔跑。过了一会儿，大家又聚集在了一起，老头儿让大家多准备些弓箭，以防大鬼再来。第二天，鬼果然又来了。大家数箭齐发，那鬼惊怕地逃

走了。这以后有两三天竟没有再来。荞麦打完后收进了谷仓中，场上满是杂乱的麦秸，老头儿让长工们收拾起来堆成麦秸垛，自己亲自爬上去用脚把它踏实，麦秸垛离地有几尺高。忽然，他远望空中又大声惊呼："鬼来了！"众人急忙去找弓箭，但这时大鬼已经扑向了老头儿，将他扑倒，咬掉他的前额就逃走了。长工们爬上麦秸垛顶一看，老头儿的头上被咬去了巴掌大的一块额骨，已经昏迷不省人事。大家急忙把他背到家里，不久就死了。以后，那个鬼再也没有出现。不知究竟是什么妖怪。

宅妖

【题解】

　　这是记述在同一个住宅里两个人前后看见的两件奇怪的事。一件怪事记述的是宅中主人看到两个奇异的物体可以像动物一样移动。另一件怪事记述的是教书先生在其宅中亲见许多三寸长的小人在吊丧。怪异记叙的重心显然是在后者。篇幅虽然短小，但小人的举措行动宛然如见。这样的素材在西方可以发展成"小人国"那样的童话，可惜在当时的文化环境中，蒲松龄笔下的教师被吓得"大呼，遽走，颠床下，摇战莫能起"。

　　冯镇峦评论《聊斋志异》的体制时说："聊斋短篇，文字不似大篇出色，然其叙事简净，用笔明雅，比诸游山者，才过一山，又问一山，当此之时，不无借径于小桥曲岸，浅水平沙，然而前山未远，魂魄方收，后山又来，耳目又费。虽不大为着意，然政不至遂败人意。又况其一桥，一岸，一水，一沙，并非一望荒屯绝徼之比。晚凉新浴，豆花棚下，摇蕉尾，说曲折，兴复不浅也。"这个评论不仅适用于《宅妖》，也适用于几乎《聊斋志异》中所有的短篇。

长山李公,大司寇之侄也①。宅多妖异。尝见厦有春凳②,肉红色,甚修润。李以故无此物,近抚按之,随手而曲,殆如肉臾③。骇而却走。旋回视,则四足移动,渐入壁中。又见壁间倚白梃④,洁泽修长。近扶之,腻然而倒⑤,委蛇入壁⑥,移时始没。

【注释】

①大司寇:此处指李化熙,字五弦,长山人。明崇祯进士,官四川巡抚,总督三边,统理西征军务。入清,官至刑部尚书。《长山县志》《山东省通志》《清史稿》均有传。司寇,西周所置官,春秋、战国相沿,掌管刑狱、纠察等事。后世以大司寇为刑部尚书的别称。

②厦:大屋子。春凳:一种长条形的木凳。

③殆:助词。乃。

④白梃:白木棍棒。

⑤腻然:黏软的样子。

⑥委蛇(wēi yí):通"逶迤",曲折而进。

【译文】

长山县的李先生,是大司寇的侄子。他住的宅第常有妖异的事情出现。有一次他看见房间里有一条长条形的板凳,凳子是肉红色的,又光滑又润洁。李先生因为过去没有这个东西,便上前去用手抚摸按捺,板凳随着他的手变得弯弯曲曲,几乎像肉一样柔软。他吓了一跳,急忙离开了。不久再回头一看,那板凳用四条腿移动,慢慢隐入到墙壁里去了。还有一次,李先生看见顺墙靠着一根白色的棍棒,光洁润滑,细长细长的。他走近一摸,那棒子就软软地倒了下去,像条蛇似的弯弯曲曲地钻进了墙壁里,一会儿就不见了。

康熙十七年①，王生俊升设帐其家②。日暮，灯火初张，生着履卧榻上。忽见小人，长三寸许，自外入，略一盘旋，即复去。少顷，荷二小凳来，设堂中，宛如小儿辈用梁秸心所制者③。又顷之，二小人舁一棺入，仅长四寸许，停置凳上。安厝未已④，一女子率厮婢数人来⑤，率细小如前状。女子衰衣⑥，麻绠束腰际⑦，布裹首，以袖掩口，嘤嘤而哭，声类巨蝇。生睥睨良久⑧，毛森立，如霜被于体。因大呼，遽走，颠床下，摇战莫能起。馆中人闻声毕集，堂中人物杳然矣。

【注释】

①康熙十七年：1678年。

②设帐：指设馆授徒，做教书先生。《后汉书·马融传》载，马融"常坐高堂，施绛纱帐，前授生徒，后列女乐，弟子以次相传，鲜有入其室者"。

③梁秸(jiē)心：高粱秆心。

④安厝(cuò)：安措，安置。厝，停枢待葬。

⑤厮婢：干粗杂活的丫头。

⑥衰(cuī)衣：丧服。此指服丧。

⑦麻绠：是旧时居丧者束于腰际的麻绳。

⑧睥睨(pì nì)：窥察。

【译文】

康熙十七年，有个叫王俊升的书生，在李家开设教馆，教授学童。一天傍晚，刚刚点上灯，王生穿着鞋躺在床上休息。忽然看到有个小人儿，三寸多高，从门外面走进来，在地上稍稍转了一圈儿，就又走了出去。没过多长时间，小人儿扛着两张小板凳又来了，他把凳子摆放在屋子中间，凳子好像是小孩子们用高粱秸芯做成的玩意儿一样。又过了一会儿，两个小人儿抬进来一口四寸来长的棺材，停放在凳子上。还没等安置稳当，就见一个女子带着几个粗使丫环走了进来，都短小得和前面来的小人儿一样。那女子身穿丧服，腰间系着麻绳，头上裹着白布，用衣袖掩着嘴，"嘤嘤"地哭，声音像是大苍蝇在叫。王生偷看多时，不禁毛发悚然，浑身冷得像结了严霜一样。于是他大声呼叫，急忙起身要跑，却跌倒在床下，全身不住颤抖，爬也爬不起来。教馆里的人听见喊声，全都跑了过来。而屋子里的小人儿、棺材、凳子却已经消失不见了。

王六郎

【题解】

《王六郎》篇写淄川许姓渔父因为每晚打鱼饮酒时以酒酹地，称"河中溺鬼得饮"，于是结识了河中溺鬼王六郎并建立了友谊。这个友谊不以生死相隔，不以异类见猜，也不以远隔千里而中断，更不以身份地位变化而改变。故事的宗旨，是歌颂王六郎"置身青云，无忘贫贱"的待友之道。

但现代的读者在阅读《王六郎》时更会对于抓替死鬼的故事，特别是王六郎毅然决然放弃生的希望拒绝被替死更感兴趣，乃至产生震撼。

鬼而放弃替死，如同人放弃生命，需要有舍生取义的勇气，需要信仰支撑。需要什么信仰呢？许姓渔翁把它称作"仁人之心"，用现代人的语言概念就是"人道主义"。人道主义渗透于人类生活的方方面面，可以微乎其微，也可以惊天动地，但都检验着人的道德底线。在生死面前，宁肯舍弃自己的生命，也不肯伤害别人，即使这种伤害合乎所谓的"传统"、"法律"也都置之不顾，并非一般人所能为。王六郎的"仁人之心"，不仅在鬼中少有，在人中也少有，这是王六郎真正令人崇敬的地方。

相比之下，所谓"置身青云，无忘贫贱"云云的写作意图，就显得的确微不足道了!

　　王六郎在是否选择抓替死上有一个过程。一开始他准备服从命运安排,抓那个妇人替死,可看到婴儿在岸上"扬手掷足而啼",他放弃了。许姓渔夫面对妇人"沉浮者屡矣",也"意良不忍"。由于揭示出两人的内心矛盾,由于真实,这一过程更让人平添一层敬意。

　　许姓,家淄之北郭[1],业渔[2]。每夜,携酒河上,饮且渔。饮则酹地[3],祝云[4]:"河中溺鬼得饮。"以为常。他人渔,迄无所获[5],而许独满筐。

【注释】

①淄之北郭:指淄川县城北郊。淄,淄川县,今属山东淄博淄川区。

　郭,外城,这里指城郊。下文"河",当指流经淄川区的孝妇河。

②业渔:以打鱼为业。

③酹(lèi)地:浇酒于地以祭鬼神。下文所说"酹奠",义同。

④祝:祷告。

⑤迄(qì):通"汔"。庶几,接近。

【译文】

　　有个姓许的人,家住在淄川的北城,以捕鱼为业。每天夜里,他都要带着酒到河边,一边饮酒,一边捕鱼。每次饮酒时,他都先把一些酒祭洒在地上,祷告说:"河中的淹死鬼请来喝酒吧!"习以为常。别人在这里捕鱼,几乎打不着什么,只有他打的鱼满筐满篓。

　　一夕,方独酌,有少年来,徘徊其侧。让之饮,慨与同酌[1]。既而终夜不获一鱼,意颇失。少年起曰:"请于下流为君驱之[2]。"遂飘然去。少间,复返,曰:"鱼大至矣。"果闻唼唼呷有声③。举网而得数头，皆盈尺。喜极，申谢④。欲归，赠以鱼，不受，曰："屡叨佳酝⑤，区区何足云报⑥。如不弃，要当以为常耳。"许曰："方共一夕，何言屡也？如肯永顾，诚所甚愿。但愧无以为情。"询其姓字，曰："姓王，无字⑦，相见可呼王六郎。"遂别。明日，许货鱼，益沽酒⑧。晚至河干⑨，少年已先在，遂与欢饮。饮数杯，辄为许驱鱼。

【注释】

①慨：慷慨大方。

②下流：河的下游。

③唼呷（shà xiā）：鱼吞吸食物的声音。

④申谢：道谢，表示感谢。申，陈述，表示。

⑤叨（tāo）：表示承受的谦词。佳酝：好酒。

⑥区区：细微不足道，极言其小。

⑦字：表字。古时男子幼时起名，二十岁左右行冠礼，据本名相应之义另起别名，称"字"。

⑧益沽酒：多买些酒。益，增加。沽，买。

⑨河干：河岸。《诗·魏风·伐檀》："置之河之干兮。"干，涯岸。

【译文】

一天晚上，许某正在自斟自饮，有一位少年徘徊在他身边不去。许某便邀他一起喝酒，那少年也不推辞，爽快地和他一同喝了起来。结果一整夜也没打着一条鱼，许某的心里很失望。少年站起身来说："请让我到下游去为你赶鱼吧！"说完，就飘飘然地离开了。不一会儿，他返回来说："很多鱼都来了！"果然，就听到了河里鱼群"唧唧呷呷"的吞吐声。许某撒下渔网打上好几条鱼，条条都有一尺多长。他高兴极了，连忙向少年道谢。回去时，许某要把鱼送给少年，少年却不肯收，说："多次喝到你的好酒，这一点儿小事算不上什么报答。如果你不嫌弃的话，希望以后可以常常这样。"许某说："咱们刚只在一起喝了一晚上的酒，怎么谈得上是多次呢？如果你愿意常来光顾，那实在是我所希望的，只是惭愧自己没法儿报答你为我赶鱼的盛情。"许某又问他的姓名字号，少年回答说："我姓王，没有字号，见面可以叫我王六郎。"说完两人便分手了。第二天，许某卖掉鱼赚了钱，又多买了些酒。晚上，来到河边，只见那少年已经先到了，两人就高高兴兴地喝起酒来。喝了几杯酒以后，少年起身又为许某赶鱼去了。

　　如是半载。忽告许曰："拜识清扬①，情逾骨肉。然相别有日矣。"语甚凄楚。惊问之。欲言而止者再，乃曰："情好如吾两人，言之或勿讶耶？今将别，无妨明告：我实鬼也，素嗜酒，沉醉溺死，数年于此矣。前君之获鱼，独胜于他人者，皆仆之暗驱，以报醊奠耳。明日业满②，当有代者③，将往投生。相聚只今夕，故不能无感。"许初闻甚骇，然亲狎既久，不复恐怖，因亦欷歔④。酌而言曰："六郎饮此，勿戚也。相见遽违，良足悲恻。然业满劫脱⑤，正宜相贺，悲乃不伦⑥。"遂与畅饮。因问："代者何人？"曰："兄于河畔视之，亭午⑦，有女子渡河而溺者，是也。"听村鸡既唱，洒涕而别。

【注释】

①清扬：对人容颜的颂称，犹言风采。《诗·鄘风·君子偕老》："子之清扬，扬且之颜也。"朱熹注："清，视清明也；扬，眉上广也；颜，额角丰满也。"

②业满：佛家语，谓业报已满。业，业报，谓所行善恶，必将得到相应的报应。此处指恶业。受苦、为善与之相抵，即是业满。

③代者：替代的人。民间传说认为，凡非正常死亡的人死后，不能
　正常地进入轮回托生，必须抓到代死的人之后，自己才能解脱，
　再世为人。

④欷歔(xī xū)：叹息声，抽咽声。

⑤劫脱：劫难得以解脱。劫，梵语音译"劫波"的略语。佛教对"劫"
　解释不一，世人多借指命定的难以逃脱的灾难。

⑥不伦：谓当喜而悲，不合情理。

⑦亭午：正午，中午。

【译文】

　　这样过了半年。一天，少年忽然告诉许某说："结识你以来，感情超过了亲兄弟。可是和你分别的日子就要到了。"话语说得十分凄楚。许某吃惊地问这是怎么回事儿。少年几次要开口都止住了，最后终于说："感情好得像咱们这样，我说出来或许你不会惊讶吧？现在你我就要分别了，我不妨跟你实话实说：我其实是个鬼，生前平素最爱喝酒，喝得大醉后淹死在这里，有好几年了。以前你捕获的鱼之所以远远比别人多，就是因为有我在暗中为你驱赶，为的是以此报答你洒酒奠祭的情义。明天我的罪期就满了，将有人来代替我，我要到阳间去投生。咱们相聚只有今天一晚了，因此不能不伤感。"许某猛一听王六郎是鬼，刚开始很是惊恐，然而毕竟在一起亲近了这么长时间，也就不再害怕了，也因为要分别而难过叹息。许某斟满一杯酒对王六郎说："六郎请喝了这杯酒，不要再难过了。刚认识马上就要分手，当然是很让人悲伤的。不过你罪孽期满脱身苦海，正应该庆贺，再悲痛就不合情理了。"于是，两人又举杯畅饮起来。许某又问："来代替你的是什么人呢？"王六郎回答说："兄长在河边看着，明天中午，有一个少妇渡河时会淹死，就是她了。"听见村子里的鸡已经叫过，王六郎与许某才洒泪告别。

　　明日，敬伺河边①，以觇其异。果有妇人抱婴儿来，及河

而堕。儿抛岸上，扬手掷足而啼。妇沉浮者屡矣，忽淋淋攀岸以出，藉地少息，抱儿径去。当妇溺时，意良不忍，思欲奔救。转念是所以代六郎者，故止不救。及妇自出，疑其言不验。抵暮，渔旧处。少年复至，曰："今又聚首^②，且不言别矣。"问其故。曰："女子已相代矣，仆怜其抱中儿，代弟一人，遂残二命，故舍之。更代不知何期。或吾两人之缘未尽耶^③？"许感叹曰："此仁人之心，可以通上帝矣。"由此相聚如初。

【注释】

①伺：守候，观察。

②聚首：相会，在一起。

③缘：缘分。佛家认为世上万物的聚散离合都有一定的原因。

【译文】

第二天，许某在河边认真地等待，准备看这件奇异的事情。到了中午时分，果然有一个少妇抱着婴儿走来，到了河边就掉进去了。婴儿被抛在河岸上，扬手蹬脚地"哇哇"大哭。那少妇在河里屡沉屡浮，忽然全身湿淋淋地攀着河岸爬了上来，她趴在地上歇息了一会儿，就抱起孩子径直走了。当那个少妇落在水里时，许某心里实在是不忍，想要跑过去救她。转念一想，她是来代替王六郎的，所以就停住没去救。等到那少妇从河中爬了上来，他怀疑王六郎说的话不灵验。到了傍晚，许某仍然在老地方捕鱼。王六郎又来了，说："现在我们又相见了，暂且不用再提分手的事儿了。"许某向他询问原因，王六郎说："那少妇已经来代替我了，但我可怜她怀里抱着的那个孩子。我不想因为代替我一人，却要死两条人命，所以就放掉了她。下次什么时候再有人代替我还不知道。这也许是我们俩的缘分还没有尽吧！"许某感叹地说："这样仁义的心，上天一定会知道的。"从此俩人又像以前那样相聚饮酒。

　　数日，又来告别。许疑其复有代者。曰："非也。前一念恻隐①，果达帝天②。今授为招远县邬镇土地③，来朝赴任。倘不忘故交，当一往探，勿惮修阻④。"许贺曰："君正直为神，甚慰人心。但人神路隔，即不惮修阻，将复如何？"少年曰："但往，勿虑。"再三叮咛而去。

【注释】

①恻隐：怜悯同情之心。《孟子·公孙丑》："今人乍见孺子将入于井，皆有怵惕恻隐之心。"

②帝天：上帝居住的地方。

③招远县：今山东烟台下辖县级市。邬镇：村镇名。土地：土地神，古称"社神"。《通俗编·神鬼》："今凡社神，俱呼土地。"旧俗村民祭祀土地神，祈求年丰岁熟。

④勿惮（dàn）修阻：不要怕路远难往。惮，怕。修阻，路途遥远而阻隔。

【译文】

　　过了几天后，王六郎又来告别。许某疑心又有了来代替他的人。王六郎说："这次不是有人代替我。上回我的一番恻隐之心果然被上天知道了，现在任命我为招远县邬镇的土地神，过几天就要上任。你如果不忘记我们的老交情，可以前去看看我，不要怕路远难走啊。"许某祝贺说："你为人正直做了神，真让人高兴。但人与神是在两个不同的世界里，即使我不怕路远难走，又怎么能见到你呢？"王六郎说："你只管前去好了，不要担心。"王六郎再三叮嘱后，就走了。

　　许归，即欲治装东下。妻笑曰："此去数百里，即有其地，恐土偶不可以共语①。"许不听，竟抵招远。问之居人，果有邬镇。寻至其处，息肩逆旅②，问祠所在。主人惊曰："得无客姓为许?"许曰："然。何见知?"又曰："得勿客邑为淄?"曰："然。何见知?"主人不答，遽出。俄而丈夫抱子，媳女窥门，杂沓而来，环如墙堵。许益惊。众乃告曰："数夜前，梦神言：淄川许友当即来，可助以资斧③。祗候已久④。"许亦异之。乃往祭于祠而祝曰："别君后，寤寐不去心⑤，远践曩约⑥。又蒙梦示居人，感篆中怀⑦。愧无脤物⑧，仅有卮酒⑨。如不弃，当如河上之饮。"祝毕，焚钱纸。俄见风起座后，旋转移时，始散。夜梦少年来，衣冠楚楚，大异平时。谢曰："远劳顾问⑩，喜泪交并。但任微职，不便会面，咫尺河山⑪，甚怆于怀。居人薄有所赠，聊酬凤好⑫。归如有期，尚当走送。"居数日，许欲归。众留殷恳，朝请暮邀，日更数主。许坚辞欲行。众乃折柬抱襆⑬，争来致贶⑭，不终朝⑮，馈遗盈橐。苍头稚子毕集⑯，祖送出村⑰。欻有羊角风起⑱，随行十馀里。许再拜曰："六郎珍重! 勿劳远涉。君心仁爱，自能造福一方，无庸故人嘱也。"风盘旋久之，乃去。村人亦嗟讶而返。

【注释】

①土偶：泥塑神像。

②息肩逆旅：住在旅馆里。息肩，放下肩上担子，指休息。逆旅，迎止宾客之处，即旅店。逆，迎。

③资斧：路费。《易·旅》："旅于处，得其资斧。"

④祗候：恭候。

⑤寤寐不去心：犹言日夜思念。寤，醒来时。寐，睡着时。《诗·周南·关雎》："窈窕淑女，寤寐求之。"

⑥远践曩约：从远处来到此地实践从前的约会。

⑦感篆中怀：感激之情，铭记于心。篆，刻。中，心。

⑧腆（tiǎn）物：丰厚的礼物。腆，丰厚。

⑨卮酒：酒一卮。卮，酒器，容量四升。

⑩顾问：亲临看望。

⑪咫尺河山：近在咫尺，如隔河山。

⑫夙（sù）好：旧交，指昔日交好之情。

⑬折柬抱襆：拿着礼帖，抱着礼品。折柬，即折半之简，意为便笺，以之书写礼帖。襆，包袱，此指礼品包裹。

⑭致赆（jìn）：送行赠礼。《孟子·公孙丑》："行者必以赆。"赆，以财物赠行者。

⑮不终朝（zhāo）：不出一个早晨。朝，早晨。

⑯苍头：这里指老者。

⑰祖送：饯行送别。祖，祭名。出行以前祭祀路神。《诗·大雅·韩奕》："韩侯出祖，出宿于屠。显父饯之，清酒百壶。"引申为敬酒饯行。

⑱欻：忽然。羊角风：旋风。《庄子·逍遥游》："抟扶摇羊角而上者九万里。"民间传说认为鬼神驾旋风而行，此指六郎在隐形送行。

【译文】

许某回到家里，就打算收拾行装往东边去探望王六郎。他的妻子笑着说："招远县的邬镇距此地有好几百里地，即使有这么个地方，恐怕到了那里和泥像也没法说话呀。"许某不听劝阻，最终去了招远县。向当地居民一打听，果然有个邬镇。他找到那个地方，住在客店里，就向店老板打听土地庙在哪里。店老板听后，吃惊地反问："客人您是不是姓许?"许某说:"是呀,你是怎么知道的?"店老板又问:"您的家乡是不是在淄川县?"许某说:"是呀,你是怎么知道的?"店老板并不回答,急急忙忙地走了出去。一会儿,男人们抱着小孩,媳妇、姑娘们也挤在门口张望,镇上的人纷纷都来了,人群像是一堵墙,把许某围在中间。许某更加惊讶,众人于是告诉他说:"前几天夜里,我们梦见土地神说:'淄川县有我的一个姓许的朋友马上要来,请你们大家送他些盘缠。'所以我们已经恭候您很久了。"许某听了很是惊奇。许某便前往土地庙去祭告说:"自从和你分别后,我日日夜夜思念着你,现在我从远处来实践我们的约定。又蒙你梦里指示百姓资助,实在让我心中感激。只是惭愧没什么丰厚的礼物,仅有薄酒一杯。如果你不嫌弃,请你像在河边那样喝了吧。"祝告完毕,他又焚烧了纸钱。一会儿,只见从神座后面刮起了一阵风,旋转了多时才散去。当夜,许某梦见王六郎衣冠齐整地来相会,和从前迥然不同。王六郎道谢说:"有劳你远来探望,让我喜泪交流。但我现在做了这个小官,不便与你会面,虽然近在咫尺,却像隔着千山万水,心里很是难过。这地方的百姓会送你一些薄礼,就算我对老朋友的一点儿心意吧。你如果定下了回去的日子,到时候我再来相送。"住了几天后,许某打算回去。当地人都殷勤地挽留他。早上请吃饭,晚上邀喝酒,每天要轮换好几家。许某最后坚持要回去,众人拿着礼单,抱着包袱,纷纷争着前来送行赠礼,不到一个早晨,送来的礼物就装满了一口袋。临行时,镇上的老人和小孩全都来为许某饯行送别。刚一出村,忽然一阵旋风平地而起,伴随着许某一直走了十多里路。许某再三拜谢说:"六郎请多保重,不要再劳你远送了。你心地仁慈,一定能为一方百姓造福,用不着老朋友我再叮嘱什么了。"那阵风在地上盘旋了很久,才渐渐离去。村里来送许某的人们也惊叹着回村去了。

　　许归。家稍裕,遂不复渔。后见招远人问之,其灵验如响云①。或言:即章丘石坑庄②。未知孰是。

【注释】

①灵验如响:意思是十分灵验,有求必应。响,应声,回响。

②章丘:即今山东章丘,位于济南东部,是济南唯一的县级市。明清时代均属济南府管辖。

【译文】

许某回到家里,渐渐富裕起来,不再打鱼了。后来他遇见招远来的人,问起土地神,都说十分灵验,有求必应。也有人说:王六郎的任所在章丘县的石坑庄。不知是谁说的对。

异史氏曰:置身青云①,无忘贫贱,此其所以神也。今日车中贵介②,宁复识戴笠人哉③? 余乡有林下者④,家綦贫⑤。有童稚交⑥,任肥秩⑦。计投之必相周顾。竭力办装,奔涉千里,殊失所望。泻囊货骑⑧,始得归。其族弟甚谐,作月令嘲之云:"是月也,哥哥至,貂帽解,伞盖不张,马化为驴,靴始收声。"⑨念此可为一笑。

【注释】

①置身青云:此处指王六郎贵为土地之神。《史记·范雎蔡泽列传》:"须贾顿首言死罪,曰:'贾不意君能自致于青云之上。'"青云,指高空,喻指高官显位。

②贵介:地位高贵的大人物。《左传·襄公二十六年》:"王子围,寡君之贵介弟也。"介,大。

③戴笠人:指贫贱时结交的故人。笠,笠帽。用竹篾、箬叶或棕皮等编成,可以御暑,亦可御雨。古代多为处于贫贱地位之人所戴。晋周处《风土记》:"越俗性率朴,初与人交,有礼,封土坛,祭以犬鸡,祝曰:'卿虽乘车我戴笠,后日相逢下车揖;我步行,卿乘

马,他日相逢卿当下。'"

④林下者:乡居不仕之人。此处只是借以指乡绅。林下,指山林田
　　野退隐之处。

⑤綦(qí)贫:十分贫穷。綦,甚。

⑥童稚交:幼年时结交的朋友。

⑦肥秩:肥缺。秩,旧指官吏的俸禄,也指官位品级。

⑧泻囊货骑(jì):花空钱袋,卖掉坐骑。囊,指钱袋。

⑨"作月令"七句:月令,《礼记》篇名。记述每年阴历十二个月的时
　　令、行政及相关事物。这里模拟"月令"的形式,写这位乡绅的可
　　悲可笑的遭遇。"貂帽解,伞盖不张",指乡绅羞惭丧气,衣饰不
　　再阔气,不再摆排场。貂帽和伞盖都是富贵的象征。"马化为
　　驴",指盘川不足,只好卖掉马,换头驴骑回来。"靴始收声",则
　　指从此收心,不再外出干求了。

【译文】

　　异史氏说:做了高官,仍旧不忘贫贱之交,这就是王六郎之所以成
神的原因。且看今天那些坐在车里的达官显贵,还肯相认戴草帽的旧
日穷朋友吗?我的家乡有个士绅,家里十分贫穷。有一个自幼相好的
朋友担任了收入丰厚的官职,便想前去投奔,认为一定能得到照顾。于
是拿出全部钱财来置办行装,经过千里跋涉到了那里,却大失所望。最
后只好花光了钱,又卖掉坐骑,才得以回家。他同族的一个弟弟生性幽
默,编了个"月令"来嘲笑他说:"是月也,哥哥至,貂帽解,伞盖不张,马
化为驴,靴始收声。"念此可作一笑。

偷桃

【题解】

回忆少年时代的事情往往温馨而真切。

　　《偷桃》是《聊斋志异》中极少数回忆自我的文章。蒲松龄是19岁时以县府道三第一考中秀才的,那是1658年,《偷桃》中说"童时赴郡试",很可能就在其时。由于是回忆自我,《偷桃》也是《聊斋志异》中极少数的限制视角的小说。

　　离开家乡"赴郡试",又时值春节,作者在游玩的过程中自会见到许多有趣的事情,何况"游人如堵"。但作者进入正题简洁极了:写周围是"但闻人语哜嘈,鼓吹聒耳";幻术之前的序幕是"万声汹动,亦不闻为何语"——都被作者有意屏蔽——就像一个好的导游,直接把读者引导聚焦于幻术"偷桃"的观赏上。

　　"偷桃"是有情节的幻术,表演者是父子二人。作者不仅利用对话再现了当日"偷桃"、被杀、请赏的全过程,把江湖艺人卖关子、做曲折、求赏赐写得淋漓尽致,尤其把偷桃幻术写得细致真切,耸动惊骇:掷绳的飘渺云端是"悬立空际,若有物以挂之";孩子攀援绳子是"手移足随,如蛛趁丝";孩子被杀的情景是"移时,一物堕,视之,其子首也。捧而泣曰:'是必偷桃为监者所觉。吾儿休矣!'又移时,一足落。无何,肢体纷堕,无复存者"。状物写景,惟妙惟肖,历历分明,惊心骇目。作者固然"以其术奇,故至今犹记之",几百年之后的读者读此小说也感同身受矣。

　　童时赴郡试①,值春节②。旧例③,先一日,各行商贾,彩楼鼓吹赴藩司④,名曰"演春"。余从友人戏瞩⑤。

【注释】

①童:指未考中秀才之前。商衍鎏《清代科举考试述录》:"清沿明制,无论年纪大小,壮艾以至白首之老翁,凡入试者统目之为童生也。"郡试:此指府试。明清时代应试生员(秀才)的考试,称"童生试",简称"童试"。童试共分三个阶段:初为县试,录取后

参加府试,最后参加院试,录取即为生员。郡,指济南,当时淄川属济南府。

②春节:古时以立春为春节。

③旧例:指山东旧时习俗,于立春前一日的迎春活动。如道光《商河县志》载:"立春前一日,官府率士民具芒种春牛,迎春于东郊,里人行户扮渔樵耕读诸戏,结彩为楼,以五辛为春盘,饮酒簪花,啖春饼。"等等。

④藩司:即布政使。明代为一省的行政长官,清代则为总督、巡抚的属官,专管一省的财赋和人事。这里指藩司衙门。

⑤戏瞩:看热闹,玩耍观看。

【译文】

未考中秀才的时候,我去济南参加府考,恰好赶上过春节。按照旧的风俗,立春前一天,各行各业的商栈店铺,都要扎起五彩牌楼,敲锣打鼓地到藩司衙门去祝贺,这叫做"演春"。我也跟着朋友去看热闹。

是日,游人如堵①。堂上四官皆赤衣②,东西相向坐。时方稚,亦不解其何官,但闻人语哜嘈③,鼓吹聒耳。忽有一人,率披发童,荷担而上④,似有所白⑤。万声汹动,亦不闻为何语,但视堂上作笑声。即有青衣人大声命作剧⑥。其人应命方兴⑦,问:"作何剧?"堂上相顾数语。吏下,宣问所长。答言:"能颠倒生物⑧。"吏以白官。少顷复下,命取桃子。

【注释】

①堵:墙。形容人多。

②四官皆赤衣:《明会要》引《会典》、《通考》:"凡公服:……一至四品,绯袍。"清初服色,沿袭明制。据此,四官应为总督、巡抚、布

政使、按察使等省级官员。

③人语哜嘈(jiē cáo)：人声喧闹。哜嘈，形容声音嘈杂。

④荷担：指用担子挑着道具。

⑤白：陈述，说明。

⑥剧：这里是把戏、演出的意思。

⑦方兴：方始站起。按，据此，上文"似有所白"，当指跪白。

⑧颠倒生物：意思是能变出不按季节时令生长的植物。

【译文】

那一天，游人很多，四面围得像一堵堵墙似的。只见衙门大堂上有四位身穿红色官服的官员，东西相对而坐。那时我年纪还小，也不知道他们都是些什么官，只觉得周围人声嘈杂，锣鼓喧天，震耳欲聋。忽然，有一个人带着一个披散着头发的小孩，挑着担子走上前来，跪着好像说了几句话。当时人声鼎沸，也没听见说了些什么，只见堂上的人发笑，便有一个身穿青衣的人大声下令，让他表演戏法。那人答应一声站起来，问道："演什么戏法？"堂上的官员们商量了几句，派一个属吏下来问他擅长演什么戏法。他回答说："我能变出不按季节时令生长的东西。"属吏把他的话回报堂上，一会儿又走下堂来，命令那人变桃子

术人声诺①。解衣覆笥上②，故作怨状，曰："官长殊不了了！坚冰未解，安所得桃？不取，又恐为南面者所怒③。奈何！"其子曰："父已诺之，又焉辞？"术人惆怅良久，乃云："我筹之烂熟。春初雪积，人间何处可觅？唯王母园中④，四时常不凋谢，或有之。必窃之天上，乃可。"子曰："嘻！天可阶而升乎⑤？"曰："有术在。"乃启笥，出绳一团，约数十丈，理其端，望空中掷去，绳即悬立空际，若有物以挂之。未几，愈掷愈高，渺入云中，手中绳亦尽。乃呼子曰："儿来！余老惫，

体重拙,不能行,得汝一往。"遂以绳授子,曰:"持此可登。"子受绳有难色,怨曰:"阿翁亦大愦愦[6]! 如此一线之绳,欲我附之,以登万仞之高天。倘中道断绝,骸骨何存矣!"父又强呜拍之[7],曰:"我已失口,悔无及。烦儿一行。儿勿苦,倘窃得来,必有百金赏,当为儿娶一美妇。"子乃持索,盘旋而上,手移足随,如蛛趁丝,渐入云霄,不可复见。

【注释】

①声诺:表示同意。诺,答应的声音。

②笥:方形竹器。

③南面者:这里指堂上长官。古以面南为尊,帝王或长官都坐北朝南。

④王母园:即西王母的蟠桃园。王母,指西王母,俗称"王母娘娘",古代神话中的女神。《艺文类聚》引《汉武故事》:"东郡献短人,呼东方朔。朔至,短人因指朔谓上曰:'西王母种桃,三千岁一为子,此儿不良也,已三过偷之矣。'后西王母下,出桃七枚,母因瞰二,以五枚与帝,帝留核着前。母问曰:'用此何?'上曰:'此桃美,欲种之。'母笑曰:'此桃三千年一着子,非下土所植也。'"据此,后世遂传闻衍化出西王母的蟠桃园。

⑤天可阶而升乎:天可以沿着阶梯爬上去吗。《论语·子张》:"夫子之不可及也,犹天之不可阶而升也。"阶,梯。

⑥大愦愦(kuì):太糊涂。大,通"太"。

⑦呜拍之:抚拍哄劝他。呜,哄儿声。

【译文】

变戏法的人答应下来。他脱下衣服覆盖在方形的竹笥上,故意作出埋怨的样子,说:"长官实在不明事理,厚厚的冰冻还没有化开,到哪儿去找桃子呢？不找吧，又怕惹当官的发脾气。怎么办呢？"他的儿子说："爸爸已经答应了，又怎么能推辞呢？"变戏法的人发愁地想了一会儿，才说："我盘算很久了。现在是冰天雪地的初春季节，在人间到哪儿去找桃子？只有天上王母娘娘的桃园里，果木一年四季都不凋谢，也许会有。一定得到天上去偷，这样才行。"他儿子说："嗥！天也能登着台阶爬上去吗？"他爸爸回答说："我有法术呢。"于是打开竹筐，拿出一团绳子，大概有几十丈长，理出绳子的一端，往天上一扔，绳子立即悬在空中，好像是挂在了什么东西上。没过多会儿，绳子越抛越高，渐渐伸入到飘缈的云彩里去了，他手里的绳子也放到了尽头。这时，那人招呼儿子，说："孩子过来！我年老力衰，身子笨重不灵便了，爬不上去，还得你去一趟。"说完，就把绳子交给孩子，说："拉着它就可以爬上去了。"儿子接过绳子，一脸为难，埋怨说："爸爸你也太糊涂了，这么一根细线似的绳子，让我拉着它爬上万丈高的天。倘若是爬到中间绳子断了，到哪里去找我的尸骨呀！"父亲又强行拍抚哄劝他说："我已经失口答应了，后悔也来不及。还是麻烦你上去一趟。孩子你别叫苦，要是能偷得桃子来，长官一定会有上百两银子的赏钱，我就给你娶个漂亮媳妇。"儿子这才抓住绳子，盘旋着爬了上去。手揶动，脚跟随，就像蜘蛛在丝上攀行一样，渐渐地越爬越高，没入云霄看不见了。

久之，坠一桃，如碗大。术人喜，持献公堂。堂上传视良久，亦不知其真伪。忽而绳落地上，术人惊曰："殆矣①！上有人断吾绳，儿将焉托！"移时，一物堕，视之，其子首也。捧而泣曰："是必偷桃为监者所觉。吾儿休矣！"又移时，一足落。无何，肢体纷堕，无复存者。术人大悲。一一拾置笥中而阖之，曰："老夫止此儿，日从我南北游。今承严命②，不意罹此奇惨③！当负去瘗之④。"乃升堂而跪，曰："为桃故，杀吾子矣！如怜小人而助之葬，当结草以图报耳⑤。"坐官骇诧，各有赐金。术人受而缠诸腰，乃扣笥而呼曰："八八儿，不出谢赏，将何待？"忽一蓬头僮首抵笥盖而出，望北稽首，则其子也。

【注释】

①殆：危亡，危险。

②严命：这里指官长的指示、训令。严，本为对父亲的尊称，父命因称"严命"。旧时称地方官为父母官，所以借称。

③罹：遭遇灾难或不幸。

④瘗（yì）：埋葬。

⑤结草以图报：意思是死了也要报答恩惠。《左传·宣公十五年》载，魏武子病时嘱其子魏颗，一定要让其爱妾改嫁；病危时又嘱以此妾殉葬。武子死后，魏颗遵照前嘱让她改嫁了。后来魏颗与秦力士杜回交战时，见一老人结草绊倒杜回，使其得胜。夜间梦见那位老人来说，他是所嫁妾的父亲，以此来报答魏颗未让其女殉葬的恩惠。后遂以"结草"指代报恩。

【译文】

过了很久，天上落下来一个桃子，有碗口那么大。变戏法的人十分高兴，拿着它献到了公堂上。堂上各个官员传看了很久，也不知它是真的还是假的。忽然绳子坠落到了地上，变戏法的人大吃一惊说："危险了！上边有人弄断了我的绳子，孩子可靠什么下来啊！"又过了一会儿，一个东西掉落下来，一看，是他儿子的头。那人抱着头颅大哭说："一定是偷桃时被看守的人发现了，我的儿子这回可完了！"又过了一会儿，一只脚也掉了下来。接着，四肢、躯干都一截一截地纷纷落下，再没有什么东西了。变戏法的人非常悲痛，他把肢体一一捡放到竹箱里，盖上盖子,说:"我老头子只有这么一个儿子,每天跟着我走南闯北。现在听从了长官的命令去取桃子,没想到死得这么惨! 我得把他背回去埋掉。"于是他又到堂上跪下,说:"为了桃子的缘故,害了我的儿子! 长官们要是可怜小的,帮助我安葬了他,我来世一定结草衔环报答各位老爷。"堂上坐着的几个官员十分惊骇,纷纷拿出赏银给他。变戏法的人接过钱缠在腰上,然后拍了拍竹筐说:"八八儿,不出来谢长官们的赏,还等什么呢?"忽然,一个头发乱蓬蓬的小孩子用头顶开竹筐盖爬了出来,朝着北面大堂上的官员们叩起了头——正是变戏法那个人的儿子。

　　以其术奇,故至今犹记之。后闻白莲教能为此术①,意此其苗裔耶②?

【注释】

①白莲教:也称"白莲社",是一个杂有佛道思想的民间秘密宗教组织。起源于佛教的白莲宗。元、明、清三朝常为农民起义所利用。元末红巾军刘福通、韩山童,明末山东巨野人徐鸿儒,均以白莲教聚结群众而起事。
②苗裔:后代。这里指白莲教的后世徒众。

【译文】

　　因为这个变戏法的人法术奇异,所以到现在我还记得这件事。后来听人说白莲教也能变这样的戏法,心想那父子俩是不是就是白莲教的后代呢?

种梨

【题解】

　　《种梨》故事的本事源自于干宝的《搜神记》:"吴时有徐光者,尝行术于市里，从人乞瓜，其主勿与。便从所瓣，杖地种之。俄而瓜生，蔓延，生花，成实，乃取食之，因赐观者。鬻者返视所出卖，皆亡耗矣。"明代冯梦龙的《古今谭概》也有相同的记载。

　　同是写幻术，《偷桃》是回忆自己少年时的经历，采用的是限知视角叙述方式，重在见闻的过程，写偷桃幻术之奇；《种梨》是讲故事，采用的是全知视角的叙述方式，虽然对于幻术也进行了精彩的叙述，用了大量的笔墨叙述道士如何求梨、吃梨、种梨，梨树长大后如何开花结实，"硕大芳馥，累累满树"，道士如何"摘赐观者，顷刻向尽"。但故事的重点并不在这里，而是在劝诫吝啬，讽刺那些死抱着财富不放，不肯做慈善事业的人之可笑。所以中间叙述故事，转换了叙述角度，由故事叙述人的全知叙述转为通过乡人的眼睛来看待种梨和分梨的过程："细视车上一靶亡，是新凿断者。心大愤恨，急迹之。转过墙隅，则断靶弃垣下，始知所伐梨本，即是物也。道士不知所在。"从而使得故事的叙述虽然结束，却馀音犹存，饶有趣味，富于浓厚的劝诫喜剧色彩。

　　有乡人货梨于市，颇甘芳，价腾贵①。有道士破巾絮衣②，丐于车前。乡人咄之③，亦不去。乡人怒，加以叱骂。道士曰："一车数百颗，老衲止丐其一④，于居士亦无大损⑤，何怒为？"观者劝置劣者一枚令去，乡人执不肯。

【注释】

①腾贵：抬高物价，昂贵。

②巾：指道巾，道士帽，玄色，布缎制作。

③咄（duō）：呵叱。

④老衲（nà）：佛教戒律规定，僧尼衣服应用人们遗弃的破布碎片缝缀而成，称"百衲衣"，僧人因自称"老衲"。此处借作道士自称。

⑤居士：梵语"迦罗越"的意译。隋慧运《维摩义记》云：居士有二：
　　一、广积资产，居财之士，名为居士；二、在家修道，居家道士，名
　　为居士。这里是道士对卖梨者的敬称。

【译文】

　　有个乡下人在集市上卖梨，梨又香又甜，价格很贵。有一个道士戴着破头巾，穿着烂棉袄，在卖梨的车前乞讨梨吃。乡下人呵斥他，他也不走。乡下人恼了，对着他叫骂起来。道士说："这一车有好几百个梨，老道我只要其中的一个，对你也没有什么大损失，何必动这么大的火？"旁边看热闹的人劝乡下人拣一个坏点儿的梨送给道士，打发他走算了，乡下人坚决不肯。

　　肆中佣保者①，见喋聒不堪②，遂出钱市一枚③，付道士。道士拜谢，谓众曰："出家人不解吝惜。我有佳梨，请出供客。"或曰："既有之，何不自食？"曰："吾特需此核作种。"于是掬梨大啖④。且尽，把核于手，解肩上镵⑤，坎地深数寸⑥，纳之而覆以土，向市人索汤沃灌。好事者于临路店索得沸渖⑦，道士接浸坎处。万目攒视⑧，见有勾萌出⑨，渐大，俄成树，枝叶扶疏⑩。倏而花，倏而实，硕大芳馥，累累满树。道人乃即树头摘赐观者，顷刻向尽。已，乃以镵伐树，丁丁良久⑪，乃断，带叶荷肩头，从容徐步而去。

【注释】

①肆中佣保者：店铺雇用的杂役人员。

②喋聒(dié guō)：啰唆。

③市：买。

④掬梨大啖(dàn)：两手捧着梨大嚼。啖，吃。

⑤镵(chán)：掘土工具。

⑥坎：刨坑。

⑦沸沈：滚开的汁水。沈，汁水。

⑧万目攒(cuán)视：众人一齐注目而视。攒，聚集。

⑨勾萌：弯曲的幼芽。

⑩扶疏：枝叶茂盛的样子。

⑪丁丁(zhēng)：伐木声。

【译文】

　　旁边店铺里的伙计，看见吵得不成样子，就拿出钱买了一个梨，送给了道士。道士谢过之后对众人说："出家人不懂得吝惜。我有好梨子，一会儿拿出来请大家吃。"有人说："你既然有梨，为什么不吃自己的?"道士说："我只是需要这个梨核做种子。"于是捧着梨子大口地吃了起来。道士吃完梨，把梨核放在手里，解下肩上背的铁铲子，在地上刨了个坑，有好几寸深，把梨核放进坑里，又盖上土，向街上的人要热水来浇。有个好事的人在路边的店里要来一壶滚烫的开水，道士接过就往坑里倒了下去。众目睽睽之下，只见一株梨芽破土而出，渐渐长大，一会儿就长成了枝繁叶茂的梨树。转眼开了花，转眼又结了果，满树都是又大又甜的梨子。道士就爬到树上摘下梨子，送给围观的人吃，一会儿就把梨分光了。然后，道士就用铁铲子去砍梨树，"叮叮当当"地砍了很久，才把它砍断，道士把带着枝叶的树干扛在肩上，从从容容、不紧不慢地走了。

　　初，道士作法时，乡人亦杂众中，引领注目①，竟忘其业。道士既去，始顾车中，则梨已空矣。方悟适所俵散②，皆己物也。又细视车上一靶亡③，是新凿断者。心大愤恨，急迹之④。转过墙隅⑤，则断靶弃垣下⑥，始知所伐梨本，即是物也。道士不知所在。一市粲然⑦。

【注释】

①引领注目:伸着脖颈专注地观看。引领,伸长脖子。

②俵(biào)散:分发。俵,分散。

③一靶(bà)亡:一根车把没有了。靶,器物上便于用手拿的部分。
现多写作"把"。亡,失去。

④急迹之:赶忙随后追寻他。迹,寻,寻其踪迹。

⑤墙隅(yú):墙角。隅,角,角落。

⑥垣:墙,矮墙。

⑦一市粲然:整个集市上的人都大笑不止。粲然,大笑露齿的样
子。《春秋穀梁传·昭公四年》:"军人粲然皆笑。"注:"粲然,盛
笑貌。"

【译文】

起初,道士变戏法的时候,那个乡下人也混杂在围观的人群当中,
只顾伸着脖子,瞪着眼睛看热闹,竟然把卖梨的事也忘了。等道士走了
以后,他才回头看他的梨车,只见梨子已经一个也不剩了。这才恍然大
悟,刚才道士所分的梨子,都是自己的东西。再仔细一看,车上的一个
车把也没有了,是新砍断的。他又气又恨,急忙顺着道士走的路追去。
转过一个墙角,只见那个断车把扔在墙下,乡下人这才知道道士砍断的
梨树干,就是这个车把。道士已经不见踪影了。满集市的人都笑得合
不上嘴。

异史氏曰:乡人愦愦①,憨状可掬,其见笑于市人,有以
哉②。每见乡中称素封者③,良朋乞米则怫然④,且计曰:"是
数日之资也。"或劝济一危难,饭一茕独⑤,则又忿然计曰:

“此十人、五人之食也。”甚而父子兄弟，较尽锱铢⑥。及至淫博迷心⑦，则倾囊不吝；刀锯临颈，则赎命不遑⑧。诸如此类，正不胜道，蠢尔乡人，又何足怪！

【注释】

①愦愦：昏乱糊涂。

②有以哉：是有道理的。

③素封：指无官爵俸禄而十分富有的人家。《史记·货殖列传》：“今有无秩禄之奉、爵邑之入，而乐与之比者，命曰素封。”

④怫（fèi）然：恼恨、气愤的样子。

⑤饭一茕（qióng）独：给一个孤苦的人饭吃。饭，管饭。茕独，孤独无靠的人。

⑥较尽锱铢（zī zhū）：极微细的钱财也要彻底计较。锱、铢，古代极小的重量单位，借指微少的财利。

⑦淫博：嫖娼赌博。

⑧不遑：来不及，没工夫。遑，闲暇。

【译文】

异史氏说：乡下人昏头昏脑，憨呆可笑，受到集市上人们的嘲弄，也是有道理的。常常看到那些在乡里被称为土财主的人，一有好朋友向他借点儿粮食就满脸不高兴，算计说：“这可是好几天的费用呀。”有人劝他救济一下身处危难的人，给孤独无依者施舍些饭食，就又会愤愤不平，算计说：“这可够五个、十个人吃的了。”甚至在父子兄弟之间，也要计较到分毫不差的地步。等到这种人被嫖娼赌博迷了心窍，就会挥金如土、毫不吝惜；犯了罪刀斧临头，又会立即交钱赎命，唯恐不及。诸如此类的人，真是说也说不完啊！一个卖梨的乡下人糊涂愚蠢，又有什么可奇怪的呢！

劳山道士

【题解】

如果把学道也纳入广泛地学习知识范畴的话,那么《劳山道士》就是一篇颇具教育教学意义的小说。

学习任何知识都要过两关:其一是要打好坚实基础。基础不牢,学什么都难以深入。其二是要能够吃苦,没有任何捷径可走。王生过不了这两关,当然也就学不了道。

但学道还有一个更重要的前提,就是为人要善,心术要正,要有正大的理想和抱负。没有理想和抱负的学习是缺乏持久动力的。所以,尽管王生在看到饮酒女乐的幻戏后,向往艳羡,暂时打消归念,却仍不能坚持。小说后来写王生在离开崂山之前,央求道士教他钻墙逾穴之术,充分暴露了他的丑恶灵魂。他在妻子面前炫耀钻墙逾穴之术,"驀然而踣","额上坟起",是这篇小说最富于喜剧色彩的情节。

王生的身份是"故家子"。如果我们联系蒲松龄长期在缙绅之家的教学生涯,本篇没准是他直接针对所教学生"娇惰不能作苦"而创作的呢。

关于崂山道士剪纸为月的情节描写,生动轻灵,颇有童话情趣。从明冯梦龙《古今谭概》"灵迹部""纸月取月留月"条的记载看,很可能蒲松龄参考了唐人传奇以来的相关记载。

邑有王生,行七①,故家子②。少慕道③,闻劳山多仙人④,负笈往游。登一顶,有观宇⑤,甚幽。一道士坐蒲团上,素发垂领⑥,而神观爽迈⑦。叩而与语⑧,理甚玄妙⑨。请师之。道士曰:"恐娇惰不能作苦。"答言:"能之。"其门人甚众,薄暮毕集。王俱与稽首⑩,遂留观中。凌晨,道士呼王去,授以斧,使随众采樵。王谨受教。过月馀,手足重茧^⑪,不堪其苦,阴有归志^⑫。

【注释】

①行七:在家里排行老七。

②故家子:世家大族之子。

③少慕道:从小仰慕道术。道,这里指道教。道教渊源于古代巫术和秦汉时的神仙方术。东汉张道陵倡导五斗米道,奉老子为教主,逐渐形成道教。后世道教多讲求神仙符箓、斋醮礼忏等迷信法术。

④劳山:也称"崂山"或"牢山",在今山东青岛东北,南滨黄海,东临崂山湾,有上清宫、白云洞等名胜古迹。

⑤观(guàn)宇:道教的庙宇。

⑥素发垂领:白发披垂到脖颈。素,白色。领,脖子。

⑦神观爽迈:神态爽朗不俗。观,容貌,仪态。迈,高超不俗。

⑧叩:探问,询问。

⑨理甚玄妙:指说出的话幽深微妙。玄妙,《老子》:"玄之又玄,众妙之门。"谓道家所称的"道"深奥难识,万物皆出于此。后形容事理深奥微妙,难以捉摸。

⑩稽首:旧时所行跪拜礼。

⑪手足重(chóng)茧:手脚都磨出了老茧。重茧,一层层摩擦而生成的硬皮。

⑫阴有归志:私下里有回去的打算。

【译文】

本县有个姓王的书生,排行第七,是过去一个世家大族的子弟。他从小仰慕道家的方术,听说崂山上有很多神仙,就打点行李前去访仙学道。一天,他登上崂山的山顶,看见一座道观,很是幽静。里面有个道士正端坐在蒲团上,一头白发披散在脖颈上,神态爽朗不俗。王生上前探问并与他交谈,觉得道士说的话很是玄微奥妙,便请求道士收他为徒。道士说:"恐怕你娇气懒惰惯了,吃不了苦。"王生回答说:"我能吃苦的。"道士的门徒很多,傍晚时全都来了。王生和他们一一行礼后,就留在了道观中。第二天天快亮的时候,道士把王生叫去,交给他一把斧子,让他同大家一起去砍柴。王七小心谨慎地按着要求去做。这样过了一个多月,王生的手脚都磨出了厚厚的一层茧子,再也忍受不了这样的劳苦,暗暗产生了回家的念头。

　　一夕归,见二人与师共酌,日已暮,尚无灯烛。师乃翦纸如镜①,黏壁间。俄顷,月明辉室,光鉴毫芒②。诸门人环听奔走。一客曰:"良宵胜乐③,不可不同。"乃于案上取壶酒,分赉诸徒④,且嘱尽醉。王自思:七八人,壶酒何能遍给?遂各觅盎盂⑤,竞饮先釂⑥,惟恐樽尽⑦。而往复挹注⑧,竟不少减。心奇之。俄一客曰:"蒙赐月明之照,乃尔寂饮⑨,何不呼嫦娥来⑩?"乃以箸掷月中,见一美人,自光中出,初不盈尺,至地,遂与人等。纤腰秀项,翩翩作《霓裳舞》⑪。已而歌曰:"仙仙乎⑫,而还乎,而幽我于广寒乎⑬!"其声清越,烈如箫管⑭。歌毕,盘旋而起,跃登几上,惊顾之间,已复为箸。三人大笑。又一客曰:"今宵最乐,然不胜酒力矣。其饯我于月宫可乎⑮?"三人移席,渐入月中。众视三人,坐月中饮,须眉毕见,如影之在镜中。移时,月渐暗。门人然烛来⑯,则道士独坐而客杳矣。几上肴核尚存⑰,壁上月,纸圆如镜而已。道士问众:"饮足乎?"曰:"足矣。""足宜早寝,勿误樵苏⑱。"众诺而退。王窃忻慕,归念遂息。

【注释】

① 翦：同"剪"。

② 月明辉室，光鉴毫芒：月光明彻，纤微之物都能照见。鉴，照。毫芒，毫毛的细尖。唐裴铏《传奇·裴航》："有玉兔持杵臼，而雪光辉室，可鉴毫芒。"毫，兽类秋后生出御寒的细毛。芒，谷类外壳上的针状刺须。

③ 良宵胜(shèng)乐：美好夜晚的赏心乐事。宵，晚。胜，盛，美。

④ 分赉(lài)：分发赏赐。赉，赏赐。

⑤ 盎盂：都是盛汤水的容器。盎，大腹而敛口。盂，宽口而敛底。

⑥ 竞饮先釂(jiào)：争抢着喝。釂，饮尽杯中酒。

⑦ 樽：本作"尊"，也作"罇"，盛酒器，犹今之酒壶。

⑧ 往复挹(yì)注：指众人传来传去地倒酒。挹注，从大盛器倒入小盛器，这里指从酒壶倒入酒杯。

⑨ 乃尔寂饮：这样寂寞地喝酒。乃尔，如此。

⑩ 嫦娥：本作"姮娥"。神话传说中的月神，据说本为后羿之妻。《淮南子·览冥训》："羿请不死之药于西王母，姮娥窃之奔月宫。"

⑪ 《霓裳舞》：即《霓裳羽衣舞》，唐代天宝年间宫廷流行的一种舞蹈。据《乐苑》，《霓裳羽衣曲》本为西凉节度使杨敬述所献西域《婆罗门曲》，经唐玄宗改制而成。而《唐逸史》则认为是唐玄宗曾夜游月宫，见"仙女数百，皆素练裳衣，舞于广庭。问其曲，曰《霓裳羽衣曲》"。详见《乐府诗集·舞曲歌辞·霓裳辞》题解。

⑫ 仙仙：轻盈起舞的样子。《诗·小雅·宾之初筵》："屡舞仙仙。"

⑬ 幽：幽禁。广寒：月宫名。旧题汉郭宪《洞冥记》："冬至后月养魄于广寒宫。"

⑭ 烈如箫管：像箫管般嘹亮清脆。箫管，管乐器的统称。烈，这里是声音强烈的意思。

⑮饯：饯行，送别。

⑯然：同"燃"。

⑰肴核：菜肴果品。

⑱樵苏：砍柴割草。

【译文】

一天晚上，王生打柴回来，看见两位客人和师父坐着饮酒。这时天已经黑了，还没点上灯烛。师父剪了一张如同镜子一样的圆纸，贴在墙壁上。一会儿，那纸就变成了一轮明月照亮了整个屋子，亮堂堂的连毫毛都可以看得见。各位弟子都在周围听从吩咐，奔走侍候。一位客人说："这么美好的夜晚，应该和大家一同分享啊。"于是他从桌子上拿起酒壶，把酒分赏给众弟子，嘱咐他们一醉方休。王生心想：七八个人，一壶酒怎么能够都摊到呢？这时，大家各自找来杯子罐子，争先恐后地倒酒喝，唯恐酒壶空了。然而众人从里面不断地往外倒，那壶里的酒竟一点儿也不见减少。王七心里很是惊讶。过了一会儿，一位客人说："虽然承蒙您赐给我们月亮来照亮，但这么寂寞无声地饮酒，为什么不把嫦娥唤来呢？"于是他把筷子向月亮中一抛，随即看见一个美女，从月光中飘了出来，开始还不到一尺高，等落到地上时就和常人一样高了。她腰身纤细脖颈秀美，风姿翩翩地跳起了《霓裳羽衣舞》。跳完舞又唱起了歌："轻盈起舞呀！你快回来呀！你为什么幽闭我在广寒宫里呀！"她的歌声清脆高亢，嘹亮得像是吹箫管一样。唱完了歌，嫦娥盘旋飘然而起，一下子跳到了桌子上，大家正惊奇地看着时，她又变回了筷子。道士和客人三人一齐开怀大笑起来。又有一位客人说："今夜最为快乐，但再也喝不下酒了。请把送别我的酒宴摆在月宫里吃可以吗？"说完，三个人就带着酒席，慢慢飞进了月亮当中。大家看着他们三个人坐在月宫里饮酒，连胡须眉毛都看得清清楚楚，就好像形象照在了镜子中似的。过了一会儿，月亮渐渐暗淡下去了。弟子点上蜡烛来，只看见道士一个人坐在屋子里，客人们都已不见了踪影。桌子上的菜肴、果品仍然残留在那里，再看看墙上的月亮，不过是一张像镜子一样的圆圆的纸片。道士问大家："都喝够了吗？"众人一齐回答说："够了。""喝够了就早些睡觉吧，不要耽误了明天打柴。"大家答应着纷纷退下。王生心里暗暗惊喜羡慕，打消了回家的念头。

又一月，苦不可忍，而道士并不传教一术。心不能待，辞曰："弟子数百里受业仙师，纵不能得长生术，或小有传习，亦可慰求教之心。今阅两三月①，不过早樵而暮归。弟子在家，未谙此苦②。"道士笑曰："我固谓不能作苦，今果然。明早当遣汝行。"王曰："弟子操作多日，师略授小技，此来为不负也。"道士问："何术之求？"王曰："每见师行处，墙壁所不能隔，但得此法足矣。"道士笑而允之。乃传以诀③，令自咒毕④，呼曰："入之！"王面墙不敢入。又曰："试入之。"王果从容入，及墙而阻。道士曰："俯首骤入，勿逡巡⑤！"王果去墙数步，奔而入，及墙，虚若无物，回视，果在墙外矣。大喜，入谢。道士曰："归宜洁持⑥，否则不验。"遂助资斧遣之归⑦。

【注释】

①阅：经、历。

②谙：熟悉。

③诀：指施行法术的口诀。

④咒：念咒，即诵念施法的口诀。

⑤逡（qūn）巡：迟疑，犹豫。

⑥洁持：洁以持之，即以纯洁的心持有道术。

⑦资斧：指旅费。

【译文】

又过了一个月，王生实在受不了劳苦了，而道士还是连一个法术也不传授。王生心里也不想再等待了，就向道士告辞说："徒弟从几百里以外来向仙师您学习道术，即使不能学到长生不老的法术，哪怕能学到点儿小法术，也可以安慰我的一片求教之心了。现在过了两三个月，天天都不过是早上去砍柴晚上回来。徒弟在家里可从来没受过这种辛苦。"道士笑着说："我本来就认为你不能吃苦，现在果然如此。明天早晨就送你回去。"王七说："徒弟在这里劳作了多日，请师父稍微教我一点儿小本事，这次就不算白来了。"道士问："你想要学什么法术呢？"王生说："我常见师父行走的时候，墙壁也不能阻隔，能学到这个法术，我就知足了。"道士笑着答应了他。于是，道士就教他念口诀，让他自己念了咒以后，就招呼道："进去！"王生面对着墙，不敢进去。道士又说："你试着往里走一下。"王生果然慢慢地往前走，到了墙跟前却被阻挡住了。道士说："你低头快进，不要犹豫不前！"王生果然在离墙几步远的地方，冲着墙跑了进去。到了墙里时，好像空空的什么东西也没有，回头再一看，身子果然已经在墙外边了。王生大为惊喜，又回去拜谢师父。道士说："回去后要清白做人，否则法术就不会灵验。"于是，送了他路费让他回家。

抵家，自诩遇仙①，坚壁所不能阻。妻不信。王效其作为，去墙数尺，奔而入，头触硬壁，蓦然而踣②。妻扶视之，额上坟起③，如巨卵焉。妻揶揄之④。王惭忿，骂老道士之无良而已⑤。

【注释】

①自诩(xǔ)：自吹。

②蓦(mò)然而踣(bó)：猛地跌倒。踣，跌倒。

③坟起：指肿块隆起。

④揶揄(yé yú)：讥笑嘲弄。

⑤无良：不善，没存好心。

【译文】

　　王生回到家里，自吹自擂地说遇见了仙人，学会了法术，坚固的墙壁也不能阻挡他过去。妻子不相信。于是，王生仿效起那天的举动，离墙几尺远，往墙里跑去，不料一头撞到硬壁，猛地摔倒在地上。妻子扶起他一看，只见额头上肿起了鸡蛋似的一个大包。妻子讥笑他，王生觉得又惭愧又气愤，大骂老道士不是个好东西。

　　异史氏曰：闻此事未有不大笑者，而不知世之为王生者，正复不少。今有伧父①，喜疢毒而畏药石②，遂有舐痈吮痔者③，进宣威逞暴之术，以迎其旨，诒之曰④："执此术也以往，可以横行而无碍。"初试未尝不小效，遂谓天下之大，举可以如是行矣，势不至触硬壁而颠蹶不止也⑤。

【注释】

①伧(cāng)父：鄙贱匹夫，犹言村夫。古时讥讽骂人的话。

②喜疢(chèn)毒而畏药石：喜好伤身的疾患，而害怕治病的药石。比喻喜欢阿谀奉承而害怕直言忠告。疢毒，疾病，灾患。药石，治病的药物和砭石。《左传·襄公二十三年》："臧孙曰：'季孙之爱我，疾疢也；孟孙之恶我，药石也。美疢不如药石。夫石犹生我，疢之美，其毒滋多。'"

③舐(shì)痈吮痔：一般作"吸痈舐痔"。吸痈脓，舐痔疮，比喻无耻谄媚，下贱奉迎。《庄子·列御寇》："秦王有病，召医，破痈溃痤

者得车一乘,舐痔者得车五乘,所治愈下,得车愈多。"

④诒:欺骗。

⑤颠蹶:摔倒,跌落。

【译文】

异史氏说:听到了这件事的人没有不大笑的,但却不知像王生那样的人,世上真还有不少呢。现在有一种鄙陋粗野的人,喜欢像疾病毒药一样的坏东西,却畏惧治病疗伤的药物,于是便有一帮拍马屁的人,向他进献显威风、逞暴力的办法,以迎合他的心意,还骗他说:"掌握了这种法术去运用它,就可以横行天下而无可阻挡了。"起初试行未必没有小效果,于是他就以为天下之大都可以任他这样干了。这种人不到撞在硬壁上摔得头破血流的时候是绝不会停止的。

长清僧

【题解】

从故事的母题来看,这是个借尸还魂的故事。这类故事自唐人传奇以来,小说作品很多。这篇作品宗教色彩很浓,写山东长清县的一个道行高洁的老和尚在圆寂后,魂魄附着在河南一个新死的豪门子弟身上而复活,从此他生活在粉白黛绿,荣华富贵之中。可是他心志坚定,不忘佛家戒律,最后摆脱世俗喧嚣,依然回到自己长清县的寺庙中清净修行。但它又不是一般意义上的简单的借尸还魂,也可以把它看作是富于教育教学意义的作品——写一个立志学佛的人,意志坚定,不受生死的影响,不受世俗浮华的干扰,"默然诚笃"地完成自己的学业。这是蒲松龄所赋予此类作品的新意。

蒲松龄在"异史氏曰"中说"人死则魂散,其千里而不散者,性定故耳"。性定,就是认准目标后,坚定不移,勇往直前,不妥协,不动摇,坚持到底。有时蒲松龄又用"性痴"、"志凝"来表示同一意思,认为只有

"性定"、"性痴"、"志凝"才能事业有成。他在《阿宝》篇中说:"性痴则其志凝,故书痴者文必工,艺痴者技必良。世之落拓而无成者,皆自谓不痴者也。"从这个意义上说,《长清僧》只是蒲松龄"性定"、"性痴"、"志凝"主张在宗教方面的实例而已。

长清僧某①,道行高洁②。年八十馀犹健。一日,颠仆不起,寺僧奔救,已圆寂矣③。僧不自知死,魂飘去,至河南界。河南有故绅子④,率十馀骑,按鹰猎兔⑤。马逸⑥,堕毙。魂适相值,翕然而合⑦,遂渐苏。厮仆还问之⑧。张目曰:"胡至此!"众扶归。入门,则粉白黛绿者⑨,纷集顾问。大骇曰:"我僧也,胡至此!"家人以为妄,共提耳悟之⑩。僧亦不自申解⑪,但闭目不复有言。饷以脱粟则食⑫,酒肉则拒。夜独宿,不受妻妾奉。

【注释】

①长清:旧县名。清代隶属山东济南府,今为山东济南新区。

②道行(héng):指对佛教教义和戒法的修习实践。高洁:道高行洁。

③圆寂:对僧尼死亡的美称。是梵语的意译,音译为"般涅槃",略称"涅槃",意思是"圆满寂灭"。《释氏要览》卷下:"释氏死,谓涅槃、圆寂、归真、归寂、灭度、迁化、顺世,皆一义也,随便称之,盖异俗也。"

④故绅子:老豪绅的儿子。绅,束于腰间的大带。古代有权势地位的人束绅,后世则称有官职或中科第而退居在乡的人为绅士或乡绅。

⑤按鹰:架鹰,即纵鹰行猎。

⑥马逸:马受惊狂奔。逸,奔跑。

⑦翕(xī)然而合：指僧魂猛地与堕尸合在一起。翕然，犹翕忽，迅疾的样子。

⑧厮仆：奴仆。厮，旧时对服杂役人的贱称。还：应为"环"。

⑨粉白黛绿者：指姬妾之类的青年女子。粉白，面敷粉；黛绿，眉画黛。均为妇女的妆饰。

⑩提耳悟之：恳切开导，促其醒悟。提耳，扯着耳朵，意思是谆谆晓喻。《诗·大雅·抑》："匪面命之，言提其耳。"

⑪申解：申辩，解释。

⑫饷以脱粟：用糙米做饭给他吃。饷，用食物款待。脱粟，糙米。

【译文】

长清有个老和尚，道行高洁，八十多岁了身体还很强健。一天，他忽然摔倒起不来，等到寺院里的和尚们跑来救护时，已经圆寂了。老和尚并不知道自己已经死去，魂魄飘飘忽忽地离开身体，到了河南境内。河南有个旧官绅的公子，正率领十馀人骑马架鹰猎取野兔。突然马受惊狂奔起来，公子从马上摔下去摔死了。老和尚的魂魄恰好飘游到了这里，便猛然与尸体合在一起，于是渐渐苏醒了过来。仆人们一齐围上前来询问，他睁眼却说："我怎么到了这里！"众人扶着他回了家。一进门，许多涂脂抹粉的艳妆女子纷纷前来探看问候。他大吃一惊说："我是个和尚呀，怎么到了这里！"家人以为他在说胡话，都来恳切地开导他让他醒悟。他也不再为自己作解释了，只是闭着眼一言不发。家里人端上饭来，粗米饭他才吃，酒和肉都不沾染。晚上一个人独睡，也不让妻妾们来侍奉。

数日后，忽思少步①。众皆喜。既出，少定，即有诸仆纷来，钱簿谷籍，杂请会计②。公子托以病倦，悉卸绝之③，惟问："山东长清县，知之否？"共答："知之。"曰："我郁无聊赖^④，欲往游瞩，宜即治任^⑤。"众谓新瘳未应远涉^⑥，不听。翼日遂发。抵长清，视风物如昨。无烦问途，竟至兰若^⑦。弟子数人见贵客至，伏谒甚恭^⑧。乃问："老僧焉往？"答云："吾师曩已物化^⑨。"问墓所，群导以往，则三尺孤坟，荒草犹未合也^⑩。众僧不知何意。既而戒马欲归^⑪，嘱曰："汝师戒行之僧^⑫，所遗手泽^⑬，宜恪守^⑭，勿俾损坏。"众唯唯。乃行。既归，灰心木坐^⑮，了不勾当家务^⑯。

【注释】

①少步：稍微走动一下。

②杂：纷杂，形容头绪多。会（kuài）计：总计其数，指主管财物出纳等事。

③卸绝：推脱，拒绝。

④郁：郁闷。无聊赖：感情无所依托。

⑤治任：备办行装。治，办理。任，负载之物，即行装。

⑥新瘳（chōu）：刚刚病愈。瘳，病愈。

⑦兰若：佛寺。

⑧伏谒：拜见。谒，通名进见尊长。

⑨曩已物化：前些时候已经死去。曩，以往，从前。物化，化为异物，死的讳词。

⑩未合：指坟上的草还没有长满。

⑪戒马：准备马匹。戒，备。

⑫戒行之僧：守戒的和尚。也就是开头所说的"道行高洁"。戒行，佛家语，指在身、语、意三方面恪守戒律的操行。

⑬手泽：手汗沾润之迹。《礼记·玉藻》："父没而不能读父之书，手泽存焉尔。"疏："父没之后而不忍读父之书，谓其书有父平生所

持手之润泽存在焉。"后通称先人遗物、遗墨为手泽。

⑭恪(kè)守：恭谨遵守。语本《国语·周语中》："以恪守业则不懈。"

⑮灰心木坐：心如死灰，像木头一样地呆坐。

⑯勾当：料理。

【译文】

几天后，他忽然想出去走走。大家都很高兴。出门后，刚稍微安静了一会儿，就有许多管家仆人纷纷走上前来，向他请示钱银收发、账目出纳等各种事宜。他借口病久劳累，推卸不管。只问："山东的长清县，你们知道吗？"众人一齐回答说："知道。"他说："我心里郁闷无聊，想去那里游览，赶快整理行装吧。"众人劝说他病才刚刚好，不宜出门远行，但他不听。第二天他们就出发了。到了长清县，他看到那里的风光景物还和往昔一样，也没用打听路途，直接走到了那座寺院。寺中原先他的几个弟子看见贵客临门，都毕恭毕敬地前来迎接。他问："那个老和尚到哪里去了？"众和尚回答说："我们的师父先时已经圆寂了。"他又问起老和尚坟墓所在的地方，众人就领着他去了那里，只见三尺高的一座孤坟，坟上的野草还没有长满。和尚们都不知道他这是什么意思。看罢坟墓，他准备马匹要回去了，临走嘱咐说："你们的师父是个严守佛家戒律的僧人，他留下的手稿遗物，你们要恭谨保存，不要损坏了。"和尚们都点头答应。于是他就走了。等回到家中，他槁木死灰一般，整日枯坐，一点儿也不料理家务。

居数月，出门自遁，直抵旧寺。谓弟子："我即汝师。"众疑其谬①，相视而笑。乃述返魂之由，又言生平所为，悉符。众乃信，居以故榻，事之如平日。后公子家屡以舆马来，哀请之，略不顾瞻。又年馀，夫人遣纪纲至②，多所馈遗③。金帛皆却之，惟受布袍一袭而已④。友人或至其乡，敬造之。

见其人默然诚笃,年仅而立⑤,而辄道其八十馀年事。

【注释】

①谬:荒谬。

②纪纲:精明干练的仆人。《左传·僖公二十四年》:"秦伯送卫于晋三千人,实纪纲之仆。"有时也泛称仆人。

③馈遗(wèi):赠送。

④一袭:一套。

⑤而立:而立之年,指三十岁。《论语·为政》:"三十而立。"

【译文】

又住了几个月,他偷偷出门溜走,直接来到了旧日的寺院。对弟子说:"我就是你们的师父。"大家怀疑他在说胡话,都相视而笑。于是他讲述了灵魂返回的缘由,又说起老和尚生前的所作所为,都一一与事实相符。大家这才相信,请他住在原先的卧室里,像从前一样地侍奉他。后来,公子家多次派车马前来,哀求他回去,他丝毫不予理睬。又过了一年多,公子的妻子派了干练的仆人前来,送了很多东西。他拒绝接受金银绸缎,只收下一件布袍。公子的朋友有时到了他所在的乡里,恭敬地来拜访他。只见他沉默寡言,朴实诚恳,年纪只有三十岁,却常常说起他八十多年来的事情。

异史氏曰:人死则魂散,其千里而不散者,性定故耳①。予于僧,不异之乎其再生,而异之乎其入纷华靡丽之乡②,而能绝人以逃世也。若眼睛一闪,而兰麝薰心,有求死不得者矣,况僧乎哉!

【注释】

①性定：本性不移。

②纷华靡丽之乡：华丽、奢侈的地方。《后汉书·安帝纪》："嫁娶送终，纷华靡丽。"

【译文】

异史氏说：人死了灵魂就会散去，这个和尚的灵魂飘行千里而不散失，是他心性能够保持的缘故。对于这个和尚，我不惊奇他的死而复生，而是惊奇他来到富贵华丽的地方，仍然能够拒绝他人，躲开世俗。像这样在眨眼之间，就能够得到华丽生活的种种享受，对于一般人来说，肯定是死也甘心、求之不得的好事情，又何况是清苦的和尚呢！

蛇人

【题解】

这是一篇写人与蛇、蛇与蛇之间的友谊的故事。整个故事由两个小分故事组成。前一个小故事写二青感念蛇人的厚爱，为蛇人引进另一个叫小青的小蛇以帮助蛇人"弄蛇为业"，"衔技四方，获利无算"。后一个小故事写二青和小青的友谊以及它们长大后，无法再帮助蛇人"弄蛇为业"，被蛇人先后放入深山。它们接受了蛇人"勿扰行人"的劝告，不再作恶。篇末"异史氏曰"所说"蛇，蠢然一物耳，乃恋恋有故人之意，且其从谏也如转圜"概括了故事的基本内容。

《蛇人》中的蛇显然被拟人化，被赋予了人的含义。蒲松龄是一个感情丰富，渴望友情，笃于友情，特别是对于朋友敢于以风义相规的人。他一生有过许多好朋友，如李希梅、张笃庆等，但也有一些童稚交、把臂交，由于蒲松龄以"药石相投，悍然不顾，且怒而仇焉者"，给他带来感情上的伤害，从"异史氏曰"中的话来看，蒲松龄创作此篇是有所感而为。

东郡某甲①，以弄蛇为业。尝蓄驯蛇二，皆青色，其大者呼之大青，小曰二青。二青额有赤点，尤灵驯②，盘旋无不如意。蛇人爱之，异于他蛇。

【注释】

①东郡：秦置郡名。治所在濮阳。汉时领有今山东及河南两省部分地区。隋开皇九年（589）废。隋大业初（605），又改兖州为东郡。清时东昌府、曹州府，即今山东聊城地区及菏泽地区，均为秦汉东郡故地。

②灵驯：灵气而听话。

【译文】

东郡有一个人，以耍蛇戏为生。他曾经驯养了两条蛇，都是青色的，他管那条大的叫大青，小的叫二青。二青的前额上长着红点，尤其灵巧驯服，指挥它左右盘旋，表演动作，没有不如人意的。因此，耍蛇人十分宠爱它，和对待其他的蛇不一样。

期年①，大青死，思补其缺，未暇遑也②。一夜，寄宿山寺。既明，启笥，二青亦渺。蛇人怅恨欲死。冥搜呕呼，迄无影兆③。然每值丰林茂草，辄纵之去，俾得自适，寻复还。以此故，冀其自至。坐伺之，日既高，亦已绝望，怏怏遂行④。出门数武，闻丛薪错楚中⑤，窸窣作响⑥。停趾愕顾⑦，则二青来也。大喜，如获拱璧⑧。息肩路隅，蛇亦顿止。视其后，小蛇从焉。抚之曰："我以汝为逝矣⑨。小侣而所荐耶⑩？"出饵饲之，兼饲小蛇。小蛇虽不去，然瑟缩不敢食⑪。二青含哺之⑫，宛似主人之让客者。蛇人又饲之，乃食。食已，随二青俱入笥中。荷去教之，旋折辄中规矩⑬，与二青无少异，因名之小青。衒技四方⑭，获利无算。

【注释】

①期(jī)年：一周年。

②未遑暇：没来得及。

③影兆：形影迹象。

④怏怏：失意，郁闷。

⑤丛薪错楚：草木丛杂。《诗·周南·汉广》："翘翘错薪，言刈其楚。"薪，草。错，交错，杂乱。楚，牡荆，泛指灌木丛。

⑥窸窣(xī sū)：形容声音细碎。这里指蛇行草丛中的声音。

⑦停趾：停下脚步。趾，脚。

⑧拱璧：大璧。《左传·襄公二十八年》："与我其拱璧。"疏："拱，谓合两手也。此璧两手拱抱之，故为大璧。"后因用以喻极其珍贵之物。

⑨逝：往。这里意思是逃走。

⑩小侣而所荐耶：小伙伴是你引来的吗？侣，伴。而，你。荐，荐引。

⑪瑟缩：蜷缩。形容害怕的样子。

⑫含哺：喂饲。

⑬中规矩：有模有样，合乎要求。

⑭衒(xuàn)技四方：四处表演。衒技，卖弄技艺。衒，炫耀，卖弄。

【译文】

过了一年，大青死了，耍蛇人想再找一条来补上这个空缺，但一直没有顾得上。一天夜里，他借住在一座山寺里。天亮后，打开竹箱一看，二青也不见了。耍蛇人懊丧恼恨得要死。他苦苦搜寻，高声呼叫，却找不到任何踪影迹象。先前的时候，每到了茂密的树林、繁盛的草丛,耍蛇人就把蛇放出去,等它们自由自在放松一番之后,不久自己就又回来了。由于这个原因,耍蛇人这次还希望二青自己能够回来。于是他就留下来等待,直到太阳升得很高,实在绝望了,才怏怏不乐地离开了。出寺门刚走了几步,他忽然听见杂乱的草木丛中,传来了"窸窸窣窣"的响声。他停下脚步惊奇地一看,正是二青回来了。耍蛇人很高兴,就像得到了珍贵的宝玉似的。他放下肩上的担子,站在了路边,蛇也跟着停了下来。再一看它后面,还跟着一条小蛇。耍蛇人抚摸着二青说:"我还以为你跑了呢。这小伙伴是你引荐给我的吗?"他边说边拿出蛇食喂二青,同时也喂给小蛇吃。小蛇虽然不离开,但还是缩着身子不敢吃。二青就用嘴含着食物喂它,好像主人请客人吃东西似的。耍蛇人再次喂食,小蛇才吃了。吃完,小蛇跟着二青都进了竹箱。耍蛇人带着小蛇进行训练,小蛇盘旋弯曲都很合乎要求,与二青没什么差别,于是耍蛇人给它取名叫小青。带着它们到处表演献技,赚了不少钱。

　　大抵蛇人之弄蛇也,止以二尺为率①,大则过重,辄便更易。缘二青驯,故未遽弃。又二三年,长三尺馀,卧则笥为之满,遂决去之。一日,至淄邑东山间,饲以美饵,祝而纵之。既去,顷之复来,蜿蜒笥外。蛇人挥曰:"去之!世无百年不散之筵。从此隐身大谷,必且为神龙,笥中何可以久居也?"蛇乃去。蛇人目送之。已而复返,挥之不去,以首触笥。小青在中,亦震震而动。蛇人悟曰:"得毋欲别小青耶?"乃发笥。小青径出,因与交首吐舌,似相告语。已而委蛇并去②。方意小青不返,俄而踽踽独来③,竟入笥卧。由此随在物色④,迄无佳者。而小青亦渐大,不可弄⑤。后得一头,亦颇驯,然终不如小青良。而小青粗于儿臂矣。

【注释】

①止以二尺为率(lǜ)：只以二尺长为标准。止，只。率，标准。

②委蛇：也作"逶迤"。曲折行进的样子。

③踽踽(jǔ)：独行的样子。

④随在物色：随时随地访求。物色，访求，寻找，挑选。

⑤弄：耍弄，这里是表演的意思。

【译文】

一般来说，耍蛇人耍弄的蛇，二尺以下的比较合适，再大就太重了，就要更换。二青虽然超过了二尺，但因为它驯服，所以耍蛇人没有马上就换掉它。又过了两三年，二青身长已经三尺多了，它一躺进去竹箱就满了，耍蛇人于是决心放掉它。有一天，他走到淄川县的东山里，拿出最好的食物喂二青，对它祝祷一番后放它离去。二青走了以后，过了一会儿又回来了，蜿蜒爬绕在竹箱外边。耍蛇人挥手驱赶它说："走吧，世界上没有百年不散的筵席。你从此在深山大谷里藏身，将来必定会成为神龙，竹箱子里怎么可以久住呢？"二青这才离去。耍蛇人目送他远去。过了一会儿，二青又回来了，耍蛇人用手驱赶它，它也不走，只是用头不断地触碰竹箱。小青也在里面不安地窜动。耍蛇人忽然明白过来了，说："你是不是要和小青告别呀？"就打开了竹箱。小青一下子蹿了出来，二青与它头颈相交，频频吐舌，好像在互相嘱咐说话。过了不久，两条蛇竟然扭扭曲曲地一起走了。耍蛇人正在想小青不会回来了，一会儿，小青却又独自回来，爬进竹箱里卧下了。从此耍蛇人随时都在物色新蛇，可是一直没找到合适的。小青也已渐渐长大，不便于表演了。后来，耍蛇人又找到一条蛇，也很驯服，但到底不如小青出色。可是这时小青已经粗得像小孩的胳臂了。

　　先是，二青在山中，樵人多见之。又数年，长数尺，围如碗，渐出逐人。因而行旅相戒，罔敢出其途①。一日，蛇人经其处,蛇暴出如风。蛇人大怖而奔,蛇逐益急。回顾已将及矣,而视其首,朱点俨然②,始悟为二青。下担呼曰:"二青,二青!"蛇顿止。昂首久之,纵身绕蛇人,如昔弄状。觉其意殊不恶,但躯巨重,不胜其绕,仆地呼祷,乃释之。又以首触笥。蛇人悟其意,开笥出小青。二蛇相见,交缠如饴糖状,久之始开。蛇人乃祝小青:"我久欲与汝别,今有伴矣。"谓二青曰:"原君引之来,可还引之去。更嘱一言:深山不乏食饮,勿扰行人,以犯天谴③。"二蛇垂头,似相领受。遽起,大者前,小者后,过处林木为之中分。蛇人伫立望之,不见乃去。自此行人如常,不知其何往也。

【注释】

①罔敢:不敢。罔,不。

②俨然:清楚,显然。

③天谴:犹言天罚。

【译文】

在此之前,二青在山中,不少打柴人曾经见过它。又过了几年,二青长成好几尺长,有碗口那么粗,渐渐地出来追赶起人来了。因此行人旅客们都相互告诫,不敢经过它出没的地方。有一天,耍蛇人经过那个地方,一条大蛇像狂风一样猛蹿了出来。耍蛇人大为惊恐拔腿就跑,那蛇追得更急了。他回头一看已经快追上来了,忽然发现蛇头上有明显的红点,这才明白这蛇就是二青。他放下担子呼叫道:"二青,二青!"那蛇顿时停下来,昂起头来停了很久,就纵身一扑,缠绕在了耍蛇人身上,就像以前表演时的样子。耍蛇人觉得它没什么恶意,只是躯干又大又沉,自己经不住它这么缠来绕去,就倒在地上呼叫央求起来,二青于是放开了他。二青又用头去碰撞竹箱。耍蛇人明白了它的意思,打开竹箱放出了小青。两条蛇一相见，立即紧紧交缠在一块儿，盘绕得像用蜜糖粘在一起似的，很久才分开。耍蛇人于是对小青祝愿说："我早就想和你告别了，如今你可有伴儿了。"又对二青说："小青原本就是你引来的，你可以还把它带走。我再嘱咐你一句话：深山里面不缺吃喝，不要惊扰过往的行人，以免惹怒了上天受到惩罚。"两条蛇垂着头，好像接受了他的劝告。忽然蹿开离去，大的在前面走，小的在后面走，所过之处，树木草丛都被它们从中间分开，向两边倒伏。耍蛇人站立在那里望着它们，直到看不见了才离开。从此以后，行人经过那一带地方又恢复了往常的安宁，也不知道那两条蛇到哪里去了。

　　异史氏曰：蛇，蠢然一物耳，乃恋恋有故人之意①，且其从谏也如转圜②。独怪俨然而人也者，以十年把臂之交③，数世蒙恩之主，辄思下井复投石焉④。又不然，则药石相投⑤，悍然不顾，且怒而仇焉者，亦羞此蛇也已。

【注释】

①故人之意：老朋友的感情。《史记·范雎蔡泽列传》："然公之所以得无死者，以绨袍恋恋，有故人之意，故释公。"故人，旧交，昔日的朋友。

②从谏也如转圜（yuán）：意思是听从规劝像转动圆物那样容易。《汉书·梅福传》："昔高祖纳善若不及，从谏若转圜。"颜师古注："转圜，言其顺易也。"圜，同"圆"，圆的物体。

③把臂之交：形容友谊亲密。把臂，挽着手臂，只有极亲密的朋友间才如此。

④下井复投石：即落井下石，喻乘人之危加以陷害的卑劣行为。唐韩愈《柳子厚墓志铭》："落陷井，不一引手救，反挤之，又下石焉

者，皆是也。"

⑤药石相投：投以药物、砭石，以治疗疾病。喻苦口相劝，纠正人的
　过失。

【译文】

异史氏说：蛇，只是个蠢丑的爬行动物，也还恋恋不舍地有故人之
情，而且听到劝告就会迅速地接受。我唯独奇怪的是有些看起来人模
人样的家伙，对十年亲密来往的好朋友，对几代都蒙受人家恩德的恩
主，动不动就想落井下石地进行陷害。又有一些人对别人良药苦口的
劝告，毫不理会，而且还怒气冲冲地把人家当仇人相待，真是连蛇都还
不如！

斫蟒

【题解】

胡田村在今山东淄博张店区，至今犹存，叫作湖田。《聊斋志异》中
的故事发生地点多在山东，而山东之中又多在作者的家乡。这篇故事
发生的地点细致到具体的村庄，可见为当日的传闻。

《聊斋志异》中的评论往往采用"异史氏曰"的方式。本篇在故事的
结尾直接加以评论，大概是因为短小的缘故。说"'蟒不为害，乃德义所
感。'信然"当然是蒲松龄的想当然。他自己信以为真，也希望通过小说
来宣传这种"德义所感"。本篇虽然不是很出色，却为后来写兄弟友谊
的长篇《张诚》准备了素材。只是在《张诚》篇中，蟒蛇变成了老虎而已。

胡田村胡姓者，兄弟采樵，深入幽谷。遇巨蟒，兄在前，
为所吞。弟初骇欲奔，见兄被噬，遂奋怒出樵斧，斫蟒首。
首伤而吞不已。然头虽已没，幸肩际不能下。弟急极无计，

乃两手持兄足，力与蟒争，竟曳兄出。蟒亦负痛去。视兄，则鼻耳俱化，奄将气尽^①。肩负以行，途中凡十馀息，始至家。医养半年，方愈。至今面目皆瘢痕^②，鼻耳处惟孔存焉。

噫！农人中，乃有弟弟如此者哉^③！或言："蟒不为害，乃德义所感。"信然！

【注释】

①奄（yān）将气尽：气息微弱，将要断气。奄，形容气息微弱。

②瘢（bān）痕：疤痕。

③弟（tì）弟：悌弟，意为弟能敬顺兄长。悌，敬事兄长。

【译文】

胡田村有家姓胡的人，兄弟两人砍柴，走进了一个幽深的山谷里。他们遇见了一条大蟒蛇，哥哥走在前面，被蟒蛇吞咬住。弟弟起初吓得想要逃跑，看到哥哥被蟒蛇吞咬，于是愤怒地拔出砍柴斧子，向蟒头砍去。巨蟒虽然头部受了伤却还是不停地吞吃。眼见哥哥的头已经被蟒蛇吞下去了，所幸双肩卡在蟒蛇嘴边吞不下去。弟弟万分焦急却又没有别的办法，就两手抓住哥哥的双脚，用力与蟒相争，竟然把哥哥拉了出来。蟒蛇也带着伤痛逃走了。再一看哥哥，只见他的耳朵、鼻子都已经化掉，奄奄一息，快要断气了。弟弟就背着哥哥往家走，一路上歇了十几次，才回到家中。哥哥经过医治休养，半年之后才得以痊愈。至今哥哥脸上都是疤痕，鼻子、耳朵只有孔洞留下来。

啊！山野农夫当中，竟然有如此敬事兄长的弟弟！有人说："蟒蛇没有吞掉哥哥，是因为被弟弟的道德仁义所感动了。"真的是这样啊！

犬奸

【题解】

这篇作品的重点不在故事而在"异史氏曰"。"异史氏曰"是用骈文写的,而骈文则是一个黄色的段子。手稿本、铸雪斋抄本、二十四卷本等均有此篇,而乾隆年间刊刻的青柯亭本《聊斋志异》则没有收录,估计与"少儿不宜"有些关涉。

首先就故事而言,商人妇与犬发生关系,是否是真,即为一大悬案。里巷之言本不足凭,仅以"犬忽见妇,直前碎衣作交状",就判定两者有奸情显得捕风捉影。其次,即使真的是犬因嫉妒杀死商人,犬是凶手,但商人妇不见得是凶手。"碎衣作交状",也只能作为两者关系的罪证而不能作为凶手的罪证。再次,即使商人妇与犬的关系可以定罪,罪也不至于"人犬俱寸磔以死"。至于蒲松龄写"役乃牵聚令交。所止处,观者常数百人",在"异史氏曰"中亵语连篇,津津乐道,坠入恶趣,均显示出中国传统文化乃至蒲松龄人格趣味的另一面。

在中国古代社会里,由于商人经商外出,经久不归,在两性关系出轨的问题上,无论商人还是商人妇都是高危人群,在古代市民文学中多有描写,在《聊斋志异》中也是如此。比如卷一中,除了此篇,还有《贾儿》。在《犬奸》,是写商人妇与犬交,在《贾儿》篇,则写商人妇是受到狐狸的诱惑。受儒家思想的影响,社会上对于男性商人拈花惹草往往习以为常,容忍度较高;而对于商人妇的性苦闷,社会的容忍度就非常低。蒲松龄的家庭有着商人背景,他站在商人兼大男子主义的立场上对于商人妇的性饥渴缺乏人道的同情,恨得咬牙切齿,态度偏激,可以理解;在这点上,《聊斋志异》中的观念就远不如"三言"、"二拍"中《蒋兴哥重归珍珠衫》等作品开通。

青州贾某①,客于外,恒经岁不归②。家蓄一白犬,妻引与交。犬习为常。一日，夫至，与妻共卧。犬突入，登榻，啮贾人竟死。后里舍稍闻之，共为不平，鸣于官③。官械妇④，妇不肯伏，收之⑤。命缚犬来，始取妇出。犬忽见妇，直前碎衣作交状。妇始无词。使两役解部院⑥，一解人而一解犬。有欲观其合者⑦，共敛钱赂役，役乃牵聚令交。所止处，观者常数百人，役以此网利焉。后人犬俱寸磔以死⑧。呜呼！天地之大，真无所不有矣。然人面而兽交者，独一妇也乎哉？

【注释】

①青州：指清代的青州府，治所在今山东益都。贾（gǔ）：商人。

②恒：经常，总是。

③鸣于官：到官府告发。

④械：桎梏，脚镣手铐之类的刑具。此指加上这类刑具。

⑤收：入狱。

⑥部院：清代各省总督、巡抚多兼兵部侍郎和都察院右副都御史衔，因此称督抚为部院。这里指巡抚衙门。

⑦合：交合。

⑧寸磔（zhé）：千刀万剐。磔，古代酷刑。即凌迟，俗称剐刑。

【译文】

青州某个商人，客居在外地，经常一年到头不回家。家里养着一条白狗，商人的妻子就诱使它与自己交合。狗也对此习以为常。有一天，商人回了家，与妻子一起躺在床上。狗突然蹿进来，跳上床撕咬商人，竟然把他咬死了。后来邻居们渐渐听到了风声，都为此事愤愤不平，报告了官府。官府刑讯那个妇人，妇人却坚决不肯承认，于是把她收进了监牢。长官又命令把狗绑来，才把妇人提出狱。狗忽然见到了妇人，就直奔上前扯破妇人的衣服做出了交合的样子。妇人这才无话可说。官府派两个差役押解案犯去巡抚衙门，一个差役押解人，另一个差役押解狗。有些想看人狗交合的好事之徒，就一起凑钱贿赂差役，差役于是把妇人与狗牵在一起让他们交合。所经过的地方，围观者常常有好几百人，差役因此而得到了不少钱财。后来人和狗都用剐刑处死了。唉！天地之大，真是无所不有。然而有副人的面孔，却去与兽类交合的，难道只有这一个妇人吗？

异史氏为之判曰①：会于濮上，古所交讥；约于桑中，人且不齿②。乃某者，不堪雌守之苦③，浪思苟合之欢。夜叉伏床，竟是家中牝兽④；捷卿入窦⑤，遂为被底情郎。云雨台前⑥，乱摇续貂之尾⑦；温柔乡里⑧，频款曳象之腰⑨。锐锥处于皮囊，一纵股而脱颖⑩；留情结于镞项⑪，甫饮羽而生根⑫。忽思异类之交，直属匪夷之想⑬。龙吠奸而为奸⑭，妒残凶杀，律难治以萧曹⑮；人非兽而实兽，奸秽淫腥，肉不食于豺虎。呜呼！人奸杀，则拟女以剐⑯；至于狗奸杀，阳世遂无其刑。人不良，则罚人作犬；至于犬不良，阴曹应穷于法。宜支解以追魂魄⑰，请押赴以问阎罗⑱。

【注释】

①判：判决辞，古代司法文件的一种。

②"会于濮上"四句：大意是男女苟合，向来为人们所鄙弃。会于濮上、约于桑中，义同，都指男女幽会。《诗·鄘风·桑中》："期我乎桑中，要我乎上宫。"《汉书·地理志》："卫地……有桑间濮上之阻，男女亦亟聚会，声色生焉。"濮，濮水，古代流经河南的水系，为古黄河济水分流。桑中，即桑间，在濮水之上，为古时男女幽会之地。讥，讥笑，讽刺。不齿，不屑与之同列，表示轻蔑。

齿,列。

③雌守:以妇节自守。

④牝:雌性。

⑤捷卿:指狗。捷,迅疾。卿,戏谑的昵称。《说渊·张遵言》载,南
阳张遵言下第,"途次商山山馆,中夜晦黑……见东墙下一物,凝
白耀人,使仆视之,乃一白犬,大如猫,须睫爪牙皆如玉,毛彩清
润,悦怿可爱。遵言怜爱之,目为捷飞,言骏奔之捷甚于飞也"。

⑥云雨台:指男女幽会之处。《文选》宋玉《高唐赋序》:"昔日楚襄
王与宋玉游于云梦之台。……玉曰:'昔者先王尝游高唐,怠而
昼寝,梦见一妇人曰:巫山之女也,为高唐之客。闻君游高唐,愿
荐枕席。王因幸之。去而辞曰:妾在巫山之阳,高丘之阻,旦为
朝云,莫为行雨;朝朝莫莫,阳台之下。'"

⑦续貂之尾:指狗尾。《晋书·赵王伦传》:"奴卒厮役亦加以爵位,
每朝会,貂蝉盈座,时人为之谚曰:'貂不足,狗尾续。'"

⑧温柔乡:喻美色迷人之处。《飞燕外传》:"是夜进合德,帝大悦,
以辅属体,无所不靡,谓为温柔乡。"

⑨款:动。曳象之腰:当指女子摇动的腰肢。象,罔象,一种水怪。
《淮南子·氾论训》"水生罔象",高诱注云:"罔象,水之精也。"

⑩脱颖:即颖脱,锥尖全部露出。颖,锥芒。《史记·平原君列传》:
"平原君曰:'夫贤士之处世也。譬若锥之处囊中,其末立
见。……'毛遂曰:'臣乃今日请处囊中耳。使遂蚤得处囊中,乃
颖脱而出,非特其末而已矣。'"脱颖而出,本指人才充分显露其
能力,这里借为亵语。

⑪镞项:箭头。

⑫甫饮(yìn)羽:刚刚中箭。甫,刚刚。饮,隐没,射中。羽,箭尾的
羽毛。这里为亵语。

⑬直属匪夷之想:这的确属于违背常理的念头。匪,非。夷,平常,

通常。

⑭尨（máng）吠奸而为奸：意思是狗本应看家护院，见奸夫而吠警，而今却自作奸夫。尨，狗。《诗·召南·野有死麕》写青年男女幽会，有"无使尨也吠"之句。

⑮律难治以萧曹：难用朝廷法律治犬之罪。萧、曹，指萧何、曹参，西汉初年的两个丞相。萧何曾参照秦律制定汉的律令制度，曹参继任后相沿不变。这里以"萧曹"之律指代国法。

⑯拟女以剐：判处女方以凌迟之刑。拟，判罪。剐，即凌迟。古时分割人肉体的酷刑。

⑰宜支解以追魂魄：应割解四肢，究治其魂魄。支解，为古代分解四肢的酷刑。支，肢。追，拘捕，传拿。

⑱阎罗：梵语意译，也译作"阎魔王"、"焰摩罗王"、"阎王"等。原为古印度神话中管理阴世的王，后为佛教和道教所沿用。中国民间迷信传说中的阎罗王、阎王爷即源于此。

【译文】

异史氏写的判辞说：幽会濮上，自古受人讥讽；相约桑中，也为人所不齿。竟有某人，不堪忍受独守闺门之苦，放浪地思恋起苟且交合之欢。夜叉伏在床上，竟是家里的雌畜；狗的阳具进了洞，就成为被底的情郎。交合之际，狗尾乱摇；情欢之间，蛇腰屡扭。尖锥处于皮囊之中，一抬腿便脱颖而出；恋情结在箭头之上，刚射进去就落地生了根。忽然想到异类间的相交，真是不可思议。狗在家中对着奸夫应当吠叫示警，却自身为奸夫，嫉妒杀人，这种罪过朝廷的法律难以处置；人本不是兽类却事实上成了兽类，淫乱污秽，连豺狼、老虎也不屑于食其皮肉。唉！女方因奸杀人，可判女方剐刑；至于狗因奸杀人，阳世却没有相应的刑罚。人作恶，则罚他来世作狗；至于狗作恶，阴间恐怕也无法可施。应该肢解后捉拿它的魂魄，押往阴间去请教阎王看怎么办。

雹神

【题解】

《雹神》的篇名在《聊斋志异》中出现过两次，都是写传说中的雹神李左车的故事。一篇在卷一，另一篇在卷十二。可见当日在蒲松龄的家乡关于雹神的传说比较丰富，可能同淄川一带多自然灾害，尤其是雹灾较多有关。

既然是传说，自然要强调它的真实性。这两篇《雹神》的见证人物，都是淄川家喻户晓的名人，一位是明末的进士王筠苍，一位是与蒲松龄同时的进士唐济武。他们作为故事的见证者，增强了故事的真实性和可靠性。

本篇作品虽然是杂凑了以往一些故事的情节，比如其中的"勿伤禾稼"，"文去勿武"，显然承袭了唐传奇《柳毅传》中洞庭君与钱塘君对话等情节，但所叙雹神李左车为道教张天师麾下的神祇却是宝贵而仅见的民间传说资料。

王公筠苍①，莅任楚中②，拟登龙虎山谒天师③。及湖④，甫登舟⑤，即有一人驾小艇来，使舟中人为通⑥。公见之，貌修伟，怀中出天师刺⑦，曰："闻驺从将临⑧，先遣负弩⑨。"公讶其预知，益神之，诚意而往。天师治具相款⑩。其服役者，衣冠须鬣，多不类常人。前使者亦侍其侧。

【注释】

①王公筠苍：指王孟震。王孟震，字筠苍，淄川人。万历年间进士。官至左通政。因触犯权奸魏忠贤被革职。见《淄川县志》。

②楚中：楚地。春秋时楚国故地在湖南、湖北一带，故也为湖北、湖

南两省等的通称。

③龙虎山：道教名山之一。在江西贵溪西南。由龙、虎二山组成，故名。道教创始人张道陵的后人世居此山。山上建有上清宫，为历代天师的道场和祀神之处。天师：张道陵（34—156），即张陵，东汉沛国丰人，顺帝汉安元年（142）在鹄鸣山（在今四川大邑境）创立道教，徒众尊其为"天师"。其后世承袭道法，移居龙虎山，世称"张天师"。

④湖：指江西鄱阳湖。

⑤甫：刚，正要。

⑥为通：为之通禀，即替他传达谒见的请求。

⑦刺：名帖。古时在竹或木简上刺上名字作拜见的名帖，所以叫"刺"。

⑧驺从（zōu zòng）：古时达官贵人出行时护卫前后的骑卒。这里为表示尊敬，不直接说王孟震，而以"驺从"代指。

⑨负弩：负弩矢前驱，意思是充当先导。《史记·司马相如列传》："拜相如为中郎将，建节往使，……至蜀，蜀太守以下郊迎，县令负弩矢前驱。"弩，用机栝发箭的弓。

⑩治具相款：备办酒席招待。具，馔具，指供设的肴馔。

【译文】

王公筠苍，到楚地去任职为官的时候，打算登上龙虎山去拜访张天师。到了鄱阳湖畔，刚刚登上船，就有人驾着一只小船前来，请船上人向王公通报求见。王公接见了来人，只见他仪表堂堂，身材魁梧，从怀里取出张天师的名帖，说："听说大驾将要光临，天师先派小官前来迎接。"王公惊讶张天师能够预先知道自己要去，愈发把他当成神仙，诚心诚意地前往拜见。到了山上，张天师设宴招待王公。那些席间从事服务的仆役们所穿戴的衣帽和留着的长须，大多与常人不同。先前那个使者也在一旁侍候。

少间，向天师细语。天师谓公曰："此先生同乡，不之识耶？"公问之。曰："此即世所传雹神李左车也①。"公愕然改容。天师曰："适言奉旨雨雹，故告辞耳。"公问："何处？"曰："章丘。"公以接壤关切，离席乞免。天师曰："此上帝玉敕②，雹有额数，何能相徇③？"公哀不已。天师垂思良久，乃顾而嘱曰："其多降山谷，勿伤禾稼可也。"又嘱："贵客在坐，文去勿武④。"神出，至庭中，忽足下生烟，氤氲匝地⑤。俄延逾刻，极力腾起，裁高于庭树⑥；又起，高于楼阁；霹雳一声，向北飞去，屋宇震动，筵器摆簸。公骇曰："去乃作雷霆耶！"天师曰："适戒之，所以迟迟。不然，平地一声，便逝去矣。"公别归，志其月日，遣人问章丘，是日果大雨雹，沟渠皆满，而田中仅数枚焉。

【注释】

①李左车：汉初人，初依赵王，封广武君。献计不听，被汉将韩信所擒。韩信知其贤，用其奇计攻取燕、齐等地。详见《史记·淮阴侯列传》。李左车死后为雹神的传说，不详始于何时。本书第十二卷有同名篇目《雹神》，称其"司雹于东"，且在山东日照有"雹神李左车祠"。而据传说，博兴县城北十五里有李左车墓，"俗传李左车为雹神，每年三月初六日，距李墓较近各村众相率顶礼谒墓祈禳；距墓远者，亦于是日相约备牲醴祭于村西北三百步外，祭毕埋之，去来均不回顾，是年辄丰稔，雹不为灾"（《博兴县志》）。

②上帝：道教称玉皇大帝为上帝，简称玉皇、玉帝。玉敕（chì）：犹"御敕"，帝王的诏命。玉，敬辞。敕，敕令。

③徇：徇私。

④文去勿武：温和地离开，不要太过猛烈。武，勇猛，猛烈。

⑤氤氲(yīn yūn)匝(zā)地：云气绕地。氤氲，烟云弥漫的样子，一般形容云气蒸腾。匝，环绕。

⑥裁：才。

【译文】

过了一会儿，他向张天师耳语了几句。天师对王公说："这位是先生的同乡，你不认识吗？"王公忙问是哪一位。张天师回答说："这就是世上传说的雷神李左车啊！"王公一听，惊愕得脸色也变了。张天师说："刚才他说要奉旨去降冰雹，所以要告辞了。"王公问："往什么地方下冰雹？"天师回答说："是章丘。"王公因为章丘和自己的家乡接壤，十分关切，于是离开座位恳求免降雹灾。张天师说："这是玉皇大帝的命令，所下的冰雹有规定数额，我怎么能私自照顾呢？"王公仍是哀求不停。张天师沉思了很久，才回头对雷神嘱咐说："可以多把冰雹降在山谷里，尽量别伤着庄稼就行了。"又嘱咐说："现在有贵客在座，你要缓缓地离去，不要莽撞。"雷神出去，到了庭院里，忽然脚下生烟，周围云雾环绕。过了大约一刻钟，他极力向上一跃，达到的高度大约才比院里的树木高一些；然后又一跃，高度已在楼阁之上；霹雳一声，就向北飞去了，房屋震动，宴席上的器皿也颠簸摇摆起来。王公惊怕地说："他离去就要雷霆大作啊？"张天师说："刚才告诫过他，所以才慢慢离去。不然的话，平地一声雷响，就不见踪影了。"王公告别张天师回去后，记下了那天的月日，派人去章丘一打听，当天那里果然下了大冰雹，河沟水渠里满是冰雹，庄稼地里却只有几颗而已。

狐嫁女

【题解】

参加人的婚礼不是新闻，但参加狐狸的婚礼，绝对是新闻了。《狐嫁女》写的正是历城殷士儋在与朋友们打赌比勇气时参加狐狸嫁女的奇遇。

　　狐狸嫁女，与人间嫁姑娘没有任何区别。殷士儋所进入的打赌的地方"故家之第"由于是女方之家，所以他有幸成了新娘家的傧相，目睹了嫁女的过程："俄闻笙乐聒耳，有奔而上者，曰：'至矣！'翁趋迎，公亦立俟。少选，笼纱一簇，导新郎入。……翁命先与贵客为礼。少年目公。公若为傧，执半主礼。次翁婿交拜，已，乃即席。少间，粉黛云从，酒截雾霭，玉碗金瓯，光映几案。酒数行，翁唤女奴请小姐来。女奴诺而入。良久不出。翁自起，搴帏促之。俄婢媪数辈，拥新人出，……翁命向上拜。起，即坐母侧。……既而酬以金爵……居无何，闻新郎告行，笙乐暴作，纷纷下楼而去。"这个过程应该是明清时代嫁女的典型程序，是绝好的民俗资料。

　　这篇小说以金爵贯穿始终。金爵不仅是打赌取证的信物，也是使故事情节跌宕起伏的一个好道具。篇末写金爵从狐狸的手中回到了朱姓家中，殷士儋私拿的金爵也物归原主，完整有趣，耐人寻味。回顾小说开头写殷士儋"少贫"，看似无意之笔，却为写金爵预留铺垫。

　　历城殷天官①，少贫，有胆略。邑有故家之第，广数十亩，楼宇连亘。常见怪异，以故废无居人。久之，蓬蒿渐满，白昼亦无敢入者。会公与诸生饮，或戏云："有能寄此一宿者，共醵为筵②。"公跃起曰："是亦何难！"携一席往。众送诸门，戏曰："吾等暂候之。如有所见，当急号。"公笑云："有鬼狐，当捉证耳。"遂入，见长莎蔽径③，蒿艾如麻④。时值上弦⑤，幸月色昏黄，门户可辨。摩娑数进⑥，始抵后楼。登月台⑦，光洁可爱，遂止焉。西望月明，惟衔山一线耳⑧。坐良久，更无少异，窃笑传言之讹。席地枕石，卧看牛女⑨。

【注释】

①历城:清朝属于济南府,现为山东济南最大市辖区。殷天官:此是对曾任吏部尚书的殷士儋的敬称。殷士儋,字正甫,时称棠川先生,历城人。明朝嘉靖年间进士。曾任吏部尚书,官至武英殿大学士。著有《金舆山房稿》。见《明史》本传及乾隆《历城县志·人物志》。天官是"天官冢宰"的简称。《周礼》六官,称冢宰(丞相)为天官,为百官之长。唐武后光宅元年(684)曾一度改吏部为天官,后世便以天官作为吏部的通称。

②共酿(jù)为筵:大家一起凑钱请吃饭。酿,凑钱聚饮。

③莎(suō):莎草,多年生草本植物,多生于潮湿地区或河边沙地。

④蒿艾:即艾蒿,带有香味的多年生野草。泛指野草。

⑤上弦:指阴历每月初七、初八的时候,月亮如弓形,上缺其半,叫做"上弦"。《释名·释天》:"弦,半月之名也,其形一旁曲,一旁直,若张弓施弦也。"

⑥摩挲(suō)数进:摸索着进入数重庭院。摩挲,亦作"摩挲",摸索。进,房屋分成前后几个庭院的,每个庭院叫"一进"。

⑦月台:指楼阁中赏月的台榭。

⑧衔山一线:指月落西山,馀晖如线。衔,含。

⑨牛女:指牛郎星和织女星。

【译文】

　　历城县的殷天官,小时候家里很穷,但为人胆子大有见识。县里有一所旧时世家大族的府宅,占地几十亩,里面的楼阁亭台一座座连绵不断。因为那里常常出现鬼怪异事,所以没有人居住,荒废下来。时间长了,府宅中渐渐长满了飞蓬、蒿草,大白天也没有人敢进去。有一天,殷公和县里的一群生员们饮酒,有人开玩笑说:"谁能在那个地方住一夜,大家就一块儿出钱请他吃桌酒席。"殷公一听就跳起来说:"这有什么难的!"当晚,他就拿着一张席子往那里去了。众人把他送到大门口,开玩笑说:"我们暂时在这里等上一会儿。如果看见了什么鬼怪狐精,你就赶快呼救。"他也笑着说:"要是真有鬼怪狐精,我就抓住它作个证明。"说完就进去了。只见院子里一片片高高的莎草把走道都遮住了,蒿艾长得密密麻麻。当时正值月初,上弦月不很明亮,幸好在朦胧昏黄的月光中,门窗还依稀可以分辨得出来。他摸索着走过几重庭院,才到了后边的楼阁。登上月台后,他觉得那里光滑清洁,十分可爱,就留在月台上了。再看看西边的月亮,只在山边还隐隐约约有一线月光。他在这里坐了很久,也没发现有一点儿异常情况,心里暗笑外边流传的那些话都不可信。于是躺在地上,头枕石头,躺着看天上的牛郎织女星。

　　一更向尽,恍惚欲寐。楼下有履声,籍籍而上①。假寐睨之②,见一青衣人,挑莲灯③,猝见公,惊而却退,语后人曰:"有生人在。"下问:"谁也?"答云:"不识。"俄一老翁上,就公谛视,曰:"此殷尚书,其睡已酣。但办吾事,相公倜傥④,或不叱怪。"乃相率入楼,楼门尽辟。移时,往来者益众。楼上灯辉如昼。公稍稍转侧,作嚏咳。翁闻公醒,乃出,跪而言曰:"小人有箕帚女⑤,今夜于归⑥,不意有触贵人,望勿深罪。"公起,曳之曰:"不知今夕嘉礼⑦,惭无以贺。"翁曰:"贵人光临,压除凶煞⑧,幸矣。即烦陪坐,倍益光宠⑨。"公喜,应之。入视楼中,陈设芳丽。遂有妇人出拜,年可四十馀。翁曰:"此拙荆⑩。"公揖之。

【注释】

①籍籍而上:脚步杂乱地上楼来。籍籍,纷乱的样子。

②假寐睨(nì)之:装着睡觉偷看。睨,斜视,偷看。

③莲灯:又称"莲炬"。一种罩似莲花的风灯,常供嫁娶时使用。下

文"笼纱",指以薄纱作罩的灯笼,喜庆时罩以红纱。宋吴自牧《梦粱录》"嫁娶":"新人下车……以数妓女执莲炬花烛,导前迎引。"

④相公:旧时对宰相的敬称。殷士儋后为吏部尚书,称"天官",故这里老翁尊称其为"相公"。倜傥(tì tǎng):豪放不羁。

⑤箕帚(jī zhǒu)女:旧时谦指自己的女儿缺乏才貌,只能胜任家务粗活。箕帚,指家庭洒扫之事。

⑥于归:出嫁。《诗·周南·桃夭》:"之子于归,宜其家室。"

⑦嘉礼:婚礼。《周礼·春官·大宗伯》:"以嘉礼亲万民。"嘉礼为古代五礼之一,指饮食、婚冠、宾射、飨蒸、脤膰、贺庆等礼仪。后世专指婚礼。

⑧压除凶煞:压制排除凶神恶煞。压,慑服。煞,凶神。

⑨倍益光宠:更加增加了光彩和荣幸。

⑩拙荆:对人自称妻子的谦词。《列女传》:"梁鸿妻孟光,常荆钗布裙。"原指以荆条作钗,装束俭朴,后人谦称自己的妻子为荆妻、荆室、山荆、拙荆,均本此。

【译文】

到了半夜一更将要过去的时分,殷公恍恍惚惚地快要睡着了。忽然他听见楼下有阵杂乱的脚步声,有人走上楼来了。他假装睡着了,眯着眼偷看,只见是一个身穿青衣,手里挑着莲花灯的人,这人猛然看见殷公,吃了一惊,向后倒退了几步,对后边的来人说:"有个生人在这里。"下边的人问:"谁呀?"青衣人回答说:"不认得。"一会儿,一个老头儿上了楼,靠近殷公仔细看了看,说:"这是殷尚书,他睡得已经很香了。我们只管办自己的事儿,殷相公为人洒脱不拘,或许不会责怪我们的。"于是众人陆续进了楼,楼门全都敞开了。又过了一会儿,往来忙碌的人更多了。楼上灯火通明,如同白昼一样。殷公轻轻翻了翻身,打了个喷嚏。老头儿听到他醒了,赶快走了出来,跪下说道:"老头子我有个女儿

今夜出阁，没想到冒犯了贵人，请不要太怪罪。"殷公起了身，扶起老头
说："不知道今天晚上是你家的喜庆日子，惭愧的是我没带什么贺礼
来。"老头说："能有您这样的贵人光临，为我们镇压凶煞，除去邪气，已
经是幸运了。如果能烦请您入座陪客，对我们来说更是加倍的光彩和
荣幸。"殷公很高兴，答应了他。进到楼里一看，布置陈设十分华丽。这
时就有个妇人出来拜见，年纪大约有四十多岁。老头儿说："这是我的
老伴儿。"殷公向她作了一揖。

　　俄闻笙乐聒耳，有奔而上者，曰："至矣！"翁趋迎①，公亦
立俟②。少选，笼纱一簇，导新郎入。年可十七八，丰采韶
秀。翁命先与贵客为礼。少年目公。公若为傧③，执半主
礼④。次翁婿交拜，已，乃即席。少间，粉黛云从⑤，酒馔雾
霈⑥，玉碗金瓯，光映几案。酒数行，翁唤女奴请小姐来。女
奴诺而入。良久不出。翁自起，搴帏促之。俄婢媪数辈，拥
新人出，环珮璆然⑦，麝兰散馥。翁命向上拜。起，即坐母
侧。微目之，翠凤明珰⑧，容华绝世。既而酌以金爵⑨，大容
数斗⑩。公思此物可以持验同人，阴内袖中⑪。伪醉隐几⑫，
颓然而寝⑬。皆曰："相公醉矣。"居无何，闻新郎告行，笙乐
暴作，纷纷下楼而去。

【注释】

　　①趋迎：快步向前迎接。

　　②立俟：站立等待。

　　③傧(bìn)：傧相，指代表主人接引宾客的人。

　　④执半主礼：古时主有傧，客有副，殷士儋是代表主方迎接新郎的，
　　　　所以"执半主礼"。

⑤粉黛云从：丫环使女，簇拥如云。粉黛，粉白黛绿，代指女子。

⑥酒炙(zì)雾霈(pèi)：美酒佳肴，热气蒸腾。炙，大块肉。霈，泛指
　盛多浓重。

⑦环珮璆(qiú)然：佩玉丁当。《史记·孔子世家》："夫人自帷中再
　拜，环玉声璆然。"环珮，古时妇女所佩带的玉饰。璆然，玉器撞
　击的声音。

⑧翠凤明珰：髻插翡翠凤钗，耳饰明珠耳坠。极言首饰的华丽名
　贵。明珰，耳饰，珍珠做成的耳坠。

⑨爵：古代礼器，也是酒器，底有三足。《礼记·礼器》："宗庙之祭，
　贵者献以爵。"注："凡觞，一升曰爵。"

⑩斗：古代酒器。《诗·大雅·行苇》："酌以大斗，以祈黄耇。"

⑪内(nà)：同"纳"。

⑫隐(yìn)几：倚在几案上。隐，凭倚。

⑬颓然：倒下的样子。

【译文】

　　一会儿，只听得鼓乐齐鸣，有人跑上楼来，说："到了！"老头儿马上前去迎接，殷公也站起身来等候。没多久，一簇红纱缠绕的灯笼，引导着新郎进来了。年纪约有十七八岁，仪表堂堂，俊秀文雅。老头儿让他先向贵客行礼。新郎看着殷公。殷公就像侯相那样行了半主礼。然后岳父和女婿互相交拜行礼，行礼完毕，大家才入酒席。又过了一会儿，浓妆艳抹的丫环们开始往来穿梭，一时间酒肉罗列，热气弥漫，玉碗金盆，交相映射，光芒照耀在酒桌上。酒喝过几巡后，老头儿叫丫环去请小姐来。丫环答应一声就进去了。但等了许久还不见出来。老头儿又亲自起身，撩起了帷帐去催促。一会儿，几个丫环和老妈子簇拥着新娘子出来了，她身上的金环玉佩"丁当"作响，一阵阵兰草和麝香的香气飘散出来。老头儿让女儿向上座贵客拜了一拜，她起身后，就坐在了母亲身边。殷公微微一看，只见她头上插着珠翠凤钗，耳边佩戴着明珠耳

饰,容貌美丽,世上少有。过了一会儿,席上又用金爵向大家敬酒,那金爵大得能盛下好几斗酒。殷公心想这东西可以拿回去给朋友们作个物证,就悄悄地把金爵放在衣袖里,又假装喝醉了倚着酒桌,东倒西歪地睡起觉来。众人都说:"相公醉了。"没过多久,就听到新郎要起身告辞,顿时又是鼓乐大作,众人纷纷下楼离去了。

已而主人敛酒具,少一爵,冥搜不得。或窃议卧客,翁急戒勿语,惟恐公闻。移时,内外俱寂,公始起。暗无灯火,惟脂香酒气,充溢四堵①。视东方既白,乃从容出。探袖中,金爵犹在。及门,则诸生先俟,疑其夜出而早入者。公出爵示之。众骇问,因以状告。共思此物非寒士所有②,乃信之。

【注释】

①四堵:四壁,指全室。

②寒士:贫寒的士人。士,封建时代特指读书人。

【译文】

酒席结束以后,主人收拾酒具,发现少了一只金爵,到处搜寻都没有找到。有人便私下里议论是伏睡在那里的殷公拿走了金爵,老头儿急忙制止不让他说,唯恐被殷公听见。又过了一会儿,楼内楼外都恢复了寂静,殷公这才起来。但见漆黑一片,没有一星灯火,只有脂粉香和酒气在屋子里到处飘散。他看看东方已经发白,就从容地走下楼去。一摸袖子,那只金爵还在。到了大门口,众生员已经先等候在那里了,大家怀疑殷公是半夜里离开,早晨又进去的。殷公就拿出金爵来给大家看。大家看后都惊讶地追问,于是他把自己的所见所闻告诉了他们。大家都觉得这种金爵不是一个穷书生所能够有的,这才相信了他的话。

后公举进士①,任于肥丘②。有世家朱姓宴公,命取巨觥③,久之不至。有细奴掩口与主人语④,主人有怒色。俄奉金爵劝客饮。谛视之,款式雕文⑤,与狐物更无殊别。大疑,问所从制。答云:"爵凡八只,大人为京卿时⑥,觅良工监制。此世传物,什袭已久⑦。缘明府辱临⑧,适取诸箱簏,仅存其七,疑家人所窃取,而十年尘封如故。殊不可解。"公笑曰:"金杯羽化矣⑨!然世守之珍不可失,仆有一具,颇近似之,当以奉赠。"终筵归署,拣爵驰送之。主人审视,骇绝,亲诣谢公,诘所自来。公乃历陈颠末⑩。始知千里之物,狐能摄致,而不敢终留也。

【注释】

①举进士:考中进士。隋唐科举设进士科,历代相沿,以进士作为入仕资格的首选。明清时代,科举经过三级考试:一曰院试,考中称生员;二曰乡试,考中称举人;三曰会试(由礼部主持),考中称贡士。贡士再经复试(由皇帝派员主持)和殿试(在宫廷内由皇帝主持),被录取者分为三甲:一甲赐进士及第,二甲赐进士出身,三甲赐同进士出身;统称为进士。据《历城县志》记载,殷士儋为嘉靖二十六年(1547)进士。

②肥丘:今福建宁德有肥丘,未知是否即此地。

③巨觥(gōng):大酒杯。《诗·小雅·桑扈》:"兕觥其觩,旨酒思柔。"此指金爵。

④细奴:小僮仆。

⑤款式雕文:样式及其上雕绘的图案。文,图案。

⑥京卿:即京堂。明清时称各衙门长官为堂官。清代对都察院、通政司、詹事府和大理、太常、太仆、光禄、鸿胪等寺及国子监的堂

官,概称京堂,官方文书中称"京卿"。

⑦什袭:也作"十袭"。把物品重重叠叠包裹起来,引申为郑重珍藏的意思。什,言其多。袭,重叠。

⑧明府:汉代对郡守的尊敬。唐以后用以称县令。这里以称殷士儋。

⑨羽化:道教称成仙飞升为羽化。这里是戏指金爵丢失。《旧唐书·柳公权传》:"公权……别贮酒器杯盂一笥,缄縢如故,其器皆亡,讯海鸥,乃曰:'不测其亡。'公权哂曰:'银杯羽化耳。'不复更言。"

⑩颠末:始终,原委。

【译文】

后来,殷公考中了进士,到肥丘做官。当地有一个姓朱的世家大族设宴招待他,席间主人命令仆人取大酒杯来,但很久也不见拿到。却有个小僮仆过去掩着嘴向主人耳语了几句。只见主人的脸上现出了怒色。不一会儿拿出大金爵向客人劝酒。殷公仔细一看,发现那金爵的款式和雕刻花纹与狐狸精的一点区别也没有。他心中十分疑惑,就问主人这金爵是哪里制作的。主人说:"这种金爵一共有八只,是我祖上在京城做官时,找能工巧匠监制的。这是我家传世的宝物,珍藏已经很久了。因为县令大人您屈驾光临,才让仆人去从箱子里取出来,但发现只剩下七只,先怀疑是仆人偷走了,但又看到箱子上十年积落的尘土还像原来一样没有任何变动。这事情实在让人费解。"殷公笑着说:"那只金爵成了仙飞走了吧!然而世代相传的珍宝不能丢失,我有一个金爵,和你家的非常相像,应当把它送给你。"宴会结束后,殷公回到官署,拿出金爵派人立即骑马送去。姓朱的主人把金爵审视了一遍,十分惊骇,亲自登门前来向殷公道谢,又问起了这只金爵的来历。殷公就把事情的原委一五一十地讲给他听。大家这才知道,远在千里之外的物品,狐狸精也能够设法取到,不过不敢最终留在自己那里。

娇娜

【题解】

婚姻是人类的发明。婚姻与爱情并不完全统一。有婚姻不见得有爱情，有爱情不见得有婚姻。男女之间亲密的情感也不一定必须走向性的形式。

小说写家庭教师孔生与狐狸一家非常友爱和谐。他的生活中一共出现了三个女性：一个是香奴，这是孔生"酒酣气热"时所瞩目者，被皇甫公子讥为"少所见而多所怪"，谈不上有什么深的感情；一个是松娘，后来成了孔生的妻子，她只是孔生婚姻的配偶，与孔生的关系可能更多的是伦理性质的；第三个女性就是娇娜，是小说着力所写的女性，也是小说中最为光彩的形象。她两次救孔生，都是篇中精彩的片段。一次是出于对兄长朋友的救死扶伤，为孔生医疗胸口脓疮，写得细腻平和而轻松幽默，无论是"伐皮削肉"的解颐妙语，还是"为洗割处"，又"口吐红丸"，"着肉上，按令旋转"的温柔从容，令孔生"贪近娇姿，不惟不觉其苦，且恐速竣割事，偎傍不久"；再一次是孔生为救娇娜而死，娇娜出于报恩，"撮其颐，以舌度红丸入，又接吻而呵之"，激情澎湃，真情发露。孔生诚然爱着娇娜，而娇娜之于孔生，或则出于友情，或则出于爱情，虽难以判断，其烂漫真挚却是封建社会中一般女子不可能做到的。清代评论家但明伦说："娇娜能用情，能守礼，天真烂漫，举止大方，可爱可敬。"的确是搔到人物形象痒处的评论。

孔生雪笠，圣裔也①。为人蕴藉②，工诗。有执友令天台③，寄函招之。生往，令适卒。落拓不得归④，寓菩陀寺，佣为寺僧抄录。

【注释】

①圣裔：孔子的后代。封建时代孔丘被尊为圣人，凡其后代子孙，都被尊称为"圣裔"。

②蕴藉：温文尔雅，有教养。

③执友：志趣相投的朋友。《礼记·曲礼》："执友称其人也。"注："执友，志同者。"令天台：担任天台县县令。天台，今属浙江，在天台山下。

④落拓：贫困失意，景况凄凉。

【译文】

书生孔雪笠，是孔圣人的后代。他为人温厚含蓄，善于作诗。他有个志趣相投的朋友在天台县做知县，写信来请他前去。孔生到了那里，知县恰好病故了。于是孔生流落在当地，回不了家，住在菩陀寺里，被寺里的和尚雇去抄写经文。

寺西百馀步，有单先生第。先生故公子①，以大讼萧条②，眷口寡，移而乡居，宅遂旷焉。一日，大雪崩腾③，寂无行旅。偶过其门，一少年出，丰采甚都。见生，趋与为礼，略致慰问，即屈降临。生爱悦之，慨然从人。屋宇都不甚广，处处悉悬锦幕，壁上多古人书画。案头书一册，签云《琅嬛琐记》④。翻阅一过，俱目所未睹。生以居单第，意为第主，即亦不审官阀⑤。少年细诘行踪，意怜之，劝设帐授徒。生叹曰："羁旅之人⑥，谁作曹丘者⑦？"少年曰："倘不以驽骀见斥⑧，愿拜门墙⑨。"生喜，不敢当师，请为友。便问："宅何久锢？"答曰："此为单府，曩以公子乡居，是以久旷。仆皇甫氏，祖居陕。以家宅焚于野火，暂借安顿。"生始知非单。当晚，谈笑甚欢，即留共榻。

【注释】

①故公子：世家子弟。故，这里是故旧的意思。

②以大讼萧条：因为一场大的官司，家道败落下来。讼，诉讼。萧条，本为形容秋日万物凋零，这里借指家境衰落。

③崩腾：飞扬，纷飞。

④签：书籍封面的题签。《琅嬛琐记》：大概是虚拟的书名。古有笔记小说《琅嬛记》三卷，旧题元伊世珍作。书首载西晋张华游神仙洞府"琅嬛福地"的传说，因用"琅嬛"为书名。书中所记多为神怪故事，所引书名也前所未见。

⑤官阀：官位和门第。《后汉书·郑玄传》："汝南应劭……自赞曰：'故太山太守应中远，北面称弟子，何如？'玄笑曰：'仲尼之门，考以四科，回（颜回）、赐（子贡）之徒不称'官阀'。'"

⑥羁旅：客居在外。

⑦曹丘：此代指推荐人。《史记·季布栾布列传》载，曹丘生赞赏季布，大力为之宣扬，使季布因而享有盛名。后因以"曹丘"或"曹丘生"代指推荐人。

⑧驽骀(tái)：能力低下的马，喻平庸无才。《楚辞·九辩》："却骐骥而不乘兮，策驽骀而取路。"

⑨拜门墙：拜为老师。门墙，《论语·子张》载子贡称颂孔子学识博大精深，曾说："譬之宫墙，赐（子贡名）之墙也及肩，窥见室家之好。夫子之墙数仞，不得其门而入，不见宗庙之美，百官之富。"后因以门墙指师门。

【译文】

　　菩陀寺往西走一百多步，有一处单先生的府第。单先生本来是个大家公子，因为打了一场大官司而家道衰落，由于家里的人丁减少，便搬到乡下去住,这处府宅就空闲在那里。有一天,纷纷扬扬地下着大雪,路上静悄悄地没有一个往来行人。孔生偶然路过单府门前,看见一个少年走了出来,容貌很是俊美。那少年见了孔生,就上前来行礼,问候几句后,就请孔生入内做客。孔生对少年很有好感,就爽快地跟他进了大门。只见里面的房屋虽然不算很宽大,但处处都悬挂着绸锦围幔,墙壁上挂着许多古人的字画。书桌上放着一册书,封面上题签是《琅嬛琐记》。孔生把书翻阅了一遍,内容都是他从未读过的。孔生见少年住在单家的府第里,以为他是这里的主人,也就不再问及他的出身门第。少年详细询问了孔生的经历后,很是同情,劝他开设学馆教授学生。孔生叹息说:“我是个流落他乡的人,有谁肯做我的推荐人呢?”少年说:“如果你不嫌弃我愚笨的话,我愿拜你为老师。”孔生很高兴,不敢以老师自居,情愿彼此以朋友相待。孔生于是又问:“你们家的宅院为什么长期关锁着呢?”少年回答说:“这里是单家的府第,早先因为单公子到乡下去住了,就长期空闲着。我姓皇甫,世世代代住在陕西,由于家宅被野火烧毁了,才在这里暂时借住的。”孔生这才知道少年不是单家的主人。当晚,两人谈笑得很欢畅,少年便留孔生住在一起。

　　昧爽①,即有僮子炽炭于室。少年先起入内,生尚拥被坐。僮入白:“太公来②。”生惊起。一叟入,鬓发皤然③,向生殷谢曰:“先生不弃顽儿,遂肯赐教。小子初学涂鸦④,勿以友故,行辈视之也⑤。”已,乃进锦衣一袭⑥,貂帽、袜、履各一事⑦。视生盥栉已⑧,乃呼酒荐馔⑨。几、榻、裙、衣,不知何名,光彩射目。酒数行,叟兴辞⑩,曳杖而去。餐讫,公子呈课业⑪,类皆古文词,并无时艺⑫,问之。笑云:“仆不求进取也。”抵暮,更酌曰:“今夕尽欢,明日便不许矣。”呼僮曰:“视太公寝未。已寝,可暗唤香奴来。”僮去,先以绣囊将琵琶至。少顷，一婢入，红妆艳绝。公子命弹《湘妃》[13]。婢以牙拨勾动[14]，激扬哀烈[15]，节拍不类夙闻[16]。又命以巨觞行酒，三更始罢。

【注释】

①昧爽：拂晓。

②太公：古时对祖父辈老人的尊称。这里是仆人对老一辈主人的尊称。

③鬓发皤（pó）然：鬓发皆白。皤，白。

④初学涂鸦：指刚刚开始学习。涂鸦，喻书法幼稚或胡乱写作。唐卢仝《示添丁》："忽来案上翻墨汁，涂抹诗书如老鸦。"

⑤行辈视之：当作同辈人来看待。

⑥一袭：一身，一套。

⑦一事：一件。

⑧盥栉（guàn zhì）：洗脸梳头。

⑨荐馔：上菜。荐，进献，陈列。馔，食物，这里指菜肴。

⑩兴辞：起身告辞。

⑪课业：功课，学业。

⑫时艺：明清时称科举应试的八股文为"时艺"或"时文"。时，当时，对"古"而言。艺，文。

⑬《湘妃》：这里指乐曲名。湘妃，湘水女神。传说舜有二妃娥皇、女英。舜南巡死于苍梧，二妃闻讯，投湘水而死，成为湘水之神，称湘妃。《琴操》有《湘妃怨》，又有《湘夫人》曲。见《乐府诗集·琴曲歌辞·湘妃解题》。

⑭牙拨：骨质拨子，用来拨弹乐器丝弦。

⑮激扬：激越昂扬。哀烈：凄清美妙。哀，指声音凄清尖利。烈，美好，美妙。《文选》晋嵇康《琴赋》："洋洋习习，声烈遄布。"李周翰

注:"烈,美也。"

⑯夙闻:平常听到的。夙,平素。

【译文】

第二天天刚亮,就有僮仆进来在屋里生着了炭火。少年已经先起了床到内室去了,孔生还围着被子坐在床上。这时,一个僮仆进来说:"太公来了。"孔生慌忙起床,只见一个鬙发雪白的老人走进屋来,向孔生诚恳地道谢说:"承蒙先生不嫌弃我顽劣的儿子,愿意教他读书。这孩子刚刚开始学习诗文,不要因为和他是朋友的缘故,先生就把他当作同辈看待。"说完,送给他一套绸缎衣服,貂皮帽子一顶,袜子、鞋子各一双。老人看他洗完了脸,梳完了头,就叫人端上酒菜来。孔生见到这里的桌案、床榻、下裙、上衣,都叫不上名来,每一样都光彩夺目。酒过几巡,老人起来告辞,拄着拐杖离开了。用完了餐,公子就拿出了相关课程的作业给孔生看,孔生见都是古文古诗,并没有科举应考的八股文,就问这是为什么。公子笑着说:"我不求参加科举取得功名。"到了晚上,公子又让人端出酒来,说:"咱们今天晚上再尽情欢乐一次,明天就不允许了。"他又把僮仆叫来说:"去看看太公睡了没有。要是睡了,悄悄地叫香奴来这里。"僮仆出去了,先拿来了一把锦袋套着的琵琶。过了一会儿,有一个丫环入屋,只见她盛妆打扮,美貌绝伦。公子让她弹《湘妃怨》的曲子。丫环用象牙做的拨片勾动琴弦,便响起了忽而激扬高昂忽而凄清美妙的琴声,节奏不像是孔生素来听到过的。公子又让人拿来大酒杯畅饮一番,一直玩乐到夜里三更时分才散去。

次日,早起共读。公子最惠①,过目成咏②,二三月后,命笔警绝③。相约五日一饮,每饮必招香奴。一夕,酒酣气热,目注之。公子已会其意,曰:"此婢为老父所豢养。兄旷邈无家④,我夙夜代筹久矣。行当为君谋一佳耦⑤。"生曰:"如果惠好⑥，必如香奴者。"公子笑曰："君诚'少所见而多所怪'者矣⑦。以此为佳，君愿亦易足也。"

【注释】

①惠：通"慧"，聪明。

②咏：声调有抑扬地吟诵。

③命笔：作诗文。警绝：警策绝妙。警，警策。

④旷邈无家：独居无妻。旷，男子壮而无妻。邈，闷。家，结婚成家，这里指妻室。《楚辞·离骚》："浞又贪夫厥家。"注："妇谓之家。"

⑤行当：即将，将要。佳耦：称心的妻子。

⑥惠好：见爱加恩。惠，恩惠。

⑦少所见而多所怪：即少见多怪。由于见闻太少，看到平常的事物也感到惊奇。《弘明集》载汉牟融《理惑论》："谚云：'少所见，多所怪。睹骆驼，言马肿背。'"

【译文】

第二天，两人一早就起来读书。公子非常聪明，读书过目不忘，即刻成咏，两三个月以后，他写出的诗文就已警策绝妙。两人约好每五天就在一起喝一次酒，每次喝酒都要叫来香奴。有一天晚上，孔生乘着酒兴，头脑发热，两眼盯着香奴不放。公子已经明白了他的心思，就说："这个丫环是我父亲收养的。兄长独居没有家室，我日夜都在为你谋画这事儿，已经很久了。很快会给你找个称心的妻子。"孔生说："如果好意替我找伴侣，一定要像香奴这样的。"公子笑着说："你实在是人家说的那种少见多怪的人呀！以为这样就算好的话，你的愿望也太容易满足了。"

　　居半载，生欲翱翔郊郭①，至门，则双扉外扃②。问之，公子曰："家君恐交游纷意念，故谢客耳。"生亦安之。时盛暑溽热③，移斋园亭。生胸间肿起如桃，一夜如碗，痛楚吟呻。公子朝夕省视，眠食都废。又数日，创剧，益绝食饮。太公亦至，相对太息。公子曰："儿前夜思先生清恙④，娇娜妹子能疗之。遣人于外祖母处呼令归，何久不至？"俄僮入白："娜姑至，姨与松姑同来。"父子疾趋入内。少间，引妹来视生。年约十三四，娇波流慧⑤，细柳生姿⑥。生望见颜色，呻顿忘，精神为之一爽。公子便言："此兄良友，不啻胞也⑦，妹子好医之。"女乃敛羞容，揄长袖⑧，就榻诊视。把握之间，觉芳气胜兰。女笑曰："宜有是疾，心脉动矣⑨。然症虽危，可治。但肤块已凝⑩，非伐皮削肉不可。"乃脱臂上金钏安患处，徐徐按下之。创突起寸许，高出钏外，而根际余肿，尽束在内，不似前如碗阔矣。乃一手启罗衿⑪，解佩刀，刃薄于纸。把钏握刃，轻轻附根而割。紫血流溢，沾染床席。而贪近娇姿，不惟不觉其苦，且恐速竣割事，偎傍不久。未几，割断腐肉，团团然如树上削下之瘿⑫。又呼水来，为洗割处。口吐红丸，如弹大，着肉上，按令旋转。才一周，觉热火蒸腾；再一周，习习作痒⑬；三周已，遍体清凉，沁入骨髓。女收丸入咽，曰："愈矣！"趋走出。生跃起走谢，沉痼若失⑭。而悬想容辉，苦不自已。

【注释】

①翱翔：遨游。《诗·齐风·载驱》："鲁道有荡，齐子翱翔。""鲁道

有荡,齐子游遨。"朱熹注:"游遨,犹翱翔。"

②扃:关。

③溽热:湿热。

④清恙:称人疾病的敬词。恙,病。

⑤娇波:娇美的眼波。

⑥细柳:纤细的腰围。

⑦不啻(chì)胞:与同胞没有两样。不啻,不异于。

⑧揄(yú)长袖:挥动长袖。揄,挥动。

⑨心脉动:指思想波动。古人认为心为思维的器官,中医有心在地
　　为火之说,故娇娜说宜有热毒肿疾。心脉,中医谓主心之正常与
　　否的脉象称心脉。

⑩肤块已凝:指热毒凝于皮下,成为肿块。

⑪罗衿(jīn):丝罗衣襟。此指罗衣的下摆。

⑫瘿(yǐng):树瘤。树因虫害或创伤,部分组织畸形发育而成的隆
　　起物。

⑬习习作痒:微微发痒。习习,形容辛辣、痛痒等感觉。

⑭沉痼:积久难愈的病,重病。

【译文】

　　又过了半年,孔生想到城郊去游玩游玩,走到大门口,却发现两扇
门从外面反锁着。向公子一问,公子回答说:"父亲怕我交往游玩多了
扰乱了心性,就用这个办法来谢绝客人。"孔生听了,也就安了心。这时
正是盛夏潮热的时节,孔生和公子就把书房移到了园亭里。一天,孔生
的胸前忽然肿起一个桃子大小的脓包,一夜之间长到了碗口大,他十分
痛苦,不住地呻吟。公子从早到晚都来探视,急得吃不下,睡不安。又
过了几天,孔生胸前的脓疮更厉害了,连吃饭喝水都不能够了。太公也
来看望他,但只能和公子相对叹息。公子说:"我前天夜里想到,娇娜妹
妹可以治疗孔先生的病。我派人去外祖父家叫她回来,为什么这么久

了还不到呀?"不一会儿,一个僮仆进来报告说:"娇娜姑娘到了,姨妈与阿松姑娘也一同来了。"公子和父亲立即起身到内室去了。过了一会儿,公子领着妹妹前来探视孔生。娇娜年纪大约十三四岁,娇媚的眼波中流露出聪慧,腰身像杨柳一样婀娜多姿。孔生看见这样姿色出众的女子,顿时忘记了痛苦和呻吟,精神为之一爽。公子就对娇娜说:"这是哥哥我最要好的朋友,情谊胜过了同胞兄弟,请妹妹好好地给他医治。"娇娜于是收敛羞容,挥动长袖,靠近床边来诊治。孔生在她把脉的时候,感到有阵阵的芳香传来,那芬芳胜过了兰花。诊脉之后,娇娜笑了笑说:"本来就该得这种病,心脉动了啊。不过病虽然严重,还是可以治的。只是脓块已经凝结,非割皮去肉不可了。"说完摘下手臂上的一只金镯子,放在患处,慢慢向下按。肿烂的伤口渐渐鼓起了一寸多高,已经超出金镯露了出来,脓根的馀肿也被吸束在镯圈里,不像原来那样有碗口大了。于是娇娜掀起衣襟,解下一把佩刀,刀刃比纸还要薄。她一手按着镯子,一手握刀,顺着脓疮的根部轻轻地割了起来。伤口处不断溢出的紫血,把床席都弄脏了。这时孔生因为贪恋挨近娇娜的动人身姿,不但不觉得痛苦,反而怕她很快就割完,不能多依偎。没过多久,腐烂的肉都被割下来,像病树上长的树瘤似的那么一团。娇娜又叫人拿水来,为孔生清洗割过的伤口。然后从口中吐出一粒红丸,有弹子大小,放在肉上,按着红丸让它旋转。才转了一圈,孔生就觉得胸前热气蒸腾;再转一圈,疮口有些发痒;转到第三圈后,只觉得浑身清凉,一直透入到了骨髓。娇娜收起红丸放回口中,说:"好了!"就快步走出房去。孔生连忙跳起身子,赶着前去道谢,多日的重病好像一下子就消失了。而孔生只要一想起娇娜美丽的容颜,就难以自已。

　　自是废卷痴坐^①,无复聊赖。公子已窥之,曰:"弟为兄物色,得一佳偶。"问:"何人?"曰:"亦弟眷属。"生凝思良久,但云:"勿须。"面壁吟曰:"曾经沧海难为水,除却巫山不是云②。"公子会其指③，曰："家君仰慕鸿才，常欲附为婚姻。但止一少妹，齿太稚④。有姨女阿松，年十八矣，颇不粗陋。如不见信，松姊日涉园亭⑤，伺前厢，可望见之。"生如其教，果见娇娜偕丽人来，画黛弯蛾⑥，莲钩蹴凤⑦，与娇娜相伯仲也⑧。生大悦，请公子作伐⑨。公子翼日自内出，贺曰："谐矣。"乃除别院，为生成礼。是夕，鼓吹阗咽⑩，尘落漫飞，以望中仙人，忽同衾帏⑪，遂疑广寒宫殿，未必在云霄矣。合卺之后⑫，甚惬心怀⑬。

【注释】

①废卷(juàn)：指无心读书。废，荒废。卷，指书，唐以前的书文多裱成长卷，以轴舒卷，因称。

②曾经沧海难为水，除却巫山不是云：这是唐元稹《离思五首》中的第二首诗中悼念亡妻的诗句。全诗是："曾经沧海难为水，除却巫山不是云。取次花丛懒回顾，半为修道半为君。"孔生吟咏这两句诗，意在暗示除却娇娜，他人都不中意。

③会其指：领会了他的意思。指，旨意，意向。

④齿太稚：年纪太小。齿，年龄。

⑤日涉园亭：每天到园亭里游玩。涉，到，游历。晋陶渊明《归去来辞》："园日涉以成趣。"

⑥画黛弯蛾：描画的双眉，像蚕蛾的触须那样弯曲细长。黛，古时妇女描眉用的青黑色颜料。蛾，蚕蛾，其触须黑而细长弯曲，所以旧时常喻女子美眉为"蛾眉"。

⑦莲钩蹴凤：纤瘦的小脚穿着凤头鞋。莲钩，指旧时妇女所缠的小脚。莲，金莲，喻女子的小脚。《南齐书·东昏侯纪》："凿金为莲花以帖地，令潘妃行其上，曰：'此步步生莲花也。'"蹴，踏。凤，

鞋头上的绣凤。

⑧相伯仲：不相上下。伯仲，兄弟之间，长者为伯，幼者为仲。

⑨作伐：做媒。《诗·豳风·伐柯》："伐柯如何，匪斧不克。取妻如何，匪媒不得。"后来因称为人做媒曰执柯，又变为作伐。

⑩鼓吹阗咽(tián yīn)：鼓吹之声并作。吹，指唢呐、喇叭之类管乐器。阗，众声并作。咽，有节奏的鼓声。

⑪衾帏：锦被与罗帐。

⑫合卺(jǐn)：举行婚礼。一瓠刻为两瓢，叫"卺"，婚礼中夫妇各执其一对饮，叫"合卺"，为古时结婚礼仪之一。《礼记·昏义》："共牢而食，合卺而酳(yìn)。"

⑬惬：满意。

【译文】

从此孔生抛下书本整日呆坐，再没有可以寄托他精神的地方了。公子已经看出了他的心思，就说："小弟为你物色多时，终于选到了一个好伴侣。"孔生问："是谁？"公子说："也是我的一个亲属。"孔生沉思很久，说："不必了。"又面对着墙壁吟出两句诗："曾经沧海难为水，除却巫山不是云。"公子明白了他的意思，说："我父亲敬佩你的博学多才，常常想能与你结成姻亲。但我只有一个小妹子，岁数还太小。我姨妈有个女儿叫阿松，十八岁了，并不难看。如果你不信，阿松姐每天到园亭里来，你悄悄在前厢房里看，就可以看见。"孔生按照公子所说的去做，果然看见娇娜陪着一个美丽女子前来，只见她两道蛾眉又黑又弯，穿着描凤绣鞋的脚小巧纤细，容貌与娇娜不相上下。孔生大为欣喜，就请公子做媒。第二天，公子从内室出来，向孔生祝贺说："事成了。"于是另外收拾了一处院子，为孔生举办婚礼。那天晚上，鼓乐齐鸣，梁上的灰尘都被震落得到处飞扬。孔生因为盼望中的仙女忽然就要和自己同床共枕了，竟怀疑起那月亮里的广寒宫殿也未必真在天上。成婚以后，孔生心中非常满意。

一夕，公子谓生曰："切磋之惠①，无日可以忘之。近单公子解讼归②，索宅甚急。意将弃此而西，势难复聚，因而离绪萦怀。"生愿从之而去。公子劝还乡闾，生难之。公子曰："勿虑，可即送君行。"无何，太公引松娘至，以黄金百两赠生。公子以左右手与生夫妇相把握，嘱闭眸勿视。飘然履空，但觉耳际风鸣。久之，曰："至矣。"启目，果见故里，始知公子非人。喜叩家门，母出非望③，又睹美妇，方共忻慰④，及回顾，则公子逝矣。松娘事姑孝，艳色贤名，声闻遐迩⑤。

【注释】

①切磋：工匠切剖骨角，磋磨平滑，制成器物。这里喻研讨学问。《诗·卫风·淇奥》："如切如磋，如琢如磨。"

②解讼：官司完结。解，了结。讼，诉讼。

③非望：意想不到。

④忻(xīn)慰：欣慰。

⑤声闻遐迩：远近闻名。遐，远。迩，近。

【译文】

一天，公子忽然来对孔生说："和你在一起研读得到的教益，我没有一天不记在心里。但近日单公子家的官司已经了结了，就要回来，催要宅院催得很急。我们准备离开这里回到西边去，想到从此后咱们势必难再相聚，心中就被离愁别绪搅得乱纷纷的。"孔生表示愿意随他们一起去。但公子劝他还是回自己的家乡好，孔生感到回家很有困难。公子说："不要担心，可以马上送你们回去。"没多久，太公带着松娘也来了，还送给孔生一百两黄金。公子两手分别握住孔生夫妇，嘱咐他们闭上眼睛不要看。孔生只觉得自己飘飘然地腾空而起，耳边的风声"呼呼"作响。过了许久，听见公子说："到了。"孔生睁眼一看，果然看到了家乡,这才知道公子并非凡人。孔生高兴地敲开家门,孔母喜出望外,又看到了漂亮的媳妇,大家正在喜悦宽慰的时候,回头一看,公子已经不见了。松娘侍奉婆婆十分孝顺,她的美丽和贤惠,在远近乡邻中间都传开了。

　　后生举进士,授延安司李①,携家之任,母以道远不行。松娘举一男,名小宦。生以忤直指罢官②,罣碍不得归③。偶猎郊野,逢一美少年,跨骊驹④,频频瞻顾。细视,则皇甫公子也。揽辔停骖⑤,悲喜交至。邀生去,至一村,树木浓昏,荫翳天日。入其家,则金沤浮钉⑥,宛然世族。问妹子则嫁,岳母已亡,深相感悼。经宿别去,偕妻同返。娇娜亦至,抱生子掇提而弄曰⑦:"姊姊乱吾种矣。"生拜谢曩德⑧。笑曰:"姊夫贵矣。创口已合,未忘痛耶?"妹夫吴郎,亦来谒拜。信宿乃去⑨。

【注释】

①延安司李:延安府的推官。延安,府名。辖境在今陕西北部,治所为延安。司李,也称"司理",宋代各州掌狱讼的官员。明清时期在各府置推官,其职掌与宋代司李略同,因也别称"司理"或"司李"。

②忤:违逆,触犯。直指:直指使。汉代派侍御史为直指使,巡视地方,审理重大案件。见《汉书·百官公卿表》。这里指明清时巡按御史一类的官员。

③罣(guà)碍:官吏因公事获咎而罢官,留在任所听候处理,不能自由行动,叫"罣碍"。

④骊驹:纯黑色的马。亦泛指马。

⑤揽辔停骖：收缰勒马。骖，泛指马。

⑥金沤(ōu)浮钉：装饰在大门上的形似浮沤（水泡）的涂金圆钉。
　　宋程大昌《演繁露》："今门上排立而突起者，公输般所饰之蠡也。
　　《义训》：门饰，金谓之铺，铺谓之钣，音欧，今俗谓之浮沤钉也。"

⑦掇(duó)提而弄：一上一下抱起逗弄。掇，耸动。

⑧曩德：从前的恩德。

⑨信宿：再宿，住了两天。《诗·周颂·有客》："有客宿宿，有客信
　　信。"朱熹注："一宿曰宿，再宿曰信。"

【译文】

　　后来，孔生考中了进士，被任命为延安府的司理官，他带着全家去上任，只有母亲因为路太远没有前往。松娘生下了一个男孩，名叫小宦。不久，孔生因为冒犯了高级巡察官员，被革去官职，在那里听候处置，一时还不能返回家乡。有一天，他偶然在郊外打猎，忽然遇见一个美貌少年，骑着一匹小黑马，不住地注视他。孔生仔细一看，原来竟是皇甫公子。于是两人拉着缰绳，停下马，聚到了一块儿，都感到悲喜交集。公子邀请孔生到他们那里去，到了一个村落，只见树木茂密繁盛，浓浓的树阴把太阳都遮住了。来到公子家中，只见大门上镶着包金大钉头，像是世族豪门人家似的。孔生问起公子的妹妹，说已经出嫁了，又知道岳母已经去世，深觉悲哀，感触万分。住了一个晚上，孔生就离去了，然后又把妻儿都带了过来。娇娜也来了，抱着孔生的孩子举起又放下，逗弄着说："姐姐乱了我们的种啦！"孔生再次拜谢娇娜以往的治病之恩。她却笑着说："姐夫富贵了。好了疮疤，还没有忘记痛吗？"娇娜的丈夫吴郎，也前来拜见。孔生一家住了两个晚上就走了。

　　一日，公子有忧色，谓生曰："天降凶殃，能相救否？"生不知何事，但锐自任①。公子趋出，招一家俱入，罗拜堂上。生大骇，亟问。公子曰："余非人类，狐也。今有雷霆之劫。

君肯以身赴难,一门可望生全。不然,请抱子而行,无相累。"生矢共生死。乃使仗剑于门,嘱曰:"雷霆轰击,勿动也!"生如所教。果见阴云昼暝,昏黑如璧②。回视旧居,无复闳闳③,惟见高冢岿然④,巨穴无底。方错愕间⑤,霹雳一声,摆簸山岳;急雨狂风,老树为拔。生目眩耳聋,屹不少动。忽于繁烟黑絮之中,见一鬼物,利喙长爪,自穴攫一人出⑥,随烟直上。瞥睹衣履,念似娇娜。乃急跃离地,以剑击之,随手堕落。忽而崩雷暴裂,生仆,遂毙。

【注释】

①但锐自任:却立即表示自己愿意承担。锐,迅疾。

②璧(yī):黑石。

③闳闳(hàn hóng):住宅的大门。这里指皇甫公子宅舍。

④冢:坟。岿然:高大独立的样子。

⑤错(cù)愕:仓促间感到惊愕。错,通"促"。

⑥攫:抓取。

【译文】

　　一天,公子面色忧愁地对孔生说:"上天要降下大祸了,你能救救我们吗?"孔生虽然不知道是什么事,但一口应承下来。公子迅速出去,把全家人都叫了进来,在堂上一齐向孔生拜谢。孔生大吃一惊,急忙追问这是怎么回事儿。公子这才说:"我不是人类,是狐狸。现在遭遇到了雷霆劈击的劫难。你要是肯挺身抗难相救,我家一门老小还有指望存活下来。不然的话,就请你抱着孩子赶快离开吧,不要受了连累。"孔生发誓愿与大家同生共死。于是,公子便请他手执宝剑站在大门前,嘱咐他说:"即使遭到雷霆轰击,你也不要动!"孔生按着公子所说的准备好。果然看到天上阴云密布,白天顿时变成黑夜,黑沉沉地像是压下了一大片黑石板。他再回头看原先的住处,再也看不见有什么高宅深院,只有一座大坟墓岿然而立,下方是一个深不见底的大洞。正当他惊愕不已的时候,空中突然响起一声霹雳,震得地动山摇;接着又是一阵狂风暴雨,把老树都连根拔了起来。孔生虽然觉得已是眼花耳聋,还是在那里屹立着不动。在滚滚的黑烟之中,忽然现出一个恶鬼,尖嘴长爪,从洞里抓出一个人,顺着黑烟一直升了上去。孔生看了一眼那人的衣着,心里觉得像是娇娜。于是,他急忙一跃而起,用剑向空中的恶鬼全力一击,被抓的人就随之从空中坠落下来。忽地又是一阵山崩地裂似的炸雷,孔生摔倒在地,便死了。

　　少间,晴霁①,娇娜已能自苏。见生死于旁,大哭曰:"孔郎为我而死,我何生矣!"松娘亦出,共舁生归。娇娜使松娘捧其首,兄以金簪拨其齿,自乃撮其颐,以舌度红丸入,又接吻而呵之。红丸随气入喉,格格作响。移时,醒然而苏。见眷口满前②,恍如梦寤③。于是一门团圞③,惊定而喜。

【注释】

①晴霁:天晴。霁,晴。

②眷口:家人。

③团圞(luán):团聚。圞,圆。

【译文】

　　过了一会儿,云开日出,娇娜自己苏醒过来。她看见孔生死在旁边,放声大哭道:"孔郎是为救我而死的,我还活着干什么呀!"这时候,松娘也出来了,她俩一起抬着孔生回到家里。娇娜让松娘抱着孔生的头,又让公子用金簪拨开他的牙齿,自己用手指捏着他的面颊,使他的嘴张开,用舌头把红丸吐到他的口中,又嘴对嘴地向孔生吹气。红丸随着气进入了孔生的喉咙,"格格"地响了一阵儿。又过了一会儿,孔生竟然一下子睁开眼睛,苏醒了过来。他看见亲人围聚在身边,觉得仿佛是大梦初醒一样,于是全家团圆,化惊为喜。

　　生以幽圹不可久居①,议同旋里②。满堂交赞,惟娇娜不乐。生请与吴郎俱,又虑翁媪不肯离幼子,终日议不果。忽吴家一小奴,汗流气促而至。惊致研诘③,则吴郎家亦同日遭劫,一门俱没。娇娜顿足悲伤,涕不可止。共慰劝之,而同归之计遂决。生入城勾当数日④,遂连夜趣装⑤。既归,以闲园寓公子,恒反关之,生及松娘至,始发扃。生与公子兄妹,棋酒谈宴,若一家然。小宦长成,貌韶秀⑥,有狐意。出游都市,共知为狐儿也。

【注释】

①幽圹(kuàng):墓穴。幽,地下。

②旋里:返回家里。里,里居。

③惊致研诘:大吃一惊地仔细询问。研,穷究。诘,问。

④勾(gòu)当:主管,料理。

⑤趣(cù)装:急忙整理行装。趣,促。

⑥韶(sháo)秀:美好秀丽。

【译文】

　　孔生认为坟墓不宜久住,就与大家商议着一起回他的家乡去。全家人听了都一致称好,只有娇娜一人闷闷不乐。孔生又请她与吴郎一起前往,她却又顾虑公婆舍不得小儿子,于是整天也没有商量出个结果来。就在这时,忽然有一个吴家的小仆人汗流满面、气喘吁吁地跑来。大家吃惊地盘问他,原来吴家也在同一天遭到了劫难,全家老小都死去了。娇娜一听,悲痛得捶胸顿足,泪如雨下。大家一齐劝慰多时,于是一同回孔生家乡的计议也就决定了下来。孔生进城办理了几天事情后,全家就连夜收拾行装出发了。回到家乡以后,孔生让公子一家住在他闲置的花园里,花园门总是反锁着,只有孔生、松娘夫妇来时,才打开锁。孔生与公子兄妹两人,经常在一起下棋、饮酒、闲谈、宴会,像一家人一样。小宦长大以后,面容秀美,有着狐狸的机灵性情。他到街市上去游玩,人们都知道他是狐狸所生的孩子。

异史氏曰:余于孔生,不羡其得艳妻,而羡其得腻友也①。观其容可以忘饥,听其声可以解颐②。得此良友,时一谈宴,则"色授魂与"③,尤胜于"颠倒衣裳"矣④。

【注释】

①腻友:美丽而亲昵的女友。腻,极其亲密。

②解颐:开口笑的样子。颐,面颊。

③色授魂与:汉司马相如《上林赋》:"色授魂与,心愉于侧。"《史记索隐》引张揖说:"彼色来授我,我魂往与接也。"这里指男女精神上的爱恋。色,容貌。魂,精神,内心。

④颠倒衣裳:《诗·齐风·东方未明》:"东方未明,颠倒衣裳。"朱熹认为是"刺其君兴居无节,号令不时"。这里隐指男女两性关系。

【译文】

异史氏说:对于孔生,我不羡慕他得到了娇艳的妻子,而是羡慕他拥有一位亲密的女友。看到她的容貌可以使人忘记饥渴,听到她的声音能够令人开颜欢笑。得到这样的好朋友,时时在一起饮酒闲谈,那种"色授魂与"的精神上的交流享受,更胜过"颠倒衣裳"的男女性爱。

僧孽

【题解】

按照佛教和中国巫医的说法,现实中的生老病死都有相应的因果关系,病痛的折磨出于自己的造孽。小说写张姓和尚"疮生股间,脓血崩溃,挂足壁上",被指是"广募金钱,悉供淫赌"的结果,是出于阴间的惩罚。而改过自新,病痛就自愈。故事荒诞,蒲松龄写作此篇无疑出于劝诫的目的。但据乾隆年间的《淄川县志》记载,县西三十里的冶头店确有兴福寺。如此,则此文所记,可能实有其事。一方面反映了当日寺庙广募金钱的腐败,另一方面也反映了蒲松龄对于此类行为的切齿痛恨。

张姓暴卒,随鬼使去①,见冥王②。王稽簿③,怒鬼使误捉,责令送归。张下,私浼鬼使④,求观冥狱⑤。鬼导历九幽⑥,刀山、剑树,一一指点。末至一处,有一僧,扎股穿绳而倒悬之,号痛欲绝。近视,则其兄也。张见之惊哀,问:"何罪至此?"鬼曰:"是为僧⑦,广募金钱,悉供淫赌,故罚之。欲脱此厄,须其自忏⑧。"张既苏,疑兄已死。时其兄居兴福寺⑨,因往探之。入门,便闻其号痛声。入室,见疮生股间,脓血崩溃,挂足壁上,宛然冥司倒悬状。骇问其故。曰:"挂之稍可,不则痛彻心腑。"张因告以所见。僧大骇,乃戒荤酒,虔诵经咒,半月寻愈。遂为戒僧⑩。

【注释】

①鬼使:传说中所说的受阎罗役使,到阳世追摄罪人的鬼卒。

②冥王：即阎罗，地狱中的统治者。

③稽簿：检核簿籍。簿，指传说中阴曹地府掌管的生死簿。

④浼（měi）：求。

⑤冥狱：阴间的牢狱，即地狱。佛经记载，阎罗王主管八寒八热地狱，又有十八地狱之说。狱中有刀山、剑树、炎火、寒冰等种种刑罚。

⑥九幽：传说地层极深处囚禁鬼魂的地方。

⑦是为僧：这个身为僧的人。是，此。

⑧自忏：自我忏悔。佛教徒念经拜佛，发露自己的过错，表示悔悟，以求宽恕，叫忏。佛教规定，教徒隔半月举行一次诵戒，给犯戒者以悔过机会。后逐渐成为专以脱罪祈福为目的的宗教行为。

⑨兴福寺：据乾隆《淄川县志》：县西三十里冶头店有兴福寺。冶头店，今为淄博淄川区冶头村。

⑩戒僧：守戒的和尚。

【译文】

有个姓张的人突然死去了，他的魂魄随着鬼卒到阴间去见阎王。阎王查阅生死簿，发现是鬼卒误把他抓来的，就十分生气地下令叫鬼卒送他返回人间。这个姓张的人从阎王殿退下来以后，暗地里央求鬼卒带他去参观一下地狱。鬼卒于是带着他游历了九层地狱，什么刀山、剑树，都一一地指点给他。最后到了一个地方，见到一个和尚被人用绳子穿过了两条大腿，倒挂在那里，和尚大声地喊叫，痛得要死。姓张的人到近前一看，这和尚正是自己的哥哥。姓张的人见到哥哥这个样子，又惊吓又难过，就问鬼卒："这个人犯了什么罪，以至于受到这么厉害的处罚？"鬼卒告诉他说："这人作为一名和尚，大肆募集钱财，把募来的钱全都拿去供自己吃喝嫖赌，因此才如此惩罚他。要想解脱这惩罚，他自己必须诚心忏悔。"姓张的人苏醒过来以后，疑心自己的哥哥已经死去了。当时，他的哥哥住在兴福寺，他便前去探望哥哥。一进寺门，他就听到了喊痛的声音。进到房间里，只见哥哥的大腿之间长了脓疮，脓血崩裂，不断外流，双腿倒挂在墙上，就和在地狱里倒挂的情形完全一样。姓张的人惊骇地问哥哥为什么要这样倒挂双腿，他哥哥回答说："只有把腿倒挂着，疼痛才能够稍稍减轻一些，否则痛得就像钻心挖肉一般。"姓张的人听后，就把自己在地狱里的所见所闻告诉了他。他哥哥一听就吓坏了，于是戒了荤、断了酒，开始虔诚地诵经念佛，半个月后腿上的疮逐渐痊愈了。从此以后，他就成了一个严守佛教戒律的和尚。

异史氏曰：鬼狱渺茫，恶人每以自解，而不知昭昭之祸①，即冥冥之罚也②。可勿惧哉！

【注释】

①昭昭：指阳世。

②冥冥：指阴曹。

【译文】

异史氏说：地狱渺茫不可推测，恶人常常用这个来自我宽慰解脱，他却不知道人世间的祸事，其实就是来自阴间的惩罚。这难道不令人畏惧吗？

妖术

【题解】

占卜的人为什么要派鬼怪去杀死于公？因为要借于公的死来证明自己占卜的灵验。为什么要证明自己占卜的灵验？是为了让更多的人相信占卜灵验，从而找自己占卜，以便骗更多的钱。所以，利益的驱动，可以干出许多令人匪夷所思的罪恶勾当。

占卜的人共三次派鬼怪袭击于公。一次是纸人，一次是土偶，一次是木偶。鬼怪一次比一次本领大，于公的遭遇也一次比一次惊险，颇类似于唐传奇《聂隐娘》中魏帅派刺客暗杀刘昌裔的过程。

就后面木偶大鬼的描写而言，在此之前的《山魈》《庙中怪》中也都出现过，而本篇在描写上又有更多变化发展，显出蒲松龄惊人的笔力。

蒲松龄相信因果报应，相信天命，但不相信占卜，认为"买卜为一痴"。这是一个很有趣味而矛盾的悖论。

于公者，少任侠①，喜拳勇②，力能持高壶③，作旋风舞④。崇祯间⑤，殿试在都⑥，仆疫不起⑦，患之。会市上有善卜者，能决人生死，将代问之。既至，未言，卜者曰："君莫欲问仆病乎？"公骇应之。曰："病者无害，君可危。"公乃自卜。卜者起卦，愕然曰："君三日当死！"公惊诧良久。卜者从容曰："鄙人有小术，报我十金，当代禳之⑧。"公自念，生死已定，术岂能解？不应而起，欲出。卜者曰："惜此小费，勿悔勿悔！"爱公者皆为公惧，劝罄囊以哀之⑨。公不听。

【注释】

①任侠：行侠仗义，乐于助人。

②拳勇：武艺。《诗·小雅·巧言》："无拳无勇，职为乱阶。"拳勇指气力和胆量。后来多指拳术技击之类武功。

③高壶：疑指壶铃，一种供习武人提举，锻炼臂力的器械。

④旋风舞：像旋风一样舞动。指能提举高壶做急旋动作。

⑤崇祯：明思宗朱由检的年号。

⑥殿试在都：在京城中参加殿试。殿试又称廷试。明清科举制度规定，举人赴京参加会试，录取者还要参加复试和殿试。殿试在

　　宫廷举行，由皇帝主持并亲定三甲名次，入三甲者统称进士。

⑦仆疫不起：仆人感染疫病卧床不起。

⑧禳（ráng）：指除去邪恶或灾异。

⑨罄橐（tuó）：倾囊。倾其所有。橐，囊。

【译文】

　　有一位于公，年轻时豪侠仗义，喜欢练拳脚，力气大得能用手抓起高壶像旋风般地旋转。明朝崇祯年间，他在京城参加殿试，仆人染上了流行病，卧床不起，他十分忧虑。恰好街市上有一个精于卜卦的算命人，能够算出人的生死，于公打算替仆人去算算卦，问问病情。到了算命人那里，他还没有开口，算命人就说："你大概是想来问问仆人的病吧？"于公吃惊地点头称是。算命人又说："病人倒没什么危险，你可是危险啦！"于公就请他给自己算命。算命人起了卦以后，惊愕地说："你在三天之内必定会死去。"于公惊诧了半天。算命人从容地说："鄙人有个小法术，酬劳我十两银子，就可以替你去邪消灾。"于公暗自思量，人的生死都是命中注定的，法术怎么能够解除？于是，他没有搭理算命人，站起身要离去。算命人说道："吝惜这几个小钱，不要后悔！不要后悔！"于公的好朋友都为他担心，劝他拿出自己所有的钱，去哀求算命人给他解脱灾难。于公没听从大家的劝告。

　　倏忽至三日①，公端坐旅舍，静以觇之，终日无恙②。至夜，阖户挑灯，倚剑危坐。一漏向尽，更无死法。意欲就枕，忽闻窗隙窣窣有声。急视之，一小人荷戈入，及地，则高如人。公捉剑起，急击之，飘忽未中。遂遽小③，复寻窗隙，意欲遁去。公疾斫之④，应手而倒。烛之，则纸人，已腰断矣。公不敢卧，又坐待之。逾时，一物穿窗入，怪狞如鬼。才及地，急击之，断而为两，皆蠕动。恐其复起，又连击之，剑剑皆中,其声不夏⑤。审视,则土偶,片片已碎。于是移坐窗下,目注隙中。久之,闻窗外如牛喘,有物推窗棂,房壁震摇,其势欲倾。公惧覆压,计不如出而斗之,遂割然脱扃⑥,奔而出。见一巨鬼,高与檐齐,昏月中,见其面黑如煤,眼闪烁有黄光,上无衣,下无履,手弓而腰矢⑦。公方骇,鬼则弯矣⑧,公以剑拨矢,矢堕;欲击之,则又弯矣。公急跃避,矢贯于壁,战战有声。鬼怒甚,拔佩刀,挥如风,望公力劈。公猱进⑨,刀中庭石,石立断。公出其股间,削鬼中踝,铿然有声。鬼益怒,吼如雷,转身复剁。公又伏身入,刀落,断公裙。公已及胁下,猛斫之,亦铿然有声,鬼仆而僵。公乱击之,声硬如柝⑩。烛之,则一木偶,高大如人,弓矢尚缠腰际,刻画狰狞,剑击处,皆有血出。公因秉烛待旦。方悟鬼物皆卜人遣之,欲致人于死,以神其术也。

【注释】

①倏忽:形容时间过得迅速,转眼间。

②恙:病。

③遽小:迅速变小。遽,匆忙,疾速。

④斫:砍。

⑤不夏:指声音脆亮不软闷。

⑥割(huò):象声词。《庄子·养生主》:"砉然响然,奏刀騞然。"这里用以形容猛力拔去门闩开门的声音。脱扃:打开门闩。指从内关闭门户的门闩。

⑦手弓而腰矢:手持弓,腰插箭。

⑧弯:拉弓,指开弓射箭。弯也作"关"。《孟子·告子》:"越人关弓

　　而射之。"

　　⑨猱(náo)进：腾跃而进，轻捷如猿。猱，猿属。

　　⑩柝(tuò)：木梆。

【译文】

　　转眼到了第三天，于公在旅馆里危然正坐，静静地观察情况，但一整天都没有生什么病。到了夜晚，于公关上门窗，点亮油灯，扶着剑在屋子里端坐。直到一更天快过去了，也不见一点点死的征兆。他正要上床睡觉，忽然听到窗户缝里有"窸窸窣窣"的声音。急忙过去一看，见一个小人扛着戈钻了进来，一落地就变得和成人一样高。于公立刻拔出剑来一跃而起，猛地一刺，但那人飘飘忽忽的，没有击中。那人突地又变小了，去找窗户缝，想要逃出去。于公再次赶上前去用力一砍，那小人应手而倒。于公用灯一照，原来是个纸人，已经被拦腰砍断了。于公不敢躺下睡觉，又坐着等待。过了一会儿，一个怪物穿过窗户闯了进来，面目狰狞，和鬼一样。那怪东西刚一落地，于公就急忙向前一击，把它砍成两截，都在地上蠕动着。于公怕它再起来，又连连猛砍，剑剑击中，发出了脆亮的声音。仔细一看，是一个土偶人，已经被击成一块块碎片。于是，于公移坐到窗下，注视着窗缝中。过了很久，听见窗外有牛一般的喘息声，有个怪物在用力推动窗框，房屋墙壁都给震得不住摇晃，好像要被推倒了。于公怕被压在房下，心里盘算不如冲出去和它斗，就猛地打开门闩，奔了出去。只见一个大鬼，身材和房檐一样高，在昏暗的月光下，只见它的面孔黑得像煤块，眼睛里闪烁着黄光，上身赤裸着，两脚也没穿鞋，手里拿着弓，腰间插着箭。于公正在惊骇之间，那鬼已经拉弓放箭射了过来，于公用剑拨打飞箭，箭落在了地上；他刚想出击，大鬼又拉弓射出了箭。于公急忙跳开躲避，箭穿透了墙壁，抖动着发出声响。鬼极其恼怒，又拔出佩刀，挥舞得如同一阵风似的，向于公用力劈来。于公像猿猴一样灵活敏捷地迎击，大鬼一刀砍在院中的石头上，石头立刻断成两段。这时，于公从大鬼的双腿之间钻了出来，用刀削中了大鬼的脚脖子，发出铿然的金属声。那鬼更加发怒，像雷鸣一般大吼，转身举刀又剁了下去。于公又伏倒身子钻入了大鬼的胯下，大鬼的刀落下砍断了他的裙袍。这时，于公已经钻到了大鬼的肋下，他挥剑猛砍，也发出一阵铜铁般的铿锵声，大鬼被刺中，仆倒僵卧在地上。于公又上前一阵乱砍，发出的声音像木梆敲击声一样。用灯一照，原来是个木偶，大小和人一样，弓箭还系在腰间，脸上刻画得狰狞可怖，被剑击中的地方，都有血流淌出来。于公于是点着蜡烛，坐着等到天明。他这才明白鬼物都是算命人派来的，想以此致人于死地，用以说明他卜算的灵验。

　　次日，遍告交知①，与共诣卜所。卜人遥见公，瞥不可见②。或曰："此翳形术也③，犬血可破。"公如言戒备而往。卜人又匿如前。急以犬血沃立处，但见卜人头面皆为犬血模糊，目灼灼如鬼立。乃执付有司而杀之。

【注释】

①交知：这里指交往并知道此事的人。

②瞥：突然，倏忽。

③翳形术：即所谓隐身法。翳，荫蔽。

【译文】

　　第二天，于公向知道此事的所有朋友诉说了这件事的经过，大家一起到了算命人的住所。算命人远远地望见于公，转眼间就消失不见了。有人说："这是隐身术，用狗血可以破除。"于公按所说的准备好了再次去找算命人。算命人又像上次那样隐身不见了。于公急忙把狗血浇洒在算命人站着的地方，只见算命人现出了原形，头上脸上一片狗血模糊，目光一闪一闪，像个鬼似地立在那里。于公于是把他押送到有关衙门处了死刑。

异史氏曰:尝谓买卜为一痴^①。世之讲此道而不爽于生死者几人^②? 卜之而爽,犹不卜也。且即明明告我以死期之至,将复如何? 况有借人命以神其术者,其可畏不尤甚耶!

【注释】

①买卜:花钱算命。

②爽:差错,过失。

【译文】

异史氏说:我曾经说过花钱算命是一种傻事。世上讲究此道,又能准确无误地算出人的生死之期的,能有几个人? 算卦不灵验,同没算卦一个样。而且,即使明明白白地告诉我死期要到了,又能有什么办法呢? 更何况还有那些通过谋害人命来显示自己断事如神的家伙,这不是更令人害怕吗!

野狗

【题解】

从表面上看,本篇是典型的志怪作品。篇中写乡民李化龙所见的"野狗子",长着"兽首人身",叫的声音像猫头鹰,饮食怪异,专门吃死尸的头,"伏啮人首,遍吸其脑"。他偶然用石头打下它的牙齿,"中曲而端锐,长四寸馀","怀归以示人,皆不知其何物"。

但仔细加以分析,就会发现,这是一篇曲折反映于七之乱时统治阶级乱杀无辜的极具批判性的作品。作品一开始就是八个字:"于七之乱,杀人如麻。"这八个字沉重地交代了时代背景。接下来故事的具体时间是："值大兵宵进，恐罹炎昆之祸，急无所匿，僵卧于死人之丛，诈作尸。"李化龙周围是"阙头断臂之尸，起立如林"。那个所谓"野狗子"就是在这种恐怖惨烈的环境下出没的。可以说，没有"杀人如麻"这个典型时代典型环境，就没有这种"伏啮人首，遍吸其脑"的怪兽的出现。《聊斋志异》中反映于七之乱的作品还有第九卷的《公孙九娘》，假如交互阅读，所得印象大概会更清晰、完整。

　　于七之乱①，杀人如麻。乡民李化龙，自山中窜归。值大兵宵进②，恐罹炎昆之祸③，急无所匿，僵卧于死人之丛，诈作尸。兵过既尽，未敢遽出。忽见阙头断臂之尸④，起立如林。内一尸断首犹连肩上，口中作语曰："野狗子来，奈何？"群尸参差而应曰⑤："奈何！"俄顷，蹶然尽倒⑥，遂寂无声。李方惊颤欲起，有一物来，兽首人身，伏啮人首，遍吸其脑。李惧，匿首尸下。物来拨李肩，欲得李首。李力伏，俾不可得。物乃推覆尸而移之，首见。李大惧，手索腰下，得巨石如碗，握之。物俯身欲龁，李骤起，大呼，击其首，中嘴。物嗥如鸮⑦，掩口负痛而奔，吐血道上。就视之，于血中得二齿，中曲而端锐，长四寸馀。怀归以示人，皆不知其何物也。

【注释】

①于七之乱：指清朝顺治年间山东半岛于七所领导的一次农民起义，自首事至失败，起伏持续达十五年之久。于七，名乐吾，字孟熹，行七。明崇祯年间武举人，山东栖霞县人。顺治五年（1648），领导起义农民占据锯齿山。七年（1650），攻下宁海，杀死登州知州。后清政府进行招安，授于七栖霞把总。顺治十八年（1661），于七再度起事，以锯齿、昆嵛、鳌、招虎诸山为根据地，

活动范围及于栖霞、莱阳、文登、福山、宁海等县。清廷命禁军及山东总督统兵会剿。康熙元年(1662)春,于七溃围逃去。起义失败后,清廷株连兴狱,对该地区人民进行血腥屠杀。事见《清史稿》、《山东通志》、《续登州府志》、《栖霞县志》等书有关记载。

②大兵宵进:围剿义军的清兵夜间进发。大兵,指清政府军队。宵,夜。

③罹:遭到。炎昆之祸:玉石俱焚之灾。比喻不加区别,滥肆杀戮。《书·胤征》:"火炎昆岗,玉石俱焚。"昆,昆岗,就是昆仑山,产玉。

④阙:缺少,残缺。

⑤参差(cēn cī)而应:七嘴八舌地附和。参差,不齐的样子。

⑥蹶(jué)然:僵仆的样子。蹶,颠仆,跌倒。

⑦物噑(háo)如鸱(chī):怪物发出猫头鹰般的叫声。噑,号叫,一般指兽类。鸱,鸱鸮,猫头鹰。

【译文】

平定于七之乱时,杀人如麻。乡民李化龙从山里躲避归来,正好碰上官兵夜里行军,他害怕官兵乱杀无辜,急乱当中找不到地方可以躲藏,就直挺挺地躺在死人堆里,诈作死尸。官兵的队伍过去以后,他也没敢贸然出来。他忽然看见一些缺头断臂的尸体纷纷站立起来,好像一片树林似的。其中一个尸身上断了的头还连在肩上,口中说道:"野狗子要来了,怎么办?"其他尸体都参差不齐地应声说道:"怎么办?"一会儿,他们忽然又都仆倒在地上,于是便寂静无声了。李化龙正惊慌颤抖地想起身逃走,有一个怪物就来了,那怪物长着野兽的脑袋,人的身子,趴在那里啃人头,一个接一个地吸尽人的脑浆。李化龙非常害怕,就把头藏在尸首下面。这怪物来到李化龙的跟前,拨弄着他的肩背,想找到他的脑袋。李化龙使劲往尸首下面钻,让它不能找到自己的头。怪物于是推开覆盖在上面的尸体,李化龙的头便露了出来。李化龙害怕极了，手在腰下摸索着找到了一块大石头，有碗那么大，把它握在手里。怪物伏下身来刚准备啃咬李化龙的脑袋，李化龙突然跳起身来，大声呼叫着，用石头猛击怪物的头部，打中了怪物的嘴。怪物像猫头鹰似地号叫了起来，捂着嘴带着痛逃走了，把血吐在了大路上。李化龙就近去察看，从血中捡到了两颗牙齿，牙齿中间弯，两头尖锐，有四寸多长。李化龙把它放在怀中带回去给大家看，都不知道是什么怪物。

三生

【题解】

本篇作品要表达的是"异史氏曰"里的这段话："毛角之俦，乃有王公大人在其中。所以然者，王公大人之内，原未必无毛角者在其中也。"翻译成现代汉语，就是：禽兽里面有许多王公大人在其中，之所以如此，是因为在王公大人里面本来就有许多禽兽。话有点绕，说得明白点就是：许多王公大人不是人！

由于是绕着圈子骂人，这篇作品的叙述方式颇为有趣，全知视角和限知视角的叙述方式在交错运用。当刘孝廉再生为马时，便以马的视角看世界；再生为犬，便以犬的视角看世界；再生为蛇，便又以蛇的视角看世界。所以，经历过这一切的刘孝廉"每劝人：乘马必厚其障泥，股夹之刑，胜于鞭楚也"。在马的世界、犬的世界、蛇的世界里，蒲松龄在它们的性情中也加进了劣绅的特点。比如刘孝廉变成犬之后不甘心："常忿欲死，又恐罪其规避。而主人又豢养，不肯戮。乃故啮主人脱股肉。主人怒，杖杀之。冥王鞫状，怒其狂狷，笞数百，俾作蛇。"但明伦评论说："为其规避而罚为犬。犬畏规避，而乃狂狷乎？被杖杀而复笞之，且罚作蛇。此亦乡先生之惯于取巧者，所以肖其鬼屈邪滑，阴柔狠毒之情态也。"

刘孝廉，能记前身事①。与先文贲兄为同年②，尝历历言之③。一世为搢绅④，行多玷⑤。六十二岁而没。初见冥王，待以乡先生礼⑥，赐坐，饮以茶。觑冥王盏中，茶色清澈，己盏中浊如醪⑦，暗疑迷魂汤得勿此耶⑧？乘冥王他顾，以盏就案角泻之，伪为尽者。俄顷，稽前生恶录⑨，怒，命群鬼捽下，罚作马。即有厉鬼絷去⑩。行至一家，门限甚高，不可逾。方趑趄间⑪，鬼力楚之⑫，痛甚而蹶。自顾，则身已在枥下矣⑬。但闻人曰："骊马生驹矣⑭，牡也⑮。"心甚明了，但不能言。觉大馁，不得已，就牝马求乳。逾四五年，体修伟，甚畏挞楚，见鞭则惧而逸。主人骑，必覆障泥⑯，缓辔徐徐⑰，犹不甚苦。惟奴仆圉人⑱，不加鞯装以行⑲，两踝夹击，痛彻心腑。于是愤甚，三日不食，遂死。

【注释】

①前身事：前生的经历。

②先文贲兄：指作者族兄蒲兆昌。蒲兆昌，字文贵，"文贲"当因"贵""贲"形近致讹。蒲松龄在《蒲氏世谱》中，曾作如下记载："蒲兆昌：公字文贵，明天启辛酉举人。形貌丰伟，多髭髯，腰合抱不可交。所坐座阔容二人，每诣戚友，辄令健仆荷而从之。为人质直任性，不曲随，不苟合。明鼎革，伪令孔伟其貌，将荐诸当路，公弗许；强之再三，不可，乃罢。自此日游林壑，无志进取。因诸父、昆弟朝夕劝驾，勉就公车，至闱中，不任其苦，一场遂止。后经书业中式矣，衡文者求二、三场不可得，深以为恨。居家闭门自守，不预世事，遂精岐黄之术，问医者按踵于门，虽贫贱不拘也。松龄谨识。"同年：在明清科举时代同榜录取的人互称同年。

③历历：分明的样子。

④搢绅：插笏于带间。搢，插。绅，古代仕宦者和儒者围于腰际的
　　大带。古时仕宦垂绅搢笏，因以指称士大夫。语出《庄子·天
　　下》。也作"荐绅"、"缙绅"。

⑤玷：污点。

⑥乡先生：《仪礼·士冠礼》郑玄注："乡先生，乡中老人为卿大夫致
　　仕者。"又《礼记·乡射礼》贾公彦疏："（乡）先生，谓老人教学
　　者。"后世多指辞官乡居有德望的士大夫。

⑦醪（láo）：未过滤的酒，浊酒。

⑧迷魂汤：令人失去理智的汤水。传说人死后服过迷魂汤，即尽忘
　　生前之事。

⑨稽：核查。恶录：记载恶行的簿籍。

⑩絷（zhí）：捆绑。

⑪越趄（zī jū）：想前进又不敢前进。形容疑惧不决，犹豫观望。

⑫力楚：用力抽打。楚，牡荆制作的刑杖，这里作动词用。

⑬枥：马槽，养马的器具。

⑭驹：小马。

⑮牡：雄性。

⑯障泥：马鞯两旁下垂至马腹的障幅，用以遮蔽泥土。

⑰缓辔：放松马缰。指骑马缓行。

⑱圉（yǔ）人：古代的养马官，这里指马夫。

⑲鞯（jiān）装：鞍、鞯之类骑具。鞯，鞍下软垫。

【译文】

　　有个姓刘的举人，能记得自己前生的事情。他与先兄文贲是同年
举人，曾向先兄清清楚楚地叙述过自己的前生。他第一世是一个士大
夫，有许多不道德的污秽行径。在六十二岁时死去。他刚一见到阎王
时，阎王像对乡村中的乡绅那样礼待他，请他坐下，上茶招待他。他偷
偷一看，阎王的茶杯里的茶十分清澈，而自己茶杯里的茶却浑浊如醪

酒,就暗暗猜想可能阴曹的迷魂汤就是这个吧？于是趁阎王往别处看的时候,他悄悄地端起茶杯从桌角处把茶水倒掉,假装是自己喝完了茶。一会儿,阎王查到了他生前作恶多端的记录,勃然大怒,命令群鬼把他揪下殿去,罚他来世做马。立刻就有一个恶鬼把他捆走了。他走到了一家门口,门槛很高,迈不过去。正在犹豫观望的时候,那恶鬼对他用力责打,他痛极了跌倒在地。再看一下自己,身子已经在马槽下面了。只听见有人说:"黑马生小马驹了,是个公的。"他心里还很明白,只是说不出话来。又觉得饿极了,不得已只好凑在母马身下吃奶。过了四五年,他的身体长得又高大又健壮,但特别害怕被人抽打,一见鞭子挥起就吓得拼命逃跑。主人骑马时,一定要配上障泥之类的马具,放松马辔头让马慢慢地跑,这样他还不觉得太苦。只是奴仆和养马人骑马时,不装马具就上路,他们两腿的踝骨一夹击,他就感到痛彻肺腑。于是他极其气愤,三天不吃草料,便死了。

至冥司,冥王查其罚限未满,责其规避①,剥其皮革,罚为犬。意懊丧,不欲行。群鬼乱挞之,痛极而窜于野。自念不如死,愤投绝壁,颠莫能起②。自顾,则身伏窦中,牝犬舐而腓字之③,乃知身已复生于人世矣。稍长,见便液,亦知秽,然嗅之而香,但立念不食耳。为犬经年,常忿欲死,又恐罪其规避。而主人又豢养,不肯毙。乃故啮主人脱股肉。主人怒,杖杀之。冥王鞠状④,怒其狂狷⑤,笞数百,俾作蛇⑥。因于幽室,暗不见天。闷甚,缘壁而上,穴屋而出。自视,则伏身茂草,居然蛇矣。遂矢志不残生类,饥吞木实⑦。积年馀,每思自尽不可,害人而死又不可,欲求一善死之策而未得也。一日,卧草中,闻车过,遽出当路,车驰压之,断为两。

【注释】

①责其规避：责罚他逃避。指他逃避做马。

②颠：摔倒。

③腓(féi)字：爱抚喂养。《诗·大雅·生民》："牛羊腓字之。"腓，遮庇。字，哺乳。

④鞫(jū)状：审问其罪状。

⑤狂猘(zhì)：形容凶猛。猘，谓狗疯狂。

⑥俾(bǐ)：使。

⑦木实：树木的果实。《战国策·秦策》："《诗》曰：'木实繁者披其枝，披其枝者伤其心。'"鲍彪注："实，木子。"

【译文】

到了阴间地府，阎王一查他的罚期还没满，斥责他是有意逃避，剥下他的马皮，罚他来世做狗。他心中十方懊丧，不想前去。群鬼上前对他又是一顿乱打，他痛极了，逃到了野外。他心想还不如死了好，就愤愤地从悬崖绝壁上跳了下去，摔倒在地上不能动弹。再看自己，却已经伏身在狗洞里，母狗正舔着他庇护哺育他，于是他知道自己已经再次来到人间了。长大一点儿后，他看到粪尿，也知道是污秽的，但闻着却很香，只能在心里下决心不去吃。在他做狗的一年多里，常常气愤地想寻死，又怕阎王说他有意逃避惩罚而加罪，而且主人也对他宠爱驯养，不肯杀掉。于是他就故意咬下了主人大腿上的一块肉，主人大怒，用乱棍将他打死了。阎王查问情况后，对他的凶猛疯狂大为恼怒，把他鞭打几百下之后，让他做蛇。他被关在密室当中，黑暗得不见天日。他十分气闷，就贴着墙壁爬了上去，把屋顶弄了个洞钻出了屋子。再一看自己，已经伏身在茂密的草丛中，居然变成蛇了。于是他下定决心不残害生灵，饥饿了就吞吃草木果实。过了一年多，他常常想，自杀不行，害人而死也不行，想要寻求一种好的死法，却又苦于找不到。有一天，他卧在草丛中，忽然听见有车经过，就急忙蹿出去挡在路当中，车子疾驰而过，把他碾成了两段。

冥王讶其速至,因蒲伏自剖①。冥王以无罪见杀,原之②,准其满限复为人③,是为刘公。公生而能言,文章书史,过辄成诵。辛酉举孝廉④。每劝人:乘马必厚其障泥,股夹之刑,胜于鞭楚也。

【注释】

①蒲伏:犹"匍匐"。伏地而行。剖:表白,辩解。

②原:原谅。

③满限:服罪期满。限,指轮回的限期。

④辛酉:指明熹宗天启元年,1631 年。

【译文】

阎王十分惊异他这么快就回到了阴间,于是他伏地膝行,向阎王表白了心迹。阎王因为他是无罪被杀的,予以原谅,批准他期满后重新做人,于是他就成了刘公。刘公一生下来就能开口说话,文章书史,只要过目一遍,就能背诵。他辛酉年考中了举人。他常常劝人说,骑马一定要多加些障泥一类的马具,用双腿夹击马腹的刑罚,比鞭打还要痛楚。

异史氏曰:毛角之俦①,乃有王公大人在其中。所以然者,王公大人之内,原未必无毛角者在其中也。故贱者为善,如求花而种其树;贵者为善,如已花而培其本。种者可大,培者可久②。不然,且将负盐车③,受羁靮④,与之为马⑤;不然,且将啖便液⑥,受烹割,与之为犬;又不然,且将披鳞介⑦,葬鹤鹳⑧,与之为蛇。

【注释】

①毛角之俦:披毛戴角之类,指兽类。俦,群,类。

②"故贱者"六句:意思是,世人要获得或保持其富贵福泽,需要行善积德,从原有的根本处努力。可大可久,是化用《易·系辞》"有亲则可久,有功则可大;可久则贤人之德,可大则贤人之业"的意思,劝人行善积德。

③负盐车:驾盐车,指马驾重载。负,应作"服",古代一车驾四马,居中两匹夹辕的称为"服"。语出《战国策·楚策》,谓老骥"服盐车而上大行"。

④受羁馽(zhí):受束缚控制。《庄子·马蹄》:"连之以羁馽。"羁,马笼头。馽,为了步调习整,联结马前足的绳索。

⑤与之为马:让他变作马。与,以。下文两"与"字同。

⑥啖:吃。

⑦鳞介:指蛇皮。介,动物的甲壳。

⑧葬鹤鹳:葬身鹤、鹳之腹。鹤、鹳常捕蛇为食。

【译文】

异史氏说:披毛戴角的禽兽当中,竟然有王公大人在其中。之所以这样,是因为王公大人当中也未必没有衣冠禽兽。所以卑贱者去做善事,好比想得到花而先种树;高贵者去做善事,好比已经开了花而去培育花木的根本。种下的树可以长大,培育过根本的树可以长久不衰。不然的话,就要被罚作马,载重拉车,忍受羁绊束缚;再不然,就要被罚作狗,食粪饮尿,任人宰割;再不然,就要被罚作蛇,披鳞带甲,死在鹤鹳的肚子里。

狐入瓶

【题解】

这是一个写被狐狸祸害的女子自救的故事。文字不过百字左右，但女子的沉静、机智、果敢、勇毅给人留下了深刻的印象。

小说写女子在报复狐狸的过程中一直没有说话。设计时，"妇窥之熟，暗计而不言"，这是出于唯恐计谋泄露；实施时，"瓶热，狐呼曰：'热甚！勿恶作剧。'妇不语"，则是因为恨之入骨。小说最后写狐狸的结局"毛一堆，血数点而已"，简洁、鲜明，赞叹之情溢于言表。

万村石氏之妇，祟于狐①，患之，而不能遣②。扉后有瓶③，每闻妇翁来，狐辄遁匿其中。妇窥之熟，暗计而不言。一日，窜入。妇急以絮塞其口，置釜中，燂汤而沸之④。瓶热，狐呼曰："热甚！勿恶作剧。"妇不语。号益急，久之无声。拔塞而验之，毛一堆，血数点而已。

【注释】

①祟于狐：受到狐的扰害。祟，指鬼神加于人的灾患。《说文》："祟，神祸也。"

②遣：驱除。

③扉：门。

④燂（qián）汤而沸之：把水加温直至烧开。燂，烧热。汤，热水。

【译文】

万村有一个姓石人家的儿媳妇，被狐狸精侵扰祸害，她虽然很痛恨，却无法把它除掉。她家门后有一只瓶子，每次听见妇人的公公进来时，狐狸精就会逃到瓶中躲藏起来。妇人多次偷看到狐狸精的这个举

动后，心中暗暗想出了一个计谋，但没有对外说出来。一天，狐狸精又
窜进了瓶子里，妇人急忙用棉絮塞住了瓶口，把瓶子放在锅里，烧热锅
里的水去煮它。瓶子热了起来，狐狸精呼叫说："太热了！你不要恶作
剧呀！"妇人不搭理它。狐狸精号叫得更加急促，时间长了便没有了声
音。妇人拔开瓶塞查看，里面只有一堆狐狸毛、几点血而已。

鬼哭

【题解】

伪道学先生是蒲松龄最为痛恨的了。

除去附带提及的不算，《聊斋志异》中专门揭露学使、司训这类教官
丑恶嘴脸的一共有四篇，它们是《鬼哭》、《考弊司》、《司训》、《饿鬼》。
《考弊司》稍长，其他三篇都很短，采用了漫画写意的笔法，仿佛作者唯
恐玷污了笔墨，攻击的语言却尖刻辛辣，指桑骂槐，具有概括性。《鬼
哭》中的王学使仗着权势吓鬼，遭到鬼的揶揄嘲弄，蒲松龄借题发挥说：
"普告天下大人先生，出人面犹不可以吓鬼，愿无出鬼面以吓人也！"

按照蒲松龄"邪怪之物，唯德可以已之"的观点，小说最后写王学使
"设水陆道场，命释道忏度之。夜抛鬼饭"平息了风波。那么，蒲松龄是
不是信服"设水陆道场"，"释道忏度"的把戏呢？蒲松龄并不信。他在
《日用俗字》中就说："撮猴挑影唱淫戏，傀儡场挤热腾熏。""行香召亡犹
有说，分灯破狱总胡云。"既然蒲松龄不信，那么小说为什么用它做结尾
呢？解释是，大概这只是按照小说情节的逻辑顺理成章。有时小说的
逻辑和作者的观点并不完全一致。

谢迁之变①，宦第皆为贼窟。王学使七襄之宅②，盗聚尤
众。城破兵入，扫荡群丑，尸填墀③，血至充门而流。公人

城,扛尸涤血而居。往往白昼见鬼,夜则床下燐飞④,墙角鬼哭。

【注释】

①谢迁之变:指顺治初年谢迁领导的一次农民暴动。谢迁,山东高苑人,顺治三年(1646)冬率众起事,曾攻陷高苑、长山、新城、淄川诸县。其占据淄川县城,在顺治四年(1647)六月。旋遭官兵围剿,血战两月,最后失败。事见乾隆《高苑县志·灾祥》、乾隆《淄川县志·兵事》、光绪《山东通志·兵防志·国朝兵事》。

②王学使七襄:即王昌胤,字七襄,一字雪园。山东淄川人。明崇祯九年丙子(1636)科举人,十年丁丑(1637)科进士,清初官至提督北直学政。传见乾隆《淄川县志》。

③墀:台阶上的空地,也指台阶。

④燐飞:燐火飘动。燐火,俗称鬼火。旧传为人畜死后血所化,实为动物尸骨中分解出的磷化氢的自燃现象。其焰淡蓝绿色,光弱,浮游空中,唯暗中可见。

【译文】

谢迁之乱的时候,官员府第都被贼兵占为据点。学使王七襄的宅院中聚集的强盗尤其多。待到官兵破城而入,扫荡搜杀叛乱的人,一时间尸体躺满了院里的台阶,血一直流到了大门外。王七襄进城以后,扛出尸体,扫净血污,住了下来。但宅院里常常大白天就会遇见鬼,一到晚上,床下就磷火纷飞,墙角里鬼的哭声不断。

一日,王生皞迪寄宿公家①,闻床底小声连呼:"皞迪!皞迪!"已而声渐大,曰:"我死得苦!"因哭,满庭皆哭。公闻,仗剑而入,大言曰:"汝不识我王学院耶②?"但闻百声嗤嗤，笑之以鼻。公于是设水陆道场③，命释道忏度之。夜抛鬼饭，则见燐火荧荧④，随地皆出。先是，阍人王姓者⑤，疾笃⑥，昏不知人者数日矣。是夕，忽欠伸若醒。妇以食进。王曰："适主人不知何事，施饭于庭，我亦随众啗啖⑦。食已方归，故不饥耳。"由此鬼怪遂绝。岂钹铙钟鼓⑧，焰口瑜伽⑨，果有益耶？

【注释】

①王生睐迪：蒲松龄东家毕际有的外甥，长毕际有三岁，自幼丧母，寄养于毕家。毕际有有《赠四甥睐迪诗》，称其"临池走怀素，文章拟大苏。诗宗李长吉，数精邵尧夫。旁及诸家者，岐黄与堪舆。投石复超距，不肯蹈拘迂。酒酣时击剑，棋倦更投壶"，是一个多才艺之人。

②王学院：即王学使。据记载，王七襄曾两任学政。第一次，在顺治四年（1647）二月以福建道御史差顺天学政，次年罢，见《清代职官年表·学政年表》。第二次，在顺治七年（1650）以监察御史提督北直学政，亦于次年离任，见《清秘述闻·学政类》。上文既说"公入城，扛尸涤血而居"，则应是在顺治五年（1648）初罢顺天学政家居时事。

③水陆道场：原为佛教举行的一种时间较长、规模较大的法会，诵经设斋，礼佛拜忏，以饮食供品追荐亡灵。因为超度一切水陆亡魂而设，故称水陆道场。相传始自梁武帝萧衍。因后世民间举行此类法会常设僧和道两部分，故下文云"命僧道忏度之"。

④荧荧：往来飞动的样子。

⑤阍人：看门的。《周礼·天官·阍人》："阍人，掌守天官之中门之禁。"

⑥疾笃：病重。

⑦啗啖（dàn dàn）：二字音义并同，吃。

⑧钹（bō）铙（náo）钟鼓：法会上僧众所用的四种法器。钹、铙是铜制打击乐，各两片，圆形，中间隆起有孔，穿以革带，对击作响，大的叫铙，小的叫钹。

⑨焰口瑜伽（qié）：指招僧众作佛事，以超度亡魂。焰口，佛经中饿鬼名。密宗对饿鬼施食超度的仪式，称为"放焰口"。瑜伽，梵语，与物相应之义。这里指瑜伽僧，即密宗僧侣。密宗僧侣常受请为人念经作法事，故又被称为应赴僧。

【译文】

一天，书生王皞迪借住在王家，听见床底下有一个细小的声音连续地呼叫："皞迪！皞迪！"一会儿，声音越来越大，说："我死得好苦啊！"于是哭泣了起来，引起了庭院里的一片哭声。王七襄听见了，手持宝剑冲了进来，牛气哄哄地说："你们不认识我王学院王大人吗？"只听得周围发出一片"嗤嗤"的声音，一齐嘲笑他。王七襄于是开设水陆道场，请来和尚道士念经拜忏、超度亡魂。夜间抛洒鬼饭的时候，只见遍地都冒出了荧荧的磷火。起先，王宅中有个姓王的看门人，病得很重，不省人事已经好几天了。那天晚上，他忽然伸手伸腿，好像睡了一觉刚刚醒来。他的妻子用食物喂他。姓王的说："刚才主人不知道为了什么事，在院子里施舍饭食，我也随着大家连吞带咽的。吃完了才回来。所以现在不饿。"从此以后，鬼怪便不再出现了。难道是和尚道士们奏乐作法，念经超度真的见了效吗？

异史氏曰：邪怪之物，唯德可以已之①。当陷城之时，王公势正烜赫，闻声者皆股栗②，而鬼且揶揄之③。想鬼物逆知其不令终耶④？普告天下大人先生，出人面犹不可以吓鬼，愿无出鬼面以吓人也！

【注释】

①唯德可以已之：只有凭借道德的力量才能消除邪怪之物。

②股栗：双腿抖战，极端畏惧。栗，通"慄"。哆嗦，发抖。

③挪揄：戏弄，侮辱。

④逆知：预知。令终：好下场。

【译文】

异史氏说：邪魔鬼怪一类的东西，只有用德行可以制服它。当官兵破城的时候，王七襄的权势正显赫无比，一般人听见他的声音都要两腿发抖，而鬼却敢嘲弄他。估计鬼物已经预知他的下场不妙了吧？我在此一并奉告天下的大人先生们：做出人的样子都吓不住鬼，但愿你们不要再装出鬼的面目来吓唬人了！

真定女

【题解】

按照一般的生理常识，女性初潮在十岁到十六岁左右。假如真定女的年龄按照上限，是在七岁左右进入夫家，再居住两年，已近于十岁，确实年龄太小，但怀孕也不是绝对不可能。

这篇作品记述的是逸闻，虽不足百字，却简洁而生动：婆媳之间的对话共两次。第一次仅三个字，少到不能再少。婆婆有经验，单刀直入，简单明了，两个字："动否？"迷糊又胆怯的儿媳的回答更简单，一个字："动"。第二次八个字，是婆婆看到真相后的感慨："不图拳母，竟生锥儿！"语言概括凝练，又对仗工整，颇有《世说新语》之风。

真定界①,有孤女,方六七岁,收养于夫家。相居一二年,夫诱与交而孕。腹膨膨而以为病也②,告之母。母曰:"动否?"曰:"动。"又益异之。然以其齿太稚③,不敢决。未几,生男。母叹曰:"不图拳母,竟生锥儿④!"

【注释】

①真定:旧县名。今河北正定。界:谓境内,域内。

②膨膨:大腹便便,圆滚滚的样子。

③齿太稚:年龄太小。

④不敢决:不敢肯定是怀孕。

⑤不图拳母,竟生锥儿:没想到拳头大的母亲,竟生下个锥尖大的儿子。不图,没指望,没料到。拳、锥,形容微小。

【译文】

真定县那个地界,有一个孤女,刚刚六七岁,收养在丈夫的家里。一起住了一两年以后,丈夫引诱着和她发生了关系,孤女因此怀了孕。肚子鼓膨膨的,以为自己得了病,就把这件事告诉了婆婆。婆婆问她:"肚子里面动不动?"孤女回答说:"动。"婆婆更加觉得奇怪了。但是因为孤女的年岁太小,不敢决然下结论。没过多久,孤女生下了一个男婴。婆婆叹息着说:"没有想到拳头大的一个妈,竟然生出个锥尖大的儿子!"

焦螟

【题解】

这是一篇写道士焦螟作法驱赶狐狸的故事。

狐狸为什么骚扰董侍读家?小说没有写。骚扰的方式显得莫名其妙，"瓦砾砖石，忽如雹落"，还带有间歇性，只是不让董侍读家安安稳稳地生活，如同小流氓故意恶作剧。即使董侍读搬家迁居，也无法躲开。于是董侍读只能找那个"居内城，总持敕勒之术"的关东道士焦螟了。但为什么那个焦螟只是驱赶了狐狸，并没有捉住它，惩罚它呢？联系到《妖术》篇，人们很难不怀疑狐狸骚扰董侍读家的行为是焦螟自导自演、自神其术的把戏。所以清代评论家何垠说："道士能鞫之而不能执之，何也？恐终是道士诈术。"

小说写狐狸作祟的过程颇为曲折，也颇见狐狸的性情——带有人间痞子流氓气息。狐狸先是在董侍读家闹，董家搬到别处，"狐扰犹故"，逼得董家请道士作法驱除。驱除的过程更曲折。开始时"道士朱书符"，"狐竟不惧，抛掷有加焉"。没办法了，"道士怒，亲诣公家，筑坛作法"，把狐狸拘来。却平添出一个丫环由于报复狐狸反而被狐狸所击，于是道士借丫环之身鞫狐。狐狸开始时抵赖、抵制，"不答"两字，活画出泼皮模样。经过道士恐吓，才"蹙怖作色，愿谨奉教"，却拖延不去，直到道士逼促，才"白块四五团，滚滚如球，附檐际而行，次第追逐，顷刻俱去。由是遂安"。

董侍读默庵家①，为狐所扰，瓦砾砖石，忽如雹落，家人相率奔匿，待其间歇，乃敢出操作。公患之，假祚庭孙司马第移避之②。而狐扰犹故。一日，朝中待漏③，适言其异。大臣或言：关东道士焦螟④，居内城⑤，总持敕勒之术⑥，颇有效。公造庐而请之⑦。道士朱书符⑧，使归黏壁上。狐竟不惧，抛掷有加焉。公复告道士。道士怒，亲诣公家，筑坛作法。俄见一巨狐，伏坛下。家人受虐已久，衔恨綦深⑨，一婢近击之，婢忽仆地气绝。道士曰："此物猖獗，我尚不能遽服之，女子何轻犯尔尔⑩。"既而曰："可借鞫狐词⑪，亦得⑫。"载指咒移时⑬,婢忽起,长跪。道士诘其里居。婢作狐言:"我西域产,入都者一十八辈。"道士曰:"辇毂下⑭,何容尔辈久居? 可速去!"狐不答。道士击案怒曰:"汝欲梗吾令耶⑮? 再若迁延,法不汝宥!"狐乃蹙怖作色⑯,愿谨奉教。道士又速之⑰。婢又仆绝,良久始苏。俄见白块四五团,滚滚如球,附檐际而行,次第追逐⑱,顷刻俱去。由是遂安。

【注释】

①董侍读默庵:董讷,字默庵,一字兹重,平原人。康熙六年丁未(1667)科探花。历任翰林院侍读学士、兵部尚书、江南总督等官,《清史稿》有传,又见《山东通志·人物十一》。董讷任侍读学士时在康熙二十二年(1683)前。董任馆职时曾僦居北京西河沿某空宅,以狐祟徙去,此事的记载又见于《说铃》本《旷园杂志》。

②假:借。祚庭孙司马:孙光祀,字溯玉,号祚庭,其先平阴人,通籍后迁居历城。顺治十二年乙未(1655)科进士,历任礼科给事中、兵部右侍郎等官。传见《山东通志·人物十一》。据《清代职官年表》,孙光祀任兵部右侍郎在康熙十二年(1673)至十八年(1679)。司马,官名。西周置,为六卿之一,主管中央军事。汉代大司马与大司徒、大司空并列为三公,职掌同前。后来习称兵部尚书为大司马,侍郎为少司马。第:邸宅。

③待漏:指百官清晨入朝,等待朝拜皇帝。待漏之处,习称朝房,为官员上朝和退朝时休息的场所。

④关东:清代称山海关外奉天、吉林、黑龙江三省之地为关东。

⑤内城:清兵入关后,对于北京的城市管理上进行了区划,除了紫禁城外,有所谓的"里九外七皇城四"之说,内城指以皇城为中心的里九门以内之地,是商业和居住繁华之地。

⑥总持敕勒之术：主管道教的符法之事。总持，总管。敕勒术，道士书符驱鬼的法术。因符咒必书"敕令"、"敕勒"字样，因以作为符咒的代称。清代道篆司下有符法司以主其事，见《清史稿·职官志》。

⑦造庐：亲至其家。造，至，访。

⑧朱书符：用朱砂画符。朱，硃砂。迷信认为硃砂可以辟邪。

⑨綦（qí）：很。

⑩何轻犯尔尔：怎敢如此轻率地触犯它呢？尔尔，如此。

⑪借鞫狐词：借婢女之口，审出狐的供词。鞫，审问犯人。

⑫亦得：也是个办法。得，得计。

⑬戟指：用食指中指指点，其状如戟，是指斥的手势。

⑭辇毂（niǎn gǔ）下：皇帝车驾之下，指京城。辇，一种用人力推挽的车，秦汉以后专指帝、后所乘的车。毂，车轮中央贯辐穿轴的圆木。

⑮梗：阻遏，违抗。

⑯蹙怖作色：蜷缩恐惧，面色改变。蹙，谓蜷缩身体。作色，面色改变。

⑰速：义同"促"，催促。

⑱次第：一个挨着一个。有次序。

【译文】

　　翰林院侍读学士董默庵的家里，遭到了狐狸的骚扰，常常是忽然之间，砖石瓦块就会像下冰雹一样地打落下来。每当这时，家人都只好纷纷奔逃躲避，等狐狸折腾一阵之后，才敢出来操持家务。董公为此而忧虑不安，借了司马孙祚庭的府第搬进去躲避狐狸，但狐狸仍旧像以前一样来骚扰。一天，他在等待上早朝的时候，向同僚们讲了自己家里狐狸作怪的事儿。一个大臣说：有个关东道士名叫焦螟，住在内城里，他主管画符驱邪的法术，很是灵验有效。于是董公便登门前去延请焦螟帮他惩治家中作怪的狐狸。道士用朱砂画了一张符纸,让他回去黏在墙上。但狐狸竟然不怕,抛砖砸石反而更加厉害了。董公把狐狸仍然闹腾的事情告诉了道士。道士发怒了,亲自来到董公家,筑起神坛,施展法术。不久,只见一只大狐狸趴伏在了神坛下面。董家的家人受狐狸闹腾的苦楚已经很久了,对狐狸恨之入骨,一个丫环走上前去打那只狐狸,却忽然倒在地上断了气。道士说:“这畜生十分猖獗,我都不能立刻制服它,你这女子怎么敢轻易去冒犯它呢?”然后又说:“不过可以借用这个丫环来审问狐狸,也是个办法。”于是他把食指和中指合并在一块儿指点着,念一会儿咒语,丫环忽然从地上爬了起来,直身跪在那里。道士问起她住的地方,丫环发出狐狸的声音说:“我生在西域,进入京城的一共有十八只狐狸。”道士说:“天子居住的京城,哪容得你们这类畜生常住在此?快快离开这里!”狐狸听后也不回答。道士拍案怒斥道:“你想拒绝我的命令吗?如果再拖延,我的道法可绝不会饶恕你!”狐狸这才显出惊骇不安的样子,说愿意遵守命令。道士又催它快些走。这时丫环又倒在地上断了气,过了很长时间才缓过气来。一会儿,大家看到有四五个白团,圆滚滚地像球一样,贴着房檐边儿,一团儿挨一团儿地追逐着,又过了一阵儿便都离开了。从此以后,董家就安稳平静下来了。

叶生

【题解】

叶生的一生,是一个在科举制度下偃蹇潦倒却始终奋斗进取的一生。他活着的时候不停地考,死去了的魂魄依然在考,只有一个目的,就是考中个举人。从这种意义上说,叶生是封建时代被科举制度毒害吞噬了的一个典型,他的死有力地控诉了封建科举制度是怎样扭曲了读书人的灵魂。叶生诚然是一个悲剧人物,其悲剧并不是他的才华没能得到科举制度的承认，而在于他所竭力为之奋斗挣扎的，正是导致他毁灭的——他至死也没有明白！

这篇小说的结尾有两点很值得注意。一点是，叶生最后是被"葬以孝廉礼的"。从作者的主观愿望而言，可能是由于同情叶生的遭遇，给了他一个虚假的安慰，但在我们今天看来，却适足成为一种讽刺。其二是，作者让叶生的儿子在丁再昌的帮助下，也考中了秀才，而且那过程竟与当年丁乘鹤帮助叶生极其神似。这在作者的本意，也可能是出自于对叶生的一种安慰，即中国传统的"诗书继世长"，没有断了读书的种子。但在今天的读者看来，却更增加了叶生命运的悲剧性，那就是，一代人被害死了，下一代人并没有从中汲取教训，而是继续沿着错误的道路走下去——真是时代的大悲剧！

小说中叶生对科举制度的认识，也即是蒲松龄对科举制度的认识；而叶生的悲剧，也即反映了蒲松龄性格和认识上的悲剧。清代著名《聊斋志异》评论家冯镇峦说："余谓此篇即聊斋自作小传，故言之痛心。"确有一定的道理。

淮阳叶生者①，失其名字。文章词赋，冠绝当时②，而所如不偶③，困于名场④。会关东丁乘鹤来令是邑⑤，见其文，奇之。召与语，大悦。使即官署，受灯火⑥，时赐钱谷恤其家。

【注释】

①淮阳：县名。在今河南东部。

②冠绝当时：超越同时之人。冠，第一名，首屈一指。绝，超越。

③所如不偶：遇合不佳，指命运不好。不偶，犹言奇。奇，谓命运不好，遇事不利。

④名场：指科举的考场。以其为士子求功名的场所，故称。

⑤令：担任县令。

⑥使即官署，受灯火：谓留住在县衙，给予照明等学习费用。灯火，照明费用，引申为学习补助。

【译文】

淮阳县有个书生姓叶，名字记不清了。他写的文章词赋，在当时称得上是首屈一指，然而运气一直不好，在科举考试中屡屡落第。这时，有个关东人丁乘鹤到这个县来做县令，见到了叶生的文章，很是欣赏。召他来谈话，言语投合，大为高兴。丁公就叫叶生到官署来住，给叶生灯火钱等读书费用，并常常送给他钱粮补助家庭费用。

值科试①，公游扬于学使②，遂领冠军③。公期望綦切④。闱后⑤，索文读之，击节称叹⑥。不意时数限人⑦，文章憎命⑧，榜既放，依然铩羽⑨。生嗒丧而归⑩，愧负知己，形销骨立，痴若木偶。公闻，召之来而慰之。生零涕不已。公怜之，相期考满入都⑪，携与俱北。生甚感佩。辞而归，杜门不出⑫。

【注释】

①科试：也称科考。乡试之前，各省学政到所管辖的府、州，考试生员，称为科试。科试成绩一、二等的生员，册送参加乡试，称录科，被录送的生员称科举生员。

②游扬：到处称扬。学使：即提督学政，又称"提学使"、"提学"、"学院"、"学台"、"学政"等，是明清时代掌理一省学校及科举的长官。

③领冠军：指科试获第一名。领，取得。

④期望綦切：盼望热切。綦切，迫切。

⑤闱后：指秋闱即乡试之后。各省乡试在仲秋八月举行，因称秋闱。闱，指科举考试。

⑥击节称叹：拍手叫好。击节，原意是用手指击拊为节拍，以寻按乐曲的韵律节奏，后常借以形容对人和事物的赞叹、激赏。

⑦时数：时运。数，命定的遭遇。限：控制。

⑧文章憎命：意思是好文章妨害命运。唐杜甫《天末怀李白》："文章憎命达，魑魅喜人过。"

⑨铩（shā）羽：鸟羽摧落，比喻乡试受挫落榜。铩，剪除鸟羽，伤残。《淮南子·览冥训》："飞鸟铩翼，走兽废脚。"

⑩嗒（tā）丧：沮丧，失魂落魄。《庄子·齐物论》："仰天而嘘，嗒焉似丧其偶。"

⑪考满：是明清两代对政府官员的考绩办法之一。这里指对外官的考绩，即由吏部考功司主持的"大计"。清顺治初期，外官三年大计；顺治后期，定外官三年考满议叙例。康熙元年（662），内外官考绩皆用三年考满制。其制，外官大计以寅、巳、申、亥岁，四品以下官员以五等议叙（一等称职者记录，二等称职者赏赉，平常者留任，不及者降调，不称职者革职）。详《清史稿·选举志六·考绩》。

⑫杜门：闭门。指不与外界交往。杜，堵塞。

【译文】

又到了本省科考的时节，丁公在学使面前把叶生称赞了一番，于是叶生以第一名的成绩获取了参加乡试的资格。丁公对他的期望十分殷切。乡试结束后，他要来叶生的文稿读，读完后连连击节称叹。不料人受命运的限制，文章憎厌人的命运通达，等到放榜以后，叶生依然没有考中。叶生神情沮丧地回到家里，惭愧自己辜负了知己的期望，人瘦得只剩下一把骨头，痴呆呆地像个木偶。丁公听说了，把他叫来劝慰了一番。叶生不住地掉眼泪。丁公很同情他,与他约好,等自己任职期满到京城去的时候,带着他一同北上。叶生更加感动,辞谢后回到家中,从此闭门不出。

　　无何,寝疾①。公遗问不绝②,而服药百裹③,殊罔所效④。公适以忤上官免,将解任去⑤。函致生,其略云:"仆东归有日,所以迟迟者,待足下耳。足下朝至,则仆夕发矣。"传之卧榻。生持书啜泣,寄语来使:"疾革难遽瘥⑥,请先发。"使人返白,公不忍去,徐待之。逾数日,门者忽通叶生至。公喜,逆而问之。生曰:"以犬马病⑦,劳夫子久待⑧,万虑不宁。今幸可从杖履⑨。"公乃束装戒旦⑩。

【注释】

①寝疾:病倒在床。一般指大病。

②遗(wèi)问:馈赠所需,慰问疾病。遗,赠予。

③百裹:吃了很多药。裹,指中药药包。

④殊罔所效:竟然没有一点效果。殊,竟,竟然。罔,无,没有。

⑤解任:解职,卸任。

⑥疾革(jí)难遽瘥(chài):病重难望速愈。革,通"亟"。危急。瘥,病愈。

⑦犬马病:对自己疾病的谦称。

⑧夫子:先生,老师。旧时县学生员称本县县令为老师、老父师,自称学生、门生。

⑨从杖履:随侍左右。古礼老人五十得挂杖。又,唯尊者得脱履于户内,晚辈有代为捉杖纳履的责任,所以"从杖履"是敬老事尊之词。《礼记·曲礼》:"侍坐于君子,君子欠伸,撰杖履;视日蚤莫,

　　侍坐者请出矣。"

　　⑩束装：整顿行装。戒旦：意思是警戒黎明贪睡，早起及时出发。

【译文】

　　没过多久，叶生就卧病不起了。丁公派人不断送来东西表示慰问，但叶生吃了很多药，都不见效。这时，恰巧丁公因为得罪了上司被免去了职务，将要解任离去。他就写了封信给叶生，大致内容是："我本来已定下了东归回家的日期，所以迟迟不起程的原因，就是在等着你啊。你早晨到来，我晚上就出发。"丁公派人把信送到叶生床前。叶生拿着信哭泣起来，请送信人转告丁公："我病重很难一下子就好，请您先出发吧。"送信人回去禀明，丁公不忍心先离开，仍然耐心地等着。过了几天，看门人忽然通报说叶生来了。丁公十分高兴，迎上前去问候他。叶生说："因为我生病，有劳先生等待了这么久，我心中万般不安。现在幸好可以跟随侍奉在您的身边了。"丁公于是收拾好行装，准备一大早就出发。

　　抵里，命子师事生，夙夜与俱。公子名再昌，时年十六，尚不能文①。然绝惠，凡文艺三两过②，辄无遗忘。居之期岁③，便能落笔成文。益之公力，遂入邑庠④。生以生平所拟举子业⑤，悉录授读。闱中七题⑥，并无脱漏，中亚魁⑦。公一日谓生曰："君出馀绪⑧，遂使孺子成名。然黄钟长弃⑨，奈何？"生曰："是殆有命。借福泽为文章吐气，使天下人知半生沦落，非战之罪也⑩，愿亦足矣。且士得一人知己，可无憾，何必抛却白纻，乃谓之利市哉⑪？"公以其久客，恐误岁试⑫，劝令归省⑬。生惨然不乐。公不忍强，嘱公子至都为之纳粟⑭。公子又捷南宫⑮，授部中主政⑯。携生赴监，与共晨夕。逾岁，生入北闱⑰，竟领乡荐⑱。会公子差南河典务⑲，因谓生曰:"此去离贵乡不远。先生奋迹云霄^⑳,锦还为快^㉑。"生亦喜。择吉就道,抵淮阳界,命仆马送生归。

【注释】

①文:这里指八股文。

②文艺:指"闱墨"之类供科举士子揣摩研习的八股范文。过:量词。遍,次。

③期(jī)岁:满一年。

④入邑庠:成为县学生员,俗称秀才。邑庠,县学。

⑤所拟举子业:指叶生平日为应付科举考试而习作的八股文。拟,谓拟题习作。举子业,又称四书文,即八股文。

⑥闱中七题:指乡试的头场试题。明清乡试、会试的头场试题大都是七题,其中"四书义"三题,"五经义"四题。头场成绩即能决定能否录取,二、三场成绩只作参考,所以再昌因头场七题作得好而取中亚魁。

⑦亚魁:乡试第六名。商衍鎏《清代科举考试述录》:"新科举人……第一名解元,第二名亚元,第三四五名经魁,第六名亚魁,馀曰文魁。"

⑧出馀绪:拿出本人才学的微末部分。馀绪,微末,残馀。

⑨黄钟长弃:比喻贤才被长期埋没。《楚辞·卜居》:"黄钟长弃,瓦釜雷鸣。"黄钟,古乐中的正乐,比喻德才俱优的人。

⑩非战之罪:据《史记·项羽本纪》载,项羽垓下战败后曾说:"此天之亡我,非战之罪也。"叶生借喻自己半生沦落,功名未成,是命运使然,而非文章庸劣。

⑪何必抛却白纻,乃谓之利市哉:意思是说,何必一定以取得科举功名,才算作发迹走运呢。宋王禹偁《寄砀山主簿朱九龄》:"忽思蓬岛会群仙,二百同学最少年。利市襕衫抛白纻,风流名字写

红笺。"白纻，一种质地细密的白夏布，借指士子取得科举功名前所着的白衣。取得科举功名后，就脱去白衣，改穿官服襕衫了。利市，语出《易·说卦》："为近利，市三倍。"本指由贸易获得利润，后来比喻发迹、走运，俗称"发利市"。

⑫岁试：各省提学使在三年任期内到所辖府、州考试一次生员课业，以六等定优劣，谓之岁试。在外地的生员须回原籍参加岁试，所以丁公劝叶生归省。

⑬归省：本义是回乡探望父母，这里实指回乡应试。

⑭纳粟：明清设国子监于京城，国子监生员称监生，可直接参加乡试，不必参加岁试。自明景泰以后，准许生员向朝廷纳粟，享受监生待遇，后代循例纳粟（实际用银子）入监的生员，又称例监。

⑮捷南宫：指会试中式，即考中进士。明清举人考进士，会试是决定性的一轮考试。捷，谓获胜，取中。南宫，汉代把尚书省比作南方列宿，称之为南宫。宋明以来则称礼部为南宫。会试由礼部主持，因称会试中式为"捷南宫"。

⑯部中主政：明清于中央六部各设主事若干员。主政是主事的别称，职位低于员外郎。据下文所言"差南河典务"，"部"当指工部。《清会典·工部·都水清吏司》："掌天下河渠关梁川途之政令，凡坛庙殿廷之供具皆掌焉。"

⑰入北闱：指参加在北京举行的乡试。明代在顺天府（北京）和应天府（南京）各设国子监，两处乡试应考生员多为国子监生，因而分别称为北闱和南闱。清代无南闱，而顺天乡试初仍习称北闱。

⑱领乡荐：指考中举人。唐制，参加进士考试者，例由地方长官（刺史、府尹）考试荐举，称为乡举或乡荐。后代因称乡试中式者为领乡荐，或简称领荐。

⑲差南河典务：奉派到南河河道办理公务。南河，清初自顺治元年（1644）至康熙四十四年（1705）前，河道总督所辖的江南省河道，

　　包括今江苏、安徽两省民江以北的黄河、运河水系。

⑳奋迹云霄：谓一举成名，前程远大。此即指中举人。

㉑锦还为快：衣锦还乡，堪称快事。《汉书·项籍传》："富贵不归故
　　乡，如衣锦夜行。"

【译文】

　　到了家乡，丁公让儿子拜叶生为师，叶生日夜都与丁公的儿子在一起。丁公子名再昌，当时十六岁了，还不会做八股文。然而他聪明绝顶，一篇八股文看上两三遍，就不会再忘记。叶生在丁家住着教授了一年，丁公子就能一气呵成地写出文章了。又加上他父亲的关系，丁公子于是进了县学。叶生把他平日为准备应试而写的八股文都抄录下来，教丁公子诵读。丁公子参加乡试，考场上出的七道题，没有一道是平时准备不到而脱漏掉的，于是高中了第六名举人。丁公有一天对叶生说："先生只拿出自己才学的微末部分，就让我这个儿子高中成名了。然而真正有才能的人却长久地被埋没，这又如何是好呢！"叶生说："这大概是我命该如此吧。不过现在借您的福气恩泽为我的文章扬眉吐气，使天下人知道我半生沦落，并不是由于我能力低下，我也就心满意足了。况且读书人能得到一个知己，就已经没有什么可遗憾的，又何必一定要金榜题名，摆脱布衣身份，才说得上是交了好运呢？"丁公因为叶生离开家乡在外客居已经很久了，恐怕他耽误例行的岁试，劝他回家去应试。叶生听了郁郁不乐。丁公也不忍勉强他，嘱咐去参加会试的丁公子，到了京城为叶生花钱捐一个国子监监生资格。公子参加会试又报捷高中，获得了部中主事的职位。他带着叶生到任上赴职，两人早晚都在一起。过了一年，叶生参加京城举行的乡试，竟然考中了举人。正好此时丁公子被派到南河河道办理公务，于是对叶生说："这一去离您的家乡不远。先生奋斗多年，终于直上云霄，现在是衣锦还乡的快慰之时了。"叶生也十分欣喜。选定了良辰吉日后，他们便起程上路了。到了淮阳县界，丁公子又命令仆人牵马送叶生回家去。

　　归见门户萧条,意甚悲恻。逡巡至庭中,妻携簸具以出,见生,掷具骇走。生凄然曰:"我今贵矣。三四年不觌①,何遂顿不相识?"妻遥谓曰:"君死已久,何复言贵? 所以久淹君枢者②,以家贫子幼耳。今阿大亦已成立,行将卜窀穸③。勿作怪异吓生人。"生闻之,怃然惆怅④。逡巡入室,见灵柩俨然,扑地而灭。妻惊视之,衣冠履舄如脱委焉⑤。大恸,抱衣悲哭。子自塾中归,见结驷于门⑥,审所自来,骇奔告母。母挥涕告诉。又细询从者,始得颠末⑦。从者返,公子闻之,涕堕垂膺⑧。即命驾哭诸其室,出橐营丧,葬以孝廉礼。又厚遗其子,为延师教读。言于学使,逾年游泮⑨。

【注释】

①觌(dí):见。

②所以久淹君枢者:之所以迟迟没有埋葬你的原因。淹,拖延,迟滞。枢,棺木。

③卜窀穸(zhūn xī):选择墓地,指安葬。窀穸,墓穴。

④怃然:失意的样子。

⑤舄:鞋。脱委:蜕落在地。脱,同"蜕"。委,丢弃,掉落。

⑥结驷:拴着的马。驷,本指驾四匹马的车或驾同车的四匹马。也单指马。

⑦颠末:过程原委。

⑧膺:胸。这里指胸襟,上衣。

⑨游泮(pàn):进学,指成为秀才。泮,指泮官,周代诸侯所设的学校。代指府、州、县设各类官学。

【译文】

　　叶生回到乡里,看见自家门前一片破败萧条的景象,心中不禁十分难过。他徘徊着到了庭院当中，恰好他妻子端着簸箕出来，一看见他，扔下簸箕就惊恐地逃开了。叶生心境凄凉地说："我现在富贵了。三四年不相见，你怎么就到了不认识我的地步?"妻子远远地说："你已经死了很久了，还说什么富贵？我之所以这么长时间迟迟留着你的棺材没有下葬，实在是因为家里太穷、孩子太小。现在阿大已经长大成人了，就要找地方安葬你。你可不要显灵作怪来吓唬我们活人呀!"叶生听了这话，显出失望惆怅的神色。慢慢地走进屋里，看见一具棺材赫然地摆在那里，就倒在地上一下子消失了。他的妻子惊恐地走近一看，只见叶生的衣服、帽子、鞋袜就像蝉蛇蜕下来的皮一样散放在地上。于是大为悲哀，抱着衣服失声痛哭起来。叶生的儿子从学馆回来，见有马系在家门口，仔细问明来由，就惊骇地跑去告诉母亲。母亲抹着眼泪向他诉说了刚才见到的情景。两人又细细地询问了外边跟叶生来的随从，才知道这一切的原委。随从叶生的仆人回去后，丁公子听说了这件事，十分哀痛，泪洒衣襟。他立刻让人驾车带着自己赶往叶家，在叶生的灵前哭祭，出钱为叶生操办了丧事，按举人的礼数埋葬了叶生。丁公子又送给叶生的儿子许多钱，为他请了老师教他读书。丁公子向学使推荐了一番，过了一年，叶生的儿子就中了秀才。

异史氏曰：魂从知己，竟忘死耶？闻者疑之，余深信焉。同心倩女，至离枕上之魂①；千里良朋，犹识梦中之路②。而况茧丝蝇迹，呕学士之心肝③；流水高山，通我曹之性命者哉④！嗟呼！遇合难期，遭逢不偶。行踪落落⑤，对影长愁⑥；傲骨嶙嶙，搔头自爱⑦。叹面目之酸涩，来鬼物之揶揄⑧。频居康了之中，则须发之条条可丑⑨；一落孙山之外⑩，则文章之处处皆疵⑪。古今痛哭之人，卞和惟尔⑫；颠倒逸群之物，伯乐伊谁⑬？抱刺于怀，三年灭字⑭；侧身以望，四海无家。人生世上，只须合眼放步[15]，以听造物之低昂而已[16]。天下之昂藏沦落如叶生其人者[17]，亦复不少，顾安得令威复来[18]，而生死从之也哉？噫！

【注释】

①同心倩女，至离枕上之魂：知心的情侣，可以离魂相随。唐陈玄祐《离魂记》：张倩女与表兄王宙相恋，遭父亲梗阻，倩女的魂魄便离开身体追随王宙出走。五年后夫妇同回娘家，倩女的离魂才与床上病体合而为一。

②千里良朋，犹识梦中之路：真挚的友谊，可使远隔千山万水的良朋在梦中识路往会。《文选》南朝宋沈约《别范安成诗》："梦中不识路，何以慰相思。"李善注引《韩非子》："六国时，张敏与高惠二人为友。每相思不能得见，敏便于梦中往寻。但行至中道，便迷不知路，遂回。如此者三。"（李善引文，不见于今本《韩非子》）这里是作者反其意而用之。

③而况茧丝蝇迹，呕学士之心肝：何况应举文章是我辈读书人精心结撰缮写，它是否能遇到真正的知音加以赏识，与读书人的命运紧密相连。茧丝，比喻文章章句妥帖。本《文心雕龙·章句》："章句在篇，如茧之抽绪。"蝇迹，即蝇头细字。宋陆游《读书诗》："灯前目力虽非昔，犹课蝇头二万言。"比喻文章缮写工整。学士，学子，我曹，均意为"我辈读书人"。呕心肝，用唐代诗人李贺事。唐李商隐《李长吉小传》写李贺作诗构思极苦，其母叹息说："是儿要当呕出心肝乃已尔！"

④流水高山，通我曹之性命者哉：真正的知音，才是和我们这些读书人性命相通的人呀。流水高山，俞伯牙鼓琴，不论"志在太山"还是"志在流水"，锺子期都能领会琴曲之意。见《列子·汤问》。比喻知音相赏或知音难遇。通，沟通，连接。性命，品性和命运。

⑤行踪落落：行踪，踪迹所到之处。落落，孤单落寞的样子。晋左思《咏史诗》："落落穷巷士，抱影守空庐。"

⑥对影：身与影相对，形容孤单。唐李白《月下独酌》："举杯邀明月，对影成三人。"

⑦傲骨嶙嶙，搔头自爱：生就嶙峋傲骨，不能媚俗取容，唯有自惜自怜。嶙嶙，用山石突兀形容傲骨坚挺。搔头，失意无计的样子。唐杜甫《梦李白二首》："出门搔白首，若负平生志。"自爱，自惜、自珍。又，《诗·邶风·静女》："爱而不见，搔首踟蹰。"爱，《方言》注引作"薆"，义为隐蔽。则"搔头自爱"谓抑志自持，不失其节。

⑧叹面目之酸涩，来鬼物之揶揄：叹息穷厄潦倒，招致势利小人的嘲侮。面目，指服饰容止等外观表现。酸涩，寒酸拘执，不舒展洒脱。来，招致。鬼物揶揄，比喻势利小人的奚落。《世说新语·任诞》刘孝标注引《晋阳秋》：罗友为桓温掾吏，不得意。一日，桓温设宴送人赴郡守任，罗到席最晚。桓温问他，他回答说："首旦出门，于中路逢一鬼，大见揶揄，云：'我只见汝送人作郡，何以不见人送汝作郡？'"

⑨频居康了之中，则须发之条条可丑：多次落榜的人，从人身到文章，都被世俗讥贬得一无是处。频居康了之中，指多次处于落榜境地。宋范正敏《遁斋闲览》：唐代柳冕应举，多忌讳，尤忌"落"字，至称安乐为安康。榜出，令仆探名，还报曰："秀才康（落榜）了也！"

⑩一落孙山之外：落榜，没考上。宋范公偁《过庭录》：宋代孙山滑稽多才，偕乡人子同赴举，榜发，乡人子落榜，孙山名居榜末。乡人问其子得失，孙山说："解名（榜文名单）尽处是孙山，贤郎更在孙山外。"后因又称落榜为"名落孙山"。

⑪疵：毛病。

⑫卞和：春秋时楚国人，得璞于楚山中，献之厉王、武王，皆以为诳，刖其左右足。文王立，卞和抱璞哭楚山下，王使人理其璞，得美玉。见《韩非子·何氏》。

⑬颠倒逸群之物，伯乐伊谁：举世贤愚倒置，谁是能识俊才的伯乐。逸群之物，超群的骏马。伯乐伊谁，谁是伯乐。伯乐，春秋秦国人，与秦穆公同时，姓孙名阳。其事略见于《庄子·马蹄》、《楚辞·九章·怀沙》、《战国策·楚策》等记载。伯乐善相马，后代因以喻善于识才的人。

⑭抱刺于怀，三年灭字：《三国志·魏志·荀彧传》注引《平原祢衡传》："衡字正平。建安初，自荆州北游许都……时年二十四。是时许都虽新建，尚饶士人。衡尝书一刺怀之，字漫灭而无所适。"又《古诗十九首》："置书怀袖中，三岁字不灭。"刺，即后代的名帖、名片。明清时用红纸书写名帖，用于拜谒，又称拜帖。清赵翼《陔馀丛考》："古人通名，本用削木书字，汉时谓之谒，汉末谓之刺，汉以后则虽用纸，而仍相沿曰刺。"灭字，字迹磨灭。

⑮合眼：闭上眼。这里有不理会是非曲直、不计较得失、不与别人比量等意思。放步：走自己的路，行心之所安。

⑯造物：造物主，上帝。低昂：抑扬，升沉。意谓摆布。

⑰昂藏：气概不凡的样子。

⑱令威：借以指代淮阳县令丁乘鹤。《搜神后记》：丁令威，汉辽东人，学道于灵虚山。后化鹤归辽，徘徊空中而言曰："有鸟有鸟丁令威，去家千年今始归。城郭如故人民非，何不学仙冢累累。"遂冲天飞去。

【译文】

异史氏说：一个人的魂魄追随着自己的知己，竟然能忘记自己已经死去吗？听说这事的人都不相信，唯独我深信不疑。《离魂记》里的倩女能为心上人而使魂魄离开躯体，生死相随；张敏、高惠这对远隔千里的知心挚友也能在梦中相会。更何况笔下的文章,倾注着我们读书人的心血;锺子期那样的知音,才是和我们这些读书人性命相通的人呀!可叹啊!知音相遇是难以期望的事情,人还是常会遭逢独自一人不得知音的境遇。自己孤单流落,对着影子长久地忧怨;偏偏又生就了铮铮傲骨,难免不失意无计自爱自怜。可怜一副穷酸相的书生,甚至连鬼怪也要来嘲弄。只要屡考不中,就连每根须发都是丑陋的;一旦名落孙山,文章就处处都是毛病。自古至今以痛哭闻名的人,要数献宝被拒的卞和;而面对超群之才被埋没的良莠颠倒之事,谁是善识贤才的伯乐呢?身怀绝技,无人赏识,也只能像祢衡那样把名帖放在怀中,以致三年之后字迹磨灭;侧身四望,天下已经无处投奔。人生在世,只应该闭着眼睛放开步子走,服从上天安排下的富贵贫贱。天下不凡之士像叶生那样沦落一生的,还有不少,只是怎样才能让丁乘鹤那样的人再度出现,好去与他生死相随呢?唉!

四十千

【题解】

中国是一个非常重视子嗣的国度,所谓"不孝有三,无后为大"。但为什么会"无后"?由于科学不发达,往往还不能够从生理和病理上寻找原因,而是从因果报应的立场上寻找原因。有了儿子之后,再进一步探讨为什么会有好儿子坏儿子的区别,同样由于缺乏科学的认识,依然是从因果报应的立场上探寻结论。本篇小说就是借叙述故事对此问题进行的阐释。"生佳儿,所以报我之缘;生顽儿,所以取我之债。生者勿喜,死者勿悲也。"这是蒲松龄对于这些问题的看法,也在一定程度上反映了中国民间的共识。

　　新城王大司马①,有主计仆②,家称素封。忽梦一人奔入,曰:"汝欠四十千③,今宜还矣。"问之,不答,径入内去④。既醒,妻产男。知为夙孽⑤,遂以四十千捆置一室,凡儿衣食病药,皆取给焉。过三四岁,视室中钱,仅存七百。适乳姥抱儿至⑥,调笑于侧。因呼之曰:"四十千将尽,汝宜行矣。"言已,儿忽颜色蹙变⑦,项折目张。再抚之,气已绝矣。乃以馀赀治葬具而瘗之⑧。此可为负欠者戒也⑨。

【注释】

①新城:旧县名。明清属济南府,今为山东桓台新城镇。王大司马:王象乾(1546—1630),字子廓,号霁宇,桓台新城人。明隆庆四年(1570)亚元举人,连科进士,官佥都御史。曾经理播州,后官至兵部尚书,以年老乞休。因边境多事,83岁时起用为总督,综理宣、大和山西军务。机警有胆略,历任督抚多年,威震九边。累加太子太师,以病乞归。传见《山东通志》。大司马,兵部尚书的别称。

②主计仆:掌管钱粮收支的仆人,相当于管家。主计,主管财钱收支账目。

③四十千:铜钱四十贯或四十吊。旧时铜钱以文为计算单位,一千文称一贯或一吊。

④内:内室,卧室。

⑤夙孽:迷信所谓前世罪恶的果报。孽,罪孽,罪过。

⑥乳姥(mǔ):乳母。

⑦蹙变:眉头紧皱,面色改变。蹙,蹙额,皱眉的样子。变,色变。

⑧瘗(yì):埋葬。

⑨负欠:指在道义或财帛方面对人有所亏欠,例如背恩或赖债。

【译文】

新城的王大司马家中,有一个主管账目的仆人,虽然没有官爵,但是家里富有资财。一天,他忽然梦见一个人急匆匆地跑进来,说:"你欠我的四十贯钱,如今应该还清了。"问这个人,这个人也不回答,径直走向内室去了。他睡醒以后,妻子生下了一个男孩。他心中明白这是他前世恶业的果报,就把四十贯钱捆放在一间屋子里,凡是这孩子穿衣吃饭看病买药的钱都从这里支取。过了三四年,他察看了一下屋子里的钱,只剩下了七百文。正好这时乳母抱着孩子来了,在他身旁逗弄小孩玩乐。他于是对孩子呼喊说:"四十贯钱快花光了,你也应该走了。"他话音刚落,孩子突然间眉头紧锁,脸色大变,脖子耷拉下来,眼睛直直地瞪着。再去摸摸孩子,已经断了气。于是,他取出剩下的钱买了埋葬用具把孩子埋葬了。这件事可以当成是对欠债者的告诫。

　　昔有老而无子者,问诸高僧。僧曰:"汝不欠人者,人又不欠汝者,乌得子?"盖生佳儿,所以报我之缘①;生顽儿,所以取我之债。生者勿喜,死者勿悲也。

【注释】

　①缘:因缘,此处指善因。

【译文】

从前有个老而无子的人,去问高僧这其中的缘故。高僧说:"你不欠别人的,别人又不欠你的,怎么能有儿子呢?"大概生了好儿子,是别人要报答我的善缘;生了顽劣之子,那是别人以此来向我讨还欠债。所以,生了儿子的不必高兴,死了儿子的也不必伤悲。

成仙

【题解】

《成仙》写的是成生与朋友周生两人出家学道的故事。

成生出家源于社会问题，起因于他对于社会公正的绝望；周生出家是由于家庭问题，源于对于妻子爱情的绝望。成生出家是主动行为，周生出家则是由于成生的点化和帮助。但那帮助颇有些像《水浒传》中拉帮入伙的味道。成生和周生两人联手杀死周生的偷情妻子的情节，"胃肠庭树间"，也颇类似于《水浒传》中杨雄和石秀的残忍。

本来是两个不同的出家故事，蒲松龄将其很巧妙地捏合在一起。就人物逻辑而言，出自于成生和周生的友谊。成生看破红尘，自然不会独自享用觉悟的成果，一定要让周生也走上这条道路。从情节的逻辑而言，在两个故事之间，蒲松龄加了一个周生变成成生模样的过渡情节，这个情节一方面化用庄生梦蝶的典故，为点醒周生做铺垫，另一方面也为两个不同的出家故事做了链接。所以但明伦评论说："前幅写成肝胆照人，真诚磊落；后幅写成幻形度友，委屈周旋。""通篇线索，一丝不走。"

有趣的是，既然出家看破红尘，就应该一切放下；但故事结尾又写两个人送点金术给自己的后人，反映了蒲松龄儒家思想的根深蒂固。

文登周生①，与成生少共笔砚，遂订为杵臼交②。而成贫，故终岁常依周。以齿则周为长，呼周妻以嫂。节序登堂③，如一家焉。周妻生子，产后暴卒。继聘王氏，成以少故，未尝请见之也。一日，王氏弟来省姊，宴于内寝④。成适至。家人通白，周坐命邀之。成不入，辞去。周移席外舍，追之而还。甫坐，即有人白别业之仆为邑宰重笞者⑤。

【注释】

①文登：即今山东文登，以文登山而得名，清属登州府。在山东半岛东部。

②杵臼交：不论贫富贵贱的朋友。《后汉书·吴祐传》：公沙穆游太学，家贫无资粮，变服为吴祐春米。吴与语，大惊，"遂共定交于杵臼之间"。杵臼，捣米的木杵和石臼。

③节序登堂：意思是亲如一家兄弟。四时八节，成生必定携眷到周生家拜问兄嫂，这是称赞成生恪守古训，对周生夫妻亲而有礼。节序，犹言四时八节。我国旧称春夏秋冬四季为四时或四序，称"四立"、"两分"、"两至"为八节。唐杜甫《狂歌行赠四兄》诗："四时八节还拘礼，女拜弟妻男拜弟。"

④内寝：卧室。

⑤别业之仆：指派守田庄之仆。别业，正宅外之园林宅舍。

【译文】

文登县有个姓周的书生，与另一个姓成的书生从小就在一起读书，于是结为不计身份高低贵贱的好朋友。成生家里很贫穷，一年到头依靠周生接济。论年龄，周生的岁数大，成生就称呼周生的妻子为嫂嫂。四时八节，成生就到周家拜见问候，亲密得如同一家人。后来，周生的妻子生孩子，产后得了暴病死去了，周生又续娶了一个妻子王氏，成生因为王氏年少，一直没有拜见过她。有一天，王氏的弟弟来看望姐姐，周生便在内室设了酒宴招待他。这时成生正好来了，家人进来通报，周生让家人邀他进来一同饮酒。成生没有进来，告辞走了。周生把酒席移到客厅里，把成生追了回来。两人刚刚坐定，就有人来报告说乡下田庄的仆人被知县下令重重鞭打了一顿。

先是，黄吏部家牧佣，牛蹊周田①，以是相诟。牧佣奔告主，捉仆送官，遂被笞责。周诘得其故，大怒曰："黄家牧猪奴②,何敢尔! 其先世为大父服役③,促得志④,乃无人耶!"气填吭臆⑤,忿而起,欲往寻黄。成捺而止之曰:"强梁世界⑥,原无皂白。况今日官宰半强寇不操矛弧者耶⑦?"周不听。成谏止再三,至泣下,周乃止。怒终不释,转侧达旦。谓家人曰:"黄家欺我,我仇也,姑置之。邑令为朝廷官,非势家官,纵有互争,亦须两造⑧,何至如狗之随嗾者⑨? 我亦呈治其佣⑩,视彼将何处分。"家人悉怂恿之⑪,计遂决。具状赴宰,宰裂而掷之。周怒,语侵宰。宰惭恚⑫,因逮系之。

【注释】

①蹊:践越,穿行。《左传·宜公十一年》:"牵牛以蹊人之田。"杜注:"蹊,径也。"

②牧猪奴:赌徒。此当是对黄吏部的蔑称,意即下贱奴才。

③大父:祖父。

④促得志:突然间得意。指当了官。促,猝。突然,骤然。

⑤气填吭(háng)臆:怒气充咽填胸。吭,咽喉。臆,胸膛。

⑥强梁世界:强暴横行的社会。强梁,强暴凶横。

⑦半强寇不操矛弧者:有一半是不拿武器的强盗。矛弧,矛和弓,指杀人凶器。

⑧两造:争讼的双方,原告和被告。《周礼·秋官·大司寇》:"以两造禁民讼。"郑注:"造,至也。使讼者两至。"

⑨嗾(sǒu):指挥狗的声音。《玉篇》引《方言》:"秦、晋、冀、陇谓使犬曰嗾。"

⑩呈治:呈请惩治。

⑪怂恿(yǒng):赞成并从旁鼓动。

⑫惭恚:恼羞成怒。

【译文】

事情的原委是,在吏部做官的黄家有一个放牧的仆人,赶着牛践踏了周生家的农田,因此和周生家的仆人争吵辱骂起来。黄家的仆人跑回去告诉主人后,黄家就捉住周生家的仆人送到了官衙,于是周生家的仆人遭到了鞭打的处罚。周生问明了事情的起因后,勃然大怒说:"黄家奴才,怎么敢这样! 黄家上一辈子的人还在我祖父手下当差,突然间得了志,就目中无人了吗!"他满腔怒气,愤怒地跳起来要去找黄家论理。成生连忙按住他劝阻说:"现在这个强横世界,本来就不分青红皂白。又何况现在做官为宦的多半都是些不拿刀枪的强盗呢?"周生不听,成生又再三劝阻,以致流下眼泪哀求,周生才止步不去了。但他心中的怒气到底没有消去,夜间在床上翻来覆去地睡不着。天亮后,他对家人说:"黄家欺负我,是我的仇人,这暂且不说。那知县是朝廷任命的官员,又不是有权势人家任命的官员,即使互相有争执,也应该两面兼听,何至于像狗那样,主人一嗾使就去咬人呢? 我现在也上个呈状要求惩治黄家的仆人,看他怎么处理。"家人在一旁也都怂恿他去,于是周生打定了主意。他写了一份状子去见知县,知县见了状纸,一把撕破扔在了地上。周生十分气愤,言语侵犯了知县。知县恼羞成怒,就下令把他逮捕起来投进了监狱。

辰后①,成往访周,始知入城讼理。急奔劝止,则已在囹圄矣②。顿足无所为计。时获海寇三名,宰与黄赂嘱之,使捏周同党③。据词申黜顶衣④,搒掠酷惨⑤。成入狱,相顾凄酸,谋叩阙⑥。周曰:"身系重犴⑦,如鸟在笼,虽有弱弟⑧,止足供囚饭耳。"成锐身自任,曰:"是予责也。难而不急⑨,乌用友也!"乃行。周弟熙之⑩,则去已久矣。至都,无门入控。相传驾将出猎,成预隐木市中⑪,俄驾过,伏舞哀号,遂得准,驿送而下,着部院审奏⑫。时阅十月馀⑬,周已诬服论辟⑭。院接御批,大骇,复提躬谳⑮。黄亦骇,谋杀周。因赂监者,绝其食饮,弟来馈问,苦禁拒之。成又为赴院声屈,始蒙提问,业已饥饿不起。院台怒,杖毙监者。黄大怖,纳数千金,嘱为营脱⑯,以是得朦胧题免⑰。宰以枉法拟流⑱。周放归,益肝胆成。

【注释】

①辰后:辰时过后。辰时,相当于早上七点至九点。

②囹圄(líng yǔ):本秦代监狱名。后为牢狱别称。

③捏周同党:诬陷周生与海盗同伙。捏,捏造,即诬陷。

④据词申黜顶衣:依据海盗供词,申报革去周生功名。申,旧时官府行文,下级向上级说明情况称"申详"或"申"。黜,革免。顶衣,指生员冠服。科举时代,生员犯法,革除功名之后,官府才能施刑审讯。

⑤榜掠:拷打。

⑥叩阙:指去京城向皇帝告状。阙,皇宫门前两边的楼,指代皇宫。

⑦重犴(chóng àn):大狱,拘禁重罪犯人的地方。犴,牢狱。

⑧弱弟:年幼的弟弟。

⑨难而不急:人在难中而不相救。急,救助。

⑩赆(jìn):赠送路费。

⑪木市:树林。

⑫着部院审奏:责成山东巡抚审理奏闻。部院,本指朝廷六部和都察院的长官,清代各省巡抚多带侍郎和副都御史的京衔,因以部院代称巡抚。

⑬阅:经历。

⑭诬服论辟：含冤屈招，被判死刑。辟，大辟，即死刑。

⑮复提躬谳：提调案犯，亲自重审。谳，审讯犯人。

⑯营脱：设法解脱罪刑。

⑰朦胧题免：含糊其辞地报请朝廷免罪。朦胧，喻措辞含混。题，题本，上奏公事。

⑱拟流：判处流刑。流，古代五刑之一。把罪人放逐到远方。

【译文】

这天辰时过后，成生前往周生家拜访，才知道周生进城告状辩理去了。他急忙追到城里去劝阻，但周生已经被投入大牢。成生急得捶胸顿足，然而一时也想不出办法来。这时，县里捕获了三名海盗，知县与黄家于是用钱买通他们，让他们诬陷周生是同党。知县又根据他们的供词报请上级官府革去周生的生员功名，对他进行残酷拷打。成生入狱探望，两人凄酸相对，商量把冤情直接向朝廷申诉。周生说："我关在大牢里，好像鸟困在笼中，虽然有一个年少的弟弟，也只能够给我送送囚饭而已。"成生毅然自荐，说："这是我的责任呀。有了危难而不相救，还要朋友有什么用！"说完就起程了。等到周生的弟弟来给他送盘缠时，他已经走了很久了。成生到了京城，一直找不到门路去上诉。一天，听说皇帝将要出门行猎，他便预先躲藏在树林当中。不久，皇帝的车驾经过这里，成生连忙出来伏地叩头，痛哭喊冤，于是皇帝准接了他的状纸，派邮驿把状纸送下，命令交付山东巡抚审理后再回奏。这时距离周生被关押起来已经过了十个多月，周生在县里已经被屈打成招，判处了死罪。巡抚接到皇帝的御批后，大吃一惊，重新提调案犯亲自审定。黄家听到消息后，也十分恐慌，谋划杀了周生灭口。于是黄家贿赂了监狱里的看守，不给周生吃喝，周生的弟弟前来送饭探监，也被拒绝在门外。成生又为此事往巡抚衙门喊冤，才争取到长官开始提审周生的案子，但周生已经饿得不能动弹了。巡抚大人大怒，下令用乱棍打死监狱的那个看守。黄家极为恐惧，急忙拿出几千两银子，托人向上说情解脱,终于使自己蒙混脱了罪,免于被题奏参劾。而知县则应为贪赃枉法罪被判处流放。周生被放回家后,对成生更加推心置腹。

　　成自经讼系①,世情尽灰,招周偕隐。周溺少妇②,辄迂笑之。成虽不言,而意甚决。别后,数日不至。周使探诸其家,家人方疑其在周所。两无所见,始疑。周心知其异,遣人踪迹之,寺观壑谷,物色殆遍。时以金帛恤其子。

【注释】

　　①讼系:官司的拖累和牵扯。讼,诉讼,官司。

　　②溺:沉溺,溺爱。

【译文】

　　成生自从经过这场官司后,已经看破世情,心如死灰,便去邀周生一同到深山隐居。周生因为溺爱年轻的妻子,就笑话成生迂腐。成生虽然没再说什么,但去意已决。这次分别后,成生有好几天没有再来周家。周生派人到他家去探望打听,成家人正在猜疑成生住在周生家里。两处都不见了成生,大家这才惊疑起来。周生心里明白这事的情由,就派人去寻访他的踪迹,但佛寺道观、深山峡谷,几乎都找遍了,却仍然杳无音讯。周生只好时常送银钱衣服去抚恤成生的儿子。

　　又八九年,成忽自至,黄巾氅服①,岸然道貌②。周喜,把臂曰:"君何往,使我寻欲遍?"笑曰:"孤云野鹤,栖无定所。别后幸复顽健。"周命置酒,略道间阔③。欲为变易道装,成笑不语。周曰:"愚哉! 何弃妻孥犹敝屣也?"成笑曰:"不然。人将弃予,其何人之能弃。"问所栖止,答在劳山之上清宫。既而抵足寝,梦成裸伏胸上,气不得息。讶问何为,殊不答。忽惊而寤,呼成不应,坐而索之,杳然不知所往。定移时,始觉在成榻。骇曰:"昨不醉,何颠倒至此耶!"乃呼家人。家人火之,俨然成也。周故多髭,以手自捋,则疏无几茎。取镜自照,讶曰:"成生在此,我何往?"已而大悟,知成以幻术招隐④。意欲归内⑤,弟以其貌异,禁不听前。周亦无以自明,即命仆马往寻成。

【注释】

①黄巾氅(chǎng)服:道冠道袍。黄巾,即黄冠。道士戴的束发之冠,多用黄绢之类制成。氅,鸟羽织的外套。这里是对道士袍服的美称。

②岸然道貌:一副道士的派头。岸然,清楚,规范的样子。

③间阔:久别之情。间,隔。阔,久别。

④招隐:招唤他与之一起隐居修道。

⑤内:这里是卧室的意思,意为与妻子见面。

【译文】

又过了八九年,成生忽然自己回来了,只见他头戴道冠,身穿道袍,一副地道的道士模样。周生十分高兴,拉着他的胳臂问:"你到哪里去了,让我到处都找了个遍?"成生笑着回答说:"我孤云野鹤,四处飘游,没有一定的栖身住处。所幸的是分别后身体还算健壮。"周生立即命令家人摆上酒席,两人说了一会儿久别之后的闲话。周生想让成生换下道士服装,成生只是笑了笑不说话。周生说:"你太傻了! 怎么能这样像扔破鞋子似的抛弃妻子儿女呢?"成生又笑了笑回答说:"不是这样的呀。人世间要抛弃我,我哪里能抛弃什么人呢!"周生再问他住的地方,成生回答说在崂山的上清宫。这一夜,两人就脚对脚地睡在一起,周生梦见成生赤裸着身子伏压在自己胸口上,压得他喘不过气来。他惊讶地问成生为什么要这样,成生一句也没有回答。周生一惊,忽然睁眼醒了过来,呼叫成生却没有应声,坐起身一摸,床上空空的,成生已经不知到哪里去了。周生再定神坐了一段时间,才发现自己睡在成生床上。他不由得惊奇地自语:"昨天晚上没有喝醉,怎么神魂颠倒到这种地步?"于是他呼叫起了家人。家人拿着灯火一看,坐在这里的明明白白是成生。周生原来的胡须很浓密,现在自己用手一捋,只觉得稀稀拉拉地没有几根。他又取来镜子自己对着照,立即惊叫起来:"成生在这里,那么我到哪里去了呢?"过了一会儿,他终于恍然大悟,知道这是成生在用幻术劝自己去隐居。周生想回到自己的内室去,弟弟因为他的相貌与原来的周生大不相同,拦住他不让进。周生自己也没有什么办法来说明一切,就命令仆人备马一同去寻找成生。

　　数日,入劳山。马行疾,仆不能及。休止树下,见羽客往来甚众①。内一道人目周,周因以成问。道士笑曰:"耳其名矣②,似在上清。"言已径去。周目送之,见一矢之外,又与一人语,亦不数言而去。与言者渐至,乃同社生③。见周,愕曰:"数年不晤,人以君学道名山,今尚游戏人间耶④?"周述其异。生惊曰:"我适遇之,而以为君也。去无几时,或当不远。"周大异,曰:"怪哉!何自己面目觌面而不之识!"仆寻至,急驰之,竟无踪兆。一望寥阔⑤,进退难以自主。自念无家可归,遂决意穷追。而怪险不复可骑,遂以马付仆归,迤逦自往⑥。

【注释】

　　①羽客:道士的美称。道教认为修炼成功能飞升成仙,因美称道士

为"羽人"、"羽士"、"羽客"。

②耳：听说。

③同社生：社学同学。清代科举制度，大乡镇置社学，周近乡的子弟可以入学肄业。

④游戏人间：混迹人间。

⑤寥阔：空旷，广远。

⑥迤逦：缓慢行走的样子。

【译文】

　　走了几天，他们进入了崂山。马跑得快，仆人追不上。周生勒马停在树下休息，只见许多道士来来往往。其中有一个道士不住地注视着他，周生就上前去打听成生的下落。那个道士笑着说："听说过这个名字，他好像在上清宫。"说完就径直走了。周生目送着他离去，见他刚走了一箭远的路，又与另外一个人谈话，也是说了没几句话就离去了。和道士说话的那人渐渐地走近了，一看，竟然是同乡的一个生员。那人见了周生，惊愕地问道："数年不见，别人都说你在名山里学道，难道现在你还在人间游戏吗？"周生知道他把自己当成了成生，于是又述说了一遍这件怪事。那个生员吃惊地说："我刚才正好遇见他，还以为是周生你呢。他刚离去没多久，也许还没走远。"周生也大为惊异，说："真怪呀！怎么自己的面孔我对面碰见都不认识了呢！"这时，仆人已经找到了这里，周生急忙策马奔驰，前去追赶那个道士，但竟然毫无踪影。追了一阵儿，周生四下一望，只见山势茫茫，辽阔无边，顿时感到不知所从，进退两难。他心中思忖，自己已经无家可归了，决定索性穷追到底。但是山势越来越险峻，不能再骑马前行，他就把马交付给仆人让他回去，自己慢慢走着独身前往。

　　遥见一僮独坐，趋近问程①，且告以故。僮自言为成弟子，代荷衣粮，导与俱行。星饭露宿，迤行殊远②。三日始至,又非世之所谓上清。时十月中,山花满路,不类初冬。僮入报客,成即遽出,始认己形。执手入,置酒宴语。见异彩之禽,驯人不惊③,声如笙簧,时来鸣于座上。心甚异之。然尘俗念切,无意留连。地下有蒲团二,曳与并坐。至二更后,万虑俱寂④,忽似瞥然一眄⑤,身觉与成易位。疑之,自抚颔下,则于思者如故矣⑥。

【注释】

①程:路。

②遄(chuō)行殊远:走了很远。遄行,远行。《史记·卫将军骠骑列传》:"取食于敌,遄行殊远而粮不绝。"遄,司马贞《索隐》:"音与'卓'同。卓,远也。"

③驯人不惊:温驯依人,人至不惊。驯,顺服。

④万虑俱寂:各种尘世杂念都泯灭而归于空寂。万虑,指一切思维活动。寂,空寂。

⑤瞥然一眄:突然打了一个盹。瞥,突然,倏忽。

⑥于思(sāi):浓密的胡须。《左传·宣公二年》载宋人嘲笑华元多须而战败归来曰:"于思于思,弃甲复来!"于,语助词。思,同"鬤"。胡须浓密的样子。

【译文】

周生走了一会儿,远远地看见一个道童独自坐在那里,就上前去问路,并且告诉了他自己正在寻找成生的事。道童自称是成师父的弟子,又代替周生背起干粮衣物,引导他一同前往。两人一路上披星戴月,风餐露宿,走了很远。他们走到第三天才到,却不是人世间所说的那处上清宫。这时已经是十月中旬,这里仍然是山花开满路边,一点儿也不像是初冬季节。道童进门报告说有客人来了,成生立即出门前来迎接,周生这才认出了自己的模样。他们两人手拉着手进了屋里,一边饮酒一边交谈起来。但见一只只身披奇光异彩羽毛的禽鸟,十分驯服,见人也不惊怕,叫声像笙簧一样悦耳动听,常常飞到座位前来鸣唱。周生心里十分惊异。然而他还是念念不忘尘世,无意在这里久留。地上放着两个蒲团,成生拉着周生盘腿并坐在了上面。待到夜里二更以后,周生心中什么也不再想了,进入了一片沉寂,忽然好像突然打了个盹,周生觉得自己的身子又与成生的换了回来。他还有些怀疑,就自己摸了摸下巴,浓密的胡须已经和以前一样了。

　　既曙,浩然思返①。成固留之。越三日,乃曰:"乞少寐息②,早送君行。"甫交睫,闻成呼曰:"行装已具矣。"遂起从之,所行殊非旧途。觉无几时,里居已在望中。成坐候路侧,俾自归。周强之不得,因踽踽至家门③。叩不能应,思欲越墙,觉身飘似叶,一跃已过。凡逾数重垣,始抵卧室。灯烛荧然,内人未寝,哝哝与人语。舐窗以窥,则妻与一厮仆同杯饮,状甚狎亵。于是怒火如焚,计将掩执④,又恐孤力难胜。遂潜身脱扃而出,奔告成,且乞为助。成慨然从之,直抵内寝。周举石挝门,内张皇甚。挝愈急,内闭益坚。成拨以剑,划然顿辟。周奔入,仆冲户而走。成在门外,以剑击之,断其肩臂。周执妻拷讯,乃知被收时即与仆私。周借剑决其首,胃肠庭树间⑤,乃从成出,寻途而返。蓦然忽醒,则身在卧榻。惊而言曰:"怪梦参差,使人骇惧!"成笑曰:"梦者兄以为真,真者乃以为梦。"周愕而问之。成出剑示之,溅血犹存。周惊怛欲绝⑥,窃疑成诪张为幻⑦。成知其意,乃促装送之归。

【注释】

①浩然：不可阻遏、无所留恋的样子。

②乞少寐息：希望稍微休息一下。寐息，休息。

③踽踽(jǔ)：独行的样子。

④掩执：突入捉拿。掩，突然袭击。

⑤胃(juàn)：挂。

⑥惊怛(dá)：又惊又悲。怛，忧伤悲苦。

⑦诪(zhōu)张为幻：施弄幻术骗人。诪张，欺诳。为幻，制造假象、幻觉。《书·无逸》："民无或胥诪张为幻。"

【译文】

　　天亮以后，周生又执意提出要回家去。成生坚决挽留他。过了三天，成生才说："请稍微睡上一会儿休息休息，然后早早地送你回去。"周生的眼睫毛刚刚合上，就听见成生在叫他："行装已经准备好了。"于是他就起身随成生上了路，所走的路途与来时的旧路截然不同。觉得没过多久，自己住处的房屋已经遥遥可见了。成生坐在路边等候，让周生自己回去。周生强拉他一同回家，但成生不去，周生只好独自慢慢地走到家门口。他敲了几下门没有人答应，刚想要爬墙进去，就觉得身子轻飘飘地像一片树叶，轻轻一跃就已经过了院墙。这样跃过了好几道墙，周生才到达了自己的卧室。只见里面的灯火还亮着，妻子王氏还没有睡，听见她唧唧哝哝地在与人说话。周生用舌尖舔破窗纸偷偷一看，只见妻子正在与一个仆人同杯共饮，一副淫荡的模样。于是他不由得胸中怒火熊熊，想要把这两个人堵在屋里抓住，又怕自己孤掌难鸣。于是他悄悄地转回身子开启大门跑了出来，一直奔跑到成生那里，告诉了成生并请他帮忙。成生痛快地随他前去，一直进到了里面的卧室。周生举起一块石头砸门，里面顿时乱作一团，但外面擂门擂得越急，里面就把门顶得越牢。于是成生用剑一拨，屋门就像被划破一样地敞开了。周生冲了进去，仆人跳出窗户要逃，却被成生在门外挡住，用剑一砍，砍断了仆人的一只臂膀。周生抓住妻子拷打审讯,才知道自己那年被关在监狱里时,她就已经和这个仆人私通了。周生借来成生的剑砍下了她的头,又把她的肠子挂在庭院里的树上,这才随着成生出来,按原路上山。这时,周生蓦地醒了过来,一看自己还躺在床上。他惊愕地说:"做了一个稀奇古怪的梦,真叫人又惊又怕!"成生笑着说:"梦中的事,兄长以为是真事,真事,兄长却以为是做梦。"周生惊疑地问他这是什么意思。成生就拿出剑来给他看,只见那剑上的血还在。周生害怕难过得要死,心里却怀疑这是成生用幻术制造出来的假象。成生知道他的心思,于是收拾行装送他回去。

荏苒至里门①,乃曰:"畴昔之夜②,倚剑而相待者,非此处耶? 吾厌见恶浊,请还待君于此。 如过晡不来③,予自去。"

【注释】

①荏苒(rěn rǎn):形容时光不知不觉过去。

②畴昔:从前。

③晡(bū):申时,即下午三点到五点之间。

【译文】

两个人慢慢地走到了周生的村子口,成生说:"先前的那个夜里,我拿着宝剑等待你,不就是在这里吗? 我讨厌看见人间的恶浊,请你让我还在这里等你。如果过了下午你还不来,我就自己走了。"

周至家,门户萧索,似无居人。还入弟家。弟见兄,双泪遽堕,曰:"兄去后,盗夜杀嫂,刳肠去①,酷惨可悼。于今官捕未获。"周如梦醒,因以情告,戒勿究。弟错愕良久。周问其子,乃命老媪抱至。周曰:"此襁褓物②,宗绪所关③,弟好视之。兄欲辞人世矣。"遂起,径出。弟涕泗追挽④,笑行不顾。至野外,见成,与俱行。遥回顾曰:"忍事最乐。"弟欲有言,成阔袖一举,即不可见。怅立移时,痛哭而返。

【注释】

①刳(kū):破开挖空。

②襁褓物:乳婴。襁褓,包裹婴儿的衣被。

③宗绪:宗族后裔,传宗接代的人。绪,丝线末端,比喻后裔。

④涕泗:涕,眼泪。泗,鼻涕。《诗·陈风·泽陂》:"涕泗滂沱。"朱注:"自目曰涕,自鼻曰泗。"

【译文】

周生到了家,看见门户萧条冷落,似乎没有人居住在里面。他又进到弟弟的宅院。弟弟一见到他,就失声痛哭,说:"哥哥走了以后,突然有一天夜里强盗闯进来杀死了嫂嫂,挖出了她的肠子才走,实在太残忍了。到现在官府四处捕捉也没有拿获到凶手。"周生这才如梦初醒,于是把实情详细地告诉了弟弟,又告诫他不要再追究这件事了。弟弟听后惊愕了很长时间。周生又问起了自己的儿子。弟弟于是让老妈子把孩子抱来。周生对弟弟说:"这个在襁褓里的孩子,周家要靠他传宗接代,弟弟要好好照看他。为兄的要告别人世了。"说完,周生就起身径自出门去了。弟弟流着眼泪追上前挽留他,周生却笑着不回头。到了野外,周生见到在那里等候的成生,就与他一起前行。周生远远地又回头喊道:"做事能忍让,就是最大的快乐!"弟弟还想说些什么,但见成生的宽袖一甩,他们两人就立即不见了。弟弟在那里失意地站了半天,只得痛哭着回去了。

　　周弟朴拙,不善治家人生产,居数年,家益贫。周子渐长,不能延师,因自教读。一日,早至斋,见案头有函书,缄封甚固,签题"仲氏启"①,审之为兄迹。开视,则虚无所有,只见爪甲一枚,长二指许。心怪之。以甲置研上②。出问家人所自来,并无知者。回视,则研石粲粲,化为黄金。大惊。以试铜铁,皆然,由此大富。以千金赐成氏子,因相传两家有点金术云③。

【注释】

①签题"仲氏启":信封上写着"二弟启"。签,指书信信封上题写收信人姓名住址的部位。仲氏,弟。《诗·小雅·何人斯》:"伯氏吹壎,仲氏吹篪。"朱熹注:"伯仲,兄弟也。"

②研:通"砚"。

③点金术:古代所谓点化他物使成金银的法术。

【译文】

　　周生的弟弟为人朴实反应慢,不善于管理家人和家业,过了几年后,家里越来越穷。周生的儿子渐渐长大了,也没有钱为他请老师,因而周生的弟弟只好自己教他读书。一天,周生的弟弟早晨来到书斋里,看见桌子上放着一封信,封得很严实,信封上写着"贤弟亲启",仔细一看,辨出是哥哥的笔迹。打开信封,里面竟然空空的什么都没有,只见到一片指甲,有两指多长。弟弟心中十分奇怪。他把指甲放在砚台上,出房去问家人信函是从哪里来的,却没有人知道。等他回到书斋再一看,砚台已经黄灿灿地化成了黄金。弟弟大吃一惊,再用那指甲试验铜和铁,都一样可以变成黄金,周家由此变得非常富有。周生的弟弟又拿出一千两金子送给成生的儿子,所以乡里都传说这两家会点金术。

新郎

【题解】

中国古代公案题材的文言小说从体制上自唐传奇始分化为两类，一类受案牍文书的影响，比较简短，偏重于案情的叙述，如唐张鷟《朝野佥载》所载的公案；一类受史传文学的影响，叙事较详，偏重于人物命运和性格的揭示，如唐李公佐的《谢小娥传》。《聊斋志异》的公案诉讼类小说从体制上也是这么两类。

《新郎》篇是民事诉讼公案。新郎在新婚之夜被所谓的新娘稀里糊涂地诱拐到所谓的岳父家居住，而真正的新娘却在家中苦等。大半年后，新郎离去，发现所居的岳父家是大坟冢。

那个所谓新娘是鬼还是狐，为什么要采取这种方式骗婚？案件留下了许多迷惑之处，包括本案的主角新郎到底真是被欺骗、被诱拐还是自说自话、自导自演的婚外情都不得而知，但这也正是小说所要表现的"奇案"所在。

江南梅孝廉耦长①，言其乡孙公，为德州宰②，鞫一奇案。初，村人有为子娶妇者，新人入门，戚里毕贺。饮至更馀，新郎出，见新妇炫装③，趋转舍后。疑而尾之。宅后有长溪，小桥通之。见新妇渡桥径去，益疑，呼之不应，遥以手招婿。婿急趁之，相去盈尺，而卒不可及。行数里，入村落。妇止，谓婿曰："君家寂寞，我不惯住。请与郎暂居妾家数日，便同归省④。"言已，抽簪扣扉轧然，有女僮出应门。妇先入。不得已，从之。既入，则岳父母俱在堂上。谓婿曰："我女少娇惯，未尝一刻离膝下，一旦去故里，心辄戚戚⑤。今同郎来，甚慰系念。居数日，当送两人归。"乃为除室，床褥备具，遂居之。

【注释】

①江南：清朝顺治二年(1645)，改动明朝的行政区划，取消南直隶，设置江南省，辖今江苏、安徽。康熙六年(1667)分置江苏、安徽两省。但以后习惯上仍称这两省为江南。梅孝廉的家乡宣城原隶江南省宁国府，故称其为江南人。梅孝廉耦长：梅庚，字耦长，宣城人，康熙二十年辛酉(1681)科举人。屡试进士不第。曾任浙江泰顺县知县，不久辞归。工诗，善八分书，画亦旷逸有致，为王渔洋所推重。有《天逸阁集》。见《清史稿·文苑传》。

②德州：今山东德州。宰：州县长官通称宰。

③炫装：华丽招摇的服装。

④归省：回家探望父母。这里指公公婆婆家。

⑤戚戚：难过。

【译文】

江南举人梅耦长，曾讲过他的同乡孙先生在德州做知府时，审理过的一件奇案。起先，一个村子里有户人家为儿子娶媳妇，新媳妇接入家门后，村子里的亲戚邻里都前来祝贺。当喝酒喝到一更过后，新郎从房里走了出来，看见新媳妇穿着鲜艳光彩的衣服，快步地转到房子后面去了。他对新媳妇起了疑心，就紧跟在她身后，追了过去。房子后面有条长长的小溪，一座小桥在溪上架通两岸。新郎眼看着新媳妇从桥上直接走了过去，心中更加怀疑，他急忙喊叫新媳妇，可她不但不回答，反而在远处打手势招呼他过去。新郎急忙赶过去，两个人前后相距只有一尺多远，但到底追赶不上她。就这样走了几里路，他们走进了一座村庄。新媳妇这才停住了脚步，对新郎说："你们家冷冷清清的，我住不惯。请你和我一起暂时在我家住上几天，然后我们再一起回你家看望父母。"说完，她取下头上的簪子，"嗒嗒"地扣打院门，有个小女童应声出来开门。新媳妇自己先走进门去。新郎一见如此,只好也跟着她走了进去。一进房门,只见岳父、岳母都坐在堂上。他们对新郎说道:"我们的女儿从小娇惯,一时一刻也没离开过我们的身边,一旦离开家,心里就会悲伤难过。如今她同你一齐回来了,宽慰了我们的惦念之心。住上几天,我们一定送你们两人回你家去。"说完,就为他们清扫房间,准备好了床铺和被褥。这样,新郎便在这里住了下来。

家中客见新郎久不至,共索之。室中惟新妇在,不知婿之所往。由此遐迩访问,并无耗息。翁媪零涕,谓其必死。将半载,妇家悼女无偶,遂请于村人父,欲别醮女①。村人父益悲,曰:"骸骨衣裳,无可验证,何知吾儿遂为异物②?纵其奄丧③,周岁而嫁,当亦未晚,胡为如是急也!"妇父益衔之④,讼于庭。孙公怪疑,无所措力,断令待以三年,存案遣去。

【注释】

①别醮(jiào):另找人家嫁女。醮,指女子嫁人。多指再嫁。

②为异物:指死去。汉贾谊《鵩鸟赋》:"化为异物兮,又何足患?"

③奄丧:猝死。奄,急,突然。

④衔:衔恨,不满。

【译文】

新郎家中的亲朋宾客见新郎走出门去好长时间也没回来,便一同去寻找他。新房里面只有新媳妇一个人在,也不知道新郎去了哪里。从此以后,新郎家中的人远近寻访,都毫无消息。公婆伤心地不断流泪,以为儿子一定是不在人世了。这样过了将近半年的时间,媳妇家悲伤于女儿没有配偶,就向新郎的父亲请求,想把女儿改嫁出去。新郎的父亲心中更加悲痛,说道:"我儿子的尸骨衣裳都没有见到,无法验证,怎么知道我儿子就一定是死了呢？即使他真的是死了，周年以后再让新媳妇改嫁，应该说也不算晚，你们为什么这样着急呀！"女家的父亲听了这样的答复，心里更加怨恨，于是就把此事告到了官府。孙先生听了女家的控告，感到这个案子的情节十分离奇，一时却无从下手解决，就判定让女家等待三年，吩咐官府立案后，孙先生打发他们两家回去了。

村人子居女家，家人亦大相忻待①。每与妇议归，妇亦诺之，而因循不即行②。积半年馀，中心徘徊，万虑不安。欲独归，而妇固留之。一日，合家遑遽③，似有急难。仓卒谓婿曰："本拟三二日遣夫妇偕归，不意仪装未备，忽遭闵凶④。不得已，即先送郎还。"于是送出门，旋踵急返⑤，周旋言动，颇甚草草。方欲觅途行，回视院宇无存，但见高冢。大惊，寻路急归。至家，历言端末，因与投官陈诉。孙公拘妇父谕之，送女于归⑥，始合卺焉⑦。

【注释】

①大相忻待：好好地款待。忻，心喜。

②因循：流连，徘徊不去。

③遑遽：惊惧不安。

④忽遭闵凶：忽遇忧患。闵凶，忧患凶丧之事。

⑤旋踵急返：转脚急忙返回。

⑥于归：本指女子出嫁。这里指新妇重返夫家。

⑦合卺：婚礼中的一项仪式。剖一瓠为两瓢，新婚夫妇各执一瓢，斟酒以饮。后多代指成婚。这里指正式结婚。

【译文】

新郎住在新媳妇家里，受到了她家人的热情款待。新郎每次和新媳妇商量回家的时候,她也都答应了,却总是拖延着不肯立即启程。这样一拖再拖,就住了半年多时间,新郎心里犹豫徘徊,怎么想都安不下心来。他准备自己一个人回家去,但新媳妇坚决要把他留下来。突然有一天,全家上上下下都慌慌乱乱的,好像有什么紧急的危难要降临似的。岳父急急忙忙地对新郎说道:"我们本想再过三两天后送你们夫妇一起回家去,没有料到还没有为你们准备好礼品行装,忽然间家门就遭到了凶祸之事。不得已,即刻就先送你回去吧。"于是,岳父把他送出大门。刚刚送到门口,岳父就转过身急忙回去了,临别时的应酬举动都是匆匆忙忙的。新郎正想寻找回家的路,回头再一看,岳父家的宅院不见了,只看到有座高高的大坟。新郎大吃一惊,找到路便急忙回家。新郎到家后,详细地说明了事情的前后经过,并与家人到官府禀报了事情的原委。孙先生把女家的父亲召来,告诉了他新郎出走的原因,又劝说了一番。女家又把女儿送回到了新郎家,直到此时,这对夫妇才得以成婚。

灵官

【题解】

在中国长期的封建社会中,由于皇权神授、天人感应的观念深入民心,所以老百姓认为皇帝祭祀天地的行为也得到上天的护佑和维护。北京的朝天观既然是皇帝与百官预习礼仪的地方,"郊期至,则诸神清秽",包括狐狸精在内的妖魔鬼怪自然在清除之列。故事正是依托于这个民间传闻而展开。

明崇祯十七年(1644),按照中国天干地支纪年为甲申年。这一年,李自成的农民起义军进入北京,明朝灭亡,史称甲申之变。同年,清兵亦入京。由于朝代的更迭在中国历史上堪称是天崩地裂的变革,这给老百姓无论在观念上还是心理上都带来了剧烈的震动,甚至颠覆。这篇作品通过寄居京城的狐狸之口从侧面反映了这一重大事件。

　　朝天观道士某①,喜吐纳之术②。有翁假寓观中,适同所好,遂为玄友③。居数年,每至郊祭时④,辄先旬日而去⑤,郊后乃返。道士疑而问之。翁曰:"我两人莫逆⑥,可以实告:我狐也。郊期至,则诸神清秽,我无所容,故行遁耳⑦。"又一年,及期而去,久不复返。疑之。一日忽至,因问其故。答曰:"我几不复见子矣!曩欲远避,心颇怠,视阴沟甚隐,遂潜伏卷瓮下⑧。不意灵官粪除至此⑨,瞥为所睹,愤欲加鞭。余惧而逃,灵官追逐甚急。至黄河上,濒将及矣。大窘无计,窜伏溷中。神恶其秽,始返身去。既出,臭恶沾染,不可复游人世。乃投水自濯讫,又蛰隐穴中,几百日,垢浊始净。今来相别,兼以致嘱:君亦宜引身他去,大劫将来,此非福地也。"言已,辞去。道士依言别徙。未几,而有甲申之变⑩。

【注释】

①朝天观:即北京朝天宫。明宣宗朱瞻基于宣德八年(1432)仿效朱元璋在南京所建朝天宫的样式,在皇城西北建成朝天宫,作为郊祀前百官习仪之所。宫内有三清、通明、普济等十一殿,以奉三清、上帝及诸神,又于东西建具服殿,备临幸。熹宗天启六年(1626)遭火灾焚毁。见《帝京景物略》。

②吐纳之术:口吐浊气,鼻吸清气的技术,古人叫"吐故纳新"。语出《庄子·刻意》。本是我国古代的一种养生方法,近似于腹式深呼吸。魏晋以来,道教徒神秘化为修炼的法术,认为吐出"死气",吸纳"生气",可得长生。

③玄友：道友。《老子》："玄之又玄，众妙之门。"道家宗奉其学说。后世道教徒之间，彼此亦以玄友相你。

④郊祭：旧时帝王祭祀天地的一种典礼。始于周代，又称郊社或郊祀。冬至日祭天于南郊称"郊"，夏至日祭地于北郊称"社"。明初定合祀天地于大祀殿。嘉靖九年（1530）后分祀：冬至祀天圜丘，夏至祀地方丘。祀天前之六日及七日，百官于朝天官习仪。见《明史·礼志一》。

⑤旬：十天。

⑥莫逆：意思是心意相投，无所违逆。《庄子·大宗师》："三人相视而笑，莫逆于心，遂相与为友。"本指对道的理解相同。后世称志趣相投、友情深厚的朋友为莫逆之交。

⑦行遁：走避。

⑧卷（quān）瓮：一种小瓮。阴沟开口处常以去底之小瓮为之。

⑨灵官：即王灵官。相传名善，宋徽宗时人。生前学道，死后由玉皇大帝封为"先天主将"，司天上人间纠察之职。道教奉祀为护法神。道观所塑王灵官像，赤面，三目，被甲执鞭，是镇守山门之神。粪除：扫除秽物。

⑩甲申之变，明崇祯十七年甲申（1644），李自成义军攻占北京，明亡，史称甲申之变。清兵入京也在同年。

【译文】

朝天观的道士某人，喜欢吐纳养生术。有一个老头儿借住在观中，恰好也同样喜欢这种养生法术，两人于是就成了道友。老头儿在观中住了几年，每年到了郊祭天地的时候，他就提前十来天离开道观，郊祭结束后再返回观里。道士对此很是疑惑，就问老头儿为什么要这样。老头儿说："我们两人是莫逆之交，我可以实话告诉你，我是只狐狸。郊祭的日子一到，各路神仙就都会来清扫污秽，我便无处容身了，所以才自行逃走。"又过了一年，快到郊祭的日期时，老头儿又走了，但过了很长时间也没有返回观中来。道士的心里非常疑惑。一天,老头儿忽然来了,道士就问他为什么这么晚才返回。老头儿回答说:"我几乎见不到先生了!我先前本想去远远地躲藏起来,但心里感到很倦怠,看到阴沟里很是隐蔽,于是就潜伏在阴沟入口的瓮下面。没想到王灵官打扫到这里,一眼就看见了我,他生气地想要用鞭打我。我害怕地逃走,灵官神在后面追赶得很紧。我跑到黄河边上时,眼看灵官神就要追上来了,万般无奈,我就窜进厕所里面趴着。神灵嫌这地方太肮脏,才返身离去。我从那里面出来,身上沾染上了恶臭,不能再在人世间出没了。于是,我跳进水里,清洗自己的身体,洗完后又隐居在洞穴里,过了将近一百天,污垢才除尽。今天我来是和你告别的,同时,告诉你几句话:先生也应该离开这里到其他地方去隐居,大的劫难即将来临,这里不是安乐之地。"说完,老头儿告辞而去。道士听从了老头儿的话,搬迁到别的地方去了。没过多久,就发生了明朝覆灭的甲申之变。

王兰

【题解】

本篇由三个联系松散的小故事构成。第一个故事是王兰被鬼卒误勾,鬼卒为了免责,与王兰达成交易,合伙窃取了狐狸的金丹,王兰成为鬼仙。第二个故事写王兰与友人张生联合治好了富翁女儿的病,获得千金报酬。第三个故事写王兰、张生的同乡贺才酗酒赌博,闻知张生富有,强与结交索钱,得钱便酗酒赌博,以致连累王兰和张生。幸好上帝明察秋毫,将贺才治罪,张生释放,而王兰则因给别人医病行善被封为清道使。

在这三个小故事中,后两个比较平庸,第一个故事则相当精彩。其中鬼为王兰作人生设计,称:"人而鬼也则苦,鬼而仙也则乐。苟乐矣,何必生?"充满浪漫的想象力。描写王兰与鬼联手对付狐狸:"有狐在月下,仰首望空际,气一呼,有丸自口中出,直上入于月中;一吸,辄复落,以口承之,则又呼之。如是不已。鬼潜伺其侧,俟其吐,急掇于手,付王吞之。狐惊,盛气相向。见二人在,恐不敌,愤恨而去。"生动有趣,令人忍俊不禁。

　　利津王兰①,暴病死。阎王覆勘②,乃鬼卒之误勾也③。责送还生,则尸已败。鬼惧罪,谓王曰:"人而鬼也则苦,鬼而仙也则乐。苟乐矣,何必生?"王以为然。鬼曰:"此处一狐,金丹成矣④。窃其丹吞之,则魂不散,可以长存,但凭所之,罔不如意。子愿之否?"王从之。鬼导去,入一高第,见楼阁渠然⑤,而悄无一人。有狐在月下,仰首望空际,气一呼,有丸自口中出,直上入于月中;一吸,辄复落,以口承之,则又呼之。如是不已。鬼潜伺其侧,俟其吐,急掇于手,付王吞之。狐惊,盛气相向。见二人在,恐不敌,愤恨而去。王与鬼别,至其家,妻子见之,咸惧却走。王告以故,乃渐集。由此在家寝处如平时。

【注释】

①利津:县名。位于山东的北部,今属东营。

②覆勘:复审。勘,审问犯人。

③误勾:按照民间的说法,人之所以死去,是因为阎王爷派鬼卒来勾唤。误勾,即这一行为发生了差错。

④金丹:道家所谓长生不老有奇效的仙丹。

⑤渠然:高大深广的样子。《诗·秦风·权舆》:"于我乎,夏屋渠渠。"渠渠,孔颖达疏谓高大貌,朱熹《诗集传》谓深广貌。渠然,义同"渠渠"。

【译文】

利津县有个人名叫王兰,忽然身患暴病死去了。到了阴间,阎王复审,才发现是小鬼勾错了魂。阎王责令小鬼把王兰的魂魄送还阳世复活,但他的尸体已经腐烂了。小鬼害怕阎王怪罪自己,就对王兰说:"人死了做鬼很痛苦,但如果能由鬼变成神仙就很快乐。假如有欢乐,又何必再去人间投生呢?"王兰也认为这话有道理。小鬼说:"这地方有一个狐狸精,它已经炼成了金丹。要是去把它的金丹偷来吞吃下去,那人的灵魂就会不消散,可以永远存在,任凭灵魂想去什么地方,没有不如意的。你愿意吗?"王兰听从了小鬼的主意。小鬼就带着他,进了一家高门大院的府第,只见里面的楼阁高大深广,却静悄悄没有一个人。有一个狐狸精在月亮光下面,仰起头朝着天空,它一呼气,就有一个小丸从口中喷出来,一直向上飞入月亮中去;再一吸气,小丸就落下来,狐狸精用口把小丸接住,于是再次呼气。如此反复不已。小鬼悄悄地躲在狐狸精的身边,等到它吐出小丸时,急忙把小丸抓在手里,交给王兰吞了下去。狐狸精大吃一惊,怒气冲冲地扑了过来。但见到对方有两个,怕自己敌不过,只好愤恨地离去了。王兰与小鬼告别后,回到了自己家里,妻子儿女看见他,都惊恐地要逃走。王兰告诉他们原因以后,家人才慢慢地围拢了过来。从此,他就像往常一样地在家里住了下来。

其友张姓者,闻而省之,相见,话温凉①。因谓张曰:"我与若家夙贫②,今有术,可以致富。子能从我游乎?"张唯唯。曰:"我能不药而医,不卜而断③。我欲现身,恐识我者,相惊以怪。附子而行,可乎?"张又唯唯。于是即日趣装④,至山西界。富室有女,得暴疾,眩然瞀瞑⑤,前后药禳既穷。张造其庐,以术自炫。富翁止此女,常珍惜之,能医者,愿以千金为报。张请视之。从翁入室,见女瞑卧,启其衾,抚其体,女昏不觉。王私告张曰："此魂亡也⑥，当为觅之。"张乃告翁："病虽危，可救。"问："需何药？"俱言不须，"女公子魂离他所，业遣神觅之矣"。约一时许，王忽来，具言已得。张乃请翁再入，又抚之。少顷女欠伸，目遽张。翁大喜，抚问。女言："向戏园中，见一少年郎，挟弹弹雀⑦，数人牵骏马，从诸其后。急欲奔避，横被阻止。少年以弓授儿，教儿弹。方羞诃之，便携儿马上，累骑而行⑧，笑曰：'我乐与子戏，勿羞也。'数里入山中。我马上号且骂，少年怒，推堕路旁，欲归无路。适有一人至，捉儿臂，疾若驰，瞬息至家，忽若梦醒。"翁神之，果贻千金⑨。王夜与张谋，留二百金作路用，馀尽摄去。款门而付其子，又命以三百馈张氏，乃复还。次日与翁别，不见金藏何所，益异之，厚礼而送之。

【注释】

①话温凉：叙别离，致问候。如同"道寒暄"。

②夙(sù)贫：一向穷苦。夙，素昔，平常。

③不卜而断：不用占卜就可以断定吉凶。

④趣(cù)装：迅速整理行装。

⑤眩然瞀(mào)瞑：头昏眼花，神志昏迷。瞀，眼花目眩。瞑，闭目。

⑥魂亡：俗言丧魂失魄。亡，失落。

⑦挟弹(dàn)弹(tán)雀：拿弹弓打鸟。

⑧累骑：共骑一马。

⑨贻：赠送。

【译文】

王兰有个姓张的朋友，听说后就来看望他，两人见面后，谈了一会儿离别问候的闲话，王兰便对张某说："我家和你家向来贫穷，现在我有了法术，可以发财致富了。你能跟着我一起干吗？"张某答应了。王兰又说："我不用药就能治好病，不用卜卦就能断事如神。但是我要现出原身，恐怕知道我已经死去的人们都会吃惊害怕。让我附在你的身上出去，可以吗？"张某又一口答应了。于是两人当天就收拾行装出发了，他们来到山西地界。那里有个富翁家的女儿，得了暴病，整天昏迷不醒，神志不清，前前后后又是吃药又是求神，各种办法都用尽了，仍不见效。张某来到这家拜访，向富翁炫耀自己的法术。富翁只有这么一个女儿，素来十分珍爱她，他许愿谁能治好女儿的病，就用一千两银子来酬谢。于是张某要求让他去看看病人。张某随着富翁进了内室，只见那个少女昏昏沉沉地躺在那里，掀起她的被子抚摸她的身体，她也昏迷不觉。王兰偷偷地告诉张某说："她这是灵魂迷失了，应当替她找回来。"张某就告诉富翁说："病情虽然危险，但还有救。"富翁问："需要用什么药？"张某说什么药都不需要，"你家女公子的灵魂出窍到了别的地方，我已经派神人前去寻找了"。大约过了一个时辰，王兰突然回来，告诉张某少女的灵魂已经找到了。张某便请富翁再进内室去，富翁再次抚摸自己的女儿。过了一会儿，女儿就弯身伸腰，忽然睁开了眼睛。富翁大为高兴，一边抚爱一边询问女儿是怎么回事儿。他女儿说："先前我正在花园里游玩，看见一个少年，用弹弓弹射鸟雀，有几人牵着骏马，跟随在他身后。我急忙想躲避，却被他横加阻挡住了。那少年又把弹弓塞到我手里，要教我弹。我正害羞地斥责他，他却把我抱到马上，同马而行，还笑着说：'我喜欢和你玩，你不要害羞。'走了好几里地进入山中。我在马上又是号哭又是怒骂，那少年一气之下，把我推落到路边，我想回家却又找不到路。恰好这时有一个人来了，抓住我的手臂，带着我飞跑得像是骑马奔驰一样，一转眼就到了家，忽然像做了个梦似地醒过来了。"富翁觉得张某神通广大，果然送给他一千两银子。王兰在这天夜里又和张某商议好，留下二百两银子作为路费用，其馀的都由王兰作法转移到家里去。王兰敲开门把钱交给他儿子,又嘱咐他送三百两给张家,完事之后王兰才返回来。第二天与富翁告别,富翁看不见他们的银子藏在哪里,更加觉得奇异,赠给他们丰厚的礼物,然后送别了他们。

　　逾数日,张于郊外遇同乡人贺才。才饮博①,不事生产,奇贫如丐。闻张得异术,获金无算,因奔寻之。王劝薄赠令归。才不改故行,旬日荡尽,将复觅张。王已知之,曰:"才狂悖②,不可与处,只宜赂之使去,纵祸犹浅。"逾日,才果至,强从与俱。张曰:"我固知汝复来。日事酗赌,千金何能满无底窦③?诚改若所为,我百金相赠。"才诺之。张泻囊授之。才去,以百金在橐,赌益豪,益之狭邪游④,挥洒如土。邑中捕役疑而执之,质于官,拷掠酷惨。才实告金所自来。乃遣隶押才捉张。数日创剧⑤,毙于涂。魂不忘张,复往依之,因与王会。一日,聚饮于烟墩⑥,才大醉狂呼,王止之,不听。适巡方御史过⑦,闻呼搜之,获张。张惧,以实告。御史怒,笞而牒于神⑧。夜梦金甲人告曰:"查王兰无辜而死,今为鬼仙。医亦仁术,不可律以妖魅⑨。今奉帝命⑩,授为清道使⑪。贺才邪荡,已罚窜铁围山⑫。张某无罪,当宥之。"御史醒而异之,乃释张。

【注释】

①饮博:饮酒赌博。

②狂悖(bèi):做事乖张,狂妄背理。悖,违背常理。

③无底窦:无底洞。

④狭邪游：狎妓行为。狭邪，通作狭斜，指小街曲巷，妓女所居。古乐府有《相逢狭路间行》(又名《长安有狭斜行》)，写长安贵家宴乐狎妓生活，后因称狎妓为狭邪游。

⑤创剧(jù)：指刑伤恶化。剧，极，甚。

⑥烟墩：明清防卫报警设施。洪武二十六年(1393)，命于"腹里边境险要处所安设烟墩，昼则举烟，夜则举火，接递通报"。见《山东通志·兵防志八·兵制一》。明清时代，烟墩常与烽火台并称为台墩。此处指烟墩废址。

⑦巡方御史：即巡按御史。自明初始，派御史至各地巡察，称巡按御史。简称巡按。三年一换，职权同汉刺史。清初因之。

⑧牒于神：具文通报神界，或具诉状于神界。牒，泛指官府间往来文书，或指诉状。其时王兰、贺才已死，所以御史乃以此举告神，请求审治其罪。

⑨律以妖魅：当作妖魅，绳之以法。律，谓依刑律治罪。

⑩帝：天帝。

⑪清道使：封建时代，皇帝、大臣出入，扈卫人员预为清净道路，辟除行人，称为清道。此处清道使，是传说中为尊神前驱清路的下级神官。

⑫窜：处以流刑，流放。铁围山：又称铁轮围山，代指极荒远的地界。据佛经记载，赡部等四大洲外有铁轮围山，周匝如轮，围绕别一世界。其地距以须弥山为中心的佛国极其辽远。见《具舍论》。

【译文】

过了几天，张某在郊外遇见了同乡贺才。贺才沉湎于饮酒赌博，不务正业，异常贫穷，像要饭的一样。他听说张某学到了奇异的法术，获取了多得数不过来的银子，于是跑来找张某。王兰劝张某送给贺才少量的银钱，让他回去。但贺才不改旧日恶习，十来天就把银子全花光了，又想再来找张某。王兰已经暗中知道了，对张某说："贺才为人狂妄背理，不能和他在一起相处，只能是送给他一些钱财让他走人，这样，即使他闯了祸，对我们的危害也会浅一些。"第二天，贺才果然来了，强行要求和张某一块儿干事。张某说："我早就知道你还会来。你每天酗酒赌博，即使有一千两银子，又怎么能填满你的无底洞？你要是能够痛改前非，我就送给你一百两银子。"贺才答应要改掉恶习。张某就把钱袋里所有的银子都送给了他。贺才离开后，自恃钱袋里有了一百两银子，更加放肆地狂赌，还在花街柳巷里嫖娼，挥金如土。县里的捕快差役怀疑他做了案，就把他抓去见官审讯，对他进行残酷的拷打。贺才一五一十地供出了银子的来历。知县于是派遣差役押着贺才去捉拿张某。但过了几天，贺才因为伤重死在了路上。他的魂魄仍然不忘记去寻找张某，又前去依附张某的身上，因此与王兰的魂魄会合在了一处。有一天，他们在烟墩废址里聚会饮酒时，贺才的灵魂酩酊大醉，狂呼乱叫起来，王兰竭力制止他也不听。正好巡方御史的车驾经过这里，听见呼叫后他就命人搜寻，结果抓获了张某。张某十分害怕，就说出了实情。御史大怒，下令鞭打张某，又把状词通报给了神灵。当天晚上御史梦见有个身穿金甲的神人来告诉他说："查得王兰是无辜误死的，现在成了鬼仙。他为人治病也算是有仁义，不应该把他当作妖魅处罚。今天奉玉帝的旨意，授他为清道使。贺才淫邪放荡，已经处罚流放到铁围山去了。张某没有罪过，应当宽恕他。"御史从梦中醒来，十分惊异，于是释放了张某。

张治装旋里①。囊中存数百金，敬以半送王家。王氏子孙以此致富焉。

【注释】

①旋里：回家。

【译文】

张某置办行装回到家乡。钱袋里还有几百两银子,就拿出一半来恭敬地送到了王家。王家的子孙因此而变得富裕起来了。

鹰虎神

【题解】

凡是庙宇一定都供奉着神灵,但凡灵验的神灵一定会使得寺庙香火旺盛,香火旺盛的庙宇中的和尚道士也一定生活得比较滋润。《鹰虎神》中的任姓道士由于每天鸡鸣即起焚诵,受到鹰虎神的保护,小偷盗了道士的钱之后,奔到千佛山下遇到下山的鹰虎神,被揪住返回寺庙向道士忏悔,退回了赃物。这个故事中的被盗者假如不是与庙中利益相关的道士,而是另有其人,可信度就会较高。所以清代评论家何垠说:"此事若道士令偷儿诈为之,便可得财,须察。"

郡城东岳庙①,在南郭②,大门左右神高丈馀,俗名"鹰虎神",狰狞可畏。庙中道士任姓,每鸡鸣,辄起焚诵③。有偷儿预匿廊间,伺道士起,潜入寝室,搜括财物。奈室无长物④,惟于荐底得钱三百⑤,纳腰中⑥。拔关而出,将登千佛山⑦。南窜许时,方至山下。见一巨丈夫,自山上来,左臂苍鹰⑧,适与相遇。近视之,面铜青色,依稀似庙门中所习见者。大恐,蹲伏而战。神诧曰:"盗钱安往!"偷儿益惧,叩不已。神揪令还入庙,使倾所盗钱,跪守之。道士课毕⑨,回顾骇愕。盗历历自述。道士收其钱而遣之。

【注释】

①郡城：府治所在地。作者故乡淄川清代隶属济南府，府治在历城，即今济南。东岳庙：道教奉祀泰山神"东岳天齐仁圣大帝"（省称"东岳天齐大帝"或"东岳大帝"）的神庙。传说东岳大帝掌管人间生死，旧时各地多有其庙，又名天齐庙，每年旧历三月二十八日为祭祀日。

②南郭：南城。据《历城县志》，东岳庙在"府城南门外"。

③焚诵：焚香诵经。

④长（zhǎng）物：原指多馀物品或像样的东西。此处指可偷的值钱东西。长，馀。《世说新语·德行》："（王大）见其（指王恭）坐六尺簟，因语恭：'卿东来，故应有此物，可以一领及我。'恭无言。大去后，即举所坐者送之。既无馀席，便坐荐上。后大闻之，甚惊曰：'吾本谓卿多，故求耳。'对曰：'丈人不悉恭，恭作人无长物。'"

⑤荐底：草席下面。荐，垫子，草席。

⑥腰：指腰包。

⑦千佛山：又名历山，在济南城南五里。隋开皇年间因山石镌成众多佛像，因名千佛山。

⑧左臂苍鹰：左臂上架着苍鹰。臂，这里是以臂承物。

⑨课：功课，指寺庙早晚烧香念经的例行宗教活动，即上文所说的"焚诵"。

【译文】

郡城的东岳庙，位于南郊，大门的左右各有一尊一丈多高的神像，人们俗称作"鹰虎神"，面目狰狞，让人害怕。庙里有一个姓任的道士，每天鸡鸣时分，他就起床焚香念经。有一个小偷，预先躲藏在庙里的走廊当中，等到道士一起床，就偷偷地钻进房里搜寻钱财。无奈房里没有什么值钱的东西，只是在草垫子下面找到了三百文钱，小偷就把钱装入了腰包。他打开门跑了出去，准备上千佛山去。小偷朝南逃窜了好一阵子，才到了山脚下。这时，只见一个身材特别高大魁梧的人，从山上走了下来，左臂上架着一只苍鹰，恰好和小偷迎面相遇。走到近处一看，见这人的脸皮是青铜色的，仿佛是庙门里常见的那位神。小偷非常害怕，蹲在地上浑身发抖。神斥责他说："你偷了钱，往哪里跑！"小偷一听更加害怕，连连叩头不止。神揪住小偷，让他返回庙里去，回到庙里后，又让他把偷去的钱全都掏出来，跪在地上守在那里。道士念完了经，回过头来一看，大吃了一惊。小偷自己一五一十地说出了事情的经过。道士收回了钱，把小偷放走了。

王成

【题解】

狐狸祖母告诫王成所说"宜勤勿懒，宜急勿缓。迟之一日，悔之已晚"是本篇作品画龙点睛之笔。前两句阐述的是商业运作的经验，也是人格成功的不二法门。后两句则是本篇故事发展的关键情节——正是因为王成违背了狐狸祖母的告诫，耽误了时间，贩葛失败，才发生了以后的一些事，从而改变了命运。

懒惰的王成本最不适宜于经商，即使经商也不会成功。他之所以能够获利回家，仰赖于狐狸祖母和店主人的帮助；而之所以能得到这两个人的帮助，则是凭借着王成"拾钗而不取，亡金而任数，所谓'君子安贫，达人知命'"（但明伦评语）的生活态度。这个生活态度是王成的人格性情并为蒲松龄所赞赏。蒲松龄深知懒惰之害，所以用狐狸祖母督促王成夫妇"早起，使成督耕，妇督织，稍惰，辄诃之。夫妇相安，不敢有怨词"作为故事的结尾。

作为小说的次要人物，无论是狐狸祖母，还是淳朴的王成之妻、厚道的旅店主人、爱好斗鹌鹑的大亲王，作者都写得一丝不苟，性情毕现。

尤其是狐狸祖母与王成从攀谈到认亲,从教育王成到慨然以复兴家业自任,活画出一个亲切而严厉,精明而善于持家的老妪形象。小说中斗鹌鹑的描写,有场面、有情节,有人物的性情,也有鹌鹑的打斗,一一写来,显示出很高的笔力。

　　王成,平原故家子①。性最懒,生涯日落,惟剩破屋数间,与妻卧牛衣中②,交谪不堪③。时盛夏燠热④,村外故有周氏园,墙宇尽倾,唯存一亭,村人多寄宿其中,王亦在焉。既晓,睡者尽去。红日三竿,王始起,逡巡欲归。见草际金钗一股,拾视之,镌有细字云:"仪宾府造⑤。"王祖为衡府仪宾⑥,家中故物,多此款式,因把钗踌躇。欻一妪来寻钗⑦。王虽故贫,然性介⑧,遽出授之。妪喜,极赞盛德,曰:"钗直几何,先夫之遗泽也⑨。"问:"夫君伊谁?"答云:"故仪宾王柬之也。"王惊曰:"吾祖也。何以相遇?"妪亦惊曰:"汝即王柬之之孙耶? 我乃狐仙。百年前,与君祖缱绻⑩。君祖殁,老身遂隐。过此遗钗,适入子手,非天数耶!"王亦曾闻祖有狐妻,信其言,便邀临顾。妪从之。

【注释】

①平原:县名。位于山东西北部。清代隶属德州,今为山东德州所属县。

②牛衣:用草、麻编织的给牛御寒用的覆盖物。《汉书·王章传》:"初,章为诸生,学长安,独与妻居。章疾病,无被,卧牛衣中。"此处用以形容穷困。

③交谪不堪:被妻子责怨,难以度日。交谪,习指妻子对丈夫絮烦

的埋怨、责数。语出《诗·邶风·北门》:"我入自外,室人交遍谪我。"谪,责备,埋怨。

④燠(yù)热:炎热,酷热。燠,暖,热。

⑤仪宾:明代亲王或郡王之婿称仪宾,取《易·观》王弼注"明习国仪,利用宾于王"之义。见《明史·职官志》。

⑥衡府:指青州衡恭王府。明宪宗朱见深第七子朱祐楎,成化二十三年(1487)封衡恭王,孝宗弘治十二年(1499)之藩青州,下传四代,明亡。见《明史·宪宗诸子列传》。

⑦欻(xū):忽然。

⑧介:耿直。

⑨先夫之遗泽:已故丈夫的遗物。遗泽,对于去世的尊长遗物的敬称,意思是遗物上还保留着他们接触留下的体泽。

⑩缱绻(qiǎn quǎn):缠绵纠结。形容男女间情意深厚,难舍难分。

【译文】

王成是平原县旧时官宦人家的子弟。生性最为懒惰,家境一天天没落下去,只剩下几间破屋子,与妻子躺在麻草席里,被妻子责怨,难以度日。当时正是盛夏,天气炎热,村子外面原先有个周家花园,现在墙倒房塌,只剩下一个凉亭,村子里的很多人为了避暑住在那里,王成也在其中。这天天亮后,睡觉的人陆续都离去了。待到红日升到三竿高,王成才起来,磨磨蹭蹭地想要回家。他忽然看见草丛里有一枝金钗,捡起来一看,上面刻着几个小字:"仪宾府造。"王成的祖父原先是衡王的女婿,家里的旧物,有不少刻有这种标记,王成因此拿着金钗犹豫猜测了一番。这时,有一个老太太前来寻找丢失的金钗。王成虽然很穷,但却品性耿直,立刻拿出金钗交给了她。老太太很高兴,大大称赞了王成的品德,又说:"这枝金钗能值几个钱,可这是我故去的丈夫的遗物。"王成问:"您的丈夫是谁?"老太太回答说:"是已故的仪宾王柬之。"王成吃惊地说:"那是我的祖父啊!你们怎么能相遇呢?"老太太也惊奇地说:

"你就是王柬之的孙子吗？我是个狐仙。一百年前，与你祖父曾结为夫妻。你祖父死后，我就隐居起来了。经过这里时丢失了金钗，恰好被你捡到，这不是上天的安排吗！"王成从前也曾听说过祖父有位狐狸妻子，便相信了她的话，邀请老太太到家里去坐坐。老妇人跟着他去了。

　　王呼妻出见，负败絮①，菜色黯焉②。妪叹曰："嘻！王柬之孙子，乃一贫至此哉！"又顾败灶无烟③。曰："家计若此，何以聊生④？"妻因细述贫状，呜咽饮泣。妪以钗授妇，使姑质钱市米，三日外请复相见。王挽留之。妪曰："汝一妻不能自存活，我在，仰屋而居⑤，复何裨益？"遂径去。王为妻言其故，妻大怖。王诵其义，使姑事之⑥，妻诺。逾三日，果至。出数金，籴粟麦各石⑦。夜与妇共短榻。妇初惧之，然察其意殊拳拳⑧，遂不之疑。

【注释】

①负败絮：穿着破棉袄。此指衣衫破烂。

②菜色黯焉：容光暗淡，面有饥色。菜色，贫穷缺粮，长期以菜类充饥，营养不良的面色。《汉书·翼奉传》："连年饥馑，加之以疾疫，百姓菜色，或至相食。"颜师古注："人专食菜，故饥肤青黄，为菜色也。"

③败灶：破锅台。败，破败失修。

④何以聊生：依靠什么维持生计？聊，依赖。

⑤仰屋而居：指困居家中，愁闷无计。仰屋，抬头看着屋顶。

⑥使姑事之：像对待婆母那样侍奉狐妪。

⑦籴：买。石：容量单位。一石是十斗，合一百升。

⑧拳拳：恳挚的样子。

【译文】

　　到了家中,王成叫妻子出来,只见她身上穿得破破烂烂,饿得脸色青黄。老太太不由得叹息说:"唉! 王柬之的孙子,竟然穷到这种地步了吗!"她看到破败的灶台没有一星烟火,就问:"家里的景况这样,靠什么维持生活呢?"王成的妻子于是细细述说了贫苦的遭遇,不禁呜咽哭泣了起来。老太太把金钗交给她,让她暂且换些钱买米,说三天以后再来与他们相见。王成要挽留她。老太太说:"你自己连一个妻子还养活不了,我留在这里,望着屋顶发呆,又有什么用呢?"说完径自走了。王成向妻子说明了老太太的来历,妻子大为惊恐。王成又说起她的仁义,让妻子把她当成婆婆侍奉,妻子答应了。过了三天,老太太果然又来了。她拿出几两银子,让王成买回一石谷子、一石麦子。夜里老太太就与王成的妻子一同睡在短床上。王成的妻子起初还有些怕她,但后来发现她的心意是诚恳的,也就不再有疑心了。

　　翌日,谓王曰:"孙勿惰,宜操小生业。坐食乌可长也?"王告以无赀①。曰:"汝祖在时,金帛凭所取。我以世外人,无需是物,故未尝多取。积花粉之金四十两②,至今犹存。久贮亦无所用,可将去悉以市葛③,刻日赴都④,可得微息。"王从之,购五十馀端以归⑤。妪命趣装,计六七日可达燕都⑥。嘱曰:"宜勤勿懒,宜急勿缓。迟之一日,悔之已晚!"王敬诺。

【注释】

　　①赀:钱,本钱。

　　②花粉之金:即私房钱。旧时妇女往往以购置化妆品为名积蓄零用钱。

③将：拿去。市：买。葛：葛布，俗称夏布，质地细薄，除用以作衣
　料，还用作头巾。

④刻日：限定日期。

⑤端：量词，古代以布帛长两丈（或云一丈八尺、六丈等）为一端。
　通常以一端为一匹。

⑥燕（yān）都：北京。北京地区为周时燕国故地。

【译文】

第二天，老太太对王成说："孙子你不要再懒惰了，应该做个小买
卖。坐吃山空怎么能长久呢？"王成告诉她说没有本钱。老太太说："你
祖父在世的时候，金银绸缎任凭我拿。我因为自己是世外之人，不需要
这些，所以没有多拿过。只积攒下买胭脂花粉的银子四十两，至今还留
着。长时间储存在我这里也没有用处，你可以拿去全都买成葛布，限定
日子赶到京城，就能得到些小利润。"王成听了她的话，买回来五十多匹
葛布。老太太让他马上收拾行装出发，计算好六七天内就可以赶到京
城。又叮嘱王成："你要勤快，不要懒惰，务必快走，不能迟缓。如果晚
到一天，就后悔莫及了！"王成恭敬地答应了。

　　囊货就路，中途遇雨，衣履浸濡①。王生平未历风霜，委
顿不堪②，因暂休旅舍。不意淙淙彻暮，檐雨如绳。过宿，泞
益甚。见往来行人践淖没胫③，心畏苦之。待至亭午④，始渐
燥，而阴云复合，雨又大作。信宿乃行。将近京，传闻葛价
翔贵⑤，心窃喜。入都，解装客店，主人深惜其晚。先是，南
道初通⑥，葛至绝少，贝勒府购致甚急⑦，价顿昂，较常可三
倍⑧。前一日方购足，后来者并皆失望。主人以故告王，王
郁郁不得志。越日，葛至愈多，价益下。王以无利不肯售。
迟十馀日，计食耗烦多，倍益忧闷。主人劝令贱鬻⑨，改而他

图,从之。亏赀十馀两,悉脱去。早起,将作归计,启视囊中,则金亡矣。惊告主人,主人无所为计。或劝鸣官,责主人偿。王叹曰:"此我数也,于主人何尤?"主人闻而德之,赠金五两,慰之使归。自念无以见祖母,蹀躞内外⑩,进退维谷⑪。

【注释】

①浸濡(rú):因受水渍而湿透。濡,浸渍,沾湿。

②委顿:颓丧,疲困。

③淖(nào):泥沼,指泥泞积水的道路。胫:小腿,从膝盖到脚跟。

④亭午:中午,正午。

⑤翔贵:腾贵,指价格飞涨。

⑥南道:南边的道路。山东在燕都的南边。

⑦贝勒:清代十三封爵之一,满语"多罗贝勒"的省称。是授予皇族和蒙古外藩的封爵,品位仅次于郡王。见《清会典》。

⑧可:大约。

⑨贱鬻(yù):贱卖。鬻,卖。

⑩蹀躞(dié duó):走来走去。义同徘徊,蹀躞。

⑪进退维谷:进退两难,前后无路。《诗·大雅·桑柔》:"人亦有言,进退维谷。"毛传:"谷,穷也。"

【译文】

王成挑着货物上了路,中途遇上下雨,衣裳鞋子都湿透了。他平生没有吃过风霜雨雪之苦,觉得困乏不堪,因此决定暂时在一个旅店里休息。不料大雨浔浔地下了整整一夜,房檐下雨水流得像一根根绳子似的。过了一夜,道路泥泞得更加厉害。王成看见往来行人走在泥泞的道路上,稀泥没过了小腿,心里十分怕苦。等到了中午,地上刚刚有些干燥，却又阴云密布，下起了滂沱大雨。一直连住了两天，他才起程上路。快要到京城的时候，王成听人说京城的葛布售价昂贵，不断飞涨，心里暗暗高兴。到了京城后，他解下行装住进客店，店主却深深地惋惜他来晚了。原来在此之前，去往南方的道路刚刚打通，运到京城的葛布非常少，但贝勒府又急着要购买，因此葛布的价格顿时高涨起来，大约是平常的三倍。王成入京的前一天贝勒府刚好已经买足，后来运到葛布的人都很失望。店主把原委告诉王成以后，王成心里很是郁郁不乐。又过了一天，葛布运到京城的更多了，价格下跌得更厉害。王成因为没有利润仍然不肯出售。这样迟疑了十几天，盘算着饮食等耗费已经很多，他心中倍感愁闷。这时店主奉劝他把葛布贱价卖掉，改作别的打算。王成听从了他的劝告，亏损十几两本钱，都脱了手。第二天早晨起来，他准备回去，打开行囊一看，银子全丢了。他惊慌地去告诉店主，店主也没有办法可想。有人劝他去报告官府，责令店主赔偿。王成叹口气说道："这是因为我的运气不好，和店主有什么关系？"店主听说后，很感激他的仁德，送给他五两银子，劝慰着让他回去。王成自己寻思着没脸回去见祖母，出出进进徘徊不定，陷入了进退维谷的境地。

　　适见斗鹑者①，一赌辄数千，每市一鹑，恒百钱不止。意忽动，计囊中赀，仅足贩鹑，以商主人。主人怂恿之，且约假寓饮食，不取其直。王喜，遂行。购鹑盈儋②，复入都。主人喜，贺其速售。至夜，大雨彻曙。天明，衢水如河，淋零犹未休也。居以待晴。连绵数日，更无休止。起视笼中，鹑渐死。王大惧，不知计之所出。越日，死愈多，仅馀数头，并一笼饲之。经宿往窥，则一鹑仅存。因告主人，不觉涕堕。主人亦为扼腕③。王自度金尽罔归，但欲觅死。主人劝慰之，共往视鹑，审谛之，曰："此似英物④。诸鹑之死，未必非此之斗杀之也。君暇亦无所事,请把之⑤,如其良也,赌亦可以谋生。"王如其教。既驯,主人令持向街头,赌酒食。鹑健甚,辄赢。主人喜,以金授王,使复与子弟决赌⑥,三战三胜。半年许,积二十金。心益慰,视鹑如命。

【注释】

①鹑:鸟名。善搏斗,俗称鹌鹑。实则鹑与鹌非一物。《本草纲目》:"鹌与鹑两物也,形状相似,但斑者为鹌也,今人总以鹌鹑名之。"

②儋:同"担"。

③扼腕:以手握腕,表示惋惜、同情。

④英物:物类中的超群杰出者。

⑤把之:比赛斗鹑的鹌鹑不能久蓄笼中,必须经常手持调驯,称为"把鹑"。把,握持。

⑥子弟:后生,青年人。也泛指社会上浮浪不务正业的青年。

【译文】

恰好这时他看见街上有斗鹌鹑的,一赌就是几千文钱,每买一头,常常花费不止一百文钱。他心中忽然念头一动,算了算行囊里的钱,仅够贩卖鹌鹑的,就回去和店主商量。店主极力怂恿他去试试,并约定好让他吃住在店里,不要他的钱。王成很高兴,就上了路。他买了满满一担子鹌鹑,又回到了京城。店主也很欣喜,预祝他能尽早卖光。不料半夜里忽然下起大雨,一直下到黎明。天亮以后,街上水流如河,雨"嘀嘀嗒嗒"地还没有停止。王成只好住在店里等着天放晴。可这场雨竟然连绵不断地下了好几天,还不见休止。他起身去看笼子,鹌鹑渐渐地开始死去了。他十分惊怕,不知道该怎么办好。又过了一天,鹌鹑死得更多了,只剩下了几头,他就把它们并在一个笼子里饲养。再过了一夜去看,笼子里只有一只鹌鹑还活着。王成于是把情况告诉了店主,不由得泪如雨下。店主也为他的种种不幸扼腕长叹。王成感到银钱亏光了,有家也难归,悲痛得只想寻死。店主又一再劝慰他,拉他一起再去看看仅存的那只鹌鹑,细细打量了一番,说:"这好像是个不寻常的良种。其他鹌鹑之所以死去,未必不是被它咬斗死的。你现在也闲着没事,就请训练训练它,如果真是个良种,用它来赌博也可以谋生。"王成遵照店主的主意去做了。训练好了以后,店主让他带着鹌鹑到街上赌顿酒饭。那只鹌鹑十分雄健,几次赌斗都赢了。店主很欢喜,出银子交给王成,让他再与专养鹌鹑的子弟去决战,结果三战三胜。这样过了半年多,王成竟积攒下了二十两银子。王成心里更加宽慰,把这只鹌鹑看作性命一般。

先是,大亲王好鹑①,每值上元②,辄放民间把鹑者入邸相角。主人谓王曰:"今大富宜可立致。所不可知者,在子之命矣。"因告以故,导与俱往。嘱曰:"脱败,则丧气出耳。倘有万分一,鹑斗胜,王必欲市之,君勿应。如固强之,惟予首是瞻③,待首肯而后应之④。"王曰:"诺⑤。"

【注释】

①大亲王:指亲王中行辈之尊长者。王是中国爵位制度中的第一等。清代以亲王为封爵之号,全称是和硕亲王。好鹑:指爱好斗鹑。

②上元:指阴历正月十五,又称元宵节。

③惟予首是瞻:意谓看我的表情动作行事。《左传·襄公十四年》:"惟予马首是瞻。"

④首肯:点头同意。

⑤诺：答应的声音。

【译文】

起先，大亲王嗜好斗鹌鹑，每逢元宵节，就放民间养鹌鹑的进王府去与他养的互相角斗。店主对王成说："现在发大财应该说立刻可以做到，就不知你的命运如何了。"于是把王府斗鹌鹑的事告诉了他，带他一起前往。店主又叮嘱说："如果败了，就自认晦气出来。要是万一你的鹌鹑斗胜了，亲王肯定要把它买下来，你不要答应。如果他实在要强买，你只管看我的脸色行事，等我点头以后再答应他。"王成说："好的。"

至邸，则鹑人肩摩于墀下①。顷之，王出御殿，左右宣言："有愿斗者上。"即有一人把鹑，趋而进。王命放鹑，客亦放，略一腾踔②，客鹑已败。王大笑。俄顷，登而败者数人。主人曰："可矣。"相将俱登。王相之③，曰："睛有怒脉④，此健羽也⑤，不可轻敌。"命取铁喙者当之⑥。一再腾跃，而王鹑铩羽。更选其良，再易再败。王急命取宫中玉鹑。片时把出，素羽如鹭⑦，神骏不凡。王成意馁，跪而求罢，曰："大王之鹑，神物也，恐伤吾禽，丧吾业矣。"王笑曰："纵之。脱斗而死，当厚尔偿。"成乃纵之。玉鹑直奔之。而玉鹑方来，则伏如怒鸡以待之；玉鹑健啄，则起如翔鹤以击之。进退颉颃⑧，相持约一伏时⑨，玉鹑渐懈，而其怒益烈，其斗益急。未几，雪毛摧落，垂翅而逃。观者千人，罔不叹羡。

【注释】

①肩摩：肩膀相摩，形容拥挤。《战国策·齐策》："临淄之途，车毂击，人肩摩。"墀：台阶上的空地，也指台阶。

②腾踔(zhuō)：义同下文"腾跃"，谓鼓翼跃起，奋力搏击。

③相：端详，细看。

④怒脉：突起的脉络。

⑤健羽：雄猛善斗的鸟。羽，鸟类代称。

⑥喙：嘴。当：抵敌，抵当。

⑦鹭：鹤形目鹭科鸟类的统称。这里指的是鹭鸶，羽毛非常白。

⑧颉颃(xié háng)：上下飞翔。这里指腾跃搏斗。

⑨一伏时：指家禽生蛋持续的时间。伏，量词。用作时间单位。

【译文】

到了王府，只见来斗鹌鹑的人已经摩肩接踵地挤在台阶下了。过了一会儿，亲王出来坐在殿上，左右的官员宣布说："有愿意斗的上来。"立即有一个人手握着鹌鹑，小步快跑了上去。亲王命令放出王府的鹌鹑，客方也放了出来。两只鹌鹑刚一腾跃相斗，客方的鹌鹑就败了。亲王不禁哈哈大笑。这样，不一会儿，登台后败下阵来的已经有好几个人了。店主说："可以了。"两人就相跟着都登上了台。亲王打量了一下王成的鹌鹑，说："眼睛里有怒线，这是一只刚勇善斗的鹌鹑，不可轻敌。"就命令取一只叫做铁嘴的来对阵。两只鹌鹑一再腾跃激斗后，王府的败了下来。亲王又选出更好的来斗，换了两只都败了。亲王急忙命令取出宫中珍养的玉鹌鹑来。过了片刻，就有人把着它出来了，只见这只玉鹌鹑全身像鹭鸶一样长着雪白的羽毛，确实不是一般的神骏之物。王成心中胆怯，跪在地上恳求不要斗了，说："大王的玉鹌鹑，是天上的神物，怕伤了我的鸟，砸了我谋生的饭碗啊！"亲王笑着说："放出来吧。要是你的斗死了，我会重重地赔偿你。"王成这才放出了鹌鹑。那只玉鹌鹑一见对手就直扑了过来。当玉鹌鹑正扑过来的时候，王成的鹌鹑就趴伏在那里如同怒鸡一样等待着；玉鹌鹑猛地一啄，王成的鹌鹑却突然跃起像飞翔的仙鹤似的向下攻击。两只鹌鹑忽进忽退，忽上忽下，相持了大约一伏时，玉鹌鹑渐渐地气力不支，开始松懈；而王成的鹌鹑却怒气更盛，出击更急。不一会儿，只见玉鹑雪白的羽毛纷纷被啄落在地，玉鹑垂着翅膀逃走了。周围观看的有上千人，无不赞叹羡慕王成的鹌鹑。

　　王乃索取而亲把之，自喙至爪，审周一过。问成曰："鹑可货否？"答云："小人无恒产①，与相依为命，不愿售也。"王曰："赐而重直②，中人之产可致。颇愿之乎？"成俯思良久，曰："本不乐置，顾大王既爱好之，苟使小人得衣食业，又何求？"王请直，答以千金。王笑曰："痴男子！此何珍宝而千金直也？"成曰："大王不以为宝，臣以为连城之璧不过也③。"王曰："如何？"曰："小人把向市廛④，日得数金，易升斗粟，一家十馀食指⑤，无冻馁忧，是何宝如之？"王言："予不相亏，便与二百金。"成摇首。又增百数。成目视主人，主人色不动。乃曰："承大王命，请减百价。"王曰："休矣！谁肯以九百易一鹑者！"成囊鹑欲行。王呼曰："鹑人来，鹑人来！实给六百，肯则售，否则已耳。"成又目主人，主人仍自若。成心愿盈溢，惟恐失时，曰："以此数售，心实快快。但交而不成，则获戾滋大⑥。无已，即如王命。"王喜，即秤付之。成囊金，拜赐而出。主人怼曰⑦："我言如何，子乃急自鬻也？再少靳之⑧，八百金在掌中矣。"成归，掷金案上，请主人自取之，主人不受。又固让之，乃盘计饭直而受之⑨。

【注释】

①恒产：即不动产，家庭中田园、房屋、土地等固定的产业。

②赐而重直：多给你钱。而，你。

③连城之璧：价值连城的璧玉。《史记·廉颇蔺相如列传》载：战国

时,赵国得到楚国的和氏璧,秦王诈称愿以十五城换取它。后代遂以连城璧比喻极端珍贵的东西。

④市廛:店铺集中的市区。

⑤食指:人的第二个手指。这里喻指需要供养的家庭或家族人口。

⑥获戾(lì):得罪。戾,罪过。滋大:越发大,更大。

⑦怼:不满,埋怨。

⑧少靳之:稍微勒措一下要价。靳,惜售,坚持要价,不让步。《后汉书·崔传》:"悔不小靳,可至千万。"

⑨盘计:计算。饭直:饭钱。

【译文】

亲王于是把王成的鹌鹑要来放在手上亲自把玩起来,从嘴到爪,细细审视了一遍后,问王成:"你的鹌鹑可以卖吗?"王成回答说:"小人没有什么固定的家产,只与它相依为命,不愿意卖。"亲王又说:"赏给你个好价钱,中等人家的财产马上到手。你愿意了吧?"王成低头考虑了很久,说:"我本不愿意卖,考虑到大王既然这么喜欢它,而且大王如果真能让小人我得到一份衣食无忧的产业,我还有什么可求的呢?"亲王问卖的价值,王成回答说是一千两银子。亲王笑着说:"傻汉子!这算什么珍宝,能值一千两银子啊?"王成说:"大王不以为它是珍宝,小人却认为它比价值连城的璧玉还贵重呀!"亲王问:"为什么呢?"王成说:"小人我拿着它到市上去斗,每天能得到好几两银子,换来一升半斗的谷米,一家十几口就没有受冻挨饿的忧虑了,什么宝物能像它这样?"亲王又说:"我不亏待你,就给你二百两银子。"王成摇摇头。亲王又加了一百两。王成偷眼看了看店主,见店主神色不动,就说:"承大王的命令,请让我也减去一百两。"亲王说:"算了吧!谁肯用九百两银子换一只鹌鹑呀?"王成装起鹌鹑就要走。亲王呼喊道:"养鹌鹑的回来,养鹌鹑的回来!我实实在在地给你六百两,你肯就卖,否则就算了。"王成又看店主,店主仍没有什么反应。王成心里已经万分满足了,唯恐失去这个机会,就说:"以这个数成交,小人心里实在不甘愿。但讨价还价半天买卖不成,一定会大大得罪王爷您。没别的法子,就按王爷说的那样办吧。"亲王十分欢喜,马上命令称出银子交给他。王成装好银子,谢过赏就出来了。店主埋怨他说:"我怎么说的,你就这样急着自己做主卖了?再稍微坚持一会儿,八百两银子就在手中了。"王成回到店里,把银子放在桌子上,请店主自己拿,店主却不要。王成又执意要给,店主才算出了王成几个月来的饭钱收下了。

王治装归,至家,历述所为,出金相庆。姬命治良田三百亩,起屋作器①,居然世家。姬早起,使成督耕,妇督织,稍惰,辄诃之。夫妇相安,不敢有怨词。过三年,家益富,姬辞欲去。夫妻共挽之,至泣下,姬亦遂止。旭旦候之②,已杳矣。

【注释】

①起屋作器:兴建房屋,置办家具。

②旭旦候之:清早向狐姬问安。候,问候,请安。

【译文】

王成置办好行装回到家,一五一十地述说了自己的经历,拿出银子让大家一起庆贺。老太太让他买下了三百亩良田,盖起房屋,置办器具,居然又恢复了祖上的世家景况。老太太每天很早就起来,让王成督促雇工耕地,让媳妇督促家人织布,两人稍有懒惰,老太太就会加以斥责。王成夫妻倒也安分服帖,不敢有什么怨言。这样过了三年,家里更加富裕了,老太太却告辞要走。王成夫妻俩一起执意挽留,直至声泪俱下,老太太也就留了下来。但到了第二天早晨,夫妻俩前去问候时,她却已经杳然不见踪影了。

异史氏曰：富皆得于勤，此独得于惰，亦创闻也。不知一贫彻骨，而至性不移①，此天所以始弃之而终怜之也。懒中岂果有富贵乎哉！

【注释】

①至性：纯厚无伪的天性。不移：不因境遇贫困而改变。

【译文】

异史氏说：富裕都是得自于勤劳的，唯独王成的富裕却是得自于懒惰，也算是闻所未闻的事情了。但人们却不知道这是因为王成虽然一贫如洗，但他那份至真至诚的性情不变，所以上天才一开始抛弃他，最终还是怜惜了他。懒惰之中难道还真能有富贵吗？

青凤

【题解】

狐女青凤的温婉多情，书生耿去病的风流倜傥，给人留下深刻的印象，自然可以看做是一篇颇为浪漫的人狐恋爱的小说。但如果把它看做是教人与传说中的狐狸家族如何相处的白皮书似乎也未尝不可。

小说中的狐狸家族在拘谨胆小的人看来，是妖异，需要避而远之；但是在豁达而狂放不羁的人眼中，则与人类并无两样。小说中狂生耿去病与狐狸一家的关系从某个方面看正是表达了蒲松龄的这一观念。可能有人会提出，耿去病不是有妻子吗？为什么还追求青凤并被作者正面描写呢？原因很简单，在蒲松龄的时代，一夫可以多妻，已婚男子并非不可以继续其多情的追求。

狐狸一家在小说中极具人情味：重家谱，严家教，温文尔雅，礼仪和谐。小说特意写其家居的座次："一叟儒冠南面坐，一媪相对，俱年四十餘。东向一少年，可二十许，右一女郎，裁及笄耳。酒胾满案，团坐笑语。"不仅"颇具人情，忘为异类"，简直是人类中的典范呢。

《青凤》在《聊斋志异》中的地位颇为特殊。《聊斋志异》卷五《狐梦》写蒲松龄的朋友毕怡庵"每读《青凤传》，心辄向往，恨不一遇"，后来果然与狐女邂逅，结尾有这样一段对话："'君视我孰如青凤?'曰:'殆过之。'曰:'我自惭弗如。然聊斋与君文字交，请烦作小传，未必千载下，无爱忆如君者。'"可见《青凤》篇在蒲松龄及其朋友心中的地位。

太原耿氏^①，故大家，第宅弘阔。后凌夷^②，楼舍连亘，半旷废之。因生怪异，堂门辄自开掩，家人恒中夜骇哗。耿患之，移居别墅，留老翁门焉。由此荒落益甚，或闻笑语歌吹声。

【注释】

①太原:清代府名。治所在今山西太原。

②凌夷:通作"陵夷"。像山丘一样渐渐低下，引申为衰败，颓替，走下坡路。此指家势衰落。陵，丘陵，土山。夷，平。

【译文】

太原有一家姓耿的，原本是个官绅大族，府第宽阔宏伟。后来家势逐渐衰落，大片大片的房舍多半都空着无人居住。于是生出一些鬼怪奇异的事儿来，大堂的门常常自开自闭，家人们常常在半夜里被惊吓得喧哗起来。老主人为此感到心烦忧虑，就搬到别墅去住了，只留下一个老头子看门。从此，这里就更加荒凉破败了，但有时里面却会传出一阵阵欢歌笑语声。

耿有从子去病，狂放不羁。嘱翁有所闻见，奔告之。至夜,见楼上灯光明灭,走报生。生欲入觇其异。止之,不听。门户素所习识,竟拨蒿蓬,曲折而入。登楼,殊无少异。穿楼而过,闻人语切切。潜窥之,见巨烛双烧,其明如昼。一叟儒冠南面坐①,一媪相对,俱年四十馀。东向一少年,可二十许,右一女郎,裁及笄耳②。酒胾满案③,团坐笑语。生突入,笑呼曰:“有不速之客一人来④!”群惊奔匿。独叟出叱问:“谁何入人闺闼⑤?”生曰:“此我家闺闼,君占之。旨酒自饮⑥,不一邀主人,毋乃太吝?”叟审睇曰:“非主人也。”生曰:“我狂生耿去病,主人之从子耳。”叟致敬曰:“久仰山斗⑦!”乃揖生入,便呼家人易馔⑧,生止之。叟乃酌客。生曰:“吾辈通家⑨,座客无庸见避,还祈招饮。”叟呼:“孝儿!”俄少年自外入。叟曰:“此豚儿也⑩。”揖而坐。略审门阀⑪。叟自言:“义君姓胡。”生素豪,谈议风生,孝儿亦倜傥⑫,倾吐间⑬,雅相爱悦。生二十一,长孝儿二岁,因弟之。

【注释】

①儒冠:儒生戴的帽子。南面:面向南而坐,这是主位,尊长坐的位置。

②及笄(jī):刚十五岁。《礼记·内则》:“女子……十有五年而笄。”笄,簪。古代女子一般十五岁结发插簪,表示成年,可以议婚;因称女子十五岁为及笄之年。

③胾(zì):大块的肉。

④不速之客:不邀自至的客人。《易·需》:“有不速之客三人来。”速,召,邀。

⑤谁何:是谁?是什么人?《汉书·贾谊传》:“陈利兵而谁何。”颜

师古注:"谁何,问之为谁也。"闺闼:女人的卧室,内寝。

⑥旨酒:好酒。

⑦久仰山斗:犹言久仰大名。《新唐书·韩愈传赞》:"学者仰之如泰山北斗云。"后因以"久仰山斗"作为初次会面时的客套话。

⑧易馔:撤换旧菜,添上新菜。表示对后来客人的尊敬。

⑨通家:家族之间,累世通好。即世交。语出《后汉书·孔融传》。《称谓录》引《冬夜笔记》:"明人往来名刺,世交则称通家。"

⑩豚儿:旧时对别人谦称自己的儿子。《三国志·吴书·孙权传》注引《吴历》:曹操曾说:"生子当如孙仲谋,刘景升儿子若豚犬耳。"

⑪门阀:门第和阀阅的合称。这里是家世来历的意思。

⑫倜傥:豪爽不羁。

⑬倾吐间:开怀畅谈之际。倾,倾怀,竭诚。吐,谈吐,交谈。

【译文】

老主人有个侄子名叫耿去病,性格豪放不拘。他叮嘱看门老头儿,假如再发现有什么怪诞事儿,就跑过来告诉他。有一天夜里,老头儿看见楼上烛光摇曳,就连忙跑去告诉了耿生。耿生想要进去察看有什么异常,老头儿极力劝阻,他却不听。院子里的门户通道耿生平常就很熟悉,于是他拨开丛生的蒿草,左绕右绕地进楼去了。刚登上楼,还没看见什么可奇怪的。等穿过楼去,就听见有轻声说话的声音。耿生前去偷偷地察看,只见里面点着两支很大的蜡烛,明亮得如同白昼一般。一个老头儿戴着儒生的帽子脸朝南坐着,一个老太太与他面对面地坐着,两人都有四十多岁了。面东坐着一个少年郎,大约有二十来岁,右边是一个女郎,年纪才十五岁左右。桌子上摆满了酒肉,四个人围坐四周,正在谈笑。耿生突然闯了进去,大笑着说:"一个不请自到的客人来啦!"众人大吃一惊,都起身跑着去躲避。唯独老头儿出来呵叱道:"你是谁? 为何闯入人家内室?"耿生说:"这本是我家的内室呀,是先生占住着。您又摆着好酒自饮，也不邀请主人一下，这不是太客啬了吗？"老头儿仔细地打量了他一番，说："你不是耿家的主人。"耿生说："我是狂生耿去病，主人的侄子。"老头儿向他施礼致敬道："久仰大名！"随后敬请耿生入座。叫人换一桌酒菜上来，耿生制止了他。老头儿就为耿生斟上酒，请他喝酒。耿生说："咱们算得上是情如一家，刚才在座的各位无须回避，还是请出来一起喝酒吧。"老头儿于是叫道："孝儿！"一会儿，那个少年从外边走了进来。老头儿介绍说："这是我的儿子。"少年作了一揖坐下了。大家简略地介绍了家世门第。老头儿自己说："我姓胡，名义君。"耿生平常就很豪放，谈笑风生，孝儿也很潇洒，谈吐之间，不由得互相倾慕敬佩。耿生二十一岁，比孝儿大两岁，因此就称他为弟。

　　叟曰："闻君祖纂《涂山外传》①，知之乎？"答："知之。"叟曰："我涂山氏之苗裔也②。唐以后③，谱系犹能忆之，五代而上无传焉④。幸公子一垂教也。"生略述涂山女佐禹之功⑤，粉饰多词⑥，妙绪泉涌⑦。叟大喜，谓子曰："今幸得闻所未闻。公子亦非他人，可请阿母及青凤来共听之，亦令知我祖德也⑧。"孝儿入帏中⑨。少时，媪偕女郎出。审顾之，弱态生娇，秋波流慧，人间无其丽也。叟指妇云："此为老荆⑩。"又指女郎："此青凤，鄙人之犹女也⑪。颇惠，所闻见，辄记不忘，故唤令听之。"生谈竟而饮，瞻顾女郎，停睇不转⑫。女觉之，辄俯其首。生隐蹑莲钩⑬，女急敛足，亦无愠怒。生神志飞扬，不能自主，拍案曰："得妇如此，南面王不易也！"媪见生渐醉，益狂，与女俱起，遽搴帏去。生失望，乃辞叟出。而心萦萦，不能忘情于青凤也。

【注释】

①《涂山外传》：隐指记载狐族古老传说的书籍。《吴越春秋·越王无余外传》载：夏禹三十未娶。行至涂山，始有娶妻意。乃有九尾白狐来见。涂山民谣说：娶了九尾白狐之女可以成为帝王，而且家国昌盛。禹以为吉，于是娶之，名为女娇，即涂山氏。后生子，名启。书名大概是狐叟杜撰。涂山，指涂山氏，禹之妻。古史关于禹娶涂山的记载不详，有的认为涂山是古涂山国诸侯之女，有的认为涂山是涂山九尾白狐之女。外传，凡广引异闻、增补史传的书，以及推衍故训、不主经义的书，统称外传。

②苗裔：后代子孙。

③唐：学者对本文中的唐有两种解释。一指陶唐氏，古帝尧所建国。一指李唐王朝。

④五代：也可以有两种解释。一指唐、虞、夏、商、周五个朝代。所谓"五代而上"，即指唐尧以前。《史记·五帝本纪》："学者多称五帝，尚矣。然《尚书》独载尧以来；而百家言黄帝，其文不雅驯，荐绅先生难言之。"一指梁、陈、齐、周、隋。本文中的唐五代云云可能指唐尧时代较为合理。

⑤涂山女佐禹之功：据刘向《列女传》记载：夏禹娶涂山氏后第四天便去治水，无暇顾家。夏启生后，"涂山独明教训，启化其德，卒致令名……能继禹之道"。又《汉书·武帝纪》"见夏后启母石"句下颜注："禹治鸿水，通轘辕山，化为熊。谓涂山氏曰：欲饷，闻鼓声乃来。禹跳石，误中鼓。涂山氏往，见禹方作熊，惭而去；至嵩高山下，化为石。"这些教子、送饭等传说，当即所谓"佐禹之功"。

⑥粉饰多词：铺陈夸张，词采繁富。

⑦妙绪泉涌：妙语迭出，喷涌如泉。形容语言动听，滔滔不绝。绪，思绪，话头。

⑧祖德：祖先的德行，多指其事迹、功业。

⑨帏中：帏，设于内室的幛幔。此处指闺房。

⑩老荆：老妻。一般称"拙荆"，胡叟年辈长于耿生，故称妻曰"老荆"。荆，谓荆钗，用荆枝做的髻钗，用以喻贫穷人家妇女的装束打扮。

⑪犹女：侄女。

⑫停睇：目不转睛地看。

⑬隐蹑莲钩：悄悄踩青凤的小脚。莲钩，形容女人的小脚。

【译文】

老头儿问道："听说你的祖上曾经编写过一部《涂山外传》，你知道吗？"耿生回答说："知道的。"老头儿说："我就是涂山氏的后人。唐尧以后，家谱的分支我还能记得，但从五代往上就没有传下来了。请耿公子为我们讲授一下。"耿生于是大略讲述了涂山狐女辅佐大禹治水的功劳，又润色修饰，妙语连珠，纷如泉涌。老头儿听后十分欢喜，就对儿子说："今天有幸听到了许多从未听过的事情。耿公子也不是外人，可以叫你母亲和青凤出来一起听听，也让她们知道知道我们祖上的功德。"孝儿就起身掀帏进了内室。不一会儿，老太太带着女郎一起出来。耿生仔细一看，那女郎身姿娇弱，眼波里流露着聪慧的神采，真是人间少见的美丽。老头儿指着老太太说："这是我的老伴。"又指着女郎说："这是青凤，是我的侄女。人很聪明，她所听所见到的，就能长记不忘，所以也叫她来听听。"耿生谈完了胡家家世的话题，就开始喝酒，他眼光紧盯着女郎，目不转睛。女郎发现了，就低下了头。耿生又悄悄地在桌子底下用脚踩了一下青凤的小脚。女郎急忙缩回脚，但脸上却没有恼怒的表情。耿生更加心摇魂飞，不能自持，拍着桌子叫道："能娶到这样的妻子，就是让我面南称王也不换！"老太太见耿生越来越醉，更加狂放，就与女郎一齐起身，赶紧撩起帷帐进内室去了。耿生顿时感到大失所望，就向老头儿告辞回去了。耿生回到家里，心中仍旧魂牵梦萦地怀恋着青凤。

　　至夜，复往，则兰麝犹芳①，而凝待终宵，寂无声欸②。归与妻谋，欲携家而居之，冀得一遇。妻不从，生乃自往，读于楼下。夜方凭几，一鬼披发入，面黑如漆，张目视生。生笑，染指研墨自涂，灼灼然相与对视③。鬼惭而去。

【注释】

①兰麝犹芳：香气犹存。兰，兰花。麝，麝香。

②声欸：人的声响。欸，咳嗽。

③灼灼然：鲜明光亮的样子。

【译文】

　　第二天夜里，他再次前往那里，但觉室内兰草和麝香的芳芬气息还可以闻到，但他凝神等待了一个通宵，却是寂静无声，没有人影。回家以后，他和妻子商量，想举家搬到那座府第里住，希冀能再遇上一次青凤。妻子不同意，耿生就自己搬了进去，在楼下读书。到了夜里，他正倚在桌前，一个鬼突然披头散发地闯了进来，脸色漆黑，瞪着眼睛看着耿生。耿生笑了笑，用手指染了些砚台里的墨汁涂抹在自己脸上，目光闪闪地与那鬼相对而视。那个鬼自觉没趣，就蹓走了。

　　次夜，更既深，灭烛欲寝，闻楼后发扃①，辟之閜然②。生急起窥觇，则扉半启。俄闻履声细碎，有烛光自房中出。视之，则青凤也。骤见生，骇而却退，遽阖双扉。生长跽而致词曰③：“小生不避险恶，实以卿故。幸无他人，得一握手为笑，死不憾耳。”女遥语曰：“惓惓深情④，妾岂不知，但叔闺训严⑤，不敢奉命。"生固哀之云："亦不敢望肌肤之亲，但一见颜色足矣。"女似肯可，启关出，捉之臂而曳之。生狂喜，相将入楼下⑥，拥而加诸膝。女曰："幸有夙分⑦。过此一夕，即相思无用矣。"问："何故？"曰："阿叔畏君狂，故化厉鬼以相吓，而君不动也。今已卜居他所⑧，一家皆移什物赴新居，而妾留守，明日即发。"言已，欲去，云："恐叔归。"生强止之，欲与为欢。方持论间，叟掩入。女羞惧无以自容，俛首倚床，拈带不语。叟怒曰："贱婢辱吾门户！不速去，鞭挞且从其后！"女低头急去，叟亦出。尾而听之，诃诟万端，闻青凤嘤嘤啜泣⑨。生心意如割，大声曰："罪在小生，于青凤何与？倘宥凤也，刀锯铁钺⑩，小生愿身受之！"良久寂然，生乃归寝。自此第内绝不复声息矣。

【注释】

①发扃：开锁。扃，从外面关门的门闩。

②辟：开。閛(pēng)：形容门扇打开的声音。

③长跽(jì)：长跪，直挺挺地跪着，表示有所哀求。

④惓惓(quán)：恳切的样子。

⑤闺训：这里指家长对晚辈妇女的管束。

⑥相将(jiāng)：携手。

⑦夙分(fèn)：宿缘，前世注定的缘分。

⑧卜居：选择居所。这里指迁居。

⑨嘤嘤啜泣：小声抽泣。啜泣，即饮泣。嘤嘤，形容哭声细弱。《诗·王风·中谷有蓷》："啜其泣矣，何嗟及矣。"

⑩铁钺(fū yuè)：斩刀和大斧。腰斩、砍头的刑具。泛指刑戮。铁，铡刀。切草的农具。也用为斩人的刑具。钺，大斧。

【译文】

　　第二天夜里,时间已经很晚了,耿生刚吹灭蜡烛想要睡觉,忽然听见楼后有拨门闩的声音,只听"呼"地一声门被打开了。他急忙起身窥看,只见门扇半开着。一会儿,又听见了细碎的脚步声,一道烛光从房里射了出来。再一细看,正是青凤来了。青凤骤然看到耿生,吃惊地倒退几步,一下子关上了两扇门。耿生在门外长跪不起,对青凤说道:"小生我不怕险恶地在这里久等,实在是为了你啊。现在幸好没有别人,如果我们能握手欢笑一下,那么我就死也无憾了。"女郎在房里远远地说:"你的一片恳切深情,我哪里能不知道呢? 但我叔叔的闺训很严格,我实在不敢听从你的要求。"耿生又苦苦地哀求说:"我也不敢指望和你有肌肤之亲,只要开门让我见上一面就满足了。"女郎好像默许了他的请求,打开门,伸手抓住他的胳臂把他拉进了屋里。耿生狂喜万分,跟青凤相扶着进到楼下,抱起她放在膝上依偎在一起。女郎说:"幸亏我们有前世定下的缘分。过了这一夜,再相思也没有用了。"耿生问:"那是什么原因呢?"青凤回答说:"叔叔害怕你的狂放,所以化作厉鬼去吓唬你,但你丝毫不为所动。现在他已经看好了别处的房子,一家人都在往新居搬运物件,只有我留在这里看守,明天就要出发了。"说完,她就想要离开,说:"恐怕叔叔就要回来了。"耿生又强行留住她,想和她上床共寻男女之欢。两人正在推扯争执的时候,老头儿忽然出其不意地进来了。女郎又羞愧又害怕,无地自容,低下头倚在床边,手中拈着衣带默不出声。老头儿怒骂她说:"贱丫头败坏了我家的名声! 你再不快走,随后我就要用鞭子抽你!"女郎低着头急急地走了,老头儿也跟着走了出去。耿生连忙尾随着他们去听动静,只听得老头不住口地百般辱骂,又听到青凤小声的哭泣声。耿生心里如同刀割一样,就大声地喊道:"罪过在我身上,与青凤有什么关系? 要是宽恕了青凤,就是刀劈斧砍,我也愿意一人承担!"很久后楼里寂静下来,耿生这才回去睡觉。从此府第里再也没有听到过什么异常的声音。

生叔闻而奇之，愿售以居，不较直①。生喜，携家口而迁焉。居逾年，甚适，而未尝须臾忘凤也。

【注释】

①不较直：不计较价格。直，价钱。

【译文】

耿生的叔叔听说了这件事，觉得很新奇，便愿意把房宅卖给他住，不和他计较价钱。耿生很高兴，就带着家口搬了进来。住了一年后，感到很适意，但心中仍是无时无刻不在想念青凤。

会清明上墓归，见小狐二，为犬逼逐。其一投荒窜去，一则皇急道上。望见生，依依哀啼，阘耳辑首①，似乞其援。生怜之，启裳衿，提抱以归。闭门，置床上，则青凤也。大喜，慰问。女曰："适与婢子戏，遘此大厄②。脱非郎君，必葬犬腹。望无以非类见憎。"生曰："日切怀思，系于魂梦。见卿如获异宝，何憎之云！"女曰："此天数也，不因颠覆③，何得相从？然幸矣，婢子必以妾为已死，可与君坚永约耳④。"生喜，另舍舍之。

【注释】

①阘（tà）耳辑首：垂耳缩头，畏惧驯服的样子。阘，耷拉，下垂的样子。辑，敛，缩。

②遘（gòu）：遭遇。

③颠覆：困顿。严重的挫折，灾祸。《诗·邶风·谷风》："昔育恐育鞫，及尔颠覆。"余冠英注："颠覆，谓困穷。"

④坚永约：坚订终身之约，相誓白头偕老。

【译文】

　　清明节这天耿生扫墓回来，看见两只小狐狸，被一只狗紧紧地追逼着。其中一只落荒而逃，另一只在路上慌急乱转。它望见耿生，依恋不舍地哀叫，牵拉着耳朵，缩着头，好像在向他乞求援救。耿生很可怜它，就掀开衣襟，提起它抱在怀里回家了。到家里关上门，把它放在床上，狐狸竟然幻化成了青凤。耿生大喜过望，急忙上前来慰问她。女郎说："我正在与丫环玩玩，忽然遭到了这样的大灾难。若不是你，我一定葬身犬腹了。希望你不要因为我不是同类而憎嫌我。"耿生说："我日夜思念着你，连梦中都在想念你。现在见到了你就像得到了无价之宝，哪里说得上憎嫌呢？"女郎说："这也是上天的定数呀。要是没有遇到这一场灾难，怎么能跟你在一起呢？不过很幸运，丫环必定以为我已经死了，我今后可以和你永远在一起了。"耿生无比欢喜，就另外收拾出一套宅院让她住下。

　　积二年馀，生方夜读，孝儿忽入。生辍读，讶诘所来。孝儿伏地，怆然曰："家君有横难，非君莫拯。将自诣恳，恐不见纳，故以某来。"问："何事？"曰："公子识莫三郎否？"曰："此吾年家子也①。"孝儿曰："明日将过，倘携有猎狐，望君之留之也。"生曰："楼下之羞，耿耿在念，他事不敢预闻②。必欲仆效绵薄③，非青凤来不可！"孝儿零涕曰："凤妹已野死三年矣④！"生拂衣曰⑤："既尔，则恨滋深耳！"执卷高吟，殊不顾瞻。孝儿起，哭失声，掩面而去。生如青凤所，告以故。女失色曰："果救之否？"曰："救则救之，适不之诺者，亦聊以报前横耳⑥。"女乃喜曰："妾少孤，依叔成立。昔虽获罪，乃家范应尔⑦。"生曰："诚然，但使人不能无介介耳⑧。卿果死，定不相援。"女笑曰:"忍哉^⑨!"

【注释】

①年家子:科举同年的晚辈子侄。

②预闻:过问。

③效绵薄:报效微力,出力助人的谦词。绵薄,即"绵力薄材",意思是力量薄弱。《汉书·严助传》:"越人以绵力薄材,不能陆战。"

④野死:死于荒野,未经殓葬。

⑤拂衣:以袖拂衣,是气愤的表示。此处有峻拒逐客之意。

⑥横:横暴。此指胡叟从前的粗暴干涉。

⑦家范:家规。尔:如此。

⑧介介:犹言"耿耿"。意思是耿耿于怀,不能忘却。

⑨忍:忍心,狠心。

【译文】

　　过了两年多,耿生夜里正在读书,孝儿忽然闯了进来。耿生放下手中的书卷,惊讶地询问他从哪里来。孝儿趴伏在地上,悲伤地说:"家父突然遇到飞来横祸,除了您就没有人能够救他了。他本打算亲自登门恳求,但怕你不肯接纳他,所以让我前来相求。"耿生问:"什么事?"孝儿说:"公子认识莫三郎吗?"耿生回答说:"他是我科举同年的子侄。"孝儿说:"明天他将要从这里经过,如果他携带有猎获的狐狸,请公子务必留下它。"耿生说:"当日楼下的那番羞辱,至今我心里还记得清清楚楚,其他的事我也不愿意过问。这件事如果一定要我效力,非得让青凤出面不可。"孝儿流着泪说:"青凤妹已经死在野外三年了。"耿生一甩衣袖愤慨地说:"既然是这样,我就恨上加恨了。"说完,拿起书卷高声吟读了起来,再也不理睬孝儿。孝儿站起身,失声痛哭,捂着脸跑了出去。耿生立即到青凤住处,告诉了她刚才的事。青凤听完大惊失色说:"你到底救不救他呢?"耿生说:"救还是要救,刚才不立刻答应,也不过是为了报复一下他先前的蛮横无理而已。"青凤于是欢喜起来,说:"我从小就成了孤儿,依赖叔叔的抚养才长大成人。先前虽然遭到他的惩罚,那也是因为家规应该如此。"耿生说:"的确是这样,但总使人心里不能不耿耿于怀。你要是真死了,我肯定不救他。"青凤笑着说:"你真忍心啊!"

　　次日,莫三郎果至,镂膺虎韔①,仆从甚赫②。生门逆之③。见获禽甚多,中一黑狐,血殷毛革④,抚之,皮肉犹温。便托裘敝,乞得缀补。莫慨然解赠。生即付青凤,乃与客饮。客既去,女抱狐于怀,三日而苏,展转复化为叟。举目见凤,疑非人间。女历言其情。叟乃下拜,惭谢前愆⑤。喜顾女曰:"我固谓汝不死,今果然矣。"女谓生曰:"君如念妾,还乞以楼宅相假,使妾得以申返哺之私⑥。"生诺之。叟赧然谢别而去⑦。入夜,果举家来。由此如家人父子,无复猜忌矣。生斋居,孝儿时共谈宴。生嫡出子渐长⑧,遂使傅之⑨。盖循循善教⑩,有师范焉⑪。

【注释】

①镂膺虎韔(chàng):马的胸带饰以镂金,骑士的弓袋饰以虎皮。形容主人和坐骑英武华贵。《诗·秦风·小戎》:"虎韔镂膺,交韔二弓。"膺,指马胸带。韔,弓袋。

②赫:显耀、有声势的样子。

③门逆之:在门外迎接客人,表示殷勤尽礼。逆,迎。

④血殷(yān)毛革:流出的血把皮毛染红了。殷,赤黑色,是经时积血的颜色。

⑤惭谢前愆(qiān):面色羞惭地对往日过失表示歉意。谢,告罪,道歉。愆,过失。

⑥申返哺之私：表达对长辈的孝心。申，表达。返哺，传说乌鸦长
　　成，能觅食喂养母乌。因以比喻子女对父母尽孝。私，私衷，指
　　孝心。

⑦赧(nǎn)然：红着脸，不好意思。赧，因羞惭而脸红。

⑧嫡出子：正妻所生的儿子。宗法社会中，正妻叫嫡，所生子称"嫡
　　出子"，省称"嫡子"。

⑨傅之：作孩子的老师。

⑩循循善教：循序渐进，善于教导。循循，有次序的样子。《论语·
　　子罕》："夫子循循然善诱人。"

⑪有师范：很有老师的风度气派。范，型范。

【译文】

　　第二天，莫三郎果然行猎经过这里，他骑着饰有缕金胸带的马，挎着虎皮制成的弓袋，后面跟随着众多仆从。耿生站在门口迎接他，看到他猎获的禽兽很多，其中有一只黑狐狸，流出的血已经把皮毛染成了黑红色，用手一摸，皮肉还是温热的。耿生便假托说自己的皮袍破了，想求得这个狐狸的皮来补缀。莫三郎痛快地解下狐狸送给了他。耿生立即交给青凤，自己陪着客人喝酒。客人走了以后，青凤把狐狸抱在怀里，过了三天它才苏醒过来，转动一阵身体又变成了老头儿。老头儿睁开眼看见了青凤，怀疑自己不是在阳间。青凤于是详细地述说了情由。老头儿立即向耿生下拜，惭愧地对以前的过错表示谢罪。然后他高兴地望着青凤说："我一直说你没有死，现在果然如此。"青凤对耿生说："你如果心里有我，还求你把那座楼宅借给我们住，使我能报答叔叔的养育之恩。"耿生答应了她。老头儿脸红着道谢告别之后就离去了。这天夜里，果然全家都搬了过来。从此两家如同父子亲人，不再有什么猜疑嫌弃了。耿生住在书斋里，孝儿时常来与他饮酒聚谈。耿生正妻生的儿子渐渐长大后，就让孝儿做他的老师。孝儿循循善诱，很有老师的风范。

画皮

【题解】

　　同样是已婚的男子对女子示爱，在《青凤》，狂生耿去病是浪漫多情，赢得了狐女青凤的垂青；在《画皮》，王生却被作者认为是不法行为，受到了惩罚。为什么有此不同待遇呢？原因很简单，即，青凤是未婚女子，在一夫多妻制的男权社会中，耿去病的这一行为并不违法；而那个鬼变的女子，自称已婚者，是有主的。王生贪图她的美貌，渔猎已婚女子之色，犯了封建社会的大忌，因之王生之受惩合情合理——这也是作品特别强调的，凡是上当受骗者都有致命的弱点，或者贪财，或者贪色，祸出有因。不过，王生因贪色而受到惩罚固然罪有应得，但王生的妻子为此受到屈辱，所谓"爱人之色而渔之，妻亦将食人之唾而甘之矣"，就有点令人别扭，大概一方面是情节发展的需要，另一方面也体现了蒲松龄因果报应，株连九族的思想吧。

　　《画皮》所蕴含的道德劝惩内容异常丰富，比如鬼化成美女欺骗，书生由于贪色上当，渔人之色最后报应在自己妻子身上，锄恶必须务尽不能手软等等。同时由于小说在艺术技巧上也确实是上乘之作，如故事情节的曲折，语言的形象生动，特别是恶鬼"铺人皮于榻上，执采笔而绘之"的描写，想象丰富，惊异耸动，极富寓言性，以致"画皮"后来成为汉语中形容炫色迷人的鬼蜮伎俩的固定词汇，《画皮》也成了《聊斋志异》中被改编移植最多的篇目。

　　太原王生，早行，遇一女郎，抱襆独奔①，甚艰于步。急走趁之②，乃二八姝丽③，心相爱乐。问："何夙夜踽踽独行④？"女曰："行道之人，不能解愁忧，何劳相问。"生曰："卿何愁忧？或可效力，不辞也。"女黯然曰："父母贪赂⑤，鬻妾朱门。嫡妒甚，朝詈而夕楚辱之⑥，所弗堪也，将远遁耳。"
问："何之?"曰："在亡之人⑦，乌有定所。"生言："敝庐不远，
即烦枉顾。"女喜，从之。生代携襆物，导与同归。女顾室无
人，问："君何无家口?"答云："斋耳⑧。"女曰："此所良佳。如
怜妾而活之，须秘密，勿泄。"生诺之。乃与寝合。使匿密
室，过数日而人不知也。生微告妻。妻陈，疑为大家媵妾⑨，
劝遣之。生不听。

【注释】

①抱襆(fú)独奔：怀抱包袱，独自赶路。襆，包袱。奔，急行，赶路。

②趁：赶上去，凑上去。

③二八姝丽：十六岁上下的美女。姝，美女。

④夙夜：早夜，天色未明。

⑤贪赂：贪财。赂，用作收买的财物。这里指纳聘的财礼。

⑥詈：骂。楚辱：捶打侮辱。楚，灌木，一名荆，古人常用它制作刑
　杖或扑具，故经常用楚指代打人的棍子。

⑦在亡：处于逃亡境地。

⑧斋：此处指书斋，书房。

⑨媵(yìng)妾：古代诸侯嫁女所陪嫁的姬妾。后世所谓通房丫头。

【译文】

　　太原有个姓王的书生，早晨在路上行走，遇到了一个女郎，抱着个
包袱，独自一人急急地奔走，步履似乎很吃力。王生连忙快跑几步追上
了她，原来是个十六七岁的秀美女子，心里很喜欢她。王生问她："你为
什么天不亮就孤零零地一个人在路上走呢?"那女子说："你是一个过路
行人，也不能替我分担忧愁，又何必要问呢?"王生说："你有什么忧愁?
我也许能出力帮忙，一定不推辞。"女子脸色悲伤地说："我的父母贪图

钱财，把我卖给一个富贵人家当小老婆。那家的大老婆特别嫉妒，早晨骂晚上打地欺辱我，我实在忍受不了啦，想逃得远远的。"王生问她："你想到哪里去呢？"女子说："我是一个正在逃亡的人，哪里有一定的去处。"王生说："我的家离这儿不远，就麻烦你到我那里委屈一下吧。"那女子很高兴地同意了。王生就替她携带着包袱物件，领着她一起回了家。女子四下一看，见屋里没有别人，就问："你怎么没有家眷呢？"王生回答说："这是我的书房。"女子说："这个地方太好了。如果先生怜爱我，让我活下去，请一定要保守秘密，不要泄露给别人。"王生一口答应了下来。当晚王生就和她同床共枕了。王生把她藏匿在密室当中，过了许多天别人都不知道。后来，王生把这件事稍稍透露给了妻子。妻子陈氏听说后，怀疑那女子是豪门大族家逃亡的姬妾，劝王生打发她走。王生却执意不听。

　　偶适市，遇一道士，顾生而愕。问："何所遇？"答言："无之。"道士曰："君身邪气萦绕，何言无？"生又力白[①]。道士乃去，曰："惑哉！世固有死将临而不悟者！"生以其言异，颇疑女。转思明明丽人，何至为妖，意道士借魇禳以猎食者[②]。无何，至斋门，门内杜[③]，不得入。心疑所作，乃逾垝垣[④]，则室门亦闭。蹑迹而窗窥之[⑤]，见一狞鬼，面翠色，齿巉巉如锯[⑥]，铺人皮于榻上，执彩笔而绘之。已而掷笔，举皮，如振衣状，披于身，遂化为女子。睹此状，大惧，兽伏而出[⑦]。急追道士，不知所往。遍迹之，遇于野，长跪乞救。道士曰："请遣除之。此物亦良苦，甫能觅代者，予亦不忍伤其生。"乃以蝇拂授生[⑧]，令挂寝门。临别，约会于青帝庙[⑨]。

【注释】

①力白：竭力辩白。

②魇（yǎn）禳（ráng）：镇压邪祟叫"魇"，驱除灾变叫"禳"，均属道教
　法术。猎食：伺机攫取所需，俗称"骗饭吃"。

③杜：关，堵。

④垝（guǐ）垣：残缺的院墙。垝，坍塌。垣，外墙。

⑤蹑迹而窗窥之：放轻脚步，靠近窗前窥视它。

⑥巉巉（chán）：本意为山势高峻的样子，这里用以形容女鬼牙齿长
　而尖利。

⑦兽伏而出：如兽伏地，爬行而出。

⑧蝇拂：又名拂尘，用马尾一类的毛制成的拂子，用以驱蝇，拂尘，
　俗称马尾（yǐ）甩子。旧时道士常常用手持之。

⑨青帝：中国古代神话中传说有五位天帝，青帝是主宰东方的天
　帝。后来道教供奉五帝为神，称东方之帝为"青帝"。见《云笈七
　签》卷十八《老子中经》。

【译文】

　　有一天，王生偶尔到街市上去，遇见了一个道士，那道士一见王生，
就十分惊愕地问："你最近遇见什么人了吗？"王生回答说："没有呀。"道
士说："你全身都被邪气缠绕着，怎么还说没有？"王生极力辩白说是没
有。道士便叹息着走了，说："真让人不明白啊！世界上居然有死到临
头还执迷不悟的人！"王生觉得他的话非同寻常，就有些怀疑那个女子
了。他又转念一想，她明明白白地是个美丽的女郎，怎么会是个妖怪
呢？心想道士没准是借口镇妖除怪来谋取钱财的。不一会儿，他走到
了书房门口，看见大门从里面插着，没法儿进去。他心里对这种做法有
些怀疑，于是翻过一道残破的墙进了院子，只见内室门也关着。他就蹑
手蹑脚地走到窗前偷看，只见一个面目狰狞的恶鬼，脸色发青，牙齿又
尖又长像锯齿一样，正把一张人皮铺在床上，手里拿着彩色画笔在描

绘。画完之后，恶鬼扔下画笔，举起人皮，像抖动衣服一样地把人皮披在身上，于是就变成了美丽的女子。王生亲眼看见这个情形后，万分恐惧，像野兽一样四肢着地爬了出去。他急忙去追寻道士，但那道士已经不知去向了。王生到处找了个遍，才在郊外遇见了道士，他跪在道士面前苦苦求救。道士说："那就让我把它赶走吧。这东西修炼得也不容易，刚刚能找到顶替的人，可以去投胎为人了，我也不忍心就伤了它的性命。"于是把手里的拂尘交给王生，让他挂在卧室的门口。临到分手的时候，道士又与王生约定以后在青帝庙见面。

　　生归，不敢入斋，乃寝内室，悬拂焉。一更许，闻门外戢戢有声①。自不敢窥也，使妻窥之。但见女子来，望拂子不敢进，立而切齿，良久乃去。少时，复来，骂曰："道士吓我。终不然②，宁入口而吐之耶！"取拂碎之，坏寝门而入。径登生床，裂生腹，掬生心而去。妻号。婢入烛之，生已死，腔血狼藉③。陈骇涕不敢声。

【注释】

①戢戢(jí)有声：有喊喊嚓嚓的声响。戢戢，象声词。形容细小之声。

②终不然：终不会这样，提示下面所说的情况不会发生。

③狼藉：此指血迹模糊。《通俗编》引苏氏《演义》："狼藉草而卧，去则灭乱。故凡物之纵横散乱者，谓之狼藉。"

【译文】

　　王生回去以后，不敢进书斋，就睡在家里的内室，悬挂起了拂尘。到了夜里一更时分，他忽然听见门外响起了喊喊嚓嚓的声音。王生吓得连偷看也不敢，就让妻子去悄悄看一看。只见那个女子走了过来，望见挂在门口的拂尘不敢进门，站在那里咬牙切齿，过了很久才离去。但是过了一会儿她又来了，厉声骂道："那道士想吓唬我。我才不甘罢休呢，难道要我把吃到口的肉吐出来吗？"说完，取下拂尘就撕成了碎片，又撞坏卧室的门冲了进来。那鬼直接爬上王生的床，把王生的胸腹抓裂，挖出心脏就离开了。妻子尖声哭号起来。丫环拿着蜡烛来一照，见王生已经死去，腹腔里血肉模糊乱七八糟的。妻子陈氏吓得不敢声张，只能忍气吞声地流眼泪。

明日，使弟二郎奔告道士。道士怒曰："我固怜之，鬼子乃敢尔！"即从生弟来。女子已失所在。既而仰首四望，曰："幸遁未远。"问："南院谁家？"二郎曰："小生所舍也。"道士曰："现在君所。"二郎愕然，以为未有。道士问曰："曾否有不识者一人来？"答曰："仆早赴青帝庙，良不知。当归问之。"去，少顷而返，曰："果有之。晨间一妪来，欲佣为仆家操作，室人止之①，尚在也。"道士曰："即是物矣。"遂与俱往。仗木剑，立庭心，呼曰："孽魅！偿我拂子来！"妪在室，惶遽无色，出门欲遁。道士逐击之。妪仆，人皮划然而脱②，化为厉鬼，卧嗥如猪。道士以木剑枭其首③，身变作浓烟，匝地作堆④。道士出一葫芦，拔其塞，置烟中，飗飗然如口吸气⑤，瞬息烟尽。道士塞口入囊。共视人皮，眉目手足，无不备具。道士卷之，如卷画轴声，亦囊之，乃别欲去。

【注释】

① 室人止之：我的妻子把她留下了。室人，妻。止，留。

② 划然：犹言"哗的一声"，皮肉撕裂的声音。

③ 枭其首：砍下他的头。枭首，斩人首悬于高竿，借以宣示罪名，警

戒众人。

④匝地作堆：旋绕在地，成为一堆。匝，环绕。

⑤飔飔(liú)：象声词。多形容风声。

【译文】

第二天早晨，陈氏让王生的弟弟二郎跑去告诉道士。道士愤怒地说："我本来还可怜它，这恶鬼竟敢如此猖狂！"立即随着王生的弟弟来到王生家里。那女子已经不见了踪影。道士抬起头来四下张望，说："幸亏它还没有逃远。"道士又问："南院是谁家？"王二郎说："是我的房舍。"道士说："现在那鬼就在你家里。"王二郎感到十分愕然，以为没有这回事儿。道士问他："是否曾经有一个不认识的人来过？"王二郎说："我一大早就跑到青帝庙去找您，实在不知道。让我回家去问问。"说完就离去了，过了一会儿，他回来说："果然是有。早晨来了一个老太太，想受雇在我家做仆人，我的妻子把她留了下来，现在还在我家里没走。"道士说："就是这家伙了。"于是大家一起到了王二郎家。道士手持木剑，站在庭院当中，高声叫道："造孽的恶鬼，赔我的拂尘来！"那老太太在屋子里大惊失色，出了门就要逃跑。道士追上前去用木剑击打她。老太太跌倒了，人皮哗的一声裂开脱落在地上，现出了恶鬼的原形，它卧在地上像猪一样嚎叫着。道士用木剑砍下恶鬼的头，它的身子又变成一股浓烟，环绕在地上聚成了一堆。道士拿出一个葫芦，拔去塞子，然后放在烟堆当中，只听得"嗖嗖"直响，像是有人用口吸气似的，转眼之间烟就被葫芦吸得干干净净。道士把葫芦塞上口，放进行囊里。大家再去看地上的那张人皮，只见眉毛、眼睛、手、脚，没有一样不具备。道士卷起那张人皮，像卷画轴一样"哗哗"作响，也放在行囊里，然后告别大家准备离去。

陈氏拜迎于门，哭求回生之法。道士谢不能①。陈益悲，伏地不起。道士沉思曰："我术浅，诚不能起死。我指一人,或能之,往求必合有效。"问:"何人?"曰:"市上有疯者,时卧粪土中。试叩而哀之。倘狂辱夫人,夫人勿怒也。"二郎亦习知之,乃别道士,与嫂俱往。见乞人颠歌道上②,鼻涕三尺,秽不可近。陈膝行而前。乞人笑曰:"佳人爱我乎?"陈告之故。又大笑曰:"人尽夫也③,活之何为?"陈固哀之。乃曰:"异哉!人死而乞活于我。我阎摩耶④?"怒以杖击陈,陈忍痛受之。市人渐集如堵。乞人咯痰唾盈把⑤,举向陈吻曰:"食之!"陈红涨于面,有难色,既思道士之嘱,遂强唵焉⑥。觉入喉中,硬如团絮,格格而下,停结胸间。乞人大笑曰:"佳人爱我哉!"遂起,行已不顾。尾之,入于庙中。迫而求之,不知所在。前后冥搜,殊无端兆⑦,惭恨而归。

【注释】

①谢不能:推辞无能为力。谢,推辞。

②颠歌:疯疯癫癫地唱歌。

③人尽夫也:人人可以成为你的丈夫。《左传·桓公十五年》:"人尽夫也,父一而已。"

④阎摩:原为印度神话中的鬼王,佛教传入中国后,在中国民间成为掌管地狱的阎罗王,阎王。

⑤盈把:满满的一把。

⑥唵:吃。

⑦端兆:线索,迹象。

【译文】

　　陈氏跪拜在门前,哭着哀求道士用回生之法救活王生。道士表示自己无能无力。陈氏更加悲痛,跪伏在地上不肯起来。道士沉思了片刻说:"我的法术疏浅,实在是不能起死回生。我指给你一个人,他或许能，你前去求他试试，应当会有效果。"陈氏问："是什么人？"道士说："街市上有一个疯子，时常躺在粪土当中。你试着去对他叩头哀求。如果他发狂侮辱夫人，夫人你也不要生气。"王二郎也熟识那个疯子，于是他告别道士后，与嫂嫂陈氏一同去找那个疯子。到了那里，只见一个要饭的乞丐在路上疯疯癫癫地唱着歌，鼻涕拖得三尺长，身上污秽腥臭得让人无法靠近。陈氏跪着用膝盖挪到他面前。乞丐笑着说："美人爱我吗？"陈氏告诉了他事情的原委。乞丐又大笑说："人人都可以做你的丈夫，把他救活做什么？"陈氏还是一再地哀求。乞丐就说："真是怪事！人死了还来求我救活他。我难道是阎罗王吗？"说完就恼怒地用讨饭棍去打陈氏，陈氏忍着痛挨他的痛打。这时，街市上围观的人渐渐已经挤得像一堵墙了。乞丐又咳出痰和口水来，吐了满满的一把，举向陈氏的嘴边说："吃了它！"陈氏的脸涨得通红，面有难色，但又想起道士嘱咐她不要怕侮辱，就强忍着恶心一口口吞吃下去。只觉得那痰咽到喉咙中，硬得像一团棉絮，"格格"地响着往下走，聚结在胸口停住了。乞丐又大笑着说："美人爱我呀！"于是起身便走，不再理睬陈氏。陈氏和二郎又尾随他到了庙里。想靠近前去哀求，却找不到他。他们前前后后都搜遍，也毫无踪影，只好又羞愧又气恨地回了家。

  既悼夫亡之惨，又悔食唾之羞，俯仰哀啼，但愿即死。方欲展血敛尸①，家人伫望，无敢近者。陈抱尸收肠，且理且哭。哭极声嘶，顿欲呕，觉膈中结物②，突奔而出，不及回首，已落腔中。惊而视之，乃人心也，在腔中突突犹跃，热气腾蒸如烟然。大异之，急以两手合腔，极力抱挤，少懈，则气氤氲自缝中出③，乃裂缯帛急束之④。以手抚尸，渐温，覆以衾裯⑤。中夜启视，有鼻息矣。天明，竟活。为言："恍惚若梦，但觉腹隐痛耳。"视破处，痂结如钱，寻愈。

【注释】

①裛血敛尸：擦去血污，收尸入棺。裛，展抹，拂拭。

②鬲中：胸腹之间。鬲，胸腔腹腔之间的横膈膜。

③氤氲（yīn yūn）：冒热气，烟云弥漫的样子。

④缯帛：古代对于丝绸的总称。

⑤衾（qīn）裯（chóu）：被子。

【译文】

　　陈氏回到家里，既哀痛丈夫死得这样悲惨，又悔恨自己舐吃了别人痰唾的羞辱，呼天抢地地哀啼，只求自己立即死去。她想给丈夫抹干血污收殓尸体，但家人都吓得远远地站着，没有人敢靠近。陈氏只好自己抱起王生的尸身，收拾流在肚子外面的肠子，一边清理一边号啕大哭。当她哭到声嘶力竭的时候，顿时觉得想要呕吐，感到聚结在胸腹间的那个硬块，突然从喉咙中涌出，她来不及转过头去，那东西已经一下子落到了王生的胸腔中。陈氏吃惊地一看，竟然是一颗人心，在王生胸腔里"突突"地跳动着，冒着像烟雾一样的腾腾热气。陈氏大为惊奇，急忙用两手合起王生的胸腔，极力向一起挤合，稍稍一松动，就看见一缕缕的热气从缝隙里冒出来，于是撕开丝绸，急忙把王生的胸腹裹紧。这时，她再用手抚摸尸体，已经觉得渐渐有些温热了，就又给王生盖上一床棉被。半夜，她起来探视，发现王生的鼻孔里已经有了些气息。到第二天天亮，王生竟然活过来了。他只说："恍恍惚惚好像做梦一样，只觉得肚子那儿在隐隐作痛。"再一看被抓破的地方，结了个铜钱那么大的硬痂，过了不久，王生就痊愈了。

　　异史氏曰：愚哉世人！明明妖也，而以为美。迷哉愚人！明明忠也，而以为妄。然爱人之色而渔之①，妻亦将食人之唾而甘之矣。天道好还②，但愚而迷者不寤耳。可哀也夫!

【注释】

①渔:贪取。这里指渔猎女色,即贪婪地追求和占有女人。

②天道好(hào)还:指宇宙间的哲理是往复还报,善有善报,恶有恶报,寓有警戒世人不要作恶之意。天道,天理。还,还报。《书·汤诰》:"天道福善祸淫。"《老子》:"其事好还。"

【译文】

异史氏说:世界上的人真愚蠢啊!明明是妖怪,他却以为是美女。愚蠢的人也真执迷不悟啊!明明是忠告,他却认为是欺妄。然而,他爱别人的美色而去贪得无厌地猎取,自己的妻子也将会去舔吃别人的痰唾,并把它当成美味。人的善恶,都会按照天理得到相应的回报,只不过又蠢又浑的人始终不悟罢了。真是可哀啊!

贾儿

【题解】

在中国的文言小说中,描写儿童的作品往往比较缺乏,但在《聊斋志异》中这样的篇章颇多,比如《宫梦弼》、《菱角》、《张诚》、《珠儿》、《细柳》等,其中《贾儿》为其优秀的代表作。

贾儿为了保护母亲不受狐狸的蛊惑,想尽了一切办法:有的无异于常人,像"执火遍烛之","辄起火之";有的表现出儿童所独有的智慧和行为特征,像"日效杇者,以砖石叠窗上","合泥涂壁孔,终日营营,不惮其劳";有的则是一般的成年人也难以做到,比如他"扬言诈作欲溲状",重创狐狸;他在黄昏时分潜入狐狸藏身之处侦查,担心狐狸发觉而"终夜伏",获得了宝贵的敌情信息;及至后来,他假扮狐狸,孤身深入,混迹其中，用药酒将狐狸全歼，表现了大智大勇，性格特征鲜明。正如但明伦所评论的："其从容措置，不躁不矜，缜密而不肯轻泄者，老成人且难之，况乃孺子！"

　　楚某翁，贾于外^①。妇独居，梦与人交^②，醒而扪之^③，小丈夫也^④。察其情，与人异，知为狐。未几，下床去，门未开而已逝矣。入暮邀庖媪伴焉^⑤。有子十岁，素别榻卧，亦招与俱。夜既深，媪儿皆寐，狐复来，妇喃喃如梦语。媪觉，呼之，狐遂去。自是，身忽忽若有亡^⑥。至夜，不敢息烛，戒子睡勿熟。夜阑，儿及媪倚壁少寐。既醒，失妇，意其出遗^⑦，久待不至，始疑。媪惧，不敢往觅。儿执火遍烛之。至他室，则母裸卧其中，近扶之，亦不羞缩。自是遂狂，歌哭叫詈^⑧，日万状。夜厌与人居，另榻寝儿，媪亦遣去。儿每闻母笑语，辄起火之。母反怒诃儿^⑨，儿亦不为意，因共壮儿胆^⑩。然嬉戏无节，日效杇者^⑪，以砖石叠窗上，止之不听。或去其一石，则滚地作娇啼，人无敢气触之^⑫。过数日，两窗尽塞，无少明。已乃合泥涂壁孔，终日营营，不惮其劳。涂已，无所作，遂把厨刀霍霍磨之^⑬。见者皆憎其顽，不以人齿^⑭。

【注释】

①贾(gǔ)：经商，商人。篇题"贾儿"即是商人的儿子。

②交：指男女性行为。

③扪：摸。

④小丈夫：短小男子。

⑤庖媪：厨娘，做饭的老太太。

⑥忽忽：指精神恍惚。汉司马迁《报任安书》："居则忽忽若有所亡。"《汉书·司马迁传》颜注："忽忽，失意貌。"

⑦出遗：外出便溺。遗，大小便的通称。

⑧詈：骂。

⑨诃：呵斥。

⑩共壮儿胆：都称赞贾儿胆大。

⑪杇(wū)者：泥瓦匠。杇，涂抹灰泥的泥镘，俗称泥板。

⑫气触：言语、面色稍有触犯。气，声气。

⑬霍霍：磨刀声。《木兰诗》："磨刀霍霍向猪羊。"

⑭不以人齿：不把他当人看。

【译文】

楚地有一个商人，在外地做买卖。他的妻子独自在家里居住，夜里梦见与一个陌生男人交合，惊醒后用手一摸，身边睡着个短小的男子。再观察男子的神情，她发现这个男人和平常人不一样，于是知道自己遇上了狐狸精。过了片刻，那男人跳下床，没有打开房门就消失不见了。商人的妻子到第二天晚上就让做饭的老太太来陪着她睡觉。她还有一个十岁的儿子，平时在另外一张床上睡，这时也叫来睡在了一起。到了深夜，老太太和孩子都睡了以后，狐狸精又溜了进来，商人的妻子于是喃喃地说起梦话来。老太太听到后喊叫起来，狐狸精就匆忙离开了。从此以后，商人的妻子就恍恍惚惚的，好像丢失了魂魄一样。一到了夜里，她就不敢吹灭蜡烛，还告诫儿子千万不要睡熟。这天夜已经很深了，她儿子和老太太身子倚靠在墙上打起盹来。等他们醒来一看，商人的妻子不见了，起初以为她是出去解手，但是等了很久也不见回来，就惊疑起来。老太太很害怕，不敢出去寻找。商人的儿子就自己拿着灯火照着四处寻找。他找到另一间屋子里，只见母亲正赤裸着身子躺在那里，儿子走近前来扶她，她也毫不害羞遮掩。从这以后，商人的妻子发了狂，每天白天都忽而唱歌喊叫，忽而啼哭怒骂；到了夜晚就讨厌和别人睡在一块儿,她让儿子睡在另外一张床上,把老太太也打发走了。儿子每次在夜里听见母亲发出欢笑说话声,就点起灯来照看。母亲反而怒骂儿子,儿子也不在意,因此人们都觉得这孩子的胆量大。但是儿子白天嬉笑玩耍却没有分寸,天天学泥瓦匠的样子用砖头石块往窗户上垒,家里人劝阻也不听。要是有人拿掉窗上的一块石头,他就躺在地上打滚,撒娇哭闹,大家都不敢去触犯他。过了几天,两个窗户已经让他堵得严严实实,一点光亮也不透。垒完墙,儿子又和起泥来涂抹那堵砖墙上的墙缝,他整天不停地干,也不怕吃苦受累。涂完墙以后,没什么事儿可干了,他就拿着厨房里的菜刀"霍霍"地磨个不停。看见他的人都讨厌他的顽皮,不把他当人看。

　　儿宵分隐刀于怀①,以瓢覆灯②。伺母呓语,急启灯,杜门声喊。久之无异,乃离门,扬言诈作欲溲状。欻有一物③,如狸,突奔门隙。急击之,仅断其尾,约二寸许,湿血犹滴。初,挑灯起,母便诟骂,儿若弗闻。击之不中,懊恨而寝。自念虽不即戮,可以幸其不来。及明,视血迹逾垣而去,迹之,入何氏园中。至夜果绝,儿窃喜。但母痴卧如死。

【注释】

①宵分:夜半。

②瓢:一种对半破开的器具,多用瓠瓜或木头制作。

③欻:忽然。

【译文】

　　一天夜里,商人的儿子把菜刀偷偷藏在怀里,又用瓢扣住了灯火。等到母亲发出喃喃的梦话时,他马上拿开瓢亮出灯火,堵在房门口高声叫喊。过了一阵儿没有发现什么异常,他就离开房门,口中扬言并假装出门小便。这时,突然有一个东西,形状像个狸猫,一下子向门缝窜了过来。儿子急忙挥起菜刀一砍,却只砍断了它的一截尾巴,大约有二寸来长,还在滴着鲜血。起先,他挑亮灯火起来时,母亲就对他叫骂,他却好像没有听见一样。这时,他发现没有砍中那东西的要害,就十分恼恨地睡下了。但他又想虽然没能立即杀掉这个狐狸精,却可以庆幸它也许今后不敢再来了。天亮以后,儿子看到地上滴下的血迹越过了小墙,就跟踪着找了过去,一直走进了何家的花园里。当天夜里,狐狸精果然没再来,儿子在心里暗自高兴。但他的母亲仍然痴呆呆地躺在床上,像是死了似的。

未几,贾人归,就榻问讯。妇嫚骂^①,视若仇。儿以状对。翁惊,延医药之,妇泻药诟骂。潜以药入汤水杂饮之,数日渐安。父子俱喜。一夜睡醒,失妇所在,父子又觅得于别室。由是复颠,不欲与夫同室处。向夕,竟奔他室。挽之,骂益甚。翁无策,尽扃他扉。妇奔去,则门自辟。翁患之,驱禳备至^②,殊无少验。

【注释】

①嫚骂:辱骂,乱骂。

②驱禳:指请道士和尚作法术祈禳驱赶。

【译文】

过了不久,商人回来了,他来到床前探问妻子的病情。妻子却对他破口大骂,好像对待仇人一样。儿子向父亲详细讲述了母亲发狂的来由。他的父亲十分吃惊,立即请医生开药诊治,谁知妻子把汤药泼在地上骂个不停。于是家人就悄悄地把药放在热水里混杂着给她喝,这样过了一些日子她才渐渐安定下来。父子俩都很高兴。有一天夜里,父子俩睡醒以后，发现妇人又不见了，他们随后在别的屋子里找到了她。从此后，她又颠狂起来，不愿意和丈夫睡在一间屋子里。傍晚时，她竟然一个人跑到了另外一间房里。家人去搀扶她，她却叫骂得更加厉害。丈夫束手无策，只好把所有的门都锁上。但只要他妻子一往外跑，门竟然就会自动敞开。丈夫对此十分忧虑，请人来作法驱妖除邪，各种办法都用遍了，也不见有一点儿灵验。

儿薄暮潜入何氏园，伏莽中①，将以探狐所在。月初升，乍闻人语。暗拨蓬科②，见二人来饮，一长鬣奴捧壶③，衣老棕色。语俱细隐，不甚可辨。移时，闻一人曰："明日可取白酒一瓻来④。"顷之，俱去，惟长鬣独留，脱衣卧庭石上。审顾之，四肢皆如人，但尾垂后部。儿欲归，恐狐觉，遂终夜伏。未明，又闻二人以次复来，哝哝入竹丛中。儿乃归。翁问所往，答："宿阿伯家。"

【注释】

①莽：草丛。《小尔雅》："莽，草也。"

②蓬科：丛生的蓬草。

③长鬣奴：长着长胡子的仆人。鬣，胡须。

④瓻（chī）：古代一种陶制的盛酒的大器皿。《广韵·六脂》："瓻，酒器，大者一石，小者五斗。"若此，则瓻之大者相当于百多瓶酒，小者也几十瓶酒。

【译文】

一天黄昏时分，商人的儿子偷偷地潜入了何家花园，埋伏在草木丛中，打算探寻狐狸精在哪里。月亮刚升起后不久，他忽然听见有人说话。他用手暗暗拨开草丛一看，只见有两个人来到这里喝酒，还有一个留着长胡须的仆人捧着一把酒壶站在旁边,他的衣服是深棕色的。他们说话的声音都又小又低,听不太清楚。他们喝了一阵儿后,听见其中一个说道:"明天可以再弄一瓶白酒来。"不一会儿,两人都离去了,只有长胡须的人独自留下,脱了衣服躺在大石头上面。商人的儿子仔细一看,那家伙四肢都长得像人一样,但是有一条尾巴拖在身后。他想回家去,又怕那个狐狸精发觉,于是就整夜趴伏在草丛当中。天还没亮的时候,他又听见先前的那两个人一前一后地回来了,咕咕哝哝地说着话走进了竹林里面。这时,他才起身回家去。父亲问他去了哪里,他回答说:"睡在伯伯家了。"

适从父入市①,见帽肆挂狐尾,乞翁市之。翁不顾,儿牵父衣娇聒之。翁不忍过拂②,市焉。父贸易廛中,儿戏弄其侧,乘父他顾,盗钱去,沽白酒,寄肆廊③。有舅氏城居,素业猎。儿奔其家。舅他出,妗诘母疾④,答云:"连朝稍可⑤。又以耗子啮衣,怒涕不解,故遣我乞猎药耳⑥。"妗检楼⑦,出钱许,裹付儿。儿少之。妗欲作汤饼啖儿⑧,儿觑室无人,自发药裹,窃盈掬而怀之。乃趋告妗,俾勿举火⑨,"父待市中,不遑食也"。遂径出,隐以药置酒中。遨游市上,抵暮方归。父问所在,托在舅家。儿自是日游廛肆间⑩。

【注释】

①市:市场。下文"市"为动词,买。

②过拂:过于拒绝。拂,逆,指违拗其心愿。

③寄肆廊:寄存在市场的廊檐下面。

④妗(jìn):舅母。《集韵》:"俗谓舅母曰妗。"

⑤连朝稍可:近日病情稍见好转。连朝,连日,近日。可,病减

日可。

⑥猎药：狩猎时拌合诱饵用的毒药。

⑦检梜：从木箱里挑拣出来。梜，木箱。

⑧汤饼：汤面。

⑨举火：指生火做饭。

⑩廛肆：市肆。亦泛指街市。

【译文】

　　一天，商人的儿子正好跟着父亲去集市上，看见帽店里挂着一条狐狸尾巴，就央求父亲给他买下。父亲不理睬他，他就拉住父亲的衣襟撒娇吵闹。父亲不忍心让儿子过分失望，就买了下来。当父亲在街市的店铺里谈生意的时候，儿子就跟在他身边玩耍游戏，他乘父亲注意别处时，偷偷地拿走一些钱，用钱买了白酒，寄放在店铺的走廊里。儿子有个舅舅住在城里，素来以打猎为生。儿子放下酒后，就跑到了舅舅家。舅舅外出不在家，舅母就向他询问他母亲的病情，他回答说："这几天来她稍微好了一点儿。但又因为耗子咬坏了衣服，引得她哭骂不停，所以家里让我来讨点儿猎野兽用的毒药。"舅母在木箱里挑拣，拿出一钱多毒药，包好后交给了他。他嫌毒药太少了，但没有说出口。这时舅母要做汤饼给他吃，他看看室内没有人，就自己打开药包，满满地偷抓了一大把毒药藏在怀里。然后他就跑去告诉舅母，让她不要生火了，说："我爸爸在街市上等着我呢，来不及吃了。"说完就径自离开，悄悄地把毒药放在买来的那瓶酒中。他又到集市上去游玩，直至傍晚才回到家里。父亲问他到哪里去了，他就假托说是在舅舅家。从这天起，他每天都在集市上转来转去。

　　一日，见长鬣人亦杂俦中①。儿审之确，阴缀系之②。渐与语，诘其居里。答言："北村。"亦询儿，儿伪云："山洞。"长鬣怪其洞居。儿笑曰："我世居洞府，君固否耶？"其人益惊，便诘姓氏。儿曰："我胡氏子。曾在何处,见君从两郎,顾忘之耶?"其人熟审之,若信若疑。儿微启下裳,少少露其假尾,曰:"我辈混迹人中,但此物犹存,为可恨耳。"其人问:"在市欲何作?"儿曰:"父遣我沽③。"其人亦以沽告。儿问:"沽未?"曰:"吾侪多贫,故常窃时多。"儿曰:"此役亦良苦,耽惊忧。"其人曰:"受主人遣,不得不尔。"因问:"主人伊谁?"曰:"即曩所见两郎兄弟也。一私北郭王氏妇,一宿东村某翁家。翁家儿大恶,被断尾,十日始瘥④,今复往矣。"言已,欲别,曰:"勿误我事。"儿曰:"窃之难,不若沽之易。我先沽寄廊下,敬以相赠。我囊中尚有馀钱,不愁沽也。"其人愧无以报,儿曰:"我本同类,何靳些须⑤?暇时,尚当与君痛饮耳。"遂与俱去,取酒授之,乃归。

【注释】

①俦:伙伴,同类。这里指人丛中。

②缀系:尾随。

③沽:买。这里指买酒。

④瘥:痊愈。

⑤何靳些须:哪里吝惜这点微物。靳,吝,惜。些须,也作"些许",些微、少许的意思。

【译文】

　　有一天,商人的儿子忽然发现那个留着长胡须的人也混杂在人群当中。他仔细打量确认无误后,就悄悄地尾随在后面。他慢慢地去和那人搭话,问那人的住处。那人回答说:"在北村住。"那人也问起他的住处,他就假称说:"住在山洞里。"留长胡子的人奇怪他为什么在山洞里住。商人儿子笑着说:"我祖祖辈辈都居住在山洞里,你原来不也是吗?"那人听后更加吃惊,就问起对方的姓氏。商人儿子说:"我是胡家的子弟。我曾在什么地方看见过你跟着两个年轻人在一起,你忘记了吗?"那人盯着对方打量了半天,还是半信半疑。商人儿子又轻轻地撩起一截衣服后摆,稍稍露出一点儿他的假狐狸尾巴,说:"我们混杂在人群中生活,但这个东西还是去不掉,实在是可恨。"那人问:"你在街市上要干什么?"商人儿子说:"我父亲打发我来买酒。"那人告诉说自己也是来打酒的。商人儿子问道:"打到了没有?"那人回答说:"咱们这种人大多数是很穷的,所以经常是偷窃的时候多。"商人儿子说:"这个差事也实在是受苦,担惊受怕的。"那人说:"受了主人的派遣,不得不干啊。"商人儿子趁机又问:"你的主人是谁呀?"那人回答说:"就是早先你所见过的那弟兄俩。一个和北城王家的媳妇私通,另一个住在东村一个商人家里。那商人家的儿子实在厉害,我的主人被他砍断了尾巴,过了十天才好,现在又去了。"说完,那人就要告别,说:"别耽误了我的事儿。"商人的儿子说:"偷酒实在是难,不如买酒容易。我有原先买好的酒寄放在店里走廊下了,愿意把它敬送给你。我口袋里还有多余的钱,不愁买不来。"那人不好意思地表示没法子回报,商人的儿子说:"我们本是同类,何必计较这点儿东西?有空的时候,我还要和你一起痛饮呢!"于是和那人一起去市场的廊檐下,取出那瓶毒酒交给他,就回家了。

至夜,母竟安寝,不复奔。心知有异,告父同往验之,则两狐毙于亭上,一狐死于草中,喙津津尚有血出。酒瓶犹在,持而摇之,未尽也。父惊问:"何不早告?"曰:"此物最灵,一泄,则彼知之。"翁喜曰:"我儿,讨狐之陈平也①。"于是父子荷狐归。见一狐秃尾,刀痕俨然。自是遂安。而妇瘵殊甚②,心渐明了,但益之嗽③,呕痰辄数升,寻卒。

【注释】

①讨狐之陈平：意思是善用巧计诛狐的能手。陈平，汉初人，以奇计与张良、韩信等帮助刘邦夺取了天下，封曲逆侯。后又协同周勃等，诛吕氏，迎立文帝，任丞相。事迹见《史记·陈丞相世家》。

②瘠：瘦，病弱。

③益之嗽：增加了咳嗽的病症。

【译文】

当天夜里，母亲竟然安稳地睡着了，不再往外跑。他心里知道那些狐狸精一定发生了异常，这才把情况详细地告诉了父亲，父子两人一起去花园里验看，只见两只狐狸死在园中的亭子上，另一只狐狸死在草丛当中，嘴里还湿湿地向外流着血。那只酒瓶也在，拿起来一摇，里面的酒还没有喝完呢。父亲惊喜地问儿子："你为什么不早些告诉我呢？"儿子说："这东西性情最灵敏，只要我稍稍一泄露，它马上就知道了。"父亲高兴地称赞道："我的儿子讨伐狐狸真像汉朝的陈平一样足智多谋啊！"于是父子俩背起死狐狸一同回了家。只见一只狐狸的尾巴断了半截，上面还有明显的刀疤！从那以后，商人家里得到了安宁。但是他妻子瘦弱得非常厉害，心里渐渐明白了过来，却增加了咳嗽的病症，一吐痰就是好几升，不久就死去了。

北郭王氏妇，向祟于狐。至是问之，则狐绝而病亦愈。翁由此奇儿①，教之骑射。后贵至总戎②。

【注释】

①奇：这里是看重，珍视的意思。

②总戎：明清在边塞要地或重要州府设镇驻军，其长官称总兵，也称总戎、总镇或镇台，位在提督之下。

【译文】

北城王家的媳妇，一向被狐狸精纠缠着。这时去她家里一打听，狐狸绝迹了，她的病也痊愈了。商人因此认为自己的儿子是个奇才，就让他学习骑马射箭的技艺。商人的儿子长大以后，荣升到了总兵的职位。

蛇癖

【题解】

吃蛇肉不是新闻，活吃生蛇则是新闻。王蒲令的仆人吕奉宁不仅是吃蛇肉的美食家，而且吃得有方有法有花样。试看他吃小蛇，"全吞之，如啖葱状"；吃大蛇，"以刀寸寸断之，始掬以食，嚼之铮铮，血水沾颐"。偶尔没有刀，也不妨碍吃，"先噬其头，尾尚蜿蜒于口际"。站在动物保护者的立场，可能鲜血淋淋，太残忍，但是经过蒲松龄的语言表述，吃蛇变得颇有艺术性和表演性了。

《庄子·养生主》篇有一个庖丁解牛的故事。解牛就是将牛大卸八块，也是很血淋淋的，但在庄子的笔下，屠夫庖丁极为专业，出神入化，几乎成了艺术家。如若同理，是不是《蛇癖》中那个吃蛇的吕奉宁在蒲松龄的笔下也成了食蛇的美食家兼艺术表演家了呢？

予乡王蒲令之仆吕奉宁①，性嗜蛇。每得小蛇，则全吞之，如啖葱状。大者，以刀寸寸断之，始掬以食②，嚼之铮铮③，血水沾颐④。且善嗅，尝隔墙闻蛇香，急奔墙外，果得蛇盈尺。时无佩刀，先噬其头，尾尚蜿蜒于口际。

【注释】

①王蒲令：据《淄川县志》，王蒲令指王启泰，字大耒，顺治二年

（1645）中顺天乡试举人，康熙二年（1663）任山西蒲县知县，康熙七年（1668）卸任。

②掬：捧着。

③铮铮：金属振击声，形容嚼声响脆。

④颐：两腮。

【译文】

　　我的同乡王蒲令的仆人吕奉宁，生性特别爱好吃蛇。每次弄到小蛇，他就整个把它吞吃掉，如同吃葱一般。弄到大蛇，他就用刀切成一寸一寸的，再用手捧着吃，嚼得"喀嚓喀嚓"直响，血水沾满腮帮子。而且他的嗅觉特别灵敏，曾经隔着墙闻到了蛇的香味，急忙跑到墙外，果然抓到一条一尺多长的蛇。当时他身上没有带佩刀，就先咬吃蛇的头部，蛇的尾巴还在他嘴边蜿蜒扭曲着。

卷二

金世成

【题解】

本篇虽短，但把金世成骂得痛快淋漓：写他做头陀之前"素不检"；做头陀之后，"类颠，啖不洁以为美"；而"自号为佛"后，又指示弟子"诃使食矢"，简直龌龊卑劣到家了。奇怪的是金世成社会能量却极大，建殿阁，"人咸乐输"；修圣庙，"金钱之集，尤捷于酷吏之追呼"。这使得蒲松龄无限感慨：不仅对于金世成这个龌龊的人所引发的社会现象大惑不解，也对于儒家的圣庙竟然靠这么龌龊的人来修缮感到耻辱。小说触及当日市井的怪现状，儒家社会影响的日渐式微，贪官酷吏对于百姓的追呼苛政，乃至中国社会长期以来儒佛两家的斗争，可谓以小见大，意蕴丰富。

金世成，长山人①，素不检②。忽出家作头陀③，类颠④，啖不洁以为美。犬羊遗秽于前⑤，辄伏啖之。自号为佛⑥。愚民妇异其所为，执弟子礼者以千万计。金诃使食矢⑦，无敢违者。创殿阁，所费不赀⑧，人咸乐输之⑨。邑令南公恶其怪⑩,执而笞之,使修圣庙⑪。门人竞相告曰:"佛遭难!"争募救之。宫殿旬月而成,其金钱之集,尤捷于酷吏之追呼也。

【注释】

①长山:旧县名。分别在浙江、山东两地。此处应为山东长山县。在今山东邹平一带。明初属般阳路,后改属济南府,清因旧制。

②素不检:平常行为失于检点。不检,指行为放荡。检,检束。

③出家作头陀:离家修行,做了和尚。出家,梵文意译,亦译作林居者。指离家到寺院做僧尼。头陀,梵文音译,意为抖擞,即去掉尘垢烦恼之意。据《十二头陀经》和《大乘义章》载,修头陀行者简称头陀,需遵从衣、食、居方面12种修行规定。此处是对行脚乞食僧人的俗称。

④类颠:类似疯癫。

⑤遗秽:排泄大小粪便。

⑥佛:佛陀的简称。梵语音译。亦作"佛陀""浮屠"等。原指佛教创始人释迦牟尼,后亦作为得道高僧的尊称。

⑦诃:责骂,大声斥责。矢:通"屎"。

⑧不赀:意思是钱财多得不可计量。

⑨咸:都。输:捐纳,献赠。

⑩邑令南公:南之杰,字颐园,蕲水人,康熙十年(1671)任长山知县,有治绩。任内曾修学宫、河堤。事见《长山县志》。

⑪圣庙:孔子的庙宇,又称文庙。明清以来,各府县的文庙,为儒学教官的衙署所在地,所以下文又称"学宫"。

【译文】

金世成是长山县人,平常放荡而不检点。后来他突然间出家做了行脚和尚,行为疯疯癫癫,竟然把脏东西当成美味来吃。碰上狗啊羊啊在他跟前拉屎尿,他会趴在地上去吃。他自称是佛,那些愚昧的男女看他所作所为异于常人，就以弟子的身份去侍候他，这种人有成千上万。金世成呵斥这些弟子吃屎，没有人敢违背。金世成建造了殿堂楼阁，花费的金钱不计其数，人们却都愿意捐献。县令南公厌恶金世成的怪僻行径，就把他抓起来，用竹板子打他，让他修缮孔圣人的庙宇。金世成的门人弟子知道后争相奔走相告说："佛遭难了！"争先恐后去募资援救。宫殿一个月就修整好了，所聚集金钱之多之快，超过了严酷官吏的追逼勒索。

　　异史氏曰：予闻金道人①，人皆就其名而呼之，谓为"今世成佛"②。品至啖秽③，极矣④。笞之不足辱，罚之适有济⑤，南令公处法何良也⑥！然学宫圮而烦妖道⑦，亦士大夫之羞矣⑧。

【注释】

①道人：旧时称呼佛教和道教中人区分不很清晰，僧人往往称道人，但道教人很少称僧。下文"妖道"，也即坏和尚。

②人皆就其名而呼之，谓为"今世成佛"：金世成，被认为是"今世成佛"的谐音。

③品：人品，指人德行高低的等次。

④极矣：指其人品卑下到极点。

⑤适有济：恰能成事。济，成事，有用。

⑥处法：处置的方法。

⑦圮（pǐ）：坍塌。

⑧士大夫：此泛指读书人、官员和乡绅。

【译文】

　　异史氏说：我听说金道人，人们都就他名字的谐音称他"今世成佛"。其人品到了吃喝污秽的地步,低到了极点。痛打不足以折辱他,处罚恰巧可以成就一件事业,南令公的处理方法是多么妙啊!不过,孔庙的塌坏竟然要靠妖道来修整,这也是士大夫的耻辱啊!

董生

【题解】

篇名是董生,实际是写被狐狸魅惑的两个人——董生和王生,不过以董生为主罢了。

董生和王生同被狐狸魅惑,结局却不同,董生死于非命,王生因"福泽良厚",逃脱了灾厄。小说虽然分写两个人的命运,却由于开篇写众人的聚会,两个人共同被医人预言生死,董生在死后还托梦给王生,后来又通过狐女之口复述董生经历并对质,两个故事水乳交融形成了一个整体。

《董生》集中了民间传说中另一类狐狸与人的交往,即狐狸化为美女魅惑人的模式:对象是年轻男子,靠幻化美色诱惑他们,靠性行为取得男子的精血修炼内丹,致使年轻男子羸弱而死。因此,尽管《董生》在结构上很完整,在情节铺垫上很精细,比如故事的开头写董生在"冬月薄暮,展被于榻而炽炭焉。方将篝灯,适友人招饮,遂扃户去",从而为后面与狐狸在特殊场景下的邂逅埋下伏笔;情节描写颇生动有趣,比如董生与狐狸见面时的对话,幽默而富于文采,狐狸在绝境中竟然希冀被害对象王生垂怜,显出作者非凡的想象;但由于故事本身缺乏情感的力量,狐狸固然无情,男人也只是"见色而动",故给人的印象也就如浮光掠影了。

董生,字遐思,青州之西鄙人①。冬月薄暮,展被于榻而炽炭焉②。方将篝灯③，适友人招饮，遂扃户去④。至友人所，座有医人，善太素脉⑤，遍诊诸客。末顾王生九思及董曰："余阅人多矣，脉之奇无如两君者：贵脉而有贱兆⑥，寿脉而有促征⑦。此非鄙人所敢知也⑧。然而董君实甚。"共惊问之。曰："某至此亦穷于术⑨，未敢臆决⑩。愿两君自慎之。"二人初闻甚骇，既以为模棱语⑪，置不为意。

【注释】

①青州之西鄙：青州西边。青州，府名。治所在今山东青州。鄙，
　边远之处。

②炽炭：烧旺炭火。

③篝灯：点灯。

④扃（jiōng）户：关锁门户。扃，关锁。

⑤太素脉：北宋之后流传的一种以诊脉辨识人贵贱吉凶的技巧。
　《四库全书》收录《太素脉法》一卷。《提要》云："不著撰人名氏。
　其书以诊脉辨人贵贱吉凶。原序称唐末有樵者于崆峒山石函得
　此书，凡上下二卷。云仙人所遗，其说荒诞，盖术者所依托。"

⑥兆：先兆，事情发生前的征候或迹象。

⑦促征：短命的征兆。征，征兆。与"兆"同义。

⑧鄙人：鄙陋之人，自我谦称。

⑨穷于术：指技术到此为止。穷，穷尽。

⑩臆决：凭主观妄加判断。

⑪模棱语：指不明确表示可否的话。模棱，含糊其辞，不加可否。
　《旧唐书·苏味道传》："处事不欲决断明白，若有错误必贻咎谴，
　但模棱以持两端可矣。"

【译文】

有个姓董的书生，字遐思，是青州西边的人。冬日某天，夜幕降临，

他把床上的被子铺好,又把炭火添旺。正要点灯,刚好朋友来招呼一起去喝酒,于是锁上门就走了。到了朋友家,座中有个医生,擅长用太素脉法辨别人的贵贱寿夭,挨个给人看。他最后瞅着王九思与董遐思说:"我看过的人多了,没有人的脉象像你俩这样奇特:看上去本是富贵的脉,却有低贱的兆头;长寿的脉,却有短命的征兆。这个中的缘由不是我敢探知的。不过董先生更严重些。"大家都吃惊地询问究竟。医生说:"我的道术也就到这个程度了,不敢妄下结论。希望两位先生谨慎为好。"两个人刚一听说时特别害怕,后来觉得医生的话模棱两可,就放在一边,不再着意。

半夜,董归,见斋门虚掩①,大疑。醺中自忆②,必去时忙促,故忘扃键③。入室,未遑爇火④,先以手入衾中,探其温否。才一探入,则腻有卧人。大愕,敛手⑤。急火之⑥,竟为姝丽,韶颜稚齿⑦,神仙不殊。狂喜。戏探下体,则毛尾修然⑧。大惧,欲遁。女已醒,出手捉生臂,问:"君何往?"董益惧,战栗哀求,愿仙人怜恕。女笑曰:"何所见而仙我?"董曰:"我不畏首而畏尾⑨。"女又笑曰:"君误矣。尾于何有⑩?"引董手,强使复探,则髀肉如脂⑪,尻骨童童⑫。笑曰:"何如?醉态朦瞳⑬,不知所见伊何⑭,遂诬人若此。"董固喜其丽,至此益惑,反自咎适然之错⑮。然疑其所来无因。女曰:"君不忆东邻之黄发女乎⑯?屈指移居者,已十年矣。尔时我未笄⑰,君垂髫也⑱。"董恍然曰:"卿周氏之阿琐耶?"女曰:"是矣。"董曰:"卿言之,我仿佛忆之。十年不见,遂苗条如此!然何遽能来?"女曰:"妾适痴郎四五年⑲,翁姑相继逝⑳,又不幸为文君㉑。剩妾一身,茕无所依㉒。忆孩时相识者惟君,故来相见就。入门已暮，邀饮者适至，遂潜隐以待君归。待之既久，足冰肌粟㉓，故借被以自温耳，幸勿见疑。"董喜，解衣共寝，意殊自得。

【注释】

①斋门：书房之门。斋，书房。

②醺：醉酒。

③扃键：锁门。

④未遑爇（ruò）火：没有来得及点灯。遑，闲暇。爇，点燃。火，可以是灯，也可以指炭火。

⑤敛手：缩手。

⑥火之：点灯照看。

⑦韶颜稚齿：容颜美好，年纪很轻。韶，美好。齿，年齿，年龄。

⑧修然：很长的样子。修，长。

⑨不畏首而畏尾：不怕头而害怕尾巴。原意语本《左传·文公十七年》："畏首畏尾，身其馀几。"意为前也怕，后也怕，喻胆小。此处为调侃的话。

⑩尾于何有：哪里有尾巴。

⑪髀（bì）：股，大腿。

⑫尻（kāo）骨童童：尾骨秃秃，谓没有尾巴。尻，脊椎骨末端。童童，光秃。

⑬曚瞳：犹朦胧。指酒醉后神志不清。

⑭伊何：是什么。伊，是。

⑮适然：偶然。

⑯黄发女：黄毛丫头。

⑰未笄（jī）：古时女子15岁束发加笄，视为成年。未笄，指15岁之前。

⑱垂髫（tiáo）：未成年。古时男子 20 而冠，未成年则不能束发加冠，而是头发下垂。

⑲适：旧指女子出嫁。

⑳翁姑：公婆。

㉑为文君：谓新近死了丈夫，成了寡妇。文君，指卓文君。《史记·司马相如列传》载，临邛富翁卓王孙之女卓文君新寡，司马相如"以琴心挑之"，遂"夜亡奔相如"。

㉒茕（qióng）：孤独。

㉓足冰肌粟：脚发凉，肌肤起疙瘩。言天气寒冷。粟，肌肤受寒所起的粟状疙瘩。

【译文】

半夜里，董遐思回到家里，看见书房门虚掩着，心中很是疑惑。醉醺醺中自己思忖着，这一定是离开时匆忙，所以才忘了上锁。进到屋里，没顾得上点燃灯火，就把手伸进被窝里，摸摸还温不温。刚把手伸进去，就觉得有人赤身躺在里面。董遐思大吃一惊，缩回了手。他急忙点灯照看，竟然是个漂亮女子，年轻美貌，宛如仙女一般。董遐思不禁狂喜，调戏地去摸她的下身，却摸到一条长长的毛茸茸的尾巴。不禁害怕极了，打算跑开。这时美女已经醒来，伸手拽住了董遐思的胳膊，问道："你往哪里去？"董遐思更加恐惧，浑身发抖，哀求仙女饶恕。美女笑着说："你看到什么了，认为我是仙女？"董遐思说："我不怕你的头而怕你的尾。"美女又笑了，说："你错了。哪里有什么尾巴？"说着便拉着董遐思的手，强迫他再去摸，而美女的大腿肌肤滑腻如油脂，尾巴骨那里光秃秃的。于是又笑着说："怎么样？醉得糊里糊涂的，不知见到什么东西，便如此诬赖人！"董遐思原本就喜爱她的美丽，此时更加被她迷惑住了，反而责怪自己偶然间弄错了。不过还是怀疑她的来历。美女说："你不记得你东边邻居家那个黄毛丫头了吗？屈指算来搬家已有十年了。那时我是个不到插簪子年龄的女娃，你也是个垂发的儿童。"董遐思恍然大悟,说:"你就是周家的阿琐吧?"美女说:"是啊。"董遐思说:"你这么一说,我仿佛想起来了。没想到十年不见,竟出落得如此苗条漂亮! 然而你为啥突然间到这里来呢?"美女说:"我嫁了一个呆傻汉子,过了四五年后,公婆相继去世了,现在我又成了寡妇。只剩下我孤独一人,无依无靠。想起孩童时相识的只有你,所以就来投奔你。进门时天已黑了,正赶上邀请你喝酒的人来到,于是我就先藏起来等待你返回。不料等久了,双脚冰冷,身子冻得起鸡皮疙瘩,这才借用被窝暖和一下,但愿不会让你疑心。"董遐思很高兴,便脱了衣服和美女睡在一起,心里很是得意。

　　月馀,渐羸瘦①,家人怪问,辄言不自知。久之,面目益支离②,乃惧,复造善脉者诊之③。医曰:"此妖脉也。前日之死征验矣,疾不可为也。"董大哭,不去。医不得已,为之针手灸脐,而赠以药,嘱曰:"如有所遇,力绝之。"董亦自危,既归,女笑要之④,怫然曰⑤:"勿复相纠缠,我行且死!"走不顾。女大惭,亦怒曰:"汝尚欲生耶!"至夜,董服药独寝,甫交睫⑥,梦与女交,醒已遗矣。益恐,移寝于内,妻子火守之⑦,梦如故。窥女子已失所在。积数日,董呕血斗馀而死。

【注释】

①羸:瘦,疲倦。

②支离:憔悴,衰残。

③造:至。

④要:通"邀"。指要求发生性关系。

⑤怫(fèi)然:犹忿然,恼怒的样子。

⑥甫:刚。交睫:合上眼。

⑦火守之：点灯守候着他。

【译文】

过了一个多月，董遐思渐渐消瘦，家里人感到奇怪，询问原因，他说自己也搞不清楚。日子久了，面容脸色更加显得憔悴，这才感到害怕，于是又去找那个擅长诊脉的医生瞧病。医生说："这是妖脉呀。以前死亡的预兆就要应验了，你的病没法治了。"董遐思大哭起来，不肯离开诊所。医生没有办法，只好在他手上扎针，在肚脐上灸艾，又送给他药物，嘱咐说："如果你遇见了什么，一定要尽力拒绝。"董遐思也感到了自身的危险，回家后，美女嬉笑着挑逗求欢，他忿怒地说："不要再纠缠了，我都快死了！"掉头躲开，连看也没看美女一眼。美女很不好意思，也生气地说："难道你还想活吗！"到了夜里，董遐思服了汤药，独自一人睡觉，他刚一闭眼，就梦见自己与美女交媾，醒来时已经遗精了。他更加害怕，便搬到内房去睡，妻子点着灯守着他，但是他一做梦，还是那个境况。睁眼一看，那个美女已经无影无踪了。又过了几天，董遐思吐了一斗多的血死去了。

王九思在斋中，见一女子来，悦其美而私之①。诘所自②，曰："妾，遐思之邻也。渠旧与妾善③，不意为狐惑而死。此辈妖气可畏，读书人宜慎相防。"王益佩之，遂相欢待。居数日，迷罔病瘵④。忽梦董曰："与君好者，狐也。杀我矣，又欲杀我友。我已诉之冥府⑤，泄此幽愤。七日之夜，当炷香室外，勿忘却。"醒而异之，谓女曰："我病甚，恐将委沟壑⑥，或劝勿室也⑦。"女曰："命当寿，室亦生。不寿，勿室亦死也。"坐与调笑。王心不能自持，又乱之。已而悔之，而不能绝。

【注释】

①私：谓发生不正当男女关系。

②诘所自：问从哪里来。诘，询问。

③渠：他。

④迷困病瘠(jí)：精神恍惚，身体瘦损。

⑤冥府：传说中的阴曹地府。

⑥委沟壑：弃于山沟荒野之中。指死亡。委，委弃。

⑦勿室：不要娶妻。此指不要发生性关系。《礼记·曲礼》："三十
　　曰壮，有室。"郑玄注："有室，有妻也。"

【译文】

　　王九思在书房里，看见有个女人进来，由于喜欢她的美貌，便跟她发生了性关系。他打听女人从哪里来，女人说："我是董遐思的邻居。他过去与我相好，没想到被狐狸精迷惑致死。这东西妖气可怕，读书人应该谨慎提防。"王九思更是佩服她，于是彼此欢好相处。过了几天，王九思精神恍惚，身体瘦弱。一天，忽然梦见董遐思对他说："跟你好的是个狐狸精。她害死了我，又想害死我的朋友。我已经告到地府中去了，要出这口窝囊气。七日之内的晚上，你要在屋外点上香，不要忘了。"王九思醒来很诧异，对女人说："我病得很重，恐怕不久就要死了，有人劝我不要再有房事。"女人说："命当长寿，有房事照样生存；命当短命，没有房事也照样早死。"说完就坐在他跟前，调侃嬉笑。王九思心猿意马不能把握自己，又同她发生了性关系。事后虽然后悔，可就是割舍不断。

　　及暮，插香户上。女来，拔弃之。夜又梦董来，让其违嘱①。次夜，暗嘱家人，俟寝后潜爇之。女在榻上，忽惊曰："又置香耶！"王言："不知。"女急起得香，又折灭之。入曰：

"谁教君为此者?"王曰:"或室人忧病②,信巫家作厌禳耳③。"女彷徨不乐。家人潜窥香灭,又炷之。女忽叹曰:"君福泽良厚。我误害遐思而奔子④,诚我之过。我将与彼就质于冥曹⑤。君如不忘夙好⑥,勿坏我皮囊也⑦。"逡巡下榻,仆地而死。烛之,狐也。犹恐其活,遽呼家人,剥其革而悬焉⑧。

【注释】

①让:责备。

②室人:妻子或家里人。

③厌(yā)禳(ráng):祛恶除邪的祝祷法术。禳,消除灾祸。

④奔:私奔。旧指女子私自往就男子。

⑤质:对质。冥曹:阴曹地府。

⑥夙:夙昔,旧日。

⑦皮囊:皮袋。佛家喻指人畜肉体。

⑧革:皮。

【译文】

到了晚上,在门上插上了香。女人来后,就把香拔下来扔了。夜里王九思又梦见董遐思,责备他违背嘱托。第二天夜里,王九思暗中嘱咐家里人,等他睡下以后再偷偷把香点上。女人在床上,忽然吃惊地说:"怎么又点香了!"王九思说:"不知道。"女人急忙起身找到香,又折断掐灭了。进屋说:"谁教你这样干的?"王九思说:"也许是家里人担心我的病,信了巫婆的驱灾降妖的话吧。"女人闷闷不乐。家里人暗中发现香灭了,又点燃插上。女人忽然叹息着说:"你的福气荫泽真大啊。我误害了遐思,又跑到你这里来,实在是我的过错。我将要与他在地府阴曹中对质。你如果不忘从前的欢好,不要弄坏了我的肉身。"女人留恋不舍地从床上下来,倒在地上就死了。用灯一照,是只狐狸。王九思怕它再活过来，急忙叫来家人，把狐狸剥了皮，挂了起来。

　　王病甚，见狐来曰："我诉诸法曹①，法曹谓董君见色而动，死当其罪。但咎我不当惑人，追金丹去②，复令还生。皮囊何在？"曰："家人不知，已脱之矣。"狐惨然曰："余杀人多矣，今死已晚。然忍哉君乎！"恨恨而去。王病几危，半年乃瘥③。

【注释】

　　①法曹：指阴曹地府中掌管刑法的官署。

　　②金丹：仙丹。此指内丹。

　　③瘥（chài）：病愈。

【译文】

　　王九思病得很厉害，看见狐狸精走来对他说："我已经向法曹申诉了，法曹认为董遐思见女色而生妄心，死是罪有应得。只是责备我不应该迷惑人，把我修炼的金丹收去，还让我活着回来。我的肉身在哪里？"王九思说："家里人不知情况，已经把皮剥了。"狐狸精凄惨地说："我杀害的人太多了，就是今天丧命也是晚的了。不过，你也太残忍了！"狐狸精恨恨地走开了。王九思病得差点送了命，半年后才好起来。

骷石①

【题解】

　　在《聊斋志异》故事的地域分布中，山东占了很大的比例。在山东故事中，淄川、济南、新城、崂山等地又占了很大的份额。淄川，是蒲松龄的家乡。济南，是蒲松龄多次赶考的所在地。崂山，是蒲松龄旅游过的地方。而新城，则是蒲松龄东家毕际有的姻家王渔洋所居住的地方。

《龁石》的故事亦见于王渔洋的《池北偶谈·谈异一》。题目叫"啖石"，所叙与《龁石》大同小异："仙人煮石，世但传其语耳。予家佣人王嘉禄者，少居崂山中，独坐数年，遂绝烟火，惟啖石为饭，渴即饮溪涧中水。遍身毛生寸许。后以母老归家。渐火食，毛遂脱落。然时时以石为饭。每取一石，映日视之，即知其味甘咸辛苦。以巨桶盛水挂齿上，盘旋如风。后母终，不知所往。"有趣的是，蒲松龄和王渔洋都对于王嘉禄之所以能龁石进行了描述。在王渔洋，是"以巨桶盛水挂齿上，盘旋如风"，强调了王嘉禄牙齿咬合的力量，而蒲松龄则不屑于对此说明，干脆讲："如啖芋然。"——两者的叙述是各有千秋呢，还是有巧拙之别呢？

新城王钦文太翁家②，有圉人王姓③，幼入劳山学道。久之，不火食④，惟啖松子及白石。遍体生毛。既数年，念母老归里，渐复火食，犹啖石如故。向日视之，即知石之甘苦酸咸，如啖芋然。母死，复入山，今又十七八年矣。

【注释】

①龁（hé）：咬嚼。

②新城：指山东的新城。在山东中部，明清属济南府。今为桓台，隶属淄博。王钦文：清朝著名诗人王渔洋（士禛）之父，名与敕，字钦文。顺治元年（1644）拔贡，赠国子监祭酒，累仕经筵讲官、刑部尚书。见《王渔洋全集·历仕录》附《王氏世系表》。

③圉（yǔ）人：养马的仆人。

④火食：熟食。

【译文】

新城王钦文老先生家里，有个姓王的马夫，年幼时就入崂山学道。

学道时间长了，不再吃熟食，只吃些松子和白石。浑身长满了毛。这样过了好几年，他惦念老母亲，便回到家里，渐渐又恢复吃熟食了，但还是照旧吃石头。他拿起石头对着太阳看，就能看出这个石头是甜的还是苦的，是酸的还是咸的，吃起来就像吃芋头一样。老母死后，又进了深山，至今已有十七八年了。

庙鬼

【题解】

在中国古代医学不甚发达的情况下，由于还不能对于某些疾病给以正确的解释，于是常把精神类疾病的发生与妖异联系在一起，显得很神秘。按照现代医学的观点，《庙鬼》中的王启后的幻视幻听，未尝不是精神性的疾病所致。王启后最后终止了幻视幻听，可能是疾病不发作了。但蒲松龄解释为恶鬼被神灵清除——一方面是中国巫医学说在作怪，另一方面体现了蒲松龄对于朴诚的人格精神的推崇。

《聊斋志异》中的恶鬼形象，大凡都是"目电炯，口血赤如盆"。有些概念化，本篇也如是。究其根源，是佛经中夜叉的俗化与固化。

新城诸生王启后者①，方伯中宇公象坤曾孙②。见一妇人入室，貌肥黑不扬，笑近坐榻，意甚亵。王拒之，不去。由此坐卧辄见之，而意坚定，终不摇。妇怒，批其颊有声，而亦不甚痛。妇以带悬梁上，捽与并缢③。王不觉自投梁下，引颈作缢状。人见其足不履地④，挺然立空中，即亦不能死。自是病颠，忽曰："彼将与我投河矣。"望河狂奔，曳之乃止。如此百端，日常数作，术药罔效⑤。一日，忽见有武士缧锁而入⑥，怒叱曰："朴诚者汝何敢扰！"即絷妇项⑦，自棂中出⑧。

才至窗外，妇不复人形，目电烁，口血赤如盆。忆城隍庙门中有泥鬼四，绝类其一焉⑨。于是病若失。

【注释】

①诸生：明清时代凡经过考试录取进入府、州、县各级学校的生员，无论是附生、庠生、廪生皆称诸生。

②方伯：一方诸侯之长。东汉以来以之称刺史等地方官。明清时则作为对布政使的尊称。中宇公象坤：王象坤，字中宇，明代山东新城人，官至山西左布政使。见《山东通志·人物志》。

③捽（zuó）与并缢：揪着头发与她一起上吊。捽，揪住头发。

④履：踏。

⑤术药：巫术和医药。罔：无。

⑥绾（wǎn）锁：手持铁链。绾，盘握。锁，锁链，拘捕刑具。

⑦絷（zhí）：拘执。

⑧棂：窗棂，窗户上的花格子。

⑨类：像。

【译文】

　　新城有个秀才名叫王启后，他是山西左布政使王中宇王象坤老先生的曾孙。他曾经见过一个女人走进屋里，身子又黑又胖，其貌不扬，她笑着走近坐床，显出极轻佻亲密的情态。王启后拒绝她，她还是不离开。从此，王启后不管是坐着时，还是躺卧时，总是看到她，但自己始终意志坚定，毫不动摇。这个女人大怒，用手打他嘴巴子，击打有声，却不怎么疼痛。女人又把带子挂在梁上，揪着王启后的头发要一起上吊。王启后不知不觉跑到房梁下面，伸着脖子做出上吊的样子。人们只见他脚不挨地，在空中挺着身子悬立着，却也死不了。从此以后，王启后便得了疯癫病，有一天忽然说："她将要和我一起跳河了。"说着，便向着河的方向狂奔，人们把他拽住了。类似的行为花样很多，一天里经常闹上几回,巫术与药物治疗都没有见效。一天,忽然看见有个武士挽着锁链子进来,怒声呵斥道:"你竟敢来骚扰一个淳朴诚实的人!"当即就用铁链子锁上女人的脖子,从窗棂中出去了。刚到窗外,女人就不再是个人形,它目如闪电,张着血盆大口。王启后想起城隍庙里有四个泥塑的小鬼,它非常像其中一个。从此,王启后的病症就消失了。

陆判

【题解】

《陆判》故事分为两部分。前半部分叙述蒲松龄对医疗科学的理解与幻想,后半部分叙述其对社会人生的幻想。故事的重心在前半部分,精彩处也在前半部分。

男人要有才(主要指的是诗文之才),女人要有貌,这是中国古代对于人的评判的金标准。但才貌均得之于遗传基因,非后天所能及,于是许多人便朝思暮想企图改变现状。《陆判》通过蒲松龄的浪漫想象充分反映了中国古代人的心理状态,也反映了可能改变的路径——器官移植。虽然这些想象与现代的解剖学不尽吻合,比如认为人是否聪明,取决于心,愚笨是因为"毛窍塞"的缘故,换心就可以使人变聪明;比如要想变漂亮,不是整容,而是干脆换头——都有点缘木求鱼的味道。但换心使"文思大进,过眼不忘";换头,使之"长眉掩鬓,笑靥承颧",成为了"画中人",展现了蒲松龄文思之巧,想象力之丰富。换心、尤其是换头的描写:"陆以头授朱抱之,自于靴中出白刃如匕首,按夫人项,着力如切腐状,迎刃而解,首落枕畔。急于生怀取美人头合项上,详审端正,而后按捺。""朱妻醒,觉颈间微麻,面颊甲错,搓之,得血片,甚骇,呼婢汲盥。婢见面血狼藉,惊绝。濯之,盆水尽赤。举首则面目全非,又骇极。夫人引镜自照,错愕不能自解。"具体而微,精巧生动,数百年之后都令人惊叹蒲松龄高度的描摹技巧。

　　小说后半部分对于社会人生的描写——多子多福——则落入了俗套,反映了蒲松龄世俗的理想的另一面。

　　陵阳朱尔旦①,字小明。性豪放,然素钝②,学虽笃③,尚未知名。一日,文社众饮④,或戏之云:"君有豪名,能深夜赴十王殿⑤,负得左廊判官来⑥,众当醵作筵⑦。"盖陵阳有十王殿,神鬼皆以木雕,妆饰如生。东庑有立判⑧,绿面赤须,貌尤狞恶。或夜闻两廊拷讯声,入者,毛皆森竖⑨。故众以此难朱。朱笑起,径去。居无何,门外大呼曰:"我请髯宗师至矣⑩!"众皆起。俄负判入,置几上,奉觞酹之三⑪。众睹之,瑟缩不安于座⑫,仍请负去。朱又把酒灌地,祝曰:"门生狂率不文⑬,大宗师谅不为怪。荒舍匪遥,合乘兴来觅饮⑭,幸勿为畛畦⑮。"乃负之去。

【注释】

①陵阳:指山东莒县陵阳。一说指汉代陵阳县,今安徽青阳陵阳。

②钝:迟钝,愚笨。

③笃:专心,勤奋。

④文社:科举时代,秀才们讲学作文,以文会友的结社。

⑤十王殿:庙宇名。十王,中国佛教所传十个主管地狱的阎王之总称,也称"十殿阎君",略称十王。后道教也沿用此称。

⑥判官:官名。唐始设。为节度、观察、防御诸使的僚属。此指民间传说中为阎王执掌簿册的佐吏。

⑦醵(jù):凑钱饮酒。

⑧东庑(wǔ):东廊。庑,殿堂下周围的走廊或廊屋。此指廊屋。立判:站着的判官。

⑨毛皆森竖：因恐惧而毛发都耸立起来。森，高耸。

⑩髯宗师：即所谓"左廊判官"。宗师，旧称受人尊崇，堪为师表的人。明清称学使为宗师。朱尔旦负陆判至文社故用以戏称。

⑪酹（lèi）：以酒浇地，祭祀鬼神。

⑫瑟缩：因恐惧而抖动、蜷缩。

⑬门生：科举时代贡举之士以主考官员为座主，而自称门生。此处既已称陆判为宗师，而宗师（即学使）又为各省乡试的主考官，朱因以自称。狂率不文：狂妄轻率，不懂礼仪。文，礼法。

⑭合：应，合当。

⑮勿为畛畦（zhěn qí）：意谓不要为人鬼异域所限。畛畦，田间小路，引申为界限、隔阂。

【译文】

陵阳有个书生名叫朱尔旦，字小明。他性格豪爽旷达，不过有些愚笨，学习虽然很努力，但是还没有什么声名。一天，文社的朋友们聚会喝酒，有个人对朱尔旦开玩笑说："你不是有豪爽的名声吗，如果敢在深夜里去十王殿，把左廊下的那个判官背来，大家就凑钱宴请你。"原来，陵阳有个冥府十王殿，那里供着的神鬼都是用木头雕刻成的，装饰得栩栩如生。在东边的廊下摆着一个站立状的判官，他那绿色的脸膛，赤红色的胡须，显得面貌格外狰狞凶恶。传说夜里常听到两廊下发出拷打审讯的声音，进这里参观的人，往往都觉得毛骨悚然。所以大伙借此来难为朱尔旦。朱尔旦听了，笑着起身，径直往十王殿去了。没坐一会儿，就听到门外大叫道："我请大胡子尊师到了！"众人都忙站起来。顷刻间，朱尔旦背着判官进了屋，把判官放在几案上，举起酒杯，一连向判官敬了三杯。大家看看判官的样子，吓得哆哆嗦嗦，连坐都坐不稳了，于是急忙请朱尔旦再把判官背回去。朱尔旦又把酒洒在地上，恭敬地向神灵祷告："弟子刚才轻率无礼，大宗师想必不会见怪吧。我的家离此不远，理应趁着兴致到我家来喝酒，但愿你不要为人鬼异域所限。"说罢,就背起判官走了。

　　次日,众果招饮。抵暮,半醉而归,兴未阑①,挑灯独酌。忽有人搴帘入,视之,则判官也。朱起曰:"意吾殆将死矣②!前夕冒渎③,今来加斧锧耶④?"判启浓髯微笑曰:"非也。昨蒙高义相订⑤,夜偶暇,敬践达人之约⑥。"朱大悦,牵衣促坐,自起涤器爇火⑦。判曰:"天道温和,可以冷饮。"朱如命,置瓶案上,奔告家人治肴果⑧。妻闻,大骇,戒勿出。朱不听,立俟治具以出⑨。易盏交酬⑩,始询姓氏,曰:"我陆姓,无名字。"与谈古典⑪,应答如响。问:"知制艺否⑫?"曰:"妍媸亦颇辨之。阴司诵读,与阳世略同。"陆豪饮,一举十觥⑬。朱因竟日饮,遂不觉玉山倾颓⑭,伏几醺睡。比醒,则残烛昏黄,鬼客已去。

【注释】

①兴未阑:指意犹未尽。阑,尽。

②意:自料。殆:大概,推测。

③冒渎:冒犯,亵渎。

④加斧锧:指加以死罪。斧锧,古代杀人的刑具,类似于铡刀。斧,谓刀刃。锧,谓砧板。

⑤高义:犹高谊、盛情。相订:犹相约。订,定,约定。

⑥达人:这里是旷达之人的意思。

⑦涤器爇火:清理饮酒的器具,生火准备温酒。

⑧治肴果:置办下酒的菜肴。治,置办。肴果,菜和果品。

⑨立俟治具:站着等置备肴果。俟,等待。

⑩易盏交酬:形容饮酒时的亲密。易盏,交换酒杯。交酬,互相

敬酒。

⑪古典：此指具有典范性的古代名著。典，典籍。

⑫制艺：科举制度下应试的文章。指八股文。

⑬十觥（gōng）：形容酒量大。觥，古代酒杯。

⑭玉山倾颓：形容酒醉。玉山，形容容止体态和仪表的美好。南朝宋刘义庆《世说新语•容止》："嵇叔夜之为人也，岩岩若孤松之独立；其醉也，傀俄若玉山之将崩。"

【译文】

第二天，大家果然请朱尔旦宴饮一番。傍晚，朱尔旦喝得半醉回来，酒瘾未能尽兴，便又点亮灯，自斟自饮。忽然有人掀起帘子走了进来，一看，原来是判官。朱尔旦忙起身说："想来我真是要死到临头了！昨天晚上多有冒犯，今天是来砍头的吧？"判官张开长满浓须的大嘴，微笑着说："不是的。昨天承蒙盛情相邀，今夜偶然得闲，我是恭敬地来赴你这个达人之约的。"朱尔旦听了非常高兴，拉着判官的衣袖，连忙请判官入座，然后亲自刷洗杯盘，点上烫酒的火。判官说："天气暖和，可以冷饮。"于是朱尔旦遵命不再烫酒，把酒瓶子放在桌子上，然后急忙去告诉家人准备菜肴果品。妻子听后，非常恐惧，嘱咐丈夫不要出去了。朱尔旦不听，立等妻子准备妥当后，便端着出来了。他们你一杯我一盏地喝起来后，朱尔旦这才问起判官的姓名，判官说："我姓陆，没有名字。"他们又谈起古代的典籍，判官应答如流。朱尔旦又问："你懂不懂八股文之道？"判官说："美丑好坏都能分辨。阴间读书作文与阳间大略相同。"陆判官的酒量很大，一口气就喝下十大杯。朱尔旦喝了一天的酒，这时醉得身子都挺不住了，趴在桌子上酣睡起来。等朱尔旦醒过来，只见残灯昏黄，鬼客已经离去。

　　自是三两日辄一来，情益洽，时抵足卧①。朱献窗稿②，陆辄红勒之③，都言不佳。一夜，朱醉，先寝，陆犹自酌。忽醉梦中,觉脏腑微痛,醒而视之,则陆危坐床前④,破腔出肠胃,条条整理。愕曰:"夙无仇怨,何以见杀?"陆笑曰:"勿惧,我为君易慧心耳。"从容纳肠已,复合之,末以裹足布束朱腰。作用毕⑤,视榻上亦无血迹,腹间觉少麻木。见陆置肉块几上,问之。曰:"此君心也。作文不快,知君之毛窍塞耳。适在冥间,于千万心中,拣得佳者一枚,为君易之,留此以补阙数⑥。"乃起,掩扉去。天明解视,则创缝已合,有綖而赤者存焉⑦。自是文思大进,过眼不忘。数日,又出文示陆。陆曰:"可矣。但君福薄,不能大显贵,乡、科而已⑧。"问:"何时?"曰:"今岁必魁⑨。"未几,科试冠军,秋闱果中经元⑩。同社生素揶揄之,及见闱墨⑪,相视而惊,细询始知其异。共求朱先容⑫,愿纳交陆⑬。陆诺之。众大设以待之⑭。更初,陆至,赤髯生动,目炯炯如电。众茫乎无色,齿欲相击,渐引去。

【注释】

①抵足卧:同床睡眠。抵足,指脚对脚异向躺着。

②窗稿:指平时习作的文稿。读书人惯常在窗下写文章,故称。

③红勒:用朱笔删削、批改。宋沈括《梦溪笔谈·人事》载:北宋嘉祐年间,士人刘几"累为国学第一人,骤为怪险之语,学者翕然效之,遂成风俗。欧阳公(指欧阳修)深恶之。会公主文,决意痛惩。……有一举人论曰:'天地轧,万物茁,圣人发。'公曰:'此必刘几也。'戏续之曰:'秀才剌,试官刷。'乃以大朱笔横抹之,自首至尾,谓之红勒帛,判'大纰缪'字榜之。既而果几也"。

④危坐:正襟危坐,端端正正地坐着。

⑤作用：施治，整治。用，治。

⑥阙数：欠缺的数额。

⑦缐（xiàn）：同"线"。

⑧乡、科：乡试、科试的省词。指举人、秀才的功名。

⑨魁：夺魁，考取第一名。即下文所谓"科试冠军，秋闱果中经元"。

⑩秋闱：指乡试。旧称试院为闱，而乡试在秋间举行，因称。经元：也称"经魁"。指前五名。明清科举考试，分五经取士。乡试及会试前五名，各为一经中的第一名。

⑪闱墨：清代于每届乡试、会试之后，由主考官选取中式试卷，编辑成书，叫做闱墨。

⑫先容：先作介绍。

⑬纳交：结交。

⑭大设：举行盛大仪式。

【译文】

从此以后，陆判官每隔两三天就来一次，交情更加融洽，有时脚对脚同床而眠。朱尔旦把文稿拿出给陆判官看，陆判官就操起朱笔批改，说写得都不好。一天夜晚，朱尔旦喝醉了，先睡去，陆判官仍然自斟自饮。朱尔旦在醉梦中，忽然感觉到脏腑内微微疼痛，醒来睁眼一看，只见陆判官端坐在床前，正给他开膛破肚，一条条整理肠胃呢。朱尔旦一下惊呆了，问道："你我远日无仇，近日无怨，为何把我杀了？"陆判官笑着说："莫怕，我是为你换个聪慧之心。"说着从容不迫地把肠子放到腹腔里，然后再把腹部缝合上，最后用裹脚布缠在朱尔旦的腰上。手术完毕，看看床上一点儿血迹也没有，只觉得肚子上有些发麻。朱尔旦看见陆判官把一块肉放在案桌上，便问那是什么。陆判官说："这东西就是你的心。看你作文不敏捷，知道你的心窍堵塞不通。刚才我在阴间，在成千上万的人心中，挑出一个聪慧心给你换上了，留下这个拿回去补那个空缺。"说完，陆判官站起身，掩上屋门就走了。天亮以后，朱尔旦解开裹脚布，看看伤口缝合处已经愈合了，只有一条红线痕迹留在那里。从此以后，朱尔旦文思大进，凡阅读过的典籍，过眼不忘。过了几天，朱尔旦又把自己写的文章给陆判官看。陆判官说："写得可以了。不过你的福气薄，不能大富大贵，也就是中个秀才、举人吧。"朱尔旦问："何时中举？"陆判官说："今年必定考个头名。"不久，朱尔旦科考获得第一，乡试果然中了经魁。朱尔旦的同窗学友平时总爱嘲笑他，等到见到朱尔旦的试卷后，个个目瞪口呆，无不惊异，他们细细打听后，这才了解这桩异事。于是，大家一致请求朱尔旦向陆判官先为介绍，愿意跟陆判官交个朋友。陆判官答应了这件事。大家大摆酒席，等待陆判官到来。一更初，陆判官来到，只见他红色胡须飘动，两目炯炯发光犹如电闪。众人见状，茫茫然失魂落魄，吓得脸无人色，身子发抖，牙齿打颤。时间不长，一个个都退避而去。

朱乃携陆归饮。既醮，朱曰："湔肠伐胃[1]，受赐已多。尚有一事欲相烦，不知可否？"陆便请命。朱曰："心肠可易，面目想亦可更。山荆[2]，予结发人[3]，下体颇亦不恶，但头面不甚佳丽。尚欲烦君刀斧，如何？"陆笑曰："诺，容徐图之[4]。"

【注释】

①湔(jiān)肠伐胃：洗肠剖胃。《五代史·周书·王仁裕传》：王仁裕少不知学，25岁方思学习，"一夕，梦剖其肠胃，引西江水以浣之……及寤，心意豁然。自是资性绝高"。

②山荆：对人谦称自己的妻室。山，山人，即乡下人，山里人。谦称自己。荆，谦称妻子。宋《太平御览》引《列女传》："梁鸿妻孟光，荆钗布裙。"

③结发人：元配。古礼，成婚之夕，男左女右共髻束发，故称。

④徐图：从容做事，慢慢考虑。

【译文】

朱尔旦拉着陆判官回家喝酒。喝到醉醺醺的时候，朱尔旦说："洗肠剖胃的事，已经蒙受了很大的恩惠。不过还有一件事也想请你帮忙，不知行不行？"陆判官便请朱尔旦尽管说出。朱尔旦说道："心肠可以更换，想必面孔也可以更换吧。我的老婆，她是我的元配妻子，身子长得还不错，就是头面不怎么好看。我打算麻烦您再施展一下刀斧，可以吗？"陆判官笑着说："好吧，等我慢慢找机会吧。"

　　过数日，半夜来叩关①。朱急起延入，烛之，见襟裹一物。诘之，曰："君曩所嘱，向艰物色。适得一美人首，敬报君命。"朱拨视，颈血犹湿。陆立促急入，勿惊禽犬。朱虑门户夜扃，陆至，一手推扉，扉自辟。引至卧室，见夫人侧身眠。陆以头授朱抱之，自于靴中出白刃如匕首，按夫人项，着力如切腐状，迎刃而解，首落枕畔。急于生怀取美人头合项上，详审端正，而后按捺。已而移枕塞肩际，命朱瘗首静所②，乃去。朱妻醒，觉颈间微麻，面颊甲错③，搓之，得血片，甚骇，呼婢汲盥④。婢见面血狼藉，惊绝。濯之，盆水尽赤。举首则面目全非，又骇极。夫人引镜自照，错愕不能自解。朱入告之。因反复细视，则长眉掩鬓，笑靥承颧⑤，画中人也。解领验之⑥，有红线一周，上下肉色，判然而异⑦。

【注释】

①叩关：敲门。

②瘗(yì)首静所：把头埋在僻静的地方。瘗，埋葬。

③甲错：鳞甲错杂。此处指面颊血污结痂，像鱼鳞似的。

④汲盥：打水盥洗。汲，提水。

⑤笑靥(yè)承颧(quán)：谓笑时口旁现出两个酒窝。靥，嘴旁边的小窝，俗称酒窝。颧，颧骨。酒窝在颧骨的下面，故云承。

⑥领：衣领。

⑦判然：分明，清楚。

【译文】

过了几天，陆判官半夜里来敲门。朱尔旦急忙起身招呼他进来，拿烛光照去，看见陆判官衣襟中包着一件东西。问是什么，陆判官回答说："您从前嘱托我办的事，一直很难物色到合适的。刚才正好得到一个美女的头，恭敬地来交差来了。"朱尔旦拨开一看，脖颈上的血还湿乎乎的呢。陆判官催促快进入内室，不要惊动了鸡犬。朱尔旦正担心内室的门已经上了闩，陆判官走到，用手一推，门就打开了。他们到了卧室，见夫人正侧着身子睡觉呢。陆判官把美女头交给朱尔旦抱着，自己从皮靴中抽出一把锋利的匕首，然后按着夫人的脖子，像切豆腐一样，一用力脑袋就滚落在枕头旁边，那真是手起刀落，迎刃而解。陆判官急忙从朱尔旦怀中取过美女的头，合在夫人的脖子上，仔细校正了部位，然后一一按捺合拢。完成之后，判官把枕头塞在夫人肩侧，叫朱尔旦把夫人原来的头埋在一个僻静的地方，然后就走了。朱尔旦的妻子一觉醒来，觉得脖子微微发麻，脸也干涩不平，用手一搓，掉下一些血片，非常害怕，忙叫丫环打洗脸水。丫环进来，一见夫人脸上血迹斑斑，差点儿吓昏过去。夫人用手洗脸，满盆水变成了红色。当她抬起头来，已然面目全非，丫环一看，又是一阵惊怕。夫人拿过镜子自己来照，惊愕万分，不知出了什么变故。这时，朱尔旦进了屋，把事情经过告诉了夫人。他细细端详着夫人，只见长眉延伸到鬓发，面颊上显出一对酒窝，简直像个画里的美人。解开她的衣领验视，果然颈端有一圈红线痕，线痕上下肉色截然不同。

先是，吴侍御有女甚美^①，未嫁而丧二夫，故十九犹未醮也^②。上元游十王殿^③。时游人甚杂，内有无赖贼窥而艳之，遂阴访居里^④，乘夜梯入。穴寝门^⑤，杀一婢于床下，逼女与淫。女力拒声喊，贼怒，亦杀之。吴夫人微闻闹声，呼婢往视，见尸，骇绝。举家尽起，停尸堂上，置首项侧，一门啼号，纷腾终夜。诘旦启衾^⑥，则身在而失其首。遍挞侍女，谓所守不恪^⑦，致葬犬腹。侍御告郡^⑧。郡严限捕贼，三月而罪人弗得。

【注释】

①侍御：官名。御史的别称。明清属都察院，职称有左右都御史、左右副都御史、左右佥都御史、监察御史之别。

②醮（jiào）：女子嫁人。

③上元：元宵节。

④阴访：暗中查访。

⑤穴：打洞。寝门：卧室的门。

⑥诘旦：诘朝，第二天早晨。

⑦不恪（kè）：不慎重。恪，谨慎，恭敬。

⑧郡：此指郡衙。明清两代指知州、知府一类地方官的衙署。

【译文】

早先，吴侍御有个女儿，长得十分美丽，先后定了两家婚事，都是没能过门，丈夫就死了，所以十九岁了还没有嫁出去。正月十五元宵节那天，她去逛十王殿。当时游人杂乱，其中有个无赖看中了她的美色，便暗中探明了她的居处，趁夜黑人稀，爬梯子跳进她家的院墙。他在小姐寝室门口挖洞钻进去,先在小姐床边杀死一个小丫环,接着逼迫小姐想要强奸。小姐拼命抗拒,大声呼喊,无赖急眼了,把小姐也杀了。吴夫人隐约听到喧闹声,叫丫环前往察看,丫环看见尸首后,惊恐万分。这时全家上下都惊动起来,大家把小姐的尸体停放在厅堂上,把头安在脖颈旁,一门老少哭哭啼啼,闹腾了一夜。等到清晨,揭开覆盖小姐尸首的被单,发现身子还在,而脑袋却没有了。主人把所有的侍女鞭打了一顿,认为她们守候不严,致使小姐的头颅成了野狗的腹中之物。吴侍御把凶事报告了郡守。郡守严命衙役限期捕贼破案,三个月过去了,凶手仍是没有抓到。

　　渐有以朱家换头之异闻吴公者。吴疑之,遣媪探诸其家。入见夫人,骇走以告吴公。公视女尸故存,惊疑无以自决,猜朱以左道杀女①,往诘朱。朱曰:"室人梦易其首,实不解其何故。谓仆杀之,则冤也。"吴不信,讼之。收家人鞫之②,一如朱言,郡守不能决③。朱归,求计于陆。陆曰:"不难,当使伊女自言之。"吴夜梦女曰:"儿为苏溪杨大年所贼④,无与朱孝廉⑤。彼不艳于其妻,陆判官取儿头与之易之,是儿身死而头生也。愿勿相仇。"醒告夫人,所梦同。乃言于官。问之,果有杨大年,执而械之,遂伏其罪。吴乃诣朱,请见夫人,由此为翁婿。乃以朱妻首合女尸而葬焉。

【注释】

　　①左道:邪道,邪术。

　　②鞫(jū):审讯。

　　③决:决断,判断。

　　④贼:杀害。

⑤无与朱孝廉：与朱孝廉无关。孝廉，明清时代指举人。

【译文】

朱家妻子换头的事渐渐传到了吴侍御耳边。吴侍御对此事颇有疑心，便派了一个老妈子去朱家打听。老妈子见了朱夫人，吓得扭头就跑，回到府里报告了吴侍御。吴侍御见女儿的尸体仍然在，又惊又疑，无法自己弄明白，便猜想是朱尔旦会妖术把他的女儿害了，于是到朱家盘问此事。朱尔旦对吴侍御说："我的妻子在梦中被换了头，实在不知道是怎么回事。说是我杀了小姐，真是冤枉。"吴侍御不信，告到了官府。官府把朱家的所有人口都收审了一遍，口供都和朱尔旦说的一样，郡守断不了这个案子，只好把朱尔旦放了。朱尔旦回来，找到陆判官，请求他出主意。陆判官说："这事不难，我让吴家的女儿自己去说。"当日夜里，吴侍御梦见女儿说："孩儿是被苏溪的杨大年害死的，与朱孝廉没有关系。他曾经嫌妻子不够漂亮，陆判官便拿孩儿的头给他妻子换上了，这是孩儿身子虽死而脑袋还活着的好事。希望不要与朱家结仇。"醒来，吴侍御把梦中事告诉夫人，夫人也做了一个相同的梦。于是，吴侍御把梦中之事告诉了官府。官府查问，果然有杨大年这人，于是捉拿归案，终于使凶手认罪伏法。吴侍御就去拜访朱尔旦，请求与夫人相见，这样一来，两人就结成了翁婿。于是把朱尔旦妻子的头和吴侍御女儿的尸身合在一起埋葬。

朱三入礼闱①，皆以场规被放②，于是灰心仕进。积三十年，一夕，陆告曰："君寿不永矣。"问其期，对以五日。"能相救否？"曰："惟天所命，人何能私？且自达人观之，生死一耳，何必生之为乐，死之为悲？"朱以为然。即治衣衾棺椁，既竟，盛服而没③。翌日，夫人方扶枢哭，朱忽冉冉自外至。夫人惧，朱曰："我诚鬼，不异生时。虑尔寡母孤儿，殊恋恋耳。"夫人大恸,涕垂膺④,朱依依慰解之。夫人曰:"古有还魂之说,君既有灵,何不再生?"朱曰:"天数不可违也⑤。"问:"在阴司作何务?"曰:"陆判荐我督案务⑥,授有官爵,亦无所苦。"夫人欲再语,朱曰:"陆公与我同来,可设酒馔。"趋而出。夫人依言营备,但闻室中笑饮,亮气高声,宛若生前。半夜窥之,杳然已逝⑦。自是三数日辄一来,时而留宿缱绻,家中事就便经纪⑧。子玮方五岁,来辄捉抱,至七八岁则灯下教读。子亦惠,九岁能文,十五入邑庠⑨,竟不知无父也。从此来渐疏,日月至焉而已⑩。

【注释】

①三入礼闱:三次参加进士试。礼闱,即会试。因其为礼部主办,故称之为礼闱。又因在春季举行,又称"春闱"。会试每三年一科,以丑、未、辰、戌年为会试正科,遇乡试恩科的第二年举行的会试,称为会试的恩科。

②以场规被放:由于违犯考场规则而被逐出场外或不予录取。参加科举考试时,如果挟带文书入场,或亲族任考官而不加回避等,均为违犯场规。而考卷违式,如题目写错,污损卷纸,越幅,抬头错误,不避圣讳等,也往往被取消考试资格。此处指后者。放,驱逐。

③没:去世。

④膺:胸。

⑤天数:犹天命。

⑥督案务:监理案牍方面的事务。督,察视。案,案牍,官府文书。

⑦杳(yǎo)然:深远难见的样子。

⑧经纪:料理。

⑨入邑庠：考中秀才。邑庠，县学。

⑩日月至焉：偶然来一次。《论语·雍也》："回也其心三月不违仁，
　　其馀则日月至焉。"

【译文】

　　朱尔旦曾经三次进京参加礼部会试，都因为违反了考场规定而落榜，于是对考试做官的路子就灰心了。这样过了三十年，有一天晚上，陆判官告诉朱尔旦说："你的寿命不长了。"朱尔旦问期限，陆判官说有五天。朱尔旦问："你能救我吗？"陆判官说："一切都是上天所定，人们怎能凭私愿行事？况且在通达的人看来，生死本是一回事，何必以生为快乐，以死为悲哀呢？"朱尔旦听了，觉得很有道理。于是他去置办临终用的衣服被褥和棺材，当准备就绪后，他就穿着盛服死去了。第二天，夫人正扶着灵柩哭呢，朱尔旦忽然飘飘忽忽地从外面来了。夫人非常害怕，朱尔旦说："我虽然已经是鬼，但与生时没有什么两样。我担心你们孤儿寡母的，真是恋恋不舍啊！"夫人听了非常悲痛，不禁痛哭流涕，泪水沾湿了衣襟，朱尔旦温和地安慰劝解着妻子。夫人说："古时候有人死还魂的说法，你既然能够显灵，何不再生？"朱尔旦说："天数不能违背。"夫人又问："你在阴间做什么事呢？"朱尔旦回答说："陆判官推荐我办理文案事务，有官爵，也不受什么苦。"夫人还想再说些什么，朱尔旦说道："陆公跟我一块来的，可以准备些酒菜食物。"说完就快步走出屋去了。夫人依照嘱咐，准备了酒食，只听到屋里欢笑饮酒，声高气壮，宛如生前。到半夜再窥视，屋里空荡荡的，不见二人的踪影了。从此以后，朱尔旦每过三五天就回家一趟，有时还留宿亲昵一番，顺便把家里的事情料理一下。朱尔旦的儿子名玮，刚五岁，他每次来都要抱一抱，等儿子长到七八岁时，就在灯下教他读书。他的儿子也挺聪明，九岁时就能写文章，十五岁时成为秀才，竟然不知道自己是个失去父亲的孩子。以后，朱尔旦渐渐地回家次数越来越少了，只不过个把月来一次而已。

又一夕来,谓夫人曰:"今与卿永诀矣。"问:"何往?"曰:"承帝命为太华卿①,行将远赴,事烦途隔,故不能来。"母子持之哭。曰:"勿尔! 儿已成立,家计尚可存活,岂有百岁不拆之鸾凤耶②!"顾子曰:"好为人,勿堕父业。十年后一相见耳。"径出门去,于是遂绝。

【注释】

①太华卿:为蒲松龄杜撰的官职。太华,即西岳华山,在今陕西华阴南。因其西有少华山,故称太华。

②鸾凤:鸾和凤的合称,喻夫妻。鸾,传说中凤凰的一种,为雄性。

【译文】

有一天晚上朱尔旦又来了,他对夫人说:"今晚要跟你永别了。"夫人问:"去哪里?"他说:"接受天帝的任命担任太华卿,即将到远地上任,那里事情繁多而路途遥远,所以不能回来。"母子俩抱着朱尔旦痛哭。朱尔旦安慰夫人说:"不要这样! 儿子已经长大成人,家里的生计还可以生活下去,哪里有百年不离散的夫妻呢!"又注视着儿子说:"好好做人,不要毁了我留下的家业。十年后我们再见一面。"说完,径直走出家门,从此再也没有了踪迹。

后玮二十五,举进士,官行人①。奉命祭西岳,道经华阴②,忽有舆从羽葆③,驰冲卤簿④。讶之,审视车中人,其父也,下马哭伏道左。父停舆曰:"官声好⑤,我目瞑矣。"玮伏不起。朱促舆行,火驰不顾。去数步,回望,解佩刀遣人持赠,遥语曰:"佩之当贵。"玮欲追从,见舆马人从,飘忽若风,瞬息不见。痛恨良久。抽刀视之,制极精工,镌字一行⑥,

曰:"胆欲大而心欲小,智欲圆而行欲方^⑦。"

【注释】

①行人:官名。明代设有行人司,置司正及左右司副,下有行人若
　干,以进士充任。行人职掌捧节奉使,凡颁诏、册封、抚谕、征聘
　及祭祀山川神祇等,都由行人承担。

②华阴:县名。今属陕西。华山即在其境内。

③舆从羽葆:车马仪仗。舆从,车马侍从。羽葆,仪仗名。以鸟羽
　为装饰。《礼记·杂记》:"匠人执羽葆御柩。"孔颖达疏:"羽葆
　者,以鸟羽注于柄头,如盖,谓之羽葆。葆,谓盖也。"

④卤簿:秦汉时皇帝舆驾行幸时的仪仗队。汉以后王公大臣均置
　卤簿,于是也泛指官员仪仗。汉蔡邕《独断》:"天子出,车驾次
　第,谓之卤簿。"汉应劭《汉官仪》解释:"天子出车驾次第谓之卤,
　兵卫以甲盾居外为前导,皆谓之簿,故曰卤簿。"卤,大型甲盾。
　甲盾的排列有明确规定,且著之簿籍,因称卤簿。

⑤声:声誉。下文"政声"之"声",义同。

⑥镌(juān):刻。

⑦胆欲大而心欲小,智欲圆而行欲方:意谓理想要远大,而心思要
　细密;智谋要周全,而行为要方正。语见《旧唐书·孙思邈传》。

【译文】

后来,朱玮二十五岁那年中了进士,官授行人之职。他奉皇上之命
去祭祀西岳华山,途经华阴县的时候,忽然间有一队用雉羽装饰车盖的
车马,不避出行的仪仗,急速驰来。朱玮很是惊讶,仔细审视车中坐着
的人,原来正是他的父亲。他跳下马来,哭着跪伏在道路旁边。朱尔旦
停住车子,说道:"你的官声很好,我可以瞑目九泉了。"朱玮依然跪伏不
起。朱尔旦说完,催促车马起行,不顾地飞驰而去。车马跑出一段路,
朱尔旦回头望了望,解下身上的佩刀,派随从送给儿子,还远远地对朱

玮喊道："带上它,保你富贵。"朱玮想追随父亲,只见车马随从飘忽若风,眨眼之间早已不见了。朱玮痛苦的心情久久不能平复。他抽出佩刀注视,只见佩刀制造非常精致,上面镌刻着一行字:"胆欲大而心欲小,智欲圆而行欲方。"

　　玮后官至司马①,生五子,曰沉,曰潜,曰沕,曰浑,曰深。一夕,梦父曰:"佩刀宜赠浑也。"从之。浑仕为总宪②,有政声。

【注释】

　　①司马:官名。古代为管领军队的高级官员称谓。汉武帝置大司马,为全国军政首脑,明清时期用为兵部尚书的别称,侍郎称少司马。此或指兵部尚书、侍郎一类官员。

　　②总宪:明清时为都察院长官左都御史的尊称。

【译文】

　　朱玮后来升官当了司马,共生了五个孩子,名字分别叫朱沉、朱潜、朱沕、朱浑、朱深。一天晚上,梦中听到父亲说:"佩刀应该送给浑儿。"于是他就把佩刀传给了四儿子朱浑。朱浑后来官至总宪,官声很好。

　　异史氏曰:断鹤续凫,矫作者妄①;移花接木②,创始者奇。而况加凿削于肝肠,施刀锥于颈项者哉? 陆公者,可谓媸皮裹妍骨矣③。明季至今④,为岁不远⑤,陵阳陆公犹存乎? 尚有灵焉否也? 为之执鞭,所忻慕焉⑥。

【注释】

　　①断鹤续凫,矫作者妄:意谓如果因为鹤的腿长而截之使短,因凫

（野鸭）的腿短而续之使长，如此整容简直是妄为。《庄子·骈拇》："凫胫虽短，续之则忧；鹤胫虽长，断之则悲。"妄，谬，荒谬。

②移花接木：谓将一种花木嫁接到另一种花木之上。比喻陆判移心换头之术。

③媸（chī）皮裹妍骨：谓相貌丑陋而内心美好。媸皮，丑陋的相貌。媸，丑陋。妍骨，美好的骨肉。此谓美好的品行。妍，美。

④明季：明代末年。

⑤为岁：犹为时。岁，指时间。

⑥为之执鞭：为其赶车。表示对人极度钦佩。执鞭，驭马赶车。忻慕：高兴而仰慕。《史记·管晏列传》："假令晏子而在，余虽为之执鞭，所忻慕焉。"

【译文】

异史氏说：把仙鹤的腿锯下来接在鸭子的腿上，想达到以长补短的效果，这种人可谓荒唐妄想；把鲜花剪下来移到另一树上进行嫁接，可谓异想天开而富于创造性。何况用斧凿置换人的肝肠，用刀锥改变人的头颈呢！陆判官这个人，真可以说是丑陋的外表包藏着美好的风骨了。明末到现在，年代不太久远，陵阳的陆判官还在世间吗？还有灵验吗？如果能为他执鞭效力，这是我所高兴而仰慕的。

婴宁

【题解】

婴宁无疑在《聊斋志异》众多的人物形象中特别受到蒲松龄的喜爱，他在"异史氏曰"中称"我婴宁"，这在《聊斋志异》的人物中可以说极为罕见。

婴宁的性格受到了现代读者的喜爱，大凡《聊斋志异》的选本都选取了这篇作品。现代读者喜爱婴宁什么呢？喜爱她活泼天真，纯然的童心。尤其她开朗的笑声一直伴随着故事展开,具有鲜明的性格特色。这一性格既为蒲松龄所着意渲染也为其欣赏。正如他在"异史氏曰"中所说:"房中植此一种,则合欢、忘忧并无颜色矣。若解语花,正嫌其作态耳。"

但是,一般读者往往忽视了故事的后半段中婴宁之所为,以及"异史氏曰"中的另一段话:"而墙下恶作剧,其黠孰甚焉。至凄恋鬼母,反笑为哭,我婴宁殆隐于笑者矣。"故事的后半段突出的是婴宁的贞洁和孝顺,虽然在性格的逻辑上有些断裂,为现代读者不喜,但只有把故事的前半段和后半段合起来,婴宁的性格才完整;只有注意到"异史氏曰"中的这一段话,我们才能够全面理解蒲松龄塑造这个人物的立场。

《婴宁》中的景物描写色彩清丽纯朴,勾画出自然而鲜明的山野田园景色,有效衬托了婴宁"天然去雕饰"的性格,也显豁了产生婴宁性格的自然环境。

王子服,莒之罗店人①,早孤。绝惠②,十四入泮③。母最爱之,寻常不令游郊野。聘萧氏④,未嫁而夭,故求凰未就也⑤。会上元,有舅氏子吴生,邀同眺瞩⑥。方至村外,舅家有仆来,招吴去。生见游女如云,乘兴独遨⑦。有女郎携婢,撚梅花一枝⑧,容华绝代,笑容可掬。生注目不移,竟忘顾忌。女过去数武⑨,顾婢曰:"个儿郎目灼灼似贼⑩!"遗花地上,笑语自去。

【注释】

①莒:在今山东日照莒县一带。清称莒州,属青州府管辖。

②绝惠:绝顶聪明。惠,通"慧"。

③入泮(pàn):入县学为生员。泮,古代学宫前水池。

④聘(pìn)：订婚。旧时订婚，男方须向女方行纳聘礼，称行聘或
　　文定。

⑤求凰未就：独身之意。求凰，汉司马相如《琴歌》："凤兮凤兮归故
　　乡，遨游四海求其凰。"相传此歌为向卓文君求爱而作，后因称男
　　子求偶为求凰。

⑥眺瞩：登高望远。此指观赏景物。

⑦遨：游玩。

⑧撚(niǎn)：拈，轻巧地拿。

⑨数武：数步。武，此处为步之意。

⑩个儿郎：这个小伙子。个，这个。儿郎，指青年男子。

【译文】

　　王子服是莒州罗店人，幼年丧父。他绝顶聪明，十四岁就成了秀才。母亲特别疼爱他，平时不叫他到郊野去游玩。给他说了个亲事，姓萧，没嫁过来就死了，所以还是独身。元宵节那天，他舅舅家的孩子吴生，邀请他一块去观景。他们刚出村，舅舅家有仆人追来，把吴生招回去了。王子服见游女如云，便也乘兴独自游玩。有个女郎带着一个小丫环，手中拈着一枝梅花，容华绝代，笑容可掬。王子服目不转睛地盯着女郎，竟然忘了顾忌身份。女郎走过去几步，回头对小丫环说："看那个儿郎，目光灼灼，跟贼一样！"把梅花扔在地上，跟丫环说笑着走开了。

　　生拾花怅然，神魂丧失，怏怏遂返。至家，藏花枕底，垂头而睡，不语亦不食。母忧之。醮禳益剧①，肌革锐减②。医师诊视，投剂发表③，忽忽若迷。母抚问所由④，默然不答。适吴生来，嘱密诘之。吴至榻前，生见之泪下。吴就榻慰解，渐致研诘⑤。生具吐其实⑥，且求谋画。吴笑曰："君意亦复痴！此愿有何难遂？当代访之。徒步于野，必非世家⑦。

如其未字⑧，事固谐矣，不然，拚以重赂⑨，计必允遂。但得痊瘳⑩，成事在我。"生闻之，不觉解颐⑪。吴出告母，物色女子居里，而探访既穷，并无踪绪。母大忧，无所为计。然自吴去后，颜顿开，食亦略进。数日，吴复来，生问所谋。吴绐之曰⑫："已得之矣。我以为谁何人⑬，乃我姑氏女，即君姨妹行，今尚待聘。虽内戚有婚姻之嫌⑭，实告之，无不谐者。"生喜溢眉宇，问："居何里?"吴诡曰⑮："西南山中，去此可三十馀里。"生又付嘱再四，吴锐身自任而去⑯。

【注释】

①醮禳：祈祷消灾。醮，祭神。益剧：更加厉害。

②肌革锐减：消瘦得极快。肌革，犹肌肤。

③投剂：抓药。发表：中医药术语。指用药把病从体内表散出来。

④抚问所由：爱抚地问其得病的原因。

⑤研诘：细细追问。

⑥具：全，全部。

⑦世家：世代显贵之家，大户人家。

⑧字：女子许婚。

⑨拚(pàn)：不顾惜，豁出去。

⑩痊瘳(chōu)：痊愈。

⑪解颐：露出笑容。颐，面颊。

⑫绐(dài)：骗，欺哄。

⑬谁何：什么。

⑭内戚有婚姻之嫌：意谓姨表亲戚因血缘相近，通婚有所禁忌。内戚，内亲，妻的亲属。王子服与婴宁为表兄妹，故云内戚。

⑮诡曰：谎称，假说。

⑯锐身自任：挺身担当，自告奋勇。

【译文】

　　王子服拾起梅花，怅然若失，像丢了魂似的，快快不乐地回家。王子服到家后，把花藏在枕头底下，倒头便睡，不吃不喝，也不说话。母亲见他这样子很着急。她请和尚道士设坛驱邪，但王子服病情越来越重，瘦得不像样子。医生给他把脉诊治，开方下药，发散表邪，而王子服总是迷迷糊糊的。母亲温柔地询问他究竟是怎么回事，王子服沉默不言。正值吴生来到，母亲便嘱托他不露声色暗中追查犯病的原因。吴生走到床前，王子服看见他就哭了。吴生靠近床边安慰劝解他，细细追问他的心事。王子服全部说了出来，还求他想办法。吴生笑着说："你也太痴了！这个愿望有什么难以达到的？我会替你寻找她。她徒步到郊野去玩，说明必定不是豪门世家。如果未曾许人，事情就好办了；就是已经有了人家，咱们豁出去多花些钱，估计也一定能够如愿。只要你病体康复，此事交给我好了。"王子服听了这话，不觉露出笑模样。吴生从王子服那里出来，把情况告诉了王子服的母亲，然后便打听那个女郎的居处。不过，不管如何寻查探访，始终没有找到女郎的踪迹。母亲非常忧虑，但什么办法也没有。然而，自从吴生走后，王子服愁颜顿开，也能稍微吃些东西了。几天后，吴生又来了，王子服问起事情进展如何。吴生骗他说："已经找到了。我以为是谁呢，原来是我姑姑的女儿，也就是你的姨表妹，现在正等着找婆家。虽然是近亲通婚有所禁忌，但实话实说，没个不成的。"王子服喜上眉梢，问道："她住哪里？"吴生瞎编道："住在西南山中，离这里约有三十里。"王子服再三嘱托，吴生自告奋勇，满口答应，然后离去了。

　　生由此饮食渐加，日就平复①。探视枕底，花虽枯，未便雕落。凝思把玩，如见其人。怪吴不至，折柬招之②。吴支托不肯赴召③，生恚怒④，悒悒不欢。母虑其复病，急为议姻，略与商榷⑤,辄摇首不愿,惟日盼吴。吴迄无耗⑥,益怨恨之。转思三十里非遥,何必仰息他人⑦?怀梅袖中,负气自往,而家人不知也。

【注释】

①平复:指病情好转。

②折柬:裁纸写信。柬,柬帖、信件、名片等的统称。

③支托:支吾推托。支,支吾,以含混之词搪塞。

④恚(huì):愤怒,怨恨。

⑤商榷(què):商量。

⑥耗:音信。

⑦仰息他人:喻依赖他人。仰,仰仗。息,鼻息。指鼻腔呼吸的气息,呼气则温,吸气则寒。《后汉书·袁绍传》:"袁绍孤客穷军,仰我鼻息,比如婴儿在股掌之上,绝其哺乳,立可饿杀。"

【译文】

　　此后,王子服饮食逐渐增加,病况也就一天天好起来。他探视枕头底下,梅花虽然干枯了,却还没有凋落。王子服凝神遐想着,摆弄着这枝梅花,就像见到了那个姑娘。王子服怪吴生不来,便写信召唤。吴生支吾推托,不去见面,王子服又气又恨,郁郁寡欢。母亲怕他旧病复发,赶紧替他筹划婚姻大事,但一跟他商议,他就摇头拒绝,一心盼着吴生到来。吴生始终没有音讯,王子服更加怨恨。不过转念一想,三十里路也并非多远,何必非要仰仗别人呢?于是把枯梅放在袖里,赌着气自己前往,家里人都不知晓。

　　伶仃独步①,无可问程,但望南山行去。约三十馀里,乱山合沓②,空翠爽肌,寂无人行,止有鸟道③。遥望谷底,丛花乱树中,隐隐有小里落④。下山入村,见舍宇无多,皆茅屋,而意甚修雅⑤。北向一家,门前皆丝柳,墙内桃杏尤繁,间以修竹⑥,野鸟格磔其中⑦。意其园亭,不敢遽入。回顾对户,有巨石滑洁,因据坐少憩。俄闻墙内有女子,长呼“小荣”,其声娇细。方伫听间,一女郎由东而西,执杏花一朵,俛首自簪⑧。举头见生,遂不复簪,含笑撚花而入。审视之,即上元途中所遇也。心骤喜。但念无以阶进⑨,欲呼姨氏,顾从无还往,惧有诒误。门内无人可问,坐卧徘徊,自朝至于日昃⑩,盈盈望断⑪,并忘饥渴。时见女子露半面来窥,似讶其不去者。

【注释】

①伶仃:孤独的样子。

②合沓(tà):重迭。

③鸟道:喻山路险峻狭窄,只有飞鸟可过。

④里落:村落,民居。

⑤意甚修雅:意境很美好幽雅。

⑥修竹:细长的竹子。修,长,高。

⑦格磔(zhé):鸟鸣声。

⑧俛(fǔ)首:低头。

⑨阶进:搭讪的借口。阶,因由,凭借,台阶。进,接近,交往。

⑩日昃(zè):太阳偏西。

⑪盈盈望断:犹言望穿秋水。形容盼望殷切。盈盈,形容眼波明澈如秋水,闪动有魅力。元王实甫《西厢记》:“你若不去啊,望穿他盈盈秋水,蹙损他淡淡春山。”

【译文】

王子服孤身一人，一路上孤零零的，连个问路的人都没遇到，一直向南山走去。大约走了三十多里地，只见群山叠嶂，翠林爽人，山谷寂静，渺无人烟，只有一条羊肠小道。遥望山谷尽头，在花丛乱树掩映中，隐隐约约有个小村落。下山进村，看到房屋不多，都是茅草搭的小屋，而意境非常幽雅。北面有一家，门前种的都是垂柳，院墙里桃树、杏树尤其繁盛，中间还种着一丛竹林，野鸟在其中鸣叫着。王子服估计这一定是哪家的花园，不敢冒失进去。回头看看对面人家，门前有一块滑洁的大石块，于是就坐在上面休息。一会儿，听到院墙内有个女子拖长声音呼叫"小荣"，这声音娇细动听。正当他专注倾听之间，有一位女郎由东向西走来，手执一朵杏花，低倾着头，正要往头上插。她一抬头看见王子服，便不再戴花，微笑着拈花进去了。王子服仔细打量这个女郎，正是元宵节郊游时所遇到的。他心里惊喜非常。但想到没有借口接近，便打算呼叫姨妈，可是跟姨妈从来没有交往，又怕出差错。院门内无人可问，王子服站也不是，坐也不是，心神不定，走来走去，从早晨一直挨到日落，一心盼着院里有人出来，连饥渴都忘了。这时，那个女郎从门缝里露出半个脸，窥探着王子服，好像奇怪他为何不离开。

忽一老媪扶杖出，顾生曰："何处郎君，闻自辰刻便来[①]，以至于今。意将何为？得勿饥耶？"生急起揖之，答云："将以盼亲[②]。"媪聋聩不闻[③]。又大言之，乃问："贵戚何姓？"生不能答。媪笑曰："奇哉！姓名尚自不知，何亲可探？我视郎君，亦书痴耳。不如从我来，啖以粗粝[④]，家有短榻可卧。待明朝归，询知姓氏，再来探访，不晚也。"生方腹馁思啖[⑤]，又从此渐近丽人，大喜。从媪入，见门内白石砌路，夹道红花，片片堕阶上。曲折而西，又启一关[⑥]，豆棚花架满庭中。

肃客入舍⑦，粉壁光明如镜，窗外海棠枝朵，探入室中，裀藉几榻⑧，罔不洁泽。甫坐，即有人自窗外隐约相窥。媪唤："小荣！可速作黍⑨。"外有婢子嘄声而应⑩。坐次⑪，具展宗阀⑫。媪曰："郎君外祖，莫姓吴否？"曰："然。"媪惊曰："是吾甥也！尊堂，我妹子。年来以家窭贫⑬，又无三尺男⑭，遂至音问梗塞。甥长成如许，尚不相识。"生曰："此来即为姨也，匆遽遂忘姓氏。"媪曰："老身秦姓，并无诞育。弱息仅存⑮，亦为庶产⑯，渠母改醮，遗我鞠养。颇亦不钝，但少教训，嬉不知愁。少顷，使来拜识。"

【注释】

①辰刻：早上 7 点到 9 点左右。

②盼亲：探亲。

③聋聩不闻：耳聋听不到。聋聩，失聪。

④粗粝（lì）：糙米。喻粗茶淡饭。

⑤腹馁（něi）思啖：肚子饿了想吃饭。馁，饥。啖，吃。

⑥关：门。

⑦肃客：请客人进入。《礼记·曲礼》："主人肃客而入。"

⑧裀（yīn）藉：垫席。裀，通"茵"。指褥垫、毯子之类。

⑨作黍：做饭。黍，黄米。

⑩嘄（jiào）声而应：高声答应。

⑪坐次：坐着的时候。次，指事件正在进行时。

⑫展：陈述。宗阀：家族门第。

⑬窭（jù）贫：贫穷。《诗·邶风·北门》："终窭且贫。"朱熹注："窭者，贫而无以为礼也。"

⑭无三尺男：谓家没有男性。三尺男，指成年男性。

⑮弱息：本指幼弱的子女，后多指女儿。

⑯庶产：妾生。封建家族中，侧室称庶，所生子女称庶出。

【译文】

忽然有个老太太拄着拐杖出来，对王子服说："你是哪里来的郎君，听说从上午就来了，一直呆到这时。你打算干什么呢？莫非饿了吧？"王子服忙站起身作揖，回答说："等着找亲戚呢。"老太太耳聋没听见。王子服又大声说了一遍，这才问道："你的亲戚贵姓？"王子服回答不出来。老太太笑着说："好怪哟！连姓名都不知道，怎么探访亲戚？我看郎君也是个书呆子吧。不如跟我进来，吃点粗茶淡饭，家里有床，可以住上一宿。等到明天回家，打听好姓什么，再来探访不迟。"王子服正饥肠辘辘想吃东西，何况又可以接近那个漂亮姑娘，所以非常高兴。王子服跟着老太太进去，只见门内白石铺路，夹道满是红艳艳的花朵，片片花瓣坠落在台阶上。沿着石板小路往西走，又过一道小门，豆棚花架布满庭中。老太太把王子服请入客厅，只见室内白壁光亮如镜，窗外海棠树的柔枝艳朵探入室中，床上铺盖及桌椅家具都是干干净净。王子服刚坐下，就有人从窗外探头探脑窥视。老太太唤道："小荣，快去做饭！"外边有个丫环高声应答。坐了一会儿，他们聊起了家世。老太太说："郎君的外祖家是不是姓吴？"王子服说："是。"老太太惊呼道："你是我的外甥呀！你的母亲就是我的妹子。近年来，因为家里贫穷，又没个男孩子，也就不通音讯。外甥长得这么大了，还不相识呢。"王子服说："这次就是为姨妈而来，匆忙中就忘了姓什么。"老太太说："老身姓秦，没有生过孩子。现在有个女孩子也是庶出的，她母亲改嫁，送给我抚养。人倒聪明，就是少些教导，总是嘻嘻哈哈的不知道发愁。过一会儿，叫她见见你。"

未几，婢子具饭，雉尾盈握①。媪劝餐已，婢来敛具②。媪曰："唤宁姑来。"婢应去。良久，闻户外隐有笑声。媪又唤曰："婴宁，汝姨兄在此。"户外嗤嗤笑不已。婢推之以入，犹掩其口，笑不可遏。媪瞋目曰③："有客在，咤咤叱叱，是何景象？"女忍笑而立，生揖之。媪曰："此王郎，汝姨子。一家尚不相识，可笑人也。"生问："妹子年几何矣？"媪未能解，生又言之，女复笑，不可仰视。媪谓生曰："我言少教诲，此可见矣。年已十六，呆痴裁如婴儿④。"生曰："小于甥一岁。"曰："阿甥已十七矣，得非庚午属马者耶⑤？"生首应之。又问："甥妇阿谁？"答云："无之。"曰："如甥才貌，何十七岁犹未聘？婴宁亦无姑家⑥，极相匹敌⑦，惜有内亲之嫌。"生无语，目注婴宁，不遑他瞬。婢向女小语云："目灼灼，贼腔未改！"女又大笑，顾婢曰："视碧桃开未？"遽起，以袖掩口，细碎连步而出。至门外，笑声始纵。媪亦起，唤婢襆被⑧，为生安置。曰："阿甥来不易，宜留三五日，迟迟送汝归⑨。如嫌幽闷，舍后有小园，可供消遣，有书可读。"

【注释】

①雏尾盈握：指肥嫩的雏鸡。《礼记·内则》："雏尾不盈握，弗食。"雏，此指小鸡。盈握，满一把。鸡的尾部满一把，言其肥。

②敛具：收拾餐具。

③瞋目：生气地看对方一眼。瞋，生气。

④裁：通"才"。

⑤庚午属马：庚午年生人，属马。古时以鼠、牛、虎、兔、龙、蛇、马、羊、猴、鸡、犬、猪十二种动物，来配十二地支子、丑、寅、卯、辰、巳、午、未、申、酉、戌、亥，称为十二属或十二生肖。庚午年生人应属马。

⑥姑家：婆家。

⑦匹敌：般配。敌，相当。

⑧襆(pú)被：指整理床铺。

⑨迟迟：慢慢地。指过些时候。

【译文】

不大工夫，丫环做好了饭，有肥嫩的小鸡，很是丰盛。老太太不断劝让王子服多吃点。吃过饭，丫环进来收拾餐具。老太太说："叫宁姑进来。"丫环应声而去。过了好久，听见门外隐隐约约有笑声。老太太又叫道："婴宁，你的姨表哥在这里。"门外仍是"嗤嗤"笑个不停。丫环把婴宁推进来，婴宁还在捂着嘴，笑个不停，不能控制。老太太瞪了她一眼，说道："有客在，还是叽叽嘎嘎的，像个什么样子？"姑娘忍住笑，站在一边，王子服向姑娘作了一个揖。老太太说："这是王郎，你姨妈的儿子。一家人还不相识，这叫外人笑话了。"王子服问道："妹子多大了？"老太太没有听清，王子服又说了一遍，姑娘又笑起来，笑得头都抬不起来了。老太太对王子服说："我说过少教育，这时看出来了吧。年纪都十六岁了，傻呆呆的还像个小孩子。"王子服说："比我小一岁。"老太太说："外甥已经十七岁了，大概是庚午年生，属马的吧？"王子服点头答应。老太太又问："外甥媳妇是谁呀？"王子服回答说："还没有呢。"老太太说："像外甥这样的才貌，为何十七岁了还没有定亲呢？婴宁也还没有婆家，你俩倒极为匹配，只可惜姨表兄妹结婚不太好。"王子服没说话，两目只是注视着婴宁，顾不上眨眼旁视。丫环对姑娘小声说："看他目光灼灼的，贼样一点没改！"姑娘又是大笑，对丫环说："咱们去看看碧桃开没开？"她突然站起来，用袖子掩嘴，迈着细碎快步走出去了。走到门外，才纵声笑起来。老太太也站了起来，招呼丫环收拾床铺，为王子服安排就寝。对王子服说："外甥来一趟不容易，最好住个三五天，慢慢再送你回家。如果嫌屋里憋闷，屋后有个小花园可供消闲，也有书可供阅读。"

次日,至舍后,果有园半亩,细草铺毡,杨花糁径①,有草舍三楹②,花木四合其所。穿花小步,闻树头苏苏有声,仰视,则婴宁在上,见生来,狂笑欲堕。生曰:"勿尔,堕矣!"女且下且笑,不能自止。方将及地,失手而堕,笑乃止。生扶之,阴捘其腕③,女笑又作,倚树不能行,良久乃罢。生俟其笑歇,乃出袖中花示之。女接之曰:"枯矣。何留之?"曰:"此上元妹子所遗,故存之。"问:"存之何意?"曰:"以示相爱不忘也。自上元相遇,凝思成疾,自分化为异物④,不图得见颜色,幸垂怜悯。"女曰:"此大细事⑤。至戚何所靳惜⑥?待郎行时,园中花,当唤老奴来,折一巨捆负送之。"生曰:"妹子痴耶?""何便是痴?"曰:"我非爱花,爱撚花之人耳。"女曰:"葭莩之情⑦,爱何待言。"生曰:"我所谓爱,非瓜葛之爱⑧,乃夫妻之爱。"女曰:"有以异乎?"曰:"夜共枕席耳。"女俛思良久,曰:"我不惯与生人睡。"语未已,婢潜至,生惶恐遁去。

【注释】

①杨花糁(sǎn)径:小路上星星点点地撒满了杨花粉粒。糁,碎米屑,泛指散乱的粒状细物。此谓撒落。

②三楹:三间房子。楹,堂屋前的柱子,也是古代计算房屋的数量单位。

③阴:暗地里。捘(zùn):捏。

④化为异物:指人死亡。异物,指死亡的人,鬼的讳词。

⑤大细事:极小的事。

⑥靳惜:吝惜。

⑦葭莩(jiā fú)之情：亲戚情谊疏远淡薄。《汉书·中山王传》："非有葭莩之亲。"葭莩，芦苇内壁的薄膜，喻指疏远的亲戚，也泛指亲戚。

⑧非瓜葛之爱：不是一般关系的情感。瓜、葛，都是牵连很长的蔓生植物，一般比喻疏远的亲戚或疏远的感情。汉蔡邕《独断》："四姓小侯，诸侯家妇，凡与先帝先后有瓜葛者……皆会。"此处的瓜葛之爱也即上文的"葭莩之情"。

【译文】

第二天，王子服到房后一转，果然有半亩地的园子，细绒绒的小草犹如绿色地毯，杨花点点铺在小径上，园内有草屋三间，四周被花木丛团团围住。他穿过花丛，慢慢走着，只听见树头上有"簌簌"响声，仰头一看，原来婴宁在树上，看见王子服走来，大笑着，差点掉下来。王子服急忙喊道："不要笑了，小心掉下来！"婴宁一边笑着，一边下树，仍是抑制不住地笑个不停。快要到达地面时，一个失手掉了下来，这时笑声才收住。王子服上去扶她，暗地里掐了一下她的手腕，婴宁又笑起来，笑得靠着树迈不开步，许久才停住。王子服待她笑够后，才从袖中掏出梅花给她看。婴宁接过来，说："都枯萎了。为什么还留着它呢？"王子服说："这是元宵节妹子扔下的，所以保存至今。"婴宁问道："留着它有什么用呢？"王子服说："以此表示爱恋不忘啊。自从元宵节相遇，深思得病，原以为性命不保，没想到今天能够目睹妹妹容颜，希望开恩可怜可怜我。"婴宁说："这太不算个事儿了。自家的亲戚有什么舍不得的呢？等兄长走时，就叫个老仆人，把园中的花摘它一大捆，给你背去。"王子服说："妹子是个呆子吗？"婴宁问："因何说是个呆子呢？"王子服说："我不是爱花，而是爱拈花的人。"婴宁说："亲戚的情分，爱还用说吗。"王子服说："我所说的爱，并非亲戚之间的爱，而是夫妻之间的那种爱。"婴宁说："这有什么不同吗？"王子服说："夜里要同床共枕呀。"婴宁低着头思考了很久，说："我可不习惯和生人睡觉。"话没说完，丫环不声不响地来到,王子服惶恐不安地躲开了。

　　少时,会母所。母问:"何往?"女答以园中共话。媪曰:"饭熟已久,有何长言,周遮乃尔^①?"女曰:"大哥欲我共寝。"言未已,生大窘,急目瞪之,女微笑而止。幸媪不闻,犹絮絮究诘,生急以他词掩之。因小语责女,女曰:"适此语不应说耶?"生曰:"此背人语。"女曰:"背他人,岂得背老母? 且寝处亦常事,何讳之?"生恨其痴,无术可以悟之。食方竟,家中人捉双卫来寻生^②。

【注释】

①周遮乃尔:这样絮叨啰唆。周遮,言语烦琐。

②捉双卫:牵着两头驴子。捉,牵。卫,驴的别称。宋罗愿《尔雅翼》:"驴一名卫。或曰:晋卫玠好乘之,故以为名。"

【译文】

　　过了一会儿,王子服与婴宁在老太太的屋里又见面了。老太太问婴宁:"你们到哪里去了?"婴宁回答说在园子中一起聊天。老太太又问:"饭早就熟了,有什么话没完没了地说这么长时间?"婴宁说:"大哥要跟我一块睡觉。"还没等婴宁说完,王子服尴尬极了,急忙用眼睛瞪她,婴宁这才微微一笑,不再说什么。幸好老太太耳聋没听清,依然是絮絮叨叨盘问不止,王子服忙用别的话遮掩过去。因这事,王子服小声责怪婴宁,婴宁说:"难道刚才的话不应该说吗?"王子服说:"这是背人的话。"婴宁说:"背别人,怎能背老母呢? 再说睡觉也是常事,有什么避嫌的?"王子服真是恨她的痴呆,没有办法让她明白。刚吃完饭,王子服家中有人牵了两头毛驴找他来了。

先是,母待生久不归,始疑,村中搜觅几遍,竟无踪兆。因往询吴。吴忆曩言①,因教于西南山村行觅。凡历数村,始至于此。生出门,适相值,便入告媪,且请偕女同归。媪喜曰:"我有志②,匪伊朝夕③。但残躯不能远涉,得甥携妹子去,识认阿姨,大好!"呼婴宁,宁笑至。媪曰:"有何喜,笑辄不辍? 若不笑,当为全人。"因怒之以目。乃曰:"大哥欲同汝去,可便装束。"又饷家人酒食,始送之出曰:"姨家田产丰裕,能养冗人④。到彼且勿归,小学诗礼⑤,亦好事翁姑。即烦阿姨,为汝择一良匹。"二人遂发。至山坳,回顾,犹依稀见媪倚门北望也。

【注释】

①曩(nǎng)言:从前的话。即吴生诓骗王子服的话。

②志:此处是想法的意思。

③匪伊朝夕:不止一日。匪,同"非"。伊,句中语词。

④冗人:闲人。

⑤小学诗礼:稍微学一下诗书礼节。小,稍,略。

【译文】

原来,王母见王子服久久没回来,心中开始疑虑,在村中找了个遍,竟然毫无踪影。因此去找吴生打听。吴生想起从前说过的话,所以教人到西南山村去寻找。寻找的人经过几个村子,才到达这里。王子服出门,正好碰上来人,于是进去禀报老太太,还请求带着婴宁一起回去。老太太高兴地说:"我早有这个想法,也不是一天半天的了。只是我身老体衰不能走远路,外甥能够带着妹子回家去,认识一下姨妈,太好了!"说罢就呼叫婴宁,婴宁笑着来了。老太太说:"有什么喜事,笑个没完? 如果把这个爱笑的毛病去掉,就是个十全十美的人了。"说着生气地看了她两眼。又接着说:"大哥打算带你一同回去,去收拾收拾吧。"老太太又招待王家来人吃了酒菜饭食,才送他们出去,叮嘱婴宁说:"你姨妈家田产丰裕,养得起个把闲人。到了那里不必急着回来,稍微学点诗书礼仪,将来也好侍候公婆。顺便麻烦你姨妈,给你找个好丈夫。"王子服和婴宁听罢嘱咐就起程上路。走到山坳,回头看望,依稀还能看到老太太仍然靠着门向北方眺望。

抵家,母睹媲丽,惊问为谁,生以姨女对。母曰:"前吴郎与儿言者,诈也。我未有姊,何以得甥?"问女,女曰:"我非母出。父为秦氏,没时,儿在襁中,不能记忆。"母曰:"我一姊适秦氏,良确,然殂谢已久①,那得复存?"因审诘面庞、志赘②,一一符合。又疑曰:"是矣。然亡已多年,何得复存?"疑虑间,吴生至,女避入室。吴询得故,悯然久之,忽曰:"此女名婴宁耶?"生然之,吴亟称怪事。问所自知,吴曰:"秦家姑去世后,姑丈鳏居③,祟于狐,病瘵死。狐生女,名婴宁,绷卧床上,家人皆见之。姑丈殁,狐犹时来。后求天师符黏壁间④,狐遂携女去。将勿此耶?"彼此疑参⑤。但闻室中吃吃⑥,皆婴宁笑声。母曰:"此女亦太憨生⑦。"吴请面之。母入室,女犹浓笑不顾。母促令出,始极力忍笑,又面壁移时,方出。才一展拜,翻然遽入,放声大笑。满室妇女,为之粲然。

【注释】

①殂(cú)谢:死亡。

②面庞:相貌。志赘:指身体上的特征或标记。志,通"痣"。赘,赘

疣,俗称瘊子。

③鳏居:无妻独居。

④天师符:张天师的神符。天师,道教指东汉张道陵及其后裔。

⑤疑参:疑惑参详。

⑥吃吃:笑声。

⑦憨(hān)生:娇痴。憨,傻。生,语助词。

【译文】

到家后,王母看见有个非常漂亮的姑娘,惊问她是谁,王子服说是姨家的女儿。母亲说:"从前吴郎对你说的话,那是骗你的。我没有姐姐,哪里来的外甥女呀?"又询问婴宁,婴宁说:"我不是这个母亲生的。我的父亲姓秦,他死时,我还在襁褓中,还不知记事。"王母说:"我有一个姐姐嫁给秦家,这是确实的,不过她早就死了,哪能还存在呢?"于是细细询问婴宁母亲的面庞及其皮肤痣疣,都一一符合姐姐的特点。又疑心重重地说:"倒是的。不过死了很多年了,怎么能还活着呢?"正疑虑中,吴生来了,婴宁躲进内室。吴生询问了事情经过,久久陷于迷惑不解中,他突然问道:"这个姑娘是不是叫婴宁?"王子服答应是,吴生连称怪事。王子服问吴生知道些什么,吴生便说:"秦家姑姑去世后,姑父一人在家独居,迷上了狐狸精,后来病死了。狐狸生了个女儿叫婴宁,用席包着放在床上,家里人都看见了。姑夫死后,狐狸还常来。后来请来张天师的符贴在墙壁上,狐狸这才带着婴宁走了。莫非就是她吗?"大家都拿不准地议论着这件事情。只听见内室里婴宁"嗤嗤"地笑个不停。王母说:"这个丫头也太憨了。"吴生希望见见婴宁。王母便进入内室,这时婴宁仍旧憨笑着不管不顾。王母催她出去见客,她这才极力忍住笑,又面对着墙镇静了好一会儿才出来。她出来后,冲吴生刚一拜过,就扭身跑回去了,放声大笑起来。满屋子的女人都被逗笑了。

吴请往觇其异①,就便执柯②。寻至村所,庐舍全无,山花零落而已。吴忆姑葬处，仿佛不远，然坟垅湮没③，莫可辨识，诧叹而返。母疑其为鬼，入告吴言，女略无骇意。又吊其无家④，亦殊无悲意，孜孜憨笑而已⑤。众莫之测。母令与少女同寝止。昧爽即来省问⑥，操女红精巧绝伦⑦。但善笑，禁之亦不可止，然笑处嫣然，狂而不损其媚，人皆乐之。邻女少妇，争承迎之。

【注释】

①觇（chān）：看，侦伺。

②就便执柯：顺便做媒。执柯，做媒。语出《诗·风·伐柯》。

③垅：坟。湮（yīn）没：埋没。

④吊：怜悯。

⑤孜孜（zī）：不停地。

⑥昧爽：黎明。省（xǐng）问：问候，问安。

⑦女红（gōng）：旧时指妇女所作的纺织、刺绣、缝纫等事。红，通"工"。

【译文】

吴生提出自己前往婴宁家里去看看究竟，顺便替王子服说媒。找到那个山村后，发现一间屋舍也没有，只有凋零的落花飘洒在地上。吴生想起姑姑埋葬的地方仿佛就在附近，只是坟头荒没，无法辨认，只好诧异感叹而回。王母听说后，怀疑遇到了鬼，把吴生的话告诉了婴宁，婴宁一点儿也不害怕。又哀怜她无家无靠的，她也毫不伤悲，只是一刻不停地傻笑。大家都捉摸不透。王母叫婴宁和自己的小女儿一同生活起居。婴宁每天早早地来给王母请安，针线活做得精巧绝伦。就是喜欢笑，怎么禁止也禁止不住，不过嬉笑之时风姿嫣然，大笑也不损害她的妩媚，大家都很喜爱她。邻里的妇女姑娘也都争着同她要好交往。

母择吉将为合卺^①，而终恐为鬼物。窃于日中窥之，形影殊无少异^②。至日，使华妆行新妇礼，女笑极不能俯仰，遂罢。生以其憨痴，恐漏泄房中隐事，而女殊密秘，不肯道一语。每值母忧怒，女至，一笑即解。奴婢小过，恐遭鞭楚，辄求诣母共话，罪婢投见，恒得免。而爱花成癖，物色遍戚党^③，窃典金钗，购佳种，数月，阶砌藩溷^④，无非花者。

【注释】

①择吉：选择吉日良辰。合卺(jǐn)：古代婚礼中的一种仪式。剖一瓠为两瓢，新婚夫妇各执一瓢，斟酒以饮。后多以合卺代指成婚。《礼记·昏义》："合卺而酳。"孔颖达疏："以一瓠分为二瓢谓之卺，壻之与妇各执一片以酳。"酳(yìn)，用酒漱口。

②窃于日中窥之，形影殊无少异：按照民间传说，鬼不能见太阳，在日光下也没有影子，因而王母以此检验婴宁是否为鬼物。

③戚党：亲戚朋友。

④阶砌藩溷(hùn)：形容院子里的所有地方。阶砌，台阶。藩，篱笆。溷，粪坑。

【译文】

王母选择好吉日良辰，准备让二人拜堂成婚，但是总怕婴宁是个鬼物。后来在太阳底下偷偷察看婴宁的身影，与常人无异。到了吉日那天，让婴宁盛装打扮行新娘礼，可是婴宁笑得太厉害不能行礼，只好作罢。王子服由于婴宁又憨又傻，担心她向外人泄漏房中私情，结果她却严守房中隐秘，只字不提。每逢王母忧愁生气时，只要婴宁一到，一笑就能化解。奴婢使女犯了小过错，怕遭到主人的鞭打，就央求婴宁先去王母那里说话，然后犯错的奴婢使女再去投见，这样就可以免去责罚。婴宁爱花成癖，凡是亲戚朋友家有好花，她都搜集个遍，有时连金钗首饰也暗里当出去,用来购买优良品种。几个月后,院里所有地方,包括台阶两旁、茅厕周围都栽满了花。

庭后有木香一架①,故邻西家②。女每攀登其上,摘供簪玩③。母时遇见,辄诃之,女卒不改。一日,西人子见之④,凝注倾倒。女不避而笑。西人子谓女意已属,心益荡。女指墙底笑而下,西人子谓示约处,大悦。及昏而往,女果在焉。就而淫之,则阴如锥刺,痛彻于心,大号而踣⑤。细视,非女,则一枯木卧墙边,所接乃水淋窍也。邻父闻声,急奔研问,呻而不言。妻来,始以实告。爇火烛窍,见中有巨蝎,如小蟹然,翁碎木捉杀之。负子至家,半夜寻卒。邻人讼生,讦发婴宁妖异⑥。邑宰素仰生才,稔知其笃行士⑦,谓邻翁讼诬,将杖责之。生为乞免,逐释而出。母谓女曰:"憨狂尔尔,早知过喜而伏忧也。邑令神明,幸不牵累,设鹘突官宰⑧,必逮妇女质公堂,我儿何颜见戚里?"女正色,矢不复笑⑨。母曰:"人罔不笑,但须有时。"而女由是竟不复笑,虽故逗,亦终不笑,然竟日未尝有戚容。

【注释】

①木香:多年生草本菊科植物,是云木香和川木香的合称,根茎可入药。

②邻:紧挨着。西家:西边住的邻居。

③簪玩:妇女折花,有时插戴在发髻之上,有时插养于瓶中赏玩,因合称。

④西人子:西边邻居家的儿子。

⑤踣(bó)：跌倒。

⑥讦(jié)：揭发,举报。

⑦笃行士：品行忠厚的读书人。

⑧鹘(hú)突：糊涂。

⑨矢：发誓。

【译文】

　　后院有一架木香,靠近西边邻居家的院墙。婴宁经常爬到木香花架子上,摘些花插在头上或放在屋里把玩。王母看到时,就要责怪她,她始终不改。一天,西邻家的儿子看到婴宁正在花架子上摘花玩,被她的姿容迷倒了,一个劲儿盯着看。婴宁没有躲避,依然是笑着。西邻子以为婴宁对自己有意,更加心旌扬荡。婴宁用手指指墙根,笑着下去了,西邻子以为那是告诉他约会的地方,非常高兴。黄昏时,西邻子前去指定的地方,婴宁果然在那里。西邻子过去奸淫她,突然感到下身像被锥刺扎了一般,疼痛难忍,禁不住大叫着跌倒了。再一细看,根本不是婴宁,而是横在墙根的一根枯木,下身所接触到的是被雨水泡烂了的一个窟窿。西邻子的父亲听到大叫声,急忙跑过来询问情况,西邻子只是呻吟着不说话。妻子来了,这才如实说了事情经过。点火照亮,只见枯木窟窿中有一只大蝎子,像小螃蟹一般大,西邻家老头劈开了木头,捉住蝎子打死了。然后把儿子背回家里,半夜儿子就死了。邻居那家把王子服告了,揭发婴宁妖异作怪。县官平时很钦佩王子服的才学,熟知他是个行为正派的书生,判定邻居老头是诬告,准备杖打处罚。王子服替邻居老头乞求免打,县官这才把他解了绑,赶了出去。事后,王母对婴宁说："看你如此憨像的样子,早就知道过分的乐呵中隐伏着忧患。幸亏县官明察,这才没有牵累,如果遇上个糊涂的长官,必定会把你抓到公堂上对质,那时我儿还有什么脸面再见亲戚朋友?"婴宁露出一本正经的神态,发誓以后决不再笑。王母说："人哪有不笑的,只不过应该有时有晌儿啊。"从此以后,婴宁竟然真的不再笑,就是有人逗她,她也不笑，不过整天也没有悲伤的表情。

　　一夕，对生零涕。异之。女哽咽曰："曩以相从日浅，言之恐致骇怪。今日察姑及郎，皆过爱无有异心，直告或无妨乎？妾本狐产。母临去，以妾托鬼母，相依十馀年，始有今日。妾又无兄弟，所恃者惟君。老母岑寂山阿①，无人怜而合厝之②，九泉辄为悼恨。君倘不惜烦费，使地下人消此怨恫③，庶养女者不忍溺弃。"生诺之，然虑坟冢迷于荒草，女但言无虑。刻日，夫妻舆椫而往④。女于荒烟错楚中⑤，指示墓处，果得媪尸，肤革犹存。女抚哭哀痛。舁归⑥，寻秦氏墓合葬焉。是夜，生梦媪来称谢，寤而述之。女曰："妾夜见之，嘱勿惊郎君耳。"生恨不邀留。女曰："彼鬼也，生人多，阳气胜，何能久居？"生问小荣，曰："是亦狐，最黠，狐母留以视妾，每摄饵相哺⑦，故德之，常不去心。昨问母，云已嫁之。"由是岁值寒食⑧，夫妻登秦墓，拜扫无缺。女逾年生一子，在怀抱中，不畏生人，见人辄笑，亦大有母风云。

【注释】

　①岑寂山阿：在山阿居住很孤寂。晋陶渊明《挽歌》："死去何所道，托体同山阿。"岑寂，寂寞。山阿，山中曲坳处。

　②合厝（cuò）：合葬。厝，安葬。

　③怨恫：悲伤痛苦。

　④舆椫（chèn）：以车载棺。椫，棺材。

　⑤错楚：丛杂的树木。

　⑥舁（yú）：抬。

⑦摄饵:摄取食物。哺:喂养。

⑧寒食:阴历清明节前两天为寒食。古时在这一天不举火,据说是为了纪念春秋时晋人介子推的焚死绵山。习惯每年寒食到清明期间为扫墓的日子。

【译文】

一天晚上,婴宁对着王子服一把鼻涕一把眼泪哭起来。王子服很是诧异。婴宁哽咽着说:"以前因为一块过日子短,说了恐怕让你们害怕惊怪。现在发现婆婆和你对我都是特别疼爱,没有异心,所以实话相告或许没有什么妨碍吧? 我本是狐狸生的。母亲临走的时候,把我托付给鬼母,我们相依生活了十多年,才有今日。我又没有兄弟,所依靠的只有你了。老母在山里独自孤寂吃苦,没有人可怜她给她迁坟合葬,她在九泉之下将遗恨无穷。你如果不怕麻烦和花钱,使地下人消除悲伤痛苦,或许可以使生养女儿的人不再忍心把女儿溺死和抛弃。"王子服答应了婴宁的要求,只是顾虑荒草中难以找到坟冢,婴宁说这个用不着顾虑。选定日子,夫妻二人用车拉着棺木前往。婴宁在漫山遍野的荒草丛中,指点着坟墓方位,果然找到了老太太的尸体,而尸体尚且完好。婴宁抚尸痛哭起来。后来把老太太的尸体抬回来,又找到秦家的坟地,一起合葬了。这天夜里,王子服梦见老太太前来道谢,醒来后便告诉了婴宁。婴宁说:"我夜里也见到了她,还嘱咐她不要惊吓了你。"王子服很遗憾没有请她留下。婴宁说:"她是鬼,这里生人多,阳气盛,她怎么能久留?"王子服又问起小荣,婴宁说:"她也是狐狸,最机灵了,狐母把她留下照顾我,经常弄吃的东西喂我,她的好处我总是念念不忘。昨天问过鬼母,说小荣已经嫁人了。"从此以后,每年清明,王子服夫妻俩都要登临秦家坟地,拜祭扫墓从不间断。过了一年,婴宁生下一个儿子,这孩子在娘的怀抱中就不怕生人,见人就笑,大有母亲的风度秉性。

异史氏曰：观其孜孜憨笑，似全无心肝者；而墙下恶作剧，其黠孰甚焉。至凄恋鬼母，反笑为哭，我婴宁殆隐于笑者矣①。窃闻山中有草，名"笑矣乎"，嗅之，则笑不可止。房中植此一种，则合欢、忘忧并无颜色矣②。若解语花③，正嫌其作态耳④。

【注释】

①隐于笑：用笑来隐藏自己。隐，潜藏。

②合欢：花名。俗称夜合花、马缨花、马绒花。落叶乔木。忘忧：忘忧草，萱草的别名，多年生草本植物。

③解语花：五代王仁裕《开元天宝遗事·解语花》：唐明皇与杨贵妃去太液池赏花，左右极赞池花之美，而"帝指贵妃示于左右曰：'争如我解语花？'"后因以解语花比喻善于迎合人意的美女。

④作态：装模作样，指矫饰而有失自然。

【译文】

异史氏说：看婴宁那"嗤嗤"憨笑的样子，好像是个没心没肺的；然而看她在墙下使出的恶作剧，也是很狡猾机智的。至于凄切地怀恋鬼母，一反狂笑为痛哭，我的婴宁大概是用笑来隐藏自己的吧。我听说山中有一种草，名叫"笑矣乎"，人们闻到它，就会笑个不停。如果房里种上这么一株草，那么相比之下，就使合欢和忘忧失去了光彩。至于解语花，它的扭捏作态正是令人讨厌的。

聂小倩

【题解】

《聂小倩》大概是《聊斋志异》中被当代多媒体改编得最多的篇目，

同时也是添加当代元素最多的篇目。中国年轻的读者可能看过《聂小倩》原作的不多,但没看过《倩女幽魂》电影的很少。

与《聊斋志异》一般的人鬼相恋的篇目不同,女鬼聂小倩的人格前后有很大的变化。一开始,她不是以温柔多情的面目出现,而是被夜叉驱使的靠色相害人的施害者,在宁采臣的感召下,她改过自新,恢复了善良纯朴的本性,被宁采臣和婆婆接纳,这使她的性格相当丰富。宁采臣也不同于一般的多情狂生,而是"廉隅自重",每对人言:"生平无二色。"这一性格色彩很符合当代婚恋对于男性的要求。宁采臣与聂小倩的关系不是一见即倾心的才子佳人模式,表现出性格、命运、义气等诸多丰富的内蕴。尤其是在聂小倩和宁采臣的浪漫奇异关系中还出现了信义刚直、武艺高强的侠客燕生的形象。靠着他,宁采臣和聂小倩躲过了夜叉的谋害,也躲过了后来夜叉的追杀。燕生的出现,使得全篇的氛围不再是单纯的缠绵悱恻,而是充满侠肝义胆,或者说,在浪漫婉转的爱情中有着阳刚之气,在情色的氛围里掺杂着侠义武打的元素,大概这就是《聂小倩》被当代多媒体改编者所看重的原因吧。

宁采臣,浙人①,性慷爽,廉隅自重②。每对人言:"生平无二色③。"适赴金华④,至北郭,解装兰若。寺中殿塔壮丽,然蓬蒿没人⑤,似绝行踪。东西僧舍,双扉虚掩,惟南一小舍,扃键如新。又顾殿东隅,修竹拱把⑥,阶下有巨池,野藕已花。意甚乐其幽杳⑦。会学使按临⑧,城舍价昂,思便留止,遂散步以待僧归。

【注释】

①浙人:浙江人。

②廉隅:棱角,喻品行端方。《礼记·儒行》:"近文章,砥厉廉隅。"

③无二色：只有一个女人，无外遇。色，女色。

④金华：府名。清代府治在今浙江金华，位于浙江中部。

⑤没（mò）：遮蔽，淹没。

⑥拱把：两手合围那样大小。《孟子·告子》："拱把之桐梓，人苟欲生之，皆知所以养之者。"赵岐云："拱，合两手也；把，以一手把之也，此言树之尚小。"

⑦幽杳（yǎo）：清幽寂静。

⑧学使：督学使者，即提督学政，简称学政，为明清时代中央政府派驻各省督察学政的长官。按临：各省学使在三年任期内，按期巡行所辖各府考试生员。

【译文】

宁采臣是浙江人，性格慷慨爽直，品行端方，洁身自好。他常常对人说："平生除了妻子外，不好任何女色。"有一次，他到金华去，走到北门外，就在一座寺庙里解下了行李。这座寺庙殿屋及宝塔都很壮丽，但是庭院里却长满了一人多高的蓬蒿，好像很久没人走动过了。东西两侧的僧舍，一个个门扉虚掩着，只有南侧的一间小屋，门锁像是新的。再往大殿东角落望去，只见修长的翠竹足有两手合围那么粗，台阶下有个大水池，池中的野莲已经开花。宁采臣很喜欢这里幽静的环境。当时正赶上学政到金华测试秀才，城里客房租金昂贵，他打算留宿在这里，于是一边散步一边等僧人回来。

日暮，有士人来，启南扉。宁趋为礼①，且告以意。士人曰："此间无房主，仆亦侨居。能甘荒落，且晚惠教，幸甚。"宁喜，藉藁代床②，支板作几，为久客计。是夜，月明高洁，清光似水，二人促膝殿廊③，各展姓字④。士人自言："燕姓，字赤霞。"宁疑为赴试诸生，而听其音声，殊不类浙。诘之，自言"秦人"⑤。语甚朴诚。既而相对词竭,遂拱别归寝。

【注释】

①趋为礼:快步向前致意行礼。趋,快走。这是古代与人相见表示
　敬意。

②藁(gǎo):稻、麦等的秆。

③促膝:对坐而膝相接近。多形容亲切交谈或密谈。

④姓字:犹言姓名。字,表字,正名以外的别名。

⑤秦:古秦国之地,春秋时奄有今陕西之地,故习称陕西为秦。

【译文】

天色渐晚,有个壮士走来,开了南屋的门。宁采臣连忙赶过去施
礼,并告诉他自己打算留宿。壮士说:"这里没有房主,我也是借住。你
不在乎荒凉,早晚能得到你的指教,当然很好了。"宁采臣很高兴,忙铺
干麦秸当作床,支起木板当作桌子,打算住上一些日子。这天夜里,明
月高悬,月色皎洁,犹如清水一般,二人在佛殿廊下促膝谈心,各自通名
报姓。壮士自我介绍说:"我姓燕,字赤霞。"宁采臣猜测他是个赶考的
秀才,但听说话的声音,又很不像浙江人。于是便问他家乡何处,壮士
自己说是秦地人。言语很是坦诚。过了一会儿,彼此也没什么可说的
了,便拱手告别,各自回房睡觉。

宁以新居,久不成寐。闻舍北喁喁①,如有家口。起伏
北壁石窗下,微窥之。见短墙外一小院落,有妇可四十馀,
又一媪衣䴔绯②,插蓬沓③,鲐背龙钟④,偶语月下⑤。妇曰:
"小倩何久不来?"媪云:"殆好至矣⑥。"妇曰:"将无向姥姥有
怨言否?"曰:"不闻,但意似蹙蹙⑦。"妇曰:"婢子不宜好相
识⑧!"言未已,有一十七八女子来,仿佛艳绝。媪笑曰:"背

地不言人。我两个正谈道小妖婢，悄来无迹响，幸不訾着短处^⑨。"又曰："小娘子端好是画中人，遮莫老身是男子^⑩，也被摄魂去。"女曰："姥姥不相誉，更阿谁道好？"妇人女子又不知何言。宁意其邻人眷口^⑪，寝不复听。又许时，始寂无声。

【注释】

①喁喁(yú)：小声说话。

②衣黬(yè)绯(fēi)：穿件退了色的红衣。衣，穿。黬，变色，退色。绯，红色。

③插蓬沓：簪插着大银栉。蓬沓，古代越地妇女的头饰。宋苏轼《於潜令刁同年野翁亭》诗自注："於潜妇女皆插大银栉，长尺许，谓之蓬沓。"於潜，旧县名。其地在今浙江杭州的西边。

④鲐(tái)背：代称老人。龙钟：行动不便，形容老态。

⑤偶语：相对私语，交谈。

⑥殆好：差不多，就要。

⑦蹙蹙：忧愁，不舒畅。

⑧好相识：善待。

⑨訾(zǐ)：非议，说坏话。

⑩遮莫：假如。

⑪眷口：犹眷属，家属。

【译文】

宁采臣由于新来乍到，很长时间睡不着觉。他听到房屋北边有小声嘀咕的声音，好像有人家。宁采臣便趴在北墙根石窗下，窥视外面的动静。只见短墙外有个小院，院中有个四十多岁的妇女，还有一个老太太，穿着褪了色的红色衣服，头上插着大银梳子，年老体衰，正和那个妇女在月下说话。妇女说："小倩这么久了为何还不来？"老太太说："大概快来了吧。"妇女说："是不是向姥姥您发过怨言呢?"老太太说："没听见什么,不过流露出闷闷不乐的神态。"妇女说："这丫头不要好生待她。"话声未断,有一个十七八岁的姑娘走来,长得艳丽绝伦。老太太笑着说："背地不应该议论人。我俩正念叨,你这小妖精就悄无声息地来了,幸好没有说你的坏话。"又接着说："小娘子真是个画中的美人,假使我是个男人,也会被你勾了魂去。"那个姑娘说："姥姥要不夸我几句,还有谁会说我好呢?"后来妇女也跟姑娘说了几句,听不清说的什么。宁采臣估计这几个人都是邻居的家眷,也就回去睡觉,不再听什么。又过了一会儿,这才没有了说话声。

　　方将睡去,觉有人至寝所。急起审顾,则北院女子也。惊问之,女笑曰："月夜不寐,愿修燕好①。"宁正容曰："卿防物议②,我畏人言。略一失足,廉耻道丧。"女云："夜无知者。"宁又咄之。女逡巡若复有词,宁叱："速去!不然,当呼南舍生知。"女惧,乃退。至户外复返,以黄金一铤置褥上③。宁掇掷庭墀,曰："非义之物,污吾囊橐!"女惭,出,拾金自言曰："此汉当是铁石。"

【注释】

①修燕好:结为夫妇。燕好,亲好。这里指男欢女爱。

②物议:大众的议论。多指非议。《南史·谢几卿传》:"不屑物议。"

③铤:量词。用于金银及墨。

【译文】

宁采臣刚要睡着,觉得有人进了屋里。急忙起身审视,原来是北院里的那个姑娘。惊问来人用意,那个姑娘笑着说："明月之夜,我睡不着觉,想同你亲热欢好。"宁采臣板着脸严肃地说:"你应防备别人的议论,我也害怕别人的闲话。一旦失足,就会丧尽廉耻。"姑娘说:"夜里无人知晓。"宁采臣又呵斥她。她徘徊着还想说些什么,宁采臣大声叱道:"快走!不然的话,我就喊南屋的人来啦。"姑娘畏惧,这才退下。刚走出门,又返回来了,拿出一锭黄金放在褥子上。宁采臣抓起黄金,把它扔到屋外,说道:"不义之财,别弄脏了我的囊袋!"这个姑娘惭愧地走出屋,拾起黄金,自言自语说:"这个汉子真是铁石一般。"

诘旦,有兰溪生携一仆来候试,寓于东厢,至夜暴亡。足心有小孔,如锥刺者,细细有血出。俱莫知故。经宿,仆一死①,症亦如之。向晚,燕生归,宁质之②,燕以为魅。宁素抗直③,颇不在意。

【注释】

①仆一死:三会本《校》:"疑作仆亦死。"

②质:询问。

③抗直:刚直。

【译文】

第二天早晨,有个从兰溪来的书生,带着一个仆人来参加考试,住在东厢房,夜里突然暴死。只见他脚心有一个小窟窿眼儿,就像锥子刺的一样,细细地有血渗出。谁也不知道什么缘故。过了一宿,他的仆人也死了,症状完全一样。傍晚时,燕赤霞回来了,宁采臣便去询问他,燕赤霞认为是鬼魅闹事。宁采臣历来就刚直不屈,一点儿也不在意。

宵分①,女子复至,谓宁曰:"妾阅人多矣,未有刚肠如君者。君诚圣贤,妾不敢欺。小倩,姓聂氏,十八夭殂②,葬寺侧,辄被妖物威胁,历役贱务,腆颜向人,实非所乐。今寺中无可杀者,恐当以夜叉来③。"宁骇求计。女曰:"与燕生同室可免。"问:"何不惑燕生?"曰:"彼奇人也,不敢近。"问:"迷人若何?"曰:"狎昵我者,隐以锥刺其足,彼即茫若迷,因摄血以供妖饮。又或以金,非金也,乃罗刹鬼骨④,留之能截取人心肝。二者,凡以投时好耳。"宁感谢。问戒备之期,答以明宵。临别泣曰:"妾堕玄海⑤,求岸不得。郎君义气干云⑥,必能拔生救苦。倘肯囊妾朽骨,归葬安宅⑦,不啻再造⑧。"宁毅然诺之。因问葬处,曰:"但记取白杨之上,有乌巢者是也。"言已出门,纷然而灭。

【注释】

①宵分:夜半。

②夭殂:未成年而死。夭,夭折。民间风俗夭折无墓。

③夜叉:梵语音译。义为凶暴丑恶。佛经中的一种恶鬼。

④罗刹:梵语音译。佛教故事中食人血肉的恶鬼。唐慧琳《一切经音义》:"罗刹此云恶鬼,食人血肉,或飞空或地行,捷疾可畏也。"

⑤玄海:佛家语。指苦海。

⑥义气干云:义薄云天。干云,冲天。

⑦安宅:安定的居处。《诗·小雅·鸿雁》:"虽则劬劳,其究安宅。"这里指安静的葬地,即墓穴。

⑧不啻(chì)再造:无异于再生。不啻,不只,何止。再造,重生。

【译文】

半夜中,那个姑娘又来了,对宁采臣说:"我见过的人多了,没有一个像你这样刚强正直。你实在是个圣贤,我不敢欺骗你。我小倩,姓聂,十八岁时夭折,埋葬在寺庙旁边,后被妖精威胁,做这些下贱的事情，不顾羞耻面向众人，实在不是心甘情愿的。现在寺庙中没有能杀的人了，恐怕夜叉要来。"宁采臣害怕，请姑娘想个办法。小倩说："与燕生同室就可以免除灾难。"宁采臣问："你为什么不迷惑燕生呢？"小倩说："他是个奇人，不敢接近。"又问："怎么迷惑人呢？"小倩说："亲昵我的人，我就暗中用锥子扎他的脚心，那时他就会昏迷不知，借此抽他的血供给妖精喝。或者用金钱引诱他，其实那不是真金，而是罗刹鬼的骨头，留下就会被摘走心肝。这两种办法都是用来投其所好的。"宁采臣感谢小倩说出真相。问戒备的时间，小倩讲就在明天晚上。临别时，小倩哭着说："我坠入了地狱之海，找不到岸边。郎君义气冲天，必定能够拔生救苦。如果肯把我的朽骨包起来，送回家安葬，不亚于再生父母。"宁采臣毅然答应下来。于是又问原来埋在哪里，小倩说："只要记住有乌鸦筑巢的那棵白杨树下就是了。"说罢出门，倏然间不见了。

　　明日，恐燕他出，早诣邀致，辰后具酒馔，留意察燕。既约同宿，辞以性癖耽寂①。宁不听，强携卧具来。燕不得已，移榻从之。嘱曰："仆知足下丈夫，倾风良切②。要有微衷③，难以遽白。幸勿翻窥箧襆，违之，两俱不利。"宁谨受教。

【注释】

①耽寂：极爱静寂。耽，耽于。

②倾风良切：很仰慕。倾风，仰慕，倾倒。

③微衷：心意的谦辞。

【译文】

　　第二天，宁采臣怕燕赤霞外出，早早就过去约他来居住的屋子一聚。七八点钟，宁采臣准备好酒菜，请燕赤霞一块儿喝酒，同时注意观察着燕赤霞。宁采臣约请燕赤霞一块住宿，燕赤霞托词自己性情孤僻，喜欢安静而不同意。宁采臣不听,硬是把行李搬了过来。燕赤霞迫不得已,只好把床搬过来一起住了。燕赤霞嘱咐宁采臣说:"我知道足下是个大丈夫,很是倾慕你的风度。不过我有些心里话,一时不便说明。请你千万不要翻弄察看箱匣里包着的东西,违背我的话,对你我都没有好处。"宁采臣恭谨听命。

　　既而各寝。燕以箱箧置窗上,就枕移时,齁如雷吼,宁不能寐。近一更许,窗外隐隐有人影。俄而近窗来窥,目光睒闪①。宁惧,方欲呼燕,忽有物裂箧而出,耀若匹练②,触折窗上石棂,欻然一射③,即遽敛入,宛如电灭。燕觉而起,宁伪睡以觇之。燕捧箧检征④,取一物,对月嗅视,白光晶莹,长可二寸,径韭叶许⑤。已而数重包固,仍置破箧中,自语曰:"何物老魅,直尔大胆,致坏箧子。"遂复卧。宁大奇之,因起问之,且以所见告。燕曰:"既相知爱,何敢深隐。我,剑客也。若非石棂,妖当立毙,虽然,亦伤。"问:"所缄何物?"曰:"剑也。适嗅之,有妖气。"宁欲观之,慨出相示,荧荧然一小剑也。于是益厚重燕。

【注释】

①睒(shǎn)闪:闪烁。

②匹练:成匹的白绢。练,白绢或把生丝、布帛类煮熟使之变白。

③欻(xū)然:忽然。

④征:迹象。

⑤径韭叶许:像韭菜叶那么宽。径,宽。

【译文】

不久,各自睡觉。燕赤霞把小箱子放在窗台上,躺下不大工夫,就鼾声如雷,宁采臣却睡不着觉。快到一更天时,窗外隐隐约约有个人影。不一会儿,走近窗前来窥视,目光忽闪忽闪的。宁采臣害怕,刚想要呼叫燕赤霞,突然间有一个东西冲破箱子飞出去,晶光闪闪犹如一匹白色绸子,把窗户上的石棂子都撞折了,忽然一射,马上又收回来,宛如电闪那样快。燕赤霞觉察有动静便起身了,宁采臣假装睡觉,暗中却在观察着。只见燕赤霞捧着小箱子查看,他从小箱子中取出一件东西,对着月光又是闻又是看,只见它晶莹闪亮,长有二寸,宽如韭叶。查看过后,再把它包起来,足足包裹了好几层,仍然放回已经破了的小箱子内,自言自语说:"什么老鬼魅,如此大胆,居然把我的小箱子都弄坏了。"而后又躺下睡觉。宁采臣非常惊奇,便起来询问这是怎么回事,还把自己所见到的情况告诉了燕赤霞。燕赤霞说:"我们既然彼此相好,我怎敢深藏不说呢。我是个剑客。如果不是石窗棂,妖精早就死了,不过它也受伤了。"宁采臣问:"包的那是什么东西?"燕赤霞说:"是剑。刚才闻了闻,有妖气。"宁采臣想看看,燕赤霞很痛快地拿出来给他看,只见是一把荧荧发光的小剑。于是宁采臣对燕赤霞更加尊重敬爱了。

　　明日,视窗外,有血迹。遂出寺北,见荒坟累累,果有白杨,乌巢其颠[1]。迨营谋既就,趣装欲归。燕生设祖帐[2],情义殷渥[3]。以破革囊赠宁,曰:"此剑袋也,宝藏可远魑魅。"宁欲从授其术。曰:"如君信义刚直,可以为此。然君犹富贵中人,非此道中人也。"宁乃托有妹葬此,发掘女骨,敛以衣衾,赁舟而归。

【注释】

①颠:顶。

②祖帐:为出行者饯别所设的帐幕,引申为饯行送别。祖,祭名。

出行以前祭祀路神。

③殷渥：恳切深厚。

【译文】

第二天，宁采臣看到窗外有血迹。他出了寺庙向北走去，只见荒坟累累，一座坟堆中果然长着一棵白杨，杨树梢上有个乌鸦窝。宁采臣等心中打好主意后，就收拾行李，准备回去。燕赤霞设酒饯行，情义很是深厚。他拿出一个破了的皮袋子送给宁采臣，说："这是个剑袋，要珍藏好，可以远避鬼魅邪魔。"宁采臣想跟他学剑术。他说："像你这样的讲信义，又刚正直爽，是可以当个剑客的。不过，你是富贵中人，不是这道中的人。"宁采臣假托有个妹子埋在这里，挖出尸骨，用衣被包裹好，便租只小船回去了。

宁斋临野，因营坟葬诸斋外，祭而祝曰："怜卿孤魂，葬近蜗居①，歌哭相闻，庶不见陵于雄鬼②。一瓯浆水饮，殊不清旨，幸不为嫌。"祝毕而返。后有人呼曰："缓待同行！"回顾，则小倩也。欢喜谢曰："君信义，十死不足以报。请从归，拜识姑嫜③，媵御无悔④。"审谛之，肌映流霞，足翘细笋，白昼端相，娇艳尤绝。遂与俱至斋中。嘱坐少待，先入白母，母愕然。时宁妻久病，母戒勿言，恐所骇惊。言次，女已翩然入，拜伏地下。宁曰："此小倩也。"母惊顾不遑。女谓母曰："儿飘然一身，远父母兄弟。蒙公子露覆⑤，泽被发肤⑥，愿执箕帚⑦，以报高义。"母见其绰约可爱⑧，始敢与言，曰："小娘子惠顾吾儿，老身喜不可已。但生平止此儿，用承祧绪⑨，不敢令有鬼偶。"女曰："儿实无二心。泉下人既不见信于老母，请以兄事，依高堂⑩，奉晨昏⑪，如何？"母怜其诚，

允之。即欲拜嫂，母辞以疾，乃止。女即入厨下，代母尸
饔[12]，入房穿榻，似熟居者。

【注释】

①蜗居：对自己居所的谦辞。

②雄鬼：雄强力暴之鬼。

③姑嫜（zhāng）：丈夫的母亲和父亲，俗称公婆。

④媵（yìng）御：以婢妾对待。媵，泛指婢妾。

⑤露覆：亦作"覆露"。喻润恩泽。《国语·晋语》："是先主覆露
　子也。"

⑥泽被发肤：恩义施于我身。被，覆盖。发肤，指全身。《孝经》：
　"身体发肤，受之父母。"

⑦执箕帚：担任洒扫工作。往往用作承担妻子责任的谦辞。箕，用
　柳条、竹篾、铁皮、塑料做的扬去糠麸或清理垃圾的器具。帚，
　扫帚。

⑧绰约：温柔秀美。

⑨承祧（tiāo）绪：传宗接代。祧绪，祖宗馀绪。祧，承继先代。

⑩依高堂：依偎在母亲身边。高堂，母亲。

⑪奉晨昏：指对父母的侍奉。《礼记·曲礼》："冬温而夏清，昏定而
　晨省。"

⑫尸饔（yōng）：料理饮食。《诗·小雅·祈父》："胡转予于恤，有母
　之尸饔。"尸，主持。饔，熟食。

【译文】

　　宁采臣的住室临近郊野，于是把坟墓安置在房宅外，埋葬后，宁采
臣祭道："可怜你魂魄孤单，把你埋葬在我的斗室之旁，你的歌声与哭泣
我都能听到，大概可以免于雄鬼的欺凌。这一碗汤水请你喝了吧，虽然
并不醇美，希望不要嫌弃。"宁采臣祷告完便往回走。后面有人叫道：

"慢点儿,等我一块走!"回头一看,原来是小倩。小倩欢喜地感谢说:
"你真是讲信义,我就是为你死去十次也不能报答你的恩情。请带我去
拜见公婆,就是当婢妾丫环也不后悔。"宁采臣细细打量着小倩,见她肌
肤白里透红犹如霞光,小脚翘起如同细笋,白天端详相貌,比之夜里更
显娇艳无比。于是一同进入家宅。宁采臣嘱咐她坐着等一会儿,自己
先去禀报母亲,母亲听后十分惊讶。当时宁采臣的妻子久病卧床,母亲
告诫儿子不要说出这事,唯恐惊吓她。正说着,小倩已经翩翩进来,跪
倒在地上。宁采臣说:"这就是小倩。"母亲吃惊地看着小倩,不知怎么
办好。小倩对母亲说:"孩儿飘零孤苦一人,远离父母兄弟。承蒙公子
对我的大恩大德,情愿嫁给公子,以报答他。"母亲见她长得温柔秀美,
这才敢跟她讲话,说道:"小娘子愿意照顾我的儿子,老身非常喜欢。但
是我这一辈子只有这一个儿子,靠他继承祖宗烟火,不敢叫他娶个鬼
女。"小倩说:"孩儿实在是没有歹意。已死之人既然得不到老母的信
任,请以兄妹相称,跟着母亲过,早晚侍候您老人家,这样好吗?"母亲可
怜她一片诚心,就答应了她。小倩当时就想去拜见嫂子,母亲说她有病
不宜相见,这才作罢。小倩立即进了厨房,为母亲做饭,她在房间中走
来走去,好像久住的人一样熟悉。

日暮,母畏惧之,辞使归寝,不为设床褥。女窥知母意,
即竟去。过斋欲入,却退,徘徊户外,似有所惧。生呼之,女
曰:"室有剑气畏人。向道途之不奉见者,良以此故。"宁悟
为革囊,取悬他室,女乃入,就烛下坐。移时,殊不一语。久
之,问:"夜读否? 妾少诵《楞严经》①,今强半遗忘。浼求一
卷,夜暇,就兄正之。"宁诺。又坐,默然,二更向尽,不言去。
宁促之。愀然曰:"异域孤魂,殊怯荒墓。"宁曰:"斋中别无
床寝,且兄妹亦宜远嫌。"女起,容蹙蹙而欲啼,足俇俇而懒

步^②，从容出门，涉阶而没。宁窃怜之，欲留宿别榻，又惧母嗔。女朝旦朝母，捧匜沃盥^③，下堂操作，无不曲承母志。黄昏告退，辄过斋头，就烛诵经。觉宁将寝，始惨然去。

【注释】

①《楞(léng)严经》：佛经名。全称为《大佛顶如来密因修证了义诸菩萨万行首楞严经》。

②佢儴(kuāng ráng)：步履维艰的样子。

③捧匜(yí)沃盥：侍奉盥洗。匜，古盥器，用以盛水。沃盥，浇洗。

【译文】

　　傍晚，母亲有点儿害怕小倩，让她回去睡觉，不给她设置床铺。小倩暗知母亲的心意，于是立即离开。她走到书斋时，想进去，又退了回来，在门外徘徊不定，好像怕什么东西。宁采臣招呼她，她说："室内剑气使人害怕。前些时候在途中之所以没有拜见你，也是这个缘故。"宁采臣想到是由于皮袋子的缘故，便拿下来挂在别的屋里，小倩这才进来，靠近烛光坐下。过了一会儿，不见小倩说一句话。又过了好久，小倩问道："你夜里读书吗？我小时候念过《楞严经》，现在多半都忘了。请求你借我一卷，夜里闲暇时，好请兄长指正。"宁采臣答应下来。小倩又是坐着，默默无语，二更都要过去了，还是不说走。宁采臣催她离开。她愀然神伤地说："他乡的孤魂，真怕那荒凉的墓穴啊。"宁采臣说："屋里又没有别的床铺，再说兄妹之间也应避嫌。"小倩起身，双眉紧锁，嘴角咧着想哭，举起脚又不愿意走，走走停停，最后挨到了门口，下了台阶就不见了。宁采臣暗中可怜她，想留下她住在别的房间，但又怕母亲怪罪。早晨起来，小倩先去问候母亲，端上洗脸水，伺候洗盥梳头；然后又下堂操作家务，没有不顺承母亲心意的。黄昏时便告退，来到书斋，在烛光下念经。感觉到宁采臣要睡了，这才伤感地离去。

先是，宁妻病废①，母劬不可堪②，自得女，逸甚，心德之。日渐稔，亲爱如己出，竟忘其为鬼，不忍晚令去，留与同卧起。女初来未尝食饮，半年渐啜稀饰③。母子皆溺爱之，讳言其鬼，人亦不之辨也。无何，宁妻亡。母阴有纳女意，然恐于子不利。女微窥之，乘间告母曰："居年馀，当知儿肝鬲④。为不欲祸行人，故从郎君来。区区无他意⑤，止以公子光明磊落，为天人所钦瞩⑥，实欲依赞三数年⑦，借博封诰⑧，以光泉壤。"母亦知无恶，但惧不能延宗嗣。女曰："子女惟天所授。郎君注福籍⑨，有亢宗子三⑩，不以鬼妻而遂夺也。"母信之，与子议。宁喜，因列筵告戚党。或请觌新妇，女慨然华妆出，一堂尽眙⑪，反不疑其鬼，疑为仙。由是五党诸内眷⑫，咸执贽以贺，争拜识之。女善画兰梅，辄以尺幅酬答，得者藏什袭以为荣⑬。

【注释】

①病废：生病不能干家务。

②劬（qú）：勤苦。

③啜稀饰（yǐ）：喝稀粥。稀饰，粥汤。

④肝鬲：这里指心意，内心想法。鬲，通"膈"，横膈膜。

⑤区区：自称的谦辞。

⑥钦瞩：钦敬瞩目。

⑦依赞：依傍，倚靠。

⑧封诰：明清制度，皇帝封赠臣下及其祖先、妻子的爵位名号因爵位官阶的高低而有诰命、敕封之区别，统称封诰。这里指因丈夫得官，妻子受封。

⑨注福籍：意谓命中注定有福。注，载入。福籍，传说中记载人间
　　福禄的簿籍。

⑩亢宗子：旧时称人子能扩展宗族地位者为亢宗之子。亢宗，庇护
　　宗族，光宗耀祖。

⑪眙(chì)：瞪目直视。形容惊诧。

⑫五党：即为五宗。指五服内的亲族。或为三党之误，即父党、母
　　党、妻党。

⑬什袭：珍藏。宋《太平御览·阙子》曰："宋之愚人得燕石于梧台
　　之东，归西藏之以为大宝。周客闻而观焉。主人端冕玄服以发
　　宝，华匮十重，缇巾十袭。客见之，卢胡而笑曰：'此燕石也，与瓦
　　甓不异。'主人大怒，藏之愈固。"

【译文】

　　原先，宁采臣妻子病倒后，母亲操劳过度，难以承受，自从得到小倩帮助，变得非常的安逸，所以打心里感谢她。日子渐长，彼此愈加熟悉，甚至把小倩当成了自己的闺女一样亲爱，竟然忘记她是个鬼，到了晚上不忍让她离开，便留她一起住。小倩初来时从来不吃不喝，半年后渐渐地喝些稀粥了。母子二人都很溺爱小倩，从来避开不提她是鬼，别人也就更不知道了。不久，宁采臣的妻子病故了。母亲私下有纳小倩做媳妇的心思，但是又怕对儿子不利。小倩略微察觉到母亲的心思，找机会告诉母亲说："我在这里住了一年多了，应当知道孩儿心眼好坏。我是不想再祸害行人，所以才跟郎君来这里。我对郎君没有别的意思，只是公子光明磊落，连天人都钦佩他，我其实只想依附公子三五年，借此博得个封诰，也使在泉壤中的我光耀一番。"母亲也知道小倩没有恶意，只是害怕影响传宗接代。小倩又说："子女都是上天授给的。郎君命中有福报，将生有光宗耀祖的三个儿子，不会因为娶了鬼妻而丧失。"母亲相信小倩的话，便与儿子商议。宁采臣很高兴，于是大摆酒宴，请来亲戚朋友。有人提出请新娘子出来看看，小倩便爽快地穿着华丽的衣服出

来了，满屋子的人都看呆了，不但不疑心是鬼，反而认为是天仙下凡。于是，远近亲戚的内眷都带着礼品去祝贺，争先恐后拜会相识。小倩擅长画兰花梅花，常常把画的条幅送给亲戚，表示答谢。得到画幅的人都珍藏起来，以此为荣。

一日，俛颈窗前，怊怅若失①。忽问：“革囊何在？”曰："以卿畏之，故缄置他所。”曰：“妾受生气已久，当不复畏，宜取挂床头。”宁诘其意，曰：“三日来，心怔忡无停息②，意金华妖物，恨妾远遁，恐旦晚寻及也。”宁果携革囊来。女反复审视，曰：“此剑仙将盛人头者也。敝败至此，不知杀人几何许！妾今日视之，肌犹粟慄③。”乃悬之。次日，又命移悬户上，夜对烛坐，约宁勿寝。欻有一物，如飞鸟堕，女惊匿夹幕间④。宁视之，物如夜叉状，电目血舌，睒闪攫拿而前，至门却步。逡巡久之，渐近革囊，以爪摘取，似将抓裂。囊忽格然一响，大可合篑⑤，恍惚有鬼物，突出半身，揪夜叉入，声遂寂然，囊亦顿缩如故。宁骇诧。女亦出，大喜曰：“无恙矣！”共视囊中，清水数斗而已。

【注释】

①怊（chāo）怅若失：忧伤焦虑的样子。战国时期宋玉《高唐赋》："悠悠忽忽，怊怅自失。"

②怔忡：心悸，恐惧不安。

③粟慄：因恐惧，起了鸡皮疙瘩。粟，皮肤上起粟粒样的疙瘩。

④夹幕：帷幕。

⑤大可合篑（kuì）：约有两个竹筐合起来那么大。篑，盛土的竹器。

【译文】

有一天,小倩低着头坐在窗前,显出忧伤焦虑的样子。忽然间,小倩问道:"皮袋子在哪?"宁采臣说:"因为你怕它,所以把它封起来放到别的地方了。"小倩说:"我接受人的生气很久了,应该不会再畏惧它,最好取来挂在床头上。"宁采臣询问用意何在,小倩说:"这三两天,心里一直怔忡不安,想必金华那个妖精痛恨我远远地逃走,恐怕早晚会寻找到这里。"宁采臣便把皮袋子拿来。小倩反复察看,说道:"这是剑仙盛人头的皮袋子呀。都破旧到这个样子了,不知杀了多少人!我现在看见它,身子还起鸡皮疙瘩呢。"而后,把皮口袋悬在床头上了。第二天,小倩又叫把皮口袋挂在门上。夜晚,小倩与宁采臣对烛而坐,还提醒宁采臣不要睡觉。忽然,有一个东西像飞鸟一样坠落下来,小倩吓得藏在帷帐后面。宁采臣一瞧,这东西像个夜叉,两眼闪闪如电光,舌头血红血红,张牙舞爪奔过来,到了门前又退了几步。徘徊了好久,才敢接近皮口袋,伸出爪子去摘取,好像要把皮口袋撕碎。忽然间,皮口袋"咯噔"一响,变得像个大土筐一般大,恍惚中好像有个鬼物从里面探出半身,一下子把夜叉揪了进去,然后声音顿然消失,皮口袋又缩回了原来的样子。宁采臣看到这情景,真是又害怕又惊讶。小倩也走出来,非常高兴地说:"好了,没有事了!"他们一起观看皮口袋,只见里面有几斗清水而已。

后数年,宁果登进士。女举一男。纳妾后,又各生一男,皆仕进有声[1]。

【注释】

[1]有声:有政声,为官声誉很好。

【译文】

后来又过了几年,宁采臣果然考上了进士。小倩也生下一个男孩。

等宁采臣娶了妾后，妾与小倩又各生了一个男孩，这三个儿子长大后都做了官，声誉很好。

义鼠

【题解】

这是一篇叙述老鼠勇斗蛇的故事。

在自然界的生物食物链中，老鼠是蛇的食物，蛇是老鼠的天敌。在平常情况下，老鼠是绝不会攻击蛇的。本篇故事新鲜就新鲜在它是奇闻——老鼠竟然主动攻击蛇了，而且还颇有类似于游击战的战术，"蛇入则来，蛇出则往"，终于迫使蛇吐出了已死的伙伴。但小说指认这只老鼠是"义鼠"，是把人的情感强加于它。

这篇写小动物的小说虽然简短，但颇有章法，尤其是作者虽然称小老鼠是"义鼠"，但并没有在叙事中加以议论和评判，而是"寓论断于叙事"之中，文中只是客观地描述小老鼠与蛇斗争的起因、过程、结果，让读者自己去判断。小老鼠给人的印象着实很深。

相比之下，小说提及蒲松龄的友人张历友用诗歌的形式所写的《义鼠行》，则认真地在写小老鼠如何如何"道义"，夹叙夹议，冠之以很多道义的辞藻，反而给读者的印象不是很深。

杨天一言：见二鼠出，其一为蛇所吞，其一瞪目如椒①，似甚恨怒，然遥望不敢前。蛇果腹②，蜿蜒入穴。方将过半，鼠奔来，力嚼其尾。蛇怒，退身出。鼠故便捷③，欻然遁去。蛇追不及而返。及入穴，鼠又来，嚼如前状。蛇入则来，蛇出则往，如是者久。蛇出，吐死鼠于地上。鼠来嗅之，啾啾如悼息④，衔之而去。友人张历友为作《义鼠行》⑤。

【注释】

①瞪目如椒：谓小眼瞪得很圆，其状如椒。椒，这里指花椒或胡椒的球形果实。三国魏曹植《鹞雀赋》："目如擘椒。"

②果腹：饱腹，满腹。

③故：本来。

④悼息：悲伤叹息。

⑤张历友：名笃庆，号厚斋，字历友，山东淄川人，明大学士张至发孙。与蒲松龄、王鹿瞻、李希梅等结郢中诗社。博极群书，终身未仕。晚年居淄川西昆仑山下，因自号昆仑山人，著有《八代诗选》《昆仑山房集》等。集中载《义鼠行》一诗有云："莫吟黄鹄歌，不唱猛虎行。请为歌义鼠，义鼠令人惊！今年禾未熟，野田多齰龊。荒村无馀食，物微亦惜生。一鼠方觅食，避人草间行。饥蛇从东来，巨颡资以盈。鼠肝一以尽，蛇腹胀膨亨。行者为叹息，徘徊激深情。何期来义鼠，见此大义明。意气一为动，勇力忽交并。狐兔悲同类，奋身起斗争。螳臂当车轮，怒蛙亦峥嵘。此鼠义且黠，捐躯在所轻。蝮蛇入石窟，婉蜒正纵横。此鼠啮其尾，掉击互匐匐。观者塞路隅，移时力犹劲。蝮蛇不得志，窜伏水苴中。义鼠自兹逝，垂此壮烈声。"

【译文】

　　杨天一讲，曾见过两只老鼠从洞里出来，其中一只被蛇吞吃了，另一只眼睛瞪得像圆圆的花椒粒，好像非常愤恨，但是只能远远望着，不敢上前。蛇吃饱了肚子，蜿蜒爬入洞穴。蛇身刚要钻进一半，那只老鼠迅速奔来，用力咬住蛇的尾巴。蛇发怒了，退着身子出洞。老鼠本来就轻巧敏捷，见蛇出来，马上就一溜烟跑掉了。蛇追不着，又返回原地。刚要钻洞，老鼠又跑回来了，仍旧咬蛇的尾巴，和刚才一样。蛇进洞，老鼠就来咬；蛇出洞，老鼠就逃跑。就这样，双方斗了好长时间。最终，蛇不得已从洞里出来，把死鼠吐在地上。老鼠过来闻了一阵，"啾啾"叫着,像哀悼一样,把死鼠叼走了。我的朋友张历友为此写了《义鼠行》。

地震

【题解】

　　王渔洋《池北偶谈·谈异》也记载了此次地震:"康熙戊申六月十七日戌刻,山东、江南、浙江、河南诸省,同时地大震,而山东之沂、莒、郯三州县尤甚。郯之马头镇,死伤数千人,地裂山溃,沙水涌出,水中多有鱼蟹之属。又天鼓鸣,钟鼓自鸣。淮北沭阳人白日见一龙腾起,金鳞烂然,时方晴明无云气。"相较而言,王渔洋所记,用的是史传记灾异的笔法,客观,涉猎的地域广泛。而《聊斋志异》所记地震,由于为作者所亲见亲历,感同身受,用的是小说笔法。有起始,有过程,全景、特写、场景、人物,无不毕具而描摹生动,令人如同看灾难电影大片。大概蒲松龄做客时的临淄地震并未造成大伤亡,有惊无险,故蒲松龄写起来笔调相当轻松,甚至带有喜剧色彩。康熙戊申年是1668年,是年蒲松龄29岁,假如作品写于当年,那么,《地震》是我们所知《聊斋志异》中较早的作品。

　　当人的精神过度兴奋或专注于某个重要的方面的时候,往往会把次要的方面疏漏和省略掉,这是人类一种本能的抓大放小的自我保护。在后一则故事中,邑人妇在与狼的斗争中胜利地保护了自己的孩子,"惊定作喜,指天画地",忘记自己"一身未着寸缕",与《地震》中街上"男女裸聚,竞相告语,并忘其未衣也",确实"同一情状"。不过不是"人之惶急无谋",而是情之所至,自然而然。

　　康熙七年六月十七日戌刻①,地大震。余适客稷下②,方与表兄李笃之对烛饮。忽闻有声如雷,自东南来,向西北去。众骇异,不解其故。俄而几案摆簸,酒杯倾覆,屋梁椽柱,错折有声。相顾失色。久之,方知地震,各疾趋出。见楼阁房舍,仆而复起,墙倾屋塌之声,与儿啼女号,喧如鼎沸。人眩晕不能立,坐地上,随地转侧。河水倾泼丈馀,鸡鸣犬吠满城中。逾一时许,始稍定。视街上,则男女裸聚,竞相告语,并忘其未衣也。后闻某处井倾仄③,不可汲。某家楼台南北易向。栖霞山裂④,沂水陷穴广数亩⑤。此真非常之奇变也。

【注释】

①康熙七年:1668 年。戌刻:晚 7 点至 9 点。

②客:旅居。稷(jì)下:本指战国时齐国都城临淄(今属山东淄博)稷门(西边南首门)附近地区。但蒲松龄笔下的稷下往往是指济南,详见《济南时报》2010 年 8 月 30 日朱晔《蒲松龄笔下的'稷下'与'稷门'是指济南》一文。

③倾仄:倾斜。

④栖霞:山东地名。

⑤沂水:县名。今属山东临沂。

【译文】

康熙七年六月十七日晚上八九点钟,发生了大地震。当时,我正好旅居在稷下,与表兄李笃之在灯下喝酒。忽然听到类似打雷的声音,从东南方向传来,向西北方向而去。大家都很惊异,不明白是什么原因。不一会儿,桌椅摇摆晃动,酒杯翻倒,房梁、椽子、柱子移动错位,发出"轧轧"的声音。大家你看我我看你,一个个脸色都变了。过了很久,才明白是地震了,急忙从屋里跑出来。当时,只见楼阁房屋有的倾倒了又立了起来;墙倒屋塌的声音,和小儿哭、女人叫的声音,此起彼伏,喧闹得犹如开锅。人们眩晕得站不住，只好坐在地上，随着大地滚来滚去。河里水倾波出岸边一丈多远，满城里鸡鸣狗叫不绝。过了一个时辰，才稍稍安定。看看大街上，男男女女都裸露着身子，聚集在一起，竞相诉说着地震时的景况，都忘了自己还没有穿衣服呢。后来听说某个地方的井倾斜得不能打水了。某家的楼台南北调换了方向。还听说栖霞山裂开了，沂水陷出一个大洞，足有好几亩大。这些真是不寻常的大变故啊。

　　有邑人妇，夜起溲溺①，回则狼衔其子。妇急与狼争。狼一缓颊②，妇夺儿出，携抱中。狼蹲不去。妇大号，邻人奔集，狼乃去。妇惊定作喜，指天画地，述狼衔儿状，己夺儿状。良久，忽悟一身未着寸缕，乃奔。此与地震时男妇两忘者，同一情状也。人之惶急无谋，一何可笑③！

【注释】

①溲（sōu）溺（niào）：小解，撒尿。

②缓颊（jiá）：犹松口。颊，脸的两侧。

③一何：多么。

【译文】

　　有个在县城里居住的妇女，夜里起身去外面解手，等回去时，看见一只狼叼着自己的孩子。妇女急忙与狼争夺孩子。就在狼一松口的时候，孩子被妇女抢了过来，搂在怀里。可狼蹲着不走。妇女大声喊人，等邻居奔走聚集过来，狼就跑了。妇女惊怕的心安定下来，不由得感到欣慰，指手划脚地向大家叙说狼叼孩子时的情况，以及自己如何夺回孩子的情况。说了半天，这才突然想到自己身上一丝不挂，于是就跑开了。这件事和地震时男男女女都忘了自己没穿衣服是一个样子啊。人在慌乱着急中忘了应该注意的事情,这是多么可笑呀!

海公子

【题解】

《海公子》写登州张生孤身来到人迹罕至的海岛上探险赏花被蟒蛇缠身自救的故事。假如直叙其事,当然过于简单,于是中间夹写张生与一个穿红衣服的佳人发生风流故事,从而使故事变得香艳,添加了曲折。

张生被蟒蛇连人带树缠绕数匝,"两臂直束胯间,不可少屈",危险已极,求生的可能性几乎没有了,这对于接续故事构成严重挑战。但是蒲松龄迎接了挑战,写:"张自分必死,忽忆腰中佩荷囊,有毒狐药,因以二指夹出,破裹堆掌中,又侧颈自顾其掌,令血滴药上,顷刻盈把。蛇果就掌吸饮。饮未及尽,遽伸其体,摆尾若霹雳声,触树,树半体崩落,蛇卧地如梁而毙矣。"将张生的绝地反击活灵活现展示出来。在这些细节描写上,你不能不钦佩蒲松龄构思之巧妙和文字技巧之高超。

东海古迹岛①,有五色耐冬花②,四时不凋。而岛中古无居人,人亦罕到之。登州张生③,好奇,喜游猎。闻其佳胜,备酒食,自棹扁舟而往④。

【注释】

①古迹岛:又名"谷积岛",为崂山东侧之海岛。清乾隆《即墨县志·山川》:"谷积岛,县东南五十里,内多耐冬。"同治《即墨县志·岛屿》:"谷积岛,县东南百二十里,上多耐冬。"

②耐冬花:山东对山茶花的称呼,又名"绛雪"。隆冬季节,冰封雪

飘,绿树红花,红白相映,气傲霜雪,故而得名耐冬。

③登州:府名。治所在今山东蓬莱。

④棹:划船工具,形状和桨差不多。

【译文】

东海古迹岛长着五色的耐冬花,一年四季不凋谢。海岛自古就无人居住,岛上极难见到人。登州的张生生性好奇,喜爱游走打猎。他听说岛上的美景后,就准备了酒食,自己驾着小舟就去了。

至则花正繁,香闻数里,树有大至十馀围者①。反复留连,甚慊所好②。开尊自酌③,恨无同游。忽花中一丽人来,红裳炫目,略无伦比。见张,笑曰:“妾自谓兴致不凡,不图先有同调④。”张惊问何人,曰:“我胶娼也⑤。适从海公子来。彼寻胜翱翔⑥,妾以艰于步履⑦,故留此耳。”张方苦寂⑧,得美人,大悦,招坐共饮。女言词温婉,荡人神志,张爱好之。恐海公子来,不得尽欢,因挽与乱。女忻从之。

【注释】

①围:计量圆周的约略单位。两手合抱为一围。

②慊(qiè):惬意,满足。

③尊:“樽”的本字,酒器。

④不图:想不到。同调:曲调相同。喻彼此志趣相合。

⑤胶娼:胶州的娼妓。胶,胶州,州名。其故地在今山东青岛胶县。

⑥寻胜翱翔:寻访美景,自由自在地遨游。胜,优美。翱翔,悠闲游乐的样子。

⑦以艰于步履:因为步行艰难。以,因。步履,犹步行。

⑧苦寂:苦于寂寞。

【译文】

到了岛上，那里鲜花盛开，香飘数里，有的树很粗，大到十几个人才能围抱过来。他流连忘返，非常惬意。又打开酒瓶，自斟自饮，只是遗憾身边没有一起游玩的伙伴。忽然间从花丛中走出一个美人来，红色衣裳炫人眼目，别的女子根本就无法相比。她见到张生，笑着说："我自谓兴致不同凡响，没有想到这里竟然有情调相同的人。"张生惊讶地询问女子是什么人，美人说："我是胶州的女娲，刚从海公子那里来。他寻找胜景自在地漫游去了，我因为走不动，所以就留在这里了。"张生正苦于寂寞，如今遇上美人，非常高兴，便招呼美人坐在一起，一块儿喝酒。美人说话温柔婉转，令人神魂颠倒，张生非常喜欢她。张生担心海公子回来，不能尽情欢乐，于是拉着她与她交欢。美人也高兴地顺从他。

相狎未已，忽闻风肃肃①，草木偃折有声②。女急推张起，曰："海公子至矣。"张束衣愕顾，女已失去。旋见一大蛇③，自丛树中出，粗于巨箸④。张惧，幛身大树后⑤，冀蛇不睹⑥。蛇近前，以身绕人并树，纠缠数匝⑦，两臂直束胯间，不可少屈。昂其首，以舌刺张鼻。鼻血下注，流地上成窪，乃俯就饮之。张自分必死⑧，忽忆腰中佩荷囊，有毒狐药，因以二指夹出，破裹堆掌中，又侧颈自顾其掌，令血滴药上，顷刻盈把。蛇果就掌吸饮。饮未及尽，遽伸其体，摆尾若霹雳声，触树，树半体崩落，蛇卧地如梁而毙矣⑨。张亦眩莫能起，移时方苏⑩，载蛇而归。大病月馀。疑女子亦蛇精也。

【注释】

①肃肃：微微的风声。北魏郦道元《水经注·漯水》："南崖下有风穴，厥大容人，其深不测，而穴中肃肃，常有微风。"

②偃折：倒伏，断折。偃，倒下。

③旋：旋即，顷刻。

④筩：筒状物。

⑤幛：原为题有字词的布帛，用于庆吊时悬挂。此处为屏障之意。

⑥冀：希望。

⑦数匝（zā）：数周。

⑧自分：自料。

⑨梁：架在墙上或柱子上的横木。此处形容死蛇的僵直和粗大。

⑩移时：经时。

【译文】

　　两人还没亲热完，忽然听到风"飕飕"吹来，草木也折倒发出响声。美人急忙推开张生爬起来，说道："海公子到了。"张生束好衣带，愕然四顾，美人早已消失不见了。不一会儿，张生看见一条大蛇从树丛中爬出，比大桶还粗。张生非常恐惧，躲在大树后面，希望大蛇看不见他。大蛇爬到张生跟前，用身子把张生连同大树一起缠住，绕了好几圈，张生的两臂直直地被缠在胯骨上，一点儿也动不了。大蛇昂着头，用舌头刺张生的鼻子。张生的鼻子出血，流到地上成了一滩，大蛇就低着头喝地上的血。张生料到自己必死无疑，但忽然间想起腰中带有荷包，荷包中装着毒杀狐狸的药，于是用两个手指夹出，弄破纸包，把药末堆在手掌心中，然后又侧着脖子看着手掌，让血滴在药上，不大工夫就积了一把血。大蛇果然凑到掌心来吸血。没等吸完，大蛇就伸直了身子，摆着尾巴，发出犹如霹雳一般的声音，身子碰到树上，树干从中间崩裂，最后大蛇像根梁木一般躺在地上死了。张生头昏眼花站不起来，过了一会儿才恢复过来，用船载着大蛇回去了。他大病一场，过了一个多月才好。怀疑那个女子也是个蛇精。

丁前溪

【题解】

　　这篇小说由两部分组成：前一部分写杨姓主人的妻子对丁前溪施恩，后一部分写丁前溪对杨姓主人报恩。

　　施恩达到了极限，可以说尽其所有，竭尽全力：杨姓主人的妻子不仅连续几天免费招待丁前溪，"馆谷丰隆"，"供给弗懈"，而且为了供给丁前溪的牲畜吃料，竟然把自己屋子上的茅草都给撤下来了。妻子的操办尚且如此，可以想见杨姓主人如果在家会操办得更不遗余力。报恩也无微不至：当杨姓主人生活遇到了困难去找丁前溪，丁前溪不仅热情款待，"宠礼异常"，临行还以杨姓主人能够接受的方式，使他"夜得百金"，同时对于杨的家庭也给予了资助，杨姓主人回到家，发现妻子"衣履鲜整，小婢侍焉"，"赍送布帛菽粟，堆积满屋"，"由此小康，不屑旧业"。由于施恩和报恩都几近极致和完美，因此，《丁前溪》的故事尽管只写了双方的"游侠好义"，也没有一丝怪异可言，却具有相当的传奇色彩。

　　就作品阐述的"一饭之德不忘"的道德而言，可以说作品的立意并不新奇。有新意的是蒲松龄在小说中写好客的杨姓主人的身份是搞赌博的人，并在"异史氏曰"中提出了这样一个观点，即"贫而好客，饮博浮荡者优为之"。这大概是这篇作品稍异于其他同类题材的地方，得益于蒲松龄自己的观察和分析。但这是不是事实呢？如果是事实的话，为什么在中国的底层社会会有这样的现象呢？

　　丁前溪，诸城人①。富有钱谷，游侠好义②，慕郭解之为人③。御史行台按访之④。丁亡去，至安丘⑤，遇雨，避身逆旅⑥。雨日中不止。有少年来，馆谷丰隆⑦。既而昏暮，止宿其家,埝豆饲畜⑧,给食周至。问其姓字,少年云:"主人杨姓,我其内侄也。主人好交游,适他出⑨,家惟娘子在。贫不能厚客给,幸能垂谅。"问主人何业,则家无赀产,惟日设博场,以谋升斗⑩。次日,雨仍不止,供给弗懈。至暮,刍刍⑪,刍束湿,颇极参差。丁怪之。少年曰:"实告客:家贫无以饲畜,适娘子撤屋上茅耳。"丁益异之,谓其意在得直⑫。天明,付之金,不受。强付少年持入,俄出,仍以反客⑬,云:"娘子言:我非业此猎食者⑭。主人在外,尝数日不携一钱,客至吾家,何遂索偿乎?"丁叹赞而别,嘱曰:"我诸城丁某,主人归,宜告之。暇幸见顾。"

【注释】

①诸城:县名。清属青州府治,今隶属潍坊。

②游侠:古代指称轻生重义、扶贫济弱、拯人困厄的人。《史记·游侠列传》:"今游侠,其行虽不轨于正义,然其言必信,其行必果,已诺必诚,不爱其躯,赴士之厄困。"

③郭解(xiè):字翁伯,汉河内轵(zhǐ,今河南济源)人。好任侠。司马迁称其"虽时扞当世之文网,然其私义廉洁退让,有足称者"。后终以"任侠行权"惨遭杀害。事详《史记·游侠列传》及《汉书·郭解传》。

④御史:官名。历代职衔累有变化。明清有监察御史,分道行使纠察,巡按府、县。行台:为临时派出机构。按:察访。

⑤安丘:县名。位于山东半岛中部。

⑥逆旅:客舍,旅馆。

⑦馆谷:住宿和吃饭。《左传·僖公二十八年》:"楚师败绩……晋师三日馆谷,及癸酉而还。"杜预注:"馆,舍也,食楚军谷三日。"

⑧莝(cuò)豆:铡碎的草和料豆。

⑨适他出:适逢外出。

⑩以谋升斗:即靠设博场谋得少量的生活必需品。升、斗均为较小的容量单位。升斗连用,喻收入微薄。

⑪刲(cuò)刍:铡碎饲草。刲,铡碎。刍,刍藁,喂牲口的干草。

⑫直:偿值。

⑬反:归还。

⑭业此猎食者:意为以此为业谋取生活费用的人。猎食,猎取食物。

【译文】

丁前溪是诸城人。他家里钱多粮丰,到处行侠仗义,很仰慕汉朝郭解的为人。御史行台要对丁前溪进行调查了解。丁前溪便离家而去,走到安丘正遇大雨,便在客店中避雨。雨下到中午还不停。有个少年出来接待,安排吃住都非常丰盛周到。不久到了黄昏,便决定在这里过夜,这家给客人安排饭食,准备草料喂牲口,照顾得很是周到。丁前溪问这家贵姓大名,少年说:"主人姓杨,我是他家的内侄。主人喜好交游,今天正好外出,家中只有娘子在。家中贫穷不能很好地招待客人,请千万谅解。"丁前溪问主人干什么营生,这才知道这家原来没有什么产业,只是每天靠开个小赌场谋生。第二天,雨仍是下个不停,这家供给饮食一点儿不懈怠。到了晚上铡草料,草料很湿,而且长短不齐。丁前溪很是纳闷。少年告诉说:"实话说吧,家里贫穷,没有什么饲料可以喂牲口的,刚才那些是娘子现从房上撤下的茅草。"丁前溪更是觉得这家怪异,认为其目的是为了挣钱。天亮后,丁前溪要付款,这家不收。强迫少年人把钱带进去,不一会儿,少年出来,仍然把钱还给丁前溪,说:"娘子说,我不是靠这个来挣钱吃饭的。主人出门在外,经常几天也不带一个钱,客人来到我家,为什么就要收人家钱呢?"丁前溪连声赞叹,准备告辞,并嘱咐说:"我是诸城的丁前溪,主人回来时,最好告诉他。有空请到我家里去做客。"

数年无耗。值岁大饥，杨困甚，无所为计。妻漫劝诣丁，从之。至诸，通姓名于门者①。丁茫不忆，申言始忆之②。躧履而出③，揖客入。见其衣敝踵决④，居之温室，设筵相款，宠礼异常。明日，为制冠服，表里温暖。杨义之⑤，而内顾增忧⑥，编心不能无少望⑦。居数日，殊不言赠别。杨意甚亟⑧，告丁曰："顾不敢隐，仆来时，米不满升。今过蒙推解⑨，固乐，妻子如何矣！"丁曰："是无烦虑，已代经纪矣⑩。幸舒意少留⑪，当助资斧⑫。"走怦招诸博徒⑬，使杨坐而乞头⑭，终夜得百金，乃送之还。归见室人⑮，衣履鲜整，小婢侍焉。惊问之，妻言："自若去后，次日即有车徒赍送布帛菽粟，堆积满屋，云是丁客所赠。又婢十指⑯，为妾驱使。"杨感不自已⑰。由此小康，不屑旧业矣。

【注释】

①门者：守门的人。

②申言：一再说，再三说。

③躧（xǐ）履而出：连鞋也来不及提上就跑出欢迎。形容欢迎之热诚。躧履，犹趿履，趿拉着鞋。《汉书·隽不疑传》："躧履起迎。"

④衣敝踵决：衣服破烂，鞋子露着脚后跟。形容穷困不堪。《庄子·让王》："捉衿而肘见，纳履而踵决。"

⑤义之：认为他很讲义气。

⑥内顾：在外对家事的顾念。《汉书·杨仆传》："失期内顾。"注："内顾，言思妻妾也。"

⑦褊（biǎn）心：心胸狭隘。望：怨。《史记·汲黯列传》："黯褊心，不能无少望。"

⑧亟：急迫。

⑨推解：推食解衣。谓赤诚相待。《史记·淮阴侯列传》："汉王授我上将军印，予我数万众。解衣衣我，推食食我，言听计用，故吾得以至于此。"

⑩经纪：经营管理。

⑪舒意：犹宽心。

⑫资斧：旅费，盘缠。

⑬走伻（bēng）：派人前往。走，往。伻，使。《书·立政》："乃伻我有夏。"

⑭乞头：指在赌场中向赢方抽头为利。南宋洪迈《夷坚志·夏氏骰子》："夏麈……家故贫，至无一钱，同舍生或相聚博戏，则袖手旁观，时从胜者觅锱铢，俗谓之乞头是也。"

⑮室人：此指妻室。

⑯十指：十个手指。指一人。

⑰感不自已：感动得不能自已。谓非常感动，以至难以控制。已，止，控制住。

【译文】

几年过去了，彼此没有什么消息。有一年正赶上闹饥荒，杨家困难极了，没有办法讨个生路。杨妻在闲聊中劝丈夫去见见丁前溪，丈夫听从了。他到了诸城，向门房通报了姓名。丁前溪听了门房禀报，茫然记不起这么一个人，门房说了好几遍，这才想起来。他忙趿拉着鞋赶出来，作揖请客人进屋。只见杨某衣装破旧，鞋子露着脚后跟，于是让他住在温暖的屋子，安排宴席款待他，礼节关照不同一般人。第二天，丁前溪为他制作了新衣新帽，里外舒适温暖。杨某认为他很讲义气，但是想起家里无米下锅，不由得心里犯愁，希望从丁家得到些帮助。杨某住了几天，还不见丁前溪有送别的意思。杨某心里很是着急，便告诉丁前溪说："我不敢向你隐瞒实情，我来时，家中存米不足一升。如今承蒙您好吃好穿相待，固然是件乐事，但家中妻子儿女怎么办！"丁前溪说："这不用你烦心顾虑，我已经替你办好了。希望放下心再呆几天，我再替你筹划些资金。"于是丁前溪派人招来不少赌钱的人，让杨某坐场抽头，一夜下来就得到一百两银子，这才送杨某回家。

杨某回家后，见到妻子穿戴鲜艳整齐，还有小丫环侍候着。他非常惊奇，问是怎么回事，妻子说："自从你走后，第二天就有人赶着车送来布匹粮食，堆满了一屋子，说是丁姓客人赠送的。还送给一个丫环，让我使用。"杨某感激不尽。从此家道小康，不肯再干开赌场的旧业了。

异史氏曰：贫而好客，饮博浮荡者优为之，最异者，独其妻耳。受之施而不报，岂人也哉？然一饭之德不忘[1]，丁其有焉。

【注释】

①一饭之德不忘：别人给予自己的即使是很小的恩德，也不忘记。一饭，形容施惠之小。《史记·范雎蔡泽列传》："一饭之德必偿，睚眦之怨必报。"

【译文】

异史氏说：贫而好客，这是酒徒、赌徒、游荡之人尤其喜欢干的事情，最奇怪的是，杨妻也竟然是个中之人。受到人家的恩施而不图报答，这还算是人吗？然而吃了人家一顿饭就永记于心，丁前溪就有这样的美德。

海大鱼

【题解】

据盛伟《蒲松龄年谱》，康熙十一年（1672）夏，蒲松龄与高珩、唐梦赍等 8 人同游崂山,并作《崂山观海市作歌》。这好像是蒲松龄唯一一次到胶东登崂山观沧海,并搜集相关的民俗素材。《聊斋志异》中有关崂山和海上传闻的故事都与这次游历有关。

《海大鱼》记叙了海上的传闻。清明时分,鱼大得像山,而且很多,"峻岭重叠,绵亘数里",又突然"化而乌有"。可谓奇奇怪怪,令人遐想。有的学者认为海大鱼"指鲸鱼",可能是,也可能不是。

海滨故无山。一日,忽见峻岭重叠,绵亘数里①,众悉骇怪。又一日,山忽他徙,化而乌有②。相传海中大鱼,值清明节,则携眷口往拜其墓,故寒食时多见之。

【注释】

①绵亘(gèn):连绵横贯。

②乌有:无有,没有。

【译文】

海滨本来没有山。一天,忽然看见峻岭重重叠叠,一直延伸了好几里,众人见后都非常惊惧奇怪。又有一天,这些高山忽然间移走了,一下子什么都没有了。人们传说海里有种大鱼,每逢清明节,就带着一家老小来拜祭祖墓,所以往往在寒食节那天见到这种景象。

张老相公

【题解】

这是写一个老人为被鼋怪吃掉的妻女报仇的故事。

老人的复仇有两个方面可圈可点。其一是老人的性格异常突出:爱憎分明,感情热烈。他很爱即将出嫁的女儿,亲自带着妻女远从山西来到江南的金山采买嫁妆。他又富于丰富的社会阅历,知道金山有鼋怪出没,便叮嘱家人"勿燔膻腥"。当妻女被鼋怪吃掉,"悼恨欲死"的他,立即决定复仇,而这个复仇,尤其体现了老人的沉稳和智慧。他并没有简单草率地找鼋怪拼命,而是有条不紊地"谒寺僧"进行调查研究,寻找仇鼋的方法。其二是老人报复鼋怪的方法奇特而巧妙,富有传奇色彩,完成了常人几乎难以完成的复仇行动:"招铁工,起炉山半,冶赤铁,重百馀斤。审知所常伏处,使二三健男子,以大钳举投之。鼋跃出,疾吞而下。少时,波涌如山。顷之,浪息,则鼋死已浮水上矣。"

张老相公,晋人①。适将嫁女,携眷至江南,躬市奁妆②。舟抵金山③,张先渡江,嘱家人在舟,勿燔膻腥④。盖江中有鼋怪⑤,闻香辄出,坏舟吞行人,为害已久。张去,家人忘之,炙肉舟中。忽巨浪覆舟,妻女皆没。张回棹,悼恨欲死。因登金山谒寺僧,询鼋之异,将以仇鼋。僧闻之,骇言:"吾侪日与习近⑥,惧为祸殃,惟神明奉之,祈勿怒。时斩牲牢⑦,投以半体⑧,则跃吞而去。谁复能相仇哉!"张闻,顿思得计。便招铁工,起炉山半,冶赤铁,重百馀斤。审知所常伏处⑨,使二三健男子,以大钳举投之。鼋跃出,疾吞而下。少时,波涌如山。顷之,浪息,则鼋死已浮水上矣。行旅寺僧并快之,建张老相公祠,肖像其中,以为水神,祷之辄应。

【注释】

①晋:春秋时期诸侯国,地域相当于今山西一带。因以为山西的简称。

②躬市奁(lián)妆:亲自购买嫁妆。奁妆,即妆奁,嫁妆。奁,古时盛梳妆用品的匣子。

③金山：山名。在今江苏镇江西北。原孤耸江中，自清末渐与南岸
　　相接。山上有寺，即金山江天寺，简称金山寺。

④煿（bó）：煎炒。

⑤鼋（yuán）：大鳖，俗称癞头鼋。

⑥吾侪（chái）：吾辈，我们这些人。侪，辈。

⑦牲牢：犹牲畜。《诗·小雅·瓠叶序》："上弃礼而不能行，虽有牲
　　牢饔饩，不肯用也。"郑玄笺："牛羊豕为牲，系养者曰牢。"

⑧投以半体：即以牲体之半投入水中。

⑨审知：察知，调查了解。

【译文】

　　张老相公是山西人。他要嫁女儿，便携带家眷去江南，亲自张罗为女儿购置嫁妆。船走到镇江金山时，张老相公先渡江，并事先嘱咐家中人呆在船中不要做膻腥的食物。这是因为江水里有个鼋鱼精，闻到香味就冒出水面，弄坏船只，吞吃行人，为害的时间已经很长了。张老相公走后，家里人忘了嘱咐，在船中烤肉吃。忽然一个巨浪把船掀了个底朝天，妻子女儿都沉入水里。张老相公驾船回来，又哀痛又恼恨都不想活了。他登上金山拜见寺中僧人，询问鼋鱼精怪异之事，准备要向鼋鱼精报仇。僧人听了后，害怕地说："我们天天守着这东西，惧怕惹上灾祸，只得像对待神一样对待它，祈望它不要发怒。我们按时宰杀牲畜，切割一半，投入江中，这时鼋鱼就会跃出水面，吞吃而去。谁还敢与它为敌呢！"张老相公听了这番话，突然心中生出一计。于是他雇来铁匠，在半山腰砌炉炉炼铁，冶炼出一个大铁块，烧得红红的，足足有一百多斤。然后又搞清楚鼋鱼精经常出没的位置，使二三个健壮的男子，用大钳子夹起来，扔到江里。鼋鱼精腾跃而出，很快吞下大铁块便又沉入江里。不大工夫，江面波涛涌起，如山一般高。又过了顷刻，浪涛平息，死鼋鱼精已经浮到水面上来了。过往行人和金山寺僧人知道鼋鱼精被杀死后非常高兴，他们在江边建了张老相公的祠庙，并塑了他的像摆在里面，

把他当做水神来供奉,人们有事求他,一祈祷就灵验。

水莽草

【题解】

　　就民间盛传的抓替死鬼的故事而言,《聊斋志异》中的《水莽草》可以说是《王六郎》的姊妹篇。不过《王六郎》篇重在写朋友之间的友谊,而《水莽草》篇重在写男女间婚恋并波及广泛的人情世故。《王六郎》篇只是写王六郎不忍心由于一个人的替死而伤害两个人的性命,终止了替死,并未对抓替死鬼的本身说三道四;而《水莽草》篇则不仅比较全面展示了水莽鬼抓替死鬼的民俗,更是表达了作者对于抓替死鬼这一民间传说伦理方面的批判。从某种意义上,《水莽草》是迄今为止我们所看到的最丰富的抓替死鬼民俗的故事,也是以抓替死鬼为题材的最浪漫有趣的小说。

　　《水莽草》并不很长,不过千字多一点,却很细腻地展示了复杂的人际关系:祝生与同年某的友谊,水莽鬼倪姓老妇与少女寇三娘的互助,祝生对老母的孝心,寇家父母对于女儿的痛惜,祝生与老丈人家的芥蒂,寇三娘在丈夫与娘家之间的周旋,都历历如画,着墨不多,却性格鲜明,给人深刻印象,体现出蒲松龄对于人物心理和社会人情的细微观察。

　　水莽①,毒草也,蔓生似葛,花紫类扁豆。误食之,立死,即为水莽鬼。俗传此鬼不得轮回②,必再有毒死者,始代之。以故楚中桃花江一带③,此鬼尤多云。

【注释】

　　①水莽:植物名。可消肿止疼,有大毒。中毒后,恶心呕吐,腹疼腹

泻,呼吸困难,血压下降,最后因心脏及呼吸系统抑制而死亡。

②轮回:佛教名词。梵语意译,原意为流传。佛教认为,众生因其言语、行动、思想意识(佛教称"业")的善恶,便在所谓"六道"(天、人、阿修罗、地狱、饿鬼、畜生)中生死相续,如车轮流传不停。此处谓误食水莽草而死,不得轮回,即谓无法转生为人。

③桃花江:在今湖南中部偏北。古属楚地。清顾祖禹《读史方舆纪要》:"(资)水经县(益阳)南六十里,谓之桃花江,以夹岸多桃也。"

【译文】

水莽草属于毒草,蔓生像葛藤,花是紫色的,类似扁豆花。人们如果误吃了它,就会立即中毒死亡,成为水莽鬼。民间传说这种水莽鬼不能进入轮回转生,必须再有人中毒死亡后,才能被替代出来。所以楚地桃花江一带,水莽鬼特别多。

　　楚人以同岁生者为同年①,投刺相谒②,呼庚兄庚弟③,子侄呼庚伯,习俗然也。有祝生造其同年某④,中途燥渴思饮。俄见道旁一媪,张棚施饮,趋之。媪承迎入棚,给奉甚殷。嗅之有异味,不类茶茗,置不饮,起而出。媪急止客⑤,便唤:"三娘,可将好茶一杯来⑥。"俄有少女,捧茶自棚后出。年约十四五,姿容艳绝,指环臂钏⑦,晶莹鉴影。生受盏神驰,嗅其茶,芳烈无伦。吸尽再索⑧。觑媪出,戏捉纤腕,脱指环一枚。女赪颊微笑⑨,生益惑。略诘门户⑩,女曰:"郎暮来,妾犹在此也。"生求茶叶一撮,并藏指环而去。

【注释】

①同年:明清科举时代以同榜录取者互称同年为惯例,故此处特别

说明楚地风俗之不同。

②刺：名片。

③庚兄庚弟：犹年兄年弟。庚，年庚。

④造：造访，登门拜访。

⑤止：留。

⑥将：取。

⑦钏（chuàn）：手镯。

⑧索：讨要。

⑨赪（chēng）颊：红着脸。赪，亦作"頳"，赤色。

⑩略诘门户：此谓祝生询问三娘晚间居于何处，思欲与之幽会。

【译文】

　　楚地人称同一年出生的人为同年，递名片拜访时，都是称为庚兄庚弟，子侄辈则称其为庚伯，传统习惯就是这样子。有一个祝生到同年家去拜访，半路上又热又渴，想喝点儿水。忽然间，见路旁有个老太太支着棚子卖水，便忙过去。老太太把他迎进棚内，端茶倒水很是殷勤。祝生嗅到茶水有怪味，不像一般的茶水，便放在那里不喝，起身要走。老太太急忙拉住祝生，唤道："三娘子，快端一杯好茶来。"不一会儿工夫，有个少女捧着茶杯从棚子后面走过来。年纪约有十四五，姿色容貌非常艳丽，带着指环臂钏，晶莹透明，光彩照人。祝生接过茶杯，早已神魂颠倒，嗅一下茶水，芳香无比。喝尽后又再三索要。祝生见老太太不在，调戏地抓住少女的纤细手腕，脱掉指环一枚。少女红着脸颊微笑着，祝生更是心神摇荡。又急忙问少女住在哪里，少女说："郎君晚上假如再来，我还在这里。"祝生要了一小撮茶叶，收好了指环，就走了。

　　至同年家，觉心头作恶，疑茶为患，以情告某。某骇曰："殆矣①！此水莽鬼也。先君死于是②。是不可救，且为奈何？"生大惧，出茶叶验之，真水莽草也。又出指环，兼述女子情状。某悬想曰③:"此必寇三娘也。"生以其名确符,问何故知。曰:"南村富室寇氏女,夙有艳名。数年前,误食水莽而死,必此为魅。"或言受魅者,若知鬼姓氏,求其故裆④,煮服可瘥。某急诣寇所,实告以情,长跪哀恳。寇以其将代女死故,靳不与⑤。某忿而返,以告生。生亦切齿恨之,曰:"我死,必不令彼女脱生⑥!"

【注释】

①殆:危险。

②先君:旧时对别人称谓自己死去的父亲。

③悬想:猜想。

④故裆:穿用过的裤裆。

⑤靳:吝惜,小气。

⑥脱生:旧时传说人或精怪死后,灵魂投胎转生,称为脱生。

【译文】

祝生到了同年家里,觉得心里恶心,怀疑是喝茶水害的,便把事情经过告诉了同年。同年大惊说道:"坏了!这是水莽鬼。我的父亲就死在水莽鬼手中。这无法挽救,如何是好?"祝生非常害怕,掏出茶叶来验察,果真是水莽草。又拿出指环,讲述少女的情况。同年猜想说:"这少女必定是寇三娘。"祝生听到他说的名字确实相符,便问何以得知的。他说:"南村富裕大户寇家有个女儿,历来就有艳丽的名声。几年前,由于误吃水莽草而死,想必她成了妖魅。"有人说被水莽鬼魅迷惑的人,如果知道鬼的姓氏,再找出她穿过的裤裆,用它煮水喝就可以痊愈。同年便急忙跑到寇家,把实情告诉他们,久久跪着哀求。寇家因为考虑到他是替代自己女儿死的,所以吝惜不给。同年愤恨返回,告诉了祝生。祝生恨得咬牙切齿,说道:"我死了,必定不让他的女儿脱生!"

某舁送之，将至家门而卒，母号涕葬之。遗一子，甫周岁①。妻不能守柏舟节②，半年改醮去。母留孤自哺，劬瘁不堪③，朝夕悲啼。

【注释】

①甫：方，才。

②柏舟节：指妇女在丈夫死后矢志不嫁的节操。柏舟，《诗·鄘风·柏舟》："泛彼柏舟，在彼中河。髧彼两髦，实维我仪。之死矢靡他！"诗小序认为此诗为卫世子之妻共姜所作。卫世子共伯早死，共姜矢志不嫁，作诗明志。后因称妇女寡居守志为柏舟之节。

③劬瘁（cuì）：辛劳，劳苦。

【译文】

同年抬着祝生送回去，刚到家门就死了，祝母号啕大哭，将儿子埋葬了。祝生留下一个儿子，刚满周岁。妻子守不住，半年后就改嫁了。祝母把孤儿留在身边，自己哺养他，劳苦不堪，终日哭泣。

一日，方抱儿哭室中，生悄然忽入。母大骇，挥涕问之。答云："儿地下闻母哭，甚怆于怀，故来奉晨昏耳。儿虽死，已有家室，即同来分母劳，母其勿悲。"母问："儿妇何人？"曰："寇氏坐听儿死①，儿甚恨之。死后欲寻三娘，而不知其处，近遇某庚伯，始相指示。儿往，则三娘已投生任侍郎家②，儿驰去，强捉之来。今为儿妇，亦相得，颇无苦。"移时，门外一女子入，华妆艳丽，伏地拜母。生曰："此寇三娘也。"虽非生人，母视之，情怀差慰③。生便遣三娘操作。三娘雅不习惯④,然承顺殊怜人⑤。由此居故室,遂留不去。

【注释】

①坐听:安然听任。

②侍郎:官名。隋唐以后,侍郎为中书、门下及尚书省所属各部长官的副职。

③差慰:略微得到安慰。

④雅:甚,很。

⑤承顺:敬奉恭顺。宋宗泽《陈八评事墓志铭》:"孝于亲,母年九十馀,公下气怡声,左右承顺,起居饮食必躬省视。"

【译文】

一天,祝母正抱着孙子在屋里哭泣,忽然祝生悄悄地进来了。祝母非常恐惧,擦掉眼泪问儿子是怎么来的。祝生回答说:"儿子在地下听见母亲哭,心中甚是伤悲,所以就来侍候母亲。儿子虽然死了,在阴间已经有了家室,马上就叫她同来分担母亲的劳苦,母亲不要再悲伤了。"祝母问:"儿媳妇是什么人?"祝生说:"寇家听任儿死去,儿非常恼恨。死后想寻找三娘,却不知她在什么地方。最近遇上一位庚伯,才告诉了她的住处。儿去找,三娘已投生到任侍郎家。儿迅速追去,硬是把她捉来。现在成为儿的媳妇,也还相处不错,没吃什么苦。"过了一会儿,门外有个女子进来,穿着华丽的衣服,长得十分漂亮,她跪在地上拜见祝母。祝生说:"这就是寇三娘。"祝母看了,觉得虽然不是活人,心里也稍感安慰。祝生便让三娘操作家务。三娘很不习惯做家务,但是顺承祝母意愿也还令人喜欢。从此他们就住在过去住的房间,留下来不走了。

　　女请母告诸家。生意勿告,而母承女意,卒告之①。寇家翁媪,闻而大骇。命车疾至,视之,果三娘,相向哭失声,女劝止之。媪视生家良贫②,意甚忧悼。女曰:"人已鬼,又何厌贫?祝郎母子,情义拳拳③,儿固已安之矣。"因问:"茶媪谁也?"曰:"彼倪姓。自惭不能惑行人,故求儿助之耳。今已生于郡城卖浆者之家④。"因顾生曰:"既婿矣,而不拜岳,妾复何心⑤?"生乃投拜⑥。女便入厨下,代母执炊,供翁媪。媪视之凄心,既归,即遣两婢来,为之服役,金百斤,布帛数十匹,酒胾不时馈送⑦,小阜祝母矣⑧。寇亦时招归宁⑨。居数日,辄曰:"家中无人,宜早送儿还。"或故稽之,则飘然自归。翁乃代生起夏屋⑩,营备臻至⑪。然生终未尝至翁家。

【注释】

①卒:终,终于。

②良:确实。

③拳拳:恳切,诚挚。

④浆:茶水。

⑤妾复何心:我又将是何种心情。言其内心痛苦不堪。

⑥投拜:倒身下拜。指叩头。

⑦胾(zì):肉。

⑧小阜:稍稍使之富裕。阜,丰富,富有。

⑨归宁:旧时谓已嫁女子回母家探视。《诗·周南·葛覃》:"害澣害否,归宁父母。"宋朱熹《诗集传》:"宁,安也,谓问安也。"

⑩夏屋:大屋。《诗·秦风·权舆》:"于我乎,夏屋渠渠,今也每食无馀,于嗟乎!不承权舆。"

⑪臻(zhēn)至:极为完美。

【译文】

　　三娘请祝母告诉她的家里。祝生不想让母亲告诉,但是祝母还是顺着三娘的意愿,把这事告诉了三娘家。寇家老两口听后大惊。他们连忙坐车赶来,一看果然是三娘,对着她失声大哭,三娘劝慰老两口止住了哭泣。寇家老太太看见祝生家很清贫,心里很不好受。三娘说:"人已经成了鬼,还厌恶贫穷干什么?再说祝家母子对我情义很厚,我已经满足了。"于是又问:"那个卖茶的老太太是谁呀?"三娘说:"她姓倪。她自知不能迷惑行人,所以求我帮助。如今已经转生在郡城卖茶水的人家。"说着又看着祝生说:"既然当了女婿了,还不拜见岳父岳母,我心里该怎么想呢?"于是祝生才过去给岳父岳母行拜见礼。三娘便下厨房,代祝母做饭,招待自己父母。寇家老太太看到这种情景,心里很难受,回家后立即派来两个丫环来做活,还送来一百斤银子,几十匹布帛,还经常送酒送肉,使祝母稍稍富裕一点。寇家还时时接三娘回家。三娘回家住上几天,就说:"家里没人,应当早些送女儿回去。"有时寇家有意多留她住几天,寇三娘就会悄悄走掉。寇家老头子还给祝生盖起大房子,一切都非常周到齐备。不过祝生始终没有去寇家拜见。

　　一日,村中有中水莽毒者,死而复苏,相传为异。生曰:"是我活之也。彼为李九所害,我为之驱其鬼而去之。"母曰:"汝何不取人以自代?"曰:"儿深恨此等辈,方将尽驱除之,何屑此为[1]!且儿事母最乐,不愿生也。"由是中毒者,往往具丰筵,祷诸其庭,辄有效。

【注释】

①何屑此为:即不屑于这么做。屑,常与"不"连用,表示轻视。

【译文】

有一天,村里有人中了水莽草的毒,死去后又苏醒过来,大家在传播这件事时都认为很奇怪。祝生说:"这是我使他活过来的。他被李九所害,我替他把鬼驱逐走了。"祝母说:"你为什么不取人代替自己呢?"祝生说:"我极恨这类人,正想把他们都赶走,我怎么肯做这种事! 再说我侍候母亲很快乐,不愿转生。"由此,凡是中了水莽草毒的,往往准备丰富的酒食,送到祝家院里祈祷帮助,很灵验。

积十馀年,母死。生夫妇亦哀毁①,但不对客,惟命儿缞麻擗踊②,教以礼仪而已。葬母后,又二年馀,为儿娶妇。妇,任侍郎之孙女也。先是,任公妾生女数月而殇③。后闻祝生之异,遂命驾其家,订翁婿焉。至是,遂以孙又妻其子,往来不绝矣。

【注释】

①哀毁:因过度悲哀以致形销骨立。旧时常用以形容居父母丧时的哀戚情形。

②缞(cuī)麻:丧服。缞,亦作"衰",用粗麻布制作,披于胸前。麻,麻带,或扎在头上,或系于腰际。擗(pǐ)踊:捶胸顿足。表示极度悲哀。《孝经·丧亲》:"擗踊哭泣,哀以送之。"

③殇:夭折,早亡。

【译文】

过了十多年,祝母死了。祝生夫妇哀毁守丧,但是不面见客人,只是叫儿子披麻戴孝,教他礼仪规矩。埋葬母亲后,又过了两年多,为儿子娶了媳妇。这个媳妇就是任侍郎的孙女。在此之前,任侍郎的小老婆生了个女儿,没几个月就夭折了。后来听说祝生与三娘的异事,于是叫人赶车到了祝家,与祝生订了翁婿关系。到这时,任侍郎又把孙女嫁给祝生的儿子,往来不断。

　　一日,谓子曰:"上帝以我有功人世,策为'四渎牧龙君'①。今行矣。"俄见庭下有四马,驾黄幨车②,马四股皆鳞甲③。夫妻盛装出,同登一舆,子及妇皆泣拜,瞬息而渺。是日,寇家见女来,拜别翁媪,亦如生言。媪泣挽留。女曰:"祝郎先去矣。"出门遂不复见。其子名鹗,字离尘,请诸寇翁,以三娘骸骨与生合葬焉。

【注释】

①策:策命。古命官授爵,帝王颁以策书作为凭证。《周礼·春官·内史》:"凡命诸侯及孤卿大夫,则策命之。"郑玄注:"策谓以简策书王命。"四渎牧龙君:四渎之神。四渎,古指长江、黄河、淮水、济水。《尔雅·释水》:"江、河、淮、济为四渎。"

②幨(chān):车的帷幔。

③马四股皆鳞甲:指传说中的龙马。

【译文】

　　一天,祝生对儿子说:"上帝因为我对人间有功,封我为'四渎牧龙君'。现在就要赴任去了。"不一会儿看见庭院中有四匹马,驾着黄帷子车,马的四条腿长满了鳞甲。祝生夫妻穿着盛装走出来,一同登上车,儿子与儿媳妇都哭着拜别,他们一转眼就不见了。同一天,寇家见女儿来,拜别父母,说的话与祝生一样。老太太哭着挽留。女儿说:"祝郎已经先走了。"出门就不见了。祝生的儿子叫祝鹗,字离尘,在请求寇家同意后,把三娘的尸骨与祝生合葬在一起。

造畜

【题解】

这是一篇反映拐骗人口的小说。

只要人口可以产生利益，就必然有非法获取人口的现象存在。古代有，现代也有；中国有，外国也有。拐骗人口的人使用的基本手段是迷失人的理性使其随顺拐骗人的意志，在这方面，妇女儿童更容易上当受骗，故传闻故事也尤其多。拐骗的手法五花八门，千奇百怪，无奇不有，以至蒲松龄在小说中感叹说"魇昧之术，不一其道"。但本篇所叙的"造畜"故事，拐骗人把被拐骗人变成驴和羊，饮水后又得以恢复人形，当然也只是传闻，不可信。按照现代生物学的科学常识这是不可能的事。大概拐骗人口的事大都生不见人，死不见尸，而被拐骗的又恰是活生生的人，令旁人不可思议，所以越传越神乎其神吧？

魇昧之术①，不一其道。或投美饵，给之食之，则人迷罔②，相从而去，俗名曰"打絮巴"，江南谓之"扯絮"。小儿无知，辄受其害。又有变人为畜者，名曰"造畜"。此术江北犹少③，河以南辄有之④。

【注释】

①魇昧：用巫术、诅咒或祈祷鬼神等迷信方法害人。

②迷罔：昏乱，神志糊涂。

③犹：尚。

④河：指黄河。

【译文】

魇昧迷人的法术，招数很多。有的用好吃的食物骗人吃下，这人就神志糊涂,跟着骗子走了,民间俗称"打絮巴",江南一带则叫"扯絮"。小孩子不懂事,往往受害。还有变人为牲畜的,名叫"造畜"。这种法术江北很少,黄河以南就有很多。

扬州旅店中①,有一人牵驴五头,暂縶枥下②,云:"我少选即返③。"兼嘱:"勿令饮啖。"遂去。驴暴日中④,蹄啮殊喧⑤。主人牵着凉处⑥。驴见水,奔之,遂纵饮之。一滚尘,化为妇人。怪之,诘其所由,舌强而不能答⑦。乃匿诸室中。既而驴主至,驱五羊于院中,惊问驴之所在。主人曳客坐,便进餐饮,且云:"客姑饭,驴即至矣。"主人出,悉饮五羊⑧,辗转皆为童子。阴报郡,遣役捕获,遂械杀之⑨。

【注释】

①扬州:地名。即今江苏扬州。

②縶枥(lì)下:拴在马厩里。縶,拴。枥,马厩。

③少选:一会儿。

④暴(pù):晒。

⑤蹄啮(niè)殊喧:又踢又咬,叫闹异常。

⑥着:拴置。

⑦舌强:舌根发硬。谓讲不出话。强,僵直。

⑧饮(yìn)五羊:给五只羊喝水。

⑨械杀之:谓用刑杖打死。械,此指刑讯的器械。

【译文】

扬州旅店中,有一个人牵了五头驴,暂时拴在马厩里,说:"我过一会儿就回来。"并嘱咐说:"不要给它们吃喝。"于是就走了。驴由于在太阳底下暴晒,就又踢又咬,特别闹腾。店主人于是把驴牵到凉爽处。驴见到有水，忙跑过去，痛痛快快地喝了个够。这些驴在地上打个滚，就变成了妇女。店主人奇怪，询问这是怎么回事，可是妇女舌头僵硬说不出话来。于是，店主人便把妇女藏在屋里。不一会儿，驴的主人来了，把五只羊赶进院中，惊问驴跑哪去了。店主人把他拽到屋里，端来茶水饭菜，请客人进餐，并且说："客官先吃些东西，马上就把驴牵来。"店主人离开屋子，给五只羊都喝了水，它们一个个又都变成了小孩。他暗中报告了郡衙门，官府派差役捕获了驴主人，将他用刑杖打死了。

凤阳士人

【题解】

鲁迅在《中国小说史略·清之拟晋唐小说及其支流》中指出，《聊斋志异》"书中事迹，亦颇有从唐人传奇转化而出者"，举的第一个例子就是《凤阳士人》。《凤阳士人》的确受到了唐代白行简《三梦记》的影响。不过《三梦记》阐明的是"人之梦，异于常者有之：或彼梦有所往而此遇之者；或此有所为而彼梦之者；或两相通梦者"的理念，故事的主人公也仅是双向互动，是通过一个核心叙事理念，将无意义关联的三个叙事断片缀于一体，而《凤阳士人》则叙述一个离思萦怀的妇女与丈夫和弟弟在梦中的共同遭遇，结末说"三梦相符"是指三个人的梦一样，与《三梦记》中的三梦指三个梦，并非同一指向。

《凤阳士人》显然受到了《三梦记》的影响，却表现出极大的创造性。《三梦记》重在阐明事理，讲的是梦境一致的怪异，而《凤阳士人》重在心理活动的描写，在记叙梦境之异的同时，强调妻子对于"负笈远游"丈夫的翘盼、担忧、苦闷，其中凤阳士人妻子的离思，丽人唱的民歌的通俗亲切，凤阳士人妻子与弟弟的直率对话的俚俗而富有性情，给人的印象极深。

　　凤阳一士人^①，负笈远游^②。谓其妻曰："半年当归。"十餘月，竟无耗问，妻翘盼綦切^③。

【注释】

①凤阳：府县名。治所在今安徽凤阳西。士人：读书人。

②负笈（jí）远游：谓外出求学。笈，书箱。《晋书·王裒传》："负笈游学。"

③翘盼綦（qí）切：盼望十分殷切。翘盼，形容盼望之切。翘，翘企，仰着头、踏起脚。綦，甚，极。

【译文】

凤阳有个书生外出游学。走时对妻子说："半年就回来。"但十个月过去了，竟然音讯全无，妻子翘首盼望他归来，非常急切。

　　一夜，才就枕，纱月摇影，离思萦怀。方反侧间^①，有一丽人，珠鬓绛帔^②，搴帷而入，笑问："姊姊，得无欲见郎君乎？"妻急起应之。丽人邀与共往。妻惮修阻^③，丽人但请勿虑。即挽女手出，并踏月色。约行一矢之远^④，觉丽人行迅速，女步履艰涩^⑤，呼丽人少待，将归着复履^⑥。丽人牵坐路侧，自乃捉足，脱履相假。女喜着之，幸不凿枘^⑦。复起从行，健步如飞。移时，见士人跨白骡来。见妻大惊，急下骑，问："何往？"女曰："将以探君。"又顾问丽者伊谁^⑧，女未及答，丽人掩口笑曰："且勿问讯。娘子奔波匪易，郎君星驰夜半，人畜想当俱殆^⑨。妾家不远，且请息驾^⑩，早旦而行，不晚也。"顾数武之外^⑪，即有村落，遂同行，入一庭院，丽人促睡婢起供客，曰："今夜月色皎然，不必命烛，小台石榻可坐。"

士人絷蹇檐梧⑫,乃即坐。丽人曰:"履大不适于体⑬,途中颇累赘否? 归有代步⑭,乞赐还也。"女称谢付之。

【注释】

①方反侧间:谓正在难以入睡之际。反侧,翻来覆去。形容睡卧不安。《诗·周南·关雎》:"悠哉悠哉,辗转反侧。"

②珠鬟绛帔(pèi):头戴珠花,身着红色的披肩。鬟,鬟髻。绛,红色。帔,披肩。汉刘熙《释名·释衣服》:"帔,披也,披之肩背,不及下也。"

③修阻:路远难走。修,长,远。阻,难行。《诗·秦风·蒹葭》:"溯洄从之,道阻且长。"

④一矢之远:一箭之地。谓道路不远,仅一箭射程之遥。

⑤步履艰涩:脚步迟缓。步履,脚步。艰涩,艰难涩滞,因疲累而行动迟缓。

⑥复履:夹底鞋。

⑦不凿枘(ruì):意谓合脚。凿枘:方凿(榫卯)圆枘(榫头)的略语。喻龃龉不合。战国时期宋玉《九辩》:"圆枘而方凿兮,吾固知其龃龉而难入。"

⑧顾问:以目示意而问。伊谁:是谁。

⑨殆:疲惫,累垮了。

⑩息驾:请别人停下休息的敬辞。息,停止。驾,车乘。

⑪顾:看。

⑫絷蹇(jiǎn)檐梧:把驴拴在檐前柱上。蹇,驴。檐,屋檐。梧,檐前柱。

⑬体:四肢。此指脚。

⑭代步:指坐骑。

【译文】

　　一天夜里,妻子刚躺下,只见窗纱外月影摇曳,离思别绪萦绕心怀。正在来回翻身睡不着的时候,有一个美女,头上插着珠花,身着大红披肩,掀起帘子就进来了。她笑着问道:"姐姐,莫非不想见郎君吗?"妻子急忙起身答应。美女邀请一同前往。妻子怕道远难走,美女说不必顾虑。便拉着她的手走出,踏着月色前进。大约走了一箭之地,妻子觉得美女走得很快,自己步履艰难,便招呼美女稍微等一等,自己回家换上套鞋。美女拉着她坐在路边,自己握着脚把鞋脱下来,借给她穿。妻子高兴地穿上鞋,幸好大小合适。她们又站起来,这回走起路来,健步如飞。过了一段时间,看见书生骑着白骡子过来。书生见妻子大惊,急忙下来,问:"上哪去?"妻子说:"准备去看望你。"书生又看了看美女,问她是谁,还没等妻子回答,美女掩口笑道:"不要再打听了。娘子路途奔走不容易,而郎君半夜骑骡奔驰,人和牲口也想必都累坏了。我家离这里不远,请过去休息,明早再走不迟。"只见几步之外有个村庄,于是大家一同前往。进了院子,美女唤醒已经入睡的丫环起身侍候客人,说道:"今夜月色皎洁明亮,不必再点烛火,大家可以在小台石床上坐坐。"书生把骡子拴在房檐前的柱子上,然后坐了下来。美女对妻子说:"鞋不太合脚,途中一定很累了吧?回家有坐骑了,请把鞋还给我吧。"妻子连声道谢,把鞋还给美女。

　　俄顷,设酒果,丽人酌曰:"鸾凤久乖①,圆在今夕,浊醪一觞②,敬以为贺。"士人亦执盏酬报。主客笑言,履舄交错③。士人注视丽者,屡以游词相挑④。夫妻乍聚,并不寒暄一语⑤。丽人亦美目流情,妖言隐谜⑥。女惟默坐,伪为愚者。久之渐醺,二人语益狎。又以巨觥劝客,士人以醉辞,劝之益苦。士人笑曰:"卿为我度一曲⑦,即当饮。"丽人不拒,即以牙杖抚提琴而歌曰[8]:"黄昏卸得残妆罢,窗外西风冷透纱。听蕉声,一阵一阵细雨下。何处与人闲磕牙[9]?望穿秋水[10],不见还家,潸潸泪似麻[11]。又是想他,又是恨他,手拿着红绣鞋儿占鬼卦[12]。"歌竟,笑曰:"此市井里巷之谣[13],不足污君听。然因流俗所尚,姑效颦耳[14]。"音声靡靡[15],风度狎亵。士人摇惑,若不自禁。

【注释】

①鸾凤久乖:谓夫妻久别。鸾凤,鸾鸟和凤凰。旧时喻夫妻。乖,离。

②浊醪(láo):浊酒。对自己提供的酒的谦辞。

③履舄(xì)交错:古时席地而坐,脱鞋入室,各种鞋杂乱地放在一起。《史记·滑稽列传》:"履舄交错,杯盘狼藉。"此谓士人与丽者两人足履交错,极为亲昵。

④游词:浮浪嬉戏的话。

⑤寒暄:此处意为问候。

⑥妖言隐谜:说着诱人的隐语。妖言,迷惑人心的话。隐谜,让人猜度含义的隐语。此指含有调情之意的隐语。

⑦度(dù)一曲:按曲谱唱一曲。

⑧牙杖:疑为"牙拨"。提琴:胡琴的一种。弦乐器。种类颇多,所指不详。

⑨闲磕牙:俗谓说闲话,聊天。

⑩望穿秋水:犹言望穿双眼,言望归之切。秋水,喻清澈的眼波。

⑪潸潸(shān):流泪的样子。

⑫占鬼卦:明清时代闺中少妇思夫盼归的占卜游戏。明清民歌《嗳呀呀的》:"嗳呀呀的实难过,半夜三更睡不着。睡不着,披上衣服

坐一坐。盼才郎,拿起绣鞋儿占一课,一只仰着,一只合着。要说是来,这只鞋儿就该这么着;要说不来,那只鞋儿就该这么着。"

⑬市井里巷之谣:指民间歌谣。市井里巷,下层民间。

⑭效颦(pín):谓不善摹仿,弄巧成拙。效,摹仿。颦,皱眉。《庄子·天运》篇载,越国美女西施,常因心痛而皱眉,被人认为很美。同村一丑女于是摹仿其状,却被认为愈加丑陋。此处谦指自己所唱的歌为摹仿"市井里巷之谣"。

⑮音声靡靡:乐曲和歌唱都柔细委靡。《史记·殷本纪》:"北里之舞,靡靡之乐。"

【译文】

不一会,酒菜点心已经摆好,美女一边斟酒一边说:"夫妻久别,今夕团圆,薄酒一杯,以表祝贺。"书生也执酒杯酬报。主人与客人谈笑风生,你往我来,不分彼此。书生只是盯着美女看,屡次拿浮靡的话来挑逗。夫妻刚刚相聚,却不说一句问寒问暖的话。美女也是眉眼传情,说着妖言隐语诱惑。妻子只是默默坐着,装呆装傻。时间长了,二人渐渐喝醉了酒,言语更加亲昵。美女又拿出大酒杯劝客,书生以醉酒推辞,美女更加苦劝不止。书生笑着说:"你给我唱个小曲,我就饮。"美女并不推辞,马上用牙拨拨弄琴弦,歌唱起来:"黄昏卸得残妆罢,窗外西风冷透纱。听蕉声,一阵一阵细雨下。何处与人闲磕牙?望穿秋水,不见还家,潸潸泪似麻。又是想他,又是恨他,手拿着红绣鞋儿占鬼卦。"唱完,笑着说:"这是大街小巷中流传的民谣,不足供你欣赏。然而由于时俗崇尚,姑且东施效颦。"那声音软绵绵的,言谈举止亲亲热热,无拘无束。书生心旌摇动,似乎控制不住自己的感情。

少间,丽人伪醉离席,士人亦起,从之而去。久之不至。婢子乏疲,伏睡廊下。女独坐,块然无侣①,中心愤恚,颇难自堪。思欲遁归,而夜色微茫,不忆道路。辗转无以自主,因起而觇之。裁近其窗，则断云零雨之声②，隐约可闻。又听之，闻良人与己素常猥亵之状，尽情倾吐。女至此，手颤心摇，殆不可过，念不如出门窜沟壑以死。愤然方行，忽见弟三郎乘马而至，遽便下问。女具以告③。三郎大怒，立与姊回，直入其家，则室门扃闭，枕上之语犹喁喁也。三郎举巨石如斗，抛击窗棂，三五碎断。内大呼曰："郎君脑破矣！奈何！"女闻之，愕然大哭，谓弟曰："我不谋与汝杀郎君，今且若何！"三郎撑目曰④："汝呜呜促我来，甫能消此胸中恶，又护男儿，怨弟兄，我不贯与婢子供指使⑤！"返身欲去。女牵衣曰："汝不携我去，将何之？"三郎挥姊仆地，脱体而去。女顿惊寤，始知其梦。

【注释】

①块然：孤独自处的样子。《荀子·君道》："块然独坐，而天下从之如一体。"

②断云零雨：指男女欢会。南朝梁萧统《文选》收录战国宋玉《高唐赋》序："昔者楚襄王与宋玉游于云梦之台，望高唐之观，其上独有云气……王问玉曰：'此何气也？'玉对曰：'所谓朝云者也。'王曰：'何谓朝云？'玉曰：'昔者先王尝游高唐，怠而昼寝，梦见一妇人曰：妾巫山之女也，为高唐之客，闻君游高唐，愿荐枕席。王因幸之。去而辞曰：妾在巫山之阳，高丘之岨，旦为朝云，暮为行雨。朝朝暮暮，阳台之下。'"

③具以告：以之具告，把上述情况全部告诉（三郎）。具，全部。

④撑目：张目直视，睁着眼。

⑤贯：通"惯"。

【译文】

过了一会儿，美女假装喝醉酒，离席而去，书生也站起来，尾随出去。很久不见他们回来。丫环困乏，倒在廊中睡着了。妻子独自坐着，孤零零的没有伴侣，心中愤恨，难以忍耐。她想偷偷回去，但夜色茫茫，不记得道路。辗转不安，心无主张，就站起来要去看看。刚走近窗户，就隐隐约约听到他们男欢女爱的声音。再仔细听，还听到丈夫把平时跟自己那些亲昵的情状，全部告诉了美女。妻子到了这个地步，气得双手颤抖，心不能自持，实在不能忍受，心想还不如出门跳进山沟里死掉算了。妻子气恨得刚要走，忽然见到弟弟三郎乘马赶到，急冲冲地下马询问。妻子把经过全部说了。三郎大怒，立即跟着姐姐返回，直接闯入院宅，这时卧房的门还关得严严的，那两人还在床上枕边说着悄悄话。三郎举起斗般大的石头抛击窗棂，一下断了好几根。忽然听到室内大叫："郎君脑袋破了！怎么办呀！"妻子听见后，惊得大哭起来，对弟弟说："我没有让你杀了他啊，现在如何是好！"三郎瞪着眼睛说："你不断地哭诉着叫我来，刚能消此胸中恶气，你又护着他，埋怨弟兄，我可不习惯受你这丫头指使！"说完扭身就走。妻子扯着他的衣服说："你不带我走，我怎么办？"三郎把姐姐推倒在地上，抽身走了。妻子顿时惊醒了，这才知道是个梦。

越日①，士人果归，乘白骡。女异之而未言②。士人是夜亦梦，所见所遭，述之悉符，互相骇怪。既而三郎闻姊夫远归，亦来省问③。语次，谓士人曰："昨宵梦君归，今果然，亦大异。"士人笑曰："幸不为巨石所毙。"三郎愕然问故，士以梦告，三郎大异之。盖是夜，三郎亦梦遇姊泣诉，愤激投石也。三梦相符，但不知丽人何许耳。

【注释】

①越日:过了一天。

②异:奇怪。

③省问:慰问,问候。

【译文】

第二天,书生果然回家来了,乘的是一匹白骡子。妻子很是惊异,但没有说话。书生这夜也做了梦,梦中所见所闻说出来一对,跟妻子的梦完全相符,彼此都非常惊奇害怕。不久,三郎听说姐夫远道回来,也来问候。说话中,对姐夫说:"昨晚梦见你回来,今天一看果然不差,真是个大怪事。"书生笑着说:"幸好没有被大石头砸死。"三郎惊愕地询问缘故,书生把梦中情况相告,三郎更是惊异。原来这一夜,三郎也梦见遇到姐姐哭诉,愤怒地投了石块。三个人的梦完全相符,但不知美女到底是什么人。

耿十八

【题解】

古人说"贫贱夫妻百事哀",活着的时候是这样,死的时候更是这样。

耿十八在临死的时候询问妻子在他死后是否再嫁,妻子说:"家无儋石,君在犹不给,何以能守?"这是非常沉痛的话。耿十八"遽握妻臂,作恨声曰:'忍哉!'言已而没,手握不可开"。后来,当耿十八复生,"由此厌薄其妻,不复共枕席"。

这段感情的经历对于耿十八当然很纠结,读者阅读这个故事也感到沉重。我们很难给耿十八扣上期望妻子为其守节的封建帽子,因为渴望配偶始终忠于自己,是人之常情,何况耿十八更进一步的担心是妻子离去,老母"缺于奉养",导致家破人亡;我们也不能责备耿十八的妻子无情,因为她说的是实话。在生死面前,情感也好,道德也好,抽象的说教也好,都苍白无力。如果耿十八不是死而复生,家破人亡的悲剧是不可避免的,但复生之后的贫贱生活又该是如何呢?

新城耿十八,病危笃①,自知不起,谓妻曰:"永诀在旦晚耳。我死后,嫁守由汝②,请言所志。"妻默不语。耿固问之,且云:"守固佳,嫁亦恒情③。明言之,庸何伤④? 行与子诀⑤。子守,我心慰;子嫁,我意断也⑥。"妻乃惨然曰:"家无儋石⑦,君在犹不给,何以能守?"耿闻之,遽握妻臂,作恨声曰:"忍哉!"言已而没,手握不可开。妻号,家人至,两人攀指,力擘之⑧,始开。

【注释】

①病危笃:病重濒于死。笃,指病势沉重。

②嫁守:改嫁或守节。旧谓夫死不嫁为守节。

③恒情:常情。恒,常。

④庸何伤:有什么妨害。庸,与"何"义同。

⑤行:行将,将要。

⑥意断:意念断绝,断了念头。

⑦无儋(dàn)石:形容口粮不足,难以度日。儋,石罂。坛子一类瓦器,容积一石。一说二石为儋。石,古代容量单位。一石相当于10升。

⑧擘(bò):分开。

【译文】

新城的耿十八病情恶化,自己知道好不了了,便对妻子说:"我们的永别只是早晚的事了。我死后，你是嫁人还是守寡全由你自己做主，请说说你的打算。"妻子沉默不言。耿十八非要问她，说道："守寡固然好，嫁人也是常情。说明了有什么伤害呢？将要与你诀别，你守寡，我会感到安慰；你改嫁，我也就不牵挂了。"妻子于是悲伤地说："家中连一小瓮米都没有了，你在的时候都不能维持，剩下我一个人如何守寡？"耿十八听了，紧握着妻子的手臂，恨恨地说："你好忍心呀！"说完就死了，而手紧握着不撒开。妻子呼喊起来，家里人来到，两个人使劲掰耿十八的手指，这才掰开。

　　耿不自知其死，出门，见小车十馀两①，两各十人，即以方幅书名字，粘车上。御人见耿②，促登车。耿视车中已有九人，并己而十，又视粘单上，己名最后。车行咋咋③，响震耳际，亦不自知何往。俄至一处，闻人言曰："此思乡地也。"闻其名，疑之。又闻御人偶语云④："今日剿三人⑤。"耿又骇。及细听其言，悉阴间事，乃自悟曰："我岂不作鬼物耶！"顿念家中，无复可悬念，惟老母腊高⑥，妻嫁后，缺于奉养，念之，不觉涕涟。

【注释】

①两："辆"的古字。下句"两"同，意为每辆。

②御人：驾车人。

③咋咋(zé)：象声词。形容车声。

④偶语：相对私语。

⑤剿(zhá)：铡断。

⑥腊高：指年老。腊，佛家语。僧侣受戒后，于雨季在寺内坐禅修养，安居三月，结束后称为腊。故僧侣受戒后的年数以腊计算，

一年为一腊。后遂与人的年寿联系在一起。

【译文】

耿十八不知道自己死了，走出门，看见十几辆小车，每辆小车装十个人，小车上贴着一张方方正正的纸，上面写着人的名字。赶车的人看见耿十八，催他快上车。耿十八见车上已经有九个人，加上自己正好十人，又看见贴的名单上，自己的名字在最后。车子"咯吱咯吱"走着，响声震耳，也不知道去什么地方。不一会儿，车子来到一个地方，听到有人说："这是思乡地。"听了这地名，耿十八心中很疑惑。又听赶车的私下说："今天铡了三个人。"耿十八又是大吃一惊。等到细听他们说的话，都是阴间的事情，便明白过来："我岂不是做了鬼了！"顿时想起家事——倒没有什么可惦记的，只是老母亲岁数很大，妻子改嫁后无人侍候，想到这里不由得泪流满面。

又移时，见有台，高可数仞，游人甚夥，囊头械足之辈①，呜咽而下上，闻人言为"望乡台"②。诸人至此，俱踏辕下③，纷然竞登。御人或挞之、或止之，独至耿，则促令登。登数十级，始至颠顶。翘首一望，则门闾庭院，宛在目中，但内室隐隐，如笼烟雾。凄恻不自胜。回顾，一短衣人立肩下，即以姓氏问耿，耿具以告。其人亦自言为东海匠人④，见耿零涕，问："何事不了于心？"耿又告之。匠人谋与越台而遁。耿惧冥追⑤，匠人固言无妨。耿又虑台高倾跌，匠人但令从己。遂先跃，耿果从之，及地，竟无恙。喜无觉者。视所乘车，犹在台下。二人急奔数武，忽自念名字粘车上，恐不免执名之追，遂反身近车，以手指染唾，涂去己名，始复奔，哆口奎息⑥，不敢少停。

【注释】

①囊头械足:指戴着刑具。囊头,指头的枷具。械足,指脚镣。

②望乡台:迷信传说认为阴间有望乡台,新死的鬼魂可由此望见阳世家中情形。

③辕:车辕。

④东海:地名。汉设东海郡,治所在郯,即今山东郯城。匠人:手艺人。

⑤冥追:阴曹追捕。

⑥哆(chǐ)口坌(bèn)息:张着口喘气。坌息,喘粗气。

【译文】

又过了一段时间,看见有个台子,高数丈,游人很多。这些人头上戴着枷、脚上拴着镣铐,哭哭啼啼地上台下台,听人说这台叫望乡台。车上的人到了这里,都踩着车辕下了车,纷纷争着往高台上爬。赶车的人对待他们,有的用鞭子打,有的横加拦阻,只有对待耿十八,则是催促让他上去。耿十八爬了几十级台阶,这才到了最高处。翘首望去,只见家中的门庭宅院就在眼前,只是屋内影影绰绰看不清,好像烟雾笼罩一般。耿十八心里难过伤悲极了。偶然回头中,见一个穿着短衣的人站在自己身后。那人问耿十八的姓氏,耿十八如实相告。那人自称是东海工匠,见耿十八哭泣,又问:"有什么事心里放不下?"耿十八又如实相告。工匠出主意一块儿从台上跳下去逃走。耿十八害怕阴间追捕,工匠说没有问题。耿十八又担心台子高跌坏,工匠只是让他跟着自己。于是工匠先跳下去,耿十八果然跟着跳下去,到了地面,竟然安好无事。他们很高兴没有人发觉。看来时所乘的小车,还在台下。二人急跑了几步,忽然想起名字还在车上贴着,恐怕阴间照着名字追捕,就转过身来,跑到车子跟前,用手指沾着唾液,涂去了自己的名字,然后再逃跑。他们跑得呼呼直喘,上气不接下气,不敢稍微休息一会儿。

少间，入里门，匠人送诸其室。蓦睹己尸，醒然而苏。觉乏疲躁渴，骤呼水。家人大骇，与之水，饮至石馀。乃骤起，作揖拜状，既而出门拱谢，方归。归则僵卧不转。家人以其行异，疑非真活，然渐觇之，殊无他异。稍稍近问，始历历言其本末①。问："出门何故？"曰："别匠人也。""饮水何多？"曰："初为我饮，后乃匠人饮也。"投之汤羹，数日而瘳。由此厌薄其妻②，不复共枕席云。

【注释】

①历历：犹言清清楚楚。

②厌薄：讨厌，薄待。

【译文】

时间不长，到了家门口，工匠把耿十八送进屋里。这时耿十八突然间见到自己的尸体，一下子就苏醒过来。只觉得疲乏躁渴，急喊着要水喝。家里人大惊，赶快端过水来给他，他竟一口气喝了一石多水。喝够后突然间就站了起来，作揖拜谢，一会儿又出门拱谢，方才回来。到了屋里就又僵卧不动了。家里人见他行为怪异，疑心他并没有真的活过来，后来慢慢观察他，再没有什么怪异的情状了。稍稍靠近问起他的情况，他把事情本末说得清清楚楚。家人问："你刚才出门干什么去了？"他说："跟工匠告别。"又问："为什么喝这么多水？"他说："开始是我喝，后来是工匠在喝。"家人给他稀粥吃，过了几天就痊愈了。从此以后，耿十八对妻子讨厌冷淡起来，不再与她同床共枕了。

珠儿

【题解】

中国古代的民俗认为，小孩子的眼睛敏锐，可以透视成人所无法看到的幽冥世界。这篇小说就是根据这一传说创作的。

小说由这么几个小段落组成：1. 李化有两个孩子，女儿小惠暴病早夭，男孩珠儿被瞎眼和尚用巫术害死。李化告官，瞎眼和尚伏法。2. 被瞎眼和尚害死的另一个姓詹的小孩的鬼魂为报恩追随李化，并与珠儿的尸身结合重生。3. 詹姓小孩告诉李化的妻子，珠儿与李化没有父子的缘分，只是来讨债的。同时想法与在阴间的小惠取得联系，让小惠回家看望自己的父母。后来小惠的丈夫还为李化驱鬼求寿。4. 詹姓小孩长大考中秀才。后因屡次泄露幽冥中事受到了惩戒，从此不再透露相关信息。

小说本身只是写家庭琐事，小儿女情态，却通过小孩子的口，叙说得活灵活现，极富生活情趣。尤其写父母对死去孩儿的怀念和孩子对于父母的依恋，读之令人心酸。以儿童为作品的主人公，又站在儿童的视角叙述，并具有儿童的情趣，这在中国文学尤其是文言小说作品中十分罕见。

常州民李化①，富有田产。年五十馀，无子。一女名小惠，容质秀美，夫妻最怜爱之，十四岁，暴病夭殂。冷落庭帏，益少生趣，始纳婢。经年馀，生一子，视如拱璧②，名之珠儿。儿渐长，魁梧可爱。然性绝痴，五六岁尚不辨菽麦，言语蹇涩③。李亦好而不知其恶。会有眇僧④，募缘于市⑤，辄知人闺阃，于是相惊以神，且云，能生死祸福人。几十百千，执名以索，无敢违者。诣李募百缗⑥，李难之，给十金，不受。

渐至三十金，僧厉色曰："必百缗，缺一文不可！"李亦怒，收金遽去。僧忿然而起，曰："勿悔，勿悔！"无何，珠儿心暴痛，巴刮床席[7]，色如土灰。李惧，将八十金诣僧乞救。僧笑曰："多金大不易！然山僧何能为？"李归而儿已死。李恸甚，以状诉邑宰。宰拘僧讯鞫，亦辨给无情词[8]。笞之，似击鞔革[9]。令搜其身，得木人二、小棺一、小旗帜五。宰怒，以手叠诀举示之。僧乃惧，自投无数[10]。宰不听，杖杀之。李叩谢而归。

【注释】

①常州：府名。治所在今江苏常州。

②拱璧：两手拱抱之璧，即大璧，泛指珍宝。《左传·襄公二十八年》："与我其拱璧，吾献其柩。"孔颖达疏："拱，谓合两手也。此璧两手拱抱之，故为大璧。"

③言语蹇涩：说话不连贯，不清楚。蹇涩，蹇滞，艰涩。

④眇（miǎo）僧：独眼的和尚。眇，一目失明。

⑤募缘：僧尼募化求人施舍财物，义同"化缘"。

⑥百缗（mín）：一百串钱。缗，穿钱用的绳子。借指成串的钱。一千文为一缗。

⑦巴刮：扒挝，抓挠。山东方言。

⑧辨给（jǐ）无情词：巧为辩解而不说实话。辨给，谓言谈或写作敏捷流利。辨，通"辩"。情，诚，真实。

⑨鞔（mán）革：蒙鼓的皮革。鞔，用皮蒙鼓。

⑩自投无数：即叩头无数。投，五体投地。

【译文】

常州人李化，家中有很多田产。他都五十多岁了，还没有儿子。有个女儿叫小惠,容貌秀美,夫妻俩非常疼爱她,十四岁时得了暴病突然夭折了。家里顿时冷清起来,更加缺少生活乐趣,于是娶了小老婆。经过一年多,生了一个儿子,视如宝贝,取名珠儿。珠儿渐渐长大,长得魁梧可爱。但是脑子特别痴呆,五六岁时还分不清豆子和麦子,说话含糊不清、结结巴巴的。李化照样喜欢他,而不在乎他的毛病。当时有个独眼僧人,在集市上化缘,他能知道人家家里的秘密事,大家感到惊异,认为他是神仙,还传说他能够掌握人的生死祸福。这个僧人点着名向人家要钱要物,几十百千,谁也不敢拒绝他。僧人找到李化募钱一百吊,李化很为难,给十吊,僧人不接受。渐渐加到三十吊,僧人厉声说道:"必须一百吊,少一文钱也不行!"李化也火了,收起钱就走。僧人忿怒起身,说道:"你可不要后悔,你可不要后悔!"不久,珠儿心口暴痛,疼得抓床席,面色如同土灰。李化害怕了,带着八十吊钱去求僧人救命。僧人笑着说:"拿出这么多钱实在不易,不过我这土和尚又能做什么呢?"李化回到家,儿子已经死了。李化非常悲恸,写了状子向县官告状。县官派人拘捕僧人,进行审讯,僧人巧为辩解,不说实情。县吏拷打僧人,就像敲打在皮鼓上一样。叫人搜身,搜出两个木人、一个小棺材、五只小旗帜。县官大怒,用手叠诀显示给僧人看。僧人这才畏惧,连连伏首叩头。县官不听,用棒子把他打死了。李化拜谢过县官就回家了。

时已曛暮①,与妻坐床上。忽一小儿,偭儴入室②,曰:"阿翁行何疾?极力不能得追。"视其体貌,当得七八岁。李惊,方将诘问,则见其若隐若现,恍惚如烟雾,宛转间,已登榻坐。李推下之,堕地无声。曰:"阿翁何乃尔③!"瞥然复登。李惧,与妻俱奔。儿呼阿父、阿母,呕哑不休④。李入妾室,急阖其扉,还顾,儿已在膝下。李骇问何为,答曰:"我苏州人⑤,姓詹氏。六岁失怙恃⑥,不为兄嫂所容,逐居外祖家。

偶戏门外,为妖僧迷杀桑树下;驱使如伥鬼⑦,冤闭穷泉⑧,不得脱化⑨。幸赖阿翁昭雪,愿得为子。"李曰:"人鬼殊途,何能相依?"儿曰:"但除斗室⑩,为儿设床褥,日浇一杯冷浆粥,馀都无事。"李从之。儿喜,遂独卧室中。晨来出入闺阁,如家生。闻姜哭子声,问:"珠儿死几日矣?"答以七日。曰:"天严寒,尸当不腐。试发冢启视,如未损坏,儿当得活。"李喜,与儿去,开穴验之,躯壳如故。方此怊怛⑪,回视,失儿所在。异之,舁尸归。方置榻上,目已瞥动,少顷呼汤⑫,汤已而汗,汗已遂起。

【注释】

①曛(xūn)暮:昏暮,即黄昏之后。

②倥偬(kuāng ráng):惶急的样子。

③何乃尔:为什么要这样。乃尔,这样,如此。

④呕哑:咿咿呀呀。形容小孩说话的声音。

⑤苏州:府名。治所在今江苏苏州。

⑥失怙恃:谓没有了父母。《诗·小雅·蓼莪》:"无父何怙,无母何恃。"

⑦伥鬼:民间传说中的一种鬼。据说它被虎咬死,反转来又引虎吃人。宋《太平广记》:"伥鬼,被虎所食之人也,为虎前呵道耳。"

⑧穷泉:九泉之下。指地下。

⑨脱化:民间传说,认为人死之后,阴司据其一生善恶,令其为人或为畜生转生世间,称为脱化。

⑩除:打扫,清理。这里是准备的意思。斗室:像斗一样的小屋子。斗,这里极言其小。

⑪怊怛(dāo dá):悲痛。

⑫汤：热水。

【译文】

当时天色已晚，李化与妻子坐在床上。忽然发现一个小孩急急忙忙进了屋，说："阿爸怎么走得这样快？我使劲追也没有追上。"看这小孩的样子，估计有七八岁。李化吃了一惊，正要盘问他，只见他若隐若现，恍恍惚惚像烟雾一样，宛转间，已经上床坐下了。李化推他下去，小孩掉到地上一点儿声音也没有。小孩说："阿爸何必这样呢！"转眼间又上了床。李化害怕，跟妻子一起吓得逃跑。小孩在后面叫着阿父阿母，"咿咿呀呀"叫个不停。李化跑到小老婆屋里，急忙关上门，回头一看，小孩已经站在腿旁边了。李化吃惊地询问他想干什么，小孩回答说："我是苏州人，姓詹。六岁时失去了爹娘，哥嫂不容我，把我赶到外祖父家。一天偶然在门外玩，被妖僧迷惑，杀死在桑树底下；他驱使我当伥鬼害人，我的冤仇深埋九泉之下，不得超脱。幸亏阿爸昭雪报仇，我愿意做你的儿子。"李化说："人与鬼两个世界，怎能彼此依靠呢？"小孩说："只要清出一小间屋子，为儿安置床褥，每天浇一杯冷米汤，其他都不用了。"李化答应下来。小孩挺高兴，于是独自住在小屋里。早晨来了在宅院中出出进进，就跟家里的孩子一样。他听到李化的小老婆哭儿子，就问："珠儿死几天了？"回答说死了七天。小孩就说："天气寒冷，尸体不会腐败。可以打开棺材看看，如果尸体没有损坏，我能让他活过来。"李化很高兴，与小孩一块去刨坟，打开棺材查看，身体依然如故。正当悲伤的时候，转头一看，小孩已经不见了。李化很奇怪，便扛着尸体回家了。刚把尸体放在床上，眼睛已经能转动了，过了一会儿要喝热水，喝完就出汗，出完汗就起来了。

群喜珠儿复生，又加之慧黠便利①，迥异曩昔。但夜间僵卧，毫无气息，共转侧之，冥然若死。众大愕，谓其复死。天将明，始若梦醒。群就问之，答云："昔从妖僧时，有儿等二人,其一名哥子。昨追阿父不及,盖在后与哥子作别耳。今在冥间,为姜员外作义嗣②,亦甚优游。夜分,固来邀儿戏。适以白鼻骊送儿归③。"母因问:"在阴司见珠儿否?"曰:"珠儿已转生矣。渠与阿翁无父子缘,不过金陵严子方来讨百十千债负耳。"初,李贩于金陵④,欠严货价未偿,而严翁死,此事人无知者。李闻之大骇。母问:"儿见惠姊否?"儿曰:"不知,再去当访之。"

【注释】

①便利:敏捷。

②义嗣:义子。

③白鼻骊(guā):白鼻黑嘴的黄马。《诗·秦风·小戎》:"四牡孔阜,六辔在手。骐驖是中,骊骊是骖。"毛苌传:"黄马黑喙曰骊。"

④金陵:地名。即今江苏南京。

【译文】

大家很高兴珠儿死而复活,而珠儿聪明灵巧,和以前大不一样。只是夜间僵卧不动,一点儿气息都没有,大家帮他翻转身体,毫无动静,就跟死了一样。大家很惊愕,以为他又死去了。天快亮时,这才像从梦中醒来。大家走近问他,他说:"从前跟从妖僧时,有我们两个小孩,一个叫哥子。昨天追阿爸没追上,就是因为我在后面同哥子告别来着。如今他在阴间,给姜员外当干儿子,也很优游自在。夜里便来找我玩耍。刚才用白鼻黑嘴的黄马把我送回来的。"母亲跟着问道:"在阴间看见珠儿没有?"他说:"珠儿已经转生了。他与阿爸没有父子缘分,不过是金陵的严子方借此讨回欠他的千八百钱罢了。"当初,李化在金陵做买卖,欠了严子方的货物钱,后来严子方死了,此事无人知晓。李化听了非常惊怕。母亲又问道:"见过你惠姐没有?"他说:"不知道,下回再寻找。"

又二三日,谓母曰:"惠姊在冥中大好,嫁得楚江王小郎子,珠翠满头髻,一出门,便十百作呵殿声①。"母曰:"何不一归宁?"曰:"人既死,都与骨肉无关切。倘有人细述前生,方豁然动念耳。昨托姜员外,夤缘见姊②,姊姊呼我坐珊瑚床上。与言父母悬念,渠都如眠睡。儿云:'姊在时,喜绣并蒂花,剪刀刺手爪,血涴绫子上③,姊就刺作赤水云。今母犹挂床头壁,顾念不去心。姊忘之乎?'姊始凄感,云:'会须白郎君④,归省阿母。'"母问其期,答言不知。

【注释】

①呵殿声:官僚出行时侍卫人员的吆喝声。呵,喝道,喝令行人让路。殿,居后,在后。

②夤(yín)缘:凭借关系。夤,攀附。

③涴(wò):污染。

④会须:应当。

【译文】

又过了两三天,小孩对母亲说:"惠姐在阴间挺好的,嫁给了楚江王的小少爷,珍珠翡翠插满头,一出门就有百十号人吆喝开道。"母亲说:"她为什么不回家看看?"小孩说:"人死后就与亲生骨肉没有关系了。如果有人详细讲出生前的事情,这才可能使他猛然想起往事而动心。昨天,我托姜员外找路子见到了姐姐,姐姐叫我坐在珊瑚床上。我跟她说起父母的悬念,当时她像打瞌睡一样没反应。我又说:'姐姐在时,喜欢绣并蒂花,剪刀把手指刺破了,血迹污了绫子,姐姐就着血迹刺成了红色云霞形状。如今母亲还挂在床头墙壁上,心里一直思念着姐姐。姐姐忘了吗?'姐姐这才感到凄凉,说:'等我告诉郎君,回家探望母亲。'"母亲问回家的日子,小孩说不知道。

一日谓母："姊行且至，仆从大繁，当多备浆酒。"少间，奔入室，曰："姊来矣！"移榻中堂①，曰："姊姊且憩坐，少悲啼。"诸人悉无所见。儿率人焚纸酹饮于门外，反曰②："驺从暂令去矣③。姊言：'昔日所覆绿锦被，曾为烛花烧一点如豆大，尚在否？'"母曰："在。"即启箧出之。儿曰："姊命我陈旧闺中，乏疲，且小卧。翌日再与阿母言。"

【注释】

① 中堂：居中的厅堂，俗称客厅。

② 反：还归，回。后多作"返"。

③ 驺（zōu）从：古时达官贵人出行时，在车前后侍从的骑卒。

【译文】

一天，小孩对母亲说："姐姐快要来了，仆人随从很多，应多准备些酒食。"过了一会儿，小孩跑进屋里，说："姐姐来了！"把坐椅搬到堂屋，说："姐姐暂且坐着歇会儿，不要太悲伤。"大家都看不见这个情景。小孩带着人在门外烧纸祭酒之后，回来说："随从都暂时叫回去了。姐姐说：'过去所盖的绿锦被，曾经被烛火星烧了豆大的一块，这被子还在吗？'"母亲说："还在。"当即就打开箱子取出来。小孩说："姐姐叫我把被子放在从前住的闺室中，她疲乏了，小睡一会儿。明天早晨再与母亲说话。"

东邻赵氏女，故与惠为绣阁交①。是夜，忽梦惠幞头紫帔来相望②，言笑如平生。且言："我今异物，父母亲面，不啻河山③。将借妹子与家人共话，勿须惊恐。"质明④，方与母言，忽仆地闷绝。逾刻始醒，向母曰："小惠与阿婶别几年矣,顿鬖鬖白发生⑤!"母骇曰:"儿病狂耶?"女拜别即出。母知其异,从之。直达李所,抱母哀啼,母惊不知所谓。女曰:"儿昨归,颇委顿⑥,未遑一言。儿不孝,中途弃高堂,劳父母哀念,罪何可赎!"母顿悟,乃哭。已而问曰:"闻儿今贵,甚慰母心。但汝栖身王家,何遂能来?"女曰:"郎君与儿极燕好⑦,姑舅亦相抚爱⑧,颇不谓妒丑。"惠生时,好以手支颐,女言次,辄作故态,神情宛似。未几,珠儿奔入曰:"接姊者至矣。"女乃起,拜别泣下,曰:"儿去矣。"言讫,复踣,移时乃苏。

【注释】

①绣阁交:少女时代的朋友。绣阁,女儿家的居室。

②幞(fú)头:包头软巾,也名"折上巾"。言头裹幞头。幞,同"襆"。

③觌(dí)面:见面。

④质明:天刚亮。

⑤鬖鬖(sān):毛发下垂的样子。

⑥委顿:疲困。

⑦燕好:谓夫妇之间感情极好。燕,亲昵和睦。

⑧姑舅:公婆。

【译文】

东邻赵家的女儿,与小惠是少女时代的好朋友。这天晚上,赵家女儿忽然梦见小惠系着幞头,披着紫色披肩来探望,言谈笑貌一如平时。还说:"如今我已经不是人类了,要想见父母一面,不亚于相隔万水千山。想借妹子之身与家人说说话,不必惊恐。"天刚亮时,赵家女儿正与母亲说话,突然仆倒在地,闭过气去了。过了一段时间才醒过来,对母亲说:"小惠与大婶离别有好几年了,都长出了白头发了。"母亲吃惊地问:

"女儿疯了吗?"女儿拜别母亲就往外走。母亲知道有缘故,就跟随着她。赵家女儿直达李家宅院,抱着李母哀声哭泣,李母惊讶不知怎么回事。女儿说:"女儿昨天回来,很疲劳,没有顾上说话。女儿不孝,中途扔下父母,劳父母哀念,真是罪过。"李母这时才突然明白过来,于是大哭起来。哭过后问道:"听说女儿如今成了贵人,母亲甚感安慰。你既然生活在王侯之家,如何想来就来了呢?"女儿说:"郎君对待女儿非常恩爱,公婆也都疼爱,不嫌女儿有什么不好。"小惠活着时候,喜欢用手托着脸颊,赵家女儿说话时,常常也故态重演,神情宛然与从前一模一样。不久,珠儿跑进来说:"接姐姐的人到了。"女儿站起来,哭着跪拜告别,说:"女儿走了。"说罢,东邻赵家的女儿又倒在地上,过了一个时辰才苏醒。

后数月,李病剧,医药罔效。儿曰:"旦夕恐不救也!二鬼坐床头,一执铁杖子,一挽苎麻绳,长四五尺许,儿昼夜哀之不去。"母哭,乃备衣衾。既暮,儿趋入曰:"杂人妇,且避去,姊夫来视阿翁。"俄顷,鼓掌而笑。母问之。曰:"我笑二鬼,闻姊夫来,俱匿床下如龟鳖。"又少时,望空道寒暄,问姊起居。既而拍手曰:"二鬼奴哀之不去,至此大快!"乃出至门外,却回,曰:"姊夫去矣,二鬼被锁马鞅上①,阿父当即无恙。姊夫言:归白大王,为父母乞百年寿也。"一家俱喜。至夜,病良已,数日寻瘥。

【注释】

①马鞅:马拉车时套在当胸的皮带。

【译文】

　　几个月过后,李化病情加剧,医药无效。小孩说:"恐怕早晚要死,没法挽救了!两个小鬼坐在床头,一个手里拿着铁棍子,一个手上挽着一根长四五尺的苎麻绳,孩儿白天晚上哀求他们,他们就是不走。"李母哭了,于是准备送老的衣被。到了晚上,小孩快步走进来,说:"闲杂妇女都避一下,姐夫来看父亲了。"过了一会儿,小孩拍掌大笑。母亲问他,他说:"我笑这两个小鬼,听说姐夫来,都藏在床下,就像个缩头龟一样。"又过了不长时间,小孩望着天空打招呼,问候姐姐的起居。又拍手说:"两个小鬼奴哀求不走,现在真是大快人心!"于是走出门外,又回来说:"姐夫走了,两个小鬼被拴在马缰绳上,父亲的病应当就要好了。姐夫说:回去报告大王,为父母求百年的寿命。"一家人都很高兴。到了夜里,李化的病好多了,过了几天便痊愈了。

　　延师教儿读。儿甚惠,十八入邑庠,犹能言冥间事。见里中病者,辄指鬼祟所在,以火爇之,往往得瘳。后暴病,体肤青紫,自言鬼神责我绽露①,由是不复言。

【注释】

①绽露:犹泄露。

【译文】

　　李化请老师教孩子读书。这孩子很聪明,十八岁考上了秀才,那时还能说阴间的事。看见邻里家有得病的,能够指出鬼怪所在,用火一烧,往往能够痊愈。后来珠儿得了急病,皮肤青紫,自己说是鬼神责罚泄露不该说的事,从此不再谈说阴间的事情了。

小官人

【题解】

　　《聊斋志异》评论家冯镇峦说:"《聊斋》中间用字法,不过一二字,偶露句中,遂已绝妙,形容惟妙惟肖,仿佛《水经注》造语。"《小官人》就是这样,虽然作品只是志怪,记叙太史某公"睡眼之讹"的片段,无甚意义,但小官人出行的小卤簿,却因"马大如蛙,人细于指","携一毡包大如拳"的鲜活比喻给人留下难忘的印象。

　　太史某公①,忘其姓氏。昼卧斋中,忽有小卤簿,出自堂陬②。马大如蛙,人细于指。小仪仗以数十队,一官冠皂纱③,着绣襆④,乘肩舆⑤,纷纷出门而去。公心异之,窃疑睡眼之讹。顿见一小人⑥,返入舍,携一毡包,大如拳,竟造床下⑦。白言⑧:"家主人有不腆之仪⑨,敬献太史。"言已,对立⑩,即又不陈其物⑪。少间,又自笑曰:"戋戋微物⑫,想太史亦当无所用,不如即赐小人。"太史颔之⑬,欣然携之而去。后不复见。惜太史中馁⑭,不曾诘所自来⑮。

【注释】

①太史:官名。夏、商、周为史官及历官之长。后历代职掌有所不同,一般为对史官的尊称。明清由翰林院兼领史馆事,因亦称翰林为太史。

②堂陬(zōu):堂隅,厅堂的一角。堂,此处指书斋。

③冠皂纱:戴着黑色的纱帽。皂,黑色。

④绣襆(fú):古代官员的礼服。襆,借作"黻",古代礼服上绣的黑青相间的花纹。

⑤肩舆:轿子。

⑥顿见:立刻看见。

⑦造:至。

⑧白:禀白,禀告,陈述。

⑨不腆（tiǎn）之仪：犹言薄礼，旧时送礼的谦辞。腆，丰厚。仪，礼
　　物。《左传·僖公三十三年》："寡君闻吾子将步师出于敝邑，敢
　　犒从者。不腆敝邑，为从者之淹，居则具一日之积，行则备一夕
　　之卫。"

⑩对立：在对面站着。

⑪陈：陈列，显露。

⑫戋戋（jiān）：微小的样子。

⑬颔（hàn）之：点头表示同意。颔，下巴。此处用于动词，点头。

⑭中馁：气馁，底气不足。中，内心。馁，丧气。

⑮诘所自来：指询问小官人的来历原委。

【译文】

　　某某翰林，忘记他的姓名了。白天在书房中躺着，忽然发现有仪仗从堂屋角上出来。只见马像青蛙那么大，人比手指还细。小仪仗队有数十个，一个当官的戴着乌纱帽，穿着绣花袍，坐着轿子，纷纷出门而去。这个翰林心里感到很是奇怪，私下怀疑是不是睡花了眼看错了。突然看见一个小人，返回屋里，手里拿着一个毡包，有拳头一般大，径直走到床下。他禀告道："我家主人有点儿小礼物，要敬献翰林先生。"说完，对面站着，却不拿出东西来。片刻，又自己笑着说："这一星半点儿的小礼物，想必翰林先生根本就没有什么用，不如就送给小人算了。"翰林点了点头，小人就欢欢喜喜地拿着东西走了。以后这类事再没有见到。可惜翰林胆量不够，没有询问他的来历原委。

胡四姐

【题解】

　　《胡四姐》的故事由两部分组成，前半部分写胡四姐为独占尚生驱赶三姐和骚狐，后半部分写胡四姐的性伙伴尚生因心生怜悯放走被陕

人设坛捕捉的胡四姐,胡四姐逃脱后心存感激,成仙后也一直恋恋不忘旧情。

《胡四姐》给人留下的印象不是很深,原因是情节比较浮泛,写得也比较随意。

就狐女因蛊惑人类受到惩处而言,《胡四姐》与《董生》颇为近似。《董生》中的王九思因为已经绝情导致受惩狐女死亡,《胡四姐》中的尚生因为有情于胡四姐,故胡四姐逃脱了惩处。其中两篇作品的作法捉狐的过程虽然虚诞,但写得富于变化,别致细腻。《董生》是炷香,《胡四姐》是设坛作法,显示出蒲松龄对于民间禳厌之术的熟稔和表现方法的丰富多姿。

　　尚生,泰山人①。独居清斋。会值秋夜,银河高耿②,明月在天,徘徊花阴,颇存遐想③。忽一女子逾垣来,笑曰:"秀才何思之深?"生就视,容华若仙,惊喜拥入,穷极狎昵。自言:"胡氏,名三姐。"问其居第,但笑不言。生亦不复置问,惟相期永好而已。自此,临无虚夕④。

【注释】

①泰山:郡名。汉置。泰又作"太"。治所在今山东泰安。

②银河高耿:谓银河高悬空中,十分明亮。耿,明。

③颇存遐想:略涉虚幻的意想。颇,略,稍微。遐想,超越现实的凝想。这里是想入非非的意思。

④临无虚夕:没有一天不来。

【译文】

有一个姓尚的书生,泰山人。他平时独自一人住在一间简朴的书房里。在一个秋天的夜里,银河朗朗,明月高悬,尚生在花木丛中来回踱步，想入非非。忽然间，有个女子从墙头翻过来，笑着说："秀才为何想得如此入迷呢？"尚生走近一瞧，原来是个美貌如仙的女子，于是又惊又喜，拥抱着进入了书房，尽情地亲昵了一阵儿。女子自我介绍说："我姓胡，叫三姐。"尚生问她住在哪里，她只是笑，并不回答。尚生也不再追问，只是希望和她永远在一起罢了。从此以后，女子天天夜里来相会。

　　一夜，与生促膝灯幕①，生爱之，瞬盼不转②。女笑曰："眈眈视妾何为③？"曰："我视卿如红药碧桃④，即竟夜视，不为厌也。"三姐曰："妾陋质，遂蒙青盼如此⑤。若见吾家四妹，不知如何颠倒。"生益倾动，恨不一见颜色，长跽哀请⑥。逾夕，果偕四姐来。年方及笄，荷粉露垂，杏花烟润，嫣然含笑，媚丽欲绝。生狂喜，引坐⑦。三姐与生同笑语，四姐惟手引绣带，俛首而已。未几，三姐起别，妹欲从行。生曳之不释，顾三姐曰："卿卿烦一致声⑧！"三姐乃笑曰："狂郎情急矣！妹子一为少留。"四姐无语，姊遂去。二人备尽欢好。既而引臂替枕，倾吐生平，无复隐讳。四姐自言为狐，生依恋其美，亦不之怪。四姐因言："阿姊狠毒，业杀三人矣。惑之，罔不毙者。妾幸承溺爱，不忍见灭亡，当早绝之。"生惧，求所以处⑨。四姐曰："妾虽狐，得仙人正法⑩，当书一符粘寝门⑪，可以却之。"遂书之。既晓，三姐来，见符却退，曰："婢子负心，倾意新郎，不忆引线人矣⑫。汝两人合有夙分⑬，余亦不相仇，但何必尔？"乃径去。

【注释】

①促膝灯幕：谓相对坐于灯下。

②瞩盼不转：目不转睛，瞩目而视。瞩盼，犹瞩目。

③眈眈：贪婪地或深情地注视。

④红药碧桃：两种观赏植物。红药，即芍药，初夏开花，大而美艳。碧桃，碧桃花。都比喻女子姿容美艳。

⑤青盼：犹青眼、垂青，即见爱、看重之意。《晋书·阮籍传》："籍又能为青白眼。见礼俗之士，以白眼对之。及嵇喜来吊，籍作白眼；喜不怿而退。喜弟康闻之，乃赍酒挟琴造焉，籍大悦，乃见青眼。"

⑥长跽(jì)：犹长跪，直挺挺地跪着。

⑦引坐：拉她坐下。引，拉，牵。

⑧卿卿：男女间的爱称。南朝宋刘义庆《世说新语·惑溺》："王安丰妇常卿安丰，安丰曰：'妇人卿婿，于礼为不敬，后勿复尔。'妇曰：'亲卿爱卿，是以卿卿；我不卿卿，谁当卿卿?'遂恒听之。"上"卿"字为动词，谓以卿称之；下"卿"字为代词，犹言你。

⑨求所以处：请求对付的方法。处，处置，对付。

⑩正法：与左道(邪魔外道)相对而言，指合于正道的仙术。

⑪符：即道书所谓丹书、符字、墨篆等，形似篆字，非一般人所识，为道教秘文，认为可用以召请神将、驱除鬼魅。

⑫引线人：犹媒人。

⑬夙分：指前生注定的缘分。

【译文】

一天夜里，三姐与尚生在灯下促膝相坐，尚生喜欢三姐，不由得眼珠子直勾勾地盯着三姐不动。三姐笑着说："为啥这么虎视眈眈地看着我?"尚生说："我看你就像那红芍药、碧桃花，即使看上一晚上，也看不够。"三姐说："我这样丑陋，还让你如此垂青。若是见到我家的四妹，不知你会如何发狂呢。"尚生心里更加骚动，恨不得马上一睹风采，于是跪下哀求，希望见到她。过了一个晚上，三姐果然带着四姐来了。只见她刚十五六岁，面庞犹如垂露的荷花、烟润的娇杏一样细嫩滋润，她嫣然一笑，流露出无限的娇媚与艳丽。尚生不禁狂喜，连忙拉她们坐下。三姐与尚生说着笑着，四姐却只是低着头，摆弄着绣花带子。没过一会儿，三姐起身要走，四姐打算跟着回去。尚生紧拽住四姐不让走，看着三姐说："你帮助说说吧！"三姐就笑着说："疯郎君急坏了！妹子就多坐一会儿吧。"四姐没说什么，三姐于是先走了。尚生与四姐享尽了欢悦。接着彼此枕着对方的手臂，倾吐生平，没有一点儿隐瞒。四姐说自己是个狐狸，尚生热恋着她的美丽，也就不惊怪。四姐又说："姐姐狠毒，已经害死三个人了。人要被迷惑住，没有不死亡的。我有幸被你这样溺爱，不忍心看着你死亡，应该早早与她断绝关系。"尚生害怕，请求想个办法。四姐说："我虽然是个狐狸，但已经得到了仙人的法术，我可以在寝室门口贴上一道符，就可以阻止她进来。"于是写了一道符。天亮后，三姐来到，见符不敢进，说道："这丫头负心，倾心喜欢新郎，就把牵线的人给忘了。你俩有缘分，我也不会与你们做对，但何必这样呢？"说罢就走了。

数日，四姐他适，约以隔夜。是日，生偶出门眺望，山下故有榊林①，苍莽中，出一少妇，亦颇风韵。近谓生曰："秀才何必日沾沾恋胡家姊妹②？渠又不能以一钱相赠。"即以一贯授生③，曰："先持归，赁良酝④，我即携小肴馔来，与君为欢。"生怀钱归，果如所教。少间，妇果至，置几上燔鸡、咸彘肩各一⑤，即抽刀子缕切为肴，釂酒调谑⑥，欢洽异常。继而灭烛登床，狎情荡甚。既曙始起，方坐床头，捉足易舄，忽闻人声，倾听，已入帏幕，则胡姊妹也。妇乍睹，仓皇而遁，遗舄于床。二女逐叱曰："骚狐！何敢与人同寝处！"追去，移时始返。四姐怨生曰："君不长进，与骚狐相匹偶，不可复近！"遂悻悻欲去。生惶恐自投，情词哀恳。三姐从旁解免，四姐怒稍释，由此相好如初。

【注释】

①槲(hú)林：槲树林。槲，树名。壳斗科落叶乔木。

②沾沾：沾沾自喜的省词，自得的样子。

③一贯：即一串钱，一千文钱。《汉书·武帝纪》"初算缗钱"唐颜师古注引李斐曰："一贯千钱。"

④贳(shì)良酝(yùn)：买好酒。贳，买。酝，酒。

⑤燔(fán)鸡：烧鸡。咸彘肩：咸猪肘。

⑥醨(shī，又读 shāi)：斟酒。

【译文】

过了几天，四姐有事到别处去，约定隔一夜再来。这一天，尚生偶然出门看看，山下原有一片槲树林，从密密的丛林中走出一个少妇，长得很有风韵。她靠近尚生说："秀才何必要沾沾自喜地迷恋胡家姊妹呢？她们又不能给你一个大钱。"说着就拿出一贯钱送给尚生，说："先拿回去，买些好酒，我随后携带些点心小菜来，和你快活快活。"尚生拿着钱回家，按着少妇说的办了。不大工夫，少妇果然来到，往小桌子上摆上一只烧鸡、一个咸猪肘子，接着又用刀子仔细地切成肉丁，饮酒调笑，非常欢乐融洽。后来便吹灭灯火，双双上床，尽情亲昵浪荡。他们天大亮才起床，正当少妇坐在床头穿鞋的时候，忽然听到人声，仔细听，已经进了慢帐里来了，原来是胡家姐妹。少妇刚看见就仓皇逃跑，床上留下了没有顾上穿的鞋。胡家姐妹冲着少妇背影叱责道："骚狐狸！胆敢和人一同睡觉！"边说边追，过了一段时间才返回来。四姐埋怨尚生说："你真没出息,与骚狐狸成双结对,不能再接近你了。"说着,怒气冲冲地要离去。尚生吓得跪在地上,苦苦恳求她不要生气。三姐也从旁边劝解,四姐的怒气这才稍稍消散,以后彼此相好,一如既往。

一日,有陕人骑驴造门曰①:"吾寻妖物,匪伊朝夕②,乃今始得之。"生父以其言异,讯所由来。曰:"小人日泛烟波③,游四方,终岁十馀月,常八九离桑梓④,被妖物蛊杀吾弟⑤。归甚悼恨,誓必寻而殄灭之⑥。奔波数千里,殊无迹兆,今在君家。不翦⑦,当有继吾弟亡者。"时生与女密迩,父母微察之,闻客言,大惧,延入,令作法。出二瓶,列地上,符咒良久,有黑雾四团,分投瓶中。客喜曰:"全家都到矣。"遂以猪脬裹瓶口⑧,缄封甚固。生父亦喜,坚留客饭。生心恻然,近瓶窃视,闻四姐在瓶中言曰:"坐视不救,君何负心?"生益感动,急启所封,而结不可解。四姐又曰:"勿须尔,但放倒坛上旗,以针刺脬作空,予即出矣。"生如其请,果见白气一丝,自孔中出,凌霄而去。客出,见旗横地,大惊曰:"遁矣! 此必公子所为。"摇瓶俯听,曰:"幸止亡其一。此物合不死,犹可赦。"乃携瓶别去。

【注释】

①陕人:陕县人。陕,古地名。战国陕邑,今河南陕县。一说指陕西人。

②匪伊朝夕:不是一朝一夕,言为时已久。伊,语助词。

③泛烟波:泛舟江湖。

④桑梓:桑与梓为古时宅旁常栽的两种树,后因代指故乡。《诗 •

小雅·小弁》：“维桑与梓，必恭敬止。”

⑤蛊杀：以妖术毒杀。蛊，相传人工培养的毒虫，与巫术相关。

⑥殄（tiǎn）灭：消灭，灭绝。

⑦不翦：不除。翦，去除。

⑧猪脬（pāo）：猪尿脬。脬，膀胱。

【译文】

一天，有个陕西人骑着驴来到尚家大门前，说：“我到处寻找这个妖精，也不是一天半天了，如今总算找到了。”尚生的父亲见来人说话怪异，便询问事情的由来。来人说：“我天天奔走在山水之间，游历四方，一年十二个月倒有八九个月不在家乡，结果让妖精迷惑害死了我的弟弟。我回到家乡非常悲愤，发誓一定找到妖精杀死它。我已经奔波几千里路了，一直没找到踪影，如今妖精就在你家。如果不消灭它，当有人和我弟弟一样被害死。”当时尚生跟女人亲密往来，父母也有所觉察，听了客人这番言语，非常害怕，马上请客人进去，求他施展法术。来客取出两只瓶子，摆在地上，然后画符念咒，过了好久，这才有四团黑雾分别投入瓶中来。来客高兴说：“全家都在这里了。”于是用猪膀胱裹住瓶口，封得严严实实。尚生的父亲也很高兴，坚持要留客人吃饭。尚生心里很难受，走近瓶子偷看，听见四姐在瓶子里说：“你坐视不救，怎么会如此负心？”尚生心里更加难过，急忙去启瓶子上的封条，但结得紧紧的，怎么也解不开。四姐又说：“不必解结了，只要放倒法坛上的令旗，用针刺破猪膀胱，我就能出来了。”尚生按着四姐说的做，果然见一丝白气从孔中冒出，冲霄而去。来客出来时，看见令旗倒在地上，大惊说：“跑了！这一定是公子干的。”他俯身摇瓶，听了听，说：“幸好只跑了一个。这东西不该死，尚可饶了它。”于是携带着瓶子，告辞而去。

后生在野，督佣刈麦，遥见四姐坐树下。生近就之，执手慰问。且曰：“别后十易春秋，今大丹已成①。但思君之念未忘,故复一拜问。"生欲与偕归,女曰:"妾今非昔比,不可以尘情染,后当复见耳。"言已,不知所在。又二十年馀,生适独居,见四姐自外至。生喜与语。女曰:"我今名列仙籍,本不应再履尘世。但感君情,敬报撤瑟之期②。可早处分后事③,亦勿悲忧,妾当度君为鬼仙,亦无苦也。"乃别而去。至日,生果卒。

【注释】

①大丹已成:谓自己已经修炼成为神仙。大丹,指道家所说的仙丹。按道家的说法,把朱砂放在炉火中烧炼成仙药,叫做外丹;在自己身体内部,用静功和气功修炼精气的,叫做内丹。此指内丹而言。

②撤瑟之期:即死期。撤瑟本谓撤去琴瑟,使病者安静。后代称病故。

③处分:处理,安排。

【译文】

后来的一天,尚生在田地里督察长工割麦子,远远看见四姐坐在树下。尚生就走过去,拉着手问好。四姐说:"别后已过了十个春秋了,如今我已修炼成仙。由于思念你的心还没有完全割舍,所以再来看望看望你。"尚生想拉着四姐一同回家,四姐说:"我已经今非昔比,不能再沾染尘世之情,以后还会见面。"说完,就不见了。又过了二十多年,尚生正一个人在屋里,看见四姐从外边进来。尚生高兴地凑过去同四姐说话。四姐说:"我如今已经名列仙籍,本不应该再到尘世中来。但是感谢你的情意,特地来告诉你的死亡之期。可以早些处理后事,你也不必悲伤忧愁,我会度你成为鬼仙,也没有什么苦楚。"说罢告别而去。到了四姐说的日子,尚生果然死去。

尚生乃友人李文玉之戚好^①,尝亲见之。

【注释】

①戚好:亲戚友好。

【译文】

尚生是我的朋友李文玉的亲戚友好,他曾经亲眼目睹这件事情。

祝翁

【题解】

祝翁的家庭生活并不困难,儿孙们也并非不孝顺,可本来已死的祝翁,由于想到老伴"在儿辈手,寒热仰人,亦无复生趣",便决心暂时复活,然后带着老伴一起从容死去。

故事确实新奇,但这新奇,不仅在于祝翁死而复生,生而复死,来去的从容,更在于祝翁让老伴随着自己死的原因很有创意。著名《聊斋志异》评论家冯镇峦和但明伦都对祝翁说的话感慨良深:"此数语观之令人泣下。凡事暮年老亲,非孝子顺妇,鲜不蹈此痛。""余见有老死而遗其妻者,儿辈分爨,计日轮养,寒热仰人,互相推诿,且有多求一食一衣而莫之应者,真无复生趣矣。祝翁呼与同行,真是晓事,真是快事!"从这个意义上说,《祝翁》这篇小说真实反映了中国社会老年人在暮年生活和心理上的痛苦。这个题材在中国的古代小说作品中并不多见。

中国文化在世界文化中大概最早关注老年人的生存状况并提出用"孝道"来加以解决,成为中国传统文化的一大特色。但老年人的生存状况单靠伦理说教是解决不了问题的,这已为古往今来的事实所证明。关键是要建立一个切实可行的养老制度,只有建立了合理的养老制度,老年人才能活得快乐而且有尊严。

济阳祝村有祝翁者①，年五十馀，病卒。家人入室理缞经，忽闻翁呼甚急。群奔集灵寝②，则见翁已复活。群喜慰问，翁但谓媪曰："我适去，拚不复返。行数里，转思抛汝一副老皮骨在儿辈手，寒热仰人③，亦无复生趣，不如从我去。故复归，欲偕尔同行也。"咸以其新苏妄语④，殊未深信。翁又言之，媪云："如此亦复佳。但方生，如何便得死？"翁挥之曰："是不难。家中俗务，可速作料理。"媪笑不去，翁又促之。乃出户外，延数刻而入，绐之曰："处置安妥矣。"翁命速妆。媪不去，翁催益急。媪不忍拂其意⑤，遂裙妆以出。媳女皆匿笑⑥。翁移首于枕，手拍令卧。媪曰："子女皆在，双双挺卧，是何景象？"翁搥床曰："并死有何可笑！"子女辈见翁躁急，共劝媪姑从其意。媪如言，并枕僵卧。家人又共笑之。俄视媪笑容忽敛，又渐而两眸俱合，久之无声，俨如睡去。众始近视，则肤已冰而鼻无息矣。试翁亦然，始共惊怛。康熙二十一年⑦，翁弟妇佣于毕刺史之家⑧，言之甚悉。

【注释】

①济阳：县名。因其位于古济水之北，故名。在鲁西北平原南部，今属山东济南。

②灵寝：尸床。

③寒热仰人：指生活上依赖他人。寒热，谓饥寒温饱。仰人，仰人鼻息的省词，指依赖他人生存。

④新苏妄语：刚复活，说胡话。苏，复苏，复生。

⑤拂：逆，违拗。

⑥匿笑：偷笑。

⑦康熙二十一年：1682 年。

⑧毕刺史：名际有，字载绩，号存吾，淄川人。顺治二年（1645）拔
贡，官至通州（今江苏南通）知州。康熙三年（1664）罢官归里。
康熙十八年（1679）聘蒲松龄设帐其家，康熙四十九年（1710）始
撤帐。与蒲松龄甚相知。生平详《淄川县志》。刺史，为清代知
州的别称。

【译文】

济阳县的祝村有个祝老头，年纪有五十多岁，病死了。家里人进屋
穿戴孝服，忽然听见祝老头急促喊叫。大家一起跑到停放灵柩的地方，
看见老头已经复活了。大家很高兴，上前慰问，老头只是对老婆说："我
刚走时，决心不再返回阳间了。走了几里路，转念一想，抛下你这一副
老骨头在儿孙们手里，饥寒温饱都得仰仗人家，活着也没有乐趣，不如
跟我一块走。所以我又回来了，打算带你一块儿走。"大家都认为他刚
苏醒过来，不免说些胡话，根本就不相信。老头又说了一遍，老太太说：
"这样也挺好。不过你刚活过来，怎么能又死呢？"老头挥挥手说："这没
有什么难的。家里的杂事快去处理一下。"老太太笑着不动，老头再三
催她去做。她于是出去耽搁了好一阵子才又进了屋，骗他说："处理妥
当了。"老头叫她快去梳妆打扮。老太太不去，老头催促更加急切。老
太太不忍违背他的意愿，也就穿着整齐出来了。儿媳、闺女们都偷着
笑。老头在枕头上移动了一下头，用手拍着，叫老太太躺下。老太太
说："子女都在，老两口双双躺在床上，这成什么样子？"老头捶着床说：
"死在一起有什么可笑的！"子女们看见老头生气着急，就一起劝老太太
暂且顺着老头意思行事。老太太照着老头的话，和他枕着一个枕头，直
挺挺躺在一起。家里人见状又都笑起来。不一会儿，见老太太笑容突
然没有了，渐渐地闭上了双眼，许久没有动静，真像睡着了一样。大家
这才走过去一看，发现老太太身子已经凉了，鼻孔也没气了。又试了试
老头，也是如此，大家这才惊怕起来。康熙二十一年，祝老头的兄弟媳

妇在毕刺史家做工时,详细地讲述了这件事。

　　异史氏曰:翁其岂有畸行与①? 泉路茫茫②,去来由尔,奇矣! 且白头者欲其去则呼令去,抑何其暇也③! 人当属纩之时④,所最不忍诀者,床头之昵人耳⑤。苟广其术,则卖履分香⑥,可以不事矣。

【注释】

①其:意同"岂",语词。畸(jī)行:即不同于常人的美德善行。

②泉路:赴阴间之路。谓地下,阴间。

③暇:悠闲,从容。

④属(zhǔ)纩(kuàng)之时:病危之际。纩,新丝绵。旧时将其置于垂危病人的鼻端,验明病人是否断气,叫属纩。《礼记·丧大记》:"疾病,男女改服,属纩以俟绝气。"后因以属纩代指临终之时。

⑤昵人:亲昵之人。此指妻子。

⑥卖履分香:也作"分香卖履"。南朝梁萧统《文选》收录西晋陆机《吊魏武帝文序》引曹操《遗令》:"馀香可分与诸夫人。诸舍中(按:指众妾)无所为,学作履组卖也。"后因以"分香卖履"指人在临死之际念念不忘妻妾。

【译文】

　　异史氏说:祝老头大概平素就具有奇特操行吧? 黄泉之路,茫茫难测,但他来去自由,真是令人称奇。况且对于白头偕老的人,想一起走,就能呼唤着一起走,这是何等的从容啊! 人在临咽气的时候,最不忍心诀别的就是床头上亲近的人。假如能把祝老头的这种法术加以推广,那么像曹操在临终时分香卖履,为妻妾生计而操心的事就不存在了。

猪婆龙

【题解】

猪婆龙，即今之扬子鳄，古称鼍。《国语》最早记载了它的存在，并且将它与鱼鳖之类同列："鼋鼍鱼鳖，莫不能化，唯人不能。"但后来不知什么原因，大概是猪婆龙在长相上与传说中的龙比较相似吧，于是它在名称上与龙搭上了亲戚，称猪婆龙，因此也就蒙上了些神秘色彩。所谓"能横飞"，跃入江后，"波涛大作，估舟倾沉"云云，都有传说中龙的影子。但从"常出沿江岸扑食鹅鸭。或猎得之，则货其肉于陈、柯"来看，老百姓还是深知它的本相和底细的。龙而又猪婆，是很奇怪的概念组合，反映了那个时代老百姓对于它的复杂的认识。估计本篇小说只是蒲松龄采集杂凑的有关扬子鳄的民俗传说。

猪婆龙产于西江[①]，形似龙而短，能横飞，常出沿江岸扑食鹅鸭。或猎得之，则货其肉于陈、柯。此二姓皆友谅之裔[②]，世食猪婆龙肉，他族不敢食也。一客自江右来[③]，得一头，縶舟中。一日，泊舟钱塘[④]，缚稍懈，忽跃入江。俄顷，波涛大作，估舟倾沉[⑤]。

【注释】

①猪婆龙：即鼍(tuó)龙，亦称"扬子鳄"。长约两米馀，背有角质鳞，以鱼、蛙、小鸟及鼠类为食。生活于长江下游岸边及太湖流域等沼泽地区。西江：指长江下游以西地区，即下文"江右"。

②友谅：即陈友谅，元末沔阳人。元末农民起义军领袖之一。原为南系红巾军徐寿辉部将，后杀徐自立，在江州(今江西九江)称帝，国号汉。至其子陈理，为明太祖朱元璋所灭。

③江右:长江下游以西地区。古人叙地理,以东为左,以西为右。后以称江西。

④钱塘:钱塘江。流经安徽、浙江,古名浙江,亦名"折江"或"之江"。

⑤估舟:商船。估,商人。

【译文】

猪婆龙产于西江,形状像龙而短小,能够横飞,经常从江中出来,沿着江岸扑捉鹅鸭吃。有人捕获到猪婆龙,往往把它的肉卖给陈、柯两家。这两家的人都是陈友谅的后代,祖祖辈辈吃猪婆龙的肉,其他家族的人不敢吃。有个客人从江西来,得到一头猪婆龙,绑在船中。一天,船停在钱塘江,拴猪婆龙的绳子稍稍松了些,猪婆龙忽然跳入了江水。顿时,波涛汹涌,商船随浪颠簸,不久就沉没了。

某公

【题解】

按照佛教轮回的说法,所有众生皆在不断地转化。但转化之间的技术问题怎么解决呢,也就是人体是如何转化为其他动物的呢?最早进行文学方面探索的是唐传奇《玄怪录》中的《崔环》篇,"以大铁椎椎人为矿石"云云。这以后文学作品中说法不一,各唱各调,即使在《聊斋志异》中解决的办法也五花八门,大多是魂魄直接与托生的动物相结合,如卷一《三生》写刘孝廉被罚做马,便是鬼魂被鬼卒押着"行至一家,门限甚高,不可逾。方越趄间,鬼力楚之,痛甚而蹶。自顾,则身已在枥下矣。但闻人曰:'骊马生驹矣,牡也。'"本篇则是直接让人的魂魄披上动物的皮。

陕右某公"背上有羊毛丛生,剪去复出"。从生物学的角度解释大概是一种返祖现象,而这种返祖现象按现代遗传学又有两种解释:一是在物种形成期间已经分开的，决定某种形状所必需的两个或多个基因，通过杂交或其他原因又重新组合起来，于是该祖先性状得以重新表现；二是决定这种祖先形状的基因，在进化过程中早先被组蛋白为主的阻遏蛋白所封闭，但由于某种原因，产生出特异的非组蛋白，可与组蛋白结合而使阻遏蛋白脱落，结果被封闭的基因恢复了活性，又重新转录和翻译，从而表现出祖先的形状。"羊毛丛生"云云，也就是想象之词了。

　　陕右某公①，辛丑进士②。能记前身。尝言前生为士人，中年而死。死后见冥王判事③，鼎铛油镬④，一如世传。殿东隅，设数架，上搭猪羊犬马诸皮。簿吏呼名，或罚作马，或罚作猪，皆裸之，于架上取皮被之⑤。俄至公，闻冥王曰："是宜作羊。"鬼取一白羊皮来，捺覆公体⑥。吏白："是曾拯一人死⑦。"王检籍覆视⑧，示曰："免之。恶虽多，此善可赎。"鬼又褫其毛革⑨。革已粘体，不可复动。两鬼捉臂按胸，力脱之，痛苦不可名状。皮片断裂，不得尽脱，既脱，近肩处犹粘羊皮大如掌。公既生，背上有羊毛丛生，翦去复出。

【注释】

①陕右：陕西。指陕原（今河南陕县西南）以西地区。

②辛丑：当指清顺治十八年，即 1661 年。

③判事：处理公务。

④鼎铛（chēng）油镬（huò）：谓用鼎镬把油烧沸以烹人，是古代的一种酷刑。鼎、铛、镬，都是古代的烹饪器。有足曰鼎，无足曰镬，底平而浅曰铛。

⑤被："披"的古字。

⑥捺（nà）：向下按。

⑦是：此，此人。

⑧检籍：查核簿册。检，检校，查核。籍，民间传说中冥间记录人一生善恶的簿册，即生死簿。

⑨褫（chǐ）：剥去衣服。此指剥除。

【译文】

陕西某位先生，是顺治十八年的进士，能够回忆起前身的事情。曾经说他上辈子是个读书人，中年时死去。死后见到阎王判案，摆着大小油锅，一如世间所传说的。大殿的东角，安置着好几个架子，上面搭着猪、羊、狗、马等动物的皮。掌管名册的官吏来呼叫姓名，有的被罚托生为马，有的被罚托生当猪，每个人都裸露着身子，从架子上取下这种动物的皮披在身上。不一会儿，轮到这位先生了，只听阎王说："这人应当做羊。"于是，小鬼取下一张白羊皮来，硬是往这个人身上套。管名册的官吏说："这个人曾经救过一条人命。"阎王检查了一下册簿，看了看，指示说："免了。他干的坏事虽多，这一善事可以赎罪过。"于是小鬼又往下扒羊皮。皮革已经粘到身上了，再也不好扒下来。两个小鬼抓住他的胳膊，按住他的胸口，使劲往下扒，这位先生痛苦得难以形容。羊皮被撕得一片一片的，还是难以全部剥光。后来羊皮扒下了，可靠近肩膀的地方，仍然有巴掌大的一块粘在那里。这位先生托生后，背上有羊毛丛生，剪掉之后还会长出来。

快刀

【题解】

这可看做是清初很流行的一个黑色幽默。

在民间故事中，文人金圣叹临刑前也有类似的传言。说金圣叹在临刑时塞给行刑的刽子手一封裹着重物的信。刽子手以为是红包，行刑结束后打开一看，重物是石头，信里的纸条上面端端正正写着"好快刀”三个大字。

不知蒲松龄的小说是依据金圣叹的传闻改编的,抑或是民间依据《聊斋志异》的这篇小说将"好快刀"移植到金圣叹的身上。不管是哪种情况,都是用带眼泪的笑反映了清初动乱给人们带来的惨痛。

　　明末,济属多盗[1]。邑各置兵,捕得辄杀之。章丘盗尤多[2]。有一兵佩刀甚利,杀辄导窾[3]。一日,捕盗十馀名,押赴市曹[4]。内一盗识兵,逡巡告曰[5]:"闻君刀最快,斩首无二割。求杀我!"兵曰:"诺。其谨依我[6],无离也[7]。"盗从之刑处,出刀挥之,豁然头落。数步之外,犹圆转而大赞曰:"好快刀!"

【注释】

①济属:济南府所属辖地区。清代济南府辖历城、章丘、齐东、长清、长山、邹平、淄川、齐河、禹城、平原、临邑、陵县、德平、济阳、新城 15 县及德州,大致相当今之济南及德州、惠民、淄博地区的一部。

②章丘:位于山东济南的东南部。明清时代隶属于济南府。

③杀辄导窾(kuǎn):意谓杀戮时能顺着骨头缝下刀,一刀便断头。窾,空处。《庄子·养生主》:"批大郤(隙),导大窾,因其固然。"

④市曹:市口通衢,常为古代行刑之处。

⑤逡巡:迟疑徘徊。此谓吞吞吐吐,难以出口。

⑥谨:谨慎小心。此处有注意留心之意。依:依傍,靠着。

⑦无:不要。

【译文】

明朝末年,济南府一带多盗贼。各县镇都布置了士兵,只要抓着就杀头。章丘地方盗贼尤其多。有一个士兵，他的佩刀非常锋利，每次砍头时都能从骨头缝下刀，干净利落。一天，捕捉盗贼十多人，押赴法场。其中有个盗贼认识这个士兵，吞吞吐吐地说："听说您的刀最快，砍头从来不砍第二次。恳求您来杀我！"士兵说："好吧。你留心跟着我，不要离开。"强盗跟着这个士兵到了刑场，士兵出刀一挥，盗贼的头就干净利落地滚落下来。滚出几步之外，头还在转着，嘴里大声称赞道："好快的刀！"

侠女

【题解】

王渔洋在读完《侠女》篇后惊叹说："神龙见首不见尾，此侠女其犹龙乎？"从侠女来无影，去无踪，也不知姓名而言，王渔洋大概说得不错。

侠女具有平常女子所不具有的性情。她"秀曼都雅，世罕其匹"。小说写她"冷语冰人"，"举止生硬，毫不可干"。顾生和母亲照顾她的母亲，她"亦略不置齿颊"，"受之，亦不申谢"。顾生母亲将她的性情概括为"艳如桃李，而冷如霜雪"，可谓极其准确。但是另一方面，她女红干练，体贴入微，"见母作衣履，便代缝纫，出入堂中，操作如妇"。尤其是当顾生的母亲"适疸生隐处，宵旦号咷。女时就榻省视，为之洗创敷药，日三四作。母意甚不自安，而女不厌其秽"。

在侠女的身上，无论是言还是行，仿佛生下来只是为了两件事：替父亲报仇，为母亲报恩。一旦完成，便"我大事已了，请从此别！"

就侠女武艺高强，手刃仇人而言，并不足为奇，是中国文言小说的传统题材。真正惊世骇俗的是，侠女为了报答顾生照顾她的老母，鉴于顾生贫不能婚没有子嗣，便与顾生发生性行为，生下一个男孩，同时明确地说："能为君生之，不能为君育之。"侠女的行为堂堂正正，但无论是从未婚而育，还是从否定"以身相许"的观念传统上，在封建社会都非常人所能为并与往昔的所谓"侠女"不同。

蒋瑞藻《小说考证》引《阙名笔记》认为侠女是影射吕晚村孙女刺杀雍正的故事,但不足信。

　　顾生,金陵人。博于材艺,而家綦贫。又以母老,不忍离膝下,惟日为人书画,受贽以自给①。行年二十有五,伉俪犹虚②。对户旧有空第,一老姬及少女,税居其中。以其家无男子,故未问其谁何。

【注释】

　　①贽(zhì):与尊长初次见面的见面礼。此处指润笔。

　　②伉俪(kàng lì):配偶。此指妻子。伉,相当。俪,并也。

【译文】

　　金陵人顾生多才多艺,但是家里很穷。又因为母亲年老,不忍离开母亲跟前,只好天天给人写字、画个画,卖点儿钱来谋生。顾生已经二十五岁了,还没有娶个媳妇。对门那里原本是一座空宅子,现在有一个老太太带着一个少女租住在里面。因为她们都是女眷,所以也不曾询问她们的来历。

　　一日,偶自外入,见女郎自母房中出,年约十八九,秀曼都雅①,世罕其匹②,见生不甚避,而意凛如也③。生入问母,母曰:"是对户女郎,就吾乞刀尺④。适言其家亦止一母。此女不似贫家产,问其何为不字,则以母老为辞。明日当往拜其母,便风以意,倘所望不奢,儿可代养其母。"明日造其室,其母一聋媪耳。视其室,并无隔宿粮。问所业,则仰女十指⑤。徐以同食之谋试之，媪意似纳，而转商其女，女默然，意殊不乐。母乃归。详其状而疑之曰："女子得非嫌吾贫乎？为人不言亦不笑，艳如桃李，而冷如霜雪，奇人也！"母子猜叹而罢。

【注释】

①秀曼都雅：秀丽美雅。曼，美，长。都，美。

②世罕其匹：举世无双。匹，匹敌，相当。

③凛如：犹凛然。严肃可畏的样子。

④乞刀尺：借剪刀和尺子。乞，借，讨。

⑤仰女十指：依靠女郎针黹（缝纫、刺绣）为生。

【译文】

一天，顾生偶然从外面回来，看见一个少女从母亲屋里走出来，年纪约有十八九，长得秀丽文雅，世上少有，看见顾生也没怎么回避，但表情很是严肃。顾生进了屋，问母亲，母亲说："是对门的姑娘，到我这里借剪刀、尺子。她刚才说家里也只有一个母亲同住。这个姑娘不像是个穷人家的女儿，问她为什么还没有出嫁，她以伺候老母为由推辞。明天应当去拜见她的母亲，顺便说说求婚的心意，倘若她们的愿望不过分的话，你可以代替她抚养她的老母。"第二天，顾生的母亲到了少女的家，她的母亲是个耳聋的老太太。看屋里，并没有多馀的粮食。询问靠什么谋生，只是依赖女儿做针线活。顾母慢慢流露出打算两家一起过的意思，老太太意思好像是同意，转而跟女儿商量，女儿沉默不语，好像很不高兴。于是顾母回到家中，跟儿子详细讲述了当时的情况，不无猜测地说："这个姑娘莫非嫌咱们穷吗？对人不说也不笑，艳如桃李，而冷如冰霜，真是个奇人啊！"母子俩猜测着，感叹着，也就作罢了。

　　一日，生坐斋头，有少年来求画，姿容甚美，意颇儇佻①。诘所自，以"邻村"对。嗣后三两日辄一至。稍稍稔熟，渐以嘲谑，生狎抱之，亦不甚拒，遂私焉②。由此往来昵甚。会女郎过，少年目送之，问为谁，对以"邻女"。少年曰："艳丽如此，神情一何可畏！"少间，生入内，母曰："适女子来乞米，云不举火者经日矣。此女至孝，贫极可悯，宜少周恤之③。"生从母言，负斗米款门达母意。女受之，亦不申谢。日尝至生家，见母作衣履，便代缝纫，出入堂中，操作如妇。生益德之。每获馈饵④，必分给其母，女亦略不置齿颊⑤。

【注释】

①儇（xuān）佻：轻佻，轻薄浮滑。

②私：发生恋情。指同性恋。

③周恤：周济，抚恤。

④馈饵：赠与，给的好吃的。

⑤略不置齿颊：意谓不怎么说感谢之言。齿颊，犹言口舌、言语。

【译文】

　　一天，顾生坐在书房里，有一个少年来买画，姿容很漂亮，举止显得很轻浮。问他从哪里来，他说是邻村的。过后二三天就来一次。彼此熟悉以后，渐渐地就戏弄着开起玩笑，顾生亲昵地抱他，他也不怎么拒绝，最后就有了私情。从此往来非常亲密。有一天正赶上那个少女经过，少年盯着看她，问她是谁，顾生说是邻居的女儿。少年说："长得这样艳丽，可神态却严肃得令人畏惧。"不一会儿，顾生进屋，母亲说："刚才对门姑娘来讨米，说是一天多没有烧火做饭了。这个姑娘非常孝顺，穷得可怜，以后应当多多帮助她们。"顾生依从母亲的意思，背着一斗米送到对门，并传达了母亲的心意。少女接受下来，也没有说感谢的话。

少女往往一到了顾生家,只要看见顾母做针线活,就主动拿过来缝纫;屋里屋外的杂活也都抢着干,就像家中做媳妇的一样。顾生更加尊重她。每当得到一些好吃的,必定要分给对门的母亲,而少女也不怎么说感谢的话。

　　母适疽生隐处①,宵旦号咷。女时就榻省视,为之洗创敷药,日三四作。母意甚不自安,而女不厌其秽。母曰:"唉!安得新妇如儿,而奉老身以死也②!"言讫悲哽。女慰之曰:"郎子大孝,胜我寡母孤女什百矣。"母曰:"床头蹀躞之役③,岂孝子所能为者?且身已向暮,旦夕犯雾露④,深以祧续为忧耳⑤。"言间,生入。母泣曰:"亏娘子良多!汝无忘报德。"生伏拜之。女曰:"君敬我母,我勿谢也,君何谢焉?"于是益敬爱之。然其举止生硬,毫不可干⑥。

【注释】

①疽:中医指局部皮肤长的肿胀坚硬而皮色不变的毒疮。《灵枢·痈疽》:"热气淳盛,下陷肌肤,筋髓枯,内连五脏,血气竭,当其痈下,筋骨良肉皆无馀,故命曰疽。疽者,上之皮夭以坚,上如牛领之皮。"隐处:指性器官。

②老身:旧时老妇自称。

③床头蹀躞(dié xiè)之役:指床前侍奉其母的杂役。蹀躞,小步走路的样子。

④犯雾露:外感致病。此指罹病而死。《史记·淮南衡山列传》:"逢雾露病死。"雾露,指风寒。

⑤祧续:子嗣。

⑥干:干犯,冒犯。

【译文】

　　正赶上顾生母亲下身生了疮，疼痛难忍，日夜不停地叫唤。少女经常到床边来看望，为她洗创口上药，一天要过来三四次。顾生母亲心里很是过意不去，可是少女一点儿也不嫌脏。顾母感叹道："唉！哪里找这样好的媳妇，侍候老身到死呢！"说罢悲痛哽咽。少女安慰她说："您的儿子是个大孝子，比起我们寡母孤女来强上百倍。"顾母说："像床头这些琐琐碎碎的事，哪里是孝子能干的活呢？况且老身已经衰老，死是早晚的，这传宗接代的事，真叫人忧心啊！"正说话间，顾生进来。顾母哭着说："亏欠姑娘的太多了！你千万不要忘记报恩报德啊。"顾生伏地向少女跪拜。少女说："你敬我的母亲，我没有谢你，你何必要谢我呢？"于是，顾生更是敬仰喜欢少女。不过少女一举一动都很严肃郑重，顾生丝毫不敢触犯她。

　　一日，女出门，生目注之，女忽回首，嫣然而笑。生喜出意外，趋而从诸其家，挑之，亦不拒，欣然交欢。已，戒生曰："事可一而不可再！"生不应而归。明日，又约之，女厉色不顾而去。日频来，时相遇，并不假以词色①。少游戏之②，则冷语冰人。忽于空处问生："日来少年谁也？"生告之。女曰："彼举止态状，无礼于妾频矣。以君之狎昵③，故置之。请更寄语：再复尔，是不欲生也已！"生至夕，以告少年，且曰："子必慎之，是不可犯！"少年曰："既不可犯，君何犯之？"生白其无。曰："如其无，则猥亵之语，何以达君听哉？"生不能答。少年曰："亦烦寄告：假惺惺勿作态，不然，我将遍播扬。"生甚怒之，情见于色，少年乃去。

【注释】

①假以词色：给以表示友好的话语和脸色。假，给予。

②游戏：这里是调情的意思。

③狎昵：亲密而不庄重。在这里是密友、性伙伴的意思。

【译文】

一天，少女出门去，顾生眼巴巴地看着她，少女忽然回过头来，冲着顾生嫣然一笑。顾生喜出望外，连忙紧跟着少女到她家去了。顾生用言语挑逗她，少女也不怎么拒绝，于是彼此愉快地交欢了。事情过后，少女告诫顾生说："事情可以做一次而不可以再有！"顾生没吱声就回去了。第二天，顾生再次约少女幽会，少女板着脸连看也没看一眼就走了。少女经常过来，有时相遇，并不给个好言语好脸色。顾生稍微开个玩笑，她就说些冷冰冰的话顶他。一天，少女在个没人的地方问顾生："经常来串门的那个少年是谁？"顾生告诉了她。少女说："他的行为举止多次触犯过我。因为他跟你亲密的缘故，所以没理他。请转告他，再像过去那样，就是不想活了！"顾生到了晚上，把少女的话告诉了少年，还说："你一定要慎重，她是不能冒犯的！"少年说："既然不可冒犯，你为何冒犯了她？"顾生辩解说没有。少年说："如果真的没有，那些亲近的话如何传到你的耳里？"顾生不能解释。少年又说："也请你转告她，别假惺惺地装正经，不然的话，我将四处张扬。"顾生很生气，脸色都变了，少年这才离去。

一夕方独坐，女忽至，笑曰："我与君情缘未断，宁非天数！"生狂喜而抱于怀。欻闻履声籍籍①，两人惊起，则少年推扉入矣。生惊问："子胡为者？"笑曰："我来观贞洁人耳。"顾女曰："今日不怪人耶？"女眉竖颊红，默不一语，急翻上衣，露一革囊，应手而出，则尺许晶莹匕首也。少年见之，骇而却走。追出户外，四顾渺然。女以匕首望空抛掷，戛然有声，灿若长虹，俄一物堕地作响。生急烛之，则一白狐，身首异处矣。大骇。女曰："此君之娈童也②。我固恕之，奈渠定不欲生何！"收刃入囊。生曳令入，曰："适妖物败意，请来宵。"出门径去。

【注释】

①籍籍：形容声响纷乱。

②娈（luán）童：旧时被当作女性玩弄的男童，即年轻的男同性恋者。娈，美好。

【译文】

一天晚上，顾生正独自一个人坐着，少女忽然来到，笑着说："我与你的情缘未断，这莫非天数！"顾生狂喜地把少女搂在怀里。突然间，他们听到纷乱的脚步声，于是吃惊地站立起来，原来是少年推门进来了。顾生惊问："你来干什么？"少年笑着说："我来看看那个贞洁的姑娘。"又冲着少女说："今天不怪人了吧?"少女气得眉毛倒竖，脸颊泛红，一言不发，急忙翻开上衣，露出一个皮袋子，顺手抽出一件东西，原来是一把一尺长的铮亮的匕首。少年看见了，惊得扭头就跑。少女追出户外，四处望去，没有一点儿声迹。少女把匕首往空中抛掷，只听"唰"的一声，显出一道像长虹般的亮光，顿时有个东西坠落在地上，发出很大的响声。顾生急忙用灯光去照，原来是一只白色狐狸，已经身首异处了。顾生大惊。少女说："这就是你那个相好的美少年了。我本来饶恕了他，谁想他不想活了我也没有办法！"说着把匕首收进小皮袋里。顾生拉着少女要进屋，少女说："刚才那个妖精败了我们的兴致，等明天晚上吧。"说完，出门就走了。

次夕，女果至，遂共绸缪。诘其术，女曰："此非君所知。宜须慎秘，泄恐不为君福。"又订以嫁娶，曰："枕席焉①，提汲焉②，非妇伊何也？业夫妇矣，何必复言嫁娶乎？"生曰："将勿憎吾贫耶？"曰："君固贫，妾富耶？今宵之聚，正以怜君贫耳。"临别嘱曰："苟且之行③，不可以屡。当来，我自来；不当来，相强无益。"后相值，每欲引与私语，女辄走避。然衣绽炊薪，悉为纪理，不啻妇也。

【注释】

①枕席：比喻男女同居。

②提汲：从井中提水。借指操持家务。

③苟且之行：指非婚性行为。

【译文】

第二天晚上，少女果然来了，于是亲亲热热欢会一场。顾生问少女的剑术，少女说："这不是你应该知道的。你应当严守秘密，一旦泄漏恐怕对你不利。"顾生又提出嫁娶的事情，少女说："我已经和你同床共枕了，也干了提水烧饭的家务事了，这不是媳妇做的事吗？已经是夫妇了，何必再谈什么婚嫁？"顾生说："莫非还是嫌我家穷吗？"少女说："你家的确穷，难道我家就富吗？今晚上的欢聚，正是因为可怜你家贫穷啊。"临别时又说："这种苟合的事不可以多次发生。应当来，我自然会来；不应当来，再强迫也没有用。"以后，顾生碰见她，每当想和她在一边说些知己的话，少女都走开躲避。不过，补衣服、做饭等家务事，她都一一照样料理，不亚于媳妇。

积数月，其母死，生竭力葬之。女由是独居。生意孤寝可乱，逾垣入，隔窗频呼，迄不应。视其门，则空室扃焉。窃疑女有他约。夜复往，亦如之，遂留佩玉于窗间而去之。越日，相遇于母所。既出，而女尾其后曰："君疑妾耶？人各有心，不可以告人。今欲使君无疑，乌得可？然一事烦急为谋。"问之，曰："妾体孕已八月矣，恐旦晚临盆①。'妾身未分明②'，能为君生之，不能为君育之。可密告母，觅乳媪，伪为讨螟蛉者③，勿言妾也。"生诺，以告母。母笑曰："异哉此女！聘之不可，而顾私于我儿。"喜从其谋以待之。

【注释】

①临盆：分娩。

②妾身未分明：我的身份尚未明确。此指侠女与顾生没有夫妇的名分。唐杜甫《新婚别》："妾身未分明，何以拜姑嫜。"妾，古代妇女自称的谦辞。

③螟蛉(míng líng)：养子。《诗·小雅·小宛》："螟蛉有子，蜾蠃负之。教诲尔子，式穀似之。"后因称义子为螟蛉。螟蛉是一种飞蛾的幼虫，蜾蠃捕来喂养自己的幼虫，古人错认为蜾蠃以螟蛉为养子。

【译文】

数月过后，少女的母亲死去了，顾生尽力办了丧事。少女从此一人独居。顾生以为少女孤单单一人睡觉容易引诱，便跳墙过去，隔窗呼唤她，但始终没有回音。看她家的门，屋里空荡荡的，上了锁。顾生怀疑少女另有约会，不在家。可夜里再去，还是空空的，于是顾生把佩玉放在窗间就走了。过了一天，顾生与少女在母亲的屋里碰到了。顾生出来时，少女跟在后面，说："你怀疑我了吗？人各有心事，不能够告诉别人。如今想让你不怀疑我，怎么可能呢？不过有一件急事需要和你商量。"顾生问她，少女说："我怀孕已有八个月了，恐怕快要生了。我的身份不分明,我只能替你生孩子,不能替你抚养孩子。你应当偷偷告诉老母,找个奶妈,假装讨了个婴儿抱养,不要提起我。"顾生点头答应,告诉了母亲。母亲笑着说:"这个姑娘真是怪人! 明媒正娶不干,却私下跟我儿子好。"很高兴按着少女嘱咐的办法行事。

又月馀,女数日不至,母疑之,往探其门,萧萧闭寂。叩良久,女始蓬头垢面自内出,启而入之,则复阖之。入其室,则呱呱者在床上矣①。母惊问:"诞几时矣?"答云:"三日。"捉绷席而视之②,则男也,且丰颐而广额③,喜曰:"儿已为老身育孙子,伶仃一身,将焉所托?"女曰:"区区隐衷④,不敢掬示老母。俟夜无人,可即抱儿去。"母归与子言,窃共异之。夜往抱子归。

【注释】

①呱呱(gū)者:指婴儿。呱呱,婴儿的哭声。

②捉绷席:指抱起婴儿。捉,抱持。

③丰颐而广额:下巴丰满,上额广阔。指面庞方圆。

④区区隐衷:小小的隐私。区区,不足道的意思。

【译文】

过了一个多月,少女有几天没有过来,顾母担心有事,便过去看看,大门关得紧紧的,没有一点儿动静。顾母扣门很久,少女才蓬头垢面从里面走出来,开了门请人进去,随后又马上关上了门。走进内室,就看见一个婴儿在床上呱呱哭呢。顾母惊问:"生下多久了?"少女回答说:"三天。"抱起来一看,是个男孩,长得宽额大脸的,顾母高兴地说:"你已经为老身生育了孙子,可你伶仃孤苦一个人,将来靠什么生活呢?"少女说:"我的心事不敢明告老母。等夜深人静,就把孩子抱过去吧。"顾母回家后，把事情告诉儿子，母子都从心里感到诧异。到了夜里，便把孩子抱回来了。

更数夕，夜将半，女忽款门入，手提革囊，笑曰："我大事已了，请从此别。"急询其故，曰："养母之德，刻刻不去诸怀。向云'可一而不可再'者，以相报不在床笫也①。为君贫不能婚，将为君延一线之续。本期一索而得②，不意信水复来③，遂至破戒而再。今君德既酬，妾志亦遂，无憾矣。"问："囊中何物？"曰："仇人头耳。"检而窥之，须发交而血模糊。骇绝，复致研诘。曰："向不与君言者，以机事不密，惧有宣泄。今事已成，不妨相告：妾浙人，父官司马，陷于仇，彼籍吾家④。妾负老母出，隐姓名，埋头项⑤，已三年矣。所以不即报者，徒以有母在，母去，又一块肉累腹中，因而迟之又久。曩夜出非他，道路门户未稔，恐有讹误耳。"言已，出门，又嘱曰："所生儿，善视之。君福薄无寿，此儿可光门闾⑥。夜深不得惊老母，我去矣！"方凄然欲询所之，女一闪如电，瞥尔间遂不复见⑦。生叹惋木立，若丧魂魄。明以告母，相为叹异而已。

【注释】

①床笫(zǐ)：指男女关系。

②一索而得：一次性交就可以达到怀孕的目的。《易·说卦》："震一索而得男。"索，求索。

③信水：月经。

④籍吾家：抄没我家财产。籍，没收，登记。

⑤埋头项：隐藏不敢露面。即隐姓埋名。

⑥光门间：光耀门庭。

⑦瞥尔间：转眼间。尔，语末助词。

【译文】

又过了几个晚上，快到半夜时，少女突然敲门进来了，手里提着皮袋子，笑着说："我大事已了，就此告辞。"顾生急问什么缘故，少女说："你供养我母亲的恩德，每时每刻都记在我的心里。过去我说过'可以有一次而不能有第二次'的话，其用意是我的报答不在于床上男女之情。因为你家贫穷不能婚娶，我准备为你延续你家的香火，传宗接代。本来希望上床一次就能怀孕，没想到月经又来，结果违背约定有了第二次。如今你家的恩德已经报答，我自己的志愿也已经实现，再没有什么遗憾的了。"顾生问："袋中装的什么东西？"少女说："仇人的头。"过去打开一看，只见头发胡子搅在一起，血肉模糊。顾生惊得差点儿晕过去，又追问事情来龙去脉。少女说："过去不肯跟你说，是怕把机密的大事泄露出去。如今大事已经办成，不妨实话相告：我本是浙江人，父亲官居司马，因为被仇人陷害，全家被抄。我背着老母亲逃出来，隐姓埋名已经三年了。所以不能马上报仇，只是因为有老母在世；母亲去世后，又因为怀孕在身，因而久久不能了结大愿。从前那一夜外出不是为了别的事，正是因为道路门户不熟悉，怕报仇时出现差错。"说完就向门外走去，又嘱咐说："我生的儿子，要好好待他。你的福分薄，寿命不长，但这个孩子可以光大门户。夜深了不要再惊动老母了，我走了。"顾生很难受，正要打听她去什么地方，少女却一闪如电，瞬间再也看不见她的身影了。顾生叹息凄婉地站在那里，如同失了魂魄一般。第二天，顾生把事情经过告诉了母亲，俩人只有互相惊叹诧异罢了。

后三年，生果卒。子十八举进士①，犹奉祖母以终老云。

【注释】

①举:这里是考中的意思。

【译文】

三年后,顾生果然去世了。顾生的儿子十八岁时中了进士,他为祖母养老送终。

异史氏曰:人必室有侠女,而后可以畜娈童也①。不然,尔爱其艾豭,彼爱尔娄猪矣②!

【注释】

①畜:畜养。

②尔爱其艾豭(jiā),彼爱尔娄猪矣:你爱他这个公猪,他就爱你的那个母猪了。意指你爱娈童,娈童就要觊觎你的妻室了。《左传·定公十四年》:"野人歌之曰:'既定尔娄猪,盍归吾艾豭?'"杜预注:"娄猪,求子猪,以喻南子。艾豭喻宋朝。"南子,卫灵公妃,淫乱,故以喻之。一说谓娄猪为求牡之猪。参阅清王鸣盛《蛾术篇·娄猪》。

【译文】

异史氏说:一个人必须家有侠女,而后才可以养男宠。不然的话,你和他鬼混,他却觊觎你的老婆。

酒友

【题解】

世上绝大多数嗜好,都需要经济的支持。

车生嗜酒而非酒鬼,且生性善良,大方豪爽,知足常乐。诗人王渔洋评说他"洒脱可喜"。《聊斋志异》评论家但明伦说他："瓶之罄而无吝心，狐既醉而无杀心，引为鲍叔，共老糟丘，杖头钱不空，其愿已足，可谓醉里菩提，酒中仙子。人以为痴，其痴正不易及。"

就"耽饮"而言，他与狐狸酒友可谓知音，珠联璧合。但车生也有不及狐狸酒友之处，那就是缺乏经济头脑，得过且过。狐狸虽然也"耽饮"，却不仅懂得坐吃山空的道理，而且在经营技巧方面也颇内行，有预见，有手段，在指导车生进行粮种投机、贱买贵卖的过程中，逐渐使车生由"家不中赀"变成"治沃田二百亩"的富户。可以想见，如果不是狐狸酒友的帮助，以车生"家不中赀"的状况，"床头樽常不空"实在是有些勉为其难，难乎为继。与狐狸酒友认识之前，他的嗜酒是穷嗜酒，贱嗜酒。与狐狸酒友认识之后，他的嗜酒就鸟枪换炮，上了档次。车生富了之后与狐狸酒友如何饮酒，小说没有写，但绝对不会再仅是"床头樽常不空"了吧。

车生者，家不中赀①，而耽饮②，夜非浮三白不能寝也③，以故床头樽常不空。一夜睡醒，转侧间，似有人共卧者，意是覆裳堕耳④。摸之，则茸茸有物，似猫而巨，烛之，狐也，酣醉而犬卧⑤。视其瓶，则空矣。因笑曰："此我酒友也。"不忍惊，覆衣加臂⑥，与之共寝，留烛以观其变。半夜，狐欠伸，生笑曰："美哉睡乎！"启覆视之，儒冠之俊人也⑦。起拜榻前，谢不杀之恩。生曰："我癖于曲蘖⑧，而人以为痴。卿，我鲍叔也⑨，如不见疑，当为糟丘之良友⑩。"曳登榻，复寝，且言："卿可常临，无相猜⑪。"狐诺之。生既醒，则狐已去。乃治旨酒一盛⑫，崇伺狐⑬。

【注释】

①家不中赀：家产达不到中等，意谓家产并不丰厚。

②耽饮：耽于饮酒。

③浮三白：饮三杯酒。汉刘向《说苑·善说》："魏文侯与大夫饮酒，使公乘不仁为觞政，曰：饮（而）不釂者，浮以大白。"浮白，原指罚酒，后满饮一大杯酒，也称浮一大白。浮，旧时行酒令罚酒之称，引申为满饮。白，酒杯的一种，供罚酒用。

④覆裳：盖着的衣裳。

⑤犬卧：像犬一样侧身盘曲睡卧。

⑥覆衣加臂：盖衣裳遮挡伸出的臂膀。

⑦儒冠：儒生戴的帽子。此谓戴着儒生帽子。

⑧癖于曲糵（niè）：意即嗜酒成癖。癖，嗜好成疾。曲糵，酒母。《书·说命》："若作酒醴，尔惟曲糵。"后因指酒。

⑨我鲍叔也：意谓是我的知己。鲍叔，春秋时齐人，与管仲是好友。不论管仲处境如何，鲍叔对其都十分信赖。二人经商，管仲多取，鲍叔知其家贫，恬不为怪。齐国发生内乱，公子小白与公子纠争夺君位，鲍叔与管仲处于敌对地位；结果鲍叔支持的小白（即齐桓公）取得胜利。这时，鲍叔又把管仲推荐给齐桓公，自己甘居其下。因此管仲说："生我者父母，知我者鲍子也。"见《史记·管晏列传》。

⑩糟丘：酒糟堆成的小丘。此指酒。

⑪猜：猜忌，不信任。

⑫旨酒一盛（chéng）：美酒一杯。旨，美。盛，杯盂之类的盛器。《左传·哀公十三年》："吴申叔仪乞粮于公孙有山氏。曰：'佩玉蘂兮，余无所系之！旨酒一盛兮，余与褐之父睨之！'对曰：'粱则无矣，粗则有之。若登首山以呼曰：庚癸乎！则诺。'"

⑬耑：同"专"。

【译文】

车生这个人，家里并不富裕，但沉溺于酒，每夜不喝上三大碗就睡不着觉，所以床头的酒瓶子常不空。一天夜里，他睡醒一觉，在翻身时，觉得好像有人和他一块儿睡觉，他以为是盖的衣裳滑下来了。用手一摸，摸到一只毛茸茸的东西，似猫又比猫大，他点上灯一照，是只狐狸，醉醺醺的，像只狗一样侧身盘曲睡卧着。再看酒瓶子，酒已经空了。车生于是笑着说："这是我的酒友啊！"车生不忍惊醒狐狸，给它盖上衣服遮挡伸出的臂膀，一起睡大觉，留着灯火好看看有什么变化。半夜里，狐狸伸了伸身子，打了个呵欠，车生笑着说："睡得真美啊！"揭开衣服一看，是个戴着儒生帽子的英俊男子。狐狸起身，在床前给车生叩头，感谢不杀之恩。车生说："我嗜酒成癖，人们却认为我痴。你是我的知己啊，如果你不怀疑我，咱们就交个喝酒的朋友吧。"说着又把狐狸拉到床上，继续睡觉，还说："你应当经常来，不要互相猜忌。"狐狸点头答应。车生一觉醒来，狐狸已经走了。于是准备下美酒一杯，专等狐狸来饮。

　　抵夕，果至，促膝欢饮。狐量豪善谐，于是恨相得晚。狐曰："屡叨良酝①，何以报德？"生曰："斗酒之欢，何置齿颊！"狐曰："虽然，君贫士，杖头钱大不易②。当为君少谋酒赀。"明夕来，告曰："去此东南七里，道侧有遗金，可早取之。"诘旦而往，果得二金，乃市佳肴，以佐夜饮。狐又告曰："院后有窖藏③，宜发之。"如其言，果得钱百馀千，喜曰："囊中已自有，莫漫愁沽矣④。"狐曰："不然，辙中水胡可以久掬⑤？合更谋之。"异日，谓生曰："市上荞价廉⑥，此奇货可居⑦。"从之，收荞四十馀石，人咸非笑之。未几，大旱，禾豆尽枯，惟荞可种，售种，息十倍。由此益富，治沃田二百亩。但问狐，多种麦则麦收，多种黍则黍收，一切种植之早晚，皆取决于狐。日稔密⑧，呼生妻以嫂,视子犹子焉⑨。后生卒,狐遂不复来。

【注释】

①叨(tāo):叨扰,辱承。表示承受的谦辞。

②杖头钱:买酒钱。南朝宋刘义庆《世说新说·任诞》:"阮宣子(修)常步行,以百钱挂杖头。至酒店,便独酣畅。"

③窖藏:地窖内贮藏的钱财。

④莫漫愁沽:不要徒然为酒钱犯愁。唐贺知章《题袁氏别业》:"莫漫愁沽酒,囊中自有钱。"

⑤辙中水:比喻所持不足道。《庄子·外物》:"周昨来,有中道而呼者。周顾视车辙中,有鲋鱼焉。周问之曰:'鲋鱼来! 子何为者邪?'对曰:'我,东海之波臣也。君岂有斗升之水而活我哉?'周曰:'诺。我将南游吴越之王,激西江之水而迎子,可乎?'鲋鱼忿然作色曰:'吾失我常与,我无所处。吾得斗升之水然活耳,君乃言此,曾不如早索我于枯鱼之肆!'"

⑥荍(qiáo):荞麦,子粒可供食用。

⑦奇货可居:意为囤积稀有货物,待价高时卖出以牟取暴利。《史记·吕不韦列传》:"吕不韦贾邯郸,见(子楚)而怜之,曰:'此奇货可居!'"

⑧稔(rěn)密:熟悉亲密。稔,熟悉。

⑨犹子:如同儿子。《论语·先进》:"回也视予犹父也,予不得视犹子也。"或侄子。《礼记·檀弓》:"丧服,兄弟之子,犹子也,盖引而进之也。"

【译文】

到了晚上,狐狸果然来了,于是促膝欢饮。狐狸酒量很大,又善于说笑话,真是相见恨晚。狐狸说:"多次让你拿出美酒款待,我用什么报答呢?"车生说:"斗酒之欢,何必挂在嘴上!"狐狸说:"虽然如此,但你是个穷书生，买酒钱来得也不容易。我应当为你多少谋划点儿喝酒的钱。"第二天晚上，狐狸来告诉说："离这里东南方七里，路旁有丢失的金子，可以早些去取回来。"等天亮后，车生前往，果然捡到了两块金子，于是他到集市上买来好菜，准备夜里下酒。狐狸又告诉说："院后窖里藏着东西，应该去挖出来。"按着狐狸说的，果然又得到十万多钱，车生高兴地说："口袋里有了钱，再不为没钱买酒痛饮而发愁了。"狐狸说："不能这样啊，车沟里的水怎能长期舀个没完？应该从长计划。"有一天，狐狸对车生说："市场上荞麦很便宜，这种东西奇货可居。"车生听从了，一下买了四十多石荞麦，人们都笑他不懂事。不久，天气大旱，原先种的庄稼都枯死了，只有荞麦可以种。这样，车生出售荞麦种子，获得了十倍的利息。从此，车生更加富裕起来，买了二百亩良田耕种。种什么都是先询问狐狸，狐狸说多种麦子，麦子就丰收；说多种谷子，谷子就丰收；一切庄稼种植的时间早晚也都由狐狸决定。由于彼此交往越来越密切，狐狸管车生的妻子叫嫂子，对待车生的孩子就像自己的亲生儿子一样。后来车生死了，狐狸也就不再来了。

莲香

【题解】

狐女莲香和女鬼李氏分别爱上了桑生，为了能够和桑生过上人间的夫妻生活，她们"死者而求其生，生者又求其死"，可谓对桑生一往情深。莲香尤其非常得体地处理了她与桑生以及李氏之间的复杂关系。王渔洋在阅读《莲香》篇后，对莲香格外赞赏，称："贤哉莲娘，巾帼中吾见亦罕，况狐耶！"不过，当代的读者关注并赞美的是她们对于桑生生死不渝的爱情，而往往忽视蒲松龄对于莲香和李氏，尤其是莲香的不妒方面的描述。蒲松龄在"异史氏曰"中说某些人"觍然而生不如狐，泯然而死不如鬼"，实际上是包括了两个方面——既包括她们对于桑生执着的爱情，也包括二女共事一夫的不妒乃至亲如姐妹。

《莲香》在《聊斋志异》的鬼狐故事中颇具代表性。展示了狐女和女鬼在与人类发生恋爱上的特点：她们倏忽而来却并不倏忽而去，往往留下子嗣，完成婚姻的归宿。小说中狐女和女鬼有一段对话最可注意。莲香问女鬼："闻鬼物利人死，以死后可常聚，然否？"李氏回答："不然。两鬼相逢，并无乐处，如乐也，泉下少年郎岂少哉？"这为《聊斋志异》中所有女鬼在人间的寻爱进行了解答；莲香说："世有不害人之狐，断无不害人之鬼，以阴气盛也。"这为女鬼的阴柔形象予以了定位。李氏问莲香："狐能死人，何术独否？"莲香回答说："是采补者流，妾非其类。"则为《聊斋志异》中的狐女与人的两种关系类型做了划定。狐鬼与人的恋爱模式虽然都出于蒲松龄的杜撰，却浪漫有趣，是解读《聊斋志异》故事的不二密钥。

桑生名晓，字子明，沂州人①。少孤②，馆于红花埠③。桑为人静穆自喜④，日再出⑤，就食东邻，馀时坚坐而已。东邻生偶至，戏曰："君独居不畏鬼狐耶？"笑答曰："丈夫何畏鬼狐⑥？雄来吾有利剑，雌者尚当开门纳之。"邻生归，与友谋，梯妓于垣而过之，弹指叩扉。生窥问其谁，妓自言为鬼，生大惧，齿震震有声。妓逡巡自去。邻生早至生斋，生述所见，且告将归。邻生鼓掌曰："何不开门纳之？"生顿悟其假，遂安居如初。

【注释】

①沂州：古地名。范围在今山东西南和苏北一带。清雍正时升府，下辖莒州、兰山县、郯城县、沂水县、蒙阴县和费县等。治所在今山东临沂。

②孤：失去父亲。《孟子·梁惠王》："幼而无父曰孤。"

③馆：寓舍。此谓寓居。红花埠：在山东临沂郯城南21公里处，沭河西岸。乾隆《郯城县志》载："红花埠，县南四十里。"宋乐史《寰宇记》："梁天监二年三月土人张高等五百馀人相率开凿此谿引水，溉田二百馀顷，俗名为红花水。"埠得名以此。据此，该村建于南北朝梁天监年间（502—519），时称红花水埠，后简化为红花埠。

④静穆自喜：沉静平和而自矜。

⑤日再出：每日出去两次。

⑥丈夫：大丈夫，犹言男子汉。

【译文】

书生桑晓，字子明，是沂州人。他少年时就没了父亲，寓居在红花埠。桑生为人好静自乐，除了每天两次到东边邻居家吃饭外，其馀时间全在屋里静坐读书。有一天，东邻的书生偶然到了桑生住处，开玩笑地说："你一个人住着就不怕鬼狐吗？"桑生笑着回答说："大丈夫怕什么鬼狐？雄的来了我有利剑，雌的来了我就开门收留。"东邻的书生回去，与朋友商议后，让一个妓女从梯子爬过墙去，然后弹指敲门。桑生从门缝往外察看，问是什么人，妓女回答说是鬼，桑生非常畏惧，吓得牙齿格格作响。那个妓女磨蹭一会儿就走了。第二天一早，东邻的书生来到桑生的书斋，桑生叙述了昨晚的事情，还告诉说想早点儿回家去。东邻的书生拍着巴掌说："为何不开门收留？"桑生顿时悟出昨晚的事是假的，于是安居如初。

积半年，一女子夜来叩斋。生意友人之复戏也，启门延入，则倾国之姝①。惊问所来，曰："妾莲香，西家妓女。"埠上青楼故多②，信之。息烛登床，绸缪甚至。自此三五宿辄一至。

【注释】

①倾国之姝：谓绝色女子。倾国，或作"倾国倾城"，指美女。《汉书·外戚传》载李延年歌："北方有佳人，绝世而独立；一顾倾人城，再顾倾人国。宁不知倾人与倾国，佳人难再得。"姝，美色。

②青楼：指妓馆。南朝梁徐陵《玉台新咏》收录刘邈《万山见采桑人》："倡妾不胜愁，结束下青楼。"

【译文】

　　过了半年时光，有一个女子夜里来敲门。桑生以为是朋友再次戏弄他，便开门请她进来，原来是个倾国倾城的美女。惊问她从哪里来的，女子说："我叫莲香，是西街的妓女。"当时红花埠的妓院比较多，桑生也就相信了。于是熄灭了灯，双双上床，亲密极了。自此过三五天就来一次。

　　一夕，独坐凝思，一女子翩然入。生意其莲，承逆与语①。觑面殊非，年仅十五六，弹袖垂髫②，风流秀曼③，行步之间，若还若往④。大愕，疑为狐。女曰："妾良家女，姓李氏。慕君高雅，幸能垂盼。"生喜。握其手，冷如冰，问："何凉也？"曰："幼质单寒，夜蒙霜露，那得不尔！"既而罗襦衿解，俨然处子。女曰："妾为情缘，葳蕤之质⑤，一朝失守。不嫌鄙陋，愿常侍枕席。房中得无有人否？"生云："无他，止一邻娼，顾不常至。"女曰："当谨避之⑥。妾不与院中人等⑦，君秘勿泄。彼来我往，彼往我来可耳。"鸡鸣欲去，赠绣履一钩⑧，曰："此妾下体所着，弄之足寄思慕。然有人慎勿弄也!"受而视之,翘翘如解结锥,心甚爱悦。越夕无人,便出审玩。女飘然忽至,遂相款昵。自此每出履,则女必应念而至。异而诘之,笑曰:"适当其时耳。"

【注释】

① 承逆:迎接。逆,迎。

② 骈(duǒ)袖垂髫:双肩瘦削,头发下垂。骈袖,垂袖。此谓肩削。髫,头发下垂。少女未笄不束发,鬖发下垂。

③ 秀曼:秀美。曼,美。

④ 若还若往:像是回退,又像前行。言其体态轻盈婀娜。三国魏曹植《洛神赋》:"凌波微步,罗袜生尘。动无常则,若危若安。进止难期,若往若还。"

⑤ 葳蕤(wēi ruí)之质:谓娇嫩柔弱的处女之身。葳蕤,草名。南朝梁任昉《述异记》:"葳蕤草,一名丽草,又呼为女草,江浙中呼娃草。美女曰娃,故以为名。"

⑥ 谨:小心。

⑦ 院中人:妓院中人。

⑧ 绣履一钩:绣鞋一只。钩,旧时女子裹足,足尖小而弯,鞋形尖端翘起如钩,故称。

【译文】

一天晚上,桑生独坐沉思,忽然有一个女子翩然而入。他以为是莲香,便迎上去说话。一看到面孔,并不是莲香,只见女子十五六岁模样,削肩垂发,风流秀丽,走起路来体态轻盈婀娜。桑生大惊,疑心她是狐狸精。这个女子说:"我是好人家的女儿,姓李。因为仰慕你品质高雅,盼望得到你的爱怜。"桑生很高兴。他上前握住她的手,感到冷如冰雪,问道:"你的手为什么这么凉呢?"李姑娘说:"幼年时就体质单寒,何况又夜里顶着霜露,哪能不冰冷呢?"不久,李姑娘脱下衣服,俨然是个处女。李姑娘说:"我为了情缘,把这个单薄柔媚的身子一下子全交给了你。你如果不嫌弃丑陋,我愿长久侍候在枕席边。屋里还有别的人吗?"桑生说:"没有别人,只有邻近的一个妓女,也不是常来。"李姑娘说:"应当小心避开她。我和妓院中的人不一样,你要保守秘密,不要泄露出去。她来我走,她走我来就可以了。"鸡鸣时刻,李姑娘要走,送给桑生一只绣花鞋,说:"这是我脚下用的东西,把玩它可以寄托思慕之情。但是有人时,千万不要摆弄它。"桑生接过来一看,翘翘尖尖的,好像是解结的锥子,心里很是喜欢。过了一天的晚上,屋里没人,桑生便拿出绣鞋欣赏玩弄。这时,李姑娘忽然间飘然来到,于是两人亲昵一番。从此,桑生每当拿出绣鞋时,李姑娘就必然应念而来。桑生觉得奇怪,询问这是怎么回事,李姑娘笑着说:"这都是赶巧了吧。"

一夜,莲来,惊曰:"郎何神气萧索①?"生言:"不自觉。"莲便告别,相约十日。去后,李来恒无虚夕。问:"君情人何久不至?"因以相约告。李笑曰:"君视妾何如莲香美?"曰:"可称两绝。但莲卿肌肤温和。"李变色曰:"君谓双美,对妾云尔。渠必月殿仙人②,妾定不及。"因而不欢。乃屈指计,十日之期已满,嘱勿漏,将窃窥之。次夜,莲香果至,笑语甚洽。及寝,大骇曰:"殆矣!十日不见,何益惫损③?保无他遇否?"生询其故,曰:"妾以神气验之,脉析析如乱丝④,鬼症也。"次夜,李来,生问:"窥莲香何似?"曰:"美矣。妾固谓世间无此佳人,果狐也。去,吾尾之,南山而穴居。"生疑其妒,漫应之。

【注释】

①萧索：衰颓。

②月殿仙人：传说中的月中仙女，即嫦娥。旧时诗文常用以喻美丽的女子。

③惫损：疲惫，消瘦。这里是元气大伤之意。

④析析：散乱的样子。

【译文】

　　一天晚上，莲香来了，惊问："郎君为何精神萎靡？"桑生说："我没感觉出来。"莲香便告别，约好十天后再来。莲香走后，李姑娘一天不漏，天天夜里来临。她问："你的情人为什么好久不来了呢？"桑生便把相约的事告诉了她。李姑娘笑着问道："你看我与莲香哪个美？"桑生说："可以说两个人都是绝佳美人。不过莲香肌肤比较温和。"李姑娘脸色一变，说道："你说我俩都是美人，不过是当着我的面说罢了。她必定是月宫中的仙女，我肯定比不过她。"于是很不高兴。李姑娘屈指一算，十天的期限已经到了，便嘱咐桑生不要走漏消息，准备偷偷看看莲香。第二天夜里，莲香果然来了，笑声细语非常亲密。等到睡觉时，莲香大惊，说道："糟了！十天不见，你为什么这样疲惫劳损？你肯定没有遇上什么吗？"桑生询问怎么回事，莲香说："我是从神气上看出来的，你的脉搏细而杂像乱丝一样，这是遭遇鬼的症状。"第二天夜里，李姑娘来了，桑生问："你看莲香如何？"李姑娘说："确实很美。我早说过世间没有这样的佳人，果然是个狐狸。她走时，我尾随她，知道她住在南山洞穴里。"桑生疑心李姑娘妒嫉她，也就漫不经心地答应着。

　　逾夕，戏莲香曰："余固不信，或谓卿狐者。"莲亟问："是谁所云？"笑曰："我自戏卿。"莲曰："狐何异于人？"曰："惑之者病，甚则死，是以可惧。"莲香曰："不然。如君之年，房后

三日，精气可复，纵狐何害？设旦旦而伐之^①，人有甚于狐者
矣。天下病尸瘵鬼^②，宁皆狐蛊死耶？虽然，必有议我者。"
生力白其无，莲诘益力，生不得已，泄之。莲曰："我固怪君
惫也。然何遽至此？得勿非人乎？君勿言，明宵，当如渠之
窥妾者。"是夜李至，裁三数语，闻窗外嗽声，急亡去。莲入
曰："君殆矣！是真鬼物！昵其美而不速绝，冥路近矣！"生
意其妒，默不语。莲曰："固知君不忘情，然不忍视君死。明
日，当携药饵，为君以除阴毒。幸病蒂犹浅，十日恙当已。
请同榻以视痊可。"次夜，果出刀圭药啖生^③。顷刻，洞下三
两行^④，觉脏腑清虚，精神顿爽。心虽德之^⑤，然终不信为鬼。

【注释】

①旦旦而伐之：本谓天天砍伐树木。《孟子·告子》："亦犹斧斤之
　于森也，旦旦而伐之，可以为美乎？"此谓天天放纵淫欲。旦旦，
　日日，每天每天地。伐，砍伐。旧谓淫乐伐性伤身。《吕氏春
　秋·本生》："靡曼皓齿，郑卫之音，务以自乐，命之曰伐性之斧。"

②病尸瘵（zhài）鬼：中医指所有积劳损削病的统称，也特指因患肺
　病而死的人。

③刀圭药：一小匙药。刀圭，古时量取药末的用具。章炳麟《新方
　言·释器》谓刀即"庇"；刀圭，古读如"条耕"，即今之"调羹"。

④洞下三两行：泻了两三次。洞，腹泻。行，次。

⑤德：感恩。

【译文】

　　过了一宿，莲香来了，桑生戏弄说："我本来就不信，有人说你是个
狐狸。"莲香忙问："是谁说的？"桑生笑着说："是我自己跟你开玩笑。"莲
香说："狐狸与人有什么区别？"桑生说："受狐狸迷惑就要得病，严重的

就要死,所以让人害怕。"莲香说:"不对。像你这个年纪,房事三天后,精气就可以恢复,纵然是狐狸又有什么关系?假如夜夜房事不停,人比狐狸严重多了。天下那些得了色痨病而死的人,难道都是狐狸害死的吗?尽管如此,必定有人说我的坏话。"桑生极力表白没有这样的事,莲香还是没完没了地追究,桑生迫不得已,也就说了。莲香说:"我本来就怀疑你为何这么疲惫。但是怎么这么严重?她莫非不是人吗?你不要泄露出去,明天晚上,我要像她窥视我那样去偷看她。"这天夜里,李姑娘来了,才说了几句话,就听到窗外有咳嗽声,便急忙跑了。莲香进来后,说:"你危险了!真是个鬼物!你恋着她的漂亮而不迅速断绝关系,死期不远了!"桑生心想她是妒嫉,便沉默不语。莲香说:"我早就想到你不会忘情,但是不忍心看着你死。明天我带药物来,替你治疗阴毒。幸好病根还浅,十天就能痊愈。你要同我在一个床上睡觉,我要看着你病好。"第二天夜里,莲香果然带着药来。桑生吃了药,顷刻间大泻了两三次,觉得脏腑里也豁亮了,精神也立刻爽快起来。他心里虽然很感激莲香,但是并不相信李姑娘是鬼。

　　莲香夜夜同衾偎生,生欲与合,辄止之。数日后,肤革充盈①。欲别,殷殷嘱绝李,生谬应之②。及闭户挑灯,辄捉履倾想。李忽至,数日隔绝,颇有怨色。生曰:"彼连宵为我作巫医③,请勿为怼④,情好在我。"李稍怿⑤。生枕上私语曰:"我爱卿甚,乃有谓卿鬼者。"李结舌良久,骂曰:"必淫狐之惑君听也!若不绝之,妾不来矣!"遂鸣鸣饮泣。生百词慰解,乃罢。

【注释】

①肤革充盈:谓身体又结实起来。肤革,皮肤。

②谬应：假装答应。

③巫医：巫师和医师。此指行医治病。

④为怼(duì)：发生怨恨。

⑤怿：欢喜，高兴。

【译文】

莲香夜夜都陪着桑生在一个被窝里睡觉，桑生每当要同她行房事时，她都拒绝他。这样几天后，桑生身子健壮起来。莲香临走时，千叮咛万嘱咐，叫桑生断绝与李姑娘往来，桑生假装着答应下来。桑生到了闭门点灯的时候，不由得拿起绣鞋思念起李姑娘。李姑娘忽然来了，由于好几天不曾会面，颇有埋怨的神气。桑生说："她连夜为我行巫治病，请不要生气，我对你倾心不变。"李姑娘这才高兴起来。桑生在枕头上小声地说："我爱你太深了，可是有人说你是鬼。"李姑娘好久都说不出话来，骂道："必定是那个骚狐狸迷惑你！如果你不同她断绝关系，我再也不来了！"于是"呜呜"哭泣起来。桑生百般安慰劝解，这才不哭了。

隔宿，莲香至，知李复来，怒曰："君必欲死耶！"生笑曰："卿何相妒之深？"莲益怒曰："君种死根，妾为若除之，不妒者将复何如？"生托词以戏曰："彼云前日之病，为狐祟耳。"莲乃叹曰："诚如君言，君迷不悟，万一不虞①，妾百口何以自解？请从此辞，百日后当视君于卧榻中。"留之不可，怫然径去。

【注释】

①不虞：发生意料之外的事。指死。

【译文】

隔天夜里，莲香来了，知道李姑娘又来了，生气地说："你非要找死啊!"桑生笑着说:"你何必妒嫉她这样深呢?"莲香更生气了,说:"你种下的死根,我为你除掉了,不妒嫉的人又将是什么样呢?"桑生托词开玩笑说:"她说前些日子的病是狐狸作祟的结果。"莲香于是叹息着说:"真像你说的,像你这样执迷不悟,万一遇上个好歹,我纵有一百张嘴,又如何解释呢? 干脆就从现在告辞,一百天后我会在你的卧床边看你。"桑生留也留不住,莲香生气地走了。

由是与李夙夜必偕,约两月馀,觉大困顿^①。初犹自宽解,日渐羸瘠^②,惟饮饘粥一瓯^③。欲归就奉养,尚恋恋不忍遽去。因循数日,沉绵不可复起。邻生见其病惫,日遣馆僮馈给食饮。生至是疑李,因谓李曰:"吾悔不听莲香之言,一至于此!"言讫而瞑。移时复苏,张目四顾,则李已去,自是遂绝。

【注释】

①困顿:艰难窘迫,指劳累到不能支持或生计困难。此处指桑生身体吃不消了。

②羸瘠:病弱瘦削。

③饘(zhān)粥一瓯:喝一碗粥。饘,黏粥。《礼记·檀弓》:"粥之食。"疏:"厚曰饘,稀曰粥。"瓯,小容器。

【译文】

从此,李姑娘每夜必定要来,大约过了两个多月,桑生感到全身困顿。起初还自我宽解,可一天比一天瘦弱,到了只能喝下一碗稀粥的地步。他打算回家养病,还恋恋不舍,不忍心一下子离开。这样又对付了几天,病重得不能下床了。邻居的书生见他病得如此严重,每天派书童给他送点吃的来。到了这个地步,桑生才怀疑李姑娘,对她说:"我后悔当初没听莲香的话，竟然到了这个地步！"说罢就闭上了眼睛。过了一个时辰他苏醒过来，张目四望，李姑娘已经离去了，从此再也没有来过。

　　生羸卧空斋，思莲香如望岁①。一日，方凝想间，忽有搴帘入者，则莲香也。临榻哂曰："田舍郎②，我岂妄哉！"生哽咽良久，自言知罪，但求拯救。莲曰："病入膏肓③，实无救法。姑来永诀，以明非妒。"生大悲曰："枕底一物，烦代碎之。"莲搜得履，持就灯前，反复展玩，李女欻入，卒见莲香④，返身欲遁。莲以身蔽门，李窘急不知所出。生责数之⑤，李不能答。莲笑曰："妾今始得与阿姨面相质⑥。昔谓郎君旧疾，未必非妾致，今竟何如？"李俛首谢过。莲曰："佳丽如此，乃以爱结仇耶？"李即投地陨泣⑦，乞垂怜救。莲遂扶起，细诘生平。曰："妾，李通判女⑧，早夭，瘗于墙外。已死春蚕，遗丝未尽⑨。与郎偕好，妾之愿也，致郎于死，良非素心。"莲曰："闻鬼物利人死，以死后可常聚，然否？"曰："不然。两鬼相逢，并无乐处，如乐也，泉下少年郎岂少哉？"莲曰："痴哉！夜夜为之，人且不堪，而况于鬼？"李问："狐能死人，何术独否？"莲曰："是采补者流，妾非其类。故世有不害人之狐，断无不害人之鬼，以阴气盛也。"

【注释】

①望岁：饥饿而盼望谷熟。《左传·昭公三十年》："闵闵焉如农夫之望岁，惧以待时。"

②哂(shěn)：讥笑。田舍郎：农家子弟，乡巴佬。含讥讽之意的戏称。

③病入膏肓（huāng）：谓病情恶化无法可医。古代医学以心尖脂肪为膏，心脏与膈膜之间为肓。《左传·成公十年》："公梦疾为二竖子，曰：'彼良医也，惧伤我，焉逃之？'其一曰：'居肓之上，膏之下，若我何？'医至，曰：'疾不可为也。在肓之上，膏之下，攻之不可，达之不及，药不至焉，不可为也。'"

④卒：后多作"猝"，突然。

⑤责数（shǔ）：数落，列举事实加以责问。

⑥面相质：当面对质。质，询问。

⑦投地陨泣：谓伏地哭泣。投地，下拜，拜伏于地。陨泣，落泪。

⑧通判：官名。明清为知府之佐，各府置员不等，分掌粮运、督捕及农田水利等事务。

⑨已死春蚕，遗丝未尽：意谓人虽已死而情丝未断。丝，谐"思"。唐李商隐《无题》："春蚕到死丝方尽，蜡炬成灰泪始干。"

【译文】

　　桑生瘦骨嶙峋地躺在空荡荡的书房里，思念着莲香如同饥饿的人盼着丰收一样。一天，正当凝想的时候，忽然有人掀起帘子进屋来了，正是莲香。莲香走近病床，嘲笑地说："乡巴佬，我没有胡说吧！"桑生哽咽了很久，自己一再承认知道错了，希望莲香救命。莲香说："病入膏肓，实在没有挽救的方法。我只是来向你诀别，以此证明我不是妒嫉。"桑生非常悲伤，说道："枕底下有个东西，麻烦你替我毁了它。"莲香翻出绣花鞋，拿到灯前，颠来倒去地把玩，这时李姑娘突然进屋来，猛然间看见莲香，扭头就想跑。莲香用身子挡住门，李姑娘急得不知从哪里出去。桑生责备李姑娘，李姑娘不能答言。莲香笑着说："我今天有机会和阿姨当面对质了。过去我说郎君疾病未必不是因我而得的，如今怎么样？"李姑娘低头认错。莲香说："如此漂亮的人，怎么竟然因为恩爱结成仇敌呢？"李姑娘跪倒在地，痛心地哭着，哀求可怜她，饶恕她。莲香把李姑娘扶起来，细细询问她的生平。李姑娘说："我是李通判的女儿，早早就夭折了，埋在墙外。我就像春天的蚕一样，虽然死了，但是遗留的丝还没有吐尽。与郎相好，这是我的心愿；使郎致死，实在不是我的本意。"莲香问道："听说鬼这东西希望人死，因为人死后就可以经常聚在一起，是不是有这回事？"李姑娘说："不是。两个鬼相聚在一起，并没有乐趣，如果有乐趣，九泉下边的少年郎还少吗？"莲香说："真是痴心啊！夜夜干那事，人尚且不堪承受，何况跟鬼呢？"李姑娘问："狐狸能害死人，你有什么办法不这样呢？"莲香说："能害人的是那种采人阳气以补自己的一类，我不是那类狐狸。所以，世上有不害人的狐狸，断然没有不害人的鬼，因为鬼的阴气太重了。"

生闻其语，始知狐鬼皆真，幸习常见惯，颇不为骇。但念残息如丝，不觉失声大痛。莲顾问："何以处郎君者？"李赧然逊谢。莲笑曰："恐郎强健，醋娘子要食杨梅也。"李敛衽曰[1]："如有医国手[2]，使妾得无负郎君，便当埋首地下，敢复觍然于人世耶[3]！"莲解囊出药，曰："妾早知有今，别后采药三山[4]，凡三阅月[5]，物料始备，瘵蛊至死[6]，投之无不苏者。然症何由得，仍以何引[7]，不得不转求效力。"问："何需？"曰："樱口中一点香唾耳。我一丸进，烦接口而唾之。"李晕生颐颊，俯首转侧而视其履。莲戏曰："妹所得意惟履耳！"李益惭，俯仰若无所容。莲曰："此平时熟技，今何吝焉？"遂以丸纳生吻，转促逼之，李不得已，唾之。莲曰："再！"又唾之。凡三四唾，丸已下咽，少间，腹殷然如雷鸣。复纳一丸，自乃接唇而布以气。生觉丹田火热[8]，精神焕发。莲曰："愈矣！"李听鸡鸣，彷徨别去。莲以新瘥，尚须调摄[9]，就食非计[10]，因将户外反关，伪示生归，以绝交往，日夜守护之。李亦每夕必至，给奉殷勤，事莲犹姊，莲亦深怜爱之。

【注释】

①敛衽(rèn)：指整理衣襟致敬或行礼。衽，衣襟。

②医国手：本指医术居全国之首的高手，此指能起死回生的神奇手段、本领。

③觍(tiǎn)然：厚颜貌。

④三山：神话传说中的三神山，即方丈、蓬莱、瀛洲。《史记·秦始皇本纪》载："齐人徐福等上书，言海中有三神山，名曰蓬莱、方丈、瀛洲。"

⑤凡三阅月：共历三月。阅，历。

⑥瘵蛊：经久不愈之病。蛊，通"痼"。

⑦引：药引。

⑧丹田：道家称人身脐下三寸处。宋张君房《云笈七签·黄庭外景经·上部经》："呼吸庐间入丹田。"务成子注："呼吸元气会丹田中。丹田中者，脐下三寸阴阳户，俗人以生子，道人以生身。"

⑨调摄(shè)：调理保养。

⑩就食非计：到外面吃不是办法。指桑生"就食东邻"。

【译文】

桑生听了她们的对话，这才知道说鬼说狐的都是真的，幸好同她们接触习以为常了，也就不那么怕了。但是一想到自己仅存一息，活不了多久，不觉失声大哭。莲香看着李姑娘问道："你怎么医治郎君啊？"李姑娘红着脸说自己没有办法。莲香笑着说："恐怕郎君身体强健后，醋娘子要吃杨梅，酸上加酸了。"李姑娘整整衣襟，严肃地说："如果有一医国手能治好郎君的病，使我不负郎君，自然应当永远回到地下去，哪敢觍着脸再在人世间抛头露面呢？"莲香解下小口袋，拿出药来说："我早就料到有今天，自分别后到三山去采药，用了三个多月才把药物配齐。

即使是身患痼疾就要死去的,吃了没有不活的。不过病症因什么得的,仍要以那个东西做引子,这就不得不转而求你出力了。"李姑娘问:"需要什么?"莲香说:"樱桃口中的一点儿香唾。我把丸药放在他嘴里,麻烦你嘴对嘴吐点儿唾沫。"李姑娘听后,脸上泛出红晕,不好意思地东张西望,然后又低下头看着自己的鞋子。莲香戏弄她说:"妹妹最得意的只有绣花鞋吧!"李姑娘更加惭愧,低头不是,抬头不是,好像无地容身。莲香又说:"这种活,平时挺熟练的,怎么今天舍不得了?"说着把药丸放进桑生嘴里,转身催促李姑娘去送唾沫,李姑娘迫不得已,把口中唾沫送过去。莲香说:"再送一口。"李姑娘又吐唾沫。一共吐了三四口,这时桑生已把丸药吞进肚里,过了一会儿,桑生的肚子里"咕噜咕噜"像雷鸣一般。莲香又放进一丸,自己嘴对嘴送进一口气。桑生只觉得丹田部位火热火热的,顿时精神焕发。莲香说:"好了!"李姑娘听到鸡叫声,一步一回头地走了。莲香因为桑生大病初愈,尚须调养,不能再到东邻去吃饭,因此将大门从外面锁上,假装桑生已经返回家乡,以此断绝任何交往,同时自己日夜守护着。李姑娘也是每天晚上必来,殷勤侍候,对待莲香犹如姐姐一样,莲香也深深疼爱李姑娘。

居三月,生健如初,李遂数夕不至。偶至,一望即去,相对时,亦悒悒不乐。莲常留与共寝,必不肯。生追出,提抱以归,身轻若刍灵①。女不得遁,遂着衣偃卧②,蜷其体不盈二尺。莲益怜之,阴使生狎抱之,而撼摇亦不得醒。生睡去,觉而索之,已杳。后十馀日,更不复至。生怀思殊切,恒出履共弄。莲曰:"窈娜如此③,妾见犹怜④,何况男子!"生曰:"昔日弄履则至,心固疑之,然终不料其鬼。今对履思容,实所怆恻⑤。"因而泣下。

【注释】

①刍灵：用茅草扎成的人马，为死人送葬之物。《礼记·檀弓》："涂车刍灵，自古有之，明器之道也。"郑玄注："刍灵，束茅为人焉，谓之灵者，神之类。"孙希旦《集解》："涂车刍灵，皆送葬之物也。"

②偃卧：睡卧。

③窈娜：窈窕婀娜，美好的样子。

④妾见犹怜：我看见都尚且爱。怜，爱。南朝宋刘义庆《世说新语·贤媛》刘孝标注引南朝宋虞通之《妒记》："温平蜀，以李势女为妾。南郡主凶妒，不即知之，后知，乃拔刀往李所，因欲斫之。见李在窗梳头，姿貌端丽，徐徐结发，敛手向主，神色闲正，辞甚凄婉。主于是掷刀前抱之，曰：'阿子，我见汝亦怜，何况老奴！'遂善之。"

⑤怆恻：伤心。

【译文】

　　三个月以后，桑生恢复了健康，李姑娘于是好几天不来一趟。偶然来一次也是看一看就走，相见时也总是闷闷不乐。莲香经常留李姑娘住下，李姑娘必定不肯。有一次，桑生追李姑娘出去，硬是把她抱了回来，她身体轻轻的，就像草人一般。李姑娘逃脱不开，于是穿着衣服侧身躺下，踡着身子，体长不足二尺。莲香更是可怜她，私下让桑生亲昵搂抱她，任凭桑生怎么摇动，她也不醒。桑生睡过一觉，醒来后再找，她已经消失了。以后十几天过去了，李姑娘再没有来一趟。桑生很是思恋，常常拿出绣鞋来摆弄。莲香说："李姑娘这样婀娜美好，连我都喜爱她，更何况男子！"桑生说："从前一摆弄绣鞋她就来到，心里一直有所猜疑，然而终究没有想到她是鬼。如今面对绣鞋，思念她的音容笑貌，实在是令人悲伤。"说着流下泪来。

先是，富室张姓有女字燕儿，年十五，不汗而死。终夜复苏,起顾欲奔。张扃户,不得出。女自言:"我通判女魂。感桑郎眷注①,遗舄犹存彼处。我真鬼耳,锢我何益②?"以其言有因,诘其至此之由,女低徊反顾,茫不自解。或有言桑生病归者,女执辨其诬,家人大疑。东邻生闻之,逾垣往窥,见生方与美人对语,掩入逼之,张皇间已失所在。邻生骇诘,生笑曰:"向固与君言,雌者则纳之耳。"邻生述燕儿之言,生乃启关,将往侦探,苦无由。

【注释】

①眷注:垂爱关注。

②锢:禁锢,锁。

【译文】

在这之前,有个大户人家姓张,女儿叫燕儿,年仅十五岁,由于生病出不了汗死了。过了一宿又苏醒过来,起来就要跑。张家锁上门户,她跑不出去。姑娘自己说:"我是通判女儿的灵魂。受到桑郎的眷恋,我送给他的鞋还在他那里。我真的是鬼啊,关我有什么用?"张家听她说话有些缘故,便追问她为何到这里。姑娘低头沉思,左顾右盼,自己也茫茫然,不知是怎么回事。有人说桑生因病回家了,姑娘坚持说这是谎言,张家的人一个个大惑不解。东邻的书生听说后,就翻过院墙去察看,看见桑生正和一个美人面对面说话,便趁他们不备闯了进去逼住他们,正紧张中,美人已经不见了踪影。东邻的书生惊骇之中追问事情的真相,桑生笑着说:"我不是早说了吗?雌的如果来的话,就留下她。"东邻的书生说起燕儿的事,桑生打开门,马上就想去张家探察一下,只是苦于没有理由。

张母闻生果未归,益奇之,故使佣媪索履,生遂出以授。

燕儿得之喜,试着之,鞋小于足者盈寸,大骇。揽镜自照,忽恍然悟己之借躯以生也者,因陈所由,母始信之。女镜面大哭曰①:"当日形貌,颇堪自信,每见莲姊,犹增惭怍②。今反若此,人也不如其鬼也!"把履号咷,劝之不解,蒙衾僵卧。食之,亦不食,体肤尽肿。凡七日不食,卒不死,而肿渐消,觉饥不可忍,乃复食。数日,遍体瘙痒,皮尽脱。晨起,睡舄遗堕,索着之,则硕大无朋矣③。因试前履,肥瘦吻合,乃喜。复自镜,则眉目颐颊,宛肖生平④,益喜。盥栉见母⑤,见者尽眙。

【注释】

①镜面:用镜子照脸。

②惭怍(zuò):羞愧。

③硕大无朋:大得无与伦比。硕,大。朋,伦比。《诗·唐风·椒聊》:"椒聊之实,蕃衍盈升。彼其之子,硕大无朋。"

④宛肖生平:宛然与往日容貌一样。肖,像。

⑤盥栉(zhì):这里是洗浴打扮的意思。盥,洗。栉,梳头。

【译文】

张家的母亲听说桑生果然没有回去,更加奇怪,于是派老妈子去要鞋,桑生便拿出绣鞋给了她。燕儿得到绣鞋大喜,试着穿穿,绣鞋比脚小了一寸多,很是惊奇。她拿过镜子自照,忽然恍然悟到自己是借人家身子而生的,于是向张母陈述来龙去脉,张母这才相信。姑娘对着镜子大哭说:"当日的形貌,自己觉得很不错,每每见了莲香姐姐,还是感到自愧不如。如今反而这等样子,当人还不如鬼呢!"她拿着绣鞋号咷大哭,别人劝也劝不住,哭够了便蒙上被子直挺挺躺下不动。给吃的她也不吃,全身浮肿。七天没吃没喝也没有死,而浮肿渐渐消下去,后来觉得饿极了,这才开始吃东西。几天后,遍体发痒,身体整个脱了一层皮。早晨起来时,睡鞋掉在地上,捡起来一穿,只觉得硕大无比。于是把先前那双绣鞋取来试试,肥瘦正合适,于是很高兴。她再拿起镜子照,这时眉毛眼睛,还有脸庞,跟过去一模一样,更是喜不自禁。她梳洗打扮后去见母亲,凡是见到的人都惊呆了。

莲香闻其异,劝生媒通之①,而以贫富悬邈②,不敢遽进。会媪初度③,因从其子婿行④,往为寿。媪睹生名,故使燕儿窥帘认客。生最后至,女骤出,捉袂⑤,欲从与俱归,母诃谯之⑥,始惭而入。生审视宛然,不觉零涕,因拜伏不起。媪扶之,不以为侮。生出,浼女舅执柯⑦。媪议择吉赘生⑧。

【注释】

①媒通:说媒。

②悬邈:犹悬远,悬殊。

③初度:谓初生之时,后因指称生日。战国屈原《离骚》:"皇览揆余初度兮,肇锡余以嘉名。"

④从其子婿行:跟随着儿子女婿辈分。

⑤捉袂:抓住袖子。袂,衣袖。

⑥诃谯(qiào):呵斥,诮让。

⑦浼(měi)女舅执柯:请求女方的舅父做媒人。浼,请托。执柯,谓为人做媒。《诗·豳风·伐柯》:"伐柯如何,匪斧不克。取妻如何,匪媒不得。"

⑧择吉赘生:选择好日子把桑生招赘到家。赘,古时男子就女家成婚,谓之赘婿。

【译文】

莲香听说了这件怪事,便劝桑生找媒人说合,却因为两家贫富悬殊,没敢马上去办。正赶上张母过生日,桑生便跟随着张母的儿子女婿们一道去拜寿。张母见到了桑生的名帖,故意让燕儿在帘子后面偷看,认一认客人。桑生是最后到的,姑娘飞快跑出来,抓住他的衣襟,想跟他一起回去。张母申斥了几句,姑娘这才不好意思地走进屋去。桑生仔细端详,宛然与李氏姑娘是一个人,不觉地掉下泪,于是跪在地上不起来。张母扶起他,没有认为他举动轻浮。桑生离开后,求姑娘的舅舅做媒人。张母便打算选个好日子,招桑生入赘。

生归告莲香,且商所处。莲怅然良久,便欲别去,生大骇泣下。莲曰:"君行花烛于人家,妾从而往,亦何形颜?"生谋先与旋里而后迎燕①,莲乃从之。生以情白张,张闻其有室,怒加诮让。燕儿力白之,乃如所请。至日,生往亲迎,家中备具,颇甚草草,及归,则自门达堂,悉以罽毯贴地②,百千笼烛,灿列如锦。莲香扶新妇入青庐③,搭面既揭,欢若生平。莲陪卺饮,因细诘还魂之异。燕曰:"尔日抑郁无聊④,徒以身为异物,自觉形秽。别后愤不归墓,随风漾泊⑤,每见生人则羡之。昼凭草木,夜则信足浮沉。偶至张家,见少女卧床上,近附之,未知遂能活也。"莲闻之,默默若有所思。

【注释】

①旋里:回归故里。旋,回还。

②罽(jì)毯:毛毯。罽,一种毛织品。

③青庐:青布搭成的帐篷,古代北方举行婚礼之处。唐段成式《酉阳杂俎·礼异》:"北朝婚礼,青布幔为屋,门内外,谓之青庐。"

④尔日:近日。尔,通"迩"。近。

⑤随风漾泊:随风飘荡、停留。

【译文】

桑生回去告诉莲香,商量如何处理这事。莲香难过了好久,打算离开桑生到别处去,桑生大吃一惊,哭了起来。莲香说:"你到人家花烛夜成婚,我跟着前往,有什么颜面?"桑生便打算先一起回老家,然后再娶燕儿,莲香就同意了。桑生把这件事告诉了张家,张家听说桑生已有家室,生气地责备质问桑生。燕儿极力说明,这才同意了桑生的请求。到了那一天,桑生亲自去迎接新娘,张家家中的器具布置非常草率简单,但等回到桑家,从大门到堂屋,全都铺上了地毯,成百上千的灯笼灿灿闪烁,犹如花团锦簇。莲香扶新娘进入洞房,揭下盖头,就像从前一样欢悦。莲香陪着吃了交杯酒,细细地询问她还魂的异事。燕儿说:"那时抑郁愁闷,只觉得自己身为鬼物,自惭形秽。自那天分别后,气得不愿回到墓穴中去,随风飘荡,见了活人就羡慕不已。白天依附在花草树丛中,夜晚就信步游逛。那天偶然到了张家,见少女躺在床上,便附上她的身体,没想到就活过来了。"莲香听了,默默不语,心中若有所思。

逾两月,莲举一子。产后暴病,日就沉绵,捉燕臂曰:"敢以孽种相累,我儿即若儿。"燕泣下,姑慰藉之。为召巫医,辄却之。沉痼弥留①,气如悬丝,生及燕儿皆哭。忽张目曰:"勿尔!子乐生,我乐死。如有缘,十年后可复得见。"言讫而卒。启衾将敛,尸化为狐。生不忍异视,厚葬之。子名狐儿,燕抚如己出。每清明,必抱儿哭诸其墓。

【注释】

①沉痼弥留:病久将危。沉痼,积久难治之病。弥留,将死未死之际。《书·顾命》:"病日臻,既弥留。"

【译文】

过了两个月，莲香生下一个儿子。她产后突然大病，一天比一天衰弱。一天，莲香抓住燕儿的手臂说："我把小东西托付给你，让你受累，我儿即是你儿啊。"燕儿掉下眼泪来，只好尽力地安慰她。为她请来医生，她总是谢绝。莲香病得愈来愈重，弥留时刻，气息犹如悬着的细丝一样，桑生和燕儿都伤心地哭着。忽然间，莲香张开眼睛说："不要这样！你们喜欢生，我可乐意死啊。如果有缘分，十年后可以再相会。"说罢就死了。桑生掀开被子准备收殓，尸体化成了狐狸。桑生不忍以异类看待，便隆重地埋葬了狐狸。她的儿子叫狐儿，燕儿抚养他犹如自己亲生的一样。每到清明，必定抱着狐儿到她墓前去哭。

后生举于乡①，家渐裕，而燕苦不育。狐儿颇慧，然单弱多疾。燕每欲生置媵。一日，婢忽白："门外一妪，携女求售。"燕呼入，卒见，大惊曰："莲姊复出耶！"生视之，真似，亦骇，问："年几何？"答云："十四。""聘金几何？"曰："老身止此一块肉，但俾得所②，妾亦得啖饭处，后日老骨不至委沟壑，足矣。"生优价而留之。燕握女手，入密室，撮其颔而笑曰："汝识我否？"答言："不识。"诘其姓氏，曰："妾韦姓。父徐城卖浆者，死三年矣。"燕屈指停思，莲死恰十有四载。又审视女，仪容态度，无一不神肖者，乃拍其顶而呼曰："莲姊，莲姊！十年相见之约，当不欺吾。"女忽如梦醒，豁然曰："咦！"熟视燕儿。生笑曰："此'似曾相识燕归来'也③。"女泫然曰④："是矣。闻母言，妾生时便能言，以为不祥，犬血饮之，遂昧宿因⑤。今日始如梦寤。娘子其耻于为鬼之李妹耶？"共话前生，悲喜交至。

【注释】

①举于乡：即乡试得中，成为举人。

②俾(bǐ)得所：使得有归宿。俾，使。

③似曾相识燕归来：好像是曾经认识的燕子回来了。语出宋晏殊《浣溪沙》："一曲新词酒一杯，去年天气旧亭台。夕阳西下几时回？无可奈何花落去，似曾相识燕归来，小园香径独徘徊。"

④泫然：流泪的样子。

⑤宿因：佛教所谓前生的因缘。

【译文】

　　后来，桑生在乡里中了举人，家境渐渐富裕起来，而燕儿一直没有生育。狐儿很聪明，但身体单薄多病。于是燕儿经常打算让桑生娶妾。一天，丫环忽然报告说："门外有个老太太，带着女儿要卖。"燕儿叫进来，见到后，不禁大吃一惊，说道："莲香姐姐转世了！"桑生看那姑娘，觉得很像莲香，不由也是一惊。燕儿问："她多大年纪了？"老太太说："十四岁了。"又问："聘金要多少？"老太太说："老身只有这一个女儿，只要让她有个好去处，我也有个吃饭的地方，死后老骨不至于丢在沟坑里也就满足了。"桑生用优厚的价格留下了老太太的女儿。燕儿握着小女子的手，进了内室，撮着她的下巴，笑着说："你认识我吗？"女子回答说："不认识。"询问她的姓氏，她说："我姓韦。父亲是在徐城卖浆水的，死去三年了。"燕儿屈指盘算了一会儿，莲香死了正好也是十四年。又仔细看了看这个小女子，仪容神态没有一处不神似莲香，于是就拍着她的头顶叫道："莲香姐，莲香姐！十年相会的约定，当真没骗我。"这个女子忽然如大梦初醒，豁然叫道："噢！"然后细细地盯着燕儿看。桑生笑着说："这就是'似曾相识燕归来'呀。"小女子泪流满面地说："是了。听母亲说，我生下来就会说话，大家认为不祥，就叫我喝了狗血，就把过去的因缘忘记了。今天才如大梦初醒。娘子就是耻于做鬼的李妹妹吧？"于是一起说起了前世种种，悲喜交集。

一日,寒食,燕曰:"此每岁妾与郎君哭姊日也。"遂与亲登其墓,荒草离离①,木已拱矣②。女亦太息。燕谓生曰:"妾与莲姊两世情好,不忍相离,宜令白骨同穴。"生从其言,启李冡得骸,舁归而合葬之。亲朋闻其异,吉服临穴③,不期而会者数百人。

【注释】

①离离:浓密的样子。

②木已拱矣:墓上之树已有两手合抱那么粗了。拱,两手或两臂合围的径围。《左传·僖公三十二年》:"中寿,尔墓之木拱矣。"

③吉服临穴:穿着吉庆冠服到墓地参加葬礼。吉服,礼服。穴,墓穴。

【译文】

一天,寒食节到了,燕儿说:"这一天是每年我与郎君哭姐姐的日子。"于是大家一起登上墓地,这里早已是荒草离离,小树已长到一把多粗了。莲香也是叹息了好一阵子。燕儿对桑生说:"我与莲香姐姐两世交好,不忍相离,应当让尸骨同穴相伴。"桑生听从了燕儿的话,挖开李姑娘的坟墓,把尸骸取出来,然后与莲香的尸骨合葬在一起。亲朋好友听说了这件奇异之事后,都穿着礼服来到墓地,不约而来的有几百人。

余庚戌南游至沂①,阻雨,休于旅舍。有刘生子敬,其中表亲,出同社王子章所撰桑生传,约万馀言,得卒读。此其崖略耳②。

【注释】

①庚戌:康熙九年,即 1670 年。是年秋天蒲松龄应孙蕙之聘去江

苏宝应县做幕宾。沂:沂州。

②崖略:梗概,大略。语出《庄子·知北游》:"夫道窅然难言哉,将为汝言其崖略。"

【译文】

我在康熙九年到南方去旅游,走到沂州时,遇雨受阻,住在旅店里休息。有一个叫刘子敬的人,他的表兄弟拿出同学王子章所写的《桑生传》给我看,约有一万多字,我有幸读了一遍。这里写的不过是个大概情况。

异史氏曰:嗟乎! 死者而求其生,生者又求其死,天下所难得者,非人身哉? 奈何具此身者,往往而置之,遂至靦然而生不如狐①,泯然而死不如鬼②。

【注释】

①靦(tiǎn)然:这里是厚着脸皮,厚颜无耻的意思。

②泯然:泯灭,消失。

【译文】

异史氏说:可叹啊! 死去的盼望新生,而活着的又企求死去,天下最难得的不就是人身吗? 为何具有了这难得人身的人而往往把它扔在一旁,却厚颜偷生而不如一只狐狸,默默无闻消亡而不如一个鬼魂呢。

阿宝

【题解】

"洞房花烛夜,金榜题名时"——拥有自己喜欢的佳人,获得富贵功名,中国古代文人梦寐以求的两个人生理想,孙子楚都得到了。

　　孙子楚获取这两个人生目标的资本并不具有优势。他虽然是名士,不过那是虚名。他"有相如之贫",也就是穷得很;生有枝指,虽然算不得残疾,但与平常人相比也有点不正常。以上两点是婚姻资本上的不足。更重要的是,他"性迂讷,人诳之,辄信为真",做事情要么不做,要做就做到底,心不旁骛。这条在尔虞我诈的社会中就显得有点傻,于是被"名之'孙痴'"。

　　但蒲松龄不这么看,蒲松龄认为,为人要朴诚,做事要专注。"性痴则其志凝,故书痴者文必工,艺痴者技必良"。从纯技术的观点上看,孙子楚不仅不痴,而且具有理想人格。于是蒲松龄让孙子楚凭借着朴诚和专注,意外地获得了常人难以获得的幸福。特别是孙子楚获得功名的过程简直如同儿戏。如果说这是宣传和教育的话,那么蒲松龄的确在用小说进行人生的引导,引导人们要朴诚专注,那么自然会好人有好报。不过,这种教育颇具童话色彩。

　　作品中的主人公无疑是孙子楚,但篇名却是次要的女主人公阿宝,这是《聊斋志异》惯用的标题手法。不过女主人公阿宝也确实具有鲜明个性。蒲松龄写她从对孙子楚只有一般印象到印象深刻,逐渐产生感情,一直到"矢不他",写得细腻而有层次。中间鹦鹉作为孙子楚替身的出现,使阿宝与孙子楚的爱情平添了浪漫和童话色彩。

　　粤西孙子楚①,名士也。生有枝指②。性迂讷,人诳之,辄信为真。或值座有歌妓,则必遥望却走。或知其然,诱之来,使妓狎逼之,则赪颜彻颈,汗珠珠下滴。因共为笑。遂貌其呆状③,相邮传作丑语④,而名之"孙痴"。

【注释】

①粤西:约相当于今广西。粤,古百粤之地,辖今广东、广西地区。

②枝（qí）指：歧指，骈指。俗称六指。

③貌：形容，描写。

④相邮传作丑语：互相传扬，加以丑化。邮传，古时传递文书的驿站。此指传播。

【译文】

粤西人孙子楚是当地一个有名的人物。他手上长有六个手指头。孙子楚性情憨厚，不善说话，有人骗他，往往信以为真。如果座中有歌妓，他必定是远远一看见就躲开。有人知道他这个脾气，就有意骗他来，然后故意让妓女逼近他身边，逗弄他，他会窘得脸红到脖子根，汗珠子往下滴。席上的人便哈哈大笑，以此开心。于是大家都描述他那副呆相，传说他的笑话，给他起个绰号叫"孙呆子"。

邑大贾某翁，与王侯埒富^①，姻戚皆贵胄^②。有女阿宝，绝色也。日择良匹，大家儿争委禽妆^③，皆不当翁意。生时失俪^④，有戏之者，劝其通媒。生殊不自揣，果从其教。翁素耳其名，而贫之。媒媪将出，适遇宝，问之，以告。女戏曰："渠去其枝指，余当归之^⑤。"媪告生，生曰："不难。"媒去，生以斧自断其指，大痛彻心，血益倾注，滨死^⑥。过数日，始能起，往见媒而示之。媪惊，奔告女，女亦奇之，戏请再去其痴。生闻而哗辨^⑦，自谓不痴，然无由见而自剖。转念阿宝未必美如天人，何遂高自位置如此？由是曩念顿冷。

【注释】

①埒（liè）富：同样富有。埒，相等。

②贵胄：贵族的后代。这里指有身份地位的人。

③委禽妆：送定婚聘礼。委，送。禽，指雁。古时纳采用雁，因以

"委禽"或"委禽妆"为定婚的代称。《左传·昭公元年》:"郑徐吾犯之妹美,公孙楚聘之矣;公孙黑又使强委禽焉。"杜预注:"禽,雁也,纳采用雁。"

④失俪:丧妻。

⑤归之:嫁给他。古时女子出嫁曰归。

⑥濒死:差点死去。濒,临,靠近。

⑦哗辨:大声辩白。

【译文】

本地有个大商人,特别有钱,能够与王侯之家比富,与他家联姻的也都是富贵人家的子弟。大商人有个女儿叫阿宝,长得绝顶漂亮。近来要择选好女婿,大家子弟听说后都争着送去聘礼,但都不符合大商人的心意。当时孙子楚老婆死了,有人乘机戏弄他,劝他去求亲。孙子楚一点儿也不掂量掂量,真的听了别人的教唆,托媒人去了。大商人素来知道他的名气,但嫌他贫穷。媒婆要离开的时候,正巧碰上阿宝,阿宝问媒婆有什么事,媒婆便把求亲的事说了。阿宝开玩笑地说:"他要是能把枝指去掉,我就嫁他。"媒婆回来后,把阿宝的话告诉了孙子楚。孙子楚说:"这个不难。"媒婆走后,孙子楚便拿斧砍断自己的枝指,疼得钻心彻骨,鲜血直往外淌,差点儿死去。过了几天,孙子楚才能起床,便去见媒婆,把断去枝指的手给她看。媒婆大惊,连忙跑到阿宝家,告诉这件事,阿宝也是大为吃惊,又开玩笑说,请他再把那呆气去掉。孙子楚听媒婆传达之后,大声同媒婆辩解,说自己不呆不傻,然而没有机会向阿宝当面表白清楚。转念又想,阿宝未必像人们说的那样美如天仙,有什么资格把自己抬高到这种程度?于是从前求亲的念头也就一下子冷下来了。

会值清明,俗于是日妇女出游,轻薄少年,亦结队随行,恣其月旦①。有同社数人,强邀生去。或嘲之曰:"莫欲一观可人否②？"生亦知其戏己，然以受女揶揄故，亦思一见其人，忻然随众物色之。遥见有女子憩树下，恶少年环如墙堵。众曰："此必阿宝也。"趋之，果宝。审谛之，娟丽无双。少顷，人益稠，女起，遽去。众情颠倒，品头题足，纷纷若狂，生独默然。及众他适，回视，生犹痴立故所，呼之不应。群曳之曰："魂随阿宝去耶？"亦不答。众以其素讷，故不为怪，或推之，或挽之，以归。至家，直上床卧，终日不起，冥如醉，唤之不醒。家人疑其失魂，招于旷野③，莫能效。强拍问之，则矇眬应云："我在阿宝家。"及细诘之，又默不语。家人惶惑莫解。

【注释】

①恣其月旦：肆意评论。月旦，评议人物。《后汉书·许劭传》：东汉许劭与其堂兄许靖，"好共覈论乡党人物，每月辄更其品题，故汝南俗有'月旦评'焉"。

②可人：意中人。

③招：招魂。民间传说认为，失去意识的人是掉了魂，要想恢复意识，需要找回魂，称招魂。

【译文】

正好清明节到了，当地民俗，这一天妇女都要到外面去游玩，许多轻薄子弟也是成群结队地跟在后面，随意品头论足。孙子楚的几个同学，强拉着孙子楚去游玩。有人戏弄说："莫非不想看看你那意中人吗？"孙子楚也知道这是开玩笑，然而由于受到阿宝的揶揄，也想见一见她到底是什么样子，于是很痛快地答应下来，随着朋友们东张西望地寻找着。远远看见有个女子在大树下休息，有一帮无赖子弟围着看，人多得围成了一堵墙。众人说："这一定是阿宝。"赶过去一看，果然是阿宝。

仔细打量审视，见她长得文静美丽，天下无双。不一会儿，人更多了，阿宝站起身来，很快走了。大家情绪非常激动，纷纷品头论足，如同疯了一样，只有孙子楚一声不响。等众人都走散了，回过头一看，孙子楚仍然呆立在原来的地方，喊他也不应。朋友们拽他一把说："魂随阿宝去了吗？"他也不吱声。大家因为他平时不爱说话，所以没有感到特别奇怪，有的推他，有的挽他，一起回家了。孙子楚到家后，一头扎到床上，整天都没有起来，昏睡如醉，召唤他也不醒。家里人怀疑他丢魂了，便到旷野给他叫魂，但还是没有效果。用劲去拍他问他，他才含含糊糊地说："我在阿宝家。"等再细问，他又不说话了。家里人都迷惑不解。

　　初，生见女去，意不忍舍，觉身已从之行，渐傍其衿带间①，人无呵者。遂从女归，坐卧依之，夜辄与狎，甚相得。然觉腹中奇馁，思欲一返家门，而迷不知路。女每梦与人交，问其名，曰："我孙子楚也。"心异之，而不可以告人。生卧三日，气休休若将澌灭②，家人大恐，托人婉告翁，欲一招魂其家。翁笑曰："平昔不相往还，何由遗魂吾家？"家人固哀之，翁始允。巫执故服、草荐以往③。女诘得其故，骇极，不听他往，直导入室，任招呼而去。巫归至门，生榻上已呻。既醒，女室之香奁什具，何色何名，历言不爽④。女闻之，益骇，阴感其情之深。

【注释】

①衿带：衣带。

②休休（xū）：喘气声。休，通"咻"。澌灭：停止，尽。

③故服、草荐：平日穿的衣服和卧席，均是民间传说中招魂的用具。

④历言不爽：一件一件说来，毫无差错。

【译文】

起初，孙子楚见阿宝走了，依依不舍，觉得身子也跟她走了，渐渐依傍在她的衣带上，也没人呵叱他。于是一直跟着阿宝回到家，坐着躺着都依附在她身边，到夜里便同她一起睡觉，亲亲热热很是融洽。不过，他感到肚子饿得慌，想回家一趟，却迷失了道路。阿宝经常做梦与一个人做爱，问他的名字，他说："我是孙子楚。"阿宝心里很是诧异，但又不能告诉别人。孙子楚卧床三天，气息微弱地眼看就要断气，家里人非常恐惧，托人婉言告诉大商人，打算到他家给孙子楚叫叫魂。大商人笑着说："过去从不往来，怎么能把魂丢在我家呢？"孙子楚的家人一再哀求，大商人这才答应。巫婆拿着旧衣服和草席子到了大商人家。阿宝打听到是来招魂，惊讶极了，没让巫婆到别的地方去，直接带到她自己的卧室，任凭巫婆招呼而去。巫婆回来走到门口，孙子楚在床上已经开始呻吟了。醒过来后，孙子楚把阿宝屋里的梳妆用具，什么颜色什么形状，都能一一说出，没有一件说差的。阿宝听说后，更是惊讶，私下却也感受到孙子楚的一往情深。

生既离床寝，坐立凝思，忽忽若忘。每伺察阿宝，希幸一再遘之^①。浴佛节^②，闻将降香水月寺，遂早旦往候道左^③，目眩睛劳，日涉午，女始至。自车中窥见生，以搀手搴帘^④，凝睇不转。生益动，尾从之。女忽命青衣来诘姓字，生殷勤自展，魂益摇。车去，始归。归复病，冥然绝食，梦中辄呼宝名。每自恨魂不复灵。家旧养一鹦鹉，忽毙，小儿持弄于床。生自念倘得身为鹦鹉，振翼可达女室，心方注想，身已翩然鹦鹉，遽飞而去，直达宝所。女喜而扑之，锁其肘，饲以麻子^⑤。大呼曰："姐姐勿锁！我孙子楚也！"女大骇，解其缚，亦不去。女祝曰："深情已篆中心^⑥。今已人禽异类，姻好何可复圆?"鸟云:"得近芳泽,于愿已足。"他人饲之不食,女自饲之则食,女坐则集其膝,卧则依其床,如是三日。女甚怜之,阴使人睊生⑦,生则僵卧气绝,已三日,但心头未冰耳。女又祝曰:"君能复为人,当誓死相从。"鸟云:"诳我。"女乃自矢。鸟侧目若有所思。少间,女束双弯⑧,解履床下,鹦鹉骤下,衔履飞去。女急呼之,飞已远矣。

【注释】

①遘(gòu):相遇。

②浴佛节:佛诞节,纪念释迦诞生的节日。中国汉族地区,一般以阴历四月初八日为释迦诞辰。届时佛寺举行诵经法会,并根据佛降生时龙喷香雨的传说,以各种名香浸水浴洗佛像,并供养香花灯烛茶果珍馐。

③道左:道路旁边。《诗·唐风·有杕之杜》:"有杕之杜,生于道左。"毛传:"兴也。道左之阳,人所宜休息也。"郑玄笺:"道左,道东也。日之热,恒在日中之后,道东之杜,人所宜休息也。今人不休息者,以其特生阴寡也。"

④掺(shān)手:犹纤手。掺,纤细。《诗·魏风·葛屦》:"掺掺女手,可以缝裳。"

⑤麻子:芝麻。

⑥已篆中心:深记于内心。篆,铭刻。

⑦睊(jiàn):窥探。

⑧束双弯:指缠足。

【译文】

　　孙子楚能够下床后,便又思念起阿宝来,坐着也想,站着也想,往往忘记了自己的存在。他经常打听阿宝的消息,希望有幸再见到阿宝一次。听说浴佛节那天，阿宝将去水月寺烧香，孙子楚早早就起来，等候在道路旁边。他眼巴巴地等着，盯得两眼眩昏，晌午时，阿宝这才到达。阿宝从车中看见孙子楚，用手掀开帘子，目不转睛地瞧着他。孙子楚更加激动，尾随着车子走。阿宝匆忙中派了一个丫环去询问孙子楚的姓名，孙子楚急忙报上姓名，兴奋得魂都飞走了。车子走得没影了，孙子楚才回家。孙子楚到家后，旧病又犯了，昏迷迷地躺着，不吃也不喝，梦中常常呼叫阿宝的名字。每每自恨灵魂不能像上次那样灵便。孙家养了只鹦鹉，突然间死了，一个小孩子在床上摆弄这只鹦鹉。孙子楚心想，倘若自己能变成一只鹦鹉，振动双翼就可以飞到阿宝的屋里，就在全神贯注想着的时候，他的身子已经翩翩然是一只鹦鹉了，他急飞而去，一直飞到阿宝的住所。阿宝见到一只鹦鹉，高兴地把它抓到了，然后拴上它的脚腕，喂它芝麻。鹦鹉大呼道："姐姐不要拴！我是孙子楚啊！"阿宝大惊，解开绳子，鹦鹉也不飞走。阿宝祷告说："你的深情已经铭刻在我的心中。可是如今你我已经人禽异类，美好的婚姻如何能完好如初呢？"鹦鹉说："能够在你身边，我的心愿已经满足。"别人喂鹦鹉，鹦鹉不吃，只有阿宝亲自去喂才吃。阿宝坐着，鹦鹉就落在她膝上；阿宝躺着，鹦鹉就依偎在她的床边，就这样过了三天。阿宝非常怜爱鹦鹉，私下派人看望孙子楚，这才知道孙子楚已经硬挺挺躺在床上，死了三天了，只是心头还没有冷。阿宝又对鹦鹉祷告说："你如果能够变回人，我一定誓死跟从你。"鹦鹉说："骗我吧。"阿宝于是发誓。这时鹦鹉侧着眼睛好像是想什么。不一会儿，阿宝正裹小脚，把鞋脱在床下，鹦鹉骤然飞下来，叼起鞋就飞走了。阿宝急忙呼叫，它已经飞远了。

　　女使妪往探，则生已寤①。家人见鹦鹉衔绣履来，堕地死，方共异之。生既苏，即索履，众莫知故。适妪至，入视生，问履所在。生曰："是阿宝信誓物。借口相覆②：小生不忘金诺也③。"妪反命。女益奇之，故使婢泄其情于母。母审之确，乃曰："此子才名亦不恶，但有相如之贫④。择数年得婿若此，恐将为显者笑。"女以履故，矢不他，翁媪从之。驰报生。生喜，疾顿瘳①。翁议赘诸家，女曰："婿不可久处岳家，况郎又贫，久益为人贱。儿既诺之，处蓬茆而甘，藜藿不怨也⑤。"生乃亲迎成礼⑥，相逢如隔世欢。

【注释】

①瘳：醒。

②借口相覆：借你之口回复。

③金诺：对别人诺言的敬称。金，表示珍贵。

④相如之贫：喻贫穷而有才华。汉代司马相如才名卓著，与富人之女卓文君相恋，卓父却嫌憎相如贫穷。事见《史记·司马相如列传》。

⑤处蓬茆而甘，藜藿不怨也：住茅舍，吃粗茶淡饭，都甘心情愿。蓬茆，茅屋。甘，乐意。藜藿，野菜。指粗茶淡饭。

⑥亲迎：古婚礼仪式之一，新婿亲至女家迎娶。见《仪礼·士昏礼》。《清通礼》："迎亲日，婿公服率仪从、妇舆等至女家。奠雁毕，乘马先俟于门。妇至，降舆，婿引导入室，行交拜合卺礼。"

【译文】

阿宝叫老妈子过去探望，这时孙子楚已经苏醒。家里的人见鹦鹉叼着一只绣鞋飞来，刚到屋里就坠地死了，非常惊诧。孙子楚苏醒后立刻就索要那只绣鞋，大家莫名其妙。这时老妈子来了，进屋探望孙子楚，询问鞋子在哪里。孙子楚说："这是阿宝的信誉之物。请转告阿宝：小生不忘她的金口诺言。"老妈子回去复命。阿宝更是惊叹，于是故意让丫环们把隐情泄露给母亲。母亲查明实情后，说道："这个孙子楚才名也不坏，就是跟司马相如一样贫穷。挑了好几年的女婿才挑了这样一个,恐怕将来被有钱有势的人耻笑。"阿宝借口绣鞋的事,发誓除了孙子楚别人不嫁,她的父母只好依着她。有人飞快地把消息传给了孙子楚。孙子楚很高兴,病马上就好了。大商人打算让孙子楚入赘他家,阿宝说:"女婿不可以长期呆在岳父家,况且郎君家里贫穷,住久了更会被人家瞧不起。我既然答应嫁给他,就是住草棚也甘心,吃野菜也情愿。"于是,孙子楚亲自迎阿宝成亲,相逢犹如隔世夫妻重新团圆一样欢欣。

　　自是家得奁妆,小阜,颇增物产。而生痴于书,不知理家人生业;女善居积①,亦不以他事累生。居三年,家益富。生忽病消渴②,卒。女哭之痛,泪眼不晴,至绝眠食。劝之不纳,乘夜自经③。婢觉之,急救而醒,终亦不食。三日,集亲党,将以殓生,闻棺中呻以息,启之,已复活。自言:"见冥王,以生平朴诚,命作部曹④。忽有人白:'孙部曹之妻将至。'王稽鬼录,言:'此未应便死。'又白:'不食三日矣。'王顾谓:'感汝妻节义,姑赐再生。'因使驭卒控马送余还⑤。"由此体渐平。

【注释】

①善居积:善囤积。指商业活动。居积,囤积。汉王充《论衡·知实》:"子贡善居积,意贵贱之期,数得其时,故货殖多,富比陶朱。"

②病消渴:患糖尿病。

③自经:上吊自杀。

④部曹:古时中央各部分科办事,其属官泛称部曹。此指冥府某部属官。

⑤驭卒:马夫。

【译文】

　　自从孙子楚家得到嫁妆后,生活变得稍微充裕了,增加了不少财产。孙子楚沉溺于读书,不懂得管理家业;阿宝却善于居家理财,也不拿杂事打扰他。过了三年,孙子楚家更富裕了。孙子楚却忽然间得了糖尿病死了。阿宝悲痛地哭着,泪水没有停止过,最后发展到不吃东西,整日失眠。家人劝解不听,趁着夜深人静上吊了。丫环们发觉后,急忙抢救,阿宝被救醒过来,仍是不吃不喝。孙子楚死后第三天,亲戚朋友过来准备殓葬他,听到棺材中有呻吟的声音,打开棺材一看,孙子楚已经复活了。他自己讲道:"死后见到阎王,阎王因为我一生朴实诚恳,叫我做部曹。正安置中,忽然有人报告:'孙部曹的妻子就要到了。'阎王查看一下鬼名录,说道:'她这个人还不到死的日子。'有人又说:'她不吃不喝三天了。'阎王对我说:'你妻子的大节大义令人感动,就赐你再生吧。'于是阎王派人给我牵着马,送我回来了。"从此,孙子楚身体渐渐好起来。

　　值岁大比①,入闱之前,诸少年玩弄之,共拟隐僻之题七,引生僻处与语,言:"此某家关节②,敬秘相授。"生信之,昼夜揣摩,制成七艺③。众隐笑之。时典试者虑熟题有蹈袭弊④,力反常经⑤,题纸下,七艺皆符。生以是抢魁⑥。明年,举进士,授词林⑦。上闻异,召问之,生具启奏,上大嘉悦。后召见阿宝,赏赉有加焉⑧。

【注释】

①大比:明清两代每三年举行一次乡试,称大比。

②关节:旧指暗中说人情、行贿勾通官吏的事。这里指贿买得到的试题。

③七艺:此指 7 篇应试文章。乡试初场考试有 7 道试题,包括"四书"义 3 道,"五经"义 4 道。

④典试者:主考官员。典,掌管。

⑤力反常经:极力打破常规。经,常,常道。

⑥抡魁:选为第一。抡,选拔。魁,首。指榜首。

⑦授词林:指官授翰林。词林,即翰林。明初建翰林院,额曰"词林",故以之为翰林院的别称。

⑧赏赉(lài)有加:一再地给予恩赐奖赏。

【译文】

正赶上这年是三年一乡试的年头,考试之前,有帮少年要拿孙子楚开玩笑,一起想出了七道偏僻的题目,把孙子楚带到偏僻的地方,对他说:"这是打通某人关节搞到的试题,现在悄悄地恭送给你。"孙子楚相信了他们的诡计,昼夜揣摩,写成了七篇文章。大家都私下偷偷笑他。当时主考官考虑,出熟悉的考题往往有因循抄袭的弊端,这次要彻底改变一下出题的路数。等题纸一发下,孙子楚一看,自己准备的七篇文章都符合试题要求。于是,孙子楚考了第一。第二年又考中进士,官授翰林之职。关于孙子楚的奇异之事,皇上也有耳闻,召他询问,孙子楚如实上奏,皇上很高兴,嘉奖了他。后来又召见了阿宝,赏赐她不少东西。

异史氏曰:性痴则其志凝①,故书痴者文必工,艺痴者技必良。世之落拓而无成者,皆自谓不痴者也。且如粉花荡产,卢雉倾家②,顾痴人事哉!以是知慧黠而过,乃是真痴,彼孙子何痴乎③!

【注释】

①痴:这里是执著、专心致志的意思。

②粉花荡产，卢雉倾家：意谓因嫖赌而倾家荡产。粉花，脂粉烟花。
　指嫖妓。卢雉，泛称掷骰赌博。卢和雉都是古代博戏中的胜彩。
③痴：这里是呆傻的意思。

【译文】

异史氏说：性情专注，那么他的志向就会凝聚，所以读书专注的人，文章必然工整；对技艺专注的人，技术必定精良。社会上那些落拓而一事无成的，都是自认为不痴不傻的人。例如那些为了女人而荡尽家产，为了赌博而造成败家的，难道是痴傻人干的事吗！由此看来，过分聪明狡黠的人才是真正的痴傻，而那个孙子楚有哪一点痴傻！

九山王

【题解】

以前在中国的山区农村，一些破落荒芜的庭院里会有狐狸、黄鼠狼与人共居。人们往往采取默认容忍的态度，为了防止孩子或年轻人采取过激行动或出现伤害行为，还编出一些迷信的理由认可这种共居，颇近似于现在的动物保护观念。当然也有一些人持"鸟兽不可同群"的观念，对于借居者采取赶尽杀绝的行动。《九山王》中的曹州李姓地主和后面的《遵化署狐》中的丘公就是持后一种立场。

这两篇小说有共同的特点：其一是仇狐者并非一般的平民百姓，曹州李姓是大地主，遵化署的丘公是官员，由于庭院广阔，借住的狐狸也便是大家族，非一般的等闲之狐。其二是借住的狐狸都彬彬有礼，起码相当地尊重东家的物权，或给租金，或答应离开。但曹州李姓和遵化署丘公都对于借住的狐狸采取了残忍的灭绝行动，而且相当阴险狡诈。不过百密一疏，狐狸在族灭惨祸中有一成员幸运地逃脱了。其三是逃脱后的狐狸都持"君子报仇十年不晚"的态度，有足够的耐心和智慧，最后采取了令人意想不到的行为给予施害者以对等的报复。

蒲松龄显然不赞成曹州李姓和遵化署丘公的做法,称"彼其杀狐之残,方寸已有盗根,故狐得长其萌而施之报",认为他们被狐狸报复是罪有应得。《九山王》和《遵化署狐》虽然带有相当的寓言性质,却也曲折地反映了当时的现实,比如《九山王》就反映了清初的动乱和蒲松龄对于造反的态度。

曹州李姓者①,邑诸生。家素饶,而居宅故不甚广,舍后有园数亩,荒置之。一日,有叟来税屋②,出直百金③。李以无屋为辞,叟曰:"请受之,但无烦虑。"李不喻其意,姑受之,以觇其异。

【注释】

①曹州:州名。位于山东西部偏南。明末清初境内西部和东部分别隶属于直隶大名府和山东兖州府,故下文有"令惧,告急于兖"的话。雍正二年(1724)升为直隶州,雍正十三年(1735)升为府。治所在今山东菏泽。

②税屋:租赁房屋。

③直:租价。

【译文】

曹州有个姓李的秀才。他家中素来富裕,而住宅一直不太宽广,房后有个占地几亩的园子,荒置着没有使用。一天,有个老头来租房,拿出一百两银子作房租。李秀才以没有空房来推辞,老头说:"请接受下来,不必顾虑。"李秀才不明白老头的意思,姑且收了银子,看看到底有什么奇异之事。

越日,村人见舆马眷口入李家,纷纷甚夥,共疑李第无安顿所,问之。李殊不自知,归而察之,并无迹响。过数日,叟忽来谒,且云:"庇宇下已数晨夕①,事事都草创②,起炉作灶,未暇一修客子礼③。今遣小女辈作黍,幸一垂顾④。"李从之,则入园中,欻见舍宇华好,崭然一新,入室,陈设芳丽。酒鼎沸于廊下,茶烟袅于厨中。俄而行酒荐馔⑤,备极甘旨⑥。时见庭下少年人往来甚众,又闻儿女喁喁,幕中作笑语声。家人婢仆,似有数十百口。李心知其狐。席终而归,阴怀杀心。每入市,市硝硫⑦,积数百斤,暗布园中殆满。骤火之,焰亘霄汉⑧,如黑灵芝⑨,燔臭灰眯不可近⑩,但闻鸣啼噪动之声,嘈杂聒耳。既熄,入视,则死狐满地,焦头烂额者,不可胜计。方阅视间⑪,叟自外来,颜色惨恸,责李曰:"夙无嫌怨,荒园岁报百金,非少,何忍遂相族灭⑫? 此奇惨之仇,无不报者!"忿然而去。疑其掷砾为殃,而年馀无少怪异。

【注释】

①庇宇下:受庇护于屋宇之下。寄居的谦辞。

②草创:初设,刚开始。

③客子:客居的人。

④幸一垂顾:希望能屈驾下顾。垂,由上级或长辈给施下级或晚辈的行为尊称垂。

⑤荐:进。

⑥甘旨:泛指美味佳肴。

⑦市:前一句"市",市场。后一句"市",动词,买。硝硫:芒硝、硫磺。均为制作土炸药的材料。

⑧亘:空间和时间上延绵不断。

⑨如黑灵芝:烈火腾空,黑烟弥漫,如黑色的蘑菇状。灵芝为菌类
　植物,蘑菇状。

⑩燔臭灰眯:焦臭刺鼻,烟尘迷目。燔,焚烧。

⑪阅视:检阅,查看。

⑫族灭:诛杀整个家族。

【译文】

　　第二天,村里人看见许多车马及眷属人口进入李秀才家,熙熙攘
攘,很热闹。大家都怀疑李秀才家没有房宅安顿这么多人,就去询问。
李秀才一点儿也不知道,回家去察看,并没有什么动静。过了几天,老
头忽然来拜访,还说:"住在你家已经好几天了,事事都要草创,安炉子
砌锅灶的,没有抽出工夫来尽客人的礼节。今天已经安排女儿们做饭,
希望光顾。"李秀才答应下来,一入园中,猛然看见一排华丽的屋舍,崭
然一新。走进屋里,看见摆设讲究,器具华丽,空气芬芳。酒鼎在廊下
已经烧热了,茶炉在厨中冒着青烟。不一会儿,斟酒劝饮,上菜劝食,都
是美味佳肴。当时看见庭院中走来走去的少年人很多,又听见了儿女
们喁喁私语,帘幕内传出笑语声。家里的眷属加上丫环仆人似有几十
上百口。李秀才心里明白这是狐狸。散席回家,李秀才暗怀杀心。于
是每次到集市去,都要买回一些芒硝和硫黄,一共积累了几百斤,暗中
布满整个园中。一天,突然点火,一时间硝硫爆炸,火焰冲天,烟像黑灵
芝,烧得臭气熏天,烟火眯眼,不可近前,只听哭喊啼叫之声,嘈杂震耳。
火熄灭后,李秀才进去查看,满地都是死狐狸,烧得焦头烂额的不计其
数。正在巡视时,老头从外边进来,面色非常惨痛,责备李秀才说:"凤
无怨仇,一个荒园子每年给一百两银子的报酬,也不算少,为何忍心灭
绝我们全族?这样的奇惨之仇,不可能不报复!"说完忿恨而去。李秀
才疑心老头会搞出些抛砖扔瓦的祸事来,但一年多过去了,并没有怪异
事情出现。

时顺治初年，山中群盗窃发，啸聚万馀人①，官莫能捕。生以家口多，日忧离乱。适村中来一星者②，自号南山翁，言人休咎③，了若目睹，名大噪④。李召至家，求推甲子⑤。翁愕然起敬，曰："此真主也⑥！"李闻大骇，以为妄。翁正容固言之⑦，李疑信半焉，乃曰："岂有白手受命而帝者乎？"翁谓："不然。自古帝王，类多起于匹夫⑧，谁是生而天子者？"生惑之，前席而请⑨。翁毅然以"卧龙"自任⑩，请先备甲胄数千具、弓弩数千事⑪。李虑人莫之归，翁曰："臣请为大王连诸山，深相结。使哗言者谓大王真天子⑫，山中士卒，宜必响应。"李喜，遣翁行，发藏镪⑬，造甲胄。

【注释】

①啸聚：呼号聚合。旧时一般指聚众造反。

②星者：星相术士。占星是古代以星象占验吉凶的方术。

③休咎：吉凶祸福。休，吉庆，福禄。咎，凶灾，祸殃。

④名大噪：名声远扬。噪，众口传扬。

⑤推甲子：推算生辰八字。甲居天干（甲、乙、丙、丁、戊、己、庚、辛、壬、癸）之首，子居地支（子、丑、寅、卯、辰、巳、午、未、申、酉、戌、亥）之首，干支依次相配，称为甲子。星命术士以人出生的年、月、日、时为四柱，配合天干地支，合为八字，加以附会，用来推算命运的好坏。

⑥真主：即俗称真龙天子，皇帝。

⑦正容固言之：面色严肃地坚持这样说。

⑧类：大致，大都。

⑨前席：古人席地而坐，向前移动坐席，表示为其说所倾动。《汉书·贾谊传》："上（指汉文帝）因感鬼神之事，而问鬼神之本……

至夜半，文帝前席。"

⑩卧龙：即诸葛亮。《三国志·蜀志·诸葛亮传》载，徐庶对刘备
　　说："诸葛孔明者，卧龙也，将军岂愿见之乎？"诸葛亮曾任刘备的
　　军师，因以"卧龙"比喻可以赞襄帝王事业的军师。

⑪甲胄：铠甲、头盔。防御性武器。弓弩：进攻性武器。事：件。言
　　置备军备。

⑫哗言者：喜好传播浮言的人。

⑬藏镪（qiǎng）：蓄藏的金钱。镪，成串的钱。

【译文】

到了顺治初年，山里出现了许多强盗，聚众万馀人，官府没有能力抓捕他们。李秀才家人口多，天天忧虑发生离乱。当时正好村里来了一个懂星术的人，自称"南山翁"，给人预测祸福，说的如同亲自耳闻目睹一样，因此名声大震。李秀才把他请到家里，求他推算生辰八字。南山翁掐指一算，吃惊地站立起来，恭敬地说："这是真命天子啊！"李秀才听了大为奇怪，认为这是胡说八道。南山翁一本正经地坚持说这是真的，李秀才半信半疑，说道："哪有白手起家当皇帝的？"南山翁讲："不对。自古帝王，大多是起于平民，有谁天生就是皇帝呢？"李秀才被迷惑住了，向前请求出谋划策。南山翁便毅然以卧龙先生诸葛亮自命，叫李秀才先准备好盔甲、弓箭各几千套。李秀才担心没有人归附，南山翁说："臣请为大王联系各路山寨，深入交结。再派人到处扬言大王是真命天子，那么山中的士卒都会响应。"李秀才听了很高兴，派南山翁去执行，自己挖出埋藏的银子，制造盔甲、弓箭。

翁数日始还，曰："借大王威福，加臣三寸舌①，诸山莫不愿执鞭靮②，从戏下③。"浃旬之间④，果归命者数千人⑤。于是拜翁为军师，建大纛⑥，设彩帜若林，据山立栅⑦，声势震

动。邑令率兵来讨,翁指挥群寇,大破之。令惧,告急于兖[8]。兖兵远涉而至,翁又伏寇进击,兵大溃,将士杀伤者甚众。势益震,党以万计[9],因自立为九山王。翁患马少,会都中解马赴江南[10],遣一旅要路篡取之[11]。由是九山王之名大噪。加翁为"护国大将军",高卧山巢,公然自负,以为黄袍之加[12],指日可俟矣[13]。东抚以夺马故[14],方将进剿,又得兖报,乃发精兵数千,与六道合围而进,军旅旌旗,弥满山谷。九山王大惧,召翁谋之,则不知所往。九山王窘极无术,登山而望曰:"今而知朝廷之势大矣!"山破,被擒,妻孥戮之。始悟翁即老狐,盖以族灭报李也。

【注释】

①三寸舌:谓善辩的口才。

②执鞭靮(dí):为人驾驭车马。意为乐意相从。靮,马缰绳。

③戏(huī)下:麾下,部下。戏,通"麾"。旌旗之类,借以指挥。《史记·淮阴侯列传》:"及项梁渡淮,信杖剑从之,居戏下,无所知名。"裴骃《集解》引徐广曰:"戏,一作麾。"

④浃(jiā)旬:十日,一旬。浃,周遍。

⑤归命者:归附而接受其命令者,即归顺的人。

⑥大纛(dào,又读 dú):大旗。为古时军中主帅所在地的标志,也指帝王车上用牦牛尾或雉尾做的饰物。

⑦栅(zhà):寨栅,垒栅。以木栅栏为营墙,以防御敌人。

⑧兖:府名。治所在滋阳(今山东兖州)。

⑨党:同伙,同伙的人。

⑩解:押解。

⑪一旅:犹言一支部队。旅,军队编制单位,古时 500 人为一旅。

也泛指军队。要路篡取：拦路夺取。要路，犹拦路。要，遮留。

⑫黄袍之加：谓做皇帝。黄袍，古帝王袍服色尚黄。宋王楙《野客丛书·禁用黄》："唐高祖武德初，用隋制，天子常服黄袍，遂禁士庶不得服，而服黄有禁自此始。"

⑬指日可俟：犹指日可待。指日，犹不日。谓为期不远。俟，等待。

⑭东抚：指山东巡抚。清初沿袭明制，于地方设总督、巡抚，负责一省或数省的军民两政，而由其所属承宣布政使司、提刑按察使司和各道道员督率府县。

【译文】

南山翁过了几天才回来，说："借大王的威福，加上臣的三寸不烂之舌，各山寨都愿意牵马执鞭，跟从大王旗下。"十天左右，果然来归附的有几千人。于是拜南山翁为军师，制造帅旗，设立密如林的彩旗，又依山建筑营栅，声势浩大。县令带兵来讨伐，南山翁指挥众匪大败官兵。县令惧怕，向兖州告急。兖州兵马远道而来，南山翁又埋伏匪寇突然袭击，州兵大败，许多将士被杀被伤。李秀才的势力更加壮大，党徒数以万计，于是自立为"九山王"。南山翁嫌马匹少，正巧京都往江南运送马匹，他就派遣一支部队拦路抢了过来。由此，九山王名声大噪。九山王加封南山翁为护国大将军，自己高卧山寨之中，自以为了不起，以为黄袍加身指日可待。山东巡抚因为马匹被抢，正要进军剿灭，又得到兖州的报告，于是发精兵几千人，分六路合围进击，军旗飘扬，弥满山谷。九山王大惊，召南山翁商量，却不知哪里去了。九山王毫无办法，登上山顶，望着如潮的官军，说道："今天才知道朝廷势力的强大！"山寨被攻破，九山王被擒拿，老婆孩子都被杀死。这时他才明白南山翁就是老狐狸，原本是以被灭族的冤仇来报复李秀才的。

异史氏曰：夫人拥妻子，闭门科头①，何处得杀？即杀，亦何由族哉？狐之谋亦巧矣。而壤无其种者，虽溉不生。

彼其杀狐之残,方寸已有盗根②,故狐得长其萌而施之报③。今试执途人而告之曰:"汝为天子!"未有不骇而走者。明明导以族灭之为,而犹乐听之,妻子为戮,又何足云?然人之听匪言也④,始闻之而怒,继而疑,又继而信,迨至身名俱殒,而始知其误也,大率类此矣⑤。

【注释】

①科头:不戴冠帽。指闲散随意。《战国策·韩策》:"秦带甲百徐万,车千乘,骑万匹,虎挚之士,跿跔科头,贯颐奋戟者,至不可胜计也。"鲍彪注:"科头,不着兜鍪。"

②方寸:亦作"方寸地"。指心。

③长其萌:使其萌芽滋长。

④匪言:不是人话,狂惑之言。

⑤大率:大概,大致。

【译文】

异史氏说:一个人闭门在家,闲散随意,陪着老婆孩子过日子,哪里会招来杀身之祸?即使被杀,又有什么缘由引来灭族之灾呢?狐狸复仇的计谋也真是够巧妙的。虽有土壤而不下种子,就是浇水灌溉也不会生长。那个李秀才干出杀害狐狸的残忍行为,他那内心深处就已经隐伏着做强盗的种子,所以老狐狸能够助长他萌发,而最终得以报复他。如果现在你试着拉住一个过路的说:"你要做皇帝了!"没有一个不会被惊跑的。明明是引导他干出灭族的事情,而他还愿意去做,结果老婆孩子被杀,又有什么可说的呢?不过,人们听到狂惑之言,往往开始时发怒,接着再听就变成疑虑,再继续听下去就会相信,等到身败名裂时,这才知道上当受骗了,大都类似这样吧。

遵化署狐

【题解】

蒲松龄在这篇小说中表达了三个观点,也就是"异史氏曰"中所说的:1. 骚扰人的狐狸很可恶,很应该惩罚;2. 狐狸既然表达了退避之意,有所畏惧,就应该仁慈一些,放狐狸一马,不必太过分;3. 即使驱狐举动做过了头,假如自己不贪腐,狐狸即使想报复,也无所用其伎。

这篇小说同《九山王》一样,写狐狸报复人的行为神出鬼没,匪夷所思。但狐狸报复能够成功,靠的都是仇狐人自身的弱点。《九山王》中的曹州李姓是"方寸中已有盗根",而遵化署中的丘公则是因为贪腐。凡买官升迁者无一不贪腐,古今都是一样的。

本篇中的丘公与狐狸的恩怨故事在贾凫西的《澹圃恒言》中有着类似的记载,并且称其子"谈及狐精事,曰其事众所口传与稗史所记皆真,亦载家乘",可见故事是当时广泛的传说。

诸城丘公为遵化道①。署中故多狐,最后一楼,绥绥者族而居之②,以为家。时出殃人③,遣之益炽④。官此者惟设牲祷之⑤,无敢迕⑥。丘公莅任,闻而怒之。狐亦畏公刚烈,化一妪告家人曰:"幸白大人⑦:勿相仇。容我三日,将携细小避去⑧。"公闻,亦嘿不言⑨。次日,阅兵已,戒勿散,使尽扛诸营巨炮骤入,环楼千座并发。数仞之楼,顷刻摧为平地,革肉毛血,自天雨而下⑩。但见浓尘毒雾之中,有白气一缕,冒烟冲空而去。众望之曰:"逃一狐矣。"而署中自此平安。

【注释】

①丘公:指丘志充。字左臣。万历四十一年(1613)进士,曾仕至山

西布政使司右布政使。据《明熹宗实录》记载,其任遵化道时间在天启五年(1625)十月至天启六年(1626)七月。遵化:州名。清时属直隶,治所在今河北遵化。道:道员。别称"道台"。清时省以下、州府以上一级的官员也称观察。

②绥绥者:代指狐。绥绥,踽踽独行的样子。《诗·卫风·有狐》:"有狐绥绥,在彼淇梁。"族而居之:聚族居住。

③殃:祸害。

④遣之益炽:驱逐它就更变本加厉。遣,逐。炽,烈,厉害。

⑤牲:指整个的牛、羊、豕,供祭祀之用。

⑥迕:冒犯。

⑦幸白:希望禀告。幸,希望。

⑧细小:犹言家小。谦辞。

⑨嘿:同"默"。闭口不说话。

⑩雨而下:像雨点一样落下。

【译文】

诸城的丘公在遵化做道台。衙门里向来就有许多狐狸,在最后一座楼里,许多狐狸聚族而居,以此为家。它们时不时地出来祸害人,越赶闹得越凶。在此地当官的每每上供祷告,不敢得罪狐狸。丘公上任后,听说此事大怒。狐狸也畏惧丘公刚烈,变化成一个老太太,告诉丘公的家人说:"希望转告大人:不要把我们当做仇人。给我三天时间,我将携带家小离开这里。"丘公听说后,也默不作声。第二天,检阅完士兵后,丘公命令队伍不要解散,让他们把各营的大炮全扛到这里来,顷刻之间,围着楼房摆放了上千座大炮,一声令下,大炮齐鸣。几丈高的楼房瞬间被摧毁为平地,皮肉毛血从空中纷纷落下,如同下雨一般。只见浓尘毒雾之中,有一缕白气从烟尘中冲天而去。众人望着说:"有只狐狸逃走了。"从此,衙门中平安无事。

　　后二年①，公遣干仆赍银如干数赴都②，将谋迁擢③。事未就，姑窖藏于班役之家④。忽有一叟诣阙声屈⑤，言妻子横被杀戮，又讦公尅削军粮⑥，贿缘当路⑦，现顿某家⑧，可以验证。奉旨押验，至班役家，冥搜不得⑨。叟惟以一足点地，悟其意，发之，果得金，金上镌有"某郡解"字。已而觅叟，则失所在。执乡里姓名以求其人，竟亦无之。公由此罹难⑩。乃知叟即逃狐也。

【注释】

①后二年：据《明熹宗实录》，丘志充自天启五年（1625）任遵化道至天启七年（1627）被逮，时间正隔两年。

②干仆：干练的仆役。如干：犹若干。

③迁擢（zhuó）：升迁，提拔。

④班役：衙役。衙役分班，曰班役。

⑤诣阙声屈：到朝廷鸣冤叫屈。诣，至。阙，宫阙。此指朝廷。

⑥尅（kè）：克扣，暗中削减。

⑦当路：权要。

⑧顿：暂存。

⑨冥搜：到处搜查。

⑩罹难：指丘志充被杀。据明李清《三垣笔记》，丘志充虽然在天启七年（1627）被逮论死，却并没有立即执行，而是在崇祯五年（1632）与同为诸城人的王化贞一起被杀。

【译文】

　　两年以后，丘公派遣干练的仆人带着银子到京城去走门子，想谋升迁。事情还没有安排好，暂时把银子藏在衙役的家里。忽然有一个老头到朝廷喊冤，说妻子孩子无故被杀害，又揭发丘公克扣军饷，贿赂当权的大官,银子现在就藏在某人家里,可以当场验证。有关衙门奉旨押着老头去查验,到了衙役的家里,到处都翻遍了,也没有发现赃物。老头只用一只脚点地,办案的人明白了他的用意,就地挖掘,果然得到了银子,上面还刻有"某郡解"的字样。过了一会儿,再找老头,老头已经不见了。按着老头告状时所说的乡里姓名去找,竟然也没有找到。丘公由于这件事后来被杀,这才知道这个老头就是逃跑的狐狸。

异史氏曰:狐之祟人,可诛甚矣。然服而舍之①,亦以全吾仁。公可云疾之已甚者矣②。抑使关西为此③,岂百狐所能仇哉!

【注释】

①服而舍之:服罪之后释放它们。舍,释放。

②疾之已甚:痛恨它太过分。《论语·泰伯》:"人而不仁,疾之已甚,乱也。"

③抑使关西为此,岂百狐所能仇哉:意思是说假如杀狐狸的是杨震的话,那么狐狸根本无隙可蹈,没有机会报复。关西,指杨震。震为东汉弘农华阴人,字伯起,官至太尉。因"明经博览",时人号为"关西孔子"。《后汉书》载,杨震"性公廉,不受私谒"。迁东莱太守,"道经昌邑,故所举荆州茂才王密为昌邑令,谒见,至夜怀金十斤以遗震。震曰:'故人知君,君不知故人,何也?'密曰:'暮色无知者。'震曰:'天知,神知,我知,子知。何谓无知!'密愧而出"。

【译文】

异史氏说:狐狸作祟害人,太应该杀它了。不过,狐狸既然服罪了,就应该宽宥它,也可以充分显示人的仁慈。丘公可以说是过分嫉恨狐狸了。不过,假若让刚正清廉的东汉杨震来做这样的事,再多的狐狸也无从报复!

张诚

【题解】

战乱是家庭悲欢离合的一个重要原因。明末清初,李自成的农民起义,明朝的灭亡和清朝的建立,乃至三藩之乱,都使得许多家庭妻离子散,而像《张诚》这样的"一家完聚"实属凤毛麟角。

《张诚》篇故事的核心所反映的是继母与前房子女的矛盾以及同父异母兄弟之间的友爱。继母的悍泼,父亲的懦弱,尤其是儿童张诚与张讷之间的友爱体贴,给人留下深刻印象。《聊斋志异》评论家但明伦说:"一篇孝友传,事奇文奇,三复之,可以感人性情;揣摩之,可以化人文笔。"

写家庭的悲欢离合最主要的是建立合理的结构线索,本篇在这方面充分体现了蒲松龄作为小说家的功力。大概蒲松龄自己也颇为自豪吧,结末蒲松龄自言"余听此事至终,涕凡数堕","不知后世亦有善涕如某者乎"云云,既可以当做蒲松龄的自负语,也可以当做解析本篇故事结构的锁钥。

豫人张氏者①,其先齐人②。明末齐大乱,妻为北兵掠去③,张常客豫,遂家焉。娶于豫,生子讷。无何,妻卒,又娶继室,生子诚。继室牛氏悍,每嫉讷,奴畜之,啖以恶草具④。使樵⑤,日责柴一肩,无则挞楚诟诅,不可堪。隐畜甘脆饵诚⑥,使从塾师读。诚渐长,性孝友,不忍兄劬,阴劝母。母弗听。

【注释】

①豫：河南古为豫州之地,故别称为豫。

②齐：山东泰山以北地区及胶东半岛,战国时为齐地,汉以后仍沿称为齐。

③北兵：指清兵。明崇祯年间,清兵曾五次进袭关内。崇祯十一年(1638),清兵入关攻陷河北,次年正月陷山东济南。崇祯十五年(1642)十一月,清兵入关陷蓟州、畿南,旋即攻克山东兖州府。这两次进袭,山东受祸皆异常惨烈。

④恶草具：粗劣的食物。《史记·陈丞相世家》：项羽遣使至汉,刘邦“为太牢具,举进。见楚使,即佯惊曰：‘吾以为亚父使,乃项王使’。复持去,更以恶草具进楚使”。具,供设。指食物。

⑤使樵：支使他打柴。

⑥甘脆：美好的食物。

【译文】

河南有个姓张的,他家原是山东人。明朝末年山东大乱,妻子被北兵抢去,他由于经常到河南去,便在河南成了家。张家在河南娶了个媳妇,生下一个儿子名叫讷。不久,妻子死掉了,又娶了一个妻子,生了儿子名叫诚。继室牛氏非常凶狠,嫉恨前房的儿子张讷,把他当做奴仆一样看待,吃的用的都是恶劣的东西。派他上山打柴,每天必须要砍一挑柴回来,否则就连打带骂,张讷痛苦不堪。而对待张诚呢,总是把好吃的藏下来,专门给他吃,还让他去读书。张诚渐渐长大了,他生性孝顺父母,友爱哥哥,不忍哥哥这般劳苦,私下常常劝母亲对哥哥好一点儿。母亲却不听。

一日,讷入山樵,未终,值大风雨,避身岩下。雨止而日已暮,腹中大馁,遂负薪归。母验之少,怒不与食。饥火烧心，入室僵卧。诚自塾中来，见兄嗒然①，问："病乎？"曰："饿耳。"问其故，以情告，诚愀然便去。移时，怀饼来饵兄。兄问其所自来，曰："余窃面倩邻妇为之②，但食勿言也。"讷食之，嘱弟曰："后勿复然，事泄累弟。且日一啖，饥当不死。"诚曰："兄故弱，乌能多樵！"

【注释】

①嗒（tà）然：沮丧的样子。

②倩（qìng）：请求。

【译文】

一天，张讷进山砍柴，还没砍够，忽然风雨大作，便到石岩下避雨。等雨停了，天也黑了，他肚子饿极了，便背着柴禾回家了。牛氏看到柴禾不够数，怒气冲冲不给张讷吃饭。张讷饿得烧心，进到屋里就直挺挺地倒在床上。张诚放学回来，见哥哥无精打采的样子，问道："生病了吗？"张讷说："饿的。"张诚问什么缘故，张讷便实话实说，张诚很难过地走开了。过了一会儿，张诚揣来了饼子给哥哥吃。张讷询问饼子是哪里来的，张诚说："我是偷了一点儿面，让邻居家女人给做的，你只管吃，别说出去。"张讷吃了饼子，嘱咐弟弟说："以后甭这样做了，一旦漏了出去，让你受连累。再说，一天吃一顿饭也不至于饿死。"张诚说："哥哥本来体弱，怎么能砍那么多柴呢！"

次日，食后，窃赴山，至兄樵处。兄见之，惊问："将何作？"答曰："将助樵采。"问："谁之遣？"曰："我自来耳。"兄曰："无论弟不能樵，纵或能之，且犹不可。"于是速之归①。诚不听，以手足断柴助兄，且云："明日当以斧来。"兄近止之，见其指已破，履已穿②，悲曰："汝不速归，我即以斧自到死③!"诚乃归。兄送之半途,方复回。樵既归,诣塾,嘱其师曰:"吾弟年幼,宜闭之。山中虎狼多。"师曰:"午前不知何往,业夏楚之④。"归谓诚曰:"不听吾言,遭笞责矣。"诚笑曰:"无之。"明日,怀斧又去。兄骇曰:"我固谓子勿来,何复尔?"诚不应,刈薪且急,汗交颐不少休,约足一束,不辞而返。师又责之,乃实告之,师叹其贤,遂不之禁。兄屡止之,终不听。

【注释】

①速:这里是催促的意思。

②履已穿:鞋已磨破。

③刭:割颈。

④业夏(jiǎ)楚之:已体罚了他。夏楚,古代学校用槚木、荆条制成的体罚学生的用具。夏,亦作"槚"。《礼记·学记》:"夏楚二物,收其威也。"

【译文】

第二天,张诚吃过东西后,偷偷上山,来到哥哥砍柴的地方。张讷见到他,惊问:"你来干什么?"张诚说:"帮你打柴。"张讷又问:"谁让你来的?"张诚说:"我自己来的。"张讷说:"别说弟弟不会打柴,就是会打柴,也不能让你干。"于是催促他快回去。张诚不听,用手用脚折断柴禾来帮助哥哥,还说:"明天应当带把斧头来。"张讷走近弟弟身边,不让他干活,只见他的手指破了,鞋也磨穿了,悲伤地说:"你再不快快回去,我就用斧子砍脖子自杀!"张诚这才归去。张讷送到半路才返回去。张讷打完柴回去,到学校,嘱咐老师说:"我弟弟年幼,应该管住他。山中虎狼很多。"老师说:"午前不知道他去了什么地方,已经打了他手板子。"张讷回到家里,对张诚说:"你看,不听我的话挨打了吧。"张诚笑着说:

"没有。"第二天,张诚怀揣着斧子又去了。张讷吃惊地说:"我不叫你来,为什么又来了?"张诚不答话,忙着砍柴,汗水顺着脸往下淌,也不歇一会儿。估计够一捆了,便不辞而返。老师又责备张诚,张诚就把实情告诉了老师,老师感叹张诚贤德,也就不再禁止他。张讷屡次制止张诚去打柴,张诚就是不听。

　　一日,与数人樵山中,欻有虎至,众惧而伏,虎竟衔诚去。虎负人行缓,为讷追及,讷力斧之,中胯,虎痛狂奔,莫可寻逐。痛哭而返,众慰解之,哭益悲,曰:"吾弟,非犹夫人之弟①,况为我死,我何生焉!"遂以斧自刭其项。众急救之,入肉者已寸许,血溢如涌,眩瞀殒绝②。众骇,裂之衣而约之③,群扶而归。母哭骂曰:"汝杀吾儿,欲劙颈以塞责耶④!"讷呻云:"母勿烦恼。弟死,我定不生!"置榻上,创痛不能眠,惟昼夜依壁坐哭。父恐其亦死,时就榻少哺之,牛辄诟责。讷遂不食,三日而毙。

【注释】

①非犹夫人之弟:不同于别的人家的弟弟。一谓是自己的弟弟,一谓其弟甚贤。犹,若。夫,语中助词,无义。

②眩瞀(mào)殒绝:昏死过去。眩瞀,眼花。殒,死亡。

③约之:束裹伤口。约,束。

④劙(lí):浅割。

【译文】

有一天,张诚和几个人在山里砍柴,猛然间跳出一只老虎,众人害怕地藏了起来,老虎竟叼着张诚跑了。由于老虎叼着人行动迟缓,被张讷追上。张讷抢起斧子,用力向老虎砍去,击中了老虎的胯骨,老虎负痛狂奔，张讷追也追不上了。张讷痛哭而返，众人都安慰劝解他，张讷哭得更加悲伤，说："我弟弟不是一般的弟弟，况且他为我而死，我怎么活得下去呢！"说着就用斧头去砍自己的脖子。众人急忙制止，但斧头已经划破脖子一寸多深，血流如注，当时就昏过去了。众人大惊，忙撕下衣服帮他包裹伤口，把他搀扶回家。牛氏对着张讷又哭又骂："你杀了我的儿子，想用抹脖子来搪塞吗！"张讷呻吟着说："母亲不要烦恼。弟弟死了，我一定不会活着！"张讷躺在床上，伤口疼痛难忍，觉也睡不成，白天黑夜倚在墙根痛哭。父亲怕他也活不成，有时就到床边喂他点儿吃的，牛氏看见了就大骂不止。张讷于是连饭也不吃了，过了三天就死了。

　　村中有巫走无常者①，讷途遇之，缅诉曩苦②，因询弟所。巫言不闻，遂反身导讷去。至一都会，见一皂衫人，自城中出，巫要遮代问之③。皂衫人于佩囊中检牒审顾，男妇百馀，并无犯而张者。巫疑在他牒，皂衫人曰："此路属我，何得差逮④。"讷不信，强巫入内城。城中新鬼、故鬼，往来憧憧⑤，亦有故识⑥，就问，迄无知者。忽共哗言："菩萨至⑦！"仰见云中，有伟人，毫光彻上下，顿觉世界通明。巫贺曰："大郎有福哉⑧！菩萨几十年一入冥司，拔诸苦恼⑨，今适值之。"便捽讷跪。众鬼囚纷纷籍籍⑩，合掌齐诵慈悲救苦之声，哄腾震地。菩萨以杨柳枝遍洒甘露，其细如尘。俄而雾收光敛，遂失所在。讷觉颈上沾露，斧处不复作痛。巫仍导与俱归，望见里门，始别而去。讷死二日，豁然竟苏，悉述所遇，谓诚不死。母以为撰造之诬⑪，反诟骂之。讷负屈无以自伸，而摸创痕良瘥，自力起，拜父曰："行将穿云入海往寻弟，如不可见,终此身勿望返也。愿父犹以儿为死。"翁引空处与泣,无敢留之。

【注释】

①走无常者:民间传说,冥间鬼使不足时,往往勾摄阳间的人代为服役,这种人称为走无常者。人被勾摄时,忽掷跳数四,仆地而死,更生后能言冥间所历之事。见祝允明《语怪》。

②缅诉:追诉。曩苦:所经历的苦楚。

③要(yāo)遮:中途拦截。

④差逮:错捕。

⑤憧憧(chōng):形影摇晃变幻的样子。

⑥故识:老相识,熟人。

⑦菩萨:菩提萨埵的简称,位次亚于佛。此指观世音。《法华经·观世音菩萨》:"若有无量百千万亿众生受苦恼,闻是观世音菩萨,一心称名,观世音菩萨即时观其音声,皆得解脱。"

⑧大郎:指张讷。郎,对少年男子的敬称。

⑨拔诸苦恼:佛家语。指超拔人生的各种苦难忧伤。

⑩纷纷籍籍:形容众人纷乱喧嚷。

⑪撰造之诬:编的瞎话。

【译文】

村里有个跳大神的,张讷在途中遇到了他,把自己过去种种苦楚告诉他,并打听弟弟的下落。跳大神的说不清楚,于是返身领着张讷去找。到了一座府城,看见一个穿黑色衣服的人,从城里出来。跳大神的拦住那人,替张讷打听弟弟的下落。穿黑衣服的人从佩带的袋子里拿出簿册翻看了一遍,上面有男男女女一百多人的名字,并没有犯人张诚的名字。跳大神的怀疑在别的册子上,穿黑色衣服的人说:"此路归我管,怎么会错抓。"张讷不信,非要跳大神的陪他进城。城中的新鬼、旧鬼来来往往,也有认识的,上前就问,都说不知道。忽然间一片喧哗,都说:"菩萨来了!"仰首望去,只见空中有个伟人,光芒四射,顿觉世界通明。跳大神的祝贺说:"大郎真有福气!菩萨几十年才来一次阴间,被除各种苦恼,今天让你赶上了。"说着便拽着张讷跪下。众多鬼犯纷乱喧嚷,合掌齐诵慈悲救苦救难的声音,吵吵嚷嚷震天动地。菩萨用杨柳枝遍洒甘露,细细的露珠如同尘埃一般。不一会儿,雾收了,光也消失了,于是菩萨也不见了。张讷觉得脖子上也沾到甘露,斧伤处不再疼痛。跳大神的于是领着他一起回到阳世,看见了住处的大门,便分手而去。张讷死了两天后,一下子又复活过来,他把所见所闻叙述了一遍,并说张诚没有死。牛氏认为张讷编造谎言骗她,反而辱骂了一番。张讷满肚子委屈无法申明,用手摸摸伤口,确实完全好了,于是挣扎着站起来,向父亲叩头说:"我将到天涯海角去寻找弟弟,如果找不到,这一辈子也不会回来。希望父亲就当做我死了算了。"张老头把儿子带到一个没人的地方,大哭了一场,也不敢把儿子留住。

　　讷乃去,每于冲衢访弟耗①,途中资斧断绝,丐而行②。逾年,达金陵,悬鹑百结③,伛偻道上④。偶见十馀骑过,走避道侧。内一人如官长,年四十已来,健卒怒马,腾踔前后⑤。一少年乘小驷,屡视讷,讷以其贵公子,未敢仰视。少年停鞭少驻,忽下马,呼曰:"非吾兄耶!"讷举首审视,诚也,握手大痛失声。诚亦哭曰:"兄何漂落以至于此?"讷言其情,诚益悲。骑者并下问故,以白官长。官命脱骑载讷⑥,连辔归诸其家⑦,始详诘之。

【注释】

①冲衢:通向四面八方的要道。

②丐而行：要着饭走。

③悬鹑：鹌鹑毛斑尾秃，如同破烂的衣服，因以形容衣衫褴褛。《荀子·大略篇》："子夏家贫，衣若县鹑。"县，挂。百结：形容补丁之多。唐《艺文类聚》引晋王隐《晋书》："董威辇每得残碎缯，辄结以为衣，号曰百结。"

④伛偻：即腰背弯曲。《淮南子·精神训》："子求行年五十有四，而病伛偻。"

⑤腾踔(chuō)：凌空腾踔。这里形容马的步伐刚健有力。

⑥脱骑：指让出一匹马。

⑦连辔(pèi)：骑马并行。辔，驭马的缰绳。

【译文】

张讷离开家后，到各处的交通要道去打听弟弟的音信，途中没有了盘缠，就一边要饭一边走。走了一年多，到达了金陵，他穿着破烂不堪的衣服，伛偻着身子在道上走着。偶然间看见十多个骑马的经过，他便躲到路边。骑马的人中有个像是长官，年纪四十来岁，前后是健壮的士卒骑着骠悍的骏马，不离左右的护卫着。有个少年骑着一匹小马，不停地注视着张讷。张讷因为人家是贵公子，不敢正眼仰望。那个少年停下鞭子呆了一会儿，忽然跳下马来，喊道："那不是我的哥哥吗！"张讷抬起头仔细看了看，原来是张诚，于是握着他的手悲痛地哭起来。张诚也哭着说："哥哥如何流落到这种地步？"张讷说出实情，张诚更是悲痛。骑马的人都下来询问，然后报告长官。长官命令让出一匹马来驮着张讷，并排骑着一块儿回家，细细打听始末。

初，虎衔诚去，不知何时置路侧，卧途中经宿。适张别驾自都中来①，过之，见其貌文，怜而抚之，渐苏。言其里居，则相去已远，因载与俱归。又药敷伤处，数日始痊。别驾无长君^②,子之。盖适从游瞩也^③。诚具为兄告。

【注释】

①别驾:官名。州的佐吏。宋以来,诸州通判也尊称别驾。

②长君:成年的公子。长,年岁较大。《左传·哀公六年》:"少君不
可以访,是以求长君,庶亦能容群臣乎!"

③游瞩:闲逛,游玩。

【译文】

原来,老虎叼走张诚后,不知什么时候把他丢在路旁,张诚在路上
躺了一宿。正赶上张别驾从京城来,路过这里,见他形貌文质彬彬的,
很可怜,便照顾他,张诚渐渐苏醒过来。说起自己的住处,这时已经离
家很远了,因此张别驾就带着他回府了。回府后,又用药物敷治张诚的
伤口,过了几天就痊愈了。张别驾没有已经成年的儿子,就把他当儿子
看待。刚才张诚是跟着张别驾游览的。张诚把自己的情况都告诉了
哥哥。

言次,别驾入,讷拜谢不已。诚入内,捧帛衣出^①,进兄,
乃置酒燕叙^②。别驾问:"贵族在豫,几何丁壮^③?"讷曰:"无
有。父少齐人,流寓于豫。"别驾曰:"仆亦齐人。贵里何
属?"答曰:"曾闻父言,属东昌辖^④。"惊曰:"我同乡也!何故
迁豫?"讷曰:"明季清兵入境,掠前母去。父遭兵燹^⑤,荡无
家室,先贾于西道^⑥,往来颇稔,故止焉。"又惊问:"君家尊何
名?"讷告之。别驾瞠而视^⑦,俛首若疑,疾趋入内。无何,太
夫人出^⑧。共罗拜,已,问讷曰:"汝是张炳之之孙耶?"曰:
"然。"太夫人大哭,谓别驾曰:"此汝弟也。"讷兄弟莫能解。

太夫人曰：“我适汝父三年，流离北去，身属黑固山半年⑨，生汝兄。又半年，固山死，汝兄以补秩旗下迁此官⑩。今解任矣。每刻刻念乡井，遂出籍⑪，复故谱⑫。屡遣人至齐，殊无所觅耗，何知汝父西徙哉！”乃谓别驾曰：“汝以弟为子，折福死矣⑬！”别驾曰：“曩问诚，诚未尝言齐人，想幼稚不忆耳。”乃以齿序⑭：别驾四十有一，为长；诚十六，最少；讷二十二，则伯而仲矣⑮。

【注释】

①帛衣：帛做的衣服。帛，丝织品的总称。这里指高级服装。

②燕叙：话家常。

③丁壮：家口，成年男性。

④东昌：府名。府治在今山东聊城。

⑤兵燹（xiǎn）：指战乱及战乱的次生灾害。

⑥贾：经商。

⑦瞠而视：瞪目而视。形容惊呆。

⑧太夫人：老夫人。汉制，列侯之母称太夫人。后来官绅之母，不论存亡，均称太夫人。

⑨黑固山：黑，姓。固山，满语音译，为加于爵位或官职前的美称。加于官名上的如"固山额真"，汉语译为旗主，顺治十七年（1660）定汉名为都统。

⑩补秩：补缺。秩，官职。旗：清代满族以旗色为标志，建立八旗制度。初期各旗兼有军事、行政、生产三方面的职能。后来则成为兵籍编制。

⑪出籍：指脱离旗籍。

⑫复故谱：归复原来的宗族谱系，即认祖归宗。谱，谱牒，旧时记载

家族世系的家谱。

⑬折福死矣：造孽折福太甚。死，形容极甚。

⑭以齿序：按年龄排定长幼次序。齿，年岁。

⑮伯而仲：指讷由原来的老大变成了老二。伯、仲，家庭兄弟之间的排行次序。

【译文】

正说着，张别驾进来了，张讷不停地拜谢。张诚到内室取出丝绸衣服，让哥哥穿上，然后摆酒畅谈。张别驾问："贵家族在河南，还有什么人？"张讷说："没有了。父亲小时候是山东人，后来才搬到河南住的。"张别驾说："我也是山东人。贵里属哪里管辖？"张讷说："曾经听父亲说，属东昌府。"张别驾惊讶地说："我们是同乡啊！为何搬到河南去的？"张讷说："明朝末年，清兵入境把前母掠去了。父亲遭受兵荒战乱，家产全毁了，由于从前常到西边做买卖，往来比较熟，所以就住在那里了。"张别驾又惊问："令尊叫什么？"张讷告诉了他。张别驾听后睁大眼睛看了张讷一阵，又低头考虑了一会儿，就快步跑进内室。不一会儿，老太太出来了。张讷等人向老太太行过拜见礼后，老太太问张讷："你是张炳之的孙子吗？"张讷说："是的。"老太太大哭起来，对张别驾说："这是你的弟弟。"张讷兄弟不知怎么回事。老太太说："我嫁给你父亲三年，后来离散了，去到北方，归了黑旗主，半年后生了你的哥哥。又过了半年，旗主死了，你的哥哥以父荫当了这个官。如今辞官不干了。由于时时刻刻想念家乡，于是脱离了旗籍，又恢复了原来的谱牒家世。曾经多次派人到东昌打听，一点儿消息也没有，哪知你父亲西迁了呢！"又对张别驾："你把弟弟当做儿子，太折福了！"张别驾："从前问张诚，张诚从来没说起自己是山东人，想是年纪小不记得吧。"于是按年纪大小排了长幼：别驾四十一岁为老大，张诚十六岁最小，张讷二十二岁，由原来家里的老大变成老二了。

别驾得两弟,甚欢,与同卧处,尽悉离散端由,将作归计。太夫人恐不见容,别驾曰:"能容则共之,否则析之^①。天下岂有无父之国?"于是鬻宅办装,刻日西发。既抵里,讷及诚先驰报父。父自讷去,妻亦寻卒,块然一老鳏^②,形影自吊^③。忽见讷入,暴喜,怳怳以惊^④;又睹诚,喜极,不复作言,潸潸以涕;又告以别驾母子至,翁辍泣愕然,不能喜,亦不能悲,蚩蚩以立^⑤。未几,别驾入,拜已,太夫人把翁相向哭。既见婢媪厮卒,内外盈塞,坐立不知所为。诚不见母,问之,方知已死,号嘶气绝,食顷始苏。别驾出赀,建楼阁,延师教两弟。马腾于槽,人喧于室,居然大家矣。

【注释】

①析:分开。这里是分家过日子的意思。

②老鳏(guān):老光棍。鳏,无妻或丧妻的男人。

③形影自吊:形容孤独无伴。吊,哀伤。三国魏曹植《上责躬应诏诗表》:"窃感《相鼠》之篇,无礼遄死之义,形影相吊,五情愧赧。"

④怳怳(huǎng):精神恍惚的样子。

⑤蚩蚩:痴呆的样子。

【译文】

张别驾得到两个弟弟特别欢喜,大家睡在一起,尽情谈起一家的遭遇,准备一起去河南。老太太担心河南那个家不一定能够接纳,别驾说:"能够接纳就一起过,否则就分开过日子。天下哪有不认父亲的家呢?"于是卖掉宅院,置办行装,选个日子就往西出发了。到了家乡,张讷和张诚先赶路飞报父亲。张父自从张讷走后,妻子不久就死了,他一个孤老头子,形影相吊,过着寂寞的老光棍日子。忽然看见张讷进来,惊喜得不敢相信自己的眼睛;又见张诚也活着,欢喜得说不出话来,一个劲儿"刷刷"流泪；张讷又告诉别驾母子也来了，张父惊愕得停住哭泣，感觉不到喜，也感觉不到悲，只是呆呆地站着。时候不长，别驾也到了，拜见了父亲；老太太拉着老头子，面对面大哭起来。张父见跟来许多丫环仆人，里外都是，反而觉得自己坐也不是，立也不是。张诚见母亲不在，一问，这才知道已经过世，悲号痛哭，以至昏过去了，过了一顿饭的工夫才苏醒过来。张别驾拿出钱来，建造了宅院厅堂，又请来老师教两个弟弟读书。张家一下子兴旺起来，马匹在槽边腾跃，人群在堂中喧笑，居然成了当地的大户人家。

　　异史氏曰：余听此事至终，涕凡数堕。十馀岁童子，斧薪助兄，慨然曰："王览固再见乎[1]！"于是一堕。至虎衔诚去，不禁狂呼曰："天道愦愦如此[2]！"于是一堕。及兄弟猝遇，则喜而亦堕。转增一兄，又益一悲，则为别驾堕。一门团圞[3]，惊出不意，喜出不意，无从之涕，则为翁堕也。不知后世亦有善涕如某者乎？

【注释】

①王览固再见乎：像王览这样的人物真地又出现了吗？《晋书·王祥传》载，王祥少时对继母至孝，继母却虐待他。继母所生弟王览每见王祥被打，就痛哭以劝阻其母，并帮助王祥完成继母刁难的苦役。继母每欲毒害王祥，王览都抢先试尝赐给王祥的食物。终于保全了王祥。这里以王览比张诚。固，的确。见，"现"的古字。

②愦愦：糊涂，昏聩。

③团圞（luán）：团聚。

【译文】

　　异史氏说：我听说这个事时，自始至终掉过好几次眼泪。十几岁的孩子，主动上山砍柴，帮助受虐待的哥哥，不由得感慨道："像王览这样的人物，真的又出现了吗！"于是第一次掉泪。到了老虎叼走张诚而去，不禁狂呼道："天道怎么如此昏庸啊！"于是又一次流泪。等到兄弟突然相遇，则由于高兴而掉泪。意外地多了一个哥哥，又增加了一份悲伤，则为张别驾遭遇而流泪。一家团圆，意外的惊遇，意外的喜悦，无缘由的泪水，则为张老头而掉。不知后世还有没有像我这样好流泪的？

汾州狐

【题解】

狐狸在我国的地域分布虽然广泛，但主要流布在北方，也就是黄河以北的地域。这种以黄河为界，在黄河以南又有少量的分布状况，大概就是民俗传说中狐狸不能过河，与河神交涉后才获得通融的依据吧。

《汾州狐》虽然由三个情节构成：1. 与狐狸相见相交。2. 狐狸预言汾州判朱公"贺者在门，吊者即在闾"。3. 狐狸始言"不能过河"，后来经过与河神沟通，容许它过河十日。但实际前两个情节的叙述只是为第三个有趣的情节——狐狸"不能过河"做铺垫而已。

汾州判朱公者①，居廨多狐②。公夜坐，有女子往来灯下。初谓是家人妇，未遑顾瞻③，及举目，竟不相识，而容光艳绝。心知其狐，而爱好之，遽呼之来。女停履笑曰："厉声加人，谁是汝婢媪耶④？"朱笑而起，曳坐谢过，遂与款密⑤，久如夫妻之好。忽谓曰："君秩当迁，别有日矣。"问："何时？"答曰："目前。但贺者在门，吊者即在闾⑥，不能官也。"

【注释】

①汾州判：汾州府的通判。汾州府,治所在今山西汾阳。

②居廨(xiè)：所居官署。廨,古代对于官舍的统称。

③未遑：未暇,未来得及。

④婢媪：指供役使的丫环、仆妇。

⑤遂与款密：就与她结为知心朋友。款密,恳挚,亲切。此谓情感真挚的密友。

⑥吊：吊唁。阎：里巷的门。这里指家乡的门。

【译文】

　　汾州判官朱公,他的官署里狐狸很多。一天,朱公夜里坐着,有个女子在灯下来来往往。开始以为是家中的妇女,没顾得上细瞧,等抬眼一看,竟然不认识,而这个女子容光艳丽。朱公心里明白她是个狐狸,因为喜欢她,就大声呼唤她过来。女子站住脚,笑着说:"这么大声叫人,谁是你的丫环老妈子吗?"朱公笑着站起来,把她拽过来让她坐下,表示道歉,于是两人亲昵叙谈起来,时间长了,就如夫妻一般相好。一天,女子忽然对朱公说:"您要升官了,分别的日子快到了。"朱公问:"什么时候?"女子回答说:"就在眼前。但是,道喜的来到门口,吊丧的也要到家乡的巷口了,当不成这个官。"

　　三日,迁报果至。次日即得太夫人讣音①。公解任,欲与偕旋②。狐不可,送之河上。强之登舟,女曰:"君自不知,狐不能过河也。"朱不忍别,恋恋河畔。女忽出,言将一谒故旧。移时归,即有客来答拜,女别室与语。客去乃来,曰:"请便登舟,妾送君渡。"朱曰:"向言不能渡,今何以渡?"曰:"曩所谒非他,河神也。妾以君故,特请之。彼限我十天往复,故可暂依耳。"遂同济。至十日,果别而去。

【注释】

①讣音：报丧的音讯。

②偕旋：一同回归故里。

【译文】

三天后，果然升官的喜报来了。可第二天便得到了母亲去世的讣告。朱公辞官，打算带女子一同回老家。女子不同意，送朱公到河边。朱公强拉女子上船，女子说："您不知道吧，狐狸不能过河。"朱公不忍心分手，恋恋不舍呆在河边。女子忽然离开，说要去拜见一个老朋友。过了一段时间，女子回来了，不久就有客人来回访，女子在另外一间屋招待客人。客人走后，女子才又回来，说道："请上船吧，我送你过河。"朱公说："刚才你不是说不能渡河吗，现在怎么又可以渡了呢？"女子说："刚才所拜见的不是别人，正是河神。我为了你，特意请他批准。他限我十天往返，所以可以暂时跟你去呀。"于是两人一同渡河。到了第十天，女子果然分手而去。

巧娘

【题解】

《巧娘》和《莲香》好像是姊妹篇。它们都与蒲松龄的南游采风有关。《莲香》篇言："余庚戌南游至沂，阻雨，休于旅舍。有刘生子敬，其中表亲，出同社王子章所撰桑生传，约万馀言，得卒读。此其崖略耳。"《巧娘》篇则言："高邮翁紫霞，客于广而闻之。地名遗脱，亦未知所终矣。"在《聊斋志异》中，鬼狐与人的恋爱，或鬼，或狐，很少联袂出现，《巧娘》和《莲香》中的女鬼和狐女则合作登场，先是相妒，后是互怜，最后书生—鬼妻—狐妻，美满生活。

与《莲香》中的书生桑晓不同，《巧娘》中的傅生是一个天阉，也就是性无能者。但性无能者怎么会有此艳遇呢？小说正是从这一疑惑处显示了故事编写的技巧，正如《聊斋志异》评论家但明伦所说："此篇捻一阉字，巧弄笔墨，措辞雅不伤纤，文势极抑扬顿挫之妙。"

《巧娘》故事虽然荒诞，情节亦涉俗亵，但除去文字技巧可取之外，本篇还有两个不可抹灭处：其一是作品中鬼狐形象极富生活气息，既有合作处，又有钩心斗角处，尤其是华姑作为母亲，掺和了女儿与巧娘之间的利益冲突，写得非常真实生动。第二，也是最重要的，作品反映了社会特定阶层人的心理，无论是对天阉傅生，还是对"生适阉寺，殁奔桮人"的巧娘，都站在人道主义的立场给以同情，细腻地反映了他们的悲剧人生。

广东有搢绅傅氏①，年六十馀生一子，名廉，甚慧，而天阉②，十七岁，阴裁如蚕③。遐迩闻知，无以女女者④。自分宗绪已绝⑤，昼夜忧恫，而无如何。

【注释】

①广东：辖境约略与今广东相同。搢(jìn)绅：也作"荐绅"、"缙绅"。古代仕宦者搢笏垂绅（大带），因以指称仕宦之家。此处指有身份地位的乡绅。

②天阉：指外生殖器发育不全或有缺陷的男子。阉，阉割，割去男性生殖腺。

③阴：这里指外生殖器官。

④无以女女者：没有把女儿嫁给他的。前一"女"字，是名词，女儿；后一"女"字，是动词，以女妻人。

⑤宗绪：宗祠的接续。

【译文】

广东有个官绅姓傅，六十多岁时生下一个儿子，取名叫廉，非常聪明，但是天生阳具不全，十七岁了，阳具才有蚕那么大。远近的人都知道，没有人肯把女儿嫁给他。傅廉自己估计宗脉将要断绝，日夜忧心忡忡，但也无可奈何。

　　廉从师读，师偶他出，适门外有猴戏者①，廉观之，废学焉。度师将至而惧，遂亡去。离家数里，见一白衣女郎，偕小婢出其前。女一回首，妖丽无比。莲步寨缓②，廉趋过之。女回顾婢曰："试问郎君，得毋欲如琼乎③？"婢果呼问。廉诘其何为，女曰："倘之琼也，有尺一书④，烦便道寄里门⑤。老母在家，亦可为东道主⑥。"廉出本无定向，念浮海亦得，因诺之。女出书付婢，婢转付生。问其姓名居里，云："华姓，居秦女村，去北郭三四里。"

【注释】

①猴戏：耍猴的，民间以猴为角色的杂技表演。

②莲步寨(jiǎn)缓：小脚行走迟缓。莲步，旧指女子的脚步。《南史·齐本纪·废帝东昏侯》："又凿金为莲华以帖地，令潘妃行其上，曰：此步步生莲华也。"

③得毋欲如琼乎：该不是想去琼州吧？得毋，莫非，该不会。如，往。琼，琼州，即今海南琼山。

④尺一书：即尺一牍。此处泛指书信。汉代诏书写于一尺一寸长的木版上，故称尺一牍。《汉书·匈奴传》："汉遗单于书牍，以尺一寸……中行说令单于遗汉书以尺二寸牍，及印封皆令广大长。"

⑤里门：古时聚族列里而居，门户相连，于里有门，叫里门。此指族居之地。

⑥东道主：待客之主人。《左传·僖公三十年》："若舍郑以为东道主，行李之往来，共其乏困，君亦无所害。"

【译文】

傅廉跟着老师读书，有一天老师偶然有事出门，正巧门外有耍猴的，傅廉去看，这样就耽误了学习。傅廉估计老师就要回来了，心里害怕，于是离家出走。在离家几里远的地方，看见一个白衣女郎，旁边跟着个小丫环走在前面。女郎一回头，傅廉见她长得无比妖丽。她小步慢慢移动着，傅廉于是几个快步就赶过去了。女郎回头对丫环说："试试询问郎君，是否要到海南岛去？"丫环果然招呼傅廉询问。傅廉问有什么事，女郎说："如果去海南岛，有一封信烦你顺路送到家乡。老母在家，也可以做东道主招待你。"傅廉出门本来就没有一定去处，一想过海就行，也就答应了。女郎拿出书信给了丫环，丫环把书信转给傅廉。傅廉问姓名及地址，女郎说："姓华，住在秦女村，离城北三四里。"

生附舟便去，至琼州北郭，日已曛暮。问秦女村，迄无知者。望北行四五里，星月已灿，芳草迷目，旷无逆旅①，窘甚。见道侧墓，思欲傍坟栖止，大惧虎狼，因攀树猱升②，蹲踞其上。听松声谡谡③，宵虫哀奏④，中心忐忑，悔至如烧。忽闻人声在下，俯瞰之，庭院宛然，一丽人坐石上，双鬟挑画烛⑤，分侍左右。丽人左顾曰："今夜月白星疏，华姑所赠团茶⑥，可烹一盏，赏此良夜。"生意其鬼魅，毛发直竖，不敢少息。忽婢子仰视曰："树上有人！"女惊起曰："何处大胆儿，暗来窥人！"生大惧，无所逃隐，遂盘旋下，伏地乞宥⑦。女近临一睇⑧，反恚为喜，曳与并坐。睨之，年可十七八，姿态艳绝。听其言，亦土音。问："郎何之？"答云："为人作寄书邮。"女曰："野多暴客，露宿可虞⑨。不嫌蓬荜⑩，愿就税驾⑪。"邀生入。

【注释】

①逆旅：客店。

②猱（náo）升：攀缘而上。猱，猿类，善爬树。

③谡谡（sù）：风声。

④宵虫哀奏：晚上虫声哀怨地鸣叫。

⑤双鬟：两个丫环。旧时丫环头结双鬟，因以鬟代指丫环。

⑥团茶：圆模制成的一种茶块，始于宋。元末明初陶宗仪《说郛》辑
　　熊蕃《宣和北苑贡茶录》："太平兴国初，特制龙凤模，遣使臣就北
　　苑造团茶，以别庶饮。"

⑦乞宥：请求原谅。宥，宽免，原谅。

⑧睇：倾视，俯身而视。

⑨虞：忧虑。

⑩蓬荜（bì）："蓬门荜户"的略语。指穷人家住的房子。犹言草舍。
　　编蓬草、荆竹为门。

⑪税驾：停车。此谓留宿。税，止。

【译文】

　　傅廉搭船就去了，到了琼州城北，太阳已经下山了。问秦女村，无
人知晓。望城北走了四五里，这时星月已经高悬，荒草离离，旷野之中
找不到一家客店，真是难堪极了。傅廉看见道边有座墓，打算依傍坟墓
休息，但又怕虎狼，于是爬到一棵树上，像猴子一样蹲踞在树杈上。听
松树声"刷刷"响动，夜虫"吱吱"哀鸣，心中忐忑不安，后悔的念头如火
燃烧。忽然，听见脚下有说话声，俯瞰下面，宛然一个庭院，有个丽人坐
在石上，两个丫环打着灯笼站在左右侍候。那个丽人对左边的丫环说：
"今夜月明星稀，把华姑赠的团茶去沏一杯，好好欣赏这美好夜色。"傅
廉想到这些都是鬼魅，不禁毛发竖立起来，不敢大口出气。忽然有个丫

环抬着头说："树上有人！"丽人惊起，说道："何处大胆儿，暗中偷看人！"傅廉非常害怕，无法逃避，也只好辗转从树上下来，伏在地上乞求饶恕。丽人近前一看，一下子反怒为喜，拽起傅廉和自己坐在一起。傅廉斜着眼睛看了一下，发现她大约十七八岁，姿态艳丽绝顶。听她说话，也不是本地的口音。丽人问道："郎君上哪里去？"傅廉说："替人送书信。"丽人说："旷野之中多强盗，露宿外面令人担心。不嫌弃草舍简陋的话，希望到我家里歇息。"说着就邀请傅廉进屋。

　　室惟一榻，命婢展两被其上。生自惭形秽，愿在下床。女笑曰："佳客相逢，女元龙何敢高卧^①？"生不得已，遂与共榻，而惶恐不敢自舒。未几，女暗中以纤手探入，轻捻胫股^②，生伪寐，若不觉知。又未几，启衾入，摇生，迄不动。女便下探隐处，乃停手怅然，悄悄出衾去，俄闻哭声。生惶愧无以自容，恨天公之缺陷而已。女呼婢篝灯，婢见啼痕，惊问所苦。女摇首曰："我叹吾命耳。"婢立榻前，眈望颜色，女曰："可唤郎醒，遣放去。"生闻之，倍益惭怍，且惧宵半，茫茫无所复之。

【注释】

①元龙：指陈元龙。名登，三国时人，以豪气著称。《三国志·魏书·吕布臧洪传》载，许汜论及陈登，云："昔遭乱过下邳，见元龙。元龙无客主之意，久不相与语，自上大床卧，使客卧下床。"巧娘戏谓不敢以女元龙自居，意在暗示傅生上床同卧。

②胫股：指腿。胫，小腿。股，大腿。

【译文】

屋里只有一张床，女郎命令丫环铺上两床被子。傅廉自惭形秽，提出要睡下床。丽人笑着说："遇上好客人，我怎能像三国时陈元龙那样独自高卧？"傅廉没办法就和女郎同床睡觉，由于惶恐不安，不敢舒展身子。不一会儿，女郎暗中把小手伸进傅廉的被窝里，轻轻抚摸他的腿部，傅廉假装睡着了，好像没有知觉一样。又过了一会儿，她掀起被子钻进来，摇动傅廉，傅廉还是不动。女郎便把手伸到他的隐处，摸到他的下身，手就怅然停住了，悄悄地出了被窝，不一会儿就哭起来。傅廉又急又愧，无地自容，只恨老天爷让自己生理上有缺陷。丽人呼唤丫环点灯，丫环见她脸上有泪痕，惊问受到了什么委屈。丽人摇头说："我叹自己命不好。"丫环站在床前，观察着她的表情，丽人说："把他叫醒了，放他走吧。"傅廉听后，更加惭愧内疚，又怕半夜时分，茫茫荒野无处可去。

　　筹念间，一妇人排闼入①。婢白："华姑来。"微窥之，年约五十馀，犹风格②。见女未睡，便致诘问，女未答。又视榻上有卧者，遂问："共榻何人？"婢代答："夜一少年郎，寄此宿。"妇笑曰："不知巧娘谐花烛。"见女啼泪未干，惊曰："合卺之夕，悲啼不伦，将勿郎君粗暴也？"女不言，益悲。妇欲捋衣视生，一振衣，书落榻上。妇取视，骇曰："我女笔意也！"拆读叹咤。女问之，妇云："是三姐家报，言吴郎已死，茕无所依③，且为奈何！"女曰："彼固云为人寄书，幸未遣之去。"

【注释】

①排闼（tà）入：推门而入。排，推。闼，小门。

②风格：风韵。

③茕（qióng）：孤独。

【译文】

正琢磨中，有个妇人推门而入。丫环喊道："华姑来了。"傅廉暗中看去，只见她五十多岁光景，风韵犹存。华姑见丽人没有睡，便去盘问，丽人没有答话。又见床上躺着一个人，就问："同床睡觉的是什么人？"丫环代答说："夜里有个少年郎来借宿。"华姑笑着说："不知道巧娘竟然成了亲。"见到巧娘泪水未干，又吃惊地问道："入洞房的时光，不应当悲伤哭泣，是不是郎君对你太粗暴了？"巧娘不说话，更加伤心。华姑想掀起衣服看看傅廉，一抖衣服，有封信掉落在床上。华姑拿过来一看，吃惊地说："这是我女儿的笔迹啊！"拆开读信，不住地惊叹。巧娘问她，华姑说："是三姐的家书，说吴郎已经死了，孤苦伶仃，没依没靠，这可怎么好啊！"巧娘说："他原本说替人捎信，幸好还没让他走。"

妇呼生起，究询书所自来，生备述之。妇曰："远烦寄书，当何以报？"又熟视生，笑问："何连巧娘？"生言："不自知罪。"又诘女，女叹曰："自怜生适阉寺①，殁奔椓人②，是以悲耳。"妇顾生曰："慧黠儿，固雄而雌者耶？ 是我之客，不可久溷他人③。"遂导生入东厢，探手于袴而验之，笑曰："无怪巧娘零涕。然幸有根蒂，犹可为力。"挑灯遍翻箱簏，得黑丸，授生，令即吞下，秘嘱勿吡④，乃出。生独卧筹思，不知药医何症。将比五更，初醒，觉脐下热气一缕，直冲隐处，蠕蠕然似有物垂股际，自探之，身已伟男。心惊喜，如乍膺九锡⑤。

【注释】

①阉寺：宦官。

②殁奔椓（zhuó）人：死后私奔的竟然也是个阉人。椓人，阉人。旧以称宦官。椓，椓刑，即宫刑。《书·吕刑》载，古代酷刑有"劓、

刌、椓、黥"。

③溷：肮脏，龌龊。这里是叨扰、添麻烦的意思。

④勿吪(é)：不要动。吪，动。《诗·王风·兔爰》："我生之初，尚无为；我生之后，逢此百罹。尚寐，无吪！"

⑤如乍膺九锡：如同刚刚受到九锡的封赠那样高兴。膺，受。九锡，传说为古代帝王赏赐给尊礼大臣的9种器物。九锡的名目及次序，古籍记载大同小异。《公羊传·庄公元年》何休注云："礼有九锡，一曰车马，二曰衣服，三曰乐则，四曰朱户，五曰纳陛，六曰虎贲，七曰弓矢，八曰铁钺，九曰秬鬯。"西汉末王莽、东汉末曹操均被加九锡。

【译文】

　　华姑叫傅廉起床，打听书信从哪里来的，傅廉就全说了一遍。华姑说："远道麻烦你送书信，应当怎么报答啊？"又细细打量着他，笑着问："怎么得罪巧娘啦？"傅廉说："不知道。"华姑又询问巧娘，巧娘叹气说："我是自己伤心，活着时嫁给了一个像太监一样的人，死后又遇上类似的人，所以悲伤。"华姑瞅着傅廉说："机灵鬼，竟然真是男人样女人身吗？你是我的客人，不能总打扰人家。"于是领着傅廉进了东厢房，伸手在他的裤裆里摸了摸，笑着说："不怪巧娘哭泣。不过幸好有根子，还可以下功夫。"她点上灯，翻遍所有箱匣，找到一枚黑丸，交给傅廉，让他吞下，并嘱咐不要乱动，就走了。傅廉独自躺着寻思着，不知药丸治什么病。将近五更天，刚醒过来时，觉得脐下有一缕热气，直冲隐私处，蠕蠕然好像有东西吊在两腿之间，他自己一摸，下身已经是个男子汉了。心里惊喜万分，如同刚刚受到九锡的封赠那样高兴。

　　椋色才分①，妇人，以炊饼纳生室，叮嘱耐坐，反关其户。出语巧娘曰："郎有寄书劳，将留招三娘来，与订姊妹交。且复闭置，免人厌恼。"乃出门去。生回旋无聊，时近门隙，如鸟窥笼。望见巧娘,辄欲招呼自呈,惭讷而止。延及夜分,妇始携女归,发扉曰:"闷煞郎君矣! 三娘可来拜谢。"途中人逡巡入,向生敛衽。妇命相呼以兄妹。巧娘笑曰:"姊妹亦可。"并出堂中,团坐置饮。饮次,巧娘戏问:"寺人亦动心佳丽否②?"生曰:"跛者不忘履,盲者不忘视。"相与粲然。

【注释】

①棍色才分:天刚亮。

②寺人:太监。

【译文】

　　窗纸刚刚发白,华姑进来,拿炊饼给傅廉吃,并叮嘱他耐心坐着,把门反关上就走了。华姑出来对巧娘说:"那小子有送信的功劳,留他等三娘来,让他们订下姐妹交情。我现在先把他关在里面,免得让人讨厌。"说完就走了。傅廉在屋里转悠着,实在无聊,不时走近门缝前,像小鸟从笼里往外看似的。望见巧娘,打算招呼她过来献献殷勤,可是又惭愧地打消了主意。等到夜晚时,华姑这才携带着三娘回来。她打开门,说:"闷死郎君了! 三娘过来拜谢。"路上遇到的那个人磨磨蹭蹭地进了屋,向傅廉行礼。华姑叫他们以兄妹相称。巧娘笑着说:"姐妹相称也可以呀。"大家一起到了堂屋,围坐着喝酒。喝酒当中,巧娘开玩笑地问:"太监也对美人动心吗?"傅廉说:"瘸子不忘记鞋,瞎眼的人不忘看。"彼此都会心一笑。

　　巧娘以三娘劳顿,迫令安置。妇顾三娘,俾与生俱,三娘羞晕不行。妇曰:"此丈夫而巾帼者,何畏之?"敦促偕去。私嘱生曰:"阴为吾婿,阳为吾子,可也。"生喜,捉臂登床,发硎新试①,其快可知。既,于枕上问女:"巧娘何人?"曰:"鬼也。才色无匹，而时命蹇落②。适毛家小郎子，病阉，十八岁而不能人，因邑邑不畅③，赍恨如冥④。"生惊，疑三娘亦鬼。女曰："实告君，妾非鬼，狐耳。巧娘独居无耦，我母子无家，借庐栖止。"生大愕，女云："无惧，虽故鬼狐，非相祸者。"由此日共谈宴。虽知巧娘非人，而心爱其娟好，独恨自献无隙。生蕴藉⑤，善诙噱⑥，颇得巧娘怜。

【注释】

①发硎(xíng)：谓刚刚磨过的刀刃。硎，磨刀石。《庄子·养生主》："今臣之刀十九年矣，所解数千牛矣，而刀刃若新发于硎。"

②时命蹇落：犹言命苦无依。时命，命运。蹇，困苦。落，飘泊无依。

③邑邑：心情抑郁。

④赍(jī)恨如冥：抱恨而亡。

⑤蕴藉：也作"温藉"、"酝藉"。宽和而有教养。

⑥诙噱(jué)：以逗乐来讨好别人。噱，逗乐，以趣语使人快乐。

【译文】

巧娘因为三娘路途劳顿，硬叫她去安排休息。华姑瞅瞅三娘，示意让她跟傅廉一起走，三娘羞红了脸，不动弹。华姑说："这个男人实际上是个女的，有什么可怕的？"说着就催促两人一块儿快走。又私下嘱咐傅廉说："暗地里你是我的女婿，表面上装成我的儿子，这就行了。"傅廉很高兴，拥着三娘就上了床，就像新磨的刀初试锋芒，其快就可想而知了。完事后，傅廉在枕边问："巧娘是什么人？"三娘说："她是鬼。才貌双全，却命运不济。嫁给毛家小儿子，那小子因有缺陷，十八岁了还不能行房事，因此巧娘郁郁不乐，含恨而死。"傅廉吃了一惊，疑心三娘也是鬼。三娘说："实话告诉你吧，我不是鬼，是狐狸啊。巧娘独居无伴，

我母子又无家，就借她的屋子居住。"傅廉惊诧不已，三娘说："不用害
怕，虽然是鬼狐，并非要祸害你。"从此，每天一起吃喝谈笑。傅廉虽然
知道巧娘不是人，但喜欢她娟秀美好，只是遗憾自己没机会讨好她。傅
廉宽和而有教养，又善于说笑话，很得巧娘的怜爱。

　　一日，华氏母子将他往，复闭生室中。生闷气，绕屋隔
扉呼巧娘。巧娘命婢，历试数钥，乃得启。生附耳请间，巧
娘遣婢去。生挽就寝榻，偎向之，女戏掬脐下，曰："惜可儿
此处阙然①。"语未竟，触手盈握，惊曰："何前之渺渺，而遽累
然！"生笑曰："前羞见客，故缩，今以诮谤难堪，聊作蛙怒
耳。"遂相绸缪。已而恚曰："今乃知闭户有因。昔母子流荡
栖无所，假庐居之；三娘从学刺绣，妾曾不少秘惜，乃妒忌如
此！"生劝慰之，且以情告，巧娘终衔之。生曰："密之，华姑
嘱我严。"语未及已，华姑掩入，二人皇遽方起。华姑嗔目，
问："谁启扉？"巧娘笑逆自承。华姑益怒，聒絮不已。巧娘
故哂曰："阿姥亦大笑人！是丈夫而巾帼者，何能为？"三娘
见母与巧娘苦相抵②，意不自安，以一身调停两间，始各拗怒
为喜③。巧娘言虽愤烈，然自是屈意事三娘。但华姑昼夜闲
防④，两情不得自展，眉目含情而已。

【注释】

①可儿：谓称心如意的人。南朝宋刘义庆《世说新语·赏誉》："桓
　　温行经王敦墓边过，望之云：'可儿，可儿！'"阙然：空缺。

②苦相抵(zhǐ)：苦苦地互相诋难。抵，击。

③拗(yù)怒：抑制愤怒。《后汉书·班彪传》附班固《两都赋》："蹂

蹒其十二三，乃拗怒而少息。"注："拗，犹抑也。"

④闲防：即防闲。防，堤，用于制水。闲，圈栏，用于制兽。引申为防备和禁阻。《诗·齐风·敝笱序》："齐人恶鲁桓公微弱，不能防闲文姜，使至淫乱，为二国患焉。"

【译文】

一天，华家母子外出，把傅廉锁在屋里。傅廉感到烦闷，绕着屋子，隔着门扉，呼叫巧娘。巧娘叫丫环开门，试了好几把钥匙才打开。傅廉靠近巧娘耳边请求单独同她呆一会儿，巧娘就把丫环打发走了。傅廉搂着巧娘就倒在床上，紧紧依偎着她，巧娘戏弄地用手抓他脐下那东西，说："可惜了你这么个好人缺少个东西呀。"话还没有说完，触到了满把粗的东西，吃惊地说："为什么从前那么小小一丁点儿，而现在突然间又粗又大呢？"傅廉笑着说："从前羞见客人，所以抽缩，如今因为被你嘲笑难堪，聊作青蛙生气那样膨胀起来。"于是两人亲亲热热拥在了一起。过了一会儿，巧娘生气地说："现在才知道把你关在屋子里的原因。从前她们母子俩没有栖身之所，到处流荡，我借房子给她们住；三娘跟我学刺绣，我也从来没有吝惜不教，可她们却如此妒忌！"傅廉劝解安慰她，还把实情告诉了她，但巧娘还是嗔怪她们不好。傅廉说："别声张，华姑嘱咐我不要说出去。"话犹未了，华姑推门而进，两人慌忙起身。华姑瞪着眼睛，问道："谁开的门？"巧娘笑着承认是自己干的。华姑更是生气，唠唠叨叨说个没完。巧娘故意讥笑说："阿婆也太让人笑了！这个男子不过跟个妇女一样，能干什么事呀？"三娘见母亲与巧娘苦苦相争，心里很不安，便一人同时调停两边，最终使双方转怒为喜。巧娘虽然言辞激烈，然而自愿屈意对待三娘。但由于华姑昼夜防闲，巧娘与傅廉两情不能实现，只是眉目含情罢了。

一日，华姑谓生曰："吾儿姊妹皆已奉事君。念居此非计，君宜归告父母，早订永约。"即治装促生行。二女相向，容颜悲恻，而巧娘尤不可堪，泪滚滚如断贯珠，殊无已时。华姑排止之^①，便曳生出。至门外，则院宇无存，但见荒冢。华姑送至舟上，曰："君行后，老身携两女僦屋于贵邑^②。倘不忘夙好，李氏废园中，可待亲迎。"生乃归。

【注释】

①排止之：谓分别劝止巧娘与三娘。排，调停，劝解。

②僦（jiù）：租赁。

【译文】

一天，华姑对傅廉说："我的三娘她们姐妹都已经事奉你了。考虑长期住在这里不是办法，你应回去告诉父母，早些定下婚约。"然后准备行装，催促傅廉上路。三娘、巧娘面对着傅廉，满脸忧愁，而巧娘更是动情，眼泪如断线珍珠滚滚而下，没个止时。华姑劝解制止她们，拉着傅廉就走。到了门外，院宅房屋顿时都不存在了，只见荒冢。华姑把傅廉送到船上，说："你走后，老身带着两个女子到你家乡租房住下。如果不忘往日的好处，可到李家废弃园子中迎亲。"傅廉于是回到家里。

时傅父觅子不得，正切焦虑，见子归，喜出非望。生略述崖末^①，兼致华氏之订。父曰："妖言何足听信？汝尚能生还者，徒以阉废故，不然，死矣！"生曰："彼虽异物，情亦犹人，况又慧丽，娶之亦不为戚党笑。"父不言，但嗤之。生乃退而技痒，不安其分，辄私婢，渐至白昼宣淫，意欲骇闻翁媪。一日，为小婢所窥，奔告母。母不信，薄观之^②，始骇。呼婢研究，尽得其状。喜极，逢人宣暴，以示子不阉，将论婚于世族。生私白母："非华氏不娶。"母曰："世不乏美妇人，何必鬼物?"生曰:"儿非华姑,无以知人道③,背之不祥。"傅父从之,遣一仆一姬往觇之。

【注释】

①崖末:本末,首尾。

②薄观之:靠近观察。薄,就近。《左传·僖公二十三年》:"(晋公子重耳)及曹,曹共公闻其骈胁,欲观其裸。浴,薄而观之。"

③人道:谓男女交合。

【译文】

当时傅廉的父亲寻找儿子找不到,正焦虑不堪,见儿子回来了,喜出望外。傅廉大略讲了讲经过,并把华家的婚事说了说。父亲说:"妖言怎么能听信? 你能够活着回来,完全是由于生理有缺陷,不然早就死了!"傅廉说:"她们虽然不是人类,情感同人一样,况且又聪明美丽,娶了也不会被亲戚朋友笑话。"父亲不说话,只是笑他。傅廉从父亲房中退下以后,由于有了那种本事,忍耐不住,便不安分守己,就与丫环私通起来,渐渐发展到大白天就乱搞,意思是要让父母听到后吃一惊。一天,傅廉与丫环干那事,被一个小丫环看见了,就急忙报告了他母亲。他母亲不信,走近观察,这才吃了一惊。她又把丫环叫去研究,知道了全部情状。她高兴极了,逢人便宣扬,显示自己儿子不阉,还要找个大户人家提亲。傅廉私下告诉母亲:"除了华家姑娘都不娶。"母亲说:"世上不缺漂亮女人,何必找个鬼女人?"傅廉说:"儿子若非华姑,无法知道男女人伦,违背约定不吉祥。"傅廉的父亲同意儿子意见,便派了一个男仆、一个老仆如前往察看。

出东郭四五里,寻李氏园。见败垣竹树中,缕缕有炊烟。姬下乘①,直造其闼,则母子拭几濯溉,似有所伺。姬拜致主命。见三娘，惊曰："此即吾家小主妇耶？我见犹怜，何怪公子魂思而梦绕之。"便问阿姊。华姑叹曰："是我假女②。三日前，忽殂谢去。"因以酒食饷妪及仆。妪归，备道三娘容止，父母皆喜。末陈巧娘死耗，生恻恻欲涕。至亲迎之夜，见华姑亲问之，答云："已投生北地矣。"生欷歔久之。迎三娘归，而终不能忘情巧娘，凡有自琼来者，必召见问之。

【注释】

①下乘：下车。

②假女：义女。

【译文】

  他们走出东城门四五里，找到了李家花园。只见断墙竹树中，有炊烟缕缕。老仆妇下车，一直走到门前，看见母子俩正在擦桌子，洗碗碟，好像正在等待客人。老仆妇行了拜见礼，传达主人的意思。一见三娘，吃惊地说："这就是我们家的小主妇吧？我见了都怜爱，难怪公子魂思梦想的！"然后又问她姐姐。华姑叹道："她是我的干女儿。三天前忽然死去了。"说完，用酒食招待老仆妇和男仆。老仆妇回到家里，极力称赞三娘的容貌举止，傅廉的父母听了都很高兴。后来才说巧娘去世的消息，傅廉难过得要流泪。到娶亲那天夜里，见到华姑后，又亲自询问巧娘的事，华姑答道："已经投生到北方去了。"傅廉哀叹心碎了很久。傅廉把三娘娶了回来，但始终也忘不了巧娘，凡是有从琼州来的人，必定要召见询问。

  或言秦女墓夜闻鬼哭。生诧其异，入告三娘，三娘沉吟良久，泣下曰："妾负姊矣！"诘之，答云："妾母子来时，实未使闻。兹之怨啼，将无是姊？向欲相告，恐彰母过。"生闻之，悲已而喜。即命舆，宵昼兼程，驰诣其墓，叩墓木而呼曰：“巧娘，巧娘！某在斯①。”俄见女郎绷婴儿②，自穴中出，举首酸嘶③，怨望无已，生亦涕下。探怀问谁氏子，巧娘曰：“是君之遗孽也④，诞三月矣。”生叹曰：“误听华姑言，使母子埋忧地下，罪将安辞！”乃与同舆，航海而归。抱子告母，母视之，体貌丰伟，不类鬼物，益喜。二女谐和，事姑孝。后傅父病，延医来。巧娘曰：“疾不可为，魂已离舍。”督治冥具⑤，既竣而卒。儿长，绝肖父，尤慧，十四游泮。高邮翁紫霞⑥，客于广而闻之。地名遗脱，亦未知所终矣。

【注释】

①某在斯：我在这里。《论语·卫灵公》：“师冕见，及阶，子曰：‘阶也。’及席，子曰：‘席也。’皆坐，子告之曰：‘某在斯，某在斯。’师冕出，子张问曰：‘与师言之道与？’子曰：‘然，固相师之道也。’”

②绷：婴儿的包被，褓褓。

③酸嘶：悲泣。嘶，噎，哽咽。

④遗孽(niè)：遗留下的孽根。孽，罪咎。此为怨辞。

⑤冥具：丧葬之物。

⑥高邮：今江苏高邮。

【译文】

有人说在夜间听到秦女墓鬼哭的声音。傅廉很是奇怪，进去告诉了三娘。三娘沉吟很久，流着眼泪说：“我对不起姐姐呀！”傅廉追问，答道：“我们母子来时，实际上没有告诉她。在那里怨恨而哭的，莫非是姐姐吗？以前打算告诉你，又怕显出母亲的过错。”傅廉听说后，转悲为喜。马上命令套车，昼夜兼程，飞快赶到秦女墓，敲着坟前树木，大声呼道：“巧娘，巧娘！我在这里。”不一会儿，看见一个女郎抱着个小孩，从坟里走出来,她抬头辛酸地啼哭着,悲怨地望着傅廉,傅廉也流下眼泪。他探望了一下巧娘怀中的婴儿,问是谁的孩子。巧娘说:"这是你留下的孽种啊,生下三个月了。"傅廉叹息道:"误听华姑之言,使得你们母子俩含忧地下,罪责难逃啊!"于是一同坐车离开坟墓,渡海回到家里。傅廉抱着儿子告诉了母亲,母亲打量着孩子,体形壮实,不像是鬼生的,更是欢喜。巧娘与三娘相处和谐,对待老人也很孝顺。后来,傅廉的父亲病了,请来医生诊治。巧娘说:"病没法治了,魂已经离开了身体。"于是催着准备办丧事用的东西,等置办好了,老人也死了。巧娘的儿子长大后,非常像他的父亲,特别聪明,十四岁就中了秀才。高邮的翁紫霞在旅居广东时听到了这件事。地名没记住,也不知道最终如何。

吴令

【题解】

在古代社会中,城隍是正统法定的神祇,历代王朝都将城隍列入祀典。郑板桥在乾隆十七年(1752)曾为山东潍县重修城隍庙写了一篇碑记,其中说:"府州县邑皆有城,如环无端,齿齿啮啮者是也;城之外有隍,抱城而流,汤汤汩汩者是也。又何必乌纱袍笏而人之乎?而四海之大,九州之众,莫不以人祀之;而又予之以祸福之权,授之以死生之柄,而又两廊森肃,陪以十殿之王,而又有刀花剑树、铜蛇铁狗、黑风蒸鬲而惧。而人亦哀哀然从而惧之矣。非惟人惧之,吾亦惧之。每至殿庭之后,寝宫之前,其窗阴阴,其风吸吸,吾亦毛发竖慄,状如有鬼者,乃知古帝王神道设教不虚也。"但是,当这种神权与现实中的政权发生矛盾的时候,神权就被打倒了。《吴令》中的吴令之所以不满于给城隍祝寿,打了城隍的木主,有经济的原因,所谓"无益之费,耗民脂膏",更有政治的原因,是因为"辇游通衢"挡了他的道路,挫了他的威风。只要看看他死了之后还要和城隍竞争就可以明白。这种中写神权和政权之争的题材显得颇为新颖和有趣。

　　吴令某公①,忘其姓字,刚介有声②。吴俗最重城隍之神③,木肖之④,被锦藏机如生⑤。值神寿节,则居民敛赀为会,辇游通衢,建诸旗幢杂卤簿⑥,森森部列⑦,鼓吹行且作,阗阗咽咽然⑧,一道相属也⑨。习以为俗,岁无敢懈⑩。公出,适相值,止而问之,居民以告。又诘知所费颇奢,公怒,指神而责之曰:"城隍实主一邑。如冥顽无灵⑪,则淫昏之鬼,无足奉事;其有灵,则物力宜惜,何得以无益之费,耗民脂膏⑫?"言已,曳神于地,笞之二十。从此习俗顿革。

【注释】

①吴令:吴县县令。吴县,即今江苏苏州。

②刚介有声:刚直耿介有政声。

③城隍之神:守护本地城池之神,亦即民间传说中当地阴间的行政长官。

④木肖之:用木头雕刻成它的肖像。

⑤被锦藏机:外面用锦缎包装,内部制作精巧。藏机,暗藏机关。

⑥幢:古时直幅之旗,多用于仪仗。

⑦森森部列:密密麻麻地分布排列。森森,繁密貌。

⑧阗阗咽咽(yuān):调鼓乐声。《诗·小雅·采芑》:"振旅阗阗。"朱熹注:"阗阗,亦鼓声也。"《诗·鲁颂·有駜》:"鼓咽咽。"

⑨相属(zhǔ):不间断,相连。

⑩懈:懈怠。

⑪冥顽:愚钝无知。

⑫民脂膏:民脂民膏。喻指人民的财物。

【译文】

　　吴县的县令,忘记他的姓名了,他刚正不阿,很有政声。吴县的风俗里最尊重城隍神,人们用木头雕成神像,锦衣下装着机关,像活人一样。每逢城隍的寿辰,群众就凑钱办庙会,抬着城隍神像游街,打着各式各样的旗帜,举着各种仪仗,排着队,吹吹打打地前进,热热闹闹的,大道上挤满了人。这种庆祝城隍生日的活动已经习以为常了,年年不敢懈怠。县令出门时,正好和游行队伍相遇,便停下来询问,老百姓一一告诉了他。他又通过查问得知庆典花费很多,很生气,手指着神像责备说:"城隍实际上是一城之主。如果它昏庸无知,毫无灵验,那么就是一个糊涂鬼,不值得供奉;如果他有灵验,那么就应该爱惜物力,怎么可以浪费这么多的钱财,消耗百姓的血汗?"说罢就把神像拽倒在地,打了二十大板。从此,这个风俗便被革除了。

　　公清正无私,惟少年好戏。居年馀,偶于廨中梯檐探雀鷇①,失足而堕,折股,寻卒。人闻城隍祠中,公大声喧怒,似与神争,数日不止。吴人不忘公德,群集祝而解之,别建一祠祠公,声乃息。祠亦以城隍名,春秋祀之,较故神尤著。吴至今有二城隍云。

【注释】

　　①雀鷇(kòu):幼雀。北周庾信《哀江南赋》:"探雀鷇而未饱,待熊蹯而诈熟。"

【译文】

　　县令清廉无私,只是年轻好玩。一年后,偶然在官署里登梯子掏房檐下的幼鸟,失足摔到地上,跌断了腿,不久就死了。人们听见城隍庙里县令生气地大声喧叫,好像与神争吵,好几天都没有停止。吴县的人不忘县令的好处，大家一起祷告调解，又另外建了一座庙，用来祭祀县令，这样吵声才平息了。这个新建的庙也叫城隍庙，每逢春秋两季进行祭祀，比对原来那个城隍还重视。吴县至今仍有两个城隍。

口技

【题解】

《口技》篇两则，分讲两个故事，但又是一个整体。前者是在暗夜的室内，听众只辨其音，不见其表演，后一则重在揭示口技如何演出，这对于没有见过口技表演的人来说很有必要。

由于重在讲述口技的表演，故小说开始处单刀直入，结束处简净干脆，只是叙述口技表演者如何请神送神以及诸神祇开药和抓药的情节。请神祇是纵向写，先写九姑来，次写六姑来，最后四姑到。送神祇则横向写，"一时并起"，叙述极有变化。请来的神祇是6个女性：即九姑，丫环腊梅；六姑，丫环春梅；四姑以及四姑的丫环，外加六姑的小男孩和一只猫。请神的声音是"道温凉声，并移坐声、唤添坐声，参差并作，喧繁满室"。送神的声音则"小儿哑哑，猫儿唔唔"。"九姑之声清以越，六姑之声缓以苍，四姑之声娇以婉"，总之"各有态响，听之了了可辨"。模拟出她们开药和抓药的声音，则有问病，斟酌药方，唤笔砚，折纸，拔笔掷帽，磨墨，投笔触几，撮药包裹，均声响历历，音色丰富，环环相扣。这些极富生活气息的声音不是零碎孤立不相连属的片段，而是形成贯穿的情节故事，不由不使听众"群讶以为真神"。

这些精妙绝伦的口技并非单纯的艺术表演，而是口技表演者借此行医售药，对此，蒲松龄也表达了明确的态度。

村中来一女子，年二十有四五，携一药囊，售其医[①]。有问病者,女不能自为方,俟暮夜问诸神。晚洁斗室,闭置其中。

【注释】

①售其医:出售她的医术和药。售,出售,卖。

【译文】

村里来了一个女子,年纪约有二十四五,携带着一个药袋,出卖她的医术和药。有来看病的,这个女子自己不开方子,等到了晚上请神仙给开药方。到晚上开药方时,女子便收拾一间干净小屋,把自己关在屋里。

众绕门窗,倾耳寂听,但窃窃语,莫敢欬①。内外动息俱冥②。至夜许,忽闻帘声。女在内曰:“九姑来耶?”一女子答云:“来矣。”又曰:“腊梅从九姑来耶?”似一婢答云:“来矣。”三人絮语间杂,刺刺不休③。俄闻帘钩复动,女曰:“六姑至矣。”乱言曰④:“春梅亦抱小郎子来耶?”一女曰:“拗哥子⑤!呜呜不睡⑥,定要从娘子来。身如百钧重⑦,负累煞人!”旋闻女子殷勤声、九姑问讯声、六姑寒暄声、二婢慰劳声、小儿喜笑声,一齐嘈杂。即闻女子笑曰:“小郎君亦大好耍,远迢迢抱猫儿来。”既而声渐疏。帘又响,满室俱哗,曰:“四姑来何迟也?”有一小女子细声答曰:“路有千里且溢⑧,与阿姑走尔许时始至。阿姑行且缓。”遂各各道温凉声⑨,并移坐声、唤添坐声,参差并作,喧繁满室,食顷始定⑩。即闻女子问病,九姑以为宜得参⑪,六姑以为宜得芪⑫,四姑以为宜得术⑬。参酌移时,即闻九姑唤笔砚。无何,折纸戢戢然⑭,拔笔掷帽丁丁然⑮,磨墨隆隆然。既而投笔触几,震震作响,便闻撮药包裹苏苏然⑯。顷之,女子推帘,呼病者授药并方。反身入室,即闻三姑作别,三婢作别,小儿哑哑,猫儿唔唔,又一时并起。九姑之声清以越⑰,六姑之声缓以苍⑱,四姑之声娇以婉⑲,以及三婢之声,各有态响,听之了了可辨。群讶以为真神,而试其方,亦不甚效。此即所谓口技,特借之以售其术耳。然亦奇矣!

【注释】

①欬(kài):咳嗽。

②冥:沉寂。

③刺刺不休:话语不断。刺刺,多言的样子。唐韩愈《送殷员外序》:"持被入直三省,丁宁顾婢子,语刺刺不能休。"

④乱言:人声交错。

⑤拗哥子:倔强的小男孩。拗,倔。

⑥呜呜:抚拍孩子睡觉的声音。南朝宋刘义庆《世说新语·惑溺》:"儿见(贾)充喜踊,充就乳母手中呜之。"

⑦百钧:极言其重。钧,古代重量单位,约合三十斤。

⑧千里且溢:一千里还多。溢,超出。

⑨各各道温凉:彼此问寒问暖。

⑩食顷:一顿饭的工夫。

⑪宜得参:应该用人参治疗。

⑫芪(qí):黄芪,又名"黄耆"。多年生草本植物。夏季开花,黄色,根可入药。

⑬术(zhú):草名。根茎可入药。有白术、苍术数种。

⑭戢戢(jí)然:折纸的声音。

⑮丁丁(zhēng)然:掷落毛笔铜帽的声音。

⑯苏苏:犹簌簌,物摩擦声。

⑰清以越:清脆而高昂。以,而。

⑱缓以苍:舒缓而苍老。

⑲娇以婉:娇细而婉转。

【译文】

众人围绕在门边窗外,倾耳静听,一个个只能窃窃细语,不敢大声咳嗽。屋里屋外都是静悄悄的。快半夜了,忽然听到掀帘子声。女子在屋内说:"九姑来啦?"另一个女子答道:"来了。"又问:"腊梅跟九姑来啦?"好像一个丫环答道:"来了。"三个人你一言我一语絮絮叨叨个没完。过一会儿,又听到帘钩响动,女子说:"六姑到啦。"有人插言说:"春梅也抱着小娃娃来啦?"一个女的说:"这个拗小子!怎么哄也不睡,非要跟娘子来。身子沉甸甸的有百八十斤重,压死人了!"紧接着又听见女子殷勤招待的声音、九姑问话的声音、六姑寒暄的声音、两个丫环慰劳的声音,还有小孩子的喜笑的声音,闹哄哄的一片嘈杂。一会儿又听到女子笑着说:"小郎君也太好玩了,远远地还抱着猫来。"一会儿声音渐渐稀疏下来。帘子又响了,满屋子喧哗,有人说:"四姑怎么来得这么晚?"有一个小女子细声答道:"路途足有一千多里,与阿姑走了那么长时间才到。阿姑走得慢。"于是各个嘘寒问暖,并且出现移动座位的声音、叫人添座椅的声音,此起彼伏,满屋子说话响动声,过了一顿饭的工夫才安静下来。这时才听到女子问治病用什么药,九姑认为应该用人参,六姑认为用黄芪好,四姑主张用白术。大家斟酌了一阵儿,这才听见九姑唤人送来笔砚。不一会儿,就听到折纸的"嚓嚓"声,拔笔掷笔帽的"叮叮"声,磨墨的"隆隆"声。后来又听到投笔触动桌子的"震震"声,最后便听到抓药包装的"沙沙"声。又过了一会儿,女子掀开帘子,呼病人来取药方和药。女子转身进屋,接着就听到三个姑告别的声音,三个丫环告别的声音,小孩子"哑哑"的笑声,猫儿"喵喵"的叫声,一时并起。

九姑的声音清朗悠扬,六姑的声音缓慢苍老,四姑的声音娇美婉转,再加上三个丫环的声音,各有特色,一听就可以分辨出是哪一个人在讲话。大家惊讶极了,以为真是遇上了神仙,但是吃了女子开的药,也没有什么特别的疗效。这就是所谓的口技,只是利用口技以推销她的药物。尽管如此,口技却也达到了神奇的境界。

　　昔王心逸尝言①:在都偶过市廛②,闻弦歌声,观者如堵。近窥之,则见一少年曼声度曲③。并无乐器,惟以一指捺颊际,且捺且讴,听之铿铿,与弦索无异④。亦口技之苗裔也⑤。

【注释】

①王心逸:名德昌,字历长。清朝长山人。顺治进士。生平详《长山县志》。

②市廛(chán):集市。

③曼声度曲:以舒缓的声调唱着歌。曼声,舒缓的音声。度曲,制作新曲,或指依谱歌唱。此指后者。

④弦索:乐器上的弦。此指弦乐器。

⑤苗裔:后代子孙。战国屈原《离骚》:"帝高阳之苗裔。"这里是衍生、支派的意思。

【译文】

　　从前王心逸曾经讲过:他在京都偶然经过一个集市,听到弹琴唱歌的声音,观看的人围成了一堵墙。走近一看,只见一个少年按着乐曲拍子悠扬地唱着。并没有乐器,只是用一指捺着面颊处,一边捺着,一边唱着,听起来"铿锵"作响,与弦乐器伴奏没有两样。这也是口技一类的技巧吧。

狐联

【题解】

对联，又名"楹联""对子"。指两组相对应的字数不限，但对偶工整，平仄协调的文字，是中国诗词的变调和衍生出来的文字游戏。明清以来，由于时文的影响，在文人中颇为盛行。这篇小说的核心，或者说创作的动机，大概就是"戌戌同体，腹中止欠一点"，"己巳连踪，足下何不双挑"这副对联。这副对联虽无深意，仅只是文字游戏，但对仗工稳，属于绝对，考验着对对子的人文字和文学的功底。这种难对的对联出自狐狸之手，无疑也是对当日名士的迂腐和不学的一种调侃。

　　焦生，章丘石虹先生之叔弟也①。读书园中，宵分，有二美人来，颜色双绝，一可十七八②，一约十四五，抚几展笑。焦知其狐，正色拒之。长者曰："君髯如戟③，何无丈夫气？"焦曰："仆生平不敢二色。"女笑曰："迂哉！子尚守腐局耶④？下元鬼神，凡事皆以黑为白，况床笫间琐事乎？"焦又咄之。女知不可动，乃云："君名下士⑤，妾有一联，请为属对⑥，能对我自去：戌戌同体，腹中止欠一点。"焦凝思不就。女笑曰："名士固如此乎？我代对之可矣：己巳连踪，足下何不双挑。"一笑而去。长山李司寇言之⑦。

【注释】

①石虹先生：焦毓瑞。字辑五，别字石虹。顺治四年（1647）进士，以翰林改授御史，累官少司寇，改少司农，卒于官。见《山东通志·人物志》。

②可：大约。

③君髯如戟：你的胡子刚直像戟。戟，古代合戈和矛为一体的长柄
　兵器。此处暗用南朝褚彦回拒婚山阴公主的故典。《南史·褚
　彦回传》："景和中，山阴公主淫恣，窥见彦回悦之，以白帝。帝召
　彦回西上阁宿十日，公主夜就之，备见逼迫，彦回整身而立，以夕
　至晓，不为移志。公主谓曰：'君须髯如戟，何无丈夫意？'"

④腐局：迂腐的规矩。

⑤名下士：负有盛名的士人。

⑥属（zhǔ）对：对对子。也即作对联。

⑦长山李司寇：李化熙。字五弦，号长白小樵，长山县傅家庄（现属
　淄博周村）人。崇祯七年(1634)进士，曾任四川、陕西巡抚，转迁
　兵部右侍郎兼右佥都御史，总督陕西三边军务。清廷入主中原，
　李化熙上疏请降，官至太子太保、刑部尚书。清顺治十年
　(1653)，以"母老乞养"为由，辞官回到周村。事见《长山县志》。
　司寇，古代官名。掌管刑狱纠察等事。因李化熙任刑部尚书，故
　有是称。

【译文】

　　焦生是章丘石虹先生的叔伯兄弟。有一天在花园中读书，半夜时
分，有两个美人来到跟前，姿容都是绝对的艳丽。一个约十七八岁，一
个约十四五岁，一边摸着桌子一边笑。焦生心里明白她们是狐狸，便板
起面孔拒绝她们。大一点儿的美人说："先生的胡须跟箭戟一样，为何
却没点儿大丈夫气概呢？"焦生说："我平生从不跟外面的女人乱搞。"美
人笑着说："迂腐啊！你还守着迂腐的规矩啊？下界的鬼神，他们凡事
都要颠倒黑白，何况在床上那些小事呢？"焦生又叱责她们。美人知道
这个男子不可动摇，便说："先生是个名士，我有一副对联，请你属对，对
得上我自然就走。上联是：'戊戌同体，腹中只欠一点。'"焦生凝思许
久，也没有对出下联。美人笑着说："名士就是这个水平吗？我替你对

上吧:己巳连踪,足下何不双挑。"说罢,一笑走了。这件事是长山李司
寇讲的。

潍水狐

【题解】

　　这是一篇骂官的小说,骂得既有技巧又十分解气。估计如果康熙
十一年(1672)的潍县县令看了这篇小说一定会气个半死吧!

　　骂潍县的县令是通过狐狸之口骂的。分为三个层次。1."前身为
驴"。按照中国民俗中的轮回说法,常人是世代为人的,如果上辈子是
畜生,一定是干了缺德的事。2.是"饮馆而亦醉者"。"饮馆而亦醉者"
是历史典故中,为了钱戴绿帽子也在所不惜的恬不知耻者的代名词,是
对潍县县令的诛心之论。如果联系后面的"异史氏曰"中"倘执束刍而
诱之,则帖耳辑首,喜受羁勒矣"的话,潍县县令就是一个为了钱什么廉
耻都不顾的大贪官。3.这样的官,狐狸也"羞与为伍"。

　　虽然小说的核心就是狐狸的这一段话,但在此之前做了充分的铺
垫。写狐狸租住李氏别第如何合乎礼仪,温文尔雅。狐狸不仅与常人
没有什么两样,而且受到乡邻广泛地尊敬。这就使得狐狸对潍县县令
的评论显得平易可信,具有杀伤力。

　　就狐狸租住人类的房屋而言,本篇可以与《九山王》《遵化署狐》等
篇联读。这些篇章中的房屋主人都知道租住者是狐狸,《九山王》《遵化
署狐》篇中的房屋主人与狐为仇,最后受到惩罚;而本篇中的潍县李姓
主人则与狐狸礼尚往来,和谐相处。

　　潍邑李氏有别第①,忽一翁来税居,岁出直金五十,诺
之。既去无耗,李嘱家人别租。翌日,翁至,曰:"租宅已有

关说②，何欲更僦他人？"李白所疑。翁曰："我将久居是，所以迟迟者，以涓吉在十日之后耳③。"因先纳一岁之直，曰："终岁空之，勿问也。"李送出，问期，翁告之。

【注释】

①潍邑：潍县。清属莱州府，今属山东潍坊。别第：犹别业，别墅，本宅之外的宅邸。

②关说：谓彼此已通过协商，有定约。关，通。《史记·佞幸列传序》："公卿皆因关说。"司马贞《索隐》："关训通也。"

③涓吉：犹择吉。西晋左思《魏都赋》："涓吉日，陟中坛，即帝位，改正朔。"李善注："涓，择也。"

【译文】

潍县李家有一座别墅，有一天，忽然来了一个老头要租房住，每年交五十两银子，李家主人答应了。老头走后一直没有消息，李家主人便嘱咐家人把房子租给别的人家。不久，老头来了，说："租房子的事，咱们已经商定好了，为什么还想要租给别人呢？"李家主人说明了原由。老头说："我准会在这里长久住下去，所以迟迟不来，是因为我要选个搬家的好日子，就在十天之后。"于是先交了一年的租金，说："房子就是终年空着，也不要过问。"李家主人送老头出来，问搬家的日期，老头告诉了他。

过期数日，亦竟渺然。及往觇之，则双扉内闭，炊烟起而人声杂矣。讶之，投刺往谒。翁趋出，逆而入，笑语可亲。既归，遣人馈遗其家，翁犒赐丰隆。又数日，李设筵邀翁，款洽甚欢。问其居里，以秦中对①。李讶其远，翁曰："贵乡福地也。秦中不可居，大难将作。"时方承平②，置未深问。越日,翁折柬报居停之礼,供帐饮食,备极侈丽。李益惊,疑为贵官。翁以交好,因自言为狐。李骇绝,逢人辄道。

【注释】

①秦中:指今陕西中部。

②承平:相承平安。谓太平。

【译文】

　　过了搬家的日期几天了,还是没有动静。李家主人便前往要出租的院宅去看看情况,没想到两扇大门从里面关着,院里已经升起了炊烟,人声嘈杂。他很惊奇,便递上名帖去拜访。老头忙走出来,把主人迎进屋去,笑容满面,和蔼可亲。李家主人回去后,便派人送去馈赠的礼品,老头赏赐给仆人的东西特别丰盛。又过了几天,李家设宴邀请老头,大家很是融洽愉快。李家主人问老头的家乡,老头回答说是陕西。李家主人很是诧异,不明白为何要从这么老远的地方来,老头说:"贵乡是个福地。陕西那里不能再住了,将要发生大灾难。"当时天下太平,李家主人也就一听而已,没有深问。隔了一天,老头送来请帖,表示回敬房东的情谊,宴请之中,设置及其饮食都非常奢侈豪华。李家主人更是惊奇,疑心老头是个显贵的官僚。老头因为彼此交好,就明说自己是个狐狸。李家主人惊诧极了,后来见人就说这件事。

　　邑搢绅闻其异,日结驷于门①,愿纳交翁,翁无不伛偻接见②。渐而郡官亦时还往。独邑令求通,辄辞以故。令又托主人先容,翁辞。李诘其故,翁离席近客而私语曰:"君自不知,彼前身为驴,今虽俨然民上,乃饮馌而亦醉者也③。仆固异类,羞与为伍。"李乃托词告令,谓狐畏其神明,故不敢见。令信之而止。此康熙十一年事④。未几,秦罢兵燹⑤。狐能前知，信矣。

【注释】

①结驷于门：车马盈门，谓来人众多。

②伛偻接见：十分恭敬地接见。伛偻，鞠躬，恭敬貌。

③饮飿（duī）而亦醉者：吃蒸饼也会醉的人。喻贪财而无耻者。唐
崔令钦《教坊记》："苏五奴妻张四娘善歌舞……有邀迓者，五奴
辄随之前。人欲得其速醉，多劝酒。五奴曰：'但多与我钱，吃飿
子亦醉，不烦酒也。'"飿，蒸饼。南朝梁顾野王《玉篇·食部》：
"蜀呼蒸饼为飿。"

④康熙十一年：1672 年。据清乾隆《潍县志·秩官》载，其时县令为
王珍，陕西临潼人，举人。

⑤秦罹兵燹：据《清史稿·圣祖本纪》载，康熙十三年（1674）冬，陕
西提督王辅臣反，清廷派兵镇压，至康熙十五年（1676）王辅臣投
降，战乱才得以平息。

【译文】

城里士绅听说了这件怪事，每天都有坐车骑马到老头家里来的，想
结交老头，老头都是低头哈腰有礼貌地接见他们。渐渐郡官也与老头
有所往来。只有县令要求会见老头，老头借故推托。县令又托李家主
人先去打招呼，老头还是不愿见。李家主人询问原因，老头离开座位，
走到李家主人跟前，小声说："你哪里知道，他在前世是个驴，现在虽然
装模作样在百姓之上，其实是个无耻之人。我虽然不是人类，但是耻于
和这样的人来往。"李家主人便编了一套说辞告诉县令，说狐狸畏惧你
的神明，不敢见你。县令相信了，便不再打算与老头见面。这事发生在
康熙十一年。不久，陕西遭遇了战乱。人们说狐狸能够预知将要发生
的事情，看来是真的。

异史氏曰:驴之为物庞然也。一怒则蹏跌嗥嘶①,眼大于盎②,气粗于牛,不惟声难闻,状亦难见。倘执束刍而诱之③,则帖耳辑首④,喜受羁勒矣。以此居民上,宜其饮饲而亦醉也。愿临民者⑤,以驴为戒,而求齿于狐⑥,则德日进矣。

【注释】

①蹏(dì)跌(guì):前腿踢出,后腿蹶。嗥嘶:大声叫唤。

②盎:陶制类似于盆的器皿。腹大口小。

③束刍:一把草。

④帖耳辑首:垂耳低头,表示驯顺。

⑤临民者:治理人民的人,谓地方长官。

⑥齿:这里是提到、谈及的意思。

【译文】

异史氏说:驴这种动物,也算得上是庞然大物了。当它发起怒来,就会乱踢乱叫,眼睛瞪得比酒盅还大,吼声比牛还粗,不仅声音难听,样子也实在难看。然而,如果拿把草料去引诱它,它就会俯首帖耳,乐于被控制了。让这种家伙高踞于老百姓头上,可不就贪财又无耻。但愿当官治理百姓的人,以驴为戒,让狐狸愿意谈及,那么德行就会日有所进了。

红玉

【题解】

这是一篇颇具浪漫传奇色彩的故事。

秀才冯相如由于狐女红玉的真挚帮助结了婚,生了子,后来又靠红玉的帮助,孩子得免于死,重振家业;凭借侠客的仗义报了杀夫夺妻之恨，惩戒了贪官酷吏。假如我们将非现实的幻想中的狐女和侠客从故事中予以切割，那么，冯相如在真实生活中的困窘，他所面临的杀夫夺妻、家破人亡的悲剧就直然的血淋淋而求告无门了。冯相如和他的父亲还都是秀才呢，四处告状，"上至督抚，讼几遍，卒不得直"，可以想象，受害者若是一般的农民，其无处求告、难得公平的悲剧当更甚于此！无怪乎蒲松龄在"异史氏曰"里愤激地说："官宰悠悠，竖人毛发！"

《红玉》篇故事的核心虽然是公案诉讼这样严肃的题材，却因冯生和狐女的浪漫爱情、冯父的方正耿直、侠客的拔刀相助等情节而显得生动，给人留下深刻印象。

广平冯翁有一子①，字相如，父子俱诸生。翁年近六旬，性方鲠②，而家屡空③。数年间，媪与子妇又相继逝，井臼自操之④。一夜，相如坐月下，忽见东邻女自墙上来窥。视之，美。近之，微笑。招以手，不来亦不去。固请之，乃梯而过，遂共寝处。问其姓名，曰："妾邻女红玉也。"生大爱悦，与订永好，女诺之。夜夜往来，约半年许。

【注释】

①广平：县名。在今河北南部，隶属邯郸。明清时属广平府。

②方鲠：方正耿直。

③屡空(kòng)：经常贫穷，衣食不给。空，匮乏。《论语·先进》："回也其庶乎，屡空。"

④井臼：从井汲水，以臼舂米。喻家务。

【译文】

广平县冯老头有个儿子叫相如，父子俩都是秀才。冯老头年近六十岁了，性格正派耿直，但家里经常缺吃少穿的。近几年来，老婆子与儿媳妇又相继去世,连挑水做饭都得自己去干。一天夜里,冯相如在月光下坐着,忽然看见东邻女子从墙头上偷看。看上去非常美。冯相如走到女子跟前,女子微笑着。向她招手,女子不来也不走。一再邀请她,女子才爬梯子过来,于是同床共枕。问她的姓名,她说:"我是邻居的女儿红玉。"冯相如非常喜欢她,要跟她私订山盟海誓,她答应了。以后,红玉天天夜里过来,约有半年之久。

翁夜起,闻女子含笑语,窥之见女,怒,唤生出,骂曰:"畜产所为何事①! 如此落寞②,尚不刻苦,乃学浮荡耶? 人知之,丧汝德;人不知,促汝寿!"生跪自投,泣言知悔。翁叱女曰:"女子不守闺戒,既自玷,而又以玷人。倘事一发,当不仅贻寒舍羞③!"骂已,愤然归寝。女流涕曰:"亲庭罪责④,良足愧辱! 我二人缘分尽矣。"生曰:"父在不得自专⑤。卿如有情,尚当含垢为好。"女言辞决绝,生乃洒涕。女止之曰:"妾与君无媒妁之言,父母之命,逾墙钻隙⑥,何能白首? 此处有一佳耦,可聘也。"告以贫,女曰:"来宵相俟,妾为君谋之。"次夜,女果至,出白金四十两赠生。曰:"去此六十里,有吴村卫氏,年十八矣,高其价,故未售也。君重啖之⑦,必合谐允。"言已,别去。

【注释】

①畜产:畜生。

②落寞:寂寞冷落。指境遇萧条。

③贻:留给,遗留。寒舍:对自己家庭的谦称。

④亲庭:父亲的训诲。《论语·季氏》:陈亢问于伯鱼曰:"子亦有异

闻乎?”对曰:“未也。尝独立,鲤趋而过庭,曰:‘学诗乎?’对曰:‘未也。’‘不学诗,无以言。’鲤退而学诗。他日又独立,鲤趋而过庭,曰:‘学礼乎?’对曰:‘未也。’‘不学礼,无以立。’鲤退而学礼。闻斯二者。”陈亢退而喜曰:“问一得三,闻诗、闻礼,又闻君子之远其子也。”后因称父教为庭训。

⑤自专:自作主张。《礼记·中庸》:“愚而好自用,贱而好自专。”

⑥逾墙钻隙:越墙相从,凿壁相窥。指男女私相结合。《孟子·滕文公》:“不待父母之命、媒妁之言,钻穴隙相窥,逾墙相从,则父母国人皆贱之。”

⑦重啖之:以重金满足其要求。

【译文】

一天夜里,冯老头起身,听到有女子说笑声,偷着一看,看见了红玉,大怒,把儿子叫出来,骂道:“畜生你干的什么事!如此贫困落魄,还不刻苦努力,竟然学这轻浮浪荡之事?人家知道了,丧了你的品德;人家不知道,也是减你的寿!”冯相如跪在地上,哭着承认自己后悔了。冯老头又叱责红玉说:“一个女子不守闺戒,既是玷污自己,也是玷污别人。倘若事情一暴露,决不是仅仅给我们家带来耻辱!”老头骂完,气愤地回去睡觉去了。红玉流着泪说:“老人家的训责,真是让人羞愧!我们的缘分到头了!”冯相如说:“父亲在,我不敢自作主张。如果你有情义,应当包涵些为好。”红玉言语间一点儿也不松动,冯相如无奈哭起来。红玉制止他说:“我与你没有媒人的说合,也没有父母的准许,爬墙钻洞,如何能够白头到老?这里有一个好配偶,你可以娶她。”冯相如说贫穷娶不起媳妇,红玉说:“明夜等着我,我给你想个办法。”第二天夜里,红玉果然来了,拿出四十两银子送给冯相如。她说:“离这里六十里地,有个吴村姓卫的人家,女儿十八岁了,由于要的聘金多,所以还没有嫁出去。你多给她钱,一定会办成。”说完就走了。

生乘间语父①,欲往相之②,而隐馈金不敢告③。翁自度无赀,以是故,止之。生又婉言:"试可乃已④。"翁颔之。生遂假仆马,诣卫氏。卫故田舍翁,生呼出引与闲语。卫知生望族⑤,又见仪采轩豁⑥,心许之,而虑其靳于赀⑦。生听其词意吞吐,会其旨,倾囊陈几上。卫乃喜,浼邻生居间,书红笺而盟焉⑧。生入拜媪,居室偪侧⑨,女依母自幛。微睨之,虽荆布之饰⑩,而神情光艳,心窃喜。卫借舍款婿,便言:"公子无须亲迎。待少作衣妆,即合舁送去。"生与期而归。诡告翁,言卫爱清门⑪,不责赀⑫。翁亦喜。至日,卫果送女至。女勤俭,有顺德,琴瑟甚笃⑬。

【注释】

①乘间:找个机会,趁空。

②相(xiàng):相亲。宋吴自牧《梦粱录》:男女议亲,"其伐柯人两家通报,择日过帖,各以色彩衬盘安定帖送过,方为定论;然后男家择日备酒礼诣女家,或借园圃,或湖舫内,两亲相见,谓之相亲"。

③馈金:赠金。

④试可乃已:试探一下对方的意向罢了。《书·尧典》:"岳曰:异哉,试可乃已。"

⑤望族:有声望的家族。

⑥仪采轩豁:风度大方轩昂。

⑦靳:吝惜。

⑧书红笺而盟焉:以红笺书写柬帖,订立婚约。

⑨偪(bī)侧:狭窄局促。

⑩荆布之饰:贫家女子妆束。荆布,荆钗布裙。

⑪清门:犹言清白人家。

⑫责：索取，苛求。

⑬琴瑟甚笃：喻夫妇感情深厚。《诗·小雅·常棣》：“妻子好合，如鼓琴瑟。”后世因以琴瑟称美夫妇。

【译文】

冯相如找个机会告诉父亲，打算去相亲，但是把要聘金的事隐瞒没说。冯老头自己估计没有钱财恐怕不行，所以不让他去。冯相如又婉言说：“就让我试一试吧。”于是冯老头点头答应了。冯相如借来一匹马和一个仆人就上路到吴村卫家去了。卫家本是个种庄稼的，冯相如便把卫老头叫到外面谈话。卫老头知道冯家是个大族，又见冯相如仪表堂堂，心里已经同意了，只是顾虑不知给多少彩礼。冯相如听他的言词吞吞吐吐，明白了他的意思，把带的银子都放在桌子上。卫老头一见银两非常高兴，忙求邻家一个书生当中间人，用红纸写好了婚书，双方订立了婚约。冯相如进入内室拜见老太太，只见住房狭窄，卫家姑娘躲在母亲身后。稍微打量了一下姑娘，虽然穿戴贫寒，但神情光艳出众，心里暗暗高兴。卫老头借了邻家的房子来款待女婿，说道："公子不必亲迎了。等做几件衣服到日子就给你抬着送过去。"冯相如与卫老头订好婚期就回来了。他骗父亲说："卫家喜欢咱们是正经读书人家，不要什么彩礼。"冯老头听了也很高兴。到了约定的日子，卫家果然把女儿送来了。这个姑娘勤俭，又温顺，两口子感情很好。

逾二年，举一男，名福儿。会清明抱子登墓①，遇邑绅宋氏。宋官御史，坐行赇免②，居林下③，大煽威虐。是日亦上墓归，见女艳之。问村人，知为生配。料冯贫士，诱以重赂，冀可摇，使家人风示之。生骤闻，怒形于色，既思势不敌，敛怒为笑，归告翁。大怒，奔出，对其家人，指天画地，诟骂万端。家人鼠窜而去。宋氏亦怒，竟遣数人入生家，殴翁及

子,汹若沸鼎。女闻之,弃儿于床,披发号救。群篡舁之④,
哄然便去。父子伤残,吟呻在地,儿呱呱啼室中。邻人共怜
之,扶之榻上。经日,生杖而能起,翁忿不食,呕血寻毙。生
大哭,抱子兴词⑤,上至督抚,讼几遍⑥,卒不得直⑦。后闻妇
不屈死,益悲。冤塞胸吭⑧,无路可伸。每思要路刺杀宋,而
虑其扈从繁⑨,儿又罔托⑩。日夜哀思,双睫为不交。

【注释】

①登墓:扫墓。

②坐行赇(qiú)免:因行贿罪而免职。坐,获罪。赇,贿赂。

③居林下:指罢官乡居。林下,指乡野退隐之地。

④篡:抢夺。

⑤兴词:起诉,告状。词,争讼。

⑥讼:诉讼,打官司。

⑦卒不得直:始终得不到公平处理。

⑧吭(háng):咽喉。

⑨扈从:侍从。

⑩罔托:无法托付。

【译文】

　　过了两年,卫家姑娘生下一个儿子,叫福儿。清明节时,她抱着福
儿去扫墓,遇上了一个姓宋的乡绅。这个姓宋的当过御史官,因为受贿
赂被罢了官,在家闲居,仍是要威风,欺压百姓。这天上坟回来,见到卫
家姑娘艳丽,就看上了。他问村里人,知道是冯相如的配偶。料想冯家
本是贫士,拿出许多金钱诱逼,有望动摇他的心,于是让家人去透口风。
冯相如骤然听到这种口信,气得脸色都变了,继而一想自己斗不过宋
家,只好收敛怒气,装出笑脸,进屋去告诉父亲。冯老头一听大怒,跑出

屋来,对着宋家派出的家人,指天划地,百般辱骂。宋家家人抱头鼠窜,赶紧回去了。姓宋的也发火了,竟派了好几个人闯入冯家,气势汹汹,殴打冯家父子,吵吵闹闹像开了锅一样。卫家姑娘听到声音,把儿子扔在床上,披散着头发,跑出来呼救。宋家的打手见到卫家姑娘,就抢过去,抬着她一哄跑了。冯家父子被打伤残,倒在地上呻吟着,孩子独自在屋里"呱呱"地哭着。邻居们都可怜这一家,把冯家父子扶到床上。过了一天,冯相如能拄着棍子站起来了,冯老头气得不吃不喝,口吐鲜血而死。冯相如大哭一场,抱着儿子到衙门去告状,一直告到巡抚、总督,几乎告遍了所有衙门,最终也没有得到申冤。后来又听说妻子不屈而死,更加悲愤。奇冤大恨塞满胸口,无处可申。每每想在路口伺机刺杀姓宋的,但又顾虑他的随从很多,小儿子又无人可托。他日夜哀痛思索,眼皮都不曾合上。

　　忽一丈夫吊诸其室①,虬髯阔颔②,曾与无素③。挽坐,欲问邦族。客遽曰:"君有杀父之仇,夺妻之恨,而忘报乎?"生疑为宋人之侦,姑伪应之。客怒眦欲裂,遽出曰:"仆以君人也,今乃知不足齿之伧④!"生察其异,跪而挽之,曰:"诚恐宋人饴我⑤。今实布腹心:仆之卧薪尝胆者⑥,固有日矣,但怜此襁中物,恐坠宗祧⑦。君义士,能为我杵臼否⑧?"客曰:"此妇人女子之事,非所能。君所欲托诸人者⑨,请自任之;所欲自任者⑩,愿得而代庖焉⑪。"生闻,崩角在地⑫,客不顾而出。生追问姓字,曰:"不济⑬,不任受怨⑭;济,亦不任受德。"遂去。生惧祸及,抱子亡去。

【注释】

①吊:慰问,吊唁。

②虬(qiú)髯:蜷曲的络腮胡子。阔颌:宽阔的下巴。

③无素:从无交往。素,旧交。

④不足齿:不足挂齿的省略。伧:即伧夫,粗俗庸碌之辈。古时骂人语。

⑤餂(tiǎn):甜言蜜语骗人。

⑥卧薪尝胆:比喻自己刻苦自励,矢志报仇。《史记·越王勾践世家》:越国为吴国所败,越王被俘。后"越王勾践返国,乃苦身焦思,置胆于座,坐卧即仰胆,饮食亦尝胆也"。

⑦坠宗祧(tiāo):断绝了后嗣。宗祧,远祖之庙。《左传·襄公二十三年》:"臧武仲自邾使告臧贾……曰:'纥不佞,失守宗祧,敢告不吊。'"引申为子嗣的继承。

⑧能为我忤白否:意谓能否代我保存孤儿。忤白,指公孙忤白。春秋时晋国权臣屠岸贾欲灭赵氏全家,杀赵朔,并搜捕其孤儿赵武。赵氏门客公孙杵白同程婴定计救出孤儿,终于延续了赵氏的后嗣,报了冤仇。事见《史记·赵世家》。

⑨君所欲托诸人者:指抚养幼儿。

⑩所欲自任者:指报宋家之仇。

⑪代庖:代替厨师做饭。比喻超越职责代替别人行事。《庄子·逍遥游》:"庖人虽不治庖,尸祝不越樽俎而代之矣。"

⑫崩角:谓叩头声响如山之崩。角,额角。《孟子·尽心》:"若崩厥角稽首。"后因称叩响头为崩角。

⑬济:成功。

⑭任:承受,担当。

【译文】

一天,突然有个男子汉到冯家来吊问,长着络腮胡子,宽下巴,从来没有见过面。冯相如请他坐下,打算问一下家乡姓名。但来人却突然问道:"您有杀父之仇,夺妻之恨,难道忘记报仇了吗?"冯相如疑心来人是宋家的侦探，只是用假话应酬他。来人生气地瞪起眼睛，眼角都要裂开了，猛地站起身就要走，说道："我还以为您是个正人，现在才知道是个不足挂齿的东西！"冯相如看出这个人不一般，忙跪下来，拉着他的手说："我实在是怕宋家来套我实情。现在可以向您坦露心腹：我卧薪尝胆也不是一天两天了，只是担心这襁褓中的孩子，恐怕绝了后代。您是个义士，能像公孙杵臼照顾赵氏孤儿那样替我照顾孩子吗？"来人说："这是妇女干的事，不是我能做的。您想托给别人的事，请您自己做；您想自己做的事，请让我代庖。"冯相如听了，连磕响头，来人连看也没看就出去了。冯相如追问姓名，来人说："不成功，我不受你的埋怨；成功了，我也不受您的感激。"说罢走了。冯相如怕受牵连，抱着儿子逃跑了。

至夜，宋家一门俱寝，有人越重垣人[①]，杀御史父子三人，及一媳一婢。宋家具状告官，官大骇。宋执谓相如，于是遣役捕生，生遁不知所之，于是情益真。宋仆同官役诸处冥搜，夜至南山，闻儿啼，迹得之，系缧而行[②]。儿啼愈嗔，群夺儿抛弃之，生冤愤欲绝。见邑令，问："何杀人？"生曰："冤哉！某以夜死，我以昼出，且抱呱呱者，何能逾垣杀人？"令曰："不杀人，何逃乎？"生词穷，不能置辨，乃收诸狱。生泣曰："我死无足惜，孤儿何罪？"令曰："汝杀人子多矣，杀汝子，何怨？"生既褫革[③]，屡受梏惨[④]，卒无词。令是夜方卧，闻有物击床，震震有声，大惧而号。举家惊起，集而烛之，一短刀，铦利如霜[⑤]，剁床入木者寸馀，牢不可拔。令睹之，魂魄丧失。荷戈遍索，竟无踪迹。心窃馁，又以宋人死，无可畏惧，乃详诸宪[⑥]，代生解免，竟释生。

【注释】

①重垣：多层墙。

②系缧（léi）：用绳子绑起来。

③褫（chǐ）革：剥夺功名，指革去秀才。科举时代秀才有一定式样的制服，清代是青（黑色）领蓝衫，戴银雀顶的帽子。犯了罪，先请学官革掉秀才的功名，不准再穿戴秀才的衣顶，称褫革。后文称"巾服尚未复也"，即指功名还没有恢复。

④梏（gù）惨：酷刑。梏，拘在双手的刑具，相当于现在的手铐。

⑤铦（xiān）利：锋利。

⑥详诸宪：把案情呈报上级。详，旧时公文之一，用于向上级陈报请示。宪，封建社会属吏称上级为宪。

【译文】

到了夜里，宋家一门都睡觉了，有人越过几道高墙，杀了宋御史父子三人，还有一个媳妇、一个丫环。宋家写了状子告到衙门，县令大惊。宋家坚持说是冯相如害的，于是派遣捕役去抓冯相如，到了冯家一看，冯相如不知哪里去了，于是更认定是他干的。宋家仆人和官府捕役到各处搜索，夜里到了南山，听到有小儿啼哭，寻着声音抓到了冯相如，捆上绳子押着上路。小儿越哭越厉害，那帮人夺过孩子就扔到路边去了，冯相如怨恨到了极点。见到了县令，县令问："为什么杀人？"冯相如说："冤枉啊！他是夜里死的，我白天就出外了，而且抱着一个呱呱哭的孩子，怎么能越墙杀人？"县令说："不杀人，你逃什么？"冯相如没话说，不好解释，就被关进监狱。冯相如哭着说："我死无足惜，一个孤儿有何罪过？"县令说："你杀了那么多人，杀了你的儿子有什么可怨恨的？"冯相如被革去了秀才功名，多次受到严刑拷打，最终也没有招供。这天夜里，县令刚躺下，听到有东西击打到床上，声音响脆，不禁吓得号叫起来。全家惊慌地起来，一块儿跑到出事的屋里，用灯一照，原是一把短刀，刀刃锋利如霜，剁入床头有一寸多，牢不可拔。县令目睹后，吓得魂飞魄散。衙役们拿着武器搜遍所有地方，一点踪迹都没有找到。县令心里暗暗害怕，又因为姓宋的已经死了，没有什么可怕的，于是就把案件详细地报告上司，替冯相如开脱，最后竟然放了冯相如。

生归，甕无升斗①，孤影对四壁。幸邻人怜馈食饮，苟且自度。念大仇已报，则辗然喜②；思惨酷之祸，几于灭门，则泪潜潜堕；及思半生贫彻骨，宗支不续③，则于无人处，大哭失声，不复能自禁。如此半年，捕禁益懈。乃哀邑令，求判还卫氏之骨。及葬而归，悲怛欲死，辗转空床，竟无生路。忽有款门者，凝神寂听，闻一人在门外，诙诙与小儿语。生急起窥觇，似一女子，扉初启，便问：“大冤昭雪，可幸无恙？”其声稔熟，而仓卒不能追忆。烛之，则红玉也。挽一小儿，嬉笑跨下。生不暇问，抱女呜哭，女亦惨然。既而推儿曰：“汝忘尔父耶？”儿牵女衣，目灼灼视生，细审之，福儿也。大惊，泣问：“儿那得来？”女曰：“实告君，昔言邻女者，妄也。妾实狐。适宵行，见儿啼谷口，抱养于秦。闻大难既息，故携来与君团聚耳。”生挥涕拜谢。儿在女怀，如依其母，竟不复能识父矣。

【注释】
①甕：一种盛水或酒的缸。
②辗（chǎn）然：开颜，笑的样子。
③宗支：同宗族的支派。《后汉书·桓帝纪赞》：“桓自宗支，越跻天禄。”

【译文】
冯相如回到家里，缸里没有多少粮食，孤单单的面对空房。幸好邻居可怜他，送给他一点儿吃的喝的，勉强过日子。当他想到大仇已报，不由得哑然而笑；而想到惨遭大祸，几乎全家灭门时，不由得泪水潸潸而下；等想到自己半辈子贫穷彻骨、后继无人时，就抑制不住，来到没人的地方，放声痛哭。这样过了半年，官司松了下来。冯相如便哀求县令，把卫家姑娘的尸骨判还给他。当他把卫家姑娘的尸骨掩埋以后，回到家里，悲痛得想了却残生，夜里躺在床上翻来覆去，想不出一丝活路来。突然有敲门声，凝神静听，听到有一个人在门外，唧唧哝哝与小孩说话。冯相如急忙起身往外看，好像是一个女人，门刚一打开，外面的人就问："大冤得以昭雪，你也好吧？"这声音很是熟悉，但在仓促之中一时想不起是谁。用灯一照，原来是红玉。她手里还领着个小孩，在她腿侧笑着。冯相如顾不上说别的，抱着红玉就放声大哭，红玉也是惨然伤心。过了一会儿，红玉推着小孩说："你忘了你父亲啦？"小孩拽着红玉的衣服，目光闪闪地瞅着冯相如，细细端详，竟然是福儿。冯相如大惊，哭着问："儿子从哪里得来的？"红玉说："实话告诉你吧，从前我说自己是邻家女，那是假的。我实际上是狐狸。那天正好走夜路，听见小孩在谷口啼哭，便抱到陕西去抚养。听说你的大难过去了，所以把他带来与你团聚。"冯相如抹着眼泪向红玉拜谢。小孩在红玉怀里，就像依恋母亲一样，竟然不认识他的父亲了。

　　天未明，女即遽起。问之，答曰："奴欲去。"生裸跪床头，涕不能仰。女笑曰："妾诳君耳。今家道新创，非夙兴夜寐不可①。"乃翦莽拥彗②，类男子操作。生忧贫乏，不自给。女曰："但请下帷读③，勿问盈歉④，或当不致饿死⑤。"遂出金治织具，租田数十亩，雇佣耕作。荷镵诛茅⑥，牵萝补屋⑦，日以为常。里党闻妇贤，益乐贳助之。约半年，人烟腾茂，类素封家。生曰："灰烬之馀，卿白手再造矣。然一事未就安妥，如何?"诘之，答曰："试期已迫，巾服尚未复也⑧。"女笑曰："妾前以四金寄广文⑨，已复名在案。若待君言，误之已久。"生益神之。是科遂领乡荐⑩。时年三十六，腴田连阡，夏屋渠渠矣⑪。女袅娜如随风欲飘去⑫，而操作过农家妇，虽严冬自苦，而手腻如脂。自言三十八岁，人视之，常若二十许人。

【注释】

①夙兴夜寐：早起晚睡。指勤苦持家。

②剪莽拥篲(huì)：剪除杂草，持帚清扫。莽，草。篲，扫帚。

③下帷读：意谓闭门苦读。《史记·儒林列传》：董仲舒"下帷讲诵，弟子传以久次相授业，或莫见其面，盖三年董仲舒不观于舍园，其精如此"。下帷，放下室内的帷幕。

④盈歉：丰收歉收。

⑤殍(piǎo)：饿死。

⑥荷镵(chán)诛茅：扛起锄锨，铲除茅草。指努力耕作。镵，掘土工具。

⑦牵萝补屋：牵挽薜萝，遮补茅屋。指修理房屋。萝，薜萝。唐杜甫《佳人》："侍婢卖珠回，牵萝补茅屋。"

⑧巾服尚未复：指生员资格尚未恢复。巾服，秀才的衣冠公服。代指秀才资格。

⑨广文：指学官。唐代国子监增开广文馆，设博士、助教等职。明清时，因泛称儒学教官为广文。

⑩乡荐：指考中举人。

⑪渠渠：深广。

⑫袅娜：轻盈柔美。

【译文】

天不亮,红玉很快就起床了。冯相如问她,她说:"我打算走了。"冯相如光着身子跪在床头,哭得头也抬不起来。红玉笑着说:"我骗你呢。如今家业新建,必须早起晚睡才行。"于是,她又是剪除杂草,又是扫院子,像个男人一样劳动。冯相如担心家境贫寒,靠红玉一人,日子过不下去。红玉说:"你只管埋头读书,不要管什么盈亏,或许不至到饿死路边的境地。"于是拿出银两置办纺线织布的工具,还租了几十亩田,雇人耕种。红玉扛着锄头去除草,修补漏屋,天天都是这样辛勤劳作。乡亲们见红玉贤惠,都愿意帮助她。大约过了半年,冯家生活蒸蒸日上,好像是个大户人家。冯相如说:"咱们劫后馀生,全靠你白手起家呀。不过有一件事我没有办妥,怎么办?"红玉问什么事,冯相如说:"考试的日期快到了,我的秀才资格还没有恢复。"红玉笑着说:"我前些日子给学官寄去四锭银子,功名已经恢复在案了。若是等你想起来,早就耽误了。"冯相如更加觉得红玉非常神奇。这次考试,冯相如中了举人。当时他三十六岁,家里良田沃土已经连成一片,房屋宽阔深广。红玉身姿婀娜,好像能够随风飘走似的,但干起活来比农家妇还能干,虽然严冬干活条件恶劣,但她的手仍然是又嫩又白。她自己说有三十八岁了,别人看上去跟二十几岁的差不多。

异史氏曰:其子贤,其父德,故其报之也侠。非特人侠,狐亦侠也。遇亦奇矣!然官宰悠悠①,竖人毛发②,刀震震入木,何惜不略移床上半尺许哉?使苏子美读之,必浮白曰:惜乎击之不中③!

【注释】

①悠悠:荒谬。

②竖人毛发：令人发指，使人愤怒。

③"使苏子美"三句：宋龚明之《中吴纪闻》："子美豪放，饮酒无算。
……读《汉书·张子房传》，至良与客狙击秦始皇帝，误中副车，
遽抚案曰：'惜乎击之不中！'遂满引一大白。"此处借以说明没有
杀掉虐民的官宰，使人遗憾。苏子美，宋代文学家苏舜钦，字子
美，历任大理评事，集贤殿校理，有《苏学士集》，传见《宋史》。
浮，本指罚酒，后转称满饮为浮白。

【译文】

异史氏说：冯家的儿子贤良，父亲有德行，所以上天报之以侠义。
非但人侠义，狐狸也是侠义的。遭遇也是够奇异的了！然而长官判案
之谬误百出，令人发指。那一口飞刀震震有声，直扎床头之木，可惜为
何不略向床上移上半尺呢？倘若让宋代苏舜钦读了这个故事，他必然
倒上一大杯酒，说："可惜了，没有击中！"

龙

【题解】

中国的文人有咏物言志的传统，蒲松龄也不例外。只是这里不是
用诗而是用小说。

本篇包括四个关于龙的传说。除最后一个标明是蒲松龄的朋友袁
宣四所言，可视为蒲与袁共同创作的外，前三个的专有著作权均属于蒲
松龄。第一个故事中"其行重拙"；第二个故事中"细裁如蚓"；第三个故
事中"如含麦芒"，"赤线蜿蜒"；共同之处是龙在升天显露真面目之前，
并不为人所重视。只是适逢大雨，霹雳一声，才震天动地，为人所重。
《聊斋志异》评论家但明伦在评论第一则故事时说："方其坠也，见重拙
之躯，皆谓蠢然一物耳，否则亦必曰：'不祥之物耳。'以不盈尺之浅潦，
未能转侧，困辱泥涂，虽极力腾跃，而尺馀辄堕；小至蝇蚋，且得而凭陵

之。又必群起而睨之曰:'无能为也,技止此耳。'及其际风云,遭霖雨,霹雳一声,拿空而去,鳞甲焕耀,润泽群生,乃惊心骇目,相与动容而告曰:'龙也!'士之辱在泥涂,屈久乃信,而倨之恭之者,前后判若两人。"升天之前的龙的状况是否隐喻着蒲松龄科举考试中的窘迫,而"霹雳拿空而去"是又否隐喻着他对于自己的期望呢?

　　北直界有堕龙入村①,其行重拙,入某绅家。其户仅可容躯,塞而入。家人尽奔,登楼哗噪,铳砲轰然②,龙乃出。门外停贮潦水③,浅不盈尺。龙入,转侧其中,身尽泥涂,极力腾跃,尺馀辄堕。泥蟠三日,蝇集鳞甲。忽大雨,乃霹雳拏空而去④。

【注释】

①北直界:指与北直隶相邻的地方。明称直隶于京师的地区为直隶,相当于北京、天津、河北大部、河南和山东的小部分地区。为区别直隶于南京的南直隶,称北直隶。清初改北直隶为直隶省。

②铳(chòng)砲:火枪、土炮。

③潦(lǎo)水:停而不流的积水。

④拏空:犹凌空。拏,同"拿"。

【译文】

　　山东与北直隶交界的地方,有一条龙掉进村里,行动滞重笨拙,进入了某士绅家。这家大门仅可以容下龙的身子,龙硬塞着身子进去了。这家人都吓跑了,有的登楼喧叫,有的轰隆隆地放土枪土炮,龙这才离开。门外有滩积水,浅浅的不足一尺。龙进入水里,翻转着身子,弄得满身是泥。它极力腾跃飞升,可刚离地一尺高就掉下来了。在泥水中蟠曲了三天,鳞甲上都集满了苍蝇。一天,忽然下起大雨,龙在霹雳声中腾空而去。

　　房生与友人登牛山[①]，入寺游瞩。忽椽间一黄砖堕，上盘一小蛇，细裁如蚓。忽旋一周，如指；又一周，已如带。共惊，知为龙，群趋而下。方至山半，闻寺中霹雳一声，天上黑云如盖，一巨龙夭矫其中[②]，移时而没。

【注释】

①牛山：位于临淄城南 7 公里处，海拔 174 米，为临淄名山之一。山体植被丰茂，山顶林木秀美，日间云气蒸腾，入夜水气凝聚，"春回牛山雨蒙蒙"为临淄八大景之一。

②夭矫：屈伸自如。

【译文】

　　姓房的书生与朋友攀登牛山，到寺庙里去参观。忽然从椽子上掉下一块黄色的砖，砖上盘着一条小蛇，细细的像蚯蚓。忽然间它转了一圈，粗得如手指；又转一圈，已经像带子一样宽了。大家都很吃惊，知道是条龙，一起往山下跑。刚跑到山腰，只听寺庙中霹雳一声，天上黑云像锅盖一样，一条巨龙在云中自如地辗转翻腾，过了一阵子就消失了。

　　章丘小相公庄，有民妇适野，值大风，尘沙扑面。觉一目眯[①]，如含麦芒，揉之吹之，迄不愈。启睑而审视之，睛固无恙，但有赤线蜿蜒于肉分。或曰："此蛰龙也。"妇忧惧待死。积三月馀，天暴雨，忽巨霆一声[②]，裂眦而去。妇无少损。

【注释】

①眯：尘土入眼。

②霆：暴雷，霹雳。

【译文】

章丘的小相公庄，有个民妇在野地里走，正赶上一阵大风，尘沙扑面。她感到一只眼被眯住了，就像含着麦芒那样难受。她揉过，也吹过，就是不好。翻开眼睑仔细检察，眼睛没有什么毛病，只是有条红线蜿蜒在眼珠与眼皮的分界处。有人说："这是蛰伏的龙。"民妇又愁又怕，只好等死。过了三个多月，天空下起暴雨，忽然一声炸雷，龙冲出眼眶就飞走了。民妇一点儿损害也没有。

袁宣四言①：在苏州值阴晦，霹雳大作。众见龙垂云际，鳞甲张动，爪中抟一人头②，须眉毕见，移时，入云而没。亦未闻有失其头者。

【注释】

①袁宣四：袁藩。号松篪，淄川萌水人。康熙二年（1663）举人，经吏部拣选知县，有文名，与蒲松龄交好，著有《敦好堂诗古文集》。后因水灾，家产荡尽，于康熙二十四年（1685）郁郁而终。

②抟：抓取，把东西揉成球状。

【译文】

袁宣四讲：在苏州赶上个阴天，突然雷声大作。众人看见有条龙垂在云边，鳞甲张动，爪子中抓着一个人头，胡子眉毛都看得很清楚，过了一阵子，龙进入云彩就消失了。当时也没听说有丢脑袋的。

林四娘

【题解】

　　衡王府宫女林四娘在明末清初是一个传奇女子。关于她的传说，除去蒲松龄的《聊斋志异》外，在同时或稍晚的作家作品里，比如王渔洋的《池北偶谈》，陈维崧《妇人集》，林云铭《林四娘记》，乃至曹雪芹《红楼梦》都有记述，尤其是曹雪芹笔下的林四娘更是一位"姿色既冠，且武艺更精"的巾帼豪杰，在同流贼叛乱的战斗中以身殉国。贾宝玉为她作的《姽婳词》因附《红楼梦》之骥而家喻户晓。不过他们所记林四娘的死因却各有说法，王渔洋说："不幸早死，殡于宫中。"陈维崧说是"中道仙去"。林云铭说是：其父下狱，"与表兄某悉力营救，同卧起半载，实无私情。父出狱而疑不释，我因投缳，以明无他"。是为了表示贞节而死。所以俞樾在《俞楼杂纂》中说："林四娘事，此亦实有其人……是林四娘事甚奇……或传闻异辞乎。"

　　《聊斋志异》中的林四娘有着明末清初的鲜明的时代特色。她长袖宫装，谈词风雅，悉宫商，工度曲，温婉多情，幽郁深沉，小说虽未对于当时的国家政治、社会时事多有涉及，也未正面表达对于灭亡了的明朝的怀念，但其中包蕴的丰富的形象意蕴却深刻地反映了那个特定的历史环境下的思想情绪，令人低徊感伤，生发出悠悠的故国之思。

　　青州道陈公宝钥①，闽人②。夜独坐，有女子搴帏入③。视之，不识，而艳绝，长袖宫装④，笑云："清夜兀坐⑤，得勿寂耶？"公惊问何人，曰："妾家不远，近在西邻。"公意其鬼，而心好之，捉袂挽坐，谈词风雅，大悦。拥之，不甚抗拒，顾曰："他无人耶？"公急阖户，曰："无。"促其缓裳，意殊羞怯，公代为之殷勤。女曰："妾年二十，犹处子也，狂将不堪。"狎亵既竟,流丹浃席。既而枕边私语,自言"林四娘"。公详诘之,曰:"一世坚贞,业为君轻薄殆尽矣。有心爱妾,但图永好可耳,絮絮何为?"无何,鸡鸣,遂起而去。由此夜夜必至,每与阖户雅饮。谈及音律,辄能剖悉宫商⑥,公遂意其工于度曲⑦。曰:"儿时之所习也。"公请一领雅奏。女曰:"久矣不托于音⑧,节奏强半遗忘⑨,恐为知者笑耳。"再强之,乃俯首击节⑩,唱伊凉之调⑪,其声哀婉。歌已,泣下。公亦为酸恻⑫,抱而慰之曰:"卿勿为亡国之音⑬,使人悒悒⑭。"女曰:"声以宣意,哀者不能使乐,亦犹乐者不能使哀。"两人燕昵⑮,过于琴瑟⑯。

【注释】

①道:巡道。清分一省为数道,由布政司统领。陈宝钥:字绿崖,福建晋江人,康熙二年(1663)任青州道佥事。

②闽:福建的简称。

③搴(qiān)帏:掀开门帘。搴,用手提或撩。

④宫装:宫女的装束。装也作"妆""粧"。

⑤兀坐:独自端坐。

⑥剖悉宫商:明辨通解五音。剖,辨明。悉,了解。宫商,指宫、商、角、徵、羽,为我国古代五声音阶的音级,称五音,亦称"五声"。

⑦工于:善于。

⑧不托于音:不借助乐曲来表达感情,意谓不演奏乐曲。《礼记·檀弓》:"孔子之故人曰原壤,其母死,夫子助之沐椁,原壤登木曰:'久矣予之不托于音也。'"

⑨强半:大半。

⑩击节:用手或拍板来调节乐曲。此指以击手为拍节。

⑪伊凉之调：谓悲凉之调。伊、凉，唐代二边郡名。即伊州、凉州。天宝后多以边地名乐曲。西京节度盖嘉运所进伊州商调曲，称《伊州曲》；西凉都督郭知运所进曲，称《凉州曲》。《凉州曲》又称《凉州破》，本晋末西凉羌族改制的中原旧乐。其曲终入破，骤变为繁弦急响破碎之音，哀婉悲恻，所以下文称其为"亡国之音"。

⑫酸恻：悲痛，凄恻。

⑬亡国之音：意谓国之将亡，音乐也充满悲凉的情绪。《礼记·乐记》："亡国之音哀以思，其民困。"

⑭悒悒：心情郁悒不畅。

⑮燕昵：亲密。

⑯过于琴瑟：超过了夫妻感情。

【译文】

青州道员陈宝钥是福建人。一天夜里独坐，有个女子掀开帘子就进来了。陈公看了看，不认识，但见这女子长得特别艳丽，穿着长袖的宫女服装，笑着说："深夜独自端坐，难道不寂寞吗？"陈公惊问她是什么人，女子说："我家离这里不远，就在西边。"陈公估计女子可能是个鬼，但心里却喜欢她，拉着她的衣袖请她入座。女子谈吐风雅，陈公非常高兴。陈公拥抱她，女子也不太抗拒，向周围看了看说："没有外人吧？"陈公急忙关上房门，说道："没有。"催她宽衣解带，她很羞怯，陈公便动手代她脱衣服。女子说："我年纪二十岁，还是个处女，太轻狂了我可受不住。"亲热过后，床席上留下了女子的一些血迹。而后，女子在枕头边悄声说话，自言叫林四娘。陈公想细细打听，林四娘说："我一辈子坚贞，现在被你轻薄得几乎不存在了。有心爱我，只求永远相好就行了，絮絮叨叨干什么？"不久，鸡叫了，于是林四娘起身而去。从此，她夜夜必来，陈公每见林四娘来，都是关好门，然后一边喝酒，一边畅谈。谈起音律，林四娘能够判别和分析各种音调，陈公于是估计她善于作曲歌唱。林四娘说："那是儿时学习过的。"陈公请她演奏一曲听听。林四娘说："好久不搞这个了，节奏大都忘记了，恐怕被明白人笑话。"陈公再三强迫她，她才低头击节，唱起伊州、凉州之曲，声音哀婉动人。唱罢，不禁泪下。陈公也感到哀伤心碎，抱着林四娘，安慰她说："你别再唱这些亡国之音了，让人忧郁不乐。"林四娘说："声音是表达情意的，悲哀的曲子不能使人欢乐，也犹如欢乐的曲子不能使人悲哀一样。"两人融洽亲密，超过了夫妻关系。

既久，家人窃听之，闻其歌者，无不流涕。夫人窥见其容，疑人世无此妖丽，非鬼必狐，惧为厌蛊①，劝公绝之。公不能听，但固诘之。女愀然曰："妾衡府宫人也②。遭难而死，十七年矣。以君高义，托为燕婉③，然实不敢祸君。倘见疑畏，即从此辞。"公曰："我不为嫌，但燕好若此，不可不知其实耳。"乃问宫中事。女缅述④，津津可听，谈及式微之际⑤，则哽咽不能成语。女不甚睡，每夜辄起诵准提、金刚诸经咒⑥。公问："九原能自忏耶⑦？"曰："一也。妾思终身沦落，欲度来生耳⑧。"又每与公评骘诗词⑨，瑕辄疵之⑩，至好句，则曼声娇吟⑪。意绪风流⑫，使人忘倦。公问："工诗乎？"曰："生时亦偶为之。"公索其赠，笑曰："儿女之语，乌足为高人道。"

【注释】

①厌蛊：以妖术害人。

②衡府：衡王府。明宪宗（朱见深）第七子朱祐楎，成化二十三（1487）年封衡恭王，弘治十二年（1499）之藩青州，下传四代，明亡。见《明史·宪宗诸子列传》。

③燕婉：这里指情人关系。

④缅述：回忆叙述。

⑤式微之际:衰败之时。《诗·邶风·式微》:"式微式微,胡不归?"朱熹注云:"式,发语词;微,犹衰也。"

⑥准提、金刚诸经咒:准提,又作"准胝"、"尊提",佛教菩萨名。梵语音译,意译为清净,为佛教密宗莲花部六观音之一,三目十八臂,主破众生惑业。有唐善无畏译《七俱胝佛母心大准提陀罗尼法》。金刚,佛经名。后秦鸠摩罗什译,又称《金刚般若经》,或《金刚般若波罗密多经》,为我国佛教禅宗主要经典。此指准提、金刚诸佛经的经文与咒文。咒,佛家语,即咒陀罗尼或陀罗尼。指菩萨的秘密真言。

⑦九原:犹九泉。指地下。自忏:自我忏悔。

⑧度来生:佛教谓以行善信佛解脱今生困厄,使自己得以超度,求得来生的幸福。度,度脱,超度解脱。

⑨评骘(zhì):评定。

⑩瑕辄疵之:不完美之处,就指出它的毛病。瑕,玉上的赤色斑点。玉以无瑕为贵,故以瑕喻指事物的缺点、毛病。疵,小毛病。此谓指出毛病。

⑪曼声:轻盈舒缓的声音。

⑫意绪风流:情致优雅。

【译文】

时间长了,家人偷听到林四娘唱的歌,也无不感动得流泪。陈夫人偷看到了林四娘的容貌,疑心人世间没有如此妖艳美丽的女子,如不是鬼就必定是狐狸,惧怕这些东西蛊惑丈夫,劝丈夫跟她断绝关系。陈公不听夫人劝告,照样与林四娘来往,只是不断地盘问林四娘。林四娘愀然伤心地说:"我是衡王府中的宫女啊。遭难而死,如今有十七年了。因为你是个有情有义的人,所以依附你,结为和美的一对,然而实在不敢祸害你。倘若怀疑我,害怕我,从现在起就分手吧。"陈公说:"我不嫌你,只是如此恩爱,不可以不知道底细。"于是就问起宫中的事情。林四娘缅怀追述，说得津津动听，谈起衰落之际，则伤心地哽咽起来，泣不成声。林四娘不怎么睡觉，每夜都起来念诵《准提》《金刚》等经咒。陈公问道："九泉之下能够自我忏悔吗？"林四娘说："与人间一个样。我想这辈子如此潦倒沦落，打算超度自己，求得来生的幸福。"林四娘又经常与陈公评论诗词，遇到有瑕疵的就指出其缺点；遇上好句子，就用悠扬而动人的声调吟诵。意蕴深婉，风流美好，使人忘记了疲倦。陈公问："会写诗吗？"林四娘说："活着时也偶而写点。"陈公向她要诗，林四娘笑着说："小儿女之语，那里值得给高人说呢？"

　　居三年，一夕，忽惨然告别。公惊问之，答云："冥王以妾生前无罪，死犹不忘经咒，俾生王家①。别在今宵，永无见期。"言已怆然，公亦泪下。乃置酒相与痛饮。女慷慨而歌，为哀曼之音，一字百转，每至悲处，辄便哽咽。数停数起，而后终曲，饮不能畅。乃起，逡巡欲别。公固挽之，又坐少时。鸡声忽唱，乃曰："必不可以久留矣。然君每怪妾不肯献丑，今将长别，当率成一章②。"索笔构成，曰："心悲意乱，不能推敲③，乖音错节，慎勿出以示人。"掩袖而去。公送诸门外，湮然没。公怅悼良久。视其诗，字态端好，珍而藏之。诗曰：

　　　　静锁深宫十七年，谁将故国问青天④？
　　　　闲看殿宇封乔木，泣望君王化杜鹃⑤。
　　　　海国波涛斜夕照，汉家箫鼓静烽烟⑥。
　　　　红颜力弱难为厉⑦，惠质心悲只问禅⑧。
　　　　日诵菩提千百句⑨，闲看贝叶两三篇⑩。
　　　　高唱梨园歌代哭⑪，请君独听亦潸然。

诗中重复脱节，疑有错误。

【注释】

①俾：使。

②率成：谓不加思考，仓促成篇。率，率然，不加思考。

③推敲：斟酌字句。唐代诗人贾岛，在去京师的途中，于驴背上得句云："鸟宿池边树，僧敲月下门。"后句是下"推"字，还是下"敲"字，开始拿不定，两手比划着往前走，恰遇当时任京兆尹的韩愈。韩愈说："'敲'字佳。"事详《全唐诗话》。后遂喻指对诗文字句的斟酌、探求。

④静锁深宫十七年，谁将故国问青天：谓自己遭难而死已十七年，人们对亡去的故国已经淡忘。静锁深宫，指埋身地下。故国，指明衡王的封国。

⑤闲看殿宇封乔木，泣望君王化杜鹃：谓看到密林深处的衡府故宫，不禁引起对衡王的深切怀念。封，封植栽培，意谓长满。乔木，枝干长大的树木。君王化杜鹃，化用蜀王杜宇化杜鹃的故事。宋《太平御览·十三州志》："当七国称王，独杜宇称帝于蜀……望帝（即杜宇）使鳖灵凿巫山治水有功，望帝自以德薄，乃委国于鳖灵，号曰开明，遂自亡去，化为子规。"又云："杜宇（望帝）死时，适二月，而子规鸣，故蜀人闻之，皆曰：'我望帝也。'"子规，杜鹃，其鸣声哀切动人。此借蜀人对望帝的怀念，喻己对衡王的怀念。

⑥海国波涛斜夕照，汉家箫鼓静烽烟：谓近海地区的抗清斗争业已风平浪静，汉家臣民也歌乐升平，忘记了烽火兵燹。海国，近海之国。此指南明政权。清兵攻陷北京，崇祯帝自杀之后，明宗室相继在南京和闽中、梧州等沿海地区，建立南明政权，但因其内部腐败，相继为南下清兵所击败。萧鼓，萧和鼓，古乐器。烽烟，烽火台报警之烟。亦借指战争。

⑦厉：厉鬼，恶鬼。《左传·昭公七年》："今梦黄熊入于寝门，其何厉鬼也？"

⑧问禅：指探求佛理，以求彻悟。禅，梵语"禅那"的省称，意译为思维修，静思之意。

⑨诵菩提：诵佛号。菩提，佛教名词。为梵语音译。意译为觉、智、道，佛教用以指一种彻悟成佛的境界。佛祖释迦牟尼在毕钵罗树下觉悟成佛，佛家遂称该处为菩提场，该树为菩提树。此处以菩提指佛。

⑩贝叶：印度贝多罗树的叶子，沤后可代纸写字，印度多用以抄写佛经，故佛经也称"贝叶经"。唐段成式《酉阳杂俎·广动植》："贝多，出摩伽陀国，长六七丈，终冬不凋。……贝多是梵语，汉翻为叶。……西域经书，用此三种皮叶。若能保护，亦得五六百年。"

⑪梨园：唐玄宗训练乐工之处，其址在长安宫苑中。《新唐书·礼乐志》："玄宗既知音律，又酷爱法曲，选坐部伎子弟三百，教于梨园……号皇帝梨园弟子；宫女数百，亦为梨园弟子。"

【译文】

住了三年，一天傍晚，林四娘忽然哀伤地来告别。陈公惊问怎么回事，她说："阎王因为我生前没有罪过，死后还不忘念经诵咒，让我转生王家。今晚就得分手了，永远也没有见面的时候了。"说完，难过得哭了，陈公也掉了泪。于是摆上酒菜，两人一起开怀痛饮。林四娘慷慨地唱起歌来，歌声哀怨悠长，一字百转，每唱到悲伤处，就会哽咽停止。停停唱唱，经过好几次才把歌曲唱完，酒也喝不下去了。于是她站起身来，犹犹豫豫地想告别。陈公执意挽留她，这才又坐了一会儿。鸡忽然鸣叫起来，林四娘说："再也不能久留了。你原来总是怪我不肯献丑，今将永别，应当草就一篇诗歌，留作纪念。"于是拿过毛笔，想了想，就一气写了下来。她对陈公说："心悲意乱，不能好好推敲，难免有音韵错误，千万别拿给外人看。"说罢，用袖子掩着脸就走了。陈公送到门外，林四娘便悄然消失了。陈公怅惘伤心了好久。端详她的诗，字形端正美好，便珍重地收藏起来。诗是这样写的：

　　　　静锁深宫十七年，谁将故国问青天？

　　　　闲看殿宇封乔木，泣望君王化杜鹃。

　　　　海国波涛斜夕照，汉家箫鼓静烽烟。

　　　　红颜力弱难为厉，惠质心悲只问禅。

　　　　日诵菩提千百句，闲看贝叶两三篇。

　　　　高唱梨园歌代哭，请君独听亦潸然。

　　诗中有些重复和脱节的地方，估计传抄时有失误。

卷三

江中

【题解】

　　按照传统的标准,《江中》是一篇志怪之作,但它所志之怪不是物,而是一种现象或感觉。

　　王圣俞在夜游长江的时候,既有远行人防盗的恐惧,也有来到陌生环境的不适应,更有江风、月色、涛声、鱼群、浮游生物的综合感应,于是产生了奇奇怪怪的现象和感觉,这种感觉扑朔迷离,若有若无,恍恍惚惚,时出时没。舟人说:"此古战场,鬼时出没,其无足怪。"也只是一种无法解释后的推测之词。难得的是蒲松龄把这种现象或感觉绘声绘色地传递了出来。

　　有的学者认为《江中》所描写的是夜光藻富营养化后的赤潮现象。

　　王圣俞南游[①],泊舟江心。既寝,视月明如练[②],未能寐,使童仆为之按摩。忽闻舟顶如小儿行,踏芦席作响,远自舟尾来,渐近舱户。虑为盗,急起问童,童亦闻之。问答间,见一人伏舟顶上,垂首窥舱内。大愕,按剑呼诸仆[③],一舟俱醒。告以所见，或疑错误。俄响声又作。群起四顾，渺然无人④，惟疏星皎月，漫漫江波而已。众坐舟中，旋见青火如灯状，突出水面，随水浮游，渐近舡⑤，则火顿灭。即有黑人骤起，屹立水上⑥，以手攀舟而行。众噪曰："必此物也！"欲射之。方开弓，则遽伏水中，不可见矣。问舟人，舟人曰："此古战场，鬼时出没，其无足怪。"

【注释】

①王圣俞：据《江南通志》载："王纳谏，字圣俞，江都人，万历丁未进士，授行人。使荣藩却馈赠，甚见敬礼。疾假家居二载，起为吏部主事，历四司，寻复告归。著有《会心言》、《初日斋集》。"蒲松龄曾请朋友沈德甫给他写过婚启。见《蒲松龄集·聊斋文集·六月为沈德甫与王圣俞书》。

②如练：月光洒泻，如匹练垂天。练，白色熟绢。

③按剑：手抚剑柄，准备自卫的警戒动作。

④渺然：水天远阔的样子。渺，远貌。

⑤舡(chuán)：船。《广雅·释水》："舡，舟也。"

⑥屹(yì)立：矗立不动。

【译文】

王圣俞到南方游览，把船停泊在江心。这天晚上上床后，见月光皎洁如练，不能入睡，便让僮仆给他按摩。忽然，他听见船顶好像有小孩子在行走，把船篷顶上的芦席踩得"哗哗"作响，响声从船尾过来，渐渐接近舱门。王圣俞怕是盗贼，匆忙起身问僮仆，僮仆也听见了。两人问答之间，就见一个人趴在船顶，垂着脑袋向船舱里张望。王圣俞大惊失色，抓住宝剑呼唤其他仆人，全船人都醒了。王圣俞告诉众人刚才的事，有人怀疑是不是错觉。忽听船顶响声又起。众人又出舱四处察看，却悄无人影，只见天上月明星稀，江中波涛滚滚而已。众人坐在船中，不一会儿看见一团青色火焰像灯盏一样，突出水面，随波浮游，渐渐靠近，快到船边时，又突然熄灭。接着就有一个黑色人影从水中冒出，直立在水上，手攀着船舷而行。众人喊道："必然就是这东西捣乱了！"就想用箭射他。刚拉开弓，这人影匆忙沉入水中，再也看不见了。王圣俞问船家是怎么回事，船家说："这里是古战场，鬼怪时常出没，不足为怪。"

鲁公女

【题解】

这是一篇写女鬼的再世姻缘故事。

再世姻缘的母题源于唐末范摅的《云溪友议》中的《玉箫化》。讲韦皋与玉箫两情相悦，后玉箫死去再生为歌姬，十二年后仍与韦皋重成眷属。此篇中的鲁公女则以鬼的形象与书生张于旦相恋而再世重为情侣。《聊斋志异》评论家何垠说："生（张于旦）自爱慕女公子（鲁公女）耳，女公子初不知有生也。只以死后每食必祭，遂订以来生。岂情之所钟，固不以生死隔耶？"但明伦说："以身相报，不计其年，而且订于再生，约以异地。自古及今，以至百千万亿劫，三千大千世界，只是一个情字。"

本篇虽然篇幅不长，仅有一千多字，但写得曲折缠绵，含有丰富的民俗内容。篇末再生的卢公女认不出张于旦，虽为故事的曲折所需，但略显枝蔓。

招远张于旦①，性疏狂不羁②，读书萧寺③。时邑令鲁公，三韩人④，有女好猎。生适遇诸野，见其风姿娟秀，着锦貂裘,跨小骊驹,翩然若画。归忆容华,极意钦想⑤。后闻女暴卒,悼叹欲绝。鲁以家远,寄灵寺中⑥,即生读所。生敬礼如神明,朝必香,食必祭。每酹而祝曰⑦:"睹卿半面,长系梦魂。不图玉人⑧,奄然物化⑨。今近在咫尺,而邈若河山,恨如何也!然生有拘束,死无禁忌,九泉有灵,当珊珊而来⑩,慰我倾慕。"日夜祝之,几半月。

【注释】

①招远:县名。地处山东半岛西北部,明清属登州府。现为山东招远,隶属于山东烟台的县级市。

②疏狂不羁:阔略放任,不拘礼仪。

③萧寺:佛寺。唐李肇《国史补》:"梁武帝造寺,令萧子云飞白大书'萧'字,至今一'萧'字存焉。"后世因称佛寺为"萧寺"。

④三韩:指辽东。汉时,朝鲜南部有马韩(西)、辰韩(东)、弁辰(南,三国时亦称"弁韩")三国。明天启初因失辽阳,以后乃习称辽东为"三韩"。见清顾炎武《日知录》。

⑤钦想:犹想慕。南朝齐明帝《下谢朏诏》:"抚事怀人,载留钦想。"

⑥灵:灵柩。

⑦酹(lèi):以酒浇地。祭奠的一种仪式。祝:祷告。

⑧玉人:容貌秀丽,晶莹如玉。可兼称男女。

⑨奄(yǎn)然:突然。物化:化为异物。指死亡。《庄子·刻意》:"圣人之生也天行,其死也物化。"

⑩珊珊:原指佩玉摩击声,也形容人走路优雅的体态。《文选》宋玉《神女赋》:"动雾以徐步兮,拂墀声之珊珊。"李善注:"珊珊,声也。"

【译文】

山东招远县有个张于旦,性情豪放不羁,当时在一座寺庙里读书。

招远县令鲁公，是三韩人，有个女儿很爱打猎。张生在野外曾经遇到过她，只见她姿容十分娟秀，穿着锦缎貂皮袄，骑着一匹小黑马，风度翩翩，像画中人一样。张于旦回到庙里，回想起鲁公女儿的花容月貌，极其倾慕。后来听说姑娘暴病亡故，他伤心得痛不欲生。鲁公因为离家乡太远，就将女儿的灵柩暂寄寺中，也就是张于旦读书的那一座寺庙里。张于旦对鲁公之女敬若神明，每天早晨必定焚香祝告，每到吃饭时必定要祭奠。他常常用酒洒地祷告道："我有幸看到小姐半面倩影，就常常在梦中看见你。没想到美人儿竟突然去世。今天，我和你虽然近在咫尺，可是人鬼相隔，远如万水千山，我心中的怅恨是何等痛切啊！你在世时有礼法的拘束，死后该没有什么禁忌了，你如果在九泉之下有灵，应当姗姗而来，安慰我倾慕的深情。"张于旦日夜不停地祷告，差不多有半个月。

一夕，挑灯夜读，忽举首，则女子含笑立灯下。生惊起致问，女曰："感君之情，不能自已，遂不避私奔之嫌。"生大喜，遂共欢好。自此无虚夜。谓生曰："妾生好弓马，以射獐杀鹿为快，罪业深重，死无归所。如诚心爱妾，烦代诵《金刚经》一藏数①，生生世世不忘也。"生敬受教，每夜起，即柩前捻珠讽诵②。偶值节序，欲与偕归。女忧足弱，不能跋履③，生请抱负以行，女笑从之。如抱婴儿，殊不重累。遂以为常，考试亦载与俱，然行必以夜。生将赴秋闱④，女曰："君福薄，徒劳驰驱。"遂听其言而止。

【注释】

①《金刚经》：佛经名。初译全称《金刚般若波罗蜜多经》，后秦鸠摩罗什译，一卷。后有多种译本，名称不全相同。藏（zàng）：佛教道

教经典的总称。一藏数，依据《西游记》的说法指持诵五千四十
八遍。

②捻珠：手捻佛珠。佛珠，又称"念珠"、"数珠"，念佛号或经咒时用
以计数的佛教用物。通常用香木车成小圆粒，贯穿成串，也有用
玉石等制作的。粒数有十四颗至一千零八十颗不等。

③跋履：跋涉，登山涉水。《左传·成公十三年》："（晋）文公躬擐甲
胄，跋履山川，逾越险阻，征东之诸侯。"

④秋闱：乡试，考选举人。明清时乡试例在秋季举行，故称"秋闱"。

【译文】

一天晚上，张于旦正在灯下夜读，一抬头，见鲁家小姐已经含笑站
在灯前。张于旦慌忙起身问候，鲁家小姐说："感念你的深情，我无法克
制自己，也就顾不得私奔之嫌了。"张于旦大喜，于是二人一起欢爱。从
此，鲁家小姐没有一个晚上不来。有一天她对张于旦说："我生前爱好
骑马打猎，以射獐杀鹿为快事，杀生太多，罪孽深重，以致死后灵魂没有
归宿。你如果诚心诚意地爱我，就请你替我念一藏数的《金刚经》，我生
生世世也忘不了你的恩情。"张于旦诚心诚意按照她的要求去做，每天
夜里起床，就在灵柩前捻着佛珠诵经。有一次，正赶上过节，张于旦想
让鲁家小姐和他一道回家。她担心自己腿脚软弱，经不起长途跋涉，张
于旦便请求抱着她走，鲁家小姐笑着答应了。张于旦抱着她，就像抱着
一个婴儿一样轻，一点儿也不觉得累。从此，他就习以为常了，就连参
加考试也带着她一块儿去，但必须在夜间赶路。后来，张于旦要去参加
秋天的乡试，鲁家小姐说："你的福分不厚，去也是白费功夫。"张于旦听
了她的话，没有去应考。

积四五年，鲁罢官，贫不能舆其梓①，将就窆之②，苦无葬
地。生乃自陈："某有薄壤近寺，愿葬女公子。"鲁公喜。生
又力为营葬，鲁德之，而莫解其故。鲁去，二人绸缪如平日。

【译文】

过了四五年，鲁公罢官，因为贫穷，无力将女儿棺材运回故乡，打算
把女儿遗体就地葬埋，却发愁找不到一块墓地。张于旦就去对鲁公说：
"我家离寺庙不远，有一块薄田，愿意献来安葬你家小姐。"鲁公听了很
高兴。张于旦又竭力帮助把灵柩安葬了，鲁公非常感激他，却不知他为
什么这样做。鲁公走后，二人仍然像过去一样亲密缠绵。

一夜，侧倚生怀，泪落如豆，曰："五年之好，于今别矣！
受君恩义，数世不足以酬！"生惊问之。曰："蒙惠及泉下人，
经咒藏满，今得生河北卢户部家。如不忘今日，过此十五
年，八月十六日，烦一往会。"生泣下曰："生三十馀年矣，又
十五年，将就木焉①，会将何为？"女亦泣曰："愿为奴婢以
报。"少间，曰："君送妾六七里。此去多荆棘，妾衣长难度。"
乃抱生项，生送至通衢。见路旁车马一簇，马上或一人，或
二人，车上或三人、四人、十数人不等；独一钿车②，绣缨朱
幰③，仅一老媪在焉。见女至，呼曰："来乎？"女应曰："来
矣。"乃回顾生云："尽此。且去，勿忘所言。"生诺。女子行
近车，媪引手上之，展轮即发④，车马阗咽而去⑤。

【注释】

①就木：进棺材，老死。《左传·僖公二十三年》："（重耳）将适齐，

　谓季隗曰：'待我二十五年，不来而后嫁。'对曰：'我二十五年矣，又如是而嫁，则就木焉！请待子。'"

②钿（diàn）车：镶嵌有金属薄片图案纹饰的车辆。

③绣缨朱幰（xiǎn）：有彩穗装饰的大红车帘。绣缨，彩丝做的穗状饰物，即流苏。幰，车前挂的帷幔。

④展轮：车轮转动，犹言发车。轮，即轮。亦作"辚"。

⑤阗（tián）咽：形客车马喧腾，充塞道路。晋左思《吴都赋》："冠盖云荫，间阎阗喧。"

【译文】

　　一天夜晚，鲁家小姐侧倚在张于旦怀中，豆大的眼泪滚下来，说道："五年的恩爱，今天就要分别了！你对我的恩义，我几辈子也报答不完！"张于旦惊讶地问怎么回事。她回答道："承蒙你给我这九泉之下的人如此恩惠，已经念满一藏数的经咒了，今天我就要托生到河北户部尚书卢家。如果你不忘记今天这个日子，过十五年后的八月十六日，请你到卢家去会见我。"张于旦流泪道："我已经三十多岁了，再过十五年，我也快死了，就是去见你，又能怎样呢？"鲁家小姐说："我愿意当你的奴婢来报答你。"过了一会儿又说："你送我六七里地吧。这段路荆棘很多，我的衣裙太长，怕不容易过去。"于是她就搂住张于旦的脖子，张于旦抱着她来到一条大道旁。看见路旁有一队车马，马上或骑着一个人，或骑着两个人，车上或有三四人，或有十来人不等；唯独一辆镶嵌着金银，挂着锦绣帘子的马车上，只坐着一个老太婆。她一见鲁家小姐来了，就喊道："来了吗？"小姐答道："来了。"于是回头看看张于旦说："就送到这儿吧。你先回去，不要忘了我的话。"张于旦答应了她。她走近马车，老太婆把她拉上车去，车轮启动了，其馀的马车也都"叮叮当当"地走了。

　　生怅怅而归，志时日于壁。因思经咒之效，持诵益虔。梦神人告曰："汝志良嘉。但须要到南海去①。"问："南海多远?"曰:"近在方寸地②。"醒而会其旨,念切菩提③,修行倍洁。三年后,次子明、长子政,相继擢高科④。生虽暴贵,而善行不替⑤。夜梦青衣人邀去,见宫殿中坐一人,如菩萨状,逆之曰:"子为善可喜。惜无修龄⑥,幸得请于上帝矣。"生伏地稽首。唤起,赐坐,饮以茶,味芳如兰。又令童子引去,使浴于池。池水清洁,游鱼可数,入之而温,掬之有荷叶香。移时,渐入深处,失足而陷,过涉灭顶⑦。惊寤,异之。由此身益健,目益明。自捋其须,白者尽簌簌落,又久之,黑者亦落,面纹亦渐舒。至数月后,额秃面童⑧,宛如十五六时,辄兼好游戏事,亦犹童。过饰边幅⑨,二子辄匡救之⑩。未几,夫人以老病卒。子欲为求继室于朱门,生曰:"待吾至河北来而后娶。"

【注释】

①南海:指观世音菩萨所在地。我国浙江普陀山,相传为观音现身说法道场。通常所说南海多指此。

②近在方寸地:近在心间。佛教净土宗认为,只要修持善心,发愿念佛,坚持不懈,就可使佛菩萨闻知,拔除于苦难之中。方寸,指心。《列子·仲尼》:"吾见子之心矣,方寸之地虚矣。"

③念切菩提:即渴望领悟佛理。菩提,佛教名词。意译"觉"、"智",指对佛教"真理"的觉悟。

④擢(zhuó)高科:指科举高中。

⑤替:废弃,衰减。

⑥修龄:长寿。

⑦过涉灭顶:谓入深水,淹没头顶。《易·大过》:"上六,过涉灭顶,凶,无咎。"

⑧颔秃面童：下巴光净无须，面呈童颜。颔，下颏。

⑨过饰边幅：过于注重穿着打扮。谓与年龄身份不符。边幅，本指布幅的边缘，喻指人的服饰容态等外观表现。

⑩匡救：救正，矫正。《孝经》卷八：“匡救其恶。”注：“匡，正也。”

【译文】

张于旦惆怅地回到家里，把分别的日子记在墙上。因为想到这是诵念佛经的结果，就更加虔诚地念起经来。他梦见有个神人告诉他：“你的志向很可嘉，但还得到南海去一趟。”他便问神人：“南海有多远啊？”神人说：“南海就在你的方寸之地。”梦醒以后，张于旦领会了神人的意思，一心念佛，修行更加洁净。三年后，他的次子张明，长子张政，相继考取了功名。张于旦虽说突然富贵起来，可是一心行善，毫不懈怠。一天夜间，他梦见一个穿青衣服的人领他到了一座宫殿，只见殿上坐着一个人，好像是菩萨，菩萨欢迎张于旦道：“你一心向善，非常可喜。可惜你没有长寿的命，幸而我已经向上帝替你求情了。”张于旦趴在地上磕头感谢。菩萨叫他起来，赐他座位，又送来香茶，茶味芬芳，像兰花一样。又让童子领他去洗浴。池水非常清澈洁净，游鱼可见，入水后他感到池水暖洋洋的，捧起来一闻，有荷叶香味。过了一会儿，他渐渐走到水深的地方，一失足陷进一个深坑，水一下子淹没了头顶。他猛然惊醒，感到十分奇怪。从此以后，他身体一天比一天强健，眼睛也更加明亮。一捋胡须，白胡子全都“扑簌簌”地脱落下来，又过了些时候，黑胡子也脱落尽了，脸上的皱纹也都慢慢舒展开来。几个月以后，他的下巴光光的，脸面光洁，就像一个十五六岁的孩子，他又常爱好游戏，也像个孩子一样。因为他过分注意修饰和衣着，两个儿子常常劝他不要这样。又过了一阵子，他的夫人年老得病而死。儿子想替他在大户人家中找个继室，张于旦说：“等我到河北去一趟，回来再娶吧。”

屈指已及约期，遂命仆马至河北，访之，果有卢户部①。

先是，卢公生一女，生而能言，长益慧美，父母最钟爱之。贵家委禽②，女辄不欲。怪问之，具述生前约。共计其年，大笑曰："痴婢！张郎计今年已半百，人事变迁，其骨已朽，纵其尚在，发童而齿豁矣③。"女不听。母见其志不摇，与卢公谋，戒阍人勿通客④，过期以绝其望。未几，生至，阍人拒之。退返旅舍，怅恨无所为计，闲游郊郭，因循而暗访之。

【注释】

①户部：指户部尚书之职。户部尚书是掌管全国土地、赋税、户籍、军需、俸禄、粮饷、财政收支的大臣，明代为正二品，清代为从一品。

②委禽：即纳采，求婚。古代结婚礼仪中（即"六礼"），除纳征外，其他五礼，男方都要向女方送上雁作为赘礼，所以称纳采为"委禽"。郑玄注《仪礼·士昏礼》称为"取其顺阴阳往来"。清人胡培《仪礼正义》解释为：取大雁随时序变化南飞北往而不失节，飞成行、上成列来表示取亲不误时日，嫁娶不逾礼仪。

③发童而齿豁：头秃齿缺。形容年老。唐韩愈《进学解》："头童齿豁，竟死何裨。"童，秃。豁，豁口，齿缺。

④阍（hūn）人：看门人。

【译文】

张于旦屈指一算，和鲁家小姐约定的时间快要到了，就驾着车马，带着仆从前往河北，一打听，果然有一位姓卢的户部尚书。原来卢尚书有个女儿，生下来就会说话，长大了更加聪明美貌，父母都最钟爱她。富贵人家的子弟来求聘，姑娘总是不愿意。父母很奇怪，一问，姑娘就详细讲述了转世前和张于旦的誓约。大家一起算算岁数，父母大笑道："傻丫头，张郎算来已经年过半百了。人世沧桑巨变，现在恐怕他的骨头也已经朽烂了,纵使他还活着,大概也是头发牙齿都掉光了。"姑娘不听。母亲见她的志向不动摇,就和卢公商量,告诉守门人不要让来寻访女儿的客人进门,等过了日期好断绝她的希望。不久,张于旦来到卢家,守门人不让他进去。他返回旅馆后非常怅恨,又没有什么办法,只好在城外闲游,慢慢打听卢家小姐的消息。

　　女谓生负约,涕不食。母言:"渠不来①,必已殂谢②,即不然,背盟之罪,亦不在汝。"女不语,但终日卧。卢患之,亦思一见生之为人,乃托游遨③,遇生于野。视之,少年也,讶之。班荆略谈④,甚倜傥⑤。公喜,邀至其家。方将探问,卢即遽起,嘱客暂独坐,匆匆入内,告女。女喜,自力起,窥审其状不符,零涕而返,怨父欺罔。公力白其是,女无言,但泣不止。公出,意绪懊丧,对客殊不款曲⑥。生问:"贵族有为户部者乎?"公漫应之,首他顾,似不属客⑦。生觉其慢⑧,辞出。女啼数日而卒。

【注释】

①渠:方言中的第三人称,他。

②殂(cú)谢:死。

③游遨:游玩散心。《诗·邶风·柏舟》:"微我无酒,以遨以游。"

④班荆:谓藉草而坐。《左传·襄公二十六年》:"伍举奔郑,将遂奔晋;声子将如晋,遇之于郑郊,班荆相与食,而言复故。"杜预注:"班,布。布荆坐地,共议楚事。"荆,泛指杂草。

⑤倜傥(tì tǎng):风流洒脱。指有青年人的风度。

⑥款曲:应酬殷恳。《后汉书·光武帝纪》:"文叔(刘秀字)少时谨信,与人不款曲。"

⑦不属客：意不在客，不理会客人。属，属意。

⑧慢：简慢，怠慢。

【译文】

卢家小姐认为张于旦背叛了誓约，哭得茶饭不进。母亲对她说："张郎不来，恐怕已经死了，即使他没死，背叛盟誓的罪责在他身上，也不怪你呀！"女儿一言不发，只是终日卧床不起。卢公心里非常发愁，也想见一见张于旦是个什么样的人，于是假装郊游，恰好在城外遇到了张于旦。一看，却是一个年轻人，卢公很惊讶。藉草而坐，和他略略谈了几句，觉得张于旦非常文雅潇洒。卢公很高兴，就把他邀到家里去。张于旦正在询问姑娘的情况，卢公猛然起身，让客人暂且独坐片刻，匆匆走到里屋去告诉女儿。女儿非常高兴，一下子起了床，偷偷一看，见和张于旦原来的样子不符，哭着回来，抱怨父亲欺骗他。卢公极力说明这个少年就是张于旦，女儿一言不发，只是啼哭不止。卢公出来，心情非常懊丧，对客人也就不很客气。张生问道："您这里有官居户部尚书的老先生吗？"卢公随便答应着，东张西望，看上去眼里根本没有这个客人。张于旦觉察到卢公的怠慢，就告辞出来。卢公女儿痛哭了几天就死去了。

生夜梦女来，曰："下顾者果君耶①？年貌舛异②，觌面遂致违隔。妾已忧愤死，烦向土地祠速招我魂，可得活，迟则无及矣。"既醒，急探卢氏之门，果有女亡二日矣。生大恸，进而吊诸其室，已而以梦告卢。卢从其言，招魂而归。启其衾，抚其尸，呼而祝之。俄闻喉中咯咯有声，忽见朱樱乍启③，坠痰块如冰。扶移榻上，渐复吟呻。卢公悦，肃客出④，置酒宴会。细展官阀⑤，知其巨家，益喜，择吉成礼。

【注释】

①下顾：拜访。下，谦辞。

②年貌舛（chuǎn）异：谓张生的年龄与容貌不符。舛，错。异，不同。

③朱樱：红樱桃。喻女子之口。

④肃客：引导客人。《礼记·曲礼》："主人肃客而入。"注："肃，
　进也。"

⑤细展官阀：详细询问官阶门第。展，展问，询问。

【译文】

这天夜里，张于旦梦见卢公女儿前来并说道："来找我的果真是你
吗？因为年龄、相貌相差太大，见面不能相认，又成了隔世永诀。我已
经忧愤而死，麻烦你赶紧去土地祠招我的魂，还可以复活，再迟就来不
及了。"张于旦梦醒后，急忙到卢公府上去打听，果然他的女儿已经死了
两天了。张于旦万分悲痛，到停灵的屋里去吊唁，还把自己的梦告诉了
卢公。卢公听了他的话，到土地祠去为女儿招魂。回来掀开女儿身上
的被子，抚摩着女儿的尸体，呼唤她为她祝祷。不一会儿听见女儿喉咙
里"咯咯"作响，又见朱唇忽然张开，吐出像冰块一样的黏痰。卢公把她
移到床上去，女儿渐渐发出呻吟声，果然复活了。卢公非常高兴，把张
于旦请出来，置办酒筵庆祝。卢公细细询问张于旦的家世，知道他本是
大户人家出身，更加高兴，便选定吉日良辰，让他同女儿成了亲。

　　居半月，携女而归。卢送至家，半年乃去。夫妇居室，
俨如小耦①，不知者，多误以子妇为姑嫜焉②。卢公逾年卒，
子最幼，为豪强所中伤③，家产几尽。生迎养之，遂家焉。

【注释】

①小耦：少年夫妻。耦，配偶。

②"不知者"二句:很多人竟然错把他们的儿子儿媳当成了公公和
　　婆婆。意谓张于旦夫妇相貌比他们的儿子、儿媳还显得年少。
　　子妇,儿子和儿媳。姑嫜(zhāng),婆婆和公公。
③中伤:陷害。

【译文】

　　过了半个月,张于旦把新娘带回家。卢公送女儿到了张家,住了半
年才离开。张于旦夫妇在一起,就像小两口一样,不知底细的人,常常
把儿子、儿媳妇误认为公婆。卢公过了一年就去世了,他家里的男孩最
幼小,被豪强中伤诬陷,家产几乎荡尽。张于旦把他接来抚养,就在张
家安了家。

道士

【题解】

　　这是一篇讽刺市侩的寓言性质的作品。

　　为什么韩生和徐氏受到道士幻术的戏弄? 直接原因是由于他俩好
色无行。深究起来,则源于他们对于道士的不尊重乃至无礼。在韩生,
是因为没有礼遇道士,"海客遇之";在徐氏,则因为他嘲笑道士,"不甚
为礼"。

　　道士对于二人的惩罚早有预谋并有精细的区别。韩生受到的戏弄
是,夜里豪华的酒宴原来是幻觉,醒后"卧青阶下",所抱美人是"长石";
徐氏更惨,夜间所躺的"螺钿之床"竟然是破败的厕所,"公然拥卧"的美
女则是"遗屙之石"!

　　韩生,世家也①,好客。同村徐氏,常饮于其座。会宴
集②,有道士托钵门上③。家人投钱及粟,皆不受,亦不去。

家人怒,归不顾。韩闻击剥之声甚久④,询之家人,以情告。言未已,道士竟入。韩招之坐,道士向主客皆一举手,即坐。略致研诘,始知其初居村东破庙中。韩曰:"何日栖鹤东观⑤,竟不闻知,殊缺地主之礼⑥。"答曰:"野人新至⑦,无交游。闻居士挥霍⑧,深愿求饮焉。"韩命举觞。道士能豪饮,徐见其衣服垢敝,颇偃蹇⑨,不甚为礼,韩亦海客遇之⑩。道士倾饮二十馀杯,乃辞而去。

【注释】

①世家:累世贵显的人家。

②宴集:聚客饮宴。

③托钵:指和尚道士募化,化缘。钵,底平,口略小,类似于碗的器皿。

④击剥之声:敲打声。此处指化缘时敲击钵盂的声音。

⑤栖鹤:道教传说认为修炼得道者驾鹤而行,故敬称道士宿止为栖鹤,犹言息驾。

⑥地主:东道主。

⑦野人:道士谦称。意谓山野之人。

⑧居士:意思是向道慕善在家修行的人。是宗教徒对世俗人士的敬称。挥霍:豪奢不吝。这里指设宴请客。

⑨偃蹇(jiǎn):倨傲,轻慢。

⑩海客遇之:把道士当作走江湖的看待。海客,浪迹四方的江湖之人。

【译文】

韩生是个大户人家的子弟,很好客。同村有个徐某常到他家来饮酒。有一次,韩生正在宴请宾客,有个道士来到门上化缘。家人往钵盂中投钱或粮米,道士都不要,也不肯走。家人一怒之下,就转身不理他了。韩生听敲钵盂敲了很久,就问家人是怎么回事,家人告诉他刚才的情况。话还没有说完,道士竟走进门来。韩生请他入座,道士向主客一一举手致意后就坐了下来。和他聊了几句,才知道他是刚刚来到村东破庙住下的。韩生说:"道长什么时候来到村东道观栖居的,我竟没有听说,实在没有尽到地主之谊呀。"道士答道:"我是云游野人,刚刚来到宝地,没有什么交游。听说居士您很豪爽好客,特别想来讨杯酒喝。"韩生就请道士饮酒。道士很有酒量,开怀畅饮。徐某见他道袍又脏又破,便对他很不礼貌,韩生也把道士当作一般的江湖食客看待。道士猛饮了二十几杯才告辞。

自是每宴会,道士辄至,遇食则食,遇饮则饮,韩亦稍厌其频。饮次,徐嘲之曰:"道长日为客①,宁不一作主?"道士笑曰:"道人与居士等,惟双肩承一喙耳②。"徐惭不能对。道士曰:"虽然,道人怀诚久矣,会当竭力作杯水之酬③。"饮毕,嘱曰:"翌午幸赐光宠④。"

【注释】

①道长日为客:道长天天吃别人的。道长,道高位尊,对于道士的尊称。

②双肩承一喙(huì):两只肩膀扛着一张嘴。意思是白吃白喝,无有馈赠、回报。

③杯水:一杯水酒。水,喻酒味薄涩。请人吃酒的谦称。

④翌(yì)午幸赐光宠:第二天中午希望赐宠光临。翌,第二天。

【译文】

从此,韩家每次宴会,道士就会前来,有饭就吃,有酒就喝,韩生也有点儿厌烦他来的次数太多了。有一次,正在饮酒,徐某嘲弄地说:"道长天天做客人,难道不想当一次主人吗?"道士笑道:"道士和居士您一样,都是两个肩膀顶着一张嘴巴而已。"徐某羞愧得无言答对。道士说:"话虽然这样说,不过贫道怀着酬谢各位的心意已经很久了,到时候一定尽力准备一点儿薄酒,聊以答谢。"饮完酒,道士又嘱咐道:"明天中午乞望诸位光临寒舍。"

　　次日,相邀同往,疑其不设①。行去,道士已候于途,且语且步,已至寺门。入门,则院落一新,连阁云蔓②。大奇之,曰:"久不至此,创建何时?"道士答:"竣工未久。"比入其室,陈设华丽,世家所无,二人肃然起敬。甫坐,行酒下食,皆二八狡童③,锦衣朱履。酒馔芳美,备极丰渥。饭已,另有小进④,珍果多不可名,贮以水晶玉石之器,光照几榻。酌以玻璃盏,围尺许。道士曰:"唤石家姊妹来。"童去少时,二美人入,一细长,如弱柳,一身短,齿最稚,媚曼双绝⑤。道士即使歌以侑酒⑥。少者拍板而歌,长者和以洞箫,其声清细。既阕⑦,道士悬爵促釂⑧,又命遍酌。顾问:"美人久不舞,尚能之否?"遂有僮仆展氍毹于筵下⑨,两女对舞,长衣乱拂,香尘四散。舞罢,斜倚画屏。二人心旷神飞⑩,不觉醺醉。

【注释】

　　①不设:没有设筵。

　　②连阁云蔓:楼阁相连如云。极言盛多。

　　③狡童:慧黠善解人意的幼仆。

　　④小进:小吃,筵后茶点果品。

⑤媚曼：义同"靡曼"，谓容色美丽。《列子·周穆王》："简郑卫之处子娥媌靡曼者，施芳泽，正蛾眉，设笄珥……以处之。"

⑥侑（yòu）酒：劝酒。

⑦既阕：演唱告一阶段。阕，停止，终了。

⑧悬爵促釂（jiào）：举杯劝客人饮尽。釂，干杯。

⑨氍毹（qú shū）：毛织的地毯。

⑩心旷神飞：心思旷荡，神不守舍。

【译文】

第二天，韩、徐二人相邀前往破庙赴宴，都怀疑道士会不会设置酒宴。他们向破庙走去，道士已在途中等候，三个人边走边谈，不知不觉已来到庙门口。进门一看，就看到院落焕然一新，楼阁连绵如云。二人十分奇怪，问道："好久没到这里来，这些是什么时候建筑的呢？"道士答道："刚竣工不久。"等到进入内室，只见陈设更加华丽，连世家大族也没有这般气派，二人不由肃然起敬。刚刚坐下，就有人上菜敬酒，都是十六岁上下漂亮的童子，穿着锦绣长衫、朱红缎鞋。酒菜芳香鲜美，极其丰盛。吃过饭，又上了些点心，那些珍奇的水果大多叫不上名字来，装在水晶玉石盘里，光彩照亮了桌案。斟酒用玻璃盏，有一尺多粗。道士又吩咐童子："把石家姊妹喊来。"童子去不多久，见两个美人进来，一个身材苗条颀长，像柔弱的垂柳，另一个身材矮小，年纪也小一些，两个姑娘都很娇媚，绝世无双。道士便让她们唱歌来助酒兴。年轻的拍板唱歌，年长的吹洞箫伴和，声音非常轻柔清脆。一曲唱罢，道士举着酒杯劝酒，又让两个姑娘给客人都斟上酒。又看着她们问道："美人好久不跳舞了，还能跳吗？"于是几个仆人上来在桌前铺上地毯，两个美人相对舞蹈，长长的衫袖飘舞，香气四散。跳完了舞，她们便斜靠着屏风站着。徐、韩二人神魂颠倒，不知不觉已经醉了。

道士亦不顾客，举杯饮尽，起谓客曰："姑烦自酌，我稍憩①，即复来。"即去。南屋壁下，设一螺钿之床②，女子为施锦裀③，扶道士卧。道士乃曳长者共寝，命少者立床下为之爬搔④。二人睹此状，颇不平，徐乃大呼："道士不得无礼！"往将挠之⑤，道士急起而遁。见少女犹立床下，乘醉拉向北榻，公然拥卧。视床上美人，尚眠绣榻，顾韩曰："君何太迂？"韩乃径登南榻。欲与狎亵，而美人睡去，拨之不转，因抱与俱寝。天明，酒梦俱醒，觉怀中冷物冰人，视之，则抱长石卧青阶下⑥。急视徐，徐尚未醒，见其枕遗屙之石⑦，酣寝败厕中。蹴起⑧，互相骇异。四顾，则一庭荒草，两间破屋而已。

【注释】

①稍憩（qì）：稍微休息。憩，休息。

②螺钿（diàn）之床：镶嵌蚌壳贝片图案的床榻。钿，金银贝壳之类装饰薄片的总称。

③锦裀（yīn）：织锦的垫褥。裀，通"茵"，垫子。

④爬搔：挠痒。爬，抓，挠。

⑤挠：阻止。

⑥青阶：青石台阶。

⑦遗屙之石：大便坑旁的踏脚石。遗屙，拉屎。

⑧蹴（cù）起：把徐氏踢起。蹴，踢。

【译文】

道士也不再照顾客人，举杯一饮而尽，站起身对客人说："就请二位自斟自饮，我稍微休息，马上就回来。"说完就离开了。南屋墙下摆有一张镶嵌着贝壳的木床，两个美人铺上绸缎被褥，扶着道士躺下。道士拉着那位年纪大一点儿的美人同床共枕，让年少的美人站在床边为他搔痒。徐、韩二人看到这种情况，心中十分不平，徐某大叫道："道士不许这样无礼！"想要上去阻止他，道士急忙起来逃跑了。徐某看到年少的美人还站在床前，就乘着酒劲拉她到北边的床上，公然搂着美人躺下。再看南边床上的美人，还睡卧在绣榻上，就对韩生道："你何必太迂腐呢？"韩生便径直上了南床。他想和美人亲近一番，但美人已经睡着，扳也扳不过来，韩生就从背后抱着美人睡着了。天亮后，韩生酒也醒了，梦也醒了，就觉得怀中有冷东西冰人，一看，原来自己抱着一块长条石头躺在台阶下。他匆忙看徐某，徐某还没有醒，正枕着一块茅坑里的石头，呼呼大睡在破厕所里。韩生将他踢起来，二人都非常惊慌。四下一看，眼前只见一院子荒草，两间破庙而已。

胡氏

【题解】

　　本篇小说情节相对简单，具有童话色彩。尤其狐兵进攻中骑的驴是"喓喓然草虫"，拿的大刀是"高粱叶"，射的箭是蒿子秆，请来的巨人竟然是稻草人，都令人忍俊不禁。

　　在《聊斋志异》中，人与狐发生浪漫的婚恋故事很多，但以人为一方，以狐为另一方，壁垒分明，身份明确，进行婚嫁的谈判，这是唯一的一篇。故可视作人狐婚恋的具有哲学意味的探讨。小说写主人请了一个狐狸做家庭教师，狐狸教师看上了东家的女儿，便派一个狐狸做媒求婚。主人拒绝了，狐狸教师恼羞成怒，率领狐兵前去闹事威胁。在互有胜负僵持之中，狐狸和人进行谈判。谈判中，主人明确说明了拒绝求婚的原因是因为狐狸："车马、宫室，多不与人同。"但谈判的结果出人意料，主人虽然拒绝将女儿嫁给狐狸教师，却答应让儿子娶狐狸教师的妹妹，以此解决了狐狸"乐附婚姻"的愿望。

　　人可以娶狐女，但为什么不能把人的女儿嫁给狐狸呢？如果我们阅读《聊斋志异》中众多的人与狐狸的婚恋故事,确实是人可以娶狐女,但人的女儿绝不会接纳狐男。这一潜规则的背后隐藏着的汉民族的民俗心理,颇值得深思。

　　直隶有巨家①,欲延师②。忽一秀才,踵门自荐③。主人延入,词语开爽④,遂相知悦。秀才自言胡氏,遂纳贽馆之⑤。胡课业良勤⑥,淹洽非下士等⑦。然时出游,辄昏夜始归,扃闭俨然⑧,不闻款叩而已在室中矣。遂相惊以狐。然察胡意固不恶,优重之⑨,不以怪异废礼。

【注释】

①直隶:清代直隶省,相当于今北京、天津两市、河北省大部分和河南、山东的小部分地区,行政中心在保定。巨家:大户人家。

②延师:聘请家塾教师。延,招聘。

③踵门:亲自上门。《孟子·滕文公》:"有为神农之言者许行,自楚之滕,踵门而告文公。"

④开爽:开朗爽快。

⑤纳贽(zhì)馆之:付给胡秀才聘金,留他住了下来。贽,初见礼品。馆,除舍留客,为之设馆,聘为塾师。

⑥课业:对学生的授业和考课。

⑦"淹洽"句:谓其学问渊博贯通,非一般秀才可比。下士,才德差的人。《颜氏家训·名实》:"上士忘名,中士立名,下士窃名。"

⑧扃(jiōng)闭:锁闭。

⑨优重之:对胡生重礼优待。

【译文】

　　直隶有一个大户人家,想请一位先生。有一天,忽然一位秀才登门自荐。主人把他请进屋内,这位秀才谈吐爽朗,两人谈得很愉快。秀才自称姓胡,主人就聘请胡生为先生。胡生教书十分勤勉,学识渊博,不是那种凡庸的读书人。但胡生常常出游,有时半夜才归来,虽然门关得好好的,也听不见叩门声,他已在室内了。主人很惊诧,以为一定是狐狸。但看到胡生并无什么恶意,因此还是给他优厚的礼遇,并不因为怪异而有失礼仪。

胡知主人有女,求为姻好,屡示意,主人伪不解。一日,胡假而去①。次日,有客来谒,絷黑卫于门②。主人逆而入。年五十馀,衣履鲜洁,意甚恬雅③。既坐,自达④,始知为胡氏作冰⑤。主人默然,良久曰:"仆与胡先生,交已莫逆⑥,何必婚姻?且息女已许字矣⑦。烦代谢先生。"客曰:"确知令爱待聘,何拒之深?"再三言之,而主人不可。客有惭色,曰:"胡亦世族,何遽不如先生?"主人直告曰:"实无他意,但恶非其类耳。"客闻之怒,主人亦怒,相侵益亟⑧。客起抓主人,主人命家人杖逐之,客乃遁,遗其驴。视之,毛黑色,批耳修尾⑨,大物也⑩。牵之不动,驱之则随手而蹶,哑哑然草虫耳⑪。

【注释】

①假:告假。

②絷(zhí):拴。黑卫:黑驴。卫,驴子的代称。

③恬雅:安闲文雅。

④自达:自述来意。

⑤作冰:做媒。《晋书·艺术传·索紞》:"孝廉令狐策梦立冰上,与冰下人语。紞曰:'冰上为阳,冰下为阴,阴阳事也。士如归妻,迨

冰未泮，婚姻事也。君在冰上与冰下人语，为阳语阴，媒介事也。
君当为人作媒，冰泮而婚成。'"后因称媒人为"冰人"。

⑥交已莫逆：已是知己之交。莫逆，心意相投，无所违拗。《庄子·
大宗师》："三人相视而笑，莫逆于心，遂相与为友。"

⑦息女：亲生女。许字：订婚，许配人家。

⑧亟(jí)：激烈。

⑨批耳修尾：尖耳长尾，好马的体形。批，谓尖如削竹。唐杜甫《房
兵曹胡马诗》："竹批双耳峻。"

⑩大物：谓躯体高大。唐柳宗元《三戒·黔之驴》："虎见之，庞然大
物也。"

⑪喓喓：虫鸣声。《诗·召南·草虫》："喓喓草虫，趯趯阜螽。"草
虫：指蝈蝈、蚂蚱、织布娘一类的昆虫。

【译文】

胡生知道主人有个女儿，就向主人求亲，多次暗中示意，主人假装
不知。有一天，胡生告假离去。第二天，有位客人前来拜访，将一头黑
驴拴在门中。主人将客人请进门。这位客人年约五十多岁，衣帽整洁，
态度非常安详文雅。客人入座后，说明来意，才知道是为胡生做媒来
的。主人沉默不语，过了好久才说："我和胡先生已是莫逆之交，何必非
要联姻呢？况且小女已经许给别人。请代向胡先生表示歉意。"客人
说："确确实实知道令爱正待聘闺中，您何必如此坚持拒绝呢？"他再三
恳求，主人就是不答应。客人很尴尬，说："胡先生也是世家出身，难道
就比不上您吗？"主人于是直言不讳地说："倒没有别的意思，只是厌恶
他不是人类。"客人听了大怒，主人也大怒，互相辱骂，越来越厉害。客
人起身抓主人，主人则命令家人拿木棍驱赶他，客人于是逃走，把驴子
丢下了。仔细一看，这驴遍身黑毛，长着尖尖的耳朵，长长的尾巴，是个
庞然大物。可是牵它不动，推它一下，随手就倒地了，变成一只鸣叫的
草虫。

　　主人以其言忿，知必相仇，戒备之。次日，果有狐兵大至，或骑或步，或戈或弩①，马嘶人沸，声势汹汹。主人不敢出。狐声言火屋，主人益惧。有健者，率家人噪出，飞石施箭，两相冲击，互有夷伤②。狐渐靡③，纷纷引去。遗刀地上，亮如霜雪，近拾之，则高粱叶也。众笑曰："技止此耳④！"然恐其复至，益备之。明日，众方聚语，忽一巨人，自天而降，高丈馀，身横数尺，挥大刀如门，逐人而杀。群操矢石乱击之，颠踣而毙⑤，则刍灵耳⑥。众益易之⑦。狐三日不复来，众亦少懈。主人适登厕，俄见狐兵，张弓挟矢而至，乱射之，集矢于臀。大惧，急喊众奔斗，狐方去。拔矢视之，皆蒿梗⑧。如此月馀，去来不常，虽不甚害，而日日戒严⑨，主人患苦之。

【注释】

①戈、弩：均兵器名。戈，长柄有刃。弩，一种用机械发射的弓。

②夷伤：创伤。"夷"、"伤"同义。

③靡：势衰。

④技止此耳：本领不过如此而已。语出唐柳宗元《三戒·黔之驴》。

⑤颠踣（bó）而毙：倒地而死。

⑥刍灵：草扎的送葬物。

⑦易之：把它看得平常，轻视它。易，轻视。

⑧蒿梗：蒿子的茎。蒿，二年生草本植物，被子植物门，双子叶植物纲，菊目，菊科，蒿属。叶如丝状，有特殊的气味，开黄绿色小花，可入药（亦称"青蒿"、"香蒿"）。

⑨戒严：严密戒备。

【译文】

主人从客人那愤怒的言词，知道他们会来报复，就让家人加强戒备。第二天，果然有狐狸兵大批涌入，有骑兵，有步兵，有的执戈，有的挽弓，人喊马嘶，气势汹汹。主人吓得不敢出门。狐兵扬言要烧房子，主人更加恐惧。有个健勇的家人，率领众家丁呐喊冲出去，投石放箭，双方激战，互有损伤。狐兵渐渐抵抗不住，纷纷退去。战刀遗落在地上，亮如霜雪，走近拾起来一看，竟是些高粱叶子。众人笑道："能耐也不过如此啊！"但是，担心狐兵再来，于是更加戒备。第二天，众人正聚在一起说话，忽然有一个巨人从天而降，有一丈多高，有好几尺宽，挥舞一口门扇一样的大刀，追着人砍杀。众家丁用石块、弓箭胡乱地打向他，巨人倒地而死，原来是个殡葬用的稻草人。众人更觉得打败狐兵很容易。狐兵有三天没来，众人的戒备也就稍稍懈怠了些。这一天，主人正好上厕所，猛然看见狐兵张弓携箭来到，乱箭齐发，都射到主人的臀部上。他大为惊惧，急忙喊众家丁迎战，狐兵这才退去。拔下臀部的箭一看，原来是些蒿草的梗子。就这样，双方相持一个多月，狐兵来去无常，虽然造不成大伤害，但天天警戒着，主人感到很苦恼。

一日，胡生率众至。主人身出，胡望见，避于众中。主人呼之，不得已，乃出。主人曰："仆自谓无失礼于先生，何故兴戎①？"群狐欲射，胡止之。主人近握其手，邀入故斋，置酒相款。从容曰："先生达人②，当相见谅。以我情好，宁不乐附婚姻？但先生车马、宫室，多不与人同，弱女相从，即先生当知其不可。且谚云：'瓜果之生摘者，不适于口。'先生何取焉？"胡大惭。主人曰："无伤，旧好故在。如不以尘浊见弃，在门墙之幼子③，年十五矣，愿得坦腹床下④。不知有相若者否⑤？"胡喜曰："仆有弱妹，少公子一岁，颇不陋劣。

以奉箕帚⑥，如何？”主人起拜，胡答拜。于是酬酢甚欢，前隙俱忘⑦。命罗酒浆，遍犒从者⑧，上下欢慰。乃详问里居，将以奠雁⑨，胡辞之。日暮继烛，醺醉乃去。由是遂安。

【注释】

①兴戎：兴兵，动武。

②达：旷达，通达，通情达理。

③门墙：借指门庭。

④坦腹床下：意谓做胡生家的女婿。坦腹，南朝宋刘义庆《世说新语·雅量》：“王家诸郎，亦皆可嘉，闻来觅婿，咸自矜持，唯有一郎在东床上坦腹卧，如不闻。郗公云：‘正此好！’访之，乃是逸少，因嫁女与焉。”

⑤相若：这里是年貌差不多、相当的意思。

⑥奉箕帚：当媳妇。箕帚，是做家务扫除的工具，借以指代妻妾。《吴越春秋·勾践归国外传》：“〔越王勾践有二遗女〕谨使臣蠡献之，大王不以鄙陋寝容，愿纳以供箕帚之用。”

⑦前隙：以前的矛盾，嫌隙。

⑧犒（kào）：以酒食相慰劳。

⑨奠雁：献雁。指定嫁娶。古婚礼中新郎到新娘家迎亲，先行进雁之礼。《仪礼·士昏礼》：“主人升，西面；宾升，北面，奠雁，再拜稽首。”《仪礼·士昏礼》：“下达，纳采，用雁。”郑玄注：“用雁为贽者，取其顺阴阳往来。”

【译文】

一天，胡生率领狐兵来到。主人亲自出门迎战，胡生看见后，便隐身于众狐兵之中。主人呼唤他出来，不得已，他才走出来。主人说：“我自己认为没有什么对不起先生的行为，为什么要刀兵相见呢？”狐兵要射主人,胡生制止了他们。主人走上前,握住胡生的手,邀他到原来的书房,置办酒菜款待他。主人从容地说:"先生是位通情达理的人,肯定能谅解我。凭我们二人深厚的交情,能不愿和你结为姻亲吗? 但是先生的车马、住宅,多和人类不同,让我的女儿跟从你,你想必也知道是不妥当的。而且谚语道:'强扭的瓜不甜。'先生为什么这样做呢?"胡生非常羞惭。主人说:"没事,我们以前的关系依然保留。如果不嫌弃我们尘世之人浊俗的话,我还有个小儿子,今年十五岁了,愿意到你府上当东床快婿。不知有没有年貌相当的小姐和他匹配?"胡生高兴地说:"我有个小妹,比令郎小一岁,品貌相当不错。她侍候你的公子,怎么样?"主人听罢,起身拜谢,胡生还拜主人。于是二人饮酒畅叙,十分欢洽,前嫌尽释。主人又命设酒宴,犒劳胡生的部下,上上下下都很欢乐快慰。主人打算详细询问胡生的地址,准备来日好去定亲,胡生没有告诉主人。天色已晚,他们点上灯继续饮酒,一直饮到酩酊大醉,胡生才离开。从此,相安无事。

年馀,胡不至。或疑其约妄,而主人坚待之。又半年,胡忽至。既道温凉已①,乃曰:"妹子长成矣。请卜良辰②,遣事翁姑③。"主人喜,即同定期而去。至夜,果有舆马送新妇至,奁妆丰盛,设室中几满。新妇见姑嫜,温丽异常,主人大喜。胡生与一弟来送女,谈吐俱风雅,又善饮,天明乃去。新妇且能预知年岁丰凶④,故谋生之计,皆取则焉⑤。胡生兄弟,以及胡媪,时来望女,人人皆见之。

【注释】

①道温凉:寒暄一番。指相见时互致相思慰问之意。

②卜良辰:选定好日子。卜,占卜。谓选定。

③遣事翁姑：送媳妇上门伺候公婆。翁姑，即下文"姑嫜"，指公婆。

④丰凶：丰年和灾年。

⑤取则：据为准则。指按她的意见办事。

【译文】

过了一年多，胡生没有再来。有人疑心胡生应允的婚约是假的，可是主人坚持等他。又过了半年，胡生忽然来了。寒暄了一番之后，他说："我的小妹已经长大成人了。请选个良辰吉日，送她过来侍奉公婆吧。"主人很高兴，胡生和主人一起订好了婚期后辞去。这天夜晚，果然有车轿把新娘子送来了，嫁妆十分丰盛，把新房都快堆满了。新娘子拜见公婆，只见她非常美丽温柔，主人大喜。胡生和一个弟弟前来送新娘，兄弟二人谈吐都十分风雅，又都善于饮酒，直到天明才离去。新娘子还能预知每年的丰歉，所以家中经营生计，都听她的意见。以后，胡生兄弟和他们的母亲，常常来看望她，大家都见过他们。

戏术

【题解】

本篇包括了两个关于幻术的内容，共同的特点是记事简短而明晰，叙述中又各有特点。

第一个故事仅69个字，叙事之外附有评论，叙述桶戏之奇。第二个故事103个字，有情节矛盾，有对话，有头有尾，非常完整。在魔术中兼叙利津县被称作李神仙的李见田的奇闻轶事。

李见田是蒲松龄同时代的人，关于他的神奇事迹，当时的文献多有记载，比如康熙十二年《利津县新志》"仙伎"载其预言明末清初事数则。王渔洋《池北偶谈·谈异三》"李神仙"条亦载其为沾化李呈祥卜前程事一则。

　　有桶戏者,桶可容升①,无底,中空,亦如俗戏②。戏人以二席置街上,持一升入桶中,旋出,即有白米满升。倾注席上,又取又倾,顷刻两席皆满。然后一一量入,毕而举之,犹空桶。奇在多也。

【注释】

　　①升:古代容量单位,也是量粮食的器具。

　　②俗戏:民间的变戏法,今称"魔术"。

【译文】

　　有一个用桶变戏法的人,那桶大小可容一升米,没底,空空如也,和普通的戏法没有两样。这人在街上铺两张席子,把一升米放进桶里,马上拿出来时,那桶里就有满满一升白米。于是将米倒在席子上,再取再倒,一会儿工夫,两张席子都堆满了白米。然后他再把白米一升一升地装回空桶,全部装完之后,把桶举起给大家看,还是空空的。这戏法奇就奇在白米的数量很大。

　　利津李见田①,在颜镇闲游陶场②,欲市巨瓮,与陶人争直③,不成而去。至夜,窑中未出者六十馀瓮,启视一空。陶人大惊,疑李,踵门求之。李谢不知④。固哀之,乃曰:"我代汝出窑,一瓮不损,在魁星楼下非与?"如言往视,果一一俱在。楼在镇之南山⑤,去场三里馀。佣工运之,三日乃尽。

【注释】

　　①利津:县名。清代属山东武定府,即今山东利津,在山东省的北部,今隶属东营。李见田:李登仙,字见田,利津人。幼即研习占

卜术数,长而遨游燕、赵、齐、鲁间,往往不占验而前知,言多奇
中,一时号为李神仙。康熙十一年(1672)八十二岁卒。康熙十
二年(1673)《利津县新志》"仙伎"载其预言明末清初事数则。王
渔洋《池北偶谈》"李神仙"条亦载一则其为沾化李呈祥卜前
程事。

②颜镇:镇名,即颜神镇。在益都西南一百八十里,明嘉靖间创筑,
李攀龙、王世贞为作记及铭。今属山东淄博,是该市具有悠久历
史的生产陶瓷器皿的中心。卷九《农妇》即写农妇在颜神镇"贩
陶器为业"的故事。

③直:价格。

④谢:推辞。

⑤南山:颜神镇南有南博山,即此之南山。

【译文】

利津人李见田,有一天在颜镇闲逛,他来到烧制陶器的窑场,想买
一只大瓮,和窑场的主人讨价不成,就走了。到了夜间,窑中尚未烧好
的六十多只瓮突然不翼而飞。窑场主人大惊,怀疑是李见田干的,便到
李见田的住宅来求他。李见田推说不知此事。窑场主人再三哀求他,
他说:"我替你出窑了,一只瓮也没有损坏,你去看看,在魁星楼下有没
有?"窑场主人按着他的指点前往寻视,果然都在。魁星楼在颜镇的南
山,离窑场三里多。窑场的主人雇人搬运,三天才运完。

丐僧

【题解】

小说写的是济南一个特立独行的和尚的事迹。

和尚的行径超常反常,人们不理解,他也不需要别人理解。对于俗
人的反应,他一概"不答","不闻","不应"。虽然在热闹的地方"诵经抄

募"，却不吃不喝，也不接受任何施舍。最后自剖其腹而死，埋葬后却又不见了尸身。小说着墨不多，却通过多次重复"要如此化"的个性语言，又善用比喻，如结尾说和尚藁葬的席"犹空茧然"，使人对那个我行我素的丐僧留下深刻的印象。

济南一僧，不知何许人，赤足衣百衲①，日于芙蓉、明湖诸馆②，诵经抄募③。与以酒食、钱、粟，皆弗受，叩所需，又不答。终日未尝见其餐饭。或劝之曰："师既不茹荤酒④，当募山村僻巷中，何日日往来于羶闹之场⑤？"僧合眸讽诵⑥，睫毛长指许，若不闻。少选⑦，又语之。僧遽张目厉声曰："要如此化！"又诵不已。久之，自出而去。或从其后，固诘其必如此之故，走不应。叩之数四，又厉声曰："非汝所知！老僧要如此化！"积数日，忽出南城，卧道侧，如僵，三日不动。居民恐其饿死，贻累近郭，因集劝他徙，欲饭饭之，欲钱钱之。僧瞑然不应。群摇而语之。僧怒，于衲中出短刀，自剖其腹，以手入内，理肠于道，而气随绝。众骇，告郡⑧，藁葬之⑨。异日为犬所穴⑩，席见⑪。踏之似空，发视之，席封如故，犹空茧然⑫。

【注释】

①百衲：即百衲衣，僧服。百衲，谓以碎布缝缀。
②芙蓉、明湖诸馆：芙蓉街、大明湖，两处邻近，在济南旧城西北隅，为当时繁华、名胜之地，多茶楼酒馆。
③诵经抄募：念经化缘。抄募，募化财物。指僧人化缘。
④茹：吞食，吃。

⑤羶(shān)闹之场：谓龌龊之地。羶闹，膻腥喧闹。

⑥讽诵：念佛号、诵经文。

⑦少选：义同"少旋"，一会儿。

⑧告郡：报告济南知府衙门。郡，明清作为府的别称。

⑨藁葬：指以藁荐、芦席裹尸，草草埋葬。《北齐书·文苑传·颜之推》："冤乘舆之残酷，轸人神之无状，载下车以黜丧，捀桐棺之藁葬。"藁，多年生草本植物，茎直立中空，根可入药。

⑩穴：穿洞，破坏。

⑪见：同"现"，露了出来。

⑫"席封"二句：草席封裹完好，但像蚕茧，不见尸体。

【译文】

济南有一个和尚，不知是什么地方的人，光着脚，穿着百衲破衣，每天在芙蓉和明湖等会馆念经化缘。人们给他酒食、钱、粮米，他都不要，问他要什么，又不肯回答。从来没有人见他吃过饭。有人劝他道："禅师既然不吃酒肉，就该到荒村小巷去化缘，何必天天往来于这些喧闹场所呢?"和尚闭目诵经，眼睫毛有一指多长，好像根本没听见。过了一会儿，有人又对他说了一遍。和尚忽然睁开眼厉声说道："就要如此化缘!"接着又不停地念起经来。和尚念了好久才径自离去。有人跟随在他身后，再三问他为什么要如此化缘，和尚只顾往前走，一声不吭。跟的人再三再四地问他，他又厉声说："这不是你该知道的事! 老僧就是要如此化缘!"过了几天，和尚忽然出了南城门，僵卧在道旁，三天三夜不动。居民怕他饿死，连累附近的百姓，因而都聚集他身旁劝他离开，表示只要愿意离开，要饭有饭，要钱有钱。老僧仍然双目紧闭，一动不动。众人于是摇晃他的身子劝告他。和尚大怒，从袈裟里抽出一把短刀，剖开自己的肚子，把手伸进去，在路上整理自己的肠子，最后气绝身亡。众人大为惊恐，告到官府，官府派人将他草草地埋葬了。过了几天，野狗在和尚的坟上扒开一个洞，露出了席子。人们踩一下，席筒子好像是空的，打开一看，裹尸的席子卷得好好的，尸体已经没有了，就像空蚕茧一样。

伏狐

【题解】

　　这是两则关于房中术的具有笑话特色的小说，可以想见当日蒲松龄创作《聊斋志异》时游戏诙谐的一面。

　　笑话和小说的区别在哪里？在于细节的描写。这两则小小说都很重视细节的描写，比如都突出了"锐不可当"，都用了"哀"字。前一则是"哀而求罢"，后一则是"哀唤之，冀其复回"，主体不同，却均具有黑色幽默色彩。

　　太史某①，为狐所魅②，病瘵③。符禳既穷④，乃乞假归，冀可逃避。太史行，而狐从之。大惧，无所为谋。一日，止于涿门外⑤，有铃医⑥，自言能伏狐。太史延之入，投以药，则房中术也⑦。促令服讫，入与狐交，锐不可当。狐辟易⑧，哀而求罢，不听，进益勇。狐展转营脱⑨，苦不得去，移时无声，视之，现狐形而毙矣。

【注释】

　　①太史：翰林。明清时多以翰林院官员兼史职，故习称翰林为"太史"。

　　②魅：迷惑。

　　③病瘵：得了精气亏损所致枯瘦之疾。

　　④符禳（ráng）：指各种驱妖降魔的方法。符，用符咒驱除邪祟。禳，

　　用祈禳的方法赶走妖邪。

⑤涿:涿县,今河北琢州。

⑥铃医:摇铃串巷的江湖郎中。

⑦房中术:古代对男女性保健技术的统称。《汉书·艺文志·方技
　　略》著录房中八家,其书今皆佚。后世方士有所谓运气、逆流、采
　　战等术,都是谈男女阴阳交合之类的方法和方药,简称"房术"。

⑧辟易:躲避,退缩。《史记·项羽本纪》:"是时,赤泉侯为骑将,追
　　项王,项王瞋目而叱之,赤泉侯人马俱惊,辟易数里。"

⑨觅脱:想法脱身。

【译文】

　　有位太史某公被狐狸精媚惑,病弱不堪。用尽了画符念咒的方法
来驱除狐狸精,仍不见效,他于是请假回了故乡,希望能躲避纠缠。可
是太史走到哪里,狐狸精就跟到哪里。他极为恐惧,不知所措。有一
天,太史来到涿州,门外有一位摇铃郎中,声称能制伏狐狸精。太史把
郎中请到屋里,郎中给太史开了药,是男女所用的春药。郎中让太史吃
了药,进屋与变作女人的狐狸精交接,锐不可当。狐狸精开始躲避,哀
求太史停止。太史不听,动作更加勇猛。狐狸精挣扎翻滚,可怎么也跑
不掉,过了一会儿就无声无息了,仔细一看,狐狸已经现出原形死了。

　　昔余乡某生者,素有嫪毐之目①,自言生平未得一快意。
夜宿孤馆,四无邻。忽有奔女,扉未启而已入,心知其狐,亦
欣然乐就狎之。衿襦甫解,贯革直入。狐惊痛,啼声吱然,
如鹰脱鞲②,穿窗而出。某犹望窗外作狎昵声,哀唤之,冀其
复回,而已寂然矣。此真讨狐之猛将也!宜榜门驱狐,可以
为业③。

【注释】

①有嫪毐(làoǎi)之目：嫪毐，战国末秦相吕不韦的舍人。与秦太后通，操纵朝政。始皇八年(前239)，封长信侯。次年，因矫诏发卒欲攻蕲年宫为乱，事败被杀，夷三族。世以嫪毐为淫徒的代称。目，称谓。

②如鹰脱韝(gōu)：好像猎鹰摆脱羁绊，迅疾飞去。韝，皮革制作的臂衣，用以停立猎鹰。发现猎物，则解脱束缚，放鹰捕猎。

③"宜榜门"二句：应该把"驱狐"二字当作广告贴在门上，以此作为谋生的职业。

【译文】

从前我们乡的某生，是个淫徒，说一辈子没能痛痛快快一展身手。有一天夜晚，他独自住在一座空院，四面没有邻居。忽然一个女人来到房前，门没有开，人就进来了。某生知道这是个狐狸，可仍然快乐地和她欢会。这女人刚刚解开衣服，某生就长驱直入。狐女剧痛大惊，发出"吱吱"的啼叫声，像鹰飞离臂套一样，跳起穿过窗户逃走了。某生还凝望着窗外，以亲昵的声调，哀求呼唤，希望她能回来，四下却已经寂然无声了。某生真算得上是征服狐狸精的猛将啊！应当在门前挂出"驱狐"的招牌，以此作为谋生的职业。

蛰龙

【题解】

龙是中国古代汉民族所崇拜的一种传说中善变化、能兴云致雨的神异动物。关于它的传说非常丰富，《聊斋志异》也不例外。《蛰龙》和后面的《苏仙》都是根据传说撰写的。

《蛰龙》从发现一小物，"有光如萤，蠕蠕而行"，到渐盘于书卷上，被读书的曲迁乔认出是龙，送出门外，又因意识到不够恭敬，返回书桌上，"冠带长揖"相送，小物到门外檐下后化身为龙，"腾霄而去"。回视所行处，才发现龙是从书笥中爬出来的。篇幅虽短，但曲曲折折，绘影绘形，显示出作者极高的描摹能力。

　　於陵曲银台公①，读书楼上。值阴雨晦冥②，见一小物，有光如萤，蠕蠕而行。过处，则黑如蚰迹③。渐盘卷上，卷亦焦。意为龙，乃捧卷送之。至门外，持立良久，蠖曲不少动④。公曰："将无谓我不恭？"执卷返，仍置案上，冠带长揖送之⑤。方至檐下，但见昂首乍伸⑥，离卷横飞，其声嗤然，光一道如缕。数步外，回首向公，则头大于瓮，身数十围矣。又一折反，霹雳震惊，腾霄而去。回视所行处，盖曲曲自书笥中出焉⑦。

【注释】

①於(wū)陵：春秋齐邑名。长山的古称，现为山东邹平长山镇。银台：通政使的别称。宋门下省于银台门内设银台司，掌国家奏状案牍，职司与明清通政使司相当，故沿为后者代称。曲银台公，指曲迁乔，号带溪，长山人。明神宗万历五年(1577)进士，历官至通政使司通政使。著有《光裕堂文集》。

②晦冥：天色昏暗。

③蚰(yóu)：指蚰蜒，即蛞蝓，俗名"鼻涕虫"。是一种无壳蜗牛。一说即蜗牛。二虫过处皆留有胶状印迹。

④蠖(huò)：虫名，即尺蠖。行时屈伸其体，如尺量物，故名。《易·系辞》："尺蠖之屈，以求信(伸)也。"

⑤冠带长揖：穿戴官服，深深作揖。表示恭敬。

⑥乍伸:突然伸展躯体。乍,骤。

⑦书笥(sì):书箱。

【译文】

　　於陵有位姓曲的通政使,有一天在楼上读书。正值阴雨天气,他忽然看见一个小东西,身上闪着萤光,慢慢爬行。所爬过的地方,留下蚰蜒一样黑色的焦糊痕迹。小虫慢慢爬到书本上,书页也出现了焦糊痕迹。曲公认为它是一条龙,便捧起书本把小虫送出去。到了门外,他站了很久,小虫蜷曲着一动不动。曲公说:“你恐怕是认为我太不恭敬了吧?”又把书本捧回来,仍放在书桌上,穿戴整齐后,深深作了个揖,再将小虫送出去。刚到屋檐下,只见小虫昂起头来,身子突然伸长,从书本上猛然起飞,发出“嗤嗤”的响声,闪过一道白光。小虫飞出几步,回头看看曲公,这时,它的头已变得比一只缸还大,身粗几十围了。又翻转一下,发出霹雳般的轰响声,腾云而去。曲公回身在书桌上察看龙走过的痕迹,弯弯曲曲,原来是从一只书箱里爬出来的。

苏仙

【题解】

　　较之《蜇龙》,《苏仙》有着更为广泛的民间传说的基础。就龙生于普通百姓之家又非常孝顺自己的母亲而言,这个故事与流传于山东、黑龙江等地的“秃尾巴老李”的故事,大概是非常相近的传说。

　　苏氏不嫁而孕;临死时“靓妆凝坐”,彩云绕舍;墓前桃“结实甘芳”,固然非常神奇,但贯穿情节的“藏儿楼”也不容忽视。《聊斋志异》评论家冯镇峦说:“女必有所依,否则志即坚定,茕茕一身,何以能之三十年也?”

　　高公明图知郴州时①，有民女苏氏，浣衣于河②。河中有巨石，女踞其上。有苔一缕，绿滑可爱，浮水漾动，绕石三匝，女视之心动。既归而娠，腹渐大。母私诘之，女以情告，母不能解。数月，竟举一子③。欲寘隘巷④，女不忍也，藏诸楗而养之⑤。遂矢志不嫁，以明其不二也。然不夫而孕，终以为羞。儿至七岁，未尝出以见人。儿忽谓母曰："儿渐长，幽禁何可长也⑥？去之，不为母累。"问所之，曰："我非人种，行将腾霄昂壑耳⑦。"女泣询归期，答曰："待母属纩⑧，儿始来。去后，倘有所需，可启藏儿楗索之，必能如愿。"言已，拜母竟去。出而望之，已杳矣⑨。女告母，母大奇之。

【注释】

①郴（chēn）州：清代为直隶州，属湖南，即今湖南郴州。

②浣：洗濯，洗衣服。

③举：生育。

④寘（zhì）隘巷：扔进小胡同。指抛弃。《诗·大雅·生民》："诞寘之隘巷，牛羊腓字之。"寘，放置，安置。

⑤楗：木柜，木匣。

⑥幽禁：禁闭不使见人。

⑦腾霄昂壑：飞腾于云霄，昂首于涧壑。是以困龙腾飞自喻。

⑧属（zhǔ）纩：人将死，在口鼻上放丝绵，以观察有无呼吸，叫"属纩"。因以作为将死或病危的代称。《礼记·丧大记》："疾病，……属纩以俟绝气。"属，附着。纩，新丝绵。

⑨杳（yǎo）：辽远不见踪影。

【译文】

高明图公担任郴州知府时，有一位姓苏的女子，在河边洗衣裳。河中有一块大石头，苏女蹲在上面。有一缕水草，翠绿柔滑，十分可爱，在水面浮游荡漾，绕着石头漂了三圈。苏女看了，怦然心动。回去不久，便有了身孕，腹部渐渐隆起。母亲悄悄问她怎么回事，苏女照实说了，母亲迷惑不解。几个月后，苏女竟然生下一个儿子。她本想把孩子扔在小巷里算了，但又于心不忍，就把儿子放在柜子里养着。从此，她发誓决不嫁人，以表明抚养儿子长大成人的心迹。但是，没有出嫁就有身孕始终是种羞耻的事情。所以孩子长到七岁了，还没有出去见过人。一天，儿子忽然对苏女说："孩儿渐渐长大了，怎么能长时间关在家里呢？让我走吧，不能再拖累母亲了。"苏女问儿子到哪里去，儿子说："我本来就不是人种，要昂首涧壑，飞上云霄去了。"苏女哭着问他什么时候回来，儿子回答说："等母亲临终时，我才会回来。我走以后，如果需要什么东西，就打开我藏身的柜子寻找，肯定能得到您想要的东西。"说完，向母亲告别离去了。苏女出门一看，儿子已经杳无踪迹了。苏女告诉母亲，母亲也非常惊奇。

　　女坚守旧志，与母相依，而家益落。偶缺晨炊，仰屋无计^①。忽忆儿言，往启椟，果得米，赖以举火^②。由是有求辄应。逾三年，母病卒，一切葬具，皆取给于椟。既葬，女独居三十年，未尝窥户^③。一日，邻妇乞火者，见其兀坐空闺^④，语移时始去。居无何，忽见彩云绕女舍，亭亭如盖^⑤，中有一人盛服立^⑥，审视，则苏女也。回翔久之，渐高不见。邻人共疑之，窥诸其室，见女靓妆凝坐^⑦，气则已绝。众以其无归^⑧，议为殡殓。忽一少年入，丰姿俊伟，向众申谢。邻人向亦窃知女有子，故不之疑。少年出金葬母，植二桃于墓，乃别而去。数步之外，足下生云，不可复见。后桃结实甘芳，居人谓之"苏仙桃树"，年年华茂，更不衰朽。官是地者，每携实以馈亲友。

【注释】

①仰屋:仰天愁思,无计可施的样子。

②举火:生火做饭,维持生计。

③窥户:倚门窥户。指有求于人。唐王维《与工部李侍郎书》:"然不敢自列于下执事者,以为贱贵有伦,等威有序,以闲人持不急之务,朝夕倚门窥户,抑亦侍郎之所恶也。"

④兀坐:独自静坐。

⑤亭亭如盖:独立高耸如车盖。三国魏曹丕《杂诗》之二:"西北有浮云,亭亭如车盖。"李善注:"亭亭,迥远无依之貌。"

⑥盛服:即下文的"靓妆",穿戴整齐而华丽。

⑦凝坐:端坐不动,僵坐。

⑧无归:未嫁,因而无处归葬。

【译文】

从此,苏女坚守原来的志向,和母亲相依为命,而家境日益败落。偶然一天,做早饭时,米没有了,抬头望天,却无计可施。苏女忽然想起儿子临别时的嘱咐,就去打开柜子,果然得到了白米,做了早饭。从此以后,凡有所求,都能如愿。过了三年,苏女的母亲病故,一切丧葬开支,都从柜中取出。安葬好母亲,苏女独自生活了三十年,从来不出大门。一天,邻家妇人到苏女家来借火,见她独坐在空旷的屋子里,和她谈了一会儿话就离去了。过了不久,邻家妇人忽然看见有彩云在苏女家房中缭绕,好像一张大伞,彩云中站着一位身穿华丽服装的人,仔细一看,原来是苏女。彩云在空中盘桓了许久,越飞越高,便消失不见了。邻居们都很疑惑,到苏女家去窥视,只见苏女盛装打扮,端坐在那里,已经气绝身亡。众人商量,苏女一个亲人都没有,打算出钱替她安葬。忽然,有一个少年从外面进来,长得英俊高大,向众人致谢。邻居们过去也知道苏女有过一个儿子,所以也都不加怀疑。少年出钱安葬了母亲,在墓前种了两株桃树,辞别众人而去。他刚走了几步,脚下就生出彩云,人也就不见了。后来,那两棵桃树开花结果,香甜可口,当地人便称为"苏仙桃树",桃树年年都长得花繁叶茂,一直不衰不朽。在这里做官的人,常常带些桃子去馈赠亲友。

李伯言

【题解】

作品写"抗直有肝胆"的李伯言在阴间暂时代理阎罗时的见闻和感受。

所谓在阴间代理阎罗,自然是作家为自己表情达意所设计的一个虚拟平台,通过这一平台,展示其赏善罚淫的意图。这意图表现为两个方面,一个是民生中善恶是有报应的,另一个则是报应执法必须公正。所谓由濒死复生的人暂时代理阴间的阎罗之职,或在阴间"走无常"的说法,并非蒲松龄的专利,民间多有传说。像同在卷三的《阎罗》也是同一题材,它们反映了古代中国人对于自己制造出来的虚幻世界参与和证实的愿望,反映了对于虚幻世界和现实世界共同的司法公正的渴望。

李伯言在阴间共处理了两个案例。一宗是奸淫妇女案,又一起是"盗占生女"案。一宗只是陪衬,其中对于冥间炮烙之刑的描写惊心骇目,惨厉恐怖。但案例的重点在"又一起"。而"又一起"的重点也并非案情本身,而是李伯言对于案情的处理由有所私心到严格遵守法律公正的过程,曲折反映了蒲松龄对于现实社会中司法吏治缺乏公正的不满和抗议。

李生伯言,沂水人①,抗直有肝胆②。忽暴病,家人进药,却之曰："吾病非药饵可疗，阴司阎罗缺，欲吾暂摄其篆耳③。死勿埋我，宜待之。"是日果死。骇从导去④，入一宫殿，进冕服⑤，隶胥祗候甚肃⑥。案上簿书丛沓⑦。一宗⑧，江南某⑨，稽生平所私良家女八十二人⑩。鞫之⑪，佐证不诬⑫。按冥律，宜炮烙⑬。堂下有铜柱，高八九尺，围可一抱，空其中而炽炭焉，表里通赤。群鬼以铁蒺藜挞驱使登⑭，手移足盘而上。甫至顶，则烟气飞腾，崩然一响如爆竹⑮，人乃堕。团伏移时，始复苏，又挞之，爆堕如前。三堕，则匝地如烟而散，不复能成形矣。又一起，为同邑王某，被婢父讼盗占生女。王即生姻家⑯。先是，一人卖婢，王知其所来非道，而利其直廉，遂购之。至是王暴卒。越日，其友周生遇于途，知为鬼，奔避斋中，王亦从入。周惧而祝，问所欲为。王曰："烦作见证于冥司耳。"惊问："何事？"曰："余婢实价购之⑰，今被误控。此事君亲见之，惟借季路一言⑱，无他说也。"周固拒之。王出曰："恐不由君耳。"未几，周果死，同赴阎罗质审⑲。李见王，隐存左袒意⑳。忽见殿上火生，焰烧梁栋。李大骇，侧足立㉑。吏急进曰："阴曹不与人世等，一念之私不可容。急消他念，则火自熄。"李敛神寂虑，火顿灭。已而鞫状，王与婢父反复相苦。问周，周以实对，王以故犯论笞㉒。笞讫，遣人俱送回生，周与王皆三日而苏。

【注释】

①沂水：县名。位于山东省东南部，因沂水流经得名。清初属沂州府，今为山东临沂辖县。

②抗直：也作"伉直"，刚强正直。有肝胆：肝胆照人，对人诚信。

③摄篆：代掌印信，即代理官职。

④驺(zōu)从：显贵出行，车乘前后骑马导从的人员。驺，古代贵族的骑马侍从。

⑤冕服：古代帝王的礼服。此指阎罗冠服。冕，王冠。

⑥隶胥祗(zhī)候甚肃：吏役敬候，气氛非常庄严。隶，衙役。胥，小吏。祗候，恭敬待候。肃，庄重，严整。

⑦簿书丛沓：簿籍文书多而杂乱。

⑧宗：量词。件或批。

⑨江南：这里指的是江南省。清顺治二年(1645)置江南省，辖江苏、安徽及两省地及上海，省府为江宁，即今上海市。顺治十八年(1661)废，分江南省为江苏省和安徽省。

⑩稽：考，核查。这里意思是合计、总计。私：奸污。

⑪鞫(jū)：审问。

⑫佐证不诬：证据具在，没有虚妄。

⑬炮烙：殷纣时所用酷刑。以铜柱置炭火上烧热，令人爬行而上，即坠炭火中烧死。这里借为冥中之刑。

⑭铁蒺藜：大约是一种有刺的铁锤或铁棒，用作刑具。蒺藜，一年生或多年生草本植物，茎平卧，果实有刺。

⑮爆竹：古时以火燃竹，用其爆裂之声以驱山鬼，叫"爆竹"。见《荆楚岁时记》。

⑯姻家：儿女亲家。

⑰实价购之：谓实系出钱购婢，而非"虚价实契"盗占人女为婢。

⑱惟借季路一言：意思是，只借重你一句诚信之言，证明我被人诬告。季路，孔子弟子仲由，字子路，一字季路。孔子曾说他"片言可以折狱"(见《论语·颜渊》)。朱熹《论语集注》解释说："片言，半言。折，断也。子路忠信明决，故言出而人信服之，不待其辞之毕也。"

⑲质审：接受质询和审理。

⑳左袒：脱袖袒露左臂，表示偏护一方。语出《史记·吕后本纪》。

㉑侧足立：侧身站着，表示敬畏戒惧。

㉒以故犯论笞(chī)：以明知故犯之罪，判处笞刑。故，故意。笞，刑罚的一种。用竹杖或鞭、或板子抽打。

【译文】

李伯言是沂水人，为人耿直，有侠肝义胆。一天，他忽然得了暴病，家人给他送来药，他推辞道："我的病不是药物可以治好的，阴曹缺一名阎罗，想让我暂时去代理一下。我死后不要埋，等我回来。"这一天，他果然死了。有侍从引导李伯言进了一座宫殿，给他换上官服，戴上王者的帽子，两旁衙役肃立伺候，十分恭敬。桌案上文书案卷很多，堆得很零乱。李伯言拿起一宗文卷来看，上面记载江南省某生，经调查一生奸污良家妇女八十二人。把某生提来审讯，证据确凿。按阴司的法律，应处以炮烙之刑。厅堂下立有一根铜柱，高八九尺，有一抱粗，柱子中空，里边装着烧红的炭，里外通红。一群小鬼用铁蒺藜抽打驱赶某生爬铜柱，某生移动手脚，盘柱而上。刚爬到柱顶，只见烟气飞腾，"呼"的一声响如爆竹，人就摔到地上。蜷伏了一会儿，才苏醒过来，群鬼又抽打他爬柱，爬到顶依然爆响一声落在地上。就这样摔了三次，某生落地变作一股烟慢慢消散，再也不能成为人形了。还有一宗案子，是李伯言同县的王某，婢女的父亲控告他霸占自己的女儿。王某原是李伯言的一位姻亲。此前，有一人来卖婢女，王某知道不是正道来的，可是贪图价钱便宜，就买了下来。接着王某暴病而死。过了两天，他的朋友周生在路上遇着王某，知道是碰见了鬼，急忙跑回家躲避，王某也跟着周生来到他家。周生十分害怕，向他祷告，问他要干什么。王某说："请你到阴司去做证人。"周生惊讶地问："为什么事？"王某说："我那个婢女是按价购买的，而今天误被控告霸占。这件事你是亲眼看见的，只想借你君子一言作个证明，此外没有什么事。"周生坚决拒绝王某的要求。王某临走时说："这事恐怕就由不得你了。"不久，周生果然死去，和王某一起到阎王爷那里当堂对质。李伯言见是王某，心中暗有袒护之意。忽然看见阎罗殿上起火，烧着了房梁。李伯言大为惊惧，侧身站立。只听一位小吏急忙说道："阴间和阳世不同，一点儿私心杂念都不容。赶快消除杂念，火自然就会熄灭。"李伯言收了杂念，心情平静下来，那火顿时就灭了。过了一会儿，开始审讯，王某和那婢女之父反复申诉，互相指责。李伯言问周生，周生据实以告，于是王某以明知故犯罪被判杖刑。打过之后，李伯言派人把周生等人都送回阳世，周生和王某都在死后三天复苏。

　　李视事毕，舆马而返。中途见阙头断足者数百辈①，伏地哀鸣。停车研诘②，则异乡之鬼，思践故土，恐关隘阻隔，乞求路引③。李曰："余摄任三日，已解任矣，何能为力？"众曰："南村胡生，将建道场④，代嘱可致。"李诺之。至家，驺从都去，李乃苏。胡生字水心，与李善，闻李再生，便诣探省。李遽问："清醮何时⑤？"胡讶曰："兵燹之后⑥，妻孥瓦全⑦，向与室人作此愿心⑧，未向一人道也。何知之？"李具以告。胡叹曰："闺房一语，遂播幽冥，可惧哉！"乃敬诺而去。次日，如王所，王犹惫卧。见李，肃然起敬，申谢佑庇。李曰："法律不能宽假⑨。今幸无恙乎？"王云："已无他症，但笞疮脓溃耳。"又二十馀日始痊，臀肉腐落，瘢痕如杖者。

【注释】

①阙（quē）：缺。

②研诘：仔细询问。

③路引：通行凭证。

④道场：佛教、道教所举行的规模较大的诵经礼拜仪式。

⑤醮：祭祀神灵的仪式，也即上文所说"道场"。战国宋玉《高唐赋》："醮诸神，礼太一。"

⑥兵燹(xiǎn)：战争造成的烧杀破坏。

⑦妻孥(nú)：妻子和儿女。瓦全：谓苟全性命。《北齐书·元景安传》："天保时，诸元帝室亲近者多被诛戮。疏宗如景安之徒议欲请姓高氏。(元)景皓曰：'岂得弃本宗，逐他姓！大丈夫宁可玉碎，不能瓦全。'"

⑧室人：犹言内人，指妻。

⑨宽假：宽贷，宽容。

【译文】

李伯言处理完公务，乘马车返回。路上遇到几百个缺头断脚的鬼，伏在地上哀嚎。李伯言停下车来探问究竟，原来是一些死于异乡的鬼魂，想回故乡，恐怕关卡阻碍，乞求李伯言发给通行证。李伯言说："我在阴间任职三天，现在已经离职了，还有什么能力呢？"众鬼魂说："南村有位胡生，将要设道场，念经超度亡灵，请转告他，他会帮我们的。"李伯言答应了。回到家里，随从的人马都离去了，他也苏醒过来。胡生字水心，和李伯言有交情，听说他死而复生，便来探望。李伯言急忙问："道场何时开设？"胡生惊讶道："兵荒马乱之后，妻儿幸而保全下来，前些时和内人说过这种心愿，从没向旁人说过。你是怎么知道的？"李伯言把实情告诉了他。胡生慨叹道："闺房里说句话，就能传播到阴间，太可怕了！"于是答应了李伯言的嘱咐离去。第二天，李伯言到王某家，王某仍然疲倦地躺在床上。见李伯言来到，马上起身，恭敬致谢，感谢李伯言的庇护。李伯言说："阴司的法律是不容有丝毫宽恕的。现在你身体好了吗？"王某说："已经没什么事了，只是打板子的伤口已经化脓溃烂了。"又过了二十多天，王某的伤才好，臀部的烂肉都掉了，留下的瘢痕就像挨过板子那样。

异史氏曰:阴司之刑,惨于阳世,责亦苛于阳世^①。然关说不行^②,则受残酷者不怨也。谁谓夜台无天日哉^③? 第恨无火烧临民之堂廨耳^④!

【注释】

①责:阴司之责。指阴司对官吏执法的要求。

②关说:代人陈说,从中给人说好话。《史记·佞幸列传·序》:"此两人非有材能,徒以婉佞贵幸,与上卧起,公卿皆因关说。"司马贞《索隐》:"关,通也。谓公卿因之而通其词说。刘氏云'有所言说,皆关由之'。"

③夜台:指阴间。无天日:暗无天日。指吏治昏暗。

④第:只是,但。恨:遗憾。堂:官署。官衙中的正厅。廨:官舍。

【译文】

异史氏说:阴司的刑法,比阳世更惨酷,责罚也比阳世苛刻。可是讲情袒护都行不通,那些受酷刑的人也都没有怨言。谁说阴间暗无天日? 只恨没有那一把火把阳世的公堂烧掉。

黄九郎

【题解】

本篇写男子同性恋的故事。

黄九郎虽为男狐,却与两个男人有染。其一是浙江莒溪的书生何子萧,只是一般的读书人。另一个却是陕西巡抚,是上层达官贵人。可以窥见当日同性恋流风之广,风气之盛。本卷中的《商三官》、卷八《男生子》、卷十一《男妾》和《韦公子》、卷十二《周生》等均从侧面反映了当日盛行男色的风气。《聊斋志异》写男女浪漫情事极其出色,从本篇看,在同性恋的描写上,蒲松龄也毫不逊色。

明末清初话本小说《石点头》在卷十四《潘文子契合鸳鸯冢》的入话中曾介绍了当日社会男同性恋的状况:"那男色一道,从来原有这事。读书人的总题叫做翰林风月,若各处乡语又是不同,北边人叫炒茹茹;南方人叫打蓬蓬;徽州人叫塌豆腐;江西人叫铸火盆;宁波人叫善善;龙游人叫弄若葱;慈溪人叫戏蛤蟆;苏州人叫竭先生;《大明律》上唤作以阳物插入他人粪门淫戏,话虽不同,光景则一。"可以作为背景材料与本篇参照阅读。

何师参,字子萧,斋于苕溪之东①,门临旷野。薄暮偶出,见妇人跨驴来,少年从其后。妇约五十许,意致清越②。转视少年,年可十五六,丰采过于姝丽③。何生素有断袖之癖④,睹之,神出于舍⑤,翘足目送,影灭方归。次日,早伺之,落日冥濛⑥,少年始过。生曲意承迎,笑问所来,答以"外祖家"。生请过斋少憩,辞以不暇,固曳之,乃入。略坐兴辞⑦,坚不可挽。生挽手送之,殷嘱便道相过⑧,少年唯唯而去。生由是凝思如渴⑨,往来眺注⑩,足无停趾⑪。

【注释】

①苕(tiáo)溪:又名"苕水",在浙江吴兴境内。有两源,分出浙江天目山南北,合流后入太湖。

②意致清越:意态风度清雅脱俗。

③姝丽:美女。

④断袖之癖:指癖好男宠。《汉书·董贤传》:"(董贤)常与上卧起。尝昼寝,偏藉上袖,上欲起,贤未觉,不欲动贤,乃断袖而起。"董贤是汉哀帝的宠臣,后因以"断袖"比喻癖好男性同性恋者。

⑤神出于舍：像掉了魂一样，心往神驰。神，心神。舍，人的躯体。

⑥落日冥濛：太阳落山，旷野昏暗。冥濛，又作"冥蒙"，幽暗不明。晋左思《吴都赋》："旷瞻迢递，迥眺冥濛。"

⑦兴辞：起身告辞。

⑧便道相过：路过时乘便相访。便道，顺路。过，过访。

⑨凝思：犹云结思，形容思念集中。

⑩眺注：注目远望。

⑪足无停趾：脚步不停。趾，脚趾头。

【译文】

何师参，字子萧，书斋在茗溪东岸，门外是一片旷野。一天傍晚，何生偶然外出，见一位妇人骑驴前来，后面跟随一个少年。这妇人年约五十多岁，风姿清丽脱俗。再看那少年，大约十五六岁，长得十分俊美，比美女还漂亮。何生素来有同性恋的癖好，一见这少年，就灵魂出窍，他踮起脚来，目送他们远去，直到连影子都看不见了才回来。第二天，何生又早早地等在那里，到了日落西山，暮色渐浓时，少年才从这里经过。何生上前笑脸相迎，极尽讨好之能事，问他从哪里来，少年回答说"从外公家来"。何生邀请少年到书馆休息一会儿，少年推辞说没有工夫，何生生拉硬拽，少年才跟他进了屋。少年坐了一会儿便起身告辞，任何生怎样挽留也没有用。何生于是拉着少年的手相送，殷勤嘱咐他常来做客，少年点头答应后离去。何生从此如饥似渴地想念少年，成天在门口注目眺望，一刻也不消停。

一日，日衔半规①，少年欻至②。大喜，要人③，命馆童行酒④。问其姓字，答曰："黄姓，第九⑤。童子无字⑥。"问："过往何频？"曰："家慈在外祖家⑦，常多病，故数省之⑧。"酒数行，欲辞去。生掉臂遮留⑨，下管钥⑩。九郎无如何，赪颜复坐⑪。挑灯共语,温若处子⑫,而词涉游戏⑬,便含羞,面向壁。未几,引与同衾,九郎不许,坚以睡恶为辞⑭。强之再三,乃解上下衣,着裤卧床上。生灭烛,少时,移与同枕,曲肘加髀而狎抱之⑮,苦求私昵。九郎怒曰:"以君风雅士,故与流连。乃此之为,是禽处而兽爱之也⑯!"未几,晨星荧荧⑰,九郎径去。生恐其遂绝,复伺之,蹀躞凝盼⑱,目穿北斗。

【注释】

①日衔半规:太阳半落西山。半规,半圆。指半边落日。南北朝谢灵运《游南亭》诗:"密林含余清,远峰隐半规。"

②欻(xū):忽然。

③要(yāo):遮路邀请。

④馆童:即斋童,书房侍童。

⑤第九:排行(同祖兄弟间按年岁排列次序)第九。

⑥童子无字:《礼记·檀弓》:"幼名冠字。"旧时未成年的男孩只有名和乳名,成年后才有字,以便应酬社会交往。

⑦家慈:犹言家母。

⑧省(xǐng):问安。

⑨掉臂:把臂,捉臂。遮留:遮(挡)道留客。

⑩下管钥:关门上锁,强行留客。管钥,旧式管状有孔的钥匙,开锁后钥匙留在锁上,上锁后才能取下来,所以"下管钥"就是上锁。

⑪赪(chēng)颜复坐:红着脸又坐了下来。赪颜,是羞惭、困窘、尴尬的表情。赪,赤色。

⑫处子:处女。

⑬游戏:犹言调戏、调情。

⑭睡恶：睡相不好，睡觉不老实。

⑮髀（bì）：股，大腿。

⑯禽处而兽爱：以禽兽之道自处和相爱。

⑰荧荧：微亮的样子。

⑱蹀躞（dié xiè）：小步蹀来躞去。

【译文】

有一天，太阳半落西山时，少年忽然来了。何生大喜，将少年请到书馆中，让书童摆上酒来。问少年姓名，少年答道："姓黄，排行第九，尚未成年，没有名字。"何生又问："你多次从这里经过是为什么呀？"九郎说："家母住在外祖父家，常常生病，所以多次去看望。"喝了几杯酒之后，九郎就要离去。何生抓住他的胳膊，挡住道请他留下，并把门锁上。九郎没有办法，满面通红，只好又坐下。何生与九郎在灯下谈话，九郎像大姑娘一样温和，一谈到调戏之类的话，便含羞不语，扭头面向墙壁。过了一会儿，何生要和九郎同床而眠，九郎说自己睡相不好，不愿同眠。何生再三强求，九郎才脱下外衣，穿着裤子躺在床上。何生吹灭了蜡烛，过了一会儿，移过身子和九郎同枕，一手搂着脖子，一手放在大腿上紧紧拥抱他，苦苦乞求搞同性恋。九郎愤怒地说："因为你是个风雅文士，所以才和你来往。而你这种行为，真是禽兽的行为呀！"过了一阵儿，晨星闪烁，天色渐亮，九郎径自离去了。何生怕九郎断绝来往，仍然在门旁道边等候九郎，来回徘徊凝神盼望，望眼欲穿北斗。

过数日，九郎始至，喜逆谢过，强曳入斋，促坐笑语，窃幸其不念旧恶。无何，解屦登床，又抚哀之。九郎曰："缠绵之意，已镂肺膈①，然亲爱何必在此？"生甘言纠缠，但求一亲玉肌，九郎从之。生俟其睡寐，潜就轻薄。九郎醒，揽衣遽起，乘夜遁去。生邑邑若有所失②，忘啜废枕③，日渐委悴④。

惟日使斋童逻侦焉⑤。

【注释】

①镂肺膈：犹铭记于心，谓牢记不忘。

②邑邑：通"悒悒"，忧郁不乐的样子。

③忘啜废枕：废寝忘食，形容焦虑思念之深。啜，吃。

④委悴：委顿憔悴。谓疲困消瘦、委靡不振。

⑤逻侦：巡视探听。

【译文】

　　过了好几天，九郎才露面，何生高兴地迎接他，并为上次的鲁莽道歉，又把他强拉进书馆，两人促膝而坐，笑语不断，何生暗自庆幸九郎不念旧恶。不久，二人又解衣脱鞋上床，何生又抚摩着九郎哀求交欢。九郎说："你的一片缠绵情意，我已铭刻在心，可是二人亲爱无间，何必非要干这种事？"何生甜言蜜语地纠缠，只求亲近一下肌肤就行了，九郎答应了他。等九郎睡着了，何生偷偷对他轻薄。九郎从睡梦中惊醒，披上衣服猛然起身，连夜逃走了。何生从此郁郁寡欢，怅然若失，到了废寝忘食的地步，日渐衰弱憔悴，只能每天让书童巡察探看。

　　一日，九郎过门，即欲径去，童牵衣入之。见生清癯①，大骇，慰问。生实告以情，泪涔涔随声零落②。九郎细语曰："区区之意，实以相爱无益于弟，而有害于兄，故不为也。君既乐之，仆何惜焉？"生大悦。九郎去后，病顿减，数日平复。九郎果至，遂相缱绻③，曰："今勉承君意，幸勿以此为常。"既而曰："欲有所求，肯为力乎？"问之，答曰："母患心痛，惟太医齐野王先天丹可疗。君与善，当能求之。"生诺之。临去又嘱。生入城求药，及暮付之。九郎喜，上手称谢④。又强与合,九郎曰:"勿相纠缠,请为君图一佳人,胜弟万万矣。"生问谁何,九郎曰:"有表妹,美无伦。倘能垂意,当执柯斧⑤。"生微笑不答。九郎怀药便去。三日乃来,复求药。生恨其迟,词多诮让⑥。九郎曰:"本不忍祸君,故疏之,既不蒙见谅,请勿悔焉。"由是燕会无虚夕⑦。

【注释】

①清癯(qú):消瘦。

②涔涔(cén):泪水下流的样子。

③缱绻(qiǎn quǎn):情投意合、难舍难分的样子。

④上手:举手,拱手。是致谢或致歉谢过的表示。

⑤执柯斧:以做媒相报答。《诗·豳风·伐柯》:"伐柯如何?匪斧不克。取妻如何?匪媒不得。"后因以"执柯斧"喻做媒。

⑥诮(qiào)让:谴责。"诮"和"让"都是责备的意思。

⑦燕会:燕婉之会,即欢会、幽会。

【译文】

有一天,九郎从何生门前经过,就要径直离去,书童牵着他的衣服把他领进书馆。九郎见何生非常消瘦,大为惊异,上前慰问。何生把实情告诉九郎,眼泪"扑簌簌"随声滚落。九郎轻声说:"我的本意是,你我相爱对我无益,而对你却有害,所以不愿做。可是你既然这样喜欢,我又有什么可惜的呢?"何生听了大喜。九郎去后,何生的病情立时大为减轻,又过了几天,病就全好了。九郎果然前来,与何生鱼水交欢后说:"今天是我勉强接受你的要求,千万不要把这种情形当作常例。"接着又说:"我想求你点儿事,肯为我出力吗?"何生问他有什么事,他回答道:"我母亲患有心痛病,只有太医齐野王的先天丹才可治愈。你和他有交情,一定能够求来。"何生答应了。九郎临走时又嘱咐了一遍。何生于是进城求药，晚上交给了九郎。九郎十分高兴，举手向他道谢。何生又想和他交合，九郎说："请不要再纠缠了，我替你找个美女，比我强万倍。"何生问是什么人，九郎说："我有一个表妹，貌美无比。你如果有意，我便替你做媒。"何生笑着不回答。九郎拿着药就走了。过了三天，九郎又来取药。何生怪他来得太晚，言语中就有责备的意思。九郎说："我是不忍心给你带来灾祸，所以才想疏远你。既然你不能体谅我的一片苦心，希望你不要后悔。"从此以后，二人夜夜相会，从无间隔。

凡三日必一乞药。齐怪其频，曰："此药未有过三服者，胡久不瘥①？"因裹三剂并授之。又顾生曰："君神色黯然，病乎？"曰："无。"脉之，惊曰："君有鬼脉②，病在少阴③，不自慎者殆矣！"归语九郎。九郎叹曰："良医也！我实狐，久恐不为君福。"生疑其诳，藏其药，不以尽予，虑其弗至也。居无何，果病。延齐诊视，曰："曩不实言④，今魂气已游墟莽⑤，秦缓何能为力⑥？"九郎日来省侍⑦，曰："不听吾言，果至于此！"生寻卒，九郎痛哭而去。

【注释】

①瘥（chài）：病愈。

②鬼脉：中医传统脉学认为脉像沉细有鬼气，为将死之兆。

③少阴：人体经络名。即肾经。病在少阴者，脉常微细，嗜睡。

④曩（nǎng）：以前。

⑤魂气已游墟莽：谓精气已消散殆尽，濒于死亡。魂气，精神和元气。墟莽，荒陇，丘坟。

⑥秦缓：春秋时秦国的良医，名缓。他曾奉命为晋景公治病，发现晋景公已病入膏肓，不能医治。晋景公称他为"良医"，赠之厚

礼。《左传·成公十年》：“公疾病，求医于秦。秦伯使医缓
为之。”

⑦省侍：安慰伺候。

【译文】

每过三天，九郎必定要一次药。齐太医对何生如此频繁取药很奇怪，便问：“这药从来没有服三次还不好的，为什么这个病人久病不愈呢？”于是包了三剂药一起交给何生。他回过头来又对何生说：“你的神色黯淡，是病了吗？”何生说：“没什么病。”齐太医便为何生把脉，吃惊地说：“你有鬼脉，病在少阴脉上，如果不加小心，可就危险了。”何生回到家，把这番话告诉了九郎。九郎叹气道：“真是良医啊！我其实是个狐狸，时间长了恐怕会对你不利。”何生怀疑他是在骗人，就把药藏了起来，并不一次就给他，生怕他以后不再来了。过了不久，何生果然病了，便请齐太医诊治，齐太医说：“从前你不说实话，现在你的魂气已经飞出体外了，就算是秦缓那样的良医又能有什么办法呢？”九郎每天都来看望侍候，对何生说：“当初不听我的话，果然到了这种地步！”不久，何生病死，九郎痛哭而去。

先是，邑有某太史，少与生共笔砚①，十七岁擢翰林。时秦藩贪暴②，而赂通朝士③，无有言者。公抗疏劾其恶④，以越俎免⑤。藩升是省中丞⑥，日伺公隙。公少有英称⑦，曾邀叛王青盼⑧，因购得旧所往来札，胁公。公惧，自经，夫人亦投缳死⑨。公越宿忽醒曰：“我何子萧也。”诘之，所言皆何家事，方悟其借躯返魂。留之不可，出奔旧舍。抚疑其诈，必欲排陷之，使人索千金于公。公伪诺而忧闷欲绝。

【注释】

①共笔砚：同学，指共桌同塾。

②秦藩：秦地藩台，即陕西省布政使。

③朝士：泛指在朝官员。

④抗疏：上书直言。疏，臣下向皇帝分类说明陈述问题的意见书。劾：弹劾，检举。

⑤越俎(zǔ)：越俎代庖。见《庄子·逍遥游》。此处谓翰林职司不在谏议纠弹，所以被当权者加上越职言事的罪名。

⑥中丞：御史中丞，相当于明清时都察院副都御史；明清各省巡抚多带此京衔，故以代称。

⑦英称：犹英声，谓名声出众。英，杰出。称，名。

⑧邀：博取，获得。叛王：清初藩王叛清者有吴三桂、尚之信、耿精忠等。青盼：即青眼，意为看重。晋阮籍能为青白眼，见凡俗之士，则以白眼对之，惟嵇康赍酒携琴来访，乃以青眼相对。见《世说新语·简傲》注引《晋百官名》。

⑨投缳(huán)：义同"自经"，上吊。缳，绳圈。

【译文】

原先，县里有一位翰林，少年时和何生是同窗好友，十七岁时当了翰林。当时陕西地方官贪婪凶暴，因为贿赂了朝廷命官，所以没有人敢揭露他。翰林上疏揭露他的罪恶，反而被扣上越职言事的帽子被免官。后来，陕西地方官当上了这个省的巡抚，成天都在寻找报复翰林的机会。翰林年轻时就以英气著称，曾经得到一位叛王的看重，巡抚于是买到了翰林和叛王以前来往的旧书信，用来威胁翰林。翰林害怕，自杀而死，他的夫人也上了吊。过了一天，翰林忽然苏醒过来，自称道："我是何子萧。"一问他，回答的都是何家的事情，大家这才明白何生是借尸还魂。大家留不住他，他就跑到何生家去了。巡抚怀疑其中有诈，还是一心要陷害他，便派人向他索要一千两银子。翰林表面上答应了，心里却忧愁烦闷得要死。

忽通九郎至,喜共话言,悲欢交集。既欲复狎,九郎曰:"君有三命耶?"公曰:"余悔生劳,不如死逸。"因诉冤苦。九郎悠忧以思①,少间,曰:"幸复生聚。君旷无偶②,前言表妹,慧丽多谋,必能分忧。"公欲一见颜色。曰:"不难。明日将取伴老母,此道所经。君伪为弟也兄者③,我假渴而求饮焉。君曰'驴子亡',则诺也④。"计已而别。

【注释】

①悠忧以思:深沉地为之忧虑思索。以,且。

②旷:成年男子无妻叫"旷"。

③伪为弟也兄者:假称是我的哥哥。弟也兄者,意思是弟(九郎自称)之兄。《礼记·檀弓》有这类句法。

④君曰"驴子亡",则诺也:意思是,你说声"驴子跑了!"就算表示应允或相中了。

【译文】

忽然,有人通报说九郎来了,翰林便高兴地和他谈话,悲喜交集。接着,又要求和他交合。九郎说:"你有三条命吗?"翰林说:"我真后悔活在这个世上,活着太累,倒不如死了安生。"接着便诉说自己的冤苦。九郎听了也很忧虑,沉思起来,过了一会儿才说:"幸好我们又在人间重逢了。你至今没有妻子,先前我给你说的表妹,聪慧美丽,而且很有谋略,一定可以帮你分忧解难。"翰林便想见九郎的表妹一面。九郎说:"这倒不难。明天我要去接她陪我母亲,必然从这里经过。你就假装是我的盟兄,我假装口渴要水喝。你如果说'驴跑了',就算同意了。"二人商议停当,九郎就离去了。

明日亭午①，九郎果从女郎经门外过。公拱手絮絮与语，略睨女郎，娥眉秀曼②，诚仙人也。九郎索茶，公请入饮。九郎曰："三妹勿讶，此兄盟好，不妨少休止。"扶之而下，系驴于门而入。公自起瀹茗，因目九郎曰："君前言不足以尽③。今得死所矣！"女似悟其言之为己者，离榻起立，嘤喔而言曰④："去休！"公外顾曰："驴子其亡！"九郎火急驰出。公拥女求合，女颜色紫变，窘若囚拘，大呼"九兄"，不应。曰："君自有妇，何丧人廉耻也？"公自陈无室。女曰："能矢山河⑤，勿令秋扇见捐⑥，则惟命是听。"公乃誓以皦日⑦，女不复拒。事已，九郎至。女色然怒让之⑧，九郎曰："此何子萧，昔之名士，今之太史。与兄最善，其人可依。即闻诸妗氏⑨，当不相见罪。"日向晚，公邀遮不听去。女恐姑母骇怪，九郎锐身自任，跨驴径去。居数日，有妇携婢过，年四十许，神情意致，雅似三娘⑩。公呼女出窥，果母也。瞥睹女，怪问："何得在此？"女惭不能对。公邀入，拜而告之。母笑曰："九郎稚气，胡再不谋⑪？"女自入厨下，设食供母，食已乃去。

【注释】

①亭午：正午。亭，正。

②娥眉秀曼：娥眉，或作"蛾眉"，美女的修眉。秀曼，清秀而有光泽。《楚辞·大招》："目宜笑，娥眉曼只。"王逸注："曼，泽也。……蛾眉曼泽，异于众人也。"

③前言不足以尽：指九郎从前所说，还不足以把他表妹的美貌形容尽致。

④嘤喔：鸟鸣声，形容女子声音娇细动听。

⑤矢山河：古人常对着山河日月等被认为永恒的物体发誓，表示这些东西不改变，自己的誓言也不变。《上邪》："上邪，我欲与君相知，长命无绝衰。山无陵，江水为竭。冬雷震震夏雨雪，天地合，乃敢与君绝。"矢，发誓。

⑥勿令秋扇见捐：不要像对入秋的扇子那样抛弃我。《玉台新咏》载：汉成帝班婕妤失宠后居长信宫，作《怨诗》一首，以纨扇自喻，言："新裂齐纨素，鲜洁如霜雪。裁为合欢扇，团团似明月。出入君怀袖，动摇微风发。常恐秋节至，凉风夺炎热。弃捐箧笥中，恩情中道绝。"捐，弃。

⑦誓以皦(jiǎo)日：指着光明的太阳发誓。《诗·王风·大车》："榖则异室，死则同穴。谓予不信，有如皦日。"

⑧色然怒让之：面色改变，怒责九郎。色然，作色，变脸。让，斥责。

⑨妗(jìn)氏：舅母。

⑩雅似：很像。

⑪胡再不谋：为什么始终不和我商量。再，再三，引申为从长计议。《左传·襄公二十四年》："既免，复踊转而鼓琴，曰：'公孙！同乘，兄弟也。胡再不谋？'"

【译文】

第二天中午，九郎果然跟在一位女郎的身后从翰林门前经过。翰林拱手和九郎絮絮叨叨地聊天，偷偷瞟了女郎一眼，只见她眉清目秀，俊雅美丽，真像仙女一般。九郎想要喝茶，翰林便请他们进屋。九郎对表妹说："三妹不必见怪，这位是我的盟兄，不妨进去休息一会儿。"于是扶她下了驴，把驴拴在门口，一起进入房内。翰林起身煮茶，趁机瞟着九郎说："你先前所言，还不能说尽她的美丽。能得到她，我死也无憾了。"三妹好像听出来他们在谈论自己，便站起身，娇声细语地说："我们走吧。"翰林往门外看了一眼，说："驴跑了！"九郎一听，急忙跑了出去。翰林搂着三妹就要交合，三妹脸色通红，十分窘困，像被拘禁的囚犯一般,大呼"九兄",但没人答应。她便对翰林说:"你自己有妻室,为什么这样败坏他人的名节呢?"翰林说自己还没有妻室。三妹说:"你如果能对山河发誓,保证今后绝不抛弃我,我就惟命是从。"翰林便对天发誓,三妹也就不再拒绝了。完事之后,九郎回来了。三妹生气地责备他,九郎说:"这位何子萧,是从前的名士,现在的翰林。他和我是好朋友,是可以依靠的人。这事就算你母亲听说,也一定不会怪罪。"到了傍晚,翰林请三妹住下,不让她走。三妹生怕姑母会责怪,九郎挺身而出,愿意独自承担责任,一个人骑上驴走了。过了几天,一位妇人带着丫环从门前经过,她大约四十岁,神态相貌都很像三妹。翰林叫三妹出来一看,果然是她母亲。母亲瞥见女儿,奇怪地问:"你怎么会在这里?"三妹羞愧得答不上来。翰林邀请她进了家,向她行礼后把情况告诉她。母亲笑着说:"九郎也太孩子气了,为什么不再商量呢?"三妹自己下厨房,做好饭菜,母亲吃完饭就走了。

公得丽偶,颇快心期①,而恶绪萦怀,恒蹙蹙有忧色②。女问之,公缅述颠末③。女笑曰:"此九兄一人可得解,君何忧?"公诘其故。女曰:"闻抚公溺声歌而比顽童④,此皆九兄所长也。投所好而献之,怨可消,仇亦可复。"公虑九郎不肯。女曰:"但请哀之。"越日,公见九郎来,肘行而逆之⑤。九郎惊曰:"两世之交,但可自效,顶踵所不敢惜⑥。何忽作此态向人?"公具以谋告,九郎有难色。女曰:"妾失身于郎,谁实为之⑦?脱令中途雕丧⑧,焉置妾也?"九郎不得已,诺之。

【注释】

①心期:心愿。期,期望。

②蹙蹙(cù)：局促，心情不舒展的样子。《诗·小雅·节南山》："我瞻四方，蹙蹙靡所骋。"笺："蹙蹙，缩小之貌。"

③缅述颠末：追述始末。

④比：亲近。顽童：即娈(luán)童，旧时供戏狎玩弄的美男。《书·伊训》："比顽童。"

⑤肘行：以肘前行，表示畏服。《后汉书·西域传论》："自兵威之所肃服，财赂之所怀诱，莫不献方奇，纳爱质，露顶肘行，东向而朝天子。"逆：迎。

⑥顶踵所不敢惜：意思是不吝身躯，全力以赴。《孟子·尽心》："摩顶放踵，利天下为之。"

⑦谁实为之：是谁造成的。

⑧脱令中途雕丧：假若让翰林半道死去。脱，假如。雕，同"凋"。

【译文】

　　翰林得到一位美丽的妻子，心中十分畅快，但是以往的恶劣思绪萦绕在胸中，常常流露出忧虑的神情。三妹问他是怎么回事，翰林便把事情从头到尾详详细细地说了一遍。三妹笑着说："这事九兄一个人就能解决，夫君有什么好忧愁的呢？"翰林问她是怎么回事。三妹说："听说那位巡抚沉溺于犬马声色，亲近男色，这些都是九兄的特长。你可以投其所好，把九兄献给他，他的怨气就可以消除，你的仇也就可以报了。"翰林担心九郎不肯答应。三妹说："你就只管去求他吧。"第二天，翰林见九郎来了，就匍匐在地，爬着去迎接他。九郎吃惊地问："你我是两世的交情，只要有用得着的地方，我自当效命，即使赴汤蹈火也在所不辞。为什么忽然用这种姿态对待我呢？"翰林就把三妹的计谋告诉他，九郎面有难色。三妹说："我失身于他，是谁促成的呀？倘若他不幸中年死去，我可怎么办呢？"九郎不得已，只好答应了。

公阴与谋，驰书与所善之王太史，而致九郎焉①。王会其意,大设,招抚公饮。命九郎饰女郎,作天魔舞②,宛然美女。抚惑之,亟请于王③,欲以重金购九郎,惟恐不得当④。王故沉思以难之。迟之又久,始将公命以进⑤。抚喜,前隙顿释⑥。自得九郎,动息不相离⑦,侍妾十馀,视同尘土。九郎饮食供具如王者⑧,赐金万计。半年,抚公病。九郎知其去冥路近也,遂辇金帛⑨,假归公家⑩。既而抚公薨。九郎出资,起屋置器,畜婢仆,母子及妗并家焉。九郎出,与马甚都⑪,人不知其狐也。

【注释】

①致:奉献。

②天魔舞:元顺帝时的一种宫廷舞蹈。由宫女十六人杂佛俗装束,赞佛而舞。《资治通鉴后编》卷一百七十六:"至正十四年,时帝怠于政事,荒淫游宴,以宫女三圣奴、妙乐奴、文殊奴等一十六人按舞,名为十六天魔,首垂发数辫,戴象牙佛冠,身被璎珞、大红绡金长短裙、金杂袄、云肩、合袖天衣、绶带鞋韤,各执加巴剌般之器,内一人执铃杵奏乐。又宫女一十一人,练椎髻,勒帕,常服,或用唐帽、窄衫。所奏乐用龙笛、头管、小鼓、筝、蓁、琵琶、笙、胡琴、响板、拍板。以宦者长安特巴哈管领,遇宫中赞佛,则按舞奏乐,宫官受秘密戒者得入,馀不得预。"

③亟(qì)请:多次要求。亟,屡次。

④不得当:不当其值,出价不够。当,相抵。

⑤将公命以进:按照翰林的吩咐把九郎献给巡抚。将,秉持,奉行。

⑥隙:嫌隙,仇怨。

⑦动息:犹言动止。

⑧供具:供应物品。

⑨辇：用车辆搬运。

⑩假归公家：告假回到翰林家。

⑪都：华美。

【译文】

　　翰林便和九郎商量，给平时和自己关系很好的王太史去信，并将九郎送去。王太史明白他的意图，于是大设宴席，请巡抚前来赴宴。王太史让九郎扮成女郎，跳起天魔舞，宛如美女一般。巡抚被九郎迷住了，极力向王太史请求，想用重金买下九郎，唯恐得不到。王太史故意沉思不语，来吊他的胃口。迟疑了很久，才将翰林欲献九郎的想法告诉巡抚。巡抚很高兴，以前的仇隙一笔勾消了。自从得到九郎以后，巡抚和他寸步不离，对原来的十几个侍妾都视如粪土。九郎的饮食用具就像王侯一样，还赐给他上万两的银子。过了半年，巡抚病了。九郎知道他离死已经不远了，便用车装着金银绢帛，请假回到了翰林家。不久，巡抚就死了。九郎拿出钱来，建起房屋，置办家具，蓄养仆人丫环，他母子和舅妈家住在了一起。九郎出行，车马仪仗都很豪华，没人知道他是狐狸。

　　余有笑判①，并志之：

　　　男女居室，为夫妇之大伦②；燥湿互通，乃阴阳之正窍③。迎风待月，尚有荡检之讥④；断袖分桃，难免掩鼻之丑⑤。人必力士，鸟道乃敢生开⑥；洞非桃源，渔篙宁许误入⑦？今某从下流而忘返，舍正路而不由⑧。云雨未兴，辄尔上下其手⑨；阴阳反背，居然表里为奸⑩。华池置无用之乡，谬说老僧入定⑪；蛮洞乃不毛之地，遂使眇帅称戈⑫。系赤兔于辕门，如将射戟⑬；探大弓于国库，直欲斩关⑭。或是监内黄鳝，访知交于昨夜⑮；分明王家朱李，索钻报于来生⑯。彼黑松林戎马顿来，固相安矣；设黄龙府潮水忽至，何以御之⑰？宜断其钻刺之根，兼塞其送迎之路⑱。

【注释】

①笑判：开玩笑的判词。

②大伦：又叫"五伦"，指父子、君臣、夫妇、长幼、朋友之间的关系。《孟子·万章》："男女居室，人之大伦也。"意思是符合道德规范。

③燥湿、阴阳：均指男女性器。

④"迎风待月"两句：谓男女幽期密约，尚且受到人们的讥讽。唐元稹《莺莺传》莺莺邀张生诗："待月西厢下，迎风户半开。拂墙花影动，疑是玉人来。"荡检，逾越礼法的约束。

⑤"断袖分桃"二句：喜爱男宠，更难免使人厌恶其丑恶不堪。断袖、分桃，均指癖爱男宠。断袖，见本篇前注。分桃，《山堂肆考》卷一百十三："弥子名瑕，卫之嬖大夫也。以色有宠于卫。卫国法，窃驾君车，罪刖。弥子之母病，其人有夜告弥子，弥子矫驾君车以出，灵公闻而贤之曰：'孝哉！为母之故犯刖罪。'异日，与灵公游果园，食桃而甘，以其馀献灵公。公曰：'爱我忘其口而啖寡人。'及弥子色衰而爱弛，得罪于君，君曰：'是尝矫驾吾车，又尝食我以馀桃者。'"掩鼻，谓臭不可闻。

⑥"人必力士"二句：借用唐李白《蜀道难》诗中"西当太白有鸟道，可以横绝峨眉颠"，"地崩山摧壮士死，然后天梯石栈相钩连"等句的有关字面（"鸟"字又变其音读），并用"生开"二字，写男性间发生的不正当关系的状态。

⑦"洞非桃源"二句：用晋陶潜《桃花源诗并记》渔人入桃源"洞"事，并用"误入"，喻男性间发生不正当关系。

⑧"今某"二句：括何子萧惑于男宠的丑事，领起下文。谓其甘愿舍

弃正当的性生活,堕入卑污而不知悔悟。

⑨"云雨未兴"二句:云雨,本战国宋玉《神女赋》,喻男女性行为。上下其手,本《左传·襄公二十六年》"上其手"、"下其手",此系借用。

⑩"阴阳"二句:首句点明同性,下句写不正当关系。

⑪"华池"二句:意谓好男宠者置妻妾于不顾,假称清心寡欲。华池,当为女阴的词。入定,佛教谓静坐敛心,不生杂念。此指寡欲。

⑫"蛮洞"二句:谓醉心于同性苟合。蛮洞,人迹罕至的荒远洞穴,隐喻肛门。不毛之地,瘠薄不长庄稼的土地。见《公羊传·宣公十二年》注。眇帅,唐末李克用骁勇善用兵,一目失明;既贵,人称"独眼龙"。见《新五代史·唐庄宗纪》。隐喻男性生殖器。称戈,逞雄用武。

⑬"系赤兔"二句:赤兔,骏马名。吕布所骑。见《三国志·魏书·吕布传》。"辕门射戟"也是吕布的故事。见《后汉书·吕布传》。辕门,军营大门。这里"辕"谐音为"圆",与"赤兔"隐喻同性性行为。

⑭"探大弓"二句:《左传·定公八年》载:春秋时鲁国季孙的家臣阳虎,曾私入鲁公之宫,"窃宝玉、大弓以出"。斩关,砍断关隘大门的横闩,即破门入关。二句隐喻同性性行为。

⑮"或是"二句:引用王同轨《耳谈》中男同性恋故事。监,国子监。黄鳝,即黄鳝。知交,知己朋友。王同轨《耳谈》载:明南京国子监有王祭酒,尝私一监生。监生梦黄鳝出胯下,以语人。人为谑语曰:"某人一梦最跷蹊,黄鳝钻臀事可疑;想是监中王学士,夜深来访旧相知。"

⑯"分明"二句:意谓同性相恋,不会生出后代。朱李,红李。《世说新语·俭啬》:晋"王戎有好李,卖之,恐人得其种,恒钻其核"。

钻报,钻刺的效应。双关语。

⑰"彼黑松林"四句:这四句隐喻男同性恋的性行为。

⑱"宜断"二句:前句针对爱男宠者,后句针对男宠。宜断,应该这
样。这是判词中的套语。

【译文】

我写了一篇笑判,一并记在这里:

男女生活在一起,结为夫妻,是人伦关系中的重要方面;男女
器官干湿不同,是阴阳交配的正常通道。男女偷情约会,尚且被人
讥讽为放荡,而同性恋,更难免被人视为丑不可闻。男人必须身体
强壮,阴道才会为它敞开;那肛门本不是正常通道,岂可让那东西
误入? 如今有些人甘愿搞下流勾当,乐而忘返,舍弃正道而不走。
云雨还没有兴起时,就应该撩拨妻子;但是悖乱阴阳,居然还表里
为奸。把阴道置于无用之地,却胡说你僧人一样清心寡欲;"蛮洞"
是不毛之地,竟使独眼元帅称雄。把赤兔系在辕门,好像要射戟一
样;在国库前弯弓搭箭,好像要斩关而入。有人说某监生梦见黄鳝
钻入臀部,其实是昨天夜里有旧相好来访;而王戎卖李,必将钻坏
李核,使它无法再育此种。身着戎装,骑着大马频频光顾黑松林,
固然能够相安一时;假设黄龙府的潮水忽然涌来,如何能抵御它
呢? 应该斩断它钻刺的祸根,而且塞住它迎来送往的通道。

金陵女子

【题解】

中国志人的文言小说由于是从史传文学演变而来,故叙事往往有
着相对的明确性。但本篇中的金陵女子身份不明确,到底是人是仙是
鬼是狐,若有情若无情,令人捉摸不透。沂水居民赵某不识庐山真面
目,读者说不清楚,道不明白,作者更笔墨徜徉,不予说破,只是写沂水

居民赵某的一段所见所遇。王渔洋感叹说:"女子大突兀!"但金陵女子的形象也由此给人留下难忘的印象,是不是这正是作者所期望给予读者的呢?

沂水居民赵某,以故自城中归,见女子白衣哭路侧,甚哀。睨之,美,悦之,凝注不去。女垂涕曰:"夫夫也①,路不行而顾我!"赵曰:"我以旷野无人,而子哭之恸,实怆于心。"女曰:"夫死无路,是以哀耳。"赵劝其复择良匹,曰:"渺此一身②,其何能择? 如得所托③,媵之可也④。"赵忻然自荐,女从之。赵以去家远,将觅代步。女曰:"无庸。"乃先行,飘若仙奔。至家,操井臼甚勤⑤。积二年馀,谓赵曰:"感君恋恋,猥相从⑥,忽已三年。今宜且去。"赵曰:"曩言无家,今焉往?"曰:"彼时漫为是言耳⑦,何得无家? 身父货药金陵⑧。倘欲再晤,可载药往,可助资斧⑨。"赵经营,为贳舆马⑩。女辞之,出门径去,追之不及,瞬息遂杳。

【注释】

①夫夫也:那个人啊。前"夫"为指示代词。《礼记·檀弓》:"曾子指子游而示人曰:'夫夫也,为习于礼者。'"郑玄注:"夫夫,犹言此丈夫也。"

②渺此一身:孤零零一个人。渺,微小,藐小。

③所托:托身之人。指未来的丈夫。

④媵(yìng)之:当人的侍妾。

⑤操井臼:汲水舂米。泛指家务劳动。

⑥猥相从:苟且跟了你。猥,姑且,苟且。

⑦漫为是言:信口这么说。漫,信口。

⑧身父：我父。身，自称之词。《尔雅·释诂》："朕、余、躬、身也。"
　注："今人亦自呼为身。"

⑨资斧：货财器用，也指旅资、盘费。《易·旅》："旅于处，得其
　资斧。"

⑩赁(shì)：租赁。

【译文】

沂水有个姓赵的人，有一天进城办事回来，看见一位穿白衣的女子在路旁哭泣，特别哀痛。赵某瞥了她一眼，只见那女子长得很美，不觉心生爱意，于是停下脚步，久久地凝视着她。女子泪流满面，说道："那位先生啊，你不往前赶路，看我干什么呀！"赵某说："我看这旷野无人，而你又哭得这样伤心，实在让人难过。"女子说："我丈夫死了，我无路可走，所以为此而哀伤。"赵某劝她挑一个好丈夫再嫁，女子说："我这样孤身一人，还有什么可挑选的？如果能找到一个人可以托付终身，做一个小妾我也满足了。"赵某欣然自我推荐，女子愿意跟他走。赵某说离家太远，要去雇车马代步。女子说："不用了。"于是先行一步，飘飘然像疾走的仙人一样。女子到了赵某家以后，操持家务十分勤劳。过了两年多，有一天她对赵某说："为了感谢你对我的眷恋之情，所以当初跟随了你，不觉已经三年。如今到了离去的时候了。"赵某说："你从前说没有家，如今要到哪里去呢？"女子说："当时是随便乱说的，我怎么会没有家呀？我父亲在金陵城卖药。你要是想和我再见面，可以运一些药去，我们可以帮你赚些钱。"赵某为女子离去作了些准备，还为她租了车马。女子说不用，出门径直走了。赵某追也追不上，瞬息之间她的影子都不见了。

　　居久之，颇涉怀想，因市药诣金陵。寄货旅邸，访诸衢市①。忽药肆一翁望见②，曰："婿至矣。"延之入。女方浣裳庭中，见之不言亦不笑，浣不辍。赵衔恨遽出，翁又曳之返，

女不顾如初。翁命治具作饭③，谋厚赠之。女止之曰："渠福薄④，多将不任⑤。宜少慰其苦辛，再检十数医方与之，便吃着不尽矣。"翁问所载药，女云："已售之矣，直在此⑥。"翁乃出方付金，送赵归。试其方，有奇验。沂水尚有能知其方者。以蒜臼接茅檐雨水⑦，洗瘊赘⑧，其方之一也，良效。

【注释】

①衢市：街道和集市。

②药肆：药店。肆，店铺。

③治具：准备做饭的器具。

④渠：他。

⑤不任：担当不起。

⑥直：价值。指卖药所得钱款。

⑦蒜臼：捣蒜用的石臼。

⑧瘊赘：即瘊子，是由病毒引起的皮肤病。医学上称"寻常疣"，好发于面部及手背。

【译文】

过了很久时间，赵某很想念那女子，于是买了一批药材到了金陵。他把货寄放在旅店后，就到街市上四处寻访女子的下落。忽然，药店里的一位老翁看见了他，说："我女婿来了。"说着把赵某请进店中。那女子正在院子里洗衣服，见了赵某不说话也不笑，只是埋头继续洗衣。赵某很生气，抬腿就往院外走，老翁把他强拉回来，那女子仍和刚才一样没有一点儿表示。老翁让女子做饭摆酒，并准备赠给他一份厚礼。女子阻止老翁道："他这人福薄，给多了他承受不起。最好稍稍慰劳他的辛苦，再拣十几副药方给他，就足以使他吃用不尽了。"老翁问赵某运来的药在哪儿，女子说："已经替他卖了，钱在这儿。"老翁于是把药方和药钱都交给了赵某，送他回家。赵某一试这些药方，有奇效。现在沂水县还有知道这些药方的人。比如用捣蒜白接茅草屋檐滴下的雨水洗身上的瘊子，就是其中一方，效果特别好。

汤公

【题解】

汤聘死而复生的事迹"累见他书"。据清代《聊斋志异》评论家冯镇峦引述《丹桂籍注》的记载是这样的："顺治十一年甲午，溧水汤聘就试省城，病剧而逝，觉魂自顶出，思求观音指引。大士令诣宣圣，继谒文昌，注名禄籍；查某年月日，汤某买舟诣如皋，舟人少女美，欲就，汤正色拒之，当前程远大。亟令还魂。告之曰：汝见色不淫，故来相救。至辛丑中进士。"可见本篇小说是参考袭用当时的有关记载成文的。汤公在阴间的经历，无论是赏善罚淫的主旨，还是对儒释道教主的拜谒，都为《丹桂籍注》所原有，比较有创造性的是汤公濒死的经历。其细腻的描写可能完全出自于想象，也可能是颇具医学常识及实践经验的蒲松龄采集民间相关传说的结果。

汤公名聘①，辛丑进士②。抱病弥留③，忽觉下部热气，渐升而上。至股则足死，至腹则股又死。至心，心之死最难。凡自童稚以及琐屑久忘之事④，都随心血来，一一潮过。如一善，则心中清净宁帖⑤；一恶，则懊侬烦燥⑥，似油沸鼎中，其难堪之状，口不能肖似之。犹忆七八岁时，曾探雀雏而毙之，只此一事，心头热血潮涌，食顷方过。直待平生所为，一一潮尽，乃觉热气缕缕然，穿喉入脑，自顶颠出，腾上如炊，逾数十刻期⑦，魂乃离窍⑧，忘躯壳矣。

【注释】

①汤公名聘:据《江南通志》卷一百三十九载,汤聘,祖籍江宁县,隶籍溧水县人。顺治十四年(1657)丁酉举人,十八年(1661)辛丑进士,曾官平山县知县。

②辛丑:顺治十八年,1661年。

③弥留:病重将死。据冯镇峦引《丹桂籍注》,汤聘弥留事发生在顺治十一年(1654)乡试期间。

④琐屑:琐细。

⑤宁帖:宁静安适。

⑥懊憹:郁闷不适。

⑦数十刻期:过了几十刻的时间。刻,古代刻在铜漏上的计时单位,一昼夜共一百刻。

⑧离窍:指灵魂离开肉体。

【译文】

汤公的名字叫汤聘,是辛丑年间的进士。他身患重病处在弥留之际的时候,忽然觉得身体下部有股热气,渐渐往上升。升到大腿处,小腿就死去;升到腹部,大腿又死去。升到心窝处,心却最难以死去。于是童年时代的往事以及许多细小琐碎早已遗忘的事情,都随着心血涌来,像潮水般在心头一一浮过。每回忆起一件善行,就觉得心中清净平和;想起一件恶行,心中顿觉懊悔烦躁,就如同放在油锅里煎炸一般,那痛苦滋味,真是无法用语言表达。想到七八岁时,他曾探鸟巢掏出幼雏杀死取乐,只是这一件事,就使他心中的热血像潮水一般翻涌,大约有一顿饭的工夫才慢慢地平静下来。直到平生所作所为,一一如潮水掠过他的心头,才觉得那股热气一缕一缕地穿过喉咙,直入脑部,又从头顶冒出,就像炊烟一样向上升腾,大约过了一个多时辰,魂灵才脱离身体飘然而去,忘掉了躯壳。

而渺渺无归①,漂泊郊路间。一巨人来,高几盈寻②,掇拾之,纳诸袖中。入袖,则叠肩压股,其人甚夥③,薅恼闷气④,殆不可过。公顿思惟佛能解厄,因宣佛号⑤,才三四声,飘堕袖外。巨人复纳之,三纳三堕,巨人乃去之。公独立徬徨,未知何往之善。忆佛在西土,乃遂西。无何,见路侧一僧趺坐⑥,趋拜问途。僧曰:"凡士子生死录,文昌及孔圣司之⑦,必两处销名,乃可他适。"公问其居,僧示以途,奔赴。

【注释】

①渺渺无归:神魂远驰,无所归托。渺渺,辽远飘渺的样子。

②寻:古代长度单位。《诗·鲁颂·閟宫》:"是断是度,是寻是尺。"郑玄注:"八尺曰寻。"

③夥(huǒ):多。

④薅(hāo)恼:烦恼,不快。

⑤宣佛号:高声朗诵佛的名号,如"阿弥陀佛"之类。

⑥趺(fū)坐:互交二足,将右脚盘放于左腿上,左脚盘放于右腿上的坐姿。坐法之中,佛教认为以此坐法为最安稳而不易疲倦。《大智度论》卷七有云:"问曰:'多有坐法,佛何以故?唯用结跏趺坐。'答曰:'诸坐法中,结跏趺坐,最安稳不疲极,此是坐禅人坐法,摄此手足,心亦不散。又于一切四种身仪中最安稳,此是禅坐取道法坐,魔王见之,其心忧怖。"

⑦文昌:文昌帝君,道教尊为主宰功名、禄位之神。按:文昌,本星名,亦称"文曲星"、"文星",古代星相家认为它是吉星,主大贵。宋、元道士假托梓潼神降生,作《清河内传》,称玉皇大帝命他掌管文昌府和人间禄籍。元仁宗延祐三年(1316)加封为"辅元开化文昌司禄宏仁帝君",遂将梓潼神与文昌星合二为一,成为主

宰天下文教之神。

【译文】

那魂灵飘飘荡荡，无依无归，在城外的路上漂泊。这时，一个巨人走过来，足有几丈高，他拾起汤聘的魂灵，放在袖子里。魂灵一进入袖筒，发现里面人已很多，肩腿相压，空气污浊，令人憋闷不堪，实在无法忍受。汤聘忽然想起只有佛祖可以解救危难，就祷念起"阿弥陀佛"来，才念了三四声，魂灵就飘出了巨人的袖筒，掉在地上。巨人马上把他拣了回来，这样巨人拣回他三次，他从袖中又掉落三次，最后巨人终于走了。汤聘的魂灵孤零零地呆在那里，不知该往哪里去才好。想到佛祖在西土，于是就向西方走去。不多时，看见路旁有一个和尚在打坐，他就向前施礼问路。和尚说："凡是读书人的生死簿，都由管功名的文昌帝君和管教化的孔圣人二位掌管，你必须先到他们那里一一注销了名字，才能离开阴间到别处去。"汤聘又问文昌帝君和孔圣人的居处，和尚一一告诉了他，汤聘于是朝和尚指示的方向奔去。

　　无几，至圣庙，见宣圣南面坐①，拜祷如前。宣圣言："名籍之落，仍得帝君。"因指以路。公又趋之，见一殿阁，如王者居。俯身入，果有神人，如世所传帝君像，伏祝之。帝君检名曰："汝心诚正，宜复有生理。但皮囊腐矣②，非菩萨莫能为力。"因指示令急往，公从其教。俄见茂林修竹，殿宇华好。入，见螺髻庄严③，金容满月④，瓶浸杨柳，翠碧垂烟。公肃然稽首，拜述帝君言，菩萨难之。公哀祷不已。傍有尊者白言⑤："菩萨施大法力，撮土可以为肉，折柳可以为骨。"菩萨即如所请，手断柳枝，倾瓶中水，合净土为泥，拍附公体。使童子携送灵所，推而合之。棺中呻动，家人骇集。扶而出之，霍然病已⑥。计气绝已断七矣⑦。

【注释】

①宣圣：指孔子。孔子自汉以来被历代王朝尊奉为圣人。宣，是他的谥；汉平帝元始元年(1)追谥孔子为褒成宣尼公，后代又曾被谥为宣父、文宣王等。

②皮囊：相对于灵魂而言，指躯体。

③螺髻：盘成螺旋状的高髻。

④金容满月：形容菩萨面容丰满而有光彩。梁简文帝《维卫佛像铭》："灼灼金容，巍巍满月。"

⑤尊者：梵文"阿梨耶"的意译，也译"圣者"，指德、智兼备的僧人。

⑥霍然病已：汉枚乘《七发》："然汗出，霍然病已。"李善注："霍，疾貌。"

⑦断七：旧时人死后，满七七四十九天，招僧道诵经，称"断七"。一"七"为七天。

【译文】

不一会儿，汤聘来到孔圣庙，见孔子面朝南端坐在那里，于是他像活着时一样跪拜施礼。孔子说："生死名册的变更，仍然归文昌帝君掌管。"于是指给他去找文昌帝君的路。汤聘又急忙向前赶去，见有一座殿阁，像帝王的宫殿一样雄伟壮丽。他低头弯腰恭恭敬敬地进去，果然里面有位神人，长相与世间所见过的文昌帝君像一模一样，汤聘跪伏在地，虔诚地祈祷。文昌帝君知道汤聘的来意，一边翻检名册一边说："你为人诚实，品格端正，理应生还人间。但是你的躯体已经腐烂了，除了观音菩萨，谁也无能为力。"于是又指给他一条路，让他急速去见观音菩萨，汤聘听命前往。他走着走着，忽然看见一片繁茂的树木和竹林，掩映着一座华丽的殿宇。进去一看，只见观音菩萨梳着田螺形的发髻，神态端庄，金色的面容如满月般美丽，座前的宝瓶内插着杨树枝条，依依低垂，葱翠如烟。汤聘恭恭敬敬地叩拜，叙述了文昌帝君的那番话，观音菩萨表示很为难。汤聘不住地哀恳。旁边有位罗汉说道："菩萨可以施展大法力，撮土可以当肉，折柳枝可以做骨头。"观音菩萨就答应这位罗汉的求情，亲手折下柳枝，倒出宝瓶中的水，和上净土成为泥，把柳枝和泥都拍附在汤聘的身上。让仙童把他送回停放灵柩的地方，把灵魂推到躯壳上合到一起。这时，汤聘的棺材内发出呻吟和翻身的声音，汤聘的家人都十分惊骇地聚集到棺前。大家打开棺木扶他出来，汤公已霍然痊愈。算来汤公气绝已经七七四十九天了。

阎罗

【题解】

　　在中国古代的历史人物中，蒲松龄最痛恨的就是曹操了，不仅在本篇中写曹操在阴间受酷刑，"数千年不决"，迁延着，让曹操"求死不得"（《阎罗》），同时在另一篇的《甄后》中让曹操在阳世变狗，累劫不复。在《聊斋俚曲》里唯一写历史题材的《快曲》中，蒲松龄违背历史事实，让张飞在华容道截杀了曹操而"一矛快千古"。在《聊斋诗集》的《读史》中蒲松龄更是直接表达了对曹操的憎恶："汉后习篡窃，遂如出一手。九锡求速加，让表成已久。自加还自让，情态一何丑。僭号或三世，族诛累百口。当时不自哀，千载令人呕！"为什么如此痛恨曹操呢？蒲松龄明确地指出：曹操太奸诈了，"以谲为其咎"。

　　莱芜秀才李中之①，性直谅不阿②。每数日，辄死去，僵然如尸，三四日始醒。或问所见，则隐秘不泄。时邑有张生者，亦数日一死，语人曰："李中之，阎罗也。余至阴司，亦其属曹③。"其门殿对联④，俱能述之。或问："李昨赴阴司何事？"张曰："不能具述。惟提勘曹操⑤，笞二十。"

【注释】

①莱芜：县名。在山东省的东部，清属泰安府，即今山东莱芜。

②直谅不阿：正直诚信，不曲徇私情。《论语·季氏》："益者三友，……友直，友谅，友多闻，益矣。"《商君书·慎法》："夫爱人者不阿，憎人者不害，爱恶各以其正，治之至也。"

③属曹：下属，属下分职办事人员。旧时朝廷和各级官府分职办事，称"分曹"；其属官称"曹官"。

④门殿：大门和正殿。

⑤提勘：提审。曹操：字孟德，汉沛国谯人。年二十举孝廉。曾参与镇压黄巾起义。后起兵讨董卓，逼献帝都许昌，击灭袁绍、袁术、刘表，逐渐统一我国北部地区。位至丞相、大将军，封魏王。曹丕代汉称帝，追尊为魏太祖武皇帝。在正统史学中，曹操是恶行累累的奸臣。蒲松龄也持这种看法。除了在《聊斋志异》中有多篇写曹操在阴间受酷刑，变狗，在俚曲《快曲》中还违背历史事实，让张飞在华容道杀死曹操，"一矛快千古"。

【译文】

　　莱芜县有个秀才叫李中之，他生性刚直，不徇私情。可是每过几天就要昏死一次，每次昏死都如僵尸一般，三四天后才能苏醒。有人问他在阴间都看到了什么，他总是守口如瓶，半点儿也不曾泄露。当时县里有位张生，也几天昏死一次，对人说："李中之是阎罗殿上的阎罗。我到了阴曹，也就是他的部下。"至于阎罗殿门上的对联，这位张生都能背着叙述下来。又有人问他："李中之昨天到阴曹处理了什么事情？"张生说："我不能细说。但记得他提审了曹操，并打了二十大板。"

　　异史氏曰：阿瞒一案①，想更数十阎罗矣②。畜道、剑山，种种具在③，宜得何罪，不劳挹取④，乃数千年不决，何也？岂以临刑之囚，快于速割⑤，故使之求死不得也？异已⑥！

【注释】

①阿瞒：曹操小字。《三国志·魏书·武帝纪》注引《曹瞒传》："太祖一名吉利，小字阿瞒。"

②更：经历。

③"畜道、剑山"二句：意谓冥罚恶人转生为畜牲或到剑山等处受酷刑，种种章程都很明确。畜道、剑山，都是民间传说中阴间的酷刑。

④不劳挹取：这里指依据法律斟酌量刑并不费事。挹取，汲取。

⑤快：高兴，喜欢。

⑥异已：太奇怪了。已，同"矣"。

【译文】

异史氏说：曹阿瞒的案子，想来已经历过几十位阎罗审理了。变牛变马，剑山刀峰，种种惩罚也都用过了，应该判他什么罪，不须斟酌便可定刑，可是几千年都定不了案，至今还在提审，是什么缘故呢？难道是因为临刑的囚犯多求快刀速死，所以专门让曹操求死不得，多遭一些罪吗？真是怪事！

连琐

【题解】

这是一篇人鬼相恋的小说。由五个部分组成：1. 书生杨于畏夜听女鬼吟诗。2. 因和诗，杨于畏与女鬼连琐相知相恋。3. 由于杨于畏向别人暴露了连琐行踪，连琐疏离了杨于畏。4. 由于救援连琐免遭衙役侮辱，连琐与杨于畏和好。5. 连琐因杨于畏捐精血而复生。

连琐在小说中是以一个诗鬼的形象出现的,她反复吟诵"玄夜凄风却倒吹,流萤惹草复沾帏"的诗句,"瘦怯凝寒,弱不胜衣",尤其是胆小,畏惧生人,这一性格鲜明突出,贯穿了情节的始终。在与杨于畏发生龃龉冲突的过程中,这一性格得到了更大的发挥空间。给读者留下深刻印象。她在与杨于畏交往中,显示出不一般的才艺。除去诗歌外,还能书,"字态端媚";善朗诵,"自选宫词百首,录诵之";会围棋,"每夜教杨手谈";弹得一手好琵琶,可以"酸人胸臆",也可令人"心怀畅适",这些才艺,当日并非一般所谓良家女子所能为。联系蒲松龄南游时与歌姬顾青霞的交往,连琐的形象很可能有着顾青霞的影子在。

杨于畏,移居泗水之滨①。斋临旷野,墙外多古墓,夜闻白杨萧萧②,声如涛涌。夜阑秉烛③,方复凄断④。忽墙外有人吟曰:"玄夜凄风却倒吹⑤,流萤惹草复沾帏⑥。"反复吟诵,其声哀楚⑦。听之,细婉似女子,疑之。明日,视墙外,并无人迹。惟有紫带一条,遗荆棘中,拾归置诸窗上。向夜二更许,又吟如昨。杨移杌登望⑧,吟顿辍⑨。悟其为鬼,然心向慕之。

【注释】

①泗水:又叫"泗河"。泗河发源于山东泗水泉林镇东陪尾山麓,以趵突、洗钵、响水、红石泉四源并发汇流成河而得名。滨:水边。

②萧萧:风吹草木声。

③夜阑:夜深。

④凄断:凄绝,心境非常凄凉。

⑤玄夜:黑夜。凄风:挟着潮意的冷风。《诗·郑风·风雨》:"风雨凄凄。"却倒:犹言"颠倒"、"反复"。

⑥惹：触及。沾：附着。帏：此处通"帷"，裙的正幅。

⑦哀楚：哀怨凄苦。

⑧杌（wù）：坐具，短凳。

⑨辍：停止。

【译文】

杨于畏从外地迁居到了泗水边上。他的书房对面是一片空旷的荒野，院墙外有许多古墓，每到夜晚，就能听到白杨萧萧，那声音就如同奔涌的波涛，不绝于耳。有一天深夜，他秉烛独坐，听到窗外阵阵树声风声，感到无限凄楚。忽然，墙外有人在吟咏："玄夜凄风却倒吹，流萤惹草复沾帏。"这哀伤凄楚的诗句，一遍又一遍地重复着。他仔细一听，那声音细弱婉转，好像是个女子，杨生疑心重重。第二天他到墙外，一看并没有一点儿人影。只有一条紫色的带子遗落在荆棘之中，于是他拾起带子放在窗台上。到了半夜二更时分，外面又响起那凄凉的诗句，与昨夜一样。杨生踩着方凳往墙外看，吟诵声立刻停止了。杨生恍然明白了，这一定是个鬼，尽管如此，杨生却非常倾慕她。

次夜，伏伺墙头。一更向尽，有女子珊珊自草中出①，手扶小树，低首哀吟。杨微嗽，女忽入荒草而没。杨由是伺诸墙下，听其吟毕，乃隔壁而续之曰："幽情苦绪何人见？翠袖单寒月上时②。"久之，寂然，杨乃入室。方坐，忽见丽者自外来，敛衽曰③："君子固风雅士，妾乃多所畏避。"杨喜，拉坐。瘦怯凝寒④，若不胜衣⑤。问："何居里，久寄此间？"答曰："妾陇西人⑥，随父流寓⑦。十七暴疾殂谢⑧，今二十馀年矣。九泉荒野，孤寂如鹜⑨。所吟，乃妾自作，以寄幽恨者。思久不属⑩，蒙君代续，欢生泉壤。"杨欲与欢，蹙然曰："夜台朽骨，不比生人，如有幽欢，促人寿数。妾不忍祸君子也。"杨乃止。戏以手探胸,则鸡头之肉⑪,依然处子。又欲视其裙下双钩⑫,女俯首笑曰:"狂生太啰唆矣⑬!"杨把玩之,则见月色锦袜,约彩线一缕,更视其一,则紫带系之。问:"何不俱带?"曰:"昨宵畏君而避,不知遗落何所。"杨曰:"为卿易之。"遂即窗上取以授女。女惊问何来,因以实告。乃去线束带。既翻案上书,忽见《连昌宫词》⑭,慨然曰:"妾生时最爱读此。今视之,殆如梦寐!"与谈诗文,慧黠可爱。剪烛西窗⑮,如得良友。

【注释】

①珊珊:本来形容女子小步行进,环相摩,其声舒缓,这里义同"款款"、"缓缓"。

②翠袖:翠色的衣袖。代指女子衣衫。唐杜甫《佳人》:"天寒翠袖薄,日暮倚修竹。"

③敛衽:整敛衣襟(一说衣袖),表示恭敬。《战国策·楚策》:"一国之众,见君莫不敛衽而拜,抚委而服。"

④瘦怯凝寒:身躯瘦削,举止畏怯,肌肤凝聚了一股寒气。

⑤若不胜衣:仿佛经不起衣服的重量。

⑥陇西:县名。即今甘肃陇西,明清为巩昌府治。今甘肃东南部一带,秦汉为陇西郡地,亦相沿称为"陇西"。

⑦流寓:漂流寄居。

⑧殂(cú)谢:死。

⑨孤寂如鹜(wù):孤单寂寞得像失群的野鸭。鹜,野鸭。

⑩思久不属(zhǔ):文思很久没有成篇。不属,指前边的诗句未能完成。属,连接,连贯。

⑪鸡头之肉:喻女子乳头。鸡头,芡实的别名。据《开元天宝遗事》

记载，相传杨贵妃浴后妆梳，褪露一乳，唐明皇扪弄云："软温新剥鸡头肉。"

⑫钩：这里指女人的小脚。

⑬啰唣：纠缠，骚扰。

⑭《连昌宫词》：唐代元稹所作七言长篇叙事诗。借叙述连昌宫的兴废盛衰，批评了唐玄宗晚年的荒淫腐败，寄托了作者对清明政治的向往。连昌宫，唐行宫名。故址在今河南宜阳，距洛阳不远。

⑮剪烛西窗：夜深灯前，亲切对语。唐李商隐《夜雨寄北》："何当共剪西窗烛，却话巴山夜雨时。"是描写夫妻久别重聚情事的佳句。

【译文】

第二天晚上，杨生伏在墙头悄悄地等着。一更快要过去的时候，只见一个女子慢慢从草丛中走了出来，她手扶着小树，低着头，凄然地吟诵着那哀伤的诗句。杨生轻轻咳嗽一声，那女子马上就隐没在荒草中了。杨生于是就隐伏在墙下等待着，等听到这女子吟诵结束之后，才隔着墙，接续那女子的两句诗吟道："幽情苦绪何人见？翠袖单寒月上时。"吟罢过了好长时间，仍然是一片沉寂，杨生悻悻地回到屋里。刚刚坐下，忽然看见一个美丽的女子从外面走进来，她整理一下衣襟，上前施礼道："您真是个风雅的文人，我却这样胆怯地躲着您。"杨生很高兴，拉她坐下。只见她瘦削而又怯弱，身上带着寒气，单薄得好像禁不住衣衫的分量。杨生问她："你家乡在哪里？寄住此地很久了吗？"那女子回答说："我是陇西人，随父亲四处漂泊。十七岁时暴病夭亡，如今已有二十多年了。九泉之下，旷野荒凉，我寂寞得如同失群的孤鸭。我吟哦的那两句诗，是我自己所作，用来寄托我哀怨、愁恨的情怀。我苦思了好久都不能连接成篇，承蒙您代我续写，使我在九泉之下感到欢欣慰藉。"杨生想拉她做爱，女子紧皱着眉头说："我是坟墓里的枯骨，不比活人，您和我欢合，是要减少阳寿的。我实在不忍心让您因此惹祸呀！"杨生这才作罢。他又把手伸到女子胸前抚摸,觉得女子的双乳还像处女一样。他又想看她裙下的一双小脚,女子低头笑道:"你这狂生可太纠缠了!"杨生把她的小脚放在手里抚弄着,只见她穿着月白色的丝袜,一只脚上系着一缕彩线,另一只脚上系着一条紫色的袜带。杨生就问她:"为什么不都系上袜带?"女子说:"昨天晚上因害怕而躲避你的时候,不知丢在哪儿了。"杨生说:"我给你换上吧!"说着就从窗台上取下那只袜带交给女子。那女子惊异地问是从哪儿得来的,杨生就把昨夜的事原原本本地告诉她。女子就解下彩线换上了袜带。后来她又随便翻阅桌上的书,当看到唐代元稹写的《连昌宫词》时,她慨叹道:"这是我活在世上时最爱读的诗,今天又看到它,真像做梦一样。"杨生和她谈诗,觉得她聪慧可爱。在窗下灯前促膝夜谈,就像得到了一个好朋友。

自此每夜但闻微吟,少顷即至。辄嘱曰:"君秘勿宣。妾少胆怯,恐有恶客见侵①。"杨诺之。两人欢同鱼水②,虽不至乱,而闺阁之中,诚有甚于画眉者③。女每于灯下为杨写书,字态端媚。又自选宫词百首④,录诵之。使杨治棋枰⑤,购琵琶,每夜教杨手谈⑥,不则挑弄弦索⑦。作蕉窗零雨之曲⑧,酸人胸臆;杨不忍卒听⑨,则为晓苑莺声之调⑩,顿觉心怀畅适。挑灯作剧⑪,乐辄忘晓。视窗上有曙色,则张皇遁去⑫。

【注释】

①恶客:野蛮粗俗的客人。

②鱼水:鱼水相得,喻夫妻和好。《管子·小问》:"桓公使管仲求甯戚,甯戚应之曰:'浩浩乎!'管仲不知,至中食而虑之。……婢子曰:'诗有之:浩浩者水,育育者鱼,未有室家,而安召我居。甯子

其欲室乎?'"后因以"鱼水"喻夫妇相得。

③甚于画眉:夫妻感情亲密,有比丈夫为妻子画眉更进一层的乐趣。《汉书·张敞传》载:张敞,字子高,宣帝时为京兆尹。无威仪,为妇画眉。有司奏之。召问,对曰:"臣闻闺房之内,夫妇之私,有过于画眉者。"

④宫词:以宫庭生活为题材的诗。用"宫词"为题,始自中唐王建,大历中著《宫词》百首,影响颇深。其后历代皆有继作者,大都是五、七言绝句体。

⑤棋枰(píng):棋盘。

⑥手谈:下围棋。《世说新语·巧艺》:"王中郎(坦之)以围棋是坐隐,支公(遁)以围棋为手谈。"

⑦弦索:琴、瑟、琵琶之类弦乐器。

⑧蕉窗零雨之曲:以隔窗聆听雨打巴蕉叶为意境的曲子。指一种声情凄婉的曲子。

⑨卒听:听完。

⑩晓苑莺声之调:以清晨园林中流莺啼鸣为意境的、旋律明朗欢快的曲子。

⑪作剧:做游戏。剧,游戏。

⑫张皇:慌张,慌乱。

【译文】

从此以后,每天晚上只要听到她的低声吟诵声,不须多时她定会来到。女子多次嘱咐杨生:"请你一定严守秘密,不要对外人说。我从小就胆小,怕来些恶客欺负我。"杨生答应一定保密。两人感情融洽,如鱼得水,虽然没有同床共枕,但也同夫妻一样亲密无间。女子常常在灯下为杨生抄书,字体端正柔媚。又自选宫词百首,自行抄写后诵读。她还让杨生添置了围棋、购置了琵琶,每天晚上教杨生下围棋,如果不下棋就弹琵琶。她演奏的"蕉窗零雨"一类曲子,声调凄楚,感人肺腑,让杨生难过得听不下去。女子又改奏"晓苑莺声"一类曲子，杨生听了顿时觉得心胸舒畅。两人在灯下尽情玩乐，经常高兴得忘了天已破晓。每当见到窗口射来一缕曙光，女子就慌慌张张地离去了。

一日，薛生造访，值杨昼寝①。视其室，琵琶、棋局具在，知非所善；又翻书得宫词，见字迹端好，益疑之。杨醒，薛问："戏具何来②？"答："欲学之。"又问诗卷，托以假诸友人。薛反覆检玩，见最后一叶细字一行云："某月日连琐书。"笑曰："此是女郎小字③。何相欺之甚？"杨大窘，不能置词。薛诘之益苦，杨不以告。薛卷挟④，杨益窘，遂告之。薛求一见，杨因述所嘱。薛仰慕殷切，杨不得已，诺之。夜分，女至，为致意焉。女怒曰："所言伊何⑤？乃已喋喋向人⑥！"杨以实情自白。女曰："与君缘尽矣！"杨百词慰解，终不欢，起而别去，曰："妾暂避之。"明日，薛来，杨代致其不可。薛疑支托⑦，暮与窗友二人来⑧，淹留不去⑨，故挠之⑩，恒终夜哗，大为杨生白眼⑪，而无如何。众见数夜杳然，浸有去志⑫，喧嚣渐息。忽闻吟声，共听之，悽婉欲绝。薛方倾耳神注，内一武生王某，掇巨石投之，大呼曰："作态不见客，甚得好句，呜呜恻恻⑬，使人闷损⑭！"吟顿止。众甚怨之，杨恚愤见于词色⑮。次日，始共引去⑯。杨独宿空斋，冀女复来，而殊无影迹。逾二日，女忽至，泣曰："君致恶宾，几吓煞妾！"杨谢过不遑⑰。女遽出曰："妾固谓缘分尽也，从此别矣。"挽之已渺。由是月馀，更不复至。杨思之，形销骨立⑱，莫可追挽。

【注释】

①昼寝：白天睡觉。

②戏具：指上述琵琶、围棋等娱乐用品。

③小字：小名，乳名。

④卷挟：把诗卷卷起，夹在腋下。

⑤所言伊何：跟你是怎么说的。伊，助词，无义。

⑥喋喋向人：多嘴多舌地告诉别人。喋喋，多言貌。

⑦支托：支吾推托。

⑧窗友：同学。

⑨淹留：久留。

⑩挠：扰乱。

⑪白眼：用白眼球向人，表示冷淡、厌恶。晋阮籍见凡俗之士，则以白眼对之。

⑫浸：渐渐。

⑬呜呜恻恻：形容吐字引声曼长而情调悲伤。

⑭闷损：闷煞。

⑮恚（huì）愤：怨恨，恼怒。

⑯引去：退去。

⑰谢过不遑：忙不迭地告罪。

⑱形销骨立：形容身体非常消瘦。《南史·梁本纪》："帝形容本壮，及至都，销毁骨立。"

【译文】

有一天，有位薛生来访，正赶上杨生在白天蒙头睡觉。薛生看到他的房间里有琵琶和棋局，知道他原来并不擅长这些；翻书时又看见手抄的宫词，字迹非常工整娟秀，就更加怀疑起来。杨生醒来后，薛生问："琵琶、棋盘是派什么用场的呀？"杨生说："我想学一学。"薛生又问那些词曲是谁抄写的，杨生谎称是别的友人写的。薛生翻来覆去地端详那字迹,看见最后一页有一行小字写道:"某月某日连琐书。"就笑道:"这是女子的小名,你怎么如此骗人呀?"杨生非常尴尬,不知说什么才好。薛生更是拼命诘问不休,杨生就是不说。薛生拿起词曲抄本就要走,杨生更加不安,只好把实情告诉他。薛生要求见一见连琐,杨生就把女子嘱咐他让他务必保密的话告诉了薛生。可是薛生仰慕连琐的心情太急切了,杨生无奈只好答应了他。夜间,连琐来了,杨生把薛生的想法告诉了她。连琐听罢特别生气,说:"我叮嘱你什么来着? 想不到你竟多嘴多舌地到处乱讲!"杨生把薛生强求的情形告诉了连琐,连连为自己开脱。连琐说:"我和你的缘分算是到头了!"杨生百般劝慰解释,连琐就是不能释恨,起身告别道:"我暂时躲一躲他。"第二天,薛生又来了,杨生告诉他连琐根本不想与他见面。薛生怀疑杨生有意推托欺骗他,这天晚上,薛生又和两个同窗学友一同来到杨生家,时间很晚了,还是借故不走,故意捣乱,整夜喧哗吵闹,杨生心里非常生气,可又对他们无可奈何。这几个接连闹了几夜,连琐的影子都没见着,感到很无聊,有离去的意思,喧闹声才渐渐平息下来。忽然一阵吟诵声从外面传来,在场的人一同倾听,那声音凄婉欲绝。薛生正全神贯注地倾耳细听,他的朋友中间有一位武生王某,捡起一块大石头向墙外投去,还大喊道:"扭扭捏捏地不出来见客人,念的什么好诗,哭哭啼啼的,真叫人听了发烦!"那吟诵声立即停住了。大家都很埋怨王某,杨生更是气得满面怒容,大声地斥责他。第二天,这些人才离开杨生的家。这天夜里,杨生独自住在空房,盼望着连琐再来,可是连她的人影都没见到。过了两天,连琐忽然来了,她哭着说:"你招引来的这帮凶恶的客人,快要把我吓死了!"杨生忙不迭地向她认错道歉。连琐急匆匆地走了,临别前对他说:"我早就说咱们的缘分到头了,咱们从此分手吧。"杨生急忙挽留,而她早已踪影全无了。从此以后,杨生苦等了一个多月,可连琐再也没有来过。杨生日日夜夜地思念她,茶饭不思,以至于形销骨立,真是追悔不及。

一夕，方独酌，忽女子搴帏入^①。杨喜极曰："卿见宥耶^②?"女涕垂膺，默不一言。亟问之^③，欲言复忍，曰："负气去，又急而求人，难免愧恧^④。"杨再三研诘，乃曰："不知何处来一龌龊隶^⑤，逼充媵妾。顾念清白裔^⑥，岂屈身舆台之鬼^⑦? 然一线弱质^⑧，乌能抗拒? 君如齿妾在琴瑟之数^⑨，必不听自为生活^⑩。"杨大怒，愤将致死^⑪，但虑人鬼殊途，不能为力。女曰："来夜早眠，妾邀君梦中耳。"于是复共倾谈，坐以达曙。女临去，嘱勿昼眠，留待夜约。杨诺之。

【注释】

①搴(qiān)：通"褰"，揭起，撩起。

②见宥：原谅。宥，宽恕，原谅。

③亟(jí)：急忙。

④愧恧(nǜ)：惭愧。

⑤龌龊(wò chuò)隶：下贱衙役。龌龊，卑污。

⑥清白裔：清白人家的女儿。裔，后代。

⑦舆台：舆和台，古代奴隶的两个等级。《左传·昭公七年》："士臣皂，皂臣舆，舆臣隶，隶臣僚，僚臣仆，仆臣台。"

⑧一线弱质：一介弱女子。一线，孤独无依。弱质，体质单薄。

⑨齿妾在琴瑟之数：把我看作妻子。齿，列。琴瑟，喻夫妻。

⑩必不听自为生活：必定不会任其独自挣扎求生。生活，求生存。

⑪致死：拼命，拼死效力。

【译文】

一天晚上，杨生正在独自饮酒，连琐忽然掀开门帘进来。杨生喜出望外，忙说："你原谅我了吗?"连琐流泪不止，浸湿了衣衫，默默地一句话也不说。杨生急忙问她是怎么回事，连琐却欲言又止，最后终于说：

“我怄气走了，这时有急事又来求人，难免有些惭愧。”在杨生再三盘问之下，连琐才说：“不知从哪儿来了一个肮脏恶浊的差役，硬逼我当他的小妾。可是我出身于清白人家，怎么能垂眉折腰受这个下贱死鬼的侮辱？可惜我是一个柔弱的女子，我又怎能抗拒得了？你如果还肯把我当作妻子一样对待，一定不能听之任之。”杨生听完大怒，气愤得要与那死鬼拼命，可是又顾虑人和鬼不在一界，恐怕自己有力使不上。连琐说：“明天晚上你早点儿睡觉，我到梦中与你相会。”于是二人又像从前那样谈了些知心话，一起坐到天亮。连琐临走时，嘱咐杨生白天不要睡觉，专等夜晚梦中的约会。杨生答应了。

因于午后薄饮①，乘醺登榻，蒙衣偃卧。忽见女来，授以佩刀，引手去。至一院宇，方阖门语，闻有人掿石挝门②。女惊曰：“仇人至矣！”杨启户骤出，见一人赤帽青衣③，蝟毛绕喙④。怒咄之。隶横目相仇⑤，言词凶谩⑥。杨大怒，奔之。隶捉石以投，骤如急雨，中杨腕，不能握刃。方危急所，遥见一人，腰矢野射⑦，审视之，王生也。大号乞救。王生张弓急至，射之中股，再射之，殪⑧。杨喜感谢。王问故，具告之⑨。王自喜前罪可赎，遂与共入女室。女战惕羞缩，遥立不作一语。案上有小刀，长仅尺馀，而装以金玉，出诸匣，光芒鉴影。王叹赞不释手。与杨略话，见女惭惧可怜，乃出，分手去。杨亦自归，越墙而仆，于是惊寤，听村鸡已乱鸣矣。觉腕中痛甚，晓而视之，则皮肉赤肿。亭午，王生来，便言夜梦之奇。杨曰：“未梦射否？”王怪其先知，杨出手示之，且告以故。王忆梦中颜色，恨不真见，自幸有功于女，复请先容⑩。夜间，女来称谢。杨归功王生，遂达诚恳。女曰：“将伯之助⑪，义不敢忘。然彼赳赳⑫，妾实畏之。"既而曰："彼爱妾佩刀。刀实妾父出使粤中⑬，百金购之，妾爱而有之，缠以金丝，瓣以明珠。大人怜妾夭亡，用以殉葬。今愿割爱相赠⑭，见刀如见妾也。"次日，杨致此意，王大悦。至夜，女果携刀来，曰："嘱伊珍重，此非中华物也⑮。"由是往来如初。

【注释】

①薄饮：喝了少量的酒。

②搦(nuò)石挝(zhuā)门：拿起石头砸门。搦，握持。挝，击。

③赤帽青衣：旧时官府衙役的装束。

④猬(wèi)毛绕喙(huì)：嘴边长满刺猬毛般的硬须。猬毛，胡须粗硬开张的样子。猬，同"猬"。喙，嘴。

⑤横目：立起眼睛，发怒、仇视的样子。

⑥凶谩：凶横狂妄。谩，言词傲慢。

⑦腰矢野射：腰佩弓箭，在野外打猎。

⑧殪(yì)：死。

⑨具：全部。

⑩先容：事先介绍。

⑪将(qiāng)伯之助：指别人对自己的帮助。《诗·小雅·正月》："载输尔载，将伯助予。"传："将，请。伯，长。"伯，对男子的敬称。

⑫赳赳：勇武的样子。《诗·周南·兔罝》："赳赳武夫，公侯干城。"

⑬粤中：古称广东、广西之地。

⑭割爱：断绝、舍弃心爱的人和物，后来多指以心爱之物予人。

⑮非中华物：非中国所产。承上"购于粤中"，意谓出自海外，乃西洋之宝刀也。中华，中国。

【译文】

因为在午后稍稍饮了点儿酒，杨生有些醉意，于是蒙了件衣服躺在床上,不知不觉睡着了。他忽然看到连琐来了,交给他一把佩刀,拉着他的手就走。来到一座院落中,刚关上院门,想问问连琐是怎么回事,就听见有人用大石头砸门。连琐惊惧万分地说:"仇人来了!"杨生打开院门猛然冲了出去,只见一个头戴红帽、身穿黑衣的差役,嘴边长着像刺猬毛一样的络缌胡须。杨生愤怒地斥责那个家伙。那个差役也横眉相对,十分仇视,他出言恶毒凶狠。杨生大怒,冲上去和他拼命。那个家伙就拿石头投他,石块像雨一般飞来,一石打中了杨生的手腕,疼得他握不住佩刀。正在危急之时,远远看见一个人,腰间挂一张弓,正在射猎。他再仔细一看,正是那位武生王某。杨生大声求救。王某拉开弓急忙赶来,一箭射中差役的大腿,又一箭射出去,那家伙倒地而死。杨生非常高兴地感谢王某。王某问杨生这是怎么回事,杨生把事情的经过一一告诉了他。王某暗自庆幸自己已经将功折罪,就和杨生一起来到连琐屋里。连琐战战兢兢,又羞怯又害怕,远远地缩着身子站在那里,一声不响。王某看见桌上有一把小佩刀,才一尺多长,刀把上镶嵌着金玉,从刀匣里抽出刀来,只见刀光闪闪,竟可以照出人影。王某连声赞叹,爱不释手。他和杨生又随便说了几句,看到连琐这样羞怯可怜,也就告辞离去。杨生也径自回到家里,越墙时跌倒在地,这才猛然惊醒,此时已是村鸡乱叫的拂晓时分了。他只觉得手腕特别疼,天亮时一看,皮肉都红肿了。中午时分,王某来了,就说夜间做了一个奇怪的梦。杨生问他:"没梦见射箭吗?"王某很奇怪他怎么能预先知道自己的梦,杨生伸出手来让王某看,并且把事情的始末告诉了他。王某回忆起梦中所见到的连琐的容貌,遗憾的是不能真正见上一面,他很庆幸自己对连琐有功,又请杨生给连琐通个消息,希望连琐同意与他见面。夜晚,连琐前来道谢。杨生说应当归功于王某,并代王某表示了求见的恳切愿望。连琐说:"王某救助之恩,妾义不敢忘。但他是个粗壮的武夫,让我实在害怕。"接着她又说:"我看出王某很喜爱我的佩刀。这把佩刀本是我父亲出使南粤的时候,花了一百两银子买来的,我对它珍爱有加,所以缠上金丝,镶上明珠。父亲大人可怜我青春天亡,用这把佩刀陪我殉葬。今天,我愿意割爱赠送给王某,他见到佩刀也就如同见到我一样。"第二天,杨生把连琐的意思转达给了王某,王某十分高兴。到了晚上,连琐果然把佩刀送来了,说:"请嘱咐王某好好珍存,这可不是中国出产的东西呀。"从此以后,连琐和杨生亲密来往,又和当初一样了。

积数月,忽于灯下,笑而向杨,似有所语,面红而止者三。生抱问之,答曰:"久蒙眷爱,妾受生人气,日食烟火①,白骨顿有生意。但须生人精血,可以复活。"杨笑曰:"卿自不肯,岂我故惜之?"女云:"交接后,君必有念馀日大病②,然药之可愈。"遂与为欢。既而着衣起,又曰:"尚须生血一点,能拼痛以相爱乎?"杨取利刃刺臂出血,女卧榻上,便滴脐中。乃起曰:"妾不来矣。君记取百日之期,视妾坟前,有青鸟鸣于树头③,即速发冢。"杨谨受教。出门又嘱曰:"慎记勿忘,迟速皆不可!"乃去。

【注释】

①烟火:指人间熟食。

②念馀日:二十多天。

③青鸟:民间传说为西王母的使者,其形如鸾。

【译文】

过了几个月,有一天晚上,连琐在灯下仰着脸看着杨生,好像要说些什么,脸羞得通红,几次欲言又止。杨生抱住她,问她到底要说什么,连琐说:"这么长时间蒙你的眷爱,我接受了活人的生气,吃些人间烟火饮食,竟觉得枯骨忽然获得了生机。可是还需要活人的精血,才能使我复活。"杨生笑着说:"本来就是你不肯,我难道爱惜那点儿精血吗?"连琐又说:"你和我交接后,你肯定要大病二十多天,但是吃药可以治愈。"于是两人脱衣上床,共享欢娱。完事后,连琐起床穿衣,又说:"我还需要一点儿活人的鲜血,你能忍痛再爱我一次吗?"杨生就取来利刃在自己的臂上刺出血来,连琐躺在床上,让鲜血滴进她的肚脐中。然后连琐起来说:"我不再来了。你记住一百天以后,看到我的坟前有青鸟在树上鸣叫,就马上掘坟救我出来。"杨生非常认真地接受了连琐的嘱托。连琐临出门时又嘱咐道:"千万记住不要忘了,时间早了晚了都不行!"说完走了。

越十馀日,杨果病,腹胀欲死。医师投药,下恶物如泥,浃辰而愈①。计至百日,使家人荷锸以待②。日既夕,果见青鸟双鸣。杨喜曰:"可矣。"乃斩荆发圹③。见棺木已朽,而女貌如生,摩之微温。蒙衣舁归④,置暖处,气咻咻然⑤,细于属丝⑥。渐进汤酏⑦,半夜而苏。每谓杨曰:"二十馀年如一梦耳!"

【注释】

①浃辰:十二天。我国古代以干支纪日,自"子"至"亥"一周十二日,称为"浃辰",相当于地支的一个周期。《左传·成公九年》:"浃辰之间,而楚克其三都。"杜预注:"浃辰,十二日也。"浃,周匝。辰,日。

②锸(chā):掘土的工具,即铁锹。

③发圹(kuàng):掘开墓穴。

④舁(yú):抬。

⑤咻咻(xiū):呼吸急促声。

⑥属(zhǔ)丝:一丝相连,喻气息微弱。

⑦汤酏(yí)：稀粥，米汤。

【译文】

　　过了十几天，杨生果然大病一场，肚子胀得要死。大夫给他吃了药，泻下来一些像污泥一样的排泄物，又过了十几天，他的病就全好了。杨生计算着百日之期已到，就让家人扛着铁锹在连琐墓前等候。日落黄昏的时候，果然看到有两只青鸟在鸣叫。杨生欣喜地说："行啦，开始动手吧。"于是他们斩去荆棘，挖开坟墓。只见那棺木早已朽烂，而连琐的面容却像活人一样，伸手摸摸她身上还微微有些热气。他们就蒙上衣服把她抬回家去，到家后把她放到暖和地方，这时，连琐慢慢有了气息，呼吸微弱得如细丝一般。家人又慢慢喂她一点儿稀粥，到了半夜才完全苏醒过来。后来她常对杨生说："二十多年真像一场梦啊！"

单道士

【题解】

　　韩公子大概即本卷《道士》中的"韩生"，但单道士是否即《道士》中的道士则不得而知。总之，在韩公子家的清客中有道士，而关于他与道士之间的恩怨，尤其是道士的幻术传闻也就有很多。

　　本篇与《道士》篇虽然都是谈幻术，反映了主人与豢养的道士之间日久生隙，终至决裂的故事。不同的是，《道士》中的故事单一，完整，有着明显的讽刺意味，而《单道士》则零零散散地记叙了单道士三件幻术轶事。其中较详尽的是单道士拒绝了韩公子学习隐身术的要求，这一情节，与卷一《崂山道士》要求仙人传授可以无障碍穿越墙壁之术有相当的近似之处。

　　韩公子，邑世家①。有单道士，工作剧②。公子爱其术，以为座上客。单与人行坐,辄忽不见。公子欲传其法,单不肯。公子固恳之,单曰:"我非吝吾术,恐坏吾道也。所传而君子则可,不然,有借此以行窃者矣。公子固无虑此,然或出见美丽而悦,隐身入人闺闼,是济恶而宣淫也③。不敢从命。"公子不能强,而心怒之,阴与仆辈谋挞辱之。恐其遁匿,因以细灰布麦场上,思左道能隐形④,而履处必有印迹,可随印处急击之。于是诱单往,使人执牛鞭立挞之。单忽不见,灰上果有履迹,左右乱击,顷刻已迷。

【注释】

①韩公子,邑世家:淄川韩氏,自明代韩源以来,仕宦相继。王渔洋《贞烈韩孺人传》称:"韩为淄川著姓,自嘉靖以来,冠盖相望。"

②工作剧:指擅长幻术。

③济恶而宣淫:帮助作恶,而张大淫邪的行为。济,助。宣,发扬张大。

④左道:邪门歪道。旧时多指未经官府认可的巫蛊、方术等。

【译文】

有位韩公子,是县里世代显贵人家的子弟。有一位姓单的道士,擅长变戏法。韩公子特别喜爱他的技艺,把他当座上宾请到家里。单道士往往在和客人们一起坐着或站着的时候,转眼之间就消失得无影无踪。韩公子希望单道士能把这种技法传授给自己,单道士不肯。韩公子执着地恳求,单道士说:"我不是吝惜我的法术,而是恐怕败坏了我们这一行当的德声。法术不同其他,传授给君子尚还可以,若传给小人,小人就会利用隐身法盗窃他人财物。对于你当然没有这方面的顾虑,但是你一旦出门见到美女而爱不自禁,施展隐身法潜入人家的闺房,岂不就是助长邪恶而放纵淫行吗?我实在不敢从命。"韩公子知道不能强迫道士，心中忿恨，于是就在暗地里和仆人们密谋找机会把道士痛打一顿，羞辱他。他怕道士用隐身法逃走，就把细灰撒在道士必经的麦场上，以为道士施展法术虽然可以隐形，但所过之处必然会在细灰上留有脚印，沿着脚印跟踪，然后再突然下手痛击他，一定能够得手。主意一定，韩公子就把单道士骗了来，他让仆人用赶牛的鞭子猛力抽打道士。单道士忽然间不见了，麦场的细灰上果然留有道士的脚印，韩公子的家仆跟着脚印又是一阵乱打，顷刻之间，脚印乱了，众人失去了目标。

公子归，单亦至，谓诸仆曰："吾不可复居矣！向劳服役①，今且别，当有以报。"袖中出旨酒一盛②，又探得肴一簋③，并陈几上。陈已复探，凡十馀探，案上已满。遂邀众饮，俱醉。一一仍内袖中。韩闻其异，使复作剧。单于壁上画一城，以手推挞，城门顿辟。因将囊衣箧物，悉掷门内，乃拱别曰："我去矣。"跃身入城，城门遂合，道士顿杳。

【注释】

①向劳服役：从前麻烦你们为我服务。

②一盛（chéng）：犹言一器。盛，容器。

③探：掏取。簋（guǐ）：古代容器名。形近盂而有双耳。

【译文】

韩公子刚刚回到家，单道士也到了，单道士对韩家的仆役们说："我不能再在这里住下去了！这些日子有劳你们伺候我，如今分别，我亦应当有所表示。"说罢，只见他手往袖筒里一探，取出一壶酒；又一探，取出一大盘菜肴，他把酒和菜都放在桌子上。放好，又往袖筒里探取；一共探取了十几次，桌子上都放得满满的。于是便邀请众人入席开怀痛饮，大家都醉了，单道士又把酒和菜肴一一仍然放进袖子里。韩公子听到这件奇事后，又请单道士再做幻术。单道士在墙壁上画了一座城，然后用手一推敲，城门立刻就打开了。于是单道士就将包裹的衣服、箱子里的东西全部都扔到城门里边，然后拱手道别说："我走了。"纵身跳到城里，城门于是合上，道士顿时不见了。

　　后闻在青州市上，教儿童画墨圈于掌，逢人戏抛之，随所抛处，或面或衣，圈辄脱去，落印其上。又闻其善房中术，能令下部吸烧酒，尽一器。公子尝面试之。

【译文】

　　后来听说单道士在青州的集市上，教儿童们在手掌上画用墨涂的黑圈，碰见人就开玩笑地抛去，不管所抛的地方在哪，无论在脸上，还是在衣服上，黑圈就从手掌里脱去，落印在所抛向的地方。又听说他善于房中术，能够让他下边的生殖器官吮吸烧酒，可以吸尽一杯。韩公子曾经当面试过。

白于玉

【题解】

　　这是一篇反映士人弃儒学仙的故事。与《聊斋志异》中其他士人不满现实而学仙不同，比如《成仙》篇是因为司法黑暗，《贾奉雉》是因为科举不公，《白于玉》中的主人公放弃科举则不仅因为科举太辛苦，也因为仙人的生活很奢靡享受，太具有诱惑力。他之所以不再追求葛太史之女，是因为仙女更漂亮。站在世俗的立场，吴青庵弃儒学仙有点儿背信弃义的味道，但很真实，他回绝葛家婚事的理由冠冕堂皇，实是相当的虚伪。葛太史之女为了名誉，非吴不嫁，有点儿不值得。但无论吴青庵学仙，葛太史女甘愿守活寡，却反映了当时一般中国人对于人生的认识。

小说的内容虽然格调不高，但在具体的描写上表现了很高的笔力。比如白于玉设宴款待吴青庵，歌舞声乐，场面宏大，众女姬神态鲜活，性情活泼，这在以往的文言小说中很难看到。这样的传神描写可能与蒲松龄在南游期间多次接受孙树百奢靡的声乐宴请有关；比如写仙境的交通工具，开始白于玉上天是青蝉，后来吴青庵上天是桐凤，均想象浪漫奇特，又富于变化。特别是小说结尾写吴青庵送给家里的金钏在都城的大火中救了全家："臂上金钏，戛然有声，脱臂飞去。望之，大可数亩，团覆宅上，形如月阑，钏口降东南隅，历历可见。""都中延烧民舍数万间，左右前后，并为灰烬，独吴第无恙，惟东南一小阁，化为乌有，即钏口漏覆处也。"不仅构思巧妙而且精细周到，确如冯镇峦所说："其刻画尽致，无妙不臻。"

吴青庵，筠，少知名。葛太史见其文，每嘉叹之①。托相善者邀至其家，领其言论风采②。曰："焉有才如吴生，而长贫贱者乎？"因俾邻好致之曰③："使青庵奋志云霄④，当以息女奉巾栉⑤。"时太史有女绝美。生闻大喜，确自信。既而秋闱被黜⑥，使人谓太史："富贵所固有，不可知者迟早耳。请待我三年不成而后嫁⑦。"于是刻志益苦⑧。

【注释】

①嘉叹：嘉奖赞叹。

②领：领略，观察得知。

③俾(bǐ)：使。致之：传话给吴生。致，致意，转达。

④奋志云霄：指奋发立志取得科举功名。

⑤息女:亲生女儿。奉巾栉(zhì):侍奉盥沐。以女许婚的谦词。

⑥秋闱被黜:乡试落选。秋闱,指乡试。黜,黜落,摈弃。

⑦三年:明清时代的科举,乡试每三年一次。

⑧刻志益苦:更加刻苦励志。

【译文】

　　吴筠,字青庵,少年时就以才学闻名。有位葛太史见到吴筠的文章,每每加以赞叹。求托和吴筠有交情的人把他请到家中,领略他的言谈和风采。葛太史说:"怎么会有才能像吴生这样而长久贫贱的呢?"并且让邻舍友好地传话给吴生:"如果吴生能奋发上进,考取功名的话,我就把女儿嫁给他。"当时,葛太史有个女儿非常美貌。吴生听了这话大喜,而且很有信心。不久他在秋季的考试中落榜,他让别人传话给太史道:"富贵是命中注定的事,只不过不知道是早是晚。请太史等我三年,实在不成功再把女儿嫁给别人。"于是他在学业上更加刻苦勤奋。

　　一夜,月明之下,有秀才造谒,白皙短须,细腰长爪。诘所来,自言:"白氏,字于玉。"略与倾谈,豁人心胸①,悦之,留同止宿。迟明欲去,生嘱便道频过。白感其情殷,愿即假馆②,约期而别。至日,先一苍头送炊具来③,少间,白至,乘骏马如龙。生另舍舍之④,白命奴牵马去。遂共晨夕⑤,忻然相得。生视所读书,并非常所见闻,亦绝无时艺⑥,讶而问之。白笑曰:"士各有志,仆非功名中人也。"夜每招生饮,出一卷授生,皆吐纳之术⑦,多所不解,因以迂缓置之⑧。

【注释】

①豁人心胸:使人心胸开朗。

②假馆:借宅寄居。馆,房舍。

③苍头：指奴仆。

④另舍舍之：腾出另外的房间给白生居住。

⑤共晨夕：朝夕相处。晋陶潜《移居二首》之一：“闻多素心人，乐与数晨夕。”

⑥时艺：明清时代称科举考试所用的八股文为“时艺”，又称“举子业”、“四书文”。蒲松龄《郢中社序》：“当今以时艺试士，则诗之为物，亦魔道也。”

⑦吐纳之术：旧时方术家养生健身的法术，类似于深呼吸。

⑧迂缓：迂阔而不切于实用。

【译文】

一天夜晚，在明月之下，有一位秀才前来拜访吴生。这位秀才长得面色白皙，留短胡须，细腰身，长指甲。问他从哪儿来，他说：“我姓白，字于玉。”吴生和白于玉略略交谈几句，就觉得心胸豁达开朗，因而非常喜爱他，留他在一块住下。天明后白于玉要告辞，吴生嘱咐他要经常来看望。白于玉对吴生的盛情非常感激，愿意搬来和吴生同住，约定好了日子才离开。到了约定的那天，先有一个老仆人替白于玉送炊具来，过了不大一会儿，白于玉骑着一匹如龙的骏马来了。吴生另外安排一间房子让他住下，白于玉让仆人把马牵走。两人朝夕相处，十分欢洽。吴生一看白于玉所读的书，并不是经常见到的书，其中绝对没有八股文之类，就非常惊讶地问他是怎么回事。白于玉笑道：“人各有志，我本不是功名中的人。”每到晚间，白于玉经常请吴生饮酒，并拿出一卷书交给吴生，书中都是气功方面的技术，吴生大都不懂，于是认为是不急之务放在了一边。

　　他日，谓生曰：“曩所授，乃《黄庭》之要道①，仙人之梯航②。”生笑曰：“仆所急不在此。且求仙者必断绝情缘，使万念俱寂③，仆病未能也④。”白问：“何故？”生以宗嗣为虑⑤。

白曰:"胡久不娶?"笑曰:"'寡人有疾,寡人好色⑥。'"白亦笑曰:"'王请无好小色'。所好何如?"生具以情告。白疑未必真美,生曰:"此遐迩所共闻⑦,非小生之目贱也⑧。"白微哂而罢。次日,忽促装言别。生凄然与语,刺刺不能休,白乃命童子先负装行,两相依恋。俄见一青蝉鸣落案间,白辞曰:"舆已驾矣,请自此别。如相忆,拂我榻而卧之。"方欲再问,转瞬间,白小如指,翩然跨蝉背上,嘲哳而飞⑨,杳入云中。生乃知其非常人,错愕良久⑩,怅怅自失。

【注释】

①《黄庭》:《黄庭经》。道教经典《上清黄庭内景经》和《上清黄庭外景经》的总称。两书皆以七言歌诀讲述养生修炼的原理,为历代道教徒及修身养性者所重视。要道:指养生修炼的重要原理。

②梯航:梯子和渡船,借以喻成仙的路径。

③万念俱寂:所有世俗杂念都归于寂灭。

④仆病未能:我怕做不到。汉枚乘《七发》"客曰:'……太子能强起听之乎?'太子曰:'仆病未能也。'"

⑤宗嗣:后代,子嗣。

⑥寡人有疾,寡人好色:与下句"王请无好小色",都是借用《孟子·梁惠王》篇中齐宣王与孟子的对话原文。色,女色。

⑦遐迩:远近。谓一方周围。

⑧目贱:眼光庸陋,鉴赏力低下。

⑨嘲哳(zhāo zhā):象声词。形容声音繁细。此指蝉鸣声。

⑩错愕:仓皇惊诧。

【译文】

过了几天,白于玉对吴筠说:"前几天我给你的书,是炼内丹、求长生的重要途径,也是成仙得道的必由之路呀。"吴筠笑着说:"我现在所急于得到的并不是这些。况且求仙的人一定要断绝情缘,使一切欲念都消灭在无形之中,而这也正是我难以做到的。"白于玉问道:"这是为什么呢?"吴筠说他要考虑传宗接代。白于玉又问:"你为什么拖了这么久还没有娶妻?"吴筠笑着说:"正像《孟子》里所说的'寡人有疾,寡人好色'。"白于玉也笑着说:"《孟子》里还说'王请无好小色',是让人不要喜欢凡俗的女子。你喜爱的女子到底是什么样子呀?"于是,吴筠把葛太史将女儿许给他的事从头到尾叙述了一遍。白于玉听罢怀疑葛氏女子未必真的那么美貌,吴筠说:"这是远近的人们都公认的,并不是我的眼光低。"白于玉就微微一笑,不再追问下去。第二天,白于玉忽然收拾行装要辞行。吴筠悲伤地与他说着惜别的话,说了很多很多还说不完,白于玉就让僮仆背着行李先走,他和吴筠依依惜别,难舍难分。突然,他们看见一只青蝉落在书桌上,白于玉告辞说:"我的车马已经备好了,我们就在这里分手吧。你如果想念我,可以把我睡的那张床打扫干净睡在上面。"吴筠还想再问些什么,转瞬之间,白于玉已经变得像手指一样细小,只见他轻快地跨在青蝉的背上,伴着"吱吱"的叫声,青蝉载着白于玉消失在蓝天白云之中。吴筠到这时才明白白于玉不是平常人,他站在那里惊愕了半天,怅然若有所失。

逾数日,细雨忽集,思白綦切。视所卧榻,鼠迹碎琐,嘅然扫除①,设席即寝。无何,见白家童来相招,忻然从之。俄有桐凤翔集②,童捉谓生曰:"黑径难行,可乘此代步。"生虑细小不能胜任,童曰:"试乘之。"生如所请,宽然殊有馀地,童亦附其尾上,戛然一声,凌升空际。未几,见一朱门,童先下,扶生亦下。问:"此何所?"曰:"此天门也。"门边有巨虎蹲伏。生骇惧,童一身障之。见处处风景,与世殊异。童导入广寒宫，内以水晶为阶，行人如在镜中。桂树两章③，参空合抱④，花气随风，香无断际。亭宇皆红窗⑤，时有美人出入，冶容秀骨，旷世并无其俦⑥。童言："王母宫佳丽尤胜⑦。"然恐主人伺久，不暇留连，导与趋出。

【注释】

①嘅（kài）然：叹悔貌。《诗·王风·中谷有蓷》："有女仳离，嘅其叹矣。"集传："嘅，叹声。"

②桐凤：鸟名。即桐花凤。唐李德裕《李文饶集》别集一《画桐华凤扇赋序》："成都夹岷江，矶岸多植紫桐。每至暮春，有灵禽五色，小于玄鸟，来集桐花，以饮朝露。及华落则烟飞雨散，不知其所往。"

③两章：两株。大材曰"章"，《史记·货殖列传》："山居千章之林。"

④参空：言其高，上干云霄。合抱：言其粗，两人合抱。

⑤亭宇：亭子和房屋。《楚辞·招魂》："高堂邃宇，槛层轩些。"注："宇，屋也。"

⑥俦（chóu）：类。

⑦王母：古代神话中的王母娘娘。王母娘娘的原型是"西王母"。在《山海经》中，西王母是半人半兽职掌瘟疫、刑罚的怪神。在《穆天子传》《汉武内传》里，她被人化为美妇人型的女仙。在《墉城集仙录》里，她成为掌管女仙名籍的神仙领袖。经历长期民间传说，她的住处由西方搬到了天上，而仙桃或蟠桃盛会，成为西王母——王母娘娘形象的重要特征。

【译文】

过了几天，天忽然下起了密集的小雨，吴筠思念白于玉的心情更加迫切了。他来到白于玉睡过的床前，见床上有不少老鼠粪，就一边叹息着一边打扫，然后铺上被褥在上面睡下。过了一会儿，吴筠看见白于玉的家童来请他，于是他就高兴地跟随家童去了。很快就看见一种叫桐花凤的五色小鸟成群地飞过来，白家僮仆捉住一只对吴筠说："天黑路不好走，我们可以骑这个小鸟代步。"吴筠担心小鸟太小经不住他，那家童说："你试着骑一下就知道了。"吴筠就照他说的试着骑在小鸟背上，居然宽绰还有富馀，家童也随后骑在小鸟尾巴上，只听戛然一声，那只桐花凤鸟展翅凌空，直冲天际。不久，一座红漆大门出现在眼前，家童先从鸟背上下来，又扶着吴筠下来。吴筠问："这是什么地方？"家童说："这是天门。"只见天门边上有一只巨大的猛虎蹲伏地那里。吴筠非常害怕，家童便用身体遮挡着他。吴筠看着眼前的每一处景致都与人间绝不相同。家童引领着吴筠来到了广寒宫，广寒宫内的台阶是用水晶雕刻而成的，人走在台阶上就仿佛在镜子里一样。有两株高大的桂树，树冠高接云端，树干粗可合抱，阵阵花香随风飘来，绵绵不绝。那里的亭台楼阁的门窗都是朱红色的，不时地有美人出出进进，这些美人个个美艳脱俗，都是旷世无双的绝代佳人。家童说："王母宫里的美人比这些还要漂亮。"家童恐怕主人等候得太久，所以不敢驻足留连，引导着吴筠急急忙忙走了出来。

　　移时，见白生候于门，握手入。见檐外清水白沙，涓涓流溢，玉砌雕阑，殆疑桂阙①。甫坐，即有二八妖鬟，来荐香茗②。少间，命酌。有四丽人，敛衽鸣珰③，给事左右④。才觉背上微痒，丽人即纤指长甲，探衣代搔。生觉心神摇曳，罔所安顿。既而微醺，渐不自持。笑顾丽人，兜搭与语⑤，美人辄笑避。白令度曲侑觞⑥。一衣绛绡者⑦，引爵向客⑧，便即筵前，宛转清歌。诸丽者笙管敖曹⑨，呜呜杂和⑩。既阕⑪，一衣翠裳者，亦酌亦歌。尚有一紫衣人，与一淡白软绡者,吃吃笑⑫,暗中互让不肯前。白令一酌一唱。紫衣人便来把盏。生托接杯,戏挠纤腕,女笑失手,酒杯倾堕。白谯诃之⑬。女拾杯含笑,俯首细语云:"冷如鬼手馨,强来捉人臂⑭。"白大笑,罚令自歌且舞。舞已,衣淡白者又飞一觥⑮。生辞不能醵,女捧酒有愧色,乃强饮之。细视四女,风致翩翩⑯,无一非绝世者。遽谓主人曰:"人间尤物⑰,仆求一而难之,君集群芳⑱,能令我真个销魂否⑲?"白笑曰:"足下意中自有佳人,此何足当巨眼之顾⑳?"生曰:"吾今乃知所见之不广也。"白乃尽招诸女,俾自择,生颠倒不能自决㉑。白以紫衣人有把臂之好,遂使襆被奉客㉒。既而衾枕之爱,极尽绸缪㉓。生索赠,女脱金腕钏付之㉔。

【注释】

①桂阙:即月宫。因相传月中有桂树。

②荐香茗:请喝香茶。

③敛衽鸣珰:谓近前行礼。敛衽,整敛衣襟。妇女行拜礼的动作,即对客人致敬。鸣珰,走动时腰间玉饰相碰击,琅琅作响。

④给事左右:在旁边供役使,侍奉。

⑤兜搭:搭讪。

⑥度曲侑(yòu)觞(shāng):唱曲劝酒。

⑦绡:生丝织物。

⑧引爵:斟酒。

⑨敖曹:义同"嗷嘈",声音喧闹。

⑩呜呜杂和:伴唱者曼声相和。呜呜,拖着长腔。《遗山集》卷三十七:"仰天击缶,能无呜呜之声。"

⑪既阕:乐章结束。既,过去时。

⑫吃吃(qī)：忍笑声。

⑬谯(qiào)诃：申斥。

⑭"冷如鬼手馨(xīn)"二句：手凉得像鬼手，硬要来抓人的胳臂。《世说新语·忿狷》："王司州(胡之)尝乘雪往王螭(恬)许。司州言气少有牾逆于螭，便作色不夷。司州觉恶，便舆床就之，持其臂曰：'汝讵复足与老兄计？'螭拨其手曰：'冷如鬼手馨，强来捉人臂。'"馨，晋宋方言。意同"般"、"样"。

⑮飞一觥(gōng)：飞快地斟满一杯。飞觥，通常叫"飞觞"，对方刚刚饮完前杯，又急速为之斟上，意在让对方多饮。

⑯翩翩：形容风采美好超逸。

⑰尤物：本指特异超俗的人或物，后多指绝色美女。

⑱群芳：群花，喻成群的美女。

⑲真个销魂：《词苑丛谈》卷六：詹天游风流才思，不减昔人。宋驸马杨镇有十姬，皆绝色，其中粉儿者尤美。杨镇召詹天游次宴，出诸姬佐觞。詹天游看中粉儿，口占一词："淡淡青山两点春，娇羞一点口儿樱，一梭儿玉，一涡云。白藕香中见西子，玉梅花下遇昭君，不曾真个也销魂。"杨镇乃以粉儿赠之，曰："天游真个销魂也。"后诗文多以"真个销魂"指男女交合。

⑳巨眼：眼光高，识见超卓。恭维别人有眼力的说法。

㉑颠倒：翻来覆去。这里指看花了眼。

㉒襆(fú)被奉客：准备好被褥去伺候客人。襆被，用包袱束裹衣被。清沈复《浮生六记·闺房记乐》："卿若愿往，我先观其家可居，即襆被而往，作一月盘桓何如？"

㉓绸缪(chóu móu)：这里义同"缠绵"，形容男女欢爱，难舍难分。

㉔金腕钏：金手镯。

【译文】

不一会儿，吴筠看见白于玉正在门前等候迎接，两个人拉着手走进了大门。吴筠看到这里的房檐下是清清的流水,细细的白沙,小溪在涓涓地流淌,玉石的台阶、雕花的栏杆,简直怀疑这就是月亮上的桂宫。刚一落座,就有妙龄佳人款款而来献上香茗。不多时,白于玉又命人端上酒菜。于是,有四位美人恭敬行礼,身上的饰物"叮当"作响,来到他们身边侍候着。吴筠刚刚觉得背上有些发痒,那美人已经把长有长指甲的纤纤玉手伸进衣服里为他搔痒。吴筠不由得心旌摇荡,六神无主。很快就有了些醉意,渐渐地有些把持不住了。吴筠笑着呆看着那些美人,搭讪着和她们说些玩笑话,美人总是微笑着回避他。白于玉让美人们唱曲劝酒助兴。一个身穿绛红色薄纱的美人,一边端着酒杯对着客人劝酒,一边在筵席上亮出宛转歌喉,唱出悦耳动听的歌声。其他几位美人吹奏笙管为她伴奏,歌乐相和,十分动听。一曲唱罢,一位身穿翠绿色衣裳的美人一边向客人们敬酒,一边唱着好听的歌。还有一位穿紫衣的美人与一位穿淡白色软纱的美人在一旁"吃吃"地笑,她们互相推让着不肯上前劝酒。白于玉让她们俩一个敬酒一个唱歌。穿紫衣的美人便来倒酒。吴筠在接杯的时候,偷偷挠了一下她的玉腕,美人一笑,失手把酒杯掉在地上。白于玉当众训斥了她。那紫衣美女却含笑拾起杯子,且低头小声地对吴筠说:"手凉得像鬼手一样,却硬要来抓人的胳膊。"白于玉听了大笑,罚她边唱曲边跳舞。紫衣美人跳完舞,穿淡白色纱裙的美人又很快为吴筠斟满一大杯。吴筠连连推辞说不能再喝了,可是当他看到白衣美人捧着酒杯羞愧的样子,就勉强又喝了下去。吴筠醉眼朦胧,细看这四个美人,个个风致翩翩,美艳迷人,没有一个不是人世间少有的。于是他突然对白于玉说:"人间的美女,我想得到一个都千难万难;而你这里群芳聚会,能不能让我真正体验一下销魂的滋味呀?"白于玉笑着说:"你心中早就有了心爱的佳人,这些人你还能看得上眼吗?"吴筠说:"到今天我才知道自己的见识有限呀!"白于玉就把几个美人都叫到吴筠面前,让他自己挑选。吴筠左看右看看花了眼。白于玉认为吴筠与那紫衣美人有那段挠腕的情分,就让她辅设床褥侍奉客人。两人很快上了床，极尽床第之欢，曲尽缠绵。吴筠向美人索要信物，紫衣美人摘下腕上的金镯子送给了他。

　　忽童入曰："仙凡路殊，君宜即去。"女急起遁去。生问主人，童曰："早诣待漏①，去时嘱送客耳。"生怅然从之，复寻旧途。将及门，回视童子，不知何时已去。虎哮骤起，生惊窜而去。望之无底，而足已奔堕。一惊而寤②，则朝暾已红③。方将振衣④，有物腻然堕裤间⑤，视之，钏也。心益异之。由是前念灰冷，每欲寻赤松游⑥，而尚以胤续为忧⑦。

【注释】

①待漏：百官需要在黎明时分入朝，等待朝见皇帝。这里指等待朝见玉帝。漏，计时器。传世的漏壶为铜制，分播水壶、受水壶两部分。播水壶一般有三个，置于台阶或架上，均有小孔滴水，最下层流入受水壶。受水壶里有立箭，箭上划分一百刻，箭随蓄水逐渐上升，露出刻度，以表示时间。

②寤（wù）：醒。

③朝暾（tūn）：朝阳。

④振衣：抖动衣服。起床的动作。

⑤腻然：细柔滑润的感觉。

⑥赤松：赤松子，传说中的仙人。为神农时雨师，服水玉以教神农，能人火不烧。后至昆仑山，常入西王母石室，随风雨上下。见汉刘向《列仙传》及晋干宝《搜神记》。《史记·留侯世家》："愿弃人间事，欲从赤松子游耳。"

⑦胤（yìn）续：后代。胤，嗣。

【译文】

这时吴筠忽然看见白于玉的家童进来了，家童说："仙界与人间迥然不同,请您即刻就告辞吧。"紫衣美女听见了,急忙穿衣起床,匆匆离去。吴筠问白于玉在哪里,家童说:"他早起赴早朝去了,临行前嘱咐我送客。"吴筠心中怅然若失,只好跟着家童依然顺着来时的路往回走。快到天门时,回头一看家童,却不知什么时候不见了。天门旁蹲伏着的那只老虎咆哮着一跃而起,吴筠惊慌逃窜。却见脚下一望无底,情急之中,他已经失足从天上掉下来了。吴筠被吓得猛然惊醒,睁眼一看,朝阳已经红透了半边天了。他刚要起床穿上衣服,有件东西轻轻滑落到褥子上,拾起一看,正是梦中紫衣美人送给他的那只金镯子,心里不禁更加奇怪了。从此以后,吴筠对功名的追求及对葛太史女儿的热情就渐渐地冷却了,他常常想离家出游寻仙,又担心家族无人传宗接代。

过十馀月,昼寝方酣,梦紫衣姬自外至,怀中绷婴儿曰[1]:"此君骨肉。天上难留此物,敬持送君。"乃寝诸床,牵衣覆之,匆匆欲去。生强与为欢,乃曰:"前一度为合卺,今一度为永诀,百年夫妇,尽于此矣。君倘有志[2],或有见期。"生醒,见婴儿卧襁褓间,绷以告母。母喜,佣媪哺之,取名梦仙。

【注释】

①绷:束裹小儿的布幅,即襁褓。这里意思是用布幅束裹着。

②有志:指有志于修炼成仙。

【译文】

过了十多个月,有一天,吴筠白天正在酣睡,梦见天上的紫衣美人从外面进来,怀中还抱着一个婴儿,她说:"这孩子是您的骨肉。天上无法留养他,只好把他抱来交给您。"于是,她把婴儿放在吴筠的床上,拿了一件衣服给婴儿盖上,就急着要走。吴筠强拉住要与她做爱,紫衣美人说："上一次是合卺，这一次就是永诀了，我们今生夫妻一场，到现在一切都结束了。您倘若对我还有情意，也许以后还有见面的机会。"吴筠醒了，看见果然有个婴儿在身旁的衣被中睡着，吴筠赶快抱起婴儿去见母亲。母亲看见婴儿喜欢得不得了，雇了一个乳母喂养他，还给他取名叫梦仙。

　　生于是使人告太史，身己将隐①，令别择良匹。太史不肯，生固以为辞。太史告女，女曰："远近无不知儿身许吴郎矣，今改之，是二天也②。"因以此意告生。生曰："我不但无志于功名，兼绝情于燕好③。所以不即入山者，徒以有老母在。"太史又以商女，女曰："吴郎贫，我甘其藜藿④；吴郎去，我事其姑嫜⑤。定不他适。"使人三四返，迄无成谋⑥，遂诹日备车马妆奁⑦，嫔于生家⑧。生感其贤，敬爱臻至。女事姑孝，曲意承顺，过贫家女。逾二年，母亡，女质奁作具⑨，罔不尽礼。生曰："得卿如此，吾何忧！顾念一人得道，拔宅飞升⑩。余将远逝⑪，一切付之于卿。"女坦然，殊不挽留，生遂去。

【注释】

①身己：自己，自身。

②二天：两个丈夫。《仪礼·丧服传》："夫者，妻之天也。"

③燕好：男女之情，夫妻之爱。

④藜藿：藜与藿，贫者所食的两种野菜。喻贫穷的生活。《韩非子·五蠹》："粝粢之食，藜藿之羹。"

⑤姑嫜(zhāng)：古代妻子对丈夫的母亲和父亲的称呼。丈夫的母亲称"姑"，丈夫的父亲称"嫜"。唐杜甫《新婚别》诗："妾身未

分明,何以拜姑嫜。"

⑥成谋:成议,协议。

⑦诹(zōu)日:选择吉日。诹,咨询。

⑧嫔(pín):新妇嫁住夫家,俗称"过门"。此句谓吴生未行亲迎之礼,太史主动送女完婚。

⑨质奁(lián)作具:典押妆奁,为婆母治葬具。

⑩一人得道,拔宅飞升:一人成仙得道,全家都升天仙去。《太平广记》十四《许真君》引《十二真君传》:许逊,字敬之,东晋道士,家南昌。传说于东晋宁康二年(374)在南昌西山,全家四十二口包括鸡犬在内都升天仙去。

⑪远逝:远去,谓求仙。逝,往。

【译文】

吴筠于是托人捎信给葛太史,说自己将要出家隐居,请葛太史为女儿另择良婿。葛太史不同意,吴筠又再次坚决地要辞去婚约。葛太史只好把吴筠的意思告诉了女儿,葛氏女说:"远近的人们没有不知道您已将我的终身许配给吴郎的,如今若要改聘别家,那就等于再嫁了。"葛太史把女儿的话告诉了吴筠。吴筠说:"之所以辞婚,是因为我现在不但不想追求功名利禄,而且对婚姻之事也没有兴趣了。我之所以没有立刻入山隐居,只是因为老母还健在的缘故。"于是葛太史又去和女儿商量,葛氏女说:"吴郎家穷,我甘心吃糠咽菜;吴郎离家而走,我宁愿事奉他的父母。我决不嫁给别人。"就这样,捎信的人往返了三四个来回,双方还是没有达成共识,于是葛太史选择了一个吉利的日子,准备好了送亲的车马和嫁妆,把女儿送到吴筠家合卺成婚。吴筠对葛氏女的贤德十分感动,对她又敬又爱。葛氏女侍奉婆母也很孝顺,全心全意,百依百顺,甚至超过了贫穷人家出身的女子。过了两年,吴筠的母亲去世了,葛氏女典当了自己的嫁妆为婆母购置了棺木,在各个方面没有礼节上不周到的地方。吴筠说:"我有你这样的好妻子,还有什么可担忧的!

我顾念着有朝一日，一人得道，全家都可以随之飞升成仙。所以我要离家远行，家中的一切就都托付给你了。"葛氏女十分坦然地听他说完这一席话，丝毫也没有挽留，吴筠于是离家远走了。

女外理生计，内训孤儿，井井有法①。梦仙渐长，聪慧绝伦。十四岁，以神童领乡荐②，十五入翰林。每褒封③，不知母姓氏，封葛母一人而已。值霜露之辰④，辄问父所，母具告之，遂欲弃官往寻。母曰："汝父出家，今已十有馀年，想已仙去，何处可寻？"后奉旨祭南岳⑤，中途遇寇。窘急中，一道人仗剑入，寇尽披靡，围始解。德之，馈以金，不受。出书一函，付嘱曰："余有故人，与大人同里，烦一致寒暄。"问："何姓名？"答曰："王林。"因忆村中无此名，道士曰："草野微贱，贵官自不识耳。"临行，出一金钏曰："此闺阁物，道人拾此，无所用处，即以奉报。"视之，嵌镂精绝，怀归以授夫人。夫人爱之，命良工依式配造，终不及其精巧。

【注释】

①井井：有条理的样子。《荀子·儒效》："井井兮其有理也。"

②以神童领乡荐：谓以儿童身份参加乡试中举，如古之应神童举。神童，指特别聪慧的儿童。唐宋科举有童子科，应试者称"应神童试"。明清无此科。

③褒封：褒奖册封。

④霜露之辰：父母先人的生日。《礼记·祭义》："霜露既降，君子履之，必有凄怆之心，非其寒之谓也。"后因以"霜露之辰"指对于父母的怀念。

⑤南岳：湖南衡山。汉宣帝时曾定安徽天柱山为南岳，后改定湖南

衡山为南岳,相沿至今。汉时五岳秩比三公,唐玄宗、宋真宗封
五岳为王、为帝,明太祖尊五岳为神。历代封建帝王多亲往致
祭,或按时委员代祭。

【译文】

　　吴筠走后,葛氏女对外操持家业生计,对内训导培养孤儿,里里外
外都井井有条。吴梦仙渐渐长大了,聪慧绝伦,被视为神童。十四岁时
就考取了举人;十五岁时进士及第,被选入翰林院。每当朝廷赐封他的
母亲时,都因为不知道他生母的姓名,而只封葛氏母亲一个人。一天,
正是祭祖的日子,吴梦仙感时而思亲,便问自己的父亲到哪里去了,母
亲葛氏把父亲的实际情况一五一十地告诉了他,吴梦仙想要弃官寻父。
母亲说:“你父亲出家修行已经十多年了,想必早已成仙远游,你到哪里
找他去呢?”后来吴梦仙奉皇帝的旨意到南岳衡山祭祀,途中遇到强盗。
正在万分危急之时,只见一个道士仗剑而出,把强盗打得一败涂地,很
快就为吴梦仙解了围。吴梦仙对道人万分感激,赠给他金银作为酬谢,
道士没有接受,却拿出一封信交给吴梦仙,说:“我有一个老朋友,和你
是同乡,请你代我致意。”吴梦仙说:“您的朋友叫什么名字?”道人说:
“叫王林。”吴梦仙仔细回忆村中似乎没有人叫这个名字,道人说:“是个
草野间微贱的小人物,你贵为大官,自然不会认识。”道人临行前拿出一
只金镯子,说:“这是闺房里女子的物件,我拾到它也没有什么用处,就
奉送给你吧。”吴梦仙接过一看,那金镯子雕刻得非常精致,就把它揣在
怀中送给夫人。夫人特别喜爱,就让手艺高超的首饰匠再打造一只,但
终究不如这一只精巧。

　　遍问村中,并无王林其人者。私发其函,上云:“三年鸾
凤,分拆各天①。葬母教子,端赖卿贤②。无以报德,奉药一
丸。剖而食之,可以成仙。”后书“琳娘夫人妆次”③。读毕,

不解何人,持以告母。母执书以泣,曰:"此汝父家报也④。琳,我小字。"始恍然悟"王林"为拆白谜也⑤,悔恨不已。又以钏示母,母曰:"此汝母遗物。而翁在家时⑥,尝以相示。"又视丸,如豆大。喜曰:"我父仙人,啖此必能长生。"母不遽吞,受而藏之。会葛太史来视甥⑦,女诵吴生书⑧,便进丹药为寿。太史剖而分食之。顷刻,精神焕发。太史时年七旬,龙钟颇甚⑨,忽觉筋力溢于肤革,遂弃舆而步,其行健速,家人奔息始能及焉⑩。

【注释】

①各天:各在天之一方。

②端赖卿贤:确实仰赖夫人贤慧。端,实在。

③妆次:意思是奉达妆台左右。旧时致平辈妇女书信的一种敬语格式。

④家报:家信。

⑤拆白谜:又叫"拆白道字"。用离析字形来说话表意的一种修辞格式。因为所拆字夹杂在语句中间需要辨测,近于谜语,所以叫"拆白谜"。

⑥而翁:同"尔翁",你父亲。

⑦甥:女儿的子女。《诗·齐风·猗嗟》:"不出正兮,展我甥兮。"传:"外孙曰甥。"

⑧诵:念,口述。

⑨龙钟:身体衰惫、步履塞滞的样子。

⑩奔(bèn)息:呼吸急促,喘粗气。此谓急行气促。奔,喷涌。

【译文】

吴梦仙回到村里到处打听,村里并没有叫王林的人。他私自打开那封信，只见信上写着："三年恩爱夫妻，如今天各一方。安葬母亲教育幼子，全赖你的贤惠。我没有办法报答你的恩情，奉送药丸一颗。剖开吃下便可以成仙。"最后写着"送达琳娘夫人妆台左右"。吴梦仙读罢，仍然是一头雾水，不知此信是写给谁的，于是拿着信去询问母亲葛氏。母亲看到那信顿时泣不成声，哽咽着说："这是你父亲的家书呀！琳，是我的小名。"这时，吴梦仙才恍然大悟，原来"王林"二字是字谜，吴梦仙想到自己错过了与父亲相认的机会，心中悔恨不已。他又拿出那只金镯子给母亲葛氏看，母亲说："这是你生母的遗物。你父亲在家时曾拿出来给我看过。"吴梦仙又看信中的药丸，就像黄豆粒那么大。吴梦仙高兴地说："我父亲是仙人，您吃下它一定能够长生不老。"葛氏并没有立即吃下药丸，而是接过来仔细收藏好。有一天，葛太史来看外孙吴梦仙，葛氏把吴筠的信读给他听了，又把那个长生不老的药丸献给父亲，希望父亲长寿。葛太史接过药丸，一分两半，与女儿各吃了一半。刚刚咽下药丸，葛氏和她父亲立即感到精神焕发。葛太史这时已经七十多岁了，老态龙钟，吃过仙药之后，忽然觉得全身的筋骨和皮肉都充满了活力，于是他放弃了轿子开始步行，居然健步如飞，家人跑得气喘吁吁才能追得上他。

　　逾年，都城有回禄之灾①，火终日不熄。夜不敢寐，毕集庭中。见火势拉杂②，寖及邻舍③。一家徊徨④，不知所计。忽夫人臂上金钏，戛然有声，脱臂飞去。望之，大可数亩，团覆宅上，形如月阑⑤，钏口降东南隅⑥，历历可见。众大愕。俄顷，火自西来，近阑则斜越而东。迨火势既远，窃意钏亡不可复得，忽见红光乍敛，钏铮然堕足下。都中延烧民舍数万间，左右前后，并为灰烬，独吴第无恙，惟东南一小阁，化为乌有，即钏口漏覆处也。葛母年五十馀，或见之，犹似二十许人。

【注释】

①回禄之灾：火灾。回禄，我国古代神话中的火神。《左传·昭公十八年》："禳火于玄冥、回禄。"杜预注："玄冥，水神。回禄，火神。"

②拉杂：混乱，无条理。

③寖(jìn)：浸渍，渐及。

④徊徨：徘徊，彷徨。

⑤月阑：月亮周围的光气，其形如环。通称"月晕"。

⑥降：座落。

【译文】

第二年，城中发生火灾，大火终日不熄。全家的人夜里不敢睡觉，都聚集在庭院中。只见火势越烧越大，眼看就要烧到邻居家的房子了。吴梦仙一家人惊慌失措，不知该怎么办才好。忽然间，吴梦仙夫人臂上的那只金镯子，伴随"戛戛"的声响，脱离了夫人的手腕飞了出去。全家人的目光随着金镯子飞去的方向看去，只见金镯子变得有方圆几亩地那样大，把吴宅整个围在中央，形状犹如月晕，金镯子的开口处正对着东南方向，这一切人们都看得清清楚楚。众人都惊愕不已。很快，大火从西方烧了过来，大火靠近金镯围成的圈时却斜着越过向东烧去。等大火已经烧到很远的地方时，人们都以为金镯子飞去再也不会回来了，忽然间，一道红光闪过，金镯子"铛锒"一声掉在吴夫人的脚边。这次大火，城中被烧的民舍有几万间，吴家的前后左右的邻舍全都化成了灰烬，唯独吴宅没有遭受损失，只有宅东南有个小阁楼化为乌有，而小阁楼正是金镯子开口笼罩不住的地方。葛氏到了五十多岁时，有人还见到过她，竟像二十多岁的人那样年轻漂亮。

夜叉国

【题解】

就作品反映的地域而言，本篇是《聊斋志异》中最南端的作品，写商人海外贸易的奇遇。

就作品中的夜叉形象而言，许多研究者根据"母女皆男儿装，类满制"，讨论了作品的民族思想。然而如果从更广泛的角度思考，本篇应该是当时中国人对于"非中国人"的想象乃至漫画化——反映了明清时代闭关自守的老百姓简陋的世界知识——仍然是以中华文明自居，国人是"作华言"，"衣锦厌粱肉"，而海外"非中国人"的长相则如夜叉，说话"如鸟兽鸣"，茹毛饮血，还在吃生肉。有趣的是国人在向夜叉国介绍中国文化时，以"何以为官"为切入点，称"出则舆马，入则高堂；上一呼而下百诺；见者侧目视，侧足立：此名为官"。虽然不乏蒲松龄的调侃，却也暴露了中国封建文化丑陋的一面。

交州徐姓①，泛海为贾，忽被大风吹去。开眼至一处，深山苍莽②。冀有居人，遂缆船而登，负糗腊焉③。方入，见两崖皆洞口，密如蜂房，内隐有人声。至洞外，伫足一窥，中有夜叉二④，牙森列戟⑤，目闪双灯，爪劈生鹿而食。惊散魂魄，急欲奔下，则夜叉已顾见之，辍食执入。二物相语，如鸟兽鸣。争裂徐衣，似欲啖啖。徐大惧，取囊中糗糒⑥，并牛脯进之⑦。分啖甚美，复翻徐囊。徐摇手以示其无。夜叉怒，又执之。徐哀之曰："释我。我舟中有釜甑⑧，可烹饪。"夜叉不解其语，仍怒。徐再与手语⑨，夜叉似微解。从至舟，取具入洞⑩，束薪燃火，煮其残鹿，熟而献之。二物啖之喜⑪。夜以巨石杜门⑫,似恐徐遁。徐曲体遥卧⑬,深惧不免⑭。

【注释】

①交州:古地名。汉武帝元封五年(前106)设置十三州部之一,辖五岭以南,今越南北部、中部及我国广东、广西的地域。

②苍莽:苍翠深远的样子。宋苏辙《黄楼赋》:"山川开阖,苍莽千里。"

③糗(qiǔ)腊(xī):干粮和干肉。"糗"是用炒熟的米麦捣成的细粉,"腊"是晒干的肉。

④夜叉:梵语音译,或译"药叉"。印度神话中一种半神的小神灵,具有"能啖"、"捷疾"的属性。佛教中列为"天龙八部"之一。在文学作品中,有的写其为恶魔,有的则为异于所认识的另一种人种的蔑称或漫画化。

⑤牙森列戟:牙齿森然像排列的长戟。形容牙齿密长尖利,露出唇外。森,繁密貌。

⑥糗糒(bèi):义同"糗",干粮。

⑦牛脯:干牛肉。"腊"的一种。

⑧釜甑(zèng):煮饭的锅和蒸笼。甑,古代瓦制煮器,相当于后代以竹木制作的蒸笼。

⑨手语:作手势语。用双手比画示意,以交流思想。

⑩具:指釜甑等炊具。

⑪啖(dàn):吃。

⑫杜门:把门堵上。杜,堵塞。

⑬曲体:即屈体。

⑭不免:不免被吃掉。

【译文】

交州有位姓徐的商人,漂洋过海做生意,忽然在海上遇到了风暴,商船失去了控制，被风吹走了。当他睁开眼睛看时，船漂到了一处岸边，岸上是苍莽的深山老林。徐某希望能遇到土著居民，就把船拴在岸边，背上干粮和干肉上了岸。刚进入深山时，只见两旁的山崖上布满了许多大大小小的洞口，密集得就像蜂房一样，洞中隐隐约约传来人们说话的声音。徐某来到一个洞处，停下脚步向洞内一看，只见洞中有两个夜叉，牙齿就像排列的剑戟一样参差不齐，眼睛外突，像灯笼似的闪烁不定，它们正用爪子劈开一只活鹿，然后生吞活剥地吃着。徐某见状，吓得魂飞魄散，急忙向山下狂奔，可是夜叉已经看见他了，马上放下手中的鹿肉，迅速把徐某捉进洞里。两个夜叉说话，就像鸟鸣兽吼。这两个夜叉争着撕裂了徐某的衣服，好像即刻就要把他吞进肚子里似的。徐某吓得要死，赶紧取出口袋里的干粮，还有牛肉脯一起送给他们吃。两个夜叉分着吃，吃得特别香，吃完又来翻徐某的口袋。徐某摇着手向他们表示没有了。夜叉大为恼怒，又来抓徐某。徐某向他们哀求说："你们放了我吧。我的船上有锅，可以为你们煮肉做菜。"两个夜叉不明白徐某在说些什么，还是怒气冲冲的。徐某只好又打手势比划了一阵，夜叉才好像明白了一点儿。于是，两个夜叉跟随着徐某来到船上，取出炊具后又回到洞里，徐某搞来一些薪柴点着了火，就把两个夜叉没有吃完的鹿肉煮熟了献给他们。两个夜叉吃得特别高兴。到了夜晚，夜叉用大石头堵住了洞口，好像是害怕徐某逃走似的。徐某蜷缩着身体躺在离夜叉很远的地方，非常害怕自己终究难免一死。

天明，二物出，又杜之。少顷，携一鹿来付徐。徐剥革①，于深洞处流水，汲煮数釜。俄有数夜叉至，群集吞啖讫，共指釜，似嫌其小。过三四日，一夜叉负一大釜来，似人所常用者。于是群夜叉各致狼麋②。既熟，呼徐同啖。居数日，夜叉渐与徐熟，出亦不施禁锢，聚处如家人。徐渐能察声知意,辄效其音,为夜叉语。夜叉益悦,携一雌来妻徐。徐初畏惧,莫敢伸,雌自开其股就徐,徐乃与交。雌大欢悦。每留肉饵徐,若琴瑟之好③。

【注释】

①革:兽皮。

②各致狼麋(mí):各自送来些狼和麋鹿之类猎物。致,送。麋,麋鹿。

③若琴瑟之好:像夫妻那样亲密。《诗·周南·关雎》:"窈窕淑女,琴瑟友之。"后因以"琴瑟"喻夫妇。

【译文】

天亮以后,两个夜叉出了洞,临走时又把洞口堵上了。过了一会儿,夜叉回来了,手里还提着一只鹿交给了徐某。徐某剥去鹿皮,又从洞深处舀来清澈的溪水,分别用几个锅来煮鹿肉。不久,又来了几个夜叉,夜叉们聚在一起大嚼煮熟的鹿肉,吃完后,夜叉们都用手指着锅,好像是嫌锅太小。过了三四天,一个夜叉背着一口大锅来,跟我们人常用的那种锅差不多。从此,这群夜叉从各处猎来野狼或麋鹿,交给徐某烹煮。等肉煮熟后,夜叉们还招呼徐某一同来吃。就这样过了几天,夜叉们渐渐与徐某熟悉起来,出门时也不再堵门,对待徐某就如同对待家人一样。时间一长,徐某渐渐能通过夜叉们声音语调猜出他们话语的意思,还常常模仿夜叉们说话的声音说夜叉语。夜叉们更加高兴了,于是就带来一位母夜叉让她做徐某的妻子。开始时徐某很害怕,不敢接近母夜叉;母夜叉倒是主动做出求爱的表示,徐某就和她上了床。母夜叉高兴得不得了。她常常留出一些肉给徐某吃,与徐某就像美满和谐的夫妻一样。

一日，诸夜叉早起，项下各挂明珠一串①，更番出门②，若伺贵客状。命徐多煮肉。徐以问雌，雌云："此天寿节③。"雌出谓众夜叉曰："徐郎无骨突子④。"众各摘其五，并付雌，雌又自解十枚，共得五十之数，以野苎为绳⑤，穿挂徐项。徐视之，一珠可直百十金。俄顷俱出。徐煮肉毕，雌来邀去，云："接天王。"至一大洞，广阔数亩，中有石，滑平如几，四围俱有石座，上一座蒙一豹革，馀皆以鹿。夜叉二三十辈，列坐满中。少顷，大风扬尘，张皇都出。见一巨物来，亦类夜叉状，竟奔入洞，踞坐鹗顾⑥。群随入，东西列立，悉仰其首，以双臂作十字交。大夜叉按头点视，问："卧眉山众⑦，尽于此乎？"群哄应之。顾徐曰："此何来？"雌以婿对。众又赞其烹调，即有二三夜叉，奔取熟肉陈几上。大夜叉掬啖尽饱，极赞嘉美，且责常供。又顾徐云："骨突子何短？"众白："初来未备。"物于项上摘取珠串，脱十枚付之。俱大如指顶，圆如弹丸。雌急接，代徐穿挂，徐亦交臂作夜叉语谢之。物乃去，蹑风而行，其疾如飞。众始享其馀食而散。

【注释】

①明珠：夜明珠，一种名贵珍珠，传说夜间放光。

②更番：轮班。

③天寿节：此指夜叉王的生日。《书·君奭》："天寿平格，保乂有殷。"又金元时以天子的生日为天寿节。《金史·章宗纪》："诏以生辰为天寿节。"《元史·礼乐志》："遇八月帝生日，号曰天寿圣节。"

④骨突子：圆形杖头，即朝廷仪仗中的金瓜。珍珠圆形与之相似，

所以夜叉们称之为"骨突子"。

⑤野苎(zhù)：野生的苎麻。

⑥踞坐鹗顾：叉开两腿坐着，用雀鹰般的目光左右顾视。踞坐，坐
　　时两腿伸直、叉开，是一种傲慢尊大的坐态。鹗，雀鹰，一种猛
　　禽。目光锐利凶狠，停落时经常转睛顾盼。

⑦卧眉山众：据后文，大概是指夜叉国的领地内的成员。"卧眉山"
　　云云为蒲松龄杜撰之词。

【译文】

　　有一天，夜叉们起得特别早，每个夜叉的脖子上都挂着一串明珠，相继出了门，好像要迎接贵宾似的。夜叉让徐某多煮了一些肉。徐某问母夜叉到底是怎么回事，母夜叉说："今天是天寿节，也就是夜叉国王的生日。"母夜叉出去对夜叉们说："徐郎还没有骨突子。"于是夜叉们各自从自己的珠串上摘下五颗明珠一并交给母夜叉，母夜叉又从自己的珠串上解下十颗珠子，加起来总共有五十颗，母夜叉用野苎麻搓成绳子穿上珠子，然后把珠串挂在徐某的脖子上。徐某一看，每一颗明珠都能值百十两银子。过了一会儿，全体夜叉都出了洞门。徐某刚刚煮好肉，母夜叉就来邀他出去，说："快去接天王。"徐某跟着母夜叉来到一个大洞里，这个大洞有几亩地那么广阔，洞中有块大石头，像桌子一样又平又滑，大石的四周都是石凳，上首的石座上蒙着一张豹皮，其馀石凳上都铺着鹿皮。二三十个夜叉依次围坐了一圈。过了一小会儿，突然狂风大作，尘土飞扬，夜叉们都慌慌张张地跑了出去。应声而来的是一个巨型的怪物，长得跟夜叉差不多，径直奔入洞中，叉着腿一屁股坐在豹皮凳子上，用雀鹰般的目光向四周扫视了一圈。夜叉们也跟随他进入洞中，分东西两行列队站着，一个个都仰着头，两臂交叉成十字放在胸前。大夜叉依次点名查视，问道："卧眉山所有的人都在这里吗？"夜叉们高声地答应着。大夜叉看见了徐某，问道："这位是从哪儿来的呀？"母夜叉说是自己的丈夫。其他夜叉又纷纷称赞徐某的烹调技术，说话

间，就有两三个夜叉跑了出去，取来徐某煮熟的肉放在大石桌上。大夜叉伸手就抓，吃得十分饱，他极力赞美熟肉的味道太香了，并且责命徐某以后要按时进献。大夜叉看了徐某一眼又说："你的骨突子怎么这么短？"夜叉们替他回道："初来乍到，还没有置备。"那大夜叉从自己的脖子上解下珠串，摘下十枚珠子送给徐某。这十枚珠子不同寻常，每个都有手指甲那么大，圆圆的如同弹丸一般。母夜叉连忙接过珠子，代徐某穿在珠串上又挂在他脖子上，徐某也把双臂交叉在胸前用夜叉语向大夜叉表示了感谢。大夜叉起身走了，它是乘着风而走的，所以步伐像飞也似的那么疾速。大夜叉走后，夜叉们一拥而上，把大夜叉吃剩的熟肉吃个精光之后才各自散去。

居四年馀，雌忽产，一胎而生二雄一雌，皆人形，不类其母。众夜叉皆喜其子，辄共㧐弄①。一日，皆出攫食，惟徐独坐。忽别洞来一雌，欲与徐私，徐不肯。夜叉怒，扑徐踣地上②。徐妻自外至，暴怒相搏，龁断其耳③。少顷，其雄亦归，解释令去。自此雌每守徐，动息不相离。又三年，子女俱能行步。徐辄教以人言，渐能语，啁啾之中④，有人气焉⑤。虽童也，而奔山如履坦途。与徐依依有父子意⑥。

【注释】

①㧐弄：抚弄。㧐，同"抚"。

②踣(bó)：仆倒。

③龁(hé)：咬。

④啁啾(zhōu jiū)：鸟鸣声。这里形容夜叉的语音。

⑤有人气：有人类语言的味道。气，气息。

⑥依依：依恋亲近的样子。

【译文】

徐某在夜叉国住了四年多,母夜叉忽然生产了,她一胎生了两个男孩一个女孩,都是人的样子,不像他们的母亲。夜叉们都特别喜欢这几个孩子,常常聚到一起抚弄他们。有一天,夜叉们都外出寻猎食物去了,只有徐某一个人坐在洞里。忽然从别的洞来了一个母夜叉,要和徐某私通,徐某拒绝了她。那母夜叉大怒,把徐某打翻在地。这时,徐某的母夜叉从外面回来,一看这情景,顿时暴跳如雷,冲上去与那个母夜叉搏斗起来,咬断了来犯夜叉的一只耳朵。又过了一会儿,那个母夜叉的丈夫也来了,等把事情解释清楚后,徐某的母夜叉就让他们回去了。从此以后,母夜叉天天守着徐某,一刻也不离他的左右。又过了三年,儿女们都会走路了。徐某常常教他们说人的语言,孩子们也渐渐地都学会了一些,从他们稚嫩的话语中,分明透着人的气息。这三个孩子虽然还是幼童,可是翻山越岭就像走平道似的。他们跟徐某很亲近,常常表现出和徐某的依依父子情意。

　　一日,雌与一子一女出,半日不归。而北风大作,徐恻然念故乡①,携子至海岸,见故舟犹存,谋与同归。子欲告母,徐止之。父子登舟,一昼夜达交。至家,妻已醮②。出珠二枚,售金盈兆③,家颇丰。子取名彪,十四五岁,能举百钧④,粗莽好斗。交帅见而奇之⑤,以为千总⑥。值边乱,所向有功。十八为副将⑦。

【注释】

①恻然:凄恻的样子。

②醮(jiào):改嫁。

③盈兆:极言其多。兆,古代以十万为亿,十亿为兆。一兆是一百

　　万,也就是一千贯。

④百钧:极言其重。钧,古代重量单位。三十斤为一钧。

⑤交帅:交州的军事首脑。明清时代提督以下管辖一方的驻军长
　　官是总兵,帅即指此。

⑥千总:武官名。明嘉靖间置。明代后期职权日轻,至清为武职下
　　级,位次于守备。

⑦副将:清代从二品武官,即副总兵,亦即下文所称的"副总"。隶
　　属于总兵,统理一协(相当于"旅")军务,又称"协镇"。

【译文】

　　有一天,母夜叉带着一儿一女外出,半天没有回来。当时洞外北风
大作,徐某不禁凄然思念起远方的故乡,他带着儿子来到海岸,只见他
当年漂来的船还在岸边,于是便和儿子商量一起回老家去。儿子想要
告诉母亲一下,徐某没有让他去。于是,父子二人上了船,过了一昼夜
回到了交州。徐某到家时,徐妻早已改嫁了。徐某拿出两枚明珠,卖了
很多很多钱,所以家产特别富足。徐某给儿子取名叫徐彪,他十四五岁
时就能举起千斤重的东西,而且生性粗莽好斗。交州的守将见到徐彪
后认为他是个奇才,就让他在军中做了千总。当时正值边疆发生战乱,
徐彪每参加一次战事都立有战功。十八岁那年,徐彪成为统理一方军
务的副将。

　　时一商泛海,亦遭风飘至卧眉。方登岸,见一少年,视
之而惊。知为中国人,便问居里。商以告。少年曳入幽谷
一小石洞,洞外皆丛棘,且嘱勿出。去移时,挟鹿肉来啖商。
自言:"父亦交人。"商问之,而知为徐,商在客中尝识之。因
曰:"我故人也。今其子为副将。"少年不解何名,商曰:"此
中国之官名。"又问:"何以为官?"曰:"出则舆马,入则高堂;

上一呼而下百诺；见者侧目视，侧足立①：此名为官。"少年甚歆动②。商曰："既尊君在交③，何久淹此④？"少年以情告。商劝南旋⑤，曰："余亦常作是念。但母非中国人，言貌殊异，且同类觉之，必见残害，用是辗转⑥。"乃出曰："待北风起，我来送汝行。烦于父兄处，寄一耗问⑦。"商伏洞中几半年。时自棘中外窥，见山中辄有夜叉往还，大惧，不敢少动。一日，北风策策⑧，少年忽至，引与急奔，嘱曰："所言勿忘却。"商应之。又以肉置几上，商乃归。

【注释】

①侧目视，侧足立：形容因畏惧而不敢正视，不敢对面站立。

②甚歆（xīn）动：很羡慕，很动心。

③尊君：犹言令尊。敬称别人的父亲。

④淹：淹留，滞留。

⑤南旋：南归交州。旋，还，归。

⑥用是辗转：因此反复未定。用，因为。辗转，形容思虑之深。《诗·周南·关雎》："悠哉悠哉，辗转反侧。"

⑦耗问：音讯，消息。

⑧策策：象声词。唐韩愈《秋怀诗》之一："窗前两好树，众叶光薿薿。秋风一披拂，策策鸣不已。"

【译文】

当时，又有一个商人出海做生意，也遇到了风暴漂流到卧眉山海岸。商人刚刚登岸就看见了一位少年，商人有些暗暗吃惊。那少年知道商人是中国人，就问他的故乡在哪里。商人把实情告诉了少年。少年把他拽进幽谷中的一个小石洞里，洞口外面荆棘丛生，并且叮嘱商人千万不要出洞。少年走了一会儿就回来了，他拿来一些鹿肉给商人吃。

少年告诉商人："我父亲也是交州人。"商人再往下一问，才知道少年的父亲就是徐某，商人在做生意时认识他。所以他对少年说："你父亲是我的老朋友。如今他的儿子都当了副将了。"少年不明白"副将"是什么意思，商人说："这是中国的官名。"少年又问："什么是官？"商人回答说："官就是出门时骑车坐轿，有人鸣锣开道，进门时端坐高堂之上；他在上面吆喝一声，下面就有百人齐声应和；不管谁见了他都不敢正视，更不敢挺直腰板站着：这种人就叫官。"少年听了特别美慕。商人说："既然你父亲在交州，你为什么还在这里呆这么久？"于是，少年把事情的经过详细告诉了商人。商人劝他南下回到故乡交州，少年说："我也常常这样想。可是母亲不是中国人，语言相貌都与中国人不一样；何况一旦被同类发觉了，一定要遭到残害，所以考虑再三，还是拿不准主意。"少年临走时对商人说："等刮起北风的时候，我来送你走。麻烦你到我父亲、兄弟那里，捎去我的口信。"商人在洞中呆了将近半年的时间。有时透过洞口的荆棘向外偷偷张望，只见有许多夜叉在山中走来走去，商人心中十分恐惧，不敢轻举妄动。有一天，北风呼啸，少年突然来到洞里，拉着商人急匆匆地跑到海岸。起锚前，少年又一次嘱咐商人："我托付你的事千万别忘了。"商人答应着。少年又把一些肉放在船里的桌子上，商人驾船驶离了海岸。

　　径抵交①，达副总府，备述所见。彪闻而悲，欲往寻之。父虑海涛妖薮②，险恶难犯③，力阻之。彪抚膺痛哭④，父不能止。乃告交帅，携两兵至海内。逆风阻舟，摆簸海中者半月。四望无涯，咫尺迷闷，无从辨其南北。忽而涌波接汉⑤，乘舟倾覆，彪落海中，逐浪浮沉。久之，被一物曳去，至一处，竟有舍宇。彪视之，一物如夜叉状。彪乃作夜叉语，夜叉惊讯之，彪乃告以所往。夜叉喜曰："卧眉，我故里也。唐突可罪⑥！君离故道已八千里⑦，此去为毒龙国，向卧眉非路。"乃觅舟来送彪。夜叉在水中推行如矢，瞬息千里，过一宵，已达北岸。见一少年，临流瞻望。彪知山无人类，疑是弟，近之，果弟。因执手哭。既而问母及妹，并云健安。彪欲偕往，弟止之，仓忙便去。回谢夜叉，则已去。

【注释】

①径：径直，直接。

②妖薮（sǒu）：各类怪异之物聚集的地方。

③难犯：难以靠近。

④膺（yīng）：胸。

⑤涌波接汉：即大浪滔天。汉，天汉，天空。

⑥唐突：冒犯。

⑦故道：原来的航道。

【译文】

　　商人的船直达交州后，就前往副将徐彪的府上，把自己所见所闻一一告诉了徐彪。徐彪听罢悲从中来，一定要去寻找亲人。父亲徐某担心海上风浪太大，山中妖魔太多，过于险恶，不宜冒此大险，所以极力劝阻他。徐彪还是悲痛不已，捶胸痛哭，徐某也无法劝阻他。于是，徐彪把这件事报告给交州的大帅，然后带着两个亲兵乘船出海。谁知，逆风阻挡了船的正常行驶，失去航向的船在海上漂荡了半个多月。徐彪在船上向四周望去，四面都是无边无际的海水，近处也是一片迷茫，无法辨别东南西北。忽然间，骇浪滔天，徐彪等人的船顷刻间被掀翻，徐彪落入海中，随着翻滚的海浪上下沉浮。不知过了多久，徐彪好像被什么东西抓住了，被拖到一个地方，那地方居然有一些房舍。徐彪再一看，救他的是一个怪物，长相和夜叉差不多。徐彪用夜叉话和他攀谈，那夜又又惊又奇,问他要到哪里去,徐彪告诉他说要到卧眉山去。夜叉高兴地说:"卧眉山是我的故乡。刚才冒犯了你实在是罪过!可你现在离开去卧眉山的旧路已经有八千里了,从这条路再往前走是毒龙国,不是去卧眉山的路。"夜叉于是找来一条船送徐彪上路。夜叉在水中推着船,那船就像箭一样飞速前进,转瞬之间就过了千里,过了一夜,船已到达卧眉山的北岸。远远地就看见一个少年正在向大海张望。徐彪知道卧眉山没有人类,怀疑少年就是自己的弟弟,走近一看,果然是弟弟。兄弟俩拉着手痛哭。过了一会儿,徐彪问母亲和妹妹怎么样了,弟弟说她们都健康平安。徐彪想和弟弟一块儿去看母亲和妹妹,弟弟阻止了他,并匆匆忙忙地走了。徐彪这才回过身来要感谢那位送行的夜叉,夜叉不知什么时候已经走了。

　　未几,母妹俱至,见彪俱哭。彪告其意,母曰:"恐去为人所凌①。"彪曰:"儿在中国甚荣贵,人不敢欺。"归计已决,苦逆风难渡。母子方徊徨间②,忽见布帆南动,其声瑟瑟③。彪喜曰:"天助吾也!"相继登舟,波如箭激④,三日抵岸。见者皆奔,彪向三人脱分袍袴。抵家,母夜叉见翁怒骂⑤,恨其不谋⑥,徐谢过不遑⑦。家人拜见主母,无不战慄。彪劝母学作华言,衣锦,厌粱肉⑧,乃大欣慰。母女皆男儿装,类满制⑨。数月稍辨语言,弟妹亦渐白皙。

【注释】

① 凌:欺。

② 徊徨:徘徊忧思貌。《广弘明集·孝思赋》:"晨孤立而萦结,夕独处而徊徨。"

③ 瑟瑟:风声。东汉刘桢《赠从弟》诗之二:"亭亭山上松,瑟瑟谷

中风。"

④波如箭激：形容船行之速如箭。

⑤翁：指徐贾。

⑥谋：商量。

⑦谢过不遑：道歉不迭。谓急忙连声道歉。

⑧厌粱肉：谓中国人的饮食。厌，吃饱。粱，小米。

⑨类满制：很像满族服装款式。制，规制，款式。

【译文】

　　过了不久，母亲和妹妹都来了，她们见到徐彪也痛哭起来。徐彪把自己的打算告诉了母亲，母亲说："恐怕到了那边要受人欺负。"徐彪说："儿子在中国做官，非常显贵荣耀，没有人敢欺负您。"一家人回中国的打算就这样确定下来了，但是他们马上又苦于正是逆风无法行船渡海。母子四人正在踌躇为难的时候，忽然看见船上的布帆向南吹动，吹得布帆"瑟瑟"作响。徐彪高兴地说："真是老天帮助我呀！"母子四人相继上了船，船在海浪上飞驶，像箭一样激起无数白色的浪花，三天以后，徐彪母子的船到了交州海岸。人们见到他们都吓得四处逃散，于是，徐彪脱下自己的衣裤分别给母亲和弟弟妹妹穿上。到了家里，母夜叉见到徐某大声怒骂，恨他不商量抬腿就走，徐某连连向她谢罪。徐府的家人们上前拜见主母，没有一个不吓得浑身战栗。徐彪劝母亲学说中国话，穿绫罗绸缎，习惯着吃中国饭菜，大家心中都特别高兴。母夜叉和女儿平时都穿男装，跟满族服装的样式差不多。几个月以后，母夜叉能够听懂一些中国话了，弟弟妹妹的皮肤也渐渐白皙了。

　　弟曰豹，妹曰夜儿，俱强有力。彪耻不知书①，教弟读。豹最慧，经史一过辄了②。又不欲操儒业③，仍使挽强弩，驰怒马④，登武进士第⑤。聘阿游击女⑥。夜儿以异种⑦，无与为婚。会标下袁守备失偶[8]，强妻之。夜儿开百石弓[9]，百馀步射小鸟，无虚落。袁每征，辄与妻俱。历任同知将军[10]，奇勋半出于闺门。豹三十四岁挂印[11]。母尝从之南征，每临巨敌，辄擐甲执锐[12]，为子接应，见者莫不辟易[13]。诏封男爵[14]。豹代母疏辞[15]，封夫人。

【注释】

①耻不知书：以不知书为耻。知书，有文化，懂知识。

②经史一过辄了：经书、史书学过一遍就能通晓。了，了然，通晓。

③操儒业：指读书习文以求进取。

④怒马：犹言烈马，暴劣难驭的马。

⑤登武进士第：考中武进士。唐宋以来的科举制度取士分文武两科，武科之制，规条节目虽不如文科之详明，然文武两途，历代相沿，分道并进，明清行之不废。

⑥游击：武官名。清代绿营兵设游击，职位次于参将，属下级武官。

⑦异种：不同于人类。

⑧标下：犹言麾下。标，清代军制，督抚等管辖的绿营兵，称"标"，一标三营。守备：清代绿营统兵官，位在都司之下，称"营守备"，统一营之兵。

⑨开百石弓：一钧三十斤，四钧为一石。开百石弓，是夸张的说法。

⑩同知将军：谓以都督同知挂副将军印，实即副总兵。明制，各省、各镇副总兵系由五军都督府的都督同知充任，遇大战事，则挂副将军印，统兵出战，事毕纳还。故称副总兵为"同知将军"。卷四《棋鬼》篇又称"督同将军"。

⑪挂印：指挂印将军。明制，各省各镇的镇守总兵，遇大战事，则挂诸号将军印，统兵出战，战毕纳还。清代多挂提督衔。

⑫擐（huàn）甲执锐：穿甲胄，拿武器。擐，穿。《左传·成公十三年》："文公躬擐甲胄，跋履山川。"锐，兵器。

⑬辟易：逃避，逃躲。《史记·项羽本纪》："项王瞋目叱之，赤泉侯人马俱惊，辟易数里。"《正义》："言人马俱惊，开张易旧处，乃至数里。"

⑭男爵：封建社会女子例无封爵，此谓酬功视同男子，而以爵秩封之，盖特例也。

⑮疏辞：谓上疏辞爵。疏，官员上奏皇帝的一种文书形式。

【译文】

弟弟叫徐豹，妹妹叫夜儿，他们的力气都特别大。徐彪因为自己不知书达礼而常常感到耻辱，于是就让弟弟去读书。徐豹在兄妹三人中是最聪慧的，不论经史，过目不忘。徐豹却不愿意做读书人，徐彪就让他学拉强弩，驾驭烈马，练就一身武功，考中了武科进士，还娶了阿游击的女儿为妻。徐夜儿因为母亲是夜叉，没有人愿意娶她。正赶上徐彪标下袁守备丧妻，徐彪就强迫他聘娶了徐夜儿。徐夜儿能拉开几百石重的弓，在百馀步以外射小鸟，居然能够箭无虚发。袁守备每次出征，常常带着妻子徐夜儿。后来袁守备的官升到了同知将军，他所立的功有一半要靠徐夜儿。徐豹三十四岁那年，挂将军印统兵出征，成为一省绿营兵的总兵。母夜叉也曾随徐豹南征，每次面对强敌，她都身披铠甲，手持刀戟，杀入敌阵接应儿子，敌人见状没有不惊慌逃窜的。皇帝下诏封她为男爵。徐豹替母亲上疏辞谢，于是改封为夫人。

异史氏曰：夜叉夫人，亦所罕闻，然细思之而不罕也：家家床头有个夜叉在①！

【注释】

①"家家"句：诙谐的话，意思是说，每家男人都守着个厉害老婆。

悍妻泼妇俗称"母夜叉"。

【译文】

异史氏说：夜叉夫人的事，真是闻所未闻的怪事；然而细细想来也没有什么稀罕的：家家的床头都有一位夜叉在那儿！

小髻

【题解】

本篇没有言明"短客"的身份，从结末"骚臭不可言"来看，怀疑可能是狐狸，确有道理，但也可能是别的什么；小说写得扑朔迷离，怪异迷茫，无论是"尺许小人，连逶而出"，还是"小髻，如胡桃壳然，纱饰而金线"，都浪漫而令人遐想，可能这正是作者所要达到的神秘效果。小说中的"短客"没有能力自保却在人间张扬寻衅，可谓自取其辱。

长山居民某①，暇居，辄有短客来②，久与扳谈③。素不识其生平，颇注疑念。客曰："三数日，将便徙居，与君比邻矣④。"过四五日，又曰："今已同里，旦晚可以承教。"问："乔居何所⑤？"亦不详告，但以手北指。自是，日辄一来，时向人假器具，或吝不与，则自失之。群疑其狐。村北有古冢，陷不可测，意必居此。共操兵杖往。伏听之，久无少异。一更向尽，闻穴中戢戢然⑥，似数十百人作耳语。众寂不动。俄而尺许小人，连逶而出⑦，至不可数。众噪起，并击之。杖杖皆火，瞬息四散。惟遗一小髻，如胡桃壳然，纱饰而金线。嗅之，骚臭不可言。

【注释】

①长山：县名。明清时属山东济南府，现为山东邹平长山镇。

②短客：矮客人。

③扳(pān)谈：谓主动找人闲谈。扳，同"攀"。

④比邻：紧邻，近邻。唐王勃《送杜少府之任蜀州》："海内存知己，天涯若比邻。"

⑤乔居：迁居。《诗·小雅·伐木》："出自幽谷，迁于乔木。"乔，谓乔迁、迁居的美称。

⑥戢戢(ji)：低语声，犹言唧唧哝哝、喊喊喳喳。

⑦连逶(lóu)：络绎不绝。

【译文】

长山县有位居民，每当闲来无事的时候，常有一位矮个子的客人前来拜访，而且一来就聊起没完没了。他与客人素不相识，所以心中常怀疑念。有一次，矮个子的客人说："再过三五天我就要搬家了，到时就能与您做邻居了。"过了四五天后，那客人又说："现在咱们已经是同村了，早晚都可以和您谈天了。"居民问客人："你家乔迁到哪里了？"客人并不详细告诉他具体地点，只用手向北一指。从此以后，这客人差不多每天都来一回，有时客人还向别人借工具，有的人吝惜不借给他，可是不久工具就莫明其妙地丢了。大家都怀疑那矮客人是狐狸。当时村北有一座古冢，早已深陷地下，谁也不知道到底有多深，人们猜测狐狸一家就在那里。于是，村民们一起手执刀枪木棍来到村北古冢周围聚集。有人趴在地上仔细听，听了很久也没有什么动静。到了一更将尽的时候，人们听见洞中有声音，好像几十或几百人在说悄悄话。村民们屏住呼吸一动也不动。忽然，人们看见一大群一尺多高的小人，相续不断地从洞中爬出来，最后小人多到数也数不过来了。村民们呼喊着奋起，一起下手痛打小人。每一杖下去都闪出火光，小人也在瞬息之间逃得无影无踪。小人们只遗落下一个小小的发髻，像胡桃的壳那么大，是用纱做的，外面用金线缠绕。一闻，又骚又臭，难以用语言形容。

西僧

【题解】

本篇和卷十一《齐天大圣》均可看到吴承恩《西游记》对于蒲松龄《聊斋志异》的影响，见出蒲松龄的文言小说在化用白话小说方面的功力。

就世俗而言，小说表达的意思是道听途说不可靠；就佛理而言，小说阐述的是禅宗思想，即佛在心中，不假外求。六祖慧能说："东方人造罪，念佛求生西方；西方人造罪，念佛求生何国？凡愚不了自性，不识身中净土，愿东愿西。悟人在处一般。所以佛言，随所住处恒安乐。"小说阐明的正是佛教禅宗的道理。

　　西僧自西域来①，一赴五台②，一卓锡泰山③，其服色言貌④，俱与中国殊异。自言："历火焰山⑤，山重重，气熏腾若炉灶。凡行必于雨后，心凝目注⑥，轻迹步履之⑦，误蹴山石⑧，则飞焰腾灼焉。又经流沙河，河中有水晶山，峭壁插天际，四面莹澈，似无所隔。又有隘⑨，可容单车，二龙交角对口把守之。过者先拜龙，龙许过，则口角自开。龙色白，鳞鬣皆如晶然⑩。"僧言："途中历十八寒暑矣⑪。离西土者十有二人⑫，至中国仅存其二。西土传中国名山四：一泰山，一华山⑬，一五台，一落伽也⑭。相传山上遍地皆黄金，观音、文殊犹生⑮。能至其处，则身便是佛，长生不死。"听其所言状，亦犹世人之慕西土也⑯。倘有西游人⑰，与东渡者中途相值⑱，各述所有，当必相视失笑，两免跋涉矣。

【注释】

①西域：狭义上是指玉门关、阳关以西，葱岭即今帕米尔高原以东，巴尔喀什湖东、南及新疆广大地区。而广义的西域则是指凡是通过狭义西域所能到达的地区，包括亚洲中、西部，印度半岛等地区。

②五台：山名。在今山西五台、繁峙县境，山有东南西北中五峰，故称"五台"，又名"清凉山"。为我国佛教四大名山之一，相传为文殊师利菩萨显灵说法道场，自隋唐以来香火极盛。

③卓锡：又称"挂锡"、"挂单"、"挂搭"，指僧人投宿。卓，悬挂。锡，锡杖。泰山：又称"岱山"、"岱宗"，为五岳中的东岳。主峰在山东泰安境内。

④服色：指服装的款式。

⑤火焰山：及下文"流沙河"，都是吴承恩著《西游记》中西土地名。但关于火山、弱水的记载，则见于古籍甚早，是火焰山、流沙河的渊源。

⑥心凝目注：思想集中，目力专注。

⑦轻迹步履：轻步通过，意思是既不能乘车马，脚步也不能放重。

⑧蹴（cù）：触碰，踢。

⑨隘：险要处。

⑩鬣（liè）：颈领上的毛须及脊尾上的短鳍。

⑪寒暑：冬天和夏天。借指一年。

⑫西土：即上文"西域"。

⑬华山：我国著名的五岳之一，海拔 2154.9 米，位于历史文化故地陕西渭南境内，在西安以东 120 公里处。北临坦荡的渭河平原和咆哮的黄河，南依秦岭，是秦岭支脉分水脊的北侧的一座花岗岩山，以奇险著称。

⑭落伽：山名。即普陀洛伽山，又名"普陀山"。在浙江普陀，为舟

山群岛之一。相传为观音菩萨显灵说法道场,故为中国佛教四
大名山之一。

⑮观音:佛教菩萨名,即观世音。因在唐代讳太宗名,故去"世"字。
佛教把他描写为大慈大悲的菩萨,遇难众生只要诵念其名号,
"菩萨即时观其音声",前往解救。为中国佛教四大菩萨之一(另
三为文殊、普贤、地藏)。自唐以后,中国寺院中的观音塑像常作
女相。文殊:佛教菩萨名,即文殊师利。中国佛教四大菩萨之
一,为释迦牟尼佛的左胁侍,专司智慧。塑像多骑狮子,表示智
慧威猛。

⑯西土:此指净土宗所说的"西方净土"、"西方极乐世界"。

⑰西游人:指向西土礼佛求经的僧人。

⑱东渡者:指西土东来的僧人。

【译文】

有两个和尚从西域来到内地,一个直赴五台山,一个投奔到泰山,
他们的服饰、相貌和语言,都和中国内地的人完全不一样。那西域和尚
自称:"我们从西方来到这里,路过火焰山,那山层层叠叠的,人在山上
走,就像在炉灶上被热气熏蒸着一样。所以必须在雨后赶路,走路时还
要全神贯注,目不转睛,步履更是要十分轻盈,否则一旦不慎踢着山石,
'腾'的一下就会窜起火焰被火灼伤。我们还经过了流沙河,河中有水
晶山,山上的悬崖峭壁直插天际,四面晶莹透明,隔山看去好像没有什
么遮挡似的。山上还有一处要隘,非常狭窄险峻,只能容一辆车通过,
守关隘的是两条龙,它们角对着角,口对着口地把守着。行人要打此关
经过,必须先向龙行礼。龙允许通过后,它们对合在一起的角和口就自
然分开了。那龙是白色的,身上的麟片以及嘴边的龙须就像水晶一样
晶莹透明。"西域和尚还说:"我们在旅途上已经辗转旅行十八年了。当
初离开西方时是十二个人,到了中国后只剩下我们二人了。西方盛传
中国有四大名山,它们是泰山、华山、五台山和普陀山。相传山上遍地

都是黄金,山上的观音菩萨和文殊菩萨栩栩如生,跟活人一样。还传说如果谁能到四大名山,就可以立地成佛,长生不死。"听了他们这一番话,才知道西方人羡慕东方,就跟我们羡慕西方世界是一样的。假若东方的西游人与西方的东渡者在中途相遇,各自叙述一番自己的向往,一定会相视失笑的,同时也可以免去双方长途跋涉的辛苦了。

老饕

【题解】

这是写一个强盗洗心革面,金盆洗手,成为"善士"的故事。邢德之所以改弦更张,不是由于道德的感悟,教诲的结果,而是由于技不如人受到了羞辱,感到自己"挽强弩,发连矢"的伎俩遇到更强的对手,不能以一己之微长而俯视一切。

小说中的老饕虽然也正面写了他简直是以儿戏一样应对邢德的连珠箭,写了他武艺的高强,但更多的是通过"黄发蓬蓬然"的僮仆的高超技艺来衬托——其僮仆尚且如此,老饕简直就更莫测高深了。邢德的连珠箭发了两次,第一次针对老饕,第二次针对僮仆,在描写上极富变化。僮仆的还击,可谓即"以其人之道还治其人之身",用铁箭镞加上邢德的箭。因此,所谓连珠箭者,实际写了三次,各个不同,表现了惊人的描写的笔力。

小说在结尾明言"此与刘东山事盖彷佛焉"。刘东山事初见于宋幼清《九籥集》,后凌濛初的《初刻拍案惊奇》把它改编为白话小说,篇名为"刘东山夸技顺城门 十八兄奇踪村酒肆"。与蒲松龄同时的张潮也加以改编,以《秦淮健儿传》收录于《虞初新志》卷五。《聊斋志异》评论家吕湛恩认为蒲松龄所指刘东山事"见宋幼清《九籥集》"。假如参考王渔洋《池北偶谈·谈异三》"宋孝廉数学"条中"宋有《九籥集》,如稗官家《刘东山》、《杜十娘》等事"的话来看,大概《老饕》篇参考《九籥集》的可能性确是比较大的。

　　邢德,泽州人①,绿林之杰也②。能挽强弩③,发连矢④,称一时绝技。而生平落拓,不利营谋⑤,出门辄亏其赀。两京大贾⑥,往往喜与邢俱,途中恃以无恐。会冬初,有二三估客,薄假以资⑦,邀同贩鬻⑧。邢复自罄其囊⑨,将并居货⑩。有友善卜,因诣之。友占曰:"此爻为'悔'⑪,所操之业,即不母而子亦有损焉⑫。"邢不乐,欲中止,而诸客强速之行⑬。至都,果符所占。腊将半⑭,匹马出都门⑮。自念新岁无赀,倍益快闷。

【注释】

①泽州:州名。隋置,唐代迭有废置。宋至清初相沿,雍正时升为府,辖今山西省晋东南地区西部一带,故治在今山西晋城。

②绿(lù)林之杰:犹言绿林好汉。绿林,地名。位于湖北当阳东北。西汉末年,王匡、王凤等于此聚众起事,反抗王莽,称"绿林军"。后代遂以"绿林"泛指啸聚山林,反抗官府的集团,民间则把它作为"强盗"的代称。

③强弩:指一种需要很强膂力,用机栝发射,可数矢连发的弓,力强及远,超过普通的弓。

④连矢:即下文"连珠箭",连发之矢,为连弩所发。

⑤不利营谋:不善于经商谋利。

⑥两京:南京和北京。

⑦薄假以资:借给邢德少量资本。假,借。

⑧贩鬻(yù):贩卖,即倒买倒卖。

⑨自罄(qìng)其囊:拿出自己所有的钱。罄,尽。囊,钱袋。

⑩将并居货：准备把资本放在一起购进货物，以待贩运。居，囤积。货，卖。

⑪此爻为"悔"：所占卦的爻辞有"悔"。爻，组成八卦中每一卦的长短横道。悔，《周易》中占卜吉凶的爻辞专门术语，义为凶、咎，乃不吉之占。

⑫"所操之业"二句：意谓邢某此行贩鬻，不仅赚不了钱，本钱也要亏损。经商以本生息，本曰"母"，息曰"子"。

⑬强速：勉强加以邀请。速，请。

⑭腊：旧历十二月。

⑮匹马：独自骑马。

【译文】

邢德，泽州人，是一位绿林好汉。他力气很大，可以挽强弓，会发连珠箭，他的功夫被称为一时绝技。但生平落拓潦倒，不善于经营谋利，出门做买卖常常要亏掉老本。当时南京和北京的大商人都愿意和邢德一道结伴出行，为的是旅途可以有恃无恐。有一次，正值初冬时节，有二三个商人，愿意借给邢德一些本钱，邀请他一块儿去做生意。邢德自己也拿出所有的积蓄，和借来的钱合在一起准备大量购置货物。邢德有个朋友擅长算卦，临行前，邢德找到他请他预测一下吉凶。朋友占卜后说："这一卦是'悔'，表明你要遭遇困厄，你这宗生意，不仅赚不了钱，本钱也要亏损。"邢德一听，闷闷不乐，他打算放弃这次生意，可是他的那几个商人朋友连邀请带强迫逼着邢德上了路。到了京城，果然应验了朋友的预卜，邢德赔了本钱。腊月中旬的一天，邢德骑了匹马出了城门，想到明年没有了做生意的本钱，他的心情更加沉重。

时晨雾蒙蒙，暂趋临路店，解装觅饮①。见一颁白叟②，共两少年，酌北牖下。一僮侍，黄发蓬蓬然③。邢于南座，对叟休止④。僮行觞，误翻柈具⑤，污叟衣。少年怒，立摘其耳⑥，捧巾持帨⑦，代叟揩拭。既见僮手拇俱有铁箭镮⑧，厚半寸，每一镮约重二两馀。食已，叟命少年于革囊中探出锱物⑨，堆累几上，称秤握算⑩，可饮数杯时，始缄裹完好。少年于枥中牵一黑跛骡来⑪，扶叟乘之，僮亦跨羸马相从⑫，出门去。两少年各腰弓矢，捉马俱出。邢窥多金，穷睛旁睨⑬，馋焰若炙⑭。辍饮，急尾之。视叟与僮犹款段于前⑮，乃下道斜驰出叟前⑯，紧衔关弓⑰，怒相向。叟俯脱左足靴，微笑云："而不识得老饕也⑱？"邢满引一矢去。叟仰卧鞍上，伸其足，开两指如箝⑲，夹矢住，笑曰："技但止此，何须而翁手敌⑳？"邢怒，出其绝技，一矢刚发，后矢继至。叟手掇一，似未防其连珠㉑，后矢直贯其口㉒，踣然而堕㉓，衔矢僵眠。僮亦下。邢喜，谓其已毙，近临之。叟吐矢跃起，鼓掌曰："初会面，何便作此恶剧㉔？"邢大惊，马亦骇逸㉕。以此知叟异，不敢复返。

【注释】

①解装：放下行装。

②颁白叟：须发斑白的老人。《孟子·梁惠王》："谨庠序之教，申之以孝悌之义，颁白者不负戴于道路矣。"赵岐注："颁者，班也。头半白斑斑者也。"

③蓬蓬：散乱的样子。

④对叟休止：面向老者坐下。

⑤柈（pán）具：餐具。柈，盘。

⑥摘：揪，提。

⑦帨（shuì）：佩巾，手绢。

⑧箭镮(huán)：扳指。一般用骨、象牙制作，戴在拇指上，是射箭时拉弓的用具。

⑨探出镪(qiǎng)物：掏出财物。镪，本指钱贯(穿钱绳)，此处借指银钱。

⑩握算：握筹而算或扳着手计算。

⑪枥：牲口槽。

⑫羸(léi)马：瘦马。

⑬穷睛旁睨(nì)：用火辣辣的眼神从旁偷觑。穷睛，形容目光火辣直逼。

⑭馋焰若炙：馋羡的目光像要冒出火来。炙，燃火。

⑮款段：马行迟缓从容的样子。

⑯下道斜驰：离开大路，抄取捷径。

⑰紧衔关(wān)弓：勒住马，拉开弓。紧，拉紧马勒，使马停步。关弓，弯弓。

⑱而：你。老饕(tāo)：大约是此叟的江湖绰号，意为老财迷或老馋鬼。宋苏轼有《老饕赋》："盖聚物之夭美，以养吾之老饕。"后因称贪馋者为"老饕"。

⑲箝：通"钳"。

⑳而翁：你老子。老饕自称。而，你的。手敌：亲手对付。

㉑连珠：即"连矢"，连珠箭，连弩所射出的箭。

㉒贯：穿入，射进。

㉓踣(bó)然：跌倒的样子。堕：从跛骡上跌落下来。

㉔恶剧：恶作剧，开不应该开的玩笑。

㉕骇逸：马受惊狂奔。

【译文】

当时晨雾濛濛，他决定暂且到路边的小店休息一下找点酒喝。店里还有一位须发斑白的老人和两个少年，他们正在北窗下饮酒。一个黄发蓬乱的僮仆站在旁边侍候。邢德坐在南边的座位,正和老人相对。僮仆给老人和少年倒酒时,不小心打翻了杯盘,弄脏了老人的衣服。一个少年见状大怒,立即揪住僮仆的耳朵,让他拿着佩巾为老人揩拭脏物。邢德又看见那闯祸的僮仆手指上都带着铁箭镍,每个镍有半寸厚,约有二两多重。吃过饭后,老人命令少年从革囊中取出银子,堆放在桌子上,一边称秤一边扳着手指计算,大约用了饮几杯酒的时间,才把所有的银子包裹好封上。然后,少年从马厩里牵出一匹跛脚的黑骡子来,扶着老人骑上,那僮仆也骑着一匹瘦马跟着老人出了店门。那两个少年把箭矢系在腰上,牵过马来一道策马而去。邢德窥见他们有那么多银子,斜着眼都看直了,一股贪婪的欲火烧炙着他。于是他放下酒杯,急忙尾随他们而去。邢德看见老人和僮仆在前面慢慢地行进,就离开正路抄小路斜插着冲到老人面前,拉满弓弦,怒视着老人。老人弯腰脱下左脚的靴子,微笑着说:"你不认识老饕吗?"邢德没有理睬老饕,而是用力拉满弓向他射去。老饕仰卧在马鞍上,伸出左脚,两个脚趾张开,就像钳子一样夹住了邢德射来的箭矢,笑着说:"你就这么一点儿本事,还用得着你老子亲自上手吗?"邢德一听,心中大怒,施展出他的拿手绝技——连珠箭——前箭刚发,后箭应声而至。老饕出手接住一支箭,好像根本没有料到他的连珠箭法似的,第二箭直接射入他的口中,只见猛然一跌,堕于马下,口中衔着箭头僵卧在地上。那僮仆也下了马。邢德心中暗喜,以为老饕中矢而死,便慢慢地走近老饕。突然间,僵卧着的老饕一跃而起,吐出箭矢,拍着手说:"初次见面,为什么就开这么大的玩笑呀?"邢德大吃一惊,坐骑也吓得撒腿狂奔。邢德这才知道老饕绝非等闲之辈,再也不敢返回劫掠了。

走三四十里,值方面纲纪囊物赴都①。要取之②,略可千金,意气始得扬③。方疾骛间④,闻后有蹄声。回首,则僮易跛骡来⑤,驶若飞,叱曰:"男子勿行! 猎取之货⑥,宜少瓜分⑦。"邢曰:"汝识'连珠箭邢某'否?"僮云:"适已承教矣。"邢以僮貌不扬,又无弓矢,易之⑧。一发三矢,连递不断⑨,如群隼飞翔⑩。僮殊不忙迫,手接二,口衔一,笑曰:"如此技艺,辱寞煞人⑪!乃翁偬遽⑫,未暇寻得弓来,此物亦无用处,请即掷还!"遂于指上脱铁镮,穿矢其中,以手力掷,呜呜风鸣。邢急拨以弓,弦适触铁镮,铿然断绝,弓亦绽裂。邢惊绝,未及觑避,矢过贯耳,不觉翻坠。僮下骑,便将搜括。邢以弓卧挞之。僮夺弓去,拗折为两,又折为四,抛置之。已,乃一手握邢两臂,一足踏邢两股,臂若缚,股若压,极力不能少动。腰中束带双叠,可骈三指许⑬,僮以一手捏之,随手断如灰烬。取金已,乃超乘⑭,作一举手,致声"孟浪"⑮,霍然径去⑯。

【注释】

①方面纲纪:地方大员的仆人。方面,主持一方军政事务的官员;明清时期一般称总督、巡抚为方面官、方面大员。纲纪,即纪纲之仆,指奴仆总管,亦可用作奴仆美称。

②要取:拦路劫取。

③扬:舒心,振作。

④疾骛(wù):乘马疾驰。

⑤易:这里是换乘的意思。

⑥猎取:夺取。

⑦瓜分:剖分,分一杯羹。

⑧易:轻视。

⑨连递(lóu):接连不断的样子。

⑩隼(sǔn):即鹞,又名"雀鹰",一种鸱属猛禽。

⑪辱寞煞人：犹言羞死人。辱寞，又写作"辱没"。

⑫偬遽（cōng jù）：匆忙，仓猝。

⑬骈（pián）三指许：大约三指并拢那么宽。骈，并。

⑭超乘：本称跃身上车（车乘），这里指黄发僮跳上骡背（乘骑）。

⑮孟浪：犹言卤莽、莽撞，是故作道歉的嘲讽语。

⑯霍然：疾速的样子。

【译文】

邢德骑着马又走了三四十里，正赶上地方官吏的管家，带着大批财物赴京。邢德拦路夺取过来，估计能有一千两银子，心里才开始舒展起来。正在急忙赶路之时，忽然听见远处传来阵阵蹄声。回头一看，却是刚才跟着老饕的那个僮仆，骑着老饕的那个瘸骡子飞奔而来，叱责他说："汉子站住！猎取的货物，应该多少分我们一些。"邢德说："你认识我'连珠箭邢某人'吗？"僮仆说："刚才已经领教了。"邢德看这僮仆貌不惊人，又没有弓箭，以为可以轻而易举地把他打发掉。于是他举箭连发三矢，这三箭连续不断，就像飞翔着的群鹰一样。那僮仆从容不迫，双手各接住一支，口中还衔住一支，笑着说："就这么点儿技艺，真是丢死人了！你老子今天走得匆忙，没来得及找只弓来，你这几支箭矢也没什么用处，还是还给你吧！"于是他从手指上摘下铁箭镞，把箭矢穿在中间，用力一掷，邢德只听耳边"呜呜"作响。急忙用弓拨挡，弓弦碰上铁箭镞，"当"的一声，弓弦断了，弓也绽裂开来。邢德被这僮仆的绝技惊呆了，还没来得及躲避，箭矢已射穿耳朵，邢德不觉翻身坠马。僮仆也下了马，正要搜索他的钱物。邢德躺在地上，用弓奋力击打僮仆。僮仆一把夺过弓，一折为二，又一折为四截，然后扔在地上。接着，僮仆一手握住邢德的两臂，一脚踩住他的双腿，邢德只觉得双臂像被绳索捆住，双腿像被重物压住一样，一动也动不了。邢德腰中扎了一条双层皮带，足有三指宽，僮仆用一只手轻轻一捏，手过之处皮带就像灰烬一样断开。僮仆取出邢德身上的财物，然后跳上马背，举手致意，说一声"冒犯了"，就飘然而去。

　　邢归，卒为善士①，每向人述往事不讳。此与刘东山事盖彷佛焉②。

【注释】

　　①善士：谓循礼守法，安分做人。

　　②刘东山事：大概这是明清之际广为流传的故事。据宋幼清《九籥集》卷二《刘东山》载，刘东山，明嘉靖时三辅捉盗人，自号连珠箭，认为无人可敌。一日途中遇一黄衫毡笠少年，携弓重二十。东山惶惧。少年劫东山车资以去。东山自此隐居卖酒。三年后，黄衫少年复至酒店，酬其千金。其事又见《初刻拍案惊奇·刘东山夸技顺城门》篇。

【译文】

　　邢德回到老家以后，终于成为一个品行端正、守法循礼的人，他常常毫不隐讳地向人们讲述这段往事。他的经历与刘东山的故事差不多。

连城

【题解】

　　就故事的框架而言，本篇所写无非是穷书生与富家子弟在婚姻的争夺战中获胜的故事。与传统故事相区别的，其一是，书生和少女除了才貌相当外，还有着浓厚的知己知情，这个知己知情浸润和寄托着蒲松龄的身世之感，所以他在"异史氏曰"中说："此知希之贵，贤豪所以感结而不能自已也。顾茫茫海内，遂使锦绣才人，仅倾心于蛾眉之一笑也。

悲夫！"其二是，连城和乔生为了结成连理，生而死，死而生，显而易见受到了汤显祖《牡丹亭》的影响，所以与蒲松龄同时代的王渔洋评论说："雅是情种，不意《牡丹亭》后，复有此人！"

小说极力描写连城和乔生的知己知情。为了对方，不惜献出最宝贵的东西。在乔生，为了救连城的病，豁出性命，毅然"闻而往，自出白刃，割膺授僧。血濡袍袴"；在连城，担心"恐事不谐，重负君矣。请先以鬼报也"，以贞操相许。对此，但明伦评论说："是真可以同生，可以同死；可以生而复死，可以死而不生。只此一情，充塞天地，感深知己。作者其有美人香草之遗意乎！"现代的读者可能觉得宾娘的出现是节外生枝，但在明清时代二女同嫁一夫并非不可思议。

小说在结构上也精心结撰。比如开首写乔生"与顾生善"作为伏笔；结末才交代乔生"名年，字大年"显示出叙事上的富于变化等等。

乔生，晋宁人①，少负才名，年二十馀，犹偃蹇②。为人有肝胆③。与顾生善，顾卒，时恤其妻子。邑宰以文相契重④，宰终于任，家口淹滞不能归⑤，生破产扶柩，往返二千馀里。以故士林益重之⑥，而家由此益替⑦。史孝廉有女，字连城，工刺绣，知书。父娇爱之。出所刺《倦绣图》，征少年题咏⑧，意在择婿。生献诗云：

　　　　慵鬟高髻绿婆娑⑨，早向兰窗绣碧荷⑩。
　　　　刺到鸳鸯魂欲断⑪，暗停针线蹙双蛾⑫。

又赞挑绣之工云：

　　　　绣线挑来似写生⑬，幅中花鸟自天成⑭。
　　　　当年织锦非长技，幸把回文感圣明⑮。

女得诗喜，对父称赏。父贫之，女逢人辄称道，又遣媪矫父命⑯，赠金以助灯火⑰。生叹曰："连城我知己也！"倾怀结想，如饥思啖。

【注释】

①晋宁：州县名。在云南省的中部，滇池的南岸。唐代始置晋宁县，元为晋宁州，明清因之。州治在今云南晋宁。

②偃蹇(jiǎn)：滞留困顿。谓科举不得志，尚未考中秀才。

③有肝胆：忠义诚信，敢作敢为。

④契重：投合，尊重。

⑤淹滞：困阻，久留。

⑥士林：读书人中间。

⑦替：衰败，零落。

⑧征：征集。题咏：题诗赞咏。

⑨慵鬟：困倦时的发鬟。婆娑(suō)：飘拂不整貌。

⑩兰窗：兰闺之窗，少女卧室的窗户。

⑪魂欲断：谓魂驰神往。

⑫暗停：默默停下。蹙(cù)双蛾：双眉紧蹙。

⑬挑：挑花，绣花时的一种工艺。写生：指画家对实物的描摹。

⑭天成：天然生成。

⑮"当年织锦"二句：意思是，与连城刺绣之美相比，当年苏蕙把回文图诗织在锦缎上算不得技巧高明，不过侥幸取得女皇武则天的赏识罢了。据《晋书·列女·窦滔妻传》：晋窦滔妻苏蕙，字若兰，善属文。窦滔仕前秦苻坚为秦州刺史，被徙流沙。苏氏在家织锦为回文旋图诗以寄。诗长八百四十一字，可宛转循环以读。武则天为作《璇玑图诗序》，称其"五彩相宣，莹心辉目"。

⑯矫：假托。

⑰助灯火：指资助乔生读书。灯火，古代夜间照明是一笔不小的费用。

【译文】

　　乔生是晋宁人，少年时就因才华出众而远近闻名，可是到了二十多岁，还是困顿而不得志。乔生为人很讲情义，对朋友能够做到肝胆相照。乔生与顾生是好朋友，顾生死后，乔生常去周济顾生的寡妻和儿女。晋宁县的县令很看重乔生的文才，两人情趣相投，后来县令死在任上，一家老少因贫困而滞留在晋宁无法返回故乡，乔生变卖了所有的家产护送县令的灵柩和家属回到故乡，这一趟往返路程有二千多里。因为这样的义举，读书人都更加看重他，可是他的家业却更加衰落了。有一位史孝廉，他的女儿叫史连城，擅长刺绣，又知书达礼。史孝廉十分疼爱这个宝贝女儿。于是他把连城的刺绣《倦绣图》拿出来展示，广泛征求少年才子题诗，意图为了给女儿选个有才华的丈夫。乔生也应征前来献诗，他的诗是这样写的：

　　　　慵鬟高髻绿婆娑，早向兰窗绣碧荷。

　　　　刺到鸳鸯魂欲断，暗停针线蹙双蛾。

　　乔生还写诗赞美连城刺绣技艺的高超，他是这样写的：

　　　　绣线挑来似写生，幅中花鸟自天成。

　　　　当年织锦非长技，幸把回文感圣明。

　　连城得到诗后非常高兴，对着父亲不住地称赞诗人的才华。史孝廉嫌乔生家太穷了，可是连城却逢人就赞扬乔生，还假托父亲的命令派仆妇给乔生送去银子，资助他读书学习。乔生感叹道："连城是我的知己呀！"从此，乔生对连城倾注了满怀的爱情，如饥似渴地思念着连城。

　　无何，女许字于鹾贾之子王化成①，生始绝望，然梦魂中犹佩戴之②。未几，女病瘵③，沉痼不起④。有西域头陀自谓能疗⑤，但须男子膺肉一钱⑥，捣合药屑。史使人诣王家告婿，婿笑曰："痴老翁，欲我剜心头肉也⑦！"使返，史乃言于人曰："有能割肉者妻之！"生闻而往，自出白刃，刲膺授僧⑧。血濡袍袴，僧敷药始止。合药三丸，三日服尽，疾若失。史将践其言⑨，先告王，王怒，欲讼官。史乃设筵招生，以千金列几上，曰："重负大德，请以相报。"因具白背盟之由。生怫然曰⑩："仆所以不爱膺肉者，聊以报知己耳，岂货肉哉！"拂袖而归。

【注释】

①许字：许婚。鹾（cuó）贾：盐商。《礼记·曲礼》："盐曰咸鹾。"

②佩戴：佩恩戴德，意思是感念不忘。

③瘵（zhài）：痨病，即肺病。

④沉痼（gù）：病势积久难医。

⑤头陀：梵文音译。泛指一切僧众，此特指行脚乞食僧人。

⑥膺：胸。钱：重量单位。中国市制中计算质量和重量的一种单位。一市斤的十分之一为一市两，一市两的十分之一为一市钱。

⑦心头肉：喻关系性命之物。此指膺肉。唐聂夷中《咏田家》："医得眼前疮，剜却心头肉。"

⑧刲（kuī）：割。

⑨践其言：履行自己的诺言。指以女妻乔生。

⑩怫（fèi）然：生气的样子。

【译文】

不久，连城被许配给盐商的儿子王化成，乔生这才感到绝望，可是连城一直在他梦魂中萦绕着，久久难以忘怀。不久，连城得了痨病，一病不起，危在旦夕。有个西域来的和尚自称能够治好连城的病，但是需要用一钱重的男子胸脯上的肉，捣碎了来配药。史孝廉派人到王化成家告诉这件事，王化成听后笑着说："这个傻老头，竟然想剜我的心头肉哩!"家人回来后把王化成的话转告给史孝廉,史孝廉于是当众宣布:"谁能为连城割肉,就把连城嫁给谁!"乔生听到这个消息来到了史家,他亲自用刀在自己胸脯上割下一块肉交给了西域和尚,鲜血很快染红了他的外衣和裤子,和尚为他敷上药才止住了血。和尚用乔生的肉制成三颗药丸,每天让连城服下一颗,三日后药丸吃完了,连城的病也痊愈了。史孝廉准备履行自己的诺言把连城嫁给乔生,事先跟王化成打了个招呼,谁知王化成闻信大怒,立即就要把史孝廉告到官府。史孝廉无奈,便设筵招待乔生,把一千两银子摆在桌子上,说:"我大大辜负了你的大恩大德,请允许我以此来报答你吧!"于是他详细叙述了违背诺言的缘由。乔生一听怒火中烧,说:"我之所以不爱惜自己心口之肉,是为了报答知己,难道是为了卖肉换银子吗!"说完拂袖而去。

女闻之,意良不忍,托媪慰谕之①,且云:"以彼才华,当不久落②。天下何患无佳人?我梦不祥,三年必死,不必与人争此泉下物也③。"生告媪曰:'士为知己者死'④,不以色也。诚恐连城未必真知我,但得真知我,不谐何害⑤?"媪代女郎矢诚自剖⑥。生曰:"果尔,相逢时,当为我一笑,死无憾!"媪既去,逾数日,生偶出,遇女自叔氏归,睨之。女秋波转顾,启齿嫣然⑦。生大喜曰:"连城真知我者!"会王氏来议吉期⑧,女前症又作,数月寻死。生往临吊⑨,一痛而绝,史舁送其家。

【注释】

①慰谕:安慰晓谕。

②不久落:不会长久地困顿。落,潦倒。

③泉下物:指死人。谓己不久将死。

④士为知己者死：汉司马迁《报任安书》："士为知己用，女为悦
　己容。"

⑤不谐：不能成事。指不能结为夫妻。何害：何妨。

⑥矢诚自剖：发誓自明心迹。

⑦嫣（yān）然：形容笑容的美好。嫣，《正字通》："巧笑态也。"

⑧吉期：好日子。指完婚日期。

⑨临吊：哭吊。哭死者叫"临"，慰问其亲属叫"吊"。

【译文】

　　连城听说了这件事，心中十分不忍，她托仆妇带话安慰乔生，并且说："以你的才华，不会长久地落魄下去。天下之大还怕没有佳人吗？我做过一个不祥的梦，三年之内必定要离开人世，你不必与人家争夺我这个快死的人了。"乔生让那仆妇转告连城："古人说：'士为知己者死'，并不是为了色相。我担心连城未必真的了解我，但凡能真的了解我，即使不结为夫妇又有什么关系？"仆妇替连城表白了一片诚意。乔生说："如果真是那样，相逢时连城能对我一笑，我就死而无憾了！"仆妇走后没几天，乔生偶然外出，正遇连城从叔叔家回来，就怔怔地看着她。连城秋波顾盼，看着乔生启齿嫣然一笑。乔生大为欢喜，说："连城真是我的知音呀！"等到王家派人来商议婚期时，连城的旧病复发，几个月后就死了。乔生前来吊唁，在连城的灵前痛哭一场倒地而亡，史孝廉派人把他抬回了家。

　　生自知已死，亦无所戚①。出村去，犹冀一见连城。遥望南北一道，行人连绪如蚁，因亦混身杂迹其中。俄顷，入一廨署②，值顾生，惊问："君何得来？"即把手将送令归。生太息，言："心事殊未了。"顾曰："仆在此典牍③，颇得委任。倘可效力，不惜也。"生问连城，顾即导生旋转多所，见连城

与一白衣女郎,泪睫惨黛④,藉坐廊隅⑤。见生至,骤起似喜,略问所来。生曰:"卿死,仆何敢生!"连城泣曰:"如此负义人,尚不吐弃之,身殉何为? 然已不能许君今生,愿矢来世耳⑥。"生告顾曰:"有事君自去,仆乐死不愿生矣。但烦稽连城托生何里⑦,行与俱去耳。"顾诺而去。

【注释】

①戚:痛苦。

②廨(xiè)署:衙门,官府办公之地。

③典牍:主管文书案卷。

④泪睫惨黛:犹言愁眉泪眼。惨,悲伤。黛,眉。

⑤藉坐廊隅:席地坐在廊下一角。

⑥矢:发誓。

⑦稽:稽查,核对。

【译文】

乔生知道自己已经死了,也没有什么可难过的。他信步走出村外,还希望能再看一眼连城。他向村外远远看去,有一条南北大道,道上的行人就像蚂蚁一样络绎不绝,乔生不知不觉也混迹在人群之中。过了一会儿,乔生走进一所公堂,正遇上老友顾生,顾生惊讶地问他:"你怎么来了?"说着就拉他的手要把他送回去。乔生叹了一口气说:"还有一件心事没有了结。"顾生说:"我在这里掌管文书案卷,很受上司的信任。倘若能为你效力,我一定在所不辞。"乔生向他询问连城的去向,顾生就领着乔生转来转去,找了好几处地方,终于看见连城正和一位白衣女郎在一起,表情凄然,泪迹斑斑,正席地坐在房檐下的角落里。连城看见乔生来了,立即站了起来,满心欢喜地问他是怎么来的。乔生说:"你撒手而去,我怎么敢继续活在人世!"连城哭着说:"像我这样负义的人,你还不早点儿放弃，为我殉死有什么意思？遗憾的是今生不能与你结为夫妻，但愿来世能与你再续前缘吧。"乔生回头对顾生说："你的事情多就请先走吧！我宁愿就这样死也不愿意重生。但是要麻烦你帮我查一下连城在哪里托生，我要跟她一块儿去。"顾生答应了乔生的请求后就离开了。

　　白衣女郎问生何人，连城为缅述之①。女郎闻之，若不胜悲。连城告生曰："此妾同姓，小字宾娘，长沙史太守女②。一路同来，遂相怜爱。"生视之，意态怜人。方欲研问，而顾已返，向生贺曰："我为君平章已确③，即教小娘子从君返魂，好否？"两人各喜。方将拜别，宾娘大哭曰："姊去，我安归？乞垂怜救，妾为姊捧帨耳④。"连城凄然，无所为计，转谋生，生又哀顾。顾难之，峻辞以为不可⑤。生固强之，乃曰："试妄为之⑥。"去食顷而返，摇手曰："何如？诚万分不能为力矣！"宾娘闻之，宛转娇啼。惟依连城肘下，恐其即去。惨怛无术⑦，相对默默，而睹其愁颜戚容，使人肺腑酸柔⑧。顾生愤然曰："请携宾娘去！脱有愆尤⑨，小生拼身受之！"宾娘乃喜，从生出。生忧其道远无侣，宾娘曰："妾从君去，不愿归也。"生曰："卿大痴矣。不归，何以得活也？他日至湖南，勿复走避，为幸多矣。"适有两媪摄牒赴长沙⑩，生属宾娘⑪，泣别而去。

【注释】

①缅述：详细追叙。缅，尽，详备。

②太守：明清时代对知府、知州的古称。

③平章已确：商办已妥。平章，商量处理。

④捧帨(shuì)：犹言捧巾栉、侍盥沐，意为居妾媵之位，给役侍奉。帨，佩巾，古代妇女用以擦拭不洁。《礼记·内则》规定"少事长，贱事贵"，都有"盥卒授巾"的礼节。

⑤峻辞：严肃地拒绝。峻，冷峻，严肃。

⑥试妄为之：试办一下看看。妄，姑妄。表示下循规章和没有把握。

⑦惨怛(dá)：忧伤，悲痛。

⑧肺腑酸柔：犹言心酸肠软。

⑨脱有愆(qiān)尤：假若有罪责、过失。脱，万一，假如。

⑩摄牒：携带公文。指出公差。

⑪生属(zhǔ)宾娘：乔生把携带宾娘的事嘱托两媪。属，嘱咐，意谓嘱托。

【译文】

白衣女郎问连城乔生是什么人，连城就把事情的经过告诉了白衣女郎。女郎一听，心中不胜悲痛。连城向乔生介绍白衣女郎，说："这是我的同姓姐妹，小名叫宾娘，是长沙府史太守的女儿。我们一路同来，所以互相怜爱。"乔生一看宾娘，花容月貌，惹人怜爱。正想详细询问宾娘的情况，顾生回来了，并对乔生祝贺道："我把你的事已经办理妥当了，马上就让小娘子跟从你回到人间，你看好不好？"乔生和连城都很高兴。正要和顾生辞别，宾娘大哭起来，哽咽着说："姐姐走了，我到哪里去？乞求你们可怜可怜我，救我出去，我愿意为姐姐做婢女，随从侍奉。"连城听罢心中悲伤，可是她想不出什么办法，便请乔生帮忙，乔生又转过来哀恳顾生。顾生特别为难，坚决地拒绝，说没有办法帮忙。乔生强迫他一定要帮忙，顾生推托不掉只好说："只好姑且试一试。"顾生去了一顿饭的工夫才返回来，他摇着手说："怎么办？确实是一点儿办法也没有了！"宾娘一听，又痛哭起来。她恋恋难舍地拽住连城的胳膊，

唯恐她即刻离去。众人满面愁容,毫无办法,只能默默地对视着,看着
她那悲愁哀伤的颜容,不禁心酸欲碎。顾生激动地说:“你们把宾娘带
走吧!如果有什么罪责,我豁出去一人承担!”宾娘这才高兴起来,跟着
乔生他们出来。乔生担心宾娘路远没有旅伴,宾娘说:“我跟你走,不愿
回家了。”乔生说:“你真是太傻了。你不回家,怎么能够复活呢?等以
后我到了湖南,你遇见了不躲避,那我就万分荣幸了。”当时,正好有两
个仆妇要去长沙送文书,乔生就让宾娘与她们结伴而行,宾娘这才含泪
与乔生和连城告别。

　　途中,连城行蹇缓①,里馀辄一息,凡十馀息,始见里门。
连城曰:“重生后,惧有反覆。请索妾骸骨来,妾以君家生,
当无悔也。”生然之。偕归生家。女怯怯若不能步②,生伫待
之。女曰:“妾至此,四肢摇摇,似无所主。志恐不遂,尚宜
审谋,不然,生后何能自由?”相将入侧厢中③,嘿定少时④,连
城笑曰:“君憎妾耶?”生惊问其故,赧然曰⑤:“恐事不谐,重
负君矣。请先以鬼报也。”生喜,极尽欢恋。因徘徊不敢遽
生,寄厢中者三日。连城曰:“谚有之:‘丑妇终须见姑嫜。’
戚戚于此,终非久计。”乃促生入。才至灵寝⑥,豁然顿苏。
家人惊异,进以汤水。生乃使人要史来⑦,请得连城之尸,自
言能活之。史喜,从其言,方舁入室,视之已醒。告父曰:
“儿已委身乔郎矣⑧,更无归理。如有变动,但仍一死!”史
归,遣婢往役给奉。

【注释】

①蹇(jiǎn)缓:行走缓慢。蹇,步履艰难,跛。

②惕惕：忧惧的样子。

③侧厢：偏房，正房旁边的屋子。

④嘿(mò)定：沉默定息。嘿，同"默"。

⑤赧(nǎn)然：脸红，不好意思的样子。

⑥灵寝：灵床，即停尸床。

⑦要：邀。

⑧委身：托身，许身。

【译文】

在回家的路上，连城走得非常缓慢，每走一里多路就要停下来歇息，一路上歇了十余次才看见城门。连城说："我重生以后，怕再有反复。请你把我的骸骨要来，我就在你家复活，他们就无法反悔了。"乔生也认为这是一个好主意。于是两人一块儿回到了乔生家。一进门，连城又忧虑又恐惧，好像迈不动步似的，乔生站在一旁等她。连城说："我一到这里，四肢飘摇，六神无主。就怕我们的意愿不能实现，所以还得好好谋划一下，否则，重生以后怎么能够自己做主呢？"两个人拉着手来到侧厢房中，四目相对，默默地凝望着，过了一会儿，连城笑着说："你厌恶我吗？"乔生惊讶万分，连忙问为什么，连城害羞地说："我担心复活后不能如愿以偿，再次辜负了你的深情厚意。请让我以鬼的身份先报答你吧！"乔生一听喜出望外，于是两人同床共枕，极尽欢娱。乔生却因贪恋男欢女爱，拖延着不愿意马上复活，两人在厢房中悄悄地住了三天。连城说："俗话说：'丑媳妇早晚也要见公婆。'我们整天提心吊胆地躲在这里，终究不是长久之计。"于是她催促乔生赶快进入灵堂。乔生刚刚走近自己的灵床，尸体立刻就苏醒过来了。乔生的家人惊异地不知道如何是好，赶快喂了他一些汤水。乔生让人赶快把史孝廉请来，并请求把连城的遗骸也送来，声称他能使连城复活。史孝廉闻信大喜，就按乔生说的，把连城的尸体送了过来，连城的尸体刚抬进乔生家门，连城就苏醒过来了。连城对父亲史孝廉说："女儿已经委身乔郎了，再也没有回家的道理了。如果还要把我嫁给别人，我只有再一次死去！"史孝廉回到家里，派遣婢女到乔生家侍候。

王闻，具词申理①，官受赂，判归王。生愤懑欲死，亦无奈之。连城至王家，忿不饮食，惟乞速死。室无人，则带悬梁上。越日，益惫，殆将奄逝②。王惧，送归史，史复舁归生。王知之，亦无如何，遂安焉。

【注释】

①具词申理：写状词申请判决。申理，审理，打官司。

②奄逝：死。

【译文】

王化成听说连城复活并委身乔生的消息后，恼羞成怒，写了份诉状告到官府，官员接受了王化成的贿赂，竟把连城判给了王化成。乔生愤怒至极，又没有什么办法。连城被迫嫁到了王家，气忿得不吃不喝，只求快一些死去。她甚至趁着屋里没人，把衣带挂在梁上要投缳自尽。过了一天，连城身体更加虚弱，奄奄一息了。王化成害怕了，赶紧把连城送回史家，史孝廉又把连城抬到乔生家。王化成听说后也没有什么办法，于是放手作罢。

连城起，每念宾娘，欲遣信探之①，以道远而艰于往。一日家人进曰："门有车马。"夫妇出视，则宾娘已至庭中矣。相见悲喜。太守亲诣送女，生延入。太守曰："小女子赖君复生，誓不他适，今从其志。"生叩谢如礼。孝廉亦至，叙宗好焉②。生名年，字大年。

【注释】

①信：古称使者为"信"。

②叙宗好：叙同宗之族谊，攀上了亲戚。孝廉与太守同姓史。

【译文】

连城痊愈以后，常常想念宾娘，打算派遣使者探听一下情况，可又因路途遥远，行路艰难而一直未能成行。一天，家人跑进来报告说："门外来了很多车马。"乔生夫妇出门一看，宾娘已经走进院子里来了。三人相见，悲喜交集。原来是宾娘的父亲史太守亲自送女儿来的，乔生忙把史太守迎入堂中。史太守说："小女子多亏了你才得以复生，她早已发誓绝不嫁给别人，今天我就成全她的心愿。"乔生向史太守行女婿叩拜岳父的大礼。这时，史孝廉也来了，与史太守又共叙了同宗的情谊。乔生名年，字大年。

异史氏曰：一笑之知，许之以身，世人或议其痴，彼田横五百人，岂尽愚哉①！此知希之贵，贤豪所以感结而不能自已也②。顾茫茫海内，遂使锦绣才人，仅倾心于蛾眉之一笑也③。悲夫！

【注释】

①"彼田横"二句：这是作者以田横部下五百人忠于田横的事迹，赞扬乔生与连城的情感是"士为知己者死"的同一精神的发扬。田横，秦末齐人。拒项羽，复齐地，自立为齐王。刘邦称帝后，田横率五百士逃往海岛。刘邦怕他作乱，下诏强迫他入洛阳，并答应给他封王封侯。田横行至距洛阳三十里的尸乡，因耻于向刘邦称臣，与从者皆自杀。岛上五百人闻讯后也全部自杀。事见《史记·田儋列传》。

②"此知"二句：意谓正因知己难求，所以贤豪之士对知遇之德感结于心。知希之贵，语本《老子》"知我者希，则我者贵"，而有变化。《文心雕龙·知音》："知音其难哉！音实难知，知实难逢。逢其知音，千载其一乎！"

③锦绣才人：才学富艳、诗文精美的读书人。此指乔生。唐柳宗元《乞巧文》："骈四俪六，锦心绣口。"

【译文】

异史氏说：因为一笑而相知，竟以生命相许，世人也许以为这样做实在是太傻了，秦末为知己而死的田横五百壮士难道都是傻子吗！由此可以想见知己的稀少和珍贵，所以贤人豪杰才会被知音的真情感动而不能自已。纵观天下茫茫，知音难觅，于是才使才华横溢的士子，仅仅渴望于女子的嫣然一笑。可悲呀！

霍生

【题解】

开玩笑，是一种善意的戏弄。应该有界限，有分寸，所谓"善戏谑兮不为虐"。但本篇由黄色故事所引发的悲剧，实际已经超出了开玩笑的界限。正文中的霍生无中生有，造谣污蔑；附录中的王氏故意设计性骚扰，并诬陷中伤，均出自于男性阴暗变态的心理，已非开玩笑，已经触犯刑律，他们受到惩罚也是罪有应得。不过，男人间的黄色笑话，却让无辜的女人承受痛苦，反映了男权社会的晦暗。而且，霍生和王氏所得的恶疾均来自于因果报应，也是蒲松龄的想象之词。

文登霍生①，与严生少相狎，长相谑也。口给交御②，惟恐不工。霍有邻姬，曾与严妻导产。偶与霍妇语，言其私处有两赘疣③,妇以告霍。霍与同党者谋,窥严将至,故窃语云:"某妻与我最昵。"众故不信。霍因捏造端末④,且云:"如不信,其阴侧有双疣。"严止窗外,听之既悉,不入径去。至家,苦掠其妻⑤,妻不服,榜益残⑥。妻不堪虐,自经死。霍始大悔,然亦不敢向严而白其诬矣⑦。

【注释】

①文登:县名。在山东省的东部。清代属登莱青道登州府,今属山东威海。

②口给交御:谓开玩笑斗嘴。口给,口齿敏捷。交御,互相应答。《论语·公冶长》:"御人以口给,屡憎于人。"《集注》:"御,当也,犹应答也。给,辩也。"

③赘疣(yóu):肉瘤刺瘊之类。《庄子·大宗师》:"附赘悬疣。"

④端末:犹言首尾、始末,指事情原委、过程。

⑤掠:拷打。

⑥榜益残:拷打的更加残暴。榜,拷打。

⑦白其诬:承认自己对严生的欺骗或对严妻的诬蔑。白,辩白,昭雪。诬,欺骗诬蔑之言。

【译文】

文登县的霍生和严生从小十分亲昵,经常在一起开玩笑。两人言辞敏捷,逞词斗嘴,唯恐自己的功夫不够精深。霍生的邻居是位老妪,曾经为严生的妻子接生。她偶然与霍生的妻子聊天,说起严生妻子的外阴上长了两个瘊子,霍妻把这件事告诉了丈夫。霍生于是和同伙定下计谋,准备和严开一个玩笑。等到严生快走近时,他故意与同伙们窃窃私语,说:"严某的妻子和我最亲密。"众人不信。霍生于是开始编故事,说得有板有眼,并且强调说:"你们如果不信,我可以告诉你们一个证据,她的外阴两侧长着一对瘊子。"严生站在窗外,把霍生这番话都听了进去,所以没有进门就直接走了。严生回到家里,残酷地毒打他的妻子,妻子不服,他就更加凶残地拷问她。严生的妻子不堪忍受这样的虐待,就上吊自杀了。霍生这才追悔莫及,却又不敢向严生说明真相为严妻洗清污点。

严妻既死,其鬼夜哭,举家不得宁焉。无何,严暴卒,鬼乃不哭。霍妇梦女子披发大叫曰:"我死得良苦,汝夫妻何得欢乐耶!"既醒而病,数日寻卒。霍亦梦女子指数诟骂,以掌批其吻①。惊而寤,觉唇际隐痛,扪之高起,三日而成双疣②,遂为痼疾②。不敢大言笑,启吻太骤,则痛不可忍。

【注释】

①吻:嘴。

②痼疾:久治不愈的病。

【译文】

严妻死后,她的阴魂整夜地啼哭,全家都不得安宁。不久,严生暴死,鬼魂就不再哭了。霍妻梦见有个女子披头散发地大喊大叫:"我死得好苦,你们夫妻为什么还快乐呢!"霍妻醒后就一病不起,几天后就死去了。不久,霍生也梦见一个女子指着他大声辱骂,用手掌打他的嘴巴。惊醒之后,他觉得嘴唇隐隐作痛,用手一摸才发现嘴唇已高高肿起来,三天以后嘴边长出两个瘊子,从此再也无法治愈。霍生再也不敢大声说笑,嘴张得太急了,就会疼痛难忍。

异史氏曰:死能为厉①,其气冤也。私病加于唇吻②,神而近于戏矣!

【注释】

①厉：厉鬼，即恶鬼。

②私病：生在隐秘之处的病。私，隐私。

【译文】

异史氏说：死后能够变成厉鬼，说明她的冤屈太深了。把受害者私处的病转嫁到害人者的唇吻上，实在是神奇而近于戏弄呵！

邑王氏与同窗某狎①。其妻归宁②，王知其驴善惊，先伏丛莽中③，伺妇至，暴出，驴惊妇堕。惟一僮从，不能扶妇乘。王乃殷勤抱控甚至④，妇亦不识谁何。王扬扬以此得意⑤，谓僮逐驴去，因得私其妇于莽中⑥，述袒袴履甚悉⑦。某闻，大惭而去。少间，自窗隙中，见某一手握刃，一手捉妻来，意甚怒恶。大惧，逾垣而逃。某从之，追二三里地，不及，始返。王尽力极奔，肺叶开张，以是得吼疾，数年不愈焉。

【注释】

①狎（xiá）：亲密而不庄重。

②归宁：回娘家省亲。宁，问安。

③丛莽：丛生杂乱的草木。

④抱控：抱其人，控其驴。指扶某妻乘坐。

⑤扬扬：得意的样子。

⑥私：奸污。

⑦袒（rì）袴（kù）履：贴身的衣、裤和鞋子。《说文》："袒，日日所常衣。"即内衣。袴，同"裤"。

【译文】

县里有个姓王的，与一位同窗好友的关系特别亲密。有一次这位同学的妻子回娘家，王某知道她骑的驴子容易受惊，就事先埋伏在路旁的草丛中，等到妇人骑着驴子来到，王某突然跳出，驴受惊，妇人从驴上堕下。这时妇人身边只有一个僮仆跟着，不能扶妇人骑上驴背。于是王某殷勤地扶着妇人跨上了驴背，他半扶半抱，妇人也不认得他是谁。从此，王某就得意洋洋地炫耀，声称僮仆去追赶驴的时候，他在草丛中与妇人私通了，并把妇人当时穿的内衣、裤子、鞋子描述得特别详细。妇人的丈夫听到这件事，十分惭愧地走开了。不一会儿，王某在窗隙中看见他的同学一手握刀，一手抓着妻子，怒气冲冲地杀来了。王某大为惊惧，赶紧越墙逃跑。他的同学在后面紧追不舍，一直追了二三里地，没有追上，才回去。王某因为尽力狂奔，肺叶都张开了，因此得了哮喘病，治了好多年都没有治好。

汪士秀

【题解】

在传统文化里，中国是一个农业国家，并不十分重视水的资源。即使是妖怪，也称山精木魅，狼虫虎豹，相对而言，鱼鳖虾蟹的故事比较少。六朝志怪、唐代传奇里是如此，在《聊斋志异》里也是这样。

《汪士秀》篇是罕见的写鱼精的故事：写鱼精在月夜下，在水面上，以鱼胛蹴鞠。无论是写鱼精的服饰"头上巾皆皂色，峨峨然下连肩背，制绝奇古"，相貌是"面皆漆黑，睛大于榴"；还是写蹴鞠在月下"大可盈抱，中如水银满贮，表里通明"，游戏时"蹴起丈馀，光摇摇射人眼"，"踏猛似破，腾寻丈，中有漏光，下射如虹，蛬然疾落，又如经天之彗，直投水中，滚滚作沸泡声而灭"。乃至写与鱼精的搏斗，都展现出蒲松龄惊人的想象力和表达力！王渔洋赞叹说："此条亦恢诡。"

汪士秀，庐州人①，刚勇有力，能举石舂②。父子善蹴鞠③。父四十馀，过钱塘没焉④。积八九年，汪以故诣湖南，夜泊洞庭⑤。时望月东升⑥，澄江如练⑦。方眺瞩间，忽有五人自湖中出，携大席，平铺水面，略可半亩。纷陈酒馔，馔器磨触作响⑧，然声温厚，不类陶瓦。已而三人践席坐，二人侍饮。坐者一衣黄，二衣白，头上巾皆皂色，峨峨然下连肩背⑨，制绝奇古⑩，而月色微茫⑪，不甚可晰。侍者俱褐衣，其一似童，其一似叟也。但闻黄衣人曰："今夜月色大佳，足供快饮⑫。"白衣者曰："此夕风景，大似广利王宴梨花岛时⑬。"三人互劝，引釂竞浮白⑭。但语略小，即不可闻。舟人隐伏，不敢动息⑮。

【注释】

①庐州：在江淮之间，巢湖之滨。隋开皇年间改"合州"为"庐州"。明清因之，治所在今安徽合肥。

②石舂：捣米的石臼。

③蹴鞠（cù jū）：类似今之踢球。起源很早，《战国策》和《史记》都有记载。本是古代军中习武之戏，流衍为一种娱乐性活动。鞠，古代一种用革制作的毬。

④钱塘：钱塘江。浙江之下游，经杭州南，入东海。没：谓落水溺死。

⑤洞庭：洞庭湖。在湖南省北部，长江南岸。

⑥望月：夏历每月十五日的月亮。

⑦澄江如练：明净的江水好像平铺的白绢。语本南朝齐谢朓《晚登三山还望京邑》诗中"澄江静如练"之句。

⑧馔（zhuàn）器：食具。馔，食物。

⑨峨峨然：高貌。

⑩制绝奇古：样式非常稀奇古怪。

⑪微茫：隐约，模糊。

⑫快饮：痛快饮用。

⑬广利王：南海神的封号。唐天宝十载（751）正月，册封南海神为广利王，见韩愈《南海神庙碑》及樊汝霖、孙汝听注。梨花岛：疑指海南岛。因岛上有梨山（即五指山，旧名"黎母山"），故为拟此名。其地在南海中，属于广利王的管辖范围。

⑭引觯（jiào）竞浮白：谓干杯之后，争着为对方斟酒。引，举杯饮尽。觯，即爵，酒器。浮白，用大杯罚酒。此指为对方斟酒。

⑮动息：动弹和呼吸。

【译文】

　　汪士秀是庐州人，他刚勇有力，能举起捣米用的石臼。他和父亲都擅长踢球。汪士秀的父亲在四十多岁时，在渡钱塘江的时候不幸遇难沉江。八九年后，汪士秀到湖南办事，夜晚船停泊在洞庭湖边上。只见一轮满月从东方升起，把一湖清澈的湖水映照得如同一条白练。汪士秀正在眺望湖面的时候，忽然看见湖水中跳出五个人来，他们拿着一张大席子，平铺在水面上，大约有半亩地那么大。他们在席上摆上酒菜，酒器餐具因碰撞发出一些响声，但是这些声音很温厚，不像陶器和瓷器碰撞后发出的声音。过了一会儿，三个人坐在席子上饮酒，两个人站在旁边侍饮。坐着的三位中一位身穿黄衣着，另外两位穿着白衣服，他们的头上都扎着黑色的头巾，头巾高耸，下面连着肩背，这种打扮非常稀奇古怪，无奈月色微茫，看不太清楚。两位侍者都穿褐色的衣服，其中一位像是儿童，另一位像是老翁。只听穿黄色衣服的人说："今晚月色太好了，足以供我们痛痛快快地喝上一场。"一位穿白色衣服的人说："今晚的风景，很像南海海神广利王在梨花岛设宴时的情景。"三个人相互劝酒，举杯竞相痛饮起来。但是声音略有些小，最后小到完全听不见了。船工们见状都躲藏在船中，一动也不敢动。

汪细审侍者，叟酷类父，而听其言，又非父声。二漏将残，忽一人曰："趁此明月，宜一击毬为乐。"即见僮汲水中①，取一圆出②，大可盈抱，中如水银满贮，表里通明。坐者尽起。黄衣人呼叟共蹴之，蹴起丈馀，光摇摇射人眼。俄而礇然远起③，飞堕舟中。汪技痒④，极力踏去，觉异常轻软。踏猛似破，腾寻丈⑤，中有漏光，下射如虹，虫然疾落⑥，又如经天之彗⑦，直投水中，滚滚作沸泡声而灭⑧。席中共怒曰："何物生人，败我清兴！"叟笑曰："不恶不恶，此吾家流星拐也⑨。"白衣人嗔其语戏⑩，怒曰："都方厌恼，老奴何得作欢？便同小乌皮捉得狂子来，不然，胫股当有椎吃也⑪！"汪计无所逃，即亦不畏，捉刀立舟中。

【注释】

①汲：原意为从井中取水，这里是从湖中捞取的意思。

②圆：即毬。

③礇：同"訇（hōng）"，大声。

④技痒：由于喜爱娴熟某种伎艺，极欲自显本领。

⑤寻丈：一丈左右。寻，八尺。

⑥虫然：象声词。

⑦彗：彗星，即流星。又名"扫帚星"。

⑧作沸泡声：发出沸水中气泡冒出的声音。

⑨流星拐：蹴鞠踢法的一种。何垠注："流星拐，蹴鞠采名也。如腾起左脚，即以右脚从后蹴鞠始起也。"

⑩戏：戏侮，开玩笑。

⑪椎（chuí）：棒槌。

【译文】

　　汪士秀细看那站着侍酒的老翁，酷似他的父亲，可是听他说话，又不是父亲的声音。二更将尽的时候，忽然听见一个人说："趁今晚明月当空，应该踢一场球作乐。"随即汪士秀看见那小童没入水中，从水中取出一个大圆球，有双手合抱那么大，球中好像贮满了水银，里外通明。坐着的三位都站了起来。穿黄衣服的人招呼侍酒的老翁过来一块儿踢球，老翁一脚就把球踢出一丈多高，球在半空中闪闪发亮，照得人睁不开眼睛。忽然，球訇然从远处飞来，直落在汪士秀乘坐的船中。汪士秀只觉得脚尖发痒，飞起一脚用力踢去，只觉得这个大球又轻又软。他这一脚用力太猛，好像把球踢破了，球飞起一丈多高，从球中漏出一些光来，光随着球的下落，在夜空划出一道绚丽的彩虹，最后，球"嗤"的一声疾速落入水中，就像在天空中划过的彗星落入水中一样，水中发出像开锅一样的声音，冒出一串水泡，然后就消失了。席上的人一起怒喝："哪来的生人，败了我们的雅兴！"那老翁却笑着说："不错不错，这一脚是我家传的流星拐绝招。"白衣人对老翁胡乱说话很不满，大怒道："我们都在气头上，你这老奴为什么这么开心？赶快和小乌皮一起把那个狂妄之徒抓来，否则，你的大腿就要挨棍子了！"汪士秀一看情形估计是逃不掉了，心中也就无所畏惧了，他手提大刀站在船头准备迎战。

　　俄见僮叟操兵来①，汪注视，真其父也，疾呼："阿翁！儿在此。"叟大骇，相顾凄断②。僮即反身去。叟曰："儿急作匿，不然都死矣。"言未已，三人忽已登舟，面皆漆黑，睛大于榴，攫叟出。汪力与夺，摇舟断缆。汪以刀截其臂落，黄衣者乃逃。一白衣人奔汪，汪剁其颅，堕水有声，哄然俱没。方谋夜渡，旋见巨喙出水面③，深若井，四面湖水奔注，砰砰作响。俄一喷涌,则浪接星斗,万舟簸荡。湖人大恐。舟上有石鼓二④,皆重百斤。汪举一以投,激水雷鸣,浪渐消。又投其一,风波悉平。汪疑父为鬼,叟曰:"我固未尝死也。溺江者十九人,皆为妖物所食,我以蹴圆得全⑤。物得罪于钱塘君⑥,故移避洞庭耳。三人鱼精,所蹴鱼胞也⑦。"父子聚喜,中夜击棹而去⑧。天明,见舟中有鱼翅⑨,径四五尺许,乃悟是夜间所断臂也。

【注释】

①倏(shū):忽然,迅速。

②凄断:凄绝,极度伤心。

③喙(huì):嘴。

④石鼓:当指石制鼓状坐具,即石墩。

⑤蹴圆:踏毬,即蹴鞠。

⑥钱塘君:钱塘江神。唐人李朝威传奇《柳毅传》谓钱塘江神龙为钱塘君。

⑦鱼胞:疑指鱼脬(pāo)。鱼体内贮存空气用以调节升沉和平衡的器官。

⑧击棹:划船。棹,船桨。

⑨鱼翅:鱼鳍。

【译文】

转眼间,小童和老人手持兵器已经到了眼前,汪士秀定睛一看,那老翁真是他的父亲,于是他大声疾呼:"老爹!儿子在此。"老翁闻声大惊失色,父子四目相对,黯然神伤。小童见状匆忙往回返。老翁说:"儿呀,你赶快藏起来,不然咱们都得死!"他的话音未落,席上的三人倏忽间已经登上了汪士秀的船,这三人面色漆黑,两只眼睛比石榴还大,他们抓住老翁要走。汪士秀与他们奋力争夺，船在剧烈地摇晃，缆绳终于绷断了。汪士秀一刀砍去，一个黄衣人的臂膀应声断落，随后就逃走了。一个白衣人又奔着汪士秀杀来，汪士秀一刀砍下他的脑袋，脑袋落入水中发出"咕咚"的声音，然后就沉了下去。汪士秀打算趁黑夜渡过湖去，忽然看见一张大嘴伸出水面，像井一样深，大嘴四面的湖水向中间灌注，"呼呼"作响。突然大嘴猛地喷出一股水柱，巨浪滔天，好像能与星斗相接，湖面上所有的船都激烈地摇晃起来。船上的人都十分恐惧。汪士秀的船上恰巧有两个大石鼓，每个都重达百斤。汪士秀举起一个石鼓向湖中张着的大嘴投去，湖水中顿时发出雷鸣般的巨响，随后浪渐渐地平息了。汪士秀又投入一个石鼓，湖面上立即风平浪静了。汪士秀怀疑父亲是鬼，老人说："我本来就没有死。当年溺江的十九个人，都被妖怪吞食了，我因为擅长踢球而得以幸免。妖怪得罪了钱塘江水神，所以转移到洞庭湖躲避。三个人都是鱼精，他们踢的是鱼鳔。"父子二人尽享重聚的喜悦，半夜就划船远走了。天亮以后，他们看见船中有个大鱼翅，有四五尺粗，明白那是夜间砍断的黄衣鱼精的胳膊。

商三官

【题解】

本篇写少女商三官，其父被势豪所杀，在官府不能主持公正的情况下，乔装易服，女扮男装，手刃仇人的故事。从一个侧面反映了明清社会司法吏治的黑暗，优人低下的社会地位。蒲松龄对于商三官的行为非常赞赏，称"即萧萧易水，亦将羞而不流"。并将故事写入聊斋俚曲《寒森曲》中。王渔洋对于《商三官》篇也很欣赏，阅读之后，认为"庞娥，谢小娥，得此鼎足矣"。

商三官易服离家之前，小说主要是通过商三官的言论，与其兄长对照，直接展示其孝心，其决断、沉静而理智的性格。商三官化妆为优，潜入势豪家后,则主要是通过别人的观察暗写,通过回溯优人李玉不寻常的举止,显示商三官心机细密,从容果决的性格。

故诸葛城①,有商士禹者,士人也。以醉谑忤邑豪②,豪嗾家奴乱捶之③,舁归而死。禹二子,长曰臣,次曰礼。一女曰三官,年十六,出阁有期④,以父故不果。两兄出讼,经岁不得结。婿家遣人参母⑤,请从权毕姻事⑥,母将许之。女进曰:"焉有父尸未寒而行吉礼⑦?彼独无父母乎?"婿家闻之,惭而止。无何,两兄讼不得直,负屈归,举家悲愤。兄弟谋留父尸,张再讼之本⑧。三官曰:"人被杀而不理,时事可知矣。天将为汝兄弟专生一阎罗包老耶⑨?骨骸暴露,于心何忍矣!"二兄服其言,乃葬父。葬已,三官夜遁,不知所往。母惭怍⑩,唯恐婿家知,不敢告族党⑪,但嘱二子冥冥侦察之⑫。

【注释】

①诸葛城:位于山东临沂城北白沙埠镇东北 6 公里处,东临沂河。这座古城遗址,周长 4.5 公里,今只存残碑及银杏树一株等物。《沂州府志·古迹》称:"诸葛城,亦名中邱城,在县东北三十里。《后汉志》琅琊临沂县有中邱亭,即此。后诸葛亮来居于此。"

②醉谑:醉酒戏言。忤:冒犯。

③嗾(sǒu):嗾使,指使。

④出阁:原指公主出嫁,后通指女子出嫁。有期:定了日子。

⑤参母:拜见三官之母。

⑥从权:根据非常情况,变通行事。旧时父丧未满三年,子女不能成婚。婿家欲提前毕姻事,故曰"从权"。

728   聊斋志异

⑦吉礼:指婚礼。

⑧张再讼之本:作为再次向官府申诉的依据。预为将来行事作准备,叫"张本"。

⑨阎罗包老:指宋代包拯。包拯,字希仁,合肥人。官至枢密副使。知开封府时,严明廉正,时谚有云:"关节不到,有阎罗包老。"意谓包拯像阎王那样铁面无私。见《宋史·列传七十五》。

⑩惭怍:羞愧。

⑪族党:聚居的同族亲属。《左传·襄公二十三年》:"晋人克栾盈于曲沃,尽杀栾氏之族党。"

⑫冥冥:暗地里。

【译文】

　　从前,诸葛城里有个叫商士禹的,是个读书人。有一次因为喝醉酒后说了几句笑话,惹怒了城里的一个豪绅,这个豪绅就指使家奴把他痛打了一顿,抬回家就断了气。商士禹有两个儿子,大儿子叫商臣,二儿子叫商礼。还有一个女儿名叫商三官,年仅十六岁,本来出嫁的日子早就订好了,只是因为父亲暴死,婚事就耽搁下来了,三官的两个哥哥出去打官司,一年下来案子还是结不了。三官的夫家派人来找三官的母亲商量,建议根据眼前的情况变通行事,最好先把三官的亲事办了,三官的母亲准备同意亲家的提议。可三官却上前对母亲说:"天下哪有父亲尸骨未寒而女儿就举行婚礼的道理呢? 难道他就没有父亲母亲吗?"三官夫家的人听了三官的这番话惭愧得不得了,就放弃了原来的打算。不久,三官的两个哥哥官司打输了,满怀冤恨地回到家里,全家人都悲愤不已。三官的哥哥们主张把父亲的尸体停留不葬,以备为再次向官府申诉告状留下证据。三官说:"人被杀害了都不管,这个世道已经可想而知了。老天会为你兄弟专生出个阎罗包公来吗? 父亲的遗骨一直暴露在外,我们于心何忍呢!"两个哥哥认为她说的很有道理,于是就安葬了父亲。葬礼结束后不久,三官就在一个夜里离家出走,谁也不知道她到什么地方去了。三官的母亲又不安又惭愧,唯恐三官的夫家知道这件事,所以不敢告诉宗族和亲友,只是叫两个儿子暗中察访三官的下落。

几半年,杳不可寻。会豪诞辰,招优为戏①。优人孙淳携二弟子往执役。其一王成,姿容平等②,而音词清彻,群赞赏焉。其一李玉,貌韶秀如好女③,呼令歌,辞以不稔④,强之,所度曲半杂儿女俚谣⑤,合座为之鼓掌。孙大惭,白主人:"此子从学未久,只解行觞耳⑥。幸勿罪责。"即命行酒。玉往来给奉,善觑主人意向,豪悦之。酒阑人散,留与同寝。玉代豪拂榻解履,殷勤周至。醉语狎之,但有展笑⑦。豪惑益甚,尽遣诸仆去,独留玉。玉伺诸仆去,阖扉下楗焉⑧。诸仆就别室饮。

【注释】

①优:优伶,即下文"优人"。旧时对乐舞、百戏的从业艺人的通称。

②平等:平常,一般。

③韶秀:美好秀丽。好女:美女。

④稔(rěn):熟悉。

⑤所度曲:这里指所唱曲。创制曲词或按谱歌曲,通称"度曲"。俚谣:民间的通俗歌谣。

⑥行觞:即"行酒",为客人依次斟酒,陪酒。

⑦展笑:微笑,展颜为笑。

⑧阖(hé):关闭。楗:门闩。

【译文】

差不多过了半年的时间,三官还是杳无踪影。有一天,正是害死三官父亲的那个豪绅的生日，为了祝寿，豪绅请来许多唱戏的前来助兴。戏子孙淳带着他的两个弟子也来了。他的弟子一个叫王成，长相虽然平常，但唱起戏来字正腔圆，博得了满堂喝彩。另一个弟子叫李玉，长相很出众，如同美女一样，客人们让他唱戏，他推托说戏文不熟不肯唱，强迫他唱时，他的曲子里夹杂了不少小儿女的通俗歌谣，引起在座的客人鼓掌欢笑。师傅孙淳非常惭愧，他在主人面前解释说："我这个弟子学戏时间不长，只学会了一些敬酒的礼节，请您不要怪罪他。"于是豪绅就命李玉给客人们敬酒。李玉在客人们中间穿梭往来捧杯劝酒，很善于看主人的眼色行事，豪绅非常喜欢他。席终人散之后，豪绅把李玉留下与他同寝。李玉殷勤地为豪绅扫床铺被、宽衣脱鞋，侍候得特别周到。豪绅醉醺醺地说着脏话挑逗他，李玉只是展颜微笑，并不恼火。豪绅越来越喜欢李玉，完全被他迷住了，于是，他把仆人们全都打发走，只留下李玉陪着他。李玉看到仆人们都走了，就关上了门，用门闩把门反锁上了。仆人们离开主人后，就到别的房间饮酒聊天去了。

　　移时，闻厅事中格格有声①。一仆往觇之②，见室内冥黑，寂不闻声。行将旋踵③，忽有响声甚厉，如悬重物而断其索。呕问之，并无应者。呼众排阖入④，则主人身首两断，玉自经死，绳绝堕地上，梁间颈际，残绠俨然⑤。众大骇，传告内阃⑥，群集莫解。众移玉尸于庭，觉其袜履，虚若无足，解之，则素舄如钩⑦，盖女子也，益骇。呼孙淳诘之。淳骇极，不知所对，但云："玉月前投作弟子，愿从寿主人⑧，实不知从来。"以其服凶⑨，疑是商家刺客，暂以二人逻守之。女貌如生，抚之，肢体温软。二人窃谋淫之。一人抱尸转侧，方将缓其结束⑩，忽脑如物击，口血暴注，顷刻已死。其一大惊，告众，众敬若神明焉，且以告郡。郡官问臣及礼，并言："不知。但妹亡去，已半载矣。"俾往验视，果三官。官奇之，判二兄领葬，敕豪家勿仇⑪。

【注释】

①厅事：正厅。古代官员办公听讼的正房叫"听事"，后来私家堂屋正厅也称"听事"，通常写作"厅事"。

②觇（chān）：看。

③旋踵（zhǒng）：回步，转身。

④排阖（hé）：打开关闭的房门。

⑤绠（gěng）：绳。

⑥内闼（tà）：内宅。指内眷。

⑦素舃（xì）：服丧者所穿白鞋。

⑧从寿：跟着祝寿。

⑨服凶：指穿有白鞋之类丧服。

⑩缓其结束：解开她衣服上的带结。

⑪敕：训诫。

【译文】

过了一会儿，主人的房里传来"格格"的声音。一个仆人赶紧跑过去察看究竟，只见主人的房中漆黑一团，一点儿声音都没有。这个仆人正要调头往回走，忽然传来一声巨响，就像悬挂重物的绳索突然绷断一样。仆人急忙大声询问，可是没有人回答。仆人连忙招呼众人，众仆人把门砸开，冲了进去，只见主人早已身首异处，李玉上吊自杀，绳子断了，跌落在地上，房梁上，李玉的脖子上还挂着断了的绳带。众人大惊，赶紧把情况向主人内宅家眷报告，全家主仆都聚集在出事的地点，谁也搞不清楚这到底是怎么回事。当人们把李玉的尸体往院子里抬的时候，觉得鞋和袜子里空瘪瘪的，好像没有脚一样，把李玉的鞋袜脱下来一看，原来是一双穿着白色孝鞋的三寸金莲，李玉竟是一位女子！众人更加惊骇不已。他们赶紧把李玉的师傅孙淳唤来严加盘问。孙淳完全被眼前发生的一切吓坏了，不知道怎样回答这一连串的诘问，只是说："李玉是一个月前投到我门下做弟子的，愿意跟随我来为主人祝寿，我确实不知道她是从哪儿来的。"因为她穿着孝服，人们都怀疑她是商士禹家派来的刺客，豪绅家临时派两个仆人看守她的尸体。这两人看见李玉的面容像活人一样有生气，摸摸她的身体，温暖而又柔软。两个人偷偷地策划着奸尸。其中一个先动手抱住尸体，将她翻转过来，正要解开她的衣服，忽然他的头部好像被什么东西猛击了一下，大口大口地从口中喷出血来，转眼之间就咽了气。另外一个人见状惊恐万分，赶紧告诉众人，这样一来，人们不由得对李玉敬若神明，第二天，豪绅的家人向衙门报了案。地方官唤来商臣和商礼细加盘问，兄弟二人都说："不知道这回事。只是妹妹商三官离家出走已有半年之久了。"地方官让商臣和商礼验看李玉的尸体，结果李玉果然就是三官。地方官对三官的义举感到非常惊奇而又同情，于是从宽判决，命商家兄弟领回三官的尸体好好安葬，又命令豪绅家的人息事宁人，不要与商家为仇，图谋报复。

　　异史氏曰：家有女豫让而不知①，则兄之为丈夫者可知矣。然三官之为人，即萧萧易水，亦将羞而不流②，况碌碌与世浮沉者耶③！愿天下闺中人，买丝绣之④，其功德当不减于奉壮缪也⑤。

【注释】

①女豫让：女刺客。指商三官。豫让，战国晋人，跟随智伯。智伯被赵襄子联合韩、魏所灭，豫让于是"漆身为厉，吞炭为哑"，自毁形貌为智伯报仇。未果，遂伏剑自杀。见《史记·刺客列传》。

②萧萧易水，亦将羞而不流：荆轲与商三官相较，也将自愧不如。

战国末,荆轲为燕太子丹行刺秦王。临行,太子丹祖送易水上,
荆轲因作歌示志,曰:"风萧萧兮易水寒,壮士一去兮不复还!"及
击秦王不中,被杀。见《战国策·燕策》《史记·刺客列传》。

③碌碌与世浮沉者:庸懦无为之辈。指与世浮沉,随波逐流、无所
作为的人。碌碌,平庸无能。

④买丝绣之:意谓绣制商三官之像,供奉起来,以示敬仰。

⑤壮缪(móu):即关羽,蜀汉后主景耀三年(260)追封为壮缪侯。封
建时代称关羽为"关公"、"关圣",立祠祀奉,以歌颂其忠烈,明清
两代尤其盛行。

【译文】

异史氏说:家中有像古代豫让这样的豪杰却不知道,商氏兄弟作为
男子的为人可想而知了。纵观商三官的为人,即使是萧萧易水也会羞
愧地停住不流,更何况那些碌碌无为随世沉浮的庸人呢!愿天下所有
的女子,都买丝线绣出三官的绣像供奉,这种功德与供奉关帝相比丝毫
不会逊色。

于江

【题解】

本篇写农家孩子于江父亲被狼所食,他为父报仇,连杀四狼的故
事。于江所杀四狼的地点、时间、工具、方法大致相同,而且具有连续
性,蒲松龄写起来却绘声绘色,富于感情色彩,叙述得摇曳多姿,读后不
仅对于主人公的孝行油然起敬,而且由于故事虽单纯但不单调,曲折而
引人入胜,令人百读不厌。

乡民于江,父宿田间,为狼所食。江时年十六,得父遗

履,悲恨欲死。夜俟母寝①,潜持铁槌去②,眠父所,冀报父仇。少间,一狼来,逡巡嗅之③,江不动。无何,摇尾扫其额,又渐俯首舐其股④,江迄不动。既而欢跃直前,将龁其领⑤。江急以锤击狼脑,立毙。起置草中。少间,又一狼来,如前状,又毙之。以至中夜,杳无至者。忽小睡,梦父曰:"杀二物,足泄我恨。然首杀我者⑥,其鼻白,此都非是。"江醒,坚卧以伺之。既明,无所复得。欲曳狼归,恐惊母,遂投诸眢井而归⑦。至夜复往,亦无至者。如此三四夜。忽一狼来啮其足⑧,曳之以行。行数步,棘刺肉,石伤肤。江若死者。狼乃置之地上,意将龁腹。江骤起锤之,仆,又连锤之,毙。细视之,真白鼻也。大喜,负之以归,始告母。母泣从去,探眢井,得二狼焉。

【注释】

①俟(sì):等待。

②槌:同"椎",捶击的器具。

③逡(qūn)巡:迟疑徘徊。

④舐(shì):舔。

⑤龁(hé)其领:咬于江的脖子。龁,咬。

⑥首杀:领头杀害。

⑦诸:之于。眢(yuān)井:枯井。《左传·宣公十二年》:"目于眢井而拯之。"注:"废井也。"

⑧啮(niè):啃,咬。

【译文】

有一个农民叫于江,他的父亲夜里睡在田间,不幸被狼吃掉了。于江当时只有十六岁,他捡到父亲丢下的鞋子,悲恸欲绝。这天夜里,于江等到母亲睡着了,拿着大铁锤悄悄地走出了家门,来到田间,躺在父亲遇难的地方,等待机会为父报仇。不久,来了一只狼,它在于江的身边走来走去,东嗅嗅西嗅嗅,于江一动也不动。过了一会儿,狼开始用它毛茸茸的大尾巴扫于江的额头,然后又渐渐地低下头,去舔他的大腿,于江还是一动也不动。紧接着,狼欢快地跳到了于江面前,正要张口咬他的脖子。于江猛然挥起铁锤击狼的头部,狼立即毙命倒地。于江一跃而起,把狼的尸体藏在草里。过了一会儿,又来了一只狼,跟前面那只狼一样,先嗅再扫,然后欲咬,于江把它也杀掉了。这时已是半夜时分,不再有狼的踪影。忽然一阵睡意袭来,于江打了个盹,梦见父亲对他说:"你杀了两只狼,已足以泄我心头之恨。但是带头杀害我的那个恶狼,鼻头是白色的,现在毙命的这两只都不是。"于江醒后,坚持躺在那里等待那只白鼻子的恶狼来。就这样一直等到天亮,还是没有等到。于江想把那只死狼拖回家去,却害怕惊吓着母亲,于是就把狼扔到一口枯井里才回家。第二天夜里,于江又去田间等候,还是一无所获。就这样又过了三四个夜晚。忽然一只狼来了,咬住于江的脚,拖着他走。刚走了没有几步远,荆棘刺进他的肉中,石头划破了他的皮肤,于江忍着,一动不动,像死人一样。狼这才把他扔在地上,想要咬他的腹部。于江突然跃起,举起铁锤向恶狼猛砸过去,恶狼倒下了,于江又连砸几下,狼被砸死了。于江这才仔细观察这只狼,果真长着白鼻头。于江大喜,扛起恶狼回到家里,这才把复仇的经过告诉母亲。母亲流着眼泪跟他来到了现场,于江从枯井中拽出了两只狼的尸体。

异史氏曰:农家者流,乃有此英物耶^①!义烈发于血诚^②,非直勇也^③,智亦异焉!

【注释】

①英物：杰出的人物。

②发于血诚：出于父子天性。血，血缘。指孝心。诚，本心。

③直：只，仅。

【译文】

异史氏说：乡下农家的孩子中，竟然有这样的杰出人物！他的侠义和刚烈发自于血性孝心，不仅仅是勇敢胆大，而且他的智慧也非同一般啊！

小二

【题解】

小说以明末徐鸿儒事件为背景，讲述了一个叫小二的女子的传奇经历和非凡才华。脱离徐鸿儒集团后，由于小二夫妇在社会上四处闯荡创业，因此本篇远较之一般的爱情婚姻故事所涉及的社会事件和世事人情丰富多彩。

在小二夫妇迁居"益都之西鄙"之前，小说主要写小二如何摆脱徐鸿儒集团的控制，摆脱莱芜恶邻的嫉妒坑害，突出小二"纸豆兵马"的神奇法术。其中小二夫妇乘纸鸢的神奇浪漫，在莱芜"薪储不给"时，一面轻松地赌酒行觞，一面假托地府司隶向绿林邻居讹钱，诡异耸动，富于强烈对照。迁居益都后，描写转为现实世俗，突出了小二女强人的特质，她具有超常的家庭管理和商业技能，眼光远大，心胸开阔，非仅使得家庭富有，而且造福一方乡梓。蒲松龄称赞其"抱非常之才"。有趣味的是，小二此时身份不是家庭妇女，更不是简单的女地主，而是从事多种经营，尤其是"尝开琉璃厂，每进工人而指点之"；从这个意义上，小二大概是古典文学作品中第一个女实业家，其反映的意义已经超出了个人的传奇及性格色彩。

　　滕邑赵旺[①]，夫妻奉佛，不茹荤血，乡中有"善人"之目[②]。家称小有[③]。一女小二，绝慧美，赵珍爱之。年六岁，使与兄长春并从师读，凡五年而熟五经焉[④]。同窗丁生，字紫陌，长于女三岁，文采风流，颇相倾爱。私以意告母，求婚赵氏。赵期以女字大家[⑤]，故弗许。未几，赵惑于白莲教[⑥]。徐鸿儒既反[⑦]，一家俱陷为贼。小二知书善解，凡纸兵豆马之术[⑧]，一见辄精。小女子师事徐者六人，惟二称最，因得尽传其术。赵以女故，大得委任。

【注释】

①滕邑：滕县。明清时属山东兖州府，位于山东省的南部。今为山东滕州。

②有"善人"之目：有"善人"的名声。目，称。

③小有：小有资产，小康。

④五经：指《诗经》、《尚书》、《礼记》、《周易》、《春秋》，简称为"诗"、"书"、"礼"、"易"、"春秋"，是儒家的基本经典。

⑤期：期待。字：论婚。

⑥白莲教：流行于元、明、清三代的民间宗教。起源于佛教净土宗一派的白莲宗。元明接受其他宗教的影响，由崇奉弥勒佛转而奉无生老母为创世主，称"白莲教"。元代后期至明清，屡遭严禁，而教派林立，流传很广，常被用来发动农民起义。如元末刘福通、徐寿辉领导的红巾起义，明末徐鸿儒起义，都是由白莲教发动的。

⑦徐鸿儒：本名徐诵，巨野人，后迁居郓城，明代后期农民起义领

袖。天启二年（1622），联合景州于宏志、曹州张世佩、艾山刘永
明等起义，攻下巨野、邹县、滕县等地，并进攻兖州、曲阜等地，切
断漕河粮道。后遭镇压，被俘牺牲。

⑧纸兵豆马：剪纸为兵，撒豆成马。旧小说和民间故事中常讲到的
一类法术。

【译文】

　　滕县有个叫赵旺的人，夫妻两人都信佛，不吃荤腥，被乡亲们视为
善人。赵家颇为富有。赵旺有一个女儿叫小二，非常聪明而又美貌，赵
旺特别疼爱她。小二六岁的时候，赵旺就让她和哥哥长春一起从师读
书，前后学了五年，小二已经把五经读得滚瓜烂熟。小二有个同学姓
丁，字紫陌，比小二大三岁，文采不凡，风流倜傥，和小二倾心相爱。丁
生私下里把自己的心愿告诉了母亲，母亲派人向赵家求婚。谁知赵旺
一心想把小二许配给大户人家，所以没有答应下来。不久，赵旺受了白
莲教的迷惑，参加了秘密活动。天启年间白莲教首徐鸿儒起兵反叛朝
廷，赵氏全家都跟从他成为叛民。小二因为知书达礼，悟性极高，凡是
剪纸为兵、撒豆为马这样的法术，一看就精通。当时徐鸿儒有六个女徒
弟，只有小二是最优秀的，所以把徐鸿儒拿手的法术都学会了。赵旺也
因为小二的缘故深为徐鸿儒所器重并被委以重任。

　　时丁年十八，游滕泮矣①，而不肯论婚，意不忘小二也。
潜亡去，投徐麾下②。女见之喜，优礼逾于常格。女以徐高
足，主军务，昼夜出入，父母不得闲③。丁每宵见，尝斥绝诸
役，辄至三漏。丁私告曰："小生此来，卿知区区之意否④？"
女云："不知。"丁曰："我非妄意攀龙⑤，所以故，实为卿耳。
左道无济⑥，止取灭亡。卿慧人，不念此乎？能从我亡，则寸
心诚不负矣。"女怃然为间⑦，豁然梦觉⑧，曰："背亲而行，不

义,请告。"二人入陈利害,赵不悟,曰:"我师神人,岂有舛错⑨?"女知不可谏,乃易髫而髻⑩,出二纸鸢⑪,与丁各跨其一,鸢肃肃展翼⑫,似鹔鹴之鸟⑬,比翼而飞。质明⑭,抵莱芜界⑮。女以指拄鸢项,忽即敛堕。遂收鸢,更以双卫⑯,驰至山阴里,托为避乱者,僦屋而居⑰。

【注释】

①游滕泮(pàn):为滕县的县学生员。明清在家塾读书的学童经过学政考选,进入府、州、县各级官学读书,称"游泮",也就是成了生员或秀才。泮,泮宫,周代的地方官学。

②麾(huī)下:将旗之下,犹言投奔徐鸿儒。

③闲:同"间",参与。

④区区之意:犹言愚意、私衷。区区,自称的谦词。

⑤攀龙:意谓投奔徐鸿儒军,参加造反,希图成功后博取富贵。《汉书·叙传》:"舞阳鼓刀,滕公厩驺。颍阴商贩,曲周庸夫。攀龙附凤,并乘天衢。"

⑥左道:歪门邪道的法术。《礼记·王制》:"执左道以乱政,杀。"郑玄注:"左道,若巫蛊及俗禁。"孔颖达疏:"卢云左道谓邪道。地道尊右,右为贵……故正道为右,不正道为左。"无济:不管用,不济事。

⑦怃(wǔ)然为间:茫然自失,停顿不语。怃然,怅惘失志的样子。间,间歇,停顿。

⑧豁然梦觉:豁然领悟,如梦初醒。

⑨舛(chuǎn)错:谬误,差错。

⑩易髫(tiáo)而髻:把少女的披发挽成妇人发髻。表示已经出嫁。髫,童年男女披垂的头发。

⑪纸鸢:风筝的通称。此处特指鹞鹰形状的纸鸟。鸢,鹞鹰,又名
　　"鹞子"。

⑫肃肃:风声。

⑬鹣鹣(jiān)之鸟:即鹣鸟、比翼鸟。《尔雅·释地》:"南方有比翼
　　鸟焉,不比不飞,其名谓之鹣鹣。"

⑭质明:天色刚亮。质,正。

⑮莱芜:县名。在滕县东北,相距四百馀里,清代属泰安州。今为
　　山东莱芜。

⑯卫:驴。

⑰僦(jiù)屋:租赁房屋。

【译文】

　　这时,丁生已经十八岁了,正在县学读书,从不肯谈婚娶之事,因为他心中忘不了小二。终于有一天,他偷偷离家出走,投奔到徐鸿儒的麾下。小二见到丁生,非常欢喜,对他的礼遇远远超出了常格。小二因为是徐鸿儒的得意弟子,主持军中事务,白天黑夜都很繁忙,连父母也很少见到她。丁生每天晚上都和小二见面,每次见面都把旁边的仆人兵丁打发走,两人常常谈到半夜三更。有一次,丁生问小二:"我这次来,你知道我的真实意图是什么吗?"小二说:"不知道。"丁生说:"我到这里并不是想攀附白莲教以求建功立业,我到这里,确实是为了你。白莲教终究是旁门左道,绝不会成功,只会自取灭亡。你是个聪明人,你没有想到这一点吗?你能够跟着我逃出这里,我的一片诚心是决不会辜负你的。"小二茫然若有所失,想了一会儿后,她仿佛一下子从梦中醒来,说:"背着父母偷偷逃走实在是不义,请允许我同他们当面告别。"于是二人来到赵旺夫妇跟前,向他们讲明利害关系,赵旺仍不悔悟,却说:"我们的师傅是神人,难道还会有错吗?"小二知道再劝说也没有用,于是她把少女的垂发结成了妇人的发髻,并剪了两只纸鹞鹰,与丁生各骑一只,那两只纸鹞鹰肃肃展开双翅,像比翼鸟一样,并列着相依飞向远

方。到了黎明时分,他们来到了莱芜县境内。小二用手一捻鹞鹰的脖子,鹞鹰立即收拢翅膀,双双落在地上。小二收起纸鹞鹰,又拿出两只纸驴来。两个人骑着驴来到山阴里,假托是逃避战乱,租了间屋子住了下来。

二人草草出①,啬于装②,薪储不给③。丁甚忧之。假粟比舍④,莫肯贷以升斗。女无愁容,但质簪珥⑤。闭门静对,猜灯谜,忆亡书⑥,以是角低昂⑦,负者,骈二指击腕臂焉。西邻翁姓,绿林之雄也。一日,猎归⑧。女曰:"富以其邻⑨,我何忧? 暂假千金,其与我乎?"丁以为难。女曰:"我将使彼乐输也⑩。"乃翦纸作判官状⑪,置地下,覆以鸡笼。然后握丁登榻,煮藏酒,检《周礼》为觞政⑫:任言是某册第几叶,第几人,即共翻阅。其人得食傍、水傍、酉傍者饮,得酒部者倍之。既而女适得《酒人》⑬,丁以巨觥引满促釂⑭。女乃祝曰:"若借得金来,君当得饮部。"丁翻卷,得《鳖人》⑮。女大笑曰:"事已谐矣!"滴沥授爵⑯。丁不服,女曰:"君是水族,宜作鳖饮⑰。"方喧竞所,闻笼中戛戛⑱。女起曰:"至矣。"启笼验视,则布囊中有巨金,累累充溢。丁不胜愕喜。

【注释】

①草草:仓猝,匆匆。

②啬于装:带的行装简约。啬,俭薄。装,行装。

③薪储不给:犹言生活日用不足。薪储,柴米之类生活储备。不给,不足。

④假粟比舍:向邻居借粮。假,借。比,邻。

⑤质簪珥：典当发簪、耳坠之类首饰。质，抵押。

⑥亡书：此指读过而今已失落或不在手边的书籍。亡，遗失。

⑦角低昂：比赛高低。

⑧猎归：这里指劫掠财物归来。

⑨富以其邻：意谓因邻人而致富。《易·小畜》九五爻辞："有孚挛如，富以其邻。"

⑩乐输：自愿拿出。输，捐输。

⑪判官：佛教传说阎罗王属下有十八判官，分管十八地狱。民间传说判官是替阎王及其他神管理文案的官员。

⑫检《周礼》为觞政：意谓翻阅《周礼》的字句，据以定输赢罚酒。《周礼》，书名。原名《周官》，封建时代列为经书。觞政，犹言酒令。

⑬《酒人》：《周礼·天官》篇名。《周礼·天官·酒人》："酒人掌为五齐三酒，祭祀则供奉之。"

⑭巨觥（gōng）：大酒杯。引满：斟满酒杯。促：催对方干杯。釂：饮尽杯中酒。

⑮《鳖人》：《周礼·天官》篇名。

⑯滴漉：溅洒的样子。

⑰鳖饮："鳖人"非属食旁、水旁、酉旁及酒部的字，所以小二罚丁生酒而"丁不服"。小二强辩鳖是水族，逼着丁生喝酒，而且要"鳖饮"。按，"鳖饮"见沈括《梦溪笔谈·人事》：宋石曼卿狂纵，每与客痛饮，以藁束身，引首出饮，饮毕复就束，谓之鳖饮。

⑱戛戛（jiá）：象声词。

【译文】

由于他们出来时过于匆忙，行装简约，以至于生活日用不足。丁生特别忧虑。他到邻居那里借点粮食，可是没有人肯借给他一星半点。小二的脸上却一丝愁容也没有，只是把自己的金簪、耳环典当了应急。

然后夫妻二人闭门静坐，或猜灯谜，或回忆过去读的书，并且以此一比高下，输的人要被对方竖起两根手指敲击手腕，权当惩罚。他们家西边的邻居姓翁，是个绿林英雄。有一天，翁某劫掠回来。小二说："《易经》说得好，靠邻居可以致富，我们还有什么担心的？暂且跟他借一千两银子，他还会不借给我吗？"丁生觉得这是一件天大的难事。小二说："我要让他心甘情愿地把钱送过来。"于是，小二用纸剪成一个判官的样子，埋在地下，上面又盖上一只鸡笼。然后她拉着丁生坐在床上，烫上一壶老酒，翻检《周礼》行起酒令：随意一说是该书的哪一册，第几页，第几人，两个人就一起翻阅。说的这个人如果翻到有食部、水部和酉部偏旁的字，谁就要喝酒；如果碰到和酒有关的，就要加倍罚酒。不一会儿，小二正好翻到《周礼·天官》的《酒人》，丁生就取过一只大杯子倒得满满的，催促小二快喝。小二于是祷告说："如果能够借来银子，你应当一下翻得'饮'字部首的字。"轮到丁生了，他信手一翻，正是《周礼·天官》的《鳖人》。小二高兴地大笑说："事情已经办妥了！"说着就往杯里倒满了酒让丁生喝下。丁生不服，小二说："鳖是水族，你应该像鳖饮水一样饮酒。"两人正在说笑着行酒令，只听见地上的鸡笼里戛然作响。小二站起身来说："来了。"他们打开鸡笼一看，一个布袋装满了银子放在那里，银子多得都快溢出来了。丁生不禁又惊又喜。

　　后翁家媪抱儿来戏，窃言："主人初归，篝灯夜坐①。地忽暴裂，深不可底，一判官自内出，言：'我地府司隶也②。太山帝君会诸冥曹③，造暴客恶录④，须银灯千架，架计重十两，施百架⑤，则消灭罪愆。'主人骇惧，焚香叩祷，奉以千金。判官徛苒而入⑥，地亦遂合。"夫妻听其言，故啧啧诧异之⑦。而从此渐购牛马，蓄厮婢，自营宅第。

【注释】

①篝灯：点灯。篝，原指用竹笼罩着的火，后用以说明点灯，点火照明。

②司隶：古代负责督捕盗贼之事的官吏。

③太山帝君：泰山神，即东岳天齐大帝，传说是阴司众神的领袖。

④暴客：强盗或犯有强盗之类暴行的人。恶录：罪行簿。

⑤施：施舍，拿出。

⑥荏苒：舒缓，从容。

⑦啧啧(zé)：惊叹声。

【译文】

　　后来，翁家的奶妈抱着小孩到他们家来玩，悄悄地对他们说："那天主人刚回到家，点着灯坐着。屋里的地面忽然裂开一个大口子，深不见底，一个判官从里面走出来说：'我是地府的司隶。太山帝君要召集阴间的官员，编制一份强盗罪行录，需要一千架银灯，每架银灯要十两重。你捐出一百架银灯，就可以把你的罪孽一笔勾销。'主人一听吓得魂不附体，连忙焚香祷拜，献出一千两银子。判官拿到银子后才慢慢地回到地府，地上的裂缝也才慢慢地合上了。"小二夫妻听了这番叙述，故意"啧啧"地称奇，装出吃惊的样子。从此以后，夫妻二人逐渐地购置田地、牛马，蓄养仆役婢女，还建造了自己的宅第。

　　里无赖子窥其富，纠诸不逞①，逾垣劫丁②。丁夫妇始自梦中醒，则编菅蓺照③，寇集满屋。二人执丁，又一人探手女怀。女袒而起④，戟指而呵曰⑤："止，止！"盗十三人，皆吐舌呆立，痴若木偶。女始着裤下榻，呼集家人，一一反接其臂⑥，逼令供吐明悉。乃责之曰："远方人埋头涧谷⑦，冀得相扶持，何不仁至此！缓急人所时有⑧，窘急者不妨明告，我岂积殖自封者哉⑨？豺狼之行，本合尽诛，但吾所不忍，姑释去，再犯不宥⑩！"诸盗叩谢而去。

【注释】

①不逞：不逞之徒，即为非作歹的人。

②逾垣劫丁：翻过墙头，抢劫丁家。垣，短墙。劫，抢劫。

③编菅(jiān)：本指用茅草编的草苦。见《左传·昭公二十七年》："或取一编菅焉。"此指用茅草捆束的火把。

④袒：袒露，裸上身。

⑤戟指：用食指、中指指点，其形如戟，行法术或指斥时的手势。

⑥反接其臂：双臂交叉绑在背后。

⑦埋头：犹言隐居。

⑧缓急：复词偏义，意为窘困、急需。

⑨积殖自封：积财自富，为富不仁。殖，孳生利息。封，富厚。

⑩宥：宽恕。

【译文】

村里几个游手好闲的无赖子弟看到他们那么富有，就纠集一些坏人，翻墙入院，想要抢劫。丁生和小二刚从梦中惊醒，只见火把把四周照得通明，满屋都是强盗。有两个人冲上来抓住了丁生，还有一个人竟然伸手要摸小二的前胸，小二光着上身一跃而起，叠起手指对着强盗厉声喝斥道："止，止！"十三个强盗立即全都被定住了，他们吐着舌头呆呆地站着，像木偶一样。小二这才穿上衣裤下床，招呼家人，把强盗们一一反绑过来，逼着他们说出行抢的具体缘由。然后，小二指责他们说："我们从远处投奔到山沟里安分守己地谋生，希望得到你们的扶持，没想到你们不仁不义到这种地步！危难困窘之事是人们经常遇到的，你们手头缺钱不妨明说，我难道是那种只顾自己发财而一毛不拔的吝啬鬼吗？按你们这种豺狼无道的行为，本应该全部杀掉，但我还有所不

忍,姑且放你们走,以后胆敢再犯,我绝不宽宥。"强盗们叩头拜谢,仓皇
逃窜。

居无何,鸿儒就擒,赵夫妇妻子俱被夷诛①,生赍金往赎
长春之幼子以归。儿时三岁,养为己出,使从姓丁,名之承
祧②。于是里中人渐知为白莲教戚裔③。适蝗害稼,女以纸
鸢数百翼放田中,蝗远避,不入其陇,以是得无恙。里人共
嫉之,群首于官④,以为鸿儒馀党。官瞰其富⑤,肉视之⑥,收
丁。丁以重赂啖令,始得免。女曰:"货殖之来也苟⑦,固宜
有散亡。然蛇蝎之乡⑧,不可久居。"因贱售其业而去之,止
于益都之西鄙⑨。

【注释】

①夷诛:杀害。夷,消灭。

②承祧(tiāo):意思是承继为后嗣。祧,承继先代。

③戚裔:亲属和后代。

④群首于官:结伙向官府告发。首,告发罪行。

⑤瞰(kàn):俯视。这里是垂涎、窥知的意思。

⑥肉视之:视丁生夫妇如俎上鱼肉,可以摧残获利。

⑧苟:苟且,不正当。

⑨蛇蝎:喻人情险恶。

⑨益都:旧县名。属山东省。在莱芜县东北,明清属青州,今并入
　　山东青州。西鄙:犹言西边。

【译文】

　　过了不久,徐鸿儒兵败被官兵擒获。小二的父母兄弟一家全被诛
杀,丁生用重金赎回小二的哥哥赵长春的幼子。那孩子才三岁,丁生和

小二把他当成自己的亲生儿子,让他改姓丁,名叫承祧。于是村里人渐渐知道了丁家是白莲教的亲属。当时正赶上蝗灾,蝗虫祸害了大片的庄稼,小二剪了几百只纸鹞鹰放在自己的田中,蝗虫吓得远远避开,不敢飞进小二家的田里,因此小二家没有遭受蝗害。村里人都嫉妒得要死,一起去官府告发了他们,说他们是徐鸿儒的馀党。县官垂涎丁家的财富,视作一块肥肉,就把丁生抓了起来。丁生用重金贿赂了县令,这才免于一死。小二说:“我们的财富来路不正,有些散失也是应该的。但是,这里人情险恶,是个蛇蝎之乡,不可久住。”于是他们把产业低价卖出,然后就离开了那里,迁居到益都县的西边。

　　女为人灵巧,善居积①,经纪过于男子②。尝开琉璃厂③,每进工人而指点之④,一切棋灯,其奇式幻采,诸肆莫能及,以故直昂得速售。居数年,财益称雄。而女督课婢仆严⑤,食指数百无冗口⑥。暇辄与丁烹茗着棋,或观书史为乐。钱谷出入,以及婢仆业,凡五日一课,女自持筹,丁为之点籍唱名数焉⑦。勤者赏赉有差⑧,惰者鞭挞罚膝立⑨。是日给假不夜作,夫妻设肴酒,呼婢辈度俚曲为笑⑩。女明察如神,人无敢欺。而赏辄浮于其劳,故事易办。村中二百馀家,凡贫者俱量给资本,乡以此无游惰。值大旱,女令村人设坛于野,乘舆夜出,禹步作法⑪,甘霖倾注,五里内悉获沾足。人益神之。女出未尝障面⑫,村人皆见之。或少年群居,私议其美,及觌面逢之⑬,俱肃肃无敢仰视者⑭。每秋日,村中童子不能耕作者,授以钱,使采茶葪⑮,几二十年,积满楼屋。人窃非笑之。会山左大饥⑯,人相食,女乃出菜,杂粟赡饥者,近村赖以全活,无逃亡焉。

【注释】

①居积：囤积，倒买倒卖。《论衡·知实》："子贡善居积，意贵贱之期，数得其时，故货殖多，富比陶朱。"

②经纪：经营管理。

③琉璃厂：烧制琉璃器皿的工厂。琉璃，用黏土、长石、石青等为原料而烧制的器皿，如琉璃砖、瓦等。

④进：招进，引进。指点：这里是教育培训的意思。

⑤督课：监督考查。课，课业目标。

⑥食指数百无冗(rǒng)口：几十个人吃饭，却无闲人。食指，借指人口。一人十指，为一口。冗，多余，闲散。

⑦点籍唱名数：检查账本和登记簿，报出收支以及仆婢作业的名称和数量。点，按验。

⑧赏赉(lài)：赏赐。有差：差等，区别。

⑨罚膝立：犹言罚跪。

⑩度俚曲：唱地方俗曲。

⑪禹步：巫师、道士作法时的一种步法，一足后拖，如跛足状。据传禹治洪水时因患"偏枯之病"以致如此行步，而为后世俗巫所效法。详《尸子·广泽》、扬雄《法言·重黎》晋李轨注。又因其步法依北斗七星排列的位置而行步转折，宛如踏在罡星斗宿之上，又称"步罡踏斗"。

⑫障面：旧时青年妇女外出常以黑纱遮面。一说，用折扇遮面。

⑬觌(dí)面：对面相见。

⑭肃肃：恭敬貌。《诗·大雅·思齐》："雍雍在宫，肃肃在庙。"传："肃肃，敬也。"

⑮荼(tú)蓟(jì)：两种野菜。荼，即苦菜。蓟，一种多年生草本植物，分大蓟、小蓟两种。

⑯山左：旧称山东省。因在太行山之左，故云。

【译文】

小二为人灵巧,善于积累财富,在经营谋划上比男人还要精明。她曾经开过一座琉璃制品厂,凡是招收来的工人小二都亲自指点培训,工厂生产出的棋子和灯具,款式新颖奇特,其他工厂都望尘莫及,所以产品总能以高价迅速售出。过了几年,丁家的财富骤增,在当地成为首富。小二管理奴婢和仆役非常严格,她手下几百人没有一个是多馀的闲人。闲暇时她常和丁生品茗下棋,或者看书读史作为娱乐。但凡钱粮收支以及婢女仆役的工作情况,每五天她要检查一次,小二亲自打算盘,丁生为她看账报数。勤勉的人会得到不同的奖赏,懒惰的人则要受鞭笞或罚跪。这天会放一个晚上的假,可以不上夜班,夫妻二人摆上酒菜,把丫环仆役们叫来,让他们唱一些市井小曲取乐。小二明察秋毫,仿佛有神灵在天相助,没有人敢欺骗她。她给下人的赏赐总是超过他们的劳动和付出,所以任何事情办起来都很顺利。村中有二百多家住户,凡是家贫的,小二都酌量给些资本让他们自谋生路,从此以后这个村子不再有游手好闲的懒汉。有一年,正遇上大旱,小二让村里人在野外设祭坛,她乘轿夜里来到野外,在祭坛仿效当年大禹的步态作法行咒,于是甘霖大降,方圆五里以内的农田喜获浇灌。从此,人们更加把她奉若神明。小二外出从来不戴面纱遮住脸面,村里的男女老幼都见过她。有一些少年聚在一起,私下议论她如何如何美貌,等到迎面相逢时,却都规规矩矩,根本不敢正面看她。每到秋天,小二就出钱让村中不能下地干活的童子去采苦菜和蓟草,这样做了二十年,野菜已经堆满了楼中所有的房间。人们私下里都笑话她干傻事。不久,山东发生大饥荒,粮食稀少,以至于出现人吃人的惨状。小二这才拿出贮存的野菜,与粮食掺在一起赈济饥民,附近几个村子的人们全靠她才得以活命,没有出现背井离乡、四处逃荒的现象。

异史氏曰:二所为,殆天授,非人力也①。然非一言之悟,骈死已久^②。由是观之,世抱非常之才,而误入匪僻以死者^③,当亦不少。焉知同学六人中,遂无其人乎? 使人恨不遇丁生耳!

【注释】

①殆天授,非人力:意思是,小二一生不平凡的经历和作为是天赋使然,非后天学习可致。《史记·淮阴侯列传》:"且陛下所谓天授,非人力也。"

②骈(pián)死:一起死去。唐韩愈《杂说》中说,千里马如果不得其遇,也会"骈死于槽枥之间,不以千里称"。这里指与白莲教中同伙一起被杀。

③误入匪僻:即误入歧途。匪僻,邪僻。

【译文】

异史氏说:小二的所作所为,实在是得自上天的神力,不是人力所能做到的。然而,如果不是受丁生一句话的点拨而顿悟,小二恐怕早就与同伙一样被诛杀了。由此可见,世上身怀绝世才华而误入歧途不得善终的人一定不少。怎么知道同在徐鸿儒手下受教的六人之中,再没有才华出众的人了呢? 只是让人遗憾她们没有遇上丁生啊!

庚娘

【题解】

小说描写了庚娘在战乱中全身自保,搏杀仇敌,最后与丈夫团圆的故事。

作为一个妇女,见微知著,敏锐察觉到全家处在危险之中提醒丈夫已属不易;更难的是,当危险已经发生,全家相继被凶手杀害,她独身从容应对，临危不惧，麻痹对方，掌控局面，最后终于寻找到机会；又胆大心细，有条不紊，手刃仇敌，从而做出惊心动魄。人世罕有的举动。所以蒲松龄称其："大变当前，淫者生之，贞者死焉。生者裂人眦，死者雪人涕耳。至如谈笑不惊，手刃仇雠，千古烈丈夫中，岂多匹俦哉!"小说突出了庚娘的胆识和应变能力。靠着惊人的应变能力，庚娘逃脱了盗墓贼的戕害；在"漾舟中流"，稍纵即逝的环境里，捕捉到离散丈夫的信息加以回应；又在破镜重圆中应对了家庭新出现的复杂问题。庚娘的应变能力是小说的亮点，一直贯穿保持于全篇，也成为其性格的特色。

唐氏虽然是庚娘的陪衬，虽然是作者福善祸淫的带有说教意味的角色，却也是小说中另一个令人钦佩的女性形象。她有正义感，善谋，果断，妥帖地处理了自己的人生归宿。

金大用，中州旧家子也①。聘尤太守女②，字庚娘，丽而贤，逑好甚敦③。以流寇之乱④，家人离逖⑤。金携家南窜。途遇少年，亦偕妻以逃者，自言广陵王十八⑥，愿为前驱⑦。金喜，行止与俱。至河上，女隐告金曰："勿与少年同舟。彼屡顾我⑧，目动而色变⑨，中叵测也⑩。"金诺之。王殷勤，觅巨舟，代金运装，劬劳臻至⑪，金不忍却。又念其携有少妇，应亦无他。妇与庚娘同居，意度亦颇温婉。王坐舡头上⑫，与橹人倾语⑬，似其熟识戚好。未几，日落，水程迢递⑭，漫漫不辨南北⑮。金四顾幽险，颇涉疑怪。顷之，皎月初升，见弥望皆芦苇⑯。既泊，王邀金父子出户一豁⑰，乃乘间挤金入水⑱。金父见之，欲号，舟人以篙筑之⑲，亦溺。生母闻声出窥，又筑溺之。王始喊救。母出时，庚娘在后，已微窥之。既闻一家尽溺，即亦不惊，但哭曰："翁姑俱没，我安适归?"

王入劝："娘子勿忧，请从我至金陵。家中田庐，颇足赡给，保无虞也⑳。"女收涕曰："得如此，愿亦足矣。"王大悦，给奉良殷。既暮，曳女求欢，女托体姅㉑，王乃就妇宿。初更既尽，夫妇喧竞，不知何由，但闻妇曰："若所为，雷霆恐碎汝颅矣！"王乃挝妇。妇呼云："便死休！诚不愿为杀人贼妇！"王吼怒，摔妇出，便闻骨董一声㉒，遂哗言妇溺矣。

【注释】

①中州：指河南省。河南省为古豫州地，地处九州中央，故称"中州"。旧家：犹世家。指上代有勋劳和有社会地位的家族。

②太守：明清对知州、知府的俗称。

③逑好甚敦：夫妻感情很深。《诗·周南·关雎》："窈窕淑女，君子好逑。"逑，匹偶。敦，笃厚。

④流寇之乱：指明末李自成义军由陕入豫。时间约在崇祯前期至中期。

⑤离逖(tì)：谓远离故土。《书·多方》："我则致天之罚，离逖尔土。"

⑥广陵：江苏扬州旧称"广陵郡"，明清为扬州府，府治在今江苏扬州。

⑦前驱：领路，向导。《诗·卫风·伯兮》："伯也执殳，为王前驱。"

⑧顾：回头看。这里是不正眼看的意思。

⑨目动而色变：眼睛贼溜溜的，神色不正常。

⑩中叵(pǒ)测：谓内心阴险。中，中心。叵，不可。

⑪劬(qú)劳：勤劳，劳苦。臻(zhēn)至：周到。

⑫舡(chuán)：船。

⑬橹人：划船的人。橹，船桨。倾语：耳语，低头谈。

⑭水程迢递：水路遥远。意思是看不到可以停泊的处所。迢递，
　　远貌。

⑮漫漫：旷远无际的样子，形容水面广阔。

⑯弥望：犹言极望、满眼。

⑰豁：排遣，散心。

⑱乘间：乘隙，趁机。

⑲筑：撞击。

⑳无虞：不用发愁。虞，忧虑。

㉑体姅（bàn）：正值月经期内。《说文》："姅，妇人污也。从女，
　　半声。"

㉒骨董：同"咕咚"。此言落水声。

【译文】

金大用，河南世家子弟。聘娶了尤太守的女儿为妻。他的妻子小
名叫庚娘，美丽贤惠，夫妻感情特别深厚和谐。因为遭遇流寇之乱，一
家人背井离乡。金大用携家带口向南方逃走。途中遇到一位年轻人，
也是带着妻子避祸逃难的，这年轻人自称是扬州人，名叫王十八，愿意
为金大用引路。金大用很高兴，于是与王十八一家结伴而行。到了河
边，庚娘悄悄告诫金大用说："不要和这位王十八坐一条船。他偷看我
好几次，眼珠乱动，脸色不安，想必是心怀叵测。"金大用答应庚娘不与
王十八同船。可是到了河边，王十八殷勤备至，还找来一条大船，不等
金大用说话，就帮助金大用把行李装上了船，不辞劳苦，金大用不忍推
却。又想到王十八也带着年轻的妻子，应该不会有什么大的问题。两
家人上船后，王十八的妻子与庚娘同居一舱，她待庚娘的态度十分温和
友好。王十八坐在船头上，与船夫们闲聊，好像他们是多年的朋友或亲
戚似的。过了不久，太阳落山了，水路漫长，坐在船上向四处望去，茫茫
一片，分辨不出东南西北。金大用环顾四周，感到周围神秘而又险峻，
心里开始有些惊疑。又过了一会儿，一轮皓月渐渐升起，这才看清船的

周围都是芦苇。船停下来了，王十八邀请金大用父子到舱外观景散心，乘金大用不注意，使劲一挤，把金大用挤落水中。金大用的父亲一见这种情形，刚要开口求救，被船夫一篙打入水中，也溺水身亡。金大用的母亲闻声走出舱外察看究竟，一杆船篙打来，金母也应声落入水中，溺水毙命。王十八这才呼喊救人。其实，金大用的母亲出舱察看时，庚娘就在她后面，对发生的一切已在暗中看得清清楚楚。所以当她听说一家人都落水毙命时，没有惊慌失色，只是哭着说："公婆都死了，我到哪里安身呀？"王十八进舱劝解道："娘子不要担忧，请跟我到金陵去吧。我家在金陵有房子有地，非常富足，保你衣食无忧。"庚娘止住哭泣说："如果能够这样，我也就心满意足了。"王十八一听心中大喜，对庚娘的衣食器用都尽力满足，殷勤备至。到了晚上，王十八拉住庚娘求欢，庚娘推托说正值经期不方便，王十八就到自己妻子那里去睡觉。夜里初更刚过，王十八夫妇就争吵起来了，却不知为了什么，只听见王妻嚷道："你做出这种事，就不怕天上打雷劈碎你的脑袋！"王十八一听，伸手就打妻子。王妻喊道："死就死！我还不愿做杀人贼的老婆呢！"王十八一声怒吼，把妻子揪出舱门，随后只听"咕咚"一声，众人大叫王妻落水了。

　　未几，抵金陵，导庚娘至家，登堂见媪。媪讶非故妇。王言："妇堕水死，新娶此耳。"归房，又欲犯[1]。庚娘笑曰："三十许男子，尚未经人道耶[2]？市儿初合卺，亦须一杯薄浆酒，汝家沃饶[3]，当即不难。清醒相对，是何体段[4]？"王喜，具酒对酌。庚娘执爵，劝酬殷恳。王渐醉，辞不饮，庚娘引巨碗，强媚劝之，王不忍拒，又饮之。于是酣醉，裸脱促寝。庚娘撤器烛，托言溲溺；出房，以刀入，暗中以手索王项，王犹捉臂作昵声。庚娘力切之，不死，号而起；又挥之，始殪[5]。媪仿佛有闻，趋问之，女亦杀之。王弟十九觉焉。庚娘知不免,急自刎,刀钝铗不可入⑥,启户而奔。十九逐之,已投池中矣。呼告居人,救之已死,色丽如生。共验王尸,见窗上一函,开视,则女备述其冤状。群以为烈,谋敛赀作殡⑦。天明,集视者数千人,见其容,皆朝拜之。终日间,得金百,于是葬诸南郊。好事者为之珠冠袍服,瘗藏丰满焉⑧。

【注释】

①犯:这里是性侵的意思。

②人道:指男女交合之事。《诗·大雅·生民》:"履帝武敏歆。"郑玄笺:"如有人道感己者也,于是遂有身。"

③沃饶:殷富。

④体段:体统。

⑤殪(yì):死。

⑥钝铗(jué):刃不锋利叫"钝",刃卷缺叫"铗"。

⑦作殡:治丧。

⑧瘗藏(yì cáng):陪葬物品。

【译文】

不久,船驶抵金陵,王十八把庚娘领回家,登堂拜见王十八的母亲。王母一看庚娘,便吃惊地问怎么不是原来的媳妇了。王十八说:"前妻落水淹死了,这位是新娶的娘子。"回到家中,王十八又想与庚娘同床。庚娘笑着说:"三十来岁的男人,难道没和女人睡过觉吗?市井小民在新婚之夜还要喝上一杯薄酒聊以庆祝,你家这么富裕,这个应当很容易办到。两个人清醒着相对,有什么情趣?"王十八非常高兴,很快就安排了酒菜与庚娘对酌。庚娘端着酒杯,殷勤恳切地劝他喝酒。王十八渐渐喝醉了,推辞着说不能再喝了,庚娘又端起一大碗酒,连哄带灌地非要他喝下去不可,王十八不忍拒绝,只好又喝了下去。于是王十八酗醉不起,自己脱光了衣服又催促庚娘赶快上床。庚娘撤去杯盘、吹灭了蜡烛,假称去上厕所;她出门带了把刀子回到了房间,在暗中摸索到王十八的脖子,王十八不知就里,还拉着庚娘的胳膊说着亲昵的话。庚娘摸准王十八的脖子,用力一刀砍下,王十八没死,大声呼号着坐了起来;庚娘又挥刀砍下,王十八这才断了气。王母似乎听见了异常动静,就过来问怎么回事,庚娘把她也杀掉了。这时,王十八的弟弟王十九发现情况不对。庚娘知道自己难免一死,急忙举刀自刎,可是刀锋太钝又有缺口就是刺不进去,于是庚娘打开门就往外跑。王十九在后紧紧追赶,庚娘无奈只好纵身一跃,投入院内的水池之中。王十九大呼家人,等庚娘被家人们从水池中捞出,已经死了,她的容颜仍旧是那么艳丽,就跟活着时一样。当人们给王十八验尸的时候,发现窗台上有一封信,打开一看,原来是庚娘写的,庚娘在信中详细叙述了她一家人惨遭谋害、含冤而死的经过。人们都认为庚娘是一位刚烈不凡的女子,就商议着为她捐集钱财妥善安葬。天亮以后,闻讯前来观看庚娘的有几千人,人们看到她的遗容,不由得都跪拜下来表示敬意。只一天的时间,人们就募集到一百多两银子,大家把庚娘安葬在南郊。有的热心人还为她戴上镶满珍珠的凤冠和朝廷命妇才有的袍服,随葬的物品也非常多。

初,金生之溺也,浮片板上,得不死。将晓,至淮上^①,为小舟所救。舟盖富民尹翁专设以拯溺者。金既苏,诣翁申谢。翁优厚之,留教其子。金以不知亲耗,将往探访,故不决。俄白:“捞得死叟及媪。”金疑是父母,奔验果然。翁代营棺木。生方哀恸,又白:“拯一溺妇,自言金生其夫。”生挥涕惊出^②,女子已至,殊非庚娘,乃王十八妇也。向金大哭,请勿相弃。金曰:“我方寸已乱^③,何暇谋人?”妇益悲。尹得其故,喜为天报,劝金纳妇。金以居丧为辞^④,且将复仇,惧细弱作累⑤。妇曰："如君言，脱庚娘犹在，将以报仇居丧去之耶？"翁以其言善，请暂代收养，金乃许之。卜葬翁媪，妇缞绖哭泣⑥，如丧翁姑。既葬，金怀刃托钵，将赴广陵。妇止之曰："妾唐氏，祖居金陵，与豺子同乡。前言广陵者，诈也。且江湖水寇，半伊同党，仇不能复，只取祸耳。"金徘徊不知所谋。

【注释】

①淮上：淮河北岸。

②挥涕：抹着眼泪。

③方寸已乱：心绪已乱。方寸，心。

④居丧：服丧。父母死，子女服丧三年，不得嫁娶。

⑤细弱：妇孺家小。

⑥缞绖（cuī dié）：丧服之一种，俗称披麻带孝，服三年丧者用之。缞，披于胸前的麻布条。绖，结在头上或腰间的麻布带。

【译文】

当初，金大用溺水的时候，侥幸抓到一块木板，靠着漂浮在板上得以不死。天快亮的时候，金大用漂浮到淮河的水面上，被一只过路的小船救起。这只小船是一位姓尹的老财主专为搭救溺水者而安排在河面上的。金大用苏醒后，特意前往尹翁的府上登门致谢。尹翁待金大用特别优厚，挽留他住在家中教自己的儿子读书。金大用因为不知道父母和庚娘的下落，想去寻访，所以有些犹豫不决。过了一会儿，有人向尹翁禀报说："又捞上来一位淹死的老翁和老妇。"金大用怀疑是自己的父母，跑过去一看，果然是。尹翁替金大用为他的父母置办了棺木。金大用正在哀恸的时候，又有人来禀报："救上来一位落水的妇人，自称金生是她的丈夫。"金大用大吃一惊，一边擦泪一边跑了出去，被救的女子已经进来了，却不是庚娘，而是王十八的妻子。她对着金大用大哭，希望金大用不要丢弃她。金大用说："我的心已经乱成一团了，哪有心思管别人呀？"妇人一听更加悲伤不已。尹翁向妇人详细询问了其中的缘由后，高兴地说这是上天的报应，极力劝说金大用娶了妇人。金大用以父母刚刚去世为借口推辞，并说自己将要去复仇，担心家眷拖累自己。妇人说："按照你的道理，如果庚娘还健在，你能以报仇、居丧为托词把她赶走吗？"尹翁认为妇人的话很有道理，就表示暂时代金大用收养她，复仇之后再完婚，金大用这才同意了。在金大用父母下葬时，妇人穿着子女的孝服，痛哭不止，好像在为自己的公婆送葬似的。葬礼结束后，金大用怀揣利刃和乞食的钵子就要到扬州寻找仇人。妇人阻止他，说："我娘家姓唐，世代居住在金陵，与那个狼心狗肺的王十八是同乡。先前王十八自称是扬州人，实际上是在骗你。而且这一带江湖上的水盗多半是他的同党，只怕你大仇未报，祸害先加于身上呵。"金大用一听，不知该从何做起。

　　忽传女子诛仇事，洋溢河渠①，姓名甚悉②。金闻之一快，然益悲。辞妇曰："幸不污辱。家有烈妇如此，何忍负心再娶？"妇以业有成说③，不肯中离④，愿自居于滕妾。会有副将军袁公⑤，与尹有旧，适将西发，过尹。见生，大相知爱，请为记室⑥。无何，流寇犯顺⑦，袁有大勋⑧，金以参机务⑨，叙劳⑩，授游击以归⑪。夫妇始成合卺之礼。

【注释】

①洋溢河渠：指消息传遍了水面。洋溢，这里是沸沸扬扬的意思。

②悉：周详。

③业有成说：已经把夫妻关系说定。成说，约定。

④中离：中途离开，改变。

⑤副将军：副总兵。

⑥记室：官名。东汉置，掌章表书记文檄，类似于现在的文字秘书。元后废。这里借指副将属下同一职掌的幕僚。

⑦犯顺：以逆犯顺。指作乱造反。

⑧大勋：大功。《史记·高祖功臣侯者年表》："古者人臣，功有五品，以德立宗庙、定社稷曰勋。"

⑨参机务：指参赞军务。机务，军事机密。

⑩叙劳：按劳绩除授升赏。此言得官。

⑪游击：下级武官名。

【译文】

忽然当地盛传一位女子诛杀仇人的事，淮河水面上的男女老少都在议论，而且传得有名有姓，那女子正是庚娘。金大用一听非常高兴，随后又更加悲伤。他再次向唐氏表示不能娶她，说："庚娘幸亏没有遭受污辱，辱没家庭。我有这样刚烈的妻子，怎么忍心再娶而辜负了她的一片忠贞呢？"唐氏认为金大用娶她的事已经有约定了，她不肯中途离去，甘愿做个小妾，也绝不离开金大用。当时有位姓袁的副将军，与尹翁是老朋友，正要西行，临行前来到尹家看望尹翁。袁将军看见金大用，非常赏识并且喜爱他，就邀请他到自己的帐下负责掌管文书。不久，流寇造反，袁将军奉命平叛，立了大功，金大用因为参与军中大事，论功行赏，被授予游击官职，回到了尹翁的家中。金大用和唐氏这才正式结为夫妻。

居数日，携妇诣金陵，将以展庚娘之墓①。暂过镇江②，欲登金山③。漾舟中流，欻一艇过④，中有一妪及少妇，怪少妇颇类庚娘。舟疾过，妇自窗中窥金，神情益肖。惊疑不敢追问,急呼曰:"看群鸭儿飞上天耶⑤!"少妇闻之,亦呼云:"馋猧儿欲吃猫子腥耶⑥!"盖当年闺中之隐谑也⑦。金大惊,返棹近之,真庚娘。青衣扶过舟⑧,相抱哀哭,伤感行旅。唐氏以嫡礼见庚娘⑨。庚娘惊问,金始备述其由。庚娘执手曰:"同舟一话,心常不忘,不图吴越一家矣⑩。蒙代葬翁姑⑪,所当首谢⑫,何以此礼相向?"乃以齿序⑬,唐少庚娘一岁,妹之。

【注释】

①展墓:扫墓。展,省视。

②镇江:今江苏镇江,在江苏省的南部。

③金山:山名。在镇江西北。原为长江中的岛屿,后积沙成陆,遂与南岸相连。古有多名,唐时裴头陀于江边获金,故改名"金山"。

④欻(xū):忽然。

⑤群鸭儿飞上天:北朝乐府《紫骝马歌辞》:"烧火烧野田,野鸭飞上天,童男娶寡妇,壮女笑杀人。"金大中和庚娘的闺中隐谑或有取于此。鸭栖丛芦,决起直上,则此隐谑颇有狎亵意味。

⑥馋猧(wō)儿欲吃猫子腥耶:馋狗想吃猫吃的鱼了吧。喻贪馋、渴望。今喻人嘴馋有"馋狗舔猫碗"的俗谚,或与此略近。猧,犬。腥,生鱼。

⑦闺中之隐谑:闺房内夫妻开玩笑的隐语。隐,隐语,不直述本意而借他辞暗示。《文心雕龙·谐隐》:"讔者,隐也。遁辞以隐意,谲譬以指事。"

⑧青衣:侍女。

⑨以嫡礼见庚娘:用见正妻之礼,拜见庚娘。

⑩吴越一家：敌对的双方成为一家人。吴、越，春秋时诸侯国名。
　两国数世敌对交战，故后世称敌对的双方为"吴越"。

⑪蒙：承蒙。敬辞。

⑫首：首先。

⑬齿序：以年龄的顺序。

【译文】

　　过了几天，金大用携唐氏去金陵，专程为庚娘扫墓。路过镇江，他们打算登临金山游览一番。正在江中泛舟的时候，忽然一条小船驶来，船中坐着一位老妇和一位少妇，金大用发现那位少妇酷似庚娘。小船飞快地驶过，少妇也从船舱的窗子里凝望着金大用，那神情更像是庚娘。金大用又惊又疑又不敢冒然追问，情急之下大喊一声："看一群鸭子飞上天了呀！"少妇一听，也大声说："看馋狗要吃小猫的腥食了呀！"这两句话原来是金大用和庚娘在闺房中说的玩笑话。金大用一听更是大惊，急忙掉转船头靠近那只小船，那少妇真是庚娘。女婢把庚娘扶过船来，金大用和庚娘两个人抱头痛哭，那些过往的行人都被他们的重逢深深地感动了。唐氏过来以小妾见正室的礼节拜见庚娘。庚娘惊奇地问这是怎么回事，金大用详细叙述了事情的经过。庚娘听罢，拉着唐氏的手说："当年咱们同在一个船舱说过的一席话，还常在我心里不能忘怀，没想到今天仇人变成了一家人。承蒙你代我安葬了公婆，我应当先来谢你，你怎么能用这样重的礼节来对待我呀？"于是两个人以年龄大小论姐妹，唐氏比庚娘小一岁，是妹妹。

　　先是，庚娘既葬，自不知历几春秋。忽一人呼曰："庚娘，汝夫不死，尚当重圆。"遂如梦醒。扪之①，四面皆壁，始悟身死已葬。只觉闷闷，亦无所苦。有恶少窥其葬具丰美，发冢破棺，方将搜括，见庚娘犹活，相共骇惧。庚娘恐其害己,哀之曰:"幸汝辈来,使我得睹天日。头上簪珥,悉将去,愿鬻我为尼②,更可少得直。我亦不泄也。"盗稽首曰:"娘子贞烈,神人共钦。小人辈不过贫乏无计,作此不仁。但无漏言幸矣,何敢鬻作尼!"庚娘曰:"此我自乐之。"又一盗曰:"镇江耿夫人,寡而无子,若见娘子,必大喜。"庚娘谢之。自拔珠饰,悉付盗,盗不敢受,固与之,乃共拜受。遂载去,至耿夫人家,托言舡风所迷③。耿夫人,巨家,寡媪自度④。见庚娘大喜,以为己出⑤。适母子自金山归也。庚娘缅述其故。金乃登舟拜母,母款之若婿⑥。邀至家,留数日始归。后往来不绝焉。

【注释】

①扪(mén):摸。

②鬻(yù):卖。

③舡风所迷:意思是乘船遇风迷路。

④寡媪自度:老寡妇一人独自过活。

⑤以为己出:把庚娘当作亲生女儿。

⑥款:款待,接待。

【译文】

原来,庚娘被金陵的市民安葬以后,自己也不知道过了多少时间。有一天,她忽然听见有人大声说:"庚娘,你丈夫没有死,你们还可以团圆。"于是,庚娘仿佛大梦初醒。伸手一摸,四面都是墙,庚娘这时才意识到已经死了并且被埋葬了。她只觉得有些憋闷,也没有别的痛苦。有一天,村里有几个恶少,看见过庚娘的殉葬品又多又精美,于是就起了贪心,他们掘开坟墓,打开棺材,正要动手窃取葬品时,才发现庚娘还活着,顿时吓得不知所措。庚娘害怕他们加害自己,就哀求他们说:"多亏你们来了,使我能够重见天日。我头上的金簪、耳环你们都拿去,请你们把我卖到寺院做尼姑,还可以多少得到一些钱。我绝不会把这件事泄漏出去的。"盗贼们磕头说:"娘子贞淑节烈,神灵和凡人都钦佩您。我们几个小人因为生活无着落才做出这样不仁不义的事情。只要你不把事情泄漏出去,已经是千幸万幸了,怎么敢把你卖到寺院做尼姑!"庚娘说:"这是我自己情愿的。"又有一个盗墓贼说:"镇江有个耿夫人,寡居又没有子嗣,如果见到娘子,一定特别喜欢。"庚娘向他们表示了谢意。她亲自摘下头上的珍珠饰品,全都交给了盗贼,盗贼们不敢接受,庚娘坚持要他们收下,他们才一起拜谢接受了。于是他们把庚娘送到耿夫人家,假说庚娘的船因大风迷失了方向。耿夫人是当地大户人家的寡妇,年老寡居,没有伴侣。她见庚娘来到特别高兴,把她当成自己的亲生女儿——刚才母女正是从金山游玩回来。庚娘又把事情的前前后后详细地告诉了耿夫人。于是金大用就登上耿夫人的船拜见岳母,耿夫人像对待自己女婿一样热情地款待他。耿夫人邀请金大用等回到家中,他们在耿夫人家中住了几天后才离开,从此耿金两家的往来一直没有中断。

异史氏曰:大变当前,淫者生之,贞者死焉。生者裂人眦①,死者雪人涕耳②。至如谈笑不惊,手刃仇雠,千古烈丈夫中,岂多匹俦哉③! 谁谓女子,遂不可比踪彦云也④?

【注释】

①裂人眦(zì):把人恨得眼眶瞪裂,意谓极度痛愤。眦,目眶。

②雪人涕:使人挥泪悲伤。雪,擦,拭。

③匹俦(chóu):匹敌,并列。

④比踪彦云:意思是女子亦可同英烈男子并驾齐驱。《世说新语·

贤媛》：三国魏"王公渊娶诸葛诞女。入室，言语始交，王谓新妇曰：'新妇神色卑下，殊不似公休。'妇曰：'大丈夫不能仿佛彦云，而令妇人比踪英杰。'"女父诸葛诞字公休。王公渊之父王凌，字彦云，曹魏末，以反对司马氏专权被杀。比踪，并驾，行事相类。

【译文】

异史氏说：在大的变故面前，甘心受辱者能够活命，贞烈不屈者将面对死亡。苟活的人招人恨得几乎把眼睛都瞪裂了，而赴死的人却使人伤心流泪。至于像庚娘能够在仇人面前谈笑自如并且亲自杀死仇人的，即使是在名垂千古的英勇的男子中间，也很少有能够与她匹敌的！谁说女子不能像英雄豪杰王彦云那样呢？

宫梦弼

【题解】

《宫梦弼》虽然以宫梦弼名篇，但所写乃是柳和一家由盛而衰又由衰而盛的故事。从中曲尽浇薄的世态人情，抨击了嫌贫爱富的社会现象。

宫梦弼只是在故事的开头出现，虽在柳家的复兴中起着关键的作用，却没有贯穿于故事的始终。这在《聊斋志异》的命篇中比较罕见。当柳家贫穷之后，他教导柳和说："男子患不自立，何患贫？"读者期盼柳和如何通过自己的努力振兴家业，但作品只是写柳和的妻子发现了宫梦弼所窖藏之金，柳家由此致富，并看不到柳和太多的如何自立。"刻志下帷，三年中乡选"，寥寥数语，似嫌太过简单。故事的结尾更多写柳和如何嘲弄报复往日嫌贫爱富的岳父岳母，虽然解气，但似嫌太过，"似太装腔"（冯镇峦评点语）。

《聊斋志异》写贫穷生活非常真实生动，写富贵人家的生活往往显得局促，力不从心。这大概同蒲松龄的生活经历有关。

附则故事抨击了乡里土财主保守的金融观念。矛头所指不在于其装穷，而在于其没有将货币运动起来。"若窖金而以为富，则大帑数千万，何不可指为我有哉"，表现了蒲松龄浓厚的商人意识。

　　柳芳华，保定人①。财雄一乡②，慷慨好客，座上常百人。急人之急，千金不靳③。宾友假贷常不还④。惟一客宫梦弼，陕人，生平无所乞请。每至，辄经岁。词旨清洒⑤，柳与寝处时最多。柳子名和，时总角⑥，叔之⑦，宫亦喜与和戏。每和自塾归，辄与发贴地砖⑧，埋石子伪作埋金为笑。屋五架，掘藏几遍。众笑其行稚⑨，而和独悦爱之，尤较诸客昵⑩。后十馀年，家渐虚，不能供多客之求，于是客渐稀，然十数人彻宵谈宴⑪，犹是常也。年既暮，日益落，尚割亩得直⑫，以备鸡黍⑬。和亦挥霍，学父结小友，柳不之禁。无何，柳病卒，至无以治凶具⑭。宫乃自出囊金，为柳经纪⑮。和益德之⑯，事无大小，悉委宫叔。宫时自外入，必袖瓦砾，至室则抛掷暗陬⑰，更不解其何意。和每对宫忧贫，宫曰："子不知作苦之难⑱。无论无金，即授汝千金，可立尽也。男子患不自立，何患贫？"一日，辞欲归。和泣嘱速返，宫诺之，遂去。和贫不自给，典质渐空⑲。日望宫至，以为经理⑳，而宫灭迹匿影，去如黄鹤矣㉑。

【注释】

①保定：位于河北省中部，明清府名。治所在今河北保定。
②雄：称雄，数第一。
③靳(jìn)：吝惜。

④假贷：借贷。

⑤词旨：语意，指言谈情趣。清洒：清雅、洒脱，谓不落俗套。

⑥总角：指儿童时代。古代男女十五岁前于头顶两旁束发为两结，称"总角"。角，小髻。

⑦叔之：称宫梦弼为叔父。

⑧发贴地砖：揭开房内铺地的砖。发，打开。

⑨稚：幼稚，孩子气。

⑩昵：亲热。

⑪谈宴：设宴聚谈。三国魏曹操《短歌行》："契阔谈宴，心念旧恩。"

⑫割亩得直：卖田得钱。直，价值。

⑬备鸡黍：筹措好饭菜，谓殷勤待客。《论语·微子》："止子路宿，杀鸡为黍而食之。"

⑭凶具：指棺材。

⑮经纪：经营料理。《三国志·魏书·朱建平传》："初，颍川荀攸、锺繇相与亲善，攸先亡，子幼，繇经纪其门户。"

⑯德之：感激他。

⑰暗陬（zōu）：室内暗角。陬，隅，角落。

⑱作苦之难：生活的艰难，苦日子的难处。

⑲典质：典当。

⑳经理：义同"经纪"。

㉑去如黄鹤：谓一去不回。唐崔颢《黄鹤楼》诗："黄鹤一去不复返。"

【译文】

　　柳芳华是保定人。财雄一乡，又非常慷慨好客，座上常常有上百名的客人。他经常急别人之所急，即使花上一千两银子也在所不惜。宾客和朋友们常常向他借钱却经常不归还，柳芳华也不放在心上。只有一位叫宫梦弼的宾客，是个陕西人，从来没有向柳家乞求过什么。每次他来到柳家，通常都要住上一年。宫梦弼谈吐高雅，柳芳华与他同住并彻夜长谈的时候最多。柳芳华有个儿子，名叫柳和，当时还是个小孩子，他叫宫梦弼叔叔，宫梦弼也喜欢和柳和一起做游戏。每当柳和从私塾放学回来，宫梦弼常和他一道揭开地砖，把石子当作金银财宝埋在下面，以此做游戏取乐。柳芳华家有五幢房屋，房前屋后都被他们埋遍了。人们都嘲笑他的行为太幼稚，可是柳和偏偏就是喜欢他，和他的关系比和其他宾客都亲密得多。十多年后，柳芳华家财渐渐空虚，无法满足那么多宾客的要求，所以客人也渐渐少了起来，尽管如此，十几个人彻夜欢宴还是常有的事。随着柳芳华年纪渐渐老了，家业更加衰落，但是还可以靠出卖田产换得一些钱，用来置备酒菜。柳和也很能挥霍钱财，学着父亲的样子结交一些小哥们，柳芳华从来也不干涉他。不久，柳芳华病故，家里已经穷到买不起棺木的地步。宫梦弼于是拿出自己的钱，为柳芳华料理后事。因为这件事，柳和特别感激宫梦弼，家里的事情无论大小，都交给宫梦弼来处理。宫梦弼每次从外面回来，袖子里都必定装着几块瓦砾，回到屋里就扔到暗处，谁也不知道他这样做的用意到底是什么。柳和常常和宫梦弼对坐着为家境贫困状况担忧，宫梦弼说："你不知道生活劳作的艰难。不用说现在没有钱，就是马上给你一千两银子，你也立即就会把它花个精光。男人就怕不能自立，哪有害怕贫穷的道理呢？"一天，宫梦弼要回老家去了，来向柳和辞行。柳和哭着嘱咐他，要他快点儿回来，宫梦弼答应后就离开了柳家。此后，柳和家境越来越糟，以至于连生计都无法维持了，家里值钱的东西早已典当一空。柳和天天盼望着宫梦弼快来，为他料理破败的家业，可是宫梦弼销声匿迹，一点儿音讯也没有，就像飞走的黄鹤，一去不复返了。

　　先是，柳生时，为和论亲于无极黄氏①，素封也②。后闻柳贫，阴有悔心。柳卒，讣告之③，即亦不吊，犹以道远曲原之④。和服除⑤，母遣自诣岳所，定婚期，冀黄怜顾。比至，黄闻其衣履穿敝⑥,斥门者不纳⑦,寄语云⑧:"归谋百金,可复来,不然,请自此绝。"和闻言痛哭。对门刘媪,怜而进之食,赠钱三百⑨,慰令归。母亦哀愤无策。因念旧客负欠者十常八九,俾择富贵者求助焉。和曰:"昔之交我者为我财耳。使儿驷马高车,假千金,亦即匪难,如此景象,谁犹念曩恩、忆故好耶?且父与人金资,曾无契保⑩,责负亦难凭也⑪。"母故强之,和从教。凡二十馀日,不能致一文⑫。惟优人李四,旧受恩恤,闻其事,义赠一金⑬。母子痛哭,自此绝望矣。

【注释】

①无极:县名。位于河北省中部。明清属直隶正定府,即今河北无极。

②素封:富户,财主。

③讣(fù):讣文,报丧书。

④曲原之:曲意原谅他。

⑤服除:服丧期满,解除丧服。旧制,父母死,子女穿孝服三年,称"服丧"。期满脱去丧服,称"除服"、"满服"。

⑥衣履穿敝:谓衣服破损,鞋子磨穿。

⑦斥门者不纳:令守门人不让进门。斥,严辞告诫。

⑧寄语:传话,转告。

⑨三百:三百文铜钱。

⑩曾无契保:从来没有立借契、找保人。曾,从来,一向。

⑪责负:讨债。责,谓索求、讨取。负,负欠、债务。凭:凭证。

⑫一文:一文钱。古代货币中最小的单位。

⑬一金:少量钱财。或一两银子。清赵翼《陔馀丛考·一金》:"今人行文以白金一两为一金,盖随世俗用银以两计,古人一金则非

一两也。"

【译文】

当初柳芳华在世的时候,他曾为柳和定下一门亲事,女方是无极县的富户黄家的女儿。后来黄某听说柳家穷了,就暗暗生出了悔亲的心。柳芳华病故的讣告送到他家后,他也不去吊唁,柳和还以为是因为路途太远,交通不便,也就原谅了他。柳和为父亲服孝期满之后,母亲让他亲自到岳父家去一趟,定下婚期,也希望黄家能够垂怜柳家的不幸遭遇加以帮助。等柳和到了黄家,黄某听说柳和是穿了一身破衣服,脚踏一双破鞋子来的,就命令看门人不要让他进来,黄某还传话给柳和说:"回去弄来一百两银子,还可以再来,否则,两家的亲事就从此了断。"柳和听了这话失声痛哭。黄家的对门住着一位姓刘的老妇,她可怜柳和的遭遇,请他吃了一顿饭,临走时还送给柳和三百文钱,好生安慰并劝他回家。柳和回到家里,他母亲听说他在岳父家所遭冷遇的经过之后,又伤心又气愤,可也想不出什么办法。她想起过去的宾客欠柳家的债十有八九都没有还,就让柳和在老宾客中挑几位富贵人家上门求助。柳和说:"当年和我们结交的人,都是冲着咱家的钱财来的。假如现在我坐着四匹马拉的豪华马车上门求贷,就是借一千两银子,也不是什么难事,可是家里现在这样的窘况,谁还会想着过去的恩情,记着昔日的朋友呀?而且父亲给人家钱财时,从来就没有借据和保人,就是讨债也没有凭据。"母亲还是坚持让他去,柳和只好遵命。柳和奔波求助,讨债前后二十多天,一文钱都没有得到。只有一位叫李四的唱戏的人,早年曾接受过柳家的恩惠,听说柳家败落的情形,很慷慨地送来一两银子。柳和母子俩抱头痛哭,从此不再抱什么希望了。

黄女已及笄①,闻父绝和,窃不直之②。黄欲女别适。女泣曰:"柳郎非生而贫者也。使富倍他日,岂仇我者所能夺乎?今贫而弃之,不仁!"黄不悦,曲谕百端③,女终不摇。翁妪并怒,旦夕唾骂之,女亦安焉。无何,夜遭寇劫,黄夫妇炮烙几死④,家中席卷一空。荏苒三载⑤,家益零替⑥。有西贾闻女美,愿以五十金致聘。黄利而许之,将强夺其志。女察知其谋,毁装涂面,乘夜遁去,丐食于途,阅两月,始达保定,访和居址,直造其家。母以为乞人妇,故咄之,女呜咽自陈。母把手泣曰:"儿何形骸至此耶!"女又惨然而告以故,母子俱哭。便为盥沐,颜色光泽,眉目焕映⑦,母子俱喜。然家三口,日仅一餐。母泣曰:"吾母子固应尔,所怜者,负吾贤妇!"女笑慰之曰:"新妇在乞人中,稔其况味⑧,今日视之,觉有天堂地狱之别。"母为解颐⑨。

【注释】

①及笄(jī):成年。古代女子满 15 岁结发,用笄贯之,因称女子满 15 岁为"及笄"。也指已到了结婚的年龄,如"年已及笄"。笄,束发用的簪子。

②窃不直之:内心认为父亲无理。直,合理。

③曲谕:婉言劝说。

④炮烙:殷纣王所用的一种酷刑。这里指寇盗所用的烧灼之刑。

⑤荏苒(rěn rǎn):形容时间渐进、推移。晋张华《励志诗》:"日与月与,荏苒代谢。"

⑥零替:败落。

⑦焕映:光彩照人。

⑧稔(rěn):熟悉。

⑨解颐:露出笑容。

【译文】

再说黄家的女子长到出嫁的年龄,听说父亲回绝了柳和,心中很不以为然。黄家想把女儿嫁给别人。黄女哭着说:"柳郎并不是生来就贫穷的人。假使他现在比过去还富有,难道与我们有仇的人会把他从我们手中夺走吗?今天我们却因为人家穷了就抛弃他,真是太不仁义了!"黄某听了很不高兴,多方劝诱开导,黄女始终也不动摇。黄女的父母都很恼怒,从早到晚地唾骂女儿,女儿也居然平静地忍受下来了。不久,在一个夜里,黄家遭到盗贼的洗劫,黄氏夫妇还受了炮烙毒刑,差点儿被折磨至死,家中财物更是被席卷一空。不知不觉三年过去了,黄家的家道更加败落。有个西边的商人听说黄女貌美,愿意拿出五十两银子作聘礼娶她为妻。黄某贪图小利,一口就答应了下来,打算强迫女儿嫁给那个商人。黄女发现了他们的阴谋,就撕破了衣服、涂污了面孔,乘着夜色逃离了家门,她一路乞讨,经过两个月的艰苦跋涉,终于来到了保定,打听到柳和家的住址,顾不上新媳妇登婆家门的种种礼仪,直接进了柳和的家门。柳和的母亲开始还以为她是叫花子,所以撵她快走,黄女呜咽着一边流泪,一边讲述事情的经过。柳母听完她的叙说,拉过她的手哭着说:"孩子呀,你怎么狼狈到这种地步呀!"于是,黄女又伤心地把自己被迫毁装涂面、逃离门的事讲给柳母听,柳和母子听了,都感动得直流眼泪。然后,他们就让她盥洗沐浴,之后再看,黄女果然容貌艳丽、光彩照人,柳和母子都非常喜欢她。可是,柳和家太穷了,一家三口人,每天只能吃上一顿饭。柳母哭着对儿媳说:"我们母子受穷是应该的,可怜的是你呀!让我的好媳妇受委屈了!"黄女笑着安慰她说:"我在乞丐堆里生活过,最熟悉做乞丐的滋味,与现在相比,简直就是天堂和地狱的差别。"柳母听了这话才宽慰地露出了笑容。

女一日入闲舍中①,见断草丛丛,无隙地。渐入内室,尘埃积中,暗陬有物堆积,蹴之连足②,拾视皆朱提③。惊走告和,和同往验视,则宫往日所抛瓦砾,尽为白金④。因念儿时常与瘗石室中⑤,得毋皆金?而故第已典于东家⑥,急赎归。

断砖残缺，所藏石子俨然露焉，颇觉失望。及发他砖，则灿灿皆白镪也。顷刻间，数巨万矣⑦。由是赎田产，市奴仆，门庭华好过昔日。因自奋曰："若不自立，负我宫叔！"刻志下帷⑧，三年中乡选⑨。乃躬赍白金往酬刘媪⑩。鲜衣射目，仆十馀辈，皆骑怒马如龙。媪仅一屋，和便坐榻上。人哗马腾，充溢里巷。黄翁自女失亡，西贾逼退聘财，业已耗去殆半，售居宅，始得偿。以故困窘如和曩日。闻旧婿烜耀⑪，闭户自伤而已。媪沽酒备馔款和，因述女贤，且惜女遭。问和娶否，和曰："娶矣。"食已，强媪往视新妇，载与俱归。至家，女华妆出，群婢簇拥若仙。相见大骇，遂叙往旧，殷问父母起居。居数日，款洽优厚⑫，制好衣，上下一新，始送令返。

【注释】

①闲舍：空屋子，闲着的房子。

②蹴（cù）：踢。迕足：碰脚，碍脚。

③朱提（shí）：据《汉书·食货志》及《地理志》，"朱提"本山名，在今云南昭通境内，山出佳银，名"朱提银"，其值较他银值钱。后遂以"朱提"为佳银的代称。

④白金：白银。下文"白镪"义同。

⑤瘗（yì）：埋，葬。

⑥东家：东邻。指债主。

⑦巨万：万万。形容极大数目。《史记·司马相如列传》："治道二岁，道不成，士卒多物故，费以巨万计。"《索隐》："巨万犹万万也。"

⑧刻志：刻苦励志。下帷：放下书室帘幕。指专心苦读。

⑨乡选：乡里的学问道德模范。本之《周礼》。

⑩躬赍(jī)：亲自携带礼品财物。躬，亲自。

⑪炜耀：光彩显赫。

⑫款洽：指款待和赠予。款，款待。洽，指赙赠。

【译文】

有一天，黄女到空闲的旧房舍中去看看，只见那里到处野草丛生，没有一点儿空地。黄女慢慢地走进内室里面，只见到处是厚厚的尘埃，墙边暗处好像有什么东西堆在那里，用脚踢了一下，把脚碰得生疼，她弯下腰拾起一块一看，原来都是上等的白银。她见状惊奇不已，赶紧跑回去告诉柳和。柳和跟着她一起来看究竟，发现当年宫梦弼从袖筒里带回、抛弃在暗处的瓦砾，全都变成了白银。柳和因而又联想起小时候常和宫叔在各个房屋的地砖下埋石头玩，它们是不是也都变成了银子？由于老屋早已抵押给了债主，柳和就急忙把老房子赎回来。柳和发现老屋的地砖早已残缺不全，当年埋藏过的石头都露在外面，历历可见，感到有些失望。等他再掀开其他地砖时，却看见砖下是一堆堆白花花的银子。顷刻之间，柳家就又成为家财巨万的大财主。于是，柳家开始赎回典当的田产，蓄养奴婢，宅院的豪华超过了当年富贵的时候。柳和在经过这样坎坷的经历之后，于是自我激励，他说："我要是还不自立，就辜负了宫叔的一片赤诚之心。"从此他发奋读书，三年之后被选中乡里的学问道德模范。柳和重新富贵后，没有忘记恩人，他亲自带着银子，去酬谢黄家对门住着的那位善良的刘老太太。柳和穿着光彩夺目的新衣服，带着十多个随从的仆人，他们全都骑着像龙似的高头大马，声势浩大地来了。刘老太太只有一间屋子，柳和就坐在她家床上。一时间，小巷里人喊马叫，热闹非凡。黄家自从女儿出走以后，那西商逼迫黄家退还聘金，可是聘金早已花掉将近一半，无法全数归还，黄某无奈只好卖掉居住的房子，才还上了那笔钱。从此以后，黄家穷得就跟当年柳和家差不多。这会儿黄翁听说女婿如何富贵显赫，羞悔难当，只有关上门黯然神伤。刘老太太买来酒菜款待柳和，谈话间说起黄氏女儿的贤德，并且惋惜她不知逃到哪里去了。刘老太太问柳和娶妻了没有，柳和说："早已娶了。"吃过饭以后，柳和非要拉着刘老太太去看看他的新媳妇不可，刘老太太就和柳和同车回到了保定。一进家门，黄女盛装出来相迎，她在一群婢女的簇拥下就像天上的仙女一样。刘老太太和黄女相见，大吃一惊。于是她们拉着手叙起了往事，黄女殷切地询问父母的近况。刘老太太在柳家住了几天，受到了特别优厚的款待，柳家为刘老太太做了好衣服，刘老太太被装扮得上下一新，柳和这才送她回了家。

　　媪诣黄，许报女耗①，兼致存问②，夫妇大惊。媪劝往投女，黄有难色。既而冻馁难堪，不得已如保定。既到门，见闳闳峻丽③，阍人怒目张④，终日不得通⑤。一妇人出，黄温色卑词⑥，告以姓氏，求暗达女知。少间，妇出，导入耳舍⑦，曰："娘子极欲一觐⑧，然恐郎君知，尚候隙也⑨。翁几时来此？得毋饥否？"黄因诉所苦。妇人以酒一盛、馔二簋⑩，出置黄前，又赠五金，曰："郎君宴房中，娘子恐不得来。明旦，宜早去，勿为郎闻。"黄诺之。早起趣装⑪，则管钥未启⑫，止于门中，坐褥囊以待⑬。忽哗主人出，黄将敛避⑭，和已睹之，怪问谁何，家人悉无以应。和怒曰："是必奸宄⑮！可执赴有司。"众应声出，短绠绷系树间⑯，黄惭惧不知置词。未几，昨夕妇出，跪曰："是某舅氏⑰。以前夕来晚，故未告主人。"和命释缚。妇送出门，曰："忘嘱门者，遂致参差⑱。娘子言，相思时，可使老夫人伪为卖花者，同刘媪来。"黄诺，归述于妪。

【注释】

①耗：音耗，消息。

②存问：问候，慰问。

③闳闳(hàn hóng)峻丽：形容宅门高大华美。闳闳，里门，即临街之院门。《左传·襄公三十一年》："高其闳闳，厚其墙垣，以无忧客使。"

④阍(hūn)人：看门人。

⑤通：通禀主人。

⑥温色卑词：面色温和，措辞谦卑。

⑦耳舍：正屋(堂屋)两旁的小屋，如人面之两耳，通称"耳房"。

⑧觐：拜会。相见的敬辞。

⑨候隙：等待机会。

⑩酒一盛(chéng)、馔二簋(guǐ)：犹言酒一壶，饭菜两盘。形容接待俭薄。"盛"和"簋"是古代容器的名称。这里指盛酒和饭菜的器皿。

⑪趣(cù)装：促装，仓促整理行装。趣，仓促。

⑫管钥：锁。

⑬襆(fú)囊：盛衣物的包裹。

⑭敛避：抽身躲避。敛，敛迹。

⑮奸宄(guǐ)：不法分子，歹徒。《国语·晋语》："乱在内为宄，在外为奸。"

⑯短绠：短绳。绠，绳。绷系：捆绑。

⑰某：仆妇自称。舅氏：舅父。

⑱参差(cēn cī)：差池，闪失。

【译文】

刘老太太一到家，就跑到对门黄家向黄氏夫妇报告了黄女的情况，并转达了黄女的问候，黄氏夫妇一听，惊讶不已。刘老太太劝他们去投奔女儿，黄翁面有难色。不久，黄翁因为不堪忍受饥寒交迫，不得已来到保定投靠女儿。到了柳和的家门，只见门楼高大华丽，守门的人怒目相向,他在门外等了整整一天,守门人也没有进去通报。这时,从大门里面走出来一位妇人,黄翁迎上前去陪着笑脸,说着好话,告诉她自己的姓名,请求那妇人悄悄地给女儿捎个话。过了一会儿,妇人出来了,带着他进了门,来到正堂边上的小屋里,说:"我家娘子很想马上和你们相见,但是恐怕被郎君知道,还要等待机会。您老是什么时候来的?是不是饿了?"黄翁把自己的一路辛苦告诉了妇人。妇人于是拿来一壶酒、两盘饭菜放在黄某面前,妇人又拿出五两银子交给他,说:"我家郎君正在上房宴请宾客,娘子恐怕没有机会出来。明天一早您就早点儿离开,千万别被郎君知道了。"黄某答应了。第二天清早,黄翁就打点行装出门,来到女儿家一看门还没有开,就留在门洞中,坐在行李上等着。忽然一阵喧哗声传来,听见有人说主人要出门,黄某正想拿起行李赶紧躲避,柳和已经看见他了,柳和感到很奇怪,问这是什么人,家人们都答不上来。柳和生气地说:"一定是为非作歹的坏人!把他捆起来给我送到衙门去。"家人齐声应和,拿出短绳把他捆了个结实,绑在院子里的树上。黄某又羞惭又惊惧,一句话也说不出来。说话间,昨天的那位妇人跑了出来,"卟哃"一声跪在柳和的面前,说:"他是我的舅舅。因为昨天来得太晚,所以没有来得及禀告主人。"柳和这才让家人给他解开绳索。妇人一直把黄某送出门外,还说:"都是怪我忘了跟看门的人打招呼,才闹出这件意外的事。娘子说了,你们要是想她,可以让老夫人假装卖花的,和对门的刘老太太一块儿来。"黄某连声答应着走了,回到家里,他把经历的一切都告诉了妻子。

　　妪念女若渴,以告刘媪,媪果与俱至和家。凡启十馀关①,始达女所。女着帔顶髻②,珠翠绮纨,散香气扑人,嘤咛一声③,大小婢媪,奔入满侧,移金椅床④,置双夹膝⑤,慧婢瀹茗⑥。各以隐语道寒暄⑦,相视泪荧。至晚,除室安二媪,

裖褕温奥⑧，并昔年富时所未经。居三五日，女意殷渥⑨。媪
辄引空处，泣白前非。女曰："我子母有何过不忘⑩，但郎忿
不解，妨他闻也。"每和至，便走匿。一日，方促膝坐，和遽
入，见之，怒诉曰："何物村妪⑪，敢引身与娘子接坐！宜撮鬓
毛令尽！"刘媪急进曰："此老身瓜葛⑫，王嫂卖花者，幸勿罪
责。"和乃上手谢过⑬，即坐曰："姥来数日，我大忙，未得展
叙⑭。黄家老畜产尚在否⑮？"笑云："都佳，但是贫不可过。
官人大富贵，何不一念翁婿情也？"和击桌曰："曩年非姥怜
赐一瓯粥，更何得旋乡土⑯！今欲得而寝处之⑰，何念焉！"言
至忿际，辄顿足起骂。女恚曰："彼即不仁，是我父母。我迢
迢远来，手皴瘃⑱，足趾皆穿⑲，亦自谓无负郎君，何乃对子骂
父，使人难堪？"和始敛怒，起身去。

【注释】

①关：门。

②着帔（pèi）顶髻：身着彩帔，头挽高髻。帔，豪门富室的便服，绣有
　团花，女帔长仅及膝。顶髻，头上挽着发髻，表示已婚。

③嘤咛：娇语声。指细声吩咐。

④金椅床：饰金的躺椅。椅床，又名"椅榻"，现在叫"躺椅"。《新五
　代史·景延广传》："延广所进器服：鞍马、茶床、椅榻，皆裹金银，
　饰以龙凤。"

⑤置双夹膝：躺椅两侧各放一小型竹具。夹膝，旧时置于床席间用
　以放置手足的竹制取凉用具。其形制不一，有竹夹膝、竹夫人、
　竹姬、竹奴等称呼。

⑥瀹（yuè）茗：泡茶，沏茶。

⑦各以隐语道寒暄：指此时母女未公开相认，所以在奴婢面前各以

隐语问候。

⑧裀（yīn）褥温奭（ruǎn）：睡觉的被褥温暖柔和。裀褥，指卧具。奭，同"软"，柔和。

⑨殷渥（wò）：深厚。

⑩子母：犹言母女。子，可兼指男女。

⑪何物村姬：什么村老婆子。何物，什么东西。轻鄙人的话。

⑫瓜葛：疏亲。汉蔡邕《独断》："四姓小侯，诸侯冢妇，凡与先帝先后有瓜葛者……皆会。""瓜"和"葛"都是蔓生植物，彼此牵连，故有此喻。

⑬上手谢过：拱手道歉。这里是作抱拳致歉的手势。上手，举手。

⑭展叙：会见叙谈。展，省（xǐng）视。

⑮畜产：犹言畜生。

⑯旋：返还。

⑰寝处之：剥其皮而坐卧之。《左传·襄公二十一年》："然二子者譬于禽兽，臣食其肉，而寝处其皮矣。"

⑱皴瘃（cūn zhú）：两手皴裂，生了冻疮。皮肤受冻而皲裂叫"皴"，冻疮叫"瘃"。

⑲穿：指露出。

【译文】

黄母如饥似渴地思念着女儿，就请刘老太太帮忙，刘老太太果然答应陪她到柳和家走一遭。两位老太太进了院，经过十多道门才来到女儿住的地方。她们看到黄女身穿霞帔，头上梳着高高发髻，满身都是绫罗绸缎，珠光宝气，房间里香气逼人，她只要细声吩咐一下，丫环婆子们就都忙不迭地跑到她的床边，有的搬来金漆靠背椅子，有的搬来消暑的竹几，聪慧的丫环为老太太倒上香茶。母女俩都用暗语互致问候，四目相对，热泪盈眶。到了晚上，仆妇收拾出一间客房让两位老太太安歇，她们的被褥又轻又软，即使在当年黄家富有的时候黄母也未曾享受过。

她们在柳家住了三五天,黄女待她们情深意厚。黄母常在左右没有人的时候,哭着痛说自己早年的过失。黄女说:"我们母女俩有什么解不开的结,只是柳郎他总是耿耿于怀,不敢让他知道。"所以每次柳和一来,黄母就急忙走开躲藏起来。一天,黄女正在床上和母亲促膝谈心,柳和突然进来了,一看这种情形,就大声怒骂道:"这乡下老婆子算是什么东西,竟然敢和娘子坐在一起! 真该拔光你的鬓毛!"刘老太太急忙上前说:"这位老太太是我的熟人王嫂,是来卖花的,请你千万不要责怪她。"柳和这才消了气,上前拱手道歉,坐下之后说:"姥姥来了好几天了,我太忙,也没抽出时间跟您好好聊聊。黄家那两个老畜牲还活着吗?"刘老太太笑着说:"他们都挺好的,只是穷得过不下去了。官人如今大富大贵,为什么不顾念一下翁婿的情分呢?"柳和听了一拍桌子说:"当年如果不是您老人家可怜我给了我一碗粥吃,我怎么能回到家乡! 一想到这些,我现在真想剥了他们的皮坐在上面,还有什么情分可谈!"柳和说到气忿的时候,甚至跺着脚大骂。黄女有些生气了,她说:"他们再不仁不义,也是我的父母。我不畏路途遥远地投奔而来,手上长满冻疮,脚趾把鞋都磨穿了,自以为没有对不起你的地方,你为什么还当人家的面骂人家的父母,故意让人难堪呢?"柳和这才平息了一下怒气,起身离开了。

　　黄妪愧丧无色,辞欲归,女以二十金私付之。既归,旷绝音问,女深以为念,和乃遣人招之。夫妻至,惭怍无以自容。和谢曰:"旧岁辱临,又不明告,遂使开罪良多。"黄但唯唯。和为更易衣履。留月馀,黄心终不自安,数告归。和遗白金百两曰[①]:"西贾五十金,我今倍之。"黄汗颜受之[②]。和以舆马送还,暮岁称小丰焉[③]。

【注释】

①遗（wèi）：赠予。

②汗颜：脸上出汗。形容羞惭。

③小丰：犹小康。

【译文】

黄母听了柳和的那番话，又惭愧又懊丧，简直无地自容，打算告辞回家，临走时，女儿偷偷给了她二十两银子。回家以后，黄氏夫妇的音信全无，黄女特别挂念他们，柳和心疼妻子，就派人请他们来保定。黄氏夫妇来到柳家，都惭愧得抬不起头来。柳和向他们道歉说："去年你们不辞劳苦而来，又没有说明身份，实在是多有得罪。"黄某只是唯唯地应着。柳和为黄氏夫妇更换了衣服鞋袜。他们住了一个多月，黄某还是觉得心里不安，几次要告辞回家。临走时，柳和送给他们一百两银子，说："当年西商出五十两，我今天加倍给您。"黄某万分惭愧地收下了。柳和用车马送他们回到家乡，他们晚年的生活也可以称作小康了。

异史氏曰：雍门泣后①，朱履杳然②，令人愤气杜门，不欲复交一客。然良朋葬骨③，化石成金，不可谓非慷慨好客之报也。闺中人坐享高奉④，俨然如嫔嫱⑤，非贞异如黄卿⑥，孰克当此而无愧者乎⑦？造物之不妄降福泽也如是⑧。

【注释】

①雍门泣后：雍门周，战国齐人，善鼓琴。《说苑·善说》谓雍门周尝以琴见孟尝君。孟尝君曰："先生鼓琴也，能令文（孟尝君名田文）悲乎？"雍门周引琴而鼓，于是孟尝君"涕泣增哀"，对他说："先生之鼓琴，令文立若破国亡邑之人也。"这里是借用这个故事讲由富贵变贫穷之后。

②朱履：代指受优待的门客。《史记·春申君列传》："春申君客三
　　千馀人，其上客皆蹑朱履。"杳然：无踪影。这两句揭示世态
　　炎凉。

③良朋葬骨：指"柳病卒，至无以治凶具。宫乃自出囊金，为柳经
　　纪"。

④高奉：优裕的供养。

⑤嫔嫱（pín qiáng）：嫔和嫱，古代宫廷中的女官。

⑥贞异：坚贞卓绝。黄卿：指黄女。卿，昵称。

⑦孰克：谁能。

⑧造物：造物主。指上天。

【译文】

异史氏说：豪门衰败之后，昔日的门客都绝迹不来，实在是令人气
愤，真想从此紧关大门，不打算再结交哪怕是一位客人。但是好友能够
出钱安葬死者，又化石成金救助生者，这不可不说是对慷慨好客的人的
报答。闺中女子坐享富贵荣华，俨然如皇宫里的嫔妃一样，如果不是像
黄女一样坚贞不凡，谁能坐享这样的厚福而心中坦然不愧呢？造物主
不会随意降下福泽，这件事也说明了这个道理。

　　乡有富者，居积取盈①，搜算入骨②。窖镪数百③，惟恐
人知，故衣败絮、啖糠秕以示贫④。亲友偶来，亦曾无作鸡黍
之事。或言其家不贫，便瞋目作怒⑤，其仇如不共戴天⑥。暮
年，日餐榆屑一升⑦，臂上皮折垂一寸长，而所窖终不肯发⑧。
后渐尪羸⑨，濒死，两子环问之，犹未遽告。迨觉果危急，欲
告子。子至，已舌蹇不能声⑩，惟爬抓心头，呵呵而已。死
后，子孙不能具棺木，遂藁葬焉⑪。呜呼！若窖金而以为富，
则大帑数千万⑫，何不可指为我有哉？愚已！

【注释】

①居积取盈：囤积财货，乘时取利。盈，利息。

②搜算：搜刮、算计。入骨：极言其刻薄。

③窖镪（qiǎng）：把钱埋在地下窖藏。

④故：故意。

⑤瞋（chēn）目：瞪眼。

⑥不共戴天：不与仇人并存于世间。《礼记·曲礼》："父之仇，弗与共戴天。"

⑦榆屑：榆皮或榆钱轧成的碎末。

⑧发：开掘，使用。

⑨尪羸（wāng léi）：瘦弱。

⑩舌蹇：舌头僵滞，难以动转。蹇，蹇涩，僵木。

⑪藁（gǎo）葬：草草埋葬。一般指没有棺木，用席或草荐裹尸入土。藁，多年生草本植物。

⑫大帑（tǎng）：储藏金帛的国库。

【译文】

从前某乡有一位富人，一丝一缕地囤积，一分一毫地搜刮，聚敛了很多钱财。他把数百两银子埋在地下，唯恐被人发觉，于是，他平时总是故意穿着破衣败絮，吃着粗糠野菜表示自己非常穷困。亲友们偶尔来访，从来不曾杀鸡做菜款待来客。如果谁要是说他家不穷，他就瞪着眼睛怒气冲天，仿佛跟他有不共戴天的仇恨似的。到了晚年，这位富人每天只吃一升榆树皮，瘦得胳膊上的皮垂下有一寸多长，可也不肯拿出埋藏在地下的银子使用。后来，他的身体瘦弱不堪，眼看就要死了，他的两个儿子围在他的身边，问银子藏在何处，他还是不想马上告诉他们。直到他自己发觉死期临近，才想要告诉儿子。儿子们都来了，他却舌头僵硬发不出声音，只能用力地抓挠胸口，"啊啊"地乱叫。富人死后，他的子孙买不起棺木，只好把他的尸体用草席一卷就埋葬了。呜呼！由此可见，如果说家中埋有银子就算富，那么面对藏有几千万金币的国库，为什么不能算作是自己的财富呢？真是太愚蠢了呀！

雏鸽

【题解】

这是写鸲鸽与养鸟人合伙进行诈骗的故事。令人惊奇的是出谋划策者竟然是鸟！而且演技也非常高超：与养鸟人联合演出双簧，出卖自己；借口洗浴，哄骗买鸟人打开了笼子；在梳翎抖羽期间，与买鸟人"喋喋不休"交谈，令其放松警惕；临飞走则用当地方言说："臣去呀！"从容轻松，匪夷所思。

《雏鸽》的创作在《聊斋志异》中颇为独特，其中说故事的，记故事的，均非蒲松龄本人。《聊斋自志》云"久之，四方同人，又以邮筒相寄，因而物以好聚，所积益夥"。《聊斋志异》创作的成功因素很多，当日蒲松龄宽松的教学环境，有着同样兴趣爱好的东家毕载积的支持也是因素之一。除去本篇外，卷三《五羖大夫》也标明是毕载积所记。

　　王汾滨言：其乡有养八哥者①，教以语言，甚狎习②，出游必与之俱，相将数年矣。一日，将过绛州③，去家尚远，而资斧已罄④。其人愁苦无策。鸟云："何不售我？送我王邸⑤，当得善价，不愁归路无赀也。"其人云："我安忍！"鸟言："不妨。主人得价疾行，待我城西二十里大树下。"其人从之。携至城，相问答，观者渐众。有中贵见之⑥，闻诸王。王召入，欲买之。其人曰："小人相依为命，不愿卖。"王问鸟："汝愿住否？"言："愿住。"王喜。鸟又言："给价十金，勿多予。"王益喜，立畀十金⑦。其人故作懊恨状而去。王与鸟言，应对便捷⑧。呼肉啖之，食已，鸟曰："臣要浴。"王命金盆贮水，开笼令浴。浴已，飞檐间，梳翎抖羽，尚与王喋喋不休⑨。顷之，羽燥，翩跹而起⑩，操晋声曰⑪："臣去呀！"顾盼已失所在。王及内侍，仰面咨嗟，急觅其人，则已渺矣。后有往秦中者⑫，见其人携鸟在西安市上。毕载积先生记。

【注释】

①乡：依据上下文，大概是山东省的某地。八哥：为鸲鹆（qú yù）的俗称。

②狎习：亲密习熟。

③绛（jiàng）州：明清时代州名。隶属平阳府，治所在今山西新绛。

④资斧已罄（qìng）：旅费花光了。资斧，《易·旅》："得其资斧。"程颐传："得货财之资，器用之材。"罄，尽。

⑤王邸：疑指设于绛州之明代灵丘王府。据《明史·诸王世表》：明太祖十三子朱桂（封代王）之六子朱荣顺，于永乐二十二年（1424）封灵丘王，天顺五年（1454）别城于绛州，下传五王，至隆庆间因罪国除。

⑥中贵：太监。这里指灵丘王府宦官。

⑦畀（bì）：给予。

⑧便捷：反应灵敏。

⑨喋喋不休：不停地说话。喋喋，形容说话连续不断。休，止。

⑩翩跹（piān xiān）：轻举貌。

⑪晋声：山西口音。晋，山西省的简称。

⑫秦中：今陕西省地区。

【译文】

王汾滨曾经讲过一个故事：在他的家乡有个养八哥的人，他教八哥说话，八哥学得特别好，关系特别亲密，主人每次出游都要带着八哥一起，就这样过了好多年。有一天，主人带它路过山西绛州时，离家乡还远，身上的盘费都花光了。主人愁眉不展，束手无策。八哥说："你为什么不把我卖了？你把我送到王府，一定能卖个好价钱，不愁回家没有路费了。"主人说："我怎么忍心卖掉你呢！"八哥说："没关系。你拿到钱后就快点儿走，然后到城西二十里外的大树下面等我。"主人就依了八哥的话。主人把八哥带到城里，当着众人的面和八哥一问一答，围观看热闹的人越来越多。有个在王府服役的宦官看见了，回府禀告了王爷。王爷召八哥和他的主人进了王府，要买下这只八哥。主人说："小人我和它一直相依为命，实在舍不得卖它。"于是，王爷问八哥："你愿意留下吗？"八哥说："愿意留下。"王爷大为惊喜。八哥又说道："给他十两银子，不要多给。"王爷一听，更是高兴得不得了，立即给了八哥的主人十两银子。八哥主人故意装成十分懊恼的样子，气呼呼地走了。王爷跟八哥说话，八哥应对非常敏捷。王爷让人喂它肉吃。八哥吃完肉，说："臣要洗澡。"王爷命令手下用金盆装水，打开笼子，让八哥在盆里洗澡。它洗完澡，飞到屋檐上，用喙梳理梳理翅上的羽毛，又抖了抖全身羽毛，嘴里还喋喋不休地和王爷说着话。过了一会儿，羽毛干了，八哥翩翩飞起，还用山西本地的语音说："臣告辞了！"转眼之间，八哥就飞得无影无踪了。王爷和宦官们仰面长叹，急忙派人四处寻找八哥的主人，最后连一个人影都没找到。后来有个到陕西的人，看见那人带着八哥在西安的闹市上。这个故事是毕载积先生记下的。

刘海石

【题解】

这是一篇写吕洞宾弟子刘海石为儿时朋友刘沧客捉妖擒怪的故事。故事颇简单，但叙述得丰富曲折，饶有馀韵。首先，故事是借徒弟显扬师傅,实际是在讲述关于吕洞宾故事的传闻。由于故事的重心在捉妖擒怪,故在这之前妖怪如何害人写得极其简略,只是呈现结果,而刘海石的出现则由于先前交代了与刘沧客的友谊故不显突兀。故事突出了刘海石在妖怪面前的绝对优势,非一般道士可比。无论是审查还是捉妖,都显示出蒲松龄的浪漫而丰富的想象力。叙述中又故意留下刘海石由于大意,出现了疏漏,忘记拔掉妖怪尾上的白毛,致使妖怪逃脱,于是发生第二次捉妖——故事显得曲折而耐看。故事结尾通过刘沧客的回忆,恍然大悟,刘海石的师傅——山石道人——即是大名鼎鼎的吕洞宾!

　　刘海石,蒲台人①,避乱于滨州②。时十四岁,与滨州生刘沧客同函丈③,因相善,订为昆季④。无何,海石失怙恃⑤,奉丧而归⑥,音问遂阙。沧客家颇裕,年四十,生二子:长子吉,十七岁,为邑名士;次子亦慧。沧客又内邑中倪氏女⑦,大嬖之⑧。后半年,长子患脑痛卒,夫妻大惨。无几何,妻病又卒,逾数月,长媳又死,而婢仆之丧亡,且相继也。沧客哀悼,殆不能堪。

【注释】

①蒲台:县名。位于鲁北平原黄河下游南端。清代属山东武定府,今并入山东博兴。

②滨州:州名。位于黄河三角洲的尾闾。清代属山东武定府,故治在今山东滨州。

③同函丈:指同塾读书,同一个老师。函丈,谓学塾中师、生座位相距一丈。《礼记·曲礼》:"席间函丈。"注:"函犹容也,讲问宜相对容丈,足以指画也。"

④订为昆季：结拜为异姓兄弟。昆季，兄弟之间长为昆，幼为季。

⑤失怙（hù）恃：父母双亡。《诗·小雅·蓼莪》："无父何怙，无母何恃。""怙恃"本义为凭恃，后遂作为父母的代称。

⑥奉丧：护送灵柩。

⑦内：同"纳"，指纳之为妾。

⑧嬖（bì）：宠爱。

【译文】

刘海石是蒲台人，为了躲避战乱来到了滨州。当时，他才十四岁，跟滨州的生员刘沧客是同学，因为两人很要好，就结拜为兄弟。不久，刘海石父母双亡，赶回家奔丧，从此二人断绝了音讯。刘沧客的家境很富有，四十岁的时候，已经有了两个儿子：长子刘吉十七岁，是县里的名士；他的次子也非常聪慧。刘沧客后来又纳本县倪氏女儿为妾，特别宠爱她。过了半年，长子刘吉忽然得了头痛病暴死，夫妻俩悲恸万分。没有几天，妻子也一病不起，溘然长逝，过了几个月，长子刘吉的媳妇也死了，而家里的丫鬟仆人也一个接一个地死去。刘沧客哀悼死者，痛苦得无法忍受。

一日，方坐愁间，忽阍人通海石至①。沧客喜，急出门迎以入。方欲展寒温②，海石忽惊曰："兄有灭门之祸，不知耶？"沧客愕然，莫解所以。海石曰："久失闻问，窃疑近况未必佳也。"沧客泫然③，因以状对。海石欷歔④。既而笑曰："灾殃未艾⑤，余初为兄吊也⑥。然幸而遇仆，请为兄贺。"沧客曰："久不晤，岂近精'越人术'耶⑦？"海石曰："是非所长。阳宅风鉴⑧，颇能习之。"沧客喜，便求相宅⑨。

【注释】

①阍(hūn)人:看门的,门房。

②展寒温:叙寒暄、致问候的意思。展,叙。

③泫(xuàn)然:泪流的样子。

④欷歔(xī xū):也作"唏嘘"。哭泣后不由自主地急促呼吸,有时候
　也表示感叹、惊讶。

⑤未艾:未尽,未停。

⑥吊:哀悼抚慰人之凶丧灾难。

⑦越人术:医术。战国扁鹊,原名"秦越人",又名"卢医",是我国古
　代名医,因以"越人术"为医术的代称。

⑧阳宅风鉴:我国古代星相方技的一个分支,指为人家住宅看风水
　和给人相面。阳宅,活人住的地方。相对于阴宅而言。这里指
　代看风水。风鉴,相面术。宋吴处厚《青箱杂记》卷四:"余尝谓
　风鉴一事,乃昔贤甄识人物、拔擢贤才之所急,非市井卜相之流
　用以贾鬻取赀者。"

⑨相宅:观察探究住宅的风水吉凶。

【译文】

　　有一天,刘沧客正坐着发愁,忽然看门人通报刘海石来了。刘沧客
非常高兴,急忙出门把刘海石迎进门来。刘沧客正要问寒问暖,刘海石
忽然惊异地问道:"兄有灭门之祸,你还不知道吗?"刘沧客听了十分惊
讶,不知他这是从何说起。刘海石说:"很久没有跟你互通音讯了,我心
里总是怀疑你的近况恐怕不太好。"刘沧客一听,黯然落泪,于是他就把
半年来家里发生的事情一一讲给刘海石听。刘海石也潸然泪下。过了
一会儿,刘海石笑着说:"你家的灾祸还没有完,我最初是来凭吊你的。
现在幸亏遇上了我,我要为你庆幸。"刘沧客说:"好久没有见面,你难道
精通医术了吗?"刘海石说:"医术不是我的所长。看看风水、相相面,我
倒还很在行。"刘沧客很高兴,就请他相看住宅的风水是凶是吉。

海石入宅，内外遍观之。已而请睹诸眷口，沧客从其教，使子媳婢妾，俱见于堂。沧客一一指示，至倪，海石仰天而视，大笑不已。众方惊疑，但见倪女战慄无色，身暴缩短，仅二尺馀。海石以界方击其首[①]，作石缶声[②]。海石揪其发，检脑后，见白发数茎，欲拔之。女缩项跪啼，言即去，但求勿拔。海石怒曰："汝凶心尚未死耶？"就项后拔去之。女随手而变，黑色如狸[③]。众大骇。

【注释】

①界方：即界尺，或名"镇尺"，文具。画直线或压纸的尺子，用硬木、玉石或铜等制作。

②石缶：一种石制盛器。或如盆，或如缸，大小不一。

③狸（lí）：兽名。也叫"钱猫"、"山猫"、"豹猫"、"狸猫"、"野猫"。体大如猫，圆头大尾，全身浅棕色，有许多褐色斑点，从头部到肩部有四条棕褐色纵纹，两眼内缘向上各有一条白纹。以鸟、鼠等为食，常盗食家禽。毛皮可制裘。

【译文】

刘海石进入刘沧客家的住宅，里里外外看了个遍。然后他又要求看看全家大小，刘沧客按照他的吩咐，让儿子、媳妇、小妾、奴婢都到了客厅。刘沧客一个挨一个地指给刘海石，当指到妾妇倪氏的时候，刘海石仰视上天，大笑个不停。众人正在惊疑之中，却见倪氏浑身战慄、面无人色，身体迅速缩短，仅有二尺多长。刘海石用界尺猛击她的头部，尺下发出击打瓦罐的声音。刘海石揪住她的头发，检查她的脑后，只见她的后脑勺长有几根白发，刘海石出手要拔。倪女缩着脖子跪在那儿哭个不停，声称她马上就走，只求不要拔掉白毛。刘海石愤怒地说："你害人之心还没有死呀？"说着就把她脑后的白毛全都拔掉了。倪女随即就变了样,像一只黑色的山狸。在场的所有的人都大惊失色。

海石掇纳袖中,顾子妇曰:"媳受毒已深,背上当有异,请验之。"妇羞,不肯袒示。刘子固强之,见背上白毛,长四指许。海石以针挑出,曰:"此毛已老,七日即不可救。"又视刘子,亦有毛,裁二指①,曰:"似此可月馀死耳。"沧客以及婢仆,并刺之,曰:"仆适不来,一门无噍类矣②。"问:"此何物?"曰:"亦狐属。吸人神气以为灵③,最利人死。"沧客曰:"久不见君,何能神异如此!无乃仙乎?"笑曰:"特从师习小技耳,何遽云仙!"问其师,答云:"山石道人。适此物,我不能死之,将归献俘于师④。"

【注释】

① 裁:通"才"。

② 无噍(jiào)类:无活口,没有活人。《汉书·高帝纪》:"(项羽)尝攻襄城,襄城无噍类,所过无不残灭。"注:"无复有活而噍食者也。青州俗呼无子遗者为无噍类。"噍,咀嚼。

③ 神气:指人体元气。

④ 献俘:指战胜,押送俘虏献于朝廷或主帅,称"献俘"。这里指呈献所获。

【译文】

刘海石把它放在袖子里,对刘沧客的小儿媳说:"你这媳妇受毒已经很深了,背上肯定有异常,请让我看一看。"小儿媳害羞,不肯脱衣服袒露后背。刘沧客的小儿子强迫她脱下,只见她背上有几根白毛,差不多有四指长。刘海石用针挑出白毛,说:"这些毛已经老了,再过七天就不可救治了。"刘海石又检查刘沧客的小儿子,他的背上也长有白毛,才二指长,刘海石说:"像这样的毛,再过一个多月也就没命了。"刘海石再检查下去,刘沧客及所有的丫鬟和仆役身上都有白毛,刘海石一边挑毛一边说:"我要是不来,你们全家就没有一个活着的人了。"刘沧客问:"这是什么东西?"刘海石说:"它也属于狐狸一类的精怪。靠吸取人的精气神来滋养灵魂,最终使人猝死。"刘沧客说:"长期不见,你竟然这么神通广大! 你不会是神仙吧?"刘海石笑着说:"我只不过跟着师傅学了一点儿雕虫小技,怎么敢称为神仙呢!"刘沧客又问他的师傅是谁,刘海石说:"他是山石道人。刚才这个东西,我无法致它于死地,等回去交给师傅处置。"

　　言已,告别。觉袖中空空,骇曰:"亡之矣! 尾末有大毛未去,今已遁去。"众俱骇然。海石曰:"领毛已尽,不能化人,止能化兽,遁当不远。"于是入室而相其猫,出门而嗾其犬,皆曰无之。启圈,笑曰:"在此矣。"沧客视之,多一豕①。闻海石笑,遂伏,不敢少动。提耳捉出,视尾上白毛一茎,硬如针。方将检拔,而豕转侧哀鸣,不听拔。海石曰:"汝造孽既多,拔一毛犹不肯耶?"执而拔之,随手复化为狸。

【注释】

①豕:猪。

【译文】

　　刘海石说完这些话,就要起身告辞。忽然觉得袖中空空,不禁大惊失色,说:"它跑了! 它的尾巴根上还有一根大毛没有拔掉,现在它已经逃走了。"众人一听都非常骇怕。刘海石说:"它颈上的毛已经拔光了,不会再变成人,只能变成兽,估计它还没有跑远。"于是,刘海石又回屋里查看猫,出门验视狗,都没有发现异常。当他打开猪圈门时,刘海石笑着说:"它在这儿呢。"刘沧客一看,猪圈里多了一头猪。那猪一听到刘海石的笑声,就趴在地上,一动也不敢动。刘海石提着耳朵把它揪了出来,仔细察看它的尾巴,果然有一根白毛,像针一样坚硬。刘海石正要拔出白毛,那头猪在地上打滚,不住地哀嚎,不让刘海石拔毛。刘海石说:"你造了那么多孽,拔掉一根毛还不肯吗?"说完刘海石抓住它,一下子就拔掉了那根毛,那头猪立即又变回山狸的样子。

纳袖欲出,沧客苦留,乃为一饭。问后会,曰:"此难预定。我师立愿弘①,常使我等遨世上②,拔救众生,未必无再见时。"及别后,细思其名,始悟曰:"海石殆仙矣!'山石'合一'岩'字,盖吕仙讳也③。"

【注释】

①立愿弘:发下的誓愿非常宏大。

②遨:游。

③吕仙:指吕岩,字洞宾,以字行。号纯阳子,自称回道人。唐末道士。传说生于唐德宗贞元十四年(798),六十四岁进士及第。后游长安,遇锺离权,因得道,通称"吕祖"。与锺离权、张果老、韩湘子、蓝采和、曹国舅、铁拐李、何仙姑并称"八洞神仙"。

【译文】

刘海石又把山狸放进袖子里,就要起身告辞,刘沧客苦苦地挽留他,刘海石才留下吃了一顿饭。临别前,刘沧客问他什么时候能够再会,刘海石说:"这很难预定。我师傅早已立下宏愿,让我们经常在人间遨游,救助芸芸众生,我们还会有再见的时候。"刘海石走后,刘沧客仔细琢磨刘海石师傅的名字,恍然大悟地说:"刘海石恐怕早已成仙了!'山石'两字合在一起是'岩'字,是纯阳子吕洞宾的名讳。"

谕鬼

【题解】

本篇所重不在故事，而在谕鬼文。

自从韩愈有《鳄鱼文》以来，不少有功名的文人纷纷仿效，或者为卖弄文采，或者真的相信靠一纸所谓驱鬼驱妖的檄文能逢凶化吉，遇难呈祥。石茂华所谓的谕鬼如果排除自我编造的神话这种可能，就正是在这样一种状态下创作的文字。不过，从谕鬼文的行文风格上看，并非石茂华的作品，而可能是蒲松龄的创作，因为《谕鬼文》与《蒲松龄集》中所载的骈文风格太相似了。

青州石尚书茂华为诸生时①，郡门外有大渊②，不雨亦不涸③。邑中获大寇数十名④，刑于渊上。鬼聚为祟，经过者辄被曳入。一日，有某甲正遭困厄，忽闻群鬼惶窜曰："石尚书至矣！"未几，公至，甲以状告。公以垩灰题壁示云⑤："石某为禁约事：照得厥念无良⑥，致婴雷霆之怒⑦；所谋不轨⑧，遂遭铁钺之诛⑨。只宜返罔两之心⑩，争相忏悔；庶几洗髑髅之血⑪，脱此沉沦⑫。尔乃生已极刑，死犹聚恶。跳踉而至⑬，披发成群；踯躅以前⑭，搏膺作厉⑮。黄泥塞耳⑯，辄逞鬼子之凶；白昼为妖，几断行人之路！彼丘陵三尺外⑰，管辖由人；岂乾坤两大中⑱，凶顽任尔？谕后各宜潜踪，勿犹怙恶⑲。无定河边之骨⑳，静待轮回㉑；金闺梦里之魂，还践乡土㉒。如蹈前愆㉓，必贻后悔！"自此鬼患遂绝，渊亦寻干。

【注释】

①石尚书茂华：石茂华（1521—1583），字居采，号毅庵，青州益都

人。明嘉靖二十二年(1544)进士,历官至三边总督、兵部尚书,
擢掌南京都察院。卒赐祭葬,赐太子少保,谥恭襄。《山东通
志》、《江南通志》、《青州府志》等均有传。诸生:秀才。

②郡门:指青州城门。大渊:大水塘。

③涸:水干。

④邑:此指益都。

⑤垩灰:石灰粉。

⑥照得:犹言察知,旧时官府文告用语。厥:尔,你等。无良:不好,
不善良。

⑦婴:遭。雷霆之怒:喻官府盛怒,触犯刑律。

⑧不轨:不轨于法,不守法度。

⑨铁(fǔ)钺(yuè)之诛:指砍头腰斩之类死刑。铁,同"斧"。钺,一
种形状像斧的武器或礼器。"铁钺"是古代腰斩或砍头的刑戮
之具。

⑩罔两之心:鬼蜮害人之心。罔两,古代传说中的山川精怪。

⑪髑髅(dú lóu):死人的头骨。

⑫沉沦:指地下为鬼。

⑬跳踉(liáng):跳跃。

⑭踯躅(zhí zhú):踏步,徘徊。

⑮搏膺(yīng):拍击胸膛。膺,胸。厉:恶鬼。《左传·成公十年》:
"晋侯梦大厉,被发及地,搏膺而踊。"

⑯黄泥塞耳:谓不听劝阻或指深埋地下。

⑰丘陵:坟堆。三尺:三尺土,指坟土厚度。此句谓鬼只合呆在坟
里,其外则为阳世,由人间之官吏法律管辖。

⑱乾坤两大中:犹言天地之间,指人间。《周易》以乾为天、坤为地。
两大,谓天地二者并大。

⑲怙(hù)恶:坚持作恶。怙,依仗,坚持。

⑳无定河边之骨：指死去的人。唐陈陶《陇西行》："可怜无定河边骨，犹是春闺梦里人。"

㉑静待轮回：安安定定地等待转世投生。静待，这里是不要惹是生非的意思。

㉒还践乡土：指有朝一日还能返乡。

㉓如蹈前愆：如果重复前边的错误。愆，过失，错误。

【译文】

青州的石茂华尚书当年还是秀才的时候，青州城门外有一个大水坑，即使不下雨也从来不干涸。益都县曾经捕获过几十名大盗，都是在大水坑旁行刑处死的。谁知这几十名大盗的阴魂不散，又聚集在一起为害百姓，凡是经过大坑边上的人常被鬼拉入水中。一天，某甲遭遇鬼的袭击，身处危难之中的时候，忽然听见群鬼们四处乱窜，还大喊大叫："石尚书来了！"不久，石茂华来到水边，某甲把刚才看到的情形告诉了他。石茂华于是用石灰在墙上写下了告示，告示是这样写的："石某为禁约的事布告如下：查得你们居心不良，以致触犯上天雷霆之怒；过去因为图谋不轨，所以你们遭到了砍头处死的惩罚。现在只应该迷途知返，争相忏悔生前所犯下的罪行；或许能够洗清你们枯骨上罪恶的血污，脱离现在所处的苦海深渊。但是，你们这些人生前已遭受过极刑，死后还聚在一起作恶。有时突然跳到人们面前，成群结队，披头散发；有时又故意在人前徘徊不进，捶胸顿足，发出瘆人的惨叫。你们已经黄泥塞耳，还敢施展恶鬼的猖狂；青天白日之下竟敢行妖作恶，几乎阻断行人的道路！你们三尺坟墓之外，完全都是由人来管辖；而朗朗乾坤、天地宇宙之中，怎能容你们任逞凶顽？我现在正告你们，从今以后，你们要各自潜踪敛迹，不要坚持作恶。你们这些鬼魂，要安心地等待转世轮回；只有这样，你们亲人梦中的灵魂，才能重新回到故乡。如果你们重蹈覆辙，继续害人，你们一定会追悔莫及！"从此以后，青州再也没有发生鬼魂作乱的事，大水坑里的水也终于干涸了。

泥鬼

【题解】

唐太史是为蒲松龄《聊斋志异》作序的作者之一。蒲松龄十岁的时候，他考中了进士。蒲松龄十三岁的时候，他自京师罢职返回淄川，即蒲松龄在"异史氏曰"中所说的"上书北阙，拂袖南山"。他的人格精神为蒲松龄所崇拜，他也一直提携蒲松龄，与蒲松龄保持着友谊。曾与蒲松龄结伴同游崂山，登泰山，宿绰然堂。同时他也比较熟悉《聊斋志异》的创作，他在为《聊斋志异》所写的序言中说蒲松龄"于制艺举业之暇，凡所见闻，辄为笔记，大要多鬼狐怪异之事。向得其一卷，辄为同人取去；今再得其一卷阅之。凡为余所习知者，十之三四，最足以破小儒拘墟之见，而与夏虫语冰也"。假如把此序言与稍前高珩的序言比较，唐太史的序言写得亲切、实际，确是阅读后的感言。

《聊斋志异》有关唐太史事迹的作品，除去本篇外，还有卷十二的《雹神》，而且都在"异史氏曰"中对唐太史颂赞有加。就故事而言，大概出自唐太史自叙，但也不能排除蒲松龄的"秀才人情半张纸"。

　　余乡唐太史济武①，数岁时，有表亲某，相携戏寺中。太史童年磊落②，胆即最豪，见庑中泥鬼③，睁琉璃眼，甚光而巨，爱之，阴以指抉取④，怀之而归。既抵家，某暴病不语，移时忽起，厉声曰："何故抉我睛！"噪叫不休。众莫之知，太史始言所作。家人乃祝曰："童子无知，戏伤尊目，行奉还也⑤。"乃大言曰："如此，我便当去。"言讫，仆地遂绝，良久而苏，问其所言，茫不自觉。乃送睛仍安鬼眶中。

【注释】

①唐太史济武：唐梦赉（1628—1698），字济武，别字豹岩，淄川人。幼从父曰俞习古文。顺治五年（1648）考中举人，次年中进士，授庶吉士。八年（1651），授翰林院检讨。九年（1652）罢归，年未三十岁。晚年卜筑淄城东南之豹山。著有《志壑堂集》三十二卷。见《淄川县志》）。太史，三代时为史官、历官之长。后职位逐渐降低，明清时其职多以翰林任之，故称"翰林"为"太史"。

②磊落：洒脱不拘。

③庑（wǔ）：堂屋周围的走廊或两旁的廊屋。一般寺庙中正殿供尊神，走廊和廊屋塑众神及鬼卒。

④抉（jué）取：挖取。

⑤行：即将，就要。

【译文】

同乡唐济武翰林，当他只有几岁大的时候，曾被一位表亲带到寺庙中玩耍。唐翰林从小就胸怀坦荡，胆子很大，他看见庙中廊庑的泥鬼，瞪着一双用琉璃做的眼珠，又大又亮，心里喜爱得不得了，就偷偷地用手指抠了下来，揣在怀里带回了家。他们刚刚到家，表亲就得了急病，先是一声不吭，过了一会儿，他忽然坐了起来，厉声说："为什么要抠我的眼睛！"又吵又闹叫个不停。大家都不知道这是怎么回事，唐济武这才把自己在庙中做的错事说了出来。于是，全家人祷告说："小孩子无知，因为贪玩误伤了你的眼睛，我们马上就还给你。"泥鬼这才大声说："如果是这样，那我就不找麻烦了，这就走了。"说完，只见表亲扑倒在地，昏死过去，过了好半天，他才苏醒过来，问他刚才说过的话，他茫然不知。家里人赶快回到庙里，把眼珠子重新装回泥鬼的眼眶中。

异史氏曰：登堂索睛，土偶何其灵也！顾太史抉睛，而何以迁怒于同游？盖以玉堂之贵①，而且至性觥觥②！观其上书北阙,拂袖南山③,神且惮之④,而况鬼乎?

【注释】

①玉堂之贵:指唐梦赉曾贵为翰林院官员。玉堂,宋代以后翰林院
　的代称,因宋太宗曾手书"玉堂之署"四字匾额悬于翰林院而
　得名。

②觥觥(gōng):刚直貌。《后汉书·郭宪传》:"帝令两郎扶下殿,宪
　亦不拜。帝曰:'常闻关东觥觥郭子横,竟不虚也。'"

③上书北阙,拂袖南山:指唐梦赉上书论政而辞官归隐之事。顺治
　八年(1651),唐梦赉为翰林院检讨。翰林院受命将《玉匣记》和
　《口帝化书》译为满文,唐梦赉以为两书皆荒诞离奇,诬民惑事,
　上疏请罢,又疏斥谏官张煊、阴润之失。顺治九年(1652),他请
　假回家归葬亡亲,临行之前,谏疏事发,陷入朝中派系斗争漩涡,
　竟被罢官。詹事李呈祥等人上疏为唐梦赉申辩,然其去意已决,
　遂拂袖而归。是时唐梦赉年仅 26 岁。北阙,古代宫殿北面的门
　楼。是臣子等候朝见或上书奏事之处,用为宫禁或朝廷的别称。
　南山,秦岭的终南山,诗文中往往指隐居之所。唐孟浩然《岁暮
　归南山》诗:"北阙休上书,南山归敝庐。不才明主弃,多病故
　人疏。"

④惮:惧怕。

【译文】

　　异史氏说:泥鬼居然登堂入室索求眼珠,可见他有多么灵啊!可
是,唐济武抠他的眼珠,他为什么要迁怒给唐济武的表亲呢?这是因为
唐翰林地位尊贵,而且性情刚直的缘故啊!看他后来那股子直言敢谏
的能力和最后辞官归隐南山的操守,连神都惧怕他,更何况鬼呢?

梦别

【题解】

　　冯镇峦评论《聊斋志异》说："此书多叙山左右及淄川县事。""聊斋家事交游,亦隐约可见。"本篇所叙李王春和蒲生汶的生死情谊,使我们联想到李希梅和蒲松龄的友谊——原来他们之间是世交。

　　本篇对话不少,但都很简短,最长的9个字,有三句话都是仅2个字,确实是"黯然相语",简净而沉重。

　　王春,李先生之祖①,与先叔祖玉田公交最善②。一夜,梦公至其家,黯然相语。问:"何来?"曰:"仆将长往③,故与君别耳。"问:"何之?"曰:"远矣。"遂出。送至谷中,见石壁有裂罅④,便拱手作别,以背向罅,逡巡倒行而入,呼之不应,因而惊寤。及明,以告太公敬一⑤,且使备吊具⑥,曰:"玉田公捐舍矣⑦!"太公请先探之,信,而后吊之。不听,竟以素服往⑧。至门,则提幡挂矣⑨。

【注释】

①王春,李先生之祖:李宪,字王春(县志作"玉春"),淄川人,作者挚友李尧臣(字希梅)之父。明崇祯九年(1636)举人,清顺治三年(1646)进士。任浙江孝丰县知县,卒于官。有《养生录》、《四香斋集》、《黄庭经集注》等著作多种,未刊。传见乾隆《淄川县志》。

②先叔祖玉田公:蒲生汶,字澄甫,作者叔祖。明万历十三年(1585)举人,二十年(1592)进士。官直隶省玉田县知县。《淄川县志》载:"少孤,未尝违母命。读书刻苦,倍历艰辛。及登第后,

任玉田县知县。闻母病，哭几绝，素羸，吐血数斗而卒。"

③长往：出远门，暗喻永逝。

④裂罅(xià)：裂缝。罅，缝隙。

⑤太公敬一：李思豫，字敬一，李宪的父亲。传见《淄川县志》。

⑥吊具：吊唁用品。

⑦捐舍：捐弃宅舍，去世的讳称。《战国策·赵策》："奉阳君妒，大王不得任事，……今奉阳君捐馆舍，大王乃今然后得与士民相亲。"鲍彪注："礼，夫人死曰捐馆舍，盖亦通称。"

⑧素服：吊丧穿的白衣。

⑨提幡(fān)：丧家门口所挂的缘有垂幅的纸幡。幡，长幅下垂的旗帜。

【译文】

李先生字王春，他的祖父和我的叔祖玉田公相交最深。一天夜里，李先生的祖父梦见玉田公来到他的家里，神情黯然地和他闲谈。李先生的祖父问："你这是为什么事而来的？"玉田公说："我就要出门远行，所以过来与你告别。"李先生的祖父又问："你要到哪里去呀？"玉田公回答说："远了。"说完就走出了宅门。李先生的祖父送玉田公，跟他来到一个山谷中，看见石壁上有一道很大的裂缝，玉田公便拱手和李先生的祖父告别，然后背对着大石缝，慢慢地倒行，进了裂缝之中，李先生的祖父连声呼喊他，他也不答应，因而李先生的祖父从梦中惊醒。到了天亮时分，李先生的祖父把这个梦告诉了太公李敬一，并让他准备好吊丧用的物品，说："玉田公已经死了！"太公李敬一建议先派人打探一下虚实，果真如此，再上门吊唁不迟。李先生的祖父不听，竟然穿着一身素服直奔玉田公的家。一到玉田公家的门口，就看见丧事的旌幡已经高高挂在门上了。

呜呼！古人于友，其死生相信如此。丧舆待巨卿而行①,岂妄哉!

【注释】

①丧舆待巨卿而行:据《后汉书·独行·范式传》及《搜神记》记载:范式,字巨卿,与汝南张劭为友。张劭死后,"式忽梦见元伯,玄冕垂缨,屦履而呼曰:'巨卿,吾以某日死,当以尔时葬,永归黄泉。子未忘我,岂能相及?'式恍然觉悟,悲叹泣下,便服朋友之服,投其葬日,驰往赴之。未及到而丧已发引。既至圹,将窆,而柩不肯进。其母抚之曰:'元伯,岂有望耶?'遂停柩。移时,乃见素车白马,号哭而来。其母望之曰:'是必范巨卿也。'既至,叩丧言曰:'行矣元伯,死生异路,永从此辞。'会葬者千人,咸为挥涕。式因执绋而引,柩于是乃前。式遂留止冢次,为修坟树,然后乃去"。

【译文】

呜呼!古人对待朋友,无论是生还是死都是如此地互相信任。可见,古代所载张劭的灵柩到墓穴不肯前进,直到好友范式到来并致唁之后,灵柩方肯安然落葬的事怎么会是假的呢!

犬灯

【题解】

本篇的标题比较特殊,从内容上看,实际不是偏正词,而是一个并列词。

韩大千的仆人对于狐女谈不上任何感情,所以故事也就缺乏感人的力量,只是一般的鬼狐故事而已。

《世说新语·伤逝》云:"圣人忘情,最下不及情,情之所钟,正在我辈。"什么是最下？就是不入流的人。在《聊斋志异》中，浪漫哀艳，真挚动人的故事往往是士人，而农民、仆人、市侩，大概是被男女情感遗忘的阶层。但本篇在叙述狐女进入场景时，却写得轻灵浪漫："楼上有灯，如明星。未几，荧荧飘落，及地化为犬。睨之，转舍后去。急起，潜尾之，入园中，化为女子。"表现了蒲松龄叙述故事的高超功力。

　　韩光禄大千之仆^①，夜宿厦间^②，见楼上有灯，如明星。未几，荧荧飘落，及地化为犬。睨之，转舍后去。急起，潜尾之^③。入园中，化为女子。心知其狐，还卧故所。俄，女子自后来，仆阳寐以观其变^④。女俯而撼之，仆伪作醒状，问其为谁，女不答。仆曰："楼上灯光，非子也耶？"女曰："既知之，何问焉？"遂共宿止，昼别宵会，以为常。

【注释】

①韩光禄大千：韩茂椿，字大千，淄川人。父源，明代任通政使司右通政使。韩茂椿，岁贡生，以恩荫授光禄寺署丞，补太仆寺主簿（从七品上）。传见《淄川县志》。光禄，这里指韩大千所任光禄寺主簿，为尊称。

②厦：房廊，房子后面屋户的部分。淄川一带，无前墙的房屋称"厦屋"，又叫"敞屋"或"敞棚"，多供储放柴草杂物及安置碾磨之用。

③潜尾之：偷偷跟随其后。尾，尾随。

④阳寐：假装入睡。阳，假装。

【译文】

　　光禄寺主簿韩大千的仆人，夜里睡在房廊里，看见楼上有灯，像明星一样闪闪发光。不一会儿，那灯光就一闪一闪地从楼上飘落下来了，灯光落地后，接着就变成了一只狗。仆人偷偷斜眼望去，狗转身跑到房后去了。仆人急忙起身下地，偷偷地尾随它。狗进入了花园，又变成一位女子。仆人心里知道她是狐狸，所以又悄悄回到房间躺下。过了一会儿，那女子也从后面跟来了，仆人假装睡觉，暗中观察她的动静。那女子俯在他身上用力地摇晃他，仆人装作被惊醒的样子，问她是谁，女子没有回答他。仆人又说："楼上的灯光，不是你吗？"女子说："你既然知道，又何必再问呢？"于是，两人共枕同床，极尽鱼水之欢，从此两人白天别离，夜晚欢会，竟然习以为常了。

主人知之，使二人夹仆卧。二人既醒，则身卧床下，亦不知堕自何时。主人益怒，谓仆曰："来时，当捉之来。不然，则有鞭楚！"仆不敢言，诺而退。因念：捉之难，不捉，惧罪。展转无策。忽忆女子一小红衫，密着其体，未肯暂脱，必其要害，执此可以胁之①。夜分②，女至，问："主人嘱汝捉我乎？"曰："良有之③。但我两人情好，何肯此为？"及寝，阴掬其衫④。女急啼，力脱而去。从此遂绝。

【注释】
①胁：要胁，胁迫。
②夜分：夜间，半夜。
③良有之：确有此事。良，诚然，的确。
④掬：这里是双手剥取的意思。
【译文】
　　主人韩大千终于知道了这件事，他派两个仆人和他睡在一起，把他夹在中间。早晨，两个仆人醒来，却发现自己躺在床下，也不知道是什么时候从床上掉下来的。主人一听更为恼怒，对仆人说："那女人再来时，一定要把她捉住带来。不然的话，你就要挨鞭子抽。"仆人不敢申辩,只好答应着退了出来。仆人心想:捉住她,很难;不捉她吧,就肯定要获罪挨打。他正在翻来覆去地左思右想、束手无策的时候,忽然想起那女子有一件小红衫,总是贴身穿着,从来不曾离身,这一定是她的要害,拿到它就可以胁迫她就范。到了夜晚,女子来了,问他:"你的主人是不是让你来捉我呀?"仆人回答说:"是有这么回事,但是我们二人感情深厚,我怎么肯干那种事呢?"到了睡觉的时候,仆人想偷偷剥取女子的小红衫。女子情急之下哭出声来,她用力挣脱而去,从此再也不来了。

后仆自他方归,遥见女子坐道周①。至前,则举袖障面。仆下骑,呼曰:"何作此态?"女乃起,握手曰:"我谓子已忘旧好矣。既恋恋有故人意②,情尚可原。前事出于主命,亦不汝怪也。但缘分已尽,今设小酌③,请入为别。"时秋初,高粱正茂。女携与俱入,则中有巨第。系马而入,厅堂中酒肴已列。甫坐④,群婢行炙⑤。日将暮,仆有事,欲覆主命,遂别。既出,则依然田陇耳。

【注释】

①道周:路旁。

②恋恋有故人意:情意绵绵,有老相识的情意。这里是借用《史记》中范雎的话。战国时候,范雎和须贾二人曾是朋友,同在魏国做官。须贾嫉妒范雎的才华,便打击迫害范雎,打断了范雎的胁骨。范雎逃亡到了秦国,当了宰相。由于秦国的势力越来越大,须贾正将被派过去找秦国求和。范雎又穿上破旧的衣服,到驿舍去看望须贾,须贾一看是范雎,衣服非常脏,冻得脸青嘴绿,且已是残疾人,"乃取其一绨袍以赠之"。第二天,范雎再见须贾,

身份变成了声势煊赫,生杀予夺的宰相,范睢痛斥须贾以前迫害他的罪状。须贾吓坏了,"顿首言死罪"。范睢说:"然公之所以得无死者,以绨袍恋恋,有故人之意,故释公。"

③酌:酒菜,饮酒宴会。

④甫坐:刚刚坐定。

⑤行炙:谓斟酒布菜。炙,烤肉。

【译文】

后来,这个仆人从其他地方回来,远远看见这个女子在路边坐着。当仆人走到她面前时,她却用袖子遮住脸。仆人下了马,大声说:"你为什么要做出这个样子呢?"女子于是站起来,握着他的手说:"我以为你早已忘记了旧时的相好。现在看来你还没有忘记旧情,你过去的所为还可以原谅。我知道你是屈从于主人的压力,没有办法,我也不再怪你了。我们之间显然缘分已尽,今天特为你备下了小酒宴,请你入席作为告别。"当时正值初秋时节,田里的高粱长得非常茂盛。女子拉着他的手和他一起走进高粱地,仆人很快就看到高粱地中有一处大宅院。他把马系好走进院中,厅堂里的酒席早就摆好了。他们刚刚坐下,一群丫鬟就来上菜敬酒。太阳快要落山了,仆人因为有事要回复主人,就向女子告辞了。他出门以后,房宅、丫鬟、酒席都不见了,仍然是一片田垄分明的高粱地。

番僧

【题解】

中国有句俗话,叫"外来的和尚会念经"。但做到这一步并非易事,也是需要一些主客观条件的,比如要真会念经,比如要有靠山,会作秀等等。本篇中两个番僧的经没有念好,大概仅具有外来和尚这一条件,因为真正的地头蛇,庙里主持和尚看不起他;更要命的是,似乎两个番僧本业不在行,可以卖弄的竟然是杂技!所以虽然有太守的介绍,却遭到冷落!

释体空言①:在青州②,见二番僧③,象貌奇古④,耳缀双环,被黄布,须发鬈如⑤。自言从西域来,闻太守重佛⑥,谒之。太守遣二隶,送诣丛林⑦。和尚灵蟾,不甚礼之。执事者见其人异⑧,私款之⑨,止宿焉。或问:"西域多异人,罗汉得无有奇术否⑩?"其一辗然笑⑪,出手于袖,掌中托小塔,高裁盈尺⑫,玲珑可爱。壁上最高处,有小龛⑬,僧掷塔其中,矗然端立,无少偏倚。视塔上有舍利放光⑭,照耀一室。少间,以手招之,仍落掌中。其一僧乃袒臂,伸左肱⑮,长可六七尺,而右肱缩无有矣。转伸右肱,亦如左状。

【注释】

①释体空:体空和尚。释,释子,和尚的通称。"体空"是他的法名。

②青州:古代是《禹贡》"九州"之一,大体指泰山以东至渤海的一片区域。后范围逐渐缩小。清代为山东府治,现为山东潍坊下辖的一个县级市。

③番僧:外国或外族的僧人。

④奇古:远古,奇特。

⑤鬈(quán)如:卷毛,卷曲的样子。鬈,头发卷曲。如,助词,相当于"然"。

⑥太守:此指青州知府。重佛:礼重僧人。

⑦丛林:指寺院。意为众僧共住一处,如树木之丛集为林,故名。《大智度论》:"僧伽,秦言众。多比丘一处和合,是名僧伽。譬如

大树丛聚,是名为林,……僧聚处得名'丛林'。"

⑧执事者:协助长老管理寺内僧众及生活供应诸务的僧人。

⑨款:接待,款留。

⑩罗汉:即阿罗汉。佛弟子类名。地位低于菩萨。这里是对番僧的敬称。得无:莫非。

⑪辴(chǎn)然:微笑的样子。《庄子·达生》:"桓公辴然而笑。"

⑫裁:通"才",仅仅。

⑬龛:供奉佛像的小阁。

⑭舍利:即舍利子。相传释伽牟尼遗体火化后结成的珠状物,据说能放异彩,后来也指德行较高的和尚死后烧剩的骨头。

⑮肱(gōng):从肘到腕的部分,通指臂膀。

【译文】

有个叫体空的和尚讲过这样一个故事:在青州,曾见过两位外国和尚,相貌奇特而古怪,他们的耳朵上挂着两个环,身上披着黄布,头发和胡须都卷曲着。他们自称是从西方来,听说青州太守重视佛教,所以前来拜谒。青州太守派了两个差役,送他们到了寺院里。寺院里的灵峦和尚,不太看得起他们。但寺院中管理僧众的知事看到他们与众不同,就私下里款待他们,两位外国和尚就在那里住下了。有人问他们:"西方有很多奇人,罗汉是不是也有奇怪的法术呀?"一位和尚微微一笑,把手从袖子中抽出,他的掌中托着一个小塔,有一尺多高,玲珑可爱。寺院墙壁的最高处,有一个小龛,和尚把掌中的塔对着小龛一掷,小塔正落在龛中,不偏不斜。人们看到塔上有舍利在熠熠发光,照得满室生辉。不一会儿,和尚用手一招,小塔仍然回到他的手掌之中。另一位和尚则袒露臂膀,有时伸长左臂,有六七尺长,可是右臂却缩没了。然后他又伸出右臂,也和左臂的情形一样。

狐妾

【题解】

刘洞九与狐狸的交往故事在莱芜的民间传说中流传很广。

本篇叙述刘洞九在汾州当官期间娶狐妾之后的奇闻异事。虽然故事也有头尾,从娶狐开始,至狐妾离开结束,而且以狐妾"赏赉甚丰"作为贯穿的性格,某些情节也有所呼应,比如刘洞九"偶思山东苦酻",狐妾替他弄来"家中瓮头春",山东家里的仆人到汾州后告知家里"夜失藏酒一罂"等,但这些奇闻异事基本不相连属,是一种并列松散的故事结构。这种结构由于连缀多事,没有主干,难以形成厚实的描写,给人以深刻的印象,但笔触所及,涉猎的日常琐事较多,闲聊谈资丰富,体现了当日蒲松龄搜奇记异,"闻则命笔"的创作特色,在嬉笑之中揭示讽刺了世态人情,比如仆人盼望赏赐的心理,女婿占便宜揩油的心思,尤其是那个提学使张道一对于刘洞九的嫉妒自负,对于狐妾的非分之想,都在轻松调侃中给人以愉悦。

莱芜刘洞九①,官汾州②。独坐署中,闻亭外笑语渐近。入室,则四女子,一四十许,一可三十,一二十四五已来,末后一垂髫者③,并立几前,相视而笑。刘固知官署多狐,置不顾。少间,垂髫者出一红巾,戏抛面上。刘拾掷窗间,仍不顾。四女一笑而去。一日,年长者来,谓刘曰:"舍妹与君有缘,愿无弃菅菲④。"刘漫应之⑤,女遂去。俄偕一婢,拥垂髫儿来,俾与刘并肩坐,曰:"一对好凤侣⑥,今夜谐花烛。勉事刘郎,我去矣。"刘谛视,光艳无俦⑦,遂与燕好⑧。诘其行踪,女曰:"妾固非人,而实人也。妾,前官之女,蛊于狐⑨,奄忽以死⑩,窆园内⑪。众狐以术生我,遂飘然若狐。"刘因以手探尻际^⑫。女觉之,笑曰:"君将无谓狐有尾耶?"转身云:"请试扪之。"自此,遂留不去。每行坐与小婢俱,家人俱尊以小君礼^⑬。婢媪参谒,赏赍甚丰。

【注释】

①莱芜:今山东莱芜,地处山东省的中部。清代属泰安州。刘洞九:名澄淇,字洞九,号筠叟,山东莱芜孝义楼人,生于明万历十四年(1586),卒于清顺治十六年(1659)。据莱芜《刘氏族谱》记载:其父"刘守邺,号振西,别号小台"。振西生子三,刘洞九是其次子。崇祯年间岁贡,任山西汾州府通判督粮厅,爱民有政声。晚年,挂袍归隐。其与狐狸的来往传说在莱芜民间广为流行。

②汾州:明清府名。治所在今山西汾阳。

③垂髫(tiáo):古时儿童不束发,头发下垂,因曰"垂髫"。此处指尚未到婚龄的少女。

④无弃葑菲:意谓不要违背婚约,抛弃妻子。葑菲,借指其妹。葑,蔓菁。菲,萝卜。语义本《诗经》中的弃妇诗《邶风·谷风》:"采葑采菲,无以下体。"

⑤漫应:信口答应。漫,信口,姑且。

⑥凤侣:凤凰,喻夫妻。本《左传·庄公二十二年》:"凤凰于飞,和鸣锵锵。"

⑦无俦(chóu):无双,无与伦比。

⑧燕好:夫妻和好。常指新婚之好。《诗·邶风·谷风》:"燕尔新婚,如兄如弟。"

⑨蛊(gǔ):民间传说中的害人之虫,吞之入腹能使人昏狂失志,也指用蛊的巫术。这里是指受到狐狸的蛊惑、毒害。

⑩奄忽:弥留恍惚。

⑪窆(biǎn):埋葬。

⑫尻(kāo):脊椎末端的尾骨。

⑬小君:夫人。《毛诗正义》曰:"夫妻一体,妇人从夫之爵,故同名曰小君。"这里是说仆人们以夫人之礼对待狐妾。

【译文】

　　莱芜刘洞九人,在汾州做通判督粮厅。有一天,他正在衙署中独坐,忽然听见庭院外由远至近传来一阵欢声笑语。不一会儿,四位女子走了进来,一位约有四十多岁,一位三十多岁,一位二十四五岁,还有一位是未成年的少女,她们并排站在几案前,相互看着嬉笑。刘洞九早就知道衙署内的狐仙很多,所以没有搭理她们。过了一会儿,少女拿出一条红色的丝巾,淘气地扔在刘洞九的脸上。刘洞九拾起丝巾扔到窗台上,对她们还是不看一眼。四个女子笑了一下就离开了。一天,上次来过的那位四十多岁的女人来了,她对刘洞九说:"我妹妹和你有缘分,希望你不要抛弃她。"刘洞九漫不经心地答应了。那女人走后不一会儿,就和一个丫环领着先前的那位垂发的少女来了,她让少女和刘洞九并肩坐下,说:"真是一对好伴侣,今晚就是洞房花烛夜。你要好好事奉刘郎,我这就走了。"刘洞九仔细看那少女,果然美貌不凡,光艳无比,于是就和她交欢相好。事后,刘洞九问少女从何处而来,少女说:"我当然不是人,但实际上也是人。我是前任知府的女儿,因为受狐狸的蛊惑而突然死去,死后就埋葬在庭园里。狐狸们又施用法术使我得以复活,所以我的行止飘然像狐狸一样。"刘洞九听了,伸手去摸少女的屁股。少女发觉了,笑着说:"你是不是认为狐狸都应该有尾巴呀?"于是她转过身去说:"那你就摸摸看吧。"从此以后,少女就在衙署住下不再离开了。少女的起居坐卧都由那位小丫环陪着,刘洞九的家人都把她尊为小夫人,对她行礼致敬。丫环婆子们每次给她请安问候时,得到的赏赐都特别丰厚。

　　值刘寿辰,宾客烦多,共三十馀筵,须庖人甚众①,先期牒拘^②,仅一二到者,刘不胜恚^③。女知之,便言:"勿忧。庖人既不足用,不如并其来者遣之。妾固短于才,然三十席亦不难办。"刘喜,命以鱼肉姜桂,悉移内署^④。家中人但闻刀砧声,繁碎不绝。门内设一几,行炙者置枰其上^⑤,转视,则肴俎已满。托去复来,十馀人络绎于道,取之不竭。末后,行炙人来索汤饼^⑥,内言曰:"主人未尝预嘱,咄嗟何以办^⑦?"既而曰:"无已^⑧,其假之。"少顷,呼取汤饼。视之,三十馀碗,蒸腾几上^⑨。客既去,乃谓刘曰:"可出金资,偿某家汤饼。"刘使人将直去,则其家失汤饼,方共惊异,使至,疑始解。一夕夜酌,偶思山东苦醁^⑩。女请取之,遂出门去。移时返曰:"门外一罂^⑪,可供数日饮。"刘视之,果得酒,真家中瓮头春也^⑫。

【注释】

①庖(páo)人:做饭的人,厨师。

②先期牒拘:事前发文征调。牒,这里指传票。拘,调集,征调。

③不胜恚(huì):恼怒极了。恚,怒。

④内署:官府内院。指刘的内宅。

⑤行炙:传送烤肉。泛指宴会上上菜。枰(pán):盘子。

⑥汤饼:汤面。

⑦咄嗟何以办:怎能一声吩咐就可以齐备呢?咄嗟,使令声。

⑧无已:不得已。

⑨蒸腾:热气蒸腾。

⑩山东苦醁(lù):即下文"瓮头春"酒。大概是一种泛微绿色略带苦味的家酿甜酒。醁,美酒。

⑪罂(yīng):一种小口大腹的酒坛。

⑫瓮头春：美酒名。泛指美酒。唐岑参《喜韩樽相过》："瓮头春酒黄花脂，禄米只充沽酒资。"

【译文】

有一天，正是刘洞九的寿辰，前来祝寿的宾客很多，酒席要摆三十多桌，需要很多厨师才能完成。虽然刘洞九早就发下公文征调，可是届时前来操勺的却只有一二位，刘洞九气愤极了。狐妾听说后，就劝他说："别发愁。厨师既然不够用，不如把来的这一二位也打发走。我虽然才能有限，但是置办三十桌酒席还不难办到。"刘洞九一听，大喜过望，让人把鱼肉和葱姜肉桂等作料统统搬到内宅去。家中的人只听见切菜剁肉的声音不绝于耳，却看不见她是怎么做的。狐妾让人在门内摆了一张桌子，上菜的人把盘子放在桌子上，转眼一看时，盘中已经装满菜肴。就这样，仆人们端走菜肴送来空盘，来来往往，共有十几个人上菜，络绎不绝，取之不尽。最后，上菜的人来取汤饼，狐妾在里面说："主人预先没有嘱咐做汤饼，怎么能说要就要呢？"过了一会儿，她又说："没关系，先去借一点儿吧。"很快，狐妾就招呼上菜的仆人来取汤饼。上菜的人一看，桌上摆着三十多碗汤饼，还腾腾地冒着热气呢。客人走后，狐妾对刘洞九说："可以拿出一些钱来，去偿付某家的汤饼。"刘洞九就派人送去汤饼钱，丢汤饼的那家人，正聚在一起纳闷呢，刘家送钱的人去了，这个谜团方才解开。一天晚上，刘洞九正在小酌，偶然想喝山东苦酽酒。狐妾说我马上就给你取来，说着就走出门去。过了一会儿她就回来，说："门外有一坛子苦酽酒，够你喝几天的了。"刘洞九出门一看，果然有一坛子酒，打开一看，果真就是家乡的名酒瓮头春。

越数日，夫人遣二仆如汾。途中一仆曰："闻狐夫人犒赏优厚，此去得赏金，可买一裘。"女在署已知之，向刘曰："家中人将至。可恨伧奴无礼①，必报之。"明日，仆甫入城②，头大痛,至署,抱首号呼。共拟进医药,刘笑曰:"勿须疗,时至当自瘥。"众疑其获罪小君,仆自思,初来未解装,罪何由得? 无所告诉,漫膝行而哀之。帘中语曰:"尔谓夫人,则亦已耳③,何谓狐也?"仆乃悟,叩不已。又曰:"既欲得裘,何得复无礼?"已而曰:"汝愈矣。"言已,仆病若失。仆拜欲出,忽自帘中掷一裹出,曰:"此一羔羊裘也,可将去。"仆解视,得五金。刘问家中消息,仆言都无事,惟夜失藏酒一罂④。稽其时日,即取酒夜也。群惮其神,呼之"圣仙"。刘为绘小像。

【注释】

①伧(cāng)奴:下贱奴才。伧,狂,鄙贱。

②甫:刚刚,才。

③则亦已耳:也就罢了。

④罂(yīng):古代盛酒或水的瓦器。

【译文】

过了几天,刘洞九的夫人打发两个仆人来到汾州。途中,一个仆人说:"听说狐夫人的犒赏特别优厚,希望这次去得到的赏金,可以买件皮袄穿穿。"他的这些话,狐妾在衙署中早就知道了,她对刘洞九说:"老家派来的人快要到了。可恨那个贱奴才太无礼,我一定得报复一下。"第二天,那个仆人刚刚进了汾州城,头就剧烈地疼痛起来,等到衙署时,仆人抱着头大声哀叫。家人们都想给他吃点儿药什么的缓解一下,刘洞九笑着说:"他这病不用治,到时候自然会好的。"大家都怀疑他是不是得罪了小君,那个仆人也自忖,我初来乍到的,连行装都没有解下,我这罪过是怎么犯下的呢? 在拜见狐妾的时候,他觉得自己没有失误,就随便往地下一跪,膝行到帘外哀恳。只听帘中有人说道:"你称我为夫人,还算不错，为什么还要加个'狐'字呢?"仆人这才明白过来是怎么回事了,就跪在地上一个劲儿地磕头。狐妾又说:"既然想得个皮袄,为什么还那样无礼?"稍过片刻狐妾又说:"你的病好了。"话音刚落,仆人的头痛顿然消失了。仆人拜别后正要往外走,忽然从帘中扔出一个小包,只听见狐妾说:"这是一件羊羔皮袄,你可以拿走了。"仆人解开一看,是五两银子。刘洞九向仆人询问家中的情况,仆人说家里都挺好的,没什么事,只是有一天夜里丢了一坛酒。刘洞九一核对丢酒的日子和时辰,正是狐妾取来瓮头春的那天夜里。从此以后,家人们都十分敬畏她的神威,称她为"圣仙"。刘洞九还为她画了一张肖像。

时张道一为提学使①,闻其异,以桑梓谊诣刘②,欲乞一面。女拒之。刘示以像,张强携而去。归悬座右,朝夕祝之云:"以卿丽质,何之不可? 乃托身于鬓鬓之老③! 下官殊不恶于洞九,何不一惠顾?"女在署忽谓刘曰:"张公无礼,当小惩之。"一日,张方祝,似有人以界方击额,崩然甚痛。大惧,反卷④。刘诘之,使隐其故而诡对之。刘笑曰:"主人额上得毋痛否?"使不能欺,以实告。

【注释】

①张道一(1603—1695):名四教,字芹沚,莱芜张家台村人。幼为廪生,文冠群生。清顺治丙戌进士,历任山西省平阳府推官、吏部考功司主事、兵部主事进员外郎、山西按察使司提学佥事、陕西榆林兵备道按察使司副使。居官期间,省徭役,招流亡,让农民体养生息;司法平,折狱敏,政绩显著。其为山西提学使佥事时间为顺治六年至九年(1649—1652)。后罢官家居。著有《大榆山房诗文集》。由于张道一性格坦荡,风流偶觉,不为礼俗所

拘,故民间传闻颇多。王渔洋《居易录》尝载佚事一则,略谓:张
道一以部郎居京时,尝纳一婢甚丽,自称东御艾氏女。后携之赴
山西提学任,途经一驿,见雉起草间,感之而孕。到官后生一子
即殁。殁前自画小像一帧留箱奁中。自是每夜必托梦于张道
一,而预告其休咎。张道一悬像别室,食必亲荐。一日误以羹污
其上,夜梦妾怒诘之,天明则画已失去。异日,张道一以故谒巡
抚,见屏风画美人绝肖其妾,因屡目之。巡抚因问,张道一述其
故,巡抚乃掇赠之以归。归后复见梦如昔矣。妾尝谓张道一不
利宦途,稍迁即宜为退休计;及秩满迁榆林道参议,遂罢归,果如
妾言。《居易录》所载故事亦有画像情节,可以相互比照。提学
使:又名"提督学政",尊称"学台",简称"学政",清代省级最高教
育行政长官。每省一人,隶属中央,不归地方巡抚节制。由朝廷
委派到各省主持院试,并监察各地学官的官员,一般由翰林院的
翰林官或进士出身的侍郎、京堂、詹事、科、道及部属等出身的京
官担任。

②以桑梓谊:以同乡的身份。《诗·小雅·小弁》:"维桑与梓,必恭
敬止。"桑树和梓树,古人常种于宅旁,以供养生送死,后遂以之
作为故乡的代称。刘洞九与张道一同为莱芜人,故有桑梓之谊。

③鬖鬖(sān)之老:谓白发下垂的老人。宋辛弃疾《行香子·云道
中》:"岸轻乌,白发鬖鬖。"

④反卷:归还画有狐妾像的画卷。反,同"返"。

【译文】

当时,张道一正担任提学使的官职,听说狐妾神异不凡,就以同乡
朋友的名义来到刘洞九府上,想和狐妾见上一面。狐妾拒绝了他。刘
洞九把狐妾的画像拿给他看,张道一却硬要把画像带回去。张道一回
去以后,把狐妾的画像悬挂在座旁,每天早晚都对着画像祷告说:"以你
的美貌,到谁那儿还不行? 却委身给那个白胡子老头! 我哪一点都不

比刘洞九差,为什么不光临我这儿一次?"狐妾正在衙署中,忽然对刘洞九说:"那个张大人太无礼了,看我要稍稍惩罚他一下。"一天,张道一又对着画像祷告,忽然觉得好像有人用界尺猛击他的额头,头痛得好像要裂开一样。张道一大为惊惧,马上派人把狐妾的画像送了回去。刘洞九诘问张道一的家人为什么把画儿送回来,张道一的家人隐去了真情而胡乱应对了一句。刘洞九笑着说:"你家主人的额头是不是疼痛了?"张道一的家人看隐瞒不住,这才把实情告诉了刘洞九。

　　无何,婿亓生来,请觐之①,女固辞。亓请之坚。刘曰:"婿非他人,何拒之深?"女曰:"婿相见,必当有以赠之。渠望我奢,自度不能满其志,故适不欲见耳。既固请之,乃许以十日见。"及期,亓入,隔帘揖之,少致存问。仪容隐约,不敢审谛。既退,数步之外,辄回眸注盼。但闻女言曰:"阿婿回首矣!"言已,大笑,烈烈如鸮鸣②。亓闻之,胫股皆软,摇摇然若丧魂魄。既出,坐移时,始稍定。乃曰:"适闻笑声,如听霹雳,竟不觉身为己有。"少顷,婢以女命,赠亓二十金。亓受之,谓婢曰:"圣仙日与丈人居③,宁不知我素性挥霍,不惯使小钱耶?"女闻之,曰:"我固知其然。囊底适罄,向结伴至汴梁④,其城为河伯占据⑤,库藏皆没水中⑥,入水各得些须⑦,何能饱无餍之求⑧?且我纵能厚馈,彼福薄亦不能任。"

【注释】

　①觐:觐见。朝见君主或朝拜圣地,后也指谒见身份较高者。
　②烈烈:形容声音激越。鸮(xiāo):猫头鹰。

③丈人：岳父。古时称"舅"或"外舅"。宋朱翌《猗觉寮杂记》："《尔雅》：妻之父为外舅，母为外姑。今无此称，皆曰丈人、丈母。"

④汴梁：今河南开封。明清为开封府，"汴梁"是它的旧称。

⑤河伯：传说中的黄河神。《竹书纪年》等多数古籍认为姓冯，名夷。又名"冰夷"、"冯迟"。顾炎武谓河伯因国居河上而命名为"伯"，见《日知录》"河伯"。

⑥库藏(zàng)：仓库所储之物。

⑦些须：一点儿。

⑧餍(yàn)：满足。

⑨馈：赠。

【译文】

　　不久，刘洞九的女婿亓生来了，也想见狐妾一面，狐妾坚决拒绝。亓生不肯，再一次坚决求见。刘洞九就劝狐妾说："女婿不是外人，为什么坚持不见？"狐妾说："女婿来拜见，我必须要有所馈赠。他对我的奢望太高，我自以为无法满足他的期望，所以才不愿见他。既然他一再求见，就答应他十天以后再见。"十天以后，亓生来到狐妾的房间，隔着布帘向狐妾作揖行礼，并致问候。他隐隐约约看不清帘后狐妾的容貌，又不敢死盯着看。等到告退的时候，走出几步开外，他还在回头看。只听狐妾说道："阿婿回头了！"说罢，"哈哈"一笑，那声音就像猫头鹰的嗥叫，令人恐怖。亓生一听，吓得两腿发软，摇摇晃晃地就像失魂落魄了一样。亓生从狐妾那里出来，坐了好一会儿，心神才稍稍平静下来。这才说："刚才听见她的笑声，就像听见一声霹雳，竟然感觉到身体好像不再是自己的一样。"过了一会儿，丫环来了，她奉狐妾之命，送给亓生二十两银子。亓生接过银子对丫环说："圣仙每天都和我丈人在一起，难道不知我一向挥霍无度，不习惯花小钱吗？"狐妾听了这话说："我当然知道他的品行。可是正赶上家里没钱了，前些日子我们结伴到汴梁，汴梁被河神占据了，到处是一片汪洋，金库也淹没在水中，我们钻进水里各自捞取了一些银子，怎么能够满足他这样无厌的贪求！况且，即使我能够给他丰厚的馈赠，恐怕他的福分太浅，还受用不了。”

　　女凡事能先知，遇有疑难，与议，无不剖①。一日，并坐，忽仰天大惊曰："大劫将至②，为之奈何！"刘惊问家口，曰："馀悉无恙，独二公子可虑。此处不久将为战场，君当求差远去，庶免于难。"刘从之，乞于上官，得解饷云贵间③。道里辽远，闻者吊之④，而女独贺。无何，姜瓖叛⑤，汾州没为贼窟⑥。刘仲子自山东来⑦，适遭其变，遂被害。城陷，官僚皆罹于难⑧，惟刘以公出得免⑨。盗平，刘始归。寻以大案罣误⑩，贫至饔飧不给⑪，而当道者又多所需索，因而窘忧欲死⑫。女曰："勿忧，床下三千金，可资用度。"刘大喜，问："窃之何处？"曰："天下无主之物，取之不尽，何庸窃乎⑬？"刘借谋得脱归⑭，女从之。后数年忽去，纸裹数事留赠⑮，中有丧家挂门之小幡，长二寸许，群以为不祥。刘寻卒。

【注释】

①剖：剖析，分辨明悉。

②大劫：大难。劫，由佛教所说"劫灾"而来，比喻难以逃脱、不可避免的灾难。古印度婆罗门教传说世界经历若干万年毁灭一次，重新再开始，这样一个周期叫做一"劫"。后人借指天灾人祸。

③解（jiè）饷云贵间：押送军用粮饷到云南、贵州一带。饷，军粮，也可泛指军队俸给。

④吊：哀怜，慰劝。

⑤姜瓖：明末大同总兵官。1644年，李自成军入山西云中，姜瓖以

城迎降。同年六月，复杀农民军首领柯天相等，以城降清。1648
年，姜瓖又连结义军馀部抗清，北起大同，南至蒲州，陷山西州县
多所，清廷派多路重兵镇压，至次年八月始被剿平。事详王渔洋
《香祖笔记》、《清史稿·世祖本纪》。

⑥汾州没为贼窟：据《世祖本纪》载，姜部陷汾州在 1648 年 4 月。

⑦仲子：刘洞九的二儿子。仲，老二。

⑧罹（lí）：遭，遇。

⑨公出：因公外出。

⑩罣（guà）误：官员因过失或他人他事的牵连而受贬责黜革。

⑪饔飧（yōng sūn）不给：犹言三餐不继。古人每日两餐，早餐叫
"饔"，晚餐叫"飧"。不给，供应不上。

⑫窘忧：困窘忧愁。

⑬庸：需要。

⑭借谋得脱归：谓借助于狐女的谋划得以脱身还乡。

⑮数事：几件东西，犹言数物。

【译文】

对于所有即将发生的事，狐妾总是能够事先就知道，刘洞九一遇到
疑难情况，跟她一起商量，没有解决不了的。有一天，刘洞九正和狐妾
并肩坐着，忽然她仰首朝天，惊骇地说："大劫难就要到了，我们可怎么
办呀！"刘洞九惊讶地问她家里人会不会有事，狐妾说："别人都没事，只
有二公子令人担忧。这个地方不久就要变成战场，您应当赶快向朝廷
求个差事远远地离开这里，才能够躲过这场灾难。"刘洞九就按狐妾说
的，向上司请求出差，上司就委派他亲自押运粮饷到云南、贵州去。从
汾州到云南、贵州路途遥远，听说这件事的人都跑来安慰他，只有狐妾
向他祝贺。不久，镇守大同的宣化总兵姜瓖反叛朝廷，汾州被姜瓖的军
队占据。刘洞九的次子从山东赶来看望父亲，正好碰上战乱，被叛军杀
害。汾州沦陷的时候，官府的大小官僚全都遇难，只有刘洞九因为到云

南、贵州出公差才得以幸免。叛乱平定以后，刘洞九才回到汾州。接着他又因为受一桩大案的牵连而受到责罚，家里穷到连一日三餐都接济不上的地步，尽管如此，当权的官员还是对他多方勒索，所以刘洞九内外交困，愁得要死。狐妾说："不要发愁，床下有三千两银子，可以供我们花费。"刘洞九大喜过望，问："你是从哪儿偷来的？"狐妾说："天下没有主的东西取之不尽，还用得着偷吗？"后来，刘洞九找到个机会脱身，回到了山东老家，狐妾也跟他一道回去了。又过了几年，狐妾突然走了，她留下一个纸包，装了几件东西，其中就有家里遇到丧事时挂在门上的小丧幡，有二寸多长。人们都认为这是个不祥的兆头，不久，刘洞九就亡故了。

雷曹

【题解】

据蒲松龄所撰《蒲氏世系表》，其父蒲槃"少力学而家苦贫。操童子业，至二十馀不得售，遂去而贾。数年间，乡中称为素封"。蒲松龄也多年"潦倒场屋，战辄北"，贫穷的教师生涯无疑让他非常苦闷。本篇中的乐云鹤"去读而贾"，显然带有蒲松龄的情结，所以他在"异史氏曰"中称赞乐云鹤的"去读而贾"是"与燕颔投笔者，何以少异？"

但作者在作品中凝结于心、萦绕于怀的内容不见得是读者感动于心，发生兴趣的所在。现代的读者在本篇中欣赏的大概是作者写乐云鹤"云中游"的所见所感的一段文字。这段文字不仅是《聊斋志异》中最浪漫、最优美、最具想象力的文字之一，也是中国古代关于天空星象最具表现力的文字。古代人没有航天的经验，蒲松龄完全凭借想象，用生活中习见的事物模拟比喻，写乐云鹤"既醒，觉身摇摇然，不似榻上，开目，则在云气中，周身如絮。惊而起，晕如舟上，踏之，耎无地。仰视星斗，在眉目间。遂疑是梦。细视星嵌天上，如老莲实之在蓬也，大者如瓮,次如瓿,小如盎盂。以手撼之,大者坚不可动,小星动摇,似可摘而下者,遂摘其一,藏袖中。拨云下视,则银海苍茫,见城郭如豆。"百字左右的文字,用的比喻却形象生动,给予读者的直观印象和感受似乎不逊于观看当代的科技数码影片!

　　乐云鹤、夏平子,二人少同里,长同斋^①,相交莫逆^②。夏少慧,十岁知名。乐虚心事之,夏亦相规不倦^③,乐文思日进,由是名并著。而潦倒场屋^④,战辄北^⑤。无何,夏遘疫卒^⑥,家贫不能葬,乐锐身自任之。遗襁褓子及未亡人^⑦,乐以时恤诸其家^⑧,每得升斗,必析而二之,夏妻子赖以活。于是士大夫益贤乐。乐恒产无多^⑨,又代夏生忧内顾^⑩,家计日蹙^⑪,乃叹曰:"文如平子,尚碌碌以没^⑫,而况于我!人生富贵须及时^⑬,戚戚终岁^⑭,恐先狗马填沟壑^⑮,负此生矣,不如早自图也^⑯。"于是去读而贾^⑰。操业半年,家赀小泰^⑱。

【注释】

①同斋:同学。斋,书斋,学塾。

②莫逆:志趣相投,交谊深厚。《庄子·大宗师》:"(子祀、子舆、子犁、子来)三人相视而笑,莫逆于心,遂相与为友。"

③规:规勉,帮助。

④潦倒场屋:在科举考试中屡试不中,落拓失意。场屋,指科举的考场。

⑤战辄(zhé)北:每次考试都失利。战,喻科举考试。北,战败。《史记·项羽本纪》:"吾起兵至今八岁矣,身七十馀战,所当者破,所击者服,未尝败北。"

⑥遘(gòu)疫:染上瘟疫。遘,遇。

⑦褓襁子：婴儿。"褓"指婴儿的带子，"襁"指小儿的被子，后来以此借指未满周岁的婴儿。未亡人：寡妇。《左传·成公九年》："穆姜出于房，再拜曰：'大夫勤辱，不忘先君以及嗣君，施及未亡人。先君犹有望也！'"杜预注："妇人夫死，自称未亡人。"

⑧恤：救济、赈济贫者。

⑨恒产：土地、房屋之类不动产。

⑩忧内顾：照顾妻子子女的生活。

⑪蹙(cù)：困窘。

⑫碌碌：平庸无所作为。

⑬及时：谓当其盛壮之年。

⑭戚戚终岁：成天价痛苦。戚戚，忧伤的样子。《论语·述而》："君子坦荡荡，小人长戚戚。"何晏《集解》引郑玄曰："长戚戚，多忧惧。"

⑮恐先狗马填沟壑：恐怕先于狗马死去。狗马，服役于人之最低下者。谓恐己未及脱离贫贱而忧瘁致死。《战国策·赵策》："愿及未填沟壑而托之。"

⑯自图：自己想办法，意谓另谋出路。

⑰贾(gǔ)：经商，商人。

⑱小泰：小康。

【译文】

　　乐云鹤和夏平子两个人年幼时在同一里居住，长大了又同一学校读书，成为非常要好的朋友。夏平子小时候就聪明过人，十岁的时候已经小有名气了。乐云鹤虚心地向他学习，夏平子也教诲不倦，因此乐云鹤的文才每天都有长进，很快二人就齐名了。尽管如此，乐云鹤和夏平子在科举考场上都很不幸，每次参加科考都以落榜告终。不久，夏平子染上瘟疫亡故，家里穷得无法安葬，乐云鹤挺身而出主动承担起安葬亡友的责任。对夏平子遗下的褓襁中的婴儿和寡妻，乐云鹤都按时周济他们,每次得到一升半斗的粮食,乐云鹤都要一分为二,两家平分,夏平子的寡妻孤儿全靠他的救济才得以活下来。于是,读书人都更加敬重乐云鹤的贤德仗义。乐云鹤没有多少家产,又要替夏平子分担责任,所以家里的生计一天难似一天,乐云鹤因此慨叹道:"像平子这样文才横溢的人,都无所作为地死了,更何况我这样平庸的人!人生在世,要及时享乐,一年到头这样凄凄惨惨地活着,恐怕等不到功成名就为国效力就葬身沟壑了,实在是白活了一辈子,不如早点儿想个办法。"于是,他放弃了科举考试开始去经商。经营了半年,他的家产就达到小康。

　　一日,客金陵①,休于旅舍。见一人颀然而长②,筋骨隆起,彷徨座侧,色黯淡,有戚容③。乐问:"欲得食耶?"其人亦不语。乐推食食之④,则以手掬啖⑤,顷刻已尽。乐又益以兼人之馔⑥,食复尽。遂命主人割豚肩⑦,堆以蒸饼⑧,又尽数人之餐始果腹而谢曰⑨:"三年以来,未尝如此饫饱⑩。"乐曰:"君固壮士,何飘泊若此?"曰:"罪婴天谴⑪,不可说也。"问其里居,曰:"陆无屋,水无舟,朝村而暮郭耳⑫。"乐整装欲行,其人相从,恋恋不去。乐辞之,告曰:"君有大难,吾不忍忘一饭之德。"乐异之,遂与偕行。途中曳与同餐,辞曰:"我终岁仅数餐耳。"益奇之。

【注释】

①金陵:南京的旧名。

②颀(qí)然:高的样子。《诗·卫风·硕人》:"硕人其颀。"传:"颀,长貌。"

③戚容:忧愁的面容。

④推食食(sì)之:把食物推让给他吃。第二个"食",拿食物给他吃。

⑤掬啖(dàn)：捧着吃。形容久饿贪食的样子。

⑥兼人：两个人。

⑦豚肩：猪的前肘。

⑧蒸饼：古人称馒头为蒸饼，又称"笼饼"。

⑨果腹：吃饱肚子。

⑩饫(yù)饱：饱食。"饫"与"饱"同义。

⑪罪婴天谴：因有罪受到上天责罚。婴，遭受，获致。

⑫朝村而暮郭：意谓终日漂泊于城乡之间。郭，外城。也泛指城市，如城郭。

【译文】

　　一天，乐云鹤客居金陵，在旅馆里休息。他看见一个身材颀长，筋骨隆起，神色黯然的人，面带忧伤地在他的左右徘徊。乐云鹤问他："你想吃点儿东西吗？"那个人也不说话。乐云鹤把食物推到他的面前让他吃，那人伸手就抓，很快就把食物吃了个精光。乐云鹤又买了两个人的饭菜让他吃，他又全部吃掉了。乐云鹤就让店家割一大块猪肘肉，又堆了一桌子的蒸饼让那人吃，那人一口气吃了好几个人的饭菜才把肚子填满，他向乐云鹤拱手致谢说："三年以来，从没有吃得像今天这样饱。"乐云鹤说："你一定是个壮士，为什么贫困潦倒到这个地步？"那人说："我得罪了老天，受到了惩罚，无法说出口。"乐云鹤又问他住在哪里，那人说："我在地上没有房屋，水上没有舟船，早晨在村里，晚上在城中，居无定所。"乐云鹤收拾行李打算动身，那人跟着他，恋恋不舍地不愿离开。乐云鹤向他告别，他说："你就要大难临头了，我不忍忘掉你一顿饭的恩德。"乐云鹤觉得很奇怪，就同意带他一块儿走。途中，乐云鹤又请那人吃饭，那人却辞谢说："不用了，我一年只吃几顿饭就够了。"乐云鹤感到更加奇异。

　　次日，渡江，风涛暴作，估舟尽覆①，乐与其人悉没江中。

俄风定，其人负乐踏波出，登客舟，又破浪去；少时，挽一船至，扶乐入，嘱乐卧守；复跃入江，以两臂夹货出，掷舟中，又入之。数入数出，列货满舟。乐谢曰："君生我亦良足矣[2]，敢望珠还哉[3]！"检视货财，并无亡失。益喜，惊为神人。放舟欲行，其人告退，乐苦留之，遂与共济。乐笑云："此一厄也[4]，止失一金簪耳。"其人欲复寻之，乐方劝止，已投水中而没。惊愕良久，忽见含笑而出，以簪授乐曰："幸不辱命[5]。"江上人罔不骇异。

【注释】

①估舟：商船。

②生我：救活我。

③珠还：比喻财物失而复得。《后汉书·孟尝传》载：广东合浦产珠，因前任太守多贪秽，珠蚌皆徙去。及孟尝为守，不事采求，珠之徙者皆还故处。后人遂以"珠还合浦"喻失物复得。

④厄：灾难。

⑤不辱命：不负使命。辱，辱没。

【译文】

第二天，乐云鹤载着货物渡江的时候，突然狂风大作，江浪翻滚，紧接着商船倾覆了，乐云鹤和那个人全部落入江中。过了一会儿，风停了，那人背着乐云鹤踩着波浪浮出水面，搭上一只客船，他把乐云鹤放在船上，然后又跃入水中；不久，便从水中拖回一条船，扶着乐云鹤上了那条船，并且嘱咐乐云鹤躺在船里不要动；那人又跃入江中，用两臂夹着货物浮出水面，他把货物扔进乐云鹤乘的船中，又钻进水里。这样往返出没了几个来回，货物已经装了满满的一船。乐云鹤非常感谢那人，说："你救我一命也就足够了，我哪里还敢奢望那些货物能够失而复得呢!"乐云鹤清点了一下满船的货物,发现一件也没有丢失。乐云鹤更加喜欢那个人,惊叹着以为遇见神人。乐云鹤解开缆绳正要启程,那个人向他告辞,乐云鹤不肯,苦苦地挽留他,于是那人才留下来与乐云鹤一起过江。乐云鹤笑着说:"经历这一场劫难,我只损失了一个金簪子而已,真是万幸。"那人一听就要跳进江中寻找,乐云鹤急忙劝阻他,而那人早已没入江水之中了。乐云鹤惊呆了半天,忽然看见那人满脸笑容浮出了水面,把金簪子交给乐云鹤说:"幸亏没有辜负你的期望。"江上的人看到这种情形没有不感到惊异的。

　　乐与归,寝处共之。每十数日始一食,食则啖嚼无算①。一日,又言别,乐固挽之②。适昼晦欲雨,闻雷声,乐曰:"云间不知何状,雷又是何物? 安得至天上视之,此疑乃可解。"其人笑曰:"君欲作云中游耶?"少时,乐倦甚,伏榻假寐③。既醒,觉身摇摇然,不似榻上,开目,则在云气中,周身如絮。惊而起,晕如舟上。踏之,奄无地④。仰视星斗⑤,在眉目间。遂疑是梦。细视星嵌天上,如老莲实之在蓬也,大者如瓮,次如瓿⑥,小如盏盂⑦。以手撼之,大者坚不可动,小星动摇,似可摘而下者,遂摘其一,藏袖中。拨云下视,则银海苍茫,见城郭如豆。愕然自念:设一脱足,此身何可复问。俄见二龙夭矫⑧,驾缦车来⑨,尾一掉,如鸣牛鞭⑩。车上有器,围皆数丈,贮水满之。有数十人,以器掬水,遍洒云间。忽见乐,共怪之。乐审所与壮士在焉,语众曰:"是吾友也。"因取一器授乐,令洒。时苦旱,乐接器排云,约望故乡⑪,尽情倾注。未几,谓乐曰:"我本雷曹⑫,前误行雨,罚谪三载。今天限已满⑬,请从此别。"乃以驾车之绳万尺掷前,使握端缒下⑭。乐危之,其人笑言:"不妨。"乐如其言,飀飀然瞬息及地⑮。视之,则堕立村外。绳渐收入云中,不可见矣。时久旱,十里外,雨仅盈指,独乐里沟浍皆满⑯。

【注释】

①无算:无法计数。极言食量之大。

②挽:挽留。

③假寐:打盹。

④耎(ruǎn)无地:绵软无质。耎,同"软"。

⑤星斗:泛指众星。

⑥瓿(bù):瓦器。圆口,深腹,圈足,较瓮为小。

⑦盎(àng):一种大腹敛口的容器。盂(yú):形近于碗。

⑧夭矫:屈伸自如的样子。

⑨缦(màn)车:古代一种带蚊帐的车子。《周礼·春官·巾车》:"卿乘夏缦。"疏:"言缦者,亦如缦帛无文章。"

⑩牛鞭:赶牛用的一种特别粗长的短柄皮鞭。

⑪约望故乡:望着大约是故乡的方位。约,约略。

⑫雷曹:雷部的属官。此指雷神。

⑬天限:指"天谴"的期限。

⑭缒(zhuì):用绳子悬人或物使之下坠。

⑮飀飀(liú)然:迅捷的样子。

⑯沟浍(kuài):犹言沟渠。"沟"是田间行水道,"浍"是田间排水渠。

【译文】

乐云鹤和那人回到老家,朝夕与共。那人每十几天才吃上一顿饭,每次吃下的食物之多都无法计算。一天,那人又向乐云鹤告辞,乐云鹤极力挽留他。当时虽然是白天,天空却被乌云遮住,好像马上就要下雨,可以听见远处传来的阵阵的雷声,乐云鹤说:"云彩中不知是怎样的情形?雷又是什么东西?如果能到天上看看,这个疑团就能解开了。"那人笑着说:"你是打算要到云中遨游吗?"不多时,乐云鹤感到特别困倦,就伏在床上打盹。一会儿醒来,只觉得身子摇摇晃晃的,不像是躺在床上,睁开眼睛一看,发现自己身处云雾之中,周围的云朵像棉絮一样环绕着他。乐云鹤吃惊地站了起来,感到晕晕乎乎的,就像坐在船上一样。乐云鹤又用脚往下踩,软绵绵的似乎不着地。乐云鹤抬头仰望,看见满天的星斗就在自己的眼前。他不由得怀疑自己是不是在做梦。他仔细看那些星星,都镶嵌在天上,就像莲子长在莲蓬上一样,大的像大缸,中等的像小缸,最小的就像酒杯饭碗那么大。乐云鹤用手撼动那些星星,大星星纹丝不动,小星星可以撼动,好像可以摘下来,于是,乐云鹤摘下其中一颗小星星,藏在袖子里。他拨开云雾往下一看,只见银色的云海茫茫无际,地上的城廓只有豆子那么大。他不禁心惊胆颤地想到:假如一失足掉了下去,我这身体不知要到哪里去寻找。不一会儿,乐云鹤看见两条龙屈伸自如地驾着一辆缦车从远处驶来,龙尾一甩,就像牛鞭一样发出清脆的响声。龙车上载着一些器具,周长有好几丈,都装满了水。还有几十个人,拿着器具舀水,洒遍云间。他们忽然发现了乐云鹤,都感到非常奇怪。乐云鹤看到曾经救过他的那位壮士也在他们中间,对众人说:"他是我的朋友。"那人于是取来一个器具,交给乐云鹤,让乐云鹤也跟他们一起洒水。当时地上正遭受干旱,乐云鹤接过器具,排开云雾,朝着家乡的方向,尽情倾注。不久,那人走过来对乐云鹤说:"我本是一个雷神,曾经因为工作失误耽误了行雨,被罚下人间三年。今天期限已满,就让我们在这里告别吧。"说完,雷神就把驾车用的万尺多长的绳子扔在乐云鹤面前,让他握紧绳头坠下去。乐云鹤很害怕,不敢接过绳子,雷神笑着说:"没关系。"乐云鹤就照他说的,抓紧绳子往下一坠,只听见"嗖嗖"的风声掠过耳边,瞬息之间就落到了地面。乐云鹤环顾四周,发现自己正好降落在村外。坠下他的绳子被慢

慢地收入云中,很快就看不见了。当时因为久旱不雨,十里以外的地方
只下了一指多深的雨,只有乐云鹤的村子特别幸运,雨水竟然贮满了
沟渠。

    归探袖中,摘星仍在。出置案上,黯黝如石①,入夜,则
光明焕发,映照四壁。益宝之,什袭而藏②。每有佳客,出以
照饮。正视之,则条条射目③。一夜,妻坐对握发④,忽见星
光渐小如萤,流动横飞。妻方怪咤⑤,已入口中,咯之不出⑥,
竟已下咽。愕奔告乐,乐亦奇之。既寝,梦夏平子来,曰:
"我少微星也⑦。君之惠好,在中不忘⑧。又蒙自天上携归,
可云有缘。今为君嗣,以报大德。"乐三十无子,得梦甚喜。
自是妻果娠。及临蓐⑨,光耀满室,如星在几上时,因名"星
儿"。机警非常,十六岁,及进士第。

【注释】

①黯黝(yǒu):深黑色。

②什袭:把物品一层又一层地包裹起来,以示珍贵。《后汉书·杨
  李翟应霍爰徐列传》:"昔郑人以乾鼠为璞,鬻之于周;宋愚夫亦
  宝燕石,缇缊十重。夫赌之者掩口卢胡而笑,斯文之俗,无乃类
  旃。"唐李贤注引《阙子》曰:"宋之愚人得燕石梧台之东,归而藏
  之,以为大宝。周客闻而观之,主人父斋七日,端冕之衣,衅之以
  特牲,革匮十重,缇巾十袭。客见之,俛而掩口卢胡而笑曰:'此
  燕石也,与瓦甓不殊。'主人父怒曰:'商贾之言,竖匠之心。'藏之
  愈固,守之弥谨。"

③条条射目:光芒刺眼。条条,指辐射的光束。

④握发:指梳理绾结头发。

⑤怪咤(zhà)：惊叹。咤，叹声。

⑥咯(kǎ)：用力作咳，从喉中吐物。

⑦少微星：又名"处士星"。《史记·天官书》："廷藩西有隋星五，曰少微，士大夫。"唐司马贞《索隐》："《春秋合诚图》云'少微，处士位'。又《天官占》云'一名处士星'也。"

⑧在中不忘：永记不忘。中，内心。

⑨临蓐(rù)：临产，分娩。蓐，草席，古代妇女坐以临产。

【译文】

　　乐云鹤回到家里，一摸袖子，发现摘下的那颗星星还在。乐云鹤把它拿出来放在桌子上一看，黝黑黝黑的，像石头一样，到了夜里，星星放出光芒，把四周的墙壁照得雪亮雪亮。乐云鹤非常珍爱这个宝贝，一层一层包裹珍藏起来。每当有高贵清雅的客人来访，乐云鹤才把它拿出来，让它在室内照耀着，为饮酒的人助兴。当人们正视那颗星星的时候，就会感到它的一束束光芒刺得人睁不开眼睛。有一天夜晚，乐云鹤的妻子正对着星星洗头，忽然看见星光越来越小，最后竟像萤火虫一样满屋乱飞。乐妻正在诧异，那颗星已经飞进她的嘴里去了，她使劲咯也咯不出来，竟然咽进了肚子里。乐妻惊恐万分，急忙跑去告诉乐云鹤，乐云鹤也很奇怪，不知道这是怎么一回事。这天夜里，乐云鹤入睡以后，梦见夏平子来了，他说："我是天上的少微星。你对我的恩惠，我永远记在心中不能忘怀。后来又承蒙你把我从天上带到人间，可以说我们的缘分还没有断。今天我要转世成为你的儿子，来报答你的大恩大德。"乐云鹤这时已经三十岁了，还没有儿子，所以得了这个梦他非常高兴。打这儿以后，乐云鹤的妻子果然怀孕了。到了临产那天，满屋子光辉耀眼，就像星星放在几案时那样，因而乐云鹤给孩子起名叫"星儿"。星儿长大后非常机警，聪明过人，刚刚十六岁时就考中了进士。

　　异史氏曰：乐子文章名一世①，忽觉苍苍之位置我者不在是②，遂弃毛锥如脱屣③，此与燕颔投笔者④，何以少异？至雷曹感一饭之德，少微酬良友之知，岂神人之私报恩施哉？乃造物之公报贤豪耳！

【注释】

①名一世：世上有名。

②苍苍：上天。位置：安排、置放。是：指文章仕途。

③弃毛锥：意谓放弃文墨生涯。毛锥，笔的代称。脱屣（xǐ）：脱去鞋子，比喻轻易。屣，鞋。《汉书·郊祀志》："嗟乎！诚得如黄帝，吾视去妻子如脱屣耳！"颜师古注："屣，小履。脱屣者，言其便易，无所顾也。"

④燕颔投笔：指班超投笔从戎。东汉班超，是班彪之子、班固之弟。《后汉书·班超传》记载说，班超父死家贫，为官府抄书养母。相者指曰："生燕颔虎颈，飞而食肉，此万里侯相也。"后"投笔叹曰：'大丈夫无他志略，犹当效傅介子、张骞，立功异域以取封侯，安能久事笔研间乎？'"

【译文】

异史氏说：乐云鹤因为擅长写文章而名声显赫于世，忽然间却觉得上苍为他安排的位置不在这里，于是他就像脱去旧鞋一样放弃了读书作文的生活，这与当时班超投笔从戎相比，又有多少不同？至于雷神感念一顿饱饭的恩情，夏平子报答好友的情谊，难道是神和人在报答私恩吗？实际上这是造物主在公正地报答贤德而又卓越的人啊！

赌符

【题解】

本篇的宗旨在"异史氏曰"中说的非常明白：即"天下之倾家者，莫速于博；天下之败德者，亦莫甚于博"。相关禁赌的小说，《聊斋志异》还有卷十一《任秀》、《王大》等篇。

不过，本篇故事原型中的主人公并非韩道士，而是蒲松龄的先叔高祖蒲世广。赢和尚也不是靠"以纸书符"，而是高超的赌博本领。据《蒲氏世系表》中蒲松龄的按语称，故事的原生态是这样的："公少聪慧，才冠当时。如掷钱为六丰之戏，常坐堂中，令婢拾供之。六钱不溢一砖，必得四幕无讹，遂为绝技。后族人讳节者，与龙兴寺挂搭僧赌大败，田宅皆质去，大窘，求救于公。公慨然囊赀往，顷刻间尽复所失。趣装待归，僧固挽之。公笑曰：'实相告之：汝之技仅能掷三幕，我掷四幕，是以胜也。空汝囊亦非难，但我非博徒，不过为族人复仇耳。'僧益惊，求受其术。公曰：'我不能助恶人为虐也。'乃归。"

　　韩道士，居邑中之天齐庙①，多幻术，共名之"仙"。先子与最善②，每适城，辄造之③。一日，与先叔赴邑④，拟访韩，适遇诸途。韩付钥曰："请先往启门坐，少旋我即至。"乃如其言，诣庙发扃⑤，则韩已坐室中。诸如此类。

【注释】

①天齐庙：供奉泰山神的庙宇，又称"东岳庙"。唐玄宗曾封泰山神为天齐王，宋真宗先后封之为仁圣天齐王和东岳天齐仁圣大帝，元世祖封之为东岳天齐大生仁皇帝。明清以来，庙宇甚多。淄川县志未载天齐庙的位置，但据淄川民谣："金圈子，银台头，玉石街，铺龙口；天齐庙，万丈高，家雀下蛋掉下来，落不到中间就出飞了。"大概天齐庙的位置在现在的淄川区龙泉镇龙口村的青石街，即歌谣中的玉石街。当日的建筑相当恢弘壮观。

②先子：先父。指作者父亲蒲槃。据《蒲氏世系表》：蒲槃，字敏吾，"少力学而家苦贫。操童子业，至二十馀不得售，随去而贾。数年间，乡中称为素封。然权子母之馀，不忘经史，其博洽淹贯，宿儒不能及也。长公早丧，四十馀苦无子，得金钱辄散去。值岁凶，里贫者按日给之食，全活颇众。后累举四男，食指繁，家渐落，不能延师，惟公自教。子游泮者三人。其生平忠厚，即乡中无赖，横逆时加，惟闭门而已"。

③每适城，辄造之：每次进县城，都去看望他。造，造访。

④先叔：指作者的叔父蒲枳。据《蒲氏世系表》作者附志，蒲枳"为人豪爽好施，族中贫子弟或戚党之乏者，辄相其人而授之资，使学负贩，赖以成家者甚众"。

⑤发扃(jiōng)：开锁。

【译文】

韩道士住在本县城里的天齐庙，因为他擅长幻术，所以人们都称他为"仙人"。我已故的父亲和他最为友善，每次进城都要登门拜访他。有一天，父亲与已故的叔叔进城，打算去拜访韩道士，正巧在途中遇见了他。韩道士把钥匙交给父亲，说："你们先去开门，进屋坐着等我，我随后就到。"父亲就照他说的，进了庙，用钥匙打开门一看，韩道士已然坐在屋里了。关于韩道士诸如此类的怪异的事情还很多。

先是，有敝族人嗜博赌，因先子亦识韩。值大佛寺来一僧，专事樗蒲①，赌甚豪。族人见而悦之，罄赀往赌，大亏。心益热，典质田产，复往，终夜尽丧。邑邑不得志②，便道诣韩，精神惨淡③，言语失次④。韩问之，具以实告。韩笑云："常赌无不输之理。倘能戒赌，我为汝覆之⑤。"族人曰："倘得珠还合浦⑥，花骨头当铁杵碎之⑦！"韩乃以纸书符，授佩衣带间。嘱曰:"但得故物即已,勿得陇复望蜀也⑧。"又付千钱,约赢而偿之。

【注释】

①专事樗蒲(chū pú):专门从事掷色子来赌博。樗蒲,古代赌博的名目,以掷骰子决胜负,得采有卢、雉、犊、白等称,其法久已失传。骰子本只二枚,质用玉石,故又称"明琼"。唐以后骰子改以骨质,其数增至六枚,形为正立方体,六面分别刻一至六点之数,掷之以决胜负。因点皆着色,故后世通称"色子"。

②邑邑:忧郁不乐的样子。

③惨淡:凄凉。

④失次:颠倒,无序。

⑤覆:赢回所输钱财。

⑥珠还合浦:指赢回输掉的钱。

⑦花骨头:指色子。

⑧得陇复望蜀:得此望彼,贪得无厌。指翻本之后又想赢钱。《东观汉记·隗嚣传》引刘秀敕岑彭书:"西城若下,便可将兵南击蜀虏。人苦不知足,既平陇,复望蜀。"后乃以"得陇望蜀"喻得寸进尺或贪得无厌,不知止足。

【译文】

在此之前,有一位族人嗜好赌博,通过父亲也认识了韩道士。当时,大佛寺来了一个和尚,擅长用掷骰子决定胜负的方法赌博,赌注下得特别大。族人一看他这样豪赌就特别高兴,拿出家中所有的钱去一赌高下,结果全都输光了。族人越输心里越发急,典当了田产又去赌,一夜之间又输了个精光,血本无还。从此,他终日忧郁不乐,便去找韩道士,失魂落魄、语无伦次。韩道士就问他是怎么回事,族人就把赌博的事原原本本告诉了他。韩道士笑着说:"经常赌博没有不输的道理。

你如果能够戒赌,我帮你赢回失去的钱财。"族人说:"只要赌资能够像合浦的珍珠一样失而复得,我就用铁杵把骰子砸个稀巴烂!"于是,韩道士就在纸上写了一道符咒,交给族人,让他佩戴在衣带里。韩道士又嘱咐他说:"只要收回原来的财物就可以罢手了,千万不要得陇望蜀、贪心不足呀。"韩道士说完,又给了他一千文铜钱,约定赢了钱之后再还给自己。

　　族人大喜而往,僧验其赀,易之^①,不屑与赌。族人强之,请以一掷为期^②,僧笑而从之。乃以千钱为孤注^③。僧掷之无所胜负,族人接色,一掷成采。僧复以两千为注,又败。渐增至十馀千,明明枭色,呵之,皆成卢雉^④。计前所输,顷刻尽覆,阴念再赢数千亦更佳,乃复博,则色渐劣。心怪之,起视带上,则符已亡矣,大惊而罢。载钱归庙,除偿韩外,追而计之,并末后所失,适符原数也。已乃愧谢失符之罪^⑤,韩笑曰:"已在此矣。固嘱勿贪,而君不听,故取之。"

【注释】

①易之:轻视他,认为赌本太小。

②请以一掷为期:要求以掷一次色子为限。期,限度。

③孤注:尽其所有以为赌注。《宋史·寇准传》:"(王)钦若曰:陛下闻博乎?博者输钱欲尽,乃罄所有出之,谓之孤注。"

④"明明枭色"二句:指寺僧掷色,明明可望得上彩,都成了中下彩。枭、卢、雉,皆古代博戏的彩名。何者为佳,说法不一致。一般认为枭彩最上,其次卢,再下雉。

⑤愧谢:惭愧道歉。谢,道歉。

【译文】

族人满心欢喜地又去赌博，和尚看了他的一千文铜钱，非常轻视，不屑与他赌。族人强拉着他非赌不可，并要求一掷定输赢，和尚笑着答应了。于是族人用那一千文铜钱作为一决输赢的孤注。和尚先掷了一回显不出胜负，族人接过骰子，一掷成采，族人大胜。和尚又放下了两千文作为赌注，又输了。后来和尚的赌注逐渐增加到十馀千文，明明看清是最上采枭色，族人一吆喝，就变成了次采卢色或又次采雉色。就这样，族人先前输掉的钱，转眼之间全都赢回来了，族人暗自琢磨着再赢几千文就更好了，于是又赌，可是每掷都是次等采，赌运开始不佳。族人心中奇怪，起身看看衣带里的符咒，早已不翼而飞了，族人大惊失色，赶紧罢手。族人带着钱回到庙里，除了偿还韩道士一千文钱之外，细细追忆计算前赢后输的钱，恰好跟原来输掉的钱相等。然后，族人惭愧地请韩道士原谅他丢掉符咒的过错，韩道士笑着说："符咒早就回到我这里了。我事先一再嘱咐你不要贪心，可你就是不听，所以我自己把它取回来了。"

异史氏曰：天下之倾家者，莫速于博；天下之败德者，亦莫甚于博。入其中者，如沉迷海，将不知所底矣①。夫商农之人，具有本业；诗书之士，尤惜分阴②。负耒横经③，固成家之正路；清谈薄饮，犹寄兴之生涯④。尔乃狎比淫朋⑤，缠绵永夜⑥。倾囊倒箧，悬金于嶮巇之天⑦；呵雉呼卢⑧，乞灵于淫昏之骨⑨。盘旋五木⑩，似走圆珠；手握多张⑪，如擎团扇。左觑人而右顾己，望穿鬼子之睛；阳示弱而阴用强，费尽罔两之技。门前宾客待，犹恋恋于场头⑫；舍上火烟生，尚眈眈于盆里⑬。忘餐废寝，则久入成迷；舌敝唇焦，则相看似鬼。迨夫全军尽没⑭，热眼空窥。视局中则叫号浓焉，技痒英雄之臆⑮;顾橐底而贯索空矣⑯,灰寒壮士之心⑰。引颈徘徊,觉白手之无济⑱;垂头萧索⑲,始玄夜以方归⑳。幸交谪之人眠㉑,恐惊犬吠;苦久虚之腹饿,敢怨羹残? 既而鬻子质田㉒,冀还珠于合浦;不意火灼毛尽,终捞月于沧江。及遭败后我方思,已作下流之物;试问赌中谁最善,群指无裤之公㉓。甚而枵腹难堪㉔,遂栖身于暴客㉕;搔头莫度㉖,至仰给于香奁㉗。呜呼! 败德丧行㉘,倾产亡身㉙,孰非博之一途致之哉!

【注释】

①所底:所终。底,即终极、尽头。《后汉书·仲长统传》引《昌言·理乱》:"澶漫弥流,无所底极。"

②分阴:指古代晷影移动一分,喻极短的时间。《初学记》引王隐《晋书》:"(陶侃)常语人曰:'大禹圣者,乃惜寸阴;至于众人,当惜分阴。'"

③负耒横经:谓勤学不倦,一边干农活,一边学习。负耒,《孟子·滕文公》:"陈良之徒陈相,与其弟辛,负耒耜而自宋之滕。"后以"负耒"指背负农具,从事农耕。耒,农具耒耜之柄。横经,摊开经书,请老师讲解。《北齐书·儒林传序》:"故横经受业之侣,遍于乡邑! 负笈从宦之徒,不远千里。"

④"清谈"二句:聚友清谈,偶尔少量饮酒,也是在生活中寄托兴会的一种方式。寄兴,寄托兴会。蒲松龄《郢中诗社序》:"约以宴集之馀晷,作寄兴之生涯。"

⑤狎比:不正经地亲近。淫朋:坏朋友。

⑥永夜:长夜。

⑦悬金于崄巇(xiǎn xì)之天:把金钱放在危险之地。崄巇,山势

陡峭。

⑧呵雉呼卢：赌徒呼叫博彩的声音。

⑨淫昏之骨：指色子。

⑩五木：古博具，即樗蒲。

⑪手握多张：此谓赌纸牌。

⑫场头：赌场上。

⑬盆：掷色之赌盆。

⑭全军尽没：喻赌本输光。

⑮臆：臆想，空想。

⑯橐(tuó)：盛物的袋子。贯索：穿钱的绳子。

⑰灰寒壮士之心：承上句，谓囊中无钱，使赌徒心灰意冷。唐张籍
　《行路难》诗："君不见床头黄金尽，壮士无颜色。"此处的"壮士"
　与上文的"英雄"都是讽刺之辞。

⑱白手：徒手，空手。这里指手中无钱。

⑲萧索：落寞。

⑳玄夜：黑夜，深夜。

㉑交谪之人：指妻。

㉒鬻(yù)子：卖儿。质田：典当土地。

㉓无袴(kù)之公：连裤子都输掉的人。袴，同"裤"。

㉔枵(xiāo)腹：空肚，饥饿。

㉕暴客：强盗。

㉖搔头：搔首，形容走投无路的烦躁样子。莫度：没有办法。

㉗香奁：妇女妆奁之物。此指妻之陪嫁首饰之类。

㉘败德丧行：败坏道德，丧失品行。

㉙倾产亡身：倾荡家产，丢掉性命。

【译文】

异史氏说：天下人倾家荡产的各种因素之中，没有比赌博来得更快

的了；天下人道德沦丧，也没有比赌博堕落得更快更彻底的了。凡是沉迷赌博的人，就像是沉入迷海，总也不知道底部究竟在哪里。经商的人、务农的人，都各有本业；读书学诗的士人，尤其应该珍惜时间。扛着锄头、苦读经书，都是成家立业的正路；即使约上几个朋友清谈一番，喝上几杯水酒，也是在生活中寄托兴会的方式。而赌徒们却与狐朋狗友们勾结在一起，彻夜不停地聚赌。他们翻箱倒柜，把金钱悬挂在险要高峻的天际；或者喊雉呼卢地乞求那个骰子显灵。或者旋转骰子，使骰子像圆珠那样转动；或者手握纸牌，就像举着一把团扇。他们一会儿看看旁人，一会儿又瞧瞧自己，眼珠乱转好像要看穿一切似的；他们表面上示弱而在暗地里下狠手，使出全身的解数，用尽了鬼魅的伎俩。门前即使有等待接待的宾客，心里却恋恋不舍地想着赌局；有时家里房子都起火冒烟了，却还死死地盯着掷骰子的瓦盆。他们因此废寝忘食，久而久之便沉迷其中，不能自拔；看上去个个舌敝唇焦，看着像个活鬼。等到老本全部输光了，只好瞪着输红的眼睛看着人家赌。眼看着赌局中大呼小叫，热闹非凡，技痒难耐，可那只是英雄的空想；因为看看自己的钱囊，早已分文不存，空让赌坛上的壮士灰心丧气。于是，便伸长了脖子在赌场里走来走去，只觉得两手空空，无济于事；最后只有垂头丧气，满心愁绪，直到深夜才回到家里。幸而埋怨指责他的妻子已经睡下了，他还唯恐惊动狗叫；这时，才觉得空了很长时间的肚子饥饿难忍，端起饭碗，哪敢抱怨残羹剩饭。接着，他就又要卖掉儿子，典当田产，希望捞回本钱；想不到这一掷如同一场大火烧光了须发，终究还是江中捞月一场空。直到遭到这样惨重的失败之后才开始反思，可是他已经堕落下去了；试问赌徒之中谁的赌技最高，人们都要指那把裤子都输光了的穷汉。他们有的甚至因为饥饿难忍，干脆混迹于强盗之中；有的使劲挠头也想不出办法，只能指望变卖女人的首饰过活。呜呼！道德败坏、品行沦丧，倾家荡产、名坏身亡，哪一件不是赌博这一恶习造成的呀！

阿霞

【题解】

阿霞作为狐女，先后在三个男人中进行了婚姻的选择。与陈生，一开始就放弃了；与景星，先选择生活了一段时间，后来也放弃了；最后选择了郑生，白头偕老。她与景星的关系是本篇描述的重点，也是作者借此表达自己理念的关键情节。阿霞对于婚姻的去取完全是站在功利的立场，以德薄福浅，或德厚福深，来决定是否托以终身，说得挺冠冕，但与现代婚姻上的拜金女似乎并没有本质上的不同！

阿霞是一个争议人物。按照现代人的观念，她与景星的关系是一个介入别人婚姻的第三者，景星之所以休弃妻子，罪魁祸首就是她！她站在道德的立场上对于景星的指责有点儿滑稽。反之，景星虽然对不起妻子，但对于她无愧于心，甚至是一个痴情者。假如按照蒲松龄那个时代的观念，因为是一夫多妻制，故阿霞自居于妾的位置，虽主动走近景星，假如景星不休弃妻子，那么其举动无可非议，她站在道德的立场上抨击景星的休妻行为也就无可指责。

篇中蒲松龄对于景星的行为进行了抨击，不是因为他爱上阿霞，不是因为他与阿霞同居，而是因为他因此休弃了妻子！违背了封建社会的婚姻规则。用现在的玩笑话说，是外面彩旗尽管飘扬，但家中红旗绝对不能倒！这个游戏规则也可以解释《聊斋志异》中所有浪漫狂生的婚外恋。

文登景星者①，少有重名。与陈生比邻而居，斋隔一短垣。一日，陈暮过荒落之墟②，闻女子啼松柏间，近临，则树横枝有悬带，若将自经③。陈诘之，挥涕而对曰：“母远去，托妾于外兄④。不图狼子野心⑤，畜我不卒⑥。伶仃如此⑦，不如死!"言已,复泣。陈解带,劝令适人⑧。女虑无可托者。陈请暂寄其家,女从之。既归,挑灯审视,丰韵殊绝。大悦,欲乱之。女厉声抗拒,纷纭之声⑨,达于间壁。景生逾垣来窥,陈乃释女。女见景,凝眸停睇⑩,久乃奔去。二人共逐之,不知去向。

【注释】

①文登:在山东省的东部。清代属登莱青道,登州府,今为山东登州。

②荒落之墟:荒丘。荒落,荒凉冷落。墟,大丘。

③自经:上吊自杀。

④外兄:表哥。

⑤狼子野心:比喻贪暴凶残、心地险恶。《左传·宣公四年》:"谚曰:狼子野心。是乃狼也,其可畜乎?"

⑥畜我不卒:不能终身依靠,不再继续供养。畜,养。卒,终。《诗·邶风·日月》:"父兮母兮,畜我不卒。"

⑦伶仃:孤苦的样子。

⑧适人:旧称女子嫁人。

⑨纷纭:杂乱。指吵闹争辩之声。

⑩凝眸停睇:定睛注视。

【译文】

文登县有一个叫景星的人,少年时代就很有名气。景星和陈生是邻居,两个人的书房只有一堵矮墙相隔。有一天傍晚,陈生在一片荒落的废墟旁边经过的时候,听见松柏树林间有女子的啼哭声,他走近一看,树的横枝上悬挂着一条带子,一个女子正要上吊自杀。陈生就问她为什么要寻短见,女子擦着眼泪回答说:"我的母亲远走他乡,把我托付给表兄。没想到表兄狼子野心,不再继续供养我了。我孤苦伶仃,只身一人,还不如死了的好!"说完,她又哭了起来。陈生解下树枝上的带子,劝她嫁人。女子担心没有可以托付终生的人。陈生就邀请女子暂且寄住在他家,女子同意了。陈生带着女子回到家里,点上灯仔细端详那女子,发现她长得非常美艳。陈生一下子就喜欢上她了,想要和她交欢。那女子高声喊叫,拼命抵抗,叫喊声传到了隔壁,景星闻声越过矮墙来察看究竟,陈生这才放开女子。女子一看见景星,目不转睛地凝视了好长时间,才向门外跑去。陈、景二人都跑出去追她,可是不知道她跑到哪里去了。

　　景归,阖户欲寝,则女子盈盈自房中出①。惊问之,答曰:"彼德薄福浅,不可终托②。"景大喜,诘其姓氏,曰:"妾祖居于齐③,为齐姓,小字阿霞。"入以游词④,笑不甚拒,遂与寝处。斋中多友人来往,女恒隐闭深房。过数日,曰:"妾姑去。此处烦杂,困人甚。继今,请以夜卜⑤。"问:"家何所?"曰:"正不远耳。"遂早去。夜果复来,欢爱綦笃⑥。又数日,谓景曰:"我两人情好虽佳,终属苟合⑦。家君宦游西疆⑧,明日将从母去,容即乘间禀命⑨,而相从以终焉。"问:"几日别?"约以旬终。既去,景思斋居不可常,移诸内,又虑妻妒,计不如出妻⑩。志既决,妻至辄诟厉⑪。妻不堪其辱,涕欲死。景曰:"死恐见累⑫,请蚤归⑬。"遂促妻行。妻啼曰:"从子十年,未尝有失德⑭,何决绝如此!"景不听,逐愈急,妻乃出门去。自是垩壁清尘⑮,引领翘待⑯,不意信杳青鸾⑰,如石沉海。妻大归后,数浼知交⑱,请复于景⑲,景不纳,遂适夏侯氏。夏侯里居,与景接壤,以田畔之故⑳,世有隙㉑。景闻之,益大恚恨。然犹冀阿霞复来,差足自慰。越年馀,并无踪绪。

【注释】

①盈盈:仪态美好的样子。《古诗十九首》:"盈盈楼上女,皎皎当窗牖。"

②终托:终身相托付。指嫁给。

③齐:周代国名。地域相当于今山东北部,河北东南。因都于临淄,故以"齐"代指临淄。今属山东淄博临淄区。

④游词:戏谑,挑逗的话。

⑤继今,请以夜卜:从今以后,我在夜间来。以夜卜,即"卜以夜",选定夜间。

⑥綦(qí)笃:热烈深沉。

⑦苟合:没有父母之命、媒妁之言的同居行为。

⑧家君:家父。宦游西疆:在西部省份做官。宦游,在外做官。

⑨禀命:请命。指征得父母同意。

⑩出妻:休妻。

⑪诟厉:辱骂。

⑫见累:连累我。

⑬蚤归:趁早回娘家。蚤,同"早"。归,谓"大归",指休妻,已嫁妇女归娘家后不再回夫家。《左传·文公十八年》:"夫人姜氏归于齐,大归也。"

⑭失德:在德行方面有过失。

⑮垩(è)壁:用石灰刷墙。指整饰房屋。垩,古代指白土。用白土涂饰也叫"垩"。《尔雅·释宫》:"墙谓之垩。"注:"白饰墙也。"清尘:扫除,拂拭灰尘。

⑯引领翘待:伸着脖子,翘着脚等待。

⑰信杳青鸾：杳无音信。信，信使，即青鸾。《汉武故事》："七月七日，上于承华殿斋。日正中，忽见有一青鸟从西方来集殿前。上问东方朔。朔对曰：'此西王母欲来也。'……有顷，王母至，……有二青鸟如鸾，夹侍王母旁。"后因以"青鸟"或"青鸾"借指信息或信使。

⑱浼（měi）：恳托。

⑲复：恢复，复婚。

⑳以田畔之故：因为田界争执。《说文》："畔，田界也。"

㉑隙：仇怨，嫌隙。

【译文】

　　景星回到家中，关上房门正要睡觉，却看见那位女子从房中仪态轻盈地款款走出。景星惊讶地问她为什么到他家里来，女子回答说："那位陈生德薄福浅，不可托付终身。"景星非常高兴，就问女子的姓名，女子说："我家祖上住在齐地，姓齐，我的小名叫阿霞。"景星用轻薄的言辞挑逗她，女子只是微笑，并不拒绝，于是景星和她上床睡下了。平时，景星的书房中常有朋友来来往往，阿霞总得紧闭房门躲在里屋。过了几天，阿霞说："我要暂时离开这里。你这儿人多眼杂，我躲在里面憋得慌。从今以后，我还是夜间来比较好。"景星问她："你的家在哪里？"阿霞说："正好离这儿不远。"于是阿霞一到清早就走了。到了夜晚，阿霞又来了，两个人非常恩爱和谐。又过了几天，阿霞对景星说："我们二人的感情虽然欢洽，但终究是私定终身，只能私下里相会。我父亲在西疆做官，明天我要和母亲去投奔他，我要找机会向父母禀告我们俩的事，从此便可以明媒正娶白头偕老了。"景星问："你多长时间才能回来？"阿霞和景星约好十天后相会。阿霞走了以后，景星暗自思忖书房不是久住之地，如果带阿霞回家，还担心妻子妒嫉，他想来想去不如把妻子休了。景星主意一定，便开始对妻子恶语相加。妻子不堪忍受他的欺辱，痛哭流涕，想要求死。景星说："你死了我恐怕还要受连累，你还是早点儿回娘家的好。"就不断催促妻子快点儿离开。妻子哭着说:"我跟了你十年,从来没有做过半点儿失德的事,你为什么如此绝情!"景星没有心思听她的辩解,只是愈加急迫地赶她走,妻子百般无奈只好满腹冤屈走出了景星的家门。妻子一走,景星就让家人把墙壁刷得雪白雪白的,房间内外打扫得干干净净,伸长了脖子翘着脚等待着阿霞的出现,谁知阿霞如石沉大海,音讯全无。景妻被休回娘家后,多次拜托景星的知交捎话求情,希望能够复婚,景星就是不理,于是她改嫁夏侯氏。夏侯氏家的寓所与景星家接壤,两家曾因为田地的边界纠纷,结下了世仇。景星听到前妻嫁给了夏侯氏,心里更加忿恨不已。然而,他仍盼望着阿霞能够快点儿回来,聊以安慰自己。又过了一年多,阿霞还是没有一点儿踪影。

会海神寿①,祠内外士女云集②,景亦在。遥见一女,甚似阿霞。景近之,入于人中;从之,出于门外;又从之,飘然竟去。景追之不及,恨悒而返③。后半载,适行于途,见一女郎,着朱衣,从苍头,鞚黑卫来④,望之,霞也。因问从人:"娘子为谁?"答言:"南村郑公子继室。"又问:"娶几时矣?"曰:"半月耳。"景思,得毋误耶? 女郎闻语,回眸一睐,景视,真霞。见其已适他姓,愤填胸臆,大呼:"霞娘! 何忘旧约?"从人闻呼主妇,欲奋老拳⑤。女急止之,启幛纱谓景曰:"负心人何颜相见?"景曰:"卿自负仆,仆何尝负卿?"女曰:"负夫人甚于负我! 结发者如是⑥,而况其他? 向以祖德厚,名列桂籍⑦,故委身相从。今以弃妻故,冥中削尔禄秩⑧,今科亚魁王昌⑨,即替汝名者也。我已归郑君,无劳复念。"景俯首帖耳⑩,口不能道一词。视女子,策蹇去如飞⑪,怅恨而已。

【注释】

①海神寿:海神的生日。

②云集:形容众多。《诗·郑风·出其东门》:“出其东门,有女如云。”

③怅悒:遗憾郁闷。

④鞚(kòng):驾驭。黑卫:黑驴。

⑤欲奋老拳:要挥拳动武。老拳,重拳。《晋书·载记》:“初,勒与李阳邻居,岁常争麻地,迭相殴击。……(及为赵王)乃使召阳。既至,勒与酣谑,引阳臂笑曰:‘孤往日厌卿老拳,卿亦饱孤毒手。’”

⑥结发者:结发的妻子,元配。古代男子二十束发加冠,女子十五束发加笄,婚后挽发为髻。故习称初婚相从之妻(元配)为“结发妻”。

⑦桂籍:古代把朝廷科举选拔人才的中选者喻为桂林一枝。《晋书·郤诜传》:“诜对曰:‘臣举贤良对策,为天下第一,犹桂林之一枝,昆山之片玉。’”唐以后习称“科举及第”为“折桂”,故称科举及第人员的名籍叫“桂籍”。宋徐铉《庐陵别朱观先辈》诗:“桂籍知名有几人,翻飞相续上青云。”

⑧禄秩:俸禄官阶。

⑨亚魁:乡试的第六名。

⑩俯首帖耳:恭顺听命。唐韩愈《应科目时与人书》:“若俯首帖耳,摇尾而乞怜者,非我之志也。”

⑪策蹇(jiǎn):鞭打着驴。

【译文】

有一天,正值海神的寿辰,祠庙内外士女云集,景星也在他们中间。他远远看见一位女子非常像阿霞。景星挤到近处一看,女子已经深入人海之中;景星紧紧地跟着她,看她穿过人群走出庙门;等景星跟到庙门外面的时候,女子早已飘然而去了。景星怎么追也追不上她,只好满腔怅恨地回到家里。又过了半年,景星正在路上走着,迎面看见一位女郎,她身穿红衣服,后面跟着一个仆人,骑着一头黑驴,景星一看,那红衣女郎像是阿霞。景星就问跟在阿霞后面的仆人:"这位娘子是谁?"仆人答道:"是南村郑公子的继室。"景星又问:"娶了多长时间了?"仆人说:"也就半个多月吧。"景星暗想,会不会是搞错了。这时红衣女郎也听见了他们的对话,回过头来看,正和景星的目光相遇,景星一看,真的是阿霞。景星看她已经嫁给别人了,满腔怒火燃烧起来,他大喊一声:"霞娘,你为什么忘记了当初的誓约?"仆人听见有人斥责他家的主妇,挥拳就要打来。阿霞急忙阻止他,她掀开脸上遮着的面纱对景星说:"你这个负心人还有什么脸面见我?"景星说:"是你辜负了我,我何尝辜负你呢?"阿霞说:"你辜负了前夫人更甚于辜负我! 你对待结发妻子尚且如此冷酷,对别人还能好到哪儿去? 我过去一向以为你祖上积下了深厚阴德,你也能在进士及第的簿册上挂名,所以我委身相从。如今因为你无故休弃了妻子,阴曹中已经削掉了你的食禄品秩,今科考试第六名的王昌,就是取代你名字的人。现在我已经嫁给了郑君,请你不要再惦念我了。"景星俯首贴耳地听着,一句话也说不出来。等抬起头再看阿霞时,她已经骑着驴飞一样地走远了,景星站在原地,心中只有无限惆怅和悔恨。

　　是科,景落第,亚魁果王氏昌名。郑亦捷。景以是得薄幸名①,四十无偶,家益替,恒趁食于亲友家②。偶诣郑,郑款之,留宿焉。女窥客,见而怜之。问郑曰:"堂上客,非景庆云耶③?"问所自识,曰:"未适君时,曾避难其家,亦深得其豢养。彼行虽贱,而祖德未斩④,且与君为故人,亦宜有绨袍之义⑤。"郑然之,易其败絮,留以数日。夜分欲寝,有婢持甘馀金赠景。女在窗外言曰:"此私贮,聊酬夙好,可将去,觅一良匹。幸祖德厚,尚足及子孙。无复丧检⑥,以促余龄。"景感谢之。既归,以十馀金买搢绅家婢,甚丑悍。举一子,后登两榜⑦。郑官至吏部郎⑧。既没,女送葬归,启舆则虚无人矣⑨,始知其非人也。

【注释】

①薄幸:对爱情不忠诚。唐杜牧《遣怀》诗:"十年一觉扬州梦,赢得青楼薄幸名。"

②趁食:蹭饭,乘人家吃饭时赶往觅食。

③景庆云:庆云是景星的字,尊称其字。

④斩:断绝。

⑤绨(tí)袍之义:怜惜故人的穷困,以财物相济助的情谊。绨袍,语出《史记·范雎蔡泽列传》。战国时范雎与魏中大夫须贾同列,为贾毁谤,笞辱几死。逃入秦,更名张禄,为秦相。后须贾使秦,范雎故以敝衣往见,须贾怜其寒,以一绨袍为赠;后知范雎为秦相,大惊请罪。范雎历数其罪之后,曰:"然公之所以得无死者,以绨袍恋恋,有故人之意,故释公。"

⑥丧检:失去检束。指行为不端。

⑦登两榜:清代以会试、乡试榜文为甲榜、乙榜。"登两榜"就是乡试、会试都被取中,成了进士。

⑧吏部郎:吏部郎中或员外郎。

⑨舆:轿车。

【译文】

这场乡试,景星果然名落孙山,而考中第六名的正是叫王昌的人。阿霞的丈夫郑生也榜上有名。从此以后,景星在人们中间落下个寡恩薄情的恶名,直到四十岁时还打光棍,家境也日益衰败,经常到亲友家里蹭饭吃。有一次,景星偶然到了郑家,郑生款待他,并留他住下。阿霞在后面窥视来客,看到景星一副落魄的样子,心中不禁生出几分怜惜。她问丈夫郑生:"堂上那位客人不是景庆云吗?"郑生回答说正是他,并问她是什么时候认识他的,阿霞说:"那是还没有嫁给你的时候,我曾经在他家避过难,也深得他的收养之恩。他的行为虽然卑下不仁,可是祖上的阴德还没有断,而且和你又是老朋友,亦应顾念他的处境,给予他一些帮助才好。"郑生认为阿霞的话很有道理,于是郑生为景星做了一身新衣服,换下他身上的破衣烂衫,又留景星在家里住了几天。有一天夜里,景星正要就寝,有个丫环拿来二十多两银子赠给他。他听见阿霞在窗外对他说:"这些都是我的私房钱,聊以酬谢你往日的一番情意,你可以用这笔钱,再找一位好夫人。幸亏你的祖先阴德深厚,还足以保佑他的子孙。你以后不要再做伤天害理的事了,以免减掉你剩下的阳寿。"景星非常感谢她。回到家里,景星用十多两银子买下一位缙绅家的丫环,新妇又丑陋又习悍。后来景星得了一个儿子,儿子长大后考中了进士。郑生后来的官职升到吏部郎官。郑生死后,阿霞为他送葬,等回到家里,人们打开轿门一看,轿内早已空无一人,这时人们才知道她不是人类。

　　噫①!人之无良②,舍其旧而新是谋③,卒之卵覆而鸟亦飞④,天之所报亦惨矣!

【注释】

①噫:叹词。

②无良:不良,品德不好。

③舍其旧而新是谋:弃旧谋新,犹言喜新厌旧。《左传·僖公二十八年》引民谚:"原田每每,舍其旧而新是谋。"这里是指景星弃逐

元配谋娶阿霞的行为。

④卵覆而鸟亦飞:犹俗谚所云"鸡飞蛋打",喻两无所获。

【译文】

唉！丧尽天良的人呀,抛弃旧的为了图谋新的,结果弄了个蛋打鸟飞,上天对他的报应也真是够惨的啊！

李司鉴

【题解】

本篇故事取材于"邸抄",类似于我们现在所说的"官方新闻"。见出《聊斋志异》信息取材的广泛,蒲松龄视野的开阔。

本篇故事有两点很值得注意。其一,城隍庙与戏台相连,是明清时代建筑的普遍形式。是宣传封建社会意识形态的重要场所。郑板桥在《潍县城隍庙碑记》中解释为什么城隍庙和戏楼相连时说:"乐神则歌舞迎神,古人已累有之矣。诗云'琴瑟击鼓,以迓田祖'。夫田果有祖,田祖果爱琴瑟? 谁则闻知? 不过因人心之报称,以致其重叠,爱媚予尔大神耳。今城隍既以人道祀之,何必不以歌舞之事娱之哉!"古代城隍庙的位置相当于现代都市中的中心广场,李司鉴的行为发生在中心广场的戏台上才会产生轰动效应。其二,李司鉴的"冥诛"几乎与现实社会的司法惩罚同步发生,进一步证明了中国古代"善有善报,恶有恶报"真理之不爽。

李司鉴①,永年举人也②。于康熙四年九月二十八日③,打死其妻李氏。地方报广平④,行永年查审⑤。司鉴在府前,忽于肉架下,夺一屠刀,奔入城隍庙,登戏台上,对神而跪,自言:"神责我不当听信奸人⑥,在乡党颠倒是非⑦,着我割耳。"遂将左耳割落,抛台下。又言:"神责我不应骗人银钱,着我剁指。"遂将左指剁去。又言:"神责我不当奸淫妇女,使我割肾⑧。"遂自阉,昏迷僵仆。时总督朱云门题参革褫究拟⑨,已奉俞旨⑩,而司鉴已伏冥诛矣⑪。邸抄⑫。

【注释】

①李司鉴:据光绪《永年县志》,李司鉴系顺治八年(1651)辛卯科举人,自残后月馀而毙。

②永年:县名。地处河北省南部,即今河北永年。清代属广平府。

③康熙四年:1665 年。

④地方:旧时里长、保正称"地方"。报广平:向广平府报案。广平府治在永年,故径向府署报案。

⑤行永年查审:由广平府派员行临永年县调查审理。行,行临。

⑥奸人:奸邪小人,坏人。

⑦乡党:犹言乡里。《礼记·曲礼》:"故州闾乡党称其孝也。"注:"《周礼》:二十五家为闾,四闾为族,五族为党,五党为州,五州为乡。"

⑧割肾:割去传统医学所谓外肾,即下文"自阉"——割去生殖器。

⑨朱云门:据《清史稿》卷二百四十九、《山东通志》卷二十八、《历城县志》等记载,朱昌祚,字云门,祖籍山东高唐,明末被清军裹挟出关。入清,隶籍汉军镶白旗,其家遂著籍历城。顺治十年(1653),以才学遴授宗人府启心郎。十八年(1661),迁浙江巡抚。康熙四年(1665),擢直隶、山东、河南三省总督。五年(1666),辅政大臣鳌拜谕划京东等处正白旗地归镶黄旗,另圈占民田以补正白旗,旗民失业者数十万。朱昌祚抗疏力言其不便,忤鳌拜意,与户部尚书苏纳海、保定巡抚王登联同被立绞。八年

（1669），康熙亲政，得昭雪，赐谥勤愍，谕祭葬。题参革褫（chǐ）究
拟：意谓奏请朝廷革除李司鉴的举人功名和巾服，加以审理治
罪。这是科举时代审理有功名的罪人必须履行的法律程序。

⑩已奉俞旨：已获得准奏的圣旨。俞旨，俞允的旨意。俞，允准。

⑪伏冥诛：受到阴司的诛戮。

⑫邸抄：即邸报。汉唐时地方长官于京师设"邸"，为常驻办事机
构。邸中抄录诏令奏章等，以报于诸藩，称"邸抄"或"邸报"。后
世称朝廷官报为"邸报"，又称"朝报"，即官方消息；因由邮驿传
送，又称"邮报"。

【译文】

　　李司鉴是永年县的举人。康熙四年九月二十八日这一天，他亲手
打死了他的妻子李氏。永年地方官把他的案子上报到广平府，广平府
随后派员到永年审理。当李司鉴被押解到府衙前，他突然从路边的肉
架上夺下一把屠刀，直接闯入了城隍庙，登上城隍庙的戏台，对着神像
跪拜，并且自言自语地说："神责备我不应该听信奸人的胡言，在乡里乡
亲颠倒是非，让我割下耳朵。"说完他自行割去左耳，扔到台下。他又
说："神责备我不应当骗人钱财，让我剁下手指。"说完，他又剁去左手的
指头。接着他又说："神责备我不应该奸淫妇女，让我割掉阳具。"说完
他又把自己阉割了，随后便直挺挺地倒地昏迷了。当时，总督朱云门奏
请朝廷革除李司鉴举人的功名的章奏已经获得朝廷的同意，而李司鉴本
人已经提前被阴间的刑曹诛杀了。这个故事是我在邸报抄本上看到的。

五羖大夫

【题解】

　　本篇反映了科举时代士人热衷功名的侥幸心理。

　　同样的标题和内容，在王渔洋的《池北偶谈·谈异七》中也有记载：

"河津人畅体元者,少时梦神人呼为'五羖大夫',颇以自负。及流寇之乱,体元为贼掠,囚絷一室。冬夜寒甚,于壁角得五羖皮覆其身,乃悟神语盖戏之耳。后以明经仕为雒南知县。"不过稍显简略,不如蒲松龄和毕载积所记细腻生动。比较"于壁角得五羖皮覆其身"和"暗中摸索,得数羊皮护体,仅不至死。质明,视之,恰符五数"则昭然分明。

　　河津畅体元①,字汝玉。为诸生时,梦人呼为"五羖大夫"②,喜为佳兆③。及遇流寇之乱④,尽剥其衣,闭置空室。时冬月,寒甚,暗中摸索,得数羊皮护体,仅不至死。质明⑤,视之,恰符五数,哑然自笑神之戏己也⑥。后以明经授雒南知县⑦。毕载积先生志⑧。

【注释】

①河津畅体元:河津,县名。位于山西省的西南部,即今山西河津。清代属绛州直隶州。畅体元,河津县人,科贡出身。康熙初年任陕西雒南知县,能缓赋恤民、捐资修学、纂辑邑乘,为县人感念。见《雒南县乡土志》。

②五羖(gǔ)大夫:春秋时秦国大夫百里傒号。百里傒初仕虞为大夫,后佐秦霸诸侯,号五羖大夫。五羖,五张黑色公羊皮。《史记·秦本纪》:"五年,晋献公灭虞、虢,虏虞君与其大夫百里傒,以璧马赂于虞故也。既虏百里傒,以为秦缪公夫人媵于秦。百里傒亡秦走宛,楚鄙人执之。缪公闻百里傒贤,欲重赎之,恐楚人不与,乃使人谓楚曰:'吾媵臣百里傒在焉,请以五羖羊皮赎之。'楚人遂许与之。当是时,百里傒年已七十馀。缪公释其囚,与语国事。谢曰:'臣亡国之臣,何足问!'缪公曰:'虞君不用子,故亡,非子罪也。'固问,语三日,缪公大说,授之国政,号曰五羖

大夫。"由于百里傒始穷终达,所以畅生把梦中有人叫他"五羖大夫"误认为是自己仕途显达的好兆头。

③佳兆:好的征兆。古代占卜,在龟甲兽骨上钻孔,用火灼取裂纹,以观吉凶。预示吉凶的裂纹,叫"兆"。后引申指事物发展的征候、迹象。

④流寇:指明末农民起义军。

⑤质明:正明,天色已亮。

⑥哑(è)然:笑声。

⑦明经:明清时代对贡生的敬称。由各省学政主持挑选府、州、县学中成绩优异或资历较深的生员,贡入京师的国子监肄业,称为"贡生",又叫"贡监"。雒南:县名。位于陕西省东南部。本洛南县,明改"洛"为"雒",属商州。清因之,今为洛南,属商洛。

⑧毕载积先生志:稿本此六字偏右小字书写,说明本篇是毕氏所记。毕载积,毕际有字载积。此事又载王渔洋《池北偶谈》。

【译文】

畅体元是山西河津县人,字汝玉。他当秀才的时候,在梦中听见有人叫他"五羖大夫",畅体元醒来非常高兴,认为这是一个仕途好兆头。后来,畅体元遭遇流寇之乱,被流寇剥光衣服,又被关进一间空屋子里。当时正是寒冬腊月,天气冷得不得了,他在黑暗中摸摸索索,摸到几张羊皮护住身体,因而才不致冻死。天亮了,畅体元起来看看盖在身上的羊皮,正好是五张,畅体元不禁哑然失笑,知道是神在和他开玩笑。后来他以贡生的身份被授予雒南县知县的官职。这个故事是毕载积先生记下的。

毛狐

【题解】

《聊斋志异》中的鬼狐浪漫故事一般都是写士人的,《毛狐》则罕见的是写农民的。虽然事涉鬼狐，却真实地反映了明清时代农民的婚恋状况和蒲松龄的一些观念。

在蒲松龄的笔下，士人与鬼狐的婚恋，可以缠绵、哀艳、浪漫，甚至很正经，但农民的婚恋就相当原始：马天荣看上了毛狐，立刻就"欲与野合"，这与鲁迅笔下的阿Q看上吴妈就说"我要与你困觉"，可谓同调；农民马天荣的情人毛狐"貌赤色"，"细毛遍体"，他的婚姻对象则"大足驼背"，"项缩如龟"，虽然有调侃、诡谲的成分，但似乎是农村中贫困的底层婚姻的必然结果。当然，蒲松龄把"不可以得佳人"的原因归咎于前世因果则含有偏见；从结婚成本上看，农民马天荣的成本相当低，只需"三金"。假如我们对照《宫梦弼》篇黄氏要求宫梦弼"归谋百金"来看，那么在明清之际，素封的地主和贫穷的农民在婚恋的成本上竟然相差近三十多倍！

不仅故事与士人的浪漫婚恋大相径庭，本篇在语言风格上也具有农民的生活情趣，浅显而不浅薄，甚至具有美学的意味，比如毛狐的话："子思国色，自当是国色。""以我蠢陋，固不足以奉上流，然较之大足驼背者，即为国色。"就在调侃之馀颇耐人寻味。

农子马天荣①，年二十馀，丧偶，贫不能娶。偶芸田间②，见少妇盛妆，践禾越陌而过③，貌赤色，致亦风流④。马疑其迷途，顾四野无人，戏挑之，妇亦微纳⑤。欲与野合，笑曰："青天白日，宁宜为此⑥？子归，掩门相候，昏夜我当至。"马不信，妇矢之⑦。马乃以门户向背具告之⑧，妇乃去。夜分，果至，遂相悦爱。觉其肤肌嫩甚，火之，肤赤薄如婴儿，细毛遍体，异之。又疑其踪迹无据⑨，自念得非狐耶？遂戏相诘。妇亦自认不讳。

【注释】

①农子:农家子弟。

②芸:除草。

③践禾越陌:踩着庄稼,越过田间小路。陌,田间东西向的小路。

④致:风度举止。

⑤微纳:不太拒绝。

⑥宁:岂。

⑦矢之:向马天荣发誓。矢,发誓。

⑧门户向背:住宅方位。门户向着何方、背依何处。

⑨踪迹无据:来路不明。

【译文】

　　农家子弟马天荣,二十多岁了,丧妻以后因为家中贫困不能再娶。有一天,他正在田间除草,看见一位盛妆的少妇踩着禾苗从田垄上穿过,脸色红红的,情致也很风流。马天荣怀疑她是迷路了,看看四周没有人,就迎上前去挑逗调戏她,少妇似乎也不拒绝。马天荣就想要和她野合,少妇笑着说:“青天白日之下,怎么能干那种事呢?你回家后,虚掩着房门等着我,黑夜时我一定去找你。”马天荣不相信,少妇一阵儿赌咒发誓。马天荣把自家的具体位置告诉她,少妇就走了。到了半夜时分,少妇果然来了,两个人同床共枕,相悦相爱。马天荣觉得少妇的肌肤特别细嫩,点上灯一看,她的皮肤又红又薄,就像初生的婴儿一样,她的全身还长满了细绒毛,马天宁感到很奇怪。又觉得少妇来路不明,心中暗自生疑,她莫非是狐狸变的?所以就半开玩笑地问她是不是狐仙,少妇毫不掩饰地承认了。

　　马曰:“既为仙人,自当无求不得。既蒙缱绻①,宁不以数金济我贫?”妇诺之。次夜来,马索金,妇故愕曰:“适忘之。"将去,马又嘱。至夜,问:"所乞或勿忘耶?"妇笑,请以异日。逾数日,马复索。妇笑向袖中出白金二铤②,约五六金,翘边细纹,雅可爱玩③。马喜,深藏于椟④。积半岁,偶需金,因持示人。人曰:"是锡也。"以齿龁之⑤,应口而落。马大骇,收藏而归。至夜,妇至,愤致诮让⑥。妇笑曰:"子命薄,真金不能任也。"一笑而罢。

【注释】

①缱绻(qiǎn quǎn):情意缠绵,离不开。

②铤(dìng):量词。常用以计块状物。

③雅可爱玩:漂亮可爱,很好玩。

④椟:箱子。

⑤龁(hé):咬。

⑥诮(qiào)让:责备。

【译文】

马天荣说:"你既然是位仙人,自然就会心里想要什么就会得到什么。既然我已承蒙你的眷爱,你还不弄来几两银子救济一下我眼前的贫困?"少妇答应了他。第二天夜里,少妇来了,马天荣向她索要银子,少妇故作惊愕地说:"不巧忘记了。"少妇临走的时候,马天荣又嘱咐她下次不要忘记带银子来。到了夜里,马天荣又问她:"我求你的事大概没忘记吧?"少妇笑了,请马天荣再等上几天。过了几天,马天荣又向她索要银子。少妇就笑着从袖子中拿出两锭白银,估计有五六两银子,银锭边上翘起,镶着细细的花纹,雅致可爱。马天荣非常高兴,把它收藏在匣子里。半年以后马天荣偶然急需用钱,才把银锭拿出来给别人看。有个人说:"这是锡。"说着就用牙使劲一咬,立即就被咬下一块儿。马天荣大为吃惊,收起两块锡锭就回了家。到了夜里,少妇来了,马天荣气愤地指责她骗人。少妇却笑着说："你的命薄,给了你真银子恐怕你也无福消受。"随后她嫣然一笑,就把这件事搪塞过去了。

　　马曰:"闻狐仙皆国色①,殊亦不然。"妇曰:"吾等皆随人现化。子且无一金之福,落雁沉鱼②,何能消受? 以我蠢陋,固不足以奉上流③,然较之大足驼背者,即为国色。"过数月,忽以三金赠马,曰:"子屡相索,我以子命不应有藏金。今媒聘有期,请以一妇之资相馈,亦借以赠别。"马自白无聘妇之说。妇曰:"一二日,自当有媒来。"马问:"所言姿貌如何?"曰:"子思国色,自当是国色。"马曰:"此即不敢望。但三金何能买妇?"妇曰:"此月老注定④,非人力也。"马问:"何遽言别?"曰:"戴月披星⑤,终非了局。使君自有妇⑥,搪塞何为⑦?"天明而去。授黄末一刀圭⑧,曰:"别后恐病,服此可疗。"

【注释】

①国色:一国中最美的女子。《公羊传·僖公十年》:"骊姬者,国色也。"

②落雁沉鱼:形容绝色女子。《庄子·齐物论》:"毛嫱丽姬,人之所美也。鱼见之深入,鸟见之高飞,麋鹿见之决骤,四者孰知天下之正色哉。"本谓鱼鸟不辨美色,后人反用其意,以"沉鱼落雁"形容女子貌美。

③上流:上等人。

④月老:月下老人,媒人。唐人李复言《续幽怪录·定婚店》:韦固夜经宋城,见一老人倚囊而坐,向月检书。韦固问何书,答曰:天下之婚牍。又言囊中赤绳,以系夫妻之足,虽仇家异域,此绳一

系,终不可脱。后因以月下老人(月老)为主管婚姻之神,又为媒人代称。

⑤戴月披星:指没有媒妁的非正式婚姻。

⑥使君自有妇:借用乐府民歌《陌上桑》诗句:"使君自有妇,罗敷自有夫。"意谓马天荣即将有正式的媳妇。

⑦搪塞:苟且敷衍。指自己与马天荣的非正式婚姻。

⑧刀圭:中药的量器名。分量很小。晋葛洪《抱朴子·金丹》:"服之三刀圭,三尸九虫皆即消坏,百病皆愈也。"《本草纲目·序例》引南朝梁陶弘景《名医别录·合药分剂法则》:"凡散云刀圭者,十分方寸匕之一,准如梧桐子大也……一撮者,四刀圭也。"

【译文】

马天荣说:"我听说狐仙都是国色天香,美貌非凡,其实也并非如此。"少妇说:"我们狐仙都是根据交往的对象随时变化的。你连享受一两银子的福份都没有,就是白送你一位沉鱼落雁的美人,你又如何消受得了? 以我的丑陋愚蠢,当然配不上上流人物,但是跟那种驼背弯腰,长着一双大脚板的女人比起来,我也算是国色了。"过了几个月,少妇忽然拿出三两银子送给马天荣,说:"你屡次向我索要银子,我都因为你命薄,不该蓄有银子而没有给你。如今你就要娶妻了,我送给你聘定一位妇人的钱,也借此作为告别赠礼。"马天荣解释说自己并没有娶妇的想法。少妇说:"一二天之内肯定有媒人上门。"马天荣说:"你所说的那位新妇容貌如何?"少妇说:"你想要国色,自然便是国色了。"马天荣说:"我实在不敢奢望国色女子。但是只有三两银子怎么能买下一个妇人呢?"少妇说:"这是月下老人安排的,不是人为所能够做到的。"马天荣又问:"你为什么忽然跟我告别呀?"少妇说:"我每天披星戴月地来去,终究不是长久之计。你有你自己的妻子,我还苟且相从有什么意思?"天亮以后,少妇就匆匆离去了。临走前,她交给马天荣一小撮黄色的粉末,说:"我们分手以后,恐怕你会生一场病,服用这些粉末,就可以治好病。"

　　次日，果有媒来。先诘女貌，答："在妍媸之间①。""聘金几何？""约四五数。"马不难其价，而必欲一亲见其人。媒恐良家子不肯炫露②。既而约与俱去，相机因便③。既至其村，媒先往，使马待诸村外。久之，来曰："谐矣。余表亲与同院居，适往见女，坐室中。请即伪为谒表亲者而过之，咫尺可相窥也。"马从之。果见女子坐堂中，伏体于床，倩人爬背④。马趋过，掠之以目，貌诚如媒言。及议聘，并不争直，但求得一二金，妆女出阁。马益廉之⑤，乃纳金，并酬媒氏及书券者⑥，计三两已尽，亦未多费一文。择吉迎女归，入门，则胸背皆驼，项缩如龟，下视裙底，莲舡盈尺⑦。乃悟狐言之有因也。

【注释】

①妍媸（yán chī）：美丑。妍，美。媸，丑。

②良家子：良家妇女。炫露：抛头露面，张扬。

③相机因便：看机会、乘方便。

④倩（qìng）人爬背：请人替自己搔背。

⑤益廉之：进一步压价。廉，低廉，便宜。

⑥书券者：写婚书的人。

⑦莲舡（chuán）：女鞋的戏称，谓其大如船。旧时习称女子尖足为"金莲"，故有此称。舡，船。

【译文】

　　第二天，果然有媒人前来提亲。马天荣先问女子的相貌，媒人说："女子的相貌不美也不丑。"马天荣又问："要多少聘金？"媒人说："大约要四五两银子。"马天荣说聘金不成问题，但一定要亲自看看本人。媒人担心良家妇女不肯抛头露面。最后他们约定一起到女方家走一遭，媒人嘱咐马天荣要相机行事,不要暴露。到了女方家所在的村子,媒人先走一步,让马天荣在村外等着。过了好半天,媒人才回来,并说:"事情办妥了。我有一位表亲和女子是同院的邻居。刚才我到他们家去,看见女子正在屋里坐着呢。你就装做去拜访我的表亲,在她家门前一过,就可以就近看上一眼。"马天荣照媒人的吩咐做了。果然看见女子在屋里坐着,上身正伏在床上,请人在背上搔痒。马天荣在她家门前快步走过时,目光也在女子脸上迅速扫过,看见女子的相貌正和媒人说的一样。等到商议聘金的时候,女方家并不争银子多少,只求有一二两银子给女子置办些新衣服、送女子出阁就成。马天荣又还了点价,才拿出了银子。结果马天荣拿出的聘金加上酬谢媒人和书写婚约文书先生的费用,正好用了三两银子,一文也没有多花。等选好良辰吉日迎娶女子过门的时候,马天荣才看清女子鸡胸驼背,脖子缩着像乌龟一样,再往下看,裙子下边的脚就像小船一样大,有一尺来长。马天荣这才醒悟,狐女当初说的话都是有原因的。

异史氏曰:随人现化,或狐女之自为解嘲,然其言福泽①,良可深信。余每谓:非祖宗数世之修行,不可以博高官;非本身数世之修行,不可以得佳人。信因果者②,必不以我言为河汉也③。

【注释】

①福泽:指命运中的福分。

②因果:指佛教因果报应之说。因,谓因缘,酬因曰果。佛教认为任何思想行为,都必然导致相应的后果,乃有前世、现世、后世的"三世因果"理论。

③河汉:银河。比喻言论迂阔不靠谱。《庄子·逍遥游》:"肩吾问

于连叔曰:'吾闻言于接舆,大而无当,往而不返;吾惊怖其言,犹河汉而无极也。'"唐成玄英疏:"犹如上天河汉,迢递清高,寻其源流,略无穷极也。"

【译文】

异史氏说:狐仙的相貌随着对象的不同而发生变化,也许是狐女为自己的相貌自我解嘲;然而,她所说的关于福泽的道理,实在教人深信不疑。我常常说:如果没有祖上几辈人的修行,不可以做到高官;如果没有本人几辈子的修行,也不可能娶到美人为妻。相信因果报应的人,一定不会认为我的这番言论迂阔难信吧!

翩翩

【题解】

这是一篇写有劣迹的青年在落难时遇到仙女得到救助并结婚生子的故事。

仙女所居住的地方并非天上宫阙,而是人间洞府,"门横溪水,石梁驾之"。绿色食品,环保服装,都是仙女翩翩所自制;闺中密友,可以说悄悄话;有男女欢爱,性感魅力,又有儿女绕膝,享受天伦之乐。尤其小说写了翩翩对待失足的罗子浮充满善良和仁爱,在家庭问题上豁达,洒脱,宽厚,独立,让人感到可亲,可近,温馨,脱俗。翩翩扣钗而歌:"我有佳儿,不羡贵官。我有佳妇,不羡绮纨。今夕聚首,皆当喜欢。为君行酒,劝君加餐。"集中表达了仙女的人生价值取向。小说无论在环境上还是人物上都与人间无异,却又高于人世而具有童话色彩。

仙女"取大叶类芭蕉,翦缀作衣","取山叶呼作饼,食之,果饼,又翦作鸡、鱼,烹之皆如真者""持樸掇拾洞口白云,为絮复衣,着之,温暖如襦,且轻松常如新绵"。衣服还可以自我修复,自我毁弃,充分展示了蒲松龄超人的想象力。仙女之间的对话,活泼生动,使人如闻如见,展现了蒲松龄在文言口语化方面的深厚功力。本篇故事不长,但在剪裁上颇为精巧。比如写罗子浮的劣迹是嫖娼轻浮,这就为花城到来后罗子浮的想入非非,"大不端好",预留伏笔。再比如花城在小说中出现两次,均是单身前来,这使得小说线索集中,节省许多笔墨。

　　罗子浮,邠人①。父母俱早世②,八九岁,依叔大业。业为国子左厢③,富有金缯而无子④,爱子浮若己出。十四岁,为匪人诱去作狭邪游⑤。会有金陵娼,侨寓郡中,生悦而惑之。娼返金陵,生窃从遁去。居娼家半年,床头金尽⑥,大为姊妹行齿冷⑦,然犹未遽绝之。无何,广创溃臭⑧,沾染床席,逐而出。丐于市,市人见辄遥避。自恐死异域,乞食西行。日三四十里,渐至邠界。又念败絮脓秽,无颜入里门,尚趔趄近邑间⑨。

【注释】

①邠(bīn):唐置邠州,历代因之,治所在今陕西彬县。

②早世:早年去世。

③国子左厢:明清时国子监祭酒的别称。明初设国子监于南京,由于朱元璋"车驾时幸",所以"监官不得中厅而坐,中门而立",而以国子监的东厢房(即左厢)为祭酒治事、休息之所。故相沿以"左厢"代称祭酒。参见《明史》"国子监"、《天府广记》"国学"。

④金缯(zēng):金帛。指代财富。缯,古代对丝织品的总称。

⑤匪人:品行不端的人。狭邪游:嫖妓一类不正当行为。

⑥床头金尽:钱花光了。唐张籍《行路难》诗:"君不见床头黄金尽,壮士无颜色。"

⑦姊妹行(háng):姊妹们。妓女间的互称。齿冷:嘲笑。因笑必开

口，笑久则齿冷。

⑧广创：即梅毒。因大都由粤广通商口岸传入，因称"广创"。

⑨趑趄(zī jū)近邑间：在邻近的县境内，徘徊不前。趑趄，徘徊不进貌。

【译文】

　　罗子浮是陕西邠州人。父母死得很早，从八九岁时，就由叔叔罗大业抚养。罗大业是国子监的官员，家产很富有却没有子嗣，他特别珍爱罗子浮，把他当成自己的儿子一样。罗子浮在十四岁时，受了坏人的引诱而沉迷于寻花问柳。当时有个从金陵来的妓女，侨居邠州，罗子浮非常喜欢她并深深为之迷惑。妓女返回金陵时，罗子浮也偷偷跟随她离开了家门。他在妓女家住了半年，带的银子全都花光了，开始遭到妓女们的嘲笑和摒弃，只不过没有马上被赶出妓院的大门而已。不久，罗子浮得了性病，下身溃烂，肮脏的脓液弄得床席到处都是，妓女们终于把他扫地出门了。罗子浮一身是病，身无分文，沦落成乞丐，在街市上向人们乞讨，人们远远地看见他都唯恐避之不及。罗子浮担心自己会客死他乡，所以一路西行，一边讨饭，一边往家乡走。他每天大约能走三四十里的路，日复一日，他渐渐走到了邠州的界内。看到自己这身破烂的衣服，一身溃烂的脓疮，觉得实在无颜见亲人，最后在邠州附近的邻县徘徊不前。

　　日既暮，欲趋山寺宿。遇一女子，容貌若仙。近问："何适？"生以实告。女曰："我出家人，居有山洞，可以下榻①，颇不畏虎狼。"生喜，从去。入深山中，见一洞府②，入则门横溪水，石梁驾之③。又数武④，有石室二，光明彻照，无须灯烛。命生解悬鹑⑤，浴于溪流，曰："濯之，创当愈⑥。"又开幛拂褥促寝⑦，曰："请即眠，当为郎作裤⑧。"乃取大叶类芭蕉，翦缀作衣⑨，生卧视之。制无几时，折叠床头，曰："晓取着之。"乃与对榻寝。生浴后，觉创疡无苦⑩。既醒，摸之，则痂厚结矣⑪。诘旦，将兴⑫，心疑蕉叶不可着，取而审视，则绿锦滑绝。少间，具餐，女取山叶呼作饼，食之，果饼，又翦作鸡、鱼，烹之皆如真者。室隅一罂⑬，贮佳酝，辄复取饮，少减，则以溪水灌益之。数日，创痂尽脱，就女求宿。女曰："轻薄儿！甫能安身，便生妄想！"生云："聊以报德。"遂同卧处，大相欢爱。

【注释】

①下榻：谓留客住宿。《后汉书·徐稚传》："(陈)蕃在郡不接宾客，惟徐稚来，特设一榻，去则悬之。"后因称留客住宿为"下榻"。

②洞府：传说中仙人常以山洞为家，故习称仙人或修道者所居为"洞府"。

③石梁：石桥。

④数武：数步。武，半步。泛指脚步。

⑤悬鹑：喻破衣。《荀子·大略篇》："子夏贫，衣若县鹑。"县，同"悬"。鹑鸟毛斑尾秃，似披敝衣，因以"悬鹑"比喻衣服破烂。

⑥创（chuāng）：疮。

⑦开幛拂褥：打开帐幕，铺好床被。幛，幛幔。

⑧袴：同"裤"。

⑨翦缀：裁剪，缝纫。缀，连接。

⑩创疡：脓疮。

⑪痂：伤口或疮口结的疤。

⑫兴：起。

⑬隅：角落。罂（yīng）：陶制的大幅小口的容器。

【译文】

　　一天傍晚，罗子浮打算投到山中的庙里过夜。在山前他遇到一位女子，美貌非凡，像天上的仙女一样。当罗子浮走近时，她问道："你要到哪里去？"罗子浮把自己的情况如实告诉了她。女子说："我是出家人，我住的地方有山洞，你可以住下，一点儿也不必害怕虎狼。"罗子浮非常高兴，就跟着她走了。走到深山之中，果然看见有一个大山洞，进洞之后发现洞门前还横着一条小溪，溪水上面还架着一座小石桥。再往洞里走上几步，就看见有两间石室，室内一片光明，不用点灯举烛。女子让罗子浮脱下一身破烂衣裳，到小溪里去洗澡，还说："洗一洗，身上的烂疮自然就会痊愈。"罗子浮浴后，女子又撩开帷帐，铺好被褥，催促他早点儿睡下，说："你赶快睡吧，我要给你做套衣裤。"说着，就取来一片像芭蕉叶似的大叶子，用它又剪又缝地做衣服，罗子浮躺在床上看着她做。不一会儿，衣服做好了，女子把衣服叠好放在他的床头，说："明天一早起来就穿上吧。"然后，女子就在他对面的床上睡下了。罗子浮在溪水中洗浴后，身上的溃疮就不再疼了。半夜他从梦中醒来，一摸身上的溃疮，都结了厚厚的一层疮痂。第二天早晨，罗子浮要起床，想起床边芭蕉叶做的衣服，不免有些心疑，他拿起衣服一看，却是光滑无比的绿色锦缎。过了一会儿，该吃早饭了。女子取了一些山上的树叶来，说是饼，罗子浮一吃，果真是饼。女子又用树叶剪成鸡、鱼的形状，放在锅里烹制，罗子浮夹起来一吃，全跟真的没有两样。石室的角落里有一个大坛子，里面装满了美酒，女子常常倒出来饮用，坛中的美酒只要稍稍喝掉一些，女子就往里灌进一些溪水作为补充。罗子浮在山中住了几天，身上的疮痂全都脱落了，他就要求和女子同宿。女子说："你这个轻薄的家伙！刚刚保全了性命安下身来，就开始胡思乱想了！"罗子浮说："我只不过是想报答你的恩德。"从此，两个人同床而眠，相亲相爱，十分快乐。

　　一日，有少妇笑入，曰："翩翩小鬼头快活死！薛姑子好梦①，几时做得？"女迎笑曰："花城娘子，贵趾久弗涉②，今日西南风紧，吹送来也③！小哥子抱得未？"曰："又一小婢子。"女笑曰："花娘子瓦窑哉④！那弗将来⑤？"曰："方鸣之⑥，睡却矣。"于是坐以款饮。又顾生曰："小郎君焚好香也⑦。"生视之，年廿有三四，绰有馀妍⑧，心好之。剥果误落案下，俯假拾果，阴捻翘凤⑨，花城他顾而笑，若不知者。生方悦然神夺⑩，顿觉袍袴无温，自顾所服，悉成秋叶⑪。几骇绝，危坐移时⑫，渐变如故，窃幸二女之弗见也。少顷，酬酢间⑬，又以指搔纤掌，城坦然笑谑，殊不觉知。突突怔忡间⑭，衣已化叶，移时始复变。由是惭颜息虑，不敢妄想。城笑曰："而家小郎子，大不端好！若弗是醋葫芦娘子⑮，恐跳迹入云霄去⑯。"女亦哂曰⑰："薄幸儿⑱，便直得寒冻杀！"相与鼓掌。花城离席曰："小婢醒，恐啼肠断矣。"女亦起曰："贪引他家男儿，不忆得小江城啼绝矣。"花城既去，惧贻诮责⑲，女卒晤对如平时。

【注释】

①薛姑子好梦：有两种解释。其一，丁耀亢《续金瓶梅》第三回写观音庵的薛姑子多次"偷人养汉"，是一个不守佛门清规戒律的淫荡尼姑，其主要劣行之一便是与男扮女装的旧相好在准提庵偷情。"薛姑子好梦，几时做得"，即是花城娘子调侃翩翩作为仙人不守清规偷情的话。《续金瓶梅》书成于顺治十七年（1660），蒲松龄有可能看到此书。其二，唐蒋防《霍小玉传》有"苏姑子作好梦也未"的问话，与此情事也略同。因疑"×姑子作好梦"可能是

　　其时的歇后语。姑子,女冠(女道士)的俗称。

②贵趾久弗涉:很久不来了。趾,脚趾。弗,不。涉,涉足。

③今日西南风紧,吹送来也:意谓今日好风作美,送你到意中人身边。三国魏曹植《七哀诗》写思妇云:"愿为西南风,长逝入君怀。"后常以"西南风"喻促成男女欢会的机缘或助力,如李商隐诗:"安知夜夜意,不起西南风。"(《李肱所遗画松诗》)"斑骓只系垂杨岸,何处西南待好风。"(《无题》之一)此为翩翩应对花城戏谑之词。

④瓦窑:烧制砖瓦的窑,用以戏称专生女孩的妇女。《诗·小雅·斯干》:"乃生男子,……载弄之璋。乃生女子,……载弄之瓦。"瓦,古代纺砖。后习称生女为"弄瓦",进而戏称多生或只生女孩的妇女为瓦窑。清褚人获《坚瓠三集·弄瓦诗》:"无锡邹光大连年生女,俱召翟永龄饮。翟作诗云:'去岁相招云弄瓦,今年弄瓦又相招。作诗上覆邹光大,令正原来是瓦窑。'"

⑤那弗将(jiāng)来:何不带来。将,携领。

⑥呜:哄拍幼儿睡眠的声音。此处用作"哄"。

⑦焚好香:犹言烧了高香,意谓交了好运。

⑧绰有馀妍(yán):形容女子或字画等丰姿秀逸,很有魅力。妍,美丽。《本事诗·情感》:"独倚小桃斜柯伫立,而意属殊厚,娇姿媚态,绰有馀妍。"

⑨阴捻翘凤:暗暗地摸(花城娘子)翘着的小脚。翘凤,女子的小脚。

⑩怳(huǎng)然神夺:恍恍忽忽,神不守舍。谓生邪念。怳,同"恍",恍忽。

⑪秋叶:枯叶。

⑫危坐:端正地坐着。

⑬酬酢:周旋应酬。

⑭突突怔忡（zhēng chōng）：心悸不安，形容惊惧。突突，形容心跳剧烈。

⑮醋葫芦娘子：戏谑语。俗称在爱情关系上有嫉妒之心为"捻酸吃醋"。醋葫芦，如同今俗语"醋罐子"。

⑯跳迹入云霄：犹言腾云驾雾，意思是荡检逾闲，想入非非。

⑰哂（shěn）：微笑，讥笑。

⑱薄幸：薄情，负心。

⑲贻：遗留，遭到。诮责：责备。

【译文】

有一天，一位少妇笑着走进洞来，一进门就说："翩翩，你这个小鬼头快活死了！你们俩的好事是什么时候做成的呀？"翩翩迎了出去，笑着说："是花城娘子来了，你这贵客可是好久没有光临了，今天一定是西南风吹得紧，把你给吹来了！小相公抱上了没有？"花城娘子说："又是一个小丫头。"翩翩笑着说："花城娘子是瓦窑啊！那你怎么没有把她抱来呀？"花城娘子说："刚才哄了她一会儿，现在正睡着呢。"说着，花城娘子款款坐下，端起酒杯，慢慢啜饮着。花城娘子又看着罗子浮说："小郎君你烧高香了。"罗子浮仔细端详花城娘子，她的年龄也就是二十三四岁，容貌姣好，举止动人，罗子浮心里又爱上她了。罗子浮神不守舍地剥着果皮，不慎把一颗果子掉在了桌子下面，他弯下腰假装拾果子，却偷偷地捏了一把花城娘子的脚，花城娘子眼睛瞧着别处说笑着，好像什么都不知道。罗子浮正迷迷糊糊地乱想着，忽然觉得身上的衣裤变凉了，再看看身上的衣服，也全都变成秋天的枯叶了。罗子浮差点儿给吓死过去，赶紧收心坐正，他端端正正地坐了一会儿，身上的衣服才渐渐变回原来的样子，罗子浮暗中庆幸二位女子没有看见他的窘态。又过了一会儿，罗子浮借着劝酒的机会，用手指轻轻挠了挠花城娘子的手心，花城娘子谈笑自如，好像完全没有察觉。罗子浮心怦怦乱跳，神情有些恍惚，他猛然发现身上的衣服又变成树叶了，过了好一会儿才又变了回来。罗子浮满面羞惭，这才打消了调戏花城娘子的念头，不敢再有妄想了。花城娘子笑着说："你家这个小郎君可不太老实！如果不是醋葫芦娘子管教，恐怕他要跳到天上去。"翩翩也微笑着说："薄情的东西，真该把你冻死！"两个女子都拍着手笑了起来。花城娘子起身离席，告辞说："小丫头快醒了，恐怕她会哭断肠子的。"翩翩也站起来说："光顾着勾引人家男人，早想不起小江城哭死了。"花城走后，罗子浮心里七上八下的，生怕翩翩责骂他，可翩翩对他还是和往常一样。

　　居无何，秋老风寒①，霜零木脱②，女乃收落叶，蓄旨御冬③。顾生肃缩④，乃持襆掇拾洞口白云⑤，为絮复衣⑥，着之，温暖如襦⑦，且轻松常如新绵。逾年，生一子，极惠美⑧，日在洞中弄儿为乐。然每念故里，乞与同归。女曰："妾不能从，不然，君自去。"因循二三年⑨，儿渐长，遂与花城订为姻好。生每以叔老为念，女曰："阿叔腊故大高⑩，幸复强健，无劳悬耿⑪。待保儿婚后⑫，去住由君。"女在洞中，辄取叶写书教儿读，儿过目即了⑬。女曰："此儿福相，放教入尘寰⑭，无忧至台阁⑮。"未几，儿年十四。花城亲诣送女，女华妆至，容光照人。夫妻大悦，举家宴集。翩翩扣钗而歌曰⑯："我有佳儿，不羡贵官。我有佳妇，不羡绮纨⑰。今夕聚首，皆当喜欢。为君行酒，劝君加餐⑱。"既而花城去，与儿夫妇对室居。新妇孝，依依膝下，宛如所生。生又言归，女曰："子有俗骨，终非仙品，儿亦富贵中人，可携去，我不误儿生平⑲。"新妇思别其母，花城已至。儿女恋恋，涕各满眶。两母慰之曰："暂去，可复来。"翩翩乃剪叶为驴，令三人跨之以归。大业已老归林下⑳，意侄已死，忽携佳孙美妇归，喜如获宝。入门，各视所衣,悉蕉叶,破之,絮蒸蒸腾去。乃并易之。后生思翩翩,偕儿往探之,则黄叶满径,洞口云迷,零涕而返。

【注释】

①秋老:秋深。

②霜零木脱:霜降叶落。雨露霜雪降落叫"零"。木,树木。宋苏轼《后赤壁赋》:"霜露即降,木叶尽脱。"

③蓄旨御冬:蓄存食物,准备过冬。《诗·邶风·谷风》:"我有旨蓄,亦以御冬。"传:"旨,美。御,禦也。"

④肃缩:义同"蹜(sù)缩",因寒冷而缩身战抖。

⑤襆:包袱。掇拾:捡取,收拾。

⑥复衣:夹袄。

⑦襦:短袄,棉袄。

⑧惠:通"慧",聪明。

⑨因循:迁延。指仍留洞中。

⑩腊:岁末腊祭逢阴历十二月举行,因以纪年。这里指年岁。

⑪悬耿:耿耿悬念。

⑫保儿:罗子浮与翩翩所生子名。

⑬了:明了,清楚。

⑭尘寰:人世间,世俗社会。

⑮台阁:指宰相、尚书之类的大官。明清称内阁大学士为"阁臣",称六部尚书、都御史为"台官"。

⑯扣钗:用头钗相敲击,作为节拍。

⑰绮纨(wán):绮与纨,均丝织品,为富贵之家所常用,故以"绮纨"喻富贵。

⑱加餐:多多进食,保养身体。《古诗十九首》之一:"弃捐勿复道,努力加餐饭。"

⑲生平：终身。指一生前途。

⑳老归林下：告老归隐。林下，树林之下，本指幽静之地，引申指归
　隐之所。

【译文】

　　又过了一些日子，到了深秋时节，寒风凛冽，霜打叶落，翩翩开始收
集一些落叶，积蓄食物，准备过冬。她看到罗子浮冻得缩着脖子发抖，
就拿着一个包袱皮捡拾起洞口片片白云包上一包，当作棉花为他做了
件夹袄，罗子浮穿在身上，感到暖乎乎的，轻软蓬松，就跟穿上新棉袄一
样。第二年，翩翩生了个儿子，非常聪明漂亮，罗子浮每天在洞中以逗
弄儿子为乐。可是他还常常思念故乡，请翩翩跟他一同回去。翩翩说：
"我不能跟你一道回去，要不你自个回去吧。"就这样因循又过了二三
年，儿子渐渐长大了，就与花城娘子的女儿订了婚。罗子浮常常惦念他
年迈的叔叔，翩翩宽慰他说："叔叔虽然年事已高，可是身体还很健壮，
不用你挂念。等我们抚育儿子长大成人，办完婚事以后，去留就随你的
便了。"翩翩在山洞中，经常在树叶上写字教儿子读书，儿子天赋很高，
过目不忘。翩翩说："这个孩子有福相，将来放到尘世间，做个宰相那么
大的官恐怕也不是难事。"几年以后，他们的儿子十四岁了。花城娘子
亲自把女儿江城送来完婚，江城身穿华丽的礼服，美目流盼，光彩照人。
罗子浮和翩翩喜欢得不得了，全家人聚在一起大摆喜宴。在宴席上，翩
翩敲着金钗唱着："我有好儿郎，不羡做宰相。我有好儿媳，不羡穿锦
衣。今晚聚一起，大家要欢喜。为君敬杯酒，劝君多进餐。"后来花城娘
子走了，翩翩夫妇和儿子儿媳对门住着。新媳妇特别孝顺，常依偎在婆
婆的膝下，就像他们的亲生女儿。罗子浮又提起返回故乡的事，翩翩
说："你身有俗骨，终究不是可以成仙的人，儿子也是富贵中人，可以一
起带走，我不想耽误儿子的前程。"新娘子正想和母亲告别，花城娘子已
经来了。一对小儿女跟他们的母亲恋恋不舍，依依惜别，他们的眼泪都
装满了眼眶。两位母亲安慰他们说："你们暂且先去，以后可以再回

来。"于是翩翩用树叶剪成驴子,让他们三位骑驴上路。这时,罗子浮的叔叔罗大业已经告老还乡,在家闲居,他以为侄子罗子浮早就死了,这一天,忽然看见侄儿带着英俊的孙子和美貌的孙媳回来了,他高兴得如获至宝。三个人一进门,各自看看自己身上的衣服,都是芭蕉叶。用手一扯,芭蕉叶破了,衣中絮的白云也慢慢地升到了天空。于是三人都换了衣服。后来罗子浮思念翩翩,带着儿子去深山之中寻找,只见他们熟悉的小路已经落满了黄叶,去往洞口的道路也被弥漫着的厚厚的白云遮住了,无从辨认,罗子浮父子只好流着眼泪回去了。

　　异史氏曰:翩翩、花城,殆仙者耶? 餐叶衣云,何其怪也! 然帏幄诽谑①,狎寝生雏,亦复何殊于人世? 山中十五载,虽无"人民城郭"之异②,而云迷洞口,无迹可寻,睹其景况,真刘、阮返棹时矣③。

【注释】

①帏幄诽谑:指闺房中的言笑游戏。帏幄,房内帐幕。诽谑,戏谑玩笑。诽,当作"俳(pái)"。

②虽无"人民城郭"之异:指虽然没有年代久远的人事变迁那么大。人民城郭,指丁令威学仙的故事。《搜神后记》卷一载:"丁令威,本辽东人,学道于灵虚山,后化鹤归辽,集城门华表柱。时有少年举弓欲射之,鹤乃飞,徘徊空中而言曰:'有鸟有鸟丁令威,去家千年今始归,城郭如故人民非,何不学仙——冢累累!'遂高上冲天。"

③真刘、阮返棹时:指汉代刘晨、阮肇天台山遇仙女一事。返棹,驾船返回。据《搜神记》和《幽冥录》记载:汉明帝永平五年(62),剡县刘晨、阮肇共入天台山取谷皮,迷不得返。经十三日,粮食乏

尽，饥馁殆死。遥望山上，有一桃树，大有子实；而绝岩邃涧，永无登路。攀援藤葛，乃得至上。各啖数枚，而饥止体充。复下山，持杯取水，欲盥漱。见芜菁叶从山腹流出，甚鲜新，复一杯流出，有胡麻饭糁，相谓曰："此知去人径不远。"便共没水，逆流二三里，得度山，出一大溪，溪边有二女子，姿质妙绝，见二人持杯出，便笑曰："刘、阮二郎，捉向所失流杯来。"晨、肇既不识之，缘二女便呼其姓，如似有旧，乃相见忻喜。问："来何晚邪？"因邀还家。其家铜瓦屋。南壁及东壁下各有一大床，皆施绛罗帐，帐角悬铃，金银交错，床头各有十侍婢，敕云："刘、阮二郎，经涉山岨，向虽得琼实，犹尚虚弊，可速作食。"食胡麻饭、山羊脯、牛肉，甚甘美。食毕行酒，有一群女来，各持五三桃子，笑而言："贺汝婿来。"酒酣作乐，刘、阮欣怖交并。至暮，令各就一帐宿，女往就之，言声清婉，令人忘忧。至十日后欲求还去，女云："君已来是，宿福所牵，何复欲还邪？"遂停半年。气候草木是春时，百鸟啼鸣，更怀悲思，求归甚苦。女曰："罪牵君，当可如何？"遂呼前来女子，有三四十人，集会奏乐，共送刘、阮，指示还路。既出，亲旧零落，邑屋改异，无复相识。问讯得七世孙，传闻上世入山，迷不得归。至晋太元八年(383)，忽复去，不知何所。

【译文】

异史氏说：翩翩、花城娘子大概都是仙人吧？吃树叶、穿白云，是多么奇怪的事啊！然而，闺房之中的嬉笑怒骂、男欢女爱、生儿育女，又和人世间有什么不同呢？罗子浮在山中生活十五年，虽然没有经历"城郭如故、人民已非"的时事变迁，然而，当他重返山洞寻找翩翩时，那里却是白云缭绕，旧迹无处可寻，这种景况，真和东汉时刘晨、阮肇重访仙女的情形差不多。

黑兽

【题解】

这是一篇寓言故事,写黑兽虽小于虎,不可思议的是虎非常畏惧它。由此故事引发的在"异史氏曰"中所附的另一则"狝最畏狖"的故事,则是本篇的重点。表达了蒲松龄对于老百姓"哀其不幸,怒其不争"的感慨。

相同的观点和故事,蒲松龄在其散文《公门修行录赘言》中三致其词:"西南巨山中有狖焉,善食狝。狝望见之,群升木。狖至,嘎然一鸣;群狝闻声,如果熟遭劲风,坠满地上,竦息膝立,无敢逸者。狖乃相其硕大,置瓦颠顶而志之,志已,复以爪揣择肥者攫食焉。黠者乘间弃其瓦,揣则遗之。偶一谈及,罔不诧异。余曰此何足异?人类中固不乏也。君不见城邑廨舍中,一狖在上而群狝随之乎?每一徭出,一讼兴,即有无数眈眈者,涎垂噪叫,则志其顶,则揣其骨,则姑嚅其肉。其懦耶,恐喝之。强耶,械挫之。慷慨耶,甘诱之。悭吝耶,逼苦之。且大罪可使漏网,而小祸可使弥天;重刑可以无伤,而薄惩可以毕命。茧茧者氓,遂不敢不卖儿贴妇,以充无当之卮,冤矣!"均可见当日蒲松龄在司法实践方面对于无助的懦弱百姓的同情和强调抗争反抗的观点。

闻李太公敬一言①:某公在沈阳②,宴集山颠。俯瞰山下,有虎衔物来,以爪穴地,瘗之而去③。使人探所瘗,得死鹿,乃取鹿而虚掩其穴。少间,虎导一黑兽至,毛长数寸。虎前驱,若邀尊客。既至穴,兽眈眈蹲伺④。虎探穴失鹿,战伏不敢少动⑤。兽怒其诳,以爪击虎额,虎立毙,兽亦径去。

【注释】

①李太公敬一：李思豫，敬一其字，蒲松龄挚友李希梅的爷爷。

②沈阳：即今辽宁沈阳。明为沈阳中卫，属辽东都指挥使司管辖。清兵占领后，改称"盛京"，入关定都北京，称"留都"、"陪都"。又名"奉天"。

③瘗（yì）：埋。

④眈眈（dān）蹲伺：目光威猛地蹲踞守候。眈眈，威视貌。《易·颐》："虎视眈眈，其欲逐逐。"

⑤战伏：战抖着伏在地上。

【译文】

　　我曾经听太公李敬一讲过这样一个故事：故事是说有一个人在沈阳，在一座山顶上宴集宾客。那人俯瞰山下的时候，看见一只老虎嘴里衔着什么东西从远处走来，它用爪子在地上挖了个洞，把那东西埋进洞里，掩好洞口之后就走了。于是他派人下山看看老虎埋的是什么东西，原来是一只死鹿。他让人把死鹿拿出来又把洞口虚掩上。过了一会儿，老虎引领着一个黑色的野兽来了，这黑兽身上的毛有几寸长。老虎走在前面，像是请来一位尊贵的客人。到了洞口，那黑兽蹲在一边，用凶猛的目光注视着老虎。老虎用爪子往洞中一探，发现死鹿没有了，就浑身战抖地伏在地上，一动也不敢动。黑兽因为受骗而狂怒起来，它用爪子猛击老虎的前额，老虎立即倒地毙命，黑兽也径自离去。

　　异史氏曰：兽不知何名。然问其形，殊不大于虎，而何延颈受死①，惧之如此其甚哉？凡物各有所制②，理不可解。如狌最畏狖③，遥见之，则百十成群，罗而跪④，无敢遁者。凝睛定息，听狖至，以爪遍揣其肥瘠⑤，肥者则以片石志颠顶⑥。狌戴石而伏，悚若木鸡⑦，惟恐堕落。狖揣志已，乃次第按石取食,馀始哄散⑧。余尝谓贪吏似狨,亦且揣民之肥瘠而志之,而裂食之;而民之戢耳听食⑨,莫敢喘息,蚩蚩之情,亦犹是也⑩。可哀也夫!

【注释】

①延颈:伸着脖子。

②凡物各有所制:犹言一物降一物。制,制约,相克制。

③狝(mí)最畏狨(róng):猕猴最怕狨。狝,猕猴。狨,哺乳动物,猿猴类,体矮小,形似松鼠,黄色丝状软毛,尾长,栖树上,亦称"金线狨"。或说即"猱(náo)",语讹作"狨"。

④罗:分布,排开。

⑤揣:揣摸,触摸测定。肥瘠:肥瘦。瘠,瘦。

⑥志颠顶:谓在头顶作记号。志,标志。颠,顶。

⑦悚(sǒng)若木鸡:害怕得像木鸡,形容不敢稍动。悚,惊恐。木鸡,语出《庄子·达生》篇。这里是形容呆笨发愣的样子。

⑧哄散:一哄而散。

⑨戢(jí)耳:即"帖耳"。耳朵敛帖脑后。形容畏惧、驯顺。

⑩蚩蚩之情,亦犹是也:老百姓畏惧贪吏的情景,也像是狝畏狨一样。蚩蚩,敦厚貌。一说,无知貌。《诗·卫风·氓》:"氓之蚩蚩,抱布贸丝。"毛传:"蚩蚩者,敦厚之貌。"朱熹《集传》:"蚩蚩,无知之貌。"这里指敦厚无知的百姓。

【译文】

异史氏说:这个黑兽不知叫什么名字。然而就他描述的形象来看,也绝不比老虎大,可是老虎为什么还伸长脖子等死,怕它怕得如此厉害呢?天地万物,都要受到某种事物的制约,这个道理真是难以理解。譬如说猕猴,最害怕狨,远远地看见狨来了,百十成群的猕猴,立即跪成一片，没有一个敢偷跑的。猕猴们目不转睛地凝视着狨，等着狨到来，狨则用手逐个捏捏猕猴的肥瘦，如果是肥的，狨就把一个石片放在它的头顶上作记号。猕猴也就头顶着石片伏在那里，吓得呆如木鸡，唯恐石片不小心掉在地上。狨捏完肥瘦，作好了记号，这才按着放石片的顺序挨着个吃掉肥硕的猕猴，其馀的猕猴这时才敢一哄而散。我曾说过，那些贪官污吏就像狨一样，也是根据老百姓的贫富作上记号，然后再按照记号吞食百姓；而老百姓们却俯首贴耳，听任宰食，连大气都不敢喘，那种愚昧无知的样子，跟猕猴是一样的。真是令人悲哀呀！